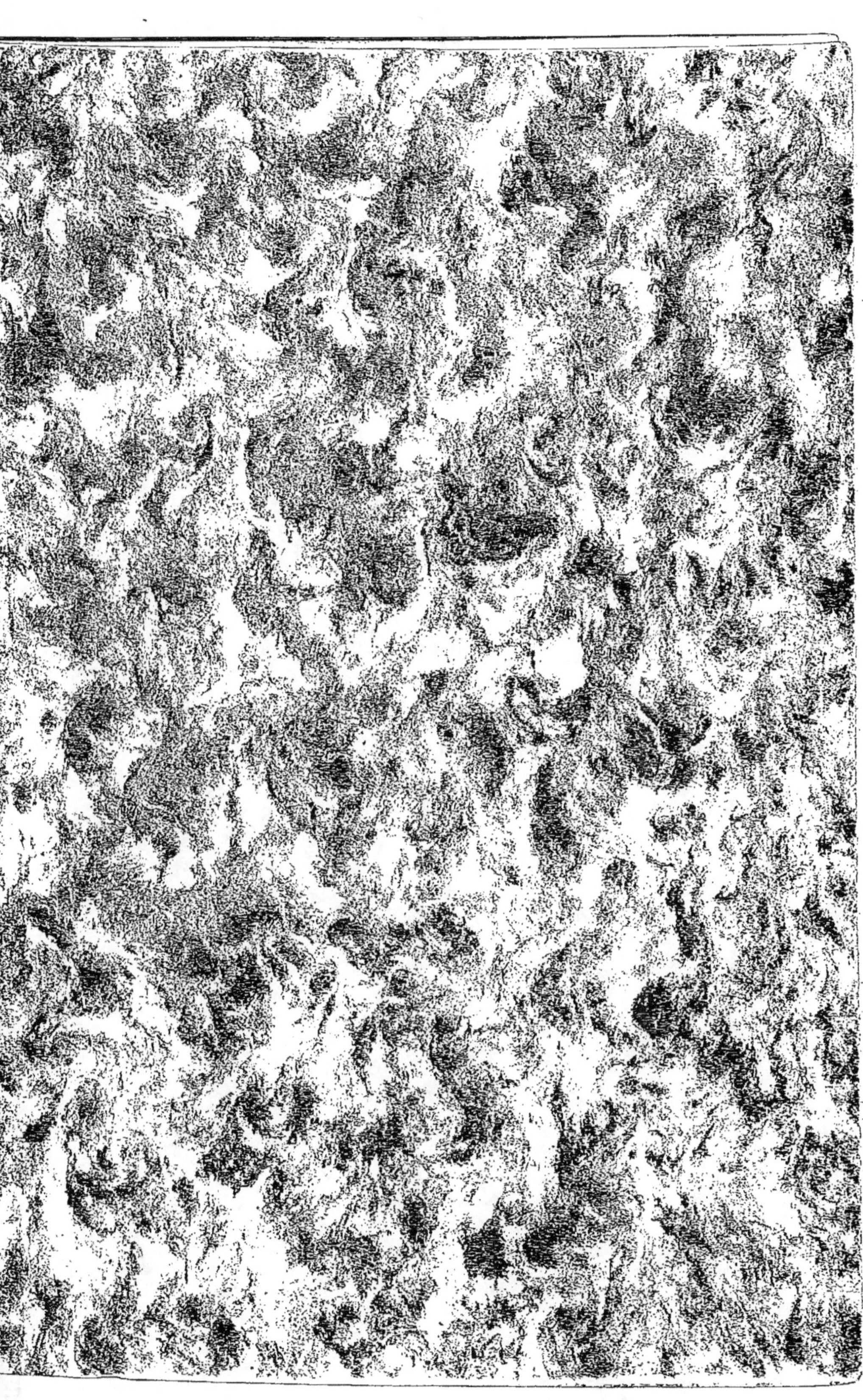

L'ASSEMBLÉE

DE LA NOBLESSE

DE LA SÉNÉCHAUSSÉE

DE LYON

EN 1789

TIRÉ A 300 EXEMPLAIRES

N°

MÂCON, PROTAT FRÈRES, IMPRIMEURS

L'ASSEMBLÉE
DE LA NOBLESSE
DE LA SÉNÉCHAUSSÉE
DE LYON
EN 1789

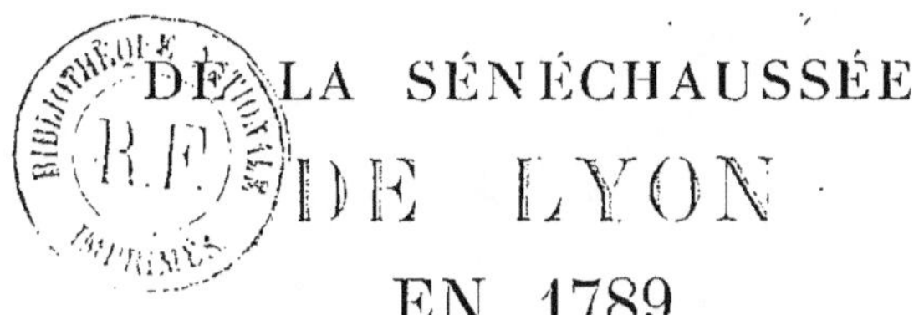

ÉTUDE HISTORIQUE ET GÉNÉALOGIQUE

PAR

HENRI DE JOUVENCEL

LYON

A la Librairie ancienne de Louis BRUN

13, Rue du Plat, 13

M. DCCCC. VII

AVANT-PROPOS

Quel fut le rôle de chacun des nôtres au moment de la Révolution? Quelle est la part de nos ancêtres directs dans le drame de l'évolution moderne commencée dans les esprits au xviiie siècle, brusquée par le mouvement de 1789, et continuée jusqu'à ce jour par une série d'étapes dont il semble impossible de prévoir le terme. Mouvement sans doute inévitable puisque le thème s'en retrouve peu à peu dans tous les états de la vieille Europe, mais dont le berceau fut la patrie française et qui mit en cause sa construction même, ses idées, ses traditions, son développement et sa vie morale; mouvement dont il faut chercher l'origine la plus certaine dans le scepticisme des esprits à l'égard de l'autorité et de la religion. Ce scepticisme accrut chez tous l'impatience de se conduire et d'arriver par soi-même en se fiant à la loi de la seule raison, sans se soucier des conditions normales permettant à une famille de se développer, en assurant elle-même, avec le temps, par une sélection naturelle entre ses membres, la distinction de ceux que le mérite en rendait dignes.

Rien ne saurait contribuer davantage à la philosophie de l'histoire que l'étude des personnages eux-mêmes qui contribuèrent à ce mouvement moderne, et l'examen de leur assise dans cette société prête à se transformer. Les événements s'éclairent ainsi par ces côtés dont au premier abord on n'aperçoit pas toute la valeur, et qui, mis une fois en relief, prennent une valeur jusque-là insoupçonnée. Mais, connaître les individus, apprécier même quelques traits de la vie de chacun, ce n'est pas connaître les hommes, c'est faire une étude superficielle et infructueuse, surtout quand il s'agit de la société de l'ancien régime.

En effet, celle-ci ne repose pas sur l'individu; son fondement est la famille, et ceci est vrai de toutes les classes de la société qui ne furent peut-être jamais moins séparées les unes des autres que dans l'ancienne France. L'apparence semble démentir cette thèse : rien de plus faux cependant que de se représenter les trois ordres comme des castes fermées et sans communication entre elles. La société française d'avant la Révolution avait résolu le problème que notre Démocratie retourne sans cesse, sans arriver jamais au but. Ce but quel est-il? Faire à chacun, dans la société, la place qui lui convient. L'erreur de la Démocratie est d'estimer que chacun peut utilement occuper la première place ; pour cela on a constitué une société nouvelle composée d'individus cherchant à faire triompher leur individualité propre, sans songer si ce triomphe importe à l'ensemble de la nation. La faculté pour tous d'arriver *de plano* au premier rang donne l'accès du pouvoir et des plus hautes fonctions à ceux que souvent ni l'éducation, ni la tradition, ni le mérite n'ont préparés à ces dignités. Au lieu de procéder à une sélection, c'est la masse qui domine, fatalement inintelligente et médiocre : résultat inévitable avec la donnée démocratique qui se résume dans l'élévation de l'individu par l'individu.

L'ancien régime avait compris autrement le problème, en fondant la société sur la famille, et en assurant par elle le recrutement de l'élite nécessaire à une nation. Les membres les plus distingués de la famille, amenés par une formation lente et successive et par une suite de traditions à travailler en même temps pour le bien de l'État et la destinée même de la race, arrivaient ainsi aux honneurs. Telle fut la marche généralement suivie par ceux qui firent autrefois la grandeur de la France ; la famille, avant de songer à servir l'État, s'élevait peu à peu par le labeur et l'intelligence et conquérait d'abord une renommée d'honneur et de probité. Puis, mûrie dans la double tradition du travail et de l'équité, elle produisait un sujet d'élite résumant en lui l'hérédité de sa race et apte à occuper une charge secondaire dans l'État. Encore une ou deux générations et la famille se détache de la masse par l'un des siens que distingue la confiance de ses concitoyens ou celle du Prince. Il est revêtu d'une fonction plus haute, la famille devient noble et est vouée désormais au service de l'État.

Ce lent travail s'est produit en France de tout temps : dès le xive siècle, se fait la sélection amenant insensiblement au premier rang les familles nécessaires pour combler les vides produits par le temps dans la noblesse chevaleresque de jour en jour plus rare. Beaucoup de familles constituent ainsi une aristocratie nouvelle pétrie déjà de traditions, et capable, par suite de sa lente formation, de supporter le poids des honneurs.

Alors se crée, avec les grands souvenirs, cet esprit de solidarité qui lie entre eux les membres de la même famille : lien tout-puissant qui fait la race, et encadre l'individu en le rendant dépositaire d'une partie du patrimoine moral de cette famille, dont il doit compte à tous ceux de son sang et qu'il doit transmettre intact ou plus grand encore à ses descendants. Ainsi se forme le vieux dicton : « *Noblesse oblige* », stimulant supérieur à l'ambition personnelle et qui devient le guide de ces longues générations de magistrats ou de guerriers dont la vie, toute de dévouement et de labeur, ou la mort glorieuse se résument dans le service du Roi.

Rien ne constituait une pépinière meilleure de serviteurs du pays que ces familles dont les membres étaient héréditairement destinés à remplir tel emploi ou telle charge et dont les traditions passées dans le sang pouvaient au besoin suppléer à un manque de capacité personnelle.

Formée par la sélection du travail et de l'intelligence, appuyée sur la tradition, l'aristocratie du mérite, bien accessible à tous, on le voit, devient aristocratie de naissance et se fond bientôt dans les familles plus anciennes, marchant de pair avec elles en attendant d'être renouvelée à son tour.

L'extinction des vieilles races est, en effet, un fait indiscutable, tant il est vrai que la Providence semble vouloir appeler toutes les familles à accomplir un cycle analogue et laisse s'éteindre celles dont le rôle historique est terminé : quand une famille a rendu une certaine somme de services, son but est atteint et la race disparaît, comme si une limite infranchissable s'opposait à de nouveaux efforts.

La famille tient donc la première place dans la société de l'ancien régime, il importe de la connaître pour juger les individus et apprécier leur manière de voir. Cette manière de voir, la disposition des esprits à la fin du XVIIIe siècle, où peut-on les trouver mieux résumées que dans les *Cahiers* dressés par chaque ordre du royaume en vue des États Généraux? C'est la quintessence des désirs et des vœux formulés par les uns et les autres sur toutes les grandes questions intéressant la vie d'une nation. Étudier ces cahiers, c'est prendre connaissance des réclamations, c'est se rendre compte des abus qui se sont glissés dans la société, c'est examiner les réformes souhaitées. Connaître les auteurs de ces cahiers, savoir l'histoire de leur race, c'est avoir entre les mains l'élément qui permet d'envisager la question sous sa double face, de juger du bien ou du mal fondé des doléances, de pénétrer intimement la structure de la société et d'apprécier les changements qu'il convenait d'y apporter.

Combien dès lors est instructive cette double étude quand il s'agit des cahiers d'un ordre privilégié, les privilèges ayant été tout au moins le prétexte de la Révolution. Ces quelques réflexions nous ont amenés, en étudiant les *Cahiers de la Noblesse du Lyonnais*, à rechercher ce que furent ceux qui en délibérèrent et qui donnèrent à leurs députés le mandat d'en défendre les principes.

Le fait de l'extinction des anciennes races est plus vrai peut-être qu'ailleurs à Lyon où l'aristocratie fut sans cesse renouvelée par des familles venues du dehors, attirées à Lyon par la prospérité de cette ville. Il existait cependant encore en Lyonnais quelques familles féodales en 1789, établissant leur filiation depuis le Moyen Age ; mais déjà étaient rares celles remontant aux xve et xvie siècles, la plupart ayant une notoriété plus récente et n'étant parvenues aux honneurs que plus nouvellement ou grâce aux édits de Louis XIV et de Louis XV.

Quelle que soit d'ailleurs l'origine de ces familles, leur diversité n'en fait que mieux apprécier la belle structure d'une société ayant su recruter l'élite véritable des citoyens. Et tout autant que celle des autres provinces, la Noblesse lyonnaise a le droit d'être fière de son livre d'or : que de gentilshommes aux armées ou morts au service ; que de grandeur dans les gloires municipales de Lyon qui depuis Charles VIII firent l'honneur de tant de maisons ; que d'intégrité et de noblesse chez les magistrats de la Cour souveraine des Monnaies dont les grandes manières ne le cédaient en rien à celles si fameuses des membres des Parlements. En citant encore les Trésoriers de France, Généraux des finances et Grands Voyers de France de la généralité de Lyon nous aurons passé en revue les groupes les plus considérables de la Noblesse de Lyon dont l'un des plus beaux titres est de n'avoir jamais été inactive : ses membres ont toujours su se souvenir que les honneurs ne les dispensaient pas de la loi du travail, que leurs privilèges ne se justifiaient que par des devoirs corrélatifs, et ils n'y ont pas failli.

Arrive la tourmente de 1789 : la Noblesse se réunit. Elle confie à des commissaires choisis dans les familles d'origines les plus diverses, mais ayant par le fait même des compétences particulières, le soin de rédiger ses cahiers.

Que décide-t-elle ? Se montre-t-elle une caste uniquement soucieuse de ses intérêts ou se jette-t-elle à corps perdu dans les idées nouvelles ? Elle sait éviter ce double écueil, elle est à la fois libérale, généreuse et conservatrice.

Libérale, elle remercie le Roi d'avoir reconnu les droits de la Nation : elle réclame l'inviolabilité des députés aux États Généraux, la convocation régulière des États, seuls qualifiés pour faire la loi, voter l'impôt ou conférer la Régence. Elle proclame le principe de la liberté individuelle ; demande l'interrogatoire de tout inculpé dans les vingt-quatre heures et seulement en présence de son défenseur ; requiert la réforme des lois criminelles, la suppression des tribunaux d'exception et des agents inutiles, la création d'une cour de justice souveraine par généralité. Elle veut la confection d'un code unique pour tout le royaume, l'économie et la simplicité des procédures judiciaires, le secret des lettres. Elle demande enfin la liberté du commerce et la suppression des douanes intérieures.

Généreuse, la Noblesse de Lyon fait l'abandon de ses privilèges financiers, y joint la suppression immédiate de tous les droits de servitude personnelle et réclame l'imprescriptible honneur de marcher au premier rang des armées.

Conservatrice, elle demande aux États Généraux la délibération et le vote par ordre, elle proclame le principe de la Monarchie héréditaire fondée sur la loi salique ; elle réserve expressément ses privilèges honorifiques et affirme sa foi catholique et romaine avec quelques tendances gallicanes qui rappellent l'origine parlementaire de beaucoup de ces gentilshommes.

Les cahiers abordent enfin l'ensemble des sujets qui intéressent l'État tout entier. Rien de plus étudié ni de plus approfondi que ces délibérations qui visent toutes les questions d'économie politique et d'administration.

L'impôt doit être proportionnel, se concilier avec la libre jouissance des propriétés, atteindre les différentes sources de revenus fonciers ou mobiliers, y compris ceux provenant de la Dette, donner le moins de prise possible à l'inquisition, aux recherches vexatoires, à l'arbitraire, aux frais de perception, à la fraude et à l'immoralité. C'est la condamnation de l'impôt sur le revenu : bien que non soumise à la taille, la noblesse en savait les inconvénients insupportables.

La modération des droits d'enregistrement, la confection d'un cadastre, la répartition proportionnelle des impôts par province, l'inaliénabilité des domaines de la Couronne : tels sont les principes proclamés par la Noblesse

du Lyonnais, aussi soucieuse que personne de réformer les abus qui s'étaient
fatalement introduits dans l'organisation dont nous avons décrit les rouages.
C'est pourquoi elle demande que les États proclament le caractère sacré de la
Dette et que l'ère des réductions forcées soit enfin terminée, qu'aucune
expropriation n'ait lieu sans indemnité, que les virements de crédit soient à
l'avenir interdits, que les comptes de tout ordre soient publiés tous les ans,
que les places inutiles soient supprimées ainsi que les survivances, que la
noblesse ne soit plus accordée que pour des services exceptionnels ou à des
charges de haute importance, que les fonctionnaires de tout ordre et les digni-
taires du clergé soient astreints au moins à huit mois de résidence, que le
règlement militaire arrêté d'une manière fixe ne soit pas sujet à des changements perpétuels, que contrairement à l'édit du maréchal de Ségur tous les
nobles puissent aspirer aux grades militaires, que seuls puissent commander
ceux qui auront appris à obéir, etc.

La Noblesse lyonnaise était donc, malgré sa situation d'ordre privilégié, la
première à demander les réformes que la Révolution devait accomplir au prix
de tant de violences. Tout ce qu'il était légitime d'espérer, la Noblesse le
réclamait, et ce sont ses revendications qui peu à peu ont passé dans notre
droit public et en sont devenus les fondements. On y trouve même le principe
maintes fois posé par nos lois, mais demeuré toujours théorique, de la respon-
sabilité pécuniaire des ministres, chose en fait à peu près irréalisable. D'ailleurs, malgré la compétence des commissaires, quelques points de ces cahiers
prêtent à la critique. Les uns ne sont qu'une concession aux idées des éco-
nomistes du temps : telle la suppression des impôts indirects et le développement des impôts somptuaires. Or, l'impôt indirect seul est largement produc-
tif, seul se développe avec la prospérité du pays, et seul fait contribuer aux
charges de l'État ceux qui, sans lui, en seraient indemnes, tout en jouissant
des avantages de la Société. Quant aux impôts somptuaires, ils sont essentiellement improductifs, la matière qu'ils veulent frapper se dérobant toujours
aux recherches du fisc ou disparaissant même totalement.

Une autre erreur d'ordre financier consistait à ne vouloir laisser paraître
dans les recettes de l'État, pour chaque province, que la somme nette excédant les besoins de cette province. Chaque administration locale eût décidé
les dépenses sous le contrôle des États Généraux, et n'eût versé au Trésor que
l'excédent des recettes. Procédé qui tente au premier abord par sa simplicité,

mais bien dangereux dans son application : le résultat pratique est d'enfler inconsidérément les dépenses locales et de ne verser au Trésor que des ressources infimes. M. de Villèle, sous la Restauration, sut faire triompher le principe contraire, celui de l'universalité budgétaire, qui permet d'embrasser dans un seul document toutes les ressources et toutes les dépenses, au lieu de ne laisser apparaître que l'excédent disponible.

Oppressée par la centralisation instaurée sous l'ancienne Monarchie par la main de fer du cardinal de Richelieu, la Noblesse désirait écarter le pouvoir central de l'administration locale. Aussi demandait-elle l'élection des autorités de chaque province : au lieu de l'intendant, commissaire du Roi, elle proposait un fonctionnaire émanant de l'assemblée provinciale. Système qui a ses défenseurs, mais qui ne saurait être mis en œuvre sans certaines garanties que le régime du Directoire ne semble pas avoir trouvées quand il appliqua ces théories. Remises en discussion devant l'Assemblée nationale de 1871, elles ne reçurent d'autre sanction que la création de la Commission départementale.

Ce court résumé montre bien quelle fut la part de la Noblesse lyonnaise dans le mouvement de 1789. Elle n'y fut pas hostile : loin de là, elle fit siennes toutes les réclamations dont le succès était vraiment souhaitable, et qui d'ailleurs furent plus tard réalisées.

Mais ces principes posés, la Noblesse, que sa générosité avait poussé à les admettre, demeura fidèle à ses traditions et à sa foi religieuse et monarchique. Dès 1789, l'un de ses commissaires, échevin commandant de la ville de Lyon, Imbert-Colomès, sut maintenir l'ordre et l'autorité royale dans la ville dont il avait la charge, et depuis cette date la Noblesse lyonnaise donna un magnifique exemple qui place Lyon, ville catholique et royaliste, au même rang d'honneur que la Vendée militaire. En Vendée, les paysans suivirent leurs gentilshommes ; à Lyon, le peuple et la bourgeoisie secondèrent l'effort de la Noblesse de la Cité. L'histoire a rapporté la lutte héroïque de Lyon contre le régime de la Terreur, et elle a dit dans quels flots de sang fut noyée l'insurrection lyonnaise. Aussi en parcourant les notices qui rappelleront ce que furent quelques familles de l'ancienne France, verra-t-on souvent après des noms dont le souvenir est cher encore, ces mots : « mort victime de la Terreur ! » Triste livre d'or, puisqu'il remémore nos discordes civiles, mais livre glorieux entre tous, puisqu'il est celui de l'honneur, de la liberté et de la fidélité.

Il est bon de vivre un peu par le passé : c'est en se plongeant dans la plus profonde France que l'on puise les enseignements pour l'avenir. En voyant ce que furent nos aïeux, nous songerons à en imiter les exemples, à nous inspirer de leur foi et de leurs vertus. Nous penserons que si la Noblesse française n'a plus de droits, elle a toujours des devoirs, et qu'aujourd'hui plus que jamais elle doit tenir haut et ferme le drapeau des grandes causes. Que son rôle soit éclatant ou modeste, public ou caché, il n'en est pas moins réel. S'il a plu à la Providence de distinguer certaines familles dans le passé, elles doivent se considérer toujours comme les messagères de la bonne parole et mettre tout leur dévouement au service de la Patrie. La gloire des services rendus à l'État par les ancêtres doit être consacrée par les sacrifices des descendants au bien public, et la Noblesse ne doit jamais oublier que si elle fut une force dans le passé, elle est une réserve pour l'avenir.

INDEX DES PRINCIPALES ABRÉVIATIONS

acq. = acquisition.

bapt. = baptisé.

b⁰ⁿ = baron.

Cf. = se reporter à tel auteur, telle page, etc. D'une manière générale, cette abréviation Cf. : placée à la fin des généalogies, indique quelques sources particulières auxquelles on peut se reporter. L'auteur n'entend pas garantir l'authenticité de tous les documents auxquels renvoient les Cf., et maintes fois il n'a pas cru devoir faire siennes toutes leurs assertions. Toutefois, on a évité, par principe, de mentionner les auteurs qui ont traité les généalogies avec une fantaisie souvent déconcertante. Par contre, il a semblé inutile de répéter après chaque généalogie l'indication des auteurs lyonnais, qui en ont parlé plus ou moins longuement dans leurs ouvrages classiques, savoir : Steyert, W. Poidebard, Vital de Valous, le Vᵗᵉ Paul de Varax, etc. Il eût fallu mentionner ces auteurs à chaque généalogie. De même, pour les *Dossiers du Cabinet des Titres*, (Bibl. Nationale à Paris) on s'est borné chaque fois où la référence s'en imposait, à indiquer le fonds auquel il convenait de se reporter : *Chérin, Dossiers bleus, Pièces originales, Nouveau d'Hozier, Carrés d'Hozier, Preuves de Saint-Cyr, Preuves des Écoles militaires*, sans répéter chaque fois que ces dossiers étaient déposés au Cabinet des Titres.

Enfin il faut noter que les références indiquées par les Cf. ne sont en principe qu'accessoires, presque toutes les généalogies de cet ouvrage ayant, comme nous l'expliquons, p. 120, pour base essentielle les documents recueillis sur place, dans les anciens registres paroissiaux, les archives des notaires, les registres des insinuations, etc., recherches immenses dont il faut remercier avant tous autres MM. Amédée d'Avaize et Ferdinand Frécon. On n'a pas cru, devoir répéter cette référence essentielle après chaque généalogie.

cap. = capitaine

ch^au = château.

chev. = chevalier.

comparant à Lyon en 1789 = gentilhomme ayant fait partie en 1789 des assemblées de la Noblesse de la Sénéchaussée de Lyon.

co-sg^r = co-seigneur.

c^te = comte.

dont entre autres = indique l'omission d'enfants morts jeunes ou sans alliance.

d^t p. = dont postérité.

Doubles dates = En cas de mariage, la première est celle du contrat, et la seconde celle de la célébration.

Déc. = Décembre.

ép. = épousa.

érect. = érection.

Fév. = février.

inh. = inhumé.

Int^dt = intendant.

italiques = les prénoms en italiques distinguent les gentilshommes comparants à Lyon en 1789.

Janv. = Janvier.

Juill. = Juillet.

Lég. d'Hon. = Légion d'Honneur.

L. P. = Lettres Patentes.

L^t = Lieutenant.

L^t C^el = Lieutenant Colonel.

marié le = la date indiquée est en général celle de la cérémonie; mais parfois il peut s'agir du contrat.

m^is = marquis.

Michon = le nom de ce Trésorier de France placé dans les Cf. indique l'ouvrage dont il est l'un des auteurs : « Armorial des Trésoriers de France de la généralité de Lyon... »

né = cette indication peut viser soit la date de naissance, soit parfois la date du baptême.

nov. = novembre.

oct. = octobre.

p. acqu. = par acquisition.

p. c. = par contrat.

p. érect. = par érection.

Pernetti = ce nom indique l'ouvrage « Les Lyonnais dignes de mémoire » (Lyon, 1757, 2 vol. in-12).

q. s. = qui suit.

rég^t = régiment.

sg^r = seigneur.

sg^rie = seigneurie.

s. a. = sans alliance.

s. p. = sans postérité.

sept. = septembre.

Vte = Vicomte.

† = ce signe indique la date des décès, mais le plus souvent celle des inhumations.

PREMIÈRE PARTIE

ÉTUDE HISTORIQUE

SUR LA CONVOCATION ET LA COMPOSITION DE L'ASSEMBLÉE DE LA NOBLESSE DE LA SÉNÉCHAUSSÉE DE LYON EN 1789.
PROCÈS-VERBAUX DES SÉANCES.
CAHIERS DE L'ORDRE DE LA NOBLESSE.

Avant d'entreprendre l'étude de la dernière assemblée de la Noblesse lyonnaise, il n'est pas sans utilité de rappeler très sommairement les anciennes divisions de la province, et d'indiquer quelles étaient, en 1789, les principales autorités militaires et civiles établies à Lyon.

Il faut à ce sujet distinguer la circonscription militaire et la division administrative. La première, c'est le Gouvernement de Lyonnais, Forez et Beaujolais, dont le chef est le duc de Villeroy, de cette maison des Neufville qui, en trois siècles, fit une telle fortune, occupa les premières charges et se transmit héréditairement la haute dignité de Gouverneur du Lyonnais, Forez et Beaujolais. Sous ses ordres directs, le Lieutenant général du Lyonnais, duc de Castries, et le commandant en chef en second, Pierre-Joseph-Henri, marquis de Scépeaux, maréchal des camps et armées du Roi : il portait un nom que les guerres de Vendée allaient bientôt rendre fameux et était secondé par le Prévôt général de la maréchaussée, Jean-Louis Clapeyron du Buisson. Ce dernier avait été pourvu de sa fonction le 31 janvier 1787 : officier de mérite, il appartenait à une famille de Lyon, honorée de belles charges et distinguée par ses alliances.

Le gouvernement comprenait à peu près le même territoire que la généralité de Lyon, division administrative sous l'autorité de l'intendant. Antoine-Jean Terray, chevalier, sgr de Changy, occupait ce poste ; il était neveu du célèbre ministre de Louis XV et fils du Procureur général à la Cour des Aides, également intendant de Lyon. Son service dépendait spécialement de la Direction générale des Finances et du Ministère de la Maison du Roi, dont Necker et Villedeuil étaient les titulaires.

Mais à Lyon même, les autorités militaires et civiles avaient à partager leurs pouvoirs avec le Consulat dont le chef était revêtu du commandement de la ville. Le Prévôt des marchands était alors Louis Tolosan de Montfort qui, peu après, devait remettre ses pouvoirs au premier échevin, Jacques Imbert-Colomès, si connu dans la suite par son dévouement à la Monarchie, et dont les collègues étaient Joseph Steinman, Antoine Bertholon et Jean-Marie Degraix.

Il nous reste à parler des corps judiciaires : sans nous arrêter au Bureau des finances, d'un caractère un peu spécial, il faut rappeler que la généralité de Lyon était divisée en plusieurs bailliages ou sénéchaussées, ressorts de tribunaux séant à Lyon, Montbrison et Villefranche, sans compter le bailliage secondaire de Bourg-Argental.

Le ressort de chaque sénéchaussée formait donc une circonscription nettement délimitée, et malgré l'importance en soi fort relative d'une modeste division judiciaire, c'est elle dont le rôle fut le plus considérable au point de vue de la convocation des États Généraux. Avant de le définir, il est intéressant d'indiquer les noms des principaux officiers de la Sénéchaussée de Lyon en 1789 :

Grand Sénéchal d'Épée : Charles de Masso, marquis de La Ferrière, Lieutenant général des armées du Roi, etc. Sénéchal du Lyonnais depuis le 27 décembre 1739. Né en 1705, il n'exerçait pas sa charge, habituellement honorifique d'ailleurs ; il fut, pour ses attributions effectives, remplacé par son Lieutenant général civil.

Lieutenant général civil : Laurent Basset, chevalier, ancien conseiller en la Cour des Monnaies de Lyon. Lieutenant général depuis le 12 décembre 1787. Il remplit les fonctions de sénéchal en l'absence de ce dernier.

Lieutenant particulier civil : Jean Pierre Antoine Chirat, écuyer (depuis le 30 janvier 1788).

Procureur du Roi : Pierre Antoine Barou du Soleil (du 24 octobre 1770 au 26 mars 1789). Il était absent et fut remplacé par le premier avocat du Roi.

Barthélemy-Fleury de Lorme fut nommé procureur du Roi le 26 mars 1789.

Premier Avocat du Roi : Pierre Thomas Rambaud, écuyer.

Greffier en Chef : Joseph-Marie Fléchet.

Pour comprendre le rôle attribué aux sénéchaussées en 1789, il faut connaître d'une manière générale les principes réglant la convocation des États Généraux. Cette convocation est avant tout un acte de l'autorité judiciaire effectué sous la direction du Garde des sceaux : c'est, qu'en effet, la circonscription électorale est celle de chaque bailliage ou sénéchaussée.

Pratiquement, le Roi envoyait aux gouverneurs de chaque province des Lettres de convocation. Mais le gouverneur et le commandant n'avaient plus ensuite qu'un rôle de surveillance générale qu'ils exerçaient avec l'intendant pour renseigner le pouvoir royal. Ils devaient, aussitôt les Lettres royales reçues, les transmettre au Prévôt général de la maréchaussée de leur province, et celui-ci était chargé de les faire parvenir aux grands baillis d'épée ou sénéchaux dont les bailliages ou sénéchausséees avaient leur ressort dans l'étendue du gouvernement.

A défaut de sénéchaux, la transmission était faite par les Prévôts de la maréchaussée aux Lieutenants généraux civils de chaque bailliage ou sénéchaussée. Cette circonscription judiciaire était donc adoptée comme circonscription électorale, et c'était au Sénéchal, ou en son absence au Lieutenant général, à prendre les mesures nécessaires pour assurer l'exécution des Lettres royales. Sénéchaux ou Lieutenants généraux devaient donc, sous l'autorité du Garde des sceaux (M. de Barentin en 1789), rendre les ordonnances propres à garantir l'effet de la convocation, veiller aux assignations et publications dans le ressort de leur bailliage, présider la réunion plénière des trois ordres, etc., en un mot, être les agents directs de l'autorité royale pour tout ce qui concernait les assemblées destinées à rédiger les cahiers et à nommer les députés aux États Généraux.

Quand on veut étudier en détail les assemblées électorales de 1789, il faut donc rechercher ce qu'elles furent pour chaque bailliage ou sénéchaussée, car, si dans chacune de ces circonscriptions, les principes généraux furent les mêmes, leur application y fut fatalement différente : nous nous efforcerons d'en dégager les caractères en ce qui concerne l'assemblée de la Noblesse de la Sénéchaussée de Lyon.

CHAPITRE Ier

ÉTUDES PRÉALABLES A LA CONVOCATION

Lorsque la tenue des États Généraux eut été décidée, le pouvoir royal s'inquiéta des mesures les plus propres à réaliser le mieux la consultation nationale. Les arrêts du Conseil des 5 juillet et 8 août 1788 avaient décidé de réunir entre les mains du gouvernement tous les renseignements nécessaires à la convocation des États Généraux, et pour cela, avaient fait appel aux officiers municipaux, juridictions, commissions intermédiaires, etc., pour indiquer quelles seraient à leurs yeux les conditions les plus favorables à la représentation de chaque ordre. Dans le même but, les notables avaient été convoqués par l'arrêt du Conseil du 5 octobre 1788; enfin, un arrêt du 4 janvier 1789 portait nomination de commissaires spéciaux, appelés à régler toutes les questions relatives à la convocation des États Généraux.

Il n'est pas de notre cadre [1] de rappeler tous les vœux soumis en ces conjonctures à l'autorité royale, ni même de résumer toutes les dispositions prises; mais il nous a paru intéressant, dans les renseignements fournis au gouvernement par des Lyonnais eux-mêmes, de rechercher, au sujet de l'ordre de la Noblesse de la Sénéchaussée, comment on souhaitait le voir représenté.

Les Archives nationales [2] nous ont conservé à cet égard de précieux documents; assurément la plupart ont un caractère général, et n'intéressent par suite la Noblesse

---

1. Pour le surplus, nous renvoyons les chercheurs au remarquable ouvrage de M. Armand Brette, sur la *Convocation aux États Généraux de 1789* (Paris, Imprimerie Nationale, 1904, 3 vol. gr. in-8° et un atlas de la France par sénéchaussées), où l'auteur expose de façon magistrale tout ce qui a trait à la convocation des trois ordres aux États Généraux et donne, pour chaque province et chaque assemblée locale, une analyse succincte des documents originaux des Archives Nationales.

2. Les cartons des Archives Nationales, série B^a, contiennent les liasses originales relatives à la convocation des États Généraux. Ce qui concerne la sénéchaussée de Lyon est sous la cote B^a 48; les documents y sont relativement bien classés, mais on ne peut identifier chacun d'eux par une cote spéciale. Quand nous nous référerons à ces liasses, nous indiquerons seulement la cote B^a 48. Mais la plupart des renseignements contenus dans ce carton ont été, à l'époque même, recopiés, sans grand soin il est vrai et sans ordre, dans les registres cotés B^{III} 75 et 76. Il est plus facile de s'y référer à cause de la pagination, et c'est ce que nous ferons quand le document intéressant du carton B^a 48 se retrouvera dans les registres B^{III} 75 et 76 où nous aurons pris soin de le collationner.

qu'au même titre que les autres ordres, mais d'autres visent spécialement la représentation de la Noblesse et retiendront plus notre attention. Nous laisserons le plus possible la parole à ces documents originaux dont la sobre éloquence fera, mieux que tout commentaire, ressortir ces aspects peu connus de notre histoire.

A Lyon, le corps consulaire, les assemblées de département et la commission intermédiaire de l'assemblée provinciale furent pour l'autorité royale les principales sources d'information.

C'est ainsi que le Prévôt des marchands de Lyon adressait au Directeur général des finances la lettre suivante [1] :

« Lyon, 9 octobre 1788.

« Monsieur,

« A la forme de l'article premier de l'arrêt du Conseil du 5 juillet 1788 concernant la convocation des États Généraux du Royaume, les officiers municipaux sont tenus de remettre les procès-verbaux et autres pièces relatives aux précédentes convocations de ces Assemblées nationales aux Syndics des États provinciaux et Assemblées provinciales, et par l'article 2 du même arrêt, les officiers des juridictions doivent adresser à M. le Garde des sceaux le résultat de leurs recherches sur la même matière.

« Le Corps municipal de Lyon se trouvant à la tête de trois diverses juridictions, il paraît que la disposition de l'article 2 lui est applicable. Le Consulat s'est occupé de satisfaire au vœu de l'arrêt du Conseil pour les recherches qu'il ordonne, et j'ai spécialement veillé à ce qu'elles fussent aussi exactes que complètes ; elles remontent à l'année 1467, et embrassent les États Généraux de cette même année, ceux de 1484, 1506, 1560, 1576, 1588, 1592, et finalement ceux de 1614, dont toutes les formes alors observées par le Corps municipal, composé comme il l'est aujourd'hui, sont les plus amplement détaillées.

« Mon travail sur cette partie, Monsieur, est prêt depuis quelque temps, et en état d'être présenté, mais, dans la crainte où je suis que les principes qui en avaient d'abord fait régler la remise, ne soient pas aujourd'hui les mêmes, je vous supplie de me faire connaître la marche que le Consulat et moi devons suivre. Peut-être ce travail pourrait-il vous être agréable ; je prends la liberté de vous en offrir l'hommage, et j'aurai l'honneur de vous l'adresser, si vous le jugez convenable.

« Je suis, etc... »

Signé : « TOLOZAN DE MONTFORT. »

[1]. A. N. B^{III} 75, p. 69-72.

Cette lettre eut pour suite l'échange de correspondances suivantes :

Lettre du Directeur Général des Finances au Prévôt des marchands de Lyon [1].

« Paris, 18 octobre 1788.

« Je vous serai très obligé, Monsieur, de me faire parvenir directement, et le plus tôt que vous le pourrez, le travail que vous avez bien voulu préparer en exécution de l'arrêt du 5 juillet dernier, au sujet des procès-verbaux, et autres pièces relatives aux anciennes assemblées d'États Généraux.

« Je rendrai compte à Monsieur le Garde des sceaux de cet envoi.

« Je ne doute pas qu'il ne l'approuve, les circonstances exigeant que l'on s'arrête aux moyens les plus expéditifs pour se procurer tous les renseignements possibles.

« J'ai l'honneur, etc... »

Lettre de M. Tolozan de Montfort [2] *à M. le Directeur général des finances,
21 oct. 1788.*

« Monsieur,

« Je reçois à l'instant la lettre que vous m'avez fait l'honneur de m'écrire le 18 de ce mois, par laquelle vous me chargez de vous adresser sans délai le travail que j'ai préparé sur les divers États Généraux auquel le corps consulaire de Lyon a comparu par des députés. Je profite du retour du courrier pour vous faire passer ce travail, qui n'est à proprement parler que l'extrait, très exactement relevé sur les registres déposés aux Archives de la Ville, des procès-verbaux relatifs aux convocations et députations. Je suis très aise, Monsieur, que l'hommage que j'ai eu l'honneur de vous en faire, vous ait été agréable, et qu'il vous présente des motifs d'utilité.

« Je suis, etc... »

Signé : « TOLOZAN DE MONTFORT. »

L'extrait envoyé par le Prévôt des marchands n'ayant, au point de vue de l'ordre de la Noblesse, qu'un intérêt secondaire, il a semblé suffisant de le signaler sans en reproduire les dispositions [3].

Nous trouverons des renseignements plus curieux dans les délibérations du département de l'élection de Lyon, qu'annonçait cette lettre de l'abbé de Cordon :

---

1. A. N. B³ 75, p. 68-69.
2. A. N. B³ 75. p. 1-2.
3. On le trouve dans les Procès-verbaux des séances des Corps municipaux de la ville de Lyon (Lyon, 1899).

Lettre de M. l'Abbé de Cordon[1], Comte de Lyon, Président du Département du Lyonnais, à M. le D^r G^{al} des finances, 23 oct. 1788.

  « Monsieur,

 « Le département de l'Élection du Lyonnais que j'ai l'honneur de présider, provoqué par les dispositions de l'arrêt du Conseil du 5 juillet dernier, et par les délibérations de plusieurs municipalités, s'est occupé dans ses séances à former son vœu sur la représentation des trois Ordres à la prochaine Assemblée des États Généraux et sur la forme à observer pour les élections. La présence des Notables convoqués pour le même objet, a fait désirer au Département que son vœu fût connu de vous, Monsieur, avant leur séance. Pour remplir son intention, j'ai l'honneur de vous envoyer expédition de sa délibération en date de ce jour.

 « Je suis, etc... »

        Signé : « L'ABBÉ DE CORDON. »

Extrait des délibérations[2] prises par l'Assemblée du Département de l'Élection de Lyon, dans la séance tenue le 28 oct. 1788.

 « L'Assemblée considérant que Sa Majesté a eu la bonté paternelle de déterminer la convocation des États Généraux, d'en rapprocher le terme, d'annoncer qu'Elle voulait les composer d'une manière constitutionnelle en respectant les anciens usages et règlements dans tout ce qui est applicable au temps présent, et en se conformant cependant à ce qui serait indiqué par la raison et par les vœux légitimes de la plus grande partie de la Nation, qu'Elle a invité les différents corps et assemblées de l'État à lui adresser leurs mémoires à ce sujet ; qu'Elle a encore jugé à propos de prendre l'avis des notables du Royaume ; qu'en un mot, Elle a déclaré que le concours général des sentiments et des opinions est pour Elle d'un prix infini ; qu'Elle veut y mettre sa force, et y chercher son bonheur ;

 « L'Assemblée unanimement pénétrée des sentiments de soumission et de la respectueuse reconnaissance que lui inspirent les intentions bienfaisantes du Souverain, a nommé des commissaires à l'effet de proposer la manière la plus agréable, la plus régulière et la plus convenable de procéder à la formation des États Généraux prochains, et après avoir entendu le rapport desdits commissaires, l'Assemblée dirigée par un véritable esprit de patriotisme, et dans la vue de répondre à la généreuse confiance que le Roi témoigne à la Nation, a cru devoir exprimer son vœu ; en conséquence, la matière mise en délibération, elle a arrêté :

1. A. N. B^{III} 75, p. 93-94.
2. *Ibid.*, p. 95-99.

« 1° Que comme il est de l'essence de toute véritable représentation, que ceux qui doivent être représentés ayant la faculté de choisir leurs députés, il est d'une nécessité absolue que la plus grande liberté de suffrages règle toutes les élections.

« 2° Que, comme les États Généraux doivent déterminer les impôts, les répartir avec égalité et proportionnellement aux facultés des provinces, et qu'ils doivent aussi s'occuper de tout ce qui peut concourir à l'avantage et à la gloire du Monarque et de la Nation, il paraît juste que la province du Lyonnais comparée aux autres provinces, ait des députés en raison de sa population et de sa contribution aux charges publiques.

« 3° Que l'ordre du Clergé et celui de la Noblesse jouissant dans le royaume de divers privilèges qui rendent leurs intérêts communs, l'équité indique que ces deux ordres ne peuvent avoir un plus grand nombre de députés que le Tiers État, et que ce dernier ordre doit avoir, lui seul, autant de députés qu'en auront le Clergé et la Noblesse.

« 4° Que pour pouvoir être électeur et éligible aux États Généraux dans l'ordre du Clergé, il suffira d'en être membre, et de posséder un bénéfice dans l'étendue de l'élection du Lyonnais.

« 5° Que toutes personnes jouissant des privilèges de la noblesse pourront être électeurs et être élues députés aux États Généraux, si elles ont des immeubles dans l'Élection du Lyonnais.

« 6° Que ceux qui jouiraient des privilèges accordés au Clergé et à la Noblesse ne pourront être électeurs ou éligibles aux États Généraux dans l'ordre du Tiers État.

« 7° Que nul ne pourra être député aux États Généraux pour aucun des trois ordres de la province du Lyonnais, s'il n'y possède des immeubles, sous la seule exception qui sera faite ci-après en faveur du commerce.

. . . .

« 12°[1] Les Assemblées générales de l'ordre du Clergé, de l'ordre de la Noblesse et de l'ordre du Tiers État pour la nomination des députés de chaque ordre aux États Généraux seront tenues séparément.

. . . .

« 14° [2] Que tous ceux qui jouissent de la noblesse transmissible et possédant immeubles à la ville ou à la campagne dans le ressort de l'Élection du Lyonnais, seront aussi invités de se rendre à l'Assemblée de l'ordre de la Noblesse qui sera présidée par qui de droit, à l'effet de concourir à la nomination des députés de l'ordre de la Noblesse aux États Généraux.

. . . .

1. A. N. B^{III} 75, p. 102-103.
2. *Ibid.*, p. 103-104.

« 16° [1] Que d'ici au 1er janvier, il sera fait par chacun des trois ordres des Cahiers d'observations, pour être les dits Cahiers, remis aux députés de la province qui assisteront aux États Généraux. Enfin, que l'extrait de la présente délibération sera envoyé dans la huitaine à la Commission provinciale, à l'adresse du secrétaire de l'assemblée provinciale.

« Fait et arrêté par les députés du département de l'Élection du Lyonnais dans la séance de l'assemblée générale tenue le dit jour, 28 octobre 1788. »

Ainsi signé : « Le COMTE DE CORDON. Président ; L'ABBÉ DE CORDON, DE RIVERIE, Chanoine d'Ainay ; FRAISSE, Chanoine de St Nizier ; L'ABBÉ PERRIN, Bénéficier ; LE BARON DE LA CHASSAGNE, LE MARQUIS DE RUOLZ, LAMBERT, LE MARQUIS DE JOUFFROY, DUVERNAY, Trésorier de France ; MARION DE LA TOUR, GREPPO, DUPUIS, RAST, GOUDARD, JARS, GARNIER, GIRERD ; LACROIX DE LAVAL, Procureur Syndic, et DELOLLE, Secrétaire. »

Le Directeur Général des Finances [2], répondit à cet envoi :

« Novembre 1788.

« J'ai reçu, Monsieur, avec la lettre que vous m'avez fait l'honneur de m'écrire le 28 octobre, l'extrait des délibérations prises par l'assemblée du département de l'Élection de Lyon, contenant son avis sur la manière de composer les États Généraux.

« Je me concerterai avec Monsieur le Garde des sceaux pour que cette délibération soit mise sous les yeux du Roi, dès que Sa Majesté s'occupera des arrangements qu en feront l'objet.

« J'ai l'honneur, etc. »

A côté de l'assemblée de l'élection de Lyon, celle de la ville de Lyon et du Franc Lyonnais faisait écouter également ses vœux, et en annonçait ainsi l'expression :

Lettre de MM. les Députés composant l'Assemblée du Département de Lyon et Franc Lyonnais, à M. le Dr Gal des finances, du 3 novembre 1788 [3].

« Monseigneur,

« En s'écartant des règlements qui interdisent aux assemblées de département l'avantage de vous adresser elles-mêmes leurs vœux, celle de la ville de Lyon et Franc Lyonnais sent combien elle risque de vous déplaire. Dans tous les temps, cette crainte respectueuse lui aurait imposé le silence le plus absolu ; mais dans la

1. A.N. Bᴵᴵᴵ 75, p. 104.
2. *Ibid.*, p. 110-111.
3. *Ibid.*, p. 130-133.

circonstance pressée où elle se trouve aujourd'hui, elle ose espérer que vous daignerez excuser sa démarche.

« Vous savez, Monseigneur, que l'arrêt du Conseil du 5 juillet dernier prescrit aux assemblées de département de former sur la convocation des États Généraux un vœu d'après le résultat des recherches que le même arrêt prescrit aux municipalités des villes de faire dans leurs archives. Après l'avoir formé en conformité de cette loi, nous nous proposons de l'insérer dans le procès-verbal de nos séances dont le résumé doit vous être envoyé par la Commission intermédiaire provinciale ; mais en songeant qu'il pourrait être un des objets d'examen des Notables, en présumant avec certitude que cette assemblée serait dissoute avant que le vœu que Sa Majesté a daigné nous demander vous fût parvenue, nous nous sommes décidés à vous le présenter nous-mêmes sans aucun délai.

« Daignez donc, Monseigneur, excuser une démarche qui devenait si nécessaire pour le succès du vœu que nous formons sur l'objet le plus important. Elle sera d'autant plus sûrement la seule, que la circonstance qui la nécessite ne renaîtra plus sans doute.

« Nous saisissons avec infiniment d'empressement l'occasion de vous offrir les sentiments de vénération et du profond respect, avec lesquels nous sommes, Monseigneur, Vos très humbles, etc. »

Signé : « CHARRIER DE LA ROCHE, Prévôt d'Ainay, Président ; DE CASTELLAS, Chanoine baron de S¹ Just ; CHAZETTE, Curé de S¹ Vincent ; DE REGNAULD, REGNIER, MOTAND, TROLLIER DE FÉTAN, SERVAN, DE SILANS, BOLLIOUD DE CHANZIEU, André LAGIER, PÉRISSE-DULUC, FULCHIRON, J.-G. MYÈVRE, BERNAT, secrétaire ; GOURCY-MAINVILLE, Comte de Lyon, Procureur Syndic. »

Cette lettre était suivie de l'extrait du procès-verbal de l'assemblée, dont nous détachons les parties intéressant plus spécialement l'ordre de la Noblesse :

Extrait du procès-verbal de l'assemblée du Département de la Ville de Lyon et de la Province du Franc-Lyonnais à la séance du 3 novembre 1788 [1].

« Cette ville, aussi considérable elle seule qu'un gouvernement entier, renferme dans son sein une population immense. Elle paye à peu près dix millions de charges, tant royales que municipales ou locales ; elle a des intérêts de commerce trop étendus pour qu'il soit nécessaire de s'y arrêter, enfin elle a eu dans toutes les assemblées de la Nation, un grand nombre de députés.

« Tels sont les motifs qui portent l'assemblée de département à demander que la Ville de Lyon ait aux États Généraux prochains huit représentants, savoir : deux

1. A. N. B¹¹¹ 75, p. 137-139.

du Clergé, deux de la Noblesse et quatre du Tiers État, et c'est parce que ces considérations sont infiniment dignes d'attention que le département ose espérer que son vœu sera écouté.

« Pour établir les raisons de cette proposition des trois ordres de cette ville, on observera que le Clergé de Lyon, aussi considérable par son nombre que par ses richesses réunies, a toujours eu deux députés dans toutes les assemblées nationales et que le priver d'un avantage dont il jouit de temps immémorial, ce serait le dépouiller sans cause d'un privilège que tous les Rois comme tous les États Généraux lui ont accordé, et qui ne peut être anéanti que par eux seuls.

« En suivant les principes que le gouvernement pourrait avoir entièrement adoptés comme constitutionnels, la Noblesse doit avoir un nombre de représentants égal à celui du Clergé ; et cette proportion est d'autant plus nécessaire dans une Assemblée nationale qu'elle y est représentée, et relativement à la quotité même des individus de ce corps, et en raison de ses intérêts immenses ainsi que du rang qu'elle tient dans la Nation.

« D'après des considérations aussi puissantes, la Noblesse aura donc deux représentants, et lui refuser sa juste demande, ce serait lui ôter l'influence à laquelle elle cesserait de prétendre, si ses députés étaient en moindre nombre que ceux du Clergé.

. . . .

« Si la Noblesse [1], comme on vient de le dire, doit avoir un nombre de représentants suffisant pour balancer l'influence du Clergé, quelle ne doit pas être la nécessité de donner au Tiers État les moyens de résister à celle des deux autres ordres réunis. Que lui serviraient, en effet, des députés s'ils sont inférieurs en nombre aux premiers ? Quelle que soit la manière dont les intérêts seront pesés, il est incontestable que si le Tiers État n'a pas un nombre suffisant de représentants, il aura sans cesse des réclamations à former. »

. . . .

Manière de faire les Élections, Noblesse [2].

« Tout noble, quel que soit le degré de sa noblesse, pourvu qu'il en jouisse autrement que par une charge dont il serait actuellement pourvu, et qui payera à Lyon 30 livres d'impositions, se réunira à un jour indiqué dans une salle de l'Hôtel de Ville. Ne pourra être admis dans cette assemblée tout noble qui ne serait pas majeur ou qui serait sous la puissance paternelle.

1. A. N. B^III 75, p. 145-46.
2. *Ibid.*, p. 153-154.

« Monsieur le Sénéchal de Lyon présidera la dite assemblée, ainsi qu'il a coutume de la présider toutes les fois que ce corps s'assemble. Pour être député de la Noblesse aux États Généraux, il faudra être d'ancienne noblesse et en jouir sans interruption, depuis au moins cent ans, attendu qu'aucune assemblée nationale n'a jamais considéré comme véritable représentant du corps de la Noblesse, toute personne qui n'y avait pas une certaine antiquité.

« Pour être pareillement élu député de la Noblesse, il faudra payer à Lyon au moins 150 livres de toutes impositions, et y être propriétaire d'immeubles. L'assemblée ainsi formée élira au scrutin deux députés qui seront choisis par la pluralité des suffrages.

. . . .

« Ne pourra également [1] être éligible, ni représenter le Tiers État, tout magistrat qui jouira de la noblesse ; cette classe respectable de citoyens ne devant former dans l'État aucun ordre distinct, ne doit former aucune exception ; mais pourra représenter le Tiers, tout magistrat qui ne serait ni noble ni ecclésiastique, et qui aurait d'ailleurs les qualités requises. »

Un autre document émane de la Commission intermédiaire de l'Assemblée provinciale qui adressa au gouvernement ses vues sur la manière de procéder, comme en témoigne la lettre suivante :

Lettre de MM. les Députés de la Commission intermédiaire à M. le Garde des Sceaux [2]. *15 décembre 1788.*

« Monseigneur,

« Nous avons l'honneur de vous adresser la délibération contenant les vœux de la Commission Intermédiaire, sur la convocation des États Généraux, et les élections des députés.

« Nous sommes, Monseigneur, etc... »

Signé : « RANVIER DE BELLEGARDE, DE LA CHAPELLE, DESCHAMPS, GOUDARD, VALOUS DE LA PROTY, BAROU DU SOLEIL, MILLANOIS, Le Baron DE LA ROCHE, BOSCARY, Secrétaire. »

A cette lettre était jointe la délibération de la Commission intermédiaire dont plusieurs articles concernaient l'ordre de la Noblesse. C'est ainsi que la Commission émettait les vœux :

1. A. N. B^{III} 75, p. 157.
2. B^{III}, 75, p. 232-233. Cf. Les comptes rendus de l'Assemblée provinciale, publiés par M. Guigue, (Trévoux, 1898).

. . . .

« 1° Que l'ordre du Clergé [1], celui de la Noblesse et celui du Tiers État doivent s'assembler chacun séparément pour nommer leurs représentants aux États Généraux, sans mélange d'aucuns individus qui n'appartinssent pas à l'ordre dans lequel ils s'introduiraient de manière qu'aucun noble, non ecclésiastique, ne puisse être admis dans l'assemblée du Clergé, ou du Tiers, ou réciproquement aucun ecclésiastique dans celle de la Noblesse ou du Tiers, ou aucun roturier séculier dans celle du Clergé ou de la Noblesse.

« 2° Que la représentation entre les différents ordres doit être dans une telle proportion que les députés du Tiers État aux États Généraux, soient en nombre égal aux députés réunis du Clergé et de la Noblesse de manière que si la généralité de Lyon, dans la proportion avec les autres généralités du Royaume, envoie trente-deux députés, il y en ait huit du Clergé, huit de la Noblesse et seize du Tiers État.

« 3° Qu'ayant écarté toute influence que pourrait avoir sur un ordre la présence d'aucun membre d'un autre ordre, il doit être libre à un ordre, s'il le juge convenable, de choisir ses représentants dans les personnes d'un autre ordre, et même dans toutes les classes de la société, sans autre condition que d'être majeur, émancipé, non entaché par jugement.

. . . .

« Qu'à l'égard de la Noblesse [2], tout noble, âgé de 25 ans, étant émancipé et possédant une propriété foncière quelconque, doit avoir le droit de se trouver à l'assemblée de la Noblesse de l'élection dans laquelle il fera sa résidence, ou aura ses propriétés, à son choix, mais sans pouvoir voter dans deux Élections. »

Tels sont les principaux documents recueillis à Lyon par le pouvoir royal préalablement aux États Généraux pour connaître le mode le meilleur de la représentation de la Noblesse. Tous sont d'accord pour n'accorder à cet ordre joint au Clergé qu'un nombre de députés ne dépassant pas celui du Tiers État. Ce fait mérite d'être noté ; ce principe fut en effet admis et devint l'origine du vote par tête d'où découla plus tard la fusion des trois ordres et leur réunion en Assemblée nationale.

Chaque province éclaira ainsi l'autorité royale qui, grâce à ces renseignements et à ceux fournis par les bureaux du Directeur des finances remplaçant l'ancien Contrôleur Général et par ceux des divers secrétaires d'État, put arrêter en connaissance de cause les conditions dans lesquelles se feraient les élections de chaque ordre.

1. A. N. B^{III} 75, p. 235-237.
2. *Ibid.*, p. 241.

CHAPITRE II

RÈGLEMENT ROYAL DU 24 JANVIER 1789.
DIFFICULTÉS D'INTERPRÉTATION SOULEVÉES A LYON.

Nous n'avons pas à donner ici le texte du règlement du 24 janvier 1789 relatif à la convocation des États Généraux. Ce document appartient à l'histoire de la France tout entière, et nous n'en rappellerons que les dispositions essentielles concernant l'ordre de la Noblesse. On verra que les vœux transmis de Lyon au pouvoir royal avaient été suivis d'une manière générale.

En effet, aux termes du règlement royal, les députés de la Noblesse devaient être élus par des assemblées de leur ordre, où avaient le droit de comparaître tous les nobles ayant la noblesse acquise et transmissible. Les nobles possédant fiefs devaient être assignés individuellement et pouvaient comparaître en personne ou par procureurs ; quant aux nobles, non possédant fiefs, domiciliés dans le ressort du bailliage et âgés de vingt-cinq ans, ils seraient avisés de la tenue de l'assemblée par les publications et affiches ; ils étaient obligés de comparaître en personne sans pouvoir se faire représenter par un mandataire.

La justification des titres et qualités nobiliaires de ceux demandant à être admis dans l'ordre de la Noblesse, devait être faite devant le bailli ou le sénéchal, et en son absence devant son lieutenant, assisté de quatre gentilshommes. La décision prise ne devait être que provisoire, ne pouvant, aux termes du règlement (art. 42), servir ou préjudicier dans aucun autre cas.

La condition essentielle pour comparaître aux assemblées de la·Noblesse était donc d'avoir la noblesse acquise et transmissible. Le ministre précisait les questions de cette nature dans sa lettre [1] du 15 février 1789 adressée à M. de Lessart :

« A Versailles, le 15 février.

« Le règlement du 24 janvier dernier, Monsieur, donné pour la convocation des États Généraux du royaume a statué par l'art. 12, que *tous les nobles* indistinctement possédant fiefs, devaient être assignés, ou s'ils ne l'étaient pas qu'ils n'en

1. Arch. Nat., B⁴ 48.

étaient pas moins autorisés à comparaître à l'assemblée de la Noblesse du bailliage ou sénéchaussée dans le ressort duquel étaient fixés leurs fiefs.

« L'art. 16 admet aussi à cette assemblée tous les nobles non possédant fiefs, mais *ayant*, est-il dit, *la noblesse acquise et transmissible*.

« Quoique cette dernière disposition, explique fort bien ce que Sa Majesté a entendu par personne noble, cependant on demande dans quelle classe doivent être compris tous les magistrats des Parlements, du Grand Conseil, des Cours des Aides, de la Cour des Monnaies, des Bureaux des Finances, ou les secrétaires du Roi et autres sujets du Roi pourvus d'offices donnant la noblesse au premier ou au second degré, qui sont dans le cours de l'acquisition de la noblesse, mais qui ne l'ont pas encore acquise.

« En supposant qu'ils ne pussent s'appliquer l'art. 16, quelques-uns soutiennent qu'ils doivent profiter de l'art. 12, qui a posé pour les possédants fiefs, comme l'art. 16 pour les simples nobles sans fiefs, la même condition d'avoir la noblesse acquise et transmissible. Ceux-là surtout qui ont des lettres d'honoraires de charges des Parlements et autres Cours des provinces qui ne donnent la noblesse qu'au second degré, insistent particulièrement; quoique ne pouvant la transmettre, ils n'en sont pas moins, disent-ils, personnes nobles d'une noblesse acquise à leurs personnes et qui ne peut plus les abandonner, et s'ils possèdent des fiefs, ils se flattent de jouir du bénéfice de l'art. 12.

« Enfin, tous craignant de n'être pas admis par la Noblesse et voyant les dispositions annoncées par le Tiers État de les exclure de toute députation, ils se plaignent de leur situation qui les met dans le cas de n'appartenir à aucun ordre, et d'être ainsi exposés à la fois à manquer de représentants à l'Assemblée nationale, ce qui leur paraît une injustice, ou à ne pouvoir espérer d'y prendre aucune place, ce qui est une privation pénible, pour tout bon citoyen.

« Cette classe, Monsieur, comprend beaucoup de magistrats en activité; elle est considérable par le nombre et très précieuse par ses lumières, ses services personnels et les propriétés foncières qu'elle possède. J'attendrai pour répondre aux questions qui me sont faites que vous ayez bien voulu exposer la difficulté à MM. les commissaires et me faire part de leur avis.

« J'ai l'honneur,... »

Tandis que le ministre prévoyait ainsi d'une manière générale les difficultés d'interprétation du règlement royal, la même perplexité se manifestait à Lyon.

En effet, le 14 février 1789, le Lieutenant général en la sénéchaussée de Lyon, Basset, remplaçant le marquis de La Ferrière, sénéchal d'épée, adressait au Garde des sceaux, la lettre suivante [1] :

1. Arch. Nat., B^m 75, p. 505 et seq.

« Monseigneur,

« Il se présentera sûrement plusieurs difficultés, sur lesquelles, conformément au règlement, j'aurai l'honneur de prendre vos ordres. Permettez que je vous en soumette quelques-unes : les corps de judicature sont-ils compris dans les corporations dont il est parlé dans l'article 26 du règlement ? Il y en a trois principaux à Lyon : la Sénéchaussée, le Bureau des finances et l'Élection. Les deux premiers sont composés partie de l'ordre de la Noblesse, partie du Tiers État. Ces corps seraient-ils dans le cas d'être convoqués par la municipalité, ou les membres iraient-ils à l'assemblée, chacun dans leur ordre ?

. . . .

« Conformément à l'art. 16, tous les nobles non possédant fief, ayant la noblesse acquise et transmissible, etc., se rendront à l'assemblée des trois États, mais l'on demande si les Secrétaires du Roi, les Échevins de notre ville qui n'ont pas achevé leur exercice, et conséquemment qui n'ont pas encore la noblesse acquise pourront être reçus dans l'assemblée du Tiers ? Ne serait-on pas fondé à leur opposer qu'ils ont les privilèges de la Noblesse, conséquemment qu'ils ne peuvent être de l'ordre du Tiers : dans cette hypothèse, ils ne seraient d'aucun ordre. Voilà, Monseigneur, des réflexions faites d'après une lecture rapide du règlement : j'aurais désiré pouvoir les méditer plus longuement, mais le temps presse.

« Je suis,..... »

Signé : « Basset .»

La réponse du Garde des sceaux fut la suivante [1] :

« Monsieur,

« J'ai lu la lettre que vous m'avez adressée, par laquelle vous proposez différentes questions relatives à la convocation des États Généraux. Sur la première, en ce qui concerne les corps de judicature, ils peuvent se présenter à l'assemblée selon qu'ils croiront plus convenable à leur dignité ou à leurs intérêts, soit en députant comme corporations, dans la forme prescrite par l'art. 26, soit en assistant individuellement à l'assemblée de ceux qui ne sont compris dans aucune corporation, conformément à l'art. 27. Le règlement, en s'exprimant d'une manière générale laisse la liberté sur ce point.

. . . .

« Il est sans difficulté que ceux qui n'ont pas la noblesse acquise aux termes de l'art. 16 du règlement ne peuvent être rangés dans l'ordre de la Noblesse, parce

1. A. N. B⁣ᵘⁱ 75, p. 505 et seq.

qu'ils n'appartiennent pas encore à cet ordre ; autrement ils seraient dans le cas d'en être exclus, si avant l'expiration du terme fixé pour avoir la noblesse acquise et transmissible, ils cessaient de posséder l'office qui ne les anoblit qu'après ce terme.

« Je suis,... »

Cette manière de voir était conforme à une interprétation stricte du règlement royal qui réservait l'entrée de la chambre de la Noblesse aux seules personnes véritablement nobles. Une consultation juridique du temps, conservée dans les cartons de la sénéchaussée de Lyon résout d'ailleurs la question dans le même sens :

Mémoire ou questions [1] *sur quelques articles du règlement annexé aux lettres de convocation, données en consultation à M... par Monsieur...*

Quatrième question :

« Les Avocats, les Médecins, le Trésoriers de France et autres qui jouissent de la noblesse personnelle comme les Élus, les Secrétaires du Roi, etc., doivent-ils être considérés comme nobles relativement à la convocation ? »

Réponse :

« Lorsqu'il est question de nobles dans le règlement, on ne leur donne cette qualification qu'en y ajoutant ces mots : ayant la noblesse acquise et transmissible ; ainsi ceux qui, à raison de leur état, ou de leurs titres, ou de leurs charges jouissent seulement de la noblesse personnelle, mais qui ne l'ont pas encore acquise, soit parce qu'ils ne sont pas d'extraction noble, soit parce qu'ils n'ont pas possédé leurs charges le temps prescrit pour pouvoir la transmettre à leurs enfants, soit enfin parce que leur état ne leur donne que la noblesse personnelle sans pouvoir la transmettre à leurs enfants quelque temps qu'ils l'exercent, ne sont pas compris sous la dénomination de nobles. »

Indépendamment des qualités nobiliaires requises, le règlement exigeait certaines conditions de domicile. L'examen de ces conditions, joint à d'autres questions, faisait l'objet de la lettre suivante, du 23 février 1789, adressée au Garde des sceaux par le Lieutenant général en la sénéchaussée [2] :

1. A. N. B^m 75, p. 503.
2. *Ibid.*, p. 588 et seq.

« Monseigneur,

« J'ai l'honneur de vous soumettre des questions dont je vous supplie de vouloir bien me donner la solution. Il s'est élevé un doute sur lequel on pourrait faire une motion à la première Assemblée générale.

« Un noble possédant fief dans le ressort d'un bailliage ou sénéchaussée, et ayant son domicile dans le ressort d'un autre bailliage ou sénéchaussée où il n'a aucune propriété, peut-il être admis aux deux assemblées de manière qu'il pût se faire représenter dans le ressort où est son fief, et venir en personne dans celui de son domicile? Ne pourrait-il pas, dans le ressort de son domicile, faire des motions qui ne tendraient qu'à favoriser le ressort où serait situé son fief?

. . . .

« Les Lieutenants généraux qui ne sont pas du Tiers État, et qui présideront cet ordre sont-ils dans le cas de l'article 30, qui concerne les officiers municipaux et les juges des lieux qui présideront les assemblées de paroisse? En conséquence, n'auront-ils aucune voix pour la rédaction des cahiers et pour l'élection des députés? Si les trois ordres se réunissent pour faire leurs cahiers, par qui seront-ils présidés?

« Je suis, etc... »

Signé : « BASSET. »

Réponse de M. le Garde des sceaux à la précédente.

« Vous demandez, Monsieur, si un noble possédant fief dans un autre bailliage que celui où il est domicilié, doit être admis à l'assemblée de ces deux bailliages? La question se décide affirmativement.

. . . .

Quant à la question de savoir, si les Lieutenants généraux qui ne sont pas du Tiers État, et qui présideront cet ordre, auront voix délibérative, il est hors de doute que la question se décide affirmativement.

« Il est également sans difficulté que les trois ordres réunis seront présidés par le Bailli, ou en son absence par Monsieur le Lieutenant général.

« Je suis, etc... »

CHAPITRE III

CONVOCATION DE L'ASSEMBLÉE DE LA NOBLESSE
DE LA SÉNÉCHAUSSÉE DE LYON.

Le règlement du 24 janvier 1789 une fois rendu, et éclairé par les explications spontanées ou provoquées, il y eut lieu de procéder effectivement et conformément aux mesures arrêtées, à la convocation des assemblées. Les Lettres royales de convocation étaient arrivées à Lyon le 13 février 1789, et aussitôt, de l'hôtel du gouverneur elles étaient, par les soins du prévôt général de la maréchaussée Clapeyron, passées entre les mains du lieutenant général Basset. Les lettres de Sa Majesté fixaient le nombre des députés de chaque ordre, soit quatre pour chacun des ordres privilégiés et huit pour le Tiers État. Il fallait aviser à leur élection.

Tout d'abord des dispositions d'ensemble furent concertées, concernant également les trois ordres ; mais leur but étant de faciliter la réunion de l'une ou l'autre des assemblées, il convient d'indiquer les décisions prises. Elles sont résumées dans des lettres adressées par l'Intendant de Lyon au Lieutenant général en la sénéchaussée de Lyon, aux receveurs des finances et aux subdélégués de l'Intendant :

Lettre de M. l'Intendant à MM. les Grands Baillis, et en leur absence aux Lieutenants généraux des Bailliages de la Généralité de Lyon, 16 février 1789[1].

   « MM.

« Monsieur le Garde des sceaux m'a fait connaître les intentions du Roi, concernant l'exécution des lettres de convocation aux États Généraux, et particulièrement l'intention de Sa Majesté de faire régner dans toutes les assemblées la plus grande liberté en la conciliant avec le bon ordre et la tranquillité publique.

« Mgr le Garde des sceaux me charge particulièrement s'il survenait quelque événement qui put mettre l'un ou l'autre en danger, de lui en rendre compte sur-le-champ, d'en informer le Commandant de la province, et de prendre de concert avec lui, les mesures les plus sages et les plus promptes pour rétablir le calme. — Je suis loin, Monsieur, de prévoir le plus léger trouble dans aucune des assemblées

---

1. Arch. Nat. B 75, p. 520 et seq.

qui vont avoir lieu, mais si vous en prévoyez, ou s'il en survenait, je vous prie de vouloir bien m'en faire part, et mè faire connaître en même temps les précautions que vous croiriez convenables de prendre relativement aux circonstances.

« Permettez-moi, Monsieur, de profiter de ce'te occasion pour vous offrir tous les renseignements qui pourront contribuer à faciliter l'exécution des ordres dont vous êtes chargé. — J'ai mandé à MM. les Subdélégués et Receveurs particuliers des finances, de donner tous les détails qui pourront leur être demandés de votre part.

« Je suis, etc... »

Lettre [1] *de M. l'Intendant aux Receveurs des finances de la dite Généralité, du 16 février 1789.*

« Les Lettres de convocation aux États Généraux, MM., vont avoir leur exécution. L'intention du Roi est que vous donniez tous les renseignements qui pourront vous être demandés de la part de M. le Grand Bailli, ou de M. le Lieutenant général du bailliage ou de la sénéchaussée dans le ressort duquel vous êtes placé.

« Je suis, Monsieur, etc... »

Lettre [2] *de M. l'Intendant aux Subdélégués de la dite Généralité, du 16 février 1789.*

« J'ai l'honneur de vous adresser, MM., un exemplaire du règlement de Sa Majesté, concernant la convocation des États Généraux. J'y joins la copie d'une lettre que Mgr le Garde des sceaux m'a écrite à ce sujet; vous verrez dans l'une et dans l'autre quelles sont les intentions du Roi, et ce que Sa Majesté attend de vous dans cette occasion importante. — Je ne doute pas de votre exactitude à vous y conformer, et à n'user de l'influence que vous pouvez avoir dans l'étendue de votre département que pour assurer plus particulièrement la liberté que Sa Majesté veut que l'on fasse régner dans toutes ces assemblées. — Je vous prie de m'informer exactement de tout ce qui pourra intéresser l'ordre public, et du progrès des assemblées à mesure de leur formation.

« Je vous prie aussi, MM., de vouloir bien procurer, à M. le Grand Bailli, ou à M. le Lieutenant général, tous les renseignements qu'ils pourront vous demander, et généralement tout ce qui pourra concourir à la plus prompte et à la plus facile exécution des ordres du Roi, si vous en êtes requis.

« Je suis, etc... »

1. A. N. B^m 75, p. 520 et seq.
2. *Ibid.*

Ces dispositions préliminaires une fois prises, l'ordonnance de convocation des diverses assemblées fut rendue le 17 février 1789. Faite au nom du Sénéchal de Lyon, Charles de Masso de La Ferrière, que son grand âge maintenait éloigné de Lyon, l'ordonnance fut effectiveme it l'œuvre du Lieutenant général en la Sénéchaussée.

Cette ordonnance appliquait à la Sénéchaussée de Lyon les principes du règlement royal du 24 janvier 1789. Elle fixait au 14 mars 1789 à huit heures du matin l'assemblée générale des trois ordres de la sénéchaussée, et décidait entre autres choses [1] :

« 1° Qu'à la requête du Procureur du Roi,

. . . .

tous les Ducs, Pairs, Marquis, Comtes, Barons, Châtelains et généralement tous les nobles possédant fief dans l'étendue de cette sénéchaussée, seront assignés par un huissier royal au principal manoir de leurs fiefs, pour comparaître, savoir : tous les possesseurs de fiefs en personne ou par procureurs de leur ordre, à ladite assemblée générale, aux jour et heure ci-dessus indiqués,

. . . .

« 3° Que,

. . . .

tous nobles non possédant fiefs, ayant la noblesse acquise et transmissible, âgés de vingt-cinq ans, nés français ou naturalisés, et domiciliés dans notre ressort, suffisamment avertis par les publications, affiches, et cri public, seront également tenus de se rendre en personne, et non par procureurs, à ladite assemblée aux mêmes heure et jour,

. . . .

« 8° Que,

. . . .

tous les nobles possédant fief, et tous ceux ayant la noblesse acquise et transmissible, qui se seront rendus ledit jour en la présente ville, seront tenus de comparaître à ladite assemblée générale qui sera tenue par nous.

« 9° Qu'à ladite assemblée, il sera donné acte aux comparants de leur comparution, et défaut contre les non-comparants, qu'il sera procédé à la vérification des pouvoirs des députés et procureurs fondés et ensuite à la réception, dans la forme accoutumée, du serment que feront tous les ecclésiastiques, tous les nobles et tous les membres du Tiers État présents, de procéder fidèlement d'abord

1. Extrait des registres de la Sénéchaussée de Lyon (17 février 1789). *Ibid.*, p. 555 et seq.

à la rédaction d'un seul cahier, s'il est ainsi convenu par les trois ordres, ou séparément à celui de chacun des trois ordres, ensuite à l'élection, par la voix du scrutin, de notables personnages, au nombre et dans la proportion déterminée par la lettre de Sa Majesté, pour représenter aux dits États Généraux les trois États de cette sénéchaussée.

« 10° Que les ecclésiastiques et les nobles se retireront ensuite dans le lieu qui leur sera désigné par nous, pour y tenir leurs assemblées particulières ; savoir celle du Clergé sous la présidence de celui à qui l'ordre hiérarchique la défère ; celle de la Noblesse, sous la présidence de M. le Sénéchal, et en son absence, du plus âgé des dits nobles, jusques à ce qu'ils aient fait choix dans ladite assemblée, d'un président ; que les députés du Tiers État resteront dans la salle de l'assemblée sous notre présidence.

« 11° Que dans l'assemblée des deux premiers ordres, il sera procédé d'abord à haute voix à l'élection d'un secrétaire, celui de nos greffiers qui sera par nous commis devant en tenir lieu aux députés du Tiers État ; ensuite il sera procédé à la délibération à prendre par les trois ordres séparément pour décider s'ils procéderont conjointement ou séparément à la rédaction de leurs cahiers, et à l'élection des députés pour les États Généraux.

« 12° Que l'expédition en forme des dites délibérations nous sera remise, pour être ensuite par nous ordonné, que la rédaction du cahier et la nomination des députés seront faites en commun, si chacun des trois ordres l'a ainsi délibéré ; qu'au dit cas, il sera nommé par les dits trois ordres des commissaires pour la rédaction du cahier, dans lequel seront réunis et réduits tous les cahiers particuliers du Tiers État de cette sénéchaussée et ensuite procédé à l'élection par voie de scrutin des députés des dits trois ordres, au nombre et dans la proportion déterminés par la lettre de Sa Majesté.

« 13° Que dans le cas où, par la délibération d'un des trois ordres, il aurait été résolu que la rédaction de leurs cahiers et l'élection de leurs députés seraient faites séparément, il sera nommé, dans chacune des trois chambres, des commissaires pour procéder à ladite rédaction, que chacun des dits cahiers signés par tous les commissaires, le président et le greffier, nous sera remis, pour être par nous délivrés aux députés qui devront être élus ; qu'il sera ensuite procédé à l'élection des députés de chacun des dits trois ordres, au nombre et dans la proportion déterminée par la lettre de Sa Majesté, réduction préalablement faite, s'il y a lieu, du nombre des électeurs du Tiers à celui de deux cents, ainsi qu'il est porté en l'article 34 du règlement de Sa Majesté.

« 14° Qu'il nous sera remis copie en forme, des trois procès-verbaux de l'élection des dits députés ; que les trois ordres seront tenus de se rendre à notre Assemblée générale aux jour et heure que nous indiquerons, pour y assister à la prestation de serment en la manière accoutumée, des dits députés; qu'il sera dressé procès-verbal de tous les dits actes, ensemble des instructions et pouvoirs généraux et suffisants qui seront donnés aux dits députés, pour proposer, remontrer, aviser et consentir tout ce qui peut concerner les besoins de l'État, la réforme des abus, l'établissement d'un ordre fixe et durable dans toutes les parties de l'administration, la prospérité générale du royaume, et le bien de tous et de chacun des sujets du Roi ; lequel procès-verbal restera déposé au greffe de notre siège, et trois copies duement collationnées d'icelui seront remises aux dits députés, avec le, ou les dits cahiers des trois États de cette sénéchaussée, pour être par eux déposé au secrétariat de leur ordre respectif aux États.

« Fait et prononcé judiciairement par nous, Lieutenant général susdit, l'audience tenant, ce jourd'huy 17 février 1789. »

Signé : « BASSET et RAMBAUD. »
Collationné, signé : « FLEURDELIX. »

Cette ordonnance du Lieutenant général prévoyait donc dans ses détails la convocation des trois ordres ; elle réglait leur assemblée générale, leurs délibérations communes ou séparées et fixait ainsi à chaque partie intéressée la conduite à tenir. Peu après, le 9 mars 1789, quelques jours avant l'assemblée générale, une nouvelle ordonnance précisait quelques détails afin qu'au jour dit toute confusion fut évitée :

De par le Roi et M. le Lieutenant général en la Sénéchaussée et Présidial de Lyon, Avertissement [1] *pour le jour de l'assemblée générale indiquée au 14 mars, huit heures du matin ; du 9 mars 1789.*

« Nous Laurent Basset, chevalier conseiller honoraire en la Cour des monnaies, Lieutenant général en la Sénéchaussée et Siège présidial de Lyon, Prévenons MM. des trois ordres, que l'assemblée indiquée par notre ordonnance du 17 février pour le 14 mars précis huit heures du matin, se tiendra dans l'église des Cordeliers de Saint-Bonaventure. Pour éviter toute confusion, MM. de l'ordre du Clergé sont invités de se rendre avant huit heures, dans la chapelle des Pénitents de Notre-Dame du Confalon, MM. de l'ordre de la Noblesse dans la salle du concert ; MM. les députés de l'ordre du Tiers État, dans l'église des Cordeliers, destinée à l'assemblée générale ; ils y entreront par la grande porte, et voudront bien, avant d'entrer, justifier de leurs pouvoirs. Quand les ordres seront assemblés, MM. du Clergé et de

____

1. A. N. B^{III} 75, p. 738 et seq.

la Noblesse se rendront en corps dans l'église des Cordeliers par les portes qui leur seront indiquées ; l'ordre du Clergé prendra la droite, l'ordre de la Noblesse, la gauche ; avant leur arrivée, l'ordre du Tiers État aura pris sa place en face. Nous prévenons les possédants fiefs qui auraient été assignés en vertu de notre ordonnance du 17 février, que, conformément aux articles 9 et 12 du règlement, ils ne peuvent être admis à l'assemblée, ou s'y faire représenter qu'autant qu'ils sont nobles.

« Et sera le présent avertissement, publié, affiché, et distribué partout où besoin sera.

« Fait à Lyon, en notre hôtel, le 9 mars 1789. »

Signé : « BASSET. »

Ces décisions avaient pour but d'assurer la régularité et l'ordre dans la tenue de l'assemblée, de telle manière que seuls les ayants droit y prissent part. Les mesures les plus sérieuses avaient été également concertées pour que la liberté des délibérations fut pleinement assurée : pour cela les agents de l'autorité qui avaient à un titre quelconque le droit de figurer à cette assemblée générale avaient décidé de n'y pas prendre part. Dès le 17 février 1789, l'intendant de Lyon Terray adressait au Garde des sceaux la lettre suivante, dont le double était également transmis au Directeur général des finances et à M. de Villedeuil :

« Monseigneur [1],

« Vous m'avez fait connaître par la lettre que vous m'avez fait l'honneur de m'écrire le 10 de ce mois, que l'intention du Roi est que toutes les personnes qui ont des rapports directs ou indirects avec le gouvernement s'abstiennent soigneusement de tout ce qui pourrait paraître avoir quelque influence sur l'élection des députés aux États Généraux, et à la rédaction des cahiers.

« Je suis propriétaire d'une terre et de plusieurs paroisses situées dans le ressort de la sénéchaussée de Lyon ; je devrais à ce titre me rendre à l'assemblée de la Noblesse ; les curés des paroisses qui m'appartiennent se rendront à celle du Clergé, et plusieurs habitants des mêmes paroisses assisteront à celle du Tiers État. Dans ces circonstances, je crois devoir, pour me conformer aux intentions de Sa Majesté, m'absenter [2] de la ville de Lyon, pendant la durée de l'assemblée des trois ordres. Je compte en conséquence me rendre à Roanne le 4 du mois prochain. Si vous approuvez mes motifs, Monseigneur, et si des circonstances imprévues vous mettaient dans le cas de m'adresser des ordres dont l'exécution fut instante, je vous prie de vouloir bien me les faire parvenir directement à Roanne ; peu d'heures

---

1. B^m 75, p. 532 à 534.

2. L'intendant Terray ne fut autorisé à s'absenter qu'un peu plus tard. Il annonce en effet son départ seulement le 1er avril (A. N. B^m 76, p. 543).

suffisent pour se rendre de cette ville dans celle de Lyon, et l'exécution des ordres du Roi n'en éprouverait aucun retard.

« Je suis, Monsieur, etc.... »
Signé : « TERRAY. »

Le Prévôt des marchands de Lyon, Tolozan de Montfort, écrivait de même à M. de Villedeuil, le 5 mars 1789 [1].

« Monsieur,

« Ma position particulière dans les circonstances actuelles m'a fait faire diverses réflexions que je dois avoir l'honneur de vous soumettre, et qui m'invitent à m'abstenir d'assister à l'assemblée générale des trois ordres de la Sénéchaussée, indiquée pour le 14 de ce mois, ainsi qu'aux assemblées subséquentes de la Noblesse. — Ma simple qualité de citoyen me donne le droit de voter, et je ne peux user de ce droit qu'en prenant rang indistinctement dans l'ordre de la Noblesse; mais dois-je le faire en considérant ma qualité de commandant? Elle comporte implicitement l'équivalent du titre de commissaire du Roi, et sous ce point de vue, les membres des assemblées dans lesquelles je me présenterais, pourraient m'observer que ma seule présence pourrait être un obstacle à la liberté des suffrages, et à la discussion des matières sur lesquelles on a à délibérer. Je n'aurais dans ce cas, ce qui est assez vraisemblable, d'autre parti à prendre que de me retirer ; indépendamment du regret que j'aurais d'avoir fait une démarche hasardée, l'on pourrait avoir à me reprocher d'avoir compromis la dignité de l'autorité dont je suis revêtu ; d'ailleurs il me semble, Monsieur, que je ne saurais m'en dépouiller, en aucune manière, dans une occasion aussi importante, et qui exige autant de vigilance que de prudence pour empêcher, autant qu'il est possible, que l'agitation des esprits n'apporte quelque atteinte au maintien du bon ordre et de la tranquillité publique.

« La tenue de l'assemblée générale indiquée pour le 14 de ce mois, excitera plus que toute autre la curiosité du public qui se mettra en mouvement pour en connaître les résultats ; et cette seule présomption me paraît suffisante pour penser qu'il convient que je me tienne chez moi, afin d'être librement et sans cesse informé de l'exécution des mesures que j'aurais prises, et de pouvoir donner de même les ordres qui deviendraient nécessaires pour le moment, en raison des accidents imprévus que l'affluence du peuple pourrait occasionner. D'après ces réflexions, Monsieur, j'ai cru devoir prendre la résolution de m'abstenir de paraître à l'assemblée générale du 14, ni dans les assemblées particulières de la Noblesse, à moins que je reçoive

---

1. B^m 75, p. 700-703.

un ordre supérieur pour y assister, avec des instructions précises sur la conduite que je dois tenir. J'aurai l'honneur de vous observer essentiellement qu'elle ne pourrait qu'être fort délicate et embarrassante, car si dans les assemblées où je me trouverais, il s'élevait quelque fermentation d'une conséquence répréhensible, pourrais-je me dispenser d'en rendre compte et d'en faire connaître les auteurs, et néanmoins de quel œil me verraient ceux qui auraient cru pouvoir opiner librement, dans une assemblée où chacun a le droit d'exposer sa manière d'envisager les choses mises en délibération.

« Je suis avec un respect infini, Monsieur,

« Votre très humble, etc.... »

Signé : « TOLOZAN DE MONTFORT. »

M. de Villedeuil répondit le 10 mars 1789 [1] :

« Je ne puis, Monsieur, qu'approuver les principes qui vous déterminent à vous abstenir de vous trouver en personne à l'assemblée des trois ordres de la Sénéchaussée de Lyon, puisqu'elle se tient dans le lieu même de votre commandement. Mais rien n'empêche que vous donniez votre procuration pour être représenté comme tout membre de la Noblesse à raison des fiefs que vous pouvez posséder dans le ressort.

« J'ai l'honneur d'être....

« V... »

Cependant la tenue de l'assemblée approchait et entre temps la fermentation des esprits excités par ces grands événements ne laissait pas de se développer chaque jour : elle nécessitait des mesures d'ordre et le Prévôt des marchands rendait compte de cette situation au Directeur général des finances par une lettre du 14 mars 1789 [2] où après avoir dit la difficulté de la tenue des assemblées préliminaires du Tiers État, il ajoutait :

« L'extrême fermentation des esprits, les principes que la multitude a adoptés contre tous les individus, que l'ordre social place au-dessus d'elle, et le tumulte ainsi que les injustices qui se sont manifestés dans presque toutes les assemblées un peu nombreuses, en ont éloigné la plupart des personnes sages, ou jouissant de quelque considération....... ....

« La journée d'hier a été plus tranquille, nos exhortations et nos avis ont ramené le calme et la confiance ; ....

« Le Consulat, Monsieur, s'est occupé sans relâche de tous les détails qui lui étaient attribués, et dès l'instant que les lettres de Sa Majesté lui ont été notifiées, il s'est

1. B⁴ 48.
2. Bᴵᴵᴵ 75, p. 744-748.

régulièrement assemblé chaque jour, et très souvent deux fois : il a donné les diverses décisions, que les cas lui ont paru requérir, et, quoiqu'il ait pu difficilement ne pas faire des mécontents, quoique l'esprit d'inquiétude et d'indocilité qui s'est généralement répandu, ait rendu sa position très perplexe, et lui ait attiré des désagréments non mérités, il s'estimera heureux si les États Généraux sont pour ses citoyens la source de tout le bien qu'ils doivent en attendre, et si vous trouvez, Monsieur, qu'il ait convenablement rempli les intentnios du Roi. — L'assemblée générale des trois ordres, par devant Monsieur le Lieutenant général de la Sénéchaussée, a lieu dans ce moment dans l'église des Cordeliers de Saint-Bonaventure.

« J'ai concerté à l'avance avec ce magistrat toutes les mesures qui doivent en assurer la tranquillité, tant en dedans qu'au dehors, et j'ai tout lieu d'espérer que les ordres que j'ai donnés auront le salutaire effet que nous nous en sommes promis. — N'ayant au surplus, Monsieur, reçu de votre part aucune autorisation expresse pour assister à cette assemblée dans l'ordre de la Noblesse, j'ai cru devoir m'abstenir de m'y rendre, par les motifs que j'ai eu l'honneur de vous expliquer.

« Je suis, etc.... »

Signé : « TOLOZAN DE MONTFORT. »

Le même jour, avant d'aller présider l'assemblée des trois ordres, le Lieutenant général en la sénéchaussée, Basset, écrivait au Garde des sceaux [1] :

« 14 mars 1789.

« Monseigneur,

« J'ai reçu la lettre dont vous m'avez honoré portant différentes instructions ; l'assemblée pour la nomination des députés aux États Généraux a lieu aujourd'hui : je pars dans le moment pour m'y rendre ; comme probablement la séance sera longue, il me sera impossible d'avoir l'honneur de vous en rendre compte avant lundi, n'y ayant point demain de courrier.

« Désirant vivement remplir les intentions du Roi, et mériter votre confiance, je ferai tout ce qui dépendra de moi pour maintenir l'ordre et l'harmonie dans cette assemblée.

« Je suis avec respect, Monseigneur, etc... »

Signé : « BASSET. »

Nous suivrons nous même le Lieutenant général en nous transportant à cette assemblée qui nous intéresse particulièrement puisque le procès-verbal de cette séance solennelle indique quels furent les gentilshommes présents à cette réunion plénière.

1. B^{al} 75, p. 736-737.

CHAPITRE IV

ASSEMBLÉE GÉNÉRALE DES TROIS ORDRES DE LA SÉNÉCHAUSSÉE DE LYON (14 MARS 1789).

Le procès-verbal officiel de cette assemblée ayant été conservé, nous lui laissons la parole :

Procès-verbal de la première assemblée des trois ordres de la ville et Sénéchaussée de Lyon du 14 mars 1789 [1].

« Nous Laurent Basset, chevalier, conseiller honoraire en la Cour des Monnaies, Lieutenant général en la Sénéchaussée et Siège présidial de Lyon, savoir faisons :

« Qu'en l'Assemblée générale des trois ordres réunis, du Clergé, de la Noblesse et des députés du Tiers État de cette sénéchaussée de Lyon, convoquée en exécution et en conformité des lettres de Sa Majesté données à Versailles, le vingt-quatre janvier dernier, du règlement y annexé, et de notre ordonnance rendue en conséquence le dix-sept février dernier, tant par la voie de la publication que affiches et significations qui en ont été faites à la diligence du Procureur du Roi de cette sénéchaussée, que par celle des assignations qui ont été données à sa requête, et par Nous tenue et présidée ce jour d'hui, quatorze mars mil sept cent quatre-vingt-neuf, sur les huit heures du matin, dans l'église des cordeliers de Saint-Bonaventure de cette ville, où nous nous sommes rendus avec M. Pierre Thomas Rambaud, écuyer, premier avocat du Roi en la dite Sénéchaussée et Siège présidial de Lyon, faisant les fonctions de Procureur du Roi en son absence, et Mᵉ Joseph Marie Fléchet greffier de la Chambre du Conseil de la dite Sénéchaussée et Siège présidial par Nous choisi pour tenir la plume et précédé de nos huissiers de service ; dans laquelle assemblée ont comparu :

---

1. Arch. Nat. Bᵐ 75, p. 765 et seq. Ce procès-verbal officiel dont l'original est aux Archives fut imprimé en 1789. Nous connaissons l'existence d'un exemplaire appartenant à M. Henry Roux de Bézieux, d'une famille d'échevinage de Lyon. Cet exemplaire est intitulé : « Procès-verbaux des séances des assemblées générales des trois ordres et des assemblées particulières du Tiers État de la ville et du ressort de la Sénéchaussée de Lyon, tenues en exécution des lettres de convocation pour les États libres et généraux du royaume en mars et avril 1789 : suivis des cahiers de chaque ordre. » A Lyon — de l'imprimerie d'Aimé Delaroche, 1789 — in-8° de 236 pages.

« D'une part, MM. de l'ordre du Clergé placés à la droite de l'assemblée, savoir, MM. [suit l'énumération des membres comparants de l'ordre du Clergé].

. . . .

« D'autre part [1], MM. de l'ordre de la Noblesse, placés à la gauche de l'assemblée, à savoir [2] :

                    MM...

1. Étienne, comte de Drée, chevalier, sg^r de Châteauneuf, de Meyzilly représenté par messire Laurent-Gabriel-Hector de Cholier, comte de Cibeins, par procuration du six du présent mois, reçue et délivrée en minute, par Mes Deyeux et son confrère, notaires à Paris.

2. Le comte de Cibeins susnommé, personnellement.

3. Jean-Baptiste Bourbon du Deaulx.

4. Dominique Vouty, représenté par le dit sieur Bourbon, par procuration du neuf de ce mois, reçue et expédiée par Mes Lanier et Destours, notaires à Lyon.

5. Gabriel-Bernard Albanel de Cessieu, fils.

6. Jacques Deschamps.

7. Pierre-Suzanne Deschamps, écuyer.

8. Jean-Nicolas Dervieu de Villieu, chevalier, capitaine au corps royal de l'artillerie.

9. Jacques-Hugues-Suzanne de Chaponay, fils.

10. Pierre-Elizabeth, comte de Chaponay, baron de Morancé et Belmont, sg^r de Beaulieu, Lepin, Marzé, Liserable, Saint-Jean-des-Vignes et autres lieux, représenté par le dit messire Hugues-Suzanne de Chaponay, son fils, par procuration du neuf de ce mois, reçue et délivrée en minute par Me Chapuis, notaire.

11. Jean-Pierre Desfours de Maisonforte, chevalier.

12. Fleurie Dutreuil, veuve de messire Blaise Desfours, écuyer, ancien conseiller en la Cour des Monnaies de Lyon, usufruitière des biens immeubles de sa succession, représentée par le dit sieur Jean-Pierre Desfours, son fils, par procuration expédiée et signée par Mes Delompues et Chazal, notaires à Lyon, en date du neuf de ce mois.

13. Claude Servant de Poleymieux, chevalier, trésorier de France en cette généralité de Lyon.

14. Antoine Chasseing, chevalier, conseiller au Parlement, sg^r de Chasselay et des Chères, représenté par le dit sieur Servant de Poleymieux, par procuration du

----

1. B^m 75, p. 834 à 867 (et vérifié sur B^4 48). Nous respectons l'orthographe souvent bien erronée des noms de personnes et de fiefs.

2. Le Procès-verbal ne donne pas de n^o d'ordre à chaque comparant. Nous en avons mis pour plus de clarté.

vingt-huit février dernier, reçue et délivrée en minute par Mes Pettier et Boulard, notaires à Paris.

15. Claude Carra de Rochemure, chevalier, capitaine au régiment d'Orléans.

16. Pierre-Benoît Carra de Vaux, sg^r de Vaux et autres places, et du fief de Laye-en-Lyonnais, représenté par le dit sieur Claude Carra de Rochemure, par procuration du douze de ce mois, reçue et délivrée en minute par Me Michel, notaire royal.

17. Jean-Pierre-Antoine Chirat, écuyer, lieutenant particulier en la sénéchaussée de Lyon.

18. Antoine Debeck, chevalier, sg^r de la Valsonnière, représenté par le dit Mr Chirat, par procuration du treize de ce mois reçue et délivrée en minute par Mes Mattagrin et Berger, notaires royaux.

19. Claude, marquis de Sarron, possesseur du fief de Civrieux en Lyonnais.

20. Pierre Posuel, chevalier, sg^r du fief de Verneaux, représenté par le marquis de Sarron, par procuration du vingt-huit février dernier, reçue et délivrée en minute par Mes Lambert et Guineau, notaires à Paris.

21. Jacques Pernon, écuyer.

22. Jacques-François Darnal.

23. Jean-Baptiste-François Darnal.

24. Benoît Le Roy, écuyer.

25. Louis-François Clavière, écuyer.

26. Jacques-Catherin Charrier de Grigny.

27. Antoine Fay de Sathonay, baron, sg^r de Sathonay, ancien prévôt des marchands de Lyon.

28. Jean-Antoine Servant l'aîné, écuyer.

29. Jean-Pierre-Guillaume de Savaron, chevalier, sg^r de Larajasse et Saint-Laurent de Chamousset.

30. François-Regis de Charpin, comte de Génetines, capitaine de dragons.

31. Joseph-Léonard Balant de Chamburcy.

32. René-François Auriol, écuyer.

33. Le chevalier de Barailhon.

34. Camille-Jacques-Annibal Claret de Fleurieu, président honoraire au bureau des Finances de Lyon, sg^r de la Tourette, baron d'Eyrieux, Gerbes, Colombier, etc.

35. Claude Garnier, chevalier.

36. Le marquis de Harenc, capitaine dans le régiment des cuirassiers du Roi.

37. Louis-François Bottu de la Barmondière, chevalier, sg^r de Montgré, Marzé et autres lieux, représenté par le dit sieur marquis de Harenc, par procuration du onze de ce mois délivrée en minute, par Me Rabut, notaire royal.

38. Louis-Hector-Melchior-Marie, marquis de Harenc, sg^r de la Condamine.

39. Jean-Jacques de Gallet, marquis de Montdragon, sg^r de Doizieu et marquis de Saint-Chamond, représenté par le dit sieur marquis de Harenc de la Condamine, par ses deux procurations du dix de ce mois, délivrées en minute par Mes Monnot et Pezet de Corval, notaires à Paris.

40. Claude Berthaud de Taluyer, ancien conseiller en la Cour des Monnaies.

41. Philippe-François Berthaud du Coing.

42. Claude-Louis-André Blanchet, chevalier.

43. Claude-André Bourbon de Vanant.

44. De Brosse La Barge.

45. Marc-Antoine Claret de la Tourette, chevalier honoraire en la Cour des Monnaies.

46. Pierre-Louis marquis de Grollier et de Treffort, comte de Maisonseule, vicomte du Thil.

47. Jean Jolyclerc, lieutenant des grenadiers royaux.

48. Claude-François-Dorothée, marquis de Jouffroy d'Abbans.

49. Jean-Charles-Antoine Dorigny, fils.

50. Adam-Philippe Dorigny Dampierre.

51. Terrasson fils.

52. Antoine Torrent fils, écuyer.

53. Claude-Aimé Vincent de Margniolas.

54. Pierre Vincent de Saint-Bonnet.

55. Jean Paradis, secrétaire du Roi.

56. Pierre-François Rieussec, écuyer.

57. Étienne-Alexandre Brossier de la Rouillère, capitaine commandant au régiment royal des Vaisseaux.

58. Barthélemy de Boësse, chevalier, sg^r de la Thénaudière.

59. Jean-Pierre-Philippe-Anne La Croix, sg^r du fief de Laval, ancien chevalier d'honneur en la cour des Monnaies de Lyon.

60. Léonard Gay de la Levretière, écuyer.

61. Étienne-Hiacynthe Gayot de Mascrany, chevalier, comte de Châteauvieux.

62. Jean-François Maindestre, chevalier.

63. François Maniquet, chevalier.

64. Joseph Orsel de Châtillon, écuyer.

65. Benoît Ponthus de la Bourdelière.

66. Louis Rambaud de la Sablière.

67. Camille Regnaud, écuyer.

68. Pierre Roux, écuyer.

69. Claude-André Roux, écuyer.

70. Léonard Roux de Cruzol.

71. François-Catherine-Jean-Pierre, marquis de Ruolz, chevalier, sg' de Franche-ville et Chaponost.

72. Jean Terrasson, père, ancien secrétaire du Roi.

73. Henri-Gabriel Benoît d'Assier, baron de la Chassagne.

74. Louise de Covet, dame de Saint-Bernard et La Bruyère, représentée par le dit baron de La Chassagne, par procuration du douze de ce mois délivrée en minute par Mes Devilliers et Perrodon, notaires à Lyon.

75. Amélie de Boufflers, marquise de Neuville, représentée par le dit sieur d'Assier, baron de la Chassagne, par procuration du cinq de ce mois délivrée en minute par Mes Rouen et Gibert, notaires à Paris.

76 et 77. Suzanne et Jeanne Bellet de Tavernost, dames du fief de Cruix, représentées par messire Joseph Le Viste de Briandas, par procuration du vingt-sept février dernier, reçue et délivrée en minute par Me Charles, notaire royal.

78. Le dit Joseph Le Viste de Briandas, personnellement.

79. Terrasse d'Yvours, chevalier, sg^r d'Yvours, du Péage, de la Blancherie et autres lieux.

80. Jean-Rodolphe Quatrefages de la Roquette, sg^r de Saint-André du Coing, de Limonest, et partie de Saint-Didier au Mont-d'or, représenté par le sieur Terrasse d'Yvours, par procuration du deux de ce mois, délivrée en minute par Mes Brichard et Dullon, notaires à Paris.

81. François-Bon Morel de Doizy, chevalier.

82. Henri Darthaud (Arthaud), chevalier, sg^r de Rontalon, La Feuillade, le Surgeon et autres lieux, représenté par le dit sieur Morel de Doizy, par procuration du huit de ce mois, délivrée en minute par M^e De la Beaume, notaire royal.

83. Louis-Marie de Gangnières, chevalier, comte de Souvigny, sg^r de Saint-Laurent et de Saint-Vincent d'Agny, Fromentes et autres lieux.

84. Benoît-Joseph Desgouttes de La Salle, chevalier, sg^r de la Rontalonyere, représenté par le dit sieur de Gangnières, comte de Souvigny, par procuration du six de ce mois, expédiée, signée Rambaud, notaire royal.

85. Louis-Marie de Leullion, écuyer, sg^r de Thorigny, lieutenant particulier, assesseur criminel en la Sénéchaussée et Siège présidial de Lyon.

86. Étienne Dugas, chevalier, conseiller du Roi en ses Conseils, ancien Président en la Cour des Monnaies de Lyon et au Présidial, Lieutenant général criminel honoraire en la Sénéchaussée et Siège présidial de Lyon, sg^r de Thurins et autres lieux, représenté par le dit sieur de Leullion de Thorigny par procuration du sept de ce mois, et expédiée par Me Ducreux, notaire royal.

87. Barthélemy-Antoine de Riverie, chevalier de Saint-Louis, capitaine commandant de la compagnie des grenadiers au régiment d'Anjou.

88. Jean-François-Barthélemy de Riverie, chevalier, sg^r de Saint-Jean de Toulas, Echalas et Saint-Romain-en-Gier, représenté par le dit sieur Antoine de Riverie son fils, par procuration du douze de ce mois, expédiée par Me Lecourt, notaire royal.

89. Barthélemy-Regis Dervieu du Villars, chevalier, ancien capitaine au régiment de Bresse, chevalier de Saint-Louis.

90. Claude-Jean-Marie Dervieu de Varey, chevalier, ancien conseiller en la Cour des Monnaies de Lyon, sg^r de Varey et du Villars, représenté par le dit sieur Dervieu du Villars son frère, par procuration du dix de ce mois délivrée en minute par Mes Devilliers et Bourdin, notaires à Lyon.

91. Claude-Louis Morel, chevalier.

92. Jean-Baptiste-Espérance, comte de Laurencin, chevalier de Saint-Louis, sg^r de Chanzé, et du fief de Machy, représenté par le dit sieur Morel, par procuration du treize février, délivrée en minute par Mes Picquais et Lemac, notaires à Paris.

93. Claude-Antoine de Gerando, ancien conseiller en la Cour des Monnaies.

94. Jeanne-Marguerite de Gerando, dame du Chambroy, fief situé à Oullins et rente noble en dépendant, représentée par le dit sieur de Gerando, par procuration du douze de ce mois, expédiée par Mes Tournilhon et Fournereau, notaires à Lyon.

95. Jacques-Joseph de Mayol, chevalier, ancien conseiller d'honneur en la Cour des Monnaies de Lyon.

96. Jean-Louis-Éléonore de Sainte-Colombe, chevalier, sg^r de Sainte-Colombe, le Poyet et autres lieux, représenté par le sieur de Mayol, par procuration du sept de ce mois, délivrée en minute par Mes Nobis et Boutonge, notaires royaux.

97. Aimé Guillin, écuyer, officier au régiment d'Austrasie.

98. Henri-René de Montrichard, chevalier, sg^r de Marsangy, représenté par le dit sieur Aimé Guillin, par procuration du sept de ce mois, expédiée, signée Morel et Bonnevaux, notaires à Lyon.

99. Jacques Imbert-Colomès, échevin de cette ville de Lyon.

100. Jean-Baptiste Decourt, chevalier de Saint-Louis, sg^r de la Garde et autres lieux, représenté par le dit sieur Imbert-Colomès, par procuration du six de ce mois, délivrée en minute par Mes Boutonge et Patural, notaires royaux.

101. Louis-Marie Dulieu, chevalier, sg^r de Bussière, etc.

102. François Valence de Minardière, chevalier, sg^r de Minardière, La Forest, Chancey et autres lieux, représenté par le dit sieur Dulieu, par procuration du sept de ce mois délivrée en minute par Mes Billaud et Auclerc, notaires royaux à Roanne.

103. Hugues Guillin, avocat, sg^r d'Avenas.

104. Louis-Robert de Sirvinges, sg^r de Sirvinges, La Motte Camp, représenté par le sieur Guillin d'Avenas, par procuration du trois de ce mois, délivrée en minute par Me Praire, notaire royal.

105. Léonard Bourlier de Parigny, chevalier, sg^r d'Ailly, Parigny, Saint-Didier de Favières, Commelle, Saligny, L'Hôpital et autres lieux.

106. Jean-Louis Michon, comte de Vougy, chevalier, sg^r du dit comté et autres terres et du fief d'Aillany en Lyonnais, représenté par le dit sieur Bourlier de Parigny, par procuration du cinq de ce mois, délivrée en minute par Mes Thioleyron et Bros, notaires royaux.

107. Jean-Baptiste, baron de Fisicat, sg^r de Beauregard, Bellièvre, Rochebaron, Bas et dépendances.

108. Pierre-Emmanuel Dumirat, chevalier, sg^r de Crary, de la baronnie du Côté, de Gibles, du Colombier, de partie de Saint-Jean d'Ozole, de Bouver, d'Epercieux, de Verpré, de la Chambre d'Azolle, de Malignière, des Fossés Vieux, la Bernarde et autres lieux, représenté par le dit sieur baron de Fisicat, par procuration du dix de ce mois, délivrée en minute par Mes Mivière et Billaud, notaires royaux.

109. Jacques-Pierre Guillet de Chatelus, chevalier, sg^r de Chatelus, Saint-Denis et autres lieux.

110. Robert-René d'Affaux, chevalier, sg^r de Glatta, baron de Saint-Lagier, représenté par le dit sieur Guillet de Chatelus, par procuration du neuf de ce mois, expédiée, signée, Macors et Montellier, notaires royaux à Lyon.

111. Louis Trollier de Chazelles, chevalier, ancien capitaine d'infanterie.

112. Jean-François Trollier de Fétan, chevalier, sg^r de Messimieux, Fétan, Fourquevaux et autres lieux, représenté par le dit sieur Trollier de Chazelles son frère, par procuration du neuf de ce mois, délivrée en minute par Mes Devilliers et Perrodon, notaires à Lyon.

113. Joseph Leviste de Briandas, ancien capitaine au Corps royal de l'Artillerie, chevalier de Saint-Louis.

114. Juste-Henri, comte du Bourg de Saint-Polgue, chevalier, marquis de Bozas, baron de la Roue, sg^r de Saint-Félicien-de-Bornal-en-Lyonnais. et autres lieux représenté par le dit sieur chevalier de Briandas, par procuration du neuf de ce mois, expédiée par Me Charrein, notaire royal.

115. Jean-Claude-Anthelme Charcot, chevalier.

116. Louis-Catherine, marquis de Loras.

117. Pierre-François-Marie, comte de Baglion, premier chambellan de Monseigneur le comte d'Artois, sg^r du comté de la Salle, Quincieux et autres lieux,

représenté par le dit sieur marquis de Loras, par procuration du trois de ce mois, délivrée en minute par M⁰ˢ Bonet et Denis, notaires à Paris.

118. Jean-Baptiste Bona de Perex, chevalier.

119. François-Marie Bona de Chavagnieux, chevalier, officier de dragons.

120. Abel-Marie-Lambert Bottu de Saint-Fonds de Limas, ancien officier au régiment de Saintonge.

121. Jean-François Burtin de la Rivière, trésorier de France en la généralité de Lyon.

122. Louis Bruyset de Mannevieux, trésorier de France en la généralité de Lyon.

123. Pierre-François-Melchior-Nicolas Charcot de Franclieu, chevalier.

124. Jacques-Catherine Leclerc de la Verpillière, sgʳ d'Irigny, lieutenant de Roi de la province de Guyenne, chevalier de Saint-Louis.

125. Pierre-Barthélemy-Marie-René-Joseph-Alexandre de Constant, chevalier des Ordres du Mont-Carmel et de Saint-Lazare, capitaine de dragons.

126. François-Gabriel de Corteille, chevalier, sgʳ de Vaurenard.

127. François-Isaac Coste, l'aîné, écuyer.

128. Fleury-Marie-Courbon de Montviol, chevalier, conseiller, avocat du Roi en la Sénéchaussée et siège présidial de Lyon.

129. Claude Dareste de Saconay, sgʳ de Saconay et autres lieux.

130. Jean-Claude Dareste, chevalier, chef d'escadron de chasseurs.

131. Jean-Baptiste Daudé, chevalier.

132. Jean-Pierre Delglat de la Tour du Bost, chevalier, président au bureau des Finances de Lyon.

133. Jean-Pierre Delglat, chevalier d'honneur au dit bureau des Finances.

134. Simon-Jean-César Durand, sgʳ du fief de Châtillon, chevalier, trésorier de France.

135. Jean-François, baron de Fisicat, capitaine au régiment de Penthièvre-dragons.

136. Claude Ravel de Montagny, écuyer, baron de Montagny, Millery, Sourcy, première baronnie du Lyonnais, représenté par sieur Antoine-Henri Jordan l'aîné, ancien échevin de Lyon, par procuration du dix de ce mois, délivrée en minute par M⁰ˢ Ferrandin et Girerd, notaires royaux.

137. Antoine Desvernay, écuyer, sgʳ de Greyzieux-Souvigny, Vilet, Fourchet, Virissel, Montgaland et autres lieux, représenté par sieur Jean-Claude-Anthelme Charcot, chevalier, par procuration du cinq de ce mois, délivrée en minute par M⁰ˢ de Chatelus et Billaud, notaires royaux.

138. Claude-Pierre Fuzillier, écuyer.

139. Jean-Claude Gabet, chevalier, directeur de la Monnaie de Lyon.

140. Pierre-Philippe-Lyon Garnier, officier.

141. Léonard Gay, ancien échevin.

142. Jean-Mathieu Girard, écuyer.

143. Christophe Giraud, écuyer.

144. Georges-Marie Giraud de Montbellet.

145. Pierre-Nicolas Grassot, écuyer.

146. Pierre-Marie-Anne, marquis de Harenc de La Condamine fils, sg^r d'Ampuis.

147. Ennemond-Augustin Hubert, chevalier, sg^r de Saint-Didier, Rochefort, Tanay, partie de Jassau, baron de Riottier, chevalier de Saint-Louis, mestre de camp de Cavalerie, ancien écuyer de main de Madame.

148. Guillaume-Victor Hubert de Saint-Didier, chevalier, premier capitaine commandant au régiment des cuirassiers du Roi.

149. François Jolyclerc de Belvé, officier d'infanterie.

150. Antoine-Henri Jordan fils, écuyer.

151. Louis-Charles Le Mau de Talancé, écuyer, ancien capitaine au régiment de Bourbonnais, chevalier de Saint-Louis.

152. Louis Leviste, comte de Montbrian, ancien capitaine au régiment de Bourbonnais, ancien chevalier d'honneur au Parlement, grand sénéchal de Dombes.

153. Etienne-Marion, écuyer, sg^r du fief de La Tour Laval.

154. Charles-Joseph Mathon, chevalier, sg^r de la Cour, des Académies de Lyon, Villefranche, de la société Royale d'agriculture, de la société patriotique Bretonne.

155. Charles-François Millanois de la Thibaudière, écuyer, sg^r de la Thibaudière.

156. François-Marie-Ennemond Mogniat de Liergues, chevalier, sg^r de Liergues, Pouilly-le-Monial.

157. Mathieu-Marc-Antoine Nolhac, ancien échevin de la ville de Lyon.

158. Jacques-André-Marie de Noyel, sg^r de Vieux-Bourg, lieutenant des maréchaux de France, chevalier de Saint-Louis.

159. André-Marie Olivier, écuyer, seigneur du Vivier et de Montagnieux.

160. Claude Orsel [Orcel], secrétaire du Roi honoraire.

161. Claude-Louis Orset de La Tour, écuyer, conseiller en la sénéchaussée et siège présidial de Lyon.

162. Fleury-Zacharie-Simon Palerne de Savy.

163. Jean-Nicolas Ponthus, écuyer, conseiller en la sénéchaussée et siège présidial de Lyon.

164. Jacques-Claude Rambaud, écuyer, sg^r de La Vernouze, ancien lieutenant particulier en la sénéchaussée et siège présidial de Lyon.

165. Thomas Rambaud de Montclos, garde du corps du Roi, capitaine de Cavalerie.

166. Robin d'Oliénas, écuyer, ancien conseiller en la Cour des Monnaies.

167. Jean-Gabriel Roccofort, échevin.

168. François Deruolz [de Ruolz], chevalier des ordres de Saint-Louis et de Saint-Lazare, ancien lieutenant des Vaisseaux du Roi.

169. Pierre-Jacques Sain, écuyer.

170. Barthélemy Terrasson de Barolière, sg^r de Sénevas et Saint-Romain.

171. Pierre-Joseph Thévenet, chevalier, officier de la milice bourgeoise de Lyon.

172. Antoine-Bonne, marquis de Regnauld, seigneur de Pomay.

173. Acton.

174. Le marquis de Mont-d'or, sg^r de Cherpieu, et autres lieux.

175. Barbier de Charly.

176. Laurent Basset, chevalier, conseiller honoraire en la cour des Monnaies, lieutenant général en la Sénéchaussée et siège présidial de Lyon.

177. Basset de Châteaubourg.

178. Basset de la Marelle.

179. Baudard.

180. François-Antoine Beaucamp de Saint-Germain.

181. Jean Beaucamp de Saint-Germain.

182. Benoit.

183. Berger, écuyer, conseiller en la Sénéchaussée et siège présidial de Lyon.

184. Berger du Sablon, écuyer.

185. Bertholon, échevin.

186. Bœuf de Curis, écuyer, trésorier de France.

187. De Boissieu.

188. Bollioud de Chanzieux.

189. De Borde, baron du Châtelet.

190. Boulard de Gattelier.

191. Bourbon du Mousset.

192. Bourg.

193. Brossier de la Roullière.

194. Le comte de Carnazet.

195. Chappe de Brion.

196. Chazette.

197. Chirat le jeune.

198. Choignard.

199. Clavière de Jarnieux.

200. Clérico de Janzé.

201. Colomb d'Hauteville.

202. De Constant, père.

203. Coste cadet.

204. De Croix.

205. De Grais, échevin.

206. De Jussieu de Montluel.

207. De Jussieu de Montluel-Saint-Marcelin.

208. Dervieu de Goifficu.

209. Dervieu de Villieu.

210. Descorches de Sainte-Croix.

211. Dian.

212. Dian fils aîné, écuyer.

213. Dian fils cadet, écuyer.

214. Dubost de Curtieux.

215. Dugas de Chassagny.

216. Dumarest de Chassagny.

217. Durand de la Flachère.

218. Duval.

219. Fardel de Verrey.

220. Le comte de Ferrary de Romans.

221. De Ferrus de Plantigny.

222. Flachon de Barrey.

223. Flachon de la Jomarière.

224. Fontaine de Bonnerive.

225. De Fontanelle.

226. Fourgon de Maisonforte.

227. De la Frasse de Sury.
228. De la Frasse de Saint-Romain.
229. Gardelle père
230. Gardelle fils.
231. Châteauvieux.
232. De Gérando.
233. Giraud de Saint-Oyen de Saint-Trys.
234. Gonin de Lurieu.
235. Granier cadet.
236. Grassot père.
237. De Guillon de la Chaux.
238. Janin, chevalier de Saint-Michel.
239. Imbert.
240. Jullien.
241. Lacour.
242. La Cour de Montluzin.
243. Lambert.
244. La Roue, père.
245. La Roue, fils.
246. La Salle, chevalier de Saint-Michel.
247. La Sausse.
248. Le Roi de Champfleury.
249. Le Roi de Jolimont.
250. Le comte de Malivert de Vaugrigneuse.
251. Margaron de Saint-Véran.
252. De Mayol de Luppé.
253. Michon.
254. Millanois de la Salle.
255. Mogniat de l'Écluse.
256. Monlong.
257. Muguet de Mongand.
258. De Murard de Saint-Romain.
259. Neyrat.
260. Nolhac.
261. De Noyel de Paranges.
262. Palerne du Monestier.
263. Passerat de Silans.

264. Pernon, père.
265. Pernon, ancien major de Cavalerie.
266. Philibert de Clérimbert.
267. De Prévidé-Massara.
268. Rambaud, écuyer, premier avocat du Roi en la Sénéchaussée et siège présidial de Lyon.
269. Rambaud, ancien échevin.
270. Ranvier.
271. Rast, ancien échevin.
272. Rast, fils, écuyer.
273. Ravier.
274. Reboul.
275. Le marquis de Regnauld et de Bellecise.
276. Regny.
277. Révérony, l'aîné.
278. Révérony du Cluset.
279. Richard du Colombier.
280. Rigod de Saint-Romain.
281. Rigod de Trerebasse.
282. De Rivérieux, fils.
283. De Rivérieux de Chambost.
284. De Rivérieux de Varax.
285. De Riverie de Saint-Jean.
286. Rocofort l'aîné.
287. Rocofort le cadet.
288. Le chevalier de Rostaing.
289. Rousset de Saint-Eloy.
290. Rousset l'aîné.
291. Rousset le cadet.
292. Roux, ancien échevin.
293. Roux.
294. Roux.
295. Royer.
296. Sahuc de Planhol.
297. Savaron.
298. J.-M. Servant. [Servan]

299. G.-C. Servant. [Servan]
300. P. Servant. [Servan]
301. G. Servan.
302. Servant-Briasson.
303. Terrasse, chevalier d'Yvours.
304. Terrasson de Sénevas.
305. Trollier de Fontcrenne.
306. De Vacheron.
307. Valesque l'aîné.
308. Valesque le cadet.
309. Valous le père.
310. Valous de la Proty.
311. Vaubcret-Jacquier.
312. Vial, ancien échevin.
313. Yon de Jonage.
314. Yon, chevalier de Jonage.
315. Fleurant de Rancé.
316. Le baron de Riverie.

Tous composant, soit personnellement, soit par procuration, l'ordre de la Noblesse de cette Sénéchaussée, et de son arrondissement, parmi lesquels les fondés de procuration susdits, en ont remis les actes justificatifs au greffier secrétaire de l'assemblée pour demeurer joints et annexés aux présentes.

Et d'autre part :

Les députés du Tiers État de la ville et de la campagne, placés en face de l'assemblée, à savoir.

. . . .

(suit la liste des représentants du Tiers État). . . . .
. . . .

L'assemblée ainsi formée, Nous, Lieutenant général susdit avons dit [1] :

« Messieurs,

« L'histoire avait seule conservé le souvenir de ces grandes assemblées, au milieu desquelles la Monarchie française se forma sous nos premiers rois, qui dans le temps où Charlemagne rangeait sous son sceptre la moitié de l'Europe, furent la gloire et la force de la nation et qui devinrent son espérance et sa ressource lorsque depuis, elle éprouva des malheurs et des revers. Près de deux siècles et trois longs règnes se sont écoulés, sans que les États Généraux aient été convoqués, et nos pères les ont vainement plusieurs fois désirés. Il était réservé à Louis XVI, à celui des rois qui a le plus aimé ses peuples, qui depuis que la couronne a reposé sur sa tête, a mis constamment son bonheur et sa gloire à consulter l'opinion publique, de rassembler autour de son trône la nation généreuse dont il est le souverain, et de l'écouter sur ses propres intérêts. Il a dit à ses sujets de tous les ordres : « Nommez librement parmi vous les hommes que vous croirez les plus sages ; ce ne sont ni leurs noms, ni leurs dignités, ni ma faveur, ce sont leurs seules vertus qui doivent déterminer votre choix ; donnez leur pouvoir de travailler avec moi au grand ouvrage de la félicité publique ; dès l'instant où vous les aurez

1. A. N. Bᴵᴵᴵ 75, p. 914 à 919.

nommés, je les associe au gouvernement de mon empire; ainsi les lois qui vous régiront désormais ne seront plus que l'expression de votre volonté et de la mienne » — A cette proclamation, le patriotisme s'est réveillé dans toutes les âmes, les préjugés les plus affermis par le temps ont presque tous disparu, le titre de citoyen devient le premier de tous, et il n'est aucun Français qui ne brûle aujourd'hui de le mériter. Aussi, Messieurs, n'est-il plus permis de douter du salut de la nation. Elle va se régénérer dans toutes les parties de ce vaste empire, et de nouvelles mœurs produiront de nouvelles lois qui assureront partout l'ordre, la liberté, l'union et la prospérité publique.

« Heureuse nation qui sait concevoir et réaliser de pareilles espérances, et qui dans le sein de la paix s'occupe de sa propre réformation ! La grande victoire qu'Elle va remporter sur les abus dont elle gémissait, la rendra bien plus redoutable à ses ennemis, bien plus grande aux yeux de l'univers qui la contemple, et surtout bien plus heureuse que tous les trophées qu'a pu élever sa valeur: l'ouvrage de sa prudence l'emportera mille fois sur celui de son courage. C'est de vous, Messieurs, que dépend en partie ce succès, et c'est aux noms sacrés et réunis de la religion et de l'honneur, que vous allez jurer à la patrie de les lui procurer; vous allez prêter le serment auguste et solennel de demander à votre Roi, prêt à vous l'accorder, tout ce qui est juste et utile, de créer et d'affermir une constitution qui laisse le bonheur public pour héritage à vos derniers neveux, et de vous donner auprès du trône des représentants qui, par leur lumière et leur sagesse, honorent cette province dans l'opinion de toutes les autres. Ce ne sont point des courtisans et des esclaves que le Roi veut entendre, ce sont des hommes généreux; vous ne trahirez point de si augustes desseins, il vous a donné le sublime exemple de rappeler à lui le plus grand homme d'État que lui indiquaient votre confiance et votre estime ; que ceux de vous, que vous honorez plus particulièrement des mêmes sentiments lui soient seuls présentés ; le ciel et la terre s'irriteraient contre quiconque ne ferait pas taire les préjugés, les intérêts, les affections particulières, lorsqu'il va décider le sort de la patrie, et celui des générations futures. Mais déjà vous êtes impatients de vous lier par ce serment qui vous est d'autant plus cher, qu'il est aussi celui de l'union la plus intime entre les trois Ordres qui vont le prêter entre vos mains. Qu'il est flatteur pour moi d'être appelé par ma place à de si augustes fonctions, et d'avoir l'honneur de présider cette illustre assemblée. »

Après ce discours, MM. de l'ordre de la Noblesse, M. Deschamps fils, écuyer portant la parole, pour Monsieur Terrasson, ancien échevin [1], président d'âge, ont fait la déclaration suivante [2].

1. Lire : ancien Secrétaire du Roi.
2. Conforme au procès-verbal de la première séance de l'ordre de la Noblesse (Voir plus loin).

« MM...

« La Noblesse du ressort de la Sénéchaussée de Lyon étant rassemblée dans l'hôtel de l'administration provinciale de cette ville, en exécution du règlement pour la convocation des États Généraux, a unanimement arrêté et déclaré que pour donner au roi et à la nation toutes les preuves de dévouement qui sont en son pouvoir, à l'effet d'opérer le rétablissement de la chose publique, elle renonçait, comme elle renonce à toutes exemptions et privilèges relatifs aux impôts qui seront légalement consentis par les États Généraux, et qu'elle entend y contribuer proportionnellement, sans distinction de personnes et de rangs. Laquelle déclaration, elle a voulu être annoncée dans cette assemblée des trois Ordres, et qu'elle soit insérée dans les cahiers et réitérée aux États Généraux par les députés de la Noblesse. »

Monsieur de Castellas, doyen des comtes de Lyon, fondé de la procuration de M. l'Archevêque et présidant l'ordre du Clergé a dit :

« Que les Ordres n'avaient pas pu dans ce moment prendre une délibération régulière, que quoi qu'il n'eût aucun pouvoir de son Ordre pour annoncer son vœu, il pouvait assurer MM. du Tiers États que l'ordre de la Noblesse ne surpasse celui du Clergé en générosité et en sacrifice. »

Le Tiers État de la ville de Lyon, Monsieur Rey, Lieutenant général de police de la ville, portant la parole a dit :

« MM...

« Le Tiers État de la ville de Lyon s'empresse d'exprimer et d'offrir l'hommage de la plus vive et de la plus respectueuse reconnaissance que lui inspire la déclaration que viennent de faire les ordres du Clergé et de la Noblesse ; elle leur assure de nouveaux droits aux distinctions honorifiques qui sont leur partage et que le Tiers État ne leur enviera jamais.

M. Rey a ajouté : « Les Bourgeois de Lyon, non moins justes, m'ont donné la mission de faire lecture au Tiers État de la campagne de leur déclaration contenue dans le cahier des doléances de la ville en ces termes : « Le vœu exprimé dans l'article de ses cahiers relatif à la constitution, pour voir supprimer toutes les distinctions pécuniaires et établir une répartition de l'impôt exactement calculée sur les propriétés respectives des contribuables entraîne certainement la chute des privilèges et exemptions relatifs à la taille et à la corvée, dont jouissaient les Bourgeois de Lyon sur les héritages situés hors de l'enceinte de la ville, renonciation à laquelle les Bourgeois de Lyon consentent avec plaisir, pour donner aux habitants des campagnes une preuve de la justice et de l'attachement qu'ils leur doivent. »

« Desquels dires et déclarations nous avons donné acte, du consentement du procureur du roi. Et à sa réquisition, Nous, Lieutenant général susdit, après qu'il a été procédé à la vérification des pouvoirs de tous les dits députés et procureurs fondés, avons donné acte aux comparants susdénommés de chacun des dits trois Ordres, tant assignés que non assignés pour cette Assemblée, de leurs comparutions, et défaut, faute de comparution, l'heure du défaut passée,

1° Contre MM. [Suit la liste des membres du Clergé contre lesquels défaut fut donné.]

. . . .

2° [1] Contre MM:

1. Le comte de Gain, seigneur mension-naire de Condrieux.
2. Les cohéritiers de Fougerol [pour Fourgeroux].
3. Les recteurs de la Charité de Lyon.
4. Terray.
5. Hue de la Curée de la Blanche.
6. Le marquis de Digoine.
7. La dame Courtin de Neufbourg.
8. Le marquis de Vichy.
9. De Jussieu de Combeblande.
10. Le marquis de Saint-Georges et Saint-André.
11. De La Rochefoucauld.
12. Beraud de Resseins.
13. Le marquis de Foudras.
14. Le duc d'Harcourt.
15. Maret de Saint Pierre.
16. De Guillermin.
17. Dupuis d'Eclène.
18. Les héritiers Catalan.
19. La comtesse de Cháuffailles. [de la maison d'Amanzé]
20. Mazenod de Chance.
21. Lafont de la Barolière.
22. Neyrand de Lorette.
23. La baronne d'Yzeron.
24. Le marquis de Fenoyl.
25. Dame de Foudras.
26. Le marquis de la Boyne [pour de la Roque?]
27. Le marquis de La Clayette de Pluvy [de la maison de Noblet].
28. Caze de La Roche Cardon.
29. De Nervo de Thézé.
30. Sabot de Pizey de Pivoley.
31. De Champagny.
32. Demoiselle de Brosse d'Ayguerande.
33. Dame de Sénozan. [des Olivier]
34. Demoiselle de Souzy de Muza.
35. Garin du Buisson.
36. Trollier de Messimieux.
37. Dieudonné Sarton, sieur du Jonchay.
38. Riche de Prony.
39. Mascrany de la Bussière.
40. De Micoud de Charsetain.
41. Rolland de la Duerie.
42. La marquise d'Albon.
43. Le comte d'Albon.
44. Guerin de Guérin.
45. Le baron d'Yzeron [des Chappuis].
46. Cruzel [pour Crozet] de Montgon.
47. Riboud d'Epeisses.
48. Guillin de Poleymieux.
49. Maritz de la Barollière.
50. Mayeuvre de Champvieux.
51. De Rochefort de la Caille.

1. A. N. B[III] 75, p. 923-925. Le numérotage n'existe pas au procès-verbal dont nous respectons l'orthographe.

A défaut par les dénommés ci-dessus de s'être présentés ni personne pour eux sur les assignations à eux données à la requête du Procureur du Roi, par exploits des huissiers royaux, Ducret, Charton [mot illisible], Dorcel le Jeune, Binard, Badin, Bonnard, Lagavre et Charcot, en dates des vingt, vingt-un, vingt-deux, vingt-trois, vingt-quatre, vingt-cinq, vingt-six, vingt-sept et vingt-huit février dernier, premier, deux et trois du présent mois de mars. »

. . . .

Défaut ayant été également donné contre des communautés non représentées dans le Tiers État, il fut procédé à la réception du serment prescrit par l'article 40 du règlement royal, que les trois Ordres prêtèrent en commun. Ensuite eut lieu la séparation des Ordres, et la Noblesse de la Sénéchaussée de Lyon se retira dans l'hôtel de l'Administration de la province, où elle s'était déjà réunie avant de se rendre à l'Assemblée générale des trois Ordres.

CHAPITRE V

L'ASSEMBLÉE DE LA NOBLESSE DE LA SÉNÉCHAUSSÉE DE LYON.

§ I

COMPOSITION DE LA CHAMBRE DE LA NOBLESSE. FAMILLES ASSIGNÉES. FAMILLES COMPARANTES. FAMILLES NON REPRÉSENTÉES.

———

Deux catégories de nobles ayant la noblesse acquise et transmissible avaient, d'après le règlement royal et les interprétations officiellement données, le droit d'entrer à l'assemblée de la Noblesse : tous les nobles possédant fiefs, personnellement assignés et majeurs pouvaient comparaître en personne ou par procuration ; les mineurs et les femmes nobles possédant fiefs pouvaient se faire représenter, et tous les nobles, non possédant fiefs, âgés de 25 ans, devaient comparaître en personne.

Appliquant ces principes d'ordre général, l'autorité royale avait elle-même tranché quelques difficultés pratiques relatives les unes à la qualité, les autres au domicile des personnes prétendant comparaître avec la noblesse lyonnaise.

C'est ainsi que dès le mois de février 1789 [1], M. de Villedeuil écrivait à M. de Lessart au sujet d'une demande du Trésorier de France Thorel de Campigneulles : « Je vous envoie, Monsieur, une lettre de M. de Campigneulles, Trésorier de France honoraire à Lyon, qui ayant une noblesse personnelle acquise, demande dans quel ordre il doit prendre place relativement aux États Généraux. Je vous prie de vouloir bien vous rappeler la lettre que j'ai eu l'honneur de vous écrire le 15 du courant [Cf. p. 14] au sujet des possesseurs d'offices donnant la noblesse et de tous les honoraires d'offices qui ne la donnent qu'au second degré. Je vous serai très obligé de me faire part de la décision de MM. les Commissaires.

« J'ai l'honneur d'être...

« de VILLEDEUIL. »

1. Arch. Nat. B⁴ 43.

Une demande analogue était posée le 10 mars 1789 par les Conseillers secrétaires du Roi de la ville de Saint-Chamond qui adressaient alors la lettre suivante [1] au Directeur général des Finances :

« Monseigneur,

« Les Conseillers Secrétaires du Roi, résidant en la ville de Saint-Chamond, en Lyonnais, ont cru jusqu'à présent être membres de l'ordre de la Noblesse, sitôt après la prestation du serment, et leur installation. Cependant le bruit s'est répandu, qu'ils ne doivent point se présenter à l'assemblée que doit tenir la Noblesse, le 14 de ce mois à Lyon, et que ce refus est fondé sur l'article 16 des lettres de convocation, quoique plusieurs d'entre eux possédant fiefs, aient été assignés à la forme de l'article 9. Ce n'est ni la vanité, ni l'orgueil, qui nous font demander d'être admis dans l'ordre de la Noblesse, il nous suffit d'être Français, et nous sommes jaloux de montrer que nous sommes dignes d'appeler la France notre patrie... Notre patrie ! nous sommes menacés de ne point en avoir. La Noblesse nous rejette, le Tiers État ne veut ni ne peut nous admettre dans ses assemblées ; serions-nous la seule classe de citoyens sans droits, sans fonctions, sans patrie ? Tandis que Sa Majesté a désiré que des extrémités de son royaume, et des habitations les moins connues, chacun fut assuré de faire parvenir jusqu'à Elle ses vœux et ses réclamations. Trois cents citoyens tous propriétaires n'auraient-ils ni place, ni pouvoirs ? Nos charges, Monseigneur, auraient-elles moins de privilèges que lors de la tenue des États de Tours, de Blois, et de 1614, où nous assistâmes ? Et pour être le berceau de la Noblesse, nos charges seraient-elles le berceau [sic, peut-être a-t-on voulu mettre : le tombeau] de la lumière des vertus et des talents ? Non, ce ne sera pas sous l'administration du Ministre le plus vertueux, et l'ami de tous les hommes, que l'on défendra aux membres d'un corps respectable, d'être Français et d'en exercer les droits.

« Que de toutes parts on veuille arriver au bien, avez-vous dit à la nation. Eh, serons-nous les seuls que la loi exclura du bonheur d'y contribuer ? et l'interprétation que l'on voudrait lui donner, nous forcera-t-elle, malgré nos cœurs, à ne plus nous regarder comme Français, puisque nous ne serions pas considérés comme citoyens de la France.

« Nous sommes, etc... »

Signé : « Dugas de la Boissony, Praire, Camille Dugas, C. Bethenod, L. Anginieur, Eustache Neyrand, A. Neyrand. »

<hr>

1. Arch. Nat. B^III 75, p. 739 et seq.

Nous savons par la lettre d'ordre général publiée ci-dessus (p. 16-17), envoyée par le Garde des sceaux au Lieutenant général en la Sénéchaussée de Lyon, que ces prétentions ne pouvaient être admises, les requérants n'ayant pas, aux termes du règlement, la noblesse acquise et transmissible.

Aussi ne trouve-t-on pas ces noms parmi les listes des comparants ou des défaillants dont la noblesse fut officiellement reconnue [1].

D'autres difficultés pratiques étaient nées de la situation des fiefs des requérants. C'est ainsi que M. de Juliénas, ancien officier aux gardes françaises, de la famille des Colabeau, avait écrit au Garde des sceaux le 4 mars 1789 [2] :

« Monseigneur,

« Des nobles ayant la noblesse transmissible, nés à Lyon, domiciliés à Lyon, propriétaires de maisons dans Lyon, de contrats sur l'Hôtel de Ville de Lyon, possédant fiefs, mais n'en ayant point dans le ressort du bailliage de Lyon, désirent savoir, pour éviter toutes contestations, s'ils ont droit d'assister et d'être reçus membres aux assemblées de la Noblesse de cette ville pour les États Généraux. Des doutes se sont élevés, Monseigneur, ils s'évanouiront sûrement quelle que soit la décision dont vous m'honorerez par le respect et la confiance que vous attirent vos talents et vos vertus. »

« J'ai l'honneur, etc... »

Signé : « De Juliénas. »

Sur l'avis des Commissaires du Roi, le Garde des sceaux fit la réponse suivante, le 10 mars 1789 :

« J'ai reçu, Monsieur, la lettre, que vous m'avez fait l'honneur de m'écrire ; je l'ai fait mettre sous les yeux des Commissaires nommés par le Roi, pour traiter tout ce qui est relatif aux lettres de convocation.

« Le résultat de leur opinion a été que les nobles, ayant la noblesse transmissible, domiciliés à Lyon, ont le droit d'assister et d'être reçus à l'Assemblée générale des trois ordres de la Sénéchaussée, quoique ne possédant pas de fiefs dans l'étendue de son ressort.

« J'ai l'honneur, etc... »

Malgré sa demande et la réponse favorable qui lui fut faite, M. de Juliénas ne comparut d'ailleurs pas à l'assemblée de la Noblesse de Lyon. Il préféra la comparution dans le bailliage d'où ressortaient ses fiefs.

1. Défaut fut cependant donné (cf. p. 42) contre un des Neyrand, dont le droit à comparaître aurait ainsi été reconnu. Mais plusieurs déclarations de défaut furent données par erreur, celle-là doit être du nombre.

2. Arch. Nat. B[III] 75, p. 691 et seq.

Ces appels à l'autorité royale devaient être d'ailleurs des cas isolés : ayant posé des règles, édicté des principes, le souverain ne pouvait juger chaque cas particulier, et les faits précédents mis à part, c'est une autorité différente qui, conformément aux lois, doit décider sur place l'admission dans la chambre de la Noblesse.

Nous avons vu que les difficultés de cette nature devaient, aux termes du règlement royal, être tranchées par le Sénéchal ou en son absence par son Lieutenant général. Cette manière de voir est rappelée pour la Noblesse lyonnaise par le fait suivant : aux termes d'une délibération du Consulat de Lyon en date du 6 mars 1789 [1], les gentilshommes faisant partie de la Société d'agriculture et ayant voté pour la représentation particulière de cette société comme corporation électrice du Tiers État, devaient renoncer au droit de voter dans l'ordre de la Noblesse. Cette exclusion excédait les pouvoirs du Consulat, déclarait [2] l'intendant de Lyon, Terray, au Garde des sceaux, dans sa lettre du 7 mars 1789, et comme cette décision pouvait amener des conflits, l'intendant rappelait qu' « au surplus si la question se présente, M. le Lieutenant général de la Sénéchaussée doit aux termes du règlement y pourvoir provisoirement ».

C'était bien affirmer la compétence du Lieutenant général, assisté de gentilshommes pour trancher les questions d'admission dans l'ordre de la Noblesse. Ces décisions étaient d'ailleurs provisoires, et il en fut ainsi à Lyon. En effet, lors de la 3e séance de l'assemblée particulière de la Noblesse, l'assemblée fut appelée à *approuver*, à ratifier par conséquent en leur donnant un caractère définitif, les vérifications des titres de noblesse faites par huit gentilshommes préliminairement à la première séance. (Cf. Procès-verbal des séances particulières de la Noblesse, 3me séance.)

Comment avaient été désignés ces huit gentilshommes ?

On serait tenté de croire que la désignation en avait été faite par le Lieutenant général, en l'absence du Sénéchal. Cependant nous avons lieu de croire qu'il n'en fut pas ainsi. En effet, dans une lettre du 24 février 1789 [3] adressée par le Lieutenant général au Garde des sceaux, nous relevons cette demande d'instructions relative à l'interprétation du règlement royal : « Les difficultés à juger conformément à l'article 42, doivent être jugées par le Sénéchal ou son Lieutenant assistés de quatre gentilshommes. Ce serait probablement les ordres qui nommeront ceux qui doivent assister le Sénéchal ou son Lieutenant ?... »

Et le Garde des sceaux répondait à ce sujet le 3 mars 1789 [4].

1. Arch. Nat. B^III 75, p. 720 et seq.
2. *Ibid.*, p. 717-719.
3. Arch. Nat. B^A 48.
4. *Ibid.*

« Il est sans difficulté que les quatre ecclésiastiques et les quatre gentilshommes dont il est parlé dans l'article 42 seront choisis respectivement par leur ordre. »

Dans ces conditions, il ne semble pas douteux qu'une réunion de la Noblesse, de caractère privé, eut lieu antérieurement à l'Assemblée générale des trois ordres pour désigner les gentilshommes vérificateurs dont le nombre fut fixé à huit, sans doute pour permettre à la commission de fonctionner en l'absence d'une partie de ses membres. Et de fait, cette commission de gentilshommes délivrait les certificats de noblesse même sans la signature du Lieutenant général en la Sénéchaussée et sans être au nombre de huit que vise le procès-verbal. Le règlement royal n'exigeant que quatre gentilshommes, il n'y a évidemment pas lieu d'être surpris, si la commission composée de huit membres ne siégeait pas au complet. Les travaux de cette commission ne nous sont pas parvenus ; mais nous avons heureusement eu connaissance d'un cer- tificat de noblesse [1] destiné à permettre l'entrée aux assemblées de la Noblesse du Lyonnais. Ce certificat délivré le 10 mars. 1789 à Jean-Pierre-Philippe-Anne de La Croix Laval, est signé par cinq commissaires : le marquis de Sarron, le marquis de Grollier, le marquis de Regnauld, de Lurieu et Jordan, l'aîné.

Ces commissaires de la Noblesse avaient donc été chargés de vérifier les droits de tous ceux prétendant comparaître à l'assemblée de la Noblesse : les nobles devaient apporter les titres constatant l'origine et la nature de leur noblesse [2] et les com- missaires appréciaient. Il semble bien, en étudiant les listes de comparants de nous connues, que les principes aient été strictement appliqués. Tout au plus pourrait-on contester l'admission des échevins de Lyon en exercice au moment même de l'assemblée et ne jouissant pas antérieurement de la noblesse. Avaient-ils réelle- ment la noblesse acquise et transmissible? Cela peut sembler sujet à caution puis- qu'il n'était délivré de lettres de noblesse héréditaire aux échevins non encore nobles qu'à leur sortie de fonctions. Malgré cela les commissaires jugèrent sans doute que l'élévation au Consulat suffisait à rendre la noblesse irrévocable et les échevins en fonctions furent admis à l'assemblée de la Noblesse.

Ceci posé, il y a lieu, avant de nous rendre compte par le procès-verbal lui-même de ce que furent les séances de l'ordre de la Noblesse, de nous demander quel fut le nombre des gentilshommes comparants?

Pour nous fixer à cet égard, nous avons plusieurs éléments : les principaux sont les listes d'assignations retrouvées aux archives départementales du Rhône ; la liste des comparants présents à l'Assemblée générale des trois ordres; les documents imprimés au moment même des assemblées de la Noblesse et donnant les noms des

---

1. Communication du Vte Paul de Varax.
2. Lettre du Garde des sceaux (Brette, op. cit., I, p. 72).

membres de la Noblesse comparants en 1789 ; la liste des gentilshommes présents le 4 avril 1789 à la dernière séance de l'ordre de la Noblesse ; enfin la liste des gentilshommes contre lesquels défaut fut donné en 1789.

Il y a lieu de coordonner ces divers éléments ; par suite il importe avant tout de les faire connaître pour permettre les rapprochements nécessaires.

Nous allons par suite donner ici la liste des assignations retrouvées aux archives du Rhône et ensuite la liste des comparants imprimée en 1789. Ces éléments se complétant mutuellement, nous pourrons arriver à fixer aussi exactement que possible la liste de tous ceux qui se sont trouvés en 1789 aux assemblées de la Noblesse de la Sénéchaussé de Lyon.

Liste des assignations.

La liste des assignés à comparaître aux assemblées de la Noblesse du Lyonnais en 1789, dont les exploits d'assignation ont été retrouvés, nous a été fort aimablement communiquée par M. R. de Clavière, auquel nous devons tant de reconnaissance.

Cette liste comprend 161 noms. Beaucoup d'entre eux se retrouvent comme comparants ou défaillants dans le procès-verbal de l'assemblée des trois ordres ou dans la liste imprimée de l'époque, que nous publions plus loin ; d'autres, au contraire, ne se trouvent que dans ces exploits.

Pour les noms cités dans les autres listes, nous les désignons comme suit :

Comparants à l'assemblée des trois ordres, ✠

Défaillants à la dite assemblée, —

Comparants selon les documents imprimés en 1789, ◻

Pour les noms que l'on ne retrouve que dans les exploits d'assignation, nous donnerons les indications recueillies à leur sujet par M. de Clavière :

1 Affaux (d')	✠ ◻	13 Blanchet ✠ ◻
2 Albon (d')	—	14 Boisse (de) ✠ ◻
3 Amanzé (d')	—	15 Bollioud ✠ ◻
4 Arthaud	✠ ◻	16 Borel [assigné pour le fief de Varissan ; secrétaire du roi, n'avait sans doute pas le temps de fonctions voulu].
5 Assier (d')	✠ ◻	
6 Baglion (de)	✠ ◻	17 Bottu ✠ ◻
7 Barbier	✠ ◻	18 Boufflers (de) ✠ ◻
8 Beck (de)	✠	19 Boulard ✠ ◻
9 Bellet	✠ ◻	20 Bourbon ✠ ◻
10 Béraud	—	21 Boyer [Claude-François, assigné comme commandeur de Saint-Romain-en-
11 Biétrix	◻	
12 Bœuf	✠ ◻	

Gal, et comme tel électeur de l'ordre du Clergé et non de la Noblesse].

22 Brosse (de) ✠ — □

23 Brossette [Jean, peut-être sgr de Varennes, Rapetour? (Dans ce cas, il serait noble, de la famille de l'échevin, et aurait dû comparaître, ou recevoir acte de défaut.) Il n'était sans doute pas noble, ni descendant direct de l'Échevin].

24 Brossier ✠ □

25 Bruyset ✠ □

26 Burtin ✠ □

27 Capdeville [sgr de Pierreherbe ; Christophe Benjamin, sous-lieutenant de la maréchaussée à Lyon ; non noble].

28 Carra ✠ □

29 Catalan —

30 Caze —

31 Chaponay (de) ✠ □

32 Chappuis □
    » d'Yzeron —

33 Charcot ✠ □

34 Charité [Recteurs de la] —

35 Charrier ✠ □

36 Chasseing ✠ □

37 Chazelles (de) [la dame veuve, héritière ou tenante de M. de Chazelles, sgr de Villedieu (Dardilly). Nous n'avons pu identifier suffisamment cette assignée pour fixer sa qualité. En tout cas sa noblesse ne fut pas reconnue en 1789].

38 Cholier ✠ □

39 Cizeron □

40 Claret ✠ □

41 Clavel [ne devait pas être noble]

42 Clavière ✠ □

43 Clérico ✠ □

44 Court (de) ✠ □

45 Courtin de Neufbourg —

46 Covet (de) ✠ □

47 Crozet de Montgon —

48 Dervieu de Varey ✠ □

49 Dervieu de Villieu ✠ □

50 Deschamps ✠ □

51 Desfours ✠ □

52 Desgouttes ✠ □

53 Desportes [sgr de La Forest ; Claude-Antoine, notaire, non noble].

54 Desvernay ✠ □

55 Deville [sgr de Coleimieu (Châtillon-d'Azergues), libraire à Lyon, non noble].

56 de Digoine —

57 Drée (de) ✠ □

58 Du Bourg ✠ □

59 Dugas de Chassagny ✠ □

60 Dugas de Thurins ✠

61 Dumyrat ✠

62 Dupuis d'Eclène —

63 Durand de Châtillon ✠ □

64 Dusurgey [Benoît, sgr d'Argencieu (Soussieu), procureur à Lyon, non noble].

65 Fay ✠ □

66 Fisicat (de) ✠ □

67 Flachon ✠ □

68 Flandrin [l'abbé ; sgr de Chantemerle, ecclésiastique. Selon l'art. 18 du règlement royal, les ecclésiastiques ayant des fiefs non dépendant de bénéfices devaient se ranger dans l'ordre du Clergé s'ils comparaissaient en personne. S'ils donnaient une procuration, ils devaient la donner à un noble qui se rangerait dans l'ordre de la Noblesse].

69 Fleurant ✠ □

70 Foudras (de) —

71 Fourgeroux —

72 Fourgon ✠ □

73 Gain (de) —

74 Gallet ✠

75 Gangnières (de)   ✠ □
76 Garin du Buisson   —
77 Gayardon de Fenoyl (de)   —
78 Gayot   ✠ □
79 Gazauchon [la veuve, dame de Cha-
    vannes, ne semble pas noble].
80 Gervais [Louis, sgr de Saint-Laurent
    d'Oingt, colonel du régiment provin-
    cial de Paris. Cette famille a eu un
    secrétaire du roi et semble noble.
    Il semble que défaut aurait dû être
    donné pour la non comparution].
81 Giraud de Montbellet   ✠ □
82 Godard [sgr de Craponne, marchand de
    gaze à Lyon, non noble].
83 Grimod   ✠ □
84 Guérin de Guérin   —
85 Guigou [Jeanne-Marie-Claudine Tournil-
    lon, veuve de François-Claude Gui-
    gou, convoquée comme dame du fief
    de Montplaisir, ne semble pas noble].
86 Guillermin (de)   —
87 Guillet   ✠ □
88 Guilloud [Pierre, sgr de Courbeville,
    p. acq. de 1772, non noble].

89 Harcourt (d')   —
90 Hubert   ✠ □
91 Hue de la Blanche   —

92 Jars [sgr de Baronnat. Sans doute,
    inspecteur des Mines, correspondant
    de l'Académie des Sciences; non noble,
    figure aux archives nationales, dans
    le Tiers État].
93 Jussieu (de)   —

94 La Croix   ✠ □
95 Lafont (de)   —
96 Lambert   ✠ □
97 La Rochefoucauld (de)   —

98 La Roque (de)   —
99 Laurencin (de)   ✠ □
100 Laurens [héritiers de M. ; sgrs de la
    Buissonnerie, ne semblent pas nobles].
101 Le Clerc   ✠ □
102 Le Roy   ✠ □
103 Leullion (de)   ✠ □
104 Loras (de)   ✠ □

105 Malyvert (de)   ✠ □
106 Marbeuf (de) [archevêque de Lyon,
    assigné comme sgr haut justicier
    de son château de Ternand ; vota
    dans l'ordre du Clergé].
107 Marduel [Claude, seigneur de Font-
    vielle, bourgeois].
108 Marest de Saint-Pierre   —
109 Margaron   ✠ □
110 Marion   ✠ □
111 Mayeuvre de Champvieux   —
112 Mayol (de)   ✠ □
113 Mazenod (de)   —
114 Michon   ✠ □
115 Micoud   —
116 Millanois   ✠ □
117 Mogniat   ✠ □
118 Montagnon [Alexandre, assigné comme
    prébendier de la prébende de Souvi-
    gny (Grézieu), c'est-à-dire par erreur :
    c'était un titre pour voter avec le
    Clergé et non avec la Noblesse].
119 Montdor (de)   ✠ □
120 Montrichard (de)   ✠ □
121 Murard (de)   ✠ □

122 Nervo (de)   —
123 Neyrand   —
124 Noblet de La Clayette (de)   —
125 [Nompère] de Champagny   —
126 Noyel   ✠ □

127 Olivier ✠ □
  » de Sénozan —

128 Paisselier [Blaise? seigneur de Chavannes, commissaire en droits seigneuriaux, non noble].

129 Palerne du Monestier ✠ □
130 Perrin de Bénévent [Pierre. Il donna le
19 mars 1789 procuration (Chappuis
notaire) pour le représenter, à son fils
aîné Claude-Rose Perrin, ancien officier de cavalerie. Mais cette procuration ne répondait pas au règlement,
étant donnée à un gentilhomme ne
faisant pas partie de l'assemblée. On
ne voit toutefois pas pourquoi défaut
ne fut pas donné contre lui].
131 Philibert ✠ □
132 Posuel ✠ □
133 Puy de Roseil [Benoît (?) Il avait
incontestablement titre à figurer, et
défaut aurait dû être donné contre
luij.

134 Quatrefages ✠

135 Regnauld (de) ✠ □
136 Riboud —
137 Richard ✠ □
138 Riche —
139 Rivérieulx ✠ □
140 Robin ✠ □
141 Roland —
142 Roux de Cruzol ✠ □
143 Ruolz (de) ✠ □

144 Sabatin [assigné pour le château et fief
de Ronzière, avec rente noble; bour-
geois].
145 Sabot — ✠ □
146 Sainte-Colombe (de) ✠ □
147 Saint-Georges (de) —
148 Saint-Paul (de) [assigné comme possédant
fief en la paroisse de Saint-Hilaire.
Non identifié, sa qualité est incon-
nue].
149 Sarron (de) ✠ □
150 Sarton du Jonchay —
151 Savaron (de) ✠ □
152 Sauzey (du) [Jean-Baptiste, marquis :
incontestablement noble, défaut aurait
dû être donné, contre lui].
153 Soubry [assigné comme seigneur de La
Brosse (Saint-Germain-au-Mont-d'Or),
n'appartenait peut-être pas à la descendance des Soubry qui ont donné
à Lyon un échevin et un trésorier de
France, sinon défaut aurait dû être
donné contre lui].
154 Souzy (de) —
155 Sirvinges (de) ✠
156 Subrin [ne semble pas de famille noble,
seigneur d'Ecossieu, à Saint-Jean-de-
Toulas].

157 Terray —
158 Trollier ✠ — □

159 Valence ✠
160 Valous ✠ □
161 Vouty ✠ □

Listes de comparants imprimées en 1789.

Ces documents fort précieux et excessivement rares, sont au moins au nombre de
trois. L'un est le compte rendu de l'assemblée des trois ordres signalé plus haut
(page 28), et dont nous avons donné l'essence en publiant (pages 29 à 39, et page 42)

les noms qu'il renferme ; nous n'y revenons pas. Le second, publié hâtivement au moment même de la réunion des trois ordres, comprend une liste sommaire de noms des membres de la Noblesse réunis à Lyon. Il ne fournit pas d'indications précises sur les comparants, et malgré son intérêt, il est plus utile de reproduire une troisième liste très détaillée publiée en 1789, postérieurement aux séances, par le libraire lyonnais de la Roche, à la suite du procès-verbal des séances.

Cette liste, qui comprend les noms de ceux qui sont venus aux différentes réunions, diffère de la précédente par l'adjonction des cinq noms suivants : Berthet, Chappuis, Grimod, Guillet de Moidière, Piron. Elle a donc l'avantage d'être plus complète quant au nombre des personnes signalées ; en outre, elle donne sur chacun des comparants des indications particulières. Enfin, le fait même d'avoir été constamment jointe au procès-verbal lui donne une sorte de consécration officielle : il est donc très important de la reproduire ; nous le faisons en laissant l'orthographe attribuée aux noms malgré son caractère parfois fantaisiste.

NOMS

De Messieurs de l'ordre de la Noblesse du ressort de la Sénéchaussée de Lyon, qui se sont trouvés aux différentes Assemblées tenues en mars et avril 1789, en exécution des lettres de Convocation pour les États Généraux.

PRÉSIDENT,

M. CHARLES-LOUIS, marquis DE MONT-D'OR, sg^r de Cherpieu, chevalier de Saint-Louis, *rue Saint-George.*

MESSIEURS,

Édouard-Philippe ACTON, chevalier de Saint-Louis, *Hôtel de Provence, place de la Charité.*

Gabriel-Bernard ALBANEL DE CESSIEUX fils, *place Saint-Just.*

Jacques-François D'ARNAL l'aîné, *rue Royale.*

Jean-Baptiste-François D'ARNAL le jeune, *rue Royale.*

René-François AURIOL, *vis-à-vis le pont Morand.*

Joseph-Léonard BALANT DE CHAMBURCY, *quai Monsieur.*

Alexandre-George DE BARAILHON, chevalier de Saint-Louis, *rue Saint-Joseph.*

Paul BARBIER DESLANDES, sg^r de Charly, *rue Sala.*

MESSIEURS,

Laurent Basset, conseiller honoraire en la Cour des monnaies, lieutenant général en
la Sénéchaussée de Lyon, *rue Saint-Dominique.*

Camille Basset de Chateaubourg, ancien capitaine de vaisseau, chevalier de Saint-
Louis et de l'ordre de Cincinnatus, *rue Saint-Dominique.*

Louis Basset de la Marelle, président à mortier honoraire du parlement de Dombes,
président du grand-conseil, sg^r de Lacombe-lès-Miribel, *rue de l'Arsenal, au coin
de celle du Peyrat.*

Louis Baudard, chevalier de Saint-Louis.

François-Anne Beaucamp de Saint-Germain.

Jacques Beaucamp de Saint-Germain.

Jean-Henri Benoit, ancien échevin, *à l'Hôtel de Ville.*

Jean-François Berger, conseiller en la Sénéchaussée, *place de Roanne.*

Marie-Romain Berger du Sablon, *place de Roanne.*

Claude Bertaud de Talluyers, ancien conseiller en la cour des monnoies, *place de
Louis-le-Grand.*

Philippe-François Bertaud du Coin, *place de Louis-le-Grand.*

Auguste-Philippe Berthet.

Marie-Antoine Bertholon, échevin, *au pied du Chemin-Neuf.*

Jean-Louis Beuf, sg^r de Curis, trésorier de France, *rue Royale.*

Pierre-Emmanuel Biétrix du Villars, sg^r de Crenilieux, *place de Louis-le-Grand,
maison des Avenieres.*

Claude-Louis-André Blanchet, *place de Louis-le-Grand.*

Barthelemi de Boisse, sg^r de la Thenaudière, *place de Louis-le-Grand.*

Jean-Jacques de Boissieu, trésorier de France, *près l'Intendance.*

Claude-François Bollioud de Chanzieu, *rue St-Dominique.*

Jean-Baptiste Bona de Perex, *rue Sala.*

François-Marie Bona de Chavagnieux, officier de Dragons.

.... de Borde, baron du Chatelet.

André de Bory, chevalier de Saint-Louis, ancien commandant de Pierre-Scize, secrétaire perpétuel et bibliothécaire de l'académie de Lyon, *hôtel d'Albon, rue Sainte-
Hélène.*

Nicolas Bottu de Saint-Fonds, chev. de Saint-Louis, *rue Sala.*

Abel-Lambert-Marie Bottu de Saint-Fonds-de-Limas, ancien officier au régiment de
Saintonge.

Simon-Claude Boulard, sg^r de Gattelier, Mars, Lemont, Genouilly, Ruyere,
Cuires-la-Croix-Rousse, la Pape, Rillieux, Caluire, Crépieux, les Mercieres, Mar-
gnioles, etc., ancien échevin, *rue Saint-Dominique.*

Claude-André Bourbon de Vanant, chevalier de Saint-Louis, *rue Sainte-Hélène.*

MESSIEURS,

Jean-Baptiste BOURBON DU DEAULX, *rue Sainte-Hélène.*

Claude BOURBON DU MOUSSET, *rue Sainte-Hélène.*

Charles BOURG.

Léonard BOURLIER, sg^r de PARIGNY, Ailly, Saint-Cyr-de-Favieres, Commelle, Saligny, l'Hôpital, etc., *place de Louis-le-Grand.*

Jacques DE BROSSE, sg^r de LA BARGE et Grézieu-la-Varenne, *rue Tramassac.*

Victor-David BROSSIER, baron de LA ROULLIERE, sg^r de Saint-Julien-sur-Bibost, Monmenost, Lemas, Bessenay, etc., *rue de l'Arsenal.*

Étienne-Alexandre BROSSIER DE LA ROULLIERE, capitaine-commandant au régiment Royal-des-Vaisseaux, *place Saint-Michel.*

Louis-Claude BRUIZET DE MANNEVIEUX, doyen de MM. les trésoriers de France, *rue du Plat.*

Jean-François BURTIN DE LA RIVIERE, trésorier de France, *place de la Charité.*

Pierre-Michel-Guillaume, comte DE CARNAZET, *maison Posuel, place Leviste.*

Claude CARRA DE ROCHEMUR, capitaine au régiment d'infanterie d'Orléans, *place Saint-Paul.*

Jacques-Hugues-Suzanne, chevalier DE CHAPONAY, *place de Saint-Michel.*

Antoine-Suzanne CHAPPE, sg^r de BRION, Bussy et la Franchize, *rue Sainte-Croix.*

Antoine-Pierre CHAPPUIS, ancien capitaine de Dragons, chevalier de Saint-Louis, *place de la Charité.*

Jean-Claude-Anthelme CHARCOT, *place de Louis-le-Grand.*

Pierre-François-Melchior-Nicolas CHARCOT DE FRANCLIEU, *place de Louis-le-Grand.*

François-Régis DE CHARPIN, comte de GENETINES, ancien capitaine de dragons, *rue Saint-Joseph.*

Jacques-Catherin CHARRIER DE GRIGNY, chevalier de Saint-Louis, ancien officier au régiment des Gardes-Françoises, *rue de la Charité.*

Jean CHAZETTE, à *Fontaines-sur-Saône.*

Jean-Pierre-Antoine CHIRAT, lieutenant particulier en la Sénéchaussée, *place de la Comédie.*

Charles-Bernardin CHIRAT le jeune, *place de la Comédie.*

Philippe CHOIGNARD, ancien échevin, *rue Saint-Jean.*

Laurent-Gabriel-Hector DE CHOLLIER, comte de CIBEINS, chef d'escadron au régiment du commissaire général de la cavalerie, *place Louis-le-Grand.*

Claude CIZERON, *rue de l'Arbre-sec.*

Camille-Jacques-Annibal-Gaspard CLARET DE FLEURIEU, premier président honoraire

MESSIEURS,

du bureau des finances, sg^r de la Tourrette, Eveux, baron d'Eyrieu, Gerbais Colombier, etc., *rue Boissac.*

Marc-Antoine-Louis CLARET DE LA TOURRETTE, conseiller honoraire en la cour des monnaies, etc., *rue Boissac.*

Gabriel CLAVIERE DE JARNIEUX, sg^r de Ville et Jarnieux, *place Louis-le-Grand.*

Louis-François CLAVIERE, *rue de la Monnoie.*

Jean-Catherin LE CLERC DE LA VERPILLIÈRE, sg^r d'Irigny, chevalier de Saint-Louis, lieutenant de roi de la Province de Guyenne, major de la ville de Lyon, *rue Sainte-Hélène.*

Pierre-Gabriel CLÉRICO DE JANZÉ, *rue Basse-Ville.*

Pierre-François COLOMB D'HAUTEVILLE.

Pierre DE CONSTANT DE MASSOUL, chevalier de Saint-Louis, *place Saint-Michel.*

Pierre-Barthelemi-Marie-René-Joseph-Alexandre DE CONSTANT, chevalier de Saint-Lazare, capitaine de dragons, *place Saint-Michel.*

François-Gabriel DE CORTEILLE, sg^r de VAURENARD, *rue Saint-Joseph.*

François-Isaac COSTE l'aîné, *rue Saint-Dominique.*

Isaac COSTE le cadet, *rue Pizai.*

Fleuri-Marie COURBON DE MONTVIOL, avocat du roi en la sénéchaussée de Lyon, *rue Saint-Jean.*

François DE COURTAUREL, chevalier de Saint-Louis, major de Pierre-Scize, *au Château.*

Claude DARESTE, seigneur de SACONAY, *rue des deux Maisons.*

Jean-Claude DARESTE, chev. de Saint-Louis, chef d'escadron au régiment de chasseurs de Picardie, *rue des deux Maisons.*

Henri-Gabriel-Benoît DASSIER, baron de LA CHASSAGNE, colonel de dragons, chevalier de Saint-Louis, *au château de la Chassagne.*

Joseph-Marie-Philippe DATHOSE, *rue du Peyrat.*

Jean-Baptiste DAUDÉ, seigneur du POUSSET, *place Louis-le-Grand.*

Louis-Marie DECROIX, *rue Buisson.*

Jean-Marie DEGRAIS, échevin, *quai de Retz.*

François-Joseph-Mamert DEJUSSIEUX DE MONTLUEL, *place Louis-le-Grand.*

Nicolas-Mamert DEJUSSIEUX DE MONTLUEL ST. MARCELIN, ancien chevalier d'honneur, *place Louis-le-Grand.*

Jean-Pierre DELGLAT DE LA TOUR DU BOST, président au bureau des finances, *rue du Plat.*

Jean-Pierre DELGLAT, chev. d'honneur au bureau des finances, *rue du Plat.*

MESSIEURS,

Louis-Gabriel Deroche de Lonchamp.

Christophe Dervieu, seigneur de Goiffieu, conseiller honoraire en la cour des monnoies, *rue Belle-Cordiere*.

Pierre-Louis Dervieu, baron de Love, baron de Vilieu, *rue Sala*.

Jean-Nicolas Dervieu de Vilieu, capitaine au régiment d'Auxonne artillerie, *rue Sala*.

Barthelemi-Régis Dervieu du Villars, ancien capitaine au régiment de Bresse infanterie, chevalier de Saint-Louis, *rue Saint-Joseph*.

Jacques Deschamps.

Pierre-Suzanne Deschamps, avocat, de l'académie de Lyon, *quai de la Baleine*.

. . . . Descorches de Sainte-Croix, chevalier de St-Louis, *rue de l'Arsenal*.

Jean-Pierre Desfours de Maisonforte, officier au régiment du colonel général de la cavalerie, *à Écully*.

Fleuri Dian père, *rue Neuve*.

Michel Dian, fils aîné, *rue Neuve*.

Jean-Fleuri Dian, fils cadet, *rue Neuve*.

Jacques-Catherine Dubost de Curtieux.

Jean-Baptiste Dugas de Chassagny, *à Saint-Chamond*.

Louis-Marie Dulieu de Chenevoux, *place Louis-le-Grand*.

Louis-Pierre Dumarest de Chassagny, *place Louis-le-Grand*.

Simon-Jean-César Durand, sgr de Chatillon, trésorier de France, *place Louis-le-Grand*.

Simon-Antoine Durand de la Flachere, *place Louis-le-Grand*.

Jean-Jacques Duval.

Felix-Marie Fardel de Verrey, *au château de Pierre-Scize*.

Antoine Fay, baron, sgr de Sathonay, Albonne, etc., ancien prévôt des marchands-commandant de la ville de Lyon, *rue Sala*.

Guillaume-César, comte de Ferrary de Romans, *place Louis-le-Grand*.

Barthelemi de Ferrus de Plantigny, *hôtel de l'Archidiaconé*.

Jean-Baptiste, baron de Fisicat, sgr de Beauregard, Bellievre, Rochebaron, Bas, etc., *hôtel de la Manécanterie*.

Jean-François de Fisicat, capitaine au régiment de Penthievre dragons, *hôtel de la Manécanterie*.

Étienne Flachon de Barrey, trésorier de France, *place Montgolfier*.

Ferdinand Flachon de la Jomariere, chev. de Saint-Louis, *place Montgolfier*.

MESSIEURS,

Joseph-François FLEURANT DE RANCÉ.

Pierre-Barthelemi FLEURANT DE RANCÉ de Corbery.

Étienne FONTAINE DE BONNERIVE, chev. de Saint-Louis, *rue Belle-Cordiere.*

Claude DE FONTANELLE, à *Anse.*

Roch-Marie-Vital FOURGON DE MAISONFORTE, *place Louis-le-Grand.*

Claude DE LA FRASSE, sg^r de SURY, *place Saint-Michel.*

Gaspard-François DE LA FRASSE DE SAINT-ROMAIN, chev. de Saint-Louis, *rue du Plat.*

Claude-Pierre FUSELLIER, *rue neuve de la Charité.*

Jean-Claude GABET, direct. de la monnoie, *hôtel de la Monnoie.*

.... DE GAGNIERES, comte de SOUVIGNY, *rue Saint-Domin.*

Henri GARDELLE, ancien secrétaire du roi, *quai de la Baleine.*

Jean-François GARDELLE fils, conseiller en la sénéchaussée, *quai de la Baleine.*

Pierre-Philippe-Lyon GARNIER, officier des grenadiers-royaux, *rue Sainte-Marie des Terreaux, maison Burdel.*

Léonard GAY, ancien échevin, *rue Royale.*

Léonard GAY DE LA LEVRETIÈRE, *quai Saint-Clair.*

Étienne-Hyacinthe GAYOT DE MASCRANY, comte de CHATEAUVIEUX, *rue de la Charité.*

Benoît DE GÉRANDO.

Claude-Antoine DE GÉRANDO DE CHÂTEAUNEUF, ancien conseiller en la cour des monnoies, *place Louis-le-Grand.*

Jean-Matthieu GIRARD.

Christophe GIRAUD..

George-Marie GIRAUD, baron de MONTBELLET, *place Louis-le-Grand.*

Jean-Baptiste GIRAUD de Saint-Oyen, de SAINT-TRYS, *place Louis-le-Grand.*

Pierre-Thomas GONYN DE LURIEU, avocat, ancien échevin, *rue de l'Archevêché.*

Étienne GRANIER cadet, *rue Saint-Dominique.*

Pierre-Nicolas GRASSOT, de l'académie de Lyon, *rue Royale.*

Pierre-François-Gabriel GRASSOT, conseiller en la sénéchaussée, *rue Royale.*

François-Jean-Jacques GRIMOD de Beneon, baron de Riverie, chev. de Saint-Louis, lieutenant de MM. les maréchaux de France, *rue Sainte-Hélène.*

Pierre-Louis, marquis DE GROLLIER et de Treffort, comte de Maisonseule, vicomte du Thil, chevalier de Saint-Louis, *place Louis-le-Grand.*

Jacques-Pierre GUILLET, sg^r de CHATELLUS, Saint-Denis, etc., *maison de l'Écluse, rue de la Sphère.*

Laurent-Nicolas-Scipion GUILLET DE MOIDIERE.

MESSIEURS,

Hugues GUILLIN, sg^r d'AVENAS, avocat, *place Saint-Jean.*

Aimé GUILLIN, officier au régiment d'Austrasie, *place Saint-Jean.*

Jean-Baptiste DE GUILLON DE LA CHAUX, *cu-de-sac de l'Arsenal.*

Claude GUINIER DE LA BRUYERE, *palais abbatial d'Ainai, rue Vaubecour.*

Louis-Hector-Melchior-Marie, marquis DE HARENC DE LA CONDAMINE père, *au château d'Ampuis.*

Pierre-Marie-Anne, marquis DE HARENC DE LA CONDAMINE fils, sg^r d'Ampuis.

Ennemond-Augustin HUBERT, sg^r de SAINT-DIDIER, Rochefort, Tanay, etc., baron de Riotier, chev. de Saint-Louis, mestre-de-camp de cavalerie, ancien écuyer de main de MADAME, *rue Sainte-Hélène.*

Guillaume-Victor HUBERT DE SAINT-DIDIER, premier capitaine-commandant au régiment des cuirassiers du roi, *rue du Peyrat.*

Jean JANIN DE COMBEBLANCHE, chevalier de Saint-Michel, *au Château de la Persianne, à la Guillotiere.*

Jacques IMBERT-COLOMÈS, échevin, *rue Sainte-Catherine.*

Esprit-Jean IMBERT, *rue Saint-Dominique.*

Jean JOLYCLERC, sg^r de la Bruyère, lieutenant des grenadiers-royaux de Lyonnois, *rue du Bœuf.*

François-Marie-Matthieu-Antoine JOLYCLERC DE BELVE, officier d'infanterie, *rue du Bœuf.*

Antoine-Henri JORDAN l'aîné, ancien échevin, *rue Lafont.*

Antoine-Henri JORDAN fils, *rue Lafont.*

Claude-François-Dorothée, marquis DE JOUFFROY D'ABBANS, *à Écully.*

Blaise-François-Aldegonde JOUVENCEL, *maison Imbert, rue Sainte-Catherine.*

Roch JULLIEN, ancien chevau-léger de la garde ordinaire du roi, *place Louis-le-Grand.*

Joseph-Augustin-Magdeleine LACOUR, *place des Cordeliers.*

Claude-Antoine LACOUR DE MONLUSIN, conseiller en la sénéchaussée, *place des Cordeliers.*

Jean-Pierre-Philippe-Anne LACROIX, sg^r DE LAVAL, ancien chevalier d'honneur en la cour des monnoies, *place de la Charité.*

Joseph-Henri LAMBERT, sg^r de Lissieux, *port Saint-Clair.*

Jean-Baptiste DE LAROUE, conseiller honoraire en la cour des monnoies, *place Saint-Michel.*

MESSIEURS,

Jean-Pierre DE LAROUE fils, *place Saint-Michel.*

Philippe DE LASALLE, chevalier de l'ordre du roi, *hôtel Gras, quai Saint-Clair.*

Pierre LASAUSSE.

Claude LEMOYNE, ancien échevin, *place de la Comédie.*

Louis LEVISTE, comte DE MONTBRIAN, ancien capitaine au régiment de Boulonnois, ancien chevalier d'honneur au Parlement, grand sénéchal de Dombes, *hôtel d'Albon, rue Sainte-Hélène.*

Joseph LEVISTE DE BRIANDAS, ancien capitaine au corps royal de l'artillerie, chevalier de Saint-Louis, *hôtel d'Albon, rue Sainte-Hélène.*

Louis LEVISTE, chev. DE BRIANDAS, chev. de Saint-Louis, *hôtel d'Albon, rue Sainte-Hélène.*

Louis-Marie DE LEULLION, sgʳ DE THORIGNY, lieutenant particulier, assesseur-criminel en la sénéchaussée et siège présidial, *rue du Bœuf.*

Louis-Catherine, marquis DE LORAS, baron de Pollyonnay, sgʳ de Bellacœil, Montplaisant, etc., *quai Monsieur.*

Jean-François MAINDESTRE, *place Louis-le-Grand.*

Jean-Baptiste-Honoré, comte DE MALYVER DE VAUGRINEUSE, *rue Sainte-Hélène.*

François MANIQUET, *rue Saint-Dominique.*

Gaspard-Antoine MARGARON DE SAINT-VERAN.

Étienne MARION, sgʳ de LA TOUR-LAVAL, *place Saint-Michel.*

Charles-Joseph MATHON, sgʳ de LA COUR, des académies de Lyon, Villefranche, de la société d'agriculture de Lyon, de la société patriotique Bretonne, *place Louis-le-Grand.*

Louis-Charles LE MAU DE TALANCÉ, chevalier de Saint-Louis, ancien capitaine-commandant au régiment de Bourbonnois.

Jacques-Joseph DE MAYOL, ancien conseiller d'honneur en la cour des monnoies de Lyon, *rue Saint-Joseph.*

Fleuri-Zephirin DE MAYOL, sgʳ de Lupé, Saint-Sabin, Laverrière, etc. *rue Saint-Joseph.*

Balthazard MICHON, *rue Sainte-Hélène.*

Jean MILLANOIS, sgʳ de LA SALLE, *quai Saint-Clair.*

Charles-François MILLANOIS, sgʳ de LA THIBAUDIERE, *rue de la Grenette.*

Pierre-Ennemond-Joachim-François-Marie-Elisabeth MOGNIAT DE L'ÉCLUSE, ancien capitaine de dragons, *place Louis-le-Grand.*

MESSIEURS,

François-Marie-Ennemond MOGNIAT, sg^r de LIERGUES, Pouilly-le-Monial, etc., *rue des Marronniers.*

Philippe-Emmanuel MONLONG, *maison Loyer, quai Saint-Clair.*

Henri-René DE MONTRICHARD, sg^r de MARCENGY.

Claude-Louis MOREL DE RAMBION, sg^r d'Epeisses, *rue Sala.*

François-Bon MOREL DE DOISY, *rue Sala.*

Jacques-Marie MUGUET DE MONTGANT, ancien échevin, *place de la Comédie.*

Guillaume-Louis DE MURARD, sg^r de SAINT-ROMAIN, *en son château de Saint-Romain.*

Antoine NEYRAT, ancien échevin, *rue Neuve.*

Matthieu-Marc-Antoine NOLHAC, ancien échevin, *rue Saint-Jean.*

Pierre-François DE NOYEL DE PARANGE, *place Saint-Michel.*

Jacques-André-Marie DE NOYEL, sg^r de VIEUXBOURG, chev. de Saint-Louis, lieutenant des maréchaux de France, *rue Saint-Joseph.*

André-Marie OLIVIER, sg^r du Vivier et de Montagneux, *place Louis-le-Grand.*

Claude ORCEL, ancien secr. du roi, *rue du Peyrat, près l'Intend.*

Adam-Philippe D'ORIGNY Dampierre, *place de la Charité.*

Jean-Charles-Antoine D'ORIGNY fils, *place de la Charité.*

Joseph ORSEL DE CHATILLON, sg^r de Montgriffon, *quai Saint-Clair.*

Claude-Louis ORSEL DE LA TOUR, conseiller en la sénéchaussée de Lyon, *place de la Charité.*

Philibert PALERNE du Monestier.

Fleuri-Zacharie-Simon PALERNE DE SAVY, ancien avocat général du roi aux cours de Lyon, *rue Sainte-Hélène.*

Jean PARADIS, ancien secrétaire du roi.

Augustin DE PASSERAT DE SILANS, chev. de Saint-Louis, ancien capitaine de vaisseau, *rue du Plat.*

Étienne PERNON père, *maison de Bacot, quai de Retz.*

Jacques-Simon PERNON, chevalier de Saint-Louis, ancien major et lieutenant-colonel au régiment du roi cavalerie.

Claude-Camille-Pierre-Étienne PERNON fils, *maison de Bacot, quai de Retz.*

Claude-Philibert, sg^r de CLERIMBERT, *rue Saint-Joseph.*

Antoine PIRON, *rue Neuve.*

MESSIEURS,

Jean-Nicolas Ponthus, conseiller au présidial de Lyon, *rue du Bœuf.*

Benoît Ponthus de la Bourdelière, avocat, *rue du Bœuf.*

Pierre de Previdé-Massara, *rue Vaubecour.*

Louis Rambaud de la Sablière, ancien secrétaire du roi, *rue Sainte-Catherine.*

Pierre-Thomas Rambaud, premier avocat du roi, *rue Saint-Joseph.*

André Rambaud, ancien échevin, *rue Saint-Joseph.*

Jacques-Claude Rambaud de la Vernouse, ancien lieutenant particulier en la sénéchaussée et siège présidial, *rue Saint-Joseph.*

Thomas Rambaud de Monclos, garde-du-corps du roi, *rue Saint-Joseph.*

François-Philippe-Éléazard Ranvier de la Liegue, ancien capitaine des chasses de l'apanage de Monsieur, *rue Juiverie.*

Matthieu Rast, ancien échevin, *rue Tupin.*

Claude-Henri Rast, fils, *rue Tupin.*

Jean-Marie Ravier, avocat, ancien échevin, *rue Tramassac.*

Louis Reboul, ancien échevin, *quai Saint-Clair.*

Jean-Antoine de Regnauld de Parcieux, *place Louis-le-Grand.*

Antoine-Bonne marquis de Regnauld, seigneur de Pomay, *place Louis-le-Grand.*

Claude-Espérance, marquis de Regnauld-Allemand, sg^r de Bellescizes, Charlieu, etc., mestre-de-camp de dragons, lieutenant des maréchaux de France, chevalier de Saint-Louis, ancien prévôt des marchands, commandant de Pierre-Scize, *au Château.*

Camille Regnault.

Alexis-Antoine Regny, *rue du Puits-Gaillot.*

Antoine Reverony, *rue Sainte-Catherine.*

Pierre-Joseph Reverony du Clauzet, *rue Sainte-Catherine.*

Jean-Jacques Richard du Colombier, chev. de Saint-Louis, *près le Grenier-à-Sel.*

Pierre-François Rieussec, *hôtel de l'Archidiaconé.*

Julien-André Rigod de Terrebasse.

Nicolas-Jacques Rigod de Saint-Romain.

Antoine-Claude Riverieulx, *rue Sala.*

Dominique-Claude Riverieulx de Chambost, ancien mousquetaire, *place Louis-le-Grand.*

Jean-Claude Riverieulx de Varax, *place Louis-le-Grand.*

Jean-François-Barthelemi de Rivirie de St. Jean, *au château de la Mouchoniere, près la grande Varisselle.*

MESSIEURS,

Barthelemi-Antoine DE RIVIRIE, capitaine-commandant de grenadiers au régiment d'Anjou, chevalier de Saint-Louis, *au château de la Mouchoniere.*

Benoît-Marie ROBIN D'ORLIENAS, ancien conseiller en la cour des monnoies, *rue Sainte-Hélène.*

François ROCOFFORT, ancien échevin, *quai des Célestins.*

Jean-Gabriel ROCOFFORT, fils aîné, *place neuve des Carmes.*

. . . . ROCOFFORT le cadet.

François-Marie, comte DE ROSTAING, ancien lieutenant-colonel, chev. de Saint-Louis, *place Louis-le-Grand.*

Marc ROUSSET DE SAINT-ÉLOI, chev. de Saint-Louis, ancien capitaine au régiment de Limousin, *rue Sala.*

Claude-François ROUSSET l'aîné, *rue Neuve.*

Antoine-Marie ROUSSET, le cadet, *rue Neuve.*

Léonard ROUX DE CRUZOL.

Thomas-André ROUX DE CRUZOL fils.

Jean-Antoine ROUX, ancien échevin, *rue du Griffon.*

Claude-André ROUX fils aîné, ancien administrateur de la Charité.

Pierre ROUX.

Pierre-Antoine-Marie ROUX.

Benoît LE ROY l'aîné.

Jean-Benoît LE ROY du Molard, *au Molard par Neuville.*

Catherine-Benoît LE ROY de Champfleury, *place de la Baleine.*

Pierre LE ROY de Jolimont, *place de la Baleine.*

Jean-Henri-Joseph ROYER, *à Saint-Chamond.*

François-Catherine-Jean-Pierre, marquis DE RUOLZ, sg^r de Francheville, Chatelard, Chaponost, etc., *rue du Peyrat.*

François DE RUOLZ, chev. de Saint-Louis et de Saint-Lazare, ancien lieutenant de vaisseau, *rue du Peyrat.*

Jean-Baptiste SABOT DE PIZAY, président honoraire en la cour des monnoies, *rue Sala.*

François, comte DE SACONAY, *place Louis-le-Grand.*

Jacques-Michel SAHUC DE PLANHOL.

Pierre-Jacques SAIN.

Claude, marquis de SARRON, chev. de Saint-Louis, *place Louis-le-Grand.*

Jean-Pierre-Guillaume DE SAVARON, sg^r de la Régeasse, Saint-Laurent-de-Chamousset, etc., *place Louis-le-Grand.*

MESSIEURS,

Jean-Marie Servan.

Gabriel-Claude Servan.

Paul Servan.

Gabriel Servan.

Jean-Antoine Servant l'aîné, *place de la Comédie.*

Claude Servant de Poleymieu, trésorier de France, *place Louis-le-Grand.*

Joseph-Henri Steinman, échevin, *rue Dauphine.*

Jean-Pierre Terrasse, sg^r d'Yvours, *rue des Marronniers.*

Raimond-Marie-Augustin Terrasse, chevalier d'Yvours, lieutenant des maréchaux de France, *place de la Charité.*

Barthelemi Terrasson de la Barollière, de l'académie de Lyon, *rue Sala.*

..........Terrasson de Senevas, *rue Sala.*

Jean Terrasson père, ancien secrétaire du roi, *hôtel de la Reine, quai Saint-Clair.*

Jean-François Terrasson fils, *hôtel de la Reine, quai Saint-Clair.*

Pierre-Joseph Thevenet, officier de la milice Bourgeoise, *rue des Forces.*

Louis Tolozan de Montfort, prévôt des marchands-commandant, *quai Saint-Clair.*

Antoine Torrent fils, *rue Saint-Dominique.*

Jean-François Trollier de Fetan, *rue Sala.*

Louis Trollier de Chazelles, ancien capitaine d'infanterie, *rue Sala.*

Esprit-Étienne-François Trollier de Fontcrenne, sg^r de Sardon, *place Louis-le-Grand.*

Antoine-Pierre Trollier de Saint-Romain, ancien capitaine d'infanterie, *rue de l'Arsenal.*

Alexandre-Paul de Vacheron.

François Valesque, *place Saint-Pierre.*

Pierre Valesque, *place Saint-Pierre.*

Benoît Valous, *à l'Hôtel de Ville.*

Jérôme Valous de la Proty, *place Louis-le-Grand.*

Jacques-François Vauberet-Jacquier, ancien échevin, *rue Saint-Dominique.*

Joseph Vial, ancien échevin, *rue Tramassac.*

Claude-Aimé Vincent, sg^r de Margnolas, *place de la Charité.*

Pierre Vincent, sg^r de Saint-Bonnet, *rue Saint-Joseph.*

César-Antoine Yon de Jonage, *rue du Peyrat.*

François Yon, chev. de Jonage, chev. de Saint-Louis, *rue du Peyrat.*

COMPARANS PAR PROCURATION

MESSIEURS,

Henri Arthaud, sg^r de Rontalon et la Feuillade, *par procuration* à M. Morel de Doizy.

...... comte DE Baglion, *par procuration* à M. le marquis de Loras.

Mesdemoiselles Suzanne et Jeanne Bellet DE Tavernost, *par procuration* à M. Leviste de Briandas.

Madame Amélie DE Boufflers, duchesse de Biron, *par procuration* à M. Dassier, baron de la Chassagne.

Just-Henri, comte DU Bourg DE Saint-Polgue, *par procuration* à M. le chev. de Briandas.

Benoît Carra Devaux, *par procuration* à M. Claude Carra de Rochemur.

Pierre-Elisabeth, comte DE Chaponay, *par procuration* à M. le Chevalier de Chaponay, son fils.

Antoine Chasseing, conseiller au parlement de Paris, *par procuration* à M. Servant de Poleymieu.

J.-L.-E. DE Sainte-Colombe, *par procuration* à M. de Mayol.

Mademoiselle-Louise Covet DE Saint-Bernard, *par procuration* à M. Dassier, baron de la Chassagne.

Jean-Baptiste DE Court de la Garde, *par procuration* à M. Imbert-Colomès.

Robert-René Daffaux DE Glatta, *par procuration* à M. Guillet de Châtelus.

Claude-Jean-Marie Dervieu DE Varey, *par procuration* à M. Dervieu du Villars.

Madame Fleurie Dutreul, veuve Desfours, dame de Grangeblanche, *par procuration* à M. Desfours de Maisonforte son fils.

Benoît-Joseph Desgouttes DE LA Salle, *par procuration* à M. de Gangnieres, comte de Souvigny.

Antoine Desvernay, sg^r de Grezieux-Souvigny, Vilet, Fouchet, Virissel, Montgaland, etc. *par procuration* à M. Charcot.

......comte DE Drée, capitaine au régiment de Bourbon, *par procuration* à M. Chollier, comte de Cibeins.

Mademoiselle Jeanne-Marguerite DE Gerando, dame du Chambroi, à Oullins, *par procuration* à M. de Gerando de Châteauneuf, son frère.

Jean-Baptiste-Espérance, comte DE Laurencin, *par procuration* à M. Morel de Rambion.

Jean Maritz, *par procuration* à M. Baudard.

Jean-Louis Michon, comte DE Vougy, mestre-de-camp de cavalerie, *par procuration* à M. Bourlier de Parigny.

Pierre Posuel de Verneaux, *par procuration* à M. le marquis de Sarron.
Dominique Vouty, *par procuration* à M. Bourbon du Deaulx.

ERRATA.

A la page 1ᵉ de cette liste, *ligne* 18, ajoutez aux qualités de M. de Barrailhon: ancien premier chef de bataillon au régiment de Bretagne.

Comme nous l'avons dit plus haut (p. 49) une autre liste officielle de noms de comparants est fournie par les signatures données le 4 avril 1789 par tous les gentilshommes présents à la dernière séance de l'assemblée de la Noblesse. On trouvera cette liste plus loin à la fin du procès-verbal que nous reproduisons.

Ces éléments, rapprochés les uns des autres, nous permettent d'établir aussi exactement que possible la liste générale des comparants.

Tout d'abord, examinons la liste des assignations.

L'assignation en elle-même, ne crée aucun titre pour être admis ; il appartient à l'assigné de prouver aux commissaires chargés de la vérification des pouvoirs, qu'il a la noblesse acquise et transmissible. L'assignation vise la possession des fiefs nobles et n'a autrement aucune valeur. Ce n'est qu'un moyen de marquer le respect du pouvoir royal pour cette forme de propriété ; mais, pour les nobles, la noblesse est indépendante de la possession des fiefs nobles. C'est ce que rappelait (Cf. ci-dessus p. 24) le Lieutenant général Basset dans son avertissement du 9 mars 1789, rappelant aux possédant fiefs assignés qu'ils ne pouvaient être admis ou représentés à l'assemblée de la Noblesse qu'autant qu'ils étaient nobles (cf. plus loin Vᵉ séance).

Aussi les exploits d'assignations retrouvés aux Archives départementales du Rhône sont-ils un élément d'appréciation fort intéressant, mais à envisager seulement pour ce qu'il est. Ce n'est ni une liste de nobles ayant comparu puisque des assignés ont pu faire et ont fait en effet défaut, et ce n'est pas davantage une liste de familles nobles, plusieurs assignés ne jouissant pas alors de la noblesse.

Ces observations ressortent clairement de la liste même que nous avons publiée ; les signes dont nous avons fait suivre chaque nom, ou les observations qui les accompagnent montrent quels assignés firent défaut, soit que, nobles ils n'aient pas comparu, soit qu'il leur manquât la noblesse pour être admis aux assemblées.

D'autre part, en rapprochant la liste des assignés des listes de comparants ou de défaillants, on trouve parmi ces deux dernières catégories des familles possédant fiefs dans le ressort de la Sénéchaussée de Lyon et dont le nom ne se rencontre pas parmi les assignés.

Enfin si l'on dresse l'état des fiefs sis dans le ressort de la sénéchaussée de Lyon et celui de leurs possesseurs en 1789, il est aisé de voir que l'assignation de plusieurs de ces derniers n'a pas été retrouvée.

En résumé, la liste des assignations si intéressante soit-elle, ne forme qu'un élément d'appréciation, un document historique de grande valeur, mais elle ne saurait fixer le nombre ni la qualité des familles nobles comparantes ou même existantes en 1789 dans le ressort de la Sénéchaussée de Lyon.

Le procès-verbal de l'assemblée des trois ordres nous fournit des renseignements autrement précis puisque c'est la liste des gentilshommes présents ou représentés à la séance solennelle qui précéda les assemblées particulières de l'ordre de la Noblesse. Mais cette liste comporte quelques observations.

Pour la famille *Le Viste de Briandas*, on trouve (n⁰ˢ 78 et 113) indiqué par deux fois Joseph Le Viste de Briandas ; et au n⁰ 113 on donne au dit Joseph ses qualités d'ancien capitaine d'artillerie. Cette qualification devrait être réservée au n⁰ 78 indiquant bien la comparution de Joseph Le Viste qui représenta les demoiselles Bellet de Tavernost. Mais au n⁰ 113 il aurait fallu indiquer Louis Le Viste, chevalier de Briandas, qui comparut lui-même et représenta le comte de Saint Polgues.

La famille *Pernon* est portée au n⁰ 21 avec Jacques Pernon, et au n⁰ 265 avec Pernon, ancien major de cavalerie. Or, c'est le major de cavalerie qui avait pour prénom Jacques. Le n⁰ 21 doit être attribué à Claude-Camille-Pierre-Étienne Pernon, fils.

Le n⁰ 167 indique Jean Gabriel *Rocoffort* ancien échevin ; il faut lire François Rocoffort, et reporter le prénom de Jean Gabriel au n⁰ 286, car il doit désigner Rocoffort, fils aîné.

Ces observations ne modifient pas le nombre des comparants qui est de 316. Mais ce nombre lui-même donne lieu à quelques remarques ; car en examinant d près la nomenclature, on peut, à notre avis, y relever plusieurs doubles emplois. Il convient de les signaler.

1⁰ Famille *Gayot de Châteauvieux*. On trouve porté (n⁰ 61) Étienne-Hyacinthe Gayot, comte de Châteauvieux, et plus loin (n⁰ 231) Châteauvieux. Il semble que ce soit le même individu, deux fois nommé ; on aurait pu être tenté de croire que ce second Châteauvieux représentait la dame de Châteauvieux [Baronne d'Yzeron] ; mais elle est citée plus loin parmi les défaillantes. Par suite le double emploi nous semble fort vraisemblable.

2⁰ famille *de Harenc*. On se trouve en présence du marquis de Harenc (n⁰ 36) — de Louis-Hector-Melchior-Marie, marquis de Harenc, sgʳ de la Condamine (n⁰ 38) — de Pierre-Marie-Anne, marquis de Harenc de la Condamine, fils, seigneur d'Ampuis (n° 146). Il semble évident que les n°s 36 et 38 se rapportent au même personnage et que seuls deux Harenc, père et fils ont comparu.

3° famille *Nolhac*. Mathieu-Marc-Antoine Nolhac (n° 157) et Nolhac (n° 260) sont la même personne. Il n'y avait, en 1789, croyons-nous, d'autre Nolhac, âgé d'au moins 25 ans, que l'ancien échevin.

4° famille *de Riverie*. Barthélemy-Antoine de Riverie (n° 87) et son père Jean François de Riverie-Saint-Jean (n° 88) ont effectivement comparu. Mais le personnage appelé (n° 285) de Riverie de Saint-Jean est le même que Jean-François visé au n° 88. Ceci provient sans doute de ce qu'il comparut personnellement sans avoir retiré la procuration donnée à son fils pour le représenter [1].

5° famille *Servant de Poleymieux*. Claude Servant de Poleymieux (13) et Jean-Antoine Servant, l'aîné, écuyer (28) sont en effet deux comparants. Mais (n° 302) M. Servant-Briasson, est, semble-t-il, le même personnage que Jean-Antoine Servant, l'aîné, qui avait épousé une Briasson.

Il y a donc lieu de diminuer de cinq la liste des gentilshommes présents à l'assemblée des trois ordres qui se trouvent ainsi réduits au nombre de 311. Ces observations établissent d'ailleurs pour les familles en question, conformité entre le procès-verbal des Archives nationales et la liste imprimée publiée ci-dessus. Par contre il y a lieu d'ajouter un 312° comparant, Antoine-Henri Jordan, ancien échevin, qui comparut certainement étant porteur de la procuration de Ravel de Montagny (n° 136). Ces trois cent douze gentilshommes sont-ils les seuls à avoir comparu en 1789 ? Il ne faut pas le croire. En effet, cette liste indique les nobles présents ou représentés à l'assemblée générale des trois ordres. Mais depuis cette assemblée d'autres nobles ont pu être admis aux assemblées de leur ordre. Dans sa lettre du 24 février 1789 [2] adressée au Garde des sceaux par le Lieutenant général Basset, celui-ci demandait :

« Ceux qui par raison de maladie ou autrement n'auraient pas paru dans la première assemblée pourraient-ils faire lever le défaut prononcé contre eux et venir aux assemblées de leur ordre ? »

Le 3 mars 1789, il était répondu par le Garde des sceaux :

« Vous demandez si ceux qui n'auraient pu se présenter à la première assemblée soit par maladie ou autrement pourront se faire relever de défauts prononcés contre eux et venir aux assemblées de leur ordre. Vous entendez sans doute par la *première assemblée* et par *les assemblées d'ordre*, celles dont il est parlé dans l'article 40, c'est-à-dire l'assemblée des trois ordres réunis où se fait l'appel général et les assemblées particulières à chaque ordre. En ce cas, les choses n'étant plus

---

1. Il est en effet porté à la liste imprimée comme comparant en personne.
2. Arch. Nat. B^a 48.

censées entières, il semble qu'il serait régulier de ne point admettre le député qui n'aurait pas assisté à l'assemblée générale et prêté le serment qui y est reçu. Mais tout étant de faveur dans l'opération dont il s'agit, les circonstances pourront déterminer à s'écarter de la sévérité de la règle et de lever le défaut en admettant particulièrement le député au serment qu'il n'aurait pas prêté. »

Cette décision du Garde des sceaux admettait donc la possibilité d'admissions postérieures à l'assemblée des trois ordres, et la chambre de la Noblesse usa de cette latitude.

En effet le lundi 16 avril 1789, à la troisième séance de l'ordre de la Noblesse (Cf. Procès-verbal) l'assemblée après avoir approuvé les vérifications de titres faites antérieurement à la première séance, décida que « ceux de MM. les nobles qui n'auraient pas encore présenté leurs titres seront tenus de les faire reconnaître incessamment et avant les séances qui seront indiquées pour la nomination des députés aux États Généraux. » De plus, ceux des nobles qui ne s'étaient pas trouvés à la prestation du serment (Assemblée générale) pourraient être admis aux assemblées aux conditions ci-dessus énoncées en prêtant préalablement serment.

Il ressort de ces décisions que les gentilshommes purent entrer à l'assemblée de la Noblesse jusqu'au premier scrutin pour la nomination des députés, soit jusqu'au 28 mars. Ceci explique la présence d'autres noms que ceux cités à l'Assemblée générale dans le document imprimé qui, fait postérieurement aux séances, a pour but d'indiquer, comme son titre le fait entendre, les noms des nobles qui se sont trouvés *aux différentes assemblées.*

Quelles sont donc les différences qu'il y a lieu de signaler entre la liste de l'Assemblée générale des trois ordres et celles des nobles qui se sont trouvés aux différentes assemblées?

La liste des comparants de l'Assemblée générale des trois ordres comprend, nous l'avons dit, 312 électeurs. Parmi eux huit gentilshommes comparants par procuration, MM. de Beck (18), Dugas de Thurins (86), du Myrat (108), Gallet de Mondragon (39) Quatrefages de la Roquette (80) Ravel de Montagny (136), de Sirvinges (104) et Valence de Minardière (102) ne se retrouvent pas sur la liste imprimée. Cette omission s'explique sans doute par ce fait que les procurations de ces gentilshommes n'ont pas été communiquées au rédacteur de la liste imprimée. De plus, sont signalés comme personnellement présents à l'Assemblée générale deux gentilshommes que nous ne trouvons pas sur la liste imprimée : Claude Garnier (n° 35) et Savaron [probablement François-Gabriel] au n° 297.

Enfin, au nom de Bottu les deux listes indiquent chacune deux comparants ; mais elles ne sont pas d'accord sur l'identité des parties. La liste de l'Assemblée générale indique ainsi que la liste imprimée Abel-Lambert-Marie Bottu de Saint-Fonds ; mais tandis que la liste imprimée indique la comparution personnelle de Nicolas Bottu de Saint-Fonds, la liste de l'Assemblée générale indique (n° 37) la comparution par procuration de Louis-François Bottu de la Barmondière, chevalier, sg^r de Montgré. Il est probable que les deux comparutions ont eu lieu : Nicolas Bottu ne vint sans doute qu'après l'Assemblée générale et la procuration de Louis-François Bottu n'aura pas été signalée au rédacteur de la liste imprimée. En résumé sur 312 électeurs, il y a neuf comparants par procurations, et deux comparants personnellement qui ne figurent pas sur la liste de l'Assemblée générale : reste 301 électeurs que nous retrouvons sur la liste imprimée.

Celle-ci indique 324 électeurs : sur ce nombre dix-huit électeurs appartenaient à des familles qui ne furent admises qu'après l'Assemblée générale et avant l'élection des députés : ce sont les électeurs des familles suivantes : Athose, Berthet, Biétrix du Villars, Bory, Chappuis, Cizeron, Courtaurel, Guillet de Moidière, Guinier de La Bruyère, Jouvencel, Lemoyne, Maritz, Piron, de Roche de Lonchamp, Sabot de Pizey, Saconay, Steinmann et Tolozan de Montfort.

Outre ces dix-huit électeurs, dont les familles ne furent pas représentées à l'Assemblée générale, cinq autres électeurs de familles représentées à la dite assemblée ne furent admis qu'aux séances ultérieures, à savoir : Nicolas Bottu de Saint-Fonds, Pierre-Barthélemy Fleurant de Rancé de Corbery, Jean-Benoît le Roy du Molard, Jean-Antoine de Regnauld de Parcieu et Antoine-Pierre Trollier de Saint-Romain. En déduisant des 324 électeurs de la liste imprimée ces 23 gentilshommes (18 + 5), il en reste 301 que nous retrouvons sur les deux listes.

En combinant ces éléments on arrive au nombre de comparants suivants :

1° 301 électeurs comparants à l'assemblée des trois ordres et dont les noms se retrouvent sur la liste imprimée...................................... 301

2° 9 électeurs par procuration, mentionnés au procès-verbal de l'assemblée des trois ordres.. 9

3° Deux électeurs venus personnellement à la dite assemblée et non mentionnés ensuite.. 2

4° Dix-huit électeurs admis après l'assemblée des trois ordres et n'appartenant pas à des familles déjà représentées....................................... 18

5° Cinq électeurs admis après l'assemblée des trois ordres, et appartenant à des familles représentées à cette assemblée................................... 5

Soit un total de   335

Les éléments que nous possédons visent donc la comparution de 335 gentilshommes du ressort de la Sénéchaussée de Lyon.

La comparution de 152 d'entre eux est encore certifiée par les signatures mises au bas du procès-verbal de la dernière séance. Parmi ces 152 gentilshommes signataires, sept faisaient partie des dix-huit admis après l'assemblée des trois ordres, à savoir : MM. Biétrix du Villars, Cizeron, le chev. de Courtaurel, Guinier, de Jouvencel, Piron et de Roche de Lonchamp. Leur signature même au bas du procès-verbal de la dernière séance est pour eux une preuve de leur comparution et offre une garantie de la comparution des autres, signalés comme eux pour avoir fait partie des assemblées de la Noblesse postérieurement à l'Assemblée générale.

L'admission d'un autre de ces dix-huit gentilshommes est également garantie : c'est celle du prévôt des marchands de Lyon Tolozan de Montfort. Nous avons vu ci-dessus (cf. p. 25-26) qu'il avait manifesté l'intention de s'abstenir pour ne pas influencer l'assemblée, et de fait, malgré l'autorisation de se faire représenter, il ne l'avait pas fait. Mais ensuite il prit rang dans l'ordre de la Noblesse comme le prouve la lettre suivante par lui adressée le 21 mars 1789 à M. de Villedeuil [1] :

> « Monseigneur,
>
> ....
>
> « Depuis l'assemblée du 14 la plupart des membres de la Noblesse m'ont successivement témoigné leurs regrets de ce que je n'y avais pas assisté ; mais le Président étant venu m'engager à me rendre dans l'assemblée de l'ordre et à lui donner mon avis sur différentes parties du travail dont elle s'occupe, j'ai pensé que je ne pouvais sans être incivil me dispenser d'y paraître, je m'y suis en conséquence rendu avant-hier [le 19 mars] ; je n'ai pu qu'être flatté de l'accueil que j'y ai reçu ; mais cette démarche d'honnêteté de ma part ne me fera point écarter des principes que j'ai eu l'honneur de vous soumettre.
>
> « Je suis...
>
> « TOLOZAN DE MONTFORT. »

L'admission du comte de Saconay est également certaine puisqu'il est visé par le procès-verbal des séances de la Noblesse (cf. VII° séance).

De l'étude qui précède il ressort que nous sommes en présence de 335 comparants connus. On ne saurait affirmer sans témérité que c'est une liste absolue et définitive. Mais nous croirions volontiers qu'elle ne s'éloigne guère de la vérité. On serait sans doute plus exactement fixé si on avait conservé les noms des électeurs présents à chaque séance, mais nous savons par le procès-verbal même de ces séances (cf. VI° séance) que les listes tenues par les scrutateurs étaient brûlées chaque fois en présence de l'assemblée.

1. Arch. Nat. B^a 48.

Toutefois nous ne croyons pas qu'il y ait eu beaucoup d'autres comparants. Le jour de la 3ᵉ séance (16 mars) nous savons qu'il y eut 232 votants pour désigner les commissaires chargés de la rédaction des cahiers. C'est ce jour-là que l'assemblée décida les conditions dans lesquelles pourraient avoir lieu les admissions postérieures qui se produisirent jusqu'au 28 mars, jour du premier scrutin pour la nomination des députés. Le 28 mars on signale aux deux scrutins de ce jour 284 et 292 voix. Ce chiffre de 292 voix est le plus considérable qui soit connu. Or, sur 335 électeurs qui ont effectivement comparu, 292 votants au maximum représentent déjà un déchet de 43 abstentionnistes ou absents. Si l'on songe qu'évidemment l'immense majorité des gentilshommes présents ou représentés vota, ayant pris la peine de comparaître, une proportion de plus de 12 0/0 de non votants est déjà considérable et il n'est guère probable qu'elle doive être augmentée ; ce serait cependant nécessaire si l'on estimait qu'il y ait eu plus de comparants.

Parmi ces comparants le plus grand nombre comparut en personne ; d'autres au contraire se firent représenter. A l'Assemblée générale des trois ordres comparurent par procuration 34 gentilshommes ; la plupart ne vinrent pas personnellement dans la suite, et liste des comparants par procuration à l'Assemblée générale est conforme à la liste imprimée.

Toutefois Henri de Montrichard qui ne comparut à l'Assemblée générale que par procuration, est indiqué par la liste imprimée comme comparant personnellement. Ce gentilhomme vint peut-être en personne après l'Assemblée générale où il s'était fait seulement représenter. Son cas diffère un peu de celui de Jean-François-Barthélemy de Riverie que nous avons déjà eu l'occasion d'examiner (p. 68).

Un autre comparant, Jean Maritz de la Barolière, signalé comme défaillant à l'assemblée des trois ordres, comparut ensuite par procuration.

Il ne fut pas le seul des défaillants à l'Assemblée générale ayant ensuite pris part aux réunions de l'ordre de la Noblesse. Il faut encore signaler le cas du défaillant porté sous le nᵒ 30 : Sabot de Pizey de Pivolay. Or Jean-Baptiste Sabot de Pizey est porté dans la liste imprimée comme comparant personnellement ; il fut donc admis après l'Assemblée générale.

Les 335 gentilshommes comparants aux différentes assemblées de la Noblesse appartenaient à 237 familles, savoir :

ACTON.	D'ASSIER DE LA CHASSAGNE.
D'AFFAUX.	D'ATHOSE.
ALBANEL.	D'AURIOL.
D'ARNAL.	
ARTHAUD DE LA FERRIÈRE.	DE BAGLION.

BALAND D'ARNAS.
DE BARAILHON.
BARBIER DES LAESND.
BASSET DE CHATEAUBOURG.
BASSET DE LA MARELLE.
BAUDARD.
BEAUCAMP DE SAINT-GERMAIN.
DE BECK DE LA VALSONNIÈRE.
BELLET DE SAINT-TRIVIER ET
    DE TAVERNOST.
BENOIT.
BERGER DU SABLON.
BERTHAUD DE TALUYERS.
BERTHET.
BERTHOLON.
BIÉTRIX DU VILLARS.
BLANCHET DE PRAVIEUX.
BŒUF DE CURIS.
DE BOISSE DE LA THÉNAUDIÈRE.
DE BOISSIEU.
BOLLIOUD DE CHANZIEU, etc.
BONA DE PEREX.
DE BORDES DU CHATELET.
DE BORY.
BOTTU DE SAINT-FONDS, etc.
DE BOUFFLERS.
BOULARD DE GATELLIER.
BOURBON DU DEAULX.
BOURG DE LA FAVERGE.
BOURLIER D'AILLY.
DE BROSSE.
BROSSIER DE LA ROULLIÈRE.
BRUYSET DE MANNEVIEUX.
BURTIN DE LA RIVIÈRE.

DE CARNAZET.
CARRA DE VAUX.

DE CHAPONAY.
CHAPPE DE BRION.
CHAPPUIS DE MAUBOU.
CHARCOT DE FRANCLIEU.
DE CHARPIN.
CHARRIER DE LA ROCHE.
DE CHASSEING.
CHAZETTE.
CHIRAT DE SOUZY.
CHOIGNARD.
DE CHOLIER DE CIBEINS.
CIZERON.
CLARET DE FLEURIEU.
DE CLAVIÈRE.
CLÉRICO DE JANZÉ.
COLOMB D'HAUTEVILLE.
DE CONSTANT DE MASSOUL.
DE CORTEILLE DE VAURENARD.
COSTE.
COURBON DE MONTVIOL.
DE COURT DE LA GARDE.
DE COURTAUREL.
DE COVET DE SAINT-BERNARD.

DARESTE DE SACONAY.
DAUDÉ.
DECROIX.
DEGRAIX.
DELGLAT DE LA TOUR-DU-BOST.
DERVIEU DE VAREY.
DERVIEU DE VILLIEU.
DESCHAMPS.
DESCHAMPS.
DES FOURS DE MAISONFORTE.
DES GOUTTES DE LA SALLE.
DESVERNAY.
DIAN.
DE DRÉE.

Du Bost de Curtieux.
Du Bourg de Saint-Polgues.
Dugas de Chassagny.
Dugas de Thurins.
Du Lieu de Chenevoux.
Du Marest de Chassagny.
Du Myrat.
Durand de Chatillon.
Du Treül.
Duval.

D'Escorches de Sainte-Croix.

Fardel de Verrey.
Fay de Sathonay.
De Ferrary de Romans.
De Ferrus.
De Fisicat.
Flachon de Barrey.
Flurand de Rancé.
Fontaine de Bonnerive.
Fourgon de Maisonforte.
Fusellier.

Gabet.
De Gallet de Mondragon.
De Gangnières de Souvigny.
Gardelle.
Garnier de Chambroy.
Gay de la Levretière.
De Gayot-Mascrany.
De Gérando.
Girard.
Giraud.
Giraud de Montbellet.
Gonin de Lurieu.
Granier.
Grassot.
Grinod-Bénéon de Riverie.

De Grollier.
Guillet de Chatellus.
Guillet de Moidière
Guillin d'Avenas.
De Guillon de la Chaux.
Guinier de la Bruyère.

De Harenc.
Hubert de Saint-Didier.

Imbert-Colomès.

Janin de Combeblanche.
Jolyclerc de Belvé.
Jordan.
De Jouffroy-d'Abbans.
De Jouvencel.
Jullien.
De Jussieu de Montluel.

Lacour de Montluzin.
De La Croix-Laval.
De La Frasse.
Lambert de Lissieux.
De La Roue.
De La Salle.
La Sausse.
De Laurencin.
Le Clerc de la Verpillière.
Le Mau de Talancé.
Le Moyne.
Le Roy du Molard.
De Leullion de Thorigny.
Le Viste de Briandas.
De Loras.

Maindestre.
De Malyvert.

Maniquet.
Margaron de Saint-Vérant.
Marion de La Tour.
Maritz de la Barolière.
Mathon de la Cour.
De Mayol de Lupé.
Michon.
Michon de Vougy.
Millanois de La Salle.
Mogniat de l'Ecluse.
Monlong.
De Montdor.
De Montrichard La Brosse.
Morel de Voleine.
Muguet de Varange.
De Murard.

Neyrat.
De Nolhac.
De Noyel de Sermézy.

Olivier de Sénozan.
Orcel.
D'Origny-Dampierre.
Orsel de Chatillon.
Orset de la Tour.

De Palerne.
Paradis de Raymondis.
Passerat de Silans.
Pernon.
Philibert de Fontanès.
Piron.
De Ponthus.
Posuel de Verneaux.
De Prévidé Massara.

Quatrefages de la Roquette.
Rambaud de la Sablière.
Ranvier de Bellegarde.
Rast.
Ravel de Montagny.
Ravier du Magny.
Reboul.
Regnauld.
De Regnauld de Bellescize.
— de Parcieu.
De Régny.
De Révérony.
Richard du Colombier.
Rieussec.
Rigod de Terrebasse.
De Riverie.
De Rivérieulx.
Robin d'Orliénas.
De Roche de Lonchamp.
Rocoffort.
De Rostaing.
Rousset.
Rousset de Saint-Eloy.
Roux.
Roux de Cruzol.
Royer de la Bastie.
De Ruolz.

Sabot de Pizey.
De Saconay.
Sahuc de Planhol.
Sain de Mannevieux.
De Sainte-Colombe.
De Sarron.
De Savaron.
Servan.
Servant de Poleymieux.

De Sirvinges.
  Steinman.

  Terrasse d'Yvours.
  Terrasson.
  Terrasson de Sénevas.
  Thévenet.
  Tholomet de Fontanelle.
  Tolozan de Montfort.
  Torrent.
  Trollier de Messimieux.

De Vacheron.
De Valence de Minardière.
  Valesque.
De Valous.
  Vauberet-Jacquier.
  Vial.
  Vincent de Soleymieu, etc.
  Vouty de La Tour.

  Yon de Jonage.

Ces 237 familles représentaient-elles le corps entier de la Noblesse de la Séné-chaussée de Lyon en 1789. Il ne faut pas le croire. Ces 237 familles sont celles qui ont effectivement comparu à Lyon en 1789. Mais à côté d'elles il existait un nombre assez considérable de familles qui pour une raison ou l'autre n'ont pas été repré-sentées à l'assemblée de la Noblesse.

Tout d'abord, celles contre lesquelles défaut fut donné à l'Assemblée générale des trois ordres ; encore faut-il faire une remarque à ce sujet. Acte de leur défaut n'aurait dû, semble-il, être donné qu'à des familles dont la noblesse était reconnue par les commissaires et ayant qualité pour voter dans l'ordre de la Noblesse. Or, en examinant la liste des défaillants on doit faire quelques observations.

Défaut fut en effet donné (n°s 1 et 11) contre le comte de Gain (Pierre ou Charles-Marie), chanoine comte de Lyon, sg' mensionnaire de Condrieux, et contre M. de La Rochefoucauld. Ce dernier avait été assigné en son château d'Ambierle, comme possédant rente noble en la paroisse de Changy et comme sg' haut justicier d'Am-bierle. Il s'agit donc de Jean-François de La Rochefoucauld de Magnac, abbé de Sainte-Croix de Bordeaux, prieur de Saint-Martin d'Ambierle, seul La Rochefoucauld connu à ce lieu, et qui se fit représenter à l'assemblée du Clergé par procuration donnée le 11 mars au chanoine Jolyclerc [1]. On peut s'étonner de voir défaut donné contre ces deux titulaires de bénéfices ecclésiastiques, qui encore que de naissance noble et même illustre, appartenaient à l'ordre du Clergé et non à celui de la Noblesse. D'autres ecclésiastiques avaient été assignés par erreur dans l'ordre de la Noblesse et défaut ne fut pas donné contre eux : tel, Mgr de Marbeuf, archevêque de Lyon.

D'autres actes de défaut ne nous semblent pas mieux justifiés ; ce sont ceux donnés contre : les cohéritiers de Fougerol [Fourgeroux] (n° 2), MM. Neyrand de Lorette

---

1. A. N. B⁴ 48. Les indications relatives à la plupart des défaillants nous ont été fournies par M. R. de Clavière.

(n° 22) et Riboud d'Epeisses (n° 47). Ces familles ne pouvaient, croyons-nous, aucunement prétendre à la noblesse en 1789. M. Fourgeroux, dont les cohéritiers furent assignés comme sg\u1d63\u02e2 de Malleval et possédant fief (Ronzière) à Ternant, était avocat sans qualification de noblesse ; M. Neyrand, sg\u1d63 de Lorette à Saint-Genis-Terrenoire, était bien secrétaire du roi, mais nous avons vu plus haut qu'il n'avait pas le temps de service requis pour avoir une noblesse acquise et transmissible ; quant à M. Riboud, sg\u1d63 d'Epeisses ou des Peisses (Orliénas), il est généralement qualifié simplement de bourgeois de Lyon.

Quant au défaut (n° 3) donné contre les recteurs de la Charité de Lyon, assignés comme sg\u1d63\u02e2 du Perron, château et seigneurie dans le Lyonnais, annexe d'Oullins, avec haute basse et moyenne justice, il ne s'explique guère, car les collectivités n'étaient pas qualifiées comme électeurs dans l'ordre de la Noblesse.

Parmi les autres défaillants signalés à l'Assemblée générale, nous avons vu que MM. Maritz de la Barolière (n° 49) et Sabot de Pizey (n° 30) furent ultérieurement admis aux assemblées de la Noblesse ; d'autre part, certains défaillants appartenaient à des familles représentées aux assemblées de leur ordre par d'autres de leurs membres, à savoir : la baronne d'Yzeron (n° 23), la demoiselle de Brosse (n° 32), la dame de Sénozan (n° 33), M. Trollier de Messimieux (n° 36), M. Mascrany de la Bussière (n° 39), le baron d'Yzeron (n° 45) et M. Guillin de Poleymieux (n° 48).

La baronne d'Yzeron semble bien être Pétronille de Montdor, de la famille du président de la Noblesse du Lyonnais, et appartenait par son mariage ainsi que son fils Pierre-André, baron d'Yzeron, à la race des Chappuis, dont un membre, Pierre Chappuis comparut en 1789 avec la Noblesse de Lyon.

La demoiselle de Brosse était, croyons-nous, de la famille de Brosse, comparante avec Jacques de Brosse de la Barge ; la dame de Sénozan, assignée comme dame de Chevinay était la comtesse de Talleyrand Périgord, née Madeleine-Henriette-Sabine Olivier de Sénozan, dont la famille comparut par une autre branche avec André-Marie Olivier, écuyer, sg\u1d63 du Vivier ; Paul Gayot-Mascrany de la Bussière était le cousin germain d'Étienne-Hyacinthe Gayot, comte de Châteauvieux, comparant en 1789. Le défaillant Trollier de Messimieux avait quatre autres de ses parents présents à l'assemblée de la Noblesse ; enfin Marie-Aimé Guillin de Poley-mieux, qui devait mourir si tragiquement, avait deux neveux de son nom comparants.

Ces défaillants mis à part, les autres appartenaient à des familles qui ne furent pas représentées à l'assemblée de la Noblesse et qui, semble-t-il, avaient vraiment titre à l'être. L'une d'elles avait une excuse valable, la famille Terray. L'intendant de Lyon Antoine-Jean Terray, chevalier sg\u1d63 de Changy, co-sg\u1d63 de Saint-Bonnet-des-Quarts avait été assigné pour ces deux fiefs. Nous avons vu plus haut (cf. p. 24) pour quelles raisons il ne comparut pas ; il expliqua d'ailleurs également son abstention dans une lettre adressée au président de l'ordre de la Noblesse (Procès-verbal, 4ᵉ séance) et son excuse y est relatée à côté de celle du marquis de la Ferrière, sénéchal de Lyon, que son âge et sa santé empêchèrent de venir présider la Noblesse de la province.

Pour les autres familles, aucune excuse ne fut fournie ; des circonstances particulières les empêchèrent sans doute de venir ou d'autres préoccupations leur firent oublier la nécessité de se faire représenter. Par exemple pour la famille d'Albon, qui tient sans conteste le premier rang de la Noblesse lyonnaise, défaut fut donné (nᵒˢ 42 et 43) contre la marquise et le comte d'Albon. Or la marquise d'Albon, née Anne-Marie-Jacqueline Olivier était en 1789 veuve depuis le 18 février. Son deuil si récent suffit à expliquer son abstention et celle de son fils qui devait lui-même mourir prématurément le 8 octobre 1789 !

Des raisons analogues ont pu exister pour les autres familles ; certaines d'entre elles n'ont peut être pas voulu se faire représenter pour protester contre le nouvel état de choses qui allait fatalement résulter du mode de convocation des États Généraux. Mais ici, il est impossible de dresser une liste assez approximative pour qu'on puisse la considérer comme embrassant l'ensemble ou au moins la presque totalité des familles nobles du ressort de la Sénéchaussée de Lyon.

En effet, si des 51 actes de défaut connus, on retranche :

1° ceux donnés contre des ecclésiastiques au nombre de................... 2
2° ceux donnés contre des individus ne semblant pas nobles au nombre de... 3
3° celui donné contre les recteurs de la Charité......................... 1
4° ceux donnés contre deux gentilshommes ultérieurement comparants, soit. 2
5° ceux donnés contre sept personnes représentées par d'autres membres de
leurs familles, soit... 7

soit au total 15 ;

si l'on remarque que deux actes de défaut sont au nom de la famille d'Albon, et deux à celui des Foudras, ce qui réduit de 4 à 2 le nombre des familles visées par ces quatre actes, il reste 34 familles nobles ou paraissant avoir cette qualité ayant eu acte de leur défaut en 1789 ; ce sont les familles :

1 Albon (d').	7 Crozet de Montgon.
2 Amanzé de Chauffailles (d').	8 Digoine (de).
3 Béraud de Resseins.	9 Dupuis d'Eclène.
4 Catalan.	10 Foudras (de).
5 Caze de La Roche Cardon.	11 Garin du Buisson.
6 Courtin de Neufbourg.	12 Gayardon de Fenoyl (de)

13 Guérin de Guérin.
14 Guillermin (de).
15 Harcourt (d')
16 Hue de La Blanche.
17 Jussieu de Combelande (de)
18 Lafont (de).
19 La Roque (de).
20 Marest de Saint-Pierre.
21 Mayeuvre de Champvieux.
22 Mazenod de la Chance.
23 Micoud de Charsetain.

24 Nervo (de).
25 Noblet-la-Clayette (de).
26 [Nompère] de Champagny.
27 Riche de Prony.
28 Rochefort la Caille (de).
29 Rolland de la Duerie.
30 Saint-Georges-Saint-André (de).
31 Sarton du Jonchay.
32 Souzy (de).
33 Terray.
34 Vichy (de)

Encore faut-il ajouter que la noblesse de quelques-unes de ces familles semble un peu douteuse et que l'identité des familles de Champagny et de Souzy n'est pas absolument établie.

Mais en admettant pour juste cette liste de 34 familles nobles défaillantes et en y ajoutant celle des Masso et celle des Colabeau de Juliénas dont nous avons rencontré le nom dans cette étude, ces trente-six familles représentent-elles toutes les familles non comparantes de la Noblesse lyonnaise en 1789? Certainement non.

Nous avons signalé parmi les exploits d'assignation quelques-uns d'entre eux adressés à certaines familles assurément nobles et contre lesquelles défaut ne fut cependant pas donné, ainsi les Perrin de Bénévent, Puy du Roseil, du Sauzey. Il faut peut-être leur ajouter les Brossette, de Chazelles, Gervais de Saint-Laurent, de Saint-Paul et Soubry vraisemblablement nobles et figurant parmi les familles assignées. On forme ainsi un groupe de plus de quarante familles ; mais ces quarante familles ne forment pas la totalité des familles nobles de la sénéchaussée non représentées en 1789. Quand il fut question (voyez plus loin) d'assembler à nouveau la Noblesse de la sénéchaussée au mois d'octobre 1789, le Lieutenant général pensa faire la convocation par de simples invitations adressées par lettres privées aux nobles d'après les listes tenues très exactement lors des assemblées préliminaires ; « il est vrai, ajoutait-il [1], que ceux qui n'ont pas paru aux assemblées ne seraient pas convoqués ». Il reconnaissait ainsi l'existence d'un nombre indéterminé de nobles n'ayant pas comparu aux assemblées de mars et avril, nombre trop difficile à fixer pour permettre avec certitude la convocation individuelle de chacun d'eux.

On tomberait donc fatalement dans l'arbitraire en prétendant dresser la liste des familles nobles de la Sénéchaussée de Lyon non comparantes en 1789 : une liste de

---

1. A. N. B¹¹¹ 76, p. 746.

ce genre ne peut être qu'indicatrice sans aucun caractère limitatif tant peut être grand le nombre des ayants droit en raison de leur qualité d'une part, de leurs fiefs, leurs possessions et leur domicile de l'autre. De patientes recherches pourraient sans doute éclairer cette étude particulière, mais nous croyons nous être étendus sur ce sujet assez pour permettre d'apprécier quelle fut la composition de la chambre de la Noblesse de la sénéchaussée de Lyon en 1789.

Il nous faut maintenant prendre nous-même entrée dans cette assemblée et assister au travail qui y fut élaboré.

§ 2

COMPTE RENDU DES SÉANCES DE L'ORDRE DE LA NOBLESSE. CAHIERS DE L'ORDRE.

Le Procès-verbal même des séances de l'ordre de la Noblesse nous a été conservé. Il a un caractère officiel et fut imprimé avec l'agrément de l'autorité, ainsi que les Cahiers de l'ordre. L'annonce de l'impression de ces documents était annoncée par l'intendant de Lyon au Directeur général des finances par une lettre du 8 avril 1789[1], mais ce ne fut que le 23 avril suivant que l'envoi en fut annoncé par cette lettre de M. Terray adressée en double au Directeur général des finances et au Garde des sceaux[2] :

« Monsieur,

« J'ai l'honneur de vous adresser deux exemplaires de chacun des Procès-verbaux des séances de l'ordre de la Noblesse du ressort de la Sénéchaussée de Lyon et de Villefranche à la suite desquels sont leurs Cahiers.

« Je suis avec respect, Monsieur, etc...

Signé : « TERRAY ».

La pièce officielle relative à la Sénéchaussée de Lyon contient 46 pages petit in-4" et un titre. Elle fut imprimée à Lyon, chez Aimé de la Roche, et est conservée avec la lettre d'envoi aux Archives Nationales[3]. Les exemplaires de cette brochure sont très rares pour ne pas dire introuvables. Son cachet officiel la rend précieuse et il suffit de la reproduire pour donner l'idée la plus nette de ce que furent les séances de l'ordre de la Noblesse et les doléances exposées dans les cahiers. Nous en avons exposé le caractère dans l'introduction ; la lecture même des dispositions prises en fera connaître les détails, et suppléera à toute autre digression.

1. Arch. Nat. B^{III} 76, p. 555.
2. *Ibid.*, p. 99-100.
3. A. N. B^{A} 48.

PROCÈS-VERBAL DES SÉANCES

DE L'ASSEMBLÉE DE LA NOBLESSE
DU RESSORT DE LA SÉNÉCHAUSSÉE DE LYON

Tenue, en exécution des Lettres de convocation pour les États libres et généraux du Royaume, en mars et avril 1789.

Iʳᵉ SÉANCE

. L'an mil sept cent quatre-vingt-neuf, et le quatorzième jour du mois de mars, la Noblesse du ressort de la Sénéchaussée de Lyon étant assemblée dans l'Hôtel de l'Administration provinciale, où se sont rendus MM. les Nobles possédans-fiefs, en conséquence des assignations qu'ils avoient reçues ; et MM. les Nobles, non possédans-fiefs, en conformité de l'Article XVI du Règlement fait par le Roi, pour l'exécution des Lettres de convocation pour les États-généraux ; M. Matthieu Rast, ancien Échevin, Doyen d'âge, s'étant excusé de la présidence que lui déférait l'Article XLI dudit Règlement, elle a passé à M. Jean Terrasson, écuyer, sous-Doyen d'âge.

. L'Assemblée étant ainsi formée et présidée, un de Messieurs a proposé de délibérer, s'il ne seroit pas de la dignité, du désintéressement et du patriotisme de la Noblesse, de déclarer, dès cette première Séance, qu'elle renonce à tous privilèges pécuniaires relatifs aux Impôts.

Sur quoi, les voix ayant été prises, par l'appel successif de tous les Membres de l'Assemblée, la délibération suivante a été unanimement arrêtée.

« La Noblesse du ressort de la Sénéchaussée de Lyon déclare que, pour donner au
« Roi et à la Nation toutes les preuves de dévouement qui sont en son pouvoir, elle
« renonce à toutes exemptions et privilèges relatifs aux Impôts, qui seront légalement
« consentis par les États-généraux, et qu'elle entend y contribuer proportionnelle-
« ment à ses propriétés, sans distinction de personnes ou de rangs ; voulant que la
« présente déclaration, qui sera annoncée sur le champ dans l'Assemblée des trois
« ordres, soit insérée dans ses Cahiers, et réitérée aux États-généraux par les
« Députés. »

L'Assemblée ayant été avertie que l'Ordre de la Noblesse étoit attendu par M. le Lieutenant général, présidant les trois Ordres réunis, en l'absence de M. le sénéchal, elle s'est rendue dans l'Église des Cordeliers où étoient déjà MM. de l'Ordre du Clergé, et MM. les députés de l'Ordre du Tiers-État.

La Noblesse ayant pris séance à gauche, à la forme de l'Article XXXIX du Règlement, l'un de Messieurs, portant la parole pour M. Terrasson, Président, a proclamé la délibération que venoit de prendre la Noblesse, et qui a été reçue avec applaudissement et reconnoissance par MM. les Députés de l'Ordre du Tiers-État. MM. du Clergé ont fait ensuite une déclaration à peu près conforme. Après quoi, il a été procédé à la réception du serment prescrit par l'Article XL, et que les trois Ordres ont prêté en commun.

Le serment prêté, et l'Ordre de la Noblesse s'étant retiré dans l'Hôtel de l'Administration de la Province, il a été procédé, par la voie du scrutin, à l'élection d'un Président, et M. Charles-Louis, Marquis de Mont-d'Or, sgr de Cherpieu, Chevalier de l'ordre royal et militaire de Saint-Louis, a été nommé à la très grande majorité des suffrages.

M. le Président a annoncé que la séance seroit continuée ce même jour, quatre heures de relevée, pour procéder à l'élection d'un Secrétaire, et à celle de trois Scrutateurs, conformément aux Articles XLI et XLVII du Règlement.

FAIT et arrêté à Lyon, ledit jour 14 mars 1789.

Signé, le Mquis DE MONT-D'Or, président.

IIme SÉANCE

Et le même jour, quatre heures de relevée, MM. de l'Ordre de la Noblesse étant de nouveau réunis, M. le Président, après avoir remercié l'Assemblée du choix qu'elle avait fait de lui dans la précédente Séance, a proposé de procéder, par la voie du scrutin, à la nomination d'un Secrétaire.

Le scrutin pris et ouvert, et les billets vérifiés par M. le Président, et trois de MM. plus anciens d'âge, la majorité des suffrages s'est réunie sur M. Pierre-Suzanne Deschamps, l'un de Messieurs, qui a accepté cette fonction avec sensibilité et reconnoissance. Procédant ensuite, toujours par la voie du scrutin, à la nomination des trois Scrutateurs, les suffrages se sont réunis sur MM. d'Athose, Lacroix de Laval et le Marquis de Ruolz ; et en cas d'empêchement d'aucun de MM. les trois Scrutateurs, MM. le Marquis de Loras, de Jussieux de Montluel et de Boisse, qui, après ces Messieurs, avoient réuni le plus de voix, ont été nommés pour les remplacer.

L'élection faite, MM. les Scrutateurs en exercice et suppléans ont unanimement déclaré qu'en acceptant cette marque de confiance, ils prioient l'Assemblée de permettre qu'ils s'écartassent de la disposition de l'Article XLVII du Règlement, et qu'ils lussent, à haute voix, tous les bulletins lorsqu'il sera procédé à la nomination des Députés aux États-généraux ; ce qui a été agréé.

M. le Président a ensuite indiqué la prochaine Séance pour lundi 16 du présent mois, à huit heures du matin.

Fait et arrêté à Lyon, ledit jour 14 Mars 1789.

Signé, le M^{quis} DE MONT-D'OR, Président ; DESCHAMPS, Secr.

IIIme SÉANCE

Et le lundi 16 du même mois, à huit heures du matin, Messieurs étant assemblés, lecture faite du Procès-verbal des séances du samedi 14, il a été mis en délibération :

1º S'il ne seroit pas essentiel de régler un ordre pour les motions et la manière de délibérer ?

L'ordre proposé par l'un de Messieurs a été agréé.

2º Si l'Assemblée approuvoit, ou non, les vérifications de titres de Noblesse, faites par huit de Messieurs, préliminairement à la première Séance ?

Elles ont été approuvées, et il a été arrêté que ceux de MM. les Nobles qui n'auraient pas encore présenté leurs titres, seront tenus de les faire reconnoître incessamment et avant les Séances qui seront indiquées pour la nomination des Députés aux États-généraux.

3º Si ceux de MM. les Nobles qui ne se sont pas trouvés à la prestation du serment pourront être admis aux Assemblées, après avoir justifié de leurs titres ?

Il a été arrêté qu'ils le pourront, en prêtant préalablement serment entre les mains de M. le Sénéchal ou de M. le Lieutenant-général, en son absence, et en en rapportant acte.

4º Si MM. les Commissaires qui seront nommés pour la rédaction des cahiers travailleront seuls, ou s'ils se concerteront avec MM. les Commissaires du Clergé, et de l'Ordre du Tiers ?

Il a paru convenable que MM. les Commissaires travaillassent seuls, sauf, après que les cahiers auront été arrêtés par l'Ordre de la Noblesse, à en communiquer avec Messieurs du Clergé et du Tiers, s'il est ainsi par la suite arrêté.

5º Quel doit être le nombre des Commissaires préposés à la rédaction des cahiers ?

Il a été déterminé à quinze, y compris M. le Président. Lecture a été faite d'une décision de Mgr le Garde des Sceaux, adressée à M. le Lieutenant général, et par lui communiquée, portant que « MM. les Nobles domiciliés dans le ressort de cette « Sénéchaussée, et possédant des Fiefs dans d'autres ressorts, peuvent se trouver en « personne aux Assemblées du ressort où ils sont domiciliés, et de même en personne, « ou par procuration, dans les Assemblées des ressorts où sont situés leurs Fiefs. »

Procédant ensuite au scrutin pour la nomination des Commissaires chargés de la rédaction des cahiers, chacun de Messieurs présens à l'Assemblée, a déposé son billet portant quatorze noms ; et les billets, au nombre de deux cent trente-deux, ont été déposés et scellés dans le vase destiné à les recevoir, pour le scrutin être ouvert à la prochaine Séance.

Après quoi, MM. de l'Ordre du Tiers ayant fait annoncer une députation de vingt-quatre de leurs Membres, les portes ont été ouvertes, et MM. les Députés reçus à la porte extérieure de l'Hôtel par MM. le Marquis de Bellescizes, le Marquis de Grollier, le Comte de Rostaing et le Marquis de Regnauld, nommés par M. le Président, ont été introduits ; et M. Faure de Montaland, Lieutenant général criminel, portant la parole, a exprimé la reconnoissance de son Ordre pour la déclaration faite par la Noblesse de sa renonciation à toutes exemptions des impôts qui seront consentis par les États-généraux.

M. le Marquis de Mont-d'Or, Président, a répondu que l'Ordre de la Noblesse recevoit avec reconnoissance les témoignages d'affection de MM. de l'Ordre du Tiers, et qu'on auroit l'honneur de les en remercier par Députés.

M. le Président a ensuite annoncé que l'Assemblée étoit prorogée pour le soir, quatre heures de relevée.

Fait et arrêté, ledit jour 16 Mars 1789.

Signé, le M^quis de MONT-D'OR, Président ; DESCHAMPS, secr.

IVme SÉANCE

Et le même jour, quatre heures de relevée, lecture faite du Procès-verbal de la précédente Séance, il a été procédé à l'ouverture du scrutin, après que les sceaux en ont été reconnus sains et entiers par M. le Président et MM. les Scrutateurs. Les billets comptés, et lecture faite, à haute voix, d'une partie des dits billets, il a été délibéré de renvoyer à demain la fin de l'examen du scrutin, attendu qu'il étoit neuf heures. En conséquence, les billets non ouverts sont restés dans le vase où ils étoient déposés, et les listes tenues par MM. les Scrutateurs y ont été renfermées. Les billets déjà ouverts ont été de même renfermés dans un autre vase, et les deux vases ont été scellés.

Après quoi, lecture a été faite de deux lettres, l'une de M. le Marquis de la Ferriere, Sénéchal, adressée à M. le Lieutenant général, dans laquelle il exprime ses regrets « de ce que son âge et sa santé ne lui ont pas permis de profiter de la plus belle préro- « gative de sa place, celle de présider la généreuse Noblesse d'une Province qui a « toujours eu pour devise et pour cri : *Regi et Regno fidelissima* ».

L'autre, de M. l'Intendant de cette généralité, adressée à M. le Marquis de Mont-d'Or, Président, dans laquelle il annonce que « pour se conformer aux intentions « que le roi a manifestées, d'écarter tout ce qui pourroit faire présumer la plus légère « influence de la part du gouvernement, il s'est abstenu, quoique convoqué, de se « rendre à l'Assemblée ; mais qu'il eût mis au nombre des plus beaux jours de sa « vie, celui où, réuni à la Noblesse, il eût pu partager ses travaux et l'offre des « sacrifices que sa générosité lui a inspirés, pour la prospérité de l'État et le soula-« gement de l'ordre au Tiers. »

L'Assemblée a arrêté sur ces deux lettres, que M. le Lieutenant général seroit prié d'exprimer à M. le Sénéchal l'empressement avec lequel la Noblesse l'aurait vu à sa tête ; et que M. le Président voudrait bien répondre à M. Terray que les preuves constantes qu'il a données de sa justice et de son zèle pour les intérêts de la Province, auroient fait désirer à l'assemblée de le voir au milieu d'elle.

Enfin, il a été arrêté que demain, onze heures du matin, il sera envoyé une députation à Messieurs de l'Ordre du Clergé ; et M. le Président a nommé, à cet effet, MM. le Marquis de Bellescizes, le Marquis de la Condamine, le Chevalier de Chaponay, le Comte de Genetines, le Marquis de Grollier, le Marquis de Loras, le Comte de Malyver, de Parcieu, le Comte de Rostaing, le Marquis de Ruolz, de la Tourette, et le Baron de Riverie.

La séance a été indiquée pour le lendemain 17 Mars, huit heures du matin.

Clos et arrêté, ledit jour 16 Mars 1789.

Signé, le M^quis de MONT-D'OR, Président ; DESCHAMPS, Secr.

Vme SÉANCE

Le mardi dix-sept Mars mil sept cent quatre-vingt-neuf, l'assemblée étant formée, et lecture faite du Procès-verbal de la Séance précédente, il a été arrêté que ceux de Messieurs qui sont chargés de procurations de possédans-fiefs absents, voudront bien, avant la nomination des députés aux États-généraux, se procurer les preuves de la Noblesse acquise et transmissible de leurs mandans, en justifier à MM. les Commissaires, et en prendre certificat : à défaut de quoi, ils n'auroient que leur voix personnelle, et ne seroient pas reçus à en donner une seconde ou une troisième au nom de leurs mandans.

L'Assemblée a encore arrêté, que copie de la déclaration faite par la Noblesse, et mentionnée dans le Procès-verbal de la première Séance, sera adressée, par M. le Président, à M. de Villedeuil, secrétaire d'État, ayant le département de la

Province, et à M. Necker, Ministre d'État, Directeur général des Finances, pour être mise sous les yeux du Roi ; et les lettres d'envoi ont été sur-le-champ expédiées [1].

1. Le Mis de Mont-d'Or annonçait cet envoi par la lettre suivante.

Lettre de M. le Mis de Mont-d'Or Président de la Noblesse, à M. le Directeur général des Finances, du 17 mars 1789. [Arch. Nat. B[m] 75, p. 749 et seq].

« Monsieur,

« La Noblesse de la sénéchaussée de Lyon, assemblée en exécution des lettres de convocation pour les États Généraux, s'est empressée dès le premier instant de sa réunion d'offrir au Roi et à la Nation le sacrifice de toutes exemptions qui seront relatives aux impôts qui seront consentis par les États Généraux. Elle me charge, Monsieur, de vous adresser copie de sa délibération, et de vous prier de la mettre sous les yeux du Roi, comme un gage de la loyauté, du désintéressement et du patriotisme de la Noblesse française. Elle s'empressera toujours de concourir avec vous, Monsieur, à tout ce qui pourra rendre le royaume plus puissant, et la nation plus heureuse. »

« Je suis avec respect, Monsieur, etc.

Signé : « le marquis de Mont-d'Or. »

M. de Mont-d'Or reçut le 25 mars 1789 la réponse suivante du Directeur général des Finances (Ibid.).

« J'ai reçu, Monsieur, avec la lettre que vous m'avez fait l'honneur de m'écrire le 17 mars, la copie de la délibération par laquelle la Noblesse de la sénéchaussée de Lyon a renoncé à toutes exemptions et privilèges relatifs aux impôts, qui seront consentis par les États Généraux.

« Je mettrai très volontiers cette délibération sous les yeux du Roi, et je vous rends grâce, Monsieur, d'avoir bien voulu me la faire connaître.

« J'ai l'honneur, etc. »

La Noblesse de Saint-Chamond avait, dès le 24 février 1789, envoyé au Roi une adresse dans le même sens [publiée dans la généalogie des Colomb d'Hauteville].

Adresse au Roi des Membres de la Noblesse de Saint-Chamond.

« La Noblesse de la ville de Saint-Chamond en Lyonnais, pénétrée d'amour, de fidélité et de respect pour son roi [qui, privé depuis longtemps du calme et de la tranquilité, ne les cherche que dans le bonheur de ses peuples, s'est réunie pour lui offrir leurs fortunes, leurs vies et toutes leurs exemptions pécuniaires dont jouissent dans cette province ses divers membres. Quand les intérêts d'un grand peuple sont en danger, il faut que chacun s'oublie pour ne se voir que dans le tout dont il est membre, se détache de son existence individuelle pour n'appartenir qu'à la grande société et pour n'être qu'un enfant de la patrie.

« Tel est le vœu solennel que consacrent ici tous les membres de la Noblesse de Saint-Chamond, qui, en considérant qu'ils sont hommes et citoyens avant d'être nobles, abaissent tous leurs privilèges pécuniaires devant la France assemblée, et les mettent aux pieds de la Constitution que la Nation va recevoir des États Généraux, ne prétendant se réserver que les droits sacrés de la propriété et les distinctions nécessaires dans une monarchie, pour être plus à même de soutenir les droits et la liberté du peuple, le respect dû au souverain et l'autorité des lois.

« Fait et arrêté à Saint-Chamond le 24 février 1789, auquel arrêté il a été fait deux copies, dont l'une a été déposée entre les mains de M. de Labastie, et l'autre entre les mains de M. Palerne.

Signé : « MAZENOD DE LA BASTIE, GRANGIER, PALERNE, ROYER, DUGAS DE CHASSAGNY, DUGAS DU VILLARD, GUÉRIN, EUSTACHE NEYRAND, COLOMB D'HAUTEVILLE, Camille DUGAS, DUGAS DE LA BOISSONY, L. ANGINIEUR, BETHENOD, PRAIRE, BRUYAS. »

Il est à noter que plusieurs de ces signataires n'avaient pas la noblesse acquise et transmissible et ne purent être admis à comparaître en 1789.

Procédant ensuite à l'ouverture du scrutin, dont les sceaux ont été préalablement reconnus sains et entiers, la vérification des billets a été continuée par M. le Président et MM. les Scrutateurs.

Vers les onze heures, cette vérification a été interrompue par la lecture du discours que MM. les députés se proposaient d'adresser à MM. de l'Ordre du Clergé, en ces termes :

« Messieurs,

« L'Ordre de la Noblesse nous a députés pour vous exprimer les sentimens qui « l'animent. Le plus cher à son cœur est celui de la plus intime union avec vous. « Votre Ordre et le nôtre ont été liés, dans tous les siècles, par ce qu'il y a de plus « sacré sur la Terre, par la religion et par l'honneur. Les formes de la constitution « des prochains États-généraux doivent encore serrer les liens qui nous unissent. « Le nombre des représentans accordé à l'Ordre du Tiers, nombre égal à celui de « nos deux Ordres réunis, montre, en quelque sorte, que nous ne faisons qu'un seul « Corps en deux classes, qui doit être animé par le même esprit et le même patrio- « tisme. L'union la plus parfaite entre nous peut seule maintenir cet heureux « équilibre, d'où dépendent la liberté et la tranquillité de toutes les Monarchies. « Nos deux Ordres ont fait l'abandon des légères immunités pécuniaires dont nous « jouissons encore. L'honneur, dont l'essence est de franchir les formes ordinaires, dès « qu'il est question de faire des actions généreuses, l'honneur, que la Noblesse ne peut « modérer, quand la liberté lui permet de s'abandonner au patriotisme qui l'inspire, a « dû nous inspirer cet abandon, dès que nous avons été rassemblés. La sévérité du « Clergé n'a pu lui permettre de s'écarter des formes rigoureuses. Nous avons tous « suivi la marche que la nature des choses nous prescrivoit ; mais nous avons éga- « lement manifesté des sentimens qui étaient dans le cœur de tous les Français. « Recevez-en de nouveau l'expression, et l'hommage de l'attachement de la Noblesse « pour l'Ordre du Clergé.»

Ce discours ayant été approuvé, et MM. les Députés partis, la vérification du scrutin a été reprise, et a été de nouveau interrompue par la rentrée de MM. les Députés, qui ont annoncé qu'ils avoient été reçus à la porte extérieure de la Chambre du Clergé, par six Membres de cet Ordre ; qu'introduits dans la salle, au milieu des acclamations, ils ont été invités de s'asseoir, ce qu'ils ont fait : et le Clergé de même assis, M. le marquis de Bellescizes a complimenté Messieurs de cet Ordre, qui ont répondu, par l'organe de M. le Président, aux témoignages d'union et d'affection qu'ils recevoient de l'Ordre de la Noblesse ; qu'ensuite ils ont été reconduits, toujours par six Députés, à la porte extérieure de la Chambre.

La vérification du scrutin a été reprise une seconde fois, et continuée une heure après midi ; mais ne pouvant être terminée, les vases renfermant les bulletins ouverts et à ouvrir, ont été scellés comme le jour d'hier, et la Séance prorogée à ce soir, quatre heures de relevée.

Clos et arrêté, ledit jour 17 Mars 1789.

Signé, le M^quis de Mont-d'Or, Président; Deschamps, secrétaire.

VIme SÉANCE

Le même jour, 17 Mars, quatre heures de relevée, lecture faite du Procès-verbal, M. le Président a nommé MM. Beuf de Curis, de Boisse de la Thénaudière, Bollioud de Chanzieu, Dassier, Baron de la Chassagne, le Clerc de la Verpillière, Jordan l'aîné, Imbert Colomès, Leviste de Briandas, Ravier, le Marquis de Regnauld, le Comte de Ferrary de Romans et Rambaud, pour se rendre jeudi prochain, 19 du courant, dans la Chambre de MM. les Députés du Tiers, et y complimenter, en leurs personnes, l'Ordre du Tiers-État.

Après quoi, procédant à l'ouverture des scrutins, par la rupture des sceaux, MM. les Scrutateurs ont continué la vérification des billets, et MM. de Boisse de la Thénaudière, Beuf de Curis, Chirat, Lacroix de Laval, Deschamps, Imbert-Colomès, Jordan, le Marquis de Loras, de Jussieux de Montluel, Nolhac, Rambaud, le Marquis de Regnauld, de la Tourette et de Savy ont été nommés, à la pluralité des suffrages, pour, avec M. le Marquis de Mont-d'Or, procéder à la confection des cahiers.

Cette nomination faite, et les bulletins ainsi que les listes tenues par MM. les Scrutateurs, brûlés en présence de l'Assemblée, MM. les Commissaires ont remercié l'ordre de la Noblesse, de la confiance dont il les a honorés, et ils ont exprimé le désir de la justifier par leur assiduité et leur application à la rédaction des cahiers.

M. le Président a ensuite annoncé que l'Assemblée étoit prorogée à jeudi prochain, 19 du courant, quatre heures de relevée.

Clos et arrêté, ledit jour 17 Mars 1789.

Signé, le M^quis de Mont-d'Or, Président; Deschamps, Secr.

VIIme SÉANCE

Le 19 Mars 1789, quatre heures de relevée, lecture faite de la Séance du 17, après midi, MM. les Commissaires ont rendu compte du plan de leur travail et des règles qu'ils se sont imposées, sous le bon plaisir de l'Assemblée qui a approuvé l'un et l'autre.

L'Assemblée a ensuite arrêté qu'il serait fait une Députation à M. le Marquis de Mont-d'Or, Président, et elle a nommé à cet effet M. le Comte de Saconay, M. de Parcieu, M. le Comte de Cibeins et M. Basset de Château-bourg.

La députation de Messieurs de l'Ordre du Clergé, au nombre de douze, ayant été annoncée, elle a été reçue avec les mêmes distinctions et les mêmes honneurs, que l'avaient été MM. les Députés de la Noblesse, dans la Chambre du Clergé. M. le Marquis de Mont-d'Or a répondu à M. l'Abbé de Bois-Boissel, Chanoine Comte de Lyon, portant la parole au nom de son Ordre.

La députation retirée, MM. les Commissaires ont annoncé qu'ils ne pouvoient pas espérer que leur travail fût terminé avant le vingt-cinq courant.

Après quoi, MM. les Députés nommés par la précédente séance pour aller complimenter Messieurs de l'Ordre du Tiers, ont été chargés d'y porter l'assurance des sentimens ci-après énoncés. »

« Messieurs,

« L'Ordre de la Noblesse nous a chargés de vous témoigner la reconnaissance des
« sentiments que votre Députation lui a exprimés. Il a vu, avec émotion, combien
« vous avez été touchés du libre abandon de privilèges pécuniaires, que son honneur,
« jaloux uniquement de la gloire et de la considération, ne lui a pas permis d'hésiter
« un instant à sacrifier.

« Il s'est hâté de manifester le vœu de son cœur, dès qu'il a eu la liberté de parler.
« Puisse cette déclaration, unie à la sage administration qui se prépare, soulager et
« faire fleurir l'agriculture et le commerce ! Puisse une heureuse constitution montrer
« à l'univers étonné, que tous les Français sont un peuple de frères, partagé en
« familles différentes, qui se disputent toutes la gloire de se secourir mutuellement !
« La Noblesse y concourra avec tous les moyens qui sont en son pouvoir. Le plus
« précieux de ses privilèges, celui qu'elle est jalouse de conserver éternellement,
« est de marcher toujours la première dans le chemin de l'honneur et de la gloire.
« Elle n'en usera jamais que pour faire le bonheur de la Nation dont vous êtes le
« corps, et elle emploiera constamment sa fortune, ses talens et ses loisirs, pour
« assurer les droits légitimes du monarque et la liberté des peuples.

« Vos acclamations, qui sont notre principale récompense, nous ont appris que
« vous nous accordiez cette considération si flatteuse, qui est l'âme de la Noblesse.
« Nous en jouirons surtout avec délices, lorsque les partageant avec Messieurs les
« Bourgeois de cette ville, qui ont aussi renoncé généreusement à leurs privilèges,
« nous irons au milieu des Cultivateurs, contempler avec attendrissement leur sort
« amélioré, et recevoir les bénédictions de cette classe d'hommes, si précieuse par
« ses travaux, et si respectable par ses vertus.

Vous avez reconnu, Messieurs, que « les honneurs éclatans qui élèvent les
« sentimens de la Noblesse, et la portent à se dévouer au service de la Patrie,
« sont aussi un encouragement pour l'Ordre du Tiers, dont les Membres les plus

« distingués entrent, par les portes de la vertu et du mérite, dans un Ordre que
« vous honorez d'un suffrage d'autant plus légitime, que, dans une grande Nation,
« il ne peut y avoir de liberté sans Monarchie, et qu'il n'y a point de Monarchie
« sans Noblesse. »

A leur retour, MM. les Députés ont annoncé qu'ils avoient été reçus par l'Ordre du
Tiers, avec les démonstrations les plus vives de reconnaissance et d'attachement.

Après quoi, M. le Président a annoncé que la prochaine Assemblée pour la lecture
des cahiers, aurait lieu le jeudi 26 du courant, à neuf heures du matin.

Clos et arrêté, ledit jour 17 Mars 1789.

Signé, le M^{quis} de Mont-d'Or, Président; Deschamps, Secr.

VIIIme SÉANCE

Ce jeudi, 26 Mars, l'Ordre de la Noblesse étant assemblé à neuf heures du matin,
M. le Marquis de Mont-d'Or, Président, a remercié de la députation qui lui avait été
adressée.

Lecture a été faite des cahiers et instructions rédigés par MM. les Commissaires.

Cette lecture a été interrompue par l'annonce d'une députation adressée par
MM. de l'Ordre de la Noblesse du Beaujolais, et composée de douze de ses Membres.
MM. Acton, de Saint-Didier, Fay de Sathonay, et Valous de la Proty, ont été nommés
pour aller la recevoir à la porte extérieure de l'Hôtel.

MM. les Députés introduits, reçus avec acclamation, et assis, ont prononcé un
discours auquel M. le Président a répondu en ces termes :

« Messieurs,

« Nous sommes pénétrés des témoignages d'estime et d'affection dont la Noblesse
« du Beaujolais nous honore par votre organe.

« Notre seul avantage a été de nous réunir les premiers ; et comme les principes
« qui nous animent, sont ceux de tous les Gentilshommes, nous aurions reçu de vous
« l'exemple que nous avons donné, si votre Assemblée eût précédé la nôtre.

« Nous vous rendons, du fond du cœur, tous les sentimens attachés aux titres de
« bons frères, de bons voisins et de bons amis. Nous aimons à les recevoir de vous,
« et à les donner à Messieurs de l'Ordre de la Noblesse du Beaujolais, auxquels nous
« vous prions, Messieurs, de transmettre les expressions de notre reconnaissance. »

MM. les Députés ayant été reconduits avec les mêmes honneurs, la lecture des
cahiers a été reprise, et leur discussion continuée jusqu'à une heure après midi.

M. le Président a prorogé la Séance à ce soir, quatre heures de relevée : mais avant
de se séparer, il a été arrêté qu'il seroit fait une députation à M. le Lieutenant général

qui, en l'absence de M. le Sénéchal, a présidé les trois Ordres, lors de leur réunion pour la prestation du serment ; et MM. le Chevalier de Barailhon, le Chevalier de Rivirie, Vincent de Margnolas et Rieussec, ont été nommés pour cette députation.

Clos et arrêté, ledit jour 26 Mars 1789.

Signé, le M^{quis} DE MONT-D'OR, Président ; DESCHAMPS, Secr.

IXme SÉANCE

Et le même jour, quatre heures de relevée, l'Assemblée étant formée, la discussion des cahiers a été continuée jusqu'à neuf heures du soir, et la Séance a été prorogée jusqu'à demain, neuf heures du matin.

Clos et arrêté, ledit jour 26 Mars 1789.

Signé : le M^{quis} DE MONT-D'OR, Président ; DESCHAMPS, Secr.

Xme SÉANCE

Ce vendredi, 27 Mars 1789, neuf heures du matin, la discussion des cahiers a été continuée jusqu'à une heure après midi, et l'Assemblée prorogée au même jour, quatre heures de relevée.

Clos et arrêté, ledit jour 27 Mars 1789.

Signé : le M^{quis} de MONT-D'OR, Président ; DESCHAMPS, Secr.

XIme SÉANCE

Et ledit jour, 27 Mars, quatre heures de relevée, les cahiers ayant été définitivement arrêtés, il a été convenu qu'ils seroient communiqués à Messieurs de l'Ordre du Clergé et à Messieurs de l'Ordre du Tiers-État, s'ils désiroient en entendre la lecture.

Quatre de Messieurs ayant bien voulu se transporter à la chambre du Clergé et à celle du Tiers-État, ils ont annoncé à leur retour que Messieurs du Clergé entendroient avec empressement, demain, quatre heures de relevée, la lecture des cahiers et que Messieurs de l'Ordre du Tiers n'étant plus assemblés au moment où MM. les Députés s'étoient présentés à leur chambre, ils n'avoient pu être instruits des intentions de cet ordre.

M. le Président a ensuite annoncé qu'il seroit procédé, demain, 28, à neuf heures du matin, à la nomination de Messieurs les Députés aux États-généraux, laquelle seroit précédée par une messe basse du St. Esprit, célébrée à huit heures du matin, dans l'église des Cordeliers.

Clos et arrêté, ledit jour, 27 mars 1789.

Signé : le M^{quis} DE MONT-D'Or, Président ; DESCHAMPS, Secr.

XIIme SÉANCE

Ce samedi, 28 Mars 1789, l'Ordre de la Noblesse étant rassemblé dans sa chambre, après la Messe du St. Esprit, il a été procédé au scrutin, pour la nomination des Députés, après la vérification préalable des procurations et du nombre des personnes présentes à l'Assemblée.

Les billets reçus et le scrutin ouvert, aucun des Membres n'ayant réuni le nombre de voix suffisantes pour être élu, il a été passé à un second scrutin; et Messire Charles-Louis, Marquis de Mont-d'Or, sgr de Cherpieu, Chevalier de l'Ordre Royal et militaire de St. Louis, Président de l'Assemblée, a été nommé Député, à une pluralité excédant la moitié des voix, qui se montoient en totalité à deux cents quatre-vingt-quatre.

M. de Mont-d'Or ayant voulu s'excuser d'accepter la députation, l'Assemblée a vaincu sa résistance par ses acclamations et ses instances réitérées.

La Séance a été prorogée à ce soir, trois heures et demie de relevée, pour continuer les nominations.

Clos et arrêté, ledit jour 28 Mars 1789.

Signé : le M^{quis} DE MONT-D'OR, Président ; DESCHAMPS, Secr.

XIIIme SÉANCE

Et le même jour, trois heures et demie de relevée, il a été procédé à la nomination d'un second Député. Les voix s'étant dispersées, on a passé à un second scrutin.

Le nombre des billets étant de deux cents quatre-vingt-douze, M. de Boisse de la Thénaudière ayant réuni cent vingt-deux voix, et M. Tolozan de Montfort quatre-vingt-quatorze, ces deux Messieurs ont été portés seuls au troisième scrutin, ainsi que le prescrit l'article XLVII du Règlement ; et M. Barthélemi de Boisse, Chevalier, sgr de la Thénaudière, ayant réuni la majorité des suffrages, il a été proclamé Député.

Pendant l'intervalle des scrutins, MM. le Marquis de Jouffroy d'Abbens, Beuf de Curis, Rambaud, Avocat du roi, Valous de la Proty, de Gerando de Châteauneuf, et Deschamps, se sont transportés dans la chambre du Clergé, et y ont lu les cahiers.

La Séance terminée, l'Assemblée s'est prorogée à demain, dimanche, 29 Mars, neuf heures du matin.

Clos et arrêté, ledit jour 28 Mars 1789.

Signé : le M^{quis} de MONT-D'OR, président ; DESCHAMPS, Secr.

XIVme SÉANCE

Le dimanche, 29 Mars 1789, neuf heures du matin, il a été procédé à la nomination d'un troisième Député. Le premier scrutin n'ayant réuni sur aucun des Membres de l'Assemblée le nombre de voix nécessaires pour être élu, il a été passé à un second scrutin ; et Messire Louis-Catherine, Marquis de Loras, Baron de Pollionnay, sgr de Bellacœuil, Mont-plaisant et autres lieux, ayant obtenu une majorité excédant la moitié des suffrages, a été élu troisième Député aux États-généraux.

Messieurs de l'Ordre du Tiers-État de la ville de Lyon ayant fait annoncer une députation, elle a été reçue à la porte extérieure de l'Hôtel par six de Messieurs. Les Députés introduits, M. Millanois, ancien Avocat du Roi, l'un d'eux, a expliqué les motifs qui avaient empêché jusqu'à présent MM. les Députés du Tiers-État de la ville, de réunir leurs observations aux cahiers de Messieurs du Tiers-État du ressort de la Sénéchaussée.

MM. les Députés retirés, il a été arrêté que lecture des cahiers seroit faite à MM. les Députés du Tiers-État du ressort de la Sénéchaussée, réunis dans l'Église des Cordeliers, sous la présidence de M. le Lieutenant général ; et M. le Marquis de Bellescizes, le Comte de Romans, Bollioud de Chanzieu, Basset de Châteaubourg, Leviste de Briandas, Noyel de Vieuxbourg et Deschamps, s'étant rendus dans ladite Église, y ont lu les cahiers qui ont été reçus avec applaudissement par Messieurs de l'Ordre du Tiers.

MM. les Députés rentrés, et MM. du Tiers-État du ressort ayant presqu'au même instant fait demander si l'Ordre de la Noblesse pouvait entendre la lecture de leurs cahiers, cette proposition a été agréée ; et MM. les Députés du Tiers-État, après avoir été reçus à la porte extérieure par six de Messieurs, ont été introduits, et M. Lemontey, Avocat, l'un d'eux, a fait lecture des cahiers, auxquels l'Ordre de la Noblesse a donné des applaudissemens.

Messieurs de l'Ordre du Tiers retirés, la Séance a été prorogée à ce soir, quatre heures de relevée, pour procéder à la nomination d'un quatrième Député.

Clos et arrêté, ledit jour 29 Mars 1789.

Signé, le M^{quis} DE Mont-D'Or, Président ; DESCHAMPS, Secr.

XVme SÉANCE

Et ledit jour, 29 Mars, quatre heures après midi, il a été procédé par scrutin, et la majorité des voix s'étant réunie en faveur du Messire Pierre-Suzanne Deschamps, de l'Académie de Lyon, Secrétaire de l'Ordre de la Noblesse, il a été proclamé quatrième Député, sans retourner à un second scrutin.

Les billets de ce scrutin ayant été brûlés, ainsi que l'avoient été ceux de tous les scrutins précédens, ensemble les listes tenues par MM. les Scrutateurs, il a été proposé à l'Assemblée de nommer six de Messieurs pour Syndics de correspondance, à l'effet de communiquer par lettres avec MM. les quatre Députés, lorsqu'ils seront à l'Assemblée des États-généraux, et de pouvoir réunir MM. de l'Ordre de la Noblesse si les circonstances l'exigeaient, pendant la tenue des dits États-généraux.

Les bulletins, pour procéder à cette nomination, ayant été recueillis, et l'examen des billets commencé et continué jusqu'à neuf heures du soir, M. le Président a annoncé que le scrutin qui a été fermé, seroit rouvert demain, pour achever l'examen des billets.

La Séance a été prorogée à demain, 30 Mars, quatre heures de relevée.

Clos et arrêté, ledit jour 29 Mars 1789.

Signé, le M^{quis} DE MONT-D'OR, Président ; DESCHAMPS, Secr.

XVIme SÉANCE

Le lundi 30 Mars 1789, quatre heures après midi, le scrutin rouvert, et l'examen des billets achevé, MM. de Jussieu de Montluel, Claret de la Tourette, Palerne de Savy, Lacroix de Laval, le Marquis de Regnauld, et Beuf de Curis, ici nommés par l'ordre de leur âge, ont été proclamés Syndics ; et M. de Savy a fait, au nom de ces Messieurs, un remercîment qui a excité tous les applaudissemens.

MM. de l'Ordre du Clergé ayant fait annoncer une députation, six de Messieurs ont été la recevoir à la porte extérieure de l'Hôtel. MM. les Députés introduits, M. de Clugny de Thénissey, Grand-Custode de l'Église, Comte de Lyon, a complimenté la Noblesse au nom de son Ordre : après quoi, M. l'Abbé de la Chapelle, Chanoine, Baron de St. Just, a fait lecture des cahiers de l'Ordre du Clergé.

MM. les Députés s'étant retirés au milieu des applaudissemens, ont été reconduits par six de MM. de l'Ordre de la Noblesse.

Après quoi, quelques-uns de Messieurs ayant paru désirer une nouvelle lecture des cahiers arrêtés le 27 du courant, il y a été procédé.

Cette lecture achevée, M. le Président a fait annoncer que la prochaine Assemblée pour la prestation du serment de MM. les Députés de la Noblesse, réunis à ceux de l'Ordre du Clergé et de l'Ordre du Tiers, aura lieu vendredi prochain, 3 avril, à huit heures du matin.

Clos et arrêté, ledit jour 30 Mars 1789.

Signé, le M^{quis} de MONT-D'OR, Président ; DESCHAMPS, Secr.

XVIIme SÉANCE

Le vendredi, 3 avril 1789, huit heures du matin, MM. de l'Ordre de la Noblesse étant rassemblés, lecture a été faite du mandat général qui doit être remis à MM. les Députés, et qui est conçu en ces termes :

« Nous soussignés, Nobles possédans-fiefs, et autres, composant l'Ordre de la
« Noblesse de la Sénéchaussée de Lyon, donnons pouvoir à MM. Charles-Louis,
« Marquis de Mont-d'Or, Seigneur de Cherpieu, Chevalier de l'Ordre Royal et
« Militaire de St. Louis; Barthélemi de Boisse, Chevalier, Seigneur de la Thénau-
« dière, Louis-Catherine, Marquis de Loras, Baron de Pollionnay, Seigneur de
« Bellacœuil, Mont-plaisant et autres lieux, et Pierre-Suzanne Deschamps, Députés
« par nous librement choisis, de représenter la Noblesse de ce ressort aux États-
« généraux du Royaume qui doivent s'assembler à Versailles le 27 du présent mois
« d'Avril, et leur donnons mandat spécial de se conformer aux articles et instructions
« renfermés dans les cahiers par nous arrêtés le 27 Mars dernier : en outre, tous
« pouvoirs généraux et suffisans pour proposer, remontrer, aviser et consentir tout
« ce qui peut concerner les besoins de l'État, la réforme des abus, l'établissement
« d'un ordre fixe et durable dans toutes les parties de l'administration, la prospérité
« générale du Royaume et le bien de tous et de chacun. »

Ce mandat a été approuvé et signé par tous MM. de l'Ordre de la Noblesse, présens à l'Assemblée.

Il a été ensuite arrêté que le procès-verbal général et les cahiers et instructions seront imprimés, et que des exemplaires, signés et certifiés par M. le Président, et MM. les Commissaires et Secrétaire, seront déposés au Greffe de la Sénéchaussée, au Secrétariat de l'Assemblée Provinciale, aux Archives de la Ville, et dans les différentes Bibliothèques publiques de Lyon, et que les Minutes en seront déposées entre les mains de Messieurs les Syndics, pour être remises au Secrétaire de l'Ordre de la Noblesse, à son retour des États-généraux.

MM. de l'Ordre du Tiers-État de la Ville de Lyon, ayant désiré communiquer leurs observations particulières qui doivent être réunies aux cahiers du Tiers-État du ressort de la Sénéchaussée, MM. les Députés ont été introduits, et M. Millanois, ancien Avocat du Roi, l'un d'eux, en a fait la lecture qui a été applaudie.

MM. les Députés du Tiers-État de Lyon retirés, MM. le Marquis de Loras, le Comte de Genetines, Gay et Deschamps, se sont rendus à l'Hôtel de Ville, où étoient réunis MM. les cent cinquante Députés du Tiers-État de la ville. Ils y ont fait lecture des cahiers de l'Ordre de la Noblesse, et ont reçu les témoignages de reconnaissance les plus marqués.

MM. les Députés de retour, M. le Président a donné communication à l'Assemblée de deux lettres à lui adressées, l'une par M. Necker, Directeur-Général des Finances, l'autre par M. de Villedeuil, Secrétaire d'État, ayant le département de la Province, et dans lesquelles ces Ministres annoncent qu'ils ont rendu compte au Roi de la déclaration faite par l'Ordre de la Noblesse, relativement à ses privilèges pécuniaires, et que Sa Majesté les a chargés d'en témoigner sa satisfaction à l'Assemblée.

M. le Président a ensuite annoncé que des circonstances particulières ayant obligé M. le Lieutenant général de renvoyer à demain, sept heures du matin, l'Assemblée des trois Ordres, pour la prestation du serment de leurs Députés aux États-généraux, la Séance étoit prorogée, et Messieurs invités à s'y rendre demain, avant sept heures, pour être présens à ladite prestation de serment, et procéder ensuite à la clôture et signature du procès-verbal général.

Clos et arrêté, ledit jour 3 Avril 1789.

Signé, le M^quis de Mont-d'Or, Président ; Deschamps, Secr.

XVIIIme SÉANCE

Cejourd'hui, 4 Avril 1789, sept heures du matin, l'Ordre de la Noblesse s'étant rassemblé, pour se rendre dans l'église des Cordeliers, et assister à la prestation de serment de MM. les Députés des trois Ordres aux États-généraux,

M. le Marquis de Mont-d'Or portant la parole au nom de MM. les Députés de la Noblesse, et au sien, a dit :

« Messieurs,

« Avant d'aller prêter, en présence des trois Ordres réunis, le serment qui doit
« nous lier à la Patrie et à vos intérêts, souffrez que vos Députés vous renouvellent
« leurs actions de grâces pour la confiance dont vous les avez honorés.

« Nous ne nous dissimulons point, Messieurs, l'importance et la difficulté de nos
« fonctions. Vous nous avez créés les Représentans de la Nation, et la Nation
« demande à se régénérer dans sa constitution, sous ses loix et dans ses mœurs. Pour
« coopérer à ce grand ouvrage, il faudroit des hommes d'un ordre supérieur, et
« nous n'avons à vous offrir que du zèle.

« Mais ce zèle, éclairé par vos lumières, soutenu par vos regards, par ceux
« de toute la France, par l'ardente passion, d'honorer votre ouvrage, nous
« donnera toutes les forces réunies de la vertu, du patriotisme et de l'honneur.

« L'unique récompense à laquelle nous aspirons, Messieurs, la seule qui pourra
« nous flatter, c'est, à notre retour, de paroître au milieu de vous et de devoir alors
« à l'estime et à la reconnaissance des suffrages aussi multipliés, et bien plus
« flatteurs que ceux que vous avez accordés à l'espérance que nous nous en rendions
« dignes.

« Les acclamations qui accompagnent ceux qui partent pour une grande entre-
« prise, ne sont encore que des vœux ; mais si elles se renouvellent à leur retour,
« alors elles sont le prix glorieux des efforts et des succès ; alors il est permis de
« s'en honorer. Ce sont, Messieurs, celles que nous brûlons d'obtenir, et nous
« jurons entre vos mains de nous immoler, s'il le faut, pour les mériter. »

Après ce discours, MM. de l'Ordre de la Noblesse ayant été avertis qu'ils étoient attendus dans l'église des Cordeliers, ils s'y sont rendus, et ont été placés dans le même ordre qu'à la séance du 14 Mars dernier.

Et MM. les Députés des trois Ordres étant assis sur des fauteuils, MM. du Clergé à la droite, MM. de la Noblesse à la gauche, et MM. du Tiers en face de M. le Lieutenant général, présidant les trois Ordres en l'absence de M. le Sénéchal, M. Rambaud, premier Avocat du Roi et de la Sénéchaussée, a requis le serment de MM. les Députés des trois Ordres, qui l'ont prêté entre les mains de M. le Lieutenant général, et qui ont reçu les plus vives acclamations et les vœux les plus touchans de la part de l'Assemblée générale.

L'Ordre de la Noblesse étant rentré dans sa Chambre, M. le Marquis de Mont-d'Or, président, a adressé, en son nom, un remerciment en ces termes :

   « Messieurs,

« En me plaçant à la tête de l'Assemblée de la Noblesse de cette Sénéchaussée,
« vous avez compté sur mon zèle, et en acceptant cet honneur, j'ai espéré votre
« indulgence. Je l'ai constamment éprouvée, Messieurs, depuis que vous êtes réunis,
« et vous n'avez laissé à votre Président d'autre soin que celui d'admirer votre noble
« désintéressement, votre patriotisme, votre union constante sur tout ce qui peut
« intéresser la prospérité de l'État, et votre respectueuse reconnaissance pour la
« justice et les vertus du Roi.

« Votre première délibération a servi d'exemple et de modèle à presque toutes
« les Assemblées que l'Ordre de la Noblesse a tenues dans les différentes Provinces.
« Vous avez à la fois satisfait aux droits de l'Ordre du Clergé, aux désirs de l'Ordre
« du Tiers-État, et vous avez établi vos véritables privilèges sur une base inébran-
« lable, la reconnoissance éternelle de la Nation.

« Le souvenir des jours que j'ai passés au milieu de vous, restera gravé dans mon
« cœur, jusqu'à ma dernière heure ; et le titre dont la Maison de Mont-d'Or s'hono-
« rera le plus dans la postérité, sera celui qu'elle tient de vous, Messieurs, la
« Présidence que je dois à vos suffrages.

« Daignez, Messieurs, terminer cette Séance par des vœux pour vos Députés et
« pour moi ; notre hommage, notre respect, notre reconnaissance, vous sont garans
« que nous chercherons à les justifier. »

Clos et arrêté, le 4 Avril 1789, et signé[1] par tous ceux de Messieurs qui se sont trouvés présens.

---

1. Nous respectons scrupuleusement l'orthographe des signatures.

Signé, M. le M^quis DE MONT-D'OR, Président.

MM. D'ARNAL l'aîné.

D'ARNAL le jeune.

BALANT DE CHAMBURCY.

le Ch. DE BARAILHON.

BASSET DE CHÂTEAUBOURG.

BASSET DE LA MARELLE.

BERTAUD DE TALLUYERS.

BERTAUD DU COIN.

BEUF DE CURIS.

BIÉTRIX DU VILLARS.

BLANCHET.

BOLLIOUD DE CHANZIEU.

BOTTU DE SAINT-FONDS.

BOULARD DE GATTELIER.

BOURBON DE VANANT.

BOURBON DU MOUSSET.

BOURLIER DE PARIGNY.

DE BROSSES LABARGE.

BURTIN DE LA RIVIÈRE.

le Comte DE CARNAZET.

DE CHAMBOST.

CHAPPE DE BRION.

CHARCOT DE FRANCLIEU.

CHAZETTE.

CIZERON.

DE CLARET DE FLEURIEU.

CLAVIERE DE JARNIEUX.

CLERICO DE JANZÉ.

CONSTANT, Chev. DE S. LAZARE.

DE CORTEILLE DE VAUXRENARD.

COSTE l'aîné.

CHAPPUIS.

COSTE Cadet.

le Chev. DE COURTAUREL.

DARESTE DE SACONAY.

DASSIER, Baron DE LA CHAS-
SAGNE.

MM. DAUDÉ.

DECROIX.

DELGLAT DE LA TOUR-DU-B…

DEROCHE DE LONCHAMP.

DERVIEU DE GOIFFIEU.

le Chevalier DERVIEU.

DESCHAMPS.

DESFOURS DE MAISON-FO…

DIAN DES ESSARTS.

DUMAREST DE CHASSAGNY…

FARDEL DE VERREY.

le Comte DE FERRARY DE ROMANS.

FISICAT (le Baron DE).

FLACHON DE LA JOMARIÈ…

FONTAINE DE BONNERIVE…

FOURGON DE MAISON-FO…

DE LA FRASSE DE SURY.

DE LA FRASSE DE SAINT-ROMAIN…

FUSELLIER.

GARNIER.

GAY.

GAY DE LA LEVRETIÈRE.

Le Comte DE GENETINES.

DE GERANDO DE CHÂTEAUNE…

GIRAUD, B^on DE MONTBEL…

GONYN DE LURIEU.

GRASSOT, Conseiller.

GUILLET DE CHÂTELLUS.

GUILLIN, Off. au Rég. d'A…
trasie.

GUINIER.

HUBERT DE SAINT-DIDIER…

HUBERT DE St. DIDIER, C…
taine.

IMBERT.

JOLYCLERC DE LA BRUYÈR…

JOLYCLERC DE BELVÉ.

MM. DE JOUVENCEL.
JULLIEN.
LACOUR.
LACOUR DE MONLUSIN.
LACROIX DE LAVAL.
LAMBERT.
DE LAROUE.
DE LASALLE.
LEMAU DE TALANCÉ.
LEROY DE CHAMPFLEURY.
LEROY DE JOLIMONT.
LEVISTE, Comte DE MONT-
BRIAN.
LEVISTE DE BRIANDAS.
LEVISTE, Chevalier de BRIAN-
DAS.
DE LEULLION DE THORIGNY.
MAINDESTRE.
MANIQUET.
MARGARON DE SAINT-VÉRAN.
MARION DE TOUR.
DE MAYOL.
MATHON DE LA COUR.
DE MAYOL DE LUPÉ.
MILLANOIS DE LA SALLE.
MILLANOIS DE LA THIBAU-
DIÈRE.
MOGNIAT DE LIERGUES.
MONLONG.
DE MONTLUEL.
MOREL DE RAMBION.
MOREL DE DOISY.
MUGUET DE MONTGANT.
NEYRAT.
NOLHAC.
DE NOYEL DE PARANGE.
DE NOYEL.
OLLIVIER.

MM. ORSEL DE CHATILLON.
PALERNE DE SAVY.
PARADIS.
PERNON père.
Camille PERNON.
PHILIBERT DE CLÉRIMBERT.
PONTHUS.
PIRON.
RAMBAUD DE LA SABLIÈRE.
RAMBAUD.
RAMBAUD, ancien Échevin.
RAMBAUD DE MONCLOS.
RAST.
le Mquis DE REGNAULD.
le Mquis DE REGNAULD DE BELLESCIZES.
RICHARD DU COLOMBIER.
RIEUSSEC.
RIVERIEULX DE VARAX.
le Baron DE RIVERIE.
DE RIVIRIE.
ROCOFFORT.
le Comte DE ROSTAING.
le Bon DE LA ROULLIÈRE.
DE LA ROULLIÈRE, Capitaine.
ROUSSET l'aîné.
ROUSSET cadet.
le ROY DU MOLARD.
le Mquis DE RUOLZ.
le Chev. DE RUOLZ.
SAVARON.
SERVAN.
SERVANT DE POLEYMIEUX.
STEINMAN.
DE SILANS.
TERRASSE D'YVOURS.
TERRASSE, Chevalier D'Y-
VOURS.

MM. Terrasson, ancien Échevin[1].	MM. Trollier de Fontcrenne.
Terrasson.	Trollier de Saint-Roman.
Thevenet.	de Valous de la Proty.
Torrent fils.	Vauberet-Jacquier.
Trollier de Chazelle.	Vial.

CAHIERS DE L'ORDRE DE LA NOBLESSE
DU RESSORT DE LA SÉNÉCHAUSSÉE DE LYON [2]

L'an mil sept cent quatre-vingt-neuf, et le vingt-sept Mars, nous Nobles possé dans-fiefs, et autres composant l'Ordre de la Noblesse dans l'étendue de la Séné chaussée de Lyon, étant assemblés, en vertu des Lettres de Convocation qu ordonnent aux trois Ordres d'élire librement leurs Députés aux États-généraux, e de leur confier tous les pouvoirs et instrúctions qu'ils croiront utiles à la prospérit de l'État et au bonheur particulier des individus, nous remettons par ces présentes aux quatre Députés qui seront par nous librement élus, pour porter notre vœu au États-généraux qui doivent se tenir à Versailles le 27 Avril prochain, les cahiers ci après relatifs à la Constitution, à la Liberté des Personnes et des Propriétés, à l Réformation des Loix civiles et criminelles, à la Discipline ecclésiastique, l'Honneur des Armes Françoises, à la Prospérité du Commerce en général, et à cel de la Ville et Ressort de cette Sénéchaussée.

Mais, avant tout, nous enjoignons à nos Députés d'exprimer au Roi notre pro fonde et respectueuse reconnoissance, de ce qu'assuré de l'amour et de la fidélit de ses sujets, et sensible à la seule véritable gloire, celle de faire le bonheur d la Nation généreuse qu'il gouverne, il en a reconnu les droits, et a désiré la réuni autour de son Trône, pour l'interroger et l'écouter sur ses intérêts et ses vœux.

Pour répondre à cette auguste intention du Monarque, nous voulons que no Députés insistent sur la délibération par ordre, leur laissant cependant la liberté d consentir la délibération par tête aux prochains États-généraux, si des circonstance impérieuses les y obligent.

CONSTITUTION.

Nos dits Députés requerront, 1°. que l'ordre de la succession à la Couronne pa primogéniture de mâle en mâle, soit reconnu, sans délibération, par les États-géné raux, conformément à la loi Salique.

2°. Qu'en cas de Régence, elle soit provisoirement déférée par les seuls Princes e Pairs du Royaume, entre les mains desquels tout Régent prêtera le serment d

1. Lire ancien Secrétaire du Roi.

2. Les Cahiers forment la suite du Procès-Verbal, dans le document imprimé que nous repro duisons (cf. p. 80).

déposer son pouvoir aux États-généraux, qui s'assembleront de droit et sans convocation, dans les deux mois, à dater du jour de l'événement qui auroit donné lieu à la Régence. Lesdits États-généraux la déféreront seuls définitivement, et régleront tout ce qui aura rapport aux Conseils de Régence, à l'étendue des pouvoirs, tant du Régent que des Conseils, à la sûreté de la personne du Roi, et à celle du Royaume.

Ils insisteront pour que les États-généraux prochains arrêtent les meilleures formes constitutionnelles, pour la convocation des États-généraux subséquens, et la nomination des Députés, de manière à opérer la plus libre, la plus juste et la plus complette représentation de chaque Ordre de la Nation.

Ils feront déclarer, 1°. que les Députés aux États-généraux sont personnes inviolables, et que, dans aucun cas et dans aucun temps, ils ne peuvent être recherchés sur ce qu'ils auront dit ou fait dans l'Assemblée des États-généraux ; et que, pendant le temps de leur mission, il sera sursis contre eux à toutes poursuites pour intérêts civils.

2°. Que les États-généraux seront réputés complets, et pourront délibérer et statuer, toutes les fois qu'il se trouvera dans l'Assemblée les cinq-sixièmes des Députés envoyés par chaque Ordre.

Ils feront arrêter, 1°. Que les États libres et généraux du Royaume, seront de nouveau assemblés dans deux ans, à compter du jour de la séparation des États-généraux prochains, et qu'aucune Assemblée des États-généraux ne pourra se dissoudre, sans avoir fixé l'époque précise d'une nouvelle convocation, qu'il sera toujours libre au Roi de devancer, s'il le juge convenable, mais qui ne pourra jamais être retardée.

2°. Que tous les Actes émanés de la volonté et consentement des États-généraux régulièrement convoqués, auront, seuls, force de loix, dans toute l'étendue du Royaume, après néanmoins qu'ils auront été sanctionnés par l'autorité du Roi ; auquel cas, les Cours et Tribunaux Supérieurs, chargés de leur exécution, seront tenus de les transcrire sur leurs registres, sans réserve ni examen.

Et quant aux règlemens interprétatifs et de pure administration, qui pourront être faits pendant l'intervalle de la tenue des États-généraux ils n'auront aucune exécution provisoire qu'aux États-généraux subséquens, où ils seront rapportés, pour y être admis ou rejetés.

3°. Que le pouvoir des Députés ne pourra, dans aucun cas, s'étendre au delà d'une année, à compter du jour de l'ouverture des États-généraux pour lesquels ils auront été élus, et que, ce temps expiré, leur mandat cessera de droit.

Nous les chargeons spécialement de faire déclarer par une loi constitutive, 1°. que la liberté individuelle de tout François, c'est-à-dire, le droit d'aller, de venir, de vivre et de demeurer par-tout où il lui plaît, dans l'intérieur ou hors du Royaume, est assurée, sans qu'il soit besoin d'aucune permission ; sauf cependant aux États-généraux à déterminer les personnes et les cas où cette liberté devroit être restreinte pour la sortie du Royaume.

Qu'en conséquence, nul François (qui ne sera pas dans les liens de la discipline militaire) ne pourra être constitué prisonnier, hors les cas de flagrant délit et de clameur publique, que sur un décret ou ordre par écrit des Juges ordinaires ou de police ; que, s'il est arrêté par ordre du Roi, il sera, en vertu de la loi à laquelle il ne pourra, dans aucun cas, être dérogé, remis dans les 24 heures à ses Juges naturels, qui seront tenus de l'interroger dans le même délai ; et que toute personne qui en feroit arrêter une autre, sans caractère légal, ou qui concourroit à un pareil arrêt, sera poursuivie devant les tribunaux, et punie, soit par des dommages et intérêts envers celui dont elle auroit violé la liberté, soit par des peines qui seront réglées par les États-généraux.

Et qu'à l'égard de ceux qui auront été régulièrement arrêtés, ils seront élargis provisoirement, en donnant caution, ou sans caution, toutes les fois que le délit qui leur sera imputé, ne sera pas de nature à emporter peine de mort ou peine corporelle.

2°. Que la liberté de la presse sera indéfinie à l'avenir, sur toutes les matières qui auront rapport à l'administration, à la politique, aux sciences et aux arts ; sauf aux États-généraux à statuer sur les précautions à prendre, pour que la religion, les mœurs et les personnes soient respectées dans les écrits imprimés.

3°. Que les lettres confiées à la Poste, seront inviolables, et que, dans aucun cas, sans exception, une lettre ne pourra devenir un titre ou un moyen d'accusation ou de défense, pour aucun autre que celui à qui elle est adressée, ou celui par qui elle a été écrite.

4°. Que nul individu ne pourra être privé de sa propriété, même à raison d'intérêt public reconnu, s'il n'en est à l'instant dédommagé en une valeur justement proportionnée au dommage.

5°. Que pour assurer la liberté de la Nation, les Ministres seront comptables aux États-généraux de tout ce qu'ils auroient pu faire de contraire aux lois consenties par les États-généraux, ainsi que de l'emploi des fonds assignés pour leurs départemens respectifs ; à l'effet de quoi, le premier soin de tout Ministre qui entrera en place, sera de reconnoître et d'établir le compte de son prédécesseur.

6°. Qu'il sera créé, le plus promptement possible, dans chaque Province, des Administrations, sous telle dénomination que les États-Généraux croiront la plus convenable, et dont les membres seront librement élus dans les différents Ordres, et pour un temps limité ; lesquelles Administrations, formées suivant la composition qui aura été arrêtée par les États, seront chargées de l'exécution et des détails provisoires de tout ce qui aura été statué par les États-Généraux, ainsi que de l'inspection de tous les établissemens et intérêts locaux, en rendant chaque année un compte public et détaillé de leur gestion, et ces comptes seront portés aux États-généraux subséquens, pour y être vérifiés, discutés, approuvés ou blamés.

7°. Que les États-Généraux prochains et futurs ne délibéreront sur aucun impôt, avant d'avoir définitivement statué sur tout ce qui aura rapport à la constitution, c'est-à-dire, à la liberté de la Nation, et à la liberté individuelle des personnes et des propriétés.

IMPOT.

En ce qui regarde l'IMPÔT, nous CHARGEONS nos Députés,

1°. De réitérer à l'Assemblée des États-Généraux, la libre renonciation que nous avons faite de toutes exemptions et privilèges relatifs aux impôts qui seront consentis par lesdits États, à la charge, néanmoins, que lesdits impôts seront proportionnellement répartis sur chaque Province, sans distinction ni exemption ; et quoique tous les impôts actuellement existans, doivent être déclarés nuls, comme n'ayant pas été accordés par la Nation, nous consentons, cependant, de les payer pendant la tenue des prochains États-Généraux, mais seulement ainsi que nous les avons payés jusqu'à ce jour, n'ayant contracté l'engagement de renonciation à nos privilèges pécuniaires, que pour les impôts qui seront légalement établis ou confirmés par les États-Généraux, et entendant réserver expressément tous nos privilèges honorifiques, tels que le droit de nommer toujours seuls nos Représentans, celui de marcher au ban et arrière-ban, les ordres et décorations accordés à la Noblesse, les distinctions et honneurs dans les églises et assemblées publiques, le droit exclusif d'entrer dans certains corps et établissemens Militaires ou Ecclésiastiques ; la libre possession des fiefs, sans payer aucun droit qui seroit imposé à raison seulement de la Nobilité des Terres Seigneuriales ; les titres, qualifications, port d'armes, et tous autres signes extérieurs indicatifs de la Noblesse.

2°. Nous DEMANDONS que, préliminairement à aucune concession ou confirmation d'impôts, les États-Généraux prennent une connoissance entière, détaillée et approfondie de la situation actuelle des Finances, et des vrais besoins de l'État, de manière à lever toute incertitude sur la quotité plus ou moins considérable de la dette nationale, et à s'assurer de tous les moyens d'y satisfaire.

3°. Que la dette une fois reconnue et constatée, soit déclarée dette Nationale, et en conséquence convertie en contrats, à l'effet d'anéantir l'agiotage, et de faire contribuer à l'impôt cette portion de la richesse publique, qui doit d'autant plus y être soumise, que la garantie de la Nation y donnera un degré de certitude et de confiance qu'elle n'avait pu raisonnablement obtenir jusqu'à présent.

4°. Qu'à la dette publique soient ajoutées toutes les dettes contractées par les Villes, Corps, Compagnies et Corporations, pour prêts ou dons versés au trésor royal. Ce moyen étant le seul pour établir une répartition égale des impôts, n'étant pas juste qu'une Ville, un Corps, une Compagnie, une Corporation se trouvassent à la fois soumis aux impôts généraux et particuliers, pour opérer le remboursement d'emprunts qui ne leur auroient pas profité, et pour lesquels elles ne peuvent être considérées que comme caution, sauf aux dites Villes, Corps, Compagnies ou Corporations, à rester chargées des dettes qu'elles auroient contractées pour leurs besoins particuliers ; n'entendant point comprendre la dette du Clergé sous la désignation de dette de Corps, Compagnies ou Corporations.

5°. Que les États-Généraux, dans le choix des impôts à consentir ou à confirmer, ne perdent jamais de vue que les seuls impôts admissibles sont ceux qui se concilient le plus possible avec la libre jouissance des propriétés, et donnent le moins prise aux recherches vexatoires, à l'arbitraire, aux frais de perception, à la fraude, à l'immoralité, aux gains exorbitans des Fermiers ou Régisseurs.

En conséquence, nos Députés aux États-Généraux solliciteront la conversion de la gabelle en un impôt perçu sur les Salines, laissant ensuite la circulation du sel libre dans tout le royaume, comme marchandise de commerce.

La suppression des aides et de tous les droits de consommations sur les vins, eaux-de-vie, huiles et savons.

Un tarif exact, précis et modéré des droits de contrôle, insinuation, et autres droits domaniaux, sans que ce tarif puisse être interprété par des décisions ministérielles.

L'absolue suppression de toutes les loteries, et celle des droits sur les fers, les cuirs et les papiers.

Et dans le cas où la capitation seroit conservée, ils chercheront à en écarter l'arbitraire.

Quant aux impôts à consentir, nos Députés s'occuperont des moyens,

1°. De les faire supporter également et proportionnellement par chaque propriété du Royaume, en déterminant, sur des principes uniformes, un cadastre général, divisé par Provinces, et subdivisé par Communautés.

2°. De soumettre les revenus mobiliers à la contribution, sans cependant employer des voies inquisitionnelles, et sans gêner la liberté du commerce.

3°. De faire porter, le plus possible, les impôts, sur les objets de luxe et de superfluité.

Et à l'égard des contestations qui pourroient naître relativement aux impôts, ils REQUERRONT qu'elles soient toujours portées devant les juges du territoire, en supposant néanmoins que·les Administrations des Provinces n'eussent pas pu les terminer d'abord par voies de conciliation.

6°. Ils feront DÉCLARER qu'aucun impôt, soit direct, soit indirect, sous quelque forme ou dénomination que ce puisse être, tels qu'emprunts, papiers circulans, créations d'offices, ne peut être établi et perçu que du libre consentement des États-Généraux, et pour le temps qu'ils auront déterminé, lequel, dans aucun cas, ne pourra se prolonger au delà de six mois, après le jour où aura été fixée l'ouverture des États-Généraux subséquens; et qu'en conséquence, il sera enjoint aux Cours de poursuivre par les voies les plus rigoureuses, tous exacteurs d'impôts dont la durée seroit expirée.

Ils AURONT SOIN que les sommes reconnues nécessaires à chaque Département, soient rigoureusement assignées par les États-Généraux, sans que, sous aucun prétexte, elles puissent être détournées de l'objet pour lequel elles auront été destinées.

Ils DEMANDERONT que les Administrations des Provinces qui répartiront et feront percevoir les impôts, soient autorisées à ne verser au trésor royal que ce qui excédera les frais de l'Administration de la Province, ceux des travaux publics, les intérêts dus aux créanciers de l'État résidans dans la Province, les pensions, les gratifications, les encouragemens, les gages des Officiers de justice et autres, afin d'éviter tout retard ou suspension de paiemens, et de conserver dans l'intérieur du royaume, une grande et facile circulation du numéraire.

OBJETS D'ADMINISTRATION DE GRANDE POLICE ET D'ÉCONOMIE POLITIQUE.

Nous DÉSIRONS, 1°. que tous engagemens des Domaines du Roi soient rapportés aux États-généraux, pour y être vérifiés, et qu'ils s'expliquent décisivement sur l'aliénabilité ou l'inaliénabilité des Domaines corporels du Roi, et que, dans le cas où ils en demanderoient l'aliénation, ils avisent aux moyens de la rendre productive et vraiment utile, par le bon emploi des deniers qui en proviendront.

2°. Qu'à l'avenir aucune place, sans fonctions habituelles et nécessaires, ne puisse conférer la Noblesse héréditaire, ou·même les privilèges personnels et honorifiques de la Noblesse, laquelle ne pourra être accordée qu'à des services longs et utiles, ou à de grands et éclatans services rendus à l'État.

3°. Que toutes les places reconnues inutiles par les États-généraux, soient supprimées, dans quelque rang qu'elles soient, administration, justice, finances, militaire et autres; qu'à l'avenir il ne soit accordé aucune survivance, même des places reconnues nécessaires, sans que les survivances qui auroient pu être consenties jusqu'à ce jour, puissent être un obstacle à la suppression des places inutiles ; auquel cas, le survivancier ne pourra prétendre aucune indemnité.

4°. Que tous les titulaires de places dans les Provinces, de quelque ordre qu'elles soient, y résident au moins huit mois chaque année ; à défaut de quoi les administrations des Provinces, par les mains desquelles ils recevront les gages et honoraires de leurs places, seront autorisées à les retenir et à les employer en objets publics et utiles.

5°. Que, par une loi générale, il soit permis dans tous les actes publics et privés, de stipuler, au taux fixé par la loi, l'intérêt des sommes dues, pour quelque cause que ce soit.

6°. Que les États-généraux s'occupent des moyens d'inspirer un caractère national, en multipliant pour toutes les classes de citoyens, et notamment pour la Noblesse, des établissemens destinés, sous l'inspection des administrations des Provinces, à l'éducation des enfans de l'un et de l'autre sexe, et constitués sur des principes relatifs à la destination présumée de ces enfans.

7°. Qu'ils s'occupent aussi des moyens les plus efficaces pour détruire en France la mendicité.

8°. Que chaque année, les comptes de l'administration du Royaume, des Départemens, des administrations des Provinces, des Villes, Municipalités, Hôpitaux, et généralement de tous les établissemens publics, soient imprimés et publiés.

9°. Que les États-généraux examinent, s'il convient de faciliter et de procurer l'affranchissement des possessions territoriales, en permettant des rachats généraux et proportionnés à la véritable valeur de la propriété des Seigneurs directs et Justiciers.

Consentant néanmoins dès à présent, que tous droits de servitude personnelle soient supprimés, s'ils n'ont été convertis en denrées ou en argent.

10°. Que la division des communaux soit favorisée, de manière à attacher plus de sujets à la patrie par des propriétés, et à faire fleurir l'agriculture.

11°. Que pour faciliter la communication des lumières de Province à Province, les États-généraux ordonnent la réunion et l'impression de tous les mandats qui auront été remis aux Députés des trois Ordres.

LOIX CIVILES ET CRIMINELLES.

Sur les Loix civiles, nous demandons que, conformément à la volonté annoncée du Roi, au vœu de la Nation et à ses besoins, tout ce qui tient à l'ordre judiciaire soit réformé ou amélioré, dans les Ministres, dans les Formes, dans les Principes de la Justice.

D'abord dans les Ministres de la Justice,

1°. En détruisant les abus qui peuvent exister dans l'exercice des Justices royales et seigneuriales.

2°. En augmentant, en matière civile, l'attribution des présidiaux et des Justices consulaires.

3°. En supprimant les Tribunaux d'exception, avec remboursement effectif.

4°. En réduisant le nombre des agens secondaires, et en supprimant plusieurs genres d'offices, notamment ceux des Receveurs des consignations, des Commissaires aux saisies réelles, des Commissaires-enquêteurs, Experts-jurés, Greffiers de l'écritoire et Huissiers-priseurs.

5°. En créant dans le chef-lieu de chaque généralité, et notamment à Lyon, un Tribunal souverain, lequel, sous telle domination qu'il appartiendra, jugera en dernier ressort et sans exception, tous procès civils et criminels, quelqu'en soit l'objet.

Et à l'égard de la vénalité des offices, il en sera délibéré aux États-généraux, qui pourvoiront au remboursement effectif, si la vénalité est supprimée, ou à en prévenir les abus, si elle est maintenue.

Ensuite, dans les Formes de la Justice, en les rendant simples, uniformes, sommaires, peu dispendieuses, favorables à la bonne foi, et communes à tous les sujets, sans exception par privilège, comme les *committimus*, sans exception par autorité, tels que les évocations, les arrêts de défense, les commissions.

Enfin, dans les Principes de la Justice, en formant un Code qui appartienne véritablement à la Nation Françoise, qui soit assorti à son caractère et à ses mœurs, et qui régisse uniformément les personnes et les biens.

Quant aux Loix criminelles, en attendant leur réforme générale si justement désirée, nos Députés solliciteront provisoirement,

1°. Que l'instruction ne soit plus confiée à un seul Juge.

2°. Que les accusés aient des conseils pour la confrontation et les actes subséquens.

3°. Que nulle condamnation à mort ou à peine corporelle, ne puisse être prononcée qu'à la pluralité des trois quarts des voix.

4°. Que l'usage de la sellette, et toute torture, soient abolis.

5°. Que le supplice de trancher la tête soit commun à tous les condamnés à mort, de quelque ordre qu'ils soient.

COMMERCE.

Nos Députés aux États-généraux s'occuperont, relativement au Commerce, de tout ce qui peut assurer à celui de la France l'Égalité, la Liberté, la Facilité, la Sûreté, la Dignité.

En conséquence, ils DEMANDERONT, sur l'ÉGALITÉ, l'examen approfondi des traités de commerce avec les Nations étrangères, et l'exécution entière de celui des Pyrénées entre la France et l'Espagne.

Sur la LIBERTÉ, l'examen du privilège exclusif de la Compagnie des Indes, le rapport aux États-généraux de tous privilèges particuliers, pour supprimer ceux qui étoient contraires à l'intérêt public, et statuer qu'il n'en sera jamais accordé que pour de véritables inventions, reconnues telles par les administrations des Provinces, et seulement pour un terme au-dessous de dix années, sans que les découvertes utiles à la santé des hommes, puissent être récompensées autrement que par des gratifications.

La suppression du privilège exclusif des Messageries, en laissant à toutes personnes la libre et entière concurrence pour le transport des voyageurs et des marchandises.

La suppression des péages domaniaux.

Le rachat par l'État des péages patrimoniaux, qui se trouveroient établis sur des titres légitimes.

Le transport des douanes sur les frontières.

La suppression des jurandes, à l'exception de celles qui intéressent la sûreté publique, telles que la Communauté des Apothicaires, des Serruriers, des Orfèvres et Tireurs d'or, et des Imprimeurs et Libraires; sauf à donner des réglemens simples et précis, pour la Fabrique des étoffes de soie, la Chapellerie et la Boulangerie, qui, par leur importance et la multitude des individus qui y sont employés dans les Villes principales, peuvent exiger une discipline particulière.

Sur la FACILITÉ, ils SOLLICITERONT un tarif général et précis de tous les droits d'entrée ou de sortie du Royaume, combiné avec l'intérêt plus ou moins réel que peut avoir le Commerce de France, à écarter, ou recevoir certaines productions étrangères, à retenir ou à faire écouler certaines productions nationales : et quant aux objets dont l'introduction seroit prohibée, en cas de fraude découverte et jugée, ils seront patemment brûlés sur la frontière.

Ils AVISERONT aux moyens les plus faciles de rendre les poids et les mesures uniformes dans tout le Royaume.

Et ils REQUERRONT le prompt établissement de Couriers pour le transport des Lettres, par-tout où les Chambres de commerce en demanderont, et notamment de Lyon à Bordeaux.

Sur la SURETÉ, ils feront ARRÊTER qu'aucun ordre ministériel ne pourra plus à l'avenir contrarier, modifier ou suspendre l'exécution des Loix qui seront établies pour le Commerce.

Qu'il sera permis aux Administrations des Provinces, et aux Chambres et Compagnies de Commerce, de faire entendre leurs réclamations, par Mémoires et Députés, lorsqu'ils croiront les intérêts du Commerce compromis.

Que le Code du Commerce sera vu, réformé et arrêté par une Commission composée de Jurisconsultes et de Négocians éclairés, et qu'entr'autres principales loix de ce Code, il s'en trouvera d'expresses, contre les Lettres de surseance et ue répit, qui ne pourront être accordées, que sur la demande des trois quarts des Créanciers comptés par les sommes, et contre les faillites, qui seront toujours jugées à la poursuite des Procureurs du roi des Justices consulaires, et, en cas de fraude, sévèrement punies, aux frais du Domaine ; et enfin, contre quiconque accepterait l'hérédité, d'un Failli ; en déclarant son Donataire ou Héritier exclus de toutes charges et fonctions publiques, s'il n'abandonne la succession aux Créanciers du Failli.

Sur la Dignité du Commerce, ils s'occuperont de tous les moyens possibles de détruire les stériles et détestables spéculations de l'Agiotage.

CONSTITUTION MILITAIRE.

Nous Déclarons, sur la Constitution militaire, que nous ne céderons jamais le plus précieux de nos droits, celui de marcher au premier rang contre les ennemis de l'État.

Nous désirons que les États-généraux s'occupent des moyens : 1°. de rendre au Militaire son véritable caractère, en établissant une formation et une composition plus patriotique, et en l'employant le plus utilement possible en temps de paix ; — en arrêtant que l'exercice du commandement ne sera livré qu'à ceux qui auront appris à obéir ; — en rendant les enrôlemens forcés des milices moins préjudiciables aux Campagnes ; en bannissant ces variations continuelles de discipline, d'exercices et de manœuvres qui fatiguent le Soldat, le portent à la désertion par le découragement, ou l'empêchent de se rengager ; en supprimant toutes les peines auxquelles l'esprit national a attaché une idée d'avilissement ; — en accordant des récompenses distinguées à tous actes extraordinaires de valeur et de bravoure.

2°. De multiplier les établissemens des Écoles militaires, qui seront formées sur des plans et régies par des principes uniformes.

3°. D'empêcher que la protection ou l'argent fassent obtenir la préférence sur le mérite et les talens qui, (en respectant cependant le droit d'ancienneté des services), doivent, seuls, faire parvenir à tous les grades militaires auxquels seront admis tous les Nobles ayant la noblesse acquise et transmissible.

4°. Qu'ayant égard au sort de la Noblesse pauvre, les États-généraux ne permettent plus qu'elle ne porte pas avec honneur les marques glorieuses de sa valeur ; qu'ils ne souffrent pas que la misère soit le partage du brave et malheureux soldat qui a perdu au service de la patrie les moyens de pourvoir à sa subsistance.

5°. Qu'ils EXAMINENT s'il ne seroit pas possible, en leur donnant une éducation patriotique, de tirer parti de la foule des enfans abandonnés que l'État recueille, et d'en faire de bons soldats et de bons matelots.

6°. Qu'ils DEMANDENT que la marine royale ait une activité toujours subsistante, qui serviroit à perfectionner les connoissances, à faire respecter le pavillon François, et à protéger utilement le commerce.

7°. Qu'ils STATUENT que toutes les parties relatives à la guerre et à la marine, seront toujours confiées à des Conseils, dont les Membres continueront à être choisis parmi les sujets les plus distingués, sur le compte desquels l'opinion de la flotte et de l'armée aura parlé le plus favorablement.

LOIX ECCLÉSIASTIQUES.

A l'égard des LOIX ECCLÉSIASTIQUES, persuadés que, dans toutes les Provinces, Messieurs du Clergé s'empresseront de demander tout ce qui intéresse la pureté de la discipline, nous bornons nos Députés à requérir les objets suivans :

1°. Que la Religion Catholique, Apostolique et Romaine, soit toujours la seule Religion dominante de la France.

2°. Que le concordat soit aboli : en conséquence, les élections aux bénéfices rétablies, l'usage des résignations anéanti, et toutes les institutions canoniques et dispenses, données par les Evêques diocésains, sans recours au St. Siège.

3°. Que la régie des économats soit supprimée et confiée dans chaque Province au corps administratif qui y sera établi.

4°. Que toutes les aliénations faites par l'Église, depuis plus de trente ans, soient déclarées irrévocables, par le seul effet de ce laps de temps.

5°. Que les Curés et les Vicaires vieux ou infirmes, qui désireront se retirer, trouvent des asyles utiles et décens, soit dans les Chapitres, soit dans les établissemens destinés pour eux.

6°. Que conformément à l'esprit de la discipline canonique, les Hôpitaux soient dotés par des unions de bénéfices, et non par des impôts.

Que ces unions puissent aussi avoir lieu aux Collèges, aux Séminaires, aux Bénéfices-cures, mais non à des Bénéfices consistoriaux ou autres.

7°. Que les loix contre la pluralité des bénéfices, soient strictement exécutées ; qu'en conséquence, nul ne puisse, à l'avenir, posséder à-la-fois deux bénéfices, sans que l'un et l'autre ne soit impétrable, n'entendant comprendre sous le nom de bénéfices, les chapelles, prébendes, prestimonies et commissions de Messes.

8°. Que le sort des Curés congruistes, et Vicaires, soit amélioré avec prudence, et dans de telles proportions qu'ils puissent vivre avec décence, mais non se livrer au luxe et déserter leurs Paroisses.

9°. Qu'il soit avisé aux moyens d'augmenter la considération des Ordres Religieux, en augmentant leur utilité.

10°. Que renouvellant et prenant les précautions les plus exactes et les plus sûres, pour l'exécution des loix sur la résidence, les Archevêques, Evêques et autres grands Bénéficiers, que les États jugeront à propos de conserver, soient tenus à neuf mois, au moins, de séjour annuel dans le chef-lieu de leurs bénéfices, pour y édifier par leur présence, et y faire refluer par leurs aumônes et leurs consommations, la plus grande partie des revenus qu'ils en tirent.

OBJETS PARTICULIERS A LA VILLE DE LYON.

Après avoir chargé nos Députés des objets généraux qui nous ont paru le plus importer, pour former une bonne constitution, et assurer la gloire du Roi, autant que le bonheur de la Nation, nous pensons qu'il nous est permis de jeter un regard sur ce qui peut contribuer à la bonne administration de la ville de Lyon, au soulagement de ses Habitans, et à la prospérité de son commerce, sans nuire à celui des autres parties du royaume, étant d'ailleurs persuadés que la splendeur d'une Ville aussi importante par sa population et l'industrie de ses Habitans, ne peut être étrangère au reste de l'État : en conséquence, nous chargeons nos Députés de demander, quant à son ADMINISTRATION.

1°. Que la nomination de Messieurs les Officiers Municipaux soit faite, à l'avenir, par une représentation plus nombreuse et plus proportionnelle des trois Ordres.

2°. Que la présentation de MM. les Recteurs et Administrateurs des Hôpitaux, soit faite par l'Administration municipale, ainsi qu'elle sera établie, et que les Bureaux puissent choisir sur trois sujets qui leur seront proposés, en remplacement de chaque Recteur qui se retirera.

3°. Qu'une attribution en dernier ressort, égale à celle qui sera donnée aux Présidiaux, soit accordée au Tribunal de la Conservation.

4°. Qu'au moyen de ce que les Députés sont chargés de demander, 1°. que la portion de la dette de la Ville de Lyon, qui a été contractée pour le Roi, soit déclarée dette de l'État ; 2°. que nos Hôpitaux, qui sont vraiment nationaux, soient dotés par des unions de bénéfices ; 3° de consentir le paiement de tous les impôts qui seront agréés par les États-Généraux ; les octrois et tous autres droits qui se perçoivent à l'entrée de la Ville, soient réduits et modérés à ce qui sera reconnu absolument nécessaire, pour liquider la dette qui restera particulière la Municipalité, et fournir aux frais de son Administration : et cependant que, provisoirement, le bail précédent et le bail actuel des octrois, soient rapportés à l'Administration de la Province, pour y être examinés, et le dernier résilié, s'il y a lieu.

5°. Que ceux des Fauxbourgs qui paient à-la-fois les charges du dedans et du dehors de la Ville, jouissent de tous les avantages qui pourroient être conservés aux citoyens de Lyon, en payant seulement les mêmes charges.

Quant à ce qui regarde l'INTÉRÊT DU COMMERCE de la Ville de Lyon, nous DÉSIRONS,

1°. Qu'il y soit établi une espèce de port franc, qui permettra aux Négocians d'y faire arriver toutes espèces de marchandises, venant des Isles et du Levant, en les laissant en entrepôt, dans des magasins publics destinés à cet objet, et où elles pourront rester l'espace d'une année, pendant ou après laquelle le propriétaire sera libre de les faire sortir du royaume en exemption des droits, ou de les faire circuler dans l'intérieur du royaume, en payant, en ce dernier cas, les droits d'entrée.

Nous PENSONS que cet établissement procureroit un commerce immense, à la Ville de Lyon, aux dépens seulement de la Suisse et de la Hollande ; qu'il faciliteroit l'abondance des matières premières, pour établir les filatures de coton dans nos campagnes, même des rafineries de sucre, et qu'il seroit un débouché utile et sûr pour les ports de mer, et favoriseroit les approvisionnemens dans tout le royaume.

2°. Nous CROYONS utile au commerce en général, de conserver seulement dans la Ville de Lyon, une Douane de vérification, pour les marchandises venant de l'étranger, et une Douane de sortie, pour les marchandises que Lyon exporte à l'étranger.

Nous CHARGEONS aussi nos Députés de demander que les privilèges exclusifs, pour l'extraction des charbons de terre, si nécessaires aux manufactures et à la consommation de la ville de Lyon, soient retirés, et l'exploitation rendue aux propriétaires, lesquels seront tenus de la faire selon les principes de l'art, et sous l'inspection des Ingénieurs des mines, qui seront subordonnés aux Administrations des Provinces.

Nous DÉSIRONS que les droits qui se perçoivent aux portes de la ville, sous les noms de leyde, cartelage et couponnage, soient rachetés, s'ils sont fondés, et ensuite supprimés.

Qu'il soit établi dans les environs de Lyon, et aux frais de la Province, des moulins à organsiner les soies, à l'instar de ceux de la Sône et d'Aubenas.

Qu'il soit fondé à Lyon une chaire de Chimie, dont l'objet particulier soit de perfectionner l'art de la teinture.

Que le privilège accordé pour le faux surdoré, soit retiré, et cette branche d'industrie supprimée, comme facilitant à la mauvaise foi un mélange de matières fines et de matières fausses dans la fabrication des étoffes riches, ce qui décréditeroit bientôt nos manufactures auprès de l'étranger.

Enfin, nous DEMANDONS très-expressément, pour l'intérêt de tous, que le magasin à poudre qui menace perpétuellement la Ville de Lyon d'une explosion funeste, soit transporté dans le local qu'assignera l'Administration de la Province.

Nous CHARGEONS aussi nos Députés de requérir que les Nobles, ou autres, nés à Lyon, puissent entrer dans l'Ordre de Malte, comme Chevaliers de justice, Servans d'armes, ou Prêtres conventuels, en faisant les preuves nécessaires de noblesse ou de roture, et sans égard au décret du Grand-Maître, qui les en auroit exclus.

Tels sont les pouvoirs et instructions que nous donnons à nos Députés, lesquels se conformeront exactement à tous les articles qui sont exprimés d'une manière obligatoire, et insisteront, le plus qu'il sera possible, sur tous les autres ; leur laissant la liberté d'opinion selon leurs lumières et conscience, sur tous les points qui n'ont pas été ci-dessus exprimés, et qui pourroient être agités aux prochains Etats-Généraux.

FAIT à Lyon, les jour et an que dessus, et signé par Messieurs les Commissaires de la Noblesse.

LE Mquis DE MONT-D'OR, DE BOISSE, CHIRAT, LACROIX DE LAVAL, BEUF DE CURIS, JORDAN, DE JUSSIEU DE MONTLUEL, IMBERT-COLOMÈS, PALERNE DE SAVY, LORAS, RAMBAUD, NOLHAC, le Mquis DE REGNAULD, DE LA TOURRETTE, et DESCHAMPS.

CHAPITRE VI

NOUVELLE ASSEMBLÉE DES TROIS ORDRES A LYON

Le procès-verbal des séances de l'ordre de la Noblesse du 4 avril 1789 nous a annoncé pour le même jour la réunion des trois ordres dans l'église des Cordeliers, conformément à une ordonnance du 31 mars du Lieutenant général en la sénéchaussée. Cette assemblée solennelle avait pour but la prestation du serment des députés élus et la remise officielle de leurs pouvoirs. Elle est donc intéressante pour les élus de la Noblesse, et il nous a paru utile de reproduire le procès-verbal de cette assemblée, tout au moins dans les parties intéressant notre étude :

PROCÈS-VERBAL D'ASSEMBLÉE DES TROIS ORDRES DU SAMEDI 4 AVRIL 1789[1]

« Nous Laurent Basset, chevalier, conseiller honoraire en la Cour des Monnaies, Lieutenant général en la Sénéchaussée et Siège présidial de Lyon, savoir faisons que :

« Ce jourd'hui, samedi 4 avril 1789 à sept heures du matin, nous nous sommes transportés avec M. Pierre-Thomas Rambaud, écuyer, premier Avocat du Roi en la dite Sénéchaussée et Siège présidial de Lyon, faisant les fonctions du procureur du Roi en son absence, précédé de nos huissiers de service, dans l'église des Cordeliers de Saint-Bonaventure de cette ville, où nous avons trouvé M. Joseph-Marie Fléchet, greffier secrétaire du Tiers-État de cette sénéchaussée et des trois ordres réunis, lequel nous a dit que d'après notre démission [2], et celle de M. Bouchardier, il avait été procédé hier et ce matin sous la présidence de M. Chirat, Lieutenant particulier, à l'élection de deux autres députés aux États Généraux, et que M. Nicolas Bergasse, avocat à Paris, avait été nommé en notre lieu et place et M. Étienne Durand, marchand à Saint-Maurice, au lieu et place de M. Bouchardier. — Nous avons aussi trouvé MM. les députés du Tiers-État de cette ville et sénéchaussée en grand nombre, placés en face. — A l'instant sont entrés successivement MM. de l'ordre du Clergé et MM. de l'ordre de la Noblesse, lesquels ont pris place, le Clergé

1. Arch Nat. B^{III} 76, p. 446 à 463.
2. Le Lieutenant général Basset avait été élu député du Tiers; il refusa ce mandat.

à droite de l'Assemblée, et la Noblesse à la gauche, et MM. les élus députés aux États généraux qui sont à savoir :

De l'ordre du Clergé.

(1) M. Jean-Antoine de Castellas, doyen de l'Église, comte de Lyon, vicaire général, abbé de Bonne Combe et président. (2) M. Antoine Flachat, licencié en droit, curé de Notre Dame de Saint-Chamond et de Saint-André d'Yzieu, prédicateur du feu Roi de Pologne. (3) M. Jean-Marie-Félix Mayet, bachelier de Sorbonne, curé de la paroisse de Rochetaillée, en Franc-Lyonnais, (4) et M. Louis Charrier de La Roche, prévôt du chapitre noble et curé de l'Église royale et paroissiale de Saint-Michel et Saint-Martin d'Ainay, dans la ville de Lyon, président du département de Lyon et Franc Lyonnais.

De l'ordre de la Noblesse.

(1) M. Charles-Louis, marquis de Mont-d'Or, sgʳ de Cherpieu, chevalier de l'Ordre royal et militaire de Saint-Louis. (2) M. Barthélemy de Boësse, chevalier, sgʳ de la Thénaudière. (3) M. Louis Catherine, marquis de Loras, baron de Pollionnay, sgʳ de Bellacœuil, Montplaisant et autres lieux, (4) et M. Pierre-Suzanne Deschamps, écuyer, membre de l'Académie de Lyon.

De l'ordre du Tiers-État de la ville de Lyon.

(1) M. Jean-Jacques Millanois, Bourgeois. (2) M. Jean-André Périsse Duluc, imprimeur libraire. (3) M. Guillaume-Benoît Couderc, négociant, (4) Et M. Pierre-Louis Goudard.

Et de l'ordre du Tiers-État du ressort de cette sénéchaussée hors la ville de Lyon.

(1) M. Barthélemy Girerd, médecin à Tarare. (2) M. Balthazard Trouillet, marchand à Charlieu. (3) M.... [1]. (4) M. Étienne Durand, marchand, habitant à Saint-Maurice sur Dargoire.

Ont pris place sur des fauteuils au milieu de l'assemblée, MM. les élus députés de l'ordre du Clergé à la droite, MM. les élus députés de l'ordre de la Noblesse à la gauche, et MM. les élus députés de l'ordre du Tiers-État de la ville et du dehors en face.

Cette assemblée nombreuse des trois Ordres, ainsi formée en suite de la convocation qui en a été faite par notre ordonnance du trente et un mars dernier, nous avons dit :

---

1. Cette place vide vise l'absence de Bergasse, député du Tiers, nouvellement nommé.

MM.

« Fidèles à vos principes et à votre serment, vous avez préparé les fondements de la prospérité nationale, en exprimant dans vos cahiers respectifs des demandes conformes à la raison et à l'intérêt général. Vous avez choisi parmi vous des hommes distingués pour vous représenter dans l'assemblée de la Nation ; dignes d'un suffrage qui les honore, ils vont jurer en votre présence de soutenir les intérêts de la France et les vôtres. — Leurs lumières et leurs talents hâteront l'accomplissement des hautes destinées que prépare à cet empire l'éternelle Providence qui veille sur son bonheur et sur sa durée ; les vœux du Roi, les vôtres seront comblés, la sagesse du Monarque va se confondre dans celle des fidèles coopérateurs que vous envoyez auprès de son trône. — Qu'il me soit permis de présenter à MM. de l'ordre du Tiers-État du plat pays, l'hommage public de la plus vive sensibilité ; s'il ne m'a pas été possible d'accepter la mission dont il m'avait honoré, j'espère, en remplissant avec le zèle le plus actif, et le dévouement le plus entier les fonctions dont le Souverain m'a revêtu, pouvoir m'acquitter en partie de la reconnaissance dont leur confiance m'a pénétré. — Et vous, Messieurs, députés des trois ordres, sujets du même Roi, citoyen d'une même patrie, distingués par le rang, mais réunis par l'amour du bien public, partez avec confiance ; les vœux de la France entière vous accompagnent, et sa reconnaissance devancera votre retour. »

A l'instant, MM. de l'ordre du Clergé ont fait remettre sur le bureau par M. Derue leur secrétaire : en premier lieu, leur cahier de doléances et demandes arrêté et signé le vingt-huit mars dernier, et en second lieu une copie en forme ou expédition des procès-verbaux des élections de leurs députés aux États Généraux, en date des vingt-sept et vingt-huit mars dernier ; lesquelles deux pièces nous avons paraphées pour demeurer jointes et annexées au présent Procès-Verbal ; il en a été en même temps remis deux copies conformes pour servir d'expéditions à signer par le secrétaire de cette assemblée, pour être ensuite par Nous remises ci-après à MM. les députés du dit ordre.

M. Deschamps, pour l'ordre de la Noblesse a remis sur le bureau : en premier lieu un exemplaire imprimé du cahier arrêté et signé dans l'assemblée du dit ordre, du 27 mars dernier, signé par MM. les commissaires, président et secrétaire du dit ordre ; en second lieu une copie en forme des procès-verbaux d'élection des députés du dit ordre aux États généraux, en date des vingt-huit et vingt-neuf mars dernier, signé de M. de Mont-d'Or, président, et M. Deschamps, secrétaire ; et en troisième lieu une copie aussi en forme signée comme ci-dessus des mandats ou pouvoirs donnés par le dit ordre à ses députés aux États-généraux en date du jour d'hier ; lesquelles trois pièces, nous avons paraphées pour demeurer jointes et annexées à la minute du présent procès-verbal, et desquelles trois pièces il a été en même temps remis sur le bureau des doubles conformes, pour servir d'expéditions à signer par notre greffier-secrétaire, pour être ensuite ci-après par nous remises à MM. les députés du dit ordre.

Et MM. de l'ordre du Tiers-État de cette ville et de la province du Lyonnais ont fait remettre sur le bureau par le dit greffier secrétaire : en premier lieu deux copies collationnées et signées par le dit greffier secrétaire, 1° du cahier des doléances, plaintes et demandes rédigées en commun par les commissaires de la ville et de la campagne, arrêté et signé le vingt-six mars dernier; 2° d'un ajouté de cahiers ou observations des députés de la ville signées d'eux en date du vingt-neuf du dit mois de mars; 3° des observations locales des habitants de Vaize, signées par MM. Ravier, leur syndic, et Thibaudet, premier membre de la municipalité du dit lieu; 4° de semblables observations de la part des habitants de la Guillotière, signées par M. Ferrand leur député; 5° enfin des déclarations et réserves des habitants de la contrée du Franc-Lyonnais, signées par MM. de Fréminville, Bonnamond et Nesme, le tout en date du même jour vingt-neuf mars dernier, dont les minutes sont jointes et annexées à nos précédents procès-verbaux; en second lieu une copie ou expédition en forme signée par notre greffier secrétaire de chacun des procès-verbaux d'élection des députés aux États généraux, faits séparément par le Tiers-État de la ville, et par le Tiers-État de la campagne, en date des vingt-sept, vingt-huit et vingt-neuf mars dernier, du jour d'hier 3 avril, et de ce matin; et en troisième lieu une copie en forme ou expédition signée par notre greffier secrétaire de chacun des deux mandats ou pouvoirs, donnés et signés séparément par le Tiers-État de la ville et par le Tiers-État de la campagne, à leurs députés aux États généraux en date, ceux de la ville du trente mars dernier, et ceux de la campagne de ce jourd'hui.

« Lesquels pouvoirs de l'ordre de la Noblesse et de l'ordre du Tiers-État, ainsi que ceux donnés par l'ordre du Clergé, contenus dans leur cahier de doléances qu'ils ont comme sus est dit, remis sur le bureau, sont généraux et suffisants pour proposer, remontrer, aviser et consentir tout ce qui peut concerner les besoins de l'État, la réforme des abus, l'établissement d'un ordre fixe et durable dans toutes les parties de l'administration et la prospérité générale du royaume. Desquelles remises sur le bureau nous avons donné acte.

« Après quoi, M. Rambaud, Premier Avocat du Roi, a dit, en nous adressant la parole : »

« Monsieur le Lieutenant général,

« Les trois Ordres de cette Sénéchaussée ont exprimé leurs doléances, annoncé leurs vœux, donné leurs pouvoirs, et les dignes représentants dont ils ont fait choix, réunis aujourd'hui dans cette enceinte, iront bientôt prendre place au milieu des représentants de la nation entière ; le spectacle à la fois touchant et majestueux que présente cette assemblée atteste et la grandeur de la tâche qu'ils ont à remplir, et celle du compte qu'ils auront à rendre, et celle de la reconnaissance à laquelle ils peuvent acquérir des droits. Achevez, Monsieur, d'exécuter l'importante commission dont vous avez été chargé : Il vous reste un dernier acte à recevoir, acte imposant et redoutable ; nous allons tous en être témoins : que la religion consacre en cet instant les engagements de l'honneur. Nous requérons pour le Roi, qu'il soit procédé à la réception du serment de MM. les députés des trois Ordres, qu'ils prêteront en la forme accoutumée, d'exécuter avec fidélité les mandats dont ils seront chargés, et qu'à cet effet remise leur en soit faite, ainsi que des cahiers. »

« En conséquence, faisant droit sur le dit réquisitoire, Nous, Lieutenant général susdit, avons pris et reçu le serment prêté en présence de tous les membres composant cette Assemblée générale des trois ordres, à savoir :

« Par MM. les quatre députés de l'ordre du Clergé, chacun la main sur le pect, et par MM. les quatre députés de l'ordre de la Noblesse, et MM. les sept députés ici présents de l'ordre du Tiers-État de cette Sénéchaussée, chacun la main levée à la manière accoutumée. Au moyen duquel serment, ils ont promis et juré d'exécuter en leur foi et conscience tout ce qui est contenu dans les cahiers et mandats que leurs ordres nous ont remis, et que nous allons leur remettre avec les procès-verbaux de leurs élections ainsi qu'il suit :

« Nous avons en conséquence remis :

« En premier lieu à M. le comte de Castellas, premier nommé des quatre députés de l'ordre du Clergé, copies en forme ou expéditions collationnées et signées par notre greffier secrétaire de cette assemblée générale des trois ordres, 1° du cahier des demandes et doléances de l'ordre du Clergé, arrêté et signé le vingt-huit mars dernier, contenant les pouvoirs généraux du dit ordre ; 2° des procès-verbaux d'élections de MM. les quatre députés du dit ordre, des vingt-sept et ving-huit mars dernier.

« En second lieu, à M. le marquis de Mont-d'Or, premier nommé des quatre députés de la Noblesse, copies en forme ou expéditions collationnées et signées par le dit greffier secrétaire de cette assemblée, 1° du cahier des doléances et demandes de son ordre de la Noblesse, arrêté et signé le 27 mars dernier ; 2° des procès-verbaux d'élections de MM. les quatre députés du dit ordre des vingt-huit et vingt-neuf mars dernier ; 3° des mandats ou pouvoirs généraux du dit ordre à MM. les quatre députés en date du trois du présent mois d'avril.

« En troisième lieu, à M. Millanois, premier nommé des quatre députés du Tiers-

État de la ville de Lyon, copies en forme ou expéditions collationnées et signées par le dit greffier secrétaire de cette assemblée [1].

. . . .

« Dont et du tout [2] nous avons donné acte, rédigé le procès-verbal, fait et clos le dit jour, quatre avril mil sept cent quatre-vingt-neuf, et sur les onze heures du matin ; et avons signé avec le dit greffier secrétaire de l'assemblée.

« Ainsi signé à la minute : Basset, Lieutenant général président ; Rambaud, Avocat du Roi, et Fléchet, Greffier secrétaire.

« Collationné par nous, greffier secrétaire de l'assemblée des trois ordres de la Sénéchaussée de Lyon.

« FLÉCHET. »

Les opérations électorales étaient ainsi terminées et le Lieutenant général en la Sénéchaussée en rendait compte à l'autorité royale par l'envoi des procès-verbaux qui nous ont servi à retracer l'histoire de ces réunions. Il était également adressé au gouvernement une pièce officielle intitulée *État de la Convocation des États généraux en 1789* [3]. Cette pièce n'était d'ailleurs qu'une feuille imprimée dont on remplissait les cadres, en indiquant aux places laissées libres à cet effet les noms du sénéchal d'épée et de son Lieutenant général, le nombre des députés et les noms des députés de chaque ordre. Ces renseignements nous étant connus, ce document n'a guère d'intérêt pour nous et il suffit de le signaler.

Il ne nous resterait maintenant qu'à clore cette revue rapide de la dernière et plus importante manifestation du corps de la Noblesse de la Sénéchaussée de Lyon, si quelques mois après il n'eût été question de réunir à nouveau la Noblesse à l'occasion de la démission du marquis de Mont-d'Or.

1. Toute la suite de ce procès-verbal n'a plus trait qu'aux pouvoirs remis aux députés du Tiers ; à l'élection du sr Thévenet en remplacement du sr Bergasse absent ; à la prestation de serment du dit sr Thévenet (Arch. Nat. Bᵐ 76, p. 463-470).

2. *Ibid.*, p. 470-471.

3. *Ibid.*, p. 473.

CHAPITRE VII

PROJET D'UNE NOUVELLE RÉUNION DE LA NOBLESSE

Avant d'exposer les incidents soulevés à propos de la démission du marquis de Mont-d'Or, il est bon de se rendre compte de l'état de l'opinion à Lyon après la réunion des États Généraux. Il n'est pas de notre cadre de retracer ici l'histoire de la ville de Lyon pendant l'année 1789, ni de suivre pas à pas l'histoire des États Généraux, qui est celle de la France elle-même à cette époque. Mais il faut se rappeler que la réunion des trois ordres en Assemblée nationale eut à Lyon un contre-coup immense et déchaîna dans les esprits une vive effervescence tournée en particulier contre la classe noble. Cette surexcitation et les faits déplorables qui en résultèrent furent l'objet d'un journal des événements dont Lyon fut le théâtre à la fin de juin et de juillet 1789. Ce journal fut adressé au gouvernement royal et est conservé aux Archives Nationales parmi les documents relatifs à la convocation des États Généraux en Lyonnais [1].

Mais ce document se bornant à rappeler des faits bien connus, il nous a paru suffisant de le signaler en mentionnant l'état d'esprit qui régnait à Lyon à cette époque. Quelque temps après ces événements, le marquis de Mont-d'Or, agissant comme deux de ses collègues du Tiers, exprima le désir de donner sa démission de député de la Noblesse ; des raisons de santé le déterminaient à cette décision. Il en avait prévenu le Lieutenant général de la Sénéchaussée de Lyon et s'en était ouvert au Garde des Sceaux ; celui-ci lui répondit le 29 septembre 1789 [2].

« Monsieur, je viens d'autoriser le Lieutenant général de la Sénéchaussée de Lyon à convoquer les membres de la Noblesse, dont vous êtes représentant, à l'effet par eux de procéder à l'élection d'un nouveau député pour vous remplacer à l'assemblée nationale, que votre santé vous force de quitter.

« Je suis, etc... »

Le même jour, le Garde des Sceaux adressait au Lieutenant général en la Sénéchaussée, la lettre suivante [3] :

1. A. N. B^{III} 76, p. 672 à 691.
2. *Ibid.*, p. 725.
3. *Ibid.*, p. 722-723.

« Monsieur,

« MM. Goudard et Millanois, députés de la ville de Lyon m'ont fait connaître la nécessité où ils étaient de donner leurs démissions, et ils m'ont demandé de vous autoriser à convoquer les électeurs de la ville, à l'effet de nommer à leurs places deux nouveaux représentants à l'Assemblée nationale. Monsieur le marquis de Mont-d'Or, député de la Noblesse, me fait la même demande. Je vois par la lettre que vous m'écrivez que ces députés vous avaient déjà écrit pour cet objet. Il n'y a nulle difficulté, Monsieur, à faire remplacer ces députés; vous voudrez donc bien, en conséquence de la présente, convoquer les 150 électeurs de la ville de Lyon le plus tôt possible, les informer de la démission donnée par MM. Goudard et Millanois, et les inviter à procéder à l'élection de deux nouveaux députés pour les remplacer à l'Assemblée nationale. Vous voudrez bien également convoquer les membres de la Noblesse, afin qu'ils fassent choix d'un député pour remplacer Monsieur le marquis de Mont-d'Or, que sa santé force de donner sa démission.

« Vous aurez soin de m'envoyer, des deux assemblées, des copies des procès-verbaux.

« Je suis, M. etc... »

Cette lettre ne parvint à Lyon que le 4 octobre, et le Lieutenant général Basset qui s'était occupé déjà des questions soulevées dans cette missive se mit en devoir de résoudre les difficultés qu'elles présentaient en raison des circonstances. Après avoir réfléchi et agi, il répondit au Garde des Sceaux le 16 octobre 1789 [1].

« Monseigneur,

« J'ai reçu le quatre de ce mois, la lettre dont vous m'avez honoré le 29 septembre, dans laquelle vous me donnez des ordres pour assembler les 150 électeurs de la ville de Lyon le plus tôt possible, et les inviter à procéder à l'élection de deux nouveaux représentants pour remplacer MM. Millanois et Goudard, à l'Assemblée nationale. Vous m'ordonnez pareillement de convoquer les membres de la Noblesse, afin qu'ils fassent choix d'un député pour remplacer Monsieur le marquis de Mont-d'Or. Votre lettre, Monseigneur, s'est croisée avec une que j'ai eu l'honneur d'écrire à Votre Grandeur pour l'informer d'une délibération prise par les 150 électeurs, d'après laquelle ils ont décidé de ne pas nommer de suppléants à M. Millanois et à M. Goudard; comme il est possible que cette délibération et plusieurs lettres très instantes écrites à MM. Millanois et Goudard, par leur famille et leurs amis, pour les engager à ne pas donner leur démission, les aient décidés à se rendre au vœu

1. Arch. Nat. B^III 76, p. 743 à 748.

des 150 électeurs, je n'ai indiqué l'assemblée qu'à samedi dix pour avoir le temps
de recevoir leurs réponses. Quant à l'assemblée de la Noblesse, comme M. le
marquis de Mont-d'Or s'est adressé au comité des électeurs unis pour leur faire
part de son projet de démission, j'ai cru devoir leur communiquer les ordres que
j'avais reçus. En même temps, je ne leur ai pas dissimulé le danger que je voyais à
convoquer la Noblesse dans les circonstances orageuses où nous nous trouvions, la
convocation ne pouvant être faite selon le règlement du Roi du 3 mai concernant les
suppléants, qu'en suivant la forme prescrite par le règlement du 24 janvier dernier[1].

Or, d'après ce règlement, il faut que je fasse assigner tous les nobles possédants
fiefs dans mon ressort, et que les non-possédants fiefs soient tenus de se rendre à
l'assemblée, en vertu des publications et affiches. MM. du comité ont pensé comme
moi, que dans les circonstances il serait dangereux de faire de pareilles affiches; il
serait possible que des gens mal intentionnés profitassent de cette occasion, pour
soulever les habitants des campagnes, et renouveler peut-être les scènes affreuses,
auxquelles on ne peut pas penser sans frémir d'horreur.

« Quelques membres du comité ont même avancé qu'il était très possible que
l'Assemblée nationale n'approuvât pas une nomination de suppléant, qui serait faite
par un seul ordre, dans un ressort où les trois ordres sont réunis. — Le comité s'est
décidé à faire de nouvelles instances auprès de M. le marquis de Mont-d'Or, pour
l'engager à ne point donner sa démission. Aux motifs puisés dans le désir de le conserver au poste honorable qu'on lui a confié, ils ajouteront ceux du danger d'une
convocation de la Noblesse ; ils ne lui dissimuleront pas qu'ils ont tout lieu de présumer que la Noblesse assemblée ne voudrait pas nommer de suppléants. Ce parti
de MM. du comité m'a décidé, Monseigneur, à suspendre la convocation de la
Noblesse; je profite de ce délai pour prendre vos ordres sur la manière de la faire
sans inconvénient. — Je proposerai même à Votre Grandeur d'assembler la Noblesse
par de simples lettres d'invitation adressées à MM. les nobles. Ces invitations
seraient faites d'après des listes tenues très exactement lors des assemblées préliminaires; il est vrai que ceux qui n'ont pas paru aux assemblées ne seraient pas
convoqués : mais au moins cette manière éviterait les dangers d'une affiche qui
annoncerait dans toutes les paroisses de mon ressort, que la Noblesse doit
s'assembler. Je vous supplie, Monseigneur, de vouloir m'honorer de vos ordres sur
cet objet que je regarde comme très important, et dans le cas où vous m'ordon-
neriez d'assembler la Noblesse, pour nommer un suppléant, je vous supplie encore
de me mettre à même de rassurer ceux qui, comme plusieurs membres du comité,

----

1. Cf. ci-dessus p. 93-94, au sujet de la Nomination de Syndics de la Noblesse pour réunir
l'Ordre en tant que besoin.

penseraient que l'Assemblée nationale n'approuverait pas une nomination de suppléants faite par un seul ordre, dans un ressort où les trois ordres sont réuuis.

« Je suis, etc... »

Signé : « BASSET. »

Ces considérations avaient en effet une grande portée et leur justesse ne pouvait manquer de toucher le ministre : le danger de réunir officiellement une classe privilégiée d'une part, d'autre part l'antinomie qu'il y aurait eu à lui donner un représentant particulier après la fusion des trois ordres, étaient des raisons assez sérieuses pour que suite ne fût pas donnée à une nouvelle convocation de la Noblesse. Et de fait elle n'eut pas lieu ; le marquis de Mont-d'Or obtint simplement une prolongation de congé pour raison de santé et l'assemblée dont nous avons relaté l'histoire fut la dernière manifestation de la Noblesse de la Sénéchaussée de Lyon.

Avant de commencer notre étude nous avons apprécié l'œuvre de ces gentilshommes : il faut maintenant connaître l'ambiance familiale de chacun de ces nobles dont les lumières et la générosité ne purent endiguer le mouvement révolutionnaire.

Il nous a paru intéressant de reproduire en fac-similé un certificat d'admission délivré par les Commissaires de l'Ordre, tel qu'il fut remis à chaque gentilhomme pour établir son droit de prendre part aux assemblées et aux délibérations de la Noblesse.

n° 154

Nous souffignés, avons reconnu que M. *Roch Jullien ancien chevau-leger de la garde du Roi* a la nobleffe requife, à la forme du Réglement de Sa Majefté du 24 janvier 1789, pour avoir entrée aux affemblées de la Nobleffe ; ce que nous certifions véritable.

A Lyon, le 12 mars mil fept cent quatre-vingt-neuf.

On remarquera que ce certificat porte une signature de moins (celle du marquis de Grollier) que celui délivré à Jean-Pierre-Philippe-Anne de La Croix Laval (Cf. p. 48). Le nombre des Commissaires exigé par le règlement royal (art. 42) n'étant que de quatre, il n'y a pas lieu de s'étonner de cette différence.

Cette pièce fait partie des archives de la famille Jullien qui nous l'a obligeamment communiquée. On trouvera plus loin la généalogie de cette famille.

SECONDE PARTIE

ÉTUDE GÉNÉALOGIQUE

Nous ne reviendrons pas ici sur la manière dont nous avons établi la liste des familles comparantes ; il suffit de rappeler que notre étude n'embrasse pas l'universalité des familles nobles de la Sénéchaussée de Lyon en 1789. Seules, y figurent, les familles dont les membres ont pris part personnellement ou par procuration aux assemblées de l'ordre de la Noblesse. Deux exceptions seulement ont été admises, pour les familles de Masso et Terray.

Le marquis de La Ferrière, de la maison de Masso, était Sénéchal du Lyonnais et Président de droit de la Noblesse. Son grand âge l'empêcha seul de tenir la place qui lui revenait et son excuse est mentionnée au procès-verbal des séances de l'assemblée particulière de la Noblesse (Cf. p. 84).

M. Terray, Intendant de la généralité de Lyon, régulièrement convoqué, s'abstint de comparaître pour éviter toute intrusion du pouvoir central dans l'assemblée : le procès-verbal relate également le fait. Par suite de ces indications, les Masso et les Terray figureront donc dans les notices malgré l'absence de comparution. Pour les autres familles non comparantes, aucune excuse ne figurant au procès-verbal, il ne nous a pas paru possible d'en donner les généalogies : nous en avons exposé le motif dans l'étude historique.

Bien que cet ouvrage ne forme pas un nobiliaire complet de la Sénéchaussée de Lyon en 1789, on trouvera dans ce recueil, par suite des nombreuses alliances formées entre elles par les familles de la région, des indications sur la plupart des maisons nobles de la province, et, à cet effet, la table générale facilitera les recherches.

Les généalogies que nous publions aujourd'hui ne prétendent pas à la perfection, impossible en pareille matière ; mais elles ont été établies avec une extrême conscience et le souci de dégager la vérité indispensable pour donner quelque prix à ces travaux. Aussi avons-nous délibérément écarté les légendes que certaines familles revendiquent. On peut rappeler le soir au coin du feu que les Mont-d'Or descendent du paladin Roland, ou les Palerne, de Sainte-Geneviève, mais ce n'est plus faire de l'histoire ; et si respectables que soient les traditions orales, on ne saurait sérieusement en faire état quand on sort du cercle restreint du foyer familial où la légende a droit de cité et où nous lui maintenons sa place. En principe, nous avons établi les filiations d'après des documents originaux en écartant les recueils imprimés, souvent sujets à caution. Toutefois les travaux de Michon pour les Trésoriers de France, de MM. Steyert, de Valous, Poidebard, de Varax etc., à Lyon, ceux du vicomte Révérend, à Paris, nous ont souvent guidés, car leur autorité s'impose. Mais nos informations ont, en général, une autre origine: tout d'abord, les savantes recherches faites dans les actes mêmes de l'état civil et dans les documents authentiques par toute l'école généalogiste lyonnaise, et surtout par M. Amédée D'AVAIZE, sans les travaux duquel tout ouvrage de ce genre aurait été impossible. Il a bien voulu nous permettre de puiser dans ses dossiers et de recueillir ainsi le fruit de trente années de travail. Grâce à ses innombrables documents, plus d'une généalogie boiteuse a pu être mise sur pied et nous tenons à le remercier spécialement d'avoir mis tant de richesses à notre disposition : il a fourni ainsi une partie considérable de cet ouvrage. Nous adressons également ici l'expression de notre gratitude à M. Ferdinand Frécon dont la science égale la bienveillance, à MM. Marcel Flachaire de Roustan, Raoul de Clavière et le vicomte Paul de Varax, qui ont aussi daigné nous aider de leur précieuse collaboration et de leurs conseils. Un hommage posthume de même nature doit être rendu à la mémoire du regretté W. Poidebard dont l'aide nous fut de tant de secours. Nous devons encore citer MM. Breghot du Lut, Desjoyeaux, Matagrin, Camille Roche de la Rigodière, de Saint-Victor, A. Vachez etc., parmi les noms de tous ceux qui ont droit à notre reconnaissance.

Une autre source considérable d'informations réside dans les dossiers du *Cabinet des Titres* de la Bibliothèque Nationale que nous avons nous-même soigneusement dépouillés. Grâce aux *Pièces originales*, aux *Dossiers bleus*, aux manuscrits de *Chérin* et de *d'Hozier*, aux *Preuves de Saint-Cyr* et des *Écoles militaires*, grâce enfin aux *Archives du Ministère de la guerre*, nous avons pu établir un grand nombre de généalogies.

Enfin d'érudits correspondants ont bien voulu nous ouvrir le trésor de leurs archives particulières, et nous les en remercions de tout cœur, car leurs communications, pour l'époque contemporaine surtout, ont fixé des points sans cela insolubles. Nous indiquerons d'ailleurs, après chaque notice, les noms de nos correspondants dont nous ne rappelons ici que l'érudition.

Autant que nous l'avons pu, nous avons dressé les généalogies des familles plutôt que de simples notices. Malheureusement le défaut de documents nous a parfois forcé, malgré des recherches réitérées, à nous en tenir à de courts aperçus, et la force même des choses nous servira d'excuse. Quant aux filiations, nous les avons en principe remontées jusqu'à l'origine authentiquement connue ou au moins jusqu'à l'établissement en Lyonnais des familles comparantes.

Pour les maisons dont l'origine remonte au delà du xvi⁰ siècle, nous en donnons la filiation depuis l'an 1500 environ, en indiquant toutefois le premier auteur connu ; mais certaines familles furent si considérables ou si nombreuses qu'il a fallu donner seulement la filiation des lignes principales, un travail d'ensemble dépassant les limites de ce recueil.

Dans chaque généalogie on trouvera *en lettres italiques* le nom du comparant qui a donné lieu à l'établissement de la notice. L'orthographe des noms de personnes et de fiefs a été l'occasion de nombreuses difficultés que nous nous sommes efforcé de résoudre de la manière la plus exacte ou la plus logique ; ces considérations nous ont, en général, sauf preuve permanente du fait contraire, fait scinder en deux les noms commençant par *du* ou *des* ; mais pour la commodité des recherches, on trouvera ces noms à la lettre D ; de même les noms commençant par *La* ou *Le* se trouveront à la lettre L, qu'ils soient écrits en un ou deux mots. Nous avons soigneusement relevé pour chaque famille ayant conservé comme appellation courante son nom patronymique, le premier membre ayant porté, par courtoisie ou dans les actes, la particule, encore qu'elle n'ait aucune valeur nobiliaire ; la même vérification a été faite au sujet des titres de noblesse dont nous avons tenté de donner l'origine ou de rechercher la régularité.

Nous avons indiqué les armoiries des comparants d'après les meilleures sources. Les blasons ont été exécutés par un jeune artiste de talent, M. Pierre Savigny, guidé par les conseils de M. Flachaire de Roustan, d'après les modèles et dans le le goût de feu A. Steyert, le maître lyonnais, qui s'était acquis une universelle renommée dans l'art du dessin héraldique.

Malgré tous nos soins, nous n'aurons sans doute pas pleinement réussi dans notre travail, mais nous comptons sur l'indulgence de nos lecteurs : ils nous pardonneront nos lacunes et excuseront nos erreurs, estimant que néanmoins nous aurons contribué tant soit peu à l'histoire de la région lyonnaise, et aidé à fixer ces liens mystérieux des familles où coule le même sang et dont le faisceau serré forme l'assise des nations.

ACTON

d'argent, semé de fleurs de lys d'azur, au franc canton de gueules.

Édouard-Philippe ACTON.

Ce gentilhomme devait appartenir à une famille originaire du pays de Thouars, citée dès le xive siècle. Cette famille forma trois branches : 1° celle des sg^{rs} d'Availles, éteinte au xvie siècle ; 2° celle des sg^{rs} de Limons, éteinte au xviie siècle ; 3° celle des sg^{rs} de Marsay, subsistant encore à la fin du xviiie siècle. Les Acton ont donné des chevaliers de Malte et de Saint-Louis et de nombreux officiers, et se sont alliés aux La Rivière, Parthenay, Champelays, Vaucelles, Budes de Guébriant, etc.

Victor Acton, chev., sg^r de Marsay et Retourné, maintenu dans sa noblesse en 1666, † le 5 mars 1700, avait épousé Anne de Vaucelles-Bilazay dont il eut plusieurs enfants. C'est de l'un d'eux que devait descendre *Édouard-Philippe* Acton.

Les érudits auteurs du *Dictionnaire généalogique du Poitou* n'ont encore pu à ce jour (1906) fixer sa filiation. Les Archives du Ministère de la guerre ont fourni les renseignements suivants :

Acton (Édouard-Joseph), né en 1737, cadet dans le régiment de cavalerie de Fitz-James (11 juin 1752), cornette (1er février 1757), lieutenant (25 février 1758) ; réformé en 1763 avec 500 livres d'appointements ; capitaine (7 août 1778), capitaine attaché au régiment de Colonel général (10 mars 1782), capitaine en second (15 février 1784) ; pourvu d'une compagnie (20 mai 1788) ; nommé le 17 mai 1789 à la majorité de Saxe-Hussards.

Cet Édouard-Joseph n'est pas indiqué dans cet extrait des contrôles comme chevalier de Saint-Louis ; aussi ne faut-il l'assimiler que sous réserves à notre comparant *Édouard-Philippe* Acton, chevalier de Saint-Louis.

Cf : Steyert : *Armorial du Lyonnais* (2me *édition*). — Archives administratives du Ministère de la guerre. Beauchet-Filleau : *Dict^{re} généalogique du Poitou.*

AFFAUX

d'azur à deux faux d'argent passées en sautoir.

Robert-René d'AFFAUX de GLATTA

Cette famille est issue de :

I. Barthélemy Daffaux, marié 1° à Lyon p. c. du 14 novembre 1631 à Claudine Bonaud ; 2° à Sibille Bonnard, qui testa le 11 décembre 1680. Il eut quatre enfants du premier lit, et onze du second, parmi lesquels :

II. Claude d'Affaux, écuyer, sgr de Ruffieu, né en 1640, † 1er mai 1720, secrétaire du Roi près le Parlement de Besançon (acq. du 10 décembre 1714, dont lettres du 6 février 1715) marié 1° à Lyon le 8 janvier 1673, et par contrat post-nuptial du 23 avril 1681 à Jeanne Michaud † le 15 octobre 1719, fille de François Michaud et de Marguerite de Saint-Julien ; 2° le 1er février 1704 à Magdeleine de Vignol, veuve de Clément Bouttard, chevalier, Trésorier de France au bureau des Finances de Montpellier. Il eut du premier lit huit enfants, entre autres :

    1) René d'Affaux, écuyer, sgr de Ruffieu, bapt. à Lyon le 15 juillet 1674 ; lieutenant général de la compagnie de Souternon, de garde aux portes de Lyon ; marié le 17 juillet 1699 à Antoinette Choisity, fille de noble André Choisity, Échevin de Lyon, et de Claudine Dessartines, dont :

        A) Marguerite d'Affaux, bapt. à Lyon le 8 avril 1700, mariée p. c. du 30 août 1732 à André-Michel Duboys, chevalier, sgr des Galerands, Trésorier de France à Grenoble ;

        B) Jeanne d'Affaux, dame de Ruffieu, bapt. à Lyon le 26 juin 1704, † à Proulieu le 7 juin 1754 ; mariée à Leyment le 16 novembre 1734 à François Compagnon, écuyer, sgr de Voreppe, bapt. à Grôlée le 13 juillet 1698, gendarme de la garde du Roi, conseiller secrétaire

du Roi près le Parlement de Dijon, fils de Joseph, écuyer, sg^r de
Voreppe, secrétaire du Roi et de Catherine de Quinson.

2) Jean qui suit;

3) Claude d'Affaux, écuyer, bapt. à Lyon le 24 janvier 1684, † à Lyon s. a,
le 8 août 1757 ; commissaire aux revues des troupes de Lyon, capitaine
au régiment de Lyonnais Infanterie le 13 octobre 1711 ; chevalier de Saint-
Louis le 27 avril 1735 ;

4) Madeleine d'Affaux, bapt. à Lyon le 26 novembre 1675, mariée le 30
janvier 1702 à noble Jean-Louis Panthot, docteur en médecine, agrégé le
26 décembre 1717 au collège de Lyon, fils de Simon, et d'Elizabeth Cusset.

III. Jean d'Affaux, écuyer, bapt. 1er août 1680, † au château de Chavanost
(Dauphiné) le 5 avril 1745 ; capitaine au régiment Lyonnais le 4 avril 1703, capitaine de
grenadiers au même régiment le 25 mai 1716, chevalier de Saint-Louis le 9 mai 1718,
commandant du second bataillon le 15 mars 1726, major de la ville de Valenciennes
le 3 juin 1727 ; reçu dans le corps de la Noblesse aux États de Lille le 20 novembre
1734 ; marié à Lille le 18 mai 1722 à Marie-Françoise-Gabrielle Huvino, fille de
Robert Huvino, écuyer, sg^r de Bourghelles, Ainchy, etc., secrétaire du Roi et de
Marie-Angélique Le Comte ; dont :

1) Robert-François d'Affaux, écuyer, bapt. à Tournay le 23 juillet 1722,
† à Lyon le 10 février 1758, fit avec son frère les preuves de noblesse pour
être admis au collège Mazarin (16 juillet 1734) ; capitaine au régiment
de Lyonnais Infanterie le 4 octobre 1748.

2) Robert-René qui suit.

IV. Robert-René d'Affaux, chevalier, sg^r de Glatta, bapt. à Lille le 24 mai
1723, † à Lyon le 14 septembre 1791, fit les mêmes preuves que son frère. Lieutenant au régiment Lyonnais le 1er avril 1743 ; commissaire aux revues des troupes
et comparant à Lyon en 1789. Devenu sg^r b^on de Saint-Lager en Beaujolais par son
mariage du 24 mai 1763, à Lyon, avec Marie-Anne Berthelon de Brosses, fille de
Jean-Aimé Berthelon de Brosses, chevalier, Procureur général au Parlement de
Dombes, secrétaire de S. A. S. audit Parlement, et de Marie-Anne Jourdan, dame
baronne de Saint-Lager, Cercié, etc. [Elle était sœur de la comtesse de Thy
de Milly et deux fois veuve : en premières noces de M. de Brosses, et en secondes noces
de Laurent Mignot, chevalier, sg^r de la Martizière. Les Jourdan avaient acquis Saint-
Lager en 1720 des héritiers de Chardonnay].

De ce mariage vinrent :

1) Christophe-Louis d'Affaux, écuyer, né à Lyon le 25 avril 1764 ; † à Lyon le
9 mai 1785 ; officier au régiment des Vosges.

2) Antoine-Gabriel d'Affaux, écuyer, né à Lyon le 4 novembre 1765, † à Lyon, victime de la Terreur, fusillé le 3 février 1794 ;

3) Claudine, † en nourrice le 18 décembre 1768, âgée de 3 mois et 8 jours ;

4) Suzanne-Christine d'Affaux, bapt. à Lyon le 2 février 1770, † à S¹ Lager (Rhône) le 20 septembre 1825, mariée à Lyon le 28 septembre 1790 à Charles-Aimé-Ovide Denis de Cuzieu, écuyer, capitaine au régiment d'Artois-Cavalerie, fils de Jean-Blaise Denis de Cuzieu, écuyer et de Jeanne-Marie Dareste de Rosargues.

Cf : Chérin : 2. Il dressa la généalogie de cette famille pour les preuves de Christophe et d'Antoine d'Affaux proposés en 1782 pour le grade de sous-lieutenant.

ALBANEL

d'azur au chevron d'argent accompagné de deux étoiles et d'un croissant du même

GABRIEL-BERNARD ALBANEL DE CESSIEU.

Cette ancienne famille originaire de Félines en Auvergne, est issue de :

I. Antoine ALBANEL, notaire à Félines, marié en 1475 à Denise La Rousselle, dont :

II. Jean ALBANEL, marié à Antonia Aldibald, dont :
  1) Antoine, † 1542 s. p.
  2) Austremoine, qui suit ;

III. Austremoine ALBANEL, châtelain de Vodable, marié à Antonia Duvon, dont :

IV. Jean ALBANEL, châtelain de Vodable, marié à Antoinette Jaglard, dont entre autres parmi quatre enfants :

  1) Austremoine Albanel, peut être tige d'une branche demeurée en Auvergne ;

  2) Antoine, qui suit ;

V. Antoine ALBANEL, bourgeois d'Ardes, marié à Gilberte Carmandant, dont entre autres, parmi six enfants :

VI. Béraud ALBANEL, qui fut père de :

VII. Jean ALBANEL, † à Lyon le 8 juillet 1694, banquier à Lyon, recteur et trésorier de la Charité, marié p. c. du 11 décembre 1662 à Blanche du Puis de La Sarra, † à Lyon le 26 janvier 1718, fille de Jean-Mathieu, sgr de La Sarra et de Catherine Fayard. Il en eut quatorze enfants, entre autres :
  1) Annet Albanel, bapt. à Lyon le 11 novembre 1663, † à Lyon le 15 décembre 1694; marié à Lyon les 14-24 janvier 1693 à Claudine Rivérieulx, fille d'Antoine et de Claudine Berton, dt p † au berceau [Claudine Rivérieulx se remaria (1695) à Nicolas Foy, chevalier, sgr de Saint-Maurice, comte palatin, Président en la Cour des monnaies de Paris.]

2) Gaspard qui suit ;

3) François qui a fait la branche de Cessieu ;

4) Louis, dit M. de Saint-Jory, bapt. à Lyon le 28 juillet 1680, † à Lyon le 17 janvier 1752 ; argentier de la grande écurie du Roi, père du Prieur de Sainte-Barbe en Blaisois ;

5) Charles qui a fait la branche de la Sablière ;

6) Marie Albanel, bapt. à Lyon le 16 juin 1669, mariée p. c. du 16 janvier 1688 à Charles-Gabriel Valous, écuyer, avocat en Parlement, fils de noble Gabriel Valous, Echevin de Lyon et de Catherine Bernard ;

7) Blanche Catherine Albanel, bapt. à Lyon le 10 décembre 1677, mariée à Lyon le 14 juillet 1698 à Jean Borne, Échevin de Lyon en 1715, fils de Jean Borne et de Marie Bathéon.

VIII. Noble Gaspard ALBANEL, bapt. à Lyon le 19 mars 1672, † août 1737, Échevin de Lyon en 1716, marié 1° p. c. du 9 février 1707 à Sibylle Fayard, née à Lyon le 16 septembre 1688 † à Lyon le 24 janvier 1710, fille de Jean Fayard, écuyer, sg^r de Champagnieu, secrétaire du Roi et d'Anne Arnaud ; 2° à Lyon les 16-18 mai 1722 à Jeanne Gayot, dame de la Duchère, baptisée à Lyon le 27 septembre 1669, † à Lyon le 6 février 1743, veuve de Charles-Gabriel de Valous, et veuve aussi de Guillaume du May, chevalier de Saint-Louis, sg^r de La Duchère. Elle était fille de Benoît Gayot, sg^r de La Claire, Echevin de Lyon et de Madeleine de Moras. Gaspard Albanel eut du premier lit :

1) Blanche Albanel, dame de la Duchère, née à Lyon le 28 février 1708, † ayant testé le 13 septembre 1787, mariée à Lyon les 9-13 juin 1725 à Hugues Rivérieulx de Varax, chevalier, Président en la Cour des monnaies de Lyon, Prévôt des marchands de Lyon, né le 10 janvier 1698, † le 28 décembre 1758, fils d'Étienne Rivérieulx, écuyer, secrétaire du Roi et de Marie Roland de La Place.

2) Anne Albanel, bapt. à Lyon le 31 août 1709, mariée p. c. du 16 octobre 1728 à Jean-Baptiste Trollier de Messimieux, chevalier, conseiller en la Cour des monnaies de Lyon, fils d'Antoine Trollier, écuyer, sg^r de Messimieux et d'Antoinette Morel.

BRANCHE DES SEIGNEURS DE CESSIEU

VIII. François ALBANEL, écuyer, sg^r de la Balme, bapt. à Lyon le 4 août 1676, marié à Marie-Anne Grassot dont :

IX. Augustin-Philibert-Bernard ALBANEL, chevalier sg^r de Cessieu, né en 1719,

† victime de la Terreur le 23 nivôse an II, Trésorier de France à Grenoble, comparant avec la Noblesse du Dauphiné en 1789; marié à Anne-Gabrielle Nugues, dont:

1) Gabriel Bernard, qui suit;
2) Anne-Thérèse, mariée à Lyon le 9 octobre 1763 à Charles-Marie Balme avocat, fils de Mre Anthelme Balme, sg^r de Sainte-Julie, etc.

X. *Gabriel-Bernard* ALBANEL DE CESSIEU, écuyer, comparant à Lyon en 1789.

BRANCHE DES SEIGNEURS DE LA SABLIÈRE

VIII. Charles ALBANEL DE LA SABLIÈRE, écuyer bapt. à Lyon le 28 août 1687, capitaine au régiment de Lyonnais, commissaire ordonnateur des guerres (30 mars 1716) marié à Lyon p. c. du 25 janvier et le 6 février 1714 à Élisabeth Parent, † à Lyon le 25 juin 1754, fille de Jacques Parent, écuyer, sg^r d'Esnay, conseiller du Roi, contrôleur ordinaire des guerres et de Rose Mallière; dont :

1) Jacques Albanel de la Sablière, écuyer ;
2) Jean-Charles qui suit.
3) Gaspard Albanel de la Sablière, écuyer, † à Cayenne en 1787, capitaine au régiment des Gardes Françaises, marié à Lyon le 5 septembre 1759 à Claudine-Catherine de Calvit, fille de Jacques-Simon, capitaine au régiment de Montureux-Infanterie et d'Élisabeth Courtois, dont :

    A) Louis-Victor Albanel.
    B) Anne-Catherine Albanel.

IX. Jean-Charles ALBANEL DE LA SABLIÈRE, écuyer capitaine au régiment de cavalerie d'Escars, chevalier de Saint-Louis, marié à N... Constantin.

Cf. : Steyert : *Armorial du Lyonnais (2e édition).*

ARNAL

d'or à l'arbre terrassé de sinople; au chef d'azur chargé de trois étoiles d'or
Supports: Deux lévriers.

JACQUES-FRANÇOIS D'ARNAL.

JEAN-BAPTISTE-FRANÇOIS D'ARNAL.

Cette famille est originaire du Gévaudan, diocèse d'Alais; une de ses branches se fit protestante et s'établit à Lyon au xviiie siècle. La souche remonte à Pierre d'Arnal sgr de Ladevèze dont la postérité fut maintenue dans sa noblesse en 1668. Jean d'Arnal fut également maintenu, par arrêt du Conseil, en 1730. Un rameau de cette famille est fixé depuis le xviie siècle à Valleraugues. Nous donnerons la filiation de ce rameau, qui a comparu en 1789, depuis:

I. Jean d'ARNAL, sgr de la Baumelle, maintenu en 1730, marié en 1692 à Judith de Refregé, dont entre autres, parmi cinq enfants:
    1) Jean, tige des Arnal représentés de nos jours à Gouges;
    2) Maurice, tige des sgrs de Saint-Maurice éteints;
    3) François qui suit;

II. François d'ARNAL, né à Valleraugues en 1703, † en 1769, ayant testé en 1759, se convertit au protestantisme, et se maria à Lyon en 1749 à Marie-Françoise Brun; dont:
    1) Jacques-François qui suivra;
    2) *Jean-Baptiste-François* d'Arnal, écuyer, né en 1754, † en Suisse en 1826, comparant à Lyon en 1789, premier directeur de la Banque de France à Lyon en 1808; marié en 1787 à Céline-Marianne Mayer, dont:
        A) Auguste-François d'Arnal, né en 1790, et † la même année;
        B) François-Élisée d'Arnal, né 1791, † s. p. 1840;

C) Françoise-Guyette d'Arnal, née en 1789 ;

D) Jeanne-Aline d'Arnal, née en 1794, épouse en 1819 Mathieu Flotard.

III. *Jacques-François* d'ARNAL, écuyer, né 1750, † 1830, comparant à Lyon en 1789. Marié en 1777 à Rose-Frédéricque Bosset, dont :

1) Alexis-Jean-Baptiste, né en 1779, † s. p. ;

2) Benjamin-François, né en 1781, tué à Friedland (1807) s. a. ;

3) Françoise-Julie, née en 1778, mariée en 1802 à Étienne Evesque, adjoint au maire de Lyon (1818-20) ;

4) Elisabeth, née en 1783, épouse en 1805 Élisée de Villas.

Cf. : Steyert : *Armorial général du Lyonnais (2ᵉ édition).*

ARTHAUD DE LA FERRIÈRE

d'azur à 3 tours d'argent maçonnées d'or, aliàs de sable.

Henri ARTHAUD de BELLEVUE.

Les Arthaud de Bellevue, originaires de la Grave, sont devenus comtes de la Ferrière par substitution à l'ancienne famille des Masso de la Ferrière. Ils ne doivent pas être confondus avec les Arthaud de Viry, de nom et armes analogues, mais d'origine différente, et qui n'ont pas comparu à l'Assemblée de la Noblesse du Lyonnais en 1789, comme les Arthaud de la Ferrière dont voici la filiation depuis le xviiᵉ siècle.

I. François Arthaud, † 1644, marié à Claudine Raymond ; dont :

   1) Guillaume qui suit ;

   2) Noble Jean Arthaud né à la Grâve en 1613, recteur et trésorier de l'Hôtel-Dieu en 1656, Échevin de Lyon en 1662, † en charge après avoir testé le 23 août 1663 ; marié à Lyon p. c. du 13 avril 1641 à Jeanne Perrel † s. p. fille de Marc, enquêteur examinateur en la sénéchaussée de Lyon et de Marguerite Tixier ;

   3) N... mariée à Félix Guerre ;

   4) N... mariée avant 1641 à Jean Clot, avocat ;

II. Guillaume Arthaud, † avant 1663, marié à Catherine Renaud, dont :

   1) André qui suit ;

   2) Catherine Arthaud, bapt. à Lyon le 17 août 1647, † après 1730, mariée en 1664 à Etienne de Couleur, chevalier, vicomte d'Arnas, † en décembre 1709, Trésorier de France à Lyon (18 octobre 1663), fils de Philippe de Couleur, chevalier, Trésorier de France à Lyon, et de Suzanne Vidaud.

III. André Arthaud, écuyer, sgʳ de Bellevue, né en 1648, † à Lyon le 20 juin 1728, Échevin de Lyon en 1677, recteur de la Charité en 1694, testa avec sa femme le 24 mars 1721. Marié à Lyon p. c. du 12 juillet 1675 à Marie-Anne de Masso de la Ferrière, née à Lyon le 12 mai 1660, † à Lyon le 1ᵉʳ novembre 1724, fille de Philibert de Masso, chevalier sg^r du Plantin, La Ferrière, etc., maréchal de bataille des armées du Roi Prévôt des Marchands de Lyon et de Marthe d'Hosthun de Saint-Jean, dont entre autres :

1) Philibert qui suivra ;

2) Alexandre Arthaud, écuyer, sg^r de Balmond, bapt. à Lyon le 29 février 1684, chevalier de Saint-Louis, capitaine de grenadiers au régiment de Normandie.

3) Camille Arthaud, écuyer, sg^r de Préville ;

4) Jacques Arthaud, écuyer, sg^r de Saint-Marc, † avant le 18 décembre 1720, commissaire provincial de l'Artillerie de France à Lyon, chevalier de Saint-Lazare et de Saint-Louis, marié à Elisabeth Dode dont :

    A) Marie-Louise Arthaud religieuse de Saint-Pierre-lès-Nonains sous le nom de Mme de Saint-Marc ;

    B) Marguerite, mariée le 16 septembre 1715 à Jacques-Claude Yon de Jonage, écuyer conseiller à la Cour des monnaies de Lyon, fils de François, écuyer, et de Marie Jacquier de Cornillon.

IV. Philibert ARTHAUD, écuyer, sg^r de Bellevue, bapt. à Lyon le 15 septembre 1677, † après avoir testé le 18 avril 1753 ; avocat ès Cours de Lyon, conseiller en la Cour des monnaies de Lyon (p. acq. du 16 avril 1726 ; reçu le 19 juin 1726) ; marié à Lyon le 30 avril 1726 (par contrat du 24 avril), à Claudine Dugas de Bois-Saint-Just, fille de Laurent Dugas de Bois Saint-Just, chevalier, Président en la Cour des monnaies de Lyon, et Prévôt des Marchands de Lyon, et de Marie-Anne Basset dont :

V. *Henry* ARTHAUD DE BELLEVUE, chevalier, sg^r de la Feuillade, Rontalon, le Surgeon, etc., né à Lyon le 15 février 1735, † à Lyon le 28 février 1826, officier au régiment de Forez Infanterie, littérateur plein d'esprit, comparant en 1789, marié p. c. du 7 septembre 1768 à Blanche de Rivérieulx de Chambost, née le 16 octobre 1737, fille de Claude de Rivérieulx, écuyer, sg^r de la baronnie de Chambost, secrétaire du roi, Prévôt des marchands de Lyon (1776) et de Hélène Morel, dont :

VI. Claude ARTHAUD, chevalier, comte DE LA FERRIÈRE, né à Lyon le 2 octobre 1769, † en 1840 chambellan de Napoléon Ier, héritier des Masso de la Ferrière ; marié à Lyon, le 11 mars 1800 à Alexandrine-Marguerite de La Salle, † à Paris le 3 juillet 1861, fille de Joseph et de Claudine de La Roche dont entre autres, parmi sept enfants :

1) Léon qui suivra ;

2) Dominique-César, vicomte de la Ferrière, né à Lyon le 20 avril 1804, † à Cannes le 2 avril 1881, chambellan de Napoléon III, marié en 1827

à Michelle-Françoise-Cornélie de Sarron, née à Lyon le 17 novembre 1810, † à Fléchères le 11 novembre 1854, fille d'Étienne-Horace-Gabriel, marquis de Sarron, et de Marie-Virginie Marest de Saint-Pierre, dont :

    A) Jeanne-Marguerite de la Ferrière, † à Cannes le 28 janvier 1896, mariée le 2 décembre 1847 à François-Just-Raymond de Pierre, vicomte de Bernis, général de division G. O. Lég. d'hon., † au château de Fléchères (Ain) le 27 novembre 1898, fils de Henri, vicomte de Bernis, et de Olympe de Barral.

3) Charles-Claude-Marie Hector, comte H. de la Ferrière, archéologue distingué, né à Lyon le 29 juillet 1809, † à Paris le 1er mai 1896, s. p. de son mariage avec Marie-Isabelle de Percy, née en 1824, † à Amélie les Bains le 15 novembre 1861, fille de François Ambroise, comte de Percy, chevalier de Saint-Louis, et de Julie de Cheux de Saint-Hilaire.

VII. Léon-Henri-Gilbert ARTHAUD, comte DE LA FERRIÈRE, né à Lyon le 25 décembre 1802, † le 17 septembre 1850, marié à Lyon le 9 décembre 1829 à Jeanne-Lucie Lucy, née le 7 avril 1813, † à Bièrre (Côte-d'Or) le 19 octobre 1878, fille de François Lucy et de Françoise Laroze, dont :

1) Henri qui suivra ;
2) Henriette-Alexandrine-Marie † en 1869, mariée à Pierre-Martial-Raymond, vicomte du Soulier, né à La Flèche en 1833, † 1870.

VIII. Claude-François-Henri ARTHAUD, comte DE LA FERRIÈRE, né à Lyon le 1er avril 1831, marié à Joséphine-Renée Sabatier de la Chadenède, née à Dijon le 24 septembre 1830, † à Bièrre le 11 février 1885, fille de Joseph-Armand Sabatier, baron de la Chadenède, et de Caroline-Elzéarine-Alexandrine d'Arbaud de Jonques, fille du baron de l'Empire, dont :

1) Humbert qui suivra ;
2) Léon-César-Elzéar Arthaud, vicomte de La Ferrière, marié le 11 novembre 1882 à Louise-Elizabeth-Marguerite Junot d'Abrantès, née le 25 janvier 1856, fille d'Andolphe-Alfred-Michel Junot, duc d'Abrantès, chef d'escadron d'état-major et de Marie-Louise-Léonie Lepic, dont :

    A) Henri de la Ferrière ;
    B) Monique de la Ferrière ;
    C) Marguerite de La Ferrière ;
    D) Chantal de La Ferrière.

3) Edith, mariée en 1879 à Pierre, vicomte de Thoisy, fils de Louis-Adrien-Roger et d'Alice Richard de Soultrait.

IX. Fernand-Jean-Humbert ARTHAUD, comte DE LA FERRIÈRE, marié le 5 mai 1877 à Pierrette-Clotilde-Apollonie-Charlotte-Marie-Staoueli de La Poëze, † à Paris le 23 juin 1892, fille d'Olivier, comte de La Poëze. Héritier de la v^{sse} de Bernis, ci-dessus, le comte de La Ferrière se trouve possesseur de la terre de Fléchères, fief de la maison de Sève qui l'avait transmis aux Pupil de Myons et par eux aux Sarron ; il est le père de :

1) Gilbert de la Ferrière.

2) Claude de la Ferrière.

3) Apollonie de la Ferrière, mariée à Fléchères le 9 avril 1902 à Pierre Frèrejean, veuf de Marthe-Georgette du Buisson de La Boulaye, et fils d'Aymé Frèrejean et de Laure-Sidonie Gaillard.

4) Jeanne-Françoise de La Ferrière mariée à Fléchères le 22 novembre 1904 à Pierre de Girard de Charbonnières, vicomte du Rozet, fils du vicomte du Rozet et de N. Puvis de Chavannes.

Cf. Chérin 8 (*Généalogie dressée le 27 janvier 1786*).

Cte Humbert de La Ferrière : *Notes communiquées*.

ASSIER

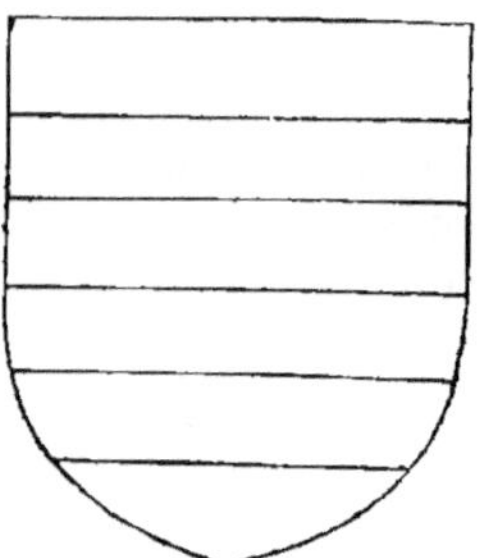

Henri-Gabriel-Benoît d'ASSIER, baron de LA CHASSAGNE

Il ne faut pas, malgré la tradition d'une commune origine, confondre la famille d'Assier établie en Lyonnais avec celle de même nom fixée en Forez à Valenches, où elle acquit un démembrement de la seigneurie de Saint-Bonnet. Cette dernière famille a porté le nom et les armes des Assier du Languedoc, éteints dans les Crussol, et de ceux de l'Angoumois, sans cependant que la communauté d'origine de ces différentes familles ait été établie. Celle des seigneurs de Valenches, toujours représentée avec honneur en Forez, a conservé pour armoiries : *d'argent à 3 bandes de gueules*, et donné en 1717 un conseiller au Parlement de Dombes. Elle s'est alliée aux familles de Saint-Priest, Emmery de Grozyeulx, de Silvestre, Desmé de Chavigny, Jordan de Sury, de Brosse, etc. La famille lyonnaise portait primitivement : *d'argent au chevron d'azur, accompagné en chef de deux étoiles, et en pointe d'une roue, le tout du même.* Depuis, elle a porté : *fascé d'or et de sinople de six pièces* ; c'est en sa faveur que la terre de La Chassagne fut érigée en baronnie en 1672. Les Dassier ou d'Assier du Lyonnais établissent leur filiation depuis :

I. Pierre d'Assier, écuyer, sgr de Montarcher, Marendières, Chiel, etc. Baron de La Chassagne (L. P. août 1672 enreg. 22 mai 1674), † 1684, conseiller secrétaire du Roi (14 janvier 1663), maître d'hôtel ordinaire du Roi, gentilhomme ordinaire de sa Chambre, chevalier de Saint-Michel ; marié à Aimée Rouäne, dont :

    1) Jean-François, qui suit ;
    2) N. Dassier, banquier à Paris en 1722.

II. Jean-François d'Assier de Meuves, chevalier, baron de La Chassagne, sgr de Marcy-sur-Anse, bapt. à Lyon le 26 octobre 1656, † à La Chassagne le 24 février 1712, major des carabiniers du Roi, blessé grièvement à Oudenarde ; marié à Jeanne-Catherine Cachet de Montézan, † à la Chassagne le 15 avril 1724, dont :

1) François-Aimé, qui suit ;

2) Jeanne-Claudine, religieuse à Joursey (1718).

III. François-Aimé d'Assier, chevalier, baron de La Chassagne, sgr de Marcy, Chiel, La Bastie, baron de Bagnols, Marzé, sgr du Bois d'Oingt, Leigny, Frontenas, Alix, Moiré, etc., né à Lyon le 2 octobre 1702, † à La Chassagne le 21 novembre 1783, volontaire en 1720, capitaine au régiment de Bauffremont-Dragons (6 oct. 1721), avec rang de lieutenant-colonel (1er février 1748); commandant de dragons à pied (8 oct. 1748) ; pourvu d'une compagnie (1er septembre 1755) ; lieutenant-colonel (16 mars 1757) ; brigadier des armées du roi (le 25 juillet 1762) ; chevalier de Saint-Louis ; retraité (1er avril 1763) ; il avait reçu du roi deux pièces de canon en récompense de sa valeur au siège de Philipsbourg, et laissa de sa femme Louise de Puget, sans doute fille d'Henry-Gabriel, conseiller au Parlement de Toulouse :

1) Henri-Gabriel Benoît, qui suivra ;

2) Marie-Anne-Julienne d'Assier de la Chassagne, née à Sainte-Hippolyte (Lorraine), le 15 mai 1741, † le 4 décembre 1818, mariée p. c. du 17 janvier 1764 à Jean-Baptiste-Espérance, comte de Laurencin, capitaine au régiment de Vexin, né à Chabeuil le 17 janvier 1733, † à Lyon le 21 janvier 1812, chevalier de Saint-Louis, fils de Hugues de Laurencin, brigadier des armées du roi et de Marie-Anne de Patin. Madame de Laurencin hérita de la baronnie de La Chassagne qui devint ainsi la propriété de sa petite-fille, Bonne-Gabrielle de Laurencin, marquise puis duchesse de Mortemart. Cette terre appartient aujourd'hui à la marquise de La Guiche, née Mortemart.

IV. *Henri-Gabriel Benoît* d'Assier, chevalier, baron de La Chassagne, né le 11 juillet 1742, † à Lyon le 2 mai 1816, volontaire au régiment de Bauffremont-dragons (le 1er janvier 1754) ; cornette (1er février 1757), sous-lieutenant (1763), capitaine (3 janvier 1770), capitaine en second (7 juin 1776), capitaine en premier (13 septembre 1777), chevalier de Saint-Louis, major du régiment de La Rochefoucauld-dragons (10 mai 1782) ; lieutenant-colonel du régiment de Chartres (23 févr. 1785), colonel de ce régiment (10 mars 1788) ; aide maréchal général des logis du maréchal de Broglie, maréchal de camp sous Louis XVI ; Député de la Noblesse du département de l'Élection de Lyon (1787-89), comparant à Lyon en 1789 ; émigré ; rentré à Lyon sous les ordres de Précy ; émigré à nouveau ; combat à Quiberon ; commandant en second des hussards de Choiseul (1795) ; rentré d'émigration en 1797, membre du conseil municipal de Lyon, commandant de la Garde nationale lyonnaise.

Cf. d'Hozier : *Armorial général imprimé*. Bonnardet : *Les lyonnais au collége de Juilly*, etc.

ATHOSE

d'argent au chêne arraché de sinople.

La famille Dathose, puis d'Athose, semble originaire de Marcigny en Charolais, où, dès le commencement du XVIᵉ siècle, on trouve honorable Mᵉ Nicolas Dathose, procureur d'office de la dite ville où il mourut le 7 avril 1583, ayant eu d'une alliance inconnue deux fils morts en bas âge.

Dans la suite on rencontre plusieurs rameaux de cette famille Dathose, mais les documents font défaut pour les relier exactement entre eux.

L'un de ces rameaux a pour auteur :

I. Claude Dathose, praticien de Marcigny, † le 17 juillet 1630, marié le 30 avril 1624 à Jeanne Soly, fille de Jean, notaire royal de Marcigny, dont :

II. Mᵉ Jean Dathose, bapt. à Marcigny le 31 octobre 1626, † à Marcigny le 23 novembre 1689, notaire royal et procureur au bailliage de Semur-en-Brionnais, marié à Marcigny le 22 janvier 1657 à Philiberte Gautheron, † le 20 juin 1714, fille de Jean Gautheron, dont parmi dix enfants :
  1) Marc-Antoine, qui suit;
  2) Denise Dathose, bapt. le 27 mars 1673, mariée le 13 août 1702 à Antoine Perroy, fils de Pierre, bourgeois de Charlieu.

III. Marc-Antoine Dathose de Morancin, bourgeois de Marcigny, marié à Lyon le 6 septembre 1714 à Jeanne-Dominique Gibert, fille de Joseph Gibert, directeur des vivres en Dauphiné, et de Jeanne Ginet, dont :
  1) Louis-Philibert Dathose, bapt. à Marcigny le 8 septembre 1715, † à Marcigny le 12 octobre 1715;
  2) Charles-Joseph qui suit;
  3) Jean-Philibert Dathose, bapt. le 14 septembre 1717.

IV. Charles-Joseph Dathose, bapt. à Marcigny, le 2 août 1716, † à Marcigny le
27 septembre 1787, bourgeois de cette ville.

RAMEAU DE MONTMEZIN

Ce rameau est issu de :

I. Noble Antoine Dathose, docteur en médecine, né vers 1656, † à Marcigny le
25 juillet 1694 ; marié à Marcigny le 20 février 1686 à Reine de Brou de Montmezin
[remariée le 15 mars 1698 à noble Louis de Montillet, sieur de Regus, fils de noble
Louis et de Marie Dupuy], fille de Jean de Brou, sieur de Montmezin et d'Anne
Duvergier, dont :

   1) Jean, qui suit ;
   2) Marc-Antoine Dathose, bapt. à Marcigny le 11 février 1691 [peut-être le
      Marc-Antoine, médecin, secrétaire du duc de Saint-Simon].

II. Jean Dathose, sr de Montmezin, bapt. à Marcigny le 20 mai 1687, † à Marcigny le 4 janvier 1734, laissant d'Huguette Michon, sa femme :

III. Louis-Joseph Dathose, bapt. à Marcigny le 28 juillet 1718.

RAMEAU D'ATHOSE.

I. N... Dathose fut père de :
   1) Jean, qui suit :
   2) Christophe Dathose, prêtre ;

II. Jean Dathose, notaire royal à Marcigny, † à Marcigny le 21 novembre 1630,
marié à Marcigny le 16 avril 1609 à Catherine Verchère, † à 80 ans le 5 mars 1670,
fille de Jean Verchère, dont :

   1) Jean Dathose, bapt. le 13 janvier 1612 ;
   2) Christophe Dathose, qui suit ;
   3) Claudine Dathose, bapt. le 6 juin 1619 ;
   4) Louise Dathose, bapt. le 1er février 1626 ;
   5) Jeanne Dathose, bapt. le 28 décembre 1628, † le 1er mai 1696, mariée à
      Semur-en-Brionnais : 1° le 5 sept. 1655 à Me Antoine Gaulne, avocat en
      Parlement, fils d'Antoine, commissaire des guerres, bourgeois de Saint-
      Just-en-Chevalet, et de Claude Alcanon ; 2° le 27 février 1661 à noble
      Jean Bailly, sr de Moles, docteur en médecine.

III. Christophe Dathose ou d'Athose, bapt. à Marcigny le 11 février 1615, bour-

geois de Marcigny, receveur au grenier à sel de Paray ; marié à Marcigny le 11 juin
1645 à Antoinette Dupuy, fille de noble Philibert, et de Marguerite Rousset, dont :
> 1) Philibert, qui suit ;
> 2) Christophe, diacre, bapt. le 19 octobre 1660, † 13 décembre 1686 ;
> 3) Anne Dathose, bapt. le 26 mai 1649 ;
> 4) Marguerite Dathose, bapt. le 30 avril 1650 ;
> 4) Claude-Thérèse Dathose, mariée le 24 février 1679 à noble Joseph Toucan,
>   avocat en Parlement, fils de François Toucan, docteur en médecine, et de
>   Suzanne Hérisson.

IV. Philibert Dathose ou d'Athose, bapt. le 6 mai 1648, † le 28 mars 1689, avocat en Parlement, lieutenant des terres et juridictions de Marcigny, marié à Semur-
en-Brionnais le 11 août 1660 à Anne de La Motte, fille de Charles de La Motte, greffier en chef au bailliage et châtellenie de Semur, et de Françoise Grégaine, dont
parmi neuf enfants :

V. Philibert Dathose, ou d'Athose, écuyer, bapt. à Marcigny le 20 juillet 1673,
conseiller du roi, commissaire ordonnateur des guerres à Perpignan en 1719, marié
à Henriette Rose, dont :
> Jacqueline-Marie-Thérèse d'Athose, mariée à Marcigny le 20 septembre 1744,
> à noble Louis Bouillet de Boiron, conseiller du roi, lieutenant général en
> Bugey, Valromey et pays de Gex, fils de Guillaume Bouillet, écuyer,
> conseiller du roi, Maître des comptes de Savoie, subdélégué et lieutenant
> général en Bugey, etc., et d'Anne Le Gendre.

Les d'Athose ont donné également un commissaire des guerres à Lyon (1757,
1771) ; ils possédaient (Steyert, 1re éd.) la seigneurie de La Motte-de-Monts (Saint-
Nizier-sous-Charlieu) en Lyonnais, et *Joseph-Marie-Philippe* d'Athose comparut en
1789 avec la noblesse lyonnaise. Il devait, pensons-nous, appartenir à la dernière
branche ci-dessus rapportée et tenir sa noblesse des charges de commissaire des
guerres occupées par sa famille.

Cf. : Cab. des titres : *Pièces originales : 116.*
Arcelin : *Indicateur héraldique du Mâconnais.*

AURIOL

*d'azur au chevron d'or accompagné en chef de deux étoiles
et en pointe d'une colombe, le tout d'argent.*

Rﾟné-Fﾟrançois AURIOL

Cette famille consulaire a reçu le titre de baron héréditaire par L. P. du 31 août 1819, avec majorat constitué par un domaine sis en l'arrondissement de Trévoux. Ces lettres patentes réglèrent les armoiries : *d'argent au figuier terrassé de sinople sénestré d'un nid de loriot d'or suspendu à une des branches ; parti d'azur au chevron d'or accompagné en chef de deux étoiles et en pointe d'un carlet, le tout d'or.*

Les Auriol, originaires du Languedoc vinrent à Lyon vers 1700 et s'y enrichirent par la banque ; leur filiation s'établit depuis :

I. David Auriol, originaire du diocèse de Castres, marié à Louise de La Bonné, dont :

II. David Auriol, établi à Lyon, marié à Lyon le 5 avril 1710 à Étiennette van der Kabel, veuve de Jean-Baptiste Brunet, fille du peintre Ange van der Kabel et de Anne Bousquet dont :

  1) Jean, qui suit ;

  2) Jean-Louis Auriol, bapt. à Lyon le 2 octobre 1715, † à Lyon le 11 août 1777, receveur des consignations du bailliage de Beaujolais, recteur de l'Hôtel-Dieu de 1759 à 1762, juge conservateur des privilèges Royaux de Lyon (1768-69), marié à Lyon p. c. du 14 juillet 1758 à Jacqueline-Marie Verdery, † en 1788.

III. Noble Jean Auriol, dit l'aîné, † le 13 avril 1760, banquier à Lyon, puis Échevin de Lyon (1756-57) ; marié 1°) p. c. du 23 décembre 1731 à Madeleine de Billie, fille de François, bourgeois de Lyon et d'Anne de La Croze ; 2°) p. c. du 16 mai 1743 à Françoise Durand, † à Lyon le 19 décembre 1781, fille de Jean-François Durand, et de Jeanne Monod, dont huit enfants, entre autres :

1) Antoine-Louis-David Auriol, écuyer, bapt. à Lyon le 23 juin 1747, conseiller en la Cour des Monnaies de Lyon (4 mai 1768-1770), puis introducteur des ambassadeurs près Mg^r le comte d'Artois, à Versailles; sans doute père du chevalier d'Auriol, ancien introducteur des ambassadeurs, vivant à Paris en 1848.

2) René François, qui suit;

3) Marguerite-Louise Auriol, bapt. à Lyon le 17 février 1745, mariée à Lyon p. c. du 9 février 1768 à Dominique-Antoine de Pullignieu, chevalier, conseiller en la Cour des Monnaies de Lyon, Procureur général au Conseil supérieur de Lyon, Premier Président de la Cour des aides de Montauban, fils de Jean-Baptiste de Pullignieu, écuyer, conseiller-secrétaire du roi, maison et couronne de France, et de Marie Françoise Diharce.

III. *René-François* AURIOL, écuyer, bapt. à Lyon le 28 novembre 1749, † à Lyon sur l'échafaud révolutionnaire le 9 décembre 1793; comparant à Lyon en 1789; marié à Lyon le 9 janvier 1781 à Antoinette Carlet, fille mineure de Jacques Carlet, écuyer, et de Marie-Aimée Goutelle, dont :

1) Antoine, qui suit;

2) Marie-Françoise-Pauline d'Auriol, bapt. à Lyon le 23 juillet 1783, mariée à Lyon le 20 février 1811 à Jérôme-François-Léonard Mortomard de Boisse, chevalier de l'Empire, duc de Casole, né à Versailles le 12 janvier 1785, † à Nice en novembre 1877.

3) Jeanne-Aimée-Delphine d'Auriol, bapt. à Lyon le 5 août 1787, † à Paris le 30 avril 1821, mariée à Paris le 31 janvier 1818 à Jacques-Marie, vicomte Cavaignac de Baragne, Pair de France, Lieutenant général des armées du roi, né à Gourdon le 11 février 1773, † à Paris s. p. le 23 janvier 1855 (remarié à Irma de Pérignon, † s. p.), fils de Jean Cavaignac, avocat en Parlement, et de Anne Condamine.

IV. Antoine-Dominique David, baron D'AURIOL, né à Lyon le 20 mai 1785, † à Paris le 9 juillet 1862, conseiller auditeur à la Cour de Paris, créé baron héréditaire sur institution de majorat par L. P. du 31 août 1819, marié à Mlle Thonnelier et père de :

1) (?) Louis-Jules, qui suit;

2) Philippe-Auguste-Antoine-René, baron d'Auriol, né en 1835, † à Paris, s. a. en 1867.

V. (?) Louis-Jules, baron D'AURIOL, dit le marquis d'Auriol, né en 1828, † à Paris le 25 juillet 1891, marié à Mme Duval.

Cf. : Vte Révérend : *Titres et pairies de la Restauration*

BAGLION

d'azur au lion, soutenant un tronc ecoté surmonté de trois fleurs de lys et d'un lambel à quatre pendants, le tout d'or.

Devise : *Omne solum forti patria est.*

Pierre-François-Marie comte de BAGLION.

La famille de Baglion, citée par Pernetti parmi les principales familles étrangères établies à Lyon et par l'intendant d'Herbigny comme des plus marquantes de la noblesse lyonnaise (1698) fut maintenue dans sa noblesse en 1668, à Lyon, par l'intendant Du Gué et en 1698, en Bresse, par l'intendant Ferrand. Elle serait, selon Pierre d'Hozier (Généalogie imprimée en 1662) une branche de la maison de Baglion qui fut à Pérouse investie de la dignité de vicaire de l'Empire et de la souveraineté du XIIIe siècle jusqu'en 1535. Le chef de cette branche lyonnaise serait Blaise Baglion, fils de Jean-Paul et frère de Malateste, tous deux souverains de Pérouse. Blaise Baglion aurait été colonel d'un régiment au temps de François Ier qui lui aurait concédé les fleurs de lys dans ses armes, et aurait eu deux fils, Camille et Pierre. Camille aurait fondé en Italie, les marquis de Morcone, tandis que Pierre, serait l'auteur de la branche lyonnaise. La même généalogie imprimée de Pierre d'Hozier fait descendre également des Baglioni, souverains de Pérouse, une famille noble du Maine, celle des Baguelin de la Dufferie, maintenus dans leur noblesse le 11 août 1667, sur preuves remontant à Ambroise Baguelin vivant en 1499. Cette famille reprit au XVIIIe siècle le nom et les armes des Baglioni de Pérouse, qui sont celles adoptées par les Baglion de La Salle, et établit des relations de parenté avec cette dernière famille alors fort bien en cour.

Sans trancher positivement l'origine des Baglion de la Dufferie, il ne semble pas que la communauté de race avec la famille souveraine de Pérouse ait été bien rigoureusement établie, et les relations de parenté qui relièrent au XVIIIe siècle les Baglion de la Salle et ceux de la Dufferie, ne furent en tous cas que des relations de pure courtoisie sans fondement réel.

Les Baglion de La Salle ne sauraient, en effet, appuyer sur titres authentiques la prétention de descendre des anciens souverains de Pérouse. Les recherches faites par Chérin, au moment de la demande faite par les Baglion de La Salle pour les honneurs de la Cour, recherches appuyées par une généalogie de M. de Clairambault conservée au cabinet de l'ordre du Saint-Esprit, permettent de reconstituer d'une manière précise la filiation des Baglion, riches marchands florentins établis à Lyon dans la première moitié du xvi⁰ siècle, sans avoir à cette époque de qualifications nobiliaires, sinon dans des actes que l'intègre Chérin affirme au moins « retouchés ».

Le crédit de cette famille lui obtint cependant les honneurs de la Cour, de même qu'au xvi⁰ siècle sa fortune lui avait permis l'acquisition de terres importantes, dont la première fut Saillant en Bourgogne. Des alliances leur donnèrent les autres, parmi lesquelles la terre de La Salle, érigée en comté en 1654 avec Vaux et Quincieu, et venue par héritage des Henry, eux-mêmes héritiers des Bellièvre, et la baronnie de Jons qu'apporta une alliance avec les Guerrier.

Les Baglion remontent leur filiation à :

I. Noble et prudent homme Barthélemy-Blaise-Antoine Baiglion, citoyen de Florence, vivant en 1536, père sans doute, de :

    1) Blaise, qui suit ;
    2) Barthélemy Baiglion, † avant 1512 ;
    3) Michel-Ange Baiglion, qualifié magnifique et noble homme, marchand florentin. Il serait l'auteur des marquis de Morcone qui, en 1635, reconnurent leur parenté avec les Baglion de La Salle.

II. Magnifique homme Pierre Baglion, (aliâs Baillon, comme le portent tous les actes établissant les premiers degrés de cette famille), florentin, citoyen de Lyon, conseiller de ville à Lyon en 1550-51, naturalisé français par lettres de 1552 (enregistrées en la sénéchaussée de Lyon par sentence du 18 janvier 1554) ; il devint sg⁰ de Saillant, et épousa à Lyon p. c. du 14 janvier 1539 Jeanne Guibert, veuve d'un habitant de Lyon. Il fit une fortune brillante et laissa :

    1) Pierre, qui suit ;
    2) Noble homme Jehan de Baglion, trésorier de l'Épargne ;
    3) Marianne, mariée à René Crespin, sg⁰ du Gast, Président au Parlement de Bretagne, puis en la Chambre des Comptes de Paris ;
    4) Marguerite, mariée 1° à Lyon p. c. du 13 mars 1555 à noble homme Humbert Roussel, sg⁰ de Grigny, l'un des cent gentilshommes de la maison du Roi ; 2° vers 1569 à noble Pierre Crespin, sg⁰ de La Chabrelaye.

III. Pierre Baglion, écuyer, sg⁰ de Saillant, la Dargoire, baron de Jons, né à Lyon le 16 février 1550, † avant le 6 novembre 1617, gentilhomme ordinaire de la

Chambre d'Henri III avant 1584, écuyer de la petite écurie du Roi (1589), chevalier de l'ordre du Roi (1597), page dans la maison de Retz, guidon des gendarmes de Gondy, Prévôt des marchands de Lyon (1600) marié p. c. du 18 mars 1584 à Marie Guerrier, dame de Jons, Combelande etc., fille de François Guerrier, sg^r de Jons, chevalier de l'ordre du Roi, gentilhomme de la Chambre du Roi et de Lionne Clepier (fille de Jean Clepier, sg^r de Jons et de Louise Faye d'Espeisses), dont six enfants parmi lesquels :

   1) Léonard, qui suit ;
   2) François Baglion, écuyer, conseiller au Parlement de Paris.

IV. Léonard BAGLION, chevalier, sg^r de Jons, Saillant, etc., l'un des 24 gentilshommes de la maison du Roi (1624), Prévôt des marchands de Lyon (1638), marié à Lyon p. c. du 6 novembre 1617 à Françoise Henry, dame de la Salle, fille d'Artus Henry, sg^r de la Salle, baron de Retourtour, Prévôt des marchands de Lyon, maître d'hôtel du Roi et de Denise de Bellievre dame de la Salle (fille de Pomponne de Bellievre, chancelier de France et de Marie Prunier) dont sept enfants parmi lesquels :

   1) François, qui suivra ;
   2) François-Ignace de Baglion, bapt. à Lyon le 1er août 1632, † 26 janvier 1698, prêtre de l'Oratoire, évêque de Tréguier, puis de Poitiers.
   3) Marie de Baglion, bapt. à Lyon le 17 juin 1619, mariée p. c. du 26 janvier 1639 à Jean de Villeneuve, chevalier, comte de la Bâtie, baron de Joux etc. (veuf de Marie Thierry de Vaux et remarié successivement à Marie Orlandini et à Marcelline de Montrichard).

V. François de BAGLION, chevalier, comte de la Salle (L. P. de juillet 1654 vérifiées le 7 septembre au Parlement de Paris) baron de Joux (ér. 1664), sg^r de Saillant, Charette, etc. bapt. à Lyon le 19 septembre 1620, testa à Lyon le 7 juin 1681. Enseigne colonelle du régiment de Lyonnais, capitaine au dit régiment, gentilhomme ordinaire de la Chambre du Roi, capitaine de la compagnie d'ordonnance du comte de Montrevel, guidon des gendarmes du maréchal de La Mothe-Houdancourt, Prévôt des marchands de Lyon (1658) ; élu de la Noblesse du Charolais en 1662 ; maintenu dans sa noblesse le 31 juillet 1668 sur preuves remontant à Pierre Baglion. conseiller de ville à Lyon en 1550. Marié 1° p. c. du 26 novembre 1642 à Dorothée-Éléonore Du Gué de Bagnols, sœur du célèbre maître des requêtes de ce nom et fille de Gaspard Du Gué de Bagnols, secrétaire du Roi, Trésorier de France à Lyon (1614), et de Marguerite Charrier ; 2° p. c. du 24 octobre 1644 à Marie de Persy, qui testa le 11 mai 1673, fille unique de Pierre de Persy favori de Henri IV, gouverneur des châteaux de Montréal et Dijon, des villes de Saint-Quentin, Narbonne,

Pont Saint-Esprit, maréchal de camp au siège de La Rochelle, et de Marie Boironnet, dont neuf enfants du second lit, entre autres :

    1) Jean Artus, qui suit ;

    2) Nicolas de Baglion, chartreux à Lyon, testa le 5 juin 1674 ;

    3) Pierre de Baglion, évêque de Mende.

    4) N... chevalier de Baglion, † au service, filleul d'Ange Baglion, marquis de Morcone qui envoya procuration au résident de Florence pour le baptême.

    5) Claire-Françoise-Eugénie-Élisabeth de Baglion, mariée p. c. du 14 février 1679 à Ennemond-Louis de Montgeffon, chev. marquis de Meximieux, fils de Claude, chev. marquis de Meximieux et d'Anne Emé de Marcieu ;

    6) Madeleine, religieuse au couvent de Sainte-Élisabeth de Bellecour (1674).

    7) Marie de Baglion, mariée le 29 janvier 1680 à Gaspard de Chaponay, chevalier, sgr de Morancé, capitaine au Régiment Dauphin, fils d'Octavien de Chaponay, chevalier, baron de Morancé et de Louise de Loras.

VI. Jean Artus de BAGLION, chevalier, comte de la Salle, sgr de Saillant, testa à Lyon, le 14 juin 1690 ; commandant de la Noblesse du Lyonnais, Forez et Beaujolais, page de la grande écurie (1670), marié le 27 janvier 1686 à Marie-Catherine Aumaistre, baronne de Saint-Marcel, dame de Serre, qui testa à Lyon le 20 juillet 1686, fille de noble Mathieu, baron de Saint-Marcel, Échevin de Lyon et de Marie Monod ; dont :

    1) Mathieu-Ignace, qui suivra ;

    2) François de Baglion, évêque d'Arras (1725), abbé commendataire de Saint-Vincent (1727).

    3) Pierre de Baglion, capitaine de cavalerie, chevalier de Saint-Louis.

    4) Jeanne-Marie de Baglion, mariée à Emmanuel de Bessuéjouls, marquis de Roquelaure.

VII. Mathieu-Ignace-Alexandre de BAGLION, chevalier, comte de la Salle, etc. né à Lyon le 5 février 1687, † à Paris le 28 juin 1738, chevalier de Saint-Louis, page de la grande écurie (1702), admis aux États de Bourgogne (1730), marié le 18 juin 1714 à Marie-Jacqueline de la Praye fille de Jean de la Praye, lieutenant colonel commandant le régiment de cavalerie de Bissy, Trésorier de France à Lyon (1696) et de Marie Bay de Curis, fille du secrétaire du Roi dont :

VIII. *Pierre-François-Marie*, chevalier, dit le comte de Baglion, comte de la Salle, capitaine aux Gardes Françaises, chevalier de Saint-Louis, gentilhomme de la Manche des Enfants de France, premier chambellan du comte d'Artois, admis aux honneurs de la Cour, comparant en 1789 aux assemblées de la Noblesse de Lyon et des Dombes, marié le 10 juin 1733 à Angélique-Louise-Sophie d'Allonville de Louville morte en septembre 1756, fille de Charles-Augustin d'Allonville, marquis de Louville, gentilhomme ordinaire de la Chambre du Roi d'Espagne, Lieutenant général des armées, gouverneur de Courtrai, et de Hyacinthe-Sophie de Béchameil de Nointel, dont une fille unique héritière de sa maison :

Françoise-Sophie-Scholastique de Baglion, mariée le 24 janvier 1759 à Denis-Auguste de Beauvoir de Grimoard marquis du Roure, colonel des grenadiers de France, Menin du Dauphin.

Cf. : Cabinet des Titres : *Chérin*. 12 ; *Pièces originales* : 166 ; *Dossiers Bleus* : 50. Pernetti ; P. d'Hozier : *Généalogie des Baglion* (1662).

BALAND D'ARNAS

d'azur à la bande d'or chargée d'une lance de gueules armée d'argent.

JOSEPH-LÉONARD BALAND DE CHAMBURCY.

Les Baland ou Balant, cités à Lyon au XVIIe siècle, ont formé deux branches principales, celles de Varambon et d'Arnas, issues de deux frères : Jean-François, sg^r de Varambon, et Joseph, sg^r d'Arnas.

BRANCHE DE VARAMBON.

I. Jean-François BALAND D'AUGUSTEBOURG, écuyer, sg^r baron de Richemont, Varambon, etc., conseiller, secrétaire du roi, contrôleur en la chancellerie près la Cour des Monnaies de Lyon (20 août 1750), dont lettres enregistrées à Bourg-en-Bresse par ordonnance des élus, le 13 novembre 1756, marié à Françoise Roche-Desmarais, dont un fils. [D'après le Vte Révérend (*Titres de la Restauration*, t. I, p. 94-95) Jean-François Baland d'Augustebourg aurait été également capitaine de cavalerie et aurait épousé Marie-Anne-Sainte Saulieu de Sainte-Colombe, dont il aurait eu] :

II. Jean-François Baland d'Augustebourg, écuyer, marquis de Varambon (L. P. du 26 septembre 1823, sur confirmation d'érection en marquisat de Varambon en mars 1788), né à Paris le 8 août 1754, † après 1831, capitaine de cavalerie, entreposeur des tabacs à Guéret (1813), receveur des finances ; autorisé par ordonnance du 28 avril 1822 à ajouter à son nom celui de Varambon. Marié à Charlotte-Louise-Sophie de Barral de Montferrat, † à Versailles le 3 avril 1854, fille de Jean-Baptiste-François, chevalier, marquis de la Bastie d'Arvillard, Président à mortier au Parlement de Grenoble, et de Marie-Charlotte-Françoise-Antoinette de Chaumont-Quitry, dont :

III. N... Baland d'Augustebourg, chevalier, marquis de Varambon, né vers 1787, † à Paris le 7 juillet 1847.

BRANCHE D'ARNAS.

I. Joseph BALAND, bourgeois de Lyon, puis, écuyer, sg^r de la vicomté d'Arnas, conseiller-secrétaire du roi, † avant 1764 ; marié à Lyon le 24 novembre 1744 à Sibylle Pitiot (qui testa le 24 mai 1757), fille de Jean-François Pitiot, bourgeois de Lyon et de Marie Millanois, dont :

1) Joachim, qui suit ;
2) *Joseph-Léonard* Baland d'Arnas de Chamburcy, chevalier, sg^r de Chamburcy, comparant à Lyon en 1789, administrateur des « Filles Pénitentes », marié à Lyon les 3-10 mai 1785 à Marie-Antoinette Bourlier de Parigny, fille de Léonard, chevalier, sg^r d'Ailly, conseiller à la Cour des Monnaies de Lyon, et d'Antoinette Bouvier, dont :
    A) Éléonore-Marie Sibylle Baland de Chamburcy, né en 1786, † 1866, mariée en 1805 à Jules Allois, Cte d'Herculais, né en 1784, † 1869 ;
3) Marie-Barbe Baland, bapt. à Lyon le 20 nov. 1746, † enfant ;
4) Marie-Catherine Baland, bapt. à Lyon le 17 février 1748, mariée à Lyon p. c. du 13 avril 1765 à Jean-Pierre Couppier, écuyer, conseiller à la Cour des Monnaies de Lyon, fils de Bonaventure Couppier, avocat en Parlement et ès-cours de Lyon et de Marie Archambaud ;
5) Anne-Marie Baland, bapt. à Lyon le 3 juillet 1750 ; } l'une des deux mariée
6) Marie-Françoise Baland, bapt. à Lyon le 20 sept. } à N. Garon, baron de
    1751 ; } Chatenay.
7) Marie-Barbe Baland d'Arnas, bapt. à Lyon le 3 avril 1754, mariée à Lyon les 6-11 juillet 1775 à Philippe-François Berthaud du Coin, chevalier, né en 1748, conseiller en la sénéchaussée de Lyon, fils de Pierre, écuyer, sg^r de La Vaure, conseiller à la Cour des Monnaies de Lyon, et de Marie Robin [d'Orliénas] ;
8) Marguerite-Sibylle Baland d'Arnas, bapt. à Lyon le 23 juin 1755.

II. Joachim BALAND D'ARNAS, écuyer, sg^r de la vicomté d'Arnas, Montjouvent, Saint-Nizier, etc., bapt. à Lyon le 2 mai 1749, avocat en Parlement, conseiller en la sénéchaussée de Lyon (29 juillet 1772), administrateur des « Filles Pénitentes », acquéreur (4 mai 1774) des seigneuries de Montjouvent et Saint-Nizier de Bouchoux (Bresse), dont reprise de fief le 2 décembre 1776 ; comparant en Beaujolais en 1789. Marié à Lyon le 13 avril 1779 à Catherine-Aimée-Sabine Fay de Sathonay, fille d'Antoine Fay, chevalier, baron de Sathonay, Prévôt des marchands de Lyon, etc., et de Marie-Élisabeth Rigod [de Terrebasse], dont :

1) Antoinette-Sibylle-Sabine Baland d'Arnas, mariée à Munich en 1801 à Jean-Joseph Méallet, comte de Fargues, né à Belestat (Cantal) le 12 mars 1777, † à Lyon le 23 avril 1818, chevalier de Saint-Louis, de Saint-Jean de Jérusalem, etc., officier de la Légion d'Honneur, officier supérieur au régiment de Fargues-cavalerie à l'armée de Mg[r] le prince de Condé, président des hôpitaux de Lyon, colonel de la garde nationale à cheval, membre du Conseil général du Rhône, maire de Lyon (1814), député du Rhône (1816), fils de Jean-Joseph Méallet, marquis de Fargues, chevalier honoraire de l'ordre de Malte, capitaine au régiment de Royal-cavalerie, et de Marguerite-Victoire de Pons de Belestat, dont :

    A) Jeanne-Joachim-Emma de Méallet de Fargues, née à Lyon le 17 frimaire an XI, mariée à Lyon le 6 août 1822 à Gabriel-Henri-Aymon, comte, puis marquis de Virieu-Pupetières, secrétaire d'Ambassade, né à Charenton le 29 mai 1788 ;

    B) Jeanne-Julienne-Olympe de Méallet de Fargues, mariée en 1826 à Guillaume Louis de Cassagne de Beaufort, marquis de Miramon ;

    C) Caroline de Méallet de Fargues, † s. a.

Cf. : Comte G. de Miramon : *Notes communiquées.*

Vicomte Révérend : *Titres et pairies de la Restauration* (tome I).

BARAILLON

d'argent au lion de gueules, à la bande d'or brochante.

Alexandre-Georges de BARAILLON.

Les Baraillon ou Barailhon, anciens en Forez, ont été maintenus dans leur noblesse en 1668. Leurs armes parlantes (Barre-à-lion) se voyaient au château de Nantas (Loire) avant l'incendie de cette ancienne demeure où succédèrent aux Barailhon dès 1668 les Bernou de la Bernary, connus ensuite sous le nom de Bernou de Nantas, puis de Rochetaillée.

A Lyon, les Baraillon ont formé deux branches principales issues de :

I. Noble Jean BARAILLON, conseiller en la sénéchaussée de Lyon, testa à Lyon le 28 novembre 1582; marié à Marguerite Baronnat, fille de noble Aymé Baronnat, dont trois fils et cinq filles entre autres :

1) Jean, qui suit;

2) Aymé, qui a fait la branche de La Combe;

3) Jean Baraillon, capitaine au régiment de Piémont, gentilhomme ordinaire de la chambre du roi, † tué au siège de La Rochelle;

4) Marguerite Baraillon, † à Lyon le 9 décembre 1600, mariée à Lyon p. c. du 11 mars 1581 à noble Pierre Allard, sgr du Sardon, avocat en Parlement, conseiller en la sénéchaussée de Lyon et au Parlement de Dombes, auditeur de camp au gouvernement de Lyon, juge mage de Bresse et Échevin de Lyon en 1607-1608, fils de noble homme Jehan Allard, capitaine châtelain de Rive de Gier.

II. Noble Jean BARAILLON, sgr de Nantas, bapt. à Lyon le 10 août 1555, † à Lyon le 10 octobre 1601, conseiller au Présidial de Lyon, président du bureau de l'Hôpital (1589), de celui de la Charité (1597), Trésorier de France à Lyon (23 avril-25 juin 1583); marié : 1° p. c. du 14 juillet 1585 à Jeanne Vibert; 2° le 30 avril 1587 à Marie Austrein, fille de noble Henry Austrein, Échevin de Lyon, et de Catherine de Berny; 3° le 25 juin 1595 à Françoise Camus, fille de noble Claude,

sg^r de Châtillon d'Azergues, Bagnols etc., receveur général du Clergé, et d'Anne
Grollier. Il eut du second lit, trois fils et deux filles, et du troisième lit, deux fils,
parmi lesquels :

1) *2e lit :* Jean, bapt. à Lyon le 12 juillet 1590, religieux des RR. PP. ministres
des malades à Rome ;

2) Jean Baraillon, qui suit ;

3) Louis Baraillon, sg^r de Nantas, cornette des Chevau-légers de S. M.,
testa à Lyon le 16 février 1649 ;

4) *3e lit :* Antoine Baraillon, écuyer, sg^r de Soleymieu, bapt. à Lyon le 27 avril
1596, enseigne des gens de pied au régiment de Chappes, † au service, tué
au siège de Montauban le 22 septembre 1621 ;

5) Aymé Baraillon, écuyer, sg^r de La Coste, bapt. à Lyon le 28 mars 1599,
capitaine d'infanterie, tué en 1652 au combat du faubourg Saint-Antoine ;
marié à N... Valentin de Bénévent.

III. Jean BARAILLON, écuyer, sg^r de Nantas, l'un des vingt-quatre gentilshommes
ordinaires de la chambre du roi, capitaine d'une compagnie au régiment de Piémont,
marié le 26 décembre 1613 à Marguerite Puget, fille de noble Louis Puget, Trésorier de France à Lyon, et de Suzanne Galoys, dont il eut deux fils et quatre filles.

BRANCHE DE LA COMBE

II. Noble Aymé BARAILLON, sg^r de La Combe, né à Lyon le 20 mai 1566, testa
à Lyon le 6 mai 1636 ; Trésorier de France à Lyon (6 août 1603-20 octobre 1604),
receveur général des finances à Lyon, président du Bureau de la Charité en 1605,
de l'Hôtel-Dieu en 1613, Prévôt des marchands de Lyon en 1616 ; marié le 8 février
1603 à Anne Grollier, fille d'Imbert Grollier, sg^r du Soleil et de Lucrèce Albizzi. Il
en eut quatre fils et huit filles, parmi lesquels :

1) Nicolas, qui suit ;

2) Marguerite Baraillon, bapt. à Lyon le 24 janvier 1618, mariée à Lyon le
24 mars 1634 à noble Charles Rougier, conseiller en la Sénéchaussée de
Lyon, Échevin de Lyon en 1659, fils de noble Antoine, receveur des
dons, deniers communs et octrois de la ville de Lyon et d'Anne de
Communes.

III. Nicolas BARAILLON, écuyer, sg^r de La Combe, bapt. à Lyon le 1er septembre
1610, † à Saint-Germain au Mont d'Or le 1er octobre 1687, capitaine au régiment
de Navarre, marié le 10 août 1639 à Françoise de Chaponay, fille de Bertrand,
chevalier, Trésorier de France à Lyon et de Virginie Emé de Saint-Julien, dont deux
fils et trois filles, entre autres :

IV. Gaspard BARAILLON, chevalier, sg^r de La Combe et Saint-Didier, bapt. à Lyon le 23 janvier 1641, † à Lyon le 25 août 1704, capitaine au régiment Lyonnais. Prévôt des marchands de Lyon (1689); ép. à Lyon le 24 mars 1674 Marianne de Moulceau, qui testa le 6 mai 1695, fille de Thomas, écuyer, Avocat et Procureur général de la ville de Lyon et d'Isabeau Du Lieu, dont trois fils et deux filles entre autres :

V. Camille BARAILLON DE SAINT-DIDIER, chevalier, sg^r de La Combe, † avant le 18 septembre 1734 sans laisser aucun bien (peut être celui des fils de Gaspard qui servait au régiment de la Reine en 1694), Lieutenant général d'artillerie (1727), commandant l'artillerie à Lyon, chevalier de Saint-Louis; marié à Lyon le 25 avril 1699 à Jeanne Vialis, fille de noble Corneille, juge des traites foraines, Échevin de Lyon et de Catherine Rat, dont il eut deux fils et deux filles, entre autres :

1) Philippe-Bonaventure de Baraillon de Saint-Didier, chevalier, sg^r de La Combe, entré au service (1724), lieutenant au régiment de Normandie (1724), capitaine (1731), obtint le 3 octobre 1734, en considération des services de feu son père, une gratification de 300 livres; marié à Lyon le 11 avril 1749 à Marie-Anne de Chaponay, fille d'Octavien, chevalier, sg^r de Vénissieu, et de Catherine Boësse dont il eut un fils mort-né.

2) Alexandre-Georges, qui suit;

VI. Alexandre-Georges BARAILLON, chevalier, [sans doute le même que le mari de Mlle de La Neuforche, † vers 1755 et père de] :

VII. *Alexandre-Georges* DE BARAILLON-LA COMBE, né à Paris le 16 avril 1731, domicilié à Lyon; volontaire au régiment de Vatan (janvier 1745), lieutenant (27 septembre 1745), capitaine (24 juin 1756) (avec rang du 1er septembre 1755), capitaine de chasseurs (10 février 1763), capitaine de grenadiers (1er juillet 1774), capitaine de chasseurs au régiment de Bretagne à la formation du 3 juin 1776, des grenadiers (4 juillet 1777), d'une autre compagnie (8 avril 1779), qualifié alors « très bon officier, serait parfaitement placé à la tête d'un corps de grenadiers royaux », premier chef de bataillon au régiment de Bretagne, retraité le 22 mars 1782 et pensionné à nouveau le 10 juillet 1783 pour pertes à l'expédition de Gibraltar. Il comparut à Lyon en 1789.

Cf. : Michon; Pernetti; Archives du ministère de la guerre.

BARBIER DES LANDES

*d'azur au chevron d'or accompagné de trois croisettes du même ; au chef d'or chargé
d'une étoile d'azur*

Paul BARBIER des LANDES.

Les Barbier des Landes, sg^rs de Charly, possessionés à Moleyse, Millery, en
Lyonnais xviiie siècle, sont originaires de Saint-Didier-en-Velay, et issus de :

I. Jean Barbier, † avant 1714, marié à Isabeau Olagnier, dont :
    1) Jacques, qui suit ;
    2) Paul Barbier, écuyer, contrôleur ordinaire des guerres en 1719.

II. Jacques Barbier, testa à Lyon le 22 janvier 1742 ; marié à Lyon le 13 janvier
1714 à Marie Vernay qui testa le 28 janvier 1749, fille d'Hector et de Jeanne Bation,
dont quatre filles et six fils entre autres :
    1) Paul, qui suit ;
    2) Élisabeth, bapt. à Lyon le 24 octobre 1714, religieuse ;
    3) Françoise, bapt. à Lyon le 23 janvier 1718, mariée à Pierre Toupet ;
    4) Justine, bapt. à Lyon le 10 juin 1721, ép. p. c. du 18 février 1741, Jacques-
        Antoine Dugad-Mouton, écuyer, avocat en Parlement, fils de Claude,
        écuyer, et de Marie Delaroëre.

III. *Paul* Barbier des Landes, écuyer, sg^r de Charly (par acq. de 1760 des Pianelly), Vernaison et Moleyse, bapt. à Lyon le 7 janvier 1731, secrétaire du Roi en
1750 en la chancellerie de la Cour des monnaies de Lyon, obtint en 1761 un règlement d'armoiries de d'Hozier, et comparut en 1789 ; marié à Lyon le 23 janvier 1759
à Marie Garnier, née en 1738, fille de Jean-Baptiste Garnier de Chambroy, Échevin
de Lyon, et de Françoise Colombet ; dont onze enfants, entre autres :
    1) Paul-Michel-Gabriel-François Barbier des Landes, écuyer, bapt. à Lyon
        25 mars 1762 ;

2) Louis, qui suivra.

3) Jean-Baptiste-Louis Barbier des Landes, écuyer, bapt. à Lyon le 24 février 1770, † à Lyon, victime de la Terreur le 28 nivôse, an II ;

4) Jacques-Paul Barbier des Landes, écuyer, bapt. à Lyon le 28 mai 1771, condamné à mort à Lyon le 5 nivôse an II.

III. Louis BARBIER DE CHARLY, écuyer, bapt. à Lyon le 5 décembre 1768, † à Saint-Étienne le 12 mars 1835, marié à Catherine-Antoinette-Eulalie de Vissaguet de Chomelin dont :

IV. Paul-François-Marie BARBIER DE CHARLY, né à Saint-Bonnet-le-Château le 28 ventôse an X, marié à Saint-Romain-la-Motte le 14 novembre 1835 à Louise-Thérèse-Victoire-Clémentine de Brosse, née à Pradines le 22 fructidor an XII, fille de Jean-François-Marie, baron de Brosse et de Sibylle Bissuel de Saint-Victor, dont :

Marie-Marguerite-Sophie Barbier de Charly, née à Saint-Romain la Motte, le 6 novembre 1835, mariée à Renaison le 30 avril 1855 à Léon-François-Gabriel de Dreuille, inspecteur des finances, né à Saint-Hilaire (Nièvre) le 2 août 1824, fils d'Henry-Amable, et d'Isaure-Eugénie de Chabannes.

BASSET DE CHATEAUBOURG

*d'azur à la fasce bretessée et contrebretessée d'or surmontée d'un lambel à
3 pendants d'argent.*

LAURENT BASSET.

CAMILLE BASSET DE CHATEAUBOURG.

La famille Basset, originaire de Poisson, en Charolais, est issue de :
I. N. BASSET, marié, et père de :

1) Benoît Basset, receveur des étapes à Roanne ;

2) Pierre Basset, commis aux finances (1658) ;

3) Jean Basset, l'aîné, né vers 1603, † à Lyon le 3 mai 1675, commis aux
aides de l'Élection de Lyon, marié à Claudine Péronnet, † à Lyon le
24 juin 1690, d' p.

4) Noble Léonard Basset, avocat en parlement, conseiller du Roi, receveur des
étapes en la généralité de Lyon, † avant 1695, marié à Lyon le 28 juillet
1679 à Jacqueline Chuiter, dont six filles, entre autres :

    A) Jacqueline Basset, bapt. à Lyon le 3 mai 1683, † après le 25 juillet
1761, mariée à Lyon le 24 février 1699 à Jean-Baptiste Bay de
Curis, écuyer, conseiller en la Cour des monnaies de Lyon, membre
de l'Académie de Lyon, né le 30 avril 1674, † le 19 mai 1761, fils
de Louis, écuyer, secrétaire du Roi, et de Catherine d'Aubarède ;

    B) Bonne Basset, bapt. à Lyon le 12 octobre 1684, religieuse au couvent
de Chazault à Lyon ;

    C) Marie-Claire Basset, bapt. à Lyon le 14 octobre 1685, mariée à Lyon
les 25-28 février 1702 à Nicolas Deschamps, chevalier, sg' de
Messimieux, Trésorier de France à Lyon, né le 29 juin 1675, † le
28 février 1743, fils de Louis, chevalier, et de Jeanne Dugas de
Bois-Saint-Just.

D) Marie-Anne Basset, bapt. à Lyon le 10 octobre 1686, † inhumée
à Lyon le 6 décembre 1752, mariée p. c. du 27 avril 1703 à Laurent
Dugas, chevalier, sgr de Bois-Saint-Just, Thurins, etc., Prévôt des
marchands de Lyon en 1724, veuf de Marguerite Croppet, fils de
Louis, chevalier, sgr de Bois-Saint-Just, Prévôt des marchands de
Lyon et de Claudine Bottu de la Barmondière.

5) Jean Basset le jeune, qui suit ;

6) Guillaume Basset, † avant le 22 juillet 1642, commis à la recette des tailles
de Forez.

II. Jean BASSET le jeune, † à Montbrison le 3 août 1678, conseiller du Roi, receveur du taillon en la généralité de Lyon (1668) marié à Claudine Chassain, qui
testa à Lyon le 16 janvier 1672, fille de Me Claude, receveur des tailles à Montbrison et de Claudine Giraud, dont dix fils et huit filles, entre autres :

1) Noble Claude Basset, bapt. à Lyon le 23 octobre 1644, † à Montbrison le
22 mai 1693 ; procureur du Roi au bailliage de Montbrison, marié à Brigitte Ramey, bapt. à Saint-Just-en-Chevalet le 16 août 1662, † à Montbrison le 20 novembre 1733, fille de noble Etienne Ramey, sgr de Lestrat
(Arconsat), juge de Saint-Just-en-Chevalet et de Gabrielle Peurelle, dont
cinq fils et deux filles, entre autres :

A) Noble Étienne Basset, bapt. à Saint-Just-en-Chevalet le 6 août 1684,
† à Montbrison le 11 novembre 1732, Président en l'élection de
Forez ;

B) Noble Jean-Louis-Claude Basset de Lestrat, bapt. à Montbrison le
26 avril 1691, capitaine au régiment de Picardie, chevalier de Saint-
Louis, mariée à Marie-Marguerite Mazille de Fouquerolles, dont :

a) Marie-Louis Basset de Lestrat ;

b) Marie-Christine, mariée à Mizérieu le 18 janvier 1753 à Noël
Boyer de Montorcier, sgr de Sugny, conseiller au bailliage de
Forez, fils de noble Raymond, conseiller au dit bailliage et de
Marie Chassain de Chabet ;

c) Brigitte-Catherine, † à Mizérieu le 26 mars 1769, à 52 ans.

d) Dorothée, † à Mizérieu le 8 juin 1779, âgée de 50 ans.

C) François Basset, bapt. à Montbrison le 4 septembre 1692, chanoine
de Montbrison ;

D) Antoinette, mariée à Montbrison le 17 novembre 1705 à Me Benoit
Gubian, élu en l'Élection de Montbrison, fils de Jean-François, con-
trôleur au grenier à sel de Saint-Symphorien-le-Châtel et d'Anne
Commarmond.

2) Noble Benoît Basset, né le 15 décembre 1645, † à Lyon le 9 avril 1720, marié à Anne Feuilly, † à Lyon le 1er janvier 1715, dont trois fils et deux filles ;

3) Charles, qui suit ;

4) Jean Basset, bapt. à Lyon le 14 novembre 1648, prêtre et missionnaire au Canada en 1703 ;

5) François Basset, bapt. à Lyon le 15 février 1655 † à Lyon en 1717, jésuite, prédicateur célèbre ;

6) Louis Basset de Châteaubourg, chevalier de Saint-Louis, brigadier des armées du Roi (1719), lieutenant de Roi à Sarrelouis (1727) ;

7) Jean-Claude Basset, bapt. à Lyon le 5 septembre 1663, jésuite ;

8) Antoinette Basset, née à Lyon le 17 décembre 1650, mariée à Antoine Perrin, écuyer, sgr de Chénerilles.

III. Charles BASSET, écuyer, bapt. à Lyon le 28 juin 1647, † à Lyon le 23 février 1733, avocat en Parlement, receveur général des étapes de la généralité de Lyon, Échevin de Lyon (1710), marié à Lyon p. c. du 3 octobre 1713 à Jeanne Périgny, fille d'Hubert et de Claudine Robin, dont :

1) Jacques-François Basset, écuyer, bapt. à Lyon le 7 novembre 1715, † le 15 avril 1753, jésuite ;

2) Jean-Baptiste, qui suit ;

IV. Jean-Baptiste BASSET, chevalier, né à Lyon le 20 juillet 1717, † le 25 juillet 1752 ; conseiller du Roi en ses conseils, conseiller à la Cour des monnaies de Lyon (4 décembre 1737), Président à la dite Cour (18 janvier 1748), Membre de l'Académie de Lyon en 1746, marié à Lyon le 7 janvier 1741 à Marie-Louise Claret de La Tourette, fille de Jacques-Annibal, chevalier, Président à la Cour des monnaies de Lyon et d'Agathe Gaultier de Dortan, dont quatre fils et trois filles, entre autres :

1) Laurent, qui suit ;

2) Jean-Olympe Basset de Châteaubourg, chevalier, bapt. à Lyon le 11 janvier 1748, testa le 24 avril 1773, officier au régiment de Royal-Infanterie ;

3) *Camille* Basset de Châteaubourg, chevalier, bapt. à Lyon le 8 décembre 1749, capitaine de vaisseau, chevalier de Saint-Louis et de Cincinnatus, comparant à Lyon en 1789 ;

4) Marie-Louise-Françoise Basset, bapt. à Lyon le 22 mars 1743, mariée le 24 janvier 1764 à Nicolas-Anne Mermier, écuyer, sgr de Lissieu, secrétaire du Roi ;

5) Françoise Basset, mariée à Louis-Jean-Baptiste-Jules-Mériadec Donin de Rosière, chevalier de Saint-Louis, capitaine au régiment de Besançon.

V. *Laurent* Basset, chevalier, sg^r de La Pape, né en 1747, † à Lyon victime de la Terreur le 5 décembre 1793, conseiller en la Cour des monnaies de Lyon (29 novembre 1768), conseiller au conseil supérieur de Lyon (1772), juge primitif et conservateur des privilèges du Franc-Lyonnais, commissaire du Roi en cette partie, lieutenant général de police à Lyon, lieutenant général en la sénéchaussée et siège présidial de Lyon (20 décembre 1787), faisant en 1789 fonction de Sénéchal du Lyonnais et Président des trois ordres aux assemblées de 1789, comparant à Lyon en 1789 ; marié à Saint-Denis de Cabanes les 9-27 octobre 1778 à Marie-Catherine-Victoire Boulard de Gatellier, bapt. à Lyon le 26 août 1762, fille de Simon-Claude, écuyer, sg^r de Gatellier, secrétaire du Roi, Échevin de Lyon et d'Anne Clérico de Janzé, dont :

1) Claude-Simon, qui suit ;

2) Camille, qui a fait la branche de Châteaubourg ;

VI. Claude-Simon Basset de La Pape, chevalier, bapt. à Lyon le 12 mars 1780, membre du conseil municipal de Lyon, administrateur des hospices, chevalier de la Légion d'Honneur, etc. ; marié à Lyon le 5 novembre 1806 à Césarine-Suzanne Maindestre née à Lyon le 10 mars 1786, fille de Jean-François, chevalier, et de Benoîte Bonaventure Tolozan, dont :

1) Charles-Simon Basset de La Pape, né à Lyon le 29 août 1807, † à Lyon s. a. le 7 mai 1885.

2) Elizabeth-Marie-Louise, née le 11 février 1810, † à Lyon le 7 mars 1893, mariée à Lyon le 27 janvier 1834 à Jean-Nicolas-Gaston Guénichot de Nogent né à Dijon le 27 pluviôse an VI, capitaine de chasseurs, fils de Jacques-André, chevalier, et de Pierrette Joly ;

3) Camille-Césarine, née à Lyon le 10 avril 1813, mariée à Lyon le 5 novembre 1833 à Charles-Albert-Marie-Yves Favier, baron du Noyer, né à Saint-Pierre d'Albigny le 12 octobre 1805, officier sarde, fils de Louis-Marie, baron du Noyer et d'Emerantienne de Lescheraine ;

4) Elisabeth-Caroline-Eudoxie, née à Lyon le 13 octobre 1826, mariée à Lyon le 28 janvier 1846 à Gaëtan de Bracorens, comte de Savoiroux, né à Chambéry le 8 septembre 1812, capitaine dans l'armée sarde, fils de Claude-Humbert, Président au souverain Sénat de Savoie, et de Joséphine de Montfalcon.

BRANCHE DE CHATEAUBOURG

VI. Anné-Léonard-Camille Basset de Châteaubourg, chevalier, bapt. à Lyon le 30 octobre 1781, † à Villeneuve-le-Roi le 15 février 1852. Auditeur au Conseil d'État, préfet, chevalier de la Légion d'honneur, conseiller général de l'Yonne, Baron de l'Empire (L. P. du 27 septembre 1810), marié : 1°) à Jeanne-Louise Thibon, 2°) à Fanny de Chaponay, fille de Pierre-Marie, baron de Chaponay-Morancé et de Marie-Catherine Maurier de Pradon. Il fut père de :

1) *1ᵉʳ lit :* Camille, qui suit ;
2) *2ᵉ lit :* Anatole de Châteaubourg ;
3) Fanny de Châteaubourg ;

VII. Louis-François-Camille BASSET, baron de CHÂTEAUBOURG et de l'Empire, né en 1814, † le 26 novembre 1857, auditeur au Conseil d'État, marié à Marie-Louise Vallin, née en 1820, † à Paris le 24 juillet 1900, fille du général du premier Empire, dont :

1) Louise-Camille, née le 23 février 1842, mariée en juin 1862 à Joseph-Anne-Louis du Goût, marquis de Cazaux ;
2) Camille-Louise-Marie, née le 12 janvier 1844, mariée 1° en mars 1867 à Arthur-Alexandre Boula, comte de Mareuil ; † 2° en 1876 à Louis-Gaston Boula, vicomte de Mareuil, frère du précédent ;
3) Léonie-Marie-Louise, née le 21 juillet 1845, † à Paris le 31 juillet 1898, mariée le 15 août 1864 à Henri-Hippolyte-Hilaire, vicomte de Perthuis de Laillevault, conseiller référendaire à la Cour des comptes, doyen des conseillers de 1ʳᵉ classe en 1906, né en 1839, fils d'Hippolyte, vicomte de Perthuis et d'Henriette Baradère ;
4) Fanny-Jeanne-Louise Camille, née le 14 novembre 1854, mariée en octobre 1877 à Eric, vicomte de Dampierre, né en 1851, officier d'artillerie, fils de Jean-Baptiste Elie, marquis de Dampierre, et de Sophie de Barthélemy.

Cf. : Chérin : 16 (*généalogie du 29 mars 1789*).
Vicomte Révérend : *Armorial du 1ᵉʳ Empire.*

BASSET DE LA MARELLE

Coupé : au 1 d'azur à la pomme de pin versée d'or, tigée et feuillée de sinople, soutenu d'argent à trois roses de gueules ; au 2 parti : a) d'azur au chevron d'or acompagné en chef de deux étoiles et en pointe d'un croissant, le tout du même ; b) d'or à la bande de gueules chargée de trois croissants montants d'argent.

Louis BASSET de LA MARELLE

Selon l'armorial du Dauphiné de Rivoire de La Bâtie les Basset de la Marelle seraient issus d'une ancienne famille de la Tour du Pin, dont l'auteur, Félix Basset, premier consul de Grenoble, fut anobli en 1586. C'est à sa descendance qu'appartiendrait :

I. Antoine BASSET, habitant de Bourgoin en Dauphiné, (marié, d'après Rivoire de La Bâtie à N. de Girin) père de :

  1) André, qui suit ;

  2) Zacharie Basset, religieux augustin.

II. André BASSET, bourgeois de Bourgoin, ép. Charlotte Basset, dont :

III. Me Louis Joseph BASSET, conseiller du Roi, Maître particulier des Eaux et Forêts du Lyonnais, greffier des insinuations ecclésiastiques, sous-secrétaire de Mgr l'archevêque ; marié p. c. du 16 août 1704 à Antoinette Guyot de Pravieux, qui testa le 5 septembre 1708, fille de noble Jean Guyot, sieur de Pravieux, avocat en Parlement et de Jeanne Duxio, dont :

  1) Marie-François Basset, bapt. à Lyon le 23 décembre 1704 ;

  2) Roger-Joseph Basset, bapt. le 7 janvier 1707 ;

  3) Philippe, qui suit ;

  4) Christophe Basset, bapt. à Lyon le 9 mars 1711 ;

  5) Étienne Basset, bapt. à Lyon le 3 décembre 1720, prêtre, prieur de Ruffray ;

  6) Françoise Basset, bapt. le 17 septembre 1708 ;

7) Marie-Alexandre Basset, bapt. le 4 janvier 1713, mariée à Lyon le 7 janvier 1739 à François Chenavard, fils de François, bourgeois de Lyon et de Marie Rantonet ;

8) Virginie Basset, bapt. à Lyon le 20 avril 1714 ;

9) Catherine Basset, bapt. à Lyon le 13 décembre 1715 ;

IV. Philippe BASSET DE LA MARELLE, écuyer, bapt. à Lyon le 30 octobre 1709 ; avocat en Parlement, substitut du Procureur général en la Cour des monnaies, conseiller et avocat général au Parlement de Dombes (16 août 1747), office dont il reçut des lettres d'honneur le 2 juillet 1766 ; marié à Lyon le 8 février 1738 à Catherine Le Blanc, † 4 mai 1761, fille de Mᵉ Joachim Le Blanc, notaire royal au bailliage de Bourg-en-Bresse et de Catherine Courtillat, dont :

1) Louis, qui suit ;

2) Anne, bapt. à Lyon le 5 novembre 1742, † 17 mai 1746 ;

3) Catherine, ép. à Lyon le 1ᵉʳ juin 1763 Philibert-Claude-Joseph de Frasans, écuyer, conseiller du Roi, commissaire des guerres au département de Bresse et Bugey et du corps royal de l'artillerie dans les duché et comté de Bourgogne, veuf de Marie-Anne-Rosalie de Rozières, et fils de Pierre-François de Frasans, capitaine de grenadiers au régiment de La Ferté, commissaire des guerres à Dijon, chevalier de Saint-Louis, chevalier d'honneur en la chambre des comptes de Bourgogne, et de Marie-Thérèse de Silva.

V. *Louis* BASSET DE LA MARELLE, chevalier, sgʳ de La Combe-les-Miribel, bapt. à Lyon le 23 janvier 1741, † à Paris, victime de la Terreur le 7 juin 1794. Avocat au Parlement, Avocat général au Parlement de Dombes (7 août 1765), Président à mortier au Parlement de Dombes (19 décembre 1770), conseiller au Grand Conseil 12 novembre 1774), Président au Grand Conseil, comparant à Lyon en 1789. Dénoncé à la tribune des Jacobins, emprisonné puis condamné à mort pour conspiration en prison ainsi que sa femme et son fils. Marié à Lyon le 19 février 1770 à Marie Bordeaux, † victime de la Terreur, exécutée à Paris le 9 juillet 1794, fille de Fleury Bordeaux, chevalier, baron de Lurcy, sgʳ de Vavre, Amareins, etc., Trésorier de France à Lyon et de Jeanne-Françoise Guillet ; dont :

1) Paul-François Basset de La Marelle, chev., bapt. à Lyon le 20 décembre 1770 ;

2) Fleury-Lucien-Hector Basset de La Marelle, chevalier, † le 7 juin 1794 à Paris, exécuté sous les yeux de son père, à l'âge de dix-huit ans.

Cf. : Rivoire de la Bâtie : *Armorial du Dauphiné* ; Steyert : *Armorial*, 1ʳᵉ éd.

BAUDARD DE FONTAINE

d'azur à un dard d'or emmanché du même, mis en pal.

Supports : *Deux levrettes.*

Devise : *A beau dart, noble but.*

Louis BAUDARD de FONTAINE

Cette famille connue par le fastueux financier Baudard de Saint-James, est originaire de Montbazon en Touraine et issue de :

I. Nicolas BAUDARD, marié à Renée Bougrier, sœur de René Bougrier, sg^r de La Richardière et de la Garellerye, receveur de tailles de Tours dont :

1) Nicolas, qui suit ;

2) Marie-Madeleine, mariée à Laurent Pesneau.

II. Nicolas BAUDARD, écuyer, né en 1662, † à Tours le 8 septembre 1714, conseiller du roi, receveur aternatif des tailles, deniers communs, et octrois de la ville de Tours et de l'élection d'Angers, conseiller secrétaire du Roi du grand collège (23 juin 1713). Marié : 1°) le 23 novembre 1692 à Madeleine Verrier, fille d'Antoine Verrier, conseiller du Roi, receveur des tailles de l'élection de Tours et de Marie Bertot, et petite nièce d'André Coudreau, Trésorier de France à Tours. —2° p. c. du 8 juin et le 25 août 1711 à Françoise Coudreau, fille de messire Georges Coudreau, chevalier de Saint-Louis, lieutenant provincial d'artillerie au département de Hainaut, et de Françoise Taveault ; petite fille d'André Coudreau, lieutenant général de l'artillerie sous Louis XIII, et nièce du Trésorier de France, André Coudreau, ci-dessus, de M. de Valentinay, contrôleur général de la maison du Roi, et cousine germaine de M. d'Ussé aussi contrôleur général de la maison du roi. — Il fut père de :

1) *Premier lit :* André-Nicolas, écuyer, conseiller du roi, receveur des tailles à Tours, † en 1742, s. p. de son mariage avec Marie-Charlotte Lefebvre.

2) Louis, qui suit ;

3) Jean, sg^r de la Guéronnière † s. p.

4) Madeleine-Louise, née en 1694, † en 1747, mariée à Jean-Claude Blanchard, sg^r d'Eschardot, conseiller du roi, receveur des tailles à Angers.

5) Anne, mariée à Pierre-André Audoin, écuyer, seigneur de La Blanchardière, conseiller du Roi, lieutenant général de police à Angers, président, juge prévôt civil et criminel d'Angers.

6) Marthe-Marie, née en 1700, mariée en 1721 à Julien Thibault-Dubois, sg^r d'Ardrée, conseiller du roi, lieutenant criminel au bailliage de Tours, puis trésorier de l'extraordinaire des guerres.

7) *Second lit :* Georges Nicolas, tige de la branche de Saint-James.

III. Louis BAUDARD, écuyer, sg^r de Fontaine, conseiller du roi, receveur ancien et alternatif des tailles de l'élection de La Flèche, bapt. à Tours le 20 septembre 1705 † à La Flèche le 5 novembre 1748, marié à Tours le 21 juillet 1729 à Marie-Marguerite Fontaine de Bazouge, fille de Damien Fontaine de la Crochinière, conseiller du roi, receveur des tailles de La Flèche et de Marie Orceau, dont :

1) Louis, qui suit;

2) Jacques-Louis Baudard des Varennes, écuyer, prévôt général de la maréchaussée des voyages du Roi.

IV. *Louis* BAUDARD, écuyer, sg^r de Fontaine né à La Flèche le 8 octobre 1731, licutenant au régiment de Normandie-Infanterie (11 septembre 1747), enseigne (13 octobre 1750), Prévôt général de la maréchaussée générale des provinces de Touraine, Anjou et du Maine (27 février 1751); prévôt suivant les armées de S. M. par commissions des 27 juin 1757, 26 mai 1761, 30 mai 1762; chevalier de Saint-Louis (1er février 1763) chef des bureaux de la guerre, comparant à Lyon en 1789. Marié à Lyon p. c. du 3 octobre 1764 à Josèphe-Laurence-Jeanne-Françoise Maritz, fille de Jean Maritz, écuyer, sg^r de La Barolière et autres lieux, chevalier de l'ordre du Roi, inspecteur général des fontes et de l'artillerie de terre et de mer et de Judith Déonna. Jeanne Maritz fit enregistrer au greffe de l'élection de Lyon par sentence du 6 juin 1777 les titres de noblesse de son mari lequel fut maintenu dans sa noblesse par cette sentence et déchargé des tailles à Anse. Il produisit ses titres à Chérin le 17 novembre 1782, et fut père de :

1) Julien Baudard de Fontaine, écuyer, né à Versailles le 27 janvier 1767;

2) Philippe Baudard de Fontaine, écuyer né à Versailles le 23 décembre 1767;

3) Jules Baudard de Fontaine, écuyer, né à Versailles le 20 juin 1772;

4) Marie-Jeanne Baudard de Fontaine.

BRANCHE DE SAINT-JAMES

III. Georges-Nicolas BAUDARD, écuyer, né à Tours le 28 avril 1712, † à Paris le
20 janvier 1771, sg^r de la baronnie de Saint-Gemmes-sur-Loire (p. acqu. du 5 octobre
1748) sg^r de Saint-Augustin, Ville-Sicard, Vaudésir, etc., baron de Saint-Gemmes
par L. P. de décembre 1755 enregistrées au Parlement de Paris le 23 mars 1756
et à la Chambre des comptes le 6 juillet 1756 ; conseiller du roi, receveur des tailles
à Angers, directeur des postes à Angers, Trésorier général des Colonies françaises d'Amérique (1752) ; marié à Angers le 7 avril 1736 à Marguerite Baudry,
fille de Charles Baudry, conseiller du roi, lieutenant général en la sénéchaussée et
siège présidial d'Angers, et de Marguerite Rouillé dont :

IV. Claude BAUDARD, écuyer, baron de Saint-Gemmes, dit le baron DE SAINT-JAMES,
conseiller du roi, trésorier général des Colonies d'Amérique (30 janvier 1758), fermier général, trésorier commandeur de l'ordre de Saint-Louis, financier célèbre par
son faste. Né à Angers le 6 mai 1738 † à la Bastille, marié à Paris, p. c. du 30 mai
1764 à Julie-Augustine Thibault-Dubois, fille de Julien-François Thibault-Dubois,
écuyer, secrétaire général des Suisses et des Grisons, chef des bureaux de la guerre
et de Marie-Julie-Charlotte Sauvé, dont :

1) Georges Baudard de Saint-James, écuyer, né à Paris le 2 mars 1765 ;
2) Maurice, qui suit ;
3) Marguerite Baudard de Saint-James, † à Marcoussis le 18 février 1837,
mariée le 31 mai 1781 à Armand-Marie-Jacques de Chastenet, chevalier,
marquis de Puységur, vicomte de Buzancy, maréchal de camp, né à Paris
le 1er mars 1751 † à Buzancy le 1er août 1825, fils de François Jacques,
marquis de Puységur, Lieutenant général des armées du Roi, Grand-Croix
de Saint-Louis et de Marie-Marguerite Masson (fille de François Gaspard,
Président aux enquêtes du Parlement de Paris).

V. Maurice BAUDARD DE SAINT-JAMES, écuyer, baron de Saint-James, né à Paris le
21 septembre 1768, marié à Aglaë de Gaucourt, veuve du marquis de l'Aigle, dont :

VI. Sylvain-Mathias-Emmanuel BAUDARD DE SAINT-JAMES, baron de Saint-James,
né à Versailles en 1805, avocat, autorisé à relever le nom de Gaucourt (8 mai 1841),
dit le marquis de Gaucourt, marié en 1846 à Mlle de Molen de la Vernède.

Cf. : *Pièces originales*, 215. Chérin, *vol. 18* ; le baron de Saint-James produisit
ses titres à Chérin en janvier 1782.

BEAUCAMP DE SAINT-GERMAIN

d'argent à l'arbre arraché de sinople ; au chef de gueules soutenu d'or et chargé d'un croissant entre deux étoiles d'argent.

aliâs : *d'argent à un arbre de sinople abaissé sous une fasce en divise de gueules, surmontée d'un croissant d'azur et le fût de l'arbre accosté de deux étoiles du même.*

François-Anne BEAUCAMP de SAINT-GERMAIN

Jean-Jacques BEAUCAMP de SAINT-GERMAIN

Les Beaucamp de Saint-Germain tirent leur nom de Saint-Germain de la possession du domaine de Port-Masson sis à Saint-Germain au Mont-d'Or en Lyonnais. Ils sont issus de :

I. Jean Beaucamp dit Saint-Germain, courrier ordinaire de S. M. à Rome, marié 1°) à Marie Barde, fille de César et de Marguerite Ramussat ; elle testa avec son mari le 26 juin 1638 ; 2°) à Françoise Tholly ; il fut père de :

1) *1er lit* : Barthélemy Beaucamp, dit Saint-Germain, courrier ordinaire de Lyon à Rome, testa à Lyon le 18 septembre 1671 ; ép. à Lyon le 5 juillet 1664 Marie Baret ;

2) Pierre qui suivra ;

3) Gilbert Beaucamp, dit Saint-Germain, bapt. à Lyon le 29 septembre 1646, courrier ordinaire de Lyon à Rome ;

4) Louise Beaucamp, dite Saint-Germain, ép. avant 1664 Claude Picheret ;

5) *2e lit* : Anne Beaucamp dite Saint-Germain, † à Lyon le 19 mars 1722, âgée de 67 ans, ép. p. c. du 9 septembre 1673, Me Jacques de Chatelus, procureur à Lyon, fils de Me Alphonse de Chatelus, capitaine chatelain de Sainte-Foy-l'Argentière et de Jeanne Broaillier.

II. Pierre Beaucamp de Saint-Germain, écuyer, bapt. à Lyon le 5 mars 1645, † en charge en 1724, conseiller secrétaire du Roi, du Grand Collège (7 septembre 1711), ép. p. c. du 26 décembre 1671 Jeanne Delaye, fille de Pierre, et de Jeanne Martin, dont :

1) Pierre qui suit ;

2) Bernardin Beaucamp de Saint-Germain, écuyer, capitaine au régiment Royal-des-Vaisseaux, ép. à Paris, p. c. du 3 janvier 1734 Marie-Louise Pallustre de Chambonneau;
3) Barthélemy Beaucamp de Saint-Germain, écuyer, ép. p. c. du 4 novembre 1728, Catherine Chalut, fille d'Antoine, lieutenant-criminel en l'élection du Bugey, et de Marie d'Honoraty, dont :

    Pierre, Jean et Marie Beaucamp de Saint-Germain;

4) Marie-Françoise Beaucamp de Saint-Germain, † ayant testé à Lyon le 25 janvier 1733, ép. à Lyon, p. c. du 3 août 1724 Joseph Le Clerc, chevalier, Trésorier de France à Lyon (5 août-30 décembre 1729) fils d'Isaac Le Clerc, avocat du Roi en l'élection de Bugey et de Marie Josserand :
5) Anne Beaucamp de Saint-Germain ép. p. c. du 5 février 1717 Jean-Baptiste Fleurant de Rancé, écuyer conseiller au Parlement de Dombes (23 février 1709) fils de Claude Fleurant de Rancé, écuyer et de Madeleine Charrin.

III. Pierre BEAUCAMP DE SAINT-GERMAIN, écuyer, † à Lyon le 22 mars 1746, âgé de 72 ans, vendit l'office de secrétaire du Roi le 5 janvier 1724; ép. à Irigny le 21 septembre 1728 Marie Pourral, fille de Noël Pourral, écuyer, gentilhomme ordinaire de la Grande Vénerie du Roi et de Marguerite Terrasse, dont :

1) Jacques qui suivra ;
2) *François-Anne* Beaucamp de Saint-Germain, écuyer, bapt. à Lyon le 28 janvier 1733, capitaine d'Infanterie, chevalier de Saint-Louis, comparant à Lyon en 1789; ép. à Lyon le 7 février 1781 Françoise-Marguerite Ollivier, veuve de François Rogeat, écuyer, sg^r de Massonas, et fille de noble Joseph Ollivier, médecin ordinaire du Roi Stanislas de Pologne, et d'Anne Metrier;
3) Marguerite Beaucamp de Saint-Germain bapt. à Lyon le 14 novembre 1729, † ayant testé à Lyon le 15 janvier 1729, ép. Camille-Joseph Evrard-Desmars-Lévêque de Bretteville, off. de cavalerie au régiment de Conti, † à Charlieu le 20 février 1812, fils de Jean et de Jeanne-Marie Dechizelle.

IV. *Jean-Jacques* Beaucamp de Saint-Germain, écuyer, né le 2 avril 1731, comparant en 1789. Il avait été le 30 avril 1758 nommé écuyer du Roi, mais ne put être reçu, n'étant pas d'assez ancienne noblesse.

Cf. : Carrés d'Hozier 71. Annuaire de la Noblesse 1904 : *Armorial des Secrétaires du Roi*

BECK DE LA VALSONNIÈRE

d'argent à l'aigle à deux têtes de sable.

ANTOINE DE BECK DE LA VALSONNIÈRE

La famille de Beck, ancienne et chevaleresque est originaire du Forez et s'est divisée en plusieurs branches :

    A) les sgrs de La Garde et Goutelas,

    B) les sgrs de Rilly,

    C) les sgrs de La Motte-Saint-Vincent,

    D) les sgrs de la Valsonnière.

Connue sous les noms de Becs, Bech, du Bec puis de Beck, cette famille remonte à Guillaume Becs de Goutelas vivant en 1297, dont le petit-fils Jean était sgr de La Garde en 1350. Mais la filiation par contrats s'établit seulement depuis :

I. Jean BECQ, écuyer, marié à Anceline de Saint-Romain-Valorge, dont :

II. Noble homme Jean BECQ, sgr de La Motte-Saint-Vincent vivant en 1490, marié à Marguerite de Saint-Piest, qui testa le 22 août 1522, dont :

    1) Gilbert, qui suit ;

    2) N.... mariée à Guichard du Vernay, † s. p.

III. Gilbert BECQ, écuyer, sgr de La Motte-Saint-Vincent, marié p. c. du 26 janvier 1525 à Tarare, à Pierrette du Vernay, sœur de Guichard, et dame de la Bussière, dont :

    1) Adrien, qui suit ;

    2) Louise, mariée 1° à noble André Ripaud ; 2° à Saint-Symphorien du Lay p. c. du 7 juillet 1550 à Jean de Fornillon, écuyer sgr de Buttery, fils de Jean, sgr de L'Espinasse, et de Gasparde de la Porte.

IV. Adrien BECQ, écuyer, sgr de La Motte-Saint-Vincent, Boisset, La Cour, Le Crozet, La Bussière, etc., reçut en 1570 du roi Charles IX une lettre remplie de témoignages d'une affection particulière par laquelle le Roi lui demandait une de ses filles pour être fille d'honneur de la Reine. Il gagna un procès contre la ville de Tarare en 1565 et fut à cette occasion reconnu noble ; commanda l'arrière-ban en 1587 et avait épousé à Rébé, p. c. du 15 février 1580, Françoise de Vaurion, fille de noble Antoine, chevalier, sgr de Vaurion, La Bernardière et de Jeanne de Flachat dont :

1) Pierre écuyer, sgr du Crozet, † avant 1632, marié à Blanche Pellot † s. p. fille de noble Claude, sr du Port-David, Échevin de Lyon, et d'Andrée Buisson ;

2) Claude, qui suit ;

3) Reynaud Becq, chevalier de Saint-Jean de Jérusalem, commandeur de La Bussière et de Montbrison, inhumé à Lyon, église Saint-Georges. Il avait fait ses preuves de Malte le 23 mai 1610 ;

4) Jean-Baptiste, tige des sgrs de la Valsonnière ;

5) Vincent, écuyer, sgr du Crozet ;

6) Louise, mariée p. c. du 10 juin 1616 à noble Claude du Saix, écuyer, sgr de Chervé, capitaine d'infanterie, fils de noble Jean, écuyer, et de Louise de Suynes ;

7) Marie, mariée à Jean de Rancé de Chavannes de Gletteins, écuyer, sgr de La Valsonnière, † s. p.

V. Claude Becq, écuyer, sgr de La Motte-Saint-Vincent, † ayant testé à Perreux le 26 avril 1640 servit sous le connétable de Lesdiguières ; capitaine du régiment de Saint-Chamond, capitaine puis commandant du régiment de Villeroy, chevalier de l'ordre du Roi ; marié 1°) p. c. du 3 juillet 1614 à Geneviève du Garreau, dite de Bussière, veuve de Jean du Vernay, écuyer, sgr de Fromentin, fille de noble Étienne du Garreau et de Christophe de Bussière ; 2° à Azé en Mâconnais p. c. du 12 août 1632 à Éléonore de Chevriers, fille de Laurent de Chevriers, chevalier, sgr de Saint-Mauris et de Claudine de Seyturier dont :

1) Claude-François, qui suit ;

2) Léonard, bapt. à Saint-Vincent-de-Boisset le 30 mai 1640, † chanoine de Saint-Claude ; il avait été maintenu dans sa noblesse à Lyon, ainsi que son frère Claude-François, le 12 avril 1647 ;

3) Antoinette, bapt. à Saint-Vincent le 28 mars 1636, chanoinesse à Villeneufve-les-Dames ;

4) Louise Becq de La Motte-Saint-Vincent.

VI. Claude-François de Becq, chevalier, dit M. de Saint-Hilaire, sgr de la Motte-Saint-Vincent, baron de Cezan, gentilhomme ordinaire de la chambre du Roi, vivant en 1680, marié à Lyon, p. c. du 30 mai 1664 à Marie-Charlotte de Gelas

Lautrec, qui testa à Lyon le 6 octobre 1682, fille de Pierre de Gelas, chevalier, baron de Cezan, chevalier de l'ordre du Roi, gentilhomme ordinaire de la chambre du Roi et de Marie-Claude de Moyria, dont sept enfants, entre autres :

VII. Louis DE BECQ, chevalier, sg^r de La Motte Saint-Vincent, officier au régiment du Perche, marié à Roanne p. c. du 20 octobre 1701 à Élisabeth de La Mure Champlong, † 18 mars 1719, fille de Joseph de La Mure, chevalier, sg^r de Champlong et d'Élizabeth Coulon, dont :

1) N... officier d'infanterie, tué à la bataille de Parme en 1734 ;
2) N... officier d'infanterie, tué à Guastalla, le 19 septembre 1734 ;
3) Catherine de Becq de la Motte-Saint-Vincent, baptisée à Roanne, le 24 août 1706, reçue à Saint-Cyr sur preuves de noblesse en juillet 1715, mariée : 1° à Anne de Changy ; 2° à N. de Rochefort-Beauvoir, chevalier, sg^r de Beauvoir en Forez, dont deux fils officiers en 1772.
4) Reine-Marguerite de Becq, ép. à Chandon le 26 mai 1731, Claude Michon, écuyer, sg^r de Chancé, fils de Pierre, écuyer, sg^r du dit lieu et de Jeanne-Marie Valence de Minardière.

BRANCHE DE LA VALSONNIÈRE

V. Jean Baptiste BECQ, écuyer, sg^r de la Valsonnière et du Crozet, † ayant testé à Lyon le 2 avril 1655 ; capitaine des Gardes du duc de Villeroy ; ép. le 20 juin 1631 Anne de Rancé de Chavannes de Gletteins, dame de la Valsonnière par héritage de son frère Jean, ci-dessus, marié à Marie Becq, dont :

1) Jean-Baptiste, qui suit ;
2) Balthazar, écuyer sg^r du Crozet, capitaine au régiment Lyonnais, ép. Marie Desplasses, bapt. à Tarare le 5 août 1646, fille de Claude, écuyer, sg^r d'Ausserre, et de Claudine Gonnet, dont trois fils et quatre filles ;
3) Marguerite de Becq, ursuline à Trévoux ;
4) Eléonore de Becq, religieuse au monastère de Sainte-Marie de Bellecour.

VI. Jean-Baptiste DE BECQ, écuyer, sg^r de la Valsonnière, † ayant testé le 12 mai 1671, marié 1° à Lyon en 1661 à Catherine Ratton, sœur de la M^{ise} d'Apchon-Saint-André (mère de la M^{ise} de Saint-Georges), et fille de noble Pierre, conseiller en la Sénéchaussée de Lyon, Échevin de Lyon et de Marie de Regnauld ; 2° à Jeanne Clément (remariée p. c. du 24 janvier 1677 à Camille de Gerbaud, écuyer, sg^r de Sailly, lieutenant des Gardes de Mgr l'Archevêque de Lyon), fille de N... Clément et de Jeanne Matillon. Il laissa du 1er lit :

1) Camille qui suit ;
2) Christophe de Beck, chevalier, bapt. à Lyon le 5 juin 1669, capitaine au régiment lyonnais, † procureur à la Chartreuse de Sainte-Croix, près le Puy en Velay ;
3) Marie, née à Lyon le 15 octobre 1664, † ayant testé le 18 février 1723 ; religieuse aux Ursulines de Trévoux ;
4) N... religieuse à la Visitation de Lyon.

VII. Camille DE BECQ, écuyer, sgr de La Valsonnière et d'Avergne en Lyonnais, de la Coste et Fontville en Beaujolais, filleul de l'archevêque Camille de Villeroy, capitaine et major au régiment lyonnais, marié à Lyon le 19 octobre 1695 à Marie-Anne de Saint-Priest, fille de Claude, écuyer, sgr de Sury, et de Marianne Penet, dont :

1) Thomas-François de Beck, écuyer, sgr de la Valsonnière, La Rivoire, Saint-Sylvestre, etc., † ayant testé à Lyon le 25 octobre 1754 ; marié 1º à Lyon p. c. du 27 mai 1724 à Françoise-Élizabeth Phelipon, fille de Marc-Antoine, écuyer, secrétaire du Roi, Garde des sceaux en la Cour des aides de Clermont, et de Françoise Barancy ; 2º à Marie-Anne du Faure, dame de Saint-Sylvestre, fille de Louis-Joseph-Claude, chevalier, marquis de Satillieu, page de S. M. et capitaine de ses mousquetaires noirs, et de Marie-Anne Duon de Roche. Il laissa :

   A) 1er lit : Camille de Becq, chevalier ;
   B) Marie-Charlotte, carmélite à Lyon (9 novembre 1748) ;
   C) 2e lit : Marie-Antoinette bapt. à Lyon le 24 avril 1730, † jeune.

2) Antoine, qui suivra, jumeau de sa sœur Marie-Anne ;
3) Marie-Anne, religieuse de Saint-Pierre à Lyon, puis abbesse de Saint-Jean-le-Grand d'Autun en 1749.
4) Antoinette-Marie, ép. p. c. du 3 mai 1722 Antoine-Marie du Crest de Montigny, chevalier sgr du Mousseaux, lieutenant au régiment de Saintonge.

VIII. *Antoine* DE BECK, chevalier, sgr de La Valsonnière après son frère, dit le chevalier de Beck, garde du corps du roi dans la compagnie de Villeroy, puis receveur du grenier à sel de Roanne, comparant à Lyon en 1789, marié en 1743 à Marie-Anne Masse, fille de Pierre Masse, maître particulier des eaux et forêts du duché d'Aumale et de Marie-Anne Ferette, dont :

1) Marie-Anne-Camille de Beck de La Valsonnière ;
2) Pierrette-Thomas de Beck de La Valsonnière.

Cf. Le Laboureur : *Supplément aux Mazures de l'Ile Barbe.*
Preuves de Saint-Cyr (1715), fr. 32125.

BELLET DE SAINT-TRIVIER ET DE TAVERNOST

d'azur à la bande d'or chargée d'une aigle de sable.

Suzanne BELLET de TAVERNOST

Jeanne BELLET de TAVERNOST

Les familles des Bellet de Tavernost, vicomtes de Saint-Trivier, l'une des plus considérables de la région lyonnaise, est issue de :

I. Noble Jacques Bellet, sg^r de Chalatofray, bourgeois de Thizy, marié à Jeanne Morel, dont huit enfants, entre autres :

II. Jacques BELLET, sg^r de Chalatofray, dont dénombrement le 12 octobre 1572, † 1619, marié p. c. du 3 février 1585 à Madeleine Livet, fille de noble François Livet (ou Linet) et de Digne Gillet dont :

    1) Jacques, qui suit ;

    2) Jean, religieux de la compagnie de Jésus ;

    3) Antoine, tige des sg^{rs} de Saint-Trivier, Tavernost, etc.

    4) Blanche, épouse de Ponthus Perret ;

    5) Françoise, épouse de Claude de l'Orme ;

    6) Nicole, mariée à Thizy, le 16 février 1617, à noble Claude Vaurion, sg^r de Trezette, receveur du grenier à sel de Thizy, fils de Claude, sg^r de Trezette, receveur du dit grenier à sel ;

    7) Madeleine, mariée : 1° à Claude Blondel ; 2° le 16 octobre 1627, à Antoine Croppet, fils de N. Croppet et de Gabrielle Gonnet ;

    8) Jeanne, bapt. à Saint-Georges de Thizy le 4 juin 1589, mariée à Jean Jolly ;

    9) Marie, bapt. à Thizy le 11 septembre 1591, mariée à Louis du Voulay ;

    10) Isabeau, bapt. à Thizy le 4 avril 1593.

III. Noble homme Jacques BELLET, écuyer, sg^r de Chalatofray, Boistrait, Monternost, secrétaire du Roi (p. acqu. du 20 avril 1635) marié : 1° à Marguerite de La

Roue, fille de Claude de La Roue ; 2° (?) en 1633 à Madeleine d'Ossaris, † à Lyon le 29 août 1634, fille de noble Martin d'Ossaris, Échevin de Lyon et de Léonore Rigaud ; 3° p. c. du 14 octobre 1634 à Catherine Perrachon, fille de noble Jean Perrachon et de Françoise Thomé [Catherine était remariée en 1636 à noble Jean Thibault, écuyer, sgr de Pierreux].

Il fut père de :

1) *1er lit* : Claude, bapt. à Villefranche le 26 septembre 1627 ·

2) Marguerite, bapt. à Villefranche le 27 juillet 1630, testa le 16 novembre 1647; mariée p. c. du 23 nov. 1646 à noble Jacques Pillehotte, sgr de La Pape, Messimy, baron de Gourdan, maître des requêtes au Parlement de Dombes, conseiller en la sénéchaussée de Lyon, garde des sceaux en la chancellerie présidiale de cette ville, fils noble de Jean Pillehotte, Échevin de Lyon et d'Anne Flachier ; il testa le 21 avril 1683 ;

3) *2e lit* : Geneviève bapt. à Lyon le 24 avril 1634 ;

4) *3e lit* : Jacques, qui suit ;

5) Antoine, écuyer, bapt. à Lyon le 23 décembre 1641, prêtre, dit l'abbé de Monternost; puis capitaine au régiment de La Ferté ; marié p. c. du 18 septembre 1677 à Marguerite Blanchard, fille de Jacques et d'Antoinette Grimal, dont :

    A). Benoîte, mariée p. c. du 3 mars 1702 à Jacques Cardon, chevalier, baron de Sandrans, fils de Laurent et de Clémence de Quinson.

6) Claude, chevalier, bapt. à Lyon le 23 juin 1642, probabl sgr de La Pillonnière, Lt-Colonel de Cavalerie en 1683 ;

7) Constance, bapt. à Lyon le 14 juillet 1645.

IV. Noble Jacques BELLET DE BOISTRAIT, écuyer, sgr de Boistrait, Monternost, etc., bapt. à Lyon le 12 décembre 1639, capitaine au régiment lyonnais; il testa le 4 avril 1687 et épousa p. c. du 29 avril 1673 et le 13 mai suivant, à Lyon, Anne Thomé de Montmagny, † à Lyon le 2 mars 1713, fille de Jean-Jacques et de Benoîte Hesseler, dont, entre autres :

1) Roman, bapt. à Lyon, le 13 août 1676 ;

2) Anne, bapt. à Lyon le 24 avril 1674 ;

3) Marie-Benoîte, ondoyée à Lyon le 22 juillet 1675, mariée à Lyon le 27 février 1702, p. c. du 25, à Henri Petit, écuyer, fils de Pierre Petit, écuyer, secrétaire du Roi et d'Anne Augier ;

4) Louise, ondoyée à Lyon le 13 février 1678, mariée à Lyon le 27 août 1707 à François Bellet de Prosny, capitaine au régt de Vendôme (v. plus loin).

BRANCHE DE SAINT-TRIVIER ET DE TAVERNOST

III. Antoine BELLET, écuyer, sg^r de Cruix, Échevin de Lyon en 1666, marié p. c.
du 23 janvier 1627 à Constance de Sirvinges, aliàs de Sévelinges, † en 1670, fille
de Jacques, bourgeois de Lyon et d'Isabeau Serre, dont entre autres :

    1) Jacques, qui suit ;

    2) Charles, né à Lyon, religieux cordelier ;

    3) Madeleine, religieuse au couvent des Deux Amants ;

    4) Catherine, bapt. à Lyon le 5 novembre 1634, mariée à noble Antoine
       Simonard ;

    5) Anne, bapt. à Lyon le 4 mars 1640, religieuse au couvent des Deux Amants ;

    6) Nicole, bapt. à Lyon le 15 septembre 1650, mariée le 13 février 1676 à
       Claude de Tircuy, sg^r de Corcelles, fils de César et de Jeanne de Sarron.

IV. Noble-Jacques BELLET, écuyer, sg^r de Cruix, Prosny, Tavernost, Cesseins, etc.,
testa le 27 mai 1676, † à Lyon le 13 octobre 1690 ; marié p. c. du 2 mars
1659 à Catherine Alexandre, bapt. à Lyon le 2 mai 1640, fille de noble Nicolas
Alexandre, sg^r de Tavernost et de Catherine Chiron, dont, entre autres :

    1) Nicolas, qui suit ;

    2) André, chanoine de Saint-Just, docteur de Sorbonne, † 1721 ;

    3) Antoine, † 1755 à Lisbonne au moment du fameux tremblement de terre ;

    4) Jacques, écuyer, † à Trévoux le 2 janvier 1756 âgé de 71 ans, marié à
       Jeanne Cholier, fille de Daniel Cholier, conseiller en la sénéchaussée et
       siége présidial de Lyon, et de Geneviève Amyot (et veuve de Gaspard Le
       Viste, écuyer, sg^r de Briandas, maître des requêtes au Parlement de
       Dombes) ;

    5) François Bellet, écuyer, sg^r de Prosny, † à Prosny le 16 décembre 1739,
       capitaine au régiment de Vendôme, marié à Lyon p. c. du 19 et le
       29 août 1707 à Louise Bellet de Boistrait, fille de Jacques Bellet, écuyer,
       sg^r de Boistrait, Chalatofray, La Valette, etc., capitaine au régiment Lyon-
       nais et de Anne Thomé de Montmagny, dont :

       A) Henri Bellet de Prosny, chevalier, sg^r de Prosny, Fonvielle, bapt. à Lyon
          le 11 mai 1715, † à Trévoux s. a. le 7 avril 1773, capitaine au régiment
          de Boulonnais ;

       B) Anne, † à Trévoux le 24 décembre 1749 à 42 ans, mariée à Cruix, p. c.
          du 10 septembre et le 28 octobre 1732 à Hiérôme (Bourdereau) du

Plessis de La Brosse, payeur des gages (23 août 1720), conseiller et maître des requêtes au Parlement de Dombes, né le 4 mai 1682, † à Trévoux le 22 janvier 1768. Il était veuf de N... Genest de Launay, sa cousine, et fils d'Étienne du Plessis, écuyer, officier de Madame la Dauphine et d'Anne Genest [de Prenoux].

6) Catherine, carmélite à Trévoux ;

V. Nicolas BELLET, écuyer, sg^r de TAVERNOST, Cesseins, Cruix, La Plaigne, né le 5 novembre 1662, † à Trévoux le 14 septembre 1730, conseiller au Parlement de Dombes (1690), Premier Président du Parlement de Dombes (13 février 1727), Intendant des Dombes (1712), marié 1° p. c. du 27 juin 1693 à Marie Deschamps, † s. p. en 1694, fille de Louis, chevalier, sg^r de Messimieux, Trésorier de France à Lyon et de Catherine Rougier ; 2° à Lyon les 30 avril-7 mai 1695 à Marie Dugas de Bois-Saint-Just, bapt. à Lyon le 21 avril 1672, † à Lyon le 19 novembre 1713, fille de Louis, chevalier, sg^r de Bois-Saint-Just, Prévôt des marchands de Lyon et de Claudine Bottu de la Barmondière, dont entre autres :

1) Louis, qui suit ;
2) François Bellet de Cruix, écuyer, né le 3 mars 1705, † 6 février 1759 ; lieutenant-colonel du régiment de Boulonnais ;
3) Antoine, chanoine, baron de Saint-Just, † à Lyon le 7 janvier 1750 ;
4) Marie, bapt. à Lyon le 10 juillet 1700, mariée les 1-14 octobre 1724 à Daniel Le Viste de Briandas, comte de Montbrian, chevalier d'honneur, Grand bailli d'épée et commandant des Dombes, conseiller au Parlement de Dombes, fils de Gaspard, chevalier, et de Jeanne Cholier de Cibeins ;
5) Jeanne née le 2 janvier 1704, † 1760 religieuse au couvent des Deux Amants.

VI. Louis BELLET DE TAVERNOST, chevalier, sg^r de Tavernost, de la baronnie de Saint-Trivier, Cesseins, Cruix, etc., né le 2 mars 1702, † à Trévoux le 25 avril 1775, conseiller au Parlement de Dombes (1729), chevalier d'honneur au dit Parlement, marié en mai 1731 à Françoise Bollioud des Granges, née à Lyon le 20 juillet 1710, † 1773, fille de Christophe, chevalier, sg^r de Saint-Julien-Molin-Molette, lieutenant-général d'épée aux bailliages de Bourg-Argental et Saint-Ferréol, et de Françoise Olivier de Sénozan, dont, entre autres :

1) François-Élizabeth, qui suit ;
2) François-David, † 1758, chanoine du chapitre noble d'Ainay ;
3) Antoine-François-Suzanne, chevalier, bapt. à Lyon le 13 juillet 1743, † le 20 février 1783 ; capitaine du génie, chevalier de Saint-Louis,
4) *Suzanne-Laurence*, dite *Mademoiselle de Tavernost* comparante à Lyon en en 1789, bapt. à Lyon le 1er juillet 1734, † 1809.

5) *Jeanne*, dite *Mademoiselle de Cesseins*, comparante à Lyon en 1789, bapt.
   à Trévoux le 2 octobre 1740, † 1819 ;
6) Élisabeth, dite Mademoiselle du Péron, bapt. à Trévoux le 21 août 1744,
   † le 5 décembre 1819 ;
7) Louise, visitandine, † en Bohême en 1799.

VII. François-Élizabeth Bellet de Tavernost, chevalier, sgr de la baronnie de
Saint-Trivier, La Brosse, Cesseins, etc., héritier de la baronnie d'Argental par les
Bollioud, bapt. à Lyon le 16 juin 1733, † à Trévoux le 26 avril 1790, Avocat général au Parlement de Dombes (1757) ; marié à Trévoux le 4 juillet 1758 à Marie-
Judith-Henriette du Plessis de La Brosse, née en 1736, † à Lyon le 30 juin 1820,
fille de Jérôme, sgr de La Brosse, maître des requêtes au Parlement de Dombes, et
d'Anne Bellet de Prosny, dont :
   1) Louis, qui suit ;
   2) Daniel, tige de la branche de Tavernost ;
   3) Antoine, bapt. à Trévoux le 2 janvier 1780, † à Lyon le 6 mars 1859 ;
   4) Françoise-Hiéronyme, bapt. à Trévoux le 10 avril 1759, † le 16 mars 1831,
      mariée à Trévoux le 12 septembre 1780 à Henri Boussard de La Chapelle,
      écuyer † le 3 mars 1826, fils de Joseph-Nicolas, écuyer, sgr de Villars et de
      Claudine Jouffroy ;
   5) Suzanne, bapt. à Trévoux le 20 avril 1765, † le 25 avril 1851, mariée à
      Pierre-Ennemond-Joachim Mogniat, comte de L'Écluse, capitaine au régi-
      ment des Dragons de la Reine, né le 13 juillet 1759, † le 22 juillet 1834,
      fils de François-Marie Mogniat de L'Écluse et d'Élisabeth de Quinson ;
   6) Marie-Jacqueline, † à Trévoux, âgée de 20 ans, le 3 octobre 1786.

VIII. Louis-Pierre Bellet de Tavernost, chevalier, vicomte de Saint-Trivier, né
à Trévoux le 20 octobre 1760, † à Lyon le 31 janvier 1851, conseiller au Parlement
de Dijon (le 12 août 1783), créé vicomte héréditaire avec majorat par ord. royale du
30 avril 1824 et L. P. du 26 février 1825; marié à Lyon le 19 mai 1797 à Bonne de
La Croix-Laval, née en 1772, † à Lyon le 28 août 1827, fille de Pierre, chevalier
d'honneur à la Cour des monnaies de Lyon et d'Élisabeth Robin d'Orliénas, [et veuve
d'Antoine de Chasseing, chevalier, conseiller au Parlement de Paris], dont :

IX. Antoine-Hippolyte Bellet de Tavernost, vicomte de Saint-Trivier, né à
Lyon le 10 février 1798, † à Lyon le 9 janvier 1867, commandeur de Saint-Grégoire
le Grand, conseiller général du Rhône, marié : 1° à Saint-Epain, le 11 mars
1824 à Elma-Geneviève-Marguerite de Grollier, † à Lyon le 25 décembre 1827; 2°
à Saint-Epain (Indre-et-Loire), le 22 octobre 1832 à Caroline-Louise-Geneviève-

Ubaldine de Grolier, † à Lyon le 5 juillet 1879, toutes deux filles de Antoine-Charles-Eugène, comte de Grollier et de Bonne-Désirée de Choiseul Praslin, dont :

1) *1er lit* : Louis-Antoine-Camille, vicomte de Saint-Trivier, né à Lyon le 29 septembre 1825, † au Thil, le 29 août 1897, marié le 6 avril 1853 à Isabelle Billard de Saint-Laumer, † à Nice, âgée de 26 ans, le 14 janvier 1860, fille de Germain-Dominique Billard de Saint-Laumer, magistrat, et de Marie-Louise Arlault d'Affonville, dont :

  A) Edgard, né à Nice le 9 janvier 1860, † jeune.
  B) Marie-Ubaldine-Francesca, née à Rome le 30 octobre 1858, mariée le 2 septembre 1880 à François-Marie-Raymond comte de Saint-Pol, né en 1853, † le 20 janvier 1899, fils d'Alfred, comte de Saint-Pol et de Marie-Mathilde Cauchy ;

2) Ubaldine de Saint-Trivier, né le 29 novembre 1827, † le 30 août 1851 au château de Laval, mariée le 12 février 1849 à Léon de La Croix-Laval, né à Lyon le 9 février 1823, fils d'Antoine et de Victorine Donin de Rosière, [remarié à Louise Hubert de Saint-Didier].

3) *du 2e lit*, entre autres : Éméric, qui suit ;

4) François-Marie-Samuel, baron de Saint-Trivier, né à Lyon le 18 avril 1841, † à La Brosse (Ain) le 13 août 1902, marié à Lyon le 4 novembre 1867 à Marie-Antoinette-Azélie de La Croix-Laval, née à Lyon le 4 août 1845, fille de Louis et d'Amicie Vire du Liron de Montivers, dont :

  A) Louis-Marie-Antoine de Saint-Trivier, officier de cavalerie, né à Eyrieu le 11 novembre 1868, marié à Paris le 22 octobre 1902 à Hélène-Marie-Charlotte de Couronnel, fille d'André-Dominique-Alphonse, marquis de Couronnel, issu des Montmorency, et de Marie-Eugénie-Louise de Béthune, issue des Montgomery ;
  B) Aurèle, né à Eyrieu, le 24 novembre 1871, prêtre ;
  C) Antoine, né à Eyrieu le 26 septembre 1881 ;
  D) Amicie, née à Eyrieu le 28 février 1870, † à Eyrieu le 16 octobre 1894 ;
  E) Thérèse, né à Eyrieu le 10 mai 1878.

5) Antoine de Saint-Trivier, né le 17 juillet, 1844, † le 4 mai 1849.

X. Jean-Éméric-Hippolyte, vicomte de SAINT-TRIVIER, né le 28 août 1839, marié le 20 février 1867 à Aline de Fricon, fille d'Alexandre-François, marquis de Fricon, et de Camille Donjon de Saint-Martin, dont :

1) Henri de Saint-Trivier, né le 18 décembre 1870, officier de cavalerie, marié

le 15 avril 1898 à Anne-Antoinette Doyon, fille d'Hippolyte et de Élise de
Barruel de Saint-Pons, [celle-ci remariée à Henri de Gailhard].

2) Jacques, né à Lailly (Loiret) le 26 septembre 1876 ;

3) Robert, né à Orléans le 28 novembre 1882 ;

4) Henriette, née le 5 mars 1868, † jeune ;

5) Jeanne, née à Orléans le 14 avril 1872, mariée en 1894 à Marc, baron
d'Alès.

BRANCHE DE TAVERNOST

VIII. Daniel BELLET DE TAVERNOST, bapt. à Trévoux le 9 août 1778, † à Cruix le
23 novembre 1838, marié à Lyon le 19 avril 1806 à Alexandrine-Anne Giraud de
Montbellet, née à Paris le 19 février 1788, † à Lyon le 30 décembre 1826, fille de
Georges-Marie, baron de Montbellet et de Marie-Julie-Pauline de Colbert, dont :

1) Albert, né le 9 juillet 1807, † le 10 mai 1823 ;

2) Paul, qui suivra ;

3) Louise-Augustine-Isabelle de Tavernost, née à Lyon le 13 novembre 1826,
† à Paris le 18 avril 1879, mariée à Theizé le 24 octobre 1847 à Gabriel
Bourlier, baron d'Ailly, né en 1823, fils de Robert, mousquetaire du Roi et
de Clémentine-Gabrielle Puy de Rosny.

IX. Antoine-Paul, baron DE TAVERNOST, né le 29 janvier 1811, † à Tavernost le
15 septembre 1872, marié le 17 novembre 1845 à Claire de Guillon de Loëze, fille
d'Abel-François, et de Joséphine-Julie Compagnon de la Servette, dont :

1) Roger, qui suit ;

2) Pierre, né le 3 août 1848, capitaine de dragons, marié le 4 décembre 1878 à
Augustine Brunet de Presles, fille de Charles-Marie-Wladimir et de
Gabrielle de Presles;

3) Antoine, né le 24 septembre 1853, marié à Vaux (Aube) le 22 octobre 1880
à Gabrielle de Maupas, fille de Charlemagne-Émile, ministre de la police
en 1852 ;

4) André, né le 13 mars 1857, marié à Montpellier le 18 novembre 1885, à
Marie de Julien de Pégueyrolles, dont :

    A) Ludovic de Tavernost ;

    B) Paule de Tavernost, née à Montpellier le 17 août 1886 ;

    C) Renée de Tavernost ;

5) Abel-Louis, né le 13 août 1860, officier, marié à Paris le 26 novembre 1900
à Blanche-Jeanne Ducaruge, dont postérité ;

6) Étienne, né le 10 octobre 1861, marié à Alger le 28 décembre 1891 à Her-

mine de Laurencin-Beaufort, fille de Paul, comte de Laurencin-Beaufort
et de N... Albrecht de Martens, dont : .

Isabelle, Yvonne et Ludovic de Tavernost.

IX. Albert-Roger, baron de TAVERNOST, né le 15 février 1847, officier de cavalerie, marié le 28 août 1873 à Thérèse Gillet de Valbreuze, † le 12 juillet 1892 à la
catastrophe de Saint-Gervais, fille d'Alphonse et de N. Chapuys, dont :

1) Paul de Tavernost, né en 1886 ;
2) Caroline, née le 24 août 1874, † le 12 juillet 1892 à la catastrophe de Saint-
   Gervais ;
3) Antoinette, née le 1er janvier 1879, mariée à Tavernost, le 17 novembre
   1903 à Georges Meaudre de Sugny, officier, né à Saint-Chamond le 7 janvier 1875, fils d'Anne-Louis Meaudre de Sugny, membre du conseil général de la Loire et de Sabine Sophie Prénat.

Les Bellet ont également donné une branche dont le point de jonction est ignoré,
issue de :

I. Claude BELLET, lieutenant particulier au bailliage de Beaujolais, père de :

II. David BELLET, docteur ès-droits, lieutenant particulier civil et criminel au bailliage de Beaujolais (28 février 1589), échevin de Villefranche (1592), conseiller du
Roi et de S. A. Mme la Duchesse de Montpensier, marié à Laurence de Cloux,
dont, entre autres :

1) François, qui suit ;
2) Philibert, vivant en 1596 ;
3) Bénigne, mariée p. c. du 10 février 1608 à Jacques Vicard, procureur du
   Roi en l'élection de Beaujolais, fils de Benoît, secrétaire de la ville de
   Villefranche et d'Antoinette du Bourg ;
4) Claudine, bapt. le 14 novembre 1601, mariée à Pierre Thévenon.

III. François BELLET, Lieutenant particulier civil et criminel au bailliage de Beaujolais (23 janvier 1618), échevin de Villefranche (1619), marié à Françoise de
L'Orme.

BENOIT

d'azur au lion d'argent rampant contre un pin de sinople, sur une terrasse de même

Jean-Henri BENOIT

Originaire d'Avignon, la famille Benoît est issue de :

I. Gabriel Benoit, demeurant à Avignon en 1656, † avant 1676 maître moulinier de soie à Lyon, marié à Madeleine Arnaud, dont :
> 1) François Benoît, né à Avignon vers 1656, † le 28 août 1702, religieux au couvent des frères prêcheurs de Lyon sous le nom de frère Gondisolve (19 septembre 1676);
> 2) Jean-François, qui suit;
> 3) Étienne Benoît, maître chirurgien juré à Lyon;
> 4) N... fille, mariée à Claude Jourdan.

II. Jean-François Benoit, continua la profession de son père, marié à Lyon le 13 mai 1690 Hélène Pillot, fille de Jean et d'Antonie Pariat, dont :

III. François Benoit, fabricant de soieries, capitaine pennon de la compagnie de milice de Bon Rencontre à Lyon en 1759, marié à Lyon le 4 novembre 1718 à Pierrette Charton, née le 2 décembre 1701, † le 2 avril 1780, fille de Jean Charton et de Jacqueline Fournier, dont :
> 1) Jean-Henri, qui suit;
> 2) Claude Benoît, docteur de Sorbonne, curé de Montluel;
> 3) Théodore, dit le R. P. Bruno Benoît, capucin;
> 4) Jean Benoit, né le 11 décembre 1737, recteur de la Charité de 1779 à 1782, marié à Lyon le 18 juillet 1769 à Marie-Antoinette Landar, fille de Pierre et de Marie Chavand, dont trois enfants;
> 5) Antoinette Benoît, née le 9 novembre 1722, † le 17 décembre 1742, mariée le 4 novembre 1742, à Honoré Bœuf, banquier à Lyon, qui devint Échevin de Lyon, fils de Jean-Louis, banquier, et d'Anne Pautrier;
> 9) Magdeleine Benoît, mariée à Philibert Charton;

7) Louise Benoît ;
8) Anne-Marie Benoît, bapt. le 8 janvier 1744.

IV. Noble *Jean-Henri* BENOIT, recteur de la Charité (1761-62-63-64), Juge-conservateur (1772), homme du Roi au tribunal de la conservation (1777-78), Échevin de Lyon en 1782, comparant à Lyon en 1789, marié à Lyon les 15-16 décembre 1748 à Marguerite-Antoinette Palerne, bapt. à Lyon le 3 février 1728, fille de Marc-Antoine Palerne et d'Andrée van der Cabel, dont :

1) Jean-François Benoît ;
2) Françoise-Louise Benoît, mariée à Lyon le 14 septembre 1773 à Jean-Baptiste Dupont, fils de Julien et de Marie Claudine Lethenot ;
3) Marie-Fleurie-Mathurine Benoît, mariée à Lyon le 19 juin 1780 à François-Antoine Fabry, fils d'Antoine et de Louise-Pierrette Saillard ;
4) Marguerite-Lucrèce Benoît, mariée à Lyon le 7 août 1781 à Jérôme Blanc.

BERGER DU SABLON

*d'azur au chevron accompagné en chef d'un soleil et en pointe d'un léopard, le tout
d'or.*

JEAN-FRANÇOIS BERGER
MARIE-ROMAIN BERGER DU SABLON

Les comparants de 1789 étaient issus de :

I. Camille BERGER, écuyer, conseiller secrétaire du Roi près le Parlement de Dauphiné (1761), marié à Claudine Couppier, qui testa le 21 septembre 1787, laissant :

    1) *Jean-François* Berger, écuyer, Avocat au conseil supérieur de Lyon, conseiller en la sénéchaussée et siège présidial de Lyon (14 février 1772), comparant à Lyon en 1789 ;

    2) Marie-Romain, qui suit.

II. *Marie-Romain* BERGER DU SABLON, écuyer, gendarme de la garde du Roi, chevalier de Saint-Louis, comparant à Lyon en 1789, marié à Marie-Amélie Couppier, dont :

    1) Camille, qui suit ;

    2) Claudine-Jeanne-Fulvie Berger du Sablon, née à Sainte-Foy-les-Lyon le 11 avril 1792, † à Lantignié le 12 novembre 1843, mariée à Lantignié le 15 novembre 1817 à Jean-Louis Varenard de Billy, bapt. à Lyon le 22 juin 1767, † le 13 décembre 1851, veuf de Victoire Cambefort de Monceau, et fils de noble François, docteur ès-droit, et d'Élisabeth Clapeyron ;

    3) Albine-Berger du Sablon, née le 1er messidor an V, mariée à N. Courtin de Blaisy ;

    4) Marie-Françoise-Joséphine, née le 2 nivôse, an VIII ;

    5) Marie-Jeanne-Bathilde Berger du Sablon, née le 20 octobre 1807, † à Bellegarde le 18 mars 1860, mariée le 8 janvier 1827 à Adolphe-Jean-Marie-

Marguerite Roches-Ranvier de Bellegarde, né le 12 juin 1789, † à Bellegarde le 17 septembre 1869.

III. Marie-François-Camille BERGER DU SABLON, né le 19 brumaire an XIII, † à Claveisolles en 1876, marié à Eudoxie de Sermaize, dont :

1) Emmanuel, qui suit ;
2) Marie Berger du Sablon, religieuse du Sacré-Cœur, † à Montpellier vers 1880 ;
3) Isabelle Berger du Sablon, † vers 1888, mariée au vicomte de Ruty ;
4) Sidonie Berger du Sablon, née vers 1845, mariée vers 1865 au baron Antoine de Ponnat, né vers 1840.

IV. Emmanuel BERGER DU SABLON, comte du Sablon, né en 1837, † à Claveisolles, le 26 juin 1892, maire de Claveisolles, conseiller général du Rhône, marié 1°) à N.. Destutt d'Assay, 2°) en 1868 à Virginie de Jessé-Levas, veuve du comte de Siffredy-Mornas, et fille d'Antoine, baron de Jessé et d'Élisabeth Boulard de Gatellier. Il fut père de :

1) *1er lit* : Henri Berger du Sablon, † âgé de 18 ans ;
2) Charles, qui suit ;
3) Marie-Antoinette Berger du Sablon, mariée au comte de Maudhuit ;
4) *2e lit* : Édouard Berger du Sablon, † à 11 ans en 1883.

V. Charles BERGER DU SABLON, comte du Sablon.

Les Berger du Sablon semblent établis à Claveisolles à la suite de leurs alliances avec les Couppier. Le conseiller à la Cour des monnaies de Lyon, de ce nom, possédait en effet, à la fin du xviiie siècle, les fiefs de Claveison, Viry et Malval, sis paroisse de Claveisolles en Beaujolais.

Cf. : *Almanachs de Lyon.*
W. Poidebard : *Notes historiques et généalogiques.*
J. Dareste de Saconay *: Notes communiquées.*

BERTHAUD DE TALUYERS ET DU COIN

d'azur au lion d'or, à la fasce de gueules chargée de 3 étoiles d'or brochante.

CLAUDE BERTHAUD DE TALUYERS
PHILIPPE-FRANÇOIS BERTHAUD DU COIN

Les Berthaud ou Bertaud, sont issus de :

I. Paul BERTAUD, voyer de la ville de Lyon, † avant 1724, marié à Louise Balley, qui testa à Lyon le 7 septembre 1730, dont trois fils et deux filles, entre autres :

1) Claude, qui suit ;
2) Jacques Berthaud, bourgeois de Lyon, marié à Lyon le 2 septembre 1719 à Anne-Catherine Pastour de Castebelle, fille de noble Philippe, chevalier de Saint-Louis, ancien gouverneur de l'Ile Royale et d'Anne Dutour ;
3) Marie-Anne Berthaud, mariée à Lyon p. c. du 17 janvier 1712, à André-Félix Jacquet.

II. Claude BERTHAUD, écuyer, seigneur de la Vaure, Prapin (Orliénas), voyer de la ville de Lyon (1727), secrétaire du Roi près la Cour des monnaies de Lyon, (27 janvier 1730), intendant des fortifications de Lyon, ingénieur à Lyon ; ép. p. c. du 18 décembre 1708 Jeanne Ferley, fille de Gaspard et de Jeanne Severt, dont quatre fils et une fille, entre autres :

1) Pierre, qui suivra ;
2) Jeanne Berthaud qui testa le 22 juin 1747, ép. p. c. du 15 janvier 1730 Pierre Aulas, écuyer, seigneur de Moleyse, Avocat général à la Cour des monnaies, fils de noble Jean-Baptiste Aulas et de Marie Bachoud.

III. Pierre BERTHAUD DE LA VAURE, écuyer, seigneur de Taluyers, La Vaure, né le 12 octobre 1712, † le 10 janvier 1775, membre de l'Académie de Lyon, conseiller en la Cour des monnaies de Lyon (26 août 1733), ép. à Lyon le 12 janvier 1740 Maria Robin (d'Orliénas) bapt. à Lyon le 12 décembre 1719, fille de François et de Antoinette Sornin dont deux fils et deux filles, entre autres :

1. Claude, qui suivra ;
2) *Philippe-François* Berthaud du Coin, chevalier, né en 1748, conseiller en la
sénéchaussée de Lyon, comparant en 1789, ép. à Lyon le 11 juillet 1775
Barbe Baland d'Arnas, fille de Joseph, écuyer, sg' d'Arnas et de Sibylle
Pitiot dont :

    A) Claude Berthaud du Coin, écuyer, garde du corps, capitaine et
chevalier de Saint-Louis, † le 2 janvier 1823 ;

    B) Sibylle Berthaud du Coin, née à Lyon le 3 août 1776, † à Montbri-
son le 5 juillet 1850, ép. à Lyon le 20 thermidor an VII, Pierre
Roux de la Plagne, né à Saint-Étienne le 29 juin 1763, fils de
Pierre-Jean-Georges et de Louise Neyron.

IV. *Claude* BERTHAUD DE TALUYERS, écuyer, sg' de Taluyers, La Vaure, né en 1742,
conseiller à la Cour des monnaies (21 janvier 1767) puis au Conseil supérieur de
Lyon (1772), comparant en 1789, ép. à Lyon le 25 février 1772 Marie Fulchiron,
fille de noble Antoine, Échevin de Lyon, et de Marie Bertrand, dont :

1) Pierre, qui suivra ;
2) Marie-Louise-Zoé Berthaud de Taluyers, née à Lyon le 22 juillet 1783, ép.
le 4 février 1807 Jean-Louis-Marie de Boissieu, bapt. à Lyon le
17 juin 1777, fille de Jean-Jacques de Boissieu, chevalier, Trésorier de France,
et de Anne de Valous.

V. Pierre Marie BERTHAUD DE TALUYERS, chevalier, † à Ambournay le 9 janvier
1852, officier à l'armée de Mg' le prince de Condé, marié à Bénigne-Anthelmette
Passerat de la Chapelle, veuve des Forests, † à Ambournay le 12 octobre 1857 âgée
de 80 ans, dont :

1) Louise Berthaud de Taluyers, † en 1896, ép. le 11 septembre 1837 François-
César-Ernest de Besson des Blains, † à Paris à 68 ans, le 15 mars 1880.

Cf. : *Communications* de M. de La Plagne.

BERTHET

d'azur à 3 épis d'orge d'or, rangés en pal

Auguste-Philibert BERTHET

Les armes décrites en tête de cette notice sont celles d'une famille du Beaujolais, dont on trouve la généalogie dans l'Armorial général d'Hozier (imprimé) et dont l'auteur, honorable homme Claude Berthet, sgr de Gorze, bourgeois de Beaujeu, mourut avant 1584; de lui descendait au cinquième degré :

V. Noble Philibert BERTHET, écuyer, sgr de Gorze, Combes, La Salle, Nagu, Germol, Sacogny, etc., enseigne des Mousquetaires, lieutenant d'infanterie, capitaine au régiment d'Huxelles (18 février 1648), maintenu dans sa noblesse le 28 mars 1668 par l'intendant Bouchu, marié le 8 août 1654 à Ysabeau de Thibault des Prés, fille de Philibert de Thibault, écuyer, sgr de Thulon et d'Ysabeau de Noblet des Prés, dont :

1) Philibert-Antoine Berthet, prêtre de l'Oratoire, chanoine d'Aigueperse et de Mâcon;

2) Jean-Joseph, qui suit;

3) Claude-Hyacinthe Berthet, écuyer, sgr de La Serre, du Brouillot, de Thiart, lieutenant au régiment de Piémont, capitaine de dragons à celui d'Orléans, chevalier de Saint-Louis, demeurant à Lyon en 1736;

4) Étiennette Berthet, mariée à Lyon le 20 novembre 1696 à Ennemond Cusset, conseiller du Roi, juge-garde de la Monnaie de Lyon, membre de l'Académie des sciences, veuf de Marie-Catherine Dervieu et fils de Jean, bourgeois de Lyon et de Claudine Loubière.

VI. Jean-Joseph BERTHET, chevalier, marquis de Gorze (L. P. mars 1707, enregistrées au Parlement de Paris le 23 juillet 1707, à la Chambre des comptes de Dijon le 11 mai 1707 et au bailliage de Mâcon le 6 novembre 1707), sgr de Senecey, Claison, Molle, etc., cadet gentilhomme à Besançon, capitaine au régiment de Piémont, colonel d'Infanterie, chevalier de Saint-Lazare, gentilhomme ordinaire du prince de Condé, Alcade et élu de la Noblesse aux États de Bourgogne etc., maintenu dans sa noblesse par l'intendant Ferrand (1er septembre 1698), marié le 10 juillet 1695 à Constance Bauderon de Senecey, † 1705, fille de Brice, sgr de Senecey-lès-Mâcon, lieutenant au bailliage de Mâcon et de Claudine de Quini de Malmont, dont :

1) Claude, qui suit :
2) Brice-Amable Berthet de Gorze de la Salle, écuyer, capitaine d'Infanterie au régiment de Condé ;
3) Louise-Marie-Victoire Berthet de Gorze, testa à Lyon le 16 juin 1766, ép. le 9 juin 1721, Claude Galland, comte de Chavannes, capitaine au régiment de Poitou, fils de Philippe, sgs de Chavannes, brigadier des armées du Roi.

VII. Claude-Joseph de BERTHET, chevalier, marquis de GORZE, † à Gorze le 17 juillet 1790, sgr de Senecey, etc., né le 29 avril 1697, capitaine de cavalerie, commissaire de la noblesse anx États du Mâconnais, ép. à Lyon p. c. du 3 août 1730 Élisabeth Jobert, fille de Pierre, écuyer, sgr de La Garde et de Marie Estival, dont :

1) Louis-Constant de Berthet, marquis de Gorze ;
2) Marie-Louise-Victoire de Berthet de Gorze, née le 6 mai 1731.

Auguste-Philibert BERTHET, comparant à Lyon en 1789 appartenait très probablement à la même descendance, mais il a été impossible de fixer exactement sa filiation.

D'ailleurs, on rencontre à Lyon une autre famille BERTHET, à laquelle pouvait peut-être se rattacher le comparant de 1789. Elle était issue de :

I. Me Jean BERTHET, † le 7 février 1740, ayant testé à Lyon le 24 février 1722, Maître particulier des eaux et forêts du Lyonnais et Beaujolais, secrétaire du Roi près le Parlement de Besançon. Il fit enregistrer à l'Armorial général en 1696 ses armoiries « *d'or à 3 roses de gueules* » (qui sont, à part l'absence d'un *chef cousu d'azur chargé d'une étoile d'or* les armes des Berthet, de Provence). Il laissait de son mariage avec Catherine Camet :

1) Jean, qui suit ;
2) Catherine Berthet, ép. p. c. du 29 juin 1726 Jean-François de Fisicat, chevalier, sgr de Beauregard et Bellièvre, fils d'Antoine de Fisicat, sgr des dits

  lieux, héraut d'armes de France au titre de Lorraine et de Marguerite Maréchal de La Pérouse.

  3) Anne Berthet, ép. à Saint-Genis-Laval le 10 juillet 1737 André Nouvel, ancien capitaine d'infanterie ;

  4) Marguerite Berthet, ép. à Lyon les 27 juin-23 juillet 1744 Jean du Puy, chevalier, sg^r baron de Semur-en-Brionnais et des Falcons, fils de Claude, chevalier sg^r des Falcons et de Denise de La Motte.

II. Jean BERTHET, écuyer, sg^r de Chazelle, né vers 1676, † à Saint-Genis-Laval le 24 octobre 1746, ép. à Saint-Genis-Laval le 11 juin 1715 Jeanne Gayet, fille de Jean-Baptiste Gayet et de Marguerite Vernay, dont :

  1) Jean Berthet de Chazelle, † à Saint-Genis-Laval le 12 mars 1744 ;

  2) Marguerite Berthet, baptisée à Saint-Genis-Laval le 21 juin 1715, peu de jours après le mariage de ses parents ;

  3) 4) 5) 6) quatre filles nées de 1721 à 1729.

Cf. : d'Hozier : *Armorial général imprimé.*

  Beaune et d'Arbaumont : *La Noblesse aux États de Bourgogne.*

BERTHOLON

De gueules au lion d'or, à la fasce d'argent (aliàs *d'azur*) *brochante.*

MARIE-ANTOINE BERTHOLON

Le nom de Bertholon porté en Lyonnais par différentes familles, dont l'une donna un conseiller de Ville en 1531, fut représenté à l'assemblée de la Noblesse par l'une d'elles, issue de souche notariale et perpétuée par :

I. Jean BERTHOLON, bourgeois de Lyon, ép. Marie Vanelle dont :
   1) Pierre qui suit ;
   2) Anne-Marie, ép. à Lyon le 25 novembre 1728 Pierre Deyrieu de la Barre, conseiller du Roi, monnayeur en la Monnaie de Lyon.

II. Pierre BERTHOLON, écuyer, conseiller du Roi, contrôleur général des véneries et fauconneries de France, ép. à Lyon le 11 mars 1731 Catherine Carron, fille de Michel, avocat en Parlement, Président en l'élection de Lyon, et de Catherine Faure dont entre autres :
   1) Marie-Antoine qui suit ;
   2) Marie bapt. à Lyon le 18 octobre 1733, ép. Robert Isnard du Deaulx ;
   3) Claudine Bertholon, ép. à Lyon le 20 octobre 1779 Claude-Antoine de Rivérieulx de la Ferrandière, chevalier † victime de la Révolution à Lyon en 1794, fils de Claude de Riverieulx de Chambost, Prévôt des marchands de Lyon, et d'Hélène Morel ;
   4) Victoire-Louise Bertholon, ép. à Lyon le 7 décembre 1774 Paul de Montreynaud, écuyer, garde du corps du Roi, fils d'Isaac-Jean, officier de dragons, et de Marie Desbocs.

III. *Marie-Antoine* BERTHOLON, écuyer bapt. à Lyon le 13 février 1741, † le 4 avril 1808 ; avocat ès Cours de Lyon en 1766, bâtonnier de l'ordre en 1789, Échevin de Lyon en 1789, comparant à Lyon en 1789.

Cf. : W. Poidebard : *passim.*

BIÉTRIX DU VILLARS

d'or à une fasce de gueules, accompagnée de 3 roses du même, une en chef et deux en pointe

Pierre-Emmanuel BIÉTRIX du VILLARS de CRENILIEUX

Les Biétrix, originaires du Dauphiné, sont cités par Pernetti comme ayant fourni en 1628 un des minimes morts au service des pestiférés. Leur filiation peut s'établir comme il suit :

I. Antoine BIÉTRIX DU VILLARS, bourgeois de Miribel en Dauphiné (frère de François Biétrix, prêtre en second et recteur de la chapelle de Sainte-Marie-Magdeleine à Miribel), marié en 1670 à Catherine Tirard dont :

    1) Charles qui suivra ;
    2) Henri qui sera rapporté plus loin ;

II. Charles BIÉTRIX DU VILLARS, capitaine châtelain de Saint-Chef en Dauphiné (1701), marié et père de :

III. Noble Gabriel BIÉTRIX DU VILLARS, conseiller auditeur à la Chambre des Comptes de Grenoble (23 juillet 1728 jusqu'au 15 janvier 1752), marié à Marie-Anne Bouvard de Charpieux, dont :

IV. *Pierre-Emmanuel* BIÉTRIX DU VILLARS, écuyer sgr de Crucilieux et Crénilieux, obtint le 13 août 1774 une sentence de bourgeoisie de l'élection de Lyon ; comparant à Lyon en 1789 ; marié 1° à Lyon le 26 novembre 1765 à Hélène Duvernay, fille de noble Mathieu, avocat en Parlement, et de Marie Pillet ; 2° à Françoise Cugnet de Grandval, veuve de François-Augustin Monduel, sgr de la maison forte de Crucilieux. Il fut père de :

    1) *1er lit :* Gabriel-Ange Biétrix du Villars, bapt. à Lyon le 28 août 1766 ;
    2) *2e lit :* Anne-Marie-Angélique Biétrix du Villars de Crucilieux mariée en 1797 à Jean-François Flocard de Mépieu, ancien officier au régiment de

Navarre, fils de Joseph Flocard sg^r de Mépieu, Quirieu, etc., et de Marie-Guillelmine Compagnon de Lépieu.

BRANCHE CADETTE

II. Henri Biétrix du Villars bourgeois de Lyon † 15 octobre 1744, marié à Lyon le 17 août 1701 à Philiberte de Sault, fille de Louis de Sault, bourgeois de Marcigny en Bourgogne, et de Françoise Christin, dont huit enfants entre autres :

III. Angely Biétrix du Villars, bapt. à Lyon le 1er juillet 1702, † 18 septembre 1768 ; commissaire général aux transports de l'artillerie de France ; marié à Lyon le 24 février 1734 à Anne-Marie Pillet, fille de César Pillet et de Hélène Bourgeois (de Boynes) tante du ministre de Louis XV, dont six garçons et sept filles entre autres :

1) Jacques Biétrix de Rozières né en 1739, premier commis de la Marine à Versailles ;
2) Louis-André qui suivra ;
3) Marie-Antoinette Biétrix du Villars, bapt. le 4 juin 1737, mariée à Lyon le 25 janvier 1763 à Jean-François Perrier, bourgeois de Lyon ;
4) Marie-Magdeleine Biétrix du Villars bapt. à Lyon le 22 juin 1741, ép. à Lyon le 10 février 1766, Noble Marc-Antoine Nolhac, Échevin de Lyon, né en 1723 † 1797, fils de Mathieu Nolhac ;
5) Marie-Catherine Biétrix du Villars, bapt. à Lyon le 15 décembre 1742, ép. à Lyon le 7 février 1771 Jacques-Joseph Alléon, fils d'Henri-Joseph et de Jeanne Vial.

IV. Louis-André Biétrix de Sault, né en 1748, commissaire général pour le transport de l'artillerie et des troupes en 1789, marié à Élizabeth Pignol, dont :

V. Jules-André Biétrix de Sault, Garde du corps du Roi en 1818, † s. p.

Les Biétrix sont encore représentés à Lyon et à Glené près La Palisse (Allier) ; ils nous ont aimablement communiqué les armoiries de leur famille.

Cf. : *Communications de M. de Nolhac.*

BLANCHET DE PRAVIEUX ET DE LA SABLIÈRE

d'azur à la bande d'argent (aliàs d'or) accostée de deux lys tigés en bande de même.

Claude-Louis-André BLANCHET de LA SABLIÈRE

Cette famille originaire de Nantua, établie au XIXᵉ siècle en Bretagne, est issue de :

I. Pascal BLANCHET, † avant 1715, marié à Catherine Guilhot, dont :

II. Jean-Claude BLANCHET, écuyer, sgʳ de Pravieux, né à Nantua en 1662, † à Lyon le 5 mars 1732 ; Échevin de Lyon en 1731-32, marié : 1° en 1694 à Marianne Veyrié ; 2° à Lyon le 14 mars 1709 à Agnès de Mayol, née en 1687 † 1744, fille de Joseph de Mayol, Lieutenant général civil et criminel au bailliage de Bourg Argental, et de Marthe de Cusson d'Estignac. Il fut père de :

1) *1ᵉʳ lit :* Claude-Louis, qui suit ;
2) André Blanchet, né en 1704, chanoine régulier de Saint-Antoine ;
3) Marianne Blanchet, † à Saint-Martin de Fontaines le 5 mars 1763, à 66 ans, ép. le 10 janvier 1715 Claude Pollet, fils d'Antoine, conseiller du Roi, médecin à Mâcon, et de Philippe Pâtissier ;
4) Catherine Blanchet, ép. à Lyon le 22 septembre 1718 Simon Petitot, né à Dijon le 16 août 1682, † à Montpellier le 6 novembre 1746 ; ingénieur fameux, receveur de la douane et secrétaire du maréchal de Villeroy, Gouverneur de Lyon, fils de Jean-François Petitot et de N... Grimaud, et père de François-Augustin, conseiller à la Cour des Monnaies de Lyon ;
5) *2ᵉ lit :* Jean-Pierre-Marie, qui a fait la branche de La Sablière ;
6) Ennemonde-Elizabeth Blanchet, bapt. à Lyon le 8 octobre 1712, † à Lyon le 7 octobre 1734 ; mariée le 11 février 1730 à Jean-Baptiste Maurier, Avocat en Parlement, conseiller au Parlement de Dombes, fils d'Honoré Maurier, Avocat en Parlement, lieutenant en la juridiction des tailles au département de Bugey, Gex et Valromey, et de Marie-Madeleine Jardet.

III. Claude-Louis BLANCHET, écuyer, sg^r de PRAVIEUX et d'Epeisses, né le 3 décembre 1696, † le 22 mai 1763. Avocat en Parlement, conseiller du Roi et son Procureur en l'élection de Lyon, membre de l'Académie de Lyon ; ép. le 17 janvier 1730 Marie Carré, fille de Benoît et d'Étiennette Causet-Desmarest, dont :

1) Jean-Claude-Vincent, écuyer, bapt. à Lyon le 3 février 1732 ;

2) André, écuyer, bapt. à Lyon le 5 février 1738, † le 9 janvier 1746 ;

3) Catherine Blanchet de Pravieux, bapt. à Lyon le 12 août 1736 ;

4) Louise Blanchet de Pravieux, bapt. le 26 janvier 1739 ;

5) Antoinette-Elmone Blanchet de Pravieux, bapt. le 10 septembre 1739 ;

IV. L'une de ces filles forma le degré suivant par son mariage avec : N. BOYS D'HAUTUSSAC, conseiller du roi et maire de Bourg-Saint-Andéol (18 mai 1775), fils du maire de cette ville (4 juin 1745) dont :

V. Guy-Charles-Antoine BOYS D'HAUTUSSAC, né à Saint-Laurent du Pape (Ardèche) le 25 février 1771 ; maire de Saint-Laurent du Pape, anobli par L. P. du 3 février 1819, marié à Geneviève-Amélie Gandy, dont :

VI. Louis-Antoine-Humbert BOYS D'HAUTUSSAC DE PRAVIEUX né à Saint-Laurent du Pape le 20 avril 1817, autorisé par ordonnance du 7 novembre 1821 à ajouter à son nom celui de « Pravieux » ; marié à [Marie] Boisset de Segur, dont un fils.

Cette famille, substituée aux Blanchet de Pravieux, portait depuis lors : « *Parti au 1 d'or au bois de sinople ; au chef d'azur chargé d'un cerf naissant d'argent ; au 2 de gueules à la bande d'or accostée de deux lys de jardin d'argent* ».

BRANCHE DE LA SABLIÈRE

III. Jean-Pierre-Marie BLANCHET [DE LA SABLIÈRE], chevalier, né à Lyon le 6 juillet 1710, † 1780, conseiller du Roi, Président trésorier de France à Lyon (12 juillet-23 août 1737), marié le 16 mai 1737 à Françoise Dru, qui testa à Lyon le 29 avril 1741, fille de Joseph-Thomas Dru et de Marie Adamoli [celle-ci fille de Alphonse-François Adamolo et d'Anne Trollier ; Marie Adamoli avait, entre autres sœurs, Suzanne Adamoli, mariée à Alexis-Bonaventure Perrin de Roche, écuyer, sg^r de Vieuxbourg]. Il laissa :

1) *Claude-Louis-André* Blanchet (de la Sablière), écuyer, bapt. à Lyon le 14 mai 1740, condamné à mort par le tribunal révolutionnaire le 14 frimaire an II ; reçu en 1766 avocat ès-cours de Lyon, comparant à Lyon en 1789 ;

2) Jean-Baptiste, qui suit ;

3) Pierre-Alphonse, écuyer, né en 1743, † 1811, prêtre du diocèse de Lyon, Vicaire général à Vannes, commissaire aux États de Bretagne ;

4) Marie-Agnès, née en 1739, mariée à Lyon le 7 septembre 1762 à son cousin Claude-Louis-Agnès Maurier de Pradon, écuyer, Inspecteur des Haras de Bresse et Bugey, fils de Jean-Baptiste, conseiller au Parlement de Dombes, et d'Ennemonde Blanchet ; et père de la baronne de Chaponay ;

5) Catherine Blanchet (de La Sablière), née en 1745, † 1793.

IV. Jean-Baptiste Blanchet de la Sablière, chevalier, né en 1742, † 1791, sg^r du marquisat de Vayres, au bailliage d'Étampes, administrateur général des Domaines à Paris en 1779 ; vota en 1789 avec la Noblesse d'Étampes, parmi les quatre sg^{rs} de marquisats du bailliage ; marié à Geneviève Vieillard, dont :

1) Clément-François-Philippe Blanchet de La Sablière, chevalier, né en 1781, marié à N... Paon de Villiers, dont :

A) Mme de La Selle, mère du comte Raymond de la Selle ;

B) Marie-Denise-Clémentine Blanchet de La Sablière, née en 1805, † à Paris le 31 janvier 1895 ; mariée à Paris le 4 mai 1825 à Alexandre-Laurent Cauchy, garde des Archives de la Chambre des Pairs, conseiller à la Cour de cassation, né le 12 mars 1792, † à Paris le 30 mars 1857, fils de Louis-François, chevalier Cauchy, garde des Archives des Ordres du Roi de Marie-Madeleine Desestre.

2) André-Augustin, qui suit ;

3) Geneviève Blanchet de La Sablière.

V. André-Augustin Blanchet de la Sablière, chevalier, né en 1782, † en 1833, marié en 1818 à Hermine de Malartic de Fondat, † 1858, fille d'Abel-Louis-François de Malartic, écuyer, sg^r de Fondat, conseiller au Parlement de Paris, Maître des Requêtes, et de Anne-Victoire Trousseau, dont :

1) René Blanchet de La Sablière ;

2) Marie-Georges, qui suit ;

3) Marie-Marthe Blanchet de La Sablière, née en 1821, † à Lanniron (Finistère) le 5 février 1894, mariée à Edmond-Marie-Guillaume de la Grange-Gourdon, marquis de Floirac, † à Périgueux le 9 mai 1887 à 77 ans.

VI. Marie-Georges Blanchet de la Sablière, né en 1826, † à Lanniron le 11 juin 1892, marié à Hermine-Marie-Anna de Kerret, fille de N..., vicomte de Kerret, et de Marie-Marguerite-Félicité Le Feuvre de La Falluère, dont :

1) Léon Blanchet de La Sablière, né en 1856, † 1879 ;

2) Georges, qui suit ;

3) Marthe Blanchet de La Sablière, née en 1858, † 1862 ;
4) Geneviève Blanchet de La Sablière, née en 1860 ;
5) Marie Blanchet de La Sablière, née en 1867, mariée le 18 avril 1888 à Alain
Hersart de La Villemarqué.

VII. Edmond-Marie-Georges BLANCHET DE LA SABLIÈRE, né à Lanniron le 16 mai
1863, † à Kéronic (Morbihan) le 19 décembre 1898, marié à Pluvigné le 2 août 1893
à Marthe-Marie-Camille Harscouët de Saint-George, fille de René-Louis-Marie,
et de Jeanne-Marie-Camille de La Bourdonnaye de Blossac, dont :
1) Carl, qui suit ;
2) Marie-Thérèse-Renée-Hermine, née à Lanniron le 23 mai 1894 ;
3) Madeleine-Marie-Geneviève, née à Boutiguéry (Finistère), le 6 mars 1898 ;

VIII. Carl-Marie-Paul BLANCHET DE LA SABLIÈRE, né à Lanniron le 26 avril 1895.

Cf. : *Notes communiquées* par Mlle de La Sablière et le vicomte Achille Espivent de
La Villesboisnet.
Michon ; Vte Révérend : *Titres et pairies de la Restauration.*

BŒUF DE CURIS

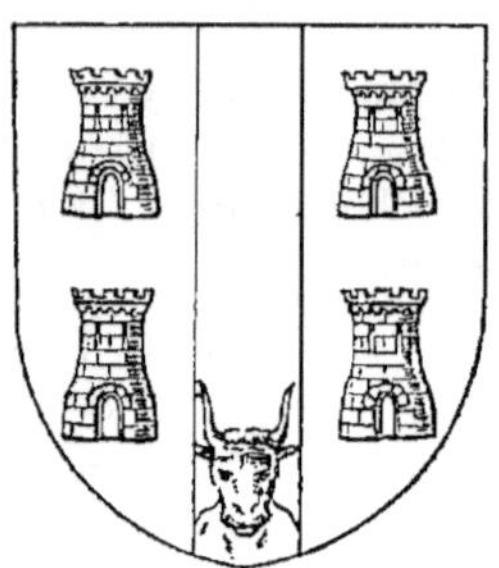

d'argent au pal de sinople chargé en pointe d'un buste de bœuf d'or accosté de quatre tours de gueules.

JEAN-LOUIS BOEUF DE CURIS

Cette famille qui a possédé le fief de Curis au XVIIIe siècle, ne doit pas être confondue avec une famille chevaleresque, de même nom patronymique, établie en Roannais au XIVe siècle et qui portait « *d'or au bœuf de gueules* » et adjoignait à ce nom celui de Neschers.

Les Beuf ou Bœuf de Curis sont issus de :

I. Jean-Louis BŒUF, bapt. à Jauziers le 22 septembre 1658, marié le 29 juin 1685 à Anne Paultrier, fille de Jacques Paultrier ; il testa le 12 juin 1720 et eut au moins :

    1) Jean, † à Lyon le 20 août 1769 ;

    2) Honoré, qui suit :

II. Noble Honoré BŒUF, bapt. à Jauziers le 10 juillet 1701, † le 4 octobre 1780, Échevin de Lyon (1773-74), conseiller de ville à l'assemblée des notables (1769). Il avait quitté jeune la vallée de Barcelonnette et acquis une grande fortune ; marié : 1°) le 4 novembre 1742 à Antoinette Benoît, née le 9 novembre 1742, † le 17 décembre 1742, sœur de l'Échevin de Lyon, Jean-Henri Benoît ; 2°) le 10 mai 1745 à Catherine Terrasse, fille d'Antoine Terrasse, et de Catherine Brun [famille des Terrasse de Tessonnet éteints chez les du Bessey de Contenson]. Il eut du second lit :

    1) Jean-Louis, qui suit ;

    2) Jeanne, née en 1750, mariée en 1769 à Antoine Piron, écuyer, fils de François Piron, écuyer, conseiller secrétaire du Roi et de Jeanne-Marguerite de Gérando ;

    3) Claudine, née en 1751, mariée en 1770 à Jacques Deschamps, écuyer, fils de noble Thomas Deschamps et d'Élisabeth Charrier ;

4) Pierrette, née en 1753 et mariée en 1772 à Antoine Greppo, fils de Jean-Baptiste Greppo et de Louise Branche, et frère d'un conseiller secrétaire du Roi.

III. *Jean-Louis* Bœuf de Curis, chevalier, sg^r de Curis, né à Lyon le 14 octobre (aliàs 15 décembre) 1757, † victime de la Terreur, exécuté à Lyon le 28 décembre 1793; Trésorier de France à Lyon, le 9 août 1779; député de la Noblesse de l'élection de Lyon à l'assemblée de département en 1789, par procuration donnée au marquis de Jouffroy; comparant à Lyon en 1789; marié à Lyon le 18 juillet 1780 à Louise-Henriette Steinman, fille de Joseph Steinman, Echevin de Lyon et de Jacqueline-Marguerite Sacquin, dont :
1) Louis-Antoine, qui suit;
2) Henri, né en 1783, † à Lyon le 2 avril 1868;
3) Catherine, née le 16 avril 1781, mariée le 12 août 1800 à Henri de Beaudrand de Pradel de La Roue, fils de Claude-Joseph de Beaudrand de Pradel, sg^r de La Roue et de Suzanne de Saint-Martin;
4) Alexandrine, née le 27 mars 1786, mariée à Antoine-Marie-Victor Brac de Châteauvieux.

IV. Louis-Antoine-Honoré Bœuf de Curis, chevalier, né le 17 mars 1782, marié le 27 août 1805 à Antoinette-Albine Morand de Jouffrey, fille d'Antoine Morand de Jouffrey, procureur général au bureau des finances de Lyon et de Madeleine Guilloud [et petite-fille de l'architecte Jean-Antoine Morand, chevalier de Saint-Michel, † sur l'échafaud révolutionnaire le 24 janvier 1794 comme défenseur de Lyon], dont :

Louise-Antoinette-Azélie Bœuf de Curis, mariée le 27 avril 1824 à Annet Jérôme-Camille Meaudre de Sugny, officier de cavalerie, conseiller général de la Loire, fils de Charles-Adrien Meaudre, écuyer, sg^r de Pradines et de Pierrette Boyer de Montorcier de Sugny.

Cf. : Michon.
Généalogie communiquée par Mme Meaudre.

BOISSE

d'or à l'arbre sec terrassé de sable ; au chef de gueules chargé d'un croissant d'argent accosté de deux besans d'or.

aliàs : *d'or à l'arbre feuillé de sinople, terrassé de même ; au chef de gueules chargé de trois besans d'or.*

BARTHÉLEMY DE BOISSE

Cette famille des Boësse ou Boisse, originaire de Sauxillanges en Auvergne, s'est établie à Lyon avec Pierre Boisse, dit l'aîné, † avant 1668, marié à Antoinette Ray, dont la fille Catherine, † à Lyon le 15 février 1709, ép. à Lyon p. c. du 5 février 1668 Guillaume Nourrisson. Pierre Boisse, l'aîné avait pour frère :

I. Noble Pierre BOESSE, le jeune, né à Sauxillanges vers 1587, † à Lyon le 1er avril 1674, Échevin de Lyon en 1668-69, ép. vers 1627 Catherine Gimel, † à Lyon le 16 juin 1675, âgée de 80 ans, dont douze enfants, entre autres :

    1) Christophe, qui suit ;

    2) Françoise, bapt. à Lyon le 21 février 1632, religieuse visitandine ;

    3) Geneviève, née le 27 juillet 1638, ép. à Lyon p. c. du 4 juin 1660, Antoine Mazuyer, écuyer, sg^r de La Colonge, fils d'Alexandre, chevalier, Trésorier de France à Lyon et d'Antoinette Charrier ;

    4) Catherine, bapt. à Lyon le 16 avril 1640, † à Lyon le 19 mars 1706, ép. à Lyon le 6 février 1666 Louis de Trelon, écuyer, sg^r de La Tour, capitaine de la ville de Lyon et des forces d'icelle, fils de noble Gaspard, lieutenant général au bailliage de Bresse et de Charlotte de Falaise ;

    5), 6) Constance et Catherine, jumelles, bapt. à Lyon le 7 mai 1647, religieuses visitandines.

II. Christophe BOESSE, chevalier, né le 6 janvier 1644, † à Lyon le 7 novembre 1714, Trésorier de France à Lyon (24 mars 1673), Président au bureau des finances de Lyon, marié à Catherine Pécoïl, fille de noble Mathieu, sg^r de la Thénaudière,

Échevin de Lyon, conseiller au présidial de Lyon et de Catherine Rouvière, dont, douze enfants :

1) Mathieu, bapt. à Lyon le 2 février 1681, diacre, chanoine, baron de Saint-Just (1715) syndic général du diocèse (1730) ;

2) Antoine, qui suit ;

3) Christophe, écuyer, né vers 1686, † à Lyon le 31 août 1736 ; capitaine de la ville de Lyon et des forces d'icelle (1721) ;

4) Barthélemy, écuyer, dit M. des Avenières, capitaine au régiment Lyonnais, chev. de Saint-Louis (1746), † à Lyon âgé de de 63 ans le 20 août 1759 ;

5) Jacques, écuyer, dit M. de Vandel, † avant 1741 ;

6) François Boësse de Nuzy, écuyer, † à La Rajasse, le 5 octobre 1769, sg^r de La Thénaudière, capitaine au régiment de Normandie (1738), chevalier de Saint-Louis (1755) marié à Lyon, les 16-22 juillet 1757 à Marie Delorichon, fille de Pierre Delorichon, chev. de Saint-Louis, lieutenant-colonel des Dragons de la Reine, et de Marie Jacobé ;

7) Pierre-François Boësse de Jons, écuyer, dit M. de la Thénaudière, † à Lyon à 55 ans le 21 avril 1758, lieutenant de cavalerie au régiment du Maine ;

8) Jean-Baptiste, prêtre, chanoine du chapitre noble d'Ainay (1715), doyen (1759), † à Lyon le 9 février 1759 ;

9), 10) Lucrèce et Thérèse, religieuses visitandines au couvent de Sainte-Marie-des-Chaînes ;

11) Catherine-Antoinette-Nicole Boësse, née vers 1681, † le 16 juillet 1747 à Lyon ; mariée 1°) à Lyon le 9 juin 1708 à Ennemond Copin de Bonet, écuyer, sg^r de Falavat, conseiller au Parlement de Grenoble, fils d'Antoine Copin, écuyer, sg^r de Falavat, etc., conseiller au dit Parlement et de Marguerite de Maux ; 2°) à Lyon p. c. du 26 janvier 1715 à Joseph-Antoine-Octavien de Chaponay-Vénissieu, chevalier, sg^r de Vénissieu, ci-devant officier dans la marine du Roi, fils de Laurent, chevalier, sg^r de Vénissieu, Trésorier de France à Lyon et de Marie-Anne de Silvecane ;

12) Madeleine Boësse, ép. Joseph-Pomponne de Lucinge, chevalier, comte de La Motte, syndic de la noblesse de Bresse.

III. Antoine Joseph DE BOESSE, chevalier, né en 1684, † à Lyon le 13 avril 1759, capitaine au régiment de Normandie (1715), capitaine de la compagnie franche du Régiment lyonnais en garnison aux portes de Lyon (1738 à 1759) ; marié p. c. du 4 mars 1719 à Suzanne-Françoise Perrichon, bapt. le 3 octobre 1702, † ayant testé le 9 juin 1778, fille de Camille Perrichon, chevalier, conseiller d'État, Prévôt des marchands de Lyon, chevalier de l'ordre du Roi, et de Suzanne Olivier de Sénozan, dont onze enfants :

1) Antoine-Joseph-André-Anne de Boisse, chevalier, né à Lyon le 7 juin 1731, † avant 1759, chanoine baron de Saint-Just;

2) François-Louis, conventuel des Grands Augustins de la ville de Paris;

3) Christophe de Boisse, chevalier, bachelier de Sorbonne, chanoine du chapitre noble d'Ainay (1759);

4) Nicolas de Boisse, chevalier, né à Lyon le 11 mai 1740; lieutenant au régiment Lyonnais;

5) Barthélemy, qui suit;

6) Catherine de Boisse, née à Lyon le 7 septembre 1720, mariée p. c. du 15 novembre 1734, à Charles Le Clerc de La Verpillière, chevalier, major de la ville de Lyon, chevalier de Saint-Louis, Prévôt des marchands de Lyon, fils de Jacques, écuyer, major de Lyon et de Marie de Thosse;

7) Marguerite-Suzanne de Boisse, née à Lyon, le 1er septembre 1721, mariée à Lyon le 15 avril 1738 à Jean Fayard, chevalier, sgr des Avenières, procureur du Roi au bureau des Finances de Lyon (1736); bapt. à Lyon le 4 janvier 1702; fils de Jean secrétaire du roi et de Marguerite Claret de La Tourette;

8) Catherine-Françoise de Boisse, l'aînée, née à Lyon le 28 décembre 1723, mariée 1°) à Lyon p. c. du 29 janvier 1752 à noble Pierre Meysset, fils de Jean-Pierre, lieutenant particulier au bailliage d'Annonay et de Laurence Pradier; 2°) à Lyon le 13 février 1759, à noble Pierre-Antoine Verne, conseiller et premier Avocat du Roi au bailliage de Forez, fille de noble Vital Verne, conseiller et premier Avocat au dit siège et d'Antoinette Chercot;

9) Suzanne-Françoise-Gabrielle de Boisse, née à Lyon le 1er février 1727;

10) Agnès-Françoise-Gabrielle de Boisse, née à Lyon le 21 octobre 1729;

11) Catherine-Françoise de Boisse, née à Lyon le 30 décembre 1738, mariée le 10 novembre 1761, à Lyon, à Jean-Marie de Lafont, chevalier, sgr de Curis, baron de Juys, marquis de Miribel, sgr de Margnolas, Gléteins, Tramoye, Neyron, Thil, La Masse, etc., procureur du roi au bureau des finances de Lyon (17 septembre 1751), fils de Gilbert, marquis de Miribel, greffier en chef au dit Bureau des finances et de Marie-Anne Clapeyron.

IV. *Barthélemy* DE BOISSE, chevalier, sgr de La Thénaudière, né à Lyon le 17 août 1747, † à Larajasse le 22 février 1829, comparant à Lyon en 1789, commissaire de la Noblesse à l'assemblée des États généraux, Député de la Noblesse du Lyonnais aux États généraux de 1789; juge de paix du canton de Saint-Symphorien-sur-Coise, et conseiller général; marié à Lyon p. c. du 7 juin 1770 à Claude-Octavie Colabeau de Juliénas, † s. p., fille de Jacques, chevalier, sgr de Juliénas, Vaux, baron de Châtillon-la Palud, etc., conseiller à la Cour des monnaies de Lyon et de Françoise Vande de Saint-André.

Cf. Michon.

BOISSIEU

d'azur au chevron d'or chargé d'un trèfle d'azur.

JEAN-JACQUES DE BOISSIEU

La famille de Boissieu est issue, selon les titres déposés par elle en 1784 à Paris et en 1787 à la chambre des comptes de Bourgogne de :

I. Jean BOISSIEU, conseiller et secrétaire ordinaire de Marguerite de Valois (30 décembre 1608) secrétaire de la chambre de cette princesse (2 mars 1609) maître de la Garde-robe (1614) et exécuteur testamentaire de la princesse. Il testa le 16 juillet 1640 et avait épousé à Bussy-en-Forez le 8 juillet 1618, Catherine Arthaud [de Viry], dont il eut une fille, et :

    1) Antoine Boissieu, jésuite (1643);

    2) Maurice, qui suit.

II. Noble Maurice BOISSIEU, marié à Saint-Germain-Laval, le 16 novembre 1650, à Jeanne Champagny, fille de Nicolas, conseiller du Roi, Lieutenant au grenier à sel de Roanne, dont cinq enfants parmi lesquels :

III. Noble Jean-Marie BOISSIEU, marié le 9 juillet 1691 à Marguerite Jacquette, fille de Paul, capitaine châtelain, juge royal enquêteur de Saint-Germain-Laval. Il en eut cinq fils et cinq filles parmi lesquels :

    1) Louis-Jacques, qui suit, et qui seul fit souche ;

    2) Marie-Blanche Boissieu, religieuse ursuline;

    3) Claudine Boissieu, religieuse ursuline;

    4) Madeleine Boissieu, mariée à noble Samuel Meaudre, avocat en Parlement, vivant en 1729.

IV. Noble Louis-Jacques DE BOISSIEU, marié le 15 décembre 1729 à Antoinette Vialis, fille de François, héraut d'armes de France, dont :

    1) Jean-Louis-Joseph de Boissieu, chanoine de Saint-Paul en 1772, syndic en 1789;

2) Barthélemy de Boissieu, † s. a.; victime de son courage pendant une épidémie à Chazelles, en Forez ;

3) Jean-Jacques, qui suivra ;

4) Jean-Baptiste, qui a fait branche ;

5) Jeanne-Françoise de Boissieu, † avant 1768, mariée à Lyon le 27 janvier 1763 à noble Antoine Neyrat, Échevin de Lyon, fils de Jean-Baptiste et de Françoise Roustain.

V. *Jean-Jacques* DE BOISSIEU, chevalier, né à Lyon le 29 novembre 1736, † le 15 mars 1810, graveur illustre, Trésorier de France à Lyon le 7 août 1771 ; comparant en 1789. Il obtint en septembre 1784 du roi Louis XVI des lettres de noblesse, suppléant au défaut de preuves authentiques, et rappelant les services de ses ancêtres qui avaient vécu noblement depuis deux siècles. Marié p. c. du 20 avril 1773 à Anne-Roch de Valous, baptisée à Lyon le 23 novembre 1754, fille de Benoît de Valous, Procureur général de la Ville de Lyon, et de Françoise Fourgon de Maisonforte, dont deux fils ; le second seul, qui suit, a laissé postérité.

VI. Jean-Louis-Marie DE BOISSIEU, bapt. à Lyon le 17 juin 1777, marié le 4 février 1807 à Marie-Louise-Zoë Berthaud de Taluyers, née à Lyon le 22 juin 1783, fille de Claude Berthaud de Taluyers, conseiller au Conseil supérieur de Lyon, et de Marie Fulchiron dont :

1) Alphonse qui suivra ;

2) Claudius-Roch, qui a fait un rameau ;

3) Gabrielle de Boissieu née à Lyon le 20 août 1810, † le 11 octobre 1864, mariée le 10 juin 1833 à Ennemond de Nolhac né à Lyon le 2e jour complémentaire an XIII, † s. p. à Lyon, le 26 décembre 1854 ; fils de Pierre-Mathieu-Marie-Antoine de Nolhac, écuyer, commissaire du Roi à la Monnaie de Lyon, et de Zoë Bruyset de Sainte-Marie ;

4) Fanny de Boissieu née à Lyon le 5 août 1812, † le 1er avril 1893.

VII. Jean-Jacques-Marie, dit Alphonse DE BOISSIEU, né à Lyon le 12 décembre 1807, † à Lyon le 29 décembre 1886, membre correspondant de l'Institut (Académie des Inscriptions et Belles Lettres), membre de l'Académie de Lyon etc., officier des Saints-Maurice et Lazare etc., commandeur de Saint-Grégoire ; marié le 12 février 1833 à Antoinette-Marie-Simone Boulard de Gatellier, née à Lyon le 11 juin 1808, † à Varambon le 12 juillet 1897, fille de François, conseiller au Parlement de Bourgogne, et de Françoise Fourgon de Maisonforte dont :

1) Amédée qui suivra ;

2) Gustave, combattant de Mentana, † le 11 oct. 1870 devant Orléans, tué à l'ennemi.

VIII. Louis-François-Marie-Amédée de Boissieu, né en 1835, marié à Vaux-le-Pény le 3 mai 1870, à Gabrielle Fréteau de Pény, dont :

IX. Henri de Boissieu, marié 1° le 2 octobre 1895 à Alix-Marie-Marthe Costa de Beauregard, née à Chambéry le 30 janvier 1874, † à Varambon le 28 mars 1898, fille de Paul, comte Costa de Beauregard, et d'Herminie de Rougé, [et issue en Lyonnais des Quinson, Bollioud, et Olivier de Sénozan] ; 2° le 30 novembre 1904, à Adrienne-Carola-Henriette-Claire-Marie, comtesse d'Ursel et du Saint-Empire, née à Paris le 3 mars 1875, fille de Marie-Charles-Joseph, duc d'Ursel, sénateur du royaume de Belgique et de Antoinette-Marie, dite Antonine de Mun. Il a eu du 1er lit :

1° Charles-Albert de Boissieu né à Chambéry le 13 décembre 1896 ;

2° Antoine de Boissieu.

RAMEAU DE BOISSIEU

VII. Claudius-Roch de Boissieu, né à Lyon le 19 février 1809, † à Saint-Chamond le 13 février 1880, marié le 27 mai 1834 à Louise-Marie Dugas de La Boissonny née en 1813, † à Saint-Chamond le 7 octobre 1884, fille de Jacques-Antoine-Victor Dugas de La Boissonny, et de Marie-Françoise Thiollière, dont :

1) Louis-Marie-Jean de Boissieu, né en juin 1835, marié le 17 mars 1863 à Blanche de Fontenay, fille de M. de Fontenay et de Mme née Salomon de la Chapelle ;

2) Victor, qui suivra ;

3) Antoine-François-Marie-Henri de Boissieu, né le 11 novembre 1842, zouave pontifical, marié le 11 novembre 1868 à Marie Déan de Luigné, fille de Simon Déan de Luigné et de Félicie Le Chapellier de la Varenne, dont :

René ; Michel ; Henri ; Marie-Elizabeth ; Jeanne ; Marie-Thérèse ; Gabrielle ; Marie-Antoinette ; et Félicie de Boissieu.

4) Ennemond-Marie-Laurent-Maurice de Boissieu, né à Saint-Chamond le 19 mai 1844, marié à Lyon le 18 juin 1872 à Marie-Édith-Gasparine-Hélène Thiollière de l'Isle, née à Lyon le 28 juin 1850, fille de M. Thiollière de l'Isle et de N... Mac-Ker, dont :

A) Marguerite, née le 7 mars 1873, ép. N. Bernard de Montessus de Rully ;

B) Thérèse, née à Lyon le 27 février 1874, ép. M. Carrelet de Loisy ;

C) Madeleine, née à Lyon le 23 avril 1875, ép. Charles, Cte de Prunelé.

5) Jeanne-Françoise-Emma de Boissieu née le 2 novembre 1839, † s. a ;

6) Laure-Françoise-Marie de Boissieu, née le 3 novembre 1840, † le 9 juillet 1890, mariée à Saint-Chamond le 4 mai 1859, à Paul-Honoré Passerat de la Chapelle, né le 19 juin 1835, † le 13 mars 1886, fils d'Adolphe Passerat de la Chapelle et de Louise de Montherot ;

7) Marie-Antoinette de Boissieu, † le 5 août 1872, mariée le 24 avril 1865 à Joseph-Ernest Passerat de la Chapelle, frère du précédent.

VIII. Victor DE BOISSIEU, né le 26 mai 1837, marié le 22 avril 1865 à Marie-Antoinette Dugas, née le 10 octobre 1844, fille de Jean-Baptiste-Camille Dugas (de Monthel), et de Laurence-Virginie Dugas-Vialis, dont :

1) Jacques, qui suivra ;
2) Jean-Marie, prêtre né le 7 octobre 1871 ;
3) Joseph-Marie, jésuite, né le 11 janvier 1875 ;
4) François-Xavier-Marie, né le 3 décembre 1877 ;
5) Louise-Marie, religieuse du Sacré-Cœur, née le 17 octobre 1869 ;
6) Marie, née le 10 mai 1873 ;
7) Amélie-Marie, née le 17 décembre 1879 ;
8) Marguerite-Marie, née le 30 septembre 1881.

IX. Jacques-Claude-Marie-Laurent DE BOISSIEU, né le 4 février 1868, marié en 1896 à Louise Dugas du Villard, fille de Camille Dugas, baron du Villard, et de Marie de Fraix de Figon.

BRANCHE CADETTE

V. Jean-Baptiste-Louis DE BOISSIEU, seigneur du Tiret, bapt. à Lyon le 21 avril 1739, marié p. c. du 18 juin 1782 à Marie-Françoise-Andrée de Valous, baptisée à Lyon le 8 décembre 1758, sœur de sa belle-sœur, dont entre autres :

1) Claude, qui suivra ;
2) Jeanne-Claudine de Boissieu, née à Lyon le 3 messidor an IV, mariée à Lyon le 9 avril 1820 à Alexandre Jullien du Colombier, chevalier.

VI. Claude-Victor DE BOISSIEU, bapt. à Ambérieu le 28 novembre 1783, † au Tiret le 23 novembre 1868 ; marié le 28 janvier 1818 à Rosalie-Henriette Grel † à Ambérieu, à 69 ans, le 1er décembre 1868 ; dont entre autres :

1) Dominique, qui suivra ;
2) Félix de Boissieu, chanoine, né en 1820 ;
3) Hippolyte-André de Boissieu, né en 1822, marié le 7 juin 1859 à Alice de Salvaing de Boissieu, dont postérité nombreuse ;

4) Jean-Roch de Boissieu, né à Ambérieu le 29 mars 1825, marié le 5 novembre 1862 à Gerstheim, à Sophie de Bancalis de Pruynes dont :
.   Claude, Raymond et quatre filles.

5) Marie-Sabine de Boissieu, née à Ambérieu le 1er janvier 1824, mariée à Scipion-Philippe de la Garde ;

6) Jeanne-Marie, née à Ambérieu le 9 décembre 1827, mariée à Lyon le 5 janvier 1853 à Maurice de Beaux de Plavier, né à Crest (Drôme) le 19 avril 1846.

VII. Dominique-Marie DE Boissieu, né à Lyon le 9 novembre 1818, marié le 23 mai 1853 à Octavie Billiet, dont :

1) Francisque, qui suivra ;

2) Marie-Thérèse de Boissieu, née à Ambérieu le 17 avril 1854, mariée à Alphonse Michoud.

VIII. Francisque DE Boissieu, né à Ambérieu le 9 février 1856.

Cf : Nouveau d'Hozier : 51 ;
    Michon.

BOLLIOUD

Branche aînée

Branche cadette

Bollioud de Chanzieu, Mermet, etc. :
*d'argent à la bande d'azur accompagnée
en chef d'un lion de gueules, et en pointe
de trois roses du même.*

Bollioud des Granges, Saint-Julien, etc. :
*d'azur au chevron d'or ; au chef cousu
de gueules chargé de 3 besans d'or.*

Claude-François BOLLIOUD de CHANZIEU

La famille Bollioud, qui compte parmi les plus importantes des provinces lyonnaises, est établie au Bourg-Argental depuis le xve siècle. Elle a donné quatre Échevins à Lyon, un grand nombre d'officiers et beaucoup de conseillers au Parlement de Dombes ou à la Cour des monnaies de Lyon, etc.

La filiation suivie des Bollioud remonte à :

I. Pierre Bollioud (1472), procureur de la Reine au comté de Forez ; il laissa de sa femme Marguerite, dont le nom est inconnu :

II. Bérenger Bollioud, prévôt, procureur d'office et receveur de la châtellenie d'Argental (4 décembre 1522) pour Pierre, duc de Bourbon, comte de Forez. Bérenger Bollioud est l'auteur des diverses branches de cette famille. Il avait épousé 1° p. c. du 1er décembre 1472, Catherine Claron de Villedemont qui testa le 8 octobre 1487 ; 2° Claudine Paulat, qui testa le 23 mars 1523.

Il eut entre autre enfants :

1) *1er lit :* Étienne, qui continua la lignée ;
2) *2e lit :* Gabriel, auteur de la branche cadette, dite des Granges ;
3) Pierre Bollioud, † en 1545, secrétaire du Roi et son greffier au Parlement de Piémont et chancellerie de Turin (acte du 5 octobre 1544).

BRANCHE AINÉE

III. Étienne Bollioud, homme d'épée, ép. 1°) Béatrix Barbier ; 2°) N... Il eut :
1) *1er lit :* Jean, sg^r de Beaumont, marié à Catherine Palerne, dite l'ancienne,

fille d'Antoine, lieutenant général au bailliage de Forez ; s. p.

2) Aymard, secrétaire du Roi au parlement de Piémont et chancellerie de Turin, marié à Catherine Rivollier, dont :

    A) Catherine Bollioud, mariée 1° à Jean Fussemagne et 2° p. c. du 20 août 1576 à Pierre de Guillon, † 1615, fils de Pierre et de Marguerite de Chabannes.

3) Guillaume, qui suit ;

4) Gabriel, sgr de Beaumont, marié, et père entre autres de :

    A) N... mariée à noble Jean Le Bon, sgr de La Mayolière, auditeur des comptes de la ville de Montpellier ;

    B) Esther, dame de la maison noble de La Fauche, mariée d'abord à noble Christophe Arod, sgr de Senevas ; puis p. c. du 10 août 1604 à noble Michel de Mazery de La Faverge.

5) Antoine, tige d'un grand nombre de rameaux, dont la notice suivra.

6) 2° lit : N... Bollioud, tige des sgrs de Jarnieux, où l'on remarque : Nicolas, sgr de Berbeysse, greffier en chef du Parlement de Metz (1672. Son frère, François Bollioud, receveur du grenier à sel de Bourg-Argental, † 1688, marié à Julienne Mathon, fut père de Nicolas Bollioud, sgr de Jarnieux, procureur du Roi au bailliage de Bourg-Argental (12 septembre 1706), marié à N. Barou de Lombardière dont la fille Julienne épousa Jacques du Pré, Maître aux comptes à Grenoble.

IV. Guillaume BOLLIOUD, dit le Jeune, avocat au bailliage du Bourg-Argental, père de :

    1) Achille, qui suit ;

    2) Alexandre, tige des Bollioud-Mermet.

V. Achille BOLLIOUD, docteur ès-droits, citoyen de Lyon en 1629, marié à Sibylle de Mayol, fille de Guillaume, sgr de Logelière et d'Isabeau de Ville, dont :

    1) Alexandre-André, qui suit ;

    2) Marthe, mariée à Jean Crottier des Marets, secrétaire de la Chambre du Roi et son gentilhomme servant ;

    3) Suzanne, mariée p. c. du 5 septembre 1617 à Marc Perrachon, fils de Marc et de Jeanne de Montferrand.

VI. Noble Alexandre-André BOLLIOUD, sgr de Fétax et Fourquevaux, † 1654, juge-garde en la Monnaie de Dombes (14 mars 1639), secrétaire de S. A. R (20 juillet 1639), Lieutenant général civil et criminel au bailliage de Dombes (28 février 1641), conseiller de S. A. R. et maître des requêtes ordinaires de son Hôtel et de son Parlement de Dombes (28 avril 1643), Président en la souveraineté de Dombes et au dit Parlement ; marié à Lyon les 3-6 mars 1644 à Geneviève Charrier de

La Barge, † à 89 ans le 8 février 1711, fille d'Antoine, chevalier, sgr de La Barge, Trésorier de France à Lyon, et de Jeanne Du Gué, dont :

VII. Gaspard BOLLIOUD, écuyer, sgr DE FÉTAN, † à Lyon le 3 avril 1711, âgé de 66 ans, conseiller en la Sénéchaussée de Lyon (14 septembre 1673), conseiller au Parlement de Dombes ; marié p. c. du 26 février 1677 à Jeanne Chana † à Lyon le 19 avril 1717, âgée de 65 ans, fille de Claude et de Jeanne Micaud dont entre autres :

1) Claude, qui suit ;
2) Geneviève, née à Lyon le 31 décembre 1680, mariée à Lyon le 22 février 1700 à Joseph Vicon, conseiller au bailliage de Bourg en Bresse, fils de Jean et de Nicole Alabe ;
3) Gabrielle, bapt. à Lyon le 1er novembre 1684, reçue le 23 juillet 1701 à l'abbaye royale de Saint-Pierre de Lyon ;
4) Gabrielle, bapt. à Lyon le 16 novembre 1686, mariée à Lyon le 2 février 1712 à Camille du Terrail, écuyer, sgr de La Vinaude, fils de Guillaume, écuyer, capitaine au régiment de Piémont, et de Charlotte du Chol;
5) Marie, bapt. à Lyon le 8 juillet 1689, mariée à Lyon le 27 février 1715 à Philibert des Roys, écuyer, fils de Jean-Charles des Roys, écuyer, et de Louise de Passerat.

VIII. Claude BOLLIOUD, écuyer, sgr DE FÉTAN, Chanzieu, etc., baptisé à Lyon le 7 août 1678, † à Lyon le 16 mars 1748, conseiller en la Sénéchaussée de Lyon (22 août 1700), en la Cour des monnaies de Lyon (6-22 mars 1706), Échevin de Lyon (1725-26) ; marié à Lyon le 13 février 1703 à Claudine Vande † à Lyon âgée de 76 ans, le 30 août 1758, fille de Jean-François Vande, écuyer, secrétaire du Roi, et de Françoise Laurisse, dont entre autres :

1) Jean-François, qui suit ;
2) Gaspard, bapt. à Lyon le 22 octobre 1704 ; chanoine baron de Saint-Just.
3) Marie-Horace, bapt. à Lyon le 13 avril 1710, capitaine de grenadiers au régiment de Normandie, chevalier de Saint-Louis.

IX. Jean-François BOLLIOUD, chevalier, sgr DE CHANZIEU, Lorette, bapt. à Lyon le 27 décembre 1703, conseiller à la Cour des monnaies de Lyon (15 janvier 1727) ; marié à Lyon le 16 août 1732 à Marguerite Renaud de Lorette, dont entre autres :

1) François, qui suit ;
2) Reine-Marguerite, bapt. à Lyon le 28 janvier 1742, † à Lyon le 12 janvier 1768.

X. *Claude-François* BOLLIOUD DE CHANZIEU, chevalier, sgr de Lorette, etc., né à Lyon, † victime de la Révolution à Lyon, âgé de 60 ans, le 30 nivôse an II, conseiller en la Cour des monnaies de Lyon, comparant à Lyon en 1789 ; marié à Lyon le 13 août 1765 à Claudine-Louise Dugas de Bois-Saint-Just, bapt. à Lyon le 25 août 1746, fille de Louis Dugas, chevalier, capitaine au régiment de Picardie, et de Marie-Louise-Josèphe Laurent dont entre autres :

1) Claude-Louis, qui suit ;
2) François-Louis, né à Lyon, le 15 mars 1769 officier au régiment d'Aquitaine, sur preuves du 16 avril 1782 ;
3) François-Claude, † à Lyon, victime de La Révolution le 26 frimaire an II, âgé de 21 ans.

XI. Claude-Louis BOLLIOUD DE CHANZIEU, chevalier, baptisé à Lyon le 29 juin 1766, officier de dragons au régiment de la Reine, sur preuves du 16 avril 1782 ; tué à la tête de la cavalerie lyonnaise pendant le siège de Lyon ; marié p. c. du 4 mai 1789 à Claudine-Antoinette de Rivérieulx, née le 25 avril 1770, † s. p. le 3 janvier 1850, fille de Dominique-Claude, chevalier, sgr de Chambost, mousquetaire du Roi, et de Marie-Anne Perrin.

Rameau des Bollioud-Mermet

V. Alexandre BOLLIOUD, † à Lyon le 26 janvier 1631, second avocat en la Sénéchaussée de Lyon (11 avril 1596), premier avocat du Roi, conseiller au Parlement de Dombes (1600), auditeur de camp au gouvernement de Lyonnais, Échevin de Lyon (1610-11), député de la ville de Lyon près les rois Henri IV et Louis XIII ; marié à Isabeau Mermet, dont entre autres :

1) Pierre, qui suit ;
2) Alexandre, bapt. à Lyon le 7 janvier 1608, capitaine au régiment d'Auvergne, † tué dans la Valteline.

VI. Pierre BOLLIOUD-MERMET, écuyer, bapt. à Lyon le 11 janvier 1603, premier avocat du Roi en la Sénéchaussée de Lyon (18 décembre 1629), conseiller au Parlement de Dombes (25 janvier 1630), juge et garde en la Monnaie de Lyon, auditeur de camp au gouvernement de Lyonnais (1629), Échevin de Lyon (1657-58) ; marié 1° à Lyon le 7 juillet 1630 à Marie de Balmes, † à Lyon en juin 1641, fille de Guillaume, secrétaire du Roi en la chancellerie de Dauphiné, et d'Anne de Sève ; 2° p. c. du 19 janvier 1642 à Sibylle Payelle, veuve de Philippe Bonaud. Il eut du premier lit entre autres :

1) Guillaume, qui suit ;
2) Nicolas, capitaine au régiment Lyonnais, † au service ;
3) Marie-Alphonsine, bapt. à Lyon le 9 février 1639, religieuse au couvent de Sainte-Ursule de Lyon.

VII. Guillaume Bollioud-Mermet, écuyer, bapt. à Lyon le 17 octobre 1631, † à Lyon le 7 juillet 1697, conseiller au Parlement de Dombes (2 avril 1657), conseiller en la Sénéchaussée de Lyon (11 février 1665), auditeur de camp au gouvernement de Lyonnais, capitaine du château d'Ambérieu, lieutenant général de police à Lyon, Échevin de Lyon (1678-79) ; marié à Lyon les 15-16 janvier 1656 à Anne de Billy, fille de noble Pierre, receveur du comté de Lyon, et de Claire Girinet, dont :

> 1) Nicolas Bollioud de Girinet, écuyer, bapt. le 16 mai 1683, conseiller en la sénéchaussée de Lyon (18 juin 1688), auditeur de camp ; marié à Elisabeth Damette, fille de Jean et de Marguerite Dux, dont une fille † jeune ;
>
> 2) Charles, qui suit ;
>
> 3) Daniel, chanoine de Saint-Augustin ;
>
> 4) 5) 6) trois filles religieuses.

VIII. Charles Bollioud-Mermet, chevalier, † à Lyon âgé de 72 ans, le 24 février 1742 ; page de Monsieur, frère du Roi ; chevalier de Saint-Louis, lieutenant, capitaine au régiment Royal des Vaisseaux, servit 43 ans, se trouva au bombardement d'Alger, à la Hougue, etc. ; marié à Lyon p. c. du 17 juillet et le 9 novembre 1705 à Marianne Curtillat de Montclocher, fille de noble Jean, Procureur du Roi aux gabelles de Bresse, et de Marie Hébrais, dont :

> 1) Louis, qui suit ;
>
> 2) Guillaume, né à Lyon, † à Rouen en 1785, auteur d'ouvrages scientifiques, chanoine de Saint-Augustin, prieur de Saint-Antoine de Rouen.

IX. Louis Bollioud-Mermet, chevalier, né à Lyon le 13 février 1709, † le 31 décembre 1793, secrétaire perpétuel de l'Académie de Lyon, auteur de divers ouvrages, dont une histoire de l'Académie de Lyon.

Rameaux issus d'Antoine Bollioud
fils cadet d'Étienne tige de la branche aînée.

IV. Antoine Bollioud testa le 12 août 1573, et avait épousé Catherine Palerne, dite la Jeune, [remariée à Blaise Le Fèvre, écuyer, sgr du Pestrais, capitaine et commandant du château d'Argental] dont :

> 1) Jean, qui suit ;
>
> 2) Arnaud Bollioud, archer des gardes du Corps du Roi, lieutenant dans la compagnie de Blaise Le Fèvre, écuyer, fut un de ceux qui prirent une grande part en 1594 à la reddition au service du Roi du château d'Argental, occupé par les ligueurs. Il testa le 6 avril 1634, et eût de Françoise Perrel, fille de Marcellin et de Marguerite Béraud, entre autres :

A) François Bollioud, dit Bollioud des Gardes, † le 21 février 1698, garde du Corps du Roi, charge dont il acquitla vétérance ; marié à Marthe du Fournel dont il eût :

    a) Antoine, sg^r de Mary, † s. p. ;

    b) Joseph, mousquetaire ;

    c) Marguerite, marié à noble Jean Seytre.

3) Abraham Bollioud, gendarme de la compagnie du marquis d'Halincourt, testa le 31 janvier 1629, et eut de Catherine Béraud entre autres :

A) Arnaud Bollioud, gouverneur de Sommières, père d'un fils, Antoine tué au service ;

B) Antoine Bollioud, sg^r du Regard, marié à Catherine Bollioud, fille de Daniel, contrôleur provincial de l'artillerie à Lyon, et d'Antoinette Seytre, dont entre autres :

    a) Joseph, sg^r du Regard, lieutenant puis capitaine, au régiment Lyonnais, anobli pour services militaires, tué en Franche-Comté, ayant testé le 26 mai 1667.

    b) Isaac, sg^r de La Cour, † au service, ép. Angloise Béraud, dont :

        b a) Catherine, marié à N... du Treyve-Bonard ;

        b b) Marguerite, dame de la Cour, mariée à Jean Mathon.

4) Béatrix Bollioud, mariée à N... Allouès de La Fayette.

V. Jean Bollioud, capitaine aux régiments de Lyonnais et de Saint-Chamond, tué en combattant ; dont :

1) Arnaud, qui suit ;

2) Marguerite, mariée 1° à noble Christophe Merle, sg^r de Charbonneaux, 2° en 1630 à noble Jean Cozon du Cluzel, l'un des cent gentilshommes de la maison du Roi.

VI. Arnaud Bollioud, châtelain de Montchal, ép. Madeleine Tardy du Bois, dont :

1) Jean, dit le baron des Œillets, † s. a ;

2) Pierre, procureur du roi aux gabelles du Lyonnais (17 juillet 1667), † s. p.

3) Maurice, qui suit ;

4) Claude Bollioud, capitaine châtelain de Montchal, marié à Agathe Béraud, tige du rameau de Lampanil et Montchal, éteint avec son petit fils ;

5) Marguerite Bollioud, mariée 1° p. c. du 28 novembre 1631 à Pierre Bollioud, commissaire et contrôleur de l'artillerie, fils de Daniel et d'Hélène de Guillon ; 2° à François Bollioud, lieutenant particulier au bailliage de Bourg-Argental, fils de Pierre et de Béatrix Mayol ;

6) Marie, mariée à Louis Monin ;

7) Madeleine, mariée à Denis du Pré, conseiller référendaire en la chancellerie de Dauphiné ; sa fille épousa Léonard Pupil du Sablon, né en 1690, † 1765, conseiller au Parlement de Dombes (6 mars 1716) ;

8) 9) deux filles religieuses.

VII. Noble Maurice BOLLIOUD, commissaire contrôleur de l'artillerie de France à l'arsenal de Lyon ; marié à Lyon les 11-25 août 1643 à Pernette Maurin, fille de Ennemond et d'Isabeau Millieu, dont une nombreuse postérité qui paraît s'être éteinte aussitôt.

BRANCHE CADETTE
connue sous le nom de Bollioud des Granges.

III. Gabriel BOLLIOUD, † 1567, procureur et receveur de Charles, duc de Bourbon, comte de Forez, procureur du Roi en la châtellenie d'Argental, sous François Ier, Henri II, François II et Charles IX, fit bâtir la Grand'Maison au Bourg-Argental ; marié 1° p. c. du 18 février 1516 à Barthélemie Basset, fille de Claude Basset ; 2° à Anne Gros, veuve de François Nardoin, Lieutenant général du comté de Roussillon, dont :

1) 1er *lit :* Étienne, qui suit ;

2) Antoine, sg^r du Crozet, marié à Suzanne de Villars, fille de Charles de Villars ;

3) Antoinette, mariée à Jacques Rochette, bailli d'Argental.

IV. Étienne BOLLIOUD, † octobre 1586, procureur du Roi au bailliage de Bourg-Argental, marié 1° le 3 décembre 1555 à Marie Nardoin, fille de la seconde femme de son père ; s. p. ; 2° le 19 février 1559 à Catherine du Puy, fille de Jacques du Puy, capitaine de Saint-Galmier, et de Claire de Chalençon. Il eut entre autres du second lit :

1) Daniel, qui suit ;

2) Pierre, chef du rameau cadet qui suivra ;

3) Madeleine, mariée p. c. du 8 mai 1587 à Pierre Dallier, procureur du Roi au bailliage de Forez ;

4) Marie, mariée p. c. du 13 janvier 1596 à Jean Bonnet, sg^r de Churchau, homme d'armes de Saint-Germain-Laval ;

5) Suzanne, mariée p. c. du 19 mars 1609 à Gabriel Royer, commissaire ordinaire de l'artillerie de France.

V. Daniel Bollioud, conseiller ordinaire et provincial de l'artillerie au département de Lyonnais, Forez et Beaujolais : marié 1° p. c. du 7 novembre 1599 à Hélène de Guillon, fille de noble Pierre et de Catherine Bollioud ; 2° p. c. du 21 avril 1609 à Antoinette Seytre, fille de noble Gabriel, secrétaire de la Reine. Il eut entre autres :

1) *1er lit :* Noble Pierre Bollioud, commissaire et contrôleur de l'artillerie à l'arsenal de Lyon, † à Dijon, où il testa le 31 août 1638 ; marié p. c. du 28 novembe 1631 à Marguerite Bollioud, fille d'Arnaud et de Madeleine Tardy du Bois, dont :

    A) Une fille religieuse,

    B) Un fils † s. a. en 1659 ;

    C) Isabeau Bollioud, mariée à Pierre Bollioud des Granges, écuyer, secrétaire du Roi, fils de Pierre et de Béatrix Mayol.

2) *2e lit :* Gabriel, qui suit ;

3) Louise, bapt. à Lyon le 3 novembre 1622, mariée à N... Ferriol ;

4) Catherine, mariée à Antoine Bollioud, sg^r du Regard.

VI. Gabriel Bollioud, écuyer, sg^r de La Roche, † 23 août 1682, conseiller en la sénéchaussée de Lyon, marié à Éléonore du Chier, fille de noble Jean, capitaine de Feurs et de Catherine Mivière, dont entre autres, deux religieuses, deux lieutenants de vaisseau, et :

1) Clément, qui suit ;

2) Joseph, † à Lyon s. a, lieutenant au régiment de Dauphin-Infanterie ;

3) Jean-Baptiste Bollioud, écuyer, capitaine d'infanterie au régiment Dauphin ; marié à Metz à Charlotte de Durand d'Harancourt, fille de Claude, Lieutenant de Roi à Metz ;

4) Jeanne Bollioud, mariée le 30 avril 1675 à Philibert Bernard, écuyer, sg^r de La Vernette, secrétaire du Roi (26 novembre 1715), fils de noble Emmanuel Bernard, écuyer, sg^r de Châtenay, et d'Henriette Barthelot d'Ozenay de Rambuteau [dont la mère était Marie de Bullion, de la maison devenue si célèbre des marquis de Fervacques, Bonnelles, etc.]. Leur fils est la tige des Bernard de La Vernette. Leurs filles furent Mmes Aymard de Franche-leins et de La Martine [celle-ci mère entre autres de Jean-Baptiste de La Martine, sg^r d'Hurigny, marié à Anna de La Martine, dont les filles épousèrent Pierre de Montherot ; Pierre-Abel des Vignes, sg^r de Davayé, et Marc-Antoine Pâtissier de La Forestille].

VII. Clément Bollioud, écuyer, sg^r de La Roche, conseiller en la Cour des monnaies de Lyon (22 mars 1706), reçut en 1698 des lettres de noblesse rappelant que depuis trois siècles les Bollioud avaient vécu noblement et possédé des emplois considérables, tant aux armées que dans la magistrature ; marié à Marie-Claudine de Saint-Bonnet, dont entre autres :

1) Jacques Bollioud, qui suit ;

2) Jean-Baptiste-Joseph, écuyer, capitaine de dragons, chevalier de Saint Louis, † après 1746 ; marié s. p. à Jeanne Fabry de Marzé.

VIII. Jacques BOLLIOUD, écuyer, sg^r de La Roche, bapt. à Lyon le 11 mars 1685, conseiller en la Cour des monnaies de Lyon (7 juin 1710), marié p. c. du 31 janvier 1713 à Suzanne Saladin du Fresne, fille d'Antoine, chevalier, sg^r du Fresne, La Vaure, Président au bureau des Finances de Lyon, et de Marie Gaultier, † s. p.

Rameau cadet des Granges.

V. Pierre BOLLIOUD, vice-gérant au siège du Bourg-Argental, testa le 7 avril 1640, † le 10 mars 1645 ; marié p. c. du 27 janvier 1609 à Béatrix Mayol, fille de François Mayol, contrôleur au grenier à sel de Bourg-Argental et de Benoîte Perrel, dont entre autres :

1) François Bollioud, conseiller du Roi, lieutenant particulier et assesseur criminel (8 septembre 1641) et civil (20 septembre 1659) au bailliage de Bourg-Argental ; marié 1° p. c. du 4 mars 1647 à Marguerite Bollioud, [veuve de son cousin germain Pierre Bollioud], fille d'Arnaud et de Madeleine Tardy du Bois ; 2° p. c. du 22 février 1670 à Elizabeth de Serre, fille de Pierre de Serre, chevalier, baron d'Arlande, lieutenant général au bailliage d'Annonay, et de Dorothée de Vogüé, † s. p. au Bourg-Argental, le 8 octobre 1674.

2) Daniel, chanoine d'Annonay (20 novembre 1660) ;

3) Gabriel Bollioud, sg^r de Brogieu, né le 18 octobre 1624, † à Annonay le 30 septembre 1680 ; lieutenant principal au bailliage d'Annonay, marié à Annonay à Madeleine Androl, dont :

    A) Noble Jean Bollioud, sg^r de Brogieu, lieutenant particulier à Annonay, † à Brogieu en 1721, marié à Gilberte Crottier des Marets, dont :

        a) Pierre Bollioud, sg^r de Brogieu, Tartara, marié à Lyon le 22 janvier 1722 à Jeanne de Combles, fille d'Oudard de Combles et de Marie Prenel, dont entre autres :

            aa) Pierre-Marie-Christophe, sg^r de Brogieu, Mortier, Sonieux.

    B) Marguerite, mariée à N... des Moulines, sg^r des Esmyards ;

    C) Marie-Anne, mariée à Alexandre Crottier des Marets de Chambonas.

4) Pierre, qui suit ;

5) Marie, mariée 1° le 7 avril 1640 à Jacques Picquet, juge du marquisat
d'Annonay ; 2° à Pierre des Ormes, conseiller au bailliage de Vélay ;

6) Marguerite, religieuse.

VI. Pierre Bollioud des Granges, écuyer, né le 29 août 1630, † le 30 janvier
1704, conseiller secrétaire du Roi, maison, couronne de France et de ses finances
(25 novembre 1694) ; lieutenant particulier civil, et assesseur criminel au bailliage
de Bourg-Argental. Il était sgr des Granges, Vernas, dont hommage le 11 mai 1681
et dénombrement le 12 janvier 1693 ; marié p. c. du 20 novembre 1660 à Isabeau
Bollioud, fille de noble Pierre, contrôleur provincial de l'artillerie, et de Marguerite
Bollioud, dont entre autres :

1) Christophe, qui suit ;

2) Marguerite Bollioud, bapt. à Lyon † s. a. célèbre par son esprit ;

3) Elisabeth, née le 14 octobre 1663, mariée le 26 novembre 1683 à Etienne
Dallier, procureur du Roi au bailliage de Bourg-Argental.

VII. Christophe Bollioud des Granges, écuyer, né le 3 mai 1674, † le 6 janvier
1736, sgr de Saint-Julien-Molette, conseiller secrétaire du Roi, maison, couronne de
France et de ses finances (6 juillet 1704), lieutenant général d'épée aux bailliages de
Bourg-Argental et Saint-Ferréol (10 août 1704) ; marié p. c. du 5 juillet 1707 à
Françoise Olivier de Sénozan, fille de noble David Olivier, sgr puis comte de Sénozan,
Échevin de Lyon, et de Françoise Areson, dont :

1) François David, qui suit ;

2) Elisabeth, née à Lyon le 4 mai 1708, † après 1762 ; mariée à Lyon p. c. du
3 février 1728 à Gaspard-Roch-Augustin de Quinson, chevalier, sgr du Boujard, baron de Poncin, Cerdon, sgr de La Cueille, Saint-Alban, Laissard,
Etable, Président au bureau des finances de Lyon, né le 29 août 1700, † le
27 février 1777, fils de Roch, Échevin de Lyon, et de Marguerite Fayard
[dont la mère était La Live, de la famille des La Live d'Epiney] ;

3) Françoise, née à Lyon le 20 juillet 1709, † 1773 ; mariée p. c. de mai 1731 à
Louis Bellet, chevalier, sgr de Tavernost, Cruix etc., né en 1702, † 1775,
chevalier d'honneur au Parlement de Dombes, fils de Nicolas Bellet de
Tavernost, Premier Président du dit Parlement, et de Marie Dugas de
Bois-Saint-Just ;

4) Suzanne, née au Bourg-Argental le 11 décembre 1718, † à Paris le dimanche
1er septembre 1752, mariée p. c. du 15 mai 1737 à Louis-Claude Dupin de
Francueil, écuyer, sgr de Francueil, l'Espinière, Laleuf, des grands et petits
Sagets, de la Caillaudière etc., conseiller du Roi, receveur général des
finances de Metz et d'Alsace [remarié en 1777 à Aurore de Saxe, fille

naturelle du maréchal de Saxe, veuve du comte de Horn, Lieutenant de Roi à Schlestadt, bâtard de Louis XV], fils de Claude Dupin, écuyer, conseiller secrétaire du Roi, maison couronne de France et des Finances, l'un des fermiers généraux de S. M., sg^r de Chenonceaux, marquis du Blanc, et de Marie Bouilhat de Laleuf dont :

    A) Madeleine-Suzanne, Dupin de Francueil, née le 14 juillet 1751, mariée le 9 février 1768 à Pierre-Armand Vallet de La Touche, écuyer, sg^r de Villeneuve, conseiller d'État, tige des Villeneuve-Guibert, comtes de Villeneuve et du Saint-Empire.

VIII. François-David Bollioud des Granges, chevalier, né à Lyon le 12 juillet 1713, sg^r de Saint-Julien, dont hommage le 16 août 1761, Fontaine-Française, Chaume, Fontenille, Chazeuil, baron d'Argental (engagement du 16 août 1761), sg^r de Bourdignes (acq. du 19 août 1777, dont hommage le 17 septembre 1777) ; receveur général du clergé de France, marié p. c. du 18 décembre 1748 à Anne-Madeleine-Louise-Charlotte de La Tour du Pin née en 1730, † 1820, veuve en 1789 et comparante alors à l'assemblée de la Noblesse de Dijon, fille de Jacques-Philippe-Auguste de La Tour du Pin, chevalier, marquis de La Charce, sg^r de Fontaine-Française, chevalier de Saint-Louis, mestre de camp de dragons, etc., et d'Antoinette-Gabrielle de Choiseul, dont :

IX. Jean-Victor-François-Auguste Bollioud de Saint-Julien, chevalier, né le 7 septembre 1749, † s. p

    Cf. : La Tour Varan : *Généalogies stéphanoises*. Pernetti : *Les Lyonnais dignes de mémoire*.

BONA DE PEREX ET DE CHAVAGNEUX

Écartelé aux 1 et 4 : coupé d'azur et d'or à la croix patée d'argent ; aux 2 et 3 : coupé d'or et d'azur au lion d'argent brochant ; au chef d'azur chargé de trois roses d'or.

Jean-Baptiste BONA de PEREX
François-Marie BONA de CHAVAGNEUX

Les Bona, originaires de Bresse, s'établirent à Lyon et y donnèrent :

I. Jean-Baptiste BONA, † avant 1757, marié à Catherine Bomble dont :

II. Jean-Baptiste BONA, écuyer, procureur du Roi aux gabelles, Échevin de Lyon en 1751, marié 1° à Françoise Boiron, † à Lyon le 29 février 1724, veuve de Jean Sagéran ; 2° p. c. du 25 juin 1757 à Jeanne Perrichon, fille d'André Perrichon, écuyer, chevalier de l'ordre du Roi, secrétaire de la Ville de Lyon, et d'Agathe Estienne (fille de Noble Raymond Estienne, Échevin de Lyon, et de Françoise Guillet). Il eut du 1er lit :

III. Jean-Baptiste BONA de PEREX, écuyer, sg^r de Perex, Sienne, Chavagneux, Brézenaud, baron de Monfalconnet (par acq. du 30 septembre 1750 pour 285.000 livres), dont il fit reprise de fief le 28 novembre 1750 ; gouverneur de Bagé, etc. ; conseiller à la Cour des monnaies de Lyon le 4 décembre 1748 ; marié p. c. du 1er mai 1753 à Rose-Hieronyme de Murard, bapt. à Lyon le 24 juillet 1732, fille de Barthélemy de Murard, chevalier, sg^r de Saint-Romain, conseiller à la Cour des monnaies de Lyon, et de Rose Ploton dont :

1) *Jean-Baptiste* Bona de Perex, chevalier, bapt. à Lyon le 13 mars 1754, † à Lyon, guillotiné le 14 février 1794, conseiller maître en la Chambre des comptes de Bourgogne (29 juillet 1778) par provisions rappelant les services de son père et de son aïeul ; exerça sa charge jusqu'en 1785, comparut à Lyon en 1789 ; marié à Lyon le 13 février 1787 à Louise-Éléonore Trollier de Fétan, fille de Jean-Baptiste Trollier de Messinieux, écuyer, sg^r de Fétan,

conseiller à la Cour des monnaies de Lyon, et de Marie-Suzanne-Louise Chappuis de Margnolas, † s. p. ;

2) Barthélémy, qui suivra ;

3) *François-Marie* Bona de Chavagneux, chevalier, officier de dragons, comparant en 1789, marié à Marie-Madeleine-Émilie Jaccoud, morte s. p. le 12 octobre 1848, âgée de 87 ans ;

4) François-Anne Bona de Brézenaud, chevalier, † s. a, en novembre 1841 ;

5) Jeanne-Guillelmine Bona de Pérex, bapt. à Lyon le 29 novembre 1757, mariée p. c. du 8 mai 1780 à Jean-Mathieu Béraud de Resseins, chevalier, capitaine au régiment de Picardie, fils de Mathieu, chevalier, et de Benoîte d'Arcy d'Ailly ;

IV. Barthélemy-Marie BONA DE PEREX, chevalier, bapt. à Lyon le 11 mars 1755, Lieutenant-colonel de dragons, chevalier de Saint-Louis, marié à Lyon le 4 germinal an IV, à Sibylle-Pauline Trollier de Fontcrenne, fille d'Esprit-Étienne-François Trollier de Fontcrenne, chevalier, et de Marie Bruyères, dont :

Félicie Bona de Perex, héritière de Chavagneux, née à Lyon le 6 nivôse an V, † à Lyon le 11 janvier 1832, mariée le 14 juillet 1817 à Barthélemy-Noë Dervieu, baron de Varey, bapt. à Lyon le 16 août 1787, † 21 octobre 1850, fils de Claude-Jean-Marie, chevalier, sg^r de la baronnie de Varey, conseiller à la Cour des monnaies de Lyon, et de Jeanne Fleurie des Fours de Maisonforte.

Cf. : *Armorial de la Chambre des comptes de Bourgogne.*

BORDE DU CHATELET

d'or au cheval naissant de gueules ; coupé de sinople à une molette à huit pointes d'or.
Supports : *Un sauvage de carnation à dextre, et un lion au naturel à senestre*
Cimier : *Un cheval issant de gueules*
Devise : *Gratus honore labor.*

JOSEPH-GABRIEL DE BORDE, BARON DU CHATELET

Cette maison des Bordes ou Borde, ancienne en Bresse, est issue sur titres authentiques de :

I. Noble Pierre BORDE, secrétaire du duc de Savoie, † avant 1520, marié vers 1469 à Jeanne de Veyzia, dont :

    1) Perceval, qui suit ;

    2) Noble et magnifique Alexandre Borde, secrétaire du duc de Savoie ; testa le 12 avril 1521 ; marié à Guillemette du Gour ;

    3) Claude Borde, prêtre et chanoine de Cerdon.

II. Perceval BORDE, sg[r] de Chenavel en Bugey (p. acq. de 1556), testa le 5 juin 1557 ; écuyer d'écurie du Roi à Cerdon, marié le 4 juin 1518 à Philiberte Charnetz, fille d'Amblard Charnetz, dont :

    1) Claude, qui suit ;

    2) Claudine Borde ;

    3) Étiennette, mariée p. c. du 30 septembre 1538 à noble Pierre Vermeil ;

III. Claude BORDE, écuyer d'écurie du Roi à Cerdon, testa le 2 mars 1584 ; marié en 1563 à Barbe de Bussy, fille de Jean et de Louise Palmier, dont :

    1) Georges Borde, marié et père de :

        A) André Borde, écuyer, sg[r] de Chardenost, marié à Innocente de la Rossière, dont :

            a) Claude Borde, écuyer, sg[r] de Chardenost.

2) Claude, qui suit ;
3) Jean, † avant le 6 février 1600 ;
4) Armand, qui aurait fait souche à Castres ;
5) Antoinette, mariée à noble Antoine de Vermeil ;
6) Jacqueline, mariée à Abraham Cristin ;
7) Benoîte, mariée à noble Claude Bellet, père d'Étiennette Bellet, mariée p. c. du 15 mars 1592 à noble Claude de Malyvert de Vaugrigneuse ;
8) Étiennette, mariée à noble André Rubat ;
9) Philiberte, mariée à Jean Brun.

IV. Claude Borde, écuyer, sg^r du Châtelet en Bresse (14 juillet 1598), † le 9 août 1627, assiste aux assemblées de la Noblesse de Bresse (9 août 1601) ; marié p. c. du 27 avril 1586 à Jeanne Grenaud, fille de noble Bertrand Grenaud, et de Jeanne Passerat, dont :

1) Jean-Claude, qui suit ;
2) Philippe de Borde, écuyer, capitaine au régiment de La Valette ; † en 1613, tué au siège de Montferrat ;
3) André de Borde, écuyer, † au siège de Montpellier en 1621 ;
4) Marie de Borde, mariée à Claude du Breül, sg^r de Balmey, chevalier de Saint-Maurice de Savoie, fils d'Antoine du Breül, conseiller d'État, et de Claire Grimaldi ;
5) Antoinette de Borde, mariée p. c, du 12 octobre 1628 à noble Claude-Urbain du Cloz, sg^r d'Hauteville en Faucigny ;
6) 7) 8) Isabeau, Jeanne et Esther de Borde, qui fondèrent en 1620 les Dames annonciades de Saint-Claude ;
9) Péronne de Borde, marié p. c. du 29 août 1627 à Michel Bertrier, écuyer, sg^r de La Motte et Cernex, en Savoie ;
10) Pernette de Borde ;
11) Claudine de Borde, mariée avant le 15 juin 1632 à noble Philippe du Crest, sg^r de Clarmont en Savoie.

V. Jean-Claude de Borde, écuyer, sg^r du Châtelet, La Balme-sur-Cerdon, † avant le 12 juillet 1650, ayant testé le 22 juin 1650, gentilhomme ordinaire d'Henri de Bourbon, prince de Condé (2 décembre 1633) ; marié p. c. du 22 juin 1633 à Catherine de Miette, fille de Pierre de Miette, écuyer, et de Renée du Fraisne, dont entre autres :

1) François, qui suit ;
2) Pierre de Borde, écuyer, sg^r de Nerciac, sert dans l'arrière ban du Bugey (9 septembre 1674) ; marié à la demoiselle de Bely, dont postérité ;

3) Bérard de Borde, écuyer, sg^r de La Tour, † 6 juin 1679, gouverneur du Fort de l'Écluse, marié à Véronique de Moyria, fille de Jean-Pierre, chevalier, baron de Châtillon-de-Corneille, et de Christine du Peloux, dont :

    A) Claude-François, né le 2 mars 1678, † 1757 religieux ;

    B) Marie-Françoise, née le 30 septembre 1673.

VI. François DE BORDE, écuyer, sg^r de La Couz, Montfalcon, le Châtelet, baptisé le 18 mai 1636, † le 5 janvier 1695 ; maintenu dans sa noblesse avec ses frères le 15 octobre 1667, par l'intendant Bouchu ; marié p. c. du 30 septembre 1681 à Marie-Hyacinte de Villette, † âgée de 75 ans, le 20 octobre 1734, fille de Jean-Claude, écuyer, sg^r de la Couz, et de Jeanne de Boléas. Elle fut maintenue comme veuve d'écuyer par l'intendant Ferrand, le 27 mars 1700, rendit hommage pour le Châtelet le 13 août 1725, et laissa :

    1) Joseph-François, qui suit ;

    2) Jean-Louis de Borde, prêtre, † grand prieur du chapitre noble de Saint-Pierre de Nantua ;

    3) Marie-Louise de Borde, mariée p. c. du 21 novembre 1720 à Claude de Bouvent, chevalier, comte de Châtillon-de-Michaille, fils de Jean-Aimé et de Françoise Pacot ;

    4) Françoise et Marie-Anne de Borde.

VII. Joseph-François DE BORDE, écuyer, sg^r du Châtelet, La Couz. Monfalcon, baron de Lormey, etc., † à Lyon âgé de 48 ans, le 16 septembre 1733; capitaine au régiment de Vivarais ; marié 1° p. c. du 26 septembre 1727 à Françoise-Barbe Simonet, fille de Georges, écuyer, maître des requêtes de S. A. R. le duc d'Orléans, président aux traites foraines de Bresse et Bugey, et d'Élizabeth de Grenaud ; 2° p. c. du 23 août 1731 à Jeanne de Becerel. Il eut du 1er lit :

    1) Louis-Marie de Borde, écuyer, sg^r du Châtelet, † à Oyonnax le 26 mai 1758 ;

    2) Joseph-Gabriel, qui suivra ;

    3) Marie-Louise de Borde, bapt. le 22 août 1728, mariée le 12 février 1763 à Joseph-Marie de Douglas, capitaine au Royal Écossais, chevalier de Saint-Louis et gouverneur de Saint-Claude.

VIII. *Joseph-Gabriel* DE BORDE, écuyer, sg^r du Châtelet, La Couz, Montfalcon, Chalay, baron de Lormey et baron du Châtelet (par érect. de mai 1766); né le 1er août 1730; lieutenant au régiment de Languedoc-Infanterie (19 mars 1747), comparant à Lyon en 1789 ; ép. p. c. du 15 février 1751 Anne-Françoise de Montdor, née le 11 janvier 1721, veuve de Jacques de Verdonnet, fille de Benoît de Montdor, chevalier, sg^r de Saint-Laurent de Vaux, et de Catherine de Garnier, dont :

    1) Jean-Pierre-Louis, qui suivra ;

2) Charles-Joseph de Borde de Montfalcon, écuyer, né le 17 février 1753 ;

3) Jean-Baptiste de Borde, chevalier, né le 1er avril 1754, † à Volognat (Ain), le 2 avril 1815 ; capitaine à la légion de Waldner, obtint le 31 octobre 1783 un certificat d'Antoine-Marie d'Hozier, affirmant l'ancienneté de sa noblesse, pour lui permettre d'être reçu à l'ordre de Malte ; marié 1° en 1791 à Marie-Antoine Rater ; 2° à Françoise-Catherine-Antoinette Berthon de la Gardière. Il laissa :

    A) *1er lit* : Jean-Pierre-Éléonore de Borde du Châtelet, né le 28 avril 1792, officier, tué à Smolensk.

    B) Alexis-Alphonse de Borde du Châtelet, né à la Croix-Rousse le 6 juillet 1794, † à Lyon le 2 décembre 1861 ; officier, chevalier de Malte.

    C) *2e lit* : Benoît-César de Borde du Châtelet, né à la Croix-Rousse, le 23 mars 1801, chevalier de Malte (20 août 1823), marié à Mlle Berlioz.

4) Gaspard-Antoine de Borde de La Couz, né le 1er mai 1755, † 1779, volontaire au régiment de Boulonnais-Infanterie ;

5) Louis-François de Borde-Deschau, né le 19 août 1756, † 19 janvier 1833, volontaire au régiment de Bourbon-Infanterie (1774) ; émigré le 1er mars 1792 ; entré au régiment des chevaliers de la couronne, fait toutes les campagnes de l'armée de Condé ; chevalier de Malte ; capitaine de cavalerie le 25 décembre 1816, et chevalier de Saint Louis ;

6) Charles-Joseph Bonaventure de Borde, chevalier du Châtelet, né le 30 octobre 1757, † 13 février 1821, garde du corps de S. M. cadet gentilhomme à la légion de Nassau, chevalier et commandeur de l'ordre de Malte.

IX. Jean-Pierre-Louis DE BORDE DU CHATELET, chevalier, baron du Châtelet, né à Nantua le 20 mars 1752, † à Oyonnax le 29 mai 1796 ; reçu au collège des Quatre Nations (1763) ; sous-lieutenant au régiment de Languedoc-Infanterie (26 décembre 1768) ; lieutenant (28 février 1778) ; ép. Marie-Antoinette Montanier de Belmont, † à Oyonnax le 3 mars 1816, fille de Claude, maire perpétuel de Seyssel, et de Lucrèce Constantin, dont :

1) Jean-Louis-François, qui suivra ;

2) Abelle de Borde du Châtelet, † à Bourg en Bresse le 11 août 1863, mariée à Anthelme de Migieu ;

3) Olympe, née en 1790, † s. a. à Oyonnax le 31 mai 1858 ;

4) Louise-Jacqueline-Constance de Borde du Châtelet, née à Oyonnax le 13 février 1795, † à Bourg le 26 mai 1883, ép. à Oyonnax p. c. du 28 décembre

1826 Pierre-Brutus Conrard, officier de cavalerie, né à Nancy le 12 mars 1798, † à Bourg le 19 janvier 1858.

X. Jean-Louis-François DE BORDE, baron DU CHÂTELET, né à Oyonnax le 21 décembre 1786, † au château de Saint-Leu (Pas-de-Calais), le 23 novembre 1850; volontaire au 11e cuirassiers (23 août 1805), sous-lieutenant (16 mai 1809), blessé à Essling (13 mai 1809), chevalier de la Légion d'Honneur (16 juin 1809), lieutenant (14 mai 1813), capitaine (19 juillet 1813), fit toutes les campagnes de l'Empire ; chef d'escadrons (23 juillet 1817), officier de la Légion d'Honneur (26 septembre 1823), chevalier de Saint-Louis (20 août 1824), lieutenant-colonel en congé (11 août 1830), retraité (5 mai 1836) ; marié le 13 mars 1822 à Ursule-Josèphe Lainé, née le 23 décembre 1796, dont :

1) Charles-Marie-Louis, qui suit ; •
2) Louise, née à Oyonnax le 31 octobre 1823, † à Hesdin le 23 novembre 1853; mariée à Alexandre de Rocquigny ;
3) Caroline, née à Nevers le 12 février 1825, † à Watteville (Pas-de-Calais), le 9 mai 1883 ; ép. 22 août 1851 Eugène Vallée.

XI. Charles-Marie-Louis DE BORDE, baron DU CHÂTELET, né à Vesoul le 2 octobre 1827, † à Saint-Leu le 17 juin 1889 ; ép. en août 1870 Laure Moullard de Vilmarest de Torcy, dont :

1) Charles, qui suit ;
2) Pierre de Borde du Châtelet ;
3) Joseph de Borde du Châtelet ;
4) Thérèse de Borde du Châtelet, ép. en 1898 le vicomte de Régis.

XII. Charles-Pierre-Joseph DE BORDE, baron DU CHÂTELET, propriétaire du château de Saint-Leu en Pas-de-Calais.

Cf.: Nouveau d'Hozier : 54.

BORY

de sable à la croix d'or, cantonnée de 4 losanges du même.

André de BORY

Une famille de ce nom a donné deux trésoriers généraux de France à Angers, et un conseiller clerc au Parlement de Paris. Peut-être avait-elle une souche commune avec la famille qui a comparu à Lyon en 1789, et qui est issue de :

I. Pierre Bory, écuyer, conseiller secrétaire du Roi du grand Collège, avocat au Conseil du Roi, contrôleur général des restes de la Chambres des comptes de Paris ; marié à Catherine Apoil, dont :

II. Charles-Gabriel de Bory, écuyer, grand maître des eaux et forêts à Orléans, Lieutenant de Roi en Franche-Comté, commandeur de l'ordre de Saint-Lazare et de Notre-Dame du Mont-Carmel, né en 1682, ✝ 1737 ; marié le 5 novembre 1715 à Jeanne Flory de Lessart, fille d'André Flory, chevalier, sg^r de Lessart, Trésorier de France à Paris, et de Andrée-Charlotte Huet, dont :

1) Gabriel, qui suit ;
2) *André*, chevalier de Bory, né à Paris le 21 août 1716, ✝ à Lyon le 15 mars 1792, Lieutenant de Roi au comté de Bourgogne, chevalier de Saint-Louis, commandant de Pierre-Scize à Lyon, reçu en 1751 membre de l'Académie de Lyon, puis secrétaire perpétuel et bibliothécaire de l'Académie. Il comparut à Lyon en 1789, avait traduit les odes d'Horace, composé de nombreuses poésies, et était commandeur de Saint-Lazare.

III. Gabriel de Bory, chevalier, garde de la Marine (14 avril 1734), gouverneur des Iles sous le Vent (13 février 1761), chef d'escadre (27 mars 1766), membre de l'Académie des Sciences et de l'Académie de Marine.

Cf : Dossiers bleus : vol. 113. Inventaire des Archives de la Marine.

BOTTU DE LA BARMONDIÈRE ET DE LIMAS

d'azur au chevron d'or accompagné en pointe d'un lion du même, au chef du même.
Cimier : Une tête de léopard surmontée d'une rose.
Supports : Deux lions, aliàs deux sauvages portant au cou des médailles aux armes
des Bottu et des Bessié.
Devise : *Servabit odorem.*

Louis-François BOTTU de LA BARMONDIÈRE
Nicolas BOTTU de SAINT-FONDS
Abel-Lambert-Marie BOTTU de LIMAS

L'ancienne famille Bottu, établie au xve siècle à Villefranche en Beaujolais, ne doit pas être confondue avec une famille chevaleresque d'Auvergne, non plus qu'avec une famille consulaire citée à Lyon aux xive et xve siècles. La famille beaujolaise est issue de :

I. Philippe Bottu, Échevin de Villefranche en 1515, † avant 1553, marié : 1° en 1506 à N. Ripardi ; 2° le 3 janvier 1510 à Philiberte Fachon. Il eut du second lit :

1) Pierre, qui suit ;
2) Jean Bottu, tige des Bottu de Roffray, qui semblent avoir été anoblis au xviiie siècle par le service militaire et s'éteignirent le 15 janvier 1846;
3) Méraude Bottu, mariée à Villefranche, p. c. du 6 novembre 1553 à Mathieu Neyrand.

II. Pierre Bottu, marié vers 1545 à Catherine Chaland, fille de Barthélemy, dont :
1) Noël, qui suit ;
2) Jean Bottu, tige des Bottu de La Ferrandière, encore existants au xviiie siècle;
3) Pierre Bottu, marié à Pernette Chappuis, dont sept enfants.

III. Noël Bottu, sg[r] de La Barmondière (p. acqu. du 15 janvier 1582), Échevin de Villefranche (1600). Marié : 1° avant 1582 à Marguerite Guillaud, † 9 avril 1592, fille de Ponthus, Échevin de Villefranche; 2° à Françoise Dextre, fille de Louis, capitaine châtelain de Charlieu. Il fut père de :

1) *1er lit :* Antoinette, mariée à Philibert Ducloux, sg^r du Deaulx ;

2) *2e lit :* entre autres, Alexandre qui suit ;

3) Catherine, mariée à Villefranche le 8 novembre 1620 à noble François de Montillet, avocat à Marcigny, gouverneur de Savigny.

IV. Alexandre Bottu, écuyer, sg^r de La Barmondière, La Fontaine, etc., bapt. à Villefranche le 16 novembre 1603, † mars 1650. Conseiller, avocat de Madame au bailliage et souveraineté de Dombes (26 août 1621), conseiller et avocat du Roi au bailliage de Beaujolais, conseiller secrétaire du Roi, (mars 1642); marié à Villefranche le 4 janvier 1631 à Élisabeth Bessié, fille de noble Laurent, sg^r de La Fontaine, grenetier pour le Roi à Villefranche et de Françoise Delorme, dont entre autres :

1) Laurent, qui suit ;

2) Jean, tige des sg^{rs} de Saint-Fonds et Limas ;

3) Claudine, bapt. à Villefranche le 25 août 1649, † le 5 mars 1724, mariée le 24 juillet 1669 à Villefranche, à Louis Dugas, écuyer, sg^r de Bois-Saint-Just, Prévôt des Marchands de Lyon (1696) né le 29 décembre 1639, † le 6 janvier 1728, fils de Louis Dugas, écuyer, Échevin de Lyon et de Jeanne du Pin.

V. Laurent Bottu de la Barmondière, écuyer, sg^r de La Barmondière, Arcisse, Marzé, La Fontaine, bapt. à Villefranche le 3 juin 1632. † à Montgré le 4 juin 1694, conseiller secrétaire du Roi, maison et couronne de France (16 octobre 1650), Procureur du Roi au bailliage de Beaujolais (1662), Échevin de Villefranche, conseiller de S. A. R. Mademoiselle en ses conseils, Président à mortier au Parlement de Dombes (10 juillet 1689); marié à Villefranche le 23 février 1664 à Marguerite Fiot, dame de Montgré, fille de Laurent Fiot, sg^r de Montgré, Procureur du Roi au bailliage de Beaujolais, Maître des requêtes du duc d'Orléans et de Claudine d'Espinay, dont :

VI. François Bottu de la Barmondière, chevalier, sg^r du dit lieu, Arcisses, Montgré, La Fontaine, Marzé, etc., etc., bapt. à Villefranche le 13 septembre 1668. † à Villefranche le 5 novembre 1720, conseiller du Roi, de S. A. R. Mademoiselle et du duc d'Orléans, leur procureur au bailliage de Beaujolais; marié à Lyon le 5 juillet 1692 à Marie-Anne Hesseler, fille de Barthélemy Hesseler, écuyer, et de Marie Dugas de Bois-Saint-Just ; dont, entre autres :

1) François qui suit ;

2) Marie, baptisée à Lyon, le 9 juillet 1693, mariée à Lyon le 12 avril 1714

à Jacques-François-Marie Mignot de Bussy, chevalier, fils de Noël Mignot, chevalier, sg^r de Bussy et de La Martizière, conseiller du Roi et du duc d'Orléans, lieutenant général civil et criminel au bailliage de Beaujolais, gouverneur de Villefranche, et d'Antoinette de Bonnel ;

3) Anne, mariée à Villefranche le 21 octobre 1716 à Abel-Michel Chesnard de Laye, baron de Vesvre et La-Chapelle-au-Mans, conseiller du roi, lieutenant général au bailliage de Mâconnais, fils d'Emmanuel Chesnard, écuyer, baron de Vesvre etc. et de Marie-Anne d'Albert ;

4) Marie-Anne, † le 26 juillet 1734, mariée à Montgré, le 12 mars 1723 à Jean de Sainte-Colombe, chevalier, comte du Poyet, page, † le 16 juin 1762, fils de Jean-Marie de Sainte-Colombe, chevalier de Malte, et de Marie-Sibylle de Naturel.

VII. François BOTTU DE LA BARMONDIÈRE, chevalier, sg^r du dit lieu, Montgré, Arcisses, etc., marié à Anse le 12 janvier 1729 à Marie-Charlotte Deschamps de Talancé [remariée le 29 janvier 1737 à Alexis Noyel, écuyer, sg^r de Belleroche, fils de feu Bernard Noyel, écuyer, conseiller du roi, garde des sceaux en la chancellerie de la cour des Monnaies et de Spirite Prat]. Elle était fille de Nicolas Deschamps, chevalier, sg^r de Talancé, Président à Mortier au Parlement de Dombes et de Marie-Thérèse Chaix, dont entre autres :

1) Louis, qui suit ;

2) Thérèse, mariée à Lyon le 28 août 1747 à Jean-Baptiste Sabot de Sugny, chevalier, sg^r de Pizay, Tanay, Pivolay, etc., conseiller en la Cour des monnaies de Lyon, Président et lieutenant particulier assesseur criminel en la dite Cour, fils de François Sabot de Sugny, chevalier, sg^r des dits lieux, conseiller à la Cour des monnaies et d'Antoinette Hugalis.

VIII. *Louis-François* BOTTU DE LA BARMONDIÈRE, chevalier, sg^r des dits lieux, bapt. à Lyon le 5 avril 1726, † à Lyon victime de la Terreur le 28 frimaire an 11, comparant à Lyon en 1789 pour le fief de La Fontaine, marié à Lyon le 28 août 1747 à Marie-Catherine Sabot de Sugny, sœur du précédent, dont entre autres deux fils qui semblent n'avoir pas eu d'alliance, et :

1) Marie-Thérèse-Françoise, bapt. à Lyon le 4 septembre 1755, † à Lyon le 20 août 1842, chanoinesse du chapitre noble de Joursey, fondatrice du couvent du Sacré-Cœur à Lyon et du collège des R. P. Jésuites à Montgré.

BRANCHE DE SAINT-FONDS ET DE LIMAS

V. Jean Bottu de la Barmondière, écuyer, sg^r de Montchervet, Saint-Fonds et Limas, p. acqu. du 4 septembre 1669, bapt. à Villefranche le 6 juillet 1642, † à Villefranche en 1686, Échevin de Villefranche en 1682 ; marié les 28 octobre-5 novembre 1678 à Catherine Donguy, † le 4 avril 1703 à 47 ans, fille de noble Henri Donguy, sg^r de Malfara, et de Marie de Jussieu dont, entre autres :

1) François, qui suivra ;
2) Louis, né en 1677, principal fondateur de l'Académie de Villefranche ;
3) Laurent, bapt. le 10 août 1686, sous-lieutenant au régiment de Piémont testa le 31 mai 1706 ;
4) Henriette-Marguerite née en 1678, religieuse au couvent de Sainte-Élisabeth à Villefranche ;
5) Claudine-Sulpicie, bapt. le 3 décembre 1685, † 5 juillet 1753, mariée à Lyon le 21 septembre 1709, à Barthélemy de Ferrus, chevalier sg^r de Cucurieux et de Vendranges, etc., capitaine au Régiment de Picardie, capitaine de la ville et des Forces de Lyon, né en 1672, † en 1751, fils de Barthélemy de Ferrus, écuyer, sg^r de la Chaud et de Jacqueline de Malo du Bousquet ;
6) 7) 8) Trois filles religieuses.

VI. François Bottu, écuyer, sg^r de Saint-Fonds et Limas, né à Villefranche le 28 novembre 1675, † à Lyon en 1739, conseiller du Roi et du duc d'Orléans, membre de l'Académie de Lyon. Connu par sa correspondance avec le Président Dugas ; subdélégué de l'Intendant en Beaujolais en 1732, lieutenant particulier civil et criminel au bailliage de Beaujolais ; marié le 22 septembre 1705 à Villefranche à Marthe Bertin, † à Saint-Fonds le 26 janvier 1749, fille de noble Oudard Bertin seigneur du Villars, élu en l'élection de Villefranche et de Lucienne Ramponnet dont, entre autres :

1) François-Marie, qui suivra ;
2) *Nicolas* Bottu de Saint-Fonds, chevalier, capitaine au régiment de Boulonnais, chevalier de Saint-Louis, comparant en 1789 ;
3) Marie-Aimée, religieuse ;
4) Marie-Anne Bottu de Saint-Fonds, bapt. à Villefranche le 7 novembre 1710, † 1793, mariée à Lyon le 4 juin 1733 à Dominique Dujast d'Ambérieu, écuyer, sg^r de Saint-Germain, Secrétaire du Roi, † le 29 novembre 1747, fils de Pierre Dujast et de Marie-Claudine Guérin.

VII. François-Marie Bottu de Saint-Fonds, écuyer, sg^r de Saint-Fonds et de Limas, bapt. à Villefranche le 1er octobre 1719, † avant 1793, lieutenant d'Infanterie au régiment d'Enghien, marié à Lyon le 28 août 1747 à Catherine Jeanne de La Font, fille de Claude de La Font d'Eaubonne, écuyer, conseiller secrétaire du Roi et de Marie Rat. Elle testa à Lyon le 18 février 1793 et eut entre autres :

1) Abel-Nicolas-Marie de Saint-Fonds, écuyer, bapt. à Lyon le 12 janvier 1750, officier d'artillerie, † s. p. de son mariage avec Françoise Berthelot, veuve de N. de Penhoët ;

2) Abel-Lambert, qui suivra ;

3) Étienne, écuyer, officier au régiment de Limousin, † au service à 29 ans, inhumé à Lyon le 15 janvier 1784 ;

5) Jean-Baptiste, écuyer, bapt. à Lyon le 11 avril 1760, † au service, cadet gentilhomme au régiment de Foix ;

5) Claude-Aimé, bapt. à Lyon le 17 décembre 1765, prêtre, dit l'abbé de Saint-Fonds.

VIII. *Abel-Lambert-Marie* BOTTU DE LIMAS, écuyer, né à Lyon le 26 septembre 1751, chevalier de Saint-Louis, officier au Régiment de Saintonge, comparant en 1789, marié : 1° à Lyon le 3 mars 1790 à Anne-Marie Michon, veuve de Roch de Quinson de Poncin, chevalier, fille de Balthazar Michon, chevalier, sgr de la Tour de Priay, Avocat du Roi au bureau des finances et de Jeanne Valfray de Salornay ; 2° à Lyon le 4 août 1823 à Suzanne-Louise-Sabine de Ferrus de Plantigny, née à Lyon le 25 décembre 1791, † à Plantigny le 21 octobre 1857, fille de Barthélemy de Ferrus et de Anne Nicolau de Montribloud, dont :

1) Jean, qui suit ;

2) Anna-Claudine, née le 19 avril 1824, † le 5 décembre 1887, mariée le 5 octobre 1842 à Jean-Marie-Eusèbe de Cotton, né le 5 novembre 1807, † à Lyon le 5 juin 1874, fils de Thomas-Jacques de Cotton, chevalier, et de Françoise-Thérèse de Pomey ;

3) Marie-Émilie de Limas, née le 2 mars 1827, mariée le 16 juin 1845 à Ludovic Le Mau de Talancé, né en 1811, mort le 19 novembre 1891, fils de Louis-Marie Le Mau de Talancé et de Pauline de Sirvinges.

IX. Jean-Claude BOTTU DE LIMAS, né le 27 décembre 1829, † à Paris en 1894 ; marié : 1° le 23 septembre 1856 à Louise-Marie-Caroline de Rancher, † à 24 ans le 7 avril 1860, fille de Charles-Paulin, comte de Rancher, et de Joséphine-Laure Roch ; 2° le 25 juin 1862 à Marie-Sophie-Renée Cazin d'Honincthum, † le 17 septembre 1869 ; 3° le 27 octobre 1871 à Marie-Félicité-Jules Petit, veuve de Paul-Philibert Lombard. Il a laissé :

1) *1er lit :* Suzanne-Louise-Marie-Caroline Bottu de Limas, née le 5 novembre

1857, † en 1883, mariée le 4 janvier 1882 à Arthur Le Caruyer de Beauvais, † 1889 ;

2) Jeanne-Marie-Pierrette-Joséphine Bottu de Limas, née le 2 février 1859, mariée le 25 février 1884 à Samuel Blaudin de Thé ;

3) *2e lit* : Régis, qui suivra ;

4) Joseph-Aymé-Gabriel, né le 10 novembre 1868, † le 11 avril 1871 ;

5) Sabine-Aynardine Bottu de Limas, née le 9 août 1863, mariée le 24 octobre 1888 à Auguste de Toytot ;

6) Claire Bottu de Limas, † jeune ;

7) *3e lit* : Marie-Jeanne, née à Saint-Fonds, comme ses frères et sœurs, le 1er août 1872 ;

8) Germaine Bottu de Limas, † jeune.

X. Régis-Théodore-Marie Bottu de Limas.

Cf. : W. Poidebard : *Généalogie des Bottu* dans la *Correspondance du Président Dugas et de M. de Saint-Fonds* ;
Revue héraldique (décembre 1905).

BOUFFLERS

d'argent à 3 molettes d'éperon de gueules accompagnées de neuf croisettes, recroise-
tées du même, posées 3.3.2.1.
Supports : 2 léopards.
Cimier : Une cigogne d'argent, becquée de gueules.

MARIE-AMÉLIE DE BOUFFLERS, DUCHESSE DE BIRON

La duchesse de Biron qui comparut à Lyon en 1789, appartenait par sa naissance à l'illustre maison de Boufflers, originaire de Boufflers en Picardie, qui portait primitive-ment le nom de Morlay. Sa filiation est établie depuis Enguerrand, chevalier (1167); Guillaume, son petit-fils devint sgr de Boufflers par son mariage avec Harwide de Bouf-flers. Henri de Boufflers fut chevalier croisé en 1248; Adrien, gentilhomme ordi-naire d'Henri III, et grand bailli de Beauvais en 1582. Il y a eu dans cette maison : un maréchal de France, des lieutenants généraux, des ambassadeurs, des chevaliers du Saint-Esprit, de la Toison d'or, des gouverneurs de province, des conseillers d'État, des commandeurs et des chevaliers de Malte; les Boufflers ont joui des honneurs de la Cour en 1770.

Le rameau cadet de Remiencourt qui brisait *d'un lambel de gueules*, a produit le célèbre chevalier de Boufflers, député de la Noblesse aux États généraux, homme d'esprit bien connu par sa correspondance avec Mme de Sabran.

La duchesse de Biron, était issue à la quatrième génération de :

I. Louis-François DE BOUFFLERS, duc de Boufflers, maréchal de France, marié à Charlotte de Gramont, dont :

II. Joseph-Marie de BOUFFLERS, duc de Boufflers, lieutenant général des armées du roi, marié à Angélique de Neufville-Villeroy, dont :

III. Charles-Joseph-Marie DE BOUFFLERS, duc de Boufflers, né en 1731, colonel au régiment de Navarre, † le 14 septembre 1751 ; marié le 23 avril 1747 à Marie-Anne-

Philippe-Thérèse de Montmorency, fille de François de Montmorency, comte de Logny, vicomte de Roullers, et de Marie-Anne-Thérèse Rym, baronne de Bellem, dont :

IV. *Marie-Amélie* DE BOUFFLERS, dame de Ligneux, marquise de Neuville, née le 5 mai 1751, † décapitée le 28 juin 1794, dernière de la branche ducale, comparante à Lyon en 1789, comme marquise de Neuville, mariée le 26 janvier 1766 à Armand-Louis de Gontaut, duc de Lauzun et de Biron, Pair de France, général en chef de l'armée du Rhin, né le 13 avril 1747, † décapité le 31 décembre 1793, fils de Charles-Antoine Armand, duc de Gontaut, pair de France, Lieutenant général des armées du Roi et de Antoinette-Eustachie Crozat du Châtel.

NOTICE SUR LA MAISON DE GONTAUT-BIRON

L'illustre maison de Gontaut, originaire de l'Agénois, était déjà célèbre au XIe siècle. Elle donné quatre maréchaux de France, un amiral, cinq ducs et pairs sous l'ancien régime, un grand maître de l'artillerie, six chevaliers du Saint-Esprit, des lieutenants généraux, des pages, des gouverneurs de province, etc. Elle est issue en filiation suivie, de Vital de Gontaut, père de Gaston, sg^r de Biron, vivant en 1124, et dont un descendant Gaston fut croisé en 1248.

Sires de Gontaut et de Biron, Marquis de Saint-Blancard (1675), ducs de Gontaut, ducs de Biron (L. P. février 1723, enregistrées le 22 du mois), ducs de Lauzun, les Gontaut ont possédé d'innombrables seigneuries et contracté les plus illustres alliances : Pins, Biron, Durfort, Gourdon, Rochechouart, Bonneval, Hébrard-Saint-Sulpice, Caumont-La-Force, Noailles, Cossé-Brissac, Lascaris, Gramont, Beauvoir-Grimoard, Colbert, La Rochefoucauld, Comminges, Mun, Preissac-Esclignac, Palerne, Solignac, Hurault de l'Hopital, La Valette, Lauzière-Thémines, Aubusson, Bourdeilles, Foix, Béthune-Sully, Turenne d'Aynac, Vassal, Damas, Bauffremont, Rohan-Chabot, La Panouse, Fitz-James, Bourbon-Busset, Ligne, Harcourt, Beauvau, Crillon, Talleyrand, etc.

La Duchesse de Biron qui comparut à Lyon en 1789, comme marquise de Neuville était la femme du célèbre duc de Biron plus connu sous le nom de duc de Lauzun, l'une des figures les plus brillantes des règnes de Louis XV et de Louis XVI qui donna dans les erreurs de la Révolution, fut général en chef de l'armée du Rhin, et fut décapité en 1793. Il descendait à la 3e génération de :

I. Charles-Armand DE GONTAUT, duc DE BIRON, Pair de France, et maréchal de France, marié à Marie-Antonine Bautru de Nogent, héritière du duché de Lauzun, dont le sixième fils était :

II. Charles-Antoine-Armand DE GONTAUT, marquis de Montferrand, Duc DE GON-
TAUT (à brevet en 1758), Pair de France, gouverneur du Languedoc, Lieutenant
général des armées du Roi en 1748, né le 8 septembre 1708, marié le 21 janvier
1744 à Antoinette-Eustachie Crozat du Châtel, fille de Louis-François Crozat,
marquis du Châtel, sg^r de Kérouazlec, Lieutenant général des armées du Roi et de
Marie-Thérèse Gouffier d'Heilly. Elle mourut le 16 avril 1747, laissant :

III. Armand-Louis DE GONTAUT, duc DE LAUZUN, duc DE BIRON et Pair de France en
1788 par démission de son père, député de la Noblesse de Quercy en 1789, maréchal
de camp, général en chef de l'armée du Rhin, né le 13 avril 1747, † décapité le 13
décembre 1793, s. p. de son mariage du 26 janvier 1766, avec :

Marie-Amélie de Boufflers, marquise de Neuville, née le 5 mai 1751 comparante à
Lyon en 1789, † décapitée le 28 juin 1794, fille de Charles-Joseph-Marie duc de
Boufflers, Pair de France et de Marie-Anne-Philippe-Thérèse de Montmorency-
Logny.

Rameau de Gontaut-Saint-Blancard.

La branche ducale de Biron et de Lauzun, se trouva éteinte par les décès du
duc de Gontaut et duc de Lauzun, et la qualité de chef de nom et d'armes des
Gontaut passe à la branche de Saint-Blancard, issue d'Armand de Gontaut, sg^r
de Saint-Blancard et Chef-Boutonne, quatrième fils d'Armand de Gontaut, « dit le
Boîteux », maréchal de France, chevalier du Saint-Esprit, † le 26 juillet 1592 et de
Jeanne d'Ornezan, dame de Saint-Blancard.

Cette branche de Saint-Blancard avait également des attaches avec le Lyonnais,
car après l'extinction de la branche ducale le chef de la maison fut :

I. Jean-Armand-Louis-Alexandre de GONTAUT, marquis DE SAINT-BLANCARD, dit le
marquis de Gontaut, puis marquis de Gontaut-Biron, né le 6 novembre 1746,
† le 15 mai 1826, aide-major des gardes françaises, Lieutenant général des armées du
Roi et Pair de France; marié à Paris (Saint-Eustache) le 25 avril 1770 à Marie-
Joséphine de Palerne, † en février 1830, aimable femme dont le cardinal de Bernis
disait que « l'amitié était si intéressante, je dirais presque si séduisante, qu'il y aurait
quelque risque à s'y livrer ». Elle était fille de Simon-Zacharie de Palerne, chevalier sg^r de Ladon, Fay, Montgermont, etc., conseiller du Roi en tous ses conseils,
secrétaire de la Chambre et du Cabinet de Sa Majesté, et de Marie-Gabrielle Le
Subtil de Boisemont (Voir plus loin la généalogie de la famille lyonnaise de Palerne).

De ce mariage sont nés deux fils dont descendent tous les représentants actuels de
la maison de Gontaut-Biron. Le fils aîné fut :

II. Armand-Louis-Charles de GONTAUT, marquis de BIRON, pair de France, † en 1859, marié à Charlotte de Damas-Crux, père entre autres de :

III. Étienne-Charles comte DE BIRON, marié à Marie-Charlotte de Fitz-James ; père de la Marquise d'Harcourt, la marquise de Saint-Sauveur, la princesse de Ligne et de :

IV. Guillaume-Marie-Étienne de GONTAUT-BIRON, marquis DE BIRON, né le 27 octobre 1859, sans alliance, chef de sa maison.

La branche cadette est issue du second fils du marquis de Biron et de Joséphine de Palerne ; son chef actuel est le marquis DE GONTAUT DE SAINT-BLANCARD, marié à Chantal de la Ferronnays, fille de Henry, marquis de La Ferronnays, député royaliste de la Loire-Inférieure et de Thérèse de Pérusse des Cars.

BOULARD DE GATELLIER

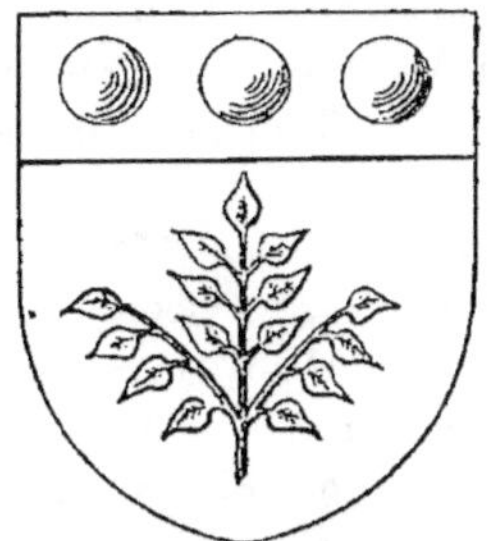

d'azur à une branche de trois rameaux de bouleau d'argent feuillée d'or; au chef cousu de gueules chargé de trois boules, alias trois besans, d'or.

Supports : *Deux lévriers.*

Simon-Claude BOULARD de GATELLIER

Sg^{rs} de Gatellier, Mars, Genouilly, Cuire, Ruyères, Rillieux, Crépieux, Caluire, Le Mont, Les Mercières, Marniolles, La Pape, La Croix-Rousse, etc., les Boulard sont issus de Simon Boulard, † le 23 mars 1702, marié à Andrée Simon, † le 26 septembre 1682. Simon Boulard fit enregistrer ses armes à l'Armorial général, le 24 janvier 1701, il portait *d'argent à trois bombes de sable ardentes de gueules, posées 2 et 1.* Son petit-fils fut :

III. Catherin BOULARD, conseiller du Roi, bapt. à Lyon le 3 avril 1686, † à Lyon le 30 octobre 1730, marié à Lyon le 17 novembre 1711 à Élisabeth Richard, † le le 9 janvier 1776, fille de Pierre et de Barthélemie Genevay, dont entre autres :

IV. *Simon-Claude* BOULARD DE GATELLIER, écuyer, sg^r de Gatellier, Mars, etc., etc., bapt. à Lyon le 6 janvier 1713, conseiller secrétaire du Roi près le Parlement de Dijon (1743), recteur de la Charité de 1765 à 1768, Échevin de Lyon en 1778-79 comparant à Lyon en 1789; marié à Lyon le 14 janvier 1754 à Anne Clérico de Janzé, fille de Jean, écuyer, sg^r de Janzé, conseiller secrétaire du Roi en la chancellerie établie près le conseil souverain d'Alsace à Colmar et de Catherine Cizeron, dont :

1) François, qui suit ;

2) Élisabeth Boulard de Gatellier, bapt. à Lyon le 29 mai 1757, mariée le 8 mars 1774 à Lyon, à François-Roch-David de Quinson, chevalier, baron de Poncin et de Cerdon, sg^r de La Cueille, Beauvoir, etc., né à Lyon le 17 janvier 1729, lieutenant au régiment de Béarn le 11 mars 1756, capitaine au régiment de La Tour du Pin le 14 mars 1759, aide-major le 8 avril 1760, major de Beauce-Infanterie le 22 juin 1767, lieutenant-colonel le 9 décembre

1771, chevalier de Saint-Louis le 12 septembre 1776, retraité le 14 juin 1777, fils de Gaspard-Roch-Augustin de Quinson, chevalier, baron de Cerdon, etc., Président au bureau des finances de la généralité de Lyon, et d'Élisabeth Bollioud des Granges.

Leur fille Catherine de Quinson (1785, † 1832) épousa à Lyon le 29 brumaire an XII Henry-Maurice-Victor, marquis Costa de Beauregard né en 1779, † 1836, fils d'Henri, marquis de Saint-Genis et de Beauregard et de Charlotte Geneviève d'Auberjon de Murinais.

3) Marie-Catherine-Victoire Boulard de Gatellier, bapt. à Lyon le 26 août 1762, mariée à Saint-Denis-de-Cabane le 27 octobre 1778 à Laurent Basset, chevalier, lieutenant général en la Sénéchaussée de Lyon, fils de Jean-Baptiste, écuyer, Président en la Cour des monnaies de Lyon et de Marie-Louise Claret de La Tourette.

V. François BOULARD DE GATELLIER, chevalier, bapt. à Lyon le 27 juillet 1759, † à Florence le 11 mars 1827, conseiller au Parlement de Bourgogne (30 juin 1779 reçu le 1er février 1780), Premier Président du bureau des finances de la généralité de Lyon (30 septembre 1789), défenseur de Lyon en 1793, membre du conseil municipal de Lyon (1801-1818), conseiller à la Cour de Lyon (1811-1815), membre du conseil général du Rhône, chevalier de la Légion d'honneur ; marié à Lyon les 6-20 juillet 1790 à Françoise Fourgon de Maisonforte, † à Lyon le 22 janvier 1845, fille de Roch-Marie-Vital, écuyer, sgr de la Maison Forte de Vourles, conseiller en la Cour des Monnaies de Lyon et de Marie-Pierrette Robin d'Orliénas, dont entre autres :

1) Vital, qui suit ;

2) Amédée Boulard de Gatellier, officier de cavalerie, né à Lyon le 22 prairial an VI, † à Lyon le 1er octobre 1828, marié à Lyon le 28 novembre 1820 à Simonne-Charlotte Bernard, fille de Pierre-Louis et de Simone-Justine Treneau, dont :

A) François, né à Lyon le 15 mars 1828, † le 17 avril 1838.

3) Vital-Élisabeth-Charles Boulard de Gatellier, né en 1807, † à Marcilly d'Azergues le 6 septembre 1876 ;

4) Élisabeth Boulard de Gatellier, née à Lyon le 1er ventôse an IX, † en 1885, mariée à Lyon le 5 mai 1819 à Antoine, baron de Jessé-Levas, garde du corps du roi Louis XVIII, † le 16 décembre 1854, fils d'Henry-Joseph, baron de Jessé et de Sophie Rousset de Saint-Éloy ;

5) Antoinette-Marie-Simone Boulard de Gatellier, née à Lyon le 11 juin 1808, mariée à Lyon le 12 février 1833 à Jacques-Marie-Alphonse de Boissieu, né à Lyon le 12 décembre 1807, † 1886, fils de Jean-Louis-Marie de Boissieu et de Marie-Louise Berthaud de Taluyers.

VI. Vital BOULARD DE GATELLIER, né à Lyon le 18 septembre 1792, † à Gatellier le 14 octobre 1884, conseiller auditeur à la Cour royale de Lyon, membre du conseil municipal de Lyon, comte romain héréditaire, chevalier de la Légion d'honneur, marié à Saint-Clément-les-Mâcon le 22 septembre 1822 à Philiberte-Hélène Cellard du Sordet, née à Mâcon le 16 juillet 1802, † à Lyon le 15 février 1881, fille de Pierre-Étienne Cellard du Sordet et de Louise Foillard, dont entre autres :

1) Léon, qui suit ;

2) Jean-François-Gaston, né à Saint-Clément le 7 juillet 1830, ép. le 3 septembre 1862 Élisabeth de Vergnette, née en 1841, † à Vignolles le 3 octobre 1877 ;

3) Alphonse-François-Paul Boulard de Gatellier, zouave pontifical, combattant de Mentana, né en 1840, † à La Garde le 27 juillet 1879, marié le 15 février 1868 à Saint-Martin-du-Lac, à Marie-Louise-Marthe de La Rochette, † 1895, fille de Ludovic, comte de La Rochette, dont :

    A) Joseph-Vital-Pierre, né à La Rochette le 14 novembre 1868, marié à Mlle de La Teyssonière ;

    B) Henri de Gatellier ;

    C) Jeanne de Gatellier.

4) Philiberte-Caroline-Esther, née à Saint-Clément le 17 août 1832, † à Chiseuil le 29 décembre 1883, mariée à Lyon le 20 mai 1856 à Alphonse-François Maublanc de Chiseuil, né à Digoin le 21 mars 1824, fils d'Henri-Charles, baron de Chiseuil et d'Henriette-Virginie Destutt d'Assay, s. p.

VII. Louis-François-Léon BOULARD comte DE GATELLIER, né à Saint-Clément le 18 mai 1823, marié à Chênelette en 1858 à Catherine-Mathilde-Marie Agniel de Chênelette, † 1890, fille de Théodore, et de Ernestine Michon de Vougy, dont entre autres :

1) Maurice, qui suit ;

2) Marie-Jean-Charles, né le 2 octobre 1865, officier de cavalerie, marié à Paris le 2 juillet 1892 à Thérèse Le Rebours, † le...., fille d'Adolphe-Odoard, vicomte Le Rebours et d'Alix Charlotte Graillet de Beine ;

3) Louise de Gatellier, religieuse du Cénacle ;

4) Marie-Marguerite-Léontine-Esther, née le 8 août 1867, religieuse du Cénacle.

VIII. Maurice BOULARD DE GATELLIER, comte de Gatellier, né à Gatellier le 30 octobre 1861, officier de cavalerie.

Le château de Gatellier était célèbre par de merveilleuses tapisseries encadrées dans huit panneaux de boiserie. Elles furent sauvées en 1793 par un régisseur fidèle et intelligent.

BOURBON DU DEAULX ET DE VANANT

d'azur à la fasce d'or accompagnée en chef de deux roses d'argent, et en pointe d'un chardon tigé et feuillé d'or.

alias : *de gueules à la fasce d'argent accompagnée en chef de deux roses d'or, et en pointe d'un chardon tigé et feuillé du même.*

Claude-André BOURBON de VANANT

Claude BOURBON du MOUSSET

Jean-Baptiste BOURBON du DEAULX

La famille Bourbon anciennement connue en Beaujolais a formé plusieurs branches qui reconnaissent pour auteur :

I. Honorable homme Philibert Bourbon, clerc de la chambre des comptes et garde du Trésor de Beaujolais pour le roi François Ier (31 juillet 1535), notaire royal et procureur du Roi en l'élection de Villefranche ; marié à Isabeau Coyron, dont trois fils et trois filles, entre autres :

1) Noble Claude Bourbon, sg{r} de Saint-Fonds et de Limas, conseiller du Roi, receveur des tailles, aides et taillon en l'élection de Beaujolais, clerc et garde de la chambre du trésor et garde des chartres et titres du pays de Dombes et de Beaujolais (1566), capitaine de la ville de Montmerle (24 février 1586) ; marié : 1° avant le 11 avril 1568 à Anne Gaspard ; 2° en 1573 à Françoise Turquet, fille d'Étienne et de Claude de Clavel.

Claude Bourbon fut la tige des Bourbon de Limas, qui portaient : « *d'azur à la fasce d'or chargée de trois aiglons de sable, accompagnée de 3 étoiles d'argent en chef, et en pointe d'un croissant du même, surmonté d'une croisette d'or.* » Cette branche a donné à Lyon, noble Jean Bourbon, né à Couzon le 23 septembre 1657, † 20 septembre 1687, commissaire enquêteur en la sénéchaussée de Lyon, marié p. c. du 20 février 1683 à Marie-Anne Mathevet ; et Jean-Marie Bourbon, né à Lyon le 22 août 1669,

·† à Fontaines-en-Franc-Lyonnais le 9 novembre 1739, avocat du Roi au bureau des finances de Lyon (6 octobre 1694) marié à Marie-Claudine Panthot.

2) Benoît, qui suit ;

3) Magdeleine Bourbon, ép. à Villefranche, p. c. du 9 octobre 1555, Jehan du Saulzey, notaire royal de Saint-Clément-de-Valsonne, juge de Frontenas, fils de Mᵉ Antoine, notaire royal et greffier du dit Saint-Clément et de Guillaume Guérin.

II. Noble Benoît BOURBON, contrôleur pour le Roi en l'élection de Beaujolais ; ép. à Villefranche, p. c. du 8 juillet 1581 Françoise Voyret, dont cinq fils et six filles ; dont entre autres :

1) Claude, qui suit ;

2) Louis, qui a fait la branche du Martelet ;

3) Constance, bapt. 3 octobre 1583, ép. Guillaume Bernard ;

4) Jeanne, bapt. 10 mars 1586, ép. avant 1609, noble Benoît de Phélines, greffier en chef de l'élection de Beaujolais, conseiller du Roi au grenier à sel de Villefranche et son procureur au bailliage de Beaujolais, fils de Mᵉ Benoît, châtelain de Perreux et de Catherine Duc.

5) Catherine bapt. le 20 octobre 1597, † 7 décembre 1664, ép. p. c. du 26 décembre 1615 Claude Mondard, greffier au bailliage de Beaujolais.

III. Claude BOURBON, bapt. à Villefranche le 31 juillet 1588, † avant 1630 ; secrétaire du Trésor de la Chambre de S. A. R. ; ép. Perrette Johannard, dont :

1) Louis, qui suit ;

2) Catherine, née vers 1621, † à Villefranche le 30 janvier 1699, ép. David Labbé, bourgeois de Villefranche ;

3) Anne, née vers 1626, † à Villefranche le 3 mai 1699, ép. avant 1642 Christophe Deroche, Échevin de Villefranche, fils de Philippe et d'Anastasie Cachet.

IV. Louis BOURBON, † avant 1689, ép. Claudine Varachat, fille de Michel et de Marie Fayard, dont cinq fils et quatre filles, entre autres :

1) Michel, qui suit ;

2) Jacques, bapt. à Lyon le 15 juillet 1669, † ayant testé à Lyon le 5 septembre 1689 ; entré au service dans les Cadets ;

3) Claudine, bapt. à Lyon le 28 octobre 1666, religieuse carmélite ;

4) Élisabeth bapt. à Lyon le 25 février 1671, religieuse au couvent des Deux-Amants.

V. Michel Bourbon, bapt. à Lyon le 25 avril 1663, † avant 1718, marié p. c. du 6 février 1693 à Madeleine Michel de La Tour des Champs, fille de Jacques Michel, écuyer, sgr de La Tour des Champs, receveur des consignations et de Jeanne de La Roue, dont :

    1) Jacques, qui suit ;

    2) Marie-Anne Bourbon, ép. le 16 mai 1718 François Peysson, écuyer, sgr de Bacot et Saint-Christophe, qui testa en 1719, fils de noble Jean Peysson, Échevin de Lyon et de Jeanne-Marie Gayet.

VI. Noble Jacques Bourbon, conseiller au roi, Échevin de Lyon en 1748-49 ; marié p. c. du 6 juin 1722 à sa cousine germaine, Jeanne Michel, dame du Deaulx, bapt. le 16 juin 1699, fille de Jean-Baptiste Michel, écuyer, sgr de La Tour des Champs, du Deaulx, Échevin de Lyon et de Catherine Dareste, dont six garçons et deux filles, entre autres :

    1) Claude-André, qui suivra ;

    2) *Claude* Bourbon du Mousset, écuyer, bapt. le 4 novembre 1727, comparant en 1789, ép. p. c. du 4 janvier 1776 Anne-Marie-Jeanne Soubry, fille d'Isaïe Soubry, écuyer et de Marie Flachat ;

    3) Jacques Bourbon, prêtre, bapt. le 24 octobre 1728, † victime de la Révolution le 24 ventôse an III ;

    4) *Jean-Baptiste* Bourbon du Deaulx, écuyer, sgr du Deaulx et du Rozay bapt. le 19 septembre 1736, ép. à Lyon le 15 avril 1760 Catherine Gesse de Poisieux, fille de Jean-François Gesse, écuyer, sgr de Poisieux, secrétaire du Roi et de Catherine Chaize de La Coste, dont :

        A) Catherine-Françoise Bourbon du Deaulx, mariée le 4 juillet 1786 à Julien-André Rigod de Terrebasse, écuyer, sgr de Terrebasse, Premier Président du bureau des finances de Lyon né le 14 septembre 1754, fils d'Aimé Rigod de Terrebasse, écuyer, Trésorier de France et de Benoîte Roulet ; dont trois filles parmi lesquelles la seconde, Marie-Julienne-Henriette de Terrebasse née à Lyon le 4 avril 1789, † en 1824 épousa Jacques Bourbon de Vanant, ci-dessous, † en 1859.

    5) Catherine Bourbon du Deaulx, mariée : 1° le 27 janvier 1761 à Jean Bouteiller, 2° le 10 septembre 1777 à Jacques Roulet, écuyer secrétaire du Roi, veuf de Catherine Reboul.

VII. *Claude-André* Bourbon de Vanant, écuyer, bapt. à Lyon le 11 avril 1725, capitaine au régiment de Normandie, chevalier de Saint-Louis, comparant en 1789, ép. le 4 janvier 1776 Jeanne-Françoise Soubry sœur d'Anne-Marie ci-dessus, dont :

    1) Jean-Baptiste, qui suivra ;

2) Jacques Bourbon de Vanant, écuyer, né à Lyon vers 1779, † à Saint-Laurent d'Agny le 2 juillet 1859, marié à Marie-Julienne-Henriette Rigod de
Terrebasse née à Lyon le 4 juin 1789, † le 16 mars 1824, fille d'André,
Premier Président du bureau des finances et de Catherine-Françoise Bourbon
du Deaulx, ci-dessus dont ;

    A) Clotilde-Hortense Bourbon de Vanant.

3) Clotilde-Catherine Bourbon de Vanant, bapt. à Lyon le 3 juin 1778, mariée
à Lyon le 11 juin 1806 à Joseph-Casimir-François de Mathey, né à Carpen-
tras le 5 août 1760, fils de Jean-Joseph et de Catherine Daugier.

VIII. Jean-Baptiste-Marie Bourbon de Vanant, bapt. à Lyon le 1er mars 1777, ép.
le 15 brumaire an XIV Jeanne-Claudine Rodier, bapt. à Saint-Chamond le 22 octobre 1788, fille de Jacques Rodier et de Joséphine-Françoise Dugas-Vialis, dont
quatre fils morts en bas-âge, une fille morte au berceau, et :

1) Marguerite-Anastasie Bourbon de Vanant née le 14 avril 1808, † à Saint-
Laurent-d'Agny le 9 mai 1878, mariée le 11 avril 1827 à Saint-Laurent-
d'Agny, à Claude-Édouard Jordan de Chassagny, né à Lyon le 10 brumaire
an IX, † à Chassagny le 31 mars 1858, fils d'Antoine-Henry Jordan de
Sury, écuyer et de Catherine Dugas de Chassagny.

BRANCHE DU MARTELET

III. Noble Louis Bourbon, sgr du Martelet, bapt. le 20 janvier 1590, docteur ès
droits, élu en l'élection de Beaujolais, ép. Isabeau Corsan, sans doute fille de noble
Louis, receveur des consignations et de Catherine Donguy, dont quatre fils et deux
filles, entre autres :

1) Claude, qui suit ;
2) Louis, bapt. à Villefranche le 22 octobre 1624, ép. p. c. du 23 juin 1660
Louise Nicolas ;
3) Guillaume Bourbon, clerc de Saint-Sulpice.

IV. Noble Claude Bourbon, sgr du Martelet, bapt. à Villefranche le 16 avril 1621,
† avant 1681 ; élu en l'élection de Beaujolais; ép. Jeanne Tholomet, † ayant testé le
25 avril 1681, dont quatre fils et une fille, entre autres :

V. Noble Louis Bourbon, chevalier, sgr du Martelet, né à Villefranche le
1er décembre 1654, † 17 octobre 1693, Président Trésorier de France à Lyon
(5 mars 1692); ép. : 1° p. c. du 6 avril 1676 Marie Falconet, † à Lyon le 4 décembre
1686, fille d'André, écuyer, médecin ordinaire de S. M., Échevin de Lyon et de

Catherine Quinson ; 2º p. c. du 9 juillet 1688, Anne Godefroy (sœur du Trésorier de France Gaspard Godefroy) ; il eut du second lit, trois filles † s. a., et :

VI. Noble Gaspard Bourbon, chevalier, sgʳ du Martelet, bapt. à Lyon le 9 février 1693 ; ép. à Lyon le 22 septembre 1717 Marie Guillaume de Romanans, fille de noble Jean-Baptiste, avocat en Parlement, et de Catherine Godefroy, dont :

    1) Nicolas Bourbon, bapt. à Lyon le 21 août 1720 ;
    2) Jean-François Bourbon, bapt. à Lyon le 15 juillet 1722 ;
    3) Catherine Bourbon, bapt. à Lyon le 26 juin 1718 ;
    4) Marie Bourbon, bapt. à Lyon le 31 juillet 1719.

Cf. : Michon.
    Comte de Souvigny : *Notes communiquées.*

BOURG DE LA FAVERGE

Écartelé en sautoir d'or et de gueules à quatre tourteaux besans de l'un en l'autre.

Charles BOURG de LA FAVERGE

Originaires de Saint-Andéol, les Bourg sont issus de :

I. M⁰ Michel Bourg, notaire royal de Saint-Andéol, procureur d'office de Mornant, capitaine châtelain du dit lieu; ép. à Saint-Andéol en février 1633, Benoîte Guillard, dont quatre fils et trois filles entre autres :

1) Antoine Bourg, notaire royal, ép. à Lyon p. c. du 12 janvier 1662 Marie Devers, fille de Jean et de Marie Broyer, dont :

   François, Marie et Alexandre Bourg.

2) Jacques, qui suit ;

3) Jean Bourg, bourgeois de Lyon, ép. p. c. du 11 février 1672 Geneviève de Bargues, fille de Dominique, bourgeois de Lyon, dⁱ. p.

4) Antoine Bourg, † à Mornant le 14 décembre 1708, docteur en théologie, curé de Mornant et Riverie.

II. Noble Jacques Bourg, écuyer, sgʳ de La Faverge (dont hommage le 21 mars 1681), né à Saint-Andéol en 1651, † le 5 mars 1731, docteur ès droits, capitaine châtelain de Mornant, Échevin de Lyon en 1712-13; ép. en 1679 Claudine Mazery, dame de La Faverge, fille de Floris, écuyer, sgʳ de La Faverge et d'Hélène de Bétencourt, dont quatre fils et trois filles, entre autres :

1) François, bapt. à Lyon le 6 janvier 1682, † à Saint-Andéol le 12 février 1743, docteur en théologie ;

2) Antoine, qui suit ;

3) Marie, † à Lyon le 28 janvier 1735 ; ép. à Lyon le 23 mars 1720 Benoît Marca, procureur ès cours de Lyon, fils de M⁰ Benoît, notaire du prince de Dombes.

III. Antoine Bourg, écuyer, sg^r de La Faverge (dont hommage en 1717), bapt. à Lyon le 24 janvier 1683, † à Saint-Andéol le 19 janvier 1750 ; ép. à Lyon p. c. du 21 janvier 1717, Aymée Ruffier, fille de Michel, et d'Aymée Jouve, et sœur de Jean-Jacques, aide-major de la ville de Lyon ; dont trois fils et trois filles, entre autres :

1) Charles, qui suit ;
2) Aimée, bapt. à Lyon le 9 juin 1718, religieuse ursuline ;
3) Marie, bapt. à Lyon le 9 août 1720, ép. à Saint-Andéol le 22 octobre 1746 Jean-Antoine Rapoux ;
4) Marguerite, bapt. à Lyon le 2 mai 1732, ép. 1° à Saint-Andéol le 4 février 1751 Claude François Caillier, greffier en chef en l'élection de Lyon ; 2° à Villeurbanne le 10 avril 1782, Antoine Bouvier, directeur des Messageries royales en Languedoc.

IV. *Charles* Bourg, écuyer, sg^r DE LA FAVERGE (dont hommage le 19 juin 1754, avant la vente de cette terre par lui passée le 13 novembre 1754 à Jean-Jacques Grimod-Benéon, baron de Riverie) ; bapt. à Lyon le 26 avril 1726, comparant à Lyon en 1789.

Cf. : A. Vachez : *le canton de Mornant.*

BOURLIER D'AILLY

*d'argent, au chevron de gueules accompagné en pointe d'un chien passant de sable ;
au chef d'azur, chargé d'un soleil d'or.*

Léonard BOURLIER d'AILLY

Cette famille originaire de Bresse est issue de :

I. Pierre Bourlier, † ayant testé à Lyon le 20 septembre 1669 ; ép. 1° le 22 novembre 1631 Pernette Geoffray, † ayant testé le 25 septembre 1645 ; 2° à Lyon le 2 janvier 1647 Catherine Tricaud, † ayant testé le 14 mai 1681, fille de noble Jacques, conseiller du Roi, receveur au grenier à sel de Lyon, et de Barbe Pause. Il eut du premier lit six fils et quatre filles, et du second lit une fille ; parmi lesquels :

1) *1er lit :* Charles, qui suit ;
2) Philippe, bapt. à Lyon le 17 juin 1640, † ayant testé à Lyon le 30 décembre 1689, directeur du séminaire Saint-Irénée de Lyon ;
3) Jean-Baptiste, bapt. à Lyon le 18 août 1645, ép. à Lyon le 5 juin 1673 Catherine Cuzin, s. p.
4) Françoise, bapt. à Lyon le 6 juin 1633, † à Lyon le 7 septembre 1669, ép. p. c. du 17 janvier 1656 Alexandre Dusoleil, fils de Jean et de Marie Viau ;
5) Claudine, bapt. à Lyon le 26 septembre 1637, ép. à Lyon p. c. du 17 juillet 1656, Claude Rigaud.

II. Charles Bourlier, bapt. à Lyon le 27 janvier 1636, † 21 juillet 1686, recteur de la Charité en 1676, ép. p. c. du 19 décembre 1665 Catherine Borde, † à 91 ans, le 21 juillet 1736, fille de Philippe et de Catherine Bucquet, dont cinq fils et deux filles, entre autres :

1) Philippe, qui suit ;
2) N... directeur du séminaire de Saint-Charles à Lyon ;
3) Claudine, bapt. à Lyon le 13 août 1670, ép. à Lyon le 5 juillet 1696, noble Claude-Joseph Boyat, avocat en Parlement.

III. Noble Philippe Bourlier, chevalier, né à Lyon le 5 mars 1668, trésorier de Charité en 1709-1710, Trésorier de France à Lyon [1er août 1712 jusqu'en 1731], Échevin de Lyon en 1719-20 ; ép. p. c. du 2 octobre 1700 Marie-Anne Messier, fille de Noble Jacques Messier, Échevin de Lyon en 1684, et de Jeanne Merle ; dont cinq fils et sept filles, entre autres :

1) Pierre, qui suivra ;

2) Marcellin Bourlier, écuyer, bapt. 10 mai 1704, Lieutenant de cavalerie, maître d'hôtel du Roi ;

3) Joseph Bourlier, bapt. le 13 avril 1710, chanoine de Saint-Just à Lyon ;

4) Philippe Bourlier, bapt. 10 novembre 1711, † 26 mai 1755, prêtre ;

5) Claudine, bapt. le 12 janvier 1707, ép. le 19 mars 1726 Julien Le Court de Pluvy, écuyer, fils de Julien Le Court de Pluvy, écuyer, sgr de la Garde, et de Marguerite Charrin ;

6) Catherine, bapt. le 13 août 1715, religieuse carmélite ;

7) Marie-Catherine, religieuse ursuline à Thoissey.

IV. Pierre-Philippe Bourlier de Parigny, écuyer, sgr d'Ailly, Saint-Cyr de Favière, Glatigny, Saint-Hilaire, etc. né à Lyon le 22 mars 1702, † à Lyon le 10 août 1775, Trésorier de France à Lyon (3 septembre 1732), marié les 10-13 janvier 1732 à Marie-Anne de La Croix-Laval, bapt. le 19 décembre 1713, fille de Jean de La Croix Laval, Trésorier de France, et de Marie Pasquier, dont cinq fils et trois filles, entre autres :

1) Philippe Bourlier de Parigny, écuyer, bapt. à Lyon le 26 août 1732, capitaine au régiment de Normandie ;

2) Léonard, qui suivra ;

3) Joseph-Marie Bourlier de Saint-Cyr, bapt. à Lyon le 19 février 1739, † à Parigny le 13 octobre 1783, capitaine au régiment de Béarn, chevalier de Saint-Louis ;

4) Jean-Claude Bourlier de Commelle, bapt. à Lyon le 20 décembre 1741, † à Lyon le 7 mai 1823 ; chanoine, baron de Saint-Just en 1754, vicaire général de Mâcon en 1789 ;

5) Marie-Anne-Antoinette Bourlier de Saint-Cyr, bapt. à Lyon le 13 mars 1746, ép. à Lyon le 30 janvier 1769 Joseph-Charles-François de Sauzet de Fabrias, conseiller à la Chambre des comptes de Montpellier, fils de Christophe, conseiller à la dite Chambre, et de Françoise Dumontel ;

6) Bonne Bourlier de Saligny, bapt. à Lyon le 29 août 1748, ép. à Lyon le 12 février 1770 Hugues-Marie de Folliard, chevalier, fils d'Abel-Hugues, président en l'élection de Mâconnais, et d'Antoinette Dumont.

V. *Léonard* BOURLIER D'AILLY, chevalier, sg^r de Parigny, Ailly, Saint-Cyr, Commelle, Saligny, l'Hopital... etc., bapt. à Lyon le 30 juillet 1733, † à Lyon victime de la Révolution, le 18 frimaire an II, conseiller à la Cour des monnaies de Lyon (19 janvier 1757), conseiller au Conseil supérieur de Lyon (1772), comparant en 1789 ; marié à Lyon le 20 avril 1762 à Antoinette Bouvier, fille de Jean-Emmanuel Bouvier et de Jeanne Chancey, [sœur de Louise Bouvier, mariée en 1765 à Antoine-Marie-Augustin de Palerne de Chintré, chevalier, Trésorier de France], dont un fils mort jeune, et aussi :

1) Pierre-Philippe, qui suivra ;
2) Victoire-Joséphine Bourlier de Saint-Cyr, bapt. à Lyon le 31 janvier 1769, ép. à Parigny le 10 janvier 1791 Jean du Myrat, officier à Conti-Dragons, fils de Pierre-Emmanuel et de Charlotte-Marie de Varennes-Bissuel de Thizy.
3) Marie-Antoinette Bourlier de Parigny, née à Lyon le 11 mai 1765, mariée à Lyon les 3-10 mai 1785 à Joseph Baland de Chamburcy, chevalier, fils de Joseph Baland, écuyer, et de Sibylle Pitiot.

VI. Pierre-Philippe BOURLIER D'AILLY, chevalier, sg^r d'Ailly, bapt. à Lyon le 8 avril 1763, † victime de la Révolution le 3 frimaire an II, marié à Marie-Claudine Posuel de Verneaux, fille de Pierre Posuel, chevalier, sg^r de Verneaux, et de Françoise Boissière dont une fille morte au berceau, et :

VII. Pierre-Philippe-Claude-Robert BOURLIER D'AILLY, baron d'Ailly, né en 1794, † à Nice le 16 avril 1877 ; créé baron héréditaire sur majorat [terre d'Ailly] (Loire), par L. P. du 5 septembre 1820 ; mousquetaire du Roi ; marié le 26 avril 1820 à Clémentine-Gabrielle Puy de Rosny née à Paris le 13 mai 1800, † à Ailly le 13 octobre 1886, fille de Jean-François-Pierre Puy de Rosny, baron de l'Empire, et de Marie-Françoise-Sophie Mesnard de Conichard, dont :

1) Pierre-Louis-Marie-Fernand né en 1821, † à Paris 1er juillet 1847 ;
2) Pierre, qui suit.

VIII. Pierre-Claude-Marie-Gabriel BOURLIER, baron D'AILLY, né à Paris le 24 avril 1823, marié à Cruix le 24 octobre 1847 à Isabelle Bellet de Tavernost née à Lyon le 13 novembre 1826, † à Paris le 18 avril 1879, fille de Daniel de Tavernost et d'Alexandrine Giraud de Montbellet, dont :

1) Jacques, qui suivra ;
2) Marie-Madeleine d'Ailly, née à Saint-Bernard (Ain), le 9 juillet 1852, mariée à Cruix les 12-18 septembre 1873, à Charles-François-Alban, comte de Brosses, né à Greselles (Loiret), le 11 août 1846, fils de Charles, comte de Brosses, conseiller à la Cour de Lyon, et de Nathalie de Villeneuve-Trans ;

3) Jeanne d'Ailly, née à Theizé le 13 août 1860, mariée 1° à Paris le 19 juin 1885 à Pierre-Jules-Louis Roger Law, vicomte de Lauriston, né le 25 juillet 1858, † au château d'Ailly le 19 novembre 1887, fils de Louis-Charles Alexandre Law, comte puis marquis de Lauriston, et de Marie-Félicie-Pascal, et descendant de Pierre de Jouvencel, chevalier, conseiller à la Cour des monnaies de Lyon ; 2° à Paris le 14 juin 1894 à Gabriel de Nettancourt, marquis de Vaubecourt, né le 31 octobre 1862, fils de Charles, marquis de Vaubecourt, et de Rosalie de Rogier ;

4) Marie-Thérèse d'Ailly, mariée à Paris le 2 juin 1886 à Jules, comte de Murat de l'Estang, né le 16 février 1861, fils d'Elzéar, comte de Murat, et d'Ida de Loya de la Creta.

IX. Jacques Bourlier, baron d'Ailly, né à Theizé le 8 août 1858, † à Paris, s. p. le 10 avril 1893 ; marié à Paris le 21 juin 1888 à Thérèse de Chapelle de Jumilhac [sœur de Mᵐᵉ de Vaugelas], fille de Pierre-Ferdinand Chapelle, comte de Jumilhac, et de Marie-Caroline Le Peletier de Rosambo.

Cf. : Michon ;
Vicomte Révérend : *Titres et Pairies de la Restauration.*

BROSSE

d'argent au cerf franchissant de gueules.

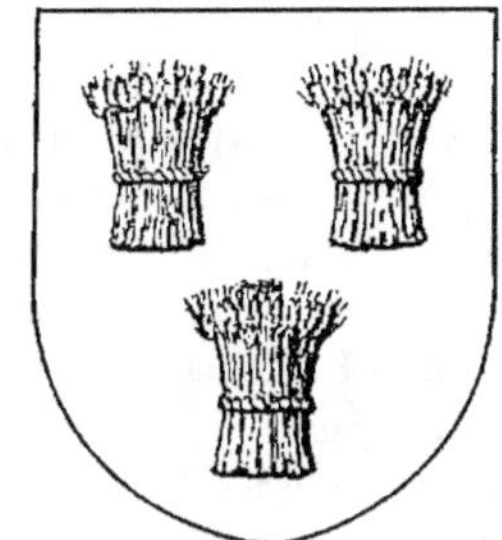

alias : *d'azur à 3 gerbes d'or liées de gueules.*

Jacques de BROSSE de LA BARGE

La famille de Brosse, anciennement Desbrosses, originaire de Beaujeu, a pris au XVIIIᵉ siècle les armes de l'antique maison de Brosse, illustrée par un maréchal de France sous le roi Charles VII. Mais aucune communauté d'origine ne fut jamais établie entre les deux familles, et celle qui nous occupe est issue sur titres authentiques de :

I. Claude Desbrosses [1], † le 28 septembre 1605. Il était devenu sgʳ d'Escrots, Malleval, etc., et capitaine de la ville de Beaujeu ; marié le 26 mai 1572 à Anne-Marie Grisard, fille de Guillaume, et de Nicole Jacquet, dont entre autres :

1) Claude, qui suit ;

2) Antoine Desbrosses, sgʳ de La Bruyère, bapt. à Beaujeu le 5 mars 1576, † au service, marié p. c. du 20 février 1605 à Claudine de Marzé, fille de Claude de Marzé, écuyer, sgʳ de La Bruyère, et de Gabrielle de Martel, dont entre autres :

    A) Jacques-Gaspard, Enseigne au régiment Lyonnais, mort à Turin en 1638 ;

    B) Luc-Adrien Desbrosses, écuyer, sgʳ de La Bruyère, maintenu par arrêt du Conseil du 28 avril 1656, ép. p. c. du 7 janvier 1672 Sibylle de Chardonnay de Saint-Lager [remariée à Pierre-Louis de Chantelot, sgʳ de la Varenne], fille de Claude, sgʳ baron de Saint-Lager, Cercié, et de Catherine de Sallmard, dont :

---

1. Les arrêts de maintenue de cette famille visent Ponthus des Brosses. écuyer, aïeul de Claude Desbrosses ; ces arrêts semblent difficiles à concilier avec les actes paroissiaux de Beaujeu.

    a) Lazare Desbrosses, chevalier, sgr de La Bruyère et Aigueperse, maintenu par jugement du 2 septembre 1717, marié à Angèle Dumont, dont huit enfants, entre autres :

      aa) Jeanne-Louise Desbrosses, bapt. à Aigueperse le 28 juillet 1703, ép. à Aigueperse le 24 novembre 1723 Claude-Louis de Thy-de-Milly, chevalier, sgr de La Bruyère.

 3) Gabriel Desbrosses, chanoine de l'église collégiale Sainte-Marie-Madeleine de Beaujeu ;

 4) Luc Desbrosses, bourgeois de Lyon, marié p. c. du 23 avril 1624, à Marguerite Brenod, qui testa le 25 octobre 1661, dont six enfants, entre autres :

  A) Chrestienne Desbrosses, bapt. le 22 septembre 1626, ép. p. c. du 19 mai 1643, Nicolas Bergiron ;

  B) Anne Desbrosses, † à Lyon le 27 juillet 1694, mariée à Lyon p. c. du 10 septembre 1647 à noble Léonard Bathéon, Échevin de Lyon en 1678, fils d'Antoine et de Bonne Thomas ;

  C) Catherine Desbrosses, bapt. le 5 avril 1631, ép. p. c. du 18 avril 1654 Jean Gravier.

 5) Anne Desbrosses, ép. à Beaujeu p. c. du du 30 avril 1599 Pierre Jacquet, fils de Pierre et de Philiberte de La Praye.

II. Claude Des Brosses, conseiller du Roi, sgr d'Escrots et de Malleval, † à Mâcon le 17 juin 1652, élu en l'élection de Mâconnais en 1636 ; marié 1° à Mâcon le 13 janvier 1613 à Christine Bernard, fille de noble Vincent Bernard, sgr de Varange, et de Catherine Guilloud ; 2° à Mâcon le 9 septembre 1641 à Chrestienne Buchet (remariée à Léonard de Gaspard de Marcilly, écuyer, sgr de Varange), fille de Claude, Procureur du Roi au bailliage de Mâcon, et de Jeanne Decret dont, du second lit, entre autres, plusieurs filles religieuses au couvent de la Déserte à Lyon et :

 1) Jean, qui suit ;

 2) Claude, auteur de la branche cadette ;

 3) Marie, bapt. à Mâcon le 9 juillet 1643, mariée à Mâcon le 30 novembre 1662 à noble Joseph Uchard, sgr de Monspeix, avocat en Parlement, fils de feu noble Claude, sgr du dit lieu, conseiller du Roi, lieutenant particulier et assesseur criminel au bailliage et siège présidial de Bourgogne et de Bresse, et de Jeanne Raffin ;

 4) Marguerite, bapt. à Mâcon le 23 octobre 1644, † le 20 décembre 1724, mariée à Mâcon le 2 septembre 1664, à noble Claude Berruyer, avocat en Parlement, fils de Claude et de Marthe Desvignes ;

 5) Anne, bapt. à Mâcon le 29 novembre 1651, † 1er août 1711, mariée 1° le 1er juillet 1669 à Ponthus Berthauld, chevalier, Trésorier de France à Dijon,

(3 janvier 1675), fils de Ponthus, conseiller au présidial de Châlons ; 2° à Étienne Dumont, second président au présidial de Mâcon ;

6) N... mariée à Claude Berger.

III. Jean DES BROSSES, chevalier, sg^r de Chintré, Pouilly, etc., bapt. le 21 janvier 1646 à Mâcon, † le 1er décembre 1693, avocat en Parlement en 1671, Trésorier de France à Lyon et Président au Bureau des finances (26 avril 1673). Inquiété, ainsi que son frère Claude ci-dessous, par le traitant de la Noblesse, et ne pouvant prouver sa qualité, il fut ainsi que son frère réhabilité, et confirmé dans sa noblesse, par arrêt du conseil du 17 août 1687, arrêt enregistré au Bureau des finances de Lyon en 1689. Il prit le nom de De Brosse, et avait épousé p. c. du 29 novembre 1672, Geneviève Charrier de La Barge, † 19 juillet 1718, fille de Jean Charrier, chevalier, sg^r de La Barge, baron de Sandrans, Prévôt des marchands de Lyon, Trésorier de France à Lyon, et de Marie Gayot de La Bussière (fille de Marcellin et d'Antoinette Besset), dont :

1) Jacques, qui suit ;

2) Antoinette, bapt. à Lyon le 23 décembre 1673, † à Mâcon le 7 septembre 1676 ;

3) Françoise-Geneviève, bapt. à Lyon le 4 juin 1675, † religieuse au couvent de Saint-Benoît de Lyon ;

4) Gabrielle, bapt. à Lyon le 8 mai 1677, religieuse au monastère de Chazaud ;

5) Antoinette, bapt. à Lyon le 25 février 1679, religieuse au même monastère ;

6) Marie, bapt. à Lyon le 29 janvier 1684, religieuse au couvent de Saint-Benoît à Lyon ;

7) Geneviève, mariée à Lyon le 27 février 1710 à Noble Louis de La Font, sg^r de La Rolle, avocat en Parlement, Maître des requêtes au Parlement de Dombes (1722), fils de Laurent, écuyer, officier de la vénerie du Roi, et de Dorothée Merle.

IV. Jacques DES BROSSES (aliàs DE BROSSE), écuyer, sg^r de La Barge [dont hommage en 1719], bapt. à Lyon le 7 août 1690, marié à Lyon p. c. du 23 décembre 1718, et le 10 janvier 1719 à Jeanne Tessier, fille d'Étienne, banquier, et de Sibille Chapard, dont entre autres, plusieurs filles baptisées à Lyon, et :

1) Claude, écuyer, sg^r de La Barge, bapt. à Lyon le 2 décembre 1720, † à Grézieu-le-marché le 11 décembre 1743, ép. à Lyon p. c. du 23 avril 1748 Marie-Françoise Perrin, fille de Jean-Pierre Perrin de Bénévent, écuyer, sg^r de Bénévent, et de Claire de Montd'or, dont neuf enfants, entre autres :

A) *Jacques* de Brosse, chevalier, sg^r de La Barge et Grézieu-La-Varenne, bapt. à Lyon le 1er mars 1749, comparant à Lyon 1789 ;

B) Gilbert de Brosse de La Barge, bapt. à Lyon le 15 juillet 1756, docteur en théologie, chanoine du Chapitre noble d'Ainay, (1781) ; vivant en 1789.

2) Jean-Jacques, qui suit ;

3) Jean-Baptiste, bapt. à Lyon le 5 janvier 1727, religieux à Savigny.

V. Jean-Jacques DE BROSSE, chevalier, sg^r des Plaines, Saint-Bonnet-les-Bruyères, Igny, etc., baron de Chevagny-le-Lombard ; bapt. à Lyon le 24 avril 1725, capitaine au corps royal de l'artillerie, chevalier de Saint-Louis, marié à Lyon p. c. du 2 avril et le 7 avril 1766 à Catherine Gayot, fille de Jean-François Gayot-Mascrany d'Ausserre, chevalier et d'Anne-Geneviève Agniel de la Vernouze ; dont :

VI. Jean-François-Marie DE BROSSE DE CHEVAGNY, chevalier, baron de Brosse, † le 23 janvier 1846 ; officier au régiment de Chartres-Dragons, marié à Ronno-en-Beaujolais, p. c. du 16 avril et le 27 avril 1790 à Jeanne-Sibylle de Varennes-Bissuel, † le 27 mars 1844, fille de Jean-Mathieu, chevalier, sg^r de Thizy, Saint-Victor, Combres, Marnant, etc., et de Sibylle-Victoire Hubert de Saint-Didier, dont :

1) Louis-Charles, qui suit ;

2) Thérèse-Victoire de Brosse, née en 1796, † le 13 janvier 1864, mariée à Pradines le 18 février 1813, à Pierre-Emmanuel-Marie du Myrat, né à Lyon vers 1792, fils de Jean du Myrat, écuyer, officier au régiment de Conti et de Victoire-Joséphine Bourlier de Saint-Cyr ;

3) Louise-Thérèse-Victoire-Clémentine de Brosse née à Pradines le 22 fructidor an XII, mariée à Saint-Romain-La-Motte le 14 novembre 1835 à Paul-François-Marie Barbier de Charly, né à Saint-Bonnet-le-Château le 28 ventôse an X, fils de Louis et d'Antoinette-Catherine-Eulalie de Vissaguet de Chomelin.

VII. Louis-Charles, baron DE BROSSE, né à Lyon le 3 pluviôse an IX, † le 3 janvier 1846, marié à Lyon le 7 février 1824 à Henriette-Sabine de Rivérieulx de Chambost, née à Lyon le 26 brumaire an XII, † le 13 février 1887, fille de Claude-Marie de Rivcrieulx, comte de Chambost, député du Rhône et de Marie-Thérèse Gesse de Poisieux, dont :

1) Hippolyte, qui suit ;

2) Gaston de Brosse, né en 1826, † à Feurs s. a. le 1er août 1880 ;

3) Marie-Charlotte-Sophie, née à Lyon le 23 août 1828, mariée en 1850, à son cousin germain Paul du Coignet des Gouttes, fils de Jean-Pierre et d'Hélène de Rivericulx ;

4) Jeanne-Claudine-Noémie, née à Lyon le 14 septembre 1831, mariée le 11 février 1851 à Eugène d'Assier, maire de Feurs, † à Feurs le 8 juin 1870.

VIII. Hyppolite-Claude, baron DE BROSSE, né à Lyon le 9 novembre 1824, † à Saint-Martin-de-L'Estra le 20 septembre 1899, marié le 6 juillet 1857 à Marie Roux de La Plagne, fille d'Amédée Roux de La Plagne et de Marie-Emma Henry de Bellevue, dont :

    1) Gaston, qui suit ;

    2) Amédée-Sabine-Édith, née à Lyon le 26 mai 1858, † en 1865 ;

    3) Valentine de Brosse, née en 1874, mariée en 1904 à Albert de Riverieulx de Chambost. comte de Lépin, né à Bassens le 21 mai 1863 [veuf de Marie-Marguerite de Menthon] et fils de Tancrède, et d'Édith Favier du Noyer.

IX. Joseph-Michel-Charles-Gaston, baron DE BROSSE, né à Saint-Martin-L'Estra le 26 octobre 1876, marié à Saconay le 28 juillet 1903 à Marguerite de Limoge-Dareste de Saconay, née à Lyon le 22 avril 1878, fille d'Henri-Johans, et de Bathilde de Riverieulx de Chambost, dont :

    1) Marie de Brosse.

BRANCHE CADETTE

III. Claude DES BROSSES, écuyer, sg^r d'Escrots, Malleval, bapt. à Mâcon le 1er mars 1648, † avant 1714, avocat en Parlement, porte-manteau du Roi, confirmé et réhabilité avec son frère en 1687, maintenu le 17 juillet 1708 par jugement de l'Intendant de Lyon Trudaine, comme issu de Ponthus des Brosses (qui serait l'aïeul de Claude, auquel commence la filiation); ép. à Mâcon p. c. du 3 janvier 1671 Marie Chesnard, fille de Salomon, conseiller du Roi, receveur des aides, domaines et pays de Mâconnais, et de Jeanne Mathieu, dont dix enfants, entre autres :

    1) Salomon Desbrosses, bapt. à Mâcon le 7 mars 1672, † de ses blessures à Arras le 30 octobre 1708, capitaine au régiment de Navarre, chev. de Saint-Louis, marié p. c. du 3 mars 1703, à Marie-Anne de Betz, veuve de messire de Péchery, lieutenant de Roi de la Haute-Alsace ;

    2) Claude, qui suit ;

    3) Claude-Joseph, prêtre bapt. à Mâcon le 4 janvier 1682 ;

    4) Marie Desbrosses, ép. avant 1712 noble Jacques de La Font, sg^r de Pougelon et La Salle, substitut du procureur du Roi à la Cour des Monnaies de Lyon, fils de Hugues et de Marguerie Faure ;

    5) 6) 7) 8) Quatre filles religieuses professes au couvent de la Déserte à Lyon.

IV. Claude DE BROSSE, chevalier, sg^r d'Escrots, Malleval, Baron de Chavannes, Dun-le-Roi, bapt. à Mâcon le 25 février 1673, † ayant testé le 27 mai 1741 ; capitaine au régiment de Villequier ; chevalier de Saint-Louis, maintenu dans sa noblesse d'extraction depuis Ponthus, ci-dessus désigné, par arrêt du Conseil du 11 août 1716, visant tous les actes produits, marié p. c. du 18 avril 1711 à Catherine Cottin de La Barre,✝ à Marcigny le 3 janvier 1763, âgée de 77 ans, dont :

    1) Claude, qui suit ;

    2) Pierre-Michel de Brosse, chevalier, né à Beaujeu le 31 octobre 1714, dit le vicomte de Brosse, aide-major au régiment d'Eu, major du régiment le 24 janvier 1743, enseigne aux gardes françaises, capitaine aux gardes françaises, (14 avril 1771), maréchal des camps et armées du Roi, etc., chevalier de Saint-Louis (17 octobre 1744), ép. p. c. du 11 décembre 1768 Colette de Bizemont, fille d'André marquis de Bizemont, sg^r de Gironville, Colonel des grenadiers royaux et d'Angélique de Launay de Gironville, dont :

        A) Henriette, ép. son cousin, Claude-Vital, comte de Brosse, ci-dessous.

V. Claude-Maximilien DE BROSSE, chevalier, sg^r d'Escrots, Malleval, baron de Chavannes, Dun-le-Roi, etc., dit le comte de Brosse, né à Lyon le 23 mai 1712, ✝ à Lyon le 3 juillet 1780, capitaine de grenadiers au régiment de Picardie, lieutenant-colonel au dit régiment ; chevalier de Saint-Louis, lieutenant de Nos Seigneurs les Maréchaux de France ; marié à Lyon p. c. du 25 mars 1759 à Marie Fourgon de Maisonforte, fille de Vital, écuyer, sg^r de La Maisonforte de Vourles, secrétaire du Roi et de Marguerite-Marie de Combles, dont entre autres :

    1) Claude, qui suit ;

    2) Claude-Barthélemy-Joseph, baron de Brosse, né à Lyon le 9 mars 1763, garde-marine à Toulon le 10 février 1780, marié à Mlle de Montléart, dont :

        A) Le marquis de Brosse, mousquetaire gris (1814) ; B) Élisa de Brosse.

VI. Claude-Vital DE BROSSE, chevalier, comte de Brosse, sg^r d'Escrots, Malleval, etc., né à Lyon le 24 août 1760, officier au régiment de Rohan Soubise, admis aux honneurs de la Cour, émigré en 1791 ; marié : 1° à Bussière le 24 novembre 1789 à Anne-Marie-Benoîte-Émilie-Colombe de Sainte-Colombe, chanoinesse de Beaumes-les-Dames, fille de François-Benoît, chevalier, marquis de L'Aubespin, brigadier des armées du Roi, et de Françoise Poussard de Fors du Vigean ; 2° à Henriette de Brosse, fille du vicomte, ci-dessus et de Colette de Bizemont. Il eût du 1er lit :

VII. Raoul, comte DE BROSSE, né le 1er décembre 1804.

    Cf. *Chérin : 39 ; Cab. d'Hozier : 68 ; Dossiers bleus : 139 ; Nouv. d'Hozier : 71 ; Carrés d'Hozier : 136 ; Pièces originales, 528.*
    Arcelin : *Indicateur héraldique du Mâconnais* ; Michon.

BROSSIER DE LA ROULLIÈRE

d'azur à un mont d'or sommé d'une tour d'argent ; au chef d'or chargé de trois
trèfles de sinople.

Victor-David BROSSIER Baron de LA ROULLIÈRE
Étienne-Alexandre BROSSIER de LA ROULLIÈRE

La famille Brossier, originaire de Touraine est issue en Lyonnais de :

I. Charles Brossier, écuyer, sg^r de La Roullière, † à Saint-Julien-sur-Bibost le
11 novembre 1707, acquit le fief de la Roullière à Bessenay ; conseiller-secrétaire du
Roi, maison et couronne de France (24 août 1698), marié à Lyon, p. c. du 16 juillet
1667 à Anne Trollier, fille de Pierre et de Marguerite Bremand, dont trois fils et
huit filles, entre autres :

1) Pierre, qui suit ;
2) Marianne Brossier, bapt. à Lyon le 28 novembre 1669, religieuse au couvent
de l'Annonciade à Lyon ;
3) Charlotte Brossier, bapt. à Lyon le 10 février 1673, religieuse au même
couvent ;
4) Antoinette Brossier, † à Paris en avril 1730, mariée à Antoine-Alexandre
Michon, chevalier, sg^r de Pierreclos, comte de Berzé, Trésorier de France à
Lyon (9 décembre 1701), né le 9 août 1674, † à Lyon le 19 septembre 1736,
fils de Jean-Baptiste, chevalier, procureur du Roi au bureau des finances et
de Gabrielle Charrier de La Roche.

II. Pierre Brossier, chevalier, baron de La Roullière, dont aveu en 1725 et 1738
sg^r du Mas, Bessenay, Saint-Julien-sur-Bibost, Montmenost, bapt. à Lyon le
21 février 1683, marié à Catherine David de Fontcrenne, fille de Théodore David,
chevalier, sg^r de Fontcrenne, Trésorier de France à Lyon (1685), et de Françoise
Perrette, sa seconde femme [remariée à Benoît Cachet de Montézan, Prévôt des
marchands de Lyon en 1704], dont trois fils et trois filles, entre autres :

1) Pierre-François, qui suit ;
2) Claude-Vincent Brossier de Saint-Julien, chevalier, bapt. le 26 août 1714, lieutenant-colonel au régiment de Navarre, chevalier de Saint-Louis ;
3) Anne-Benoîte, bapt. à Lyon le 11 septembre 1710, † ayant testé le 16 mai 1778.

III. Pierre-François BROSSIER DE BESSENAY, chevalier, baron DE LA ROULLIÈRE, sg^r du Mas, Saint-Julien-sur-Bibost, etc. bapt. à Lyon le 22 février 1713, marié le 19 juillet 1746 à Charlotte Olivier, fille de David Olivier, écuyer, conseiller du Roi, receveur général des finances à Lyon, Échevin de Lyon en 1735, et de Françoise de Combles [fille d'Oudart de Combles et de Marie Prenel], dont sept fils et deux filles, entre autres :

1) *Étienne-Alexandre* Brossier de La Roullière, chevalier, bapt. à Lyon le 31 mars 1750 ; capitaine commandant au régiment Royal-des-Vaisseaux, comparant à Lyon en 1789 ;
2) Victor-David, qui suit ;
3) André Brossier de La Roullière, bapt. le 19 mai 1755, chanoine du chapitre noble d'Ainay (7 mars 1774) ;
4) Claude-Christophe Brossier de La Roullière, chevalier, bapt. le 2 novembre 1760, † le 17 novembre 1821, marié le 23 avril 1806 à Catherine-Anne-Madeleine Bertin, née le 23 octobre 1775, † s. p. fille d'Abraham, commissaire général de la marine et de Marthe Barbier de la Serre ;
5) Catherine, née en 1748, † à Lyon le 7 décembre 1826, mariée à Montrottier le 20 novembre 1769 à Armand-Scipion-Urbain de Pujol, chevalier, capitaine de cavalerie, né le 3 novembre 1729, fils de Genest, chevalier, sg^r de Saint-Aignan et de Rose de Saint-Romain.

IV. *Victor-David* BROSSIER, chevalier, baron DE LA ROULLIÈRE, sg^r de Saint-Julien-sur-Bibost, etc., bapt. à Lyon le 14 juillet 1752, comparant à Lyon en 1789, député de la Noblesse du département de l'élection de Lyon à l'assemblée départementale de 1787, marié les 7-15 juin 1780 à Marie-Françoise Carlet, fille de Jacques, écuyer et de Marie-Anne Goutelle, dont :

1) Auguste-Vincent Brossier de La Roullière, né le 9 février 1785, † le 13 août 1808 en Espagne ; fait prisonnier, il fut vivant, scié en deux en présence de ses deux frères ;
2) André, qui suit ;
3) Camille, qui a fait branche ;
4) Françoise-Marie-Victoire, bapt. à Lyon le 8 avril 1781, mariée le 30 décembre 1807 à Jean-Marie-Centaure-Nicolas de Regard de Clermont, baron de

Vars, né à Chambéry le 3 septembre 1782, fils de Pierre-Claude-Marie, baron de Vars et de Marie-Christine de Regard, dont un fils, et quatre filles : la comtesse Hippolyte de Gerbaix de Sonnas ; la marquise Camille Beccaria-Incisa ; la comtesse Octave de Revel et la baronne René Castagnéry de Châteauneuf ;

5) Charlotte-Sophie, bapt. le 24 avril 1783, † en bas âge.

V. André-Alphonse BROSSIER, chevalier, baron DE LA ROULLIÈRE, né à Lyon le 7 novembre 1786, † à Anthon le 24 mars 1850, élève de l'École spéciale militaire, sous-lieutenant au 35ᵉ de ligne, blessé à Léoben (1809), réformé ; marié le 8 janvier 1828 à Marie-Antoinette de Combles, † à Lyon le 9 juin 1865, dont :

1) Michel-Camille de La Roullière, né à Anthon le 15 avril 1830, † à Lyon le 18 octobre 1874 ;
2) Claude-Auguste, qui suit ;
3) Marie-Thérèse, † en bas-âge ;
4) Marie-Jeanne, née le 11 juillet 1831 ; s. a.

VI. Claude-Auguste BROSSIER, baron DE LA ROULLIÈRE, né à Anthon le 27 janvier 1833, s. a.

RAMEAU DE LA ROULLIÈRE

V. Antoine-Camille BROSSIER DE LA ROULLIÈRE, chevalier, né à Lyon le 7 avril 1788, † à Lyon le 29 avril 1839, capitaine au 4ᵉ régiment des gardes d'honneur, chevalier de la Légion d'honneur ; au service, avec campagnes, de 1806 à 1809 et de 1813 à 1814 ; marié à Lyon le 26 novembre 1827 à Marie Bathéon de Vertrieu, née à Lyon le 11 brumaire an VIII, † à Nice le 7 mars 1867, fille de Léonard-Louis, gouverneur de Vienne et de Thérèse Rebierre de Nailhac. Elle était sœur de la comtesse de Jonage, et fut mère de :

1) Stéphane, qui suit ;
2) Ferdinand de La Roullière, né à Vertrieu le 29 juin 1835, † à Varna en Crimée le 14 octobre 1854 ;
3) Marguerite de La Roullière, née à Lyon le 4 avril 1831, mariée à Lyon le 8 août 1850 à Alfred Bohrer de Kreuznach, camérier secret de S. S. le pape Léon XIII, né à Lyon le 13 février 1823, fils de Jean-Guillaume et de Jeanne Voron.

VI. André-Étienne, dit Stéphane BROSSIER DE LA ROULLIÈRE, né à Lyon le 9 mars 1829, † à Amblagnieu le 7 avril 1867, marié le 31 décembre 1855 à Louise Bayon de

Libertat, née le 13 juin 1829, fille de Jean-Baptiste-Victor, et de Louise-Françoise-Pauline Jacquelot de Villette, dont :

1) René, qui suit ;
2) Anne-Marie de La Roullière, née à Beaulon le 22 janvier 1866, mariée à Vertrieu le 29 mai 1893 à Alphonse-Édouard-Dieudonné-Maxime, marquis de Colbert du Cannet, né au Cannet (Var) le 13 novembre 1858, fils d'Édouard et de Caroline de Colbert.

VII. Jean-Baptiste-René Brossier, baron DE LA ROULLIÈRE, né à Beaulon le 1er novembre 1856, marié à Nevers le 10 février 1892 à Madeleine-Marie-Joséphine-Françoise Pinet de Maupas, née à Mont (Saône-et-Loire) le 7 juillet 1872, fille d'Alexandre, et de Louise-Pauline du Chambon, dont :

1) Stéphane Brossier de La Roullière, né le 2 mai 1898 ;
2) Denyse Brossier de La Roullière, née le 21 janvier 1893 ;
3) Marguerite Brossier de La Roullière, née le 30 mars 1896.

Cf. Baron de La Roullière : *Notes communiquées.*

BRUYSET DE MANNEVIEUX

*Parti emmanché d'or et d'azur de trois pièces, à trois besans d'or en pointe ; au chef
d'argent chargé de trois bouterolles de gueules.*
Devise : *Fideli obsequio.*

Louis-Claude BRUYSET de MANNEVIEUX

Les Bruyset, originaires de Morestel en Dauphiné, ont prétendu se rattacher à
une ancienne famille de Bresse du même nom et d'armes analogues ; mais aucune
preuve de cette jonction ne fut jamais fournie, et les Bruyset sont connus à Lyon par
l'importance d'une maison de librairie qui fut aussi célèbre que celle des Anisson
et des Posuel.

La filiation des Bruyset s'établit depuis :

I. Louis BRUYSET, bourgeois de Morestel en Dauphiné dans la première moitié du
XVII⁰ siècle, père de :

II. Nicolas BRUYSET, bourgeois de Lyon, marié à Lyon le 3 juin 1643 à Marguerite
Rousseau, fille de Guillaume et d'Antoinette Thiollaz, dont une nombreuse postérité,
entre autres :

    1) Jean, qui suit ;

    2) Jean-Baptiste, tige des sgrs de Mannevieux.

III. Jean BRUYSET, maître imprimeur à Lyon, marié en 1675 à Jeanne Burlat, dont :

    1) Louis, qui suit ;

    2) Jacques, qui a formé rameau.

IV. Louis BRUYSET, maître imprimeur à Lyon, marié à Lyon le 12 février 1711, à
Andrée Lions, fille de Jacques-Louis et de Jeanne Denuzière, dont :

    1) Pierre, qui suit :

    2) Jeanne-Marie Bruyset, mariée à Lyon le 9 janvier 1753 à Paul Sain, écuyer,
       sgr de la baronnie de Sénevas, secrétaire du Roi, fils de noble Antoine Sain
       et de Marie Chorel.

V. Pierre Bruyset-Ponthus, maître imprimeur à Lyon, marié le 13 mai 1755 à Pierrette Verdat de Sure, fille de Pierre, bourgeois de Lyon, et de Marie Garin, dont :

1) Paul, qui suit ;
2) Marie-Louise-Pierrette Bruyset-Ponthus, mariée en 1777 à son cousin Jean-Marie Bruyset [voir rameau suivant] ;
3) Madeleine-Andrée-Pierrette Bruyset-Ponthus, mariée le 16 décembre 1784 à son cousin Pierre-Marie Bruyset-Sainte-Marie, frère du précédent, † victime de la Terreur le 25 décembre 1793.

VI. Paul-Pierre Bruyset-Ponthus, avocat en Parlement, † fusillé à Lyon âgé de 30 ans, en 1793 ; marié le 26 mars 1793 à Marguerite-Aimée-Sophie Trumel, fille de Thomas, président du bureau de conciliation à Montluel, et de Charlotte Bertrand, dont :

VII. Paul-Rose Bruyset de Sure, marié le 2 février 1820 à Claudine-Marie-Pauline Aynard, fille de François Aynard et de Marie-Antoinette-Pulchérie-Louise Sanial-Dubay, dont :

1) Marie-Louise Bruyset de Sure, mariée le 26 février 1838 à François-Alfred Lempereur, fils de Jean-Auguste, et de Marie-Barbe-Sabine Couppier.

RAMEAU CADET

IV. Jacques Bruyset, maître imprimeur à Lyon, marié le 25 octobre 1718 à Catherine Servant, fille de Louis, et de Catherine Essartier, dont :

1) Jean-Marie, qui suit ;
2) Catherine Bruyset, mariée à Lyon le 11 décembre 1742 à Jean-Pierre de Colomès, chevalier, né à Lyon le 27 novembre 1710, fils de Jean-Pierre, écuyer, conseiller du Roi, receveur général des finances du Languedoc, et de Marie-Anne du Treül, et petit-fils d'un capitoul de Toulouse.

   Leur fille, Catherine-Victoire de Colomès, épousa à Lyon p. c. du 15 novembre 1764, Jacques Imbert qui fut Échevin de Lyon et releva le nom de Colomès.

V. Jean-Marie Bruyset, maître imprimeur, marié à Lyon, le 16 avril 1743, à Magdeleine Couturier, fille de Jean et de Marguerite Bonnet, dont :

1) Jean-Marie, qui suit ;
2) Pierre-Marie Bruyset-Sainte-Marie, maître imprimeur. Il se laissa, sous la Terreur, emprisonner aux lieu et place de son frère alors malade, se laissa condamner du chef d'accusations portées contre son frère, et fut, par suite, fusillé à Lyon à l'âge de 45 ans, le 25 décembre 1793. Il avait épousé le 16

décembre 1784 sa cousine, Magdeleine-Andrée-Pierrette Bruyset-Ponthus, fille de Pierre et de Pierrette Verdat de Sure, dont :

> A) Magdeleine-Zoë Bruyset-Sainte-Marie, née le 8 août 1788, mariée le 28 frimaire an XIII, à Pierre-Marie-Marc-Antoine de Nolhac, fils de Mathieu-Marc-Antoine et de Marie-Madeleine Biétrix.

VI. Jean-Marie Bruyset, le plus célèbre de cette dynastie de maîtres imprimeurs, né à Lyon le 7 février 1749, † le 16 avril 1817 ; sauvé pendant la Terreur par le dévouement de son frère ; inspecteur de l'imprimerie en 1812 ; marié le 13 mars 1777 à Marie-Louise-Pierrette Bruyset-Ponthus, sœur de Magdeleine-Andrée-Pierrette ci-dessus, dont :

> 1) Jeanne-Pierrette Bruyset, mariée le 30 prairial an VII à Joseph-François-Anne Buynand des Échelles, fils de François et de Marie-Madeleine Orsel.

BRANCHE DE MANNEVIEUX.

III. Jean-Baptiste Bruyset, marié le 7 février 1682 à Gervaise Hodieu, fille de Jacques et de demoiselle Dumas, dont :

IV. Étienne Bruyset, écuyer, né le 31 mars 1697, secrétaire du Roi, marié à Lyon le 14 février 1733 à Charlotte Pernon, † le 4 juin 1772, fille de Claude Pernon, écuyer, secrétaire du Roi, et de Clémence Mathelon, dont :

> 1) Louis-Claude, qui suit ;
> 2) Claudine-Gervaise, mariée le 23 novembre 1750 à Claude-Pierre Fuzellier, ou Fuselier, écuyer, conseiller secrétaire du Roi, fils de Pierre, bourgeois de Lyon, et de Ludivine Choufouraux.

V. *Louis-Claude* Bruyset de Mannevieux, chevalier, sgr de Mannevieux, né à Lyon le 16 décembre 1738, † à Lyon, fusillé le 13 décembre 1793, victime de la Révolution ; Trésorier de France à Lyon (8 août 1764), Doyen des Trésoriers de France en 1789, comparant en 1789 ; marié à Lyon p. c. du 16 avril 1765 à Jeanne-Françoise-Thérèse Guérin de La Colonge, fille de noble Jean, sgr de La Colonge, avocat en Parlement, et de Françoise Imbert, dont :

> 1) Françoise, dite Mlle de Mannevieux, mariée à Pierre-Jacques Sain de la Couz, écuyer, maire de Lyon, né à Lyon le 24 juillet 1759, autorisé par ordonnance royale du 11 octobre 1818 à relever le nom de Mannevieux, fils de Paul, écuyer, sgr de la Couz, etc., secrétaire du Roi, et de Marie Bruyset.
> 2) Charlotte-Victoire, bapt. à Lyon le 6 juin 1767, mariée à Lyon le 30 avril 1793 à Michel Marest de Saint-Pierre, fils de noble Philippe, sgr de Saint-Pierre-la-Noaille, et de Marie-Pierrette Chappuis de La Goutte : dont :
>> A) Marie de Saint-Pierre, ép. Étienne-Horace-Gabriel, marquis de Sarron.

BURTIN DE LA RIVIÈRE

d'argent au Neptune assis à dextre au naturel sur une roche d'où coule une rivière d'azur; à une trangle en arc de gueules soutenant un chef à senestre d'azur chargé de trois étoiles d'or en bande.

Jean-François BURTIN de LA RIVIÈRE

Ce comparant appartenait à une famille originaire du Mâconnais, issue de :

I. Claude Burtin, † avant 1644, ép. Catherine du Crozet, † ayant testé à Lyon le 7 juillet 1661, dont :

II. François Burtin, † ayant testé à Lyon le 27 juillet 1684, ép. à Lyon p. c. du 7 mai 1644 Catherine Coindre, † ayant testé à Lyon le 16 juillet 1694, fille de François et de Denise-Louise Guichard, dont sept fils et quatre filles, entre autres :

    1) Jean Burtin, conseiller du Roi, maître des ponts, ports et péages de Lyon ; ép. 1° Marie Chaffin ; 2° Louise Soisson, fille de Jean, écuyer, secrétaire du Roi, et de Louise Thomé, dont :

        A) *du 1er lit :* René Burtin, bapt. à Lyon le 1er avril 1666 ;

        B) *du 2e lit :* Catherine Burtin, ép. à Lyon p. c. du 23 juillet 1710, Joseph de Montdor, chevalier, sgr du Quesnel, fils de Jean, sgr d'Hoirieu, et de Diane de Sallmard.

    2) Louis, qui suit ;

    3) Paul Burtin, bapt. à Lyon le 8 février 1661, † avant 1710, ép. à Lyon p. c. du 31 mai 1692 Marie Estival, fille de Jean et de Catherine Rosnet, dont :

        A) Jeanne Burtin, fille unique.

    4) Jeanne Burtin, ép. p. c. du 11 janvier 1686, Brice Barjot, conseiller du Roi au bailliage de Mâcon, fils de Philibert, substitut du procureur du Roi audit siège, et de Gabrielle Chambon.

III. Louis Burtin, bapt. à Lyon le 14 juillet 1658, marié 1° à Lyon p. c. du 21 décembre 1701 à Marie Blachon, bapt. à Lyon le 19 juillet 1677, † à Lyon le 26 novembre 1703, fille d'Antoine Blachon et d'Anne du Treuil ; 2° p. c. du 17 septembre 1705 à Marie-Anne Thomé bapt. à Lyon le 21 novembre 1678, † à Lyon le 26 juillet 1730, fille de François Thomé et de Jeanne La Guyolle, dont :

IV. Jean BURTIN, écuyer, avocat en Parlement, recteur de la Charité en 1757, conseiller secrétaire du Roi à Aix en 1760, marié 1° à Lyon p. c. du 23 décembre 1733 à Jeanne Durand, fille de noble Benigne Durand, conseiller du Roi, élu en l'élection de Lyon, et de Jeanne de La Forest ; 2° à Louise Fabry des Plaines, veuve d'Antoine Baudesson, sg^r de la Forest, contrôleur général des domaines du Roi à Lyon, elle testa le 21 avril 1753, et était fille de noble Jean, visiteur général des gabelles du Lyonnais, et d'Anne Soisson. Il laissa :

1) *1er lit :* Benigne Burtin de Vaurion, écuyer, sg^r de la prévôté de Chamelet et terres en dépendant, avocat en Parlement, recteur de l'Hôtel-Dieu de 1781 à 1784 ; marié à Marie-Marthe Garat, fille de Jean Garat, écuyer, et de Marie-Nicole Jantet ; elle testa le 3 août 1782, laissant :

   A) Marguerite Burtin de Vaurion.
2) Claude Burtin, écuyer ;
3) *2e lit :* Jean-François, qui suivra ;
4) M. Burtin de la Rivière, capitaine au régiment d'Artois, commandant à Lyon sous Précy, en 1793, † le 10 octobre 1793, tué à la dernière sortie des défenseurs de Lyon.

V. *Jean-François* BURTIN DE LA RIVIÈRE, chevalier, né le 11 juillet 1753, Trésorier de France à Lyon (20 décembre 1779), comparant en 1789 ; marié le 4 avril 1780 à Lyon, à Marie-Thérèse Favre, fille de Claude-Amédée Favre et de Françoise Durand dont :

1) François, qui suivra ;
2) Amélie-Claudine-Jeanne-Marie Burtin de la Rivière, bapt. à Lyon le 1er octobre 1782.

VI. François BURTIN DE LA RIVIÈRE, écuyer, bapt. à Lyon le 30 juillet 1781.

Cf. Michon.

CARNAZET

Burelé d'argent et de gueules de dix pièces, à trois herses d'or et une guivre de sinople en cœur sur le tout.
alias, avec *une bordure componnée de gueules et d'argent de dix pièces.*
Supports: *Deux griffons.*
Devise: *Per dura, per aspera serpit.*

PIERRE-MICHEL-GUILLAUME, COMTE DE CARNAZET.

L'ancienne maison de Kernazret (ville à serpents) puis Carnazet, est originaire de l'évêché de Léon en Bretagne. Une première branche des barons de Coësme a donné un écuyer tranchant de François Ier, un conseiller au Parlement de Paris en 1544, trois lieutenants généraux des armées du Roi en 1652, 1676 et 1744. Quant à la branche de Carnazet, établie dès le xve siècle sur les confins du Gâtinais et Hurepoix, elle établit sa filiation depuis :

I. Yvon DE CARNAZET, écuyer, sg[r] de Lardy, Leudeville, Bouray etc., en Hurepoix, † le 13 décembre 1462, écuyer du roi, capitaine des francs archers de Paris, marié à Marguerite Bureau de la Rivière, † le 19 septembre 1499, fille de Gaspard, chevalier, sg[r] de Villemonble, Montfermeil, grand maître de l'artillerie, capitaine de Poissy, du Louvre etc., dont :

1) René, qui suit ;
2) Antoine, homme d'armes de la compagnie de Mesme, sg[r] de Brazeux, Vert-le-Grand, † s. p. de son mariage avec Antoinette de Mornay ;
3) Charles, écuyer, sg[r] de Limours, Saint-Vrain, Bouray, etc., marié à Claude de Canteleu, veuve en 1513 [remariée à Pierre de Blécourt, écuyer], fille d'Antoine, écuyer de Louis XI, et de Jeanne de Chevreuse.

II. René DE CARNAZET, écuyer, homme d'armes de la compagnie de Mesme, marié à Marie de Mornay, † 1488, fille de Charles, chevalier, baron de La Chapelle-la-Reine, et de Bonne de La Vieuville, dont :

1) Guillaume, chevalier, sg^r de Leudeville, Billy, ép. Madeleine de Suze, dont :

   A) Jeanne, mariée à Nicole de Champgirault, écuyer. Elle était dame de Lardy en 1547 ;

   B) Catherine, mariée à Adam de Champgirault, écuyer ;

   C) et D) Anne et Antoinette, religieuses.

2) Antoine, qui suit ;

3) Antoinette, mariée 1° à Charles de Beaumotte, écuyer ; 2° à François d'Ococh, sg^r de Courcelles ; 3° à Jean de Bombel.

III. Antoine DE CARNAZET, écuyer, sg^r de Brazeux, † à Saint-Vrain en Hurepoix, maître d'hôtel du Roi en 1544, marié p. c. du 16 septembre 1521 à Marguerite de Brilhac, fille de Charles, sg^r d'Argy, maître d'hôtel du Roi, et de Louise de Balzac, dont :

1) François, qui suit ;

2) Adam, qui a fait branche ;

3) Louis, écuyer, sg^r de Brazeux, † à Saint-Vrain le 26 février 1588, chevalier de l'ordre du Roi en 1575, gentilhomme ordinaire de la Chambre en 1585 ; marié à Antoinette d'Anglebernier, † à Saint-Vrain en octobre 1600, fille d'Antoine, sg^r de Lagny, et d'Isabeau de Bucourt, et veuve de Louis d'Aumale, chevalier de l'ordre du Roi, vicomte du Mont-Notre-Dame ;

4) Anne, demoiselle d'honneur des filles de France, dame d'honneur de Catherine de Médicis en 1579, mariée p. c. du 17 janvier 1544 à François Gouffier, chevalier, sg^r de Crêvecœur et de Bonnivet, capitaine de 50 hommes d'armes des ordonnances du Roi, Lieutenant général en Picardie, chevalier du Saint-Esprit (1er janvier 1579), † le 24 août 1594 ;

5) Jeanne, abbesse de Gif, † à Gif en janvier 1584 ;

6) Marie, mariée à Louis de Cappo, capitaine à Turin ;

7) N... religieuse.

IV. François DE CARNAZET, écuyer, sg^r de Saint-Vrain, † le 12 mai 1568, homme d'armes de la compagnie du Vidame de Chartres, l'un des cent gentilshommes de la maison du Roi (1561), maître d'hôtel du duc d'Anjou, marié p. c. du 19 octobre 1554 à Jacqueline de Prunelé, † le 15 juillet 1561, fille de Pierre, écuyer. sg^r de Richarville, et d'Antoinette de Naucelles, dont :

1) Pompée, écuyer, sg^r de Brazeux, gentilhomme de la Chambre du Roi, † s. p. de son mariage avec Gabrielle de Vove ;

2) François, † s. p.

BRANCHE CADETTE

IV. Adam DE CARNAZET, écuyer, sg^r de Saint-Vrain, † le 21 décembre 1584;
guidon de la compagnie des ordonnances du Roi en 1564, Lieutenant en 1568,
chevalier de l'ordre du Roi, gentilhomme de la Chambre, chambellan du duc
d'Alençon, marié à Françoise de Monthiers, dame de La Folie-Herbaut, † à Saint-
Vrain le 12 février 1578, fille de Philippe, écuyer, sg^r de La Folie-Herbaut, dont
entre autres :

V. Antoine DE CARNAZET, écuyer, sg^r de Saint-Vrain, etc., bapt. le 13 février 1576,
† à Saint-Vrain le 12 février 1635, marié p. c. du 27 octobre 1595 à Marie de Carnoisin, † à Paris le 11 décembre 1648, fille de Jean, chevalier de l'ordre du Roi,
gentilhomme de la Chambre, sg^r d'Achy, et de Marguerite de l'Isle-Marivaut dont
entre autres :

1) François, qui suit ;
2) Jeanne, bapt. le 4 avril 1600, mariée 1° p. c. du 24 janvier 1618 à Paul de
   Villereau, chevalier, baron de Fontenay ; 2° à Claude d'Estoré, écuyer ;
3) Jacqueline, mariée le 10 mai 1633 à Henry de Thiennes, écuyer, sg^r du
   Chatelier ;
4) Marie, mariée p. c. du 22 février 1645 à Antoine de Lannion, chevalier, sg^r
   d'Omécourt ;
5) 6) Deux religieuses, dont Marie, à l'abbaye de Villiers près La Ferté-Aleps.

VI. François DE CARNAZET, chevalier, sg^r de Saint-Vrain, etc., Enseigne des gardes
du Corps de Monsieur frère du Roi (5 mai 1619), Lieutenant (24 août 1633), vend
Saint-Vrain à Jean Le Vassor, secrétaire du Roi, pour 108.000 livres, le 21 novembre
1641 ; marié 1° en décembre 1624 à Anne de Campremy, † le 6 juillet 1625 à Saint-
Vrain, s. p., fille de Pierre et de Marguerite Le Mareschal ; 2° p. c. du 17 décembre
1634 à Geneviève du Noyer, fille de Nicole, maître d'hôtel ordinaire du Roi ; 3° à
Paris les 14-17 juillet 1653 à Marie Lombard, fille de Pierre, écuyer, sg^r des Oullais,
secrétaire des finances du duc d'Orléans, et de Catherine Cartier.

Il eut entre autres :

1) 2e lit : Alexandre de Carnazet, chevalier, né le 29 décembre 1640,
   maintenu par arrêt du Conseil le 28 avril 1671, marié 1° p. c. du 21 juin
   1668 à Louise Bouton, fille de Georges, écuyer, sg^r du Guerrier, et de
   Jacqueline Baulot ; 2° à Anne de Villereau. Il eut du premier lit Geneviève,
   dame du Rosay, mariée à N... Corbière, et du second lit, Angélique de
   Carnazet, mariée le 12 mai 1711 à Paris, à Pierre Jouvence, officier de
   Madame la Dauphine.

2) Charles, maintenu en 1671, établi en Amérique ;

3) Geneviève, née le 8 septembre 1638, religieuse ;

4) Angélique, née le 6 novembre 1639, religieuse ;

5) Marie, bapt. le 14 mars 1642, mariée le 30 mars 1667 au sg^r de Belesme, près Dieppe ;

6) Anne-Françoise, religieuse ;

7) *3e lit :* Pierre, qui suit ;

8) Jacques, tige du rameau puîné ;

9) Marie, mariée à Madagascar.

VII. Pierre DE CARNAZET, chevalier, bapt. le 20 décembre 1654, † à Saragosse le 14 avril 1706, maintenu par arrêt du conseil du 7 avril 1674, aide major du régiment de La Couronne-Infanterie (20 mai 1677), commandant le second bataillon du dit régiment en Espagne, chevalier de Saint-Louis ; marié à Paris p. c. du 17 janvier 1681 à Françoise Durand, fille de noble homme Urbain Durand et de Françoise Boudet [du lieu de Malicorne (Sarthe)], dont entre autres :

1) Charles-François, né le 3 décembre 1682, † 14 février 1703, clerc ;

2) Pierre-Michel, qui suit.

VIII. Pierre-Michel DE CARNAZÉT, chevalier, né à Paris le 13 août 1684, sg^r de Grand-Fontaine au marquisat de Vibraye, dont hommage le 30 juillet 1717, déclaré noble par sentence des élus du 21 avril 1719, lieutenant au régiment de la Couronne-Infanterie (1702), capitaine au régiment de Sillery (1er janvier 1706), à celui de Miromesnil (1710) ; marié 1° p. c. du 23 février 1712 à Gabrielle de Clinchamps, fille de Louis-Francois, chevalier, sg^r de Saint-Marceau, et de Gabrielle Pavée ; 2° p. c. du 24 avril 1715 et le 7 mai suivant, à Gabrielle Davy, fille de Jacques et de Renée Fournigault, dont du premier lit postérité morte au berceau.

RAMEAU PUINÉ

VII. Jacques DE CARNAZET, chevalier, † le 4 avril 1704, maintenu par arrêt du Conseil le 7 avril 1674, marié p. c. du 31 mars 1684 et le 28 avril suivant, à Madeleine de Lunel, née le 4 novembre 1658, † le 20 octobre 1694, fille de Bertrand, maître d'hôtel du prince de Condé, et de Madeleine de Graffard, dont entre autres :

VIII. Guillaume DE CARNAZET, chevalier, bapt. le 6 septembre 1685, marié p. c. du 7 octobre 1710 à Marie Mesnager, fille de Pierre et de Madeleine Nyon, dont entre autres :

IX. Pierre-Guillaume DE CARNAZET, chevalier, bapt. à Miermagne le 14 novembre 1712, marié p. c. du 11 juillet 1729 à Geneviève de Mézanges, fille de Charles, chevalier, sg^r de Mondoucet. Il fut maintenu par arrêt de la Cour des Aides de Paris le 23 juin 1742, et fut père de dix filles et de :

X. Pierre-Guillaume DE CARNAZET, chevalier, comte de Carnazet, né le 14 juin 1730, gentilhomme du duc de Penthièvre, marié à Jeanne-Éléonore d'Eschalard de La Mark, dont entre autres :

XI. *Pierre-Michel-Guillaume*, chevalier, comte DE CARNAZET, sg^r de Milly (Saint-Étienne-la-Varenne) en Beaujolais, comparant à Lyon en 1789, marié à Henriette de Raousset-Soumabre, dont :

XII. Louis-Henri-Auguste-Charles, comte DE CARNAZET, marié en 1810 à Marie-Sidonie Arod de Montmelas. dont :

    1) Henry, qui suit ;
    2) Louise de Carnazet.

XIII. Henry-Blaise-François, comte DE CARNAZET, † au Colombier le 14 mai 1852, marié le 18 juin 1844 à Marie-Thérèse-Claudine de Tircuy de Corcelles, † au Colombier le 13 octobre 1862, fille de François de Tircuy de Corcelles et d'Hélène de Revol, dont :

    1) Henry, qui suit ;
    2) Thérèse-Esther de Carnazet, mariée en 1864 à Octave, baron de Ravinel ;
    3) Sidonie de Carnazet, † 1888, mariée en 1865 à César-Arthur, vicomte de Soussay.

XIV. Henri-Paul-Joseph, comte DE CARNAZET, né le 13 octobre 1849. marié à Huxelles le 8 décembre 1874 à Edith de La Chapelle d'Huxelles, dont :

    1) Yvonne de Carnazet, née au Colombier le 21 novembre 1878 ;
    2) Odette de Carnazet, née à Jarnioux le 9 août 1883 ;
    3) Thérèse de Carnazet, née à Jarnioux le 16 février 1887.

Cf. Dossiers bleus : 154.
Annuaire de la Noblesse, 1890.

CARRA DE VAUX

D'azur au chevron d'argent accompagné de trois losanges, et, en pointe, d'un croissant, le tout du même.

PIERRE-BENOÎT CARRA DE VAUX

CLAUDE CARRA DE ROCHEMURE

Les Carra, originaires d'Amiens, sont issus de :

I. Louis CARRA, marié à Amiens, à Catherine Rohault, dont :

II. Jean CARRA, † avant 1747, juge conservateur des privilèges et des foires de Lyon ; marié à Lyon : 1° p. c. du 14 février 1710, à Catherine Corompt, fille de Me Jean, greffier en chef de la douane de Lyon, et de Marie-Catherine Naulot ; 2° p. c. du 8 février 1716, à Jeanne Valfray, fille de Pierre et de Jeanne Bailly. Il laissa :

1) *1er lit* : Jean, qui suit ;
2) *2e lit* : Marie-Jeanne Carra, ép. à Lyon p. c. du 17 août 1735, Charles Millanois, écuyer, conseiller secrétaire du Roi (8 février 1757), directeur de la Monnaie de Lyon, fils de Jean-Baptiste et de Sibylle Perret.

III. Jean CARRA DE VAUX, écuyer, sgr de la baronnie de Vaux et de Saint-Cyr, né en 1710, † à Chalon-sur-Saône le 12 octobre 1786, conseiller secrétaire du Roi, directeur de la monnaie de Lyon dès 1750 ; ép. à Lyon le 21 novembre 1747, Marie Regny, fille de Claude Regny, écuyer, secrétaire du Roi, garde des sceaux près la Cour des Monnaies de Lyon, et de Jeanne Vincent, dont cinq fils et trois filles, entre autres :

1) Pierre-Benoît, qui suivra ;
2) Jean-François,
3) Claude, } qui suivront, auteurs de la branche de Rochemure ;
4) Marie-Jeanne Carra de Vaux, bapt. à Lyon le 1er décembre 1749, ép. à Denicé, le 18 janvier 1772, Louis-Charles Le Mau de Talancé, écuyer,

capitaine au régiment de Bourbonnais, chevalier de Saint-Louis, né 1743, † 1812, fils de Pierre Le Mau, écuyer, sg^r de la Goutière, et de Thérèse des Champs de Talancé ;

5) Françoise-Marie Carra de Vaux, bapt. à Lyon le 21 mars 1753, ép. N... des Henrys.

IV. *Pierre-Benoît* CARRA, écuyer, sg^r de la baronnie DE VAUX, de Saint-Cyr, etc., bapt. à Lyon le 10 février 1755, officier au régiment d'Orléans, chevalier de Saint-Louis, comparant à Lyon en 1789 ; ép. à Paris le 16 janvier 1788, Césarine des Roys (sœur d'Alix des Roys, mère de Lamartine), chanoinesse comtesse du chapitre noble de la Salle, fille de Jean-Louis des Roys, écuyer, sg^r de Rieux, intendant des finances du duc d'Orléans, et de Marie Gavault, sous-gouvernante des Enfants d'Orléans, dont :

1) Alexandre, qui suivra ;

2) Prosper, garde du corps de la compagnie de Monsieur, † 1816, s. a.

V. Alexandre-François-Marie CARRA, baron DE VAUX, † à Rieux (Marne) le 23 septembre 1890, marié en 1832 à Nathalie Marchand d'Épinay, † à Rieux le 5 novembre 1892, âgée de 85 ans, fille d'un ancien substitut du procureur du Roi au Parlement de Paris, dont :

1) Albert, qui suivra :

2) René, dit le comte de Vaux Saint-Cyr, marié : 1° à Estelle Pernetty [sœur de sa belle-sœur ci-dessous] ; 2° à N... Dufresne. Il a eu :

    A) *du 1er lit* : Marie-Jean-François-Saint-Cyr Carra de Vaux-Saint-Cyr, marié le 22 septembre 1891 à Béatrix de Garnier des Garets, fille de Septime des Garets et de Marie des Garets, dont :

        a) Maurice ; b) François Carra de Vaux Saint-Cyr.

    B) *du 2e lit* : Christian et Isabelle Carra de Vaux Saint-Cyr.

3) Georges Carra de Vaux, consul de France et ministre plénipotentiaire, s. a. ;

4) Alix, mariée à Eugène Hémar.

VI. Marie-François-Albert CARRA, baron DE VAUX, ép. à Paris le 25 juin 1862 Camille Pernetty (nièce du lieutenant-général vicomte Pernetty, Pair de France, et petite-fille, par sa mère Estelle Ferri-Pisani, du maréchal Jourdan), fille de Victor Pernetty, officier supérieur d'artillerie, dont la grand' mère était Gardelle (v. ce nom) ; elle est mère de :

1) Jacques, qui suivra :

2) Mlle de Vaux, mariée à Marie-Georges-Henri-Marc, vicomte de Crespin de Billy, capitaine-commandant d'artillerie, † à Orléans, à 43 ans, le 27 février 1901 :

3) Marie-Estelle-Alix de Vaux, mariée à Paris le 31 mai 1894, à Henri-Marie-Renaud d'Avesnes, comte des Méloizes, fils d'Albert, marquis des Méloizes ;

4) Jeanne-Marie-Madeleine de Vaux, mariée à Paris le 21 juin 1898, à Marie-Joseph-Étienne Merveilleux du Vignaux, capitaine d'artillerie en 1898, fils de François-Charles, ancien député, et d'Anne-Marie de Foucault.

VII. Jacques CARRA, baron DE VAUX, s. a.

BRANCHE DE ROCHEMURE ET SAINT-CYR

IV. Jean-François CARRA, écuyer, né à Lyon le 28 décembre 1756, † à Nailly le 5 janvier 1834, baron Carra de Saint-Cyr et de l'Empire, par L. P. du 11 août 1808 ; donataire de l'Empire ; puis comte héréditaire de Saint-Cyr, par L. P. du 19 décembre 1814 ; titre confirmé en faveur du même avec transmission à son neveu et fils adoptif par arrêté du 17 novembre 1827 ; général de brigade (9 octobre 1795), général de division (27 août 1803), Grand Croix de la Légion d'Honneur, chevalier de Saint-Louis, lieutenant général des armées du Roi ; marié en 1799 à Jeanne-Armande Pouchot, veuve de J.-B. Aubert du Bayet, ministre de la guerre.

. . . .

IV*bis*. *Claude* CARRA DE ROCHEMURE, écuyer, bapt. à Lyon le 28 juillet 1760, † à Dracy-le-Fort le 14 mai 1843, capitaine au régiment d'Orléans, chevalier de Saint-Louis, comparant en 1789, marié à Marie-Antoinette-Catherine-Sophie Bernigaud de Grange, née à Chalon le 1er juillet 1775, fille de Jean-Louis, sgr de Grange, lieutenant-général au bailliage de Chalon-sur-Saône, et de Marie Delavigne, dont :

1) Jean-Louis, qui suivra ;

2) Xavier, chev. de Saint-Louis, né en 1797, † à Paris le 4 septembre 1858, s. a. ;

3) Marie, † juillet 1875, ép. le 24 juin 1838 Adolphe de Finance de Clairbois.

V. Jean-Louis CARRA DE ROCHEMURE, né à Lyon le 15 décembre 1796, † à Paris le 4 septembre 1852, adopté par son oncle Jean-François, comte de Saint-Cyr ; comte Carra de Rochemure et de Saint-Cyr, par L. P. du 18 octobre 1828, comme héritier de son oncle ; capitaine et officier de la garde royale ; chevalier de Saint-Louis ; marié le 22 mai 1829 à Adélaïde-Joséphine-Louise-Moïna Le Lièvre de la Grange, née à Paris le 10 septembre 1800, † à Dracy (Saône-et-Loire) le 13 mars 1844, veuve de Joseph-Louis-Robert de Lignerac, duc de Caylus, Pair de France, et fille d'Adélaïde-Blaise-François, marquis de La Grange, et d'Adélaïde-Victoire Hall, dont :

1) Marie Carra de Rochemure, sans alliance ;

2) Moïna Carra de Rochemure, religieuse.

Cf. Vte Révérend : *Armorial du 1er Empire ; Titres et Pairies de la Restauration.*

CHAPONAY

D'azur à 3 coqs d'or membrés, becqués, barbés et crêtés de gueules.
Cimier : un coq d'or, crêté, marbré, membré de gueules
Devise : Gallo canente spes redit
Supports : Deux lions.

PIERRE-ÉLISABETH, COMTE DE CHAPONAY

JACQUES-HUGUES-SUZANNE, CHEVALIER DE CHAPONAY

L'ancienne maison de Chaponay figure au premier rang de la Noblesse lyonnaise. Pons de Chaponay est cité à Lyon en l'an 1200 et Pierre de Chaponay fut conseiller de ville en 1292. Tous deux appartenaient sans doute à un rameau fixé à Lyon d'une famille chevaleresque du Dauphiné. La descendance au moyen âge de Pierre de Chaponay a été savamment établie par le savant Le Laboureur et par M. de Valous : nous renvoyons le lecteur à ces érudits auteurs, en croyant utile de mentionner également la généalogie dressée par Chérin pour les preuves de Cour. Ces différentes généalogies attribuent, pour les premiers degrés, des qualités différentes aux membres de la famille de Chaponay, célèbre au moyen âge dans les fastes de la ville de Lyon, et représentée au VII⁰ degré depuis Pierre de Chaponay, ci-dessus par :

VII. Jean DE CHAPONAY, docteur en droit, vice-bailly de Vienne (19 juin 1491), maître, puis Président en la Chambre des comptes du Dauphiné (10 juin 1498), conseiller de ville à Lyon en 1521, sgr de Feyzin (17 octobre 1521), marié p. c. du 13 mai 1492 à Catherine Palmier, dont :

1) Soffrey, qui suit ;
2) Nicolas de Chaponay, tige des sgrs de Feyzin et de l'Isle-Méan, subdivisés en deux rameaux fondés par Jean et Nicolas de Chaponay, tous deux fils de Nicolas, précité, conseiller de ville à Lyon en 1533, etc., et d'Hélène Albizzi. C'est au second de ces rameaux qu'appartenait Humbert de Cha-

ponay, † à Lyon à 85 ans, le 21 novembre 1672, maître des Requêtes en 1633, Intendant du Lyonnais. Forez et Beaujolais en 1634, du Bourbonnais et Nivernais en 1638, du Berry en 1640 ; marié p. c. du 23 avril 1615 à Éléonore de Villars, fille de Balthazar, écuyer. sgr de Laval, lieutenant-général en la sénéchaussée de Lyon, et de Louise de Langes. Leur fils, Balthazar de Chaponay, fut Prévôt des marchands de Lyon en 1678.

3) Anne de Chaponay, mariée à Claude Arthaud, sgr de Montauban ;

4) Catherine de Chaponay, mariée à Jacques Guerrier, veuve en février 1533.

VIII. Soffrey DE CHAPONAY, co-sgr de Feyzin, † à Grenoble en 1544, Président de la chambre des comptes de Grenoble (17 octobre 1517), marié en 1519 à Jeanne Lemaistre, d'une famille consulaire. dont trois fils et deux filles, entre autres :

1) Laurent, qui suit ;

2) Pierre, doyen de l'église de Gap :

3) Antoinette, ép. en 1552 noble Gaspard Dornin d'Eybens :

4) Jeanne, religieuse à l'abbaye de N.-D. de Bellecombe.

IX. Laurent DE CHAPONAY, écuyer. sgr d'Eybens, Trésorier de France à Grenoble, Président en la chambre des comptes de Grenoble, jusqu'en 1575 ; premier consul de Grenoble ; marié le 15 juillet 1550 à Barbe Plouvier, fille de Pierre Plouvier, chevalier, sgr de Chandouble, Président des comptes en Piémont, dont :

X. Pierre DE CHAPONAY, écuyer, sgr d'Eybens et de Besson, Guidon de la compagnie des gendarmes de Cossé au siège de La Rochelle, contrôleur général des finances du Dauphiné (octobre 1581), Trésorier de France à Lyon (18 juin 1586), receveur des Trois-États, etc. ; marié le 22 février 1582 à Françoise Scarron, † ayant testé le 3 mai 1628, fille de noble François Scarron, secrétaire du Roi, Échevin de Lyon et de Catherine de La Tour. dont :

1) Bertrand, qui suit :

2) Laurent de Chaponay, écuyer, sgr de Bresson, né le 8 mai 1586, † le 15 janvier 1613. ép. le 4 novembre 1607 Gasparde Expilly, fille de Claude. Président au Parlement de Grenoble, et d'Isabeau de Bonneton, dont :

    A) Isabeau de Chaponay. ép. Antoine Guigues de Moreton, chevalier, sgr de Chabrillan.

3) François de Chaponay, religieux minime.

XI. Bertrand DE CHAPONAY, chevalier, sgr de la maison de Saint-Vincent-du-Plat, d'Eybens, † à Paris en septembre 1625, Trésorier de France à Lyon (7 septembre 1615), chevalier de Saint-Michel (1625), gentilhomme de la Chambre. ép. le 16 février 1613 Virginie Edme de Saint-Julien, fille d'Octavien Edme de Saint-

Julien, conseiller du Roi en ses conseils d'État et privé, second Président au Parlement de Dauphiné, et de Diane de Monteynard. Mme de Chaponay se remaria à Lyon le 4 octobre 1632, à Gaspard Du Gué, sg^r de Bagnols, secrétaire du Roi, Trésorier de France en 1614, père de Michel Du Gué de Morancé, Trésorier de France en 1660, †, s. p. qui institua sa mère pour héritière, entre autres de la terre de Morancé, qui vint ainsi aux Chaponay. Bertrand de Chaponay fut père de trois fils et cinq filles, entre autres :

1) Octavien, qui suivra ;

2) Laurent de Chaponay, chevalier, sg^r de Vénissieu, capitaine au régiment de Piémont, Trésorier de France à Lyon (12 août 1665), marié à Marie-Anne de Silvecane, † 1733, fille de Constant de Silvecane, conseiller à la Cour des aides de Vienne, maître des requêtes au Parlement de Dombes, Président à la Cour des monnaies et commissaire général de cette cour, Prévôt des marchands de Lyon, dont :

    A) Octavien de Chaponay, chevalier, sg^r de Vénissieu, capitaine de frégate ; ép. p. c. du 26 janvier 1715 Catherine Boësse (veuve d'Ennemond Copin de Bonnet, sg^r de Commières, Président au Parlement de Grenoble), fille de Christophe Boësse, chevalier, Trésorier de France, et de Catherine Pécoïl, dont :

        a) Antoine-Joseph de Chaponay, chevalier, sg^r de Vénissieu, bapt. à Lyon le 7 janvier 1716, ép. Antoinette de Baffin, dont :

            aa) Catherine-Claudine de Chaponay, ép. le 5 septembre 1765 Gabriel Pourroy de L'Auberivière, chevalier, marquis de Quinsonas, né à Grenoble le 28 juin 1723, † à Vénissieu le 8 juillet 1786, Premier Président du Parlement de Grenoble (16 juillet 1757), fils de Marc-Joseph, baron de Mérieu, Président au Parlement de Grenoble, et de Gabrielle de Sève de Fléchères [fille de Gabriel, Premier Président de la Cour des Monnaies de Lyon].

        b) Balthazar de Chaponay, chev. † ayant testé à Lyon le 18 mars 1743, capitaine au régiment Royal des Vaisseaux ;

        c) Jean-Baptiste de Chaponay, chanoine du chapitre noble d'Ainay ;

        d) Catherine de Chaponay, religieuse visitandine ;

        e) Marie-Anne de Chaponay, ép. p. c. du 14 avril 1749 Bonaventure-Philippe de Baraillon, chevalier, sg^r de La Combe, fils de Camille, lieutenant-général de l'artillerie de France au département de Lyon, et de Jeanne Vialis.

B) Élisabeth de Chaponay, ép. p. c. du 5 juin 1703 Pierre de Masso, chevalier, sg^r de La Ferrière, sénéchal de Lyon, fils de Philibert, Prévôt des marchands de Lyon, et de Marthe d'Hosthun de Saint-Jean.

3) Éléonore de Chaponay, bapt. à Lyon le 1er octobre 1625, ursuline (1639);

4) Françoise de Chaponay, ép. le 10 août 1639 Nicolas Baraillon, écuyer, sg^r de La Combe, capitaine au régiment de Navarre, fils de noble Aymé Baraillon, Prévôt des marchands de Lyon, et d'Anne Grollier;

5) Marguerite de Chaponay du couvent de la Déserte.

XII. Octavien DE CHAPONAY, chevalier, baron de Morancé, sg^r d'Eybens, Bresson, Saint-Marcel, etc., bapt. le 7 mai 1615, † à Lyon le 19 mars 1687, capitaine au régiment de Piémont (1641); maintenu en 1657, testa le 21 octobre 1686; marié p. c. du 25 avril 1649 à Louise de Loras, fille d'Artus de Loras, chevalier, sg^r de Chamagnieu, et de Claire de Villars, dont :

1) Gaspard, qui suit;

2) Jean de Chaponay, chevalier, capitaine au régiment Dauphin-Infanterie (6 juin 1671), tué le 14 août 1673 en Flandre;

3) Balthazar de Chaponay, chevalier, sg^r de l'Isle-Méan, † ayant testé le 30 mai 1718, major du régiment Commissaire Général de la Cavalerie, ép. à Lyon le 7 janvier 1707 Antoinette de Camus, † à Lyon le 11 juillet 1742, fille de Claude, chevalier, sg^r d'Yvours, Boën, etc., et de Jacqueline de Chastillon, dont :

    A) Claude-Antoine de Chaponay, chevalier.

4) Alexandre de Chaponay, chevalier de Malte (18 novembre 1673);

5) Louise, ép. Jean-Baptiste de Clermont, chevalier, baron de Saint-Cassin;

6) 7) 8) trois filles religieuses.

XIII. Gaspard DE CHAPONAY, chevalier, baron de Morancé, sg^r de la Mure, Leyrieu, etc., bapt. à Lyon le 18 janvier 1644, † ayant testé en 1720, capitaine au Régiment Dauphin, ép. le 29 janvier 1680 Marie de Baglion, fille de François, chevalier, comte de La Salle, et de Marie de Persy, dont deux fils et quatre filles, entre autres :

1) Pierre, qui suit :

2) Balthazar, chevalier, sg^r de l'Isle Méan;

3) 4) 5) 6) Catherine, Virginie, Marianne et Marie, religieuses.

XIV. Pierre DE CHAPONAY, chevalier, marquis de Chaponay, baron de Morancé, sg^r de Beaulieu, etc., capitaine au Régiment Dauphin, testa le 12 septembre 1774, marié p. c. du 27 novembre 1722 à Marie-Anne Dareste, fille d'Antoine Dareste, écuyer, sg^r de Rosarge, et de Marie Baronnat, dont :

1) Pierre-Élisabeth, qui suivra ;

2) Pierre-François-Joseph-Jean de Chaponay, chevalier, major au régiment de Beauvaisis, brigadier des armées du Roi, chevalier de Saint-Louis ;

3) Pierre-Marie de Chaponay, chevalier, capitaine au Régiment Dauphin, tué à Berghem (1758) ;

4) Jacques-Hugues de Chaponay, † ayant testé à Lyon le 28 juin 1768, capitaine au régiment de Lally, chevalier de Saint-Louis ;

5) Marie-Balthazarde de Chaponay, née vers 1724, † à Marsy-sur-Anse le 14 avril 1792, chanoinesse du chapitre noble d'Alix.

XV. *Pierre-Élisabeth-Philibert* DE CHAPONAY, chevalier, comte, puis marquis de Chaponay, baron de Morancé, etc., capitaine au Régiment Dauphin (2 avril 1747), lieutenant des maréchaux de France en Beaujolais (20 janvier 1772), chevalier de Saint-Louis (15 décembre 1783), député de la Noblesse du Lyonnais à l'assemblée provinciale de la généralité de Lyon ; comparant à Lyon en 1789 ; marié p. c. du 23 février 1753 à Suzanne Nicolau, † ayant testé le 21 janvier 1770, fille de Pierre Nicolau, chevalier, sg^r de Poussan et du comté de Montribloud, de Saint-Marcel, Saint-André, Civrieu, Bussiges et Lizieu, trésorier général de la ville de Lyon, et de Anne-Olivier du Colombier, dont :

1) Pierre-Anne, qui suivra ;

2) Pierre-Marie, baron de Chaponay-Morancé, bapt. à Lyon le 25 mars 1756, capitaine au régiment de Beauvaisis, chevalier de Saint-Louis, marié à Marie-Catherine Maurier de Pradon, fille de Claude-Louis-Agnès, inspecteur des Haras, et de Marie-Agnès Blanchet de la Sablière, dont :

    A) Pierre-Humbert-Alfred de Chaponay, né à Nantua le 27 nivôse an IX, ép. à Lyon le 6 décembre 1831 Jeanne-Françoise-Christophorine de Chaponay, ci-dessous, † s. p. ;

    B) Marie-Clara-Fanny de Chaponay, chanoinesse de Sainte-Anne de Bavière, mariée à Anne-Léonard-Camille Basset, baron de Chateaubourg, né 1781, † 1852, fils de Laurent Basset, chevalier, sg^r de La Pape, conseiller à la Cour des Monnaies de Lyon, et de Victoire Boulard de Gatellier.

3) Christophe-François de Chaponay, grand vicaire de Senlis ;

4) Jacques-Hugues-Suzanne, qui a formé un rameau ;

5) Antoinette-Françoise-Suzanne de Chaponay, née à Lyon vers 1756, † le 1er mars 1831, chanoinesse d'Alix le 10 octobre 1757, mariée à Hugues Gaultier de Pusignan, écuyer ;

6) Hélène-Josèphe de Chaponay, † à Chazay le 8 septembre 1823, chanoinesse d'Alix (2 juillet 1766), ép. Pierre-Marie Cornaton.

XVI. Pierre-Anne DE CHAPONAY, chevalier, marquis de Chaponay-Morancé, né à Lyon le 18 janvier 1754, † 11 avril 1832, premier page de Madame, comtesse d'Artois (20 janvier 1780), capitaine au régiment de Belzunce (5 avril 1780), lieutenant-colonel de cavalerie, chevalier de Saint-Louis, admis avec le titre de marquis à monter dans les carrosses du Roi le 23 janvier 1789, après preuves de Cour faites devant Chérin qui admit l'origine chevaleresque des Chaponay, marié en 1796 à Marie-Bonne-Antoinette Durand de Châtillon née à Lyon le 12 septembre 1773, fille de Simon-Jean-César Durand, chevalier, sgr de la baronnie de Châtillon-d'Azergues, etc., Trésorier de France à Lyon, et de Bonne Bathéon de Vertrieu, dont :

1) César-François, marquis de Chaponay, né vers 1804, † à Lyon le 17 mars 1882, marié : 1º à Marguerite Gigault de Crisenoy de Lyonne ; 2º le 27 novembre 1850 à Alexandra Dubois de Courval, née le 19 mars 1824, † à Biarritz le 8 novembre 1897, fille d'Ernest-Alexis Dubois, vicomte de Courval et d'Anisy, gentilhomme de la Chambre, et d'Eugénie-Victoire Moreau, fille du général de la première République. Il laissa du 1er lit :

    A) Valentine-Marie-Amélie-Jeanne de Chaponay, mariée en 1858 à Léon, comte de Biencourt, né en 1828, † en 1871, fils d'Armand, marquis de Biencourt, et d'Anne de Montmorency.

    De ce mariage naquirent seulement trois filles, les comtesses Robert de Clermont-Tonnerre, de Lur-Saluces et de Cossé-Brissac. La comtesse de Clermont-Tonnerre a épousé en secondes noces, le 22 octobre 1903, Edmond de Montaigne, comte de Poncins, fils de Gabriel-Léon, comte de Poncins, et de Pierrette-Noémi Périer du Palais.

2) Antoine-Louis, qui suivra ;

3) Marie-Bonne de Chaponay, née à Lyon le 4 ventôse an X, ép. à Lyon le 14 juin 1825 Guillaume, comte de Truchi de Varennes, né à Dôle (Jura) le 28 juillet 1790, † le 2 août 1862, fils de François, et d'Hélène de Courtallier de Mondoré ;

4) Jeanne-Françoise-Christophorine de Chaponay, née à Lyon le 11 novembre 1808, † 1896, ép. le 6 décembre 1831 son cousin le comte Alfred de Chaponay, ci-dessus.

XVII. Antonin-François-Louis, comte DE CHAPONAY, né en 1816, † à Saint-Vérand (Rhône) le 25 février 1889, marié en 1850 à Cécile de Reynaud de Boulogne de Lascours, fille du général de division, Pair de France, et de Sophie Voyer d'Argenson, dont :

1) Pierre qui suivra ;

2) Jean-Joseph-Humbert, comte de Chaponay, né à Saint-Vérand le 12 novembre

1852, † à Saint-Vérand le 24 septembre 1896, marié le 12 août 1878 à Marie-Pauline-Mathilde du Plat de Monticourt, † à Lascours (Gard) le 13 août 1888, fille de Félix-Renaud, baron de Monticourt, et de Marie-Marguerite-Pauline Sauvan d'Aramon, dont :

> A) Marie-Joseph-François, comte François de Chaponay, né en 1879, † à Paris le 9 mai 1904 ;
> B) Cécile-Marie-Antoinette de Chaponay, née en 1881, ép. à Paris le 26 janvier 1905 Édouard Brugière, baron de Barante, fils de Prosper, baron de Barante, et d'Élisabeth de Montozon ;
> C) Simone de Chaponay.

XVIII. **François-Pierre**, marquis DE CHAPONAY, né à Lyon le 2 juin 1851, attaché d'Ambassade, décoré de la médaille militaire, ép. au Creusot le 17 février 1887 Marie-Eugénie-Constance Schneider, née au Creusot le 3 septembre 1865, fille de Henri Schneider, maître de forges, député, et de Marie-Julie-Élise Asselin, dont :

> 1) Antoine de Chaponay ;
> 2) Nicole de Chaponay ;
> 3) Méraude de Chaponay.

RAMEAU DE CHAPONAY

XVI. *Jacques-Hugues-Suzanne*, chevalier DE CHAPONAY, † à Chervé le 27 juillet 1842, âgé de 77 ans ; officier au régiment de Rouergue, chevalier de Saint-Louis, comparant à Lyon en 1789, marié le 30 messidor an VIII à Marguerite-Jeanne-Émilie de Gayardon de Grézolles, née à Perreux le 2 décembre 1771, † à Perreux le 4 mars 1832, fille de Charles-Henri de Gayardon, comte de Grézolles, page de la Grande Écurie du Roi, et de Suzanne-Gabrielle de Fournillon de Buttery, dont la mère était Marie Giraud de Montbellet ; dont sept enfants, entre autres :

> 1) Henri, qui suit ;
> 2) Marie-Anne-Suzanne-Hilaire de Chaponay, née le 27 vendémiaire an XII, mariée à Perreux le 10 novembre 1830 à Jean-Marcellin-Prosper du Portroux, né à Romans le 14 mars 1790, fils de Jean-Gabriel et de Jeanne de Chièze ;
> 3) Henriette-Suzanne de Chaponay, née à Perreux le 25 prairial an XIII, mariée à Perreux le 14 janvier 1828 à Alphonse, baron d'Ewrard de Courtenay, né à Optevoz près Crémieu (Isère), le 13 ventôse an IX, † à Optevoz le 7 septembre 1863, fils de Louis-François-Abel et de Joséphine Denantes d'Avignonnet ;

4) Marie-Hippolyte de Chaponay, né à Perreux le 2 juillet 1816, † le 1er avril
   1844, mariée à Lyon le 16 juillet 1838 à Louis Dauphin, baron de Verna,
   né à Lyon le 25 novembre 1808, † le 31 janvier 1895, fils de Victor, baron
   de Verna, et de Lucie de Ferrus.

XVII. Alexandre-Henri, comte DE CHAPONAY, né à Perreux le 2 juillet 1816,
jumeau de la précédente, bibliophile connu, † s. a., à Lyon le 30 mars 1878.

Cf. : Chérin : 49 (*Généalogie dressée en octobre 1788*); Dossiers bleus : 168;
      Carrés d'Hozier : 159.

      Le Laboureur : *Les Mazures de l'Ile-Barbe*; V. de Valous : *Famille de
      Chaponay*.

CHAPPE DE BRION

Chappé d'azur et d'argent à 3 têtes de sable tortillées d'argent posées 2 et 1.

Antoine-Suzanne CHAPPE de BRION

Les Chappe sont originaires de Dijon où leur auteur fut :

I. Honorable Jacques CHAPPE, maître du logis où pend pour enseigne « Le lion d'or », † le 28 septembre 1694, marié à Jeanne Prost, dont entre autres :

II. Honorable Antoine CHAPPE, hôte du même logis à Dijon, marié à Dijon le 22 juin 1694 à Élisabeth Hugot, fille de Gabriel, maître chirurgien à Saint-Jean-de-Losne, et de Marthe Prost, dont entre autres :

III. Noble Marc-Antoine CHAPPE DE BRION, bapt. à Dijon le 26 juin 1697, avocat en Parlement, bibliothécaire de la ville de Lyon, Échevin de Lyon en 1740-41, marié à Catherine Calmelet, fille d'Alexandre Calmelet, dont un fils, Laurent-Marie, sept filles dont la destinée est inconnue, et :

IV. *Antoine-Suzanne* CHAPPE DE BRION, écuyer, sg^r de Brion (près Nantua), la Franchise-en-Dombes, Bussy et autres lieux, bapt. à Lyon le 9 août 1729. Il fit reprise de fief le 15 juillet 1769 pour les terres et seigneuries de Brion et Bussy, et le 4 août 1771 pour la Franchise ; il avait été admis aux assemblées de la Noblesse de Bresse et comparut à Lyon en 1789. Marié à Chatel-Saint-Denis, au diocèse de Lausanne le 28 octobre 1758, p. c. du 22 (mariage transcrit à Lyon, paroisse de Sainte-Croix le 24 mars 1759) à Scholastique-Bonaventure de Lyobard, veuve de Charles-Louis, comte de Ackei de Scey, sg^r de Maillet, Vernois et autres places, et fille de Claude de Lyobard, chevalier, comte de Romans, sg^r de la Franchise, et de Catherine-Josèphe de Romanet, dame de Rosay, dont deux filles, entre autres :

1) Jeanne-Nicole-Laurence-Marie, bapt. à Lyon le 3 novembre 1761, ép. à Lyon p. c. du 11 octobre 1782 Claude-Joseph, comte de Moyria, capitaine de dragons, fils de Charles-François, gouverneur de Nantua, et de Philiberte Maynier.

CHAPPUIS DE MAUBOU

D'azur à une fasce d'or accompagnée de trois roses d'argent.

Pierre-Antoine CHAPPUIS de SAINT-JULIEN

Les Chappuis, anciennement connus, ont formé un grand nombre de branches qui seraient issues de noble homme Durand Chappuis, damoiseau de Condrieu, † le 27 octobre 1377, dont serait descendu Gabriel Chappuis auquel on peut authentiquement commencer la généalogie de cette famille :

I. Noble Gabriel CHAPPUIS, sg^r de Chaumont, † ayant testé le 17 juillet 1562, laissa de sa femme Claudine du Verdier :

> 1) Claude Chappuis, conseiller du Roi, contrôleur général du taillon en la généralité de Lyon (1591), ép. : 1° Marie de Vinols ; 2° p. c. du 6 décembre 1606, Jeanne d'Orelle, fille de noble Pierre et de Jacqueline de Laborange ; d^t p. fondue en 1665 chez les Gayardon de Grésolles ;
>
> 2) Christophe, qui suivra ;
>
> 3) Vital Chappuis, tige des branches de Foris, La Salle, Maubou, etc.

II. Christophe CHAPPUIS, écuyer, marié à Françoise du Bocs, dont :

III. Noble Louis CHAPPUIS, écuyer, sg^r de Margnolas, Procureur du Roi en l'Élection de Lyon, Échevin de Lyon en 1642-43, juge des terres du comté de Lyon ; ép. Damienne Bourgeys, dont :

IV. Pierre CHAPPUIS, chevalier, sg^r de Margnolas, conseiller d'État et membre du Conseil privé de Gaston d'Orléans ; Président au Parlement de Dombes (18 avril 1648) ; ép. Marguerite de Serre, bapt. à Lyon le 1er juillet 1621, veuve d'Antoine de Cotton, et fille d'Antoine, écuyer, sg^r du Vivier, Échevin de Lyon, et de Florie Jesson, dont :

> 1) Louis, qui suit ;
>
> 2) Pierre Chappuis, chevalier

 3) Jean-Baptiste, chanoine d'Ainay ;
 4) Françoise, mariée à N. de Chalo.

V. Louis Chappuis, chevalier, sg^r de Margnolas, baron de Thizy, sg^r de Gletteins, Tramaye, Autremène, La Fouilloux, Saint-Victor, etc., conseiller du roi, chevalier d'honneur au Présidial de Lyon (2 juillet 1691), conseiller au Parlement de Dombes ; maintenu dans son ancienne noblesse par arrêt de la Cour des aides de Paris (19 avril 1692) ; ép. p. c. du 29 novembre 1681, Jeanne Cachet, fille de Claude, comte de Garnerans, sg^r de Montézan, Échevin de Lyon, et de Jeanne Hannicart, dont :

 1) Charles, qui suit ;
 2) Marguerite Chappuis, mariée p. c. du 14 avril 1708 à Jean-Baptiste-Marie du Lieu, chevalier, sg^r de La Thuillière, la Chaussonnière, la Voirette, etc., † le 24 mai 1743, fils de François-Antoine, chevalier, maître ordinaire en la Chambre des comptes de Paris, et de Marthe Cotton de Chenevoux.

VI. Charles-Henry-Alphonse Chappuis, chevalier, sg^r de Margnolas, etc., capitaine de cavalerie au régiment de Bourbon, marié à Lyon les 12-15 janvier 1715 à Marguerite Fayard des Avenières, bapt. à Lyon le 24 mai 1697, fille de Jean Fayard, écuyer, sg^r des Avenières, et de Marguerite Claret, dont :

VII. Louis-Charles Chappuis de Margnolas, sg^r de Margnolas, marquis de Mirebel (L. P. de janvier 1746, enregistrées au Parlement de Dijon le 18 décembre 1747). Marié le 2 décembre 1743 à Françoise-Gasparde de La Frasse de Seynas, née en 1727, fille de Christophe de La Frasse, chevalier, sg^r de Sury-le-Comtal, conseiller à la Cour des Monnaies de Lyon, et de Françoise Perrichon, dont :

 1) Suzanne-Louise Chappuis de Margnolas, mariée à Lyon le 31 janvier 1764 à Jean-François Trollier de Messimieux, chevalier, sg^r de Fétan, etc., conseiller à la Cour des Monnaies de Lyon en 1753, fils de Jean-Baptiste, écuyer, sg^r de Fétan, etc., conseiller à la Cour des Monnaies de Lyon, et d'Anne Albanel.

BRANCHES CADETTES

II. Vital Chappuis, écuyer, sg^r de Foris, Panissières, Villette, Trézette, La Goutte, Le Sappey, etc., † ayant testé le 12 novembre 1623, conseiller du Roi et son élu en l'Élection de Forez ; ép. à Saint-Rambert, p. c. du 28 mai 1591 Anne de La Veühe, fille de noble Jacques, sg^r de Collonges, Élu pour le Roi, et de Germaine de Murat, dont neuf enfants, entre autres :

 1) Claude, qui suit :
 2) Jacques, auteur de la branche de La Salle ;

3) Pierre, auteur des Chappuis de Maubou ;

4) Anne, ép. en 1614 noble Pierre Henry, s^r de Beaulieu, conseiller du Roi, lieutenant assesseur au bailliage de Forez ;

5) Germaine, ép. avant 1623 Antoine de la Mure, écuyer, sg^r de Rilly.

III. Claude CHAPPUIS, écuyer, sg^r de Villette et Foris, † après 1629 ; ép. à Saint-Bonnet-le-Chatel, p. c. du 4 février 1617 Marie Reymond, † après 1655, fille de Me Bonnet Reymond et de Claude de Vinols dont :

1) Michel Chappuis, écuyer, sg^r et baron de Villette et Trézette, capitaine au régiment de Ferron, gentilhomme de la Chambre du Roi (1659), maintenu dans sa noblesse le 15 juin 1657 par arrêt de la Cour des Aides de Paris ; ép. p. c. du 8 octobre 1658 Catherine Henry, fille de Claude, écuyer et de Roussainte du Besset, dont deux fils.

2) Pierre Chappuis, écuyer, sg^r de Foris, Trézette, Villette, etc., maintenu dans son ancienne noblesse par arrêt de la Cour des Aides de Paris du 15 juin 1657 et par arrêt du Conseil du 27 mai 1671. Marié p. c. du 7 avril 1660 à Nicolle-Blanche Simonelly, dont :

A) N... Chappuis de La Valette, écuyer, capitaine au régiment de La Châtre, † s. a.

B) Claude, chevalier, sg^r de Rilly, capitaine au régiment d'Auvergne, chevalier de Saint-Louis (septembre 1718), † s. p. en 1732, marié à Marie Courtin de Neufbourg ;

C) Arnould, officier au régiment de Châtillon-Dragons.

BRANCHE DE LA SALLE

III. Noble Jacques CHAPPUIS, avocat en Parlement, capitaine châtelain de Montbrison, ép. à Saint-Bonnet le Châtel p. c. du 22 avril 1617, Catherine Allard, fille de noble Jean Allard, contrôleur général des finances en la généralité de Lyon et de Toussainte Domenc, dont :

IV. Vital CHAPPUIS, écuyer, maintenu dans son ancienne noblesse par arrêt de la Cour des Aides du 30 juin 1677, doyen des conseillers au bailliage de Forez, lieutenant-général civil et criminel à Roanne ; marié p. c. du 15 juillet 1641, à Émérantienne Chassain, fille de noble Claude, conseiller du Roi, châtelain de Montbrison, receveur des tailles en Forez, et de Catherine Giraud, dont entre autres :

1) Pierre-Vital, qui suit ;

2) Pierre, marié : 1° à Marie Rochet ; 2° p. c. du 25 janvier 1703 à Louise Servonnet, fille de N .. et de Barthélemie Durret ; tige des sg^{rs} de Clérimbert, qui ont donné deux pages de la Dauphine, tous deux fils de Barthélemy, écuyer, sg^r de Clérimbert et de Marie Saladin du Fresne, lesquels avaient été mariés p. c. du 25 avril 1737. Madame de Clérimbert était fille de Gaspard Saladin, chevalier, sg^r du Fresne, Trésorier de France à Lyon et d'Éléonore Balme.

3) Émérantienne, mariée à noble Louis de Gaulne, s^r du Ruillon ;

4) Antoinette, mariée à noble Antoine Verne ;

5) Toussainte, novice ursuline à Saint-Galmier en 1683.

V. Pierre-Vital Chappuis, chevalier, sg^r de La Salle, marié : 1° p. c. du 2 octobre 1679 à Jacqueline-Claudine de Bayle, fille d'Antoine, écuyer, sg^r de La Salle et d'Isabeau Jailly ; 2° à Marguerite Daudieu. Il eut du premier lit :

VI. Vital Chappuis, chevalier, sg^r de La Salle, marié le 18 juin 1710 à Claudine Thoynet, fille de Sébastien Thoynet, écuyer, conseiller au bailliage de Forez et d'Élisabeth Pasturel, dont entre autres :

VII. Claude-Vital Chappuis, chevalier, sg^r de La Salle, marié p. c. du 19 juillet 1746 à Françoise Jourdan de Saint-Lager, fille de François Jourdan, écuyer, baron de Saint-Lager, Procureur général, conseiller honoraire en la Cour des Monnaies de Lyon et de Françoise Richer, dont un fils et une fille.

BRANCHE DE MAUBOU

III. Pierre Chappuis, écuyer, sg^r de la Goutte et du Sappey, † ayant testé le 29 août 1637, maître des requêtes de la Reine-mère en 1624, contrôleur général du taillon de la généralité de Lyon, conseiller du Roi au bailliage de Forez ; ép. à Saint-Bonnet-le-Château, p. c. du 4 février 1617 Toussainte Reymond, fille de Me Bonnet Reymond et de Claudine de Vinols, dont entre autres :

IV. Claude Chappuis, écuyer, sg^r de La Goutte, du Sappey et de Maubou, maintenu dans son ancienne noblesse par arrêts de la Cour des aides de Paris du 15 juin 1657 et du 24 avril 1659 ; marié p. c. du 9 novembre 1648 à Claudine Barailhon, fille de noble Jean Barailhon, conseiller du roi, contrôleur général des Ponts-et-Chaussées à Lyon et de Claudine Gonyn, dont entre autres :

1) Aymar Chappuis de La Goutte, écuyer, cadet gentilhomme, lieutenant au régiment d'infanterie Royal-des-Vaisseaux (9 mai 1691), lieutenant au régiment de La Châtre (12 décembre 1691), maintenu avec ses frères par l'inten-

dant d'Herbigny le 24 mai 1698. Marié p. c. du 9 novembre 1696 à Jeanne de Girard de Vaugirard, fille de Pierre, écuyer, sg^r de Vaugirard, capitaine major au régiment des dragons de La Lande et de Jeanne Papon, dont :

    A) Charlotte, mariée p. c. du 23 avril 1720 à Jean-Claude de Reynaud, baron de Saint-Pal, etc., fils de Jacques, chevalier, et de Marguerite de Besse de La Richardie.

2) Pierre, qui suit ;

3) André, auteur des Chappuis de Laval d'Yzeron ;

4) Émérantienne, mariée en 1686 à Arnould du Rozier, écuyer, sg^r de Magnieu-le-Gabion.

V. Pierre CHAPPUIS DE MAUBOU, écuyer, sg^r de La Goutte, Maubou, Jonsac, La Bruyère, cadet gentilhomme, cornette de la compagnie des chevau-légers de Bédué (15 janvier 1689). Marié le 14 mars 1705 à Marie-Catherine Thoynet, fille de Sébastien, écuyer, procureur du Roi au bailliage de Montbrison, et d'Élisabeth Pasturel, dont :

VI. Pierre-Antoine CHAPPUIS DE MAUBOU, écuyer, sg^r de La Goutte, Maubou, etc., marié : 1° à Claire Bernou de Nantas, † le 24 novembre 1736, fille de Jean, écuyer, sg^r de Nantas et de Marie des Hayes ; 2° p. c. du 27 janvier 1738 à Marie Girard, fille de Pierre, écuyer, sg^r de Roche-La-Molière, conseiller secrétaire du Roi et de Marcelline Chauvou, dont du 2e lit :

1) Jean-Pierre, qui suit ;

2) Pierre, écuyer, né le 21 janvier 1748, † victime de la Terreur à Lyon le 24 octobre 1793, lieutenant-colonel d'artillerie (13 janvier 1787) commandant en chef de l'artillerie des Iles du Vent (même date), chevalier de Saint-Louis, commandant l'artillerie lyonnaise en 1793 ;

3) *Pierre-Antoine*, écuyer, dit M. de Saint-Julien, né le 14 mai 1749, capitaine de dragons, lieutenant-colonel au régiment d'Orléans-Infanterie, chevalier de Saint-Louis, comparant à Lyon en 1789, emprisonné à Lyon pendant la Terreur, lieutenant-colonel des gardes nationales de la Loire en 1814, marié à Agathe-Madeleine Colomb d'Écotay (1761 † 1831), fille de Jacques-François-Christophe Colomb, sg^r d'Écotay, etc., Président en l'élection de Saint-Étienne et de Marie-Madeleine-Augustine Odde de Trior, dont :

    A) Agathe, mariée en 1814 à Jules Gaillard de Dananche.

4) Pierre-Antoine, écuyer, né le 15 février 1752, † juin 1774, enseigne de vaisseau ;

5) Marie-Catherine-Pierrette, née le 13 novembre 1738, mariée p. c. du

24 mars 1772 à Toussaint Scott de Martinville, écuyer, baron de Balvery, chevalier de Saint-Louis ;

6) Marguerite, née le 29 octobre 1739, religieuse ;

7) Jeanne, née le 18 novembre 1746, reçue à Saint-Cyr (15 novembre 1758), mariée à Gaspard Odde de Triors, chevalier, garde du corps du roi ;

8) Marguerite, née le 27 mai 1752, † 1840, mariée p. c. 10 février 1775 à Georges Bertrand de Chabron.

VII. Jean-Pierre CHAPPUIS DE MAUBOU, écuyer, sgr de Précieux, Nervieux, La Salle, etc., né le 8 avril 1744, † victime de la Terreur le 15 octobre 1793 ; page de la Dauphine (17 juin 1758), capitaine des dragons de Lanau (12 mars 1787), chevalier de Saint-Louis (12 avril 1787), marié le 13 avril 1774 à Marie-Claire Rolin de Champclos, † victime de la Terreur le 23 mars 1794, dont :

VIII. Pierre-Marie CHAPPUIS DE MAUBOU, écuyer, né le 1er avril 1777, † le 2 janvier 1848, marié p. c. du 31 octobre 1802 à Marthe Quarré du Plessis, fille de Claude, écuyer, lieutenant-général au bailliage d'Autun et de Marie-Thérèse-Avoie Barjot de La Combe, dont entre autres :

1) Brice-Alexis, qui suit ;

2) Brice-Jules, né le 28 mai 1809, marié p. c. du 27 août 1840 à Isaure Mottin ;

3) Melchior, né le 7 juillet 1812, marié le 17 septembre 1837 à Louise Pochon, dont :

    A) Marguerite, mariée le 22 juin 1859 à Albin Cognet de La Roue dont la descendance a relevé le nom de Maubou ;

    B) Isaure-Marie-Hedwige Chappuis de Maubou.

IX. Brice-Alexis CHAPPUIS DE MAUBOU, né le 16 août 1803, † le 3 octobre 1849, marié le 21 juin 1830 à Marie-Marguerite-Étiennette de Fraix du Vernet, dont :

1) Stanislas, qui suit ;

2) Marie-Hedwige, née le 27 mai 1833, mariée le 30 août 1854 à Pierre-Raoul, comte de Chambray ;

3) Marie-Philomène, née le 1er octobre 1837, mariée le 3 juin 1856 à Louis Gaillard de Dananche, dont un fils adopté par son oncle qui suit et qui a relevé le nom et les armes des Chappuis de Maubou.

X. Marie-François-Joseph-Stanislas CHAPPUIS DE MAUBOU, né le 27 octobre 1834, dit le marquis de Maubou, par héritage du marquisat de la branche aînée, marié à Claire de Buisseret. Le marquis de Maubou a adopté son neveu Dananche.

BRANCHE D'YZERON

V. André Chappuis, écuyer, sgr de Laval, cornette de cavalerie, marié : 1° le 2 mars 1695 à Marie de Losme, fille de noble Jérôme, élu en l'élection de Montbrison et de Sibylle Gilfaut; 2° le 26 avril 1700 à Françoise de Mazenod. Il eût :

1) 1er *lit* : Claude, lieutenant au régiment d'Auvergne, mariée le 8 janvier 1730 à Marie de Montillet, fille de Louis, sgr de Vejus et de Reine de Broux, dont entre autres :

    A) Aymar, écuyer, mousquetaire du Roi, né le 5 mars 1733 ;

    B) Marie-Pierrette, mariée à Marcigny le 10 mai 1756 à noble Philippe Marest de Saint-Pierre, sgr de Saint-Pierre-la-Noaille, † le 27 janvier 1787, fils de noble André et de Françoise Ducoing ;

2) Aymar, prêtre et chanoine;

3) *Second lit* : Aymar-André, qui suit ;

4) Antoine, chevalier de Chappuis, chevalier de Saint-Louis ;

5) Jeanne, ép. p. c. du 2 janvier 1727 Gabriel-Joseph de Harenc, chevalier.

VI. Aymar-André Chappuis, chevalier, sgr de Laval, Saint-Laurent-de-Vaux, baron d'Yzeron, † à Lyon le 25 novembre 1766, mousquetaire du Roi, marié p. c. du 18 juillet 1737 à Pétronille de Mont-d'Or, née le 9 janvier 1718, fille de Benoit, chevalier, sgr d'Hoirieux et de Catherine de Garnier, dont entre autres :

1) Pierre-André, qui suit ;

2) Aymar, chev. sgr de Montromand, officier de cuirassiers, né le 21 avril 1741 ;

3) Joseph-Marie, chevalier d'Yzeron, né à Paris le 9 juin 1755 ;

4) 5) Françoise et Anne, religieuses.

VII. Pierre-André de Chappuis de Laval, chevalier, sgr d'Hoirieux, baron d'Yzeron, né le 3 mars 1739, † des suites d'un duel avec le comte de Clugny; capitaine au régiment de Conti, lieutenant-colonel de cavalerie, Prévôt général de la maréchaussée du Lyonnais, Forez et Beaujolais, chevalier de Saint-Louis ; ép. le 19 mars 1767 Marie-Charlotte Adine du Crozet, bapt. à Lyon le 22 juillet 1739, fille de Jean-Thomas, écuyer, directeur des Fermes à Lyon et de Marguerite Roland, dont :

VIII. Antoine-Pierre-Marguerite Chappuis de Laval, chevalier, baron d'Yzeron, né le 21 décembre 1767, † s. p. à Neuville le 7 septembre 1835, ép. le 21 ventôse an IX Marie-Renée des Gouttes de La Salle, née le 21 août 1778, † à Lyon le 21 avril 1830, fille de Pierre-Benoît, chevalier, et de Catherine de Gangnières de Souvigny.

Cf. : d'Hozier : *Armorial Général (Imprimé) Tome V et supplément.*

CHARCOT DE FRANCLIEU

D'argent à la fasce de gueules accompagnée en chef de trois étoiles d'azur mises en fasce.

Jean-Claude-Anthelme CHARCOT
Pierre-François-Melchior-Nicolas CHARCOT de FRANCLIEU

Originaires de Belley, les Charcot sont issus de :

I. Claude Charcot, receveur des gabelles à Belley, ép. Louise-Henriette Jenreaux dont :

II. Claude Charcot, écuyer, secrétaire du Roi, contrôleur en la chancellerie près la Cour des comptes, aides et finances de Dôle (26 mai 1751); ép. à Lyon le 27 août 1748, Jeanne Achard, fille de François, directeur des coches et diligences de Genève et de Louise Vedeau, dont six enfants, entre autres :

1) Jean-Claude-Anthelme, qui suit ;
2) *Pierre-François-Melchior-Nicolas* Charcot de Franclieu, écuyer, né le 6 janvier 1761, † s. p. le 14 mai 1801, juge civil et criminel de la ville et du marquisat de Neuville, comparant à Lyon en 1789 ;
3) Louise, née le 27 juin 1749, ép. César de Nervo ;
4) Françoise-Henriette, née le 25 septembre 1752, ép. Melchior-Antoine Monnier ;
5) Marianne-Jacqueline, née le 19 avril 1762, ép. N. Béatrix, avocat en Parlement ;

III. *Jean-Claude-Anthelme* Charcot, écuyer, né à Lyon le 27 septembre 1753, † à Lyon s. a. en juin 1850, receveur des tailles à Roanne, comparant à Lyon en 1789, conseiller de préfecture à Lyon, administrateur du dispensaire de Lyon (1818).

Cf. : Révérend du Mesnil : *Armorial de l'Ain*; Léon Galle : *Notes communiquées*.

CHARPIN

*D'argent à la croix ancrée de gueules ; au franc canton d'azur chargé d'une étoile,
alias d'une molette d'or.*

Cimier : *Un lion issant de gueules, armé, lampassé et couronné d'or.*

Supports : *Deux lions d'or, armés et lampassés de gueules, la tête contournée,
ornée d'un bourrelet des émaux de l'écu.*

Devise : « *In hoc signo vinces* ».

La branche de Feugerolles écartelait : *Aux 2 et 3 « Tranché de sable et d'argent »
qui est de Capponi.*

François-Régis de CHARPIN, comte de GÉNETINES

La maison de Charpin, d'origine chevaleresque, citée en 1698 par l'intendant
d'Herbigny, comme l'une des meilleures familles nobles de la province, se rattache
à Guichard Charpin, écuyer d'Hugues de Talaru, chevalier croisé à Acre en 1191 ;
mais la filiation de cette race ne se poursuit par contrats que depuis :

I. Jean CHARPIN, notaire royal à Saint-Symphorien, juge du comté de Forez,
marié à Isabeau du Meix, fille de noble Hugon du Meix, dont six enfants,
entre autres :

1) Pierre, qui suit ;

2) Simon, tige des comtes de Génetines, qui suivront ;

3) Barthélemy Charpin, chanoine de Saint-Paul de Lyon, maître d'hôtel de
l'archevêque de Reims.

II. Pierre CHARPIN, damoiseau, sgr de Montellier, † ayant testé le 17 août 1500,
maintenu dans sa noblesse et exemption de tailles, avec son frère Simon, contrairement aux prétentions des habitants de Saint-Symphorien-le-Châtel (10 septembre
1478), ép. le 28 janvier 1487 Gabrielle de Lemps, fille d'Hugues, sgr de Mochet, et
de Jeanne de Jons, dont entre autres :

1) Jean, qui suit ;

2) Jeanne Charpin, mariée à N... d'Aix, en Forez.

III. Jean CHARPIN, damoiseau, sg^r de Montellier et l'Espinasse, gentilhomme ordinaire de la maison du Roi, testa le 14 août 1529, ép. en 1518 Françoise Laurencin, fille de Claude Laurencin, sg^r de Riverie, Chatelus, Fontanès, conseiller de ville à Lyon, et de Sibylle Bullioud, dont :

    1) Jean, qui suit ;

    2) Claude Charpin, chevalier de Saint-Jean de Jérusalem (18 juin 1538), commandeur de Cuillac en Auvergne (août 1555).

IV. Jean CHARPIN, écuyer, sg^r de Montellier, L'Espinasse, La Forest des Halles, l'un des cent gentilshommes de la maison du Roi ; testa le 27 décembre 1560, ép. le 21 septembre 1542 Antoinette de Rostaing, (fille de Philippe, chevalier, sg^r de La Forest des Halles, et de Claude de Mont-d'Or,) dont :

    1) François, qui suit ;

    2) Marie, mariée à N... de Rostaing ;

    3) Michelle, ép. Charles de Bertrand, sg^r de La Chartronnière ;

    4) Charlotte, ép. le 11 septembre 1573 Antoine Baronnat, sg^r de La Mure ;

    5) Catherine, mariée à N... Baronnat, sg^r de Tellières.

V. François CHARPIN, écuyer, sg^r de Montellier, L'Espinasse, La Forest des Halles, etc., mestre de camp au service du duc de Savoie, testa le 18 juin 1586, ép. le 1er janvier 1572 Jeanne Damas, fille de Claude Damas, chevalier, sg^r d'Estienges, et de Catherine de Mont-d'Or-Chambost, dont, parmi huit enfants :

    1) Pierre, qui suit ;

    2) Jean Charpin, dit de La Forest, religieux et grand cellerier de l'abbaye de Saint-Martin de Savigny en Lyonnais ;

    3) Antoinette, mariée le 15 septembre 1604 à François de Pignon, écuyer, sg^r de Fontenailles, gouverneur de Trévoux ;

    4) Gabrielle, religieuse à l'abbaye de Marcigny-les-Nonains.

VI. Pierre CHARPIN, écuyer, sg^r de La Forest des Halles, Montellier, etc., capitaine au régiment de Villeroy, mestre de camp d'infanterie. testa le 28 janvier 1635, ép. 1° Jeanne d'Argières, † s. p. ; 2° le 13 novembre 1613 Renée Papon de Goutelas, veuve de Jacques de Rochefort-La-Valette, et fille de Melchior Papon, écuyer, sg^r de Goutelas, gentilhomme ordinaire de la Chambre du Roi, et de Jeanne de Verney de la Garde. Elle testa le 6 juin 1660 laissant :

    1) Balthazar, qui suit ;

    2) Guillaume, religieux et grand cellerier de Savigny ;

3) Hector Charpin, écuyer, sg^r de Montellier, lieutenant-colonel au régiment de Créquy-Cavalerie ;

4) Marthe, religieuse à Bonlieu.

VII. Balthazar DE CHARPIN, chevalier, dit le comte de La Forest des Halles, sg^r de la Garde, Montellier, Souzy, Fontanès etc., maintenu dans sa noblesse par l'intendant Du Gué, le 27 octobre 1667 ; ép. le 29 septembre 1642 Louise de Villars, † ayant testé à Feugerolles le 26 juillet 1686, fille de Claude de Villars, écuyer, sg^r de Sarras, gentilhomme ordinaire de la Chambre du Roi, et de Charlotte Louët de Nogaret-Calvisson, et tante du maréchal de Villars ; dont :

1) Pierre, chanoine comte du chapitre de Saint-Pierre de Vienne ;

2) Jean-Michel de Charpin, chevalier, dit le comte de Tourville, † 18 mars 1737, major du régiment de Villars, lieutenant-colonel du régiment d'Anjou-Cavalerie, chevalier de Saint-Louis (février 1700) ; marié le 14 juillet 1680 à Élisabeth d'Arrertez de La Tour, dont :

    A) Anne-Marie de Charpin, † s. p. ; mariée à N..., sg^r de Valaville ;

3) Pierre-Hector, qui suit ;

4) Henri de Charpin, dit des Halles, † à Feugerolles, chanoine comte de Vienne (9 février 1661), doyen (22 septembre 1690), abbé de la Grande-Sauve, de Brantôme et de Saint-Germain d'Auxerre, vicaire général à Vienne, official métropolitain ;

5) Claude-Catherine de Charpin, marié 1° le 6 juin 1689 à Claude-François de Fournier, écuyer, sg^r de Montagnac ; 2° le 27 février 1699 à Annet, comte de Chavagnac, baron de Saint-Roman, premier écuyer de la Duchesse d'Orléans, chevalier de Saint-Louis, issu d'une maison fameuse en Auvergne ;

6) Marie-Anne, prieure de l'Argentière.

VIII. Pierre-Hector DE CHARPIN, chevalier, dit le comte de Souzy et la Forest des Halles, baron de Feugerolles, sg^r de Roche-la-Molière, le Chambon, Saint-Romain-les-Atheux, Jonzieu etc., † à Feugerolles le 5 avril 1713, ép. le 22 janvier 1676 Catherine-Angélique Capponi, fille de Gaspard, chevalier, baron de Feugerolles, chevalier de l'ordre du Roi, maréchal de camp, et de Madeleine du Peloux. Elle mourut à Feugerolles le 22 décembre 1686, ayant testé le 26 avril 1685 en faveur de son fils aîné, et à défaut, en faveur des cadets pour la substitution du nom et des armes des Capponi. La substitution fut exécutée pour les armoiries et l'addition ultérieure du nom de Feugerolles, mais non pour celui de Capponi.

Les enfants de ce mariage furent :

1) Henri de Charpin, chevalier, † s. a. en 1705, capitaine au régiment du Commissaire Général de la Cavalerie ;

2) Jean-Michel de Charpin, abbé de Feugerolles, chanoine comte de Vienne, doyen, abbé de Saint-Germain-d'Auxerre en 1721, sur résignation de son oncle des Halles ;

3) Henri de Charpin, le jeune, abbé de Saint-Romain, chanoine comte de Vienne, abbé de la Grande-Sauve en 1723, sur résignation de son oncle ;

4) Louis-Hector, qui suit.

IX. Louis-Hector DE CHARPIN, chevalier, comte de Souzy, baron de Feugerolles, dit le comte de Feugerolles, † à Feugerolles le 3 juin 1744, capitaine au régiment du Commissaire Général, chevalier de Saint-Louis ; ép. le 22 avril 1722 Marie-Polixène de Riverie, née à Condrieu le 15 août 1708, † ayant testé à Feugerolles le 20 août 1737, fille de Christophe de Riverie, chevalier, et de Diane Arod de Lay, dont :

1) Jean-Baptiste-Michel, qui suit ;

2) Michel, chevalier de Charpin, capitaine commandant au régiment de Monsieur, chevalier de Saint-Louis ;

3) Amable-Espérance de Charpin, reçue à Saint-Cyr le 22 juin 1743 ;

4) Camille-Colombe de Charpin-Feugerolles, reçue à Saint-Cyr en 1748, chanoinesse comtesse du chapitre noble de Neuville (1763) ;

5) 6) Anne-Diane et Marie-Anne de Charpin, religieuses à la Séauve-Bénite.

X. Jean-Baptiste-Michel DE CHARPIN, chevalier, comte de Souzy, baron de Feugerolles, marquis de La Rivière, etc., † à la Rivière le 16 février 1792, membre de l'assemblée provinciale du Lyonnais, député de la Noblesse de Saint-Étienne à la dite assemblée, et à l'assemblée de département ; ép. le 24 juillet 1753 Anne-Marie Anselmet des Brunaux, † aux Brunaux le 25 septembre 1801, fille de Jean-Marie Anselmet, chevalier, sg^r des Brunaux, etc., et d'Antoinette de Verlamy, dont :

XI. Louis-Alexandre-Jérôme DE CHARPIN, chevalier, comte de Souzy, baron de Feugerolles, marquis de La Rivière, etc., mousquetaire noir, etc., † aux Brunaux le 12 septembre 1801, marié le 28 octobre 1777 à Suzanne-Christophe d'Albon, † aux Brunaux le 8 septembre 1803, fille de Camille, marquis d'Albon, prince d'Yvetot, et d'Anne-Marie-Jacqueline Olivier, dont entre autres :

1) André-Camille, qui suit ;

2) Anne-Diane-Félicité, mariée le 26 juillet 1804 à Julien-Simon-Ferdinand Puy du Roseil.

XII. André-Camille DE CHARPIN, comte de Feugerolles, chevalier de Malte, etc., † à Nandy, près Melun, le 15 novembre 1824, marié le 27 septembre 1815 à Pauline-

Adélaïde de Perthuis, fille de Lucien-Julien, marquis de Perthuis, sg' de Nandy, officier aux Gardes Françaises, et d'Adélaïde de Varennes de Bourron, dont :

1) Hippolyte, qui suit ;

2) Félicité-Adélaïde de Charpin, née le 16 février 1818, à Paris, mariée le 12 juillet 1839 à Guillaume-Guy-Armand, comte de Dampierre, † au Vignau le 1er août 1901, fils d'Aymar, marquis de Dampierre, Pair de France, et de Marie-Charlotte d'Abadie.

XIII. Hippolyte-André-Suzanne, comte DE CHARPIN-FEUGEROLLES, né à Lyon le 11 septembre 1816, † à Feugerolles le 9 mars 1894, député au Corps législatif [1857 à 1863 et 1869-70], membre du Conseil général de la Loire, président de l'Académie de Lyon, de la Société historique et archéologique de Lyon, de la Société des Bibliophiles lyonnais, vice-président de la Diana ; marié 1° le 28 octobre 1845 à Marie-Aimée-Pauline de Nettancourt-Vaubecourt, † 1860, fille du marquis de Nettancourt et d'Ernestine de Beauffort, fille elle-même de Charles, marquis de Beauffort, et de Léopoldine, comtesse de Mérode ; 2° le 11 novembre 1862 à Armandine-Marie-Sophie de Guignard de Saint-Priest, née en 1824, fille d'Alexis, comte de Saint-Priest, Pair de France, et de Marie de La Guiche ; elle était veuve depuis 1849 du comte Gaspard de Clermont-Tonnerre, et mourut le 27 juin 1883.

Il fut père de :

1) *1er lit :* André, qui suit ;

2) Jeanne-Marie-Pauline, née le 14 juillet 1847, mariée à M. de Boutiny ;

3) Caroline-Césarine-Marie, née le 2 avril 1850, mariée à M. de Borde ;

4) Félicité-Anne-Marie de Charpin, née le 12 janvier 1852 ;

5) *2e lit :* Alexis-Henri-Marie Chantal, vicomte de Charpin-Feugerolles, marié à Renée du Soulier, fille du Vte, et d'Henriette Arthaud de La Ferrière, dont :

    A) Pierre de Charpin-Feugerolles ;

    B) Raymond de Charpin-Feugerolles ;

    C) Chantal de Charpin-Feugerolles.

XIV. André-Camille-Marie-Régis, comte DE CHARPIN-FEUGEROLLES, né le 27 avril 1855, officier d'artillerie, marié en avril 1885 à Marguerite-Césarine-Henriette d'Agoult, née le 15 juillet 1861, fille de Foulques-Antoine-René, comte d'Agoult, et de Marie O'Connor, dont :

1) Jean de Charpin-Feugerolles ;

2) Hector de Charpin-Feugerolles ;

3) Henri de Charpin-Feugerolles ;

4) Marie-Aymée de Charpin-Feugerolles.

BRANCHE DE GÉNETINES

II. Simon Charpin, écuyer, veuf en 1518, fournit aveu et dénombrement pour divers cens en la baronnie de Thiers et testa le 2 février 1529 ; marié le 28 décembre 1479 à Jeanne-Germaine de La Forge, dame de Génetines, fille de Guillaume de la Forge, sg^r de Génetines, et de Philippa de Vaux, dont :

    1) Gaspard, qui suit ;

    2) Marguerite Charpin, ép. noble Antoine de La Tour, sg^r de Vaudragon.

III. Gaspard Charpin, écuyer, sg^r de Génetines, La Thénaudière etc., testa le 3 janvier 1539 ; lieutenant de robe courte du bailli de Forez ; marié à Saint-Germain-Laval le 24 septembre 1525 à Jeanne d'Augery, fille de noble homme Aimé, sg^r de Saint-Bonnet-les-Oules, dont, parmi neuf enfants :

    1) François, qui suit ;

    2) Louis, écuyer, chevalier de Malte le 21 avril 1558 ;

    3) Gaspard Charpin, chanoine de Saint-Just de Lyon (1569) ;

    4) Françoise, ép. François de Chany, écuyer, sg^r de Parentignat, dont :

        A) Louise de Chany, mariée en 1574 à Vital des Roys, écuyer, sg^r des Bordes et des Chandelys.

IV. François Charpin, écuyer, sg^r de Génetines, testa à Saint-Romain le 15 octobre 1569, ép. le 3 juillet 1557 Gilberte Veyny, fille de messire Michel, chevalier, sg^r d'Arbouze, et d'Anne Bayard, dont parmi sept enfants :

V. Michel Charpin, écuyer, sg^r de Génetines, testa le 29 juin 1604 ; enseigne de la compagnie des gens d'armes du comte d'Urfé ; gentilhomme ordinaire du duc d'Alençon (22 février 1577), reçut d'Henri IV une lettre des plus flatteuses, et fut maintenu dans sa noblesse le 13 février 1599 ; marié à Montbrison le 17 septembre 1590, à Léonore Le Long [remariée en 1625 à Mre Nicolas de Rochefort, sg^r de Vaudragon], fille de noble Claude, sg^r de Givry, et d'Anne de La Goutte, dont :

    1) Jacques, qui suit ;

    2) Claude Charpin, capucin en 1590 ;

    3) Anne Charpin, mariée en 1625 à Marc du Palais, écuyer, sg^r de la Merlée.

VI. Jacques Charpin, chevalier, sg^r de Génetines, marié à La Tour Maubourg le 14 avril 1625 à Claude de Fay, fille d'Hector de Fay, chevalier, baron de La Tour-Maubourg, et de Marguerite de Chamblas, dont :

    1) Jean, qui suit ;

2) Emmanuel Charpin de Génetines, bapt. le 15 décembre 1631, chanoine comte de Lyon (8 novembre 1650) ;

3) Hector-Jacques Charpin, chevalier de Malte (1650), commandeur de Buynes ;

4) Antoine Charpin, chevalier de Malte (1659) ;

5) 6) Marie et Marguerite Charpin, ursulines à Roanne en 1662.

VII. Jean DE CHARPIN, chevalier, sgr de Génetines, Ogerolles, La Thénaudière, etc., maintenu dans sa noblesse par l'intendant Du Gué, le 27 octobre 1667 ; marié 1° à Annonay le 5 novembre 1657 à Marie de La Rivoire, fille de Christophe de La Rivoire, chevalier, sgr de Chadenat, et de Madeleine de Bonlieu ; 2° le 14 novembre 1691 à Marie-Madeleine Jaquette, fille de noble Jean-Baptiste, et de Marie Le Fèvre. Il fut père de :

1) *1er lit :* Louis de Charpin, comte et grand custode de Lyon, né le 27 septembre 1660, pourvu le 31 mars 1681 ;

2) Antoine de Charpin, chevalier, né en 1664, ✝ à Génetines en juillet 1739 ; comte de Lyon (1690), grand vicaire de Saint-Flour, abbé de Pibrac (1705), puis de Mauzac, évêque de Limoges en 1706, président du Clergé en 1726, remet son évêché en 1729 ;

3) Louis-Emmanuel-Jacques de Charpin de Génetines, chevalier ;

4) Antoine-Léonor de Charpin de Génetines, chevalier, né le 16 mars 1669, chevalier non profès de Malte, reçu sur preuves du 6 novembre 1685 ; capitaine au régiment de Fontanel en 1695, marié p. c. du 16 février 1705 à Catherine Blanchet, fille de Guy, écuyer, sgr de La Chambre à Saint-Haon, et de Marie Picquet, dont entre autres :

    A) Un fils qui fit souche, et dont la postérité établie en Normandie, près Louviers, était représentée au xixe siècle par Jean de Charpin, marié à Lucie Goulard de Curraize, père de Claude-Benoît de Charpin, ✝ 1847, lieutenant colonel de cavalerie, chevalier de Saint-Louis, marié 1° le 26 octobre 1817 à Virginie de La Taille des Essarts ; 2° le 26 mai 1834 à Laure de Grimoult, veuve de Gabriel de la Taille. Il eut du 1er lit Henri-Edouard-Jean de Charpin, né le 14 décembre 1820, ✝ s. a. le 22 mars 1852.

    B) Marie-Jeanne-Antoinette de Charpin, née à Roanne le 8 octobre 1711, reçue à Saint-Cyr le 24 juillet 1719.

5) *2e lit :* Jean-Antoine, qui suit ;

6) Marie-Gilberte de Charpin de Génetines, bapt. à Saint-Romain d'Urfé le 12 février 1693, reçue à Saint-Cyr le 15 mai 1700. Elle fut dame de Saint-

Louis, fit profession le 24 février 1714, et mourut le 15 janvier 1757. Elle était l'une des correspondantes de Mlle d'Aumale ;

7) Agnès de Charpin, née le 22 mai 1702, reçue à Saint-Cyr en novembre 1711.

VIII. Jean-Antoine de CHARPIN, chevalier, sg^r de Génetines, Ogerolles, major au régiment de Condé-Infanterie, chevalier de Saint-Louis, etc., marié le 23 avril 1750 à Louise-Hilaire de Loras, fille de Pierre-Gaspard de Loras, chevalier, baron de Pollionay, sg^r de La Merlée et de Marie-Marguerite du Palais, dont :

1) François-Régis, qui suit ;
2) Jeanne-Françoise de Charpin, née le 31 mai 1755, reçue à Saint-Cyr le 6 mars 1765.

IX. *François Régis* de CHARPIN, chevalier, comte de GÉNETINES, né le 22 mars 1753, † à Versailles s. p. en 1828, capitaine de dragons au régiment de Bourbon-Cavalerie, chevalier de Saint-Louis, lieutenant des maréchaux de France à Trévoux (12 décembre 1785), comparant à Lyon en 1789.

La terre de Génetines avait été vendue le 23 décembre 1779 aux Ramey de Sugny sg^{rs} du comté de Souternon.

Cf. : *Preuves de Saint-Cyr, Dossiers bleus : 110 ; Cabinet d'Hozier : 87 ; Nouveau d'Hozier : 91 ;* Morel de Voleine et comte de Charpin : *Documents historiques sur l'ancien gouvernement de Lyon ;* La Tour-Varan : *Chroniques des châteaux et abbayes.*

CHARRIER DE LA ROCHE

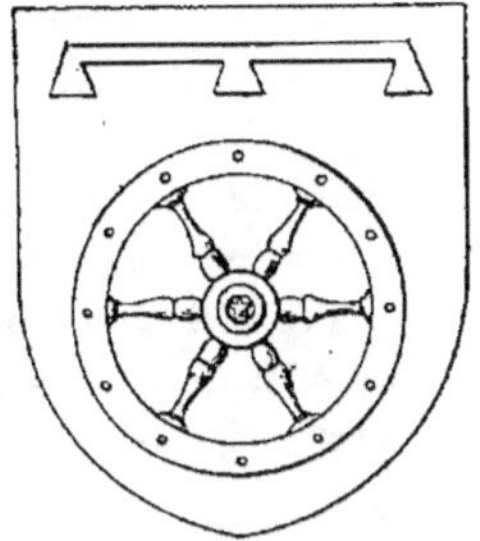

D'azur à une roue d'or clouée de gueules, au lambel à 3 pendants d'argent en chef.
Tenants : *Deux anges.* Cimier : *une roue* .
Devise : *Semper in orbita.*

Jacques-Catherin CHARRIER de GRIGNY

Les Charrier si considérables à Lyon sont une branche d'une ancienne maison d'Auvergne, tenant dès le xive siècle un rang important dans la haute bourgeoisie d'Issoire. L'arrêt de maintenue de la branche de La Rochette, du 4 septembre 1658 remontant à Guillaume Charrier, Échevin de Lyon en 1596, rappelle les services rendus par les Charrier avant cette époque, et cite notamment un évêque d'Orléans en 1437 et un receveur général des finances de tout le royaume en 1424.

Les branches aînées des Charrier portaient : *d'azur à la roue d'or clouée de gueules,* ou encore : *Écartelé : aux 1 et 4 d'or au lion de sable, au chef de gueules,* qui est de Bohier ; *aux 2 et 3 d'argent au pont à trois arches de gueules, maçonné de sable, accompagné de six moucheture d'hermines du même,* qui est de Minard ; *sur le tout d'azur à la roue d'or clouée de gueules,* qui est de Charrier. La branche cadette des Charrier de La Roche et de Grigny qui a comparu à Lyon en 1789, portait les armes indiquées en tête de cette généalogie.

Les branches lyonnaises des Charrier sont issues de :

I. Jacques CHARRIER, † le 21 décembre 1563, lieutenant particulier au bailliage d'Issoire, ép. le 16 juin 1532 Claire Minard, † le 11 mai 1595, fille d'Antoine Minard, auditeur des Comptes et de Charlotte Coëffier d'Effiat, dont entre autres :

  1) Michel, qui suit ;

  2) Antoine Charrier, établi à Lyon, né le 22 juillet 1543, Échevin de Lyon en 1589, 1592, 1597, † s. p. de son mariage avec Louise Compain ;

  3) Guillaume, auteur des Charrier de La Rochette.

II. Michel CHARRIER, sg^r de La Varenne (fief que les Charrier auraient possédé dès la fin du xiiie siècle ?), né le 20 mars 1541, † à Issoire le 6 septembre 1622, receveur des tailles, Procureur du Roi en l'élection d'Issoire, consul d'Issoire, quatre fois nommé ; ép. le 12 juillet 1567 Catherine Barme, † le 12 avril 1607, dont entre autres :

1) Antoine Charrier qui continua les sg^{rs} de La Varenne et duquel descendaient les sg^{rs} de Fléchat en Auvergne qui firent sous Louis XVI leurs preuves pour le service militaire. Les sg^{rs} de La Varenne ont donné un Trésorier de France à Riom, premier de sa branche, qualifié chevalier et dont la postérité garda le titre d'écuyer.

2) Antoine, le jeune, qui suit.

III. Antoine CHARRIER, le jeune, chevalier, sg^r de La Barge, † 1674, receveur des tailles en Auvergne, receveur général des finances à Lyon, Trésorier de France à Lyon (13 août 1629); Président au bureau de la Charité (1635); marié le 10 janvier 1615 à Jeanne Du Gué, † le 19 juillet 1651, fille de Jean Du Gué, Trésorier général de la gendarmerie de France, dont douze enfants, entre autres :

1) Gaspard, né en 1618, † en mars 1650, Protonotaire du Saint-Siège ;

2) Jean, qui suit ;

3) Guillaume, né le 9 mars 1629, † tué à Lérida (1646), cadet au régiment de Lorraine ;

4) Alexandre, né le 2 février 1632, † Doyen du chapitre de Trévoux ;

5) Antoinette Charrier, née en 1615 † 1655, ép. p. c. du 17 décembre 1631 Alexandre Mazuyer, chevalier, sg^r de La Tourette, Trésorier de France à Lyon (27 juin 1631), fils de Jean, sg^r de La Tourette et de Marie Megret ;

6) Geneviève Charrier, bapt. à Lyon le 17 septembre 1623, † 8 février 1711, ép. le 6 mars 1644, Alexandre-André Bollioud, sg^r de Fétan et Fourquevaux, Président au Parlement de Dombes, fils d'Achille et de Sibylle Mayol. Elle est citée dans les mémoires de Mlle de Montpensier pour son esprit et sa beauté ;

7) 8) 9) trois filles religieuses.

IV. Jean CHARRIER, chevalier, sg^r de la Barge, baron de Sandrans, bapt. à Lyon le 12 janvier 1619, † à Grézieu le 8 octobre 1701, capitaine au régiment de Lorraine, Trésorier de France à Lyon (26 février 1652), président au bureau de la Charité en 1662, Prévôt des marchands de Lyon (1671-72), ép. 1° à Lyon p. c. du 21 avril 1653 Marie Gayot, fille de noble Marcellin Gayot et d'Antoinette Besset ; 2° Gabrielle des Combes, † ayant testé à Lyon le 13 juillet 1714, fille de Gabriel, Président au Présidial de Lyon et de Philiberte de Ronnignac ; il fut père entre autres de :

1) *1er lit* : Antoine qui suit ;
2) Louis Charrier, bénédictin ;
3) Alexandre Charrier de La Barge, chevalier, bapt. à Lyon le 13 décembre
    1661, † 1684, garde de la Marine à Toulon ;
4) Jacques, bapt. à Lyon le 26 mai 1685, chanoine du chapitre noble d'Ainay ;
5) Geneviève, héritière de la Barge après son frère, † à Lyon le 29 juillet
    1718 et mariée à Jean de Brosse, chevalier, Trésorier de France à Lyon ;
6) 7) *2e lit* : une fille religieuse et un fils mort au berceau.

V. Antoine CHARRIER, chevalier, sg^r de La Barge, baron de Sandrans, bapt. à Lyon
le 19 avril 1654, † en novembre 1708, capitaine de cavalerie, ép. à Lyon p. c. du
14 avril 1684 Jeanne-Françoise Le Viste de Briandas, fille de Jean Le Viste, écuyer,
sg^r de Briandas, Intendant des Dombes et de Marie Thorel.

BRANCHE DE LA ROCHETTE

II. Guillaume CHARRIER, sg^r de La Rochette, né à Issoire le 12 mars 1556, † à
Lyon le 3 juin 1618, Échevin de Lyon en 1596, ép. à Lyon p. c. du 22 août 1587
Gabrielle du Four, fille de Jean-Baptiste du Four, secrétaire de l'archevêché de
Lyon, notaire apostolique, banquier en Cour de Rome et d'Isabeau Bohier. Elle
mourut en janvier 1667, âgée de 93 ans, ayant été, rapporte Pernetti, mère de 19
enfants, aïeule de 90, bisaïeule de 32, trisaïeule de 6, sans compter les enfants d'alliance au nombre de 21. Parmi ses enfants furent :
1) Jean, qui suivra ;
2) Jean-Baptiste, bapt. à Lyon le 21 septembre 1596, † 1623, aumônier de
    Louis XIII, abbé de N.-D. du Chage, à Meaux ;
3) Aimé, tige de la branche de La Roche ;
4) Guillaume, bapt. à Lyon le 21 août 1605, † à Paris en 1667, abbé de N.-D.
    du Chage après son frère, aumônier de Gaston d'Orléans (1632), obéancier
    de Saint-Just à Lyon, député à l'Assemblée du clergé (1645) souvent cité
    dans les mémoires du cardinal de Retz ;
5) Gaspard, bapt. à Lyon le 11 septembre 1610, † à Lyon le 8 novembre 1694,
    lieutenant particulier assesseur criminel en la sénéchaussée de Lyon, Prévôt
    des marchands de Lyon en 1664-65, conseiller d'État en 1665, ép. à Lyon
    p. c. du 11 janvier 1637 Antoinette Liotaud, † à Lyon le 21 juin 1709, fille
    de noble Charles et de Barthélemye Nicolas, dont :
    A). Jean Charrier, bapt. à Lyon le 2 juin 1639, † officier au service du
        Saint-Empire ;

> B) Guillaume Charrier, bapt. à Lyon le 10 août 1647, † à La Roche le 14 septembre 1717, prêtre, abbé commendataire de Quimperlé, connu par les lettres de Mme de Sévigné ;
>
> C) Christophe, doyen des conseillers en la sénéchaussée de Lyon, président de l'Hôtel-Dieu en 1709 ;
>
> D) Gabrielle Charrier, née le 11 novembre 1643, religieuse.

6) Marie, bapt. à Lyon le 12 septembre 1593, † 1628, mariée le 17 septembre 1609 à Gaspard Du Gué de Bagnols, chevalier, sg^r du Bois-d'Oingt, etc., conseiller secrétaire du Roi, Maison et Couronne de France, Trésorier et payeur de la gendarmerie de France, Trésorier de France à Lyon (14 février 1614); [remarié à Virginie Edme de Saint-Julien (famille des Emé de Marcieu), veuve de Bertrand de Chaponay], fils de noble Jean Du Gué, contrôleur au grenier à sel de Moulins, et d'Antoinette Turgis ;

7) Marguerite, bapt. à Lyon le 30 mars 1599, † 1679, ép. à Lyon le 11 février 1620 Jean Minet, sg^r de La Gardette, conseiller au présidial de Lyon, Échevin de Lyon en 1644-45 ;

8) Jeanne, bapt. à Lyon le 2 juin 1600, † 1683, ép. Charles du May, commissaire des guerres, secrétaire de Mgr d'Halincourt, conseiller et maître d'hôtel ordinaire du Roi, chevalier de son ordre ;

9) Éléonore, bapt. à Lyon le 5 décembre 1611, † à Lyon le 7 mai 1666, ép. p. c. du 12 février 1632 Charles-Henry Grollier, chevalier, sg^r de Belair, conseiller au Parlement de Dombes, fils d'Antoine Grollier, baron de Servières, et de Marie Camus de Riverie ;

10) Gabrielle, bapt. à Lyon le 21 octobre 1616, vivant encore en 1697, ép. p. c. du 16 janvier 1634 Jean-Baptiste de Bourg, écuyer, sg^r de Trezette et de La Rigaudière, † 1645, fils de noble Gonin de Bourg et de Catherine Serre.

III. Jean CHARRIER, chevalier, sg^r de La Rochette, Soleymieu, etc., bapt. à Lyon le 25 août 1591, † à Saint-Cyr au Mont-d'Or le 5 août 1677, conseiller du Roi, receveur général des finances à Lyon ; Trésorier de France à Lyon (16 avril 1621), Président du bureau de l'Hôtel-Dieu en 1623, de celui de la Charité en 1627, Prévôt des marchands de Lyon en 1636-37, ép. p. c. du 23 août 1621 Dorothée Mascrany, † à Lyon le 9 mai 1675, fille de Paul, écuyer, sg^r de La Verrière, et de Françoise Pollaillon, fille elle-même de Pierre Pollaillon, Échevin de Lyon en 1603 ; dont, outre quatre enfants prêtres ou religieuses :

1) Jean, qui suit;

2) Pierre, écuyer, bapt. à Lyon le 12 juillet 1645, † à Salon en Provence en 1669, enseigne de vaisseau ;

3) Françoise, bapt. à Lyon le 8 août 1628, † 1672, ép. p. c. du 9 octobre 1647 François Béraud, chevalier, sg^r de Resseins, Trésorier de France à Lyon (7 octobre 1647), fils de Jean, chev., sg^r de Resseins, Trésorier de France à Lyon, et d'Éléonore Richard ;

4) Dorothée, bapt. à Lyon le 12 juillet 1645, ép. à Lyon p. c. du 14 avril 1668 Jean-Paul de Grignan, chevalier, sg^r de Châteauneuf-en-Provence, fils de N. de Grignan et d'Anne Barsillon de Mouvans.

IV. Jean CHARRIER, chevalier, sg^r de La Rochette, Soleymieu, etc., né à Lyon le 29 mai 1638, † à Lyon le 9 août 1718, Trésorier de France à Lyon (2 juillet 1670); ép. à Paris le 2 juillet 1682 Gabrielle Gaboury, † à Lyon le 19 octobre 1684, fille de Louis, Intendant de Flandres, et d'Anne de Bousset, dont :

1) Anne-Geneviève Charrier de La Rochette, née à Lyon le 22 juillet 1683, † 1712, ép. p. c. du 25 mai 1703 Charles-César L'Escalopier, chevalier, conseiller au Parlement de Paris, maître des Requêtes, Intendant de Champagne, Premier Président du Grand Conseil, † le 6 février 1753.

BRANCHE DE LA ROCHE-JULIÉ ET GRIGNY

III. Aymé CHARRIER, chevalier, sg^r baron de la Roche-Julié, Juliénas, Vaux, La Charme, etc., bapt. à Lyon le 23 novembre 1602, † le 20 janvier 1681. Procureur du Roi au Bureau des finances de Lyon (14 septembre 1629), substitut du Procureur général en Chambre des comptes, etc., marié à Lyon p. c. de juin 1633 à Isabeau Rouvière, fille de noble Eustache, Échevin de Lyon, et de Catherine Picou, dont parmi douze enfants, quatre prêtres, deux religieuses, et :

1) Eustache, qui suit ;
2) Guillaume, écuyer, bapt. à Lyon le 28 avril 1643, † ayant testé à Lyon le 17 janvier 1691, lieutenant-colonel de cavalerie au régiment de Sourches ;
3) Gabrielle, bapt. à Lyon le 25 octobre 1648, ép. p. c. du 4 février 1670 Jean-Baptiste Michon, écuyer, sg^r de Pierreclos, Procureur du Roi au bureau des finances de Lyon (5 janvier 1671).

IV. Eustache CHARRIER, chevalier, sg^r baron de La Roche-Julié, Juliénas, Vaux, La Charme, etc., bapt. à Lyon le 5 novembre 1634, conseiller du Roi, lieutenant particulier en la sénéchaussée de Lyon, Président en la Cour des Monnaies de Lyon; ép. le 5 janvier 1665 Catherine Badol de Rochetaillée, † ayant testé à Lyon le 18 septembre 1689, fille de Louis Badol, baron de Rochetaillée, écuyer ordinaire du Roi, gentilhomme servant la Reine, et de Jeanne de Bardonnenche [Elle était cousine germaine, de père et mère, de Marguerite Badol de Forcieu de Rochetaillée mariée à Jean Bernou de la Bernary, écuyer, sg^r de Nantas] ; dont neuf enfants, entre autres :

1) Georges-Antoine, qui suit ;

2) Gaspard-Aimé, chevalier, bapt. à Lyon le 12 avril 1681, capitaine de cavalerie, ép. le 28 juillet 1720 Catherine de Madières de Milly, † ayant testé le 11 septembre 1756, fille Claude, écuyer, sg^r de Milly, et de Catherine Colombet ;

3) Jean-Baptiste, né le 20 décembre 1684, † à Lyon le 30 septembre 1764, chanoine du chapitre noble d'Ainay ;

4) Jeanne-Marie, bapt. à Lyon le 5 août 1668, ép. à Lyon le 25 juillet 1690 Jean-Amédée de Rochefort d'Ailly, chevalier, comte de Saint-Point et de Montferrand, baron de Sénaret et des États du Languedoc, lieutenant des maréchaux de France en Gévaudan, fils de Jean-Baptiste et de Catherine Brûlart de Sillery.

V. Georges-Antoine CHARRIER, chevalier, sg^r baron de la Roche-Julié, Juliénas, etc., né le 23 juin 1675, † ayant testé à Lyon le 17 avril 1731, Président à la Cour des Monnaies de Lyon, ép. p. c. du 12 janvier 1701 Marie-Marguerite Ranvier, fille d'Annet Ranvier, ancien Échevin de Lyon, et de Catherine Rigioly, dont deux filles religieuses et :

1) Guillaume, qui suivra ;

2) Jacques-Catherin, dit M. des Adrets, né le 24 novembre 1706, † en Bohême le 7 avril 1742, capitaine au régiment de la Vieille-Marine.

3) Protaise, née le 17 juin 1704, ép. Jean-François du Rozier, écuyer, fils de Claude-François, et de Marie Grozelier ;

4) Antoinette, née à Lyon le 4 avril 1711 ; ép. à Roanne p. c. du 12 juillet 1733 Aymé-Gabriel Michon de Pierreclos, baron de Cenves, Trésorier de France à Lyon (1730), fils de Jean-Baptiste Michon de Pierreclos, Procureur du Roi au bureau des finances, et de Gabrielle Charrier de la Roche, et veuf de Mlle de Laurencin.

VI. Guillaume CHARRIER, chevalier, sg^r DE GRIGNY, baron de la Roche, etc., né à Lyon le 11 mai 1703, † 1785, Président à la Cour des monnaies de Lyon ; ép. les 17-23 avril 1727 Françoise-Thérèse Durret de Grigny, baptisée à Lyon le 11 avril 1698, fille de Jean Durret, chevalier, sg^r de Grigny, etc. Premier Président du bureau des finances de Lyon et d'Élisabeth Richer, dont trois filles sans alliance et :

1) Jean-Baptiste, qui suivra ;

2) Louis Charrier de la Roche, né à Lyon le 17 mai 1738, † à Versailles le

17 mars 1827 ; chanoine du chapitre noble d'Ainay dès 1749, Prévôt du chapitre en 1777, grand-vicaire et Official métropolitain de Lyon, Procureur
syndic du Clergé et de la Noblesse à l'assemblée provinciale de la Généralité de Lyon, Président de l'assemblée provinciale, Député du Clergé aux
États-Généraux de 1789, Évêque de Versailles en 1802, baron de l'Empire
par L. P. du 22 novembre 1808. Il avait comparu en 1789 à l'assemblée de
la noblesse du bailliage de Mâcon ;

3) *Jacques-Catherin* Charrier de Grigny, sg^r de Grigny, † en juillet 1815,
lieutenant au régiment des Gardes Françaises, chevalier de Saint-Louis,
comparant en 1789, ép. à Lyon p. c. du 13 février 1775 Suzanne-Christophe
de la Frasse de Seynas, fille de Claude de la Frasse, chevalier, sg^r de Sury-
le-Comtal, Seynas, Saint-Romain, etc., et de Madeleine de Cavasse de
Léry, dont :

> A) Guillemette-Hippolyte Charrier de Grigny, née le 16 décembre 1775,
> mariée vers 1795 à Sébastien-Claude de Senneville, né à Grenoble
> vers 1768, † à Lyon le 30 août 1843, lieutenant de police à Lyon
> (1815), maître des Requêtes au Conseil d'État, adjoint au maire de
> Lyon, conseiller général du Rhône, anobli par ordonnance royale du
> 20 mai 1814. Il aurait été substitué aux nom et armes des Charrier
> dont il prit le nom et fut père de :
>
> > a) Louis-Barthélemy-Suzanne de Charrier de Senneville.

4) Marie-Marguerite-Gertrude Charrier de la Roche, † à Lyon, à 36 ans le
19 février 1766, ép. à Lyon le 7 janvier 1750 Etienne-Lambert de Ferrari,
comte de Romans, sg^r du Bouchoux, chevalier de Saint-Louis, Lieutenant de
Roi en Bresse, capitaine au régiment Lyonnais, baptisé à Lyon le 4 juillet
1714, † à Lyon le 19 octobre 1776, fils de Claude-César de Ferrari de Romans
et de Claudine Riverieulx.

VII. Jean-Baptiste CHARRIER, chevalier, baron DE LA ROCHE, etc., né en 1734,
† sur l'échafaud révolutionnaire le 9 nivôse an II, Président à la Cour des monnaies de
Lyon le 13 août 1755, Président au Conseil supérieur de Lyon (1772), ép. p. c. du
1er mai 1764 Claudine-Octavie Cholier de Cibeins, née en 1746, fille de Louis-Hector
Cholier, chevalier, comte de Cibeins, baron d'Albigny, etc., Président en la Cour
des Monnaies de Lyon, et d'Antoinette Pianelly de la Valette, dont un fils mort au
berceau, et :

1) Guillemette-Antoinette, née le 22 juin 1765, † le 16 février 1827, mariée
les 18 mars-8 avril 1788 à Pierre-Marie-Anne, marquis de Harenc de la

Condamine, né 1760, † le 20 mars 1839, Page du comte d'Artois en 1773, fils de Louis-Hector, marquis de Harenc, et d'Antoinette de Colabaud ;

2) Alexandrine-Louise-Marie, née à Lyon le 1er juillet 1784, † à Mâcon le 14 novembre 1862, ép. le 13 vendémiaire an XI Anne-Louis-Henry-Tobie marquis de Monspey, capitaine de cavalerie, chevalier de Saint-Louis, né à Lyon le 26 septembre 1777, † à La Beuvrière le 12 juin 1848, fils de Louis-Alexandre, marquis de Monspey, Lieutenant-Général des armées du Roi, et d'Antoinette Toublanc.

Cf. : *Nouveau d'Hozier 91* ; *Dossiers bleus, 171.*

Michon ; Laîné : *Archives généalogiques* (on y trouve la généalogie des Charrier avant leur établissement à Lyon).

Vicomte Révérend : *Titres et pairies de la Restauration.*

CHASSEING

De gueules au chevron d'hermines ; au chef d'argent chargé d'un lion issant de sable.
Supports : *Deux lévriers.*

ANTOINE DE CHASSEING

Les Chasseing se rattachent peut-être à une famille originaire de Villecomte en Auvergne et venue à Lyon au XVIIe siècle avec Me Étienne Chassaing, praticien, marié à Lyon le 8 septembre 1640 à Claudine Faure, fille de Me Philippe Faure, notaire royal de Meximieux en Bresse, et de Diane Foillet. Mais il n'a pas été établi de point de jonction avec la famille comparante en 1789, issue de :

I. Jean-Baptiste CHASSEING, bourgeois de Lyon, marié à Marianne Moreau dont :

II. Noble Geoffroy CHASSEING, bourgeois de Lyon, conseiller du Roi en la juridiction des traites foraines, recteur du Grand Hôtel-Dieu, Échevin de Lyon en 1753-54 ; marié à Lyon le 1er décembre 1725 à Pierrette Perret, † à Lyon, à l'âge de 30 ans, le 29 janvier 1730, fille d'Antoine, bourgeois, et de Blaise Perrolier, dont :

III. Joseph-Antide DE CHASSEING, écuyer, bapt. à Lyon le 22 octobre 1727, testa le 6 février 1762, marié à Lyon p. c. du 24 janvier 1758 à Anne Servant, fille d'Antoine Servant, écuyer, secrétaire du Roi, et de Jeanne-Benoîte Hubert, dont :

IV. *Antoine* DE CHASSEING, chevalier, sg^r de la baronnie de Chasselay, le Plantin, les Chères, etc., baptisé à Lyon le 29 juillet 1760, † à Lyon le 18 frimaire an 11, victime de la Révolution ; conseiller au Parlement de Paris, comparant à Lyon en 1789 ; marié par contrat du 19 juillet et le 2 août 1790 à Lyon, à Bonne-Marie de la Croix-Laval, née à Lyon le 22 avril 1772, † en 1827 [remariée en 1797 à Louis-Pierre Bellet de Tavernost, vicomte de Saint-Trivier, conseiller en Parlement de Bourgogne, † 1851, fille de Jean-Pierre-Philippe-Anne de La Croix de Laval, chevalier d'honneur en la Cour des Monnaies, et de Catherine-Élisabeth Robin d'Orliénas, dont une fille morte jeune et

IV. Antoine-Benoît DE CHASSEING, écuyer, né en émigration, † à Assens (Suisse) en 1794.

CHAZETTE

D'..... au chevron d'..... surmonté d'une étoile de..... et accompagné de 2 épées et d'une billette de.....

Jean CHAZETTE

Les Chazette ou Chazettes cités à Lyon dès 1691 ont donné à cette ville :

I. Claude-Joseph Chazette, écuyer, recteur de la Charité en 1755, secrétaire du Roi, audiencier en la Cour des Aides de Montauban (18 décembre 1761) puis en la Cour des Monnaies de Lyon, vivant encore en 1755, ép. Fleurie Bergé, dont :

   1) Jean, qui suit ;

   2) Jean-Mathieu, bachelier de Sorbonne de la Faculté de Paris, curé de Saint-Vincent de Lyon, député du Clergé du département de la ville de Lyon et Franc Lyonnais à l'assemblée de département (1787-89) ;

   3) François-Joseph, écuyer, vivant en 1775 ;

   4) Marie, écuyer, vivant en 1775 ;

   5) Antoinette, née le 31 juillet 1742, † 9 juillet 1822, ép. à Lyon le 12 mai 1766 François Valesque, écuyer, né à Lyon le 14 juillet 1734, † à Couzon le 15 septembre 1816, receveur des tailles à Lyon, fils de noble François Valesque, Échevin de Lyon et de Jeanne Allézon ;

   6) Françoise-Emmanuelle, ép. à Lyon le 13 août 1775 Jean-Louis Neyrat, bapt. à Lyon le 2 juin 1735, fils de Jean-Baptiste et de Françoise Roustain.

II. *Jean* Chazette, écuyer, comparant à Lyon en 1789, ép. p. c. du 18 janvier 1763 Marie Monlong, fille de Pierre Monlong, écuyer, Échevin de Lyon et d'Anne Rousseau, dont :

   1) Geneviève-Marie Chazette, ép. 21 mars 1786 Pierre Michel, fils de Claude et de Marie-Anne Montessuy [deux fois veuf, de Françoise Moyroud, et de Césarine La Marche].

CHIRAT DU VERNAY

D'azur au lion rampant contre un chirat de pierres d'argent.
Jean-Pierre-Antoine CHIRAT

Charles-Bernardin CHIRAT du VERNAY

Les Chirat portent le nom et des armes analogues à celles d'une famille bourguignonne peut être détachée de la même souche et admise aux États de Bourgogne en 1724, malgré une condamnation pour usurpation de noblesse en 1665. Les Chirat du Vernay, connus aussi sous le nom de Chirat de Souzy, sont issus de :

I. N... Chirat, père de :
1) Jean Chirat, l'aîné, bourgeois, testa à Lyon le 11 mars 1663.
2) Jean, qui suit.

II. Jean Chirat, le jeune, bourgeois, testa à Lyon le 8 mars 1650, marié 1° à Lyon le 19 janvier 1608 à Anne Dizier, † à Lyon âgée de 44 ans le 18 février 1633 ; 2° à Lyon le 14 avril 1638 à Marguerite Fébure, qui testa le 29 avril 1670 à Courzieux fille d'Antoine Fébure, bourgeois de Courzieux, et de Claudine Huberlin. Il fut père *du premier lit*, parmi quatorze enfants, de :
1) Michel Chirat, bapt. à Lyon le 15 décembre 1619, marié p. c. du 11 juin 1647, à Noyry en Bourgogne, à Bénigne Blompoil ;
2) Antoine Chirat, bapt. à Lyon le 11 juin 1622, conseiller du Roi, prévôt de la Marine ;
3) Jean Chirat, sieur de Boussoles, conseiller du Roi, juge au grenier à sel de Saint-Étienne, puis avocat du Roi au Châtelet de Paris, † avant 1659, marié à Saint-Galmier p. c. du 3 janvier 1639 à Catherine Dumeynet, dont :
    A) Jean Chirat, bapt. à Saint-Galmier le 25 juin 1644 ;
    B) Jeanne Chirat, marraine à Saint-Galmier le 8 juillet 1639.
4) Étienne Chirat, marié à Charlotte Jean ;

5) Anne Chirat, mariée 1° à Lyon p. c. du 25 janvier 1627 à Charles Pillehote, marchand ; 2° à Lyon le 30 janvier 1630 à noble Charles Gaudin, conseiller du Roi, juge des gabelles du Lyonnais, fille de Pierre, bourgeois de Lyon, et de Sybille Pelletier ; 3° à noble Claude Landry, conseiller du Roi, contrôleur général de ses finances.

6) Lucrèce Chirat, bapt. à Lyon le 19 février 1627, religieuse professe au monastère de la visitation de Sainte-Marie ;

7) *du second lit :* Jacques, qui suit.

III. Noble Jacques CHIRAT, bapt. à Lyon le 8 novembre 1639, testa à Lyon avec sa femme le 11 août 1703 ; bourgeois de Lyon, docteur ès droits, avocat en Parlement et ès cours de Lyon, marié à Lyon le 4 novembre 1673 à Marguerite Simonet, fille de Jacques, banquier et joaillier ordinaire du Roi à Lyon, et de Catherine Laguiole, dont, parmi dix enfants :

1) Bernardin, qui suit ;

2) Marguerite Chirat, bapt. à Lyon le 30 novembre 1675, mariée à Charles Deyrieu, procureur ès cours de Lyon ;

3) Suzanne Chirat, née le 17 juin 1681, † à Lyon le 5 janvier 1725, mariée à Lyon p. c. du 5 juin 1716 à Pierre de Montherot de Bellignieu, écuyer, né le 13 mars 1687, avocat en Parlement, capitaine des Gardes de la Porte de S. A. S. Mgr le Duc, fils de Pierre de Montherot, écuyer, sg^r de Bellignieu, Montferrand etc., conseiller secrétaire du Roi, maison, couronne de France et de ses finances, et de Marie-Magdeleine Gibert ;

4) Marguerite Chirat, la jeune, bapt. à Lyon le 26 novembre 1692, † à Lyon, âgée de 48 ans, étant veuve le 6 septembre 1742, mariée à Lyon le 11 juillet 1713 à Jean-Antoine Gayot, écuyer, banquier et bourgeois de Lyon, recteur de la Charité, bapt. à Lyon le 25 avril 1671, fils de Claude-François et de Claudine Faure.

IV. Bernardin CHIRAT, bapt. à Lyon le 13 octobre 1685, bourgeois de Lyon, marié à Lyon le 22 octobre 1714 à Marguerite Girard, qui testa à Lyon le 29 juillet 1745, fille de Jean Girard, bourgeois, et de Marguerite Dervieu, dont :

1) Jean-Antoine, qui suit ;

2) Mathieu Chirat, l'aîné, chanoine régulier de Saint-Antoine ;

3) Mathieu Chirat, le jeune, recteur de l'hôpital du pont du Rhône de la ville de Lyon, marié à Lyon le 7 janvier 1754 à Jeanne-Marie Tournachon, fille de Claude et d'Élisabeth Chazelle, dont parmi dix enfants (huit filles et deux garçons) :

A) Amélie Chirat, bapt. à Lyon le 30 octobre 1765, décédée à Souzy le 2 frimaire an VIII ;

B) Marie Chirat, bapt. à Lyon le 13 octobre 1769, mariée à Lyon p. c. du 25 octobre 1791, à Paul Reverony, secrétaire intime et privé de S. A. R. Mgr le Prince Henry de Prusse, fils de Jacques-Joseph Reverony, lieutenant particulier en la sénéchaussée et siège présidial de Lyon, et de Jeanne-Marie Imberton ;

C) Jeanne-Charlotte Chirat, mariée à Lyon, p. c. du 29 août 1789 à Jean-Pierre-Antoine Chirat, écuyer, conseiller du Roi, lieutenant particulier, etc., fils de l'échevin Jean-Antoine et de Françoise Caillat.

4) Thérèse Chirat, née à Lyon vers 1721, † à Souzy le 7 pluviôse an XI, religieuse professe au monastère de Sainte-Élizabeth de Lyon.

V. Noble Jean-Antoine CHIRAT, né vers 1718, † à Lyon le 26 février 1789, recteur du grand Hôtel-Dieu de 1754 à 1757, Échevin de Lyon en 1778-79, député des villes et des campagnes du Lyonnais représentant le Tiers-État à l'assemblée provinciale de 1787-89, marié à Lyon le 11 janvier 1752 à Marie-Anne-Françoise Caillat, † à Souzy, âgée de 39 ans le 5 novembre 1773, fille de Jean-Pierre et de Marie-Anne Bernard, dont parmi huit enfants :

1) Jean-Pierre Chirat, écuyer, bapt. à Lyon le 13 janvier 1753 [prêtre, secrétaire du chapitre noble d'Ainay en 1789].

2) *Jean-Pierre-Antoine* Chirat, écuyer, bapt. à Lyon le 26 mai 1757, † à Souzy le 6 août 1838, conseiller en la Sénéchaussée de Lyon (25 avril 1782), lieutenant particulier en la dite sénéchaussée et siège présidial (21 février 1788), conseiller de ville et notable en 1789, comparant à Lyon en 1789, commissaire de la Noblesse, procureur général syndic de Rhône et Loire, député à l'assemblée législative (4 septembre 1791), maire de Souzy, juge de paix de Saint-Laurent de Chamousset (25 avril 1816), chevalier de la Légion d'honneur ; marié à Lyon p. c. du 29 août 1789 à Jeanne-Charlotte Chirat, † à Souzy le 11 juillet 1815, fille de Mathieu et de Jeanne-Marie Tournachon, dont :

A) Antoine-Charles-Louis Chirat, né le 3 mai 1805, † à Rochefort-la-Montagne le 5 août 1856, prêtre (13 juin 1829) ;

B) Jeanne-Marie-Amélie Chirat, née à Souzy le 23 pluviôse an V, † le 3 mai 1847, religieuse ;

C) Pauline-Pierrette Chirat, née à Souzy en 1800, † en 1832, mariée à Souzy le 22 février 1830, à François-Alfred de Reverony, né à Paris le 14 messidor an IX, † le 6 novembre 1847, officier, fils de Paul-

Félix, écuyer, secrétaire intime du Prince de Prusse, et de Marie-Bernardine Chirat.

3) Charles-Bernardin, qui suit ;

4) Marie-Anne Chirat, bapt. à Lyon le 11 août 1767, mariée à Jean-Louis Guichard, conseiller au Parlement de Dombes.

VI. *Charles-Bernardin* CHIRAT DU VERNAY, écuyer, né à Lyon le 7 septembre 1764, † à Souzy le 17 mars 1850, comparant à Lyon en 1789, l'un des chefs du siège de Lyon, président du tribunal de commerce de Lyon, député du Rhône au corps législatif (10 août 1810), marié à la Guillotière le 1ᵉʳ septembre 1789 à Jeanne-Marie Berlié, fille de Jean-François et de Jeanne-Marie Goutelle, dont quatre enfants parmi lesquels :

1) Charles-Jean-Antoine-Aimé, qui suit ;

2) Augustine Chirat, mariée à Ambroise-Marie Comarmond, docteur en médecine, fondateur du dispensaire de Lyon, bibliothécaire du palais des Arts, conservateur des musées archéologiques, membre de l'Académie de Lyon etc., né à Saint-Symphorien-le-Château le 9 mai 1786, † à Lyon le 6 décembre 1857, fils de noble Claude-Antoine, subdélégué de l'intendant en Forez, et d'Élisabeth Baroud.

VII. Charles-Jean-Antoine-Aimé CHIRAT DU VERNAY, écuyer, né à Lyon le 5 messidor an VIII, † à Souzy le 21 décembre 1880, marié à Saint-Laurent de Chamoussel p. c. du 8 juillet 1851 à Marie-Antonia Caroline de Reverony, née à Souzy le 19 septembre 1831, † à Souzy le 20 février 1858, fille de François-Alfred et de Pauline-Pierrette Chirat, dont :

1) Marie-Pauline-Caroline Chirat du Vernay, née à Souzy le 6 septembre 1852 ;

2) Marie-Alphonsine-Augustine-Isabelle Chirat du Vernay, née à Souzy le 18 avril 1854 ;

3) Françoise-Emma Chirat du Vernay, née à Souzy le 26 mai 1856.

Cf : *La Noblesse aux États de Bourgogne ; Notice sur l'abbé Chirat ; Biographies diverses.*

CHOIGNARD

D'azur au chevron ondé d'or, accompagné de trois têtes de lévrier coupées d'argent, colletées de gueules.

PHILIPPE CHOIGNARD

Le premier de ce nom établi à Lyon fut :

I. Arnauld CHOIGNARD, né à Saint-Julien en Beaujolais, † avant 1727 ; établi à Lyon en 1674, bourgeois de Lyon, praticien ; ép. Antoinette Bertinier, † avant le 18 mai 1727, dont :

II. Étienne CHOIGNARD, † avant 1786, ayant testé à Lyon le 5 juin 1757 ; procureur ès cours de Lyon (1729) ; ép. à Lyon le 18 mai 1727 Françoise Gerson, fille de Philippe, procureur ès cours de Lyon, et de Françoise Blanchet, dont trois fils et six filles, entre autres :

1) Philippe, qui suit ;
2) Jean-Marie Choignard, bapt. à Lyon le 6 août 1740, chevalier de Saint-Louis, ép. le 30 floréal an VII, Clémence-Gabrielle Gérin, dite Rose, fille d'Aimé Gérin, dit Rose, et de Marie Regnaud.

III. Noble *Philippe* CHOIGNARD, bapt. le 4 février 1729, † à Cogny (Rhône) en 1808 ; avocat en Parlement et ès cours de Lyon (1754), recteur de l'Hôtel-Dieu (1777-80), Échevin de Lyon (1783-84), comparant à Lyon en 1789 ; ép. le 11 juillet 1786 Marguerite Chapat, fille de Me Jérôme, avocat au Parlement de Grenoble, et de Claudine Demasière, dont :

1) Pierrette-Marie-Adélaïde Choignard, née le 17 août 1787.

CHOLIER DE CIBEINS

D'or à trois bandes de sable; au chef d'azur chargé d'un lion passant d'or.

LAURENT-GABRIEL-HECTOR DE CHOLIER, COMTE DE CIBEINS

La famille des Cholier, distinguée à Lyon dans les dignités du Consulat et de la Cour des Monnaies est issue de :

I. Claude CHOLIER, sg^r de la Colonge (acq. du 21 juillet 1564) et de Fourquevaux, né vers 1510, † en janvier 1578, Procureur général du duc de Montpensier au bailliage de Dombes, greffier de Beaujolais en 1576, ép. : 1° avant 1541 Guillemette Ailloud; 2° Catherine de La Bessée. Il eut du premier lit quatre fils et trois filles, dont :

    1) Aymé, qui suit ;

    2) Marc-Antoine, tige des comtes de Cibeins ;

    3) Georges Cholier, chanoine de Trévoux ;

    4) Louise Cholier, † ayant testé le 8 janvier 1593, ép. noble Noël Fossorier (ou Teporier), châtelain de Trévoux ;

    5) Guillemette Cholier, ép. Hugues de La Roue ;

    6) Louise Cholier la jeune, ép. Me Claude Buaton, enquêteur au Pays de Dombes.

II. Noble Aymé CHOLIER, sg^r de Fourquevaux, Buysante, † à Villefranche avant 1590, greffier de Beaujolais, président en l'élection de Beaujolais ; ép. 1° p. c. du 28 juin 1551 Catherine de Ponceton, fille de Philippe, écuyer, sg^r de Francheleins, et de Claudine Riquet ; 2° à Villefranche p. c. du 12 octobre 1584 Catherine Burignot, † ayant testé le 12 février 1627, veuve de François Convers, greffier en l'élection de Beaujolais dont : trois filles vivant en 1591 ; Marie, femme de Mathieu Faure ; et :

III. Noble Laurent CHOLIER, † à Lyon, ayant testé le 8 mai 1611 ; contrôleur pour le Roi à la douane de Lyon ; ép. Anne Marchand, † à Lyon le 11 février 1603, dont six enfants, entre autres :

IV. Noble Pierre Cholier, bapt. à Lyon le 4 août 1596, † ayant testé à Lyon le 13 septembre 1669, avocat en Parlement, ép. Catherine Baudrand, † avant testé à Lyon le 26 décembre 1647, fille de noble Louis, sg^r du Chaffault, et de Claudine Faure, dont dix enfants entre autres :

1) Bonaventure, qui suit ;
2) Étienne, † ayant testé à Lyon le 24 décembre 1672, conseiller clerc au Parlement de Dombes ;
3) Éléonore, bapt. à Lyon le 3 mars 1624, ép. à Lyon p. c. du 24 novembre 1642 Vespasien de Gribald, écuyer, sg^r de Farges, fils de Pompée, écuyer, et de Louise de Verdan ;
4) et 5) Anne et Marguerite Cholier, religieuses.

V. Bonaventure Cholier, écuyer, bapt. à Lyon le 20 août 1626, † à Lyon le 28 janvier 1677, Conseiller et Avocat du Roi en la Sénéchaussée de Lyon, Avocat général au Parlement de Dombes ; ép. à Lyon, p. c. du 11 janvier 1650, Marguerite Viallier, † ayant testé à Lyon le 14 septembre 1674, fille de Me Jean, enquêteur examinateur en la Sénéchaussée de Lyon, et de Jeanne Morel, dont cinq enfants, entre autres :

1) Lucresse, née le 1er août 1652, testa à Lyon le 10 octobre 1709, ép. p. c. du 13 janvier 1671 Pierre-François Maugas, écuyer, sg^r de la Sidoine, conseiller au Parlement de Dombes, fils de Mathurin, conseiller secrétaire de S. A. R. Melle Souveraine de Dombes, et d'Antoinette Cholier ;
2) Claudine, bapt. à Lyon le 5 novembre 1659, ép. à Lyon le 26 janvier 1678, noble Jacques Gray, fille de Claude et d'Anne Granger ;
3) Marianne, bapt. à Lyon le 29 mars 1671, religieuse de Saint-Benoît.

BRANCHE DE CIBEINS

II. Marc-Antoine Cholier, † en 1616, âgé de 75 ans, procureur de Mg^r le duc de Montpensier en ses pays et souveraineté de Dombes (28 janvier 1566), receveur particulier de l'augmentation des gages et solde de la gendarmerie en l'élection de Lyon (17 octobre 1568), garde de la Monnaie de Trévoux (1576) ; ép. à Lyon p. c. du 14 février 1569 Claudine de Villars, fille de noble François, conseiller en la sénéchaussée de Lyon, puis au Parlement de Dombes, Échevin de Lyon, et de Françoise de Gayand ; dont onze enfants, entre autres :

1) Alexandre, qui suit ;
2) Claude, garde de la Monnaie du prince de Dombes (3 août 1598) ;
3) Jérôme, aumônier de S. A. la princesse de Dombes ;

    4) Mathieu, bapt. à Trévoux le 9 février 1578, Procureur de S. A. S. au bailliage de Dombes (3 août 1598) ; ép. à Trévoux p. c. du 12 septembre 1599 Claudine Nugo, fille de Mᵉ Philibert et de Pétronille de Joux ; dont huit enfants entre autres :

        A) Hiérôme, conseiller et aumônier de S. A. S. ;

        B) Antoinette, bapt. à Trévoux le 28 novembre 1610, ép. avant 1632 Mᵉ Mathurin Maugas, Juge garde de la Monnaie de Dombes.

III. Noble Alexandre CHOLIER, bapt. le 24 mars 1574, † à Lyon en 1633, conseiller en la Sénéchaussée de Lyon, Procureur général au Parlement de Dombes (1598), Échevin de Lyon en 1618-19 ; ép. 1° le 20 avril 1598 Françoise Frère, † 1607, fille de noble Simon et de Marguerite Galland ; 2° en 1608 Anne de Serracin, fille de Richard, sgʳ de Prisy, et de Lydie Regnauld. Il fut père de :

    1) *1ᵉʳ lit* : Louise, ép. : 1° Noble Mathieu Gambin, écuyer, sgʳ de la Garde, procureur du Roi en l'élection de Roanne ; 2° noble François de Ronchivol, sgʳ de Lisle, héraut d'armes de France au titre de Bretagne ;

    2) Marguerite, ép. : 1° à Lyon p. c. du 28 février 1620, noble Pierre Chappuis, docteur ès droits, fils de Mᵉ Christophe et de Catherine François ; 2° François Goujon, fils de Jean, Procureur général de la ville de Lyon.

    3) *2ᵉ lit* : Pierre, qui suit ;

    4) Alexandre, conseiller au Parlement de Dombes (1644), † s. p ; ép. p. c. du 17 novembre 1638 Lucresse Mizault, fille de noble François et de Catherine de Malines ;

    5) Léonore, ép. à Lyon, p. c. du 23 juin 1629 Jean Le Viste, écuyer, sgʳ de Briandas, conseiller au Parlement de Dombes, fils de Claude et de Marguerite Lorens ;

    6) Hélène, religieuse ursuline à Lyon.

IV. Pierre CHOLIER, écuyer, bapt. à Lyon le 17 mai 1609 ; † à Lyon le 28 janvier 1678, Conseiller en la sénéchaussée de Lyon et au Parlement de Dombes (31 mars 1648), Échevin de Lyon en 1647-48, ép. à Lyon p. c. du 12 juillet 1631, Marie Johanyn, † à Lyon le 29 octobre 1678, fille de noble Daniel et de Claudine Bouchard, dont :

V. Daniel CHOLIER, écuyer, né le 1ᵉʳ novembre 1633, † à Lyon le 28 novembre 1700, conseiller en la sénéchaussée de Lyon ; ép. à Lyon le 22 janvier 1663 Geneviève Amyot, fille d'André, chevalier, baron d'Albigny, maître des requêtes au Parlement de Dombes, et d'Antoinette de Bonnay, dont :

    1) Pierre, qui suit ;

2) Joseph, écuyer, sg^r de La Moche, bapt. à Lyon le 12 mai 1666, tué à Crémone le 22 août 1704, capitaine au régiment du Commissaire-général de la Cavalerie ;

3) François, écuyer, sg^r de La Moche après son frère, bapt. à Lyon le 9 février 1667, † à Lyon en 1742, aide-major général des armées du Roi, chevalier de Saint-Louis (1712), brigadier des armées du Roi, connu par un nombre considérable de duels, ép. à Lyon p. c. du 2 septembre 1715 Anne-Marie Gonin, veuve de Joseph Besson ;

4) Octavien, bapt. à Lyon le 10 novembre 1672, † à Lyon en 1749, chanoine de Saint-Paul, prieur de Saint-Symphorien d'Ozon ;

5) 6) 7) 8) deux prêtres et deux religieuses ;

6) Jeanne, bapt. à Lyon le 23 avril 1678 ; ép. 1° à Lyon p. c. du 31 décembre 1697 Gaspard Le Viste, écuyer, sg^r de Briandas, fils de Jean, écuyer sg^r de Briandas et d'Éléonore Cholier ; 2° Jacques Bellet, écuyer, † à Trévoux le 2 janvier 1756, fils de Jacques et de Catherine Alexandre.

VI. Pierre Cholier, chevalier, baron d'Albigny et Bully, sg^r du Breuil, Montromand, etc., comte de Cibeins (Érection en fief le 3 mai 1707, et en comté par L. P. du 10 juin 1721, enregistrées le 7 juillet 1721), né à Lyon le 10 novembre 1664, † à Lyon en 1738, conseiller en la sénéchaussée de Lyon (1689), conseiller d'honneur au Parlement de Dombes, syndic de la noblesse de Dombes (1699), Président à la Cour des Monnaies de Lyon (22 mars 1706), Prévôt des marchands de Lyon (1715 à 1723), Intendant de la généralité de Dombes (12 juillet 1730) ; ép. à Lyon p. c. du 25 novembre 1694 Marie-Anne Baronnat, fille d'Étienne et d'Olive Féraud, dont quatorze enfants, parmi lesquels :

1) Louis-Hector, qui suit ;

2) Marie, bapt. à Lyon le 6 décembre 1696, ép. à Lyon le 20 octobre 1712, Horace Vande, écuyer, sg^r de Limonest et Saint-André, conseiller à la Cour des monnaies de Lyon, fils de Jean-François, écuyer, secrétaire du Roi, maître tireur d'or à Lyon, et de Françoise Laurisse ;

3) Anne, bapt. le 1er novembre 1700, ép. p. c. du 30 janvier 1721 Hugues Jannon, écuyer, conseiller à la Cour des Monnaies de Lyon, † 1726, fils de noble François, conseiller en la sénéchaussée, et de Françoise Blauf ;

4) Lucrèce, bapt. le 1er août 1708, ép. en 1727 Pierre de Riverie, chevalier, marquis de La Rivière, baron de Donzy, sg^r de Villechenève, officier au régiment Royal-des-Vaisseaux, fils de Camille de Riverie, marquis de La Rivière, et de Marie-Marguerite de Musy ;

5) Blaisine, bapt. à Lyon le 11 février 1712, religieuse de la Visitation, supérieure à Châlon-sur-Saône, puis à Lyon du couvent de l'Antiquaille ;

6) Anne-Marie, bapt. à Lyon le 22 décembre 1720, ép. le 1ᵉʳ octobre 1743 François Dauphin de Verna, chevalier, sgʳ de Verna, baron de Saint-Romain, chevalier de Saint-Louis, capitaine au régiment de Navarre, puis Président en la chambre des comptes du Dauphiné, fils de Joseph-Aymar Dauphin de Saint-Étienne, sgʳ de Verna, Président en la dite chambre des comptes.

VII. Louis-Hector DE CHOLIER, chevalier, comte DE CIBEINS, né à Lyon le 12 février 1707, † 1757, conseiller en la Cour des monnaies de Lyon et lieutenant particulier (12 mai 1732), puis Président en la Cour des Monnaies de Lyon ; célèbre à Lyon au XVIIIᵉ siècle ; marié : 1º p. c. du 23 avril 1735 à Marie-Jeanne Hesseler de Bagnols, fille de Barthélemy-Joseph Hesseler, chevalier, baron de Bagnols et de Marzé, conseiller à la Cour des Monnaies de Lyon, et de Marguerite Pupil de Myons, † s. p. ; 2º p. c. du 15 avril 1741 à Antoinette Pianelli de La Valette, fille de Jean-Baptiste Pianelli de Mascrany, chevalier, sgʳ de La Valette, Charly, Venaison, Le Vivier, conseiller en la Cour des Monnaies de Lyon, et de Claudine de Serre, dont, entre autres :

1) Laurent, qui suit ;

2) Louis-Alexandre de Cholier, chevalier, dit le chevalier de Cibeins, né vers 1755, † à Saint-Laurent d'Agny le 11 août 1834, chevalier de Saint-Louis, capitaine au régiment de Dragons, « Colonel-Général », lieutenant des maréchaux de France en Dombes, émigré, officier à l'armée des princes en 1792 ; ép. à Lyon, le 24 frimaire an V, Marie-Anne de Colabeau de Juliénas, veuve du comte de Souvigny, fille de Jacques, chevalier, conseiller à la Cour des monnaies, et de Françoise Vande de Saint-André ;

3) Claudine-Octavie, bapt. le 26 janvier 1746, ép. à Lyon p. c. du 1ᵉʳ mai 1764 Jean-Baptiste Charrier, chevalier, baron de La Roche, né en 1734, † 1793, victime de la Terreur, Président en la cour des Monnaies de Lyon, fils de Guillaume, chevalier, Président en la dite cour, et de Thérèse Durret de Grigny ;

4) Marie, ép. p. c. du 2 octobre 1768 Marie-François-Ennemond de Tocquet, marquis de Meximieux, sous-lieutenant des Gardes Françaises, † à Lyon, victime de la Terreur, fils de Guy-François, marquis de Meximieux, syndic de la noblesse de Bresse, et de Marie Le Gouz de Saint-Seine.

VIII. *Laurent-Gabriel-Hector* DE CHOLIER, chevalier, comte DE CIBEINS, bapt. à Lyon le 26 octobre 1750, † 1815, chef d'escadron au régiment du Commissaire général de la cavalerie, député de la Noblesse du département de l'élection de Lyon à l'assemblée de département en 1789, comparant à Lyon en 1789, retiré à Lyon pendant le siège, colonel de cavalerie en 1814, chevalier de Saint-Louis ; ép. à Lyon le 19 octobre 1780 Marie-Françoise-Suzanne de Drée, † à Cibeins en 1816, fille d'Antoine, baron de Drée, capitaine de vaisseau, chevalier de Saint-Louis, commandant de la marine à Minorque, et de Thérèse-Lucrèce de Durand, dont :

1) Jean-Hector-Antoine de Cholier, chevalier, comte de Cibeins, officier supérieur au régiment d'Angoulême, bapt. à Lyon le 2 octobre 1781, † 1843, marié le 6 novembre 1810 à Françoise-Louise de Savaron, née à Lyon le 1er février 1791, † à Lyon le 6 août 1862, fille de Gabriel, chevalier, baron de Chamousset, chevalier de Saint-Louis, et de Claudine Jaccoud, dont :

> A) Gabrielle-Louise de Cibeins, né à Bully le 12 juillet 1811, † à Lyon le 31 mai 1871, ép. à Lyon le 19 mai 1834 André-Marie-Jules, baron de Jerphanion, fils de Joseph-Gabriel et de Marie-Sophie de Giraud de Lachau.

2) Adolphe, qui suit.

IX. Adolphe-Gilbert-Thérèse DE CHOLIER, chevalier, comte DE CIBEINS, bapt. à Lyon le 3 novembre 1784, † 1852 ; fit les campagnes de l'Empire, puis fut nommé mousquetaire du Roi (6 juillet 1814), lieutenant de dragons, etc., marié en septembre 1817 à Alexandrine-Joséphine d'Estampes, née le 30 janvier 1794, † à Paris le 3 décembre 1869, fille de Louis-Félicité-Omer, marquis d'Estampes, et de Christine Rouillé du Coudray, dont :

1) Hector-Christian de Cholier, comte de Cibeins, né le 14 juillet 1818, † s. a.;

2) Pierre-Marie-Camille, qui suit ;

3) Laurent-Gabriel-Léonor de Cholier, comte de Cibeins, né le 29 septembre 1825, † le 28 juillet 1897, ép. 1° le 30 octobre 1861 Berthe de Moyria-Châtillon, † à Lyon le 10 octobre 1862, fille de Barthélemy-Régis-Abel, marquis de Moyria-Châtillon, dernier du nom, et de Suzanne de Longecombe de Thoy, celle-ci fille du dernier marquis de ce nom. Le marquis de Moyria-Châtillon précité était fils de Pierre-Auguste, marquis de Moyria-Châtillon et de Fleurie-Appoline-Laure Dervieu de Varey ; 2° le 3 juin 1873 Gabrielle de Damas d'Antigny, fille de Charles, marquis de Damas d'Antigny, et de Césarine de Boisgelin ; il a laissé :

> A) 1er lit : Suzanne-Alexandrine de Cibeins, née à Lyon le 1er octobre 1862, mariée le 4 octobre 1882 à Arnould-Adrien-Joseph de Mailly, marquis de Mailly-Nesle, prince d'Orange, né le 26 novembre 1855, † à Cibeins le 10 août 1897, fils de Ferry-Paul-Alexandre de Mailly, marquis de Nesle, prince d'Orange, et de Joséphine-Barbe Odoard du Hazey, dont sont nés :

a) Augustin-Christian-Robert-Ferry de Mailly-Nesle, né à la Roche-Mailly (Sarthe), le 13 juillet 1884 ;

b) Louis-Gabriel-Raoul de Mailly-Nesle né à Paris le 19 août 1892.

B) *2º lit* : Joseph, vicomte de Cibeins, né à Ampuis le 12 novembre 1875 ;

C) Alexandrine de Cibeins, née à Cirey le 6 juillet 1874.

4) Christine-Suzanne de Cibeins, né en 1834, † à Cibeins le 20 août 1897, chanoinesse de l'ordre noble de Thérèse de Bavière.

X. Pierre-Marie-Camille DE CHOLIER, comte de CIBEINS, né à Paris le 10 février 1822, † 30 mars 1880. Il s'est marié et a laissé postérité.

Cf : Guigue : *Généalogie des Cibeins*.

CIZERON

Écartelé aux 1 et 4 d'azur, au chevron sommé d'une étoile et accompagné de deux roses d'or et d'un croissant d'argent ; au chef d'or chargé de trois étoiles de gueules ; aux 2 et 3 d'argent à la fasce de sable chargés de trois coquilles d'or.

Claude CIZERON

Les Cizeron ont formé plusieurs branches qu'il est difficile de relier entre elles ; le comparant de 1789 était issu de :

I. Barthélemy Cizeron, bourgeois de Lyon, ép. Claire Berger, dont :

II. Claude Cizeron, écuyer, sg^r du Vernay, Brons, les Berruyères en Bresse (acqu. du 5 janvier 1731), banquier à Lyon, conseiller du Roi, Trésorier receveur et payeur des gages des offices de la chancellerie près le Parlement de Pau (18 novembre 1723) ; fit enregistrer en l'élection de Bresse en 1724 ses lettres de provisions de cet office ; ép. Marie-Gasparde Alléon, † à Lyon, à 35 ans, le 11 juillet 1730, dont six enfants, entre autres :

    1) Barthélemy, qui suit ;

    2) Catherine-Marie-Victoire, bapt. à Lyon le 11 mai 1728, ép. le 9 février 1751 Jean-Baptiste-Agniel de la Vernouze, écuyer, né en 1717, conseiller à la Cour des Monnaies de Lyon, fils de noble Pierre, Échevin de Lyon, et de Geneviève Chomey.

III. Barthélemy Cizeron, écuyer, bapt. à Lyon le 11 juin 1724, ép. : 1° à Lyon le 15 août 1746 Marie-Françoise Duval, fille de Romain, bourgeois de Lyon, et de Claudine Carra ; 2° Claudine Lescallier, fille d'Antoine et d'Élisabeth-Charlotte Visade. Il fut père de :

    1) *1er lit :* Marie-Anne-Françoise Cizeron ;

    2) *2e lit :* Claude, qui suit ;

IV. *Claude* Cizeron, écuyer, bap. à Lyon le 15 août 1749, comparant en 1789.

CLARET DE FLEURIEU

D'argent à la bande d'azur, chargée d'un soleil d'or.
Supports : *Deux aigles.*

CAMILLE-JACQUES-ANNIBAL-GASPARD CLARET DE FLEURIEU
MARC-ANTOINE-LOUIS CLARET DE LA TOURETTE

Originaires de Nantua et venus à Lyon au XVIᵉ siècle, les Claret de Fleurieu sont issus de :

I. Pierre CLARET, citoyen de Lyon, testa à Lyon le 17 octobre 1594, ép. : 1° vers 1575 Jeanne Giroud; 2° p. c. du 27 décembre 1607 Jeanne Foillet. Il eut du 1ᵉʳ lit trois fils et quatre filles, entre autres :

II. Claude CLARET, citoyen de Lyon, bapt. le 10 janvier 1590, ✝ avant 1647, ép. p. c. du 7 mars 1613, Marguerite Millotet, dont trois fils et deux filles, entre autres :

   1) Noble Blaise Claret, bapt. à Lyon le 7 octobre 1614, ✝ à Lyon le 11 septembre 1688, Échevin de Lyon (1686-87), ép. à Lyon le 1ᵉʳ mars 1642 Anne Jobert, dont six fils et sept filles, entre autres :

      A) Blaise, chanoine de l'église Beaujeu ;

      B) Jean, bapt. le 11 octobre 1650, chanoine de Saint-Paul de Lyon ;

      C) Jean-Baptiste, écuyer, bapt. le 14 juillet 1665 ; ép. p. c. du 1ᵉʳ février 1695 Magdeleine de La Roue, fille de Jean-Baptiste, Échevin de Lyon, et de Magdeleine Lagier, dont quatre fils et deux filles ;

      D) Jeanne-Marie, bapt. le 22 janvier 1646, ✝ à Lyon le 9 avril 1716, ép. p. c. du 19 avril 1665, noble François Carrige, sgʳ de Vareilles ;

      E, F, G) trois filles religieuses.

   2) Jehan, qui suit.

III. Noble Jehan CLARET, sgʳ DE LA TOURETTE, né en 1620, ✝ à Lyon le 10 septembre 1704, Échevin de Lyon en 1689-90, ép. p. c. du 12 octobre 1647 Marguerite Vial, ✝ le

9 septembre 1713, fille d'Aimé et de Claudine Jourran, dont six fils et quatre filles, entre autres :

1) Jacques, qui suit ;

2) Jean Claret, écuyer, sgʳ de Jussieu, † ayant testé à Lyon le 16 juillet 1728, capitaine de cavalerie au régiment de Villeroy ;

3) Claudine, bapt. à Lyon le 10 décembre 1650, ép. p. c. du 24 janvier 1672 Pierre Olivier, fils d'Antoine et de Marie Guibert ;

4) Marguerite, bapt. à Lyon le 5 octobre 1667, ép. à Lyon les 5-19 janvier 1696 Jean Fayard, écuyer, sgʳ des Avenières, bapt. à Lyon le 22 septembre 1655, conseiller secrétaire du Roi, fils de Gaspard et de Marguerite La Live.

IV. Jacques-Claude CLARET, chevalier, baron d'EYRIEU, sgʳ de la Tourette, Fleurieu, etc., bapt. à Lyon le 28 juin 1656, † 1746, conseiller du Roi en ses conseils, conseiller en la sénéchaussée de Lyon, Président en la Cour des Monnaies de Lyon (22 mars 1706), lieutenant général criminel à Lyon ; ép. le 29 juin 1690 Bonne Michon, † à Lyon le 24 octobre 1741, fils d'Annibal Michon, receveur de la ville de Lyon, et de Bonne Bathéon, dont quatre fils et trois filles, entre autres :

1) Jean Claret, jésuite, bapt. à Lyon le 15 juin 1691 ;

2) Jacques-Annibal, qui suit ;

3) Bonne-Marguerite Claret, bapt. à Lyon le 25 septembre 1695, † à Lyon le 11 janvier 1775, ép. à Lyon le 16 août 1719 Marc-Antoine Gayot de la Bussière, chevalier, comte de Châteauvieux, fils de Mathieu et de Claudine Perrin ;

4) Claudine Claret de Montverdun, visitandine ;

5) Marguerite Claret d'Eyrieu, visitandine.

V. Jacques-Annibal CLARET, chevalier, sgʳ de FLEURIEU, Gerbais, La Tourette, etc., baron d'Eyrieu, dit le Président de Fleurieu, né à Lyon le 28 mai 1692, † à La Tourette le 18 octobre 1776, conseiller du Roi en ses Conseils, Président de la Cour des monnaies de Lyon (8 août 1718), Président honoraire (6 février 1741), lieutenant-général criminel à Lyon, Prévôt des marchands de Lyon (1740-44), Secrétaire perpétuel de l'Académie de Lyon ; ép. p. c. du 12 décembre 1722 Agathe Gaultier, † avant 1764, fille de Pierre Gaultier, écuyer, sgʳ de Pusignan, Dortan, Arbens, Emondeaux, etc., secrétaire du Roi en la Cour des monnaies de Lyon, Receveur des deniers communs, dons et octrois de la ville de Lyon, Échevin de Lyon, et de Marie-Louise de Barcos, dont :

1) Annibal, qui suit ;

2) *Marc-Antoine-Louis* Claret de La Tourette, écuyer, bapt. à Lyon le 14 août

1729, † s. a. en 1793, secrétaire perpétuel de l'Académie de Lyon dans la classe des sciences, savant botaniste, homme de lettres, ami de J.-J. Rousseau; conseiller à la Cour des monnaies de Lyon (27 mai 1750), comparant à Lyon en 1789, commissaire de la Noblesse;

3) Gaspard-Claude Claret de Montverdun, bapt. le 25 septembre 1731, † 17 août 1785, prêtre à Lyon;

4) Charles-Pierre Claret de Fleurieu, écuyer, dit le chevalier de Fleurieu, né à Lyon le 2 juillet 1738, † à Paris le 18 avril 1810; Capitaine de vaisseau, Directeur des ports et arsenaux, ministre de la marine de Louis XVI, gouverneur du Dauphin en 1791, membre du conseil des Cinq-Cents, Sénateur (24 juillet 1805), conseiller d'État, comte de l'Empire (26 avril 1808), gouverneur des Tuileries, Intendant général de la maison de Napoléon Ier, Membre du Bureau des Longitudes et de l'Institut; marié : 1° en 1792 à Aglaé Deslacs d'Arcembal; 2° à Anne-Josèphe-Eustache-Eusèbe Baconnière de Salverte, † le 27 août 1839. Il fut père de Mme de Saint-Ouen.

5) Marie-Louise, bapt. à Lyon le 7 septembre 1723, ép. à Lyon le 7 janvier 1741 Jean-Baptiste Basset, chevalier, Président en la Cour des monnaies de Lyon, † le 25 juillet 1752, fils de noble Charles, Échevin de Lyon, et de Jeanne Perigny;

6 et 7) Bonne-Pierrette et Françoise, religieuses de la Visitation;

8) Marguerite-Bonne-Olympe, bapt. le 8 avril 1736, ép. p. c. du 30 août 1753, Jean-Mathieu Girard, écuyer, fils de Mathieu Girard, chevalier, Trésorier de France, et de Thérèse Anisson.

VI. *Camille-Jacques-Annibal-Gaspard* CLARET DE FLEURIEU, chevalier, sg^r de La Tourette, Éveux, baron d'Eyrieu, etc., né à Lyon le 26 octobre 1727, † 21 juillet 1796, Premier Président du Bureau des finances de Lyon (9 décembre 1752), comparant à Lyon en 1789, ép. à Lyon p. c. du 22 décembre 1763 Marguerite-Camille-Marthe Fayard des Avenières, née le 29 juillet 1745, fille de Jean-Jacques Fayard, écuyer, sg^r des Avenières, Procureur du Roi au Bureau des Finances, et de Marguerite-Suzanne Boësse [aliàs de Boisse], dont :

1) Annibal-Jacques-François Claret de Fleurieu, écuyer, bapt. à Lyon le 5 septembre 1765, Gouverneur d'Heyrieu en Dauphiné;

2) Jean-Jacques, qui suit.

VII. Jean-Jacques CLARET DE FLEURIEU, écuyer, né à Lyon le 18 octobre 1766, † le 16 avril 1826, officier au Régiment des carabiniers de Monsieur, ép. le 10 septembre 1791 Aglaé-Philippe-Calixte Sanson de Sansal, née le 29 août 1773, dont :

VIII. Alphonse-Robert-Annibal CLARET DE FLEURIEU, dit le comte de Fleurieu, né à Paris le 14 août 1792, † à Lyon le 20 avril 1847, garde du Corps, lieutenant aux chasseurs à cheval de la Garde Royale; ép. le 26 février 1821 Azélie Clapeyron de Millieu, née le 15 juillet 1801, † le 31 octobre 1843, fille d'Abel-Louis Clapeyron de Millieu, garde du Corps du Roi, et de Julie Chovet de la Chance, dont :

1) Ernest, qui suivra ;

2) Léon-Auguste Claret de Fleurieu, né le 22 septembre 1826, † le 16 décembre 1902, ép. le 29 décembre 1858 Thérèse de Forton, née le 30 décembre 1836, fille d'Isidore, comte de Forton, et de Mlle Durand de Fontmagne, dont :

   A) Maurice de Fleurieu, né le 5 février 1867 ;

   B) Germaine, née le 17 octobre 1861, ép. le 19 octobre 1882 Jean de Martène, né en 1856 ;

   C) Agathe, née le 11 novembre 1863, † le 2 mars 1889, ép. le 1er juin 1885, Charles, marquis de Cadolle, né le 1er octobre 1855.

3) Henri Claret de Fleurieu, né le 28 avril 1828, † le 23 juin 1897, ép. le 20 juillet 1864 Marguerite de Carbonnier de Marzac, † le 3 février 1885, fille du marquis de Marzac et de Mlle de Pons-Rennepont, dont :

   A) Robert de Fleurieu, né le 29 janvier 1866, ép. le 19 octobre 1895 Marie-Thérèse Doyon, née en juillet 1875, fille d'Hippolyte, et de Marie de Barruel Saint-Pons, dont :

      a) Pierre, né à Neuilly le 11 janvier 1896 ;

      b) Germaine, née à Valence le 29 novembre 1897.

   B) Alphonse de Fleurieu, explorateur, né le 1er janvier 1870 ;

   C) Blanche, née le 27 décembre 1880, ép. le 21 novembre 1901 Louis-Marie-Joseph-Henri, comte de Monspey, né le 29 avril 1876, fils du comte et de la comtesse de Monspey, née de Brullemail.

4) Arthur Claret de Fleurieu, né le 10 août 1830, † le 9 novembre 1898, ép. en octobre 1870 Pauline de Galway, † le 1er mars 1888, fille du comte de Galway et de Mlle de Viennay, dont :

   A) Roger de Fleurieu, né en janvier 1873, ép. le 30 mai 1900 Élisabeth de Froissard-Broissia, fille du comte Maxence et de Mlle Barrachin, dont :

      a) Solange, née en 1901 ;

      b) N..., née en 1902.

   B) Édouard de Fleurieu, né en 1877, officier de cavalerie.

5) Édouard Claret de Fleurieu, né le 1er mai 1832, † le 15 mars 1886, ép. le 20 novembre 1863 Geneviève-Marie-Valentine de La Roche-Nully, née en

1844, fille de Jean-Joseph-Sosthène, baron de La Roche-Nully, et d'Élise Brunet-Denon, dont :

    A) Jean de Fleurieu, né le 28 juillet 1866, ép. le 9 février 1893, sa cousine germaine Geneviève de Fleurieu, fille d'Ernest de Fleurieu, dont : Jacques, Sosthène, Ludovic et Régine de Fleurieu ;

    B) Henri de Fleurieu, né le 13 juillet 1873, marié à Paris le 5 juillet 1905 à Catherine de Vassinhac d'Imécourt, fille de Stanislas, comte d'Imécourt, et de Mlle d'Estampes ;

    C) Caroline, née le 4 août 1864, ép. le 4 avril 1883 Ludovic Coppin, vicomte de Miribel, né le 21 juillet 1856, officier ;

    D) Marie, née le 22 juin 1870, ép. le 22 juin 1889 Roger Henrys, vicomte d'Aubigny d'Esmyards, né en 1863, fils de Louis Henrys, comte d'Aubigny, et de Blanche Goupil de Beauval.

6) Adèle Claret de Fleurieu, née à Lyon le 24 juillet 1829, † le 4 septembre 1849, ép. à Saint-Georges de Reneins le 19 août 1848, Louis-Marie Henrys, comte d'Aubigny d'Esmyards, né à Lyon 15 septembre 1819, † 1888 [remarié à Blanche Goupil de Beauval], fils de Gabriel Henrys, marquis d'Aubigny, et de Henriette Mogniat de l'Écluse ;

7) Caroline Claret de Fleurieu, née à Lyon le 15 juin 1836, † le 5 décembre 1894, mariée à Saint-Georges de Reneins le 9 octobre 1855, à François-Marie-Charles de Varennes-Bissuel de Saint-Victor, né à Lyon le 2 avril 1831 ;

8) Zoé Claret de Fleurieu, née à Saint-Georges de Reneins, le 20 juillet 1837, ép. à Saint-Georges le 28 novembre 1860 Albert-Alphonse, comte de Colbert-Turgis, né au Cannet (Var) le 25 septembre 1830, fils du comte, et de Caroline de Colbert.

IX. Ernest CLARET, comte DE FLEURIEU, né le 9 décembre 1825, † le 8 juin 1896 ; ép. le 25 avril 1853 Antoinette de Séguins-Pazzis-d'Aubignan, fille de Xavier, marquis de Pazzis, et de Léonide d'Armes, dont :

1) Robert-Xavier, qui suivra ;

2) Camille-Henri de Fleurieu, né le 10 décembre 1857 ;

3) Paul de Fleurieu, né le 31 août 1862, ép. le 8 juin 1889 Antoinette Sarton du Jonchay, née le 6 février 1868, dont :

    A) Ernest de Fleurieu ;

    B) Médéric de Fleurieu ;

    C) Jacques de Fleurieu.

4) Charles-Henri de Fleurieu, né le 2 juin 1868, † le 19 décembre 1898 ;

5) Henriette-Jeanne de Fleurieu, née le 14 février 1854, † à Laye le 26 août

1887, ép. à Laye le 20 juin 1883 Hugues-Arthur-Anne Desplaces de Charmasse, né le 18 juin 1843, fils de Jean-Claude, et de Marie-Louise de Monfoy de Bertrix ;

6) Henriette-Adèle-Léonie de Fleurieu, née le 7 août 1856, ép. le 23 juin 1886
Raymond Garnier de Falletans, né le 11 mars 1845 (veuve de Pauline Le
Caruyer de Beauvais) ;

7) Cécile-Marguerite de Fleurieu, née le 18 janvier 1859, religieuse visitandine ;

8) Marie-Gabrielle de Fleurieu, née le 28 février 1860, ép. à Laye le 7 septembre 1881 Pamphile Dryer de la Forte, né le 1er juin 1859, † le 10 février
1888 ;

9) Catherine-Charlotte-Zoë de Fleurieu, née le 29 mai 1861, † le 30 juin 1879 ;

10) Marie-Élisabeth de Fleurieu, née le 5 mars 1865, † jeune ;

11) Solange de Fleurieu, née le 23 novembre 1869 ;

12) Marie-Geneviève de Fleurieu, née le 28 juillet 1872, ép. le 9 février 1893,
son cousin germain Jean de Fleurieu, fils d'Édouard de Fleurieu et de Geneviève de la Roche-Nully.

X. Robert-Xavier CLARET, comte DE FLEURIEU, né le 28 mai 1855, chambellan du
duc de Parme, ép. le 27 avril 1887, Blanche Fromentin de Saint-Charles, née le
3 juin 1863, dont :

1) Robert de Fleurieu, né le 22 juin 1889 ;

2) Hugues de Fleurieu, né en 1894 ;

3) André de Fleurieu, né le 11 août 1899 ;

4) Agnès de Fleurieu, née le 1er mars 1891.

Cf. : *Michon ; Chérin : 56 (Généalogie dressée le 27 mai 1783)*.

CLAVIÈRE

D'azur au lion d'or tenant une clef d'argent à la fasce de gueules brochante.
aliàs : *Écartelé aux 1 et 4 de Clavière ; aux 2 et 3 de gueules à une main gantée d'argent tenant deux faucons d'or liés de sable,* qui est de Clavière en Vivarais.

Gabriel de CLAVIÈRE de JARNIEUX
Louis-François CLAVIÈRE

Les Clavière distingués à Lyon par les charges municipales, écartèlent leurs armes de celles des Clavière du Vivarais auxquels La Roque les rattache et qui remontent à Vital de Clavière marié en 1545. Une reconnaissance de parenté eut lieu au xviiie siècle entre les deux familles. Les Clavière de Lyon sont issus de :

I. Jean-François Clavière, ép. à Lyon le 2 février 1706 Antoinette Pataille, fille de Joseph et de Louise Justet, dont entre autres :

    1) François, qui suit ;

    2) Jean-François, qui a fait branche ;

    3) Marie bapt. à Lyon le 20 août 1711, ép. à Lyon le 25 juillet 1736 Pierre-Antoine Muguet, fils de Benoît Muguet et de Benoîte Saulnier ;

    4) Marie-Anne, bapt. à Lyon le 25 juillet 1714, ép. Mathieu Muguet ;

    5) Marie-Françoise, bapt. à Lyon le 19 novembre 1722, ép. à Lyon le 21-24 septembre 1743 Claude Servan, Échevin de Lyon, né en 1740, † à Lyon le 6 février 1787, fils de Joseph Servan et d'Antoinette Martin ;

    6) Marie-Thérèse, bapt. à Lyon le 20 février 1724, mariée à Jean-Hugues Colomb.

II. Noble François de Clavière, bapt. à Lyon le 21 juillet 1710, Échevin de Lyon en 1754-55, ép. à Lyon les 13-15 juillet 1743 Marie-Louise Gesse de Poisieux, bapt. à Lyon le 5 juin 1726, fils de François Gesse de Poisieux, écuyer, secrétaire du Roi, sg^r de Poisieux, Janeyrat, Malatrait, et de Catherine Chaize de la Coste, dont entre autres :

1) Gabriel, qui suit ;

2) Catherine, bapt. à Lyon le 25 juillet 1742, ép. le 10 mars 1772 Antoine-Honoré Passerat de La Chapelle, major d'Infanterie, chevalier de Saint-Louis, né le 12 juin 1724, lieutenant de Roi de la ville de Roanne, fils d'Honoré Passerat de La Chapelle, sous-lieutenant au régiment de Vivarais-Infanterie, et de Marie-Thérèse La Live ;

3) Jeanne-Thérèse, bapt. le 1er septembre 1753, † 1810, ép. à Lyon le 15 avril 1783 Antoine Jullien du Vivier, chevalier, bapt. le 11 juin 1742, † le 22 février 1810, fils de Jean-Marie, chevalier, et de Catherine Bodin.

III. *Gabriel* DE CLAVIÈRE, écuyer, sgr de Jarnieux, Villegrâve, La Place, etc., né le 12 novembre 1747 à Lyon, † le 21 février 1824, conseiller en la sénéchaussée et siège présidial de Lyon, comparant à Lyon en 1789. Il fut reconnu le 20 décembre 1778 par René-Jean-Antoine de Clavière, sgr de Saint-Barthélemy, Boussieu-le-Roi, capitaine au régiment de Bretagne, chef des Clavière du Vivarais, « sur le vu des titres et généalogie de sa maison et de ceux à celui-ci communiqués par ledit Gabriel de Clavière comme descendant en bonne, vraie et légitime lignée d'une branche cadette de sa maison. » Marié à Lyon les 9-10 février 1779 à Charlotte Sahuc de Planhol, née le 23 septembre 1756, † le 23 décembre 1830, fille de Jacques-Michel Sahuc de Planhol, chevalier, Président Trésorier de France à Grenoble, sgr de Soufflets, Passac, la Moulhade, La Tour, et de Marie-Anne Vaguet, dont :

1) François-Gabriel qui suivra ;

2) Annet-Michel de Clavière de Grâve, né à Lyon, le 23 décembre 1781, † à la Place le 30 mai 1859 ; capitaine au chevau-légers de la garde du Roi ; marié le 24 décembre 1819 à Françoise-Élisabeth du Bessey de Contenson, † à Montbellet à l'âge de 79 ans le 24 juillet 1862, fille de Jacques-Just du Bessey de Contenson et d'Anne-Laurence de Nicolau-Montribloud, dont :

   A) Caroline-Juste de Clavière, née le 1er avril 1820, † à Lyon le 13 juillet 1822 ;

   B) Françoise-Gabrielle, née à Lyon le 8 mars 1822, † au château de La Place (Rhône) le 30 avril 1891, mariée à Lyon le 5 janvier 1842 à Charles-Henri, vicomte de la Chapelle, né à Versailles le 6 mars 1815, † à Uxelles le 14 mai 1890, fils d'Hippolyte et d'Hélène Taffu de Saint-Firmin ;

   C) Marie-Adélaïde de Clavière, née le 3 avril 1824, † le 19 août 1893, mariée le 12 février 1849 à Paul-Albert-Gustave Bernard de La Vernette Saint-Maurice, fils de Léon Bernard de La Vernette Saint-Maurice et de Hélène Giraud de Montbellet.

IV. François-Gabriel DE CLAVIÈRE, chevalier, bapt. à Lyon le 26 février 1780,

† à Jarnieux le 24 janvier 1864, marié à Lyon le 25 juillet 1821 à Charlotte-Élisabeth-Jérôme Audras de Béost, née à Lyon le 3 thermidor an IX, † le 12 janvier 1853, fille de Jean-Mathieu, chevalier, et de Louise Bernard de Senecey, dont :

1) Charles-Mathieu, qui suivra ;

2) Michel-Paul de Clavière, né le 24 février 1829, marié le 29 avril 1858 à Agathe-Léonie Cellard du Sordet, dont :

    A) Vital de Clavière, né le 8 juin 1860, ép. le 2 février 1887 Marguerite Munet, dont :

        a) Gonzague, né le 6 octobre 1887, † le 6 novembre 1887 ;

        b) Bernard, né le 12 octobre 1893 ;

        c) René, né le 5 août 1896 ;

        d) Odette, née le 22 septembre 1889 ;

        e) Gabrielle, née le 16 avril 1891 ;

        f) Madeleine, née le 17 septembre 1892 ;

    B) Charles-Émile-Ernest de Clavière, né en août 1872 ;

    C) Marguerite, née le 1er juin 1859, ép. à Lyon le 18 mai 1884, M. de Boisset ;

    D) Berthe-Louise de Clavière, née le 24 janvier 1863.

3) Gabrielle-Madeleine-Noémie de Clavière, née le 24 avril 1823, ép. le 24 novembre 1844 Gustave-Jean-Mathieu Chastellain d'Essertines de Belleroche, né le 16 février 1814 ;

4) Louise-Renée-Jeanne-Andrée de Clavière, née le 12 mai 1826, † le 16 février 1898, ép. le 14 mai 1857 Louis-Marie-Fernand de Farconnet ;

5) Sophie-Joséphine de Clavière, né le 6 avril 1832, † le 28 octobre 1893, ép. le 10 mai 1853 Émile-Antoine Courbon de Saint-Genest, fils de Scipion, et d'Octavie Donin de Rosière.

V. Charles-Mathieu DE CLAVIÈRE, né à Lyon le 9 avril 1824, † le 11 mai 1871, ép. à la Duchère le 8 mai 1854 Marie-Antoinette de Mazenod, née à la Duchère le 28 juillet 1833, fille de Félix, et de Zoé de Rivérieulx de Varax, dont :

1) René-Marie-Mathieu, né le 5 octobre 1856, † le 27 décembre 1893 ;

2) Gaston-Joseph de Clavière, né le 17 mai 1858 ;

3) Marie-Louis-Raoul, qui suit ;

VI. Raoul DE CLAVIÈRE, né le 26 mars 1864, ép. le 30 mai 1895 Paule-Xavérine-Marie-Clotilde de Vignet de Vendeuil, dont :

1) François-Marie-Albert de Clavière, né le 12 mai 1896 ;

2) Henri de Clavière, né le 21 mars 1902 ;

3) Jacques de Clavière, né à Montpellier le 23 janvier 1905.

BRANCHE CADETTE

II. Noble Jean-François CLAVIÈRE, bapt. à Lyon le 8 novembre 1712, † à Lyon le 10 janvier 1789, déclaré vrai bourgeois de Lyon par sentence de l'élection du 18 février 1752, Échevin de Lyon en 1770-71, ép. à Lyon le 20 août 1738 Jeanne Barbe Revel, fille de Jean Revel et de Marguerite Choillet de Lessinet, dont entre autres :

1) Louis-François, qui suit;

2) Antoinette, mariée à Lyon le 16 février 1762 à François Tournachon.

III. *Louis-François* CLAVIÈRE, écuyer, bapt. à Lyon le 18 juillet 1746, † le 12 décembre 1822, comparant à Lyon en 1789, ép. à Lyon 8 décembre 1786 Jeanne-Marie-Antoinette Imbert, fille de Jean, écuyer, sg^r de Montferrand, secrétaire du Roi près le Parlement de Grenoble, et de Jeanne Le Bœuf, dont :

1) Jean-François, qui suivra;

2) Cléonice-Esprit-Jean, écuyer, né le 2 février 1789, † le 2 janvier 1858;

3) Hugues-Pépin, écuyer, né le 30 septembre 1790, † le 4 janvier 1858;

4) Deodat-Nicolas, né en novembre 1793, † le 28 avril 1865, marié le 27 novembre 1833 à Marie-Françoise-Antoinette-Clotilde Dervieux, née à Lyon le 28 ventôse, an XII, † s. p. ;

5) Alfred-Louis, né le 2 août 1797, † 1863, ép. Cornélie Blancheville, dont :

    A) Cornélie, née 16 février 1833, † 25 mars 1891, ép. Jules Chevrier;

    B) Jeanne-Augustine, † le 12 avril 1900, ép. en juin 1872 Jules Brintet.

6) Octave Clavière, né le 24 juillet 1799, † s. a. en 1866;

7) Tancrède-Antoine Clavière né le 15 juillet 1801, † s. a. en 1852;

8) Blanche-Arthémise, née le 29 juillet 1792, † 14 mai 1827, ép. le 1er avril 1818 Paul-Marie de Veyle de Romans ;

9) Jeanne-Pulchérie, née le 8 décembre 1795, † le 15 février 1860;

10) Fortunée-Blanche, née le 23 avril 1806, † en novembre 1876, ép. le 6 février 1833 André-Alphonse Sudan ;

11) Sarah-Marie-Louise, née le 19 février 1809, † en 1879, ép. le 8 août 1832 Claude Brunet.

IV. Jean-François CLAVIÈRE, écuyer, né à Lyon le 2 novembre 1887, † le 31 décembre 1852, Directeur du Mont-de-Piété de Lyon, ép. Césarine Mallogé, dont :

1) Cléonice, qui suit;

2) Claudine, née le 9 septembre 1827, ép. le 7 août 1852 Antoine Buchet.

V. Cléonice-Jean-César CLAVIÈRE, né en 1827, † s. a. en 1874.

CLÉRICO DE JANZÉ

*De gueules au chevron accompagné d'un clergeon d'argent ; au chef d'or chargé
d'une aigle de sable*

Pierre-Gabriel CLÉRICO de JANZÉ

Cités par Pernetti parmi les principales familles étrangères établies à Lyon, les
Clérico sont issus de :

I. Pierre Clérico, originaire de Mondovi, marié à Anne Caissoty, dont :

II. Jean Clérico de Janzé, écuyer, sg^r de Janzé (Marcilly d'Azergues), du Prat,
etc., conseiller secrétaire du Roi près le Conseil souverain d'Alsace (4 avril 1750), ép.
à Lyon le 30 août 1729 Catherine Cizeron, fille de Pierre, et de Catherine Fauvin,
dont un fils et six filles, entre autres :

    1) Pierre-Gabriel, qui suit ;

    2) Catherine Clérico, ép. le 21 janvier 1753, noble Jean-Alexis Guyot de
        Chanferrand, secrétaire du Roi (28 mars 1774), fils de Théophile et de
        Jeanne Cellard ;

    3) Anne Clérico, mariée à Lyon le 14 janvier 1754 à Simon-Claude Boulard de
        Gatellier, écuyer, conseiller secrétaire du Roi, près le Parlement de Dijon,
        puis Échevin de Lyon en 1778.

III. *Pierre-Gabriel* Clérico de Janzé, écuyer, sg^r de Janzé, né à Lyon en 1743,
† à Lyon, victime de la Terreur le 13 décembre 1793, Conseiller à la Cour des
Monnaies de Lyon (21 mai 1766), Conseiller au Conseil supérieur de Lyon (1772)
comparant à Lyon en 1789, ép. à Lyon le 27 février 1770 Marguerite-Victoire
Dareste de Saconay, bapt. à Lyon le 28 février 1750, † à Lyon le 21 juin 1832,
fille de Camille Dareste de Saconay, écuyer, Échevin de Lyon, sg^r de Saconay,
Aveize, La Chapelle, etc. et de Jeanne Ravachol, dont :

    1) Jean Clérico de Janzé, écuyer, né en 1772, † à Lyon le 13 décembre 1793,
        victime de la Terreur ;

    2) Camille Clérico de Janzé, écuyer, né en 1774, † à Lyon, fusillé le 13 décem-
        bre 1793, victime de la Terreur.

COLOMB D'HAUTEVILLE

D'azur à trois colombes d'argent, membrées et becquées de gueules.

Pierre-François COLOMB d'HAUTEVILLE

L'ancienne famille des Colomb d'Hauteville établit sa filiation suivie depuis le XVIᵉ siècle avec :

I. Jehan Colomb, sgʳ du Coing, l'Harbret, testa le 22 septembre 1575, ép. à Saint-Didier-la-Séauve, p. c. du 2 juin 1541, Catherine Chapelle, fille de Mathieu Chapelle et de Catherine Valenson, dont entre autres :

II. Jehan Colomb, sgʳ du Coing et d'Hauteville, testa le 11 janvier 1622, ép. au Coing p. c. du 10 février 1579, Claude Mosnier, fille de Jean et de Cécile Dallier, dont entre autres :

III. Denys DE Colomb, écuyer, sgʳ du Coing, † le 9 novembre 1658, faisant partie de la Compagnie d'ordonnance de Mgr d'Hallincourt, ép. p. c. du 8 janvier 1612 Rose d'Allez, † le 4 mars 1661, fille de noble Simon d'Allez et de N... Faure de Marnas, dont :

   1) Loys, qui suit ;
   2) Pierre, sgʳ du Saignat, ép. Catherine du Buysson, † à Firminy en 1718 ;
   3) Jean, curé du Monestier, en Vivarais ;
   4) Simon, officier de cavalerie, † le 27 mai 1660 ;
   5) Marguerite, mariée à Laurent Prud'homme, sgʳ de La Croix, homme d'armes de la Compagnie du Mᴵˢ de Villeroy ;
   6) Jeanne, mariée le 29 octobre 1662 à Balthazard de Vernoux, chevalier, sgʳ du Monestier.

IV. Loys DE Colomb, écuyer, sgʳ du Coing et de l'Harbret, † 1691, fit partie de la Compagnie de 100 hommes d'armes du marquis de Villeroy, blessé en Italie en 1636, testa le 23 mars 1681 ; ép. 1° à Bordes, p. c. du 3 mars 1642, Claude de Luzy-

Pélissac, fille d'Imbert de Luzy-Pélissac, chevalier, et d'Anne de Bordes ; 2° le 23 juillet 1673, Marie-Florie de Colomb, † après 1698, fille de noble Jean-Claude, baron de Montregard, sg^r de Marnas, et de Catherine de la Faye, † après 1698. Il fut père de :

1) 1er *lit :* Denys, qui suit ;
2) 2e *lit :* Marguerite de Colomb, ép. 1° le 6 novembre 1690 Jean Tardy, sg^r de Montbel, † 1695, Conseiller du Roi, Lieutenant de la maréchaussée de Saint-Étienne en Forez, chevalier du guet, fils de Durand Tardy, écuyer, sg^r de Montbel, commissaire ordinaire de l'artillerie de France, et de Marguerite Drevet ; 2° le 2 octobre 1696 Pierre de La Fayolle, sg^r de Malesauves, capitaine châtelain de Saint-Didier.

V. Denys DE COLOMB, écuyer, sg^r du Coing et de La Vergne, † le 3 janvier 1731, ép. p. c. du 24 juillet 1673 Catherine Besson de La Rochette, fille de noble Jacques de La Rochette et de Marguerite de La Planche, dont entre autres :

1) Jean-Baptiste, sg^r de La Vergne, marié en 1731 à Marie Sollières, † s. p. ;
2) Michel, qui suit ;
3) Thérèse, ép. Étienne de la Borie, avocat à Yssingeaux ;
4) Marguerite, mariée à Valentin Macabéo ;
5) Lucrèce, ép. le 12 août 1703 Antoine de Giri, sg^r du Montel, lieutenant de la juridiction de Montchal ;
6) Magdeleine, mariée à Jean Camyer, notaire royal à Saint-Appolinard ;
7) Thérèse, mariée à Louis Faure.

VI. Michel DE COLOMB, écuyer, sg^r d'Hauteville, † en novembre 1756, ép. le 14 août 1711 Marie-Anne Revol, née le 3 décembre 1683, † 1763, fille de Louis Revol, châtelain de Clonas en Dauphiné, et de Marie Chometton [veuve alors de Charles Donzel], dont entre autres :

1) Jean-Baptiste, qui suit ;
2) Louis-André de Colomb, dit le chevalier d'Hauteville, lieutenant de la maréchaussée de Saint-Étienne, capitaine à l'Hôtel royal des Invalides, capitaine à la citadelle de Perpignan, lieutenant-colonel en 1790 ;
3) 4) 5) 6), quatre filles religieuses ;
7) Marie, mariée en 1735 à Michel Béraud ;
8) Claudine, mariée à François Grange.

VII. Jean-Baptiste DE COLOMB, écuyer, sg^r d'Hauteville, † à Saint-Étienne le 19 décembre 1785, Avocat en Parlement, Conseiller du Roi en l'élection de Saint-Étienne (1747), subdélégué de l'intendant à Saint-Étienne (1750), ép. à Saint-Étienne p. c.

du 23 septembre 1747 Marie-Anne Chovet de La Chance, † en janvier 1786, fille d'Antoine Chovet, sg^r de La Chance, co-sg^r de la baronnie de La Faye, Marlhes et Saint-Genest-Malifaux, et d'Antoinette Marinier, dont entre autres :

1) Pierre-François, qui suit ;

2) Antoinette, mariée en 1786 à Antoine Praire, sg^r de La Sablière ;

3) Marie-Anne, religieuse au couvent de l'Annonciade à Vienne ;

4) Antoinette, dite Mlle du Moulin, † s. a.

VIII. *Pierre-François* DE COLOMB, écuyer, sg^r d'HAUTEVILLE et Gaste, né à Marlhes (Loire), le 22 mai 1754, † 1831, Avocat en Parlement, comparant à Lyon en 1789, Juge de paix de Saint-Chamond, député de Rhône-et-Loire à l'Assemblée législative (1er septembre 1791), administrateur de Rhône-et-Loire ; ép. Marie-Antoinette Guérin, fille de Joseph-Marie, écuyer, et d'Antoinette Anginieur, dont entre autres :

1) Joseph-Antoine, qui suit ;

2) Adrien, né en 1799, † en 1883, en odeur de sainteté ; prêtre ;

3) Joséphine de Colomb, née en 1787, † 1855, ép. 12 juillet 1807 Benoît Coste, écuyer, † 1846, fils d'Isaac Coste, écuyer, et de Jeanne Jordan ;

4) Amélie, née 1793, † ap. 1860, ép. Adrien Neyrat, fils de l'Échevin de Lyon.

IX. Joseph-Antoine DE COLOMB DE GASTE, écuyer, né le 12 juin 1787 à Izieu, † au Coing le 25 septembre 1859, marié le 19 mai 1813 à Claudine-Antoinette-Cécile Greppo, † 1865, fille d'Antoine et de Pierrette Bœuf de Curis, dont entre autres :

1) Marie-Joséphine-Hélène de Colomb de Gaste, née le 19 décembre 1820, mariée p. c. du 6 août et le 9 septembre 1845 à Gabriel-Prosper de Brunel de Bonneville. Une clause du contrat décidait que M. de Bonneville devait joindre à son nom celui des Colomb.

On rattache aux Colomb d'Hauteville, les COLOMB DE MONTREGARD, qui brisaient leur écu *d'un chef cousu de gueules chargé de trois étoiles d'or*, ou *de trois étoiles d'or en chef*; et les COLOMB D'ECOTAY et CHAMBAUD, qui portaient *le chef cousu de gueules, chargé d'une étoile d'or*. Possessionnés à Marlhes, à Saint-Étienne, etc., alliés aux d'Allier, Courbon des Gaux, Mathevon de Curnieu, Mayol, Chovet de La Chance, Chappuis de Maubou, Marest de Saint-Pierre, etc., ils ont donné des officiers, des Procureurs du Roi et Présidents en l'Élection de Saint-Étienne etc., et subsistent de nos jours.

Cf. Chérin : 132 ; Dossiers bleus, 205.

Généalogie des Colomb, dressée et communiquée par M. de Brunel de Bonneville.

CONSTANT DE MASSOUL

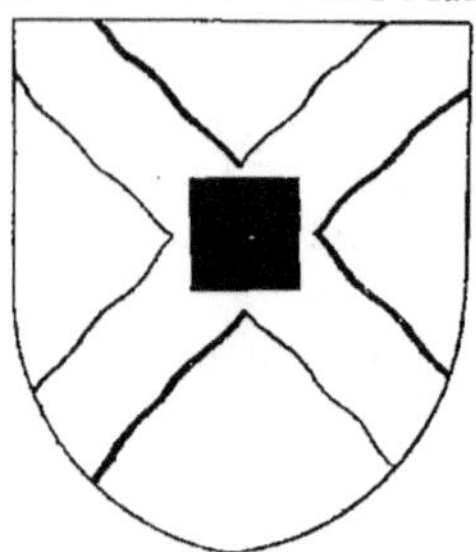

D'azur à un sautoir d'or ondé et chargé au milieu d'un cube de sable.

Pierre de CONSTANT de MASSOUL

Pierre-Barthélemy-Marie-René-Joseph-Alexandre de CONSTANT

Cette famille, originaire du Barrois, est issue de :

I. Noble Antoine Constant, bapt. à Saint-Martin-d'Arc en Barrois (dioc. de Langres), le 19 novembre 1641, † le 27 février 1716 à Lyon; Échevin de Lyon (1697-98), ép. à Calais le 20 novembre 1679 Anne Mollien, † à Lyon, âgée de 60 ans, le 6 septembre 1720, fille de Gaspard Mollien, mayeur et Juge Consul de Calais, et d'Anne Sevestre, dont deux fils et cinq filles, entre autres :

1) Jean-Baptiste, qui suit;
2) Anne Constant, † à Lyon, âgée de 77 ans, † le 2 septembre 1757, mariée p. c. du 7 juin 1704 à Philippe de La Martine, écuyer, sg^r d'Hurigny, fils de Philippe-Étienne, écuyer, sg^r d'Hurigny, et de Claudine de La Roue;
3) Lucrèce Constant, ép. p. c. du 2 novembre 1707 Gabriel Favre, chevalier, sg^r d'Annecy-le-Vieux, maître des Comptes en la souveraine Chambre des Comptes de Savoie, fils de messire Emmanuel, sg^r d'Annecy, maître des Comptes en la susdite Cour, et de Marie Philibert;
4) Claire Constant, mariée p. c. du 14 février 1716 à Jacques-André de Noyel, écuyer, sg^r de Fontenailles, fils de Jean-Baptiste, écuyer, et de Françoise Cartier, dame de Sermézy.

II. Jean-Baptiste de Constant, écuyer, né à Lyon le 24 février 1685, † à Lyon le 25 octobre 1734, Conseiller et Procureur du Roi au bureau des Finances de la généralité de Lyon (12 mars 1712), Président au bureau de la Charité (1726-27), ép. les 13-18 juillet 1719 Reine du Soleil, fille de Joseph du Soleil, chevalier, sg^r de Pierre-Bénite, conseiller du Roi, Trésorier de France à Lyon, et d'Anne Gayot, dont quatre fils et deux filles, entre autres :

1) Pierre, qui suit ;

2) Barthélemy de Constant de Frasse, écuyer, bapt. à Lyon le 22 mai 1722 ;

3) Paul, écuyer, Garde-Marine, tué au service du Roi en 1741 ;

4) Marie-Reine de Constant, bapt. à Lyon le 8 novembre 1724, ép. p. c. du 7 mai 1744 messire François Deschamps, écuyer, avocat en Parlement et ès Cours de Lyon, Procureur du Roi en la maréchaussée générale du Lyonnais, Forez, Beaujolais, Échevin de Lyon, fils de Jacques, Procureur fiscal en la juridiction du comté de Lyon, et de Suzanne Robert.

III. *Pierre* DE CONSTANT DE MASSOUL, chevalier, bapt. à Lyon le 29 avril 1721, Lieutenant pour le Roi, gouverneur à Neuville, capitaine au régiment de Ponthieu, puis à celui de Provence-Infanterie, chevalier de Saint-Louis, membre de la Société d'agriculture de Lyon, comparant à Lyon en 1789, marié à Ham (Artois) le 11 octobre 1752, à Anne-Louise-Éléonore de Béhague, sa cousine issue de germains, fille de Pierre de Béhague, écuyer sg^r de Villeneuve et d'Anne-Éléonore Genthon, dont :

1) Pierre, qui suit ;

2) Reine-Pierrette-Éléonore de Constant, bapt. à Lyon le 12 juillet 1753, mariée en 1776 à Durand de la Mure, chevalier, sg^r du Poyet et de Magnieu, bapt. à Montbrison le 12 avril 1721, veuf de Louise Dujast d'Ambérieu, et fils de Bernardin de la Mure, chevalier, et d'Anne de Laurencin ;

3) Marie-Charlotte-Adélaïde de Constant, née le 2 janvier 1761, mariée à Lyon le 25 novembre 1783 à Claude-César de Rivérieulx de Varax, chevalier, † 1809, fils de Hugues de Rivérieulx, chevalier, sg^r du comté de Varax, Prévôt des marchands de Lyon, Président en la Cour des monnaies de Lyon, et de Blanche Albanel.

IV. *Pierre-Barthélemy-Marie-René-Joseph-Alexandre* DE CONSTANT, chevalier, capitaine de dragons, chevalier de Saint-Louis, chevalier de Saint-Lazare, né à Lyon le 1er juillet 1755, entré sur preuves à l'École militaire de La Flèche le 25 novembre 1766, comparant à Lyon en 1789.

Cf. *Preuves des Écoles militaires*, tome XI ;
Michon.

CORTEILLE DE VAURENARD

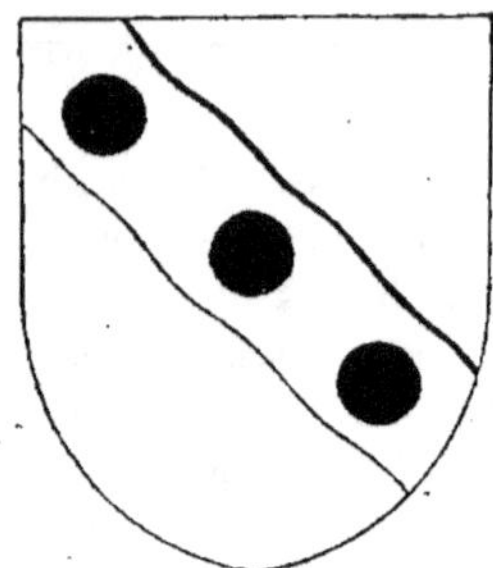

D'azur à la bande ondée d'or, chargée de trois tourteaux de sable.

François-Gabriel de CORTEILLE de VAURENARD

Originaires du Beaujolais, les Corteille sont issus de :

I. Claude Corteille, habitant à La Mure en Beaujolais; il avait épousé au xvie siècle Anne Deschamps. Tous deux étaient morts avant le 6 juin 1605, et laissèrent entre autres enfants :

    1) Antoine, qui suit;

    2) Antoinette Corteille, ép. le 6 juin 1605 Jehan Ducruys.

II. Antoine Corteille, fixé à Villefranche, marié à Françoise Dortans, dont:

    1) Claude, qui suit;

    2) Françoise Corteille, mariée le 28 janvier 1613 à François Marietton;

    3) Philiberte Corteille, mariée à Jehan Bouvard (ou Bonnard).

III. Claude Corteille, testa à Villefranche le 27 août 1671, ép. 1° Magdeleine Michel; 2° le 28 janvier 1638 Charlotte Coillet (ou Colliet), veuve d'Antoine Barries, notaire royal à Saint-Héand, et commissaire des tailles à Saint-Bonnet-les-Oules en Forez. Il fut père de :

    1) *1er lit :* Jeanne-Catherine Corteille   reçues toutes deux le 10 décembre 1642,

    2) Claude-Françoise Corteille   religieuses professes au monastère de la Visitation à Villefranche;

    3) Madeleine Corteille, religieuse au même couvent, reçue le 3 décembre 1651;

    4) *2° lit :* Claude, qui suit ;

    5) Marie Corteille, religieuse au même couvent, reçue le 8 janvier 1652;

    6) Catherine Corteille, religieuse professe ursuline à Villefranche, reçue le 29 octobre 1664;

    7) Anne Corteille, mariée à Pierre Simonard;

    8) Charlotte Corteille, mariée à Guillaume Deschamps;

9) Marguerite Corteille, mariée à Jehan Deschamps, écuyer, conseiller au Parlement de Dombes.

IV. Claude CORTEILLE, chevalier, sg^r de VAURENARD (Gleizé) [p. acq. de 1671], † à Lyon le 2 mars 1687, conseiller du Roi, Trésorier de France à Lyon (3 juin 1676), ép. à Lyon les 6-9 mai 1674 Françoise Chappuys de La Fay, † en juillet 1733 [remariée les 30 avril-4 mai 1694, à Lyon, à Aymé Janin, écuyer sg^r de Bonzeau, capitaine au premier bataillon du régiment de Berry], fille de François Chappuys, écuyer, sg^r de La Fay, Vaudragon, l'Aubépin, Les Combes, etc., conseiller en la sénéchaussée et siège présidial de Lyon, et de Claude Gueston. Françoise Chappuys obtint le 28 juin 1689 des Lettres de Commitimus, et fut mère de :
1) Claude-François Corteille de Vaurenard, écuyer, sg^r de Vaurenard, Maître des Requêtes au Parlement de Dombes (24 mars 1705), † à Rome, s. a., en 1755, après y avoir testé le 19 août 1752 ;
2) Barthélemy, qui suit ;
3) Françoise Corteille de Vaurenard, ép. à Lyon le 2 février 1702 Jacques-Joseph de Bovet, écuyer, sg^r de La Bretonnière, résidant à Valence en Dauphiné, fils de Jean-Baptiste de Bovet, écuyer, sg^r de La Bretonnière, et de Jeanne-Pierrette de Clermont de Gessan. Leur fille épousa en 1730 le Mis de Rostaing-Champferrier ;
4) Madeleine Corteille de Vaurenard, mariée à Valence p. c. du 12 avril 1702 à H^t et P^t Sg^r Charles-Louis de La Tour de Gouvernet de Montauban, marquis de La Charce, sg^r de Montfroc, Curel, Aiguebonne et autres lieux, fils de messire Alexandre de La Tour de Gouvernet de Montauban, et de Lucresse du Puy-de-Villefranche-Montbrun.

V. Barthélemy CORTEILLE DE VAURENARD, écuyer, né le 4 septembre 1680, † 1770, capitaine des dragons de Vérac (23 août 1702), chevalier de Saint-Louis (19 mars 1719), Conseiller secrétaire du Roi près le Parlement de Grenoble (8 janvier 1740), office dont il eut des Lettres d'honneur le 12 août 1764, ép. le 17 juin 1727 Élizabeth Cusset, fille de noble Jean-Baptiste Cusset, Échevin de Lyon, et de Françoise Chapard, dont, parmi huit enfants :
1) François-Gabriel, qui suit ;
2) Jean-François Corteille de Vaurenard, écuyer, né le 1er avril 1736 ;
3) Françoise-Jeanne Corteille de Vaurenard, née le 20 mai 1728, † le 22 mai 1811 ;
4) Marie-Magdeleine Corteille de Vaurenard, née le 23 novembre 1730, † au Puy le 8 août 1813, ép. à Lyon le 3 avril 1758 François-Gérard de Bellidentis de Bains, chevalier, fils d'Antoine de Bellidentis, chevalier, baron

de Bains, sg^r de Jalasset, Eyssac etc., et de Marie-Magdeleine Dupuy, demeurant au Puy-en-Velay ;

5) Catherine Corteille de Vaurenard, née le 10 décembre 1738, † le 20 décembre 1814.

VI. *François-Gabriel* DE CORTEILLE, chevalier, sg^r DE VAURENARD, né à Lyon le 26 août 1734, † à Lyon, condamné à mort par le Tribunal révolutionnaire et décapité le 21 décembre 1793. Héritier universel de son père, rendit hommage avec lui le 3 janvier 1770 au duc d'Orléans, pour le fief de Vaurenard, devant le lieutenant civil et criminel du bailliage de Beaujolais ; comparant à Lyon en 1789 ; marié à Lyon le 7 juin 1771 à Marie-Bonne Fabre du Vernay, fille de Joseph-Antoine et de Jeanne Nolhac, dont :

1) Antoine-Élizabeth de Corteille de Vaurenard, chevalier, né le 17 mai 1772, † s. a. le 31 décembre 1799 ;

2) Alexandre-Jean-Baptiste de Corteille de Vaurenard, chevalier, né le 18 mai 1773, condamné à mort par le Tribunal révolutionnaire devant lequel, malgré son jeune âge, il eut une attitude particulièrement héroïque, et exécuté avec son père à Lyon, le 21 décembre 1793 ;

3) Antoinette-Catherine de Corteille de Vaurenard, née le 23 janvier 1780, † à Vaurenard en 1861, mariée à Lyon le 18 février 1800 à Louis-Christophe-Philibert, comte d'Apchier de Vabres, fils de H^t et P^t Sg^r Louis-Charles d'Apchier, chevalier, comte de Vabres, baron de la Beaume, etc., et d'Agathe-Marie-Philippe Bouchard d'Aubeterre. La comtesse d'Apchier, morte sans postérité, ni parents paternels, institua pour héritier universel M. Cyrille de Nolhac, son cousin issu de germain du côté maternel, et légua la terre et le château de Vaurenard à un neveu de son mari, Maurice Falcon de Longevialle, fils d'Antoine-Paul-Augustin Falcon de Longevialle, chevau-léger de la Garde de Louis XVI, lieutenant-colonel de cavalerie, chevalier de Saint-Louis et de la Légion d'Honneur, marié à Lyon en 1797 à Marie-Thérèse-Henriette d'Apchier de Vabres, sœur du comte d'Apchier, marié à Antoinette de Vaurenard.

Cf. Chérin : *vol. 60* ; Michon ;
Généalogie communiquée par M. de Longevialle, *et dressée par lui sur les titres originaux du chartrier de Vaurenard.*

COSTE

D'argent au coq de gueules sur une cotte d'armes de sable; au chef d'azur chargé de trois étoiles d'or, aliàs d'argent.

Isaac COSTE

François-Isaac COSTE

Originaires de Bessenay en Lyonnais, les Coste sont issus de :

I. André Coste, marié à Marie Berthier, dont :

II. François Coste, bapt. le 21 novembre 1632, ép. le 8 février 1661 Jeanne Sarcey, † le 6 septembre 1674, fille d'Antoine, et de Benoîte Jourdan, dont entre autres :

III. Isaac Coste, bourgeois de Lyon, bapt. à Bessenay le 2 janvier 1674, ép. à Lyon : 1° le 8 janvier 1701 Anne Layer, fille d'Antoine et de Claudine Ponchon; 2° le 12 février 1712 Anne Bully, veuve de François Ponchon. Il eut onze enfants, entre autres :

    1) Benoît, qui suit;

    2) Pierrette, bapt. à Lyon le 29 janvier 1708, ép. à Lyon le 7 juin 1731, Antoine Tabard.

IV. Noble Benoît Coste, né à Lyon le 17 octobre 1712, † à Lyon le 8 février 1789, Recteur de la Charité de 1761 à 1764, Homme du Roi en la Conservation, Échevin de Lyon en 1777-78, Recteur de l'Hôtel-Dieu en 1786-87, ép. à Lyon p. c. du 12 octobre 1733 Louise-Victoire Tissot, fille de François, et de Catherine de la Chaize, dont onze enfants, entre autres :

    1) Isaac, qui suit ;

    2) *François-Isaac* Coste, écuyer, † guillotiné en 1793, garde de S. M., comparant à Lyon en 1789; ép. à Lyon le 8 août 1769 Fleurie Maurin ;

    3) Antoinette, bapt. à Lyon le 7 mars 1717, ép. à Lyon p. c. du 26 octobre

1767, Guillaume Gaudin, fils de Jacques, élu en l'élection de Lyon et de Catherine Charrey.

V. *Isaac* Coste, écuyer, bapt. à Lyon le 9 octobre 1741, † le 27 octobre 1802, comparant à Lyon en 1789, Recteur de l'Hôpital de Lyon, emprisonné après le siège de Lyon, réfugié en Suisse, ép. p. c. du 2 mai 1774 Jeanne Jordan, fille de Henry Jordan, Échevin de Lyon, et de Madeleine Briasson, dont cinq enfants, entre autres :
 1) Benoît, qui suit ;
 2) Adélaïde, bapt. à Lyon le 8 septembre 1779, ép. à Lyon p. c. du 17 février 1806, Joseph Franchet, né à Lyon le 2 décembre 1775, fils de Denis et de Philiberte Bomby ;
 3) Catherine, bapt. le 19 août 1778, † à Paris, au couvent de Saint-Michel.

VI. Benoît Coste, écuyer, né à Lyon le 7 avril 1781, † 1845, fondateur à Lyon de l'OEuvre de la propagation de la Foi, Administrateur des prisons de Lyon et agent de change à Lyon, ép. à Lyon le 12 juillet 1807 Joséphine de Colomb, née en 1787, † en 1855, fille de Pierre-François, et de Marie-Antoinette Guérin, dont entre autres :
 1) François-Marie-Isaac, qui suit ;
 2) Marie, née à Lyon le 23 juillet 1818, † 1er décembre 1862, mariée à Félix Berloty, né à Bourg le 13 novembre 1808, † à Lyon le 29 mai 1871 ;
 3) Blandine, née à Lyon le 13 avril 1820, † à Niort le 4 mars 1890, religieuse.

VII. François-Marie-Isaac Coste, né à Lyon le 9 novembre 1822, † le 16 juillet 1885 ; épouse à Montfaucon (Haute-Loire) le 8 février 1847 Caroline de Chazotte de Montfaucon, née à Brignais (Rhône) le 8 avril 1823, fille de Camille, et d'Henriette Robert du Gardier, dont :
 1) Camille Coste, né le 28 décembre 1848, † à Arcachon en 1883, père de :
  A) Camille ; B) Marie Coste.
 2) Louis-Benoît-Marie, qui suit ;
 3) Félix-Marie-Joseph-Philippe Coste, né à Saint-Étienne le 19 mars 1854, † 1901, ép. à Lyon le 28 juin 1878 Céline Cozon, née le 9 février 1854, dont :
  A) François ; B) Henriette Coste.
 4) Marie Coste, née en 1859, † en 1886, ép. Antoine Magnin ;
 5) Henriette Coste, née le 30 décembre 1849, † 1896, ép. Charles Large.

VIII. Louis-Benoît-Marie Coste, né à Saint-Étienne le 18 avril 1851, notaire à Saint-Étienne, ép. à Saint-Chamond le 27 juin 1881 Marie-Louise Prenat, née le 8 octobre 1858, fille de Claude-Louis, et de Clarine Granjon, dont postérité.

COURBON DE SAINT-GENEST ET DE MONTVIOL

D'azur à la fasce d'or chargée de trois étoiles de gueules, accompagnée de trois crois-
sants d'or en chef et d'un croissant du même, en pointe.

Fleury-Marie COURBON de MONTVIOL

Les Courbon sont cités dans le Haut-Forez dès le xve siècle et établissent leur filiation depuis :

I. André Courbon, procureur d'office en la cour de La Faye, † 1580, marié à Clauda Tardy, dont :

II. André Courbon, sgr de La Trappe, † en 1597, marié à Marie Courbon, dont :

III. Barthélemy Courbon, né en 1570, † 1656, greffier de la juridiction de La Faye, marié à Clauda Courbon, dont :

  1) Barthélemy, qui suit ;
  2) Guillaume, prêtre sulpicien ;
  3) Vital Courbon, capucin, peintre connu † à Rome;
  4) Claudine) religieuses dominicaines. Leur vie est imprimée dans la *Vie des*
  5) Gabrielle) *Saints du P. Thouars de Sauvages.* (Amiens, 1684, juin, p. 496).

IV. Barthélemy Courbon, avocat au Présidial de Lyon, ép. 1° Jeanne Desolme, 2° Marie de La Fayette. Il eut du premier lit :

V. Mr Me Jean Courbon des Gaux, né en 1650, † le 30 août 1725, président en l'élection de Saint-Étienne, marié : 1° le 22 janvier 1678 à Marguerite Bernou, fille d'Antoine Bernou et de Gasparde Martinier ; 2° à Claudine Pourral ; 3° le 7 juin 1682 à Marie-Anne du Marest, fille de Benoît du Marest et de Catherine de Chazelles. Il fut père de :

  1) *1er lit :* Claudine Courbon, mariée le 28 octobre 1700 à Jean-Joseph Blachon,
     écuyer, sgr de Villebœuf, lieutenant particulier aux sièges de Forez (1702),
     fils de Thomas, écuyer, et de Jeanne Mazenod.

2) *2ᵉ lit* : Jean-Louis, qui suit.

VI. Jean-Louis COURBON DES GAUX, écuyer, co-sgʳ des terres et baronnies de Saint-Genest-Malifaux, La Faye et Marlhes (p. acqu. du 7 avril 1742), † le 12 octobre 1759, Lieutenant civil et criminel en l'élection de Saint-Étienne (19 mai 1722), secrétaire du Roi en la chancellerie près le conseil supérieur d'Alsace (29 avril 1745), ép. p. c. du 28 juillet 1722, Magdeleine-Agathe Bérardier, † le 20 février 1739, fille de Claude-François, Président en l'élection, subdélégué de l'Intendant, et d'Agathe de Colomb, dont :

1) Claude, qui suit ;
2) Louis, dit l'abbé du Ternoy, confesseur de Madame Louise de France ;
3) François-Marie Courbon, écuyer, sgʳ de Pérusel, né à Saint-Étienne le 27 mars 1731, † le 21 octobre 1792, marié à Carhaix, le 25 juillet 1774 à Jeanne-Perrine-Vincente Le Gogal de Tolgouët, fille de Jean-François, Procureur du Roi en la Sénéchaussée de Carhaix, dont deux fils et quatre filles ;
4) Claude-François Courbon de Faubert, marié à la dame Thiollière, née Alléon, dont :
 A) N..., Courbon de Faubert, marié à Charlotte Flachat d'Apinac, dont :
  a) Charles Courbon de Faubert, chanoine de la primatiale des Gaules, † vers 1867 ;
  b) Paul, † jeune ;
 B) N... marié à N. Peyroux de Saint-Alban.
5) Jean-François, auteur de la branche de Montviol ;
6) Agathe-Madeleine Courbon, mariée à Louis Thomas ;
7) Anne-Rose Courbon, mariée à Louis Le More ;
8) Mademoiselle de La Bâtie, † à 22 ans.

VII. Claude-Jean-François COURBON DES GAUX, écuyer, co-sgʳ de la baronnie de La Faye, Marlhes et Saint-Genest de Malifaux, † le 23 janvier 1752, ép. à Saint-Étienne p. c. du 29 janvier 1749 Marie Vincent [des sgʳˢ de Saint-Bonnet], née en 1732, † à Saint-Étienne le 7 janvier 1819, fille de Claude-Aymé, et de Catherine Roussel, dont :

1) Antoine, qui suit ;
2) Catherine Courbon des Gaux, † 1825, ép. le 3 octobre 1769 Antoine Boyer, écuyer, sgʳ de Bataillon et de La Lande, fils de N. Boyer, écuyer, Lieutenant général au bailliage de Chauffours.

VIII. Antoine COURBON DES GAUX, chevalier, sg^r de la baronnie de La Faye, Marlhes, SAINT-GENEST, né à Saint-Étienne le 3 avril 1752, † en avril 1838 ; Procureur syndic de l'assemblée de la Noblesse de Saint-Étienne à l'assemblée départementale en 1789, comparant en 1789 avec la Noblesse du Forez, rédacteur avec le baron de Rochetaillée des cahiers de la Noblesse ; membre de l'administration du département de la Loire en germinal an III, membre du conseil des Cinq-Cents invalidé le 18 fructidor an V ; ép. à Craponne en Vélay, p. c. du 15 octobre 1775, Marie-Reine d'Aurier du Fayt, née en 1758, † à Saint-Marcellin le 11 novembre 1825, fille de noble Antoine, sg^r d'Olias, et d'Hélène Grail, dont :

1) Louis, qui suit ;
2) Michel-Ange-Antoine, qui a fait la branche cadette de Saint-Genest ;
3) Marie-Antoinette-Sophie, née le 3 septembre 1776, † s. a. à l'hôtel de Saint-Genest à Montbrison (Loire) en 1849 ;
4) Louise-Hortense, née en 1777, mariée à Jean-François-Régis de Sanhard, marquis de Sasselange, page de Louis XVI, fils de Dominique, baron du Besset, et de Catherine Denys d'Allemance ;
5) Adèle, mariée à Michel de Mazenod, conseiller de préfecture.

IX. Louis COURBON, baron DE SAINT-GENEST, né à Terrenoire le 22 juillet 1779, † à Montbrison le 15 mai 1855, Élève de l'École Polytechnique, secrétaire de légation (1802-1815), Préfet de la Corse (1815), de la Haute-Marne (1818-1830), démissionnaire en 1830, marié à Blanche-Avoie de Bernon, dont :

1) Louis-Michel, qui suit ;
2) Marie-Antoinette, mariée à Adolphe-Antoine Gillet de Valbreuze ;
3) Marie-Louise-Antoinette mariée le 26 février 1866 à Arthur-Charles Le Bas, comte du Plessis, sergent aux Zouaves pontificaux, capitaine de mobiles en 1870, né à Chaumont le 18 janvier 1832, † à Montbrison le 24 janvier 1904, fils de Charles-Philippe, garde du corps du Roi, et de Laure-Adélaïde de Mengin de Fondragon.

X. Louis-Michel COURBON, baron DE SAINT-GENEST, † vers 1875, marié à Sophie de Saint-Didier, dont :

1) Pierre, qui suit ;
2) Antoine Courbon de Saint-Genest, né en 1854, ép. Laura Hériartre, dont : A) Antoine, B) Marie-Thérèse, C) Carmen, D) Anne, E) Marie-Louise Courbon de Saint-Genest.
3) Louise, religieuse du Cénacle ;
4) Anne-Marie, mariée le 25 juillet 1833 à Marie-Joseph-Louis-Alfred de Ginistel de Montrozal, baron de La Garde-Viaur ;

5) Geneviève, mariée à Pierre Planteau du Marousseau ;

6) Jeanne ; 7) Marguerite ; 8) Marie-Thérèse ; 9) Hélène, religieuses du Cénacle.

XI. Louis-Charles-Pierre Courbon, baron de Saint-Genest, né en 1852, † le 16 janvier 1901, marié à Marie-Lucile Golinelle, † le 22 avril 1899, dont entre autres :

1) Louis, qui suit ;

2) Henry Courbon de Saint-Genest.

XII. Louis Courbon, baron de Saint-Genest.

BRANCHE CADETTE DE SAINT-GENEST

IX. Michel-Ange-Antoine Courbon de Saint-Genest, né à Saint-Étienne le 19 mars 1784, † en 1845, marié à Octavie Donin de Rosière, dont :

X. Émile-Antoine Courbon de Saint-Genest, marié le 10 mai 1853 à Sophie-Joséphine de Clavière, née le 6 avril 1832, † le 28 octobre 1893, fille de François-Gabriel de Clavière et de Charlotte-Élisabeth Audras de Béost, dont :

1) Mathieu-Georges Courbon de Saint-Genest, † à Cuiseaux (Saône-et-Loire) le 19 mai 1900, dans sa 47ᵉ année, marié à Marie-Thérèse Puvis de Chavannes, dont :

    A) Édith Courbon de Saint-Genest ;

2) Max, qui suit.

XI. Max Courbon de Saint-Genest, marié à Marie-Reine Chamboduc de Saint-Pulgent, dont :

1) Antoine, 2) Georgette, 3) Denyse Courbon de Saint-Genest.

BRANCHE DE MONTVIOL

VII. Jean-François Courbon de Montviol, écuyer, né le 3 septembre 1732, marié le 27 janvier 1756 à Jeanne-Marie Chambeyron, née le 23 décembre 1731, fille de Fleury et de Julienne Peyret, dont quatorze enfants, entre autres :

1) Nicolas, qui suit ;

2) Louis-Julien Courbon de Montviol, écuyer, dit le chevalier de Montviol, né le 29 octobre 1758, † le 15 juillet 1825, Garde du Corps du Roi, chevalier de Saint-Louis ;

3) *Fleury-Marie* Courbon de Montviol, écuyer, dit M. de Praveilles, né le
15 janvier 1760, Avocat du Roi en la sénéchaussée de Lyon (1er avril 1788),
comparant à Lyon en 1789, Président à la Cour de Lyon, ép. N. Roujon,
dont :
  A) Sabine de Montviol, née en 1802, mariée à Louis-Joseph, marquis de
     Leusse, né le 10 janvier 1801, fils d'Augustin-Claude, et de Laurence
     du Colombier.
4) Christophe-François Courbon de Montviol, écuyer, né le 5 novembre 1766,
✝ à Saint-Bonnet-le-Château, le 20 octobre 1822, marié le 2 février 1795 à
Marguerite Boyer du Montcel, dont :
  A) Louis-Joseph-Marie de Montviol, né le 8 septembre 1802 ;
  B) Louis de Montviol, ✝ 1809 ;
  C) Jeanne-Marie-Antoinette, dite Sabine de Montviol, née le 29 novem-
     bre 1795.
5) Antoine Courbon de Montviol, séminariste, né le 7 novembre 1769, ✝ à
Lyon, victime de la Terreur le 26 novembre 1793.
6) Marie-Marguerite-Françoise, né le 15 août 1764, ✝ le 23 février 1831, mariée
le 20 mai 1786 à Jean-Antoine Audouard, né en 1755 à Villeneuve-de-
Berg; dont postérité connue sous le nom d'Audouard de Montviol;
7) Marie-Claudine, née le 18 janvier 1774, ✝ le 18 janvier 1838.

VIII. Nicolas COURBON DE MONTVIOL, écuyer, né en 1757, ✝ le 27 juin 1797,
auteur de la dénonciation des Foréziens contre Javogues, marié le 30 août 1780 à
Antoinette Ravel, née en 1760, fille de Jacques Ravel et de Marie Lambert, dont,
entre autres :
  1) Élisabeth, née le 13 novembre 1785, mariée à Michel Grubis de l'Isle ;
  2) Antoinette-Jeanne, née le 31 mai 1789, mariée à Marcellin Coullard-Desco ;
  3) Marie-Charlotte, née le 21 avril 1793, ✝ le 4 juin 1873, mariée le 21 janvier
     1815 à Fleury Nicolas.

Cf. Chérin : 61 ; La Tour Varan : *Généalogies des familles des environs de
Saint-Étienne.*

COURT DE PLUVY

D'azur à trois molettes d'or.
Jean-Baptiste de COURT de la GARDE

La famille Court, de Court, ou le Court, est anciennement connue en Lyonnais et a possédé les fiefs de La Garde, Pluvy, Hurongues, etc. Julien le Court, écuyer, sg^r de Pluvy, La Garde, etc., fut anobli par L. P. de décembre 1697 portant règlement d'armoiries. Ces Lettres Patentes visaient l'ancienneté de la famille le Court et rappelaient que depuis trois siècles les ancêtres de Julien le Court vivaient noblement.

On trouve en effet aux archives du château de Pluvy des titres rappelant une fondation faite au xve siècle par les le Court d' « une chapelle en annexe sur le côté droit en l'église de Saint-Symphorien-le-Château » et une fondation de prébendes en cette église faite en 1440, par Clément le Court, damoiseau, marié à Catherine Malthorey, qui décéda le 20 avril 1425.

On rattache également à cette famille Benoît Court, chevalier de l'église de Lyon, juriconsulte fameux, qui fut en 1533 le commentateur des Cours d'amour ; il mourut en 1555, ayant laissé des écrits sur l'histoire naturelle et la chronologie des papes.

La filiation suivie des le Court peut s'établir depuis :

I. Noble homme Martin le Court, qui testa en 1481, en faveur de son fils Martin Court ; d'après les titres du château de Pluvy, il fut également père de :

    1) Simon, chevalier de l'église de Lyon qui testa le 27 juin 1482, en faveur de son frère Jean ;

    2) Jean, qui suit.

II. Jean Court, testa à Pomey le 13 septembre 1495, rappelant son père Martin le Court et testant en faveur de son fils, qui suit ;

III. Honorable homme Léonard le Court, notaire royal de Saint-Symphorien-le-Château, ép. vers 1525 Agathe Croppet, † ayant testé à Saint-Symphorien le

18 juin 1575, fille de Jacques, notaire à Lyon, et de Claudine Neyret, dont huit enfants, entre autres :

1) Jehan le Court, châtelain de Saint-Symphorien (1555) ;
2) Antoine, fixé à Lyon où il fit souche ;
3) Angellin, qui suit ;
4) Élie, prêtre habitué à Saint-Symphorien ;
5) Ancelline, ép. p. c. du 24 janvier 1550 Claude Peyreny, notaire royal à Lyon.

IV. Angellin le COURT, sg^r de Pluvy, capitaine châtelain de Saint-Symphorien-le Château ; ép. en 1567 Sybille Lynet, † avant le 1er janvier 1594, dont cinq enfants entre autres :

1) Pierre qui suit ;
2) Claudine, ép. Benoît Frenay. notaire royal ;
3) Françoise, ép. le 1er Janvier 1594 Benoît Giraud, notaire royal, fils d'Étienne, du lieu de Rive-de-Gier.

V. Pierre le COURT, sg^r de Pluvy, † à Saint-Symphorien le 23 septembre 1644, commis au greffe de la sénéchaussée et siège présidial de Lyon ; ép. à Lyon en mai 1608 Catherine Passard, † le 25 novembre 1635, fille de Pierre Passard et de Madeleine Legay, dont quatre fils et une fille, entre autres :

1) Pierre, qui suit ;
2) Françoise le Court, ép. à Lyon p. c. du 18 décembre 1639 Marcellin de Giroud, écuyer, sg^r d'Hurongues, Montagny, etc., fils de Jacob, écuyer, et de Françoise Parchas-Villeneuve.

VI. Pierre le COURT, écuyer, sg^r de Pluvy, La Garde, etc., † à Lyon le 28 octobre 1654 ; ép. à Lyon p. c. du 11 mai 1647 Anne Gambin, dame de La Garde (remariée à Pierre Damas, chevalier, sg^r de Barnay). fille de noble Mathieu Gambin, sg^r de La Garde, conseiller et Procureur du Roi en l'élection de Roanne, et de Louise Cholier, dont deux fils et deux filles, entre autres :

1) Julien, qui suit ;
2) Pierre le Court, écuyer, sg^r de Charbonnières, bapt. à Lyon le 24 février 1656.

VII. Julien le COURT DE PLUVY, écuyer, sg^r de Pluvy, La Garde, Hurongues, etc. bapt. à Lyon le 15 juin 1648, † à Saint-Symphorien le 12 juin 1731, gentilhomme de la Grande Fauconnerie du Roi, Lieutenant de vaisseau en 1669, mousquetaire de Compagnie d'Artagnan, etc. Anobli par L. P. de 1697 ; fit aveu au Roi le 4 février

1717 pour une maison sise à Lyon (paroisse Sainte-Croix) et pour les fiefs d'Hurongues, Pluvy, La Garde ; ép. p. c. du 24 février 1677 Marguerite Charrin, † à Francheville le 25 juin 1720, fille de Pascal, avocat en Parlement, et de Françoise Millieu, dont sept fils et sept filles, entre autres :

1) Jacques, qui suivra ;

2) Julien le Court de Pluvy, écuyer, sg\ de Pluvy, etc., † à Pluvy le 14 août 1774, héritier universel de son père ; ép. à Lyon p. c. du 19 mars 1726 Claudine Bourlier, fille de Philippe Bourlier, chevalier, Échevin de Lyon, Trésorier de France à Lyon, etc., et de Marie-Anne Messier, dont :

    A) Françoise-Marie le Court de Pluvy, dame de Pluvy, née à Saint-Symphorien le 26 janvier 1741, ép. à Pluvy le 23 juillet 1760 Claude-Alexis de Noblet, chevalier, marquis de La Clayette, Lieutenant au régiment de Piémont, Lieutenant des maréchaux de France, chevalier de Saint-Louis, fils de Bernard, marquis de Chénelette, et d'Antoinette de Punctis.

3) Joseph, bapt. à Francheville, le 25 septembre 1694, religieux de Saint-Antoine ;

4) Louise, dame d'Hurongues, bapt. le 5 juillet 1686, † avant 1727, ép. à Lyon le 4 février 1722 Jean-François de Vernoux, écuyer, chevalier de Saint-Louis, fils de Jean-François, écuyer, et de Marie Barjon ;

5) Françoise, dame de Charbonnières, bapt. à Lyon le 2 octobre 1698, ép. à Lyon p. c. du 28 mars 1724 Jacques des Gouttes, chevalier, fils de Joseph chevalier, sg\ de Longueval, et de Magdeleine Trollier ;

6) Marie, bapt. à Lyon le 1er avril 1700, religieuse de Sainte-Ursule, à Roanne.

VIII. Jacques LE COURT DE PLUVY, écuyer, bapt. le 28 janvier 1679, lieutenant au régiment de Boulonnais, Enseigne de la compagnie colonelle du régiment de Damas ; ép. à Lyon le 20 novembre 1706 Marie-Marguerite Piegay, fille de noble Pierre, Avocat en Parlement, et de Jeanne Paquet, dont :

IX. *Jean-Baptiste* DE COURT DE LA GARDE, chevalier, sg\ de La Garde, bapt. à Lyon le 20 juin 1721, officier des cuirassiers du Roi, comparant à Lyon en 1789. Il fit en 1783 un aveu de fief pour le château de La Garde.

Cf. *Nouveau d'Hozier : 107 ; Chérin : 61 ; Carrés d'Hozier 208.*
Cochard : *Notice sur Saint-Symphorien-le-Château.*
Communications du marquis de Noblet-la-Clayette.

COURTAUREL

D'azur au lion rampant d'or.

Fʀᴀɴçᴏɪs ᴅᴇ COURTAUREL

Les Courtaurel, établis en Auvergne depuis le commencement du xvɪᵉ siècle, se sont distingués dans la carrière des armes et ont été maintenus dans leur noblesse le 22 juin 1667 en la personne de Pierre de Courtaurel, chevalier, sgʳ de Rouzat (élection de Riom) et de ses frères Jean, Gilbert, Gabriel et Charles.

La filiation suivie des Courtaurel s'établit depuis :

I. Gilbert ᴅᴇ Cᴏᴜʀᴛᴀᴜʀᴇʟ, écuyer, qui testa le dernier août 1511 et laissa de son mariage avec Guyotte de Moisson :

II. Amable ᴅᴇ Cᴏᴜʀᴛᴀᴜʀᴇʟ, écuyer, sgʳ de Rouzat, ép. le 4 janvier 1542 Jeanne de Courson, dont entre autres :

1) Amable de Courtaurel, écuyer, gendarme des compagnies d'ordonnances du roi Henri IV, ép. Jeanne de La Corne, † s. p. mâle ;
2) Claude, qui suit.

III. Claude ᴅᴇ Cᴏᴜʀᴛᴀᴜʀᴇʟ, écuyer, sgᶜ de Rouzat, gendarme des compagnies d'ordonnances du Roi, reçut le 18 juin 1600 avec son frère aîné des L. P. constatant sa noblesse ; ép. le 12 mai 1579 Madeleine de Bournat de Vinzelles, dont :

1) Antoine, qui suit ;
2) Gabrielle, mariée à Pierre-Jean de Servières.

IV. Antoine ᴅᴇ Cᴏᴜʀᴛᴀᴜʀᴇʟ, écuyer, sgʳ de Rouzat, homme d'armes des compagnies d'ordonnances du Roi ; ép. le 23 mai 1622 Gilberte de Chalus, dont entre autres :

1) Jean-Pierre, qui suit ;
2) Jean de Courtaurel, écuyer, auteur de la branche des sgʳˢ de La Rodde, La Gagère, etc., où l'on remarque Jean de Courtaurel, chevalier, sgʳ de La

Gagère, marié à Mlle de Bournat, dont le fils fut lieutenant réformé à la légion de Flandres, blessé à la guerre et pensionné (1775);

3) 4) 5) Gilbert, Gabriel et Alexandre, tués au service ;

6) Blaise de Courtaurel, prêtre.

V. Pierre DE COURTAUREL, chevalier, sg^r de Rouzat, maintenu dans sa noblesse avec ses frères le 22 juin 1667 par l'Intendant de Riom ; ép. le 13 mai 1651 Marguerite de Bar, dont entre autres :

1) Charles, qui suit ;

2) Joseph, qui a fait la branche cadette.

VI. Charles de COURTAUREL, chevalier, sg^r de La Tour et de Rouzat, maréchal de logis de l'escadron de la Noblesse d'Auvergne; ép. le 22 février 1629 Marie de La Salle, dont :

1) Jean, capitaine au régiment de Royal-Marine, † s. p.

2) Jacques, qui suit.

VII. Jacques de COURTAUREL, chevalier, sg^r de La Tour et de Rouzat, ép. le 17 avril 1723 Marie Croisier, dont entre autres :

1) Joseph, qui suit ;

2) Jean-Baptiste de Courtaurel, chevalier de Rouzat, capitaine d'infanterie, pensionnaire du Roi, fit les campagnes du règne de Louis XV.

VIII. Joseph DE COURTAUREL, chevalier, sg^r de La Tour, de Rouzat, des Thierris, etc., capitaine de cavalerie, gendarme de la garde du Roi, combattant à Fontenoy, Raucoux, etc.; ép. : 1° Antoinette Dorel ; 2° Gilberte Beaulaton, dont entre autres :

IX. Mathieu-Louis-Joseph DE COURTAUREL, chevalier, comte DE ROUZAT, sg^r de La Varenne, des Thierris, etc. ; marié à Mlle de Pierre de Bernis, dont entre autres :

X. Joseph-Balthazar DE COURTAUREL, chevalier, comte DE ROUZAT, officier de la maison militaire du Roi; marié : 1° à Marie-Désirée-Sophie de Chevilly ; 2° à Émilie-Caroline-Alix de Becdelièvre. Il fut père, entre autres de :

1) *1er lit :* Joseph, qui suit ;

2) *2e lit :* Alix, mariée à Ludovic-Gaston, baron de Montesquieu.

XI. Joseph-Benoît-Camille DE COURTAUREL, comte DE ROUZAT, marié le 29 octobre 1846 à Marie-Dominique-Joséphine-Anaïs de Roquefeuil, dont entre autres :

XII. Emmanuel Marie-Joseph DE COURTAUREL, comte DE ROUZAT, † 1904, marié le

7 juillet 1883 à Alice-Marcelline-Joséphine-Évrarde de Choiseul-Gouffier, fille d'Érard, comte de Choiseul-Gouffier, et d'Antoinette Swanowicz, dont :

1) Marie de Courtaurel de Rouzat, dernière du nom, née le 17 août 1884.

BRANCHE CADETTE

VI. Joseph DE COURTAUREL, écuyer, sgr du Ludaix, capitaine au régiment du Perche, ép. à Ludaix en 1693, Gabrielle du Gat, fille d'Annet-Joseph, sgr de la Chaise, et de Gilberte de Montandraux, dont :

1) Gabriel, écuyer, sgr du Ludaix, ép. Béatrix de Malzat ;
2) Annet, qui suit ;
3) N..., mariée à Charles Vignaud.

VII. Annet-Charles DE COURTAUREL, chevalier, sgr de Montclar, ép. le 27 juillet 1729 Louise de Malzat de Montclar, sœur de sa belle-sœur, fille de Claude de Malzat, écuyer, sgr de Montclar, capitaine de cavalerie, chevalier de Saint-Louis et de Béatrix d'Azémar, dont :

1) *Francois* de Courtaurel, chevalier, garde du Corps du Roi, brigadier des gardes du Corps, chevalier de Saint-Louis, major de Pierre-Scize à Lyon, comparant à Lyon en 1789 ;
2) Gabriel, qui suit.

VIII. Gabriel DE COURTAUREL, chevalier, marié à Vicq le 6 novembre 1757 à Jeanne Marie des Champs de Mallerée, fille de Jacques-Robert, chevalier, et de Claudine Fradet de Bellecombe, dont entre autres :

1) Jacques, qui suit ;
2) Marie-Thérèse, mariée à Jean Villette, officier des Invalides.

IX. Jacques-Jean-Marie DE COURTAUREL, chevalier, né à Ébreuil le 20 novembre 1760, fit les preuves pour l'École militaire en 1782.

Cf. : Chérin (*Généalogie du 11 octobre 1782*).

Filiation de la branche aînée communiquée par la comtesse de Rouzat, née Choiseul.

COVET DE SAINT-BERNARD

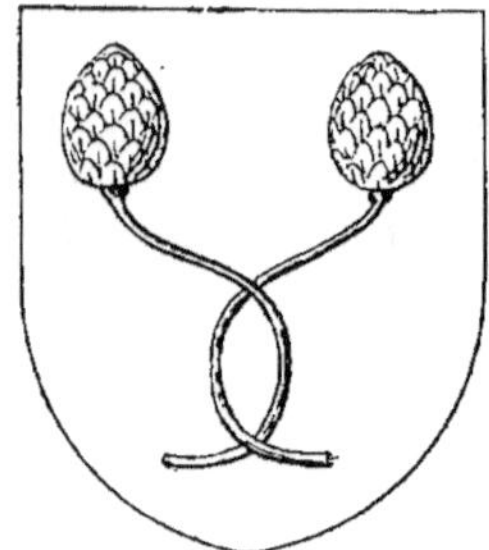

D'or à deux pommes de pin tigées de sinople, les tiges passées en double sautoir.
Devise : *Unio fortis*.

JEANNE-LOUISE DE COVET DE SAINT-BERNARD

Les Covet, Couvet ou Couët, barons et comtes de Montribloud en Bresse ont formé deux branches principales dont l'une fut célèbre en Provence sous le nom de marquis de Marignanes et des Iles-d'Or et l'autre demeura en Bresse et Lyonnais.

Maintenus par jugement du 24 septembre 1668, sur preuves remontant à 1538, les Covet de Marignanes furent par la suite condamnés comme roturiers le 6 juin 1678 (Intendance de Provence) et le 9 avril 1679 (arrêt du Conseil); ces derniers jugements furent cassés en 1695 par un arrêt maintenant définitivement les Covet dans leur noblesse, mais celle-ci avait sa source uniquement dans les charges occupées par les deux branches de cette famille authentiquement issue de :

I. François COVET, vivant en 1516 et qui testa le 13 septembre 1538, laissant de Jeanne Platre, sa femme :

    1) Noble Martin, qui suivra ;

    2) Jean Covet, bapt. à Bourg-en-Bresse le 2 novembre 1526, qualifié d'honorable homme, marchand de Bourg-en-Bresse, dans son contrat de mariage du 10 janvier 1561, passé à Marseille, avec Marguerite Mosnier, fille de Claude, marchand de Marseille. Il devint ensuite consul de Marseille en 1582, se qualifia en 1584 de noble Jean Covet, citoyen de Marseille, fut mestre de camp des arquebusiers à cheval de Provence par commission du duc de Guise (26 janvier 1596) acquit avec Martin, son frère, d'Antoine de Foresta, une portion de la baronnie de Tretz (28 mai 1597), fut qualifié d'écuyer (28 janvier 1598) et de Baron de Tretz. Il fut père de :

        A) Jean-Baptiste de Couet, écuyer, sgr baron de Tretz, Marignanes, Gignac, testa à Aix le 10 novembre 1635 et était mort le 30 juillet 1638. Conseiller au Parlement de Provence et Garde des Sceaux en la chancellerie du dit pays (20 novembre 1608), marié à Marseille p. c. du 18 mars 1601 à Lucrèce de Grasse, qui testa le dernier juillet 1632, fille de Pompée, chevalier, sg^r de Bormes, et de Suzanne de Villeneuve, dont :

- a) Henry de Covet, sg^r marquis de Marignanes, Vélaux, Gignac et autres places, gouverneur de la Tour de Bouc, testa à Aix le 9 mai 1647, † avant le 4 avril 1658, laissant de Melchione des Galis de Bras :
    - aa) Jean-Baptiste de Covet, sg^r marquis de Marignanes, sg^r de Gignac, etc., vivant en 1660, objet des jugements de noblesse ci-dessus-mentionnés, et père de :
        - aa[1]) Joseph-Gaspard, parrain à Lyon (Saint-Paul), le 17 avril 1672 ;
        - aa[2]) Louise-Françoise de Covet de Marignanes.
    - bb) Anne de Covet, mariée : 1° à Marignanes p. c. du 4 avril 1658 à Antoine de Covet, sg^r baron de Montribloud, etc. ; 2° à Lyon à noble Antoine Le Blanc d'Altovity (Voyez plus loin).
- b) Jean-Baptiste, faible d'esprit ;
- c) Gaspard de Covet, sg^r marquis des Iles-d'Or, baron de Tretz et de Bormes, Gouverneur de Port-Cros ;
- d) Désirée Covet, mariée à Aix p. c. du 1er juillet 1619 à Bernard de Forbin, chevalier, sg^r de Saint-Canat, fils de messire Gaspard, sg^r de Sollières, conseiller du Roi en ses Conseils, gouverneur de Toulon, etc. ;
- e) Marguerite Covet, mariée à Aix p. c. du 5 juin 1627 à Mre Paul de Fortias, sg^r baron de Pilles, mestre de camp de cavalerie légère étrangère en France, Gouverneur du château d'If, fils de Paul, conseiller du Roi.

B) Madeleine Couet, mariée à Marseille p. c. du 22 mai 1584 à noble Claude-César de Vilages, fils de noble Michel et de Catherine de Servats ;

[Nous ne nous étendons pas plus sur la branche provençale qui a donné deux lieutenants généraux des armées du Roi ; nous avons seulement voulu établir les rapports de cette branche avec le Lyonnais].

3) Philiberte Covet, mentionnée dans le testament de Magdeleine Mosnier, sa belle-sœur.

II. Noble Martin Covet, baron de Montribloud, Sainte-Olive, sg^r d'Ambérieu (p. acqu. du Prince de Dombes le 30 mai 1597) et de Saint-Bernard, né à Bourg-en-Bresse, † à Lyon le 23 octobre 1601, Échevin de Lyon en 1592, marié à Magdeleine Mosnier, † ayant testé le 13 avril 1606, fille de Claude, marchand de Marseille, dont quatre enfants, entre autres :

   1) Noble Martin de Covet, sg^r baron de Sainte-Olive ;

   2) Jean, qui suit ;

   3) Lucrèce de Covet, mariée à noble Antoine de Forbin.

III. Jean de Covet, écuyer, sg^r baron de Montribould, Ambérieu, Lissieux, etc., † avant le 31 décembre 1614, Gentilhomme ordinaire de la Chambre du Roi, marié à Geneviève de Baugy, qui testa le 7 juin 1624 et avait fait les 26 novembre 1604 et 2 avril 1605, reprise de fief et dénombrement de la baronnie de Montribloud, dont sept enfants, entre autres :

   1) Nicolas, qui suit ;

   2) Jérôme de Covet, religieux profès en l'abbaye de Saint-Denis ;

   3) Noble Martin de Covet, † à Lyon le 13 mai 1653, abbé de Saint-Rambert, puis de Saint-Bernard ;

   4) Jeanne de Covet, bapt. à Lyon le 30 décembre 1594, mariée à Lyon p. c. du 31 décembre 1611 à noble Barthélemy de Roux, Conseiller du Roi, Lieutenant général civil et criminel au bailliage de Bugey et Valromey, Juge auditeur de camp au gouvernement de Bourgogne, Bresse, Bugey et Valromey, fils de Claude de Roux, bourgeois de la ville de Montluel, et de Marguerite Accard :

   5] Marguerite de Covet, bapt. à Lyon le 22 octobre 1602, testa à Lyon le 29 juillet 1625, mariée à Lyon p. c. du 7 août 1619, à noble Nicolas Frère, conseiller de Mme la Princesse souveraine de Dombes, Lieutenant particulier au bailliage du dit pays, juge et garde de la Monnaie de la dite souveraineté, fils de noble Giraud Frère et de Constance de Raverie.

IV. Noble Nicolas de Covet, baron de Montribloud, sg^r de Saint-Bernard, Sainte-Olive, Lissieux, Arcieux, La Fontaine, Tête d'argent, La Rigaudière, La Mure, bapt. à Lyon le 1er juin 1595, † le 16 mars 1652, capitaine d'une compagnie franche de chevau-légers de S. M. ; marié à Lyon p. c. du 24 février 1628 à Isabeau de Pures, fille de noble Antoine de Pures, baron de Balmont, chevalier de l'ordre du Roi, gentilhomme ordinaire de sa Chambre, conseiller-secrétaire de S. M. et de ses finances, et de Magdeleine Particelle, dont parmi huit enfants :

   1) Antoine, qui suit ;

2) Michel de Covet, sg^r et baron de Sainte-Olive en Dombes, bapt. à Lyon le 20 février 1631, testa à Lyon le 25 juin 1658 ;

3) Pierre de Covet, écuyer, sg^r de Saint-Bernard, bapt. à Lyon le 29 juin 1634, † à Lyon le 2 mars 1653 ;

4) César de Covet, chevalier, sg^r de La Mure, baron de Saint-Olive, Montribloud et Saint-Bernard, bapt. à Lyon le 19 décembre 1636, testa à Lyon le 26 septembre 1670 et vivait encore en 1681, ayant été capitaine au régiment de Lorraine (1658).

V. Antoine DE COVET, chevalier, sg^r et comte DE MONTRIBLOUD, Saint-Bernard, Arcieu, La Fontaine, Saint-André, Lissieux et Bussiges, marquis de Villars, bapt. à Lyon le 7 juin 1629, † en septembre 1673; Syndic de la Noblesse de Bresse, fit reprise et dénombrement de fief le 4 juillet 1654 ; marié à Marignanes p. c. du 4 avril 1658 à Anne de Covet, fille d'Henry de Covet, marquis de Marignanes, Velaux, Gignac, etc., et de Melchione des Calis de Bras. [Anne de Covet se remaria à Lyon p. c. du 30 août 1680, à noble Antoine Le Blanc d'Altovity, chevalier, fils de Mre François Le Blanc et de Magdeleine de Candolle; elle testa à Lyon les 24 janvier 1695 et 16 novembre 1706]. Il fut père de neuf enfants, entre autres :

1) Joseph-Louis de Covet, chevalier, dit M. de Saint-Bernard, né le 20 septembre 1661, testa à Lyon le 9 novembre 1681 ;

2) Jean-Baptiste, qui suit ;

3) Joseph-Gaspard de Covet, dit M. de Saint-Marcel, né le 29 décembre 1664 ;

4) Urbain de Covet, chevalier, capitaine de dragons au régiment de Verrue (1695) ;

5) Anne-Paule de Covet de Villardet, née le 1er mars 1668, testa à Lyon le 28 août 1688 ; religieuse au monastère de Saint-Pierre de Lyon .

VI. Jean-Baptiste DE COVET, chevalier, comte DE MONTRIBLOUD, baron de Saint-Bernard, marquis de Villars, sg^r de La Mure, etc., né le 7 novembre 1662, † 1719, marié à Dijon p. c. du 5 mai 1693 à Marie-Magdeleine de Fleury, fille de Catherin de Fleury, conseiller au Parlement de Bourgogne. Le 25 juin 1720 elle fit, comme tutrice de ses enfants mineurs, hommage au Roi pour la maison-forte, fief et seigneurie de La Mure, sise à Charly en Lyonnais. Elle laissa cinq enfants, entre autres :

1) Jean-Baptiste, qui suit ;

2) Anne de Covet, bapt. à Lyon le 23 juillet 1694, religieuse professe au couvent des Ursulines de Trévoux ;

3) Claudine de Covet, ursuline à Trévoux.

VII. Jean-Baptiste DE COVET, chevalier, comte DE MONTRIBLOUD, baron de Saint-Bernard, sg^r de La Rigaudière, La Mure, etc., mousquetaire du Roi dans la seconde compagnie ; demeurant au château de Saint-Bernard en Franc-Lyonnais, testa les 24 novembre 1744 et le 24 juillet 1755, ayant vendu le 29 janvier 1754 Montribloud, château et baronnie en toute justice dans la paroisse de Saint-André-de-Corsi en Bresse, à Pierre Nicolau, écuyer, receveur général des deniers communs, dons et octrois de la ville et communauté de Lyon. Jean-Baptiste de Covet laissa de son mariage avec Louise Paret :

1) *Jeanne-Louise* DE COVET DE SAINT-BERNARD, comparante à Lyon en 1789.

Cf. : Chérin : 61 ;

Bonnardet : *Les Lyonnais au collège de Juilly.*

DARESTE DE SACONAY

D'azur au chevron accompagné en pointe d'un phénix regardant un soleil mouvant du franc canton, le tout d'or.

Claude DARESTE de SACONAY
Jean-Claude DARESTE de SACONAY

Cette famille serait originaire d'Italie et venue de là se fixer à Saint-Chamond. Elle établit sa filiation depuis :

I. Claude Dareste, vivant à Saint-Chamond, † avant 1631, marié : 1° à Claudine Pernet ; 2° vers 1599 à Jeanne Razey, † avant 1631, dont entre autres :

1) *Second lit* : Antoine, qui suit ;
2) Françoise Dareste, née vers 1612, † à Lyon le 8 août 1685 ;
3) Isabeau Dareste, ép. 1° François Turrin ; 2° p. c. du 27 juillet 1654 Jean Cottier.

II. Antoine Dareste, bapt. le 29 octobre 1600, † 22 novembre 1688 ; ép. p. c. du 9 février 1631 Jeanne Roland, † à Saint-Chamond le 28 février 1692, fille de Jean, et de Catherine Louis, dont parmi dix enfants :

1) Noble Barthélemy Dareste, bapt. à Saint-Chamond le 30 octobre 1633, † à Lyon s. a. le 29 octobre 1699, Échevin de Lyon en 1692-93 ;
2) Camille, qui suivra ;
3) François Dareste, prêtre, né à Saint-Chamond le 15 mars 1644, † à Saint-Chamond 23 octobre 1679 ;
4) Pierre Dareste, né à Saint-Chamond le 4 septembre 1649, † à Lyon le 5 août 1736, Prêtre, Docteur en Sorbonne ;
5) Antoine, tige des Dareste de Rosargues ou Rosarge ;
6) Catherine Dareste, née le 21 février 1646, † le 6 novembre 1715 ;
7) Jeanne Dareste, bapt. le 27 novembre 1647 à Saint-Chamond, religieuse de l'Antiquaille, † avant 1665.

III. Camille Dareste, écuyer, né à Saint-Chamond le 19 octobre 1635, † à Lyon le 30 mars 1718, Recteur de l'Hôtel-Dieu de Saint-Chamond en 1679 et 1680, Gentilhomme de la grande vénerie du Roi (1694) ; marié à Saint-Chamond p. c. du 5 février 1667 à Marie Gayot, † le 8 septembre 1694, fille de Jean-François Gayot et de Marie Masson, dont sept enfants, parmi lesquels :

1) Barthélemy, qui suit ;

2) Pierre Dareste, né le 9 janvier 1679, chanoine régulier de l'ordre de Saint-Antoine ;

3) Jean-Jacques, tige de la branche d'Écossieu ;

4) Jeanne, née le 15 décembre 1668, † 1741, ép. le 10 octobre 1705, François Vialis, héraut d'armes de France au titre d'Alençon (23 septembre 1713) ;

5) Catherine Dareste, née le 6 octobre 1676, † le 23 mai 1724, ép. p. c. du 11 février 1696 Jean-Baptiste Michel, écuyer, sg^r de La Tour des Champs, du Deaulx, etc., Échevin de Lyon en 1722, bapt. à Lyon le 6 janvier 1668, fils de Jacques, écuyer, et de Jeanne de la Roue.

IV. Barthélemy Dareste, écuyer, sg^r de Saconay, etc., né le 22 septembre 1670, † à Lyon le 12 septembre 1738, gentilhomme de la Grande-Vénerie du Roy (10 novembre 1715); marié le 28 janvier 1710 à Claire Guillet, fille de noble Claude Guillet, sg^r de Saconay, Aveize, La Chapelle, dont il eut quatorze enfants parmi lesquels :

1) Camille, qui suit ;

2) Jean-Jacques, auteur de la branche de la Chavanne ;

3) Claude, bapt. à Lyon le 11 août 1712, chanoine de Saint-Paul ;

4) Jean-Baptiste, bapt. le 24 juillet 1722, capitaine enseigne du quartier Saint-Paul ;

5) Catherine, bapt. le 9 mars 1715, † 23 septembre 1783, ép. le 10 novembre 1733 Antoine-Marie Burlat, écuyer, gentilhomme de la Grande Vénerie du Roi, fils de Benoît et de Jeanne Palerne ;

6) Catherine-Claire, bapt. le 12 avril 1716, † à Montbrison le 3 décembre 1749, mariée à Lyon le 16 février 1740 à noble Guillaume Gayot, commissaire aux Saisies réelles en Forez, né à Montbrison le 8 mars 1702, † le 12 septembre 1784, fils de noble Pierre, et de Jeanne Arthaud de Viry ;

7) Louise, bapt. le 10 octobre 1719, † ayant testé à Lyon le 10 août 1754, ép. à Lyon le 24 novembre 1744, noble André Perdrigeon, Procureur du Roi au bailliage de Bourg-Argental, fils de noble François, et de Marguerite Bollioud ;

8) Claudine-Catherine, bapt. à Lyon le 17 juillet 1730, ép. à Lyon p. c. du 9 décembre 1760 Pierre Teysonnier, écuyer, avocat en la sénéchaussée de Valence.

V. Camille DARESTE DE SACONAY, écuyer, sgr de Saconay, Aveize, La Chapelle, etc., né le 12 octobre 1710, † à Lyon le 20 octobre 1761, Lieutenant Pennon, puis capitaine dans la compagnie du Quartier de la Juiverie, Recteur du Grand Hôtel-Dieu de 1743 à 1746, Juge conservateur en 1750, Échevin de Lyon en 1758-59, membre de l'Assemblée de Messieurs les Notables de Lyon en 1778. En 1760, Louis XV lui accorda des lettres l'autorisant à substituer dans ses armes, le *champ d'azur*, au *champ de gueules* pour distinguer sa branche des autres branches de la famille, dont certaines portaient le *champ de gueules*; marié à Lyon les 16-21 janvier 1738 à Jeanne Ravachol, fille de Jean-Marie Ravachol, écuyer, Échevin de Lyon, et de Benoite de Quinson, dont parmi sept enfants :

1) Jean-Marie Dareste de Pitaval, écuyer, bapt. à Lyon 25 juin 1740, † ayant testé à Lyon le 30 avril 1784 ; essayeur de la Monnaie de Lyon (6 mars 1773);

2) Claude, qui suivra ;

3) *Jean-Claude* Dareste de Saconay, écuyer, baptisé à Lyon le 6 janvier 1742, † à Lyon le 14 février 1830, chevalier de Saint-Louis, chef d'escadron au Régiment des chasseurs de Picardie, comparant à Lyon en 1789, marié à Jeanne-Séraphine Ballex ;

4) Claire-Louise Dareste de Saconay, bapt. à Lyon le 3 novembre 1744, ép. à Lyon le 15 mai 1765 Nicolas le Mau de la Barre, écuyer, Receveur ancien et alternatif des tailles du Beaujolais, tué à Saint-Domingue en 1791, fils de Marin, écuyer, secrétaire du Roi, et de Marie-Thérèse Deschamps ;

5) Marguerite-Victoire Dareste de Saconay, bapt. à Lyon le 28 février 1750, † à Lyon le 21 juin 1832, marié à Lyon le 27 février 1770 à Pierre-Gabriel Clérico de Janzé, écuyer, sgr de Janzé, conseiller à la Cour des Monnaies de Lyon, † victime de la Révolution à Lyon en 1793, fils de Jean, secrétaire du Roi, et de Catherine Cizeron.

VI. *Claude* DARESTE DE SACONAY, écuyer, sgr de Saconay, etc., bapt. à Lyon le 13 avril 1739, † à Lyon le 22 avril 1809, Receveur de la Capitation, chevalier de Saint-Louis, comparant à Lyon en 1789, marié le 3 septembre 1765 à Anne-Catherine Siran, † à Lyon le 3 février 1832, fille de noble Joseph Siran, Receveur-général des impositions royales de Lyon, et de Jeanne Marinet, dont cinq enfants, parmi lesquels :

1) Claude-Camille-Pierre Dareste de Saconay, bapt. à Lyon le 11 mars 1769, † à Lyon le 19 juin 1824, chevalier de Saint-Louis ;

2) Jean-Baptiste, qui suivra ;

3) Marie-Jeanne Dareste de Saconay, bapt. à Lyon le 5 octobre 1775, mariée le 26 ventôse an V à Denis-Félicité de Garnier, comte de Garets, fils d'Éléonor, gouverneur de Strasbourg, et de Catherine de Godefroy.

VII. Jean-Baptiste-Marie Dareste de Saconay, écuyer, né à Lyon le 10 août 1771, † à Lyon le 3 octobre 1834, capitaine, chevalier de Saint-Louis, Receveur-général des contributions indirectes à Lyon en 1821, ép. à Saint-Julien-sous-Montmelas, le 25 juillet 1796 Marie-Louise-Joséphine de Garnier des Garets, née le 10 septembre 1770, † à Lyon le 28 janvier 1848, fille d'Éléonor de Garnier des Garets, chevalier sg^r de Colombier, chevalier de Saint-Louis, maréchal des camps et armées du Roi, commandant la citadelle de Strasbourg, et de Catherine-Josèphe de Godefroy de La Lande, dont :

1) Marie-Victoire Dareste de Saconay, née à Pomeys le 1er vendémiaire an VI, † s. p. à Rancé (Ain) le 3 septembre 1871 ; ép. à Lyon le 16 mai 1821 Louis-Alexandre, comte du Peloux de Praron, né à Lemps (Ardèche) le 18 septembre 1780, fils de Louis-Joseph, chevau-léger de la Garde du Roi, et d'Anne Fleurant de Rancé.

2) Anna-Félicité, qui suit ;

VIII. Anna-Félicité Dareste de Saconay, née vers 1798, † à Saint-Rambert-l'Isle-Barbe le 19 août 1878, mariée le 25 mars 1824 à Jean-Pierre-Louis de Limoge, † à Saint-Rambert en mars 1886, âgé de 98 ans, chevalier de Saint-Louis, de la Légion d'Honneur et du Lys, médaillé de Sainte-Hélène, capitaine au 18e régiment d'Infanterie légère, fils de Joseph-Esprit de Limoge et de Rosalie de Digoine, dont entre autres :

IX. Léon-Jean-Marie de Limoge-Dareste de Saconay, né à Saconay le 26 mai 1826, † à Paris le 6 mars 1896, a repris le nom de Dareste de Saconay, par adoption de sa tante maternelle, la comtesse du Peloux ; marié à Lyon le 7 août 1850, à Anne-Zoé-Suzanne de Luzy de Pélissac, fille de François-Aimé, marquis de Luzy de Pélissac, et de Anne-Olympe du Peloux de Praron, dont :

X. Henri-Johans de Limoge-Dareste de Saconay, né à Lyon le 4 juin 1851, ép. à Lyon 26 juin 1877 Marie-Charlotte-Bathilde de Riverieulx de Chambost, fille de Jean-Claude-Anatole de Riverieulx, comte de Chambost, et de Marie-Françoise-Hedwige Ranvier de Bellegarde, dont deux filles :

1) Marie-Julienne-Marguerite Dareste de Saconay, née à Lyon le 22 avril 1878,

mariée à Saconay le 28 juillet 1903 à Joseph-Michel-Charles-Gaston, baron de Brosse, né à Saint-Martin-l'Estra le 28 octobre 1878, fils d'Hippolyte, baron de Brosse et de Marie Roux de La Plagne;

2) Anne-Marie-Agnès Dareste de Saconay, née à Lyon le 4 mars 1882.

BRANCHE DE LA CHAVANNE

V. Jean-Jacques DARESTE DE LA PLAGNE, écuyer, † avant le 11 février 1782, receveur des gabelles à Saint-Symphorien-le-Château, subdélégué de l'Intendant de Lyon, ép. à Saint-Symphorien le 22 septembre 1743 Françoise Gavault, † le 13 brumaire an XI, fille de François, lieutenant civil et criminel en l'élection de Lyon, et de Françoise Mauvernay, dont quinze enfants, entre autres :

1) Antoine, qui suit ;
2) Jean-Baptiste, bapt. le 1er novembre 1749, † le 13e jour du 2d mois de l'an II, contrôleur des fermes du Roi à Vienne;
3) Camille, bapt. à Saint-Symphorien-le-Château le 21 juillet 1769 ; ép. à Lyon le 3 pluviôse an VI Élisabeth Pessonneau, dont :

    A) Mathilde, née à Lyon le 24 prairial an VI, ép. le 20 janvier 1820 Rodolphe Dareste de la Chavanne ;

4) Marguerite, bapt. à Lyon le 21 avril 1752, ép. à Lyon le 17 mars 1772 Nicolas-Aimé-Jean Bonamy, Directeur général des Fermes à Lyon ;
5) Marie-Antoinette, bapt. à Lyon le 8 septembre 1756, ép. à Lyon p. c. du 2 septembre 1774 François-Pierre Boussard d'Hauteroche;
6) Catherine-Claudine, née à Saint-Symphorien le 23 septembre 1757, ép. à Saint-Cloud près Paris le 11 février 1782 Augustin Vasse de Rocquemont, écuyer, né à Saint-Valéry (Somme) le 25 décembre 1745, † à Lyon le 26 janvier 1825;
7) Françoise-Louise, bapt. à Lyon le 23 février 1765, ép. Antoine-Remy Levert;
8) Françoise-Victoire, bapt. à Saint-Symphorien le 9 mars 1768, ép. Guillaume-Nicolas Blondat.

VI. Antoine DARESTE DE LA CHAVANNE, bapt. à Lyon le 7 mars 1760, receveur-général du tabac à Lyon, ép. : 1° à Lyon le 9 décembre 1784 Jeanne Palais, † à Saint-Symphorien-sur-Coise le 7 novembre 1794 ; 2° le 20 pluviôse an VII Marie-Anne-Charlotte Charvet, fille de Jean-Louis et de Catherine Janselme; il eut cinq enfants du premier lit et deux du second; entre autres :

1) *du 1ᵉʳ lit* : Jean-Baptiste, qui suit ;

2) Antoine-Cléophas, bapt. à Lyon le 13 novembre 1785, † à Paris en 1863, ép. à Naples le 5 août 1823 Jeanne-Rose-Pierrette Gaillard, née à Marseille le 18 juillet 1801, † s. p.

3) François-Léopold, bapt. le 23 septembre 1791, † novembre 1869, ép. Françoise Belly, † à Montboulan (Loir-et-Cher) le 24 septembre 1885 ;

4) *du 2ᵉ lit* : Françoise-Louise-Aimée, née à Lyon 2 floréal an VIII, ép. François Bonnelli de Castro, général italien ;

5) Jenny, ép. N. Pagès.

VII. Jean-Baptiste-Rodolphe Dareste de La Chavanne, bapt. à Lyon le 31 octobre 1789, † à Paris le 27 mars 1879, chef de bureau au ministère des finances, ép. le 20 janvier 1820 Françoise-Claire-Mathilde Dareste, née à Lyon le 24 prairial an VI, † à Paris 12 avril 1814, dont :

    1) Cléophas, qui suit ;

    2) Gabriel-Magdeleine-Camille Dareste de La Chavanne, Professeur à la Faculté des Sciences de Lille, né à Paris le 23 novembre 1822, ép. en 1853 Marie Maugas, dont :

        A) Cléophas-Edmond, né en 1857, Ingénieur, ép. le 28 avril 1887 Angèle Renou ;

        B) Marie, ép. Édouard Petit, ingénieur ;

        C) Camille, née 1863, ép. le 19 avril 1890 Charles Olry ;

        D) Marthe, ép. en novembre 1889, Jérôme Charmeil.

    3) Rodolphe Dareste de La Chavanne, né à Paris le 26 décembre 1824, conseiller à la Cour de Cassation, ép. en 1850, Amélie Plougoulin, dont :

        A) Pierre-Rodolphe, né à Paris en 1851, membre de l'Institut, ép. le 5 juillet 1888 Louise Girard ;

        B) Élisabeth ; C) Cécile Dareste de la Chavanne.

VIII. Antoine-Élisabeth-Cléophas Dareste de La Chavanne, né à Paris le 28 octobre 1820, † à Lucenay-les-Aix (Nièvre) le 11 août 1882, historien connu, ép. le 6 novembre 1847 Marie-Claudine Étesse, † le 10 janvier 1860, âgée de 31 ans, fille de Paul Étesse, armateur au Havre, et de Suzanne de Tircuy de Corcelles (fille de Claude et d'Hélène de Riverieulx de Varax), dont :

    1) Rodolphe, qui suit ;

    2) Paul-Camille-Joseph Dareste de La Chavanne, né à Lyon 30 juin 1852, ép. à Lyon le 27 mai 1895 Marguerite Jourdan, née à Lyon le 7 juin 1865, fille de Clément, et d'Henriette Aynard, dont postérité ;

3) Hélène-Marie, née à Grenoble 25 octobre 1848, † à Monaco le 6 mai 1905,
ép. à Nancy le 30 août 1872 Achille-Lucien-André d'Alverny, Substitut du
Procureur général à Lyon (17 mars 1874), Conseiller à la Cour d'appel
(19 octobre 1878), révoqué en 1883, né à Castillon (Gard) le 18 octobre 1834,
fils de Lucien-André et de Louise Royer de Loche.

IX. François-Rodolphe DARESTE DE LA CHAVANNE, né à Lyon le 16 mars 1850,
substitut au tribunal de Montbrison, démissionnaire, marié à Bourg le 14 avril 1888,
à Marthe Chappet de Vangel, née à Péronnas (Ain) le 12 février 1859, fille de Paul,
et de Sarah Gaillard de La Vernée, dont :

1) Jacques Dareste de La Chavanne, né à Bourg-en-Bresse, le 21 février 1881;
2) Marie, née à Bourg le 4 mars 1885.

BRANCHE D'ÉCOSSIEU

IV. Noble Jean-Jacques DARESTE, sg^r d'Écossieu, né le 7 octobre 1680, † à Lyon
le 6 octobre 1757, banquier, conseiller du Roi, Juge en la douane de Lyon, Valence
et autres droits joints aux cinq grosses fermes (9 février 1724), ép. à Lyon le 2 août
1717 Pierrette Duport, qui testa à Lyon le 7 septembre 1743, fille de Jean-Baptiste,
conseiller du Roi en la juridiction de la Douane, et de Marie-Antoinette-Catherine
Prost de Grangeblanche, dont :

1) Jean-Baptiste-Louis, sg^r d'Écossieu (dont dénombrement à Lyon le 23 août
1738), bapt. à Lyon le 2 août 1718;
2) François, qui suit ;
3) Marie-Antoinette-Catherine, bapt. à Lyon le 25 juillet 1719, testa à Lyon
le 17 octobre 1760, ép. à Lyon 1° p. c. du 11 février 1740, Antoine Perret,
fils d'Antoine et de Blaise Perrolier ; 2° le 6 août 1748 Pierre Grassot,
Docteur en médecine à Lyon, fils de Nicolas, et de Catherine Blain ;
4) Jeanne, bapt. le 16 septembre 1720, † à Lyon le 27 octobre 1768, ép. Jean
Thomas Barberis, fils de François, du lieu de Mondovi, et de Claire
Rolfe ;
5) Jeanne-Françoise, bapt. le 5 octobre 1721, † ayant testé le 10 février 1779;
ép. à Lyon p. c. du 11 avril 1747 noble Jean-Baptiste Potot, Docteur en
médecine du collège de Lyon.

V. François DARESTE DE LA GORGE, bapt. à Lyon le 31 janvier 1732, † à Lyon le
10 août 1787, ép. à Lyon le 1er février 1768 Marie-Anne Perrin, fille de Mathieu, et
de Benoite Mury, dont :

1) Jean-François, qui suit ;
2) Antoinette-Benoîte-Anne, † à Lyon le 5 novembre 1844, ép. à Lyon le
   1ᵉʳ mars 1791 Claude-Antoine Isnard, fils de Robert Isnard du Deaulx et de
   Marie Bertholon.

VI. Jean-François DARESTE DE LA GORGE, né à Lyon le 22 mai 1770, ép. à Lyon le
15 juillet 1808 Louise-Françoise Le Marchand des Mines, née à Saint-Symphorien de
Lay le 28 octobre 1774, fille de Louis-Joseph, et d'Anne Deville.

BRANCHE DE ROSARGUES

III. Antoine DARESTE, écuyer, sgʳ DE ROSARGUES en Dauphiné, né à Saint-Chamond
le 2 août 1651, † à Lyon le 3 octobre 1713, Banquier à Lyon où il était établi en
1682, Licencié de Sorbonne, Anobli par L. P. de mai 1700, ép. à Lyon le 10 août
1692 Marie Baronnat, † à Lyon le 27 mars 1731, fille d'Étienne Baronnat et
d'Olive Féraud, d'où six enfants parmi lesquels :
   1) Antoine Dareste, écuyer, sgʳ de Rosargues, La Terrasse, Albonne, etc. dont
      il rendit hommage en 1738 et le 6 juin 1750, † à Lyon le 4 octobre 1759 ;
   2) Pierre, qui suit ;
   3) Marie-Anne Dareste, bapt. à Lyon le 27 mai 1698, † antérieurement à 1753,
      ép. à Lyon p. c. du 27 novembre 1722, Pierrre de Chaponay, chevalier, sgʳ
      de Morancé, etc., capitaine au régiment Dauphin, fils de Gaspard, et de
      Marie de Baglion.

IV. Pierre DARESTE, écuyer, sgʳ de Bouvesse, Marcieux, Charette, etc., puis de
Rosargues, Albonne, etc., après la mort de son frère, bapt. à Lyon le 17 décembre
1700, † à Lyon le 24 mars 1755, conseiller en la Cour des Monnaies de Lyon (de 1723
jusqu'au 30 août 1749) ; reçut des lettres d'honneur de sa charge le 10 juillet 1750 ;
ép. à Lyon p. c. du 4 mai 1737 Geneviève Füselier, † à Lyon le 19 juillet 1798,
fille de Pierre Fuselier, sgʳ de La Claire, juge en la Conservation, et de Ludivine
Chaufoureaux, dont parmi onze enfants :
   1) Jeanne-Marie, bapt. à Lyon le 23 novembre 1740, † à Lyon le 3 février 1815,
      ép. p. c. du 2 septembre 1760 Jean-Blaise Denis de Cuzieu, écuyer, sgʳ de
      Cuzieu et Unias, fils de Benoît-Denis, écuyer, sgʳ de Cuzieu, et de Cathe-
      rine Rousseau (cf. Palerne).
   2) Antoinette, bapt. à Lyon le 23 octobre 1743, † le 4 avril 1837, ép. p. c. du
      28 septembre 1769 Anne-Paul Cheval de Fontenay, écuyer, sgʳ de Som-
      mant, etc., mousquetaire du Roi, Lieutenant général au bailliage d'Autun

[veuf de Claude Mollerat, dont la comtesse de Foudras], fils d'André Cheval de Fontenay, vierg d'Autun, secrétaire au Parlement de Metz;

3) Lucrèce, bapt. à Lyon le 22 décembre 1745, † à Lyon le 29 août 1822, ép. à Lyon le 11 août 1765, Pierre Dujast d'Ambérieu, écuyer, sgr d'Ambérieu, les Allymes, etc , syndic de la Noblesse du Bugey, etc., † à Lyon le 21 octobre 1821, âgé de 83 ans, fils de Dominique, écuyer, secrétaire du Roi, sgr du mandement de Saint-Germain d'Ambérieu, et de Marie-Anne Bottu de Saint-Fonds;

4) Marie-Geneviève, bapt. à Lyon le 1er novembre 1748; ép. à Lyon p. c. du 27 novembre 1770 Claude-Jean-Baptiste de Garron de la Bevière, chevalier, sgr de Brosse, officier au régiment de Champagne, fils de Joseph, chevalier, lieutenant de Roi de Bourg-en-Bresse, et de Marie-Antoinette Turban, dame de Longes ;

5) Ludivine Dareste, bapt. à Lyon le 16 avril 1750, † à Lyon le 13 avril 1817, ép. à Bourg le 13 avril 1774, Henry de Bourrelier-Malpas, comte de Mentry, † avant 1793, fils de Joseph, chevalier, et de Claudine de Saint-Maurice.

Cf. : *Notes* de M. Dareste de Saconay.

DAUDÉ

De gueules au lion d'or (aliàs d'argent) couronné de même et tenant une fleur de lys d'or.

Devise : *Deo datus.*

Jean-Baptiste DAUDÉ du POUSSEY

L'ancienne famille Daudé, originaire des Cévennes, a formé les branches d'Alzon, de la Valette et du Poussey, et a obtenu en avril 1727 des L. P. de confirmation de noblesse d'ancienne extraction accordées à Jean Daudé, sg^r de La Valette et à Étienne son frère. Jacques Daudé, sg^r du Poussey, leur cousin, adressa à S. M. une requête pour bénéficier de la même faveur, et obtint le 6 juin 1754 des lettres de maintenue dûment enregistrées au Parlement et à la Chambre des comptes de Paris par lesquelles il fut conservé dans sa noblesse d'extraction « sans pouvoir néanmoins être réputé et compris au nombre des nouveaux anoblis ».

Les Daudé établissent leur filiation depuis :

I. Jean DAUDÉ DE LA COSTE, tué en 1580 par les protestants, pour la défense de la religion et de l'État ; père de :

II. Jean DAUDÉ, sg^r DE LA COSTE, fit les guerres de religion, il fut assiégé en 1620 par le duc de Rohan qui pilla sa maison et brûla tous ses titres. Il avait épousé N.... de Rouquet, dont :

III. Jean DAUDÉ, sg^r DE LA COSTE, marié à Françoise Boyer, dont :
1) Jacques, qui suivra ;
2) Fulcrand Daudé, qui a fait la branche du Poussey.

IV. Jacques DAUDÉ, sg^r DE LA COSTE et de la Valette, né en 1649, † tué par les Camisards en 1704, juge en chef de la ville et viguerie de Vigan, subdélégué de l'Intendant du Languedoc, vainqueur des Protestants en 1687, ép. Catherine de Ménard, dont :

1) Jean, qui suivra ;
2) Étienne, tige des Daudé de La Valette.

V. Jean Daudé, chevalier, sg^r et vicomte d'Alzon, conseiller du roi, maire du Vigan, subdélégué de l'Intendant du Languedoc, chevalier de Saint-Michel en 1732, obtint en avril 1727 la confirmation de ses titres de noblesse brûlés en 1620, et obtint en 1747 l'érection de la seigneurie d'Alzon en vicomté; ép. Madeleine de Roussy, dont :

VI. François-Xavier Daudé, chevalier, vicomte d'Alzon, officier de cavalerie, né le 22 juin 1709, ép. Mlle de Jouvenot, dont :

VII. Jean-François-Xavier Daudé, chevalier vicomte d'Alzon, baron du Pouget (p. acq. de 1760), né en 1739, ép. Marie L'Evesque de Cerisières, dont entre autres :
1) Jean-Louis, qui suivra ;
2) Henri, qui a fait le rameau cadet d'Alzon.

VIII. Jean-Louis Daudé, chevalier, vicomte d'Alzon, baron du Pouget, né en 1759, officier de cavalerie au Royal-Etranger; ép. Charlotte Le Bouf, dont :

IX. Charles Daudé, chevalier, vicomte d'Alzon, baron du Pouget, né en 1783, capitaine d'infanterie, chevalier de Saint-Louis, ép. Blandine Roult, dont :

X. Edmond Daudé, vicomte d'Alzon, baron du Pouget, né en 1811, directeur des contributions directes, chev. de la Lég. d'Hon., ép. Marie de Saint-Germain, dont :

XI. Louis Daudé, vicomte d'Alzon, baron du Pouget.

RAMEAU D'ALZON

VIII. Henri Daudé, vicomte Henri d'Alzon, député, marié à Mlle de Faventines, issue des Faventines, fermiers généraux et seigneurs de Lavagnac, dont :
1) Le Révérend Père d'Alzon, illustre fondateur des Assomptionnistes ;
2) Marie-Françoise-Juliette d'Alzon, mariée le 20 mars 1837, à Jacques-Anatole-Jean de Chastenet, comte de Puységur, Page du Roi Charles X, né à Bordeaux en 1813, † à Bordeaux le 17 juillet 1851, arrière-petit-fils du marquis de Puységur, maréchal de France.

BRANCHE DE LA VALETTE

V. Étienne Daudé, chevalier, sg^r de la Valette et Valescure, Garde du Corps du Roi, chevalier de Saint-Louis, maintenu avec son frère le 6 avril 1727, fixé à Saint-Jean-du-Bruel (Aveyron) et père de :

VI. François-Xavier DAUDÉ, chevalier, sg^r DE LA VALETTE, † 1773, Garde du corps du Roi, chevalier de Saint-Louis, ép. Mlle de Thomassy, dont :

VII. Jean-Étienne DAUDÉ, chevalier, sg^r DE LA VALETTE, comparut au Rouergue aux Assemblées de la noblesse en 1789, ép. Agathe Abric, dont, entre autres :

VIII. Émile DAUDÉ DE LA VALETTE, écrivain distingué, ép. Esther Capblat, dont :
    1) Henri, qui suivra ;
    2) Amélie de La Valette, mariée à Numa Baragnon, Député du Gard, Sénateur, Sous-secrétaire d'État ;
    3) Marie de la Valette, ép. son beau-frère Baragnon, ci-dessus.

IX. Henri DAUDÉ DE LA VALETTE, ép. Mlle Magne, dont :
    1) Élisabeth, mariée en 1893 à R. Tapié de Celeyran ;
    2) Marie de la Valette, † 1888.

BRANCHE DU POUSSEY

IV. Fulcrand DAUDÉ, né à Saint-André de Majencoules en 1652, conseiller du Roi, contrôleur des Rentes de l'Hôtel de Ville de Paris en 1713 ; ép. à Lyon les 1er-4 février 1698 Françoise-Jeanne Prenel, sœur du Prieur des Chartreux de Lyon en 1700, et fille d'Étienne Prenel et de Françoise Piarron.

[Jeanne Prenel avait deux sœurs : Marie Prenel, mariée à Oudart de Combles (dt. p. chez les Combles, Olivier et Fourgon de Maisonforte (voir ces deux derniers noms), et Catherine Prenel, mariée à l'Échevin de Lyon, noble Jacques Soubry, dont elle eut entre autres : Ignace Soubry, chevalier, Trésorier de France à Lyon ; Isaïe Soubry, écuyer, et Françoise Soubry, mariée à René Imbert (v. ce nom)].

Il eut de ce mariage entre autres :
    1) Jacques, qui suit ;
    2) Françoise Daudé, bapt. à Lyon le 19 avril 1699, ép. p. c. du 28 mars 1716 Pierre de Ginestous, chevalier, sg^r d'Argentières, Page de Louis XIV, gouverneur du Vigan, † le 10 janvier 1740, fils d'Henri de Ginestous, Gouverneur du Vigan.

        Elle fut mère du marquis, du comte et du vicomte de Ginestous ; de Mesdames de Malbois de Caussonnel (mère de l'avocat général au Parlement de Toulouse), de Villars-Roubiac, et de la baronne d'Assas. Le mari de cette dernière, François, baron d'Assas, Premier factionnaire du Régiment d'Auvergne, était le frère aîné du chevalier d'Assas.

3) Marie-Anne-Élizabeth Daudé, bapt. à Lyon le 20 septembre 1711, ép. p. c.
du 9 mars 1735 Pierre de Bombourg, fils d'Alexis-Maximilien et de Clémence Thyollat ;

4) Marie Daudé, bapt. à Lyon le 16 février 1713, † 22 mars 1737, ép. p. c.
du 14 janvier 1736 Georges-Philippe Fourgon, fils d'Antoine, et de Louise
de La Loy.

V. Jacques Daudé, chevalier, sg^r du Poussey, du Monteil, Rochetaillée en Lyonnais, bapt. à Lyon le 9 juillet 1701, † le 4 février 1785, Échevin de Lyon en 1759-60,
ép. à Marseille le 27 mai 1741 Madeleine-Claire Fabron de Saint-Amand, † le
18 octobre 1805, fille de Jean-Baptiste, écuyer, conseiller-secrétaire du Roi, et de
Madeleine Robert, dont entre autres parmi douze enfants :

1) Jean-Baptiste, qui suit ;

2) David Daudé, chevalier, dit M. du Villard, bapt. à Lyon le 25 septembre
1748, capitaine commandant au régiment de Colonel-Général-Cavalerie, ép.
à Rochetaillée le 26 octobre 1786, Claire-Madeleine Chamboduc de la Garde,
fille de Pierre Chamboduc de Magnieu, chevalier, sg^r de La Garde, et de
Marie-Anne Fourgon ;

3) Paul-Gabriel Daudé du Monteil, bapt. à Lyon le 18 mars 1750, † le 9 avril
1822, chanoine de Besançon, prieur de Regny, vicaire-général des diocèses
de Besançon et d'Avignon ;

4) Françoise, bapt. à Lyon le 18 mars 1754, ép. à Rochetaillée le 24 novembre
1772 Pierre Vincent de Saint-Bonnet, écuyer, né à Saint-Étienne le 26 juillet 1740, fils d'Antoine, écuyer, secrétaire du Roi, et de Jeanne
Praire ;

5) Marie-Madeleine, bapt. à Lyon le 28 avril 1755, † au Vigan le 24 octobre
1836, ép. à Lyon les 22-29 juin 1773 Jean-François Bastier de Bez de Villars, chevalier, sg^r de Bez, La Baume, etc., conseiller-maître en la Chambre
des comptes de Montpellier de 1776 à 1790, né au Vigan le 27 février 1746,
† au Vigan le 5 février 1820, fille de Louis, conseiller à la Chambre des
comptes de Montpellier, et de Catherine de Villars ; leur postérité est la tige
des Bez, La Ferté-Senectère, etc.

6) Marie-Anne, bapt. à Lyon le 20 juin 1758, ép. le 3 avril 1780 Claude-Louis
Orset de la Tour, écuyer, conseiller en la Sénéchaussée de Lyon, né le
5 mars 1744, † le 21 décembre 1796.

VI. *Jean-Baptiste* Daudé du Poussey, chevalier, sg^r du Poussey, Rochetaillée,
etc., bapt. à Lyon le 22 mai 1742, recteur de la Charité de 1781 à 1784, comparant

à Lyon en 1789, ép. à Lyon le 9 avril 1777, Madeleine Rambaud, fille de Pierre-Thomas, écuyer, et de Marie Briasson, dont parmi quatre enfants :

    1) David, qui suit ;

    2) Clarisse Daudé, bapt. le 19 février 1781, ép. à Lyon le 29 thermidor an IX Gabriel-Claude-Henri Passerat de La Chapelle, né à Lyon le 19 août 1775, fils d'Antoine-Henri, et de Catherine de Clavière ; dt. p. chez les Passerat de la Chapelle et Rambaud.

VII. David DAUDÉ DU POUSSEY, chevalier, bapt. à Lyon le 16 octobre 1785, † à Rochetaillée le 28 juillet 1861, ép. le 27 mai 1822 Christine de Riverieulx de Chambost, née à Aix (Savoie) le 5 septembre 1791, † à Rochetaillée le 12 juillet 1872 (veuve de François-Jean-Marie de Meaux), et fille de Claude, et de Thérèse Gesse de Poisieux, dont :

    1) Attale Daudé, né à Lyon le 28 février 1823, † s. a. le 26 juin 1890 ;

    2) Marie-Gabrielle, née à Chozeau (Isère) le 9 juin 1825, ép. à Lyon p. c. du 18 avril 1847 Raymond, comte de Sallmard, né à Grenoble le 27 novembre 1815, fils de Geoffroy, comte de Sallmard, et de Louise-Victor Dupuy de Saint-Vincent ; dt. p. chez les Sallmard, La Forest-Divonne, d'Andert, etc.

Cf. : *Communications du Vte d'Alzon et de Mr Daudé de la Valette.*

Carrés d'Hozier : 224 ; Nouveau d'Hozier, 114.

DECROIX

D'azur à la croix d'argent fleurdelisée d'or.

LOUIS-MARIE DECROIX

Les Descroix, Decroix et de Croix, originaires de Sallaignon en Dauphiné, sont issus de :

I. Henry DESCROIX, ép. Marie de Lyon, dame de Pavi, dont deux fils, entre autres :

II. Benoît DESCROIX, bourgeois de Lyon, ép. p. c. du 16 juin 1721, Françoise Roche, fille de Charles, écuyer, lieutenant en la maréchaussée générale du Lyonnais, et d'Éléonore Dru, dont entre autres :

1) Henry-Claude, qui suit ;
2) Gabriel-Antoine, bapt. à Lyon le 13 mars 1726, prêtre, chevalier conventuel de l'ordre de Malte, commandeur de la maison de Saint-Antoine à Paris.

III. Noble Henri-Claude DECROIX, bapt. le 5 juin 1722, Échevin de Lyon en 1779-1780 ; ép. p. c. du 10 septembre 1747 Antoinette Nalet, fille d'Antoine Nalet et de Barbe Vocanson, dont onze enfants, parmi lesquels :

1) Claude-Antoine, qui suit ;
2) *Louis-Marie* Decroix, écuyer, comparant à Lyon en 1789, marié à Lyon le 23 décembre 1790 à Marie-Madeleine-Louise Palyard-Lépinois, fille de Gabriel, bourgeois de Lyon, et de Marie-Madeleine-Françoise Ménard, dont une fille ;
3) Jeanne-Marie, bapt. le 17 octobre 1751, ép. p. c. du 3 juin 1775 François Sébauld, écuyer, fils de Nicolas, secrétaire du Roi en la Cour des Aides de Montpellier, et de Denise Goujet-Duval ;
4) Ennemonde-Françoise, ép. : 1° le 5 juillet 1787 Pierre-Joseph Thévenet, chevalier, fils d'Étienne, chevalier, et d'Anne-Marie Giraudin ; 2° le 21

prairial an VI, Claude-Jean-François Rousset, maire de Marcy-sur-Anse, fils de Claude, et de Marie Pitra.

IV. Claude-Antoine Decroix, écuyer, bapt. à Lyon le 17 juillet 1753, ✝ avant 1787 ; ép. p. c. du 16 janvier 1780 Jeanne-Marie Chevrottier, fille de Vincent et de Suzanne Debrye, dont :

    1) Gabriel, qui suit ;

    2) Antoinette, bapt. à Lyon le 1er avril 1782, ép. à Lyon le 18 juillet 1806, Louis-Charles-Jean-Maurice Courtot de Cissey, né à Beaune (Côte-d'Or) le 3 mai 1765, fils de Bernard-Dominique, lieutenant-colonel de dragons, et d'Anne-Aimée Minard de Pautreville.

V. Gabriel-Hélène Decroix, bapt. à Lyon le 8 janvier 1785, ép. à Lyon le 25 janvier 1809 Jeanne-Augustine Barrochet, née à Lyon le 19 mai 1785, fille de Simon, et de Marie Croizat, dont :

    1) Maurice-Marie Decroix, né à Lyon le 13 juin 1811 ;

    2) Joséphine-Amédée Decroix, née le 13 avril 1813 ;

    3) Antoinette-Simone, née à Lyon le 6 novembre 1818, ✝ le 12 septembre 1890, ép. le 14 avril 1841 Georges-Étienne Joannin, né à Lyon le 31 janvier 1806, fils de Nicolas, et de Marie-Jeanne Lombard.

DEGRAIX

D'argent à une tour de sable accostée de deux bouteroues du même sur une terrasse de sinople ; au chef d'azur chargé d'un soleil d'or.

Jean-Marie DEGRAIX

La famille Degraix, originaire de Saint-Paul en Jarez, est issue de :

I. Jérôme Degraix, marié à Jeanne Chavanne, dont :

II. *Jean-Marie* Degraix, Recteur de l'Hôtel-Dieu de 1779 à 1783, Trésorier de 1785 à 1786, Échevin de Lyon en 1789, comparant à Lyon en 1789, † victime de la Terreur le 20 novembre 1793 ; ép. le 28 février 1764, Marie Ronjon, fille de Jean-François, bourgeois de Lyon, et de Jeanne Pillet, dont :

1) Philibert, qui suit ;
2) Antoinette-Marie-Louise Degraix, bapt. le 9 septembre 1767, † an XII, ép. :
   1º en septembre 1783, à Saint-Paul-en-Jarez, Jean-François Faure de Montaland, conseiller du Roi, Lieutenant-général criminel en la sénéchaussée de Lyon ; 2º le 3 frimaire an XI Jean-Baptiste de Montherot, chevalier de Saint-Louis, commandant la garde nationale de Dijon, Sous-lieutenant sur preuves faites devant Chérin, né à Lyon le 7 février 1767, † à Dijon le 20 août 1850, fils de Pierre de Montherot, sg^r de Montferrand, capitaine des gardes du gouvernement de Bourgogne, et de Jeanne-Sibylle-Philippine de La Martine.

III. Marie-Philibert Degraix, né le 21 décembre 1765.

DELGLAT DE LA TOUR DU BOST

D'argent à un arbre terrassé de sinople ; au chef d'azur chargé de trois étoiles d'or.

Jean-Pierre DELGLAT de LA TOUR du BOST

Jean-Pierre DELGLAT du PLESSIS

Les Delglat, originaires du diocèse de Mirepoix, vinrent à Lyon au début du xviiie siècle et y ont donné un Président et un chevalier d'honneur au Bureau des finances. Seigneurs de l'important marquisat de La Tour du Bost et de l'antique terre féodale du Plessis en Charolais, les Delglat ont comparu en 1789 aux assemblées de la Noblesse à Lyon, Autun et Charolles.

Leur filiation s'établit au xviiie siècle avec :

I. Jean-Pierre Delglat, écuyer, † vers 1760, conseiller secrétaire du Roi près la chancellerie du Parlement d'Aix (1749), marié à Marie Thibaud, dont :

    1) Jean-Pierre, qui suit ;

    2) Louis, bapt. à Lyon le 16 février 1727 ;

    3) Paule, née en 1720, religieuse ursuline à Lyon (29 avril 1748) ;

    4) Philiberte, née en 1723, religieuse ursuline à Lyon (29 avril 1748).

II. *Jean-Pierre* Delglat de La Tour du Bost, chevalier, sg^r du marquisat de La Tour du Bost et de la baronnie d'Uchon, sg^r du Plessis, La Roche, Montessus, Charmoy, Sérandey, Gueuzec, etc., dit le marquis de La Tour du Bost, baron d'Uchon, né à Lyon le 27 février 1726, † à Lyon le 1er décembre 1809, Trésorier de France à Lyon (4 juin 1749), Président au Bureau des Finances de la généralité de Lyon, Gouverneur de Montcenis, etc., comparant en 1789 aux assemblées de la Noblesse à Lyon et Autun. Pierre Delglat reprit de fief pour La Tour du Bost le 10 juillet 1761 et fit en 1770 enregistrer en l'élection de Bresse ses lettres de Trésorier de France. Condamné à mort sous la Terreur et emmené à Paris, il fut sauvé par le dévouement de l'une de ses filles qui fit à pied la route de Lyon à Paris et réussit à arracher son père à la mort. Épuisée par tant de fatigues, elle mourut peu après avoir ramené son père sain et sauf. Jean-Pierre Delglat de La Tour du Bost se maria : 1° à Lyon le 25 novembre 1749 à Marie Imbert, qui testa le 7 août 1750 et était fille de Joseph, et de Françoise de Beaufils ; 2° à Lyon le 9 mai 1758, à Catherine Dupont, † à Lyon, à 89 ans le 5 mai 1825, fille de François, commissaire en droits seigneuriaux de Saint-Étienne, et de Claudine l'Hôpital. Il fut père de :

1) *1er lit :* Françoise-Pierrette, dite Mlle de Saint-Nizier, née à Lyon le 22 septembre 1750, † s. a. à Lyon le 6 février 1825 ;

2) *second lit :* Jean-Pierre, qui suit ;

3) Marie-Claudine, bapt. à Lyon le 4 octobre 1761 ;

4) Antoinette-Catherine, bapt. à Lyon le 9 janvier 1763, ép. en 1802 Étienne-Robin de Barbentane, chevalier, marquis de Beauregard, capitaine de dragons en 1786, Colonel des Chasseurs de Malte en 1790, volontaire à l'armée de Mgr le Prince de Condé, etc., fils d'Henry-Joseph, chevalier, marquis de Barbentane, commandeur de l'ordre de Malte, et de Mlle de Faucon ;

5) Jeanne-Aimée, bapt. à Lyon le 26 février 1765 ;

6) Henriette, bapt. à Lyon le 24 septembre 1766.

III. *Jean-Pierre* DELGLAT DE LA TOUR DU BOST, chevalier, dit M. DU PLESSIS, né à Lyon le 3 avril 1759, † le 6 février 1802, chevalier d'honneur au Bureau des Finances en 1787, comparant en 1789 aux assemblées de la Noblesse à Lyon et Charolles ; ép. à Lyon p. c. du 28 août et le 7 septembre 1790 Antoinette Gauthier de La Tournelle, fille de Gabriel, écuyer, et de Marie-Françoise Charrin, dont :

1) Marie Delglat de La Tour du Bost, née à Lyon le 16 avril 1794. Elle avait été fiancée à M. de Durfort, et fut mariée par ordre de l'Empereur le 25 mai 1811 à Laurent-François-Marie de Marbeuf, chef d'escadrons aux chasseurs à cheval de la Garde Impériale, baron de l'Empire, chevalier de la Légion d'honneur, blessé à Krasnoï en Russie le 11 octobre 1812, † à Mariampol le 26 novembre suivant; fils de Louis-Charles-René, marquis de Marbeuf, Lieutenant général des armées du Roi, Commandant en Corse, et de Catherine Salinguera-Antoinette de Gayardon de Fenoyl. On sait que Napoléon avait été dans sa jeunesse le protégé des Marbeuf envers lesquels il pensa s'acquitter en faisant épouser au jeune officier de leur race la riche héritière lyonnaise.

L'important manoir du Plessis, fief considérable qui fut l'apanage du chancelier Rolin, des Lévis-Lugny, des Quarré et des Delglat, est aujourd'hui la propriété du comte Roger de Barbentane qui a fait complètement restaurer cette belle demeure.

DERVIEU DE VAREY

D'argent au chevron de sable, enlacé, en chef d'un croissant du même accompagné
en pointe de trois étoiles d'azur ; au chef de gueules.

Claude-Jean-Marie DERVIEU de VAREY

Barthélemy-Régis DERVIEU du VILLARS

Christophe DERVIEU de GOIFFIEU

Les Dervieu de Goiffieu et de Varey, distincts des Dervieu de Villieu, avec lesquels ils ont peut-être anciennement une même origine, sont issus de :

I. Jean Dervieu, Conseiller du Roi, Juge au grenier à sel de Condrieu, greffier en la baronnie de Montagny en Lyonnais, marié à Philiberte Sourd, dont entre autres :

II. Jean-Pierre Dervieu, sg^r de Goiffieu (Montagny), [p. acqu. de 1654], bapt. à Millery le 24 novembre 1630, † le 25 juin 1704, avocat en Parlement, Contrôleur du Domaine du Roi en la généralité de Lyon ; ép. 1° à Lyon p. c. du 14 mai 1660, Lucresse de Camp, fille de François et de Jeanne Perret ; 2° Hélène Fayard, † à Lyon le 25 octobre 1716, âgée de 75 ans, fille de Gaspard, et de Marguerite La Live (famille des La Live d'Epinay) ; dont du second lit :

1) François, qui suit ;

2) Christophe, tige des seigneurs de Goiffieu ;

3) Marguerite, † à Lyon le 9 mars 1741, ép. p. c. du 17 février 1691 Jean Girard, fils d'Eustache, et de Jeanne Renaud ;

4) Marie-Catherine, † à Lyon le 8 novembre 1694, ép. en 1692 noble Ennemond Cusset, Juge-garde de la Monnaie de Lyon (remarié à Etiennette Berthet), fils de Jean, bourgeois de Lyon, et de Catherine Loubière ;

5) Blanche-Thérèse, bapt. à Lyon le 27 février 1679, ép. le 30 avril 1703 Paul Gondain, écuyer, secrétaire du Roi, greffier en chef du Parlement de Grenoble, fils de Paul, et de Catherine des Mures.

III. Noble François Dervieu, sg^r du Villars, né à Lyon le 4 décembre 1668, † à Lyon le 26 mars 1748, Président en l'élection de Lyon, Échevin de Lyon en 1706-07, ép. à Lyon : 1° Louise Escot ; 2° le 10 février 1707, Anne Henry, fille de Thomas et de Marie Robert. Il fut père de :

1) *1er lit :* Marguerite Dervieu, ép. p. c. du 8 juin 1742 Christophe-Théophile des François, sg^r de l'Olme, avocat en Parlement, fils d'Antoine et de Marie Le Seigle de Gardache ;

2) *2e lit :* Jean, qui suit ;

3) François-Roch Dervieu de la Clochetière, écuyer, bapt. à Lyon le 18 juillet 1716, † à Millery après 1772, capitaine au Régiment de Montboissier, puis à celui de Joyeuse, chevalier de Saint-Louis ;

4) Michel Dervieu du Molard, écuyer, lieutenant au Régiment de Biron, aide major au Régiment de Rochefort, Capitaine de grenadiers au Régiment de Poitou, chevalier de Saint-Louis, † s. p. de son mariage avec Claudine Cirlot ;

5) Hélène, bapt. à Lyon le 3 janvier 1708, ép. à Lyon le 15 février 1735, Jean-Charles Compagnon de La Servette, écuyer, sg^r de Lepieu, Leyment, secrétaire du Roi, fils de Jean, sg^r de Voreppe, secrétaire du Roi, et de Catherine de Quinson ;

6) Marie-Anne, bapt. à Lyon le 23 novembre 1717 ; ép. p. c. du 9 septembre 1744 Benoît Jullien, chevalier, fils d'Antoine, Inspecteur aux revues de la maréchaussée des provinces de Lyonnais, Forez et Beaujolais, et d'Élisabeth Rougier.

IV. Jean Dervieu du Villars, écuyer, sg^r du Villars, de la baronnie de Varey-en-Bugey (p. acq. du 30 mars 1753, né à Lyon le 10 juin 1714, † à Lyon le 4 septembre 1788, Recteur de l'Hôtel-Dieu en 1755-56, officier affineur et départeur d'or et d'argent en la Monnaie de Lyon, ép. à Lyon p. c. du 13 septembre 1743, Marie-Pauline-Anne Poujol, originaire d'Amiens en Flandres, † à Lyon le 10 février 1813, dont :

1) Claude-Jean-Marie, qui suit ;

2) *Barthélemy-Régis* Dervieu du Villars, écuyer, né à Lyon le 3 juillet 1750, † à Millery le 21 décembre 1837, sous-lieutenant au Régiment de Poitou-Infanterie (4 novembre 1766), lieutenant (7 avril 1773), lieutenant en second au Régiment de Bresse, dédoublement du Régiment de Poitou (11 juin 1776), lieutenant en premier (26 février 1777), Chevalier de Saint-Louis (4 avril 1781), décoré de la main même du Roi à Versailles. Sa Majesté voulut ainsi récompenser son héroïsme au combat de la frégate *La Belle-Poule*

(15 juillet 1780). Capitaine (24 septembre 1783), retraité (25 avril 1786) après 17 ans de service, plus 10 ans pour actions d'éclat et blessures, surnommé le « Lafayette Lyonnais » ; comparant à Lyon en 1789, commandant la Garde Nationale de Lyon (9 février 1790), l'un des chefs lyonnais pendant le siège, maréchal de camp le 3 mai 1825 ; ép. le 8 février 1791 à Saint-Frégant (Finistère), Louise-Jeanne-Nicole Arnal-Denis de Kedern de Trobriant, dont :

> A) Auguste, capitaine de cavalerie, commandant du fort de La Rochelle sous Louis-Philippe, chevalier de Charles III d'Espagne, † à Paris, s. p. de son mariage avec N. Lucquet ;
>
> B) Eugène, Receveur des contributions directes, † à Bordeaux, s. a.
>
> C) Charles, capitaine de cavalerie, chevalier de la Légion d'Honneur.

V. *Claude-Jean-Marie* DERVIEU DE VAREY, chevalier, sg^r de la baronnie de Varey et du Villars, né à Lyon le 21 juin 1749, † à Lyon, guillotiné le 26 janvier 1794 ; Conseiller à la Cour des Monnaies de Lyon (21 février 1770), comparant en 1789 aux Assemblées de la Noblesse de Lyon (pour le fief du Villars), et de Belley, officier municipal à Lyon le 12 avril 1790, défenseur actif de Lyon en 1793 ; marié le 26 octobre 1779 à Jeanne-Fleurie des Fours, [remariée à Alexandre de Laigue, chevalier de Saint-Louis], fille de Blaise, écuyer, sg^r de Grangeblanche, Maisonforte et autres lieux, conseiller en la Cour des Monnaies de Lyon, et de Fleurie du Treül, dont :

> 1) Barthélemy-Noë, qui suit ;
>
> 2) Jean-Pierre-Alphonse, dit le chevalier de Varey, † à Lyon en juin 1849, s. p. ; ép. p. c. du 18 décembre 1828 Anne Orset de la Tour, née en 1810, † à Champollon le 13 mai 1830, fille de Jacques-Victor Orset de La Tour et d'Adèle Levet de Malaval ;
>
> 3) Fleurie-Appoline-Laure Dervieu de Varey, née vers 1782, † à Chambéry le 29 janvier 1855 ; ép. Pierre-Auguste, marquis de Moyria-Châtillon, † 1841, fils de Ferdinand, marquis de Moyria-Châtillon, maréchal de camp, et d'Antoinette Chesnard de Laye dont :
>
>> A) Abel, marquis de Moyria-Chatillon, † 1845, dernier mâle de sa maison, ép. Suzanne de Longecombe, dont :
>>
>>> a) Marguerite, † s. a. en 1880 ;
>>>
>>> b) Berthe, † le 10 octobre 1862, ép. le comte de Cibeins.
>>
>> B) Élisabeth-Laure de Moyria-Châtillon, † à Paris le 14 mars 1870, ép. en 1833 Pierre-Antoine-Raoul-Marie, comte Costa de Beauregard, né en 1811, † en 1878, dont :
>>
>>> a) Bérold, comte Costa de Beauregard, ép. Alexandrine de

La Goutte, dont : Stanislas, Gonzague, Victor, Karl et Élisabeth Costa de Beauregard.

4) Claudine-Julie Dervieu de Varey, † s. a.

VI. Barthélemy-Noé DERVIEU DE VAREY, chevalier, baron de Varey, bapt. à Lyon le 16 août 1787, † le 21 octobre 1859, Commandeur de Saint-Grégoire le Grand, ép. le 14 juillet 1817 Rose-Jérôme-Félicité Bona de Perex, née en 1797, † à Lyon le 11 janvier 1832, fille de Barthélemy-Marie, chevalier de Saint-Louis, et de Sibylle-Pauline Trollier de Fontcrenne, dont :

1) Charles, qui suivra ;
2) Paul, † à Paris le 6 novembre 1879 s. a. ;
3) Jeanne-Pauline, née à Lyon le 2 juin 1824, † le 19 mai 1893, ép. le 23 décembre 1844 François-Casimir-Charles du Tour, marquis de Salvert-Bellenave (veuf d'Amélie de Montlaur), né le 9 mai 1811, † à Moulins en juillet 1895, ancien officier de marine, fils d'Augustin-Amable, et d'Antoinette-Félicité Prouvensal de Saint-Hilaire.

VII. Charles-Rose DERVIEU DE VAREY, baron de Varey, né à Lyon le 27 juillet 1818, † à Chavagneux (Ain) le 19 avril 1903, ép. à Paris le 8 octobre 1857 Marie-Cécile de Champs de Saint-Léger, fille de Gilbert-Louis, dit Albert de Champs de Saint-Léger, et d'Alexandrine-Claire Thiroux de Gervillier, dont :

VIII. Jean-Louis-Marie, baron DE VAREY, né en 1864, † à Paris s. a. le 20 avril 1894.

BRANCHE DE GOIFFIEU

III. Christophe DERVIEU, sgʳ DE GOIFFIEU, [dont hommage prêté le 12 mai 1738 à Jeanne de Grôlée, dame de Montagny, épouse de François Olivier, chevalier, comte de Sénozan, chevalier de l'ordre du Roi], né à Lyon le 9 août 1671, † à Lyon le 23 juin 1755, contrôleur général des finances, bois et domaines de S. M. dans la généralité de Lyon (9 septembre 1722) ; ép. à Lyon p. c. du 20 mai 1711 Jeanne Ruffier, † à Lyon le 16 juillet 1760, fille de Michel et d'Aimée Jouve ; dont deux filles sans alliance et :

IV. Charles DERVIEU DE GOIFFIEU, écuyer, sgʳ de Goiffieu, né à Lyon le 2 mars 1714, Contrôleur général des finances, bois et domaines de S. M. en la généralité de Lyon (15 avril 1745), Échevin de Lyon (1757-58); Recteur de la Charité (1760-63) ; ép. à Lyon le 14 avril 1744 Françoise Noyel de Sermezy, née en 1724, † à Lyon le

17 novembre 1757, fille de Jean-François, chevalier, Président en la Cour des Monnaies de Lyon, et de Magdeleine Perrin, dont :

1) Christophe, qui suit ;
2) Jean-Jacques, écuyer, garde du corps de Louis XVI, ép. Jeanne Cote, dont :
   A) Joseph, bapt. à Lyon le 17 mars 1789 ;
3) Jean-François-Pierre, écuyer, officier au régiment de Dauphiné, † aux Iles.

V. *Christophe* DERVIEU DE GOIFFIEU, écuyer, sgʳ de Goiffieu. né à Lyon le 3 décembre 1744, † à Lyon, fusillé le 3 février 1794, victime de la Terreur ; Conseiller à la Cour des Monnaies de Lyon (2 décembre 1767) ; Conseiller au Conseil supérieur de Lyon, comparant à Lyon en 1789, Président de section pendant le siège de Lyon ; ép. p. c. du 25 avril 1772 Jeanne-Jacqueline Gondret, † en 1835, fille de Jean-Louis, et de Marie-Claudine Lagoutte, d'où deux fils morts s. a. et :

1) Jean-Baptiste-Aimé, qui suit ;
2) Antoine-Pierre-Théodore-Claude, écuyer, bapt. à Lyon le 7 juin 1783, † à Madrid, victime de son dévouement à Ferdinand VII, exécuté le 17 août 1832. Lieutenant des Gardes Wallonnes au service de l'Espagne, avec rang de Lieutenant-Colonel de cavalerie, décoré de la médaille de la Constance et de la Fidélité, de la croix du Mérite militaire, chevalier de Charles III, etc. ;
3) Hélène-Antoinette-Adélaïde, née en 1776, ép. p. c. du 16 septembre 1796 Paul-Gérard-Gabriel de Pautrier, receveur principal des contributions indirectes, † à Lyon le 28 mars 1847, fils de Paul, capitaine au régiment de Bretagne, chevalier de Saint-Louis, et de N... de Mongirod ;
4) Louise-Hélène-Clarine, bapt. à Lyon le 17 décembre 1786, † à Lyon le 2 novembre 1841, ép. le 29 novembre 1805 Honoré-François-Henri, marquis de Montillet de Grenaud, † à Lyon en 1829, ancien chef d'escadrons, chevalier de Saint-Louis, fils de Louis-Honoré et de Jeanne de Chabannes.

VI. Jean-Baptiste-Aimé DERVIEU DE GOIFFIEU, chevalier, né à Lyon le 23 juillet 1777, † à Goiffieu (Rhône) le 11 octobre 1856, chevalier de Charles III ; ép. le 8 septembre 1817 Marie-Magdeleine-Sophie Chabert, † le 28 septembre 1856, fille de Marius-Félix, Juge Mage à Annonay, et de Marie-Anne Jullien, dont :

1) Louise-Antoinette-Jeanne, ép. le 21 août 1849 François-Alphonse de Forcrand, fils de Louis-Alphonse-Auguste, et d'Anne-Camille Camyer.
2) Adèle-Antoinette-Sophie Dervieu de Goiffieu, ép. le 26 juin 1850 Claude-Marie-Alexis Varenard de Billy, fils de Jean-Louis et de Claudine-Jeanne-Fulvie Berger du Sablon.

DERVIEU DE VILLIEU

D'azur à l'aigle d'argent, au chef du même chargé de 3 mouchetures d'hermines de sable.

PIERRE-LOUIS DERVIEU DE VILLIEU, BARON DE LOYES
JEAN NICOLAS DERVIEU DE VILLIEU

Cette famille est originaire de Rive-de-Gier, où elle est connue dès le XVe siècle. Établie à Lyon au XVIIe siècle, elle est issue de :

I. Pierre DERVIEU, consul de Rive-de-Gier en 1619, père de :

1) Pierre, qui suit ;

2) Antoinette, ép. Claude Valleton qui testa le 16 décembre 1641.

II. Pierre DERVIEU, † avant 1666, ép. Anne Riverson, † avant 1666, d'où, entre autres :

1) Pierre, qui suit ;

2) Claude Dervieu, ép. p. c. du 8 avril 1673 Marguerite du Fournel, fille de François.

III. Pierre DERVIEU, écuyer, sgr de Montmain, † à Lyon le 15 mai 1694, conseiller secrétaire du Roi en la grande chancellerie en 1691, ép. à Lyon le 6 mars 1666 Marguerite Bernico, fille de noble Pierre, avocat ès-cours de Lyon, et de Marie Chausse, dont entre autres :

1) Gabriel, qui suit ;

2) Marie, bapt. à Lyon le 17 décembre 1666, † à Lyon le 8 décembre 1737, ép. p. c. du 3 février 1686 Gaspard de Laurencin, chevalier, sgr de Prapin, né à Lyon le 24 juillet 1656, fils de Claude de Laurencin et d'Élisabeth de Fenoyl ;

3) Anne, bapt. à Lyon le 21 janvier 1668, † à Bourg-en-Bresse le 14 janvier 1741, ép. à Lyon le 10 janvier 1692 Jacques du Tour-Vuillard, écuyer, sgr de Saint-Nizier-le-Désert, bapt. à Lyon le 7 mars 1667, †1718, conseiller au

Parlement de Dombes (22 juillet 1691), Maître des requêtes au dit Parlement (18 mai 1695), lieutenant général au bailliage de Bourg (15 février 1697), fils de Jean-Jacques, écuyer, conseiller au Parlement de Dombes, et d'Anne Rochette.

IV. Gabriel Dervieu, écuyer, baron de Loyes (p. acqu. du 15 mai 1710), sg^r de Villieu, Saint-Éloy, Fétan (p. acq. du 23 mai 1719). † à Lyon le 25 octobre 1745, conseiller secrétaire au Parlement de Dombes, lieutenant général d'épée en la sénéchaussée de Lyon (31 janvier 1704), charge dont il eut des lettres d'honneur enregistrées en 1726 en l'élection de Bresse, chevalier d'honneur à la Cour des Monnaies de Lyon (13 août 1706), ép. le 25 mai 1711, Anne Pupil de Myons, † le 11 janvier 1744, fille de Jean, sg^r de la Tour-en-Jarez, gentilhomme de la Grande Écurie du Roi, et de Catherine Thomé, dont :

1) Barthélemy, qui suivra ;

2) Jeanne, ép. le 24 août 1729 Gilbert Rousset de Saint-Éloy, chevalier, sg^r de Terrebasse, né à Lyon le 21 novembre 1708. Trésorier de France à Lyon en 1729, Échevin de Lyon en 1741, fils de Gilbert, et de Françoise Grata ;

3) Bonne, † l'an II, ép. le 9 septembre 1738 Jean de La Croix-Laval, écuyer, conseiller à la Cour des Monnaies de Lyon, fils de Jean, chevalier, Trésorier de France à Lyon, et de Marie Pasquier ;

4) Marguerite, née en 1726 ; ép. : 1° p. c. du 30 septembre 1746, Claude Le Clerc de Saint-Denis, écuyer, sg^r de Saint-Denis, † à Ambérieu le 18 septembre 1775, fils de Jacques, écuyer, secrétaire du Roi, et de Marguerite Carron ; 2° p. c. du 23 septembre 1776, Henri-Louis-Gabriel de Villemandy, écuyer, chevalier de Saint-Louis, né en 1720, fils d'Antoine-Louis, chevalier de Saint-Louis, major du Fort Saint-Jean de Marseille, et de Marie Michel.

V. Barthélemy-Denis Dervieu de Villieu, chevalier, baron de Loyes et de Villieu, premier chevalier d'honneur à la Cour des Monnaies de Lyon, le 25 février 1739, lieutenant général d'Épée en la sénéchaussée de Lyon jusqu'au 22 novembre 1770, fut admis le 3 juin 1760 à l'Assemblée de la Noblesse de Bresse ; ép. à Lyon le 14 juin 1747 Marie Rigod de Terrebasse, fille de noble Julien, Échevin de Lyon, et de Louise-Hélène Rivière, dont :

1) *Pierre-Louis* Dervieu de Villieu, chevalier, baron de Loyes et de Villieu, comparant à Lyon en 1789 ; ép. le 1er août 1780 Marie-Jeanne d'Espinay de Laye, née à Lyon le 19 avril 1761, fille de Jean-Baptiste et de Louise-Madeleine Mogniat de l'Ecluse ;

2) Aimé, qui suivra ;

3) *Jean-Nicolas* Dervieu de Villieu, chevalier, sg^r de Fétan, capitaine au régiment d'Auxonne-Artillerie comparant à Lyon en 1789;

4) Marguerite, ép. François de Bérard de Goutefrey, sg^r de Brezins, Goutefrey, etc., l'un des quatre premiers barons du Dauphiné, vivant en 1789;

5) Benoîte-Croisette, ép. Pierre Croppet d'Irigny, chevalier, fils de Jean-Baptiste-Louis, chevalier, sg^r d'Irigny, et de Marie-Anne Hesseler de Bagnols.

VI. Aimé-Bon Dervieu de Villieu, chevalier, baron de Villieu et de Loyes, officier au régiment de Limousin, ép. l'an V Jeanne-Marie de Tircuy de Corcelles, fille de François-Joseph et de Geneviève Gayot de Mascrany, dont :

1) Joseph, qui suivra;

2) Louise-Thérèse, ép. en 1823 Charles, comte Pacoret de Saint-Bon;

3) Hélène, ép. Louis de Reydellet.

VII. Joseph Dervieu de Villieu, baron de Villieu, marié à Nelly Berthier, s. p.

DESCHAMPS

D'azur au phénix huppé d'argent sur son immortalité de gueules, fixant un soleil mouvant du franc-canton.

Pierre-Suzanne DESCHAMPS

Originaires de Saint-Priest en Forez, les Deschamps sont issus de :

I. Claude Deschamps, † avant 1644, ép. Marguerite Bonnefoy, bapt. à Noirétable le 10 décembre 1570, dont deux fils et une fille, entre autres :

II. Jacques Deschamps, procureur ès-cours de Lyon, † avant 1691 ; ép. p. c. du 23 janvier 1644 Lucrèce Paravoisin, fille de Jean-Antoine et de Marguerite Mallet, dont onze fils et cinq filles, entre autres :

1) Jacques-Joseph, qui suit ;
2) Claude, procureur ès-cours de Lyon, bapt. à Lyon le 1er juillet 1646, ép. à Lyon le 1er février 1687 Alphonsine Bachoud, fille de Me Pierre et de Jeanne Piegay ; d' p. ;
3) André, procureur ès-cours de Lyon, ép. à Lyon le 26 novembre 1692 Claudine Montégu, fille de Me Gaspard, conseiller du Roi, commissaire aux saisies réelles de la Cour de Conservation, et de Marie Aubert ;
4) Jeanne, ép. à Lyon le 27 septembre 1687 Pierre Massin, agent des changes à Lyon.

III. Jacques-Joseph Deschamps, bapt. le 23 mars 1662, † 2 décembre 1737, Procureur général des terres du comté de Lyon, ép. à Condrieu le 13 novembre 1696 Suzanne Robert, fille de Pierre, notaire royal et procureur d'office de la ville de Condrieu, et de Suzanne Jossaud, dont :

1) François, qui suit ;
2) Jacques, bapt. le 16 mai 1704, régulier de Saint-Augustin ;
3) Laurent, bapt. le 3 septembre 1705, chanoine régulier de Saint-Augustin ;
4) Catherine Deschamps, bapt. le 30 octobre 1701, ép. le 8 août 1724 François

Brac, écuyer, sg^r de Montpiney, Avocat en Parlement, Échevin de Lyon en 1736-37, fils d'Antoine Brac et de Catherine de La Font de Pougelon, et veuf de Jeanne Athiaud de Montchanin.

IV. François Deschamps, écuyer, bapt. le 1er mars 1703, Avocat ès-Cours de Lyon en 1724, Conseiller et Procureur du Roi en la maréchaussée générale du Lyonnais, Forez et Beaujolais, Échevin de Lyon en 1746-47, après avoir été Recteur de la Charité en 1739 et fait le classement des médailles de la ville de Lyon. Marié p. c. du 7 mai 1744 à Reine de Constant, fille de Jean-Baptiste, chevalier, Procureur du Roi au bureau des Finances, et de Reine du Soleil, dont :

1) Pierre-Suzanne, qui suit ;
2) François-Joseph-Marie-Reine, bapt. le 26 juillet 1746.

V. *Pierre-Suzanne* Deschamps, écuyer, né à Lyon le 22 février 1745, † à Lyon le 9 mai 1793. Avocat en 1765, comparant à Lyon en 1789, Commissaire et Secrétaire de l'Assemblée de la Noblesse en 1789, Député de la Noblesse du Lyonnais aux États Généraux. Son talent d'avocat le désigna aux suffrages de l'Assemblée de la Noblesse qui le nomma député. Il prit la parole à l'Assemblée Constituante à la séance du 29 août 1789, pour déclarer que l'Assemblée n'avait pas à s'égarer, mais à suivre uniquement la marche que ses commettants lui avaient tracée. Il fut nommé Secrétaire de l'Assemblée Constituante, et attaqua le 10 octobre 1789 le décret sur l'inviolabilité des députés. Le 12, il présenta sur les lettres de cachet une motion qui n'eut pas de suites. Ultérieurement, il quitta l'Assemblée et se rendit à la campagne. Le 2 avril 1790, un des Secrétaires de l'Assemblée Constituante donne lecture d'une lettre de la Municipalité de Lyon, témoignant à l'Assemblée ses alarmes sur la conduite de M. Deschamps et la priant de le rappeler auprès d'elle, Douze jours après, M. Deschamps écrivit que sa santé l'obligeait à demeurer à la campagne. Cette lettre fut regardée comme l'offre de sa démission et considérée comme telle.

Pierre-Suzanne Deschamps avait épousé à Lyon le 20 février 1781 Claude-Charlotte de Riverie, fille de Barthélemy-François de Riverie, chevalier, sg^r de Saint-Jean-de-Toulas, et de Marguerite Bourdin de Vernon.

DESCHAMPS

*De gueules à la colombe d'argent, perchée sur un arbre terrassé d'or, accompagnée
en chef de 2 étoiles du même.*

Jacques DESCHAMPS

Cette autre famille du nom de Deschamps a donné un Échevin à la ville de Lyon
en la personne de :

I. Noble Thomas Deschamps, Échevin de Lyon en 1761-62 ; ép. : 1° le 27 novembre
1734 Élisabeth Charrier, fille de Jacques, entrepreneur des fournitures de chanvre
de la marine, et de Jeanne Ray ; 2° vers 1742, Marie-Victoire Genève, fille de François Genève et de Marie-Victoire Ferley. Il eut, entre autres, du premier lit :

II. *Jacques* Deschamps, écuyer, bapt. le 9 août 1739, † le 18 mars 1820, comparant à Lyon en 1789, marié le 24 mars 1770 à Claudine Bœuf de Curis, née en
1751, fille d'Honoré Bœuf, Échevin de Lyon, et de Catherine Terrasse de Tessonnet.

Ces deux familles Deschamps ne doivent pas être confondues avec les
Deschamps de Messimieux et de Talancé, également habitués en Lyonnais.

DES FOURS DE MAISONFORTE

*D'azur à la croix dentelée partie d'or et d'argent à une tête de lion arrachée
d'argent au franc-canton.*

JEAN-PIERRE DES FOURS DE MAISONFORTE

Cette famille, originaire de Clermont-de-Lodève, vint à Lyon au XVII° siècle et est
issue de :

I. Pierre DES FOURS, marié à Élisabeth Lequier, dont :

II. Antoine DES FOURS, écuyer, conseiller secrétaire du Roi, en 1733, Audiencier
en la Cour des Monnaies de Lyon ; ép. à Lyon le 7 juin 1721 Françoise Imbert, fille
de Jean et de Françoise Boucharlat, dont :

III. Blaise DES FOURS, écuyer, sg^r de Grangeblanche, de la Maisonforte du Randin
et autres lieux, né en 1722, † le 18 décembre 1782, laissant 1.500.000 livres de
dettes, Conseiller à la Cour des Monnaies, sénéchaussée et siège présidial de Lyon
(8 mai 1748), Conseiller au Conseil supérieur de Lyon (1772), bibliophile distingué,
ami des lettres et des plaisirs, ép. le 5 février 1750 Fleurie du Treül, comparante en
1789, fille d'Antoine, Échevin de Lyon, et d'Anne Guillet, dont :

1) Antoine des Fours de Maisonforte, né 20 décembre 1752, † jeune ;
2) Sébastien des Fours, né le 20 octobre 1754, brillant élève de Juilly ;
3) Jean-Pierre, qui suivra ;
4) Claude-François des Fours, dit le chevalier de la Genetière, né le 11 février
   1758, † à Lyon le 31 août 1819, célèbre philosophe janséniste ;
5) Françoise, ép. le 22 mai 1781 Jean-Baptiste de Guillon, chevalier, sg^r de la
   Chaux, capitaine de grenadiers-royaux, fils de Jacques-Pomponne, chevalier,
   sg^r de la Chaux, et de Françoise de Valentin d'Éguillon ;
6) Jeanne-Fleurie, ép. : 1° le 26 octobre 1779 Claude-Jean-Marie Dervieu de
   Varey, chevalier, sg^r baron de Varey, conseiller à la Cour des Monnaies

de Lyon, né le 21 juin 1749, † guillotiné à Lyon le 26 janvier 1794 malgré les démarches héroïques de sa femme; fils de Jean Dervieu du Villars, écuyer, sg^r du Villars, de la baronnie de Varey-en-Bugey, et d'Anne Poujol; 2° Alexandre de Laigue, ancien chef d'escadrons, chevalier de Saint-Louis;

7) Anne, ép. le 7 janvier 1779 Brice-Alexis Barjot de La Combe, chevalier.

IV. *Jean-Pierre* DES FOURS DE MAISONFORTE, chevalier, sg^r de Maisonforte, dit M. du Randin, né le 20 mai 1756, officier au Régiment du Colonel-général de la Cavalerie, comparant à Lyon en 1789.

Cf. : Bonnardet : *Les Lyonnais au collège de Juilly.*

DES GOUTTES DE LA SALLE

Tiercé en bandes : au 1er d'argent plein ; au 2 de gueules à 3 coquilles d'or ; au 3
d'or à trois barres d'argent.

BENOÎT-PIERRE-JOSEPH DES GOUTTES DE LA SALLE

La famille des Gouttes est originaire de Montrottier où on trouve Étienne des
Gouttes, notaire en 1359 et 1371 ; Jean des Gouttes, notaire en 1401 ; Antoine des
Gouttes, notaire en 1449, et Bertrand des Gouttes, lieutenant de juge en 1461. Noble
Étienne des Gouttes était châtelain de Chamousset en 1431. Établie à Yzeron au
XVe siècle, cette famille avait fondé dans l'église de cette paroisse une chapelle sous
le vocable de Notre-Dame et Saint-Denis. Sa filiation suivie s'établit depuis :

I. Me Philibert DES GOUTTES, notaire royal d'Yzeron, père de :

II. Noble homme Jacques DES GOUTTES, écuyer, sgr et baron d'Yzeron (p. acqu.
de l'Archevêque de Lyon), de Longeval, La Rontalonière, Triamen, Saint-Laurent-
de-Vaux, Romagne, etc., † ayant fait à Yzeron le 1er novembre 1579 un codicille à son
testament passé à Thurins le 28 juin 1573 ; ép. avant 1530 Isabeau Valentin, fille
de Me Étienne, sgr de Venissières, notaire royal, prévôt de l'Église de Lyon, chancelier de MM. les Chanoines comtes de Lyon, châtelain de Saint-Genis-Laval, dont :

1) Philibert, qui suit ;
2) Noble Antoine, écuyer, sgr de La Salle d'Yzeron et de Monteroux, ép. p. c.
   du 12 février 1584 Françoise de Roquelaure, fille de noble Gaspard, écuyer,
   sgr de Villeneuve, Cavalier et Pompinac, et d'Antoinette Marsenast ; tige
   des sgrs de La Salle, représentés à l'arrière-ban de 1689, et éteints,
   semble-t-il, avec Jean-Pierre des Gouttes, chevalier, né à Lyon le 20 août
   1693, † jeune, fils de Claude, chevalier, sgr de La Salle, et de Damienne
   Scarron ;
3) Noble Jacques, écuyer, sgr de Longeval, etc., ép. p. c. du 12 février 1584
   Claire de Roquelaure, sœur de Françoise ; tige des Des Gouttes de Longe-

val, comparants à l'arrière-ban de 1689 et encore représentés à la fin du xviiie siècle ;

4) Bonne, mariée p. c. du 10 juillet 1548 à Jean de Mont-d'Or, écuyer, sg^r d'Hoirieux, fils d'Antoine et de Barbe de Sarron ;

5) Claudine, † avant son père, ép. noble Claude de Rosset, dit de Bully, écuyer, sg^r de Marzé en Beaujolais ;

6) Barthélemie, dite Marthe, ép. à Monteroux p. c. du 5 février 1581 noble Pierre de Valentienne, écuyer, sg^r de La Valsonnière (Saint-Denis l'Argentière), homme d'armes de la compagnie de Mgr le duc de Savoie, veuf de Catherine de Chaulvet, dame de La Valsonnière ;

7) Marie des Gouttes.

III. Noble Philibert DES GOUTTES DE LA SALLE, écuyer, sg^r de La Rontalonière et de Vaulx, † avant 1649 ; ép. le 6 février 1581 Jeanne d'Arcy, fille de noble Claude, écuyer, et de Marguerite de Mont-d'Or, dont un fils qui suit, et sept filles, dont les alliances sont ignorées ;

IV. Lambert DES GOUTTES DE LA SALLE, écuyer, sg^r de La Rontalonière, encore vivant en 1644, marié et père de :

1) Nicolas, qui suit ;

2) Aimé des Gouttes de La Salle, écuyer, vivant en 1649 ;

3) Marguerite, † agée de 70 ans le 9 octobre 1693.

V. Nicolas DES GOUTTES DE LA SALLE, chevalier, sg^r de La Rontalonière et de Myons (Monthieu-en-Dombes) ; il comparut le 28 août 1674 à l'arrière-ban de Lyonnais, où il déclara qu'il était prêt à obéir aux ordres de S. M., bien qu'il ait servi quinze ans dans les armées de S. M., que quatre de ses enfants aient été tués à l'ennemi, et qu'il en ait dix autres alors vivants, dont l'un servait comme brigadier dans la Cie du sg^r de la Cardonnière, et dont un autre, Anne-Henri, était officier des Vaisseaux du Roi. Marié avant 1654 à Élisabeth de Montbellet, fille de Claude-Martin, écuyer, sg^r de Myons et de Constance Ruyssel, dont :

VI. Jean DES GOUTTES DE LA SALLE, chevalier, sg^r de La Rontalonière et de Myons en Dombes (dont reprise de fief le 18 novembre 1704), † à Thurins le 30 août 1746, âgé de 92 ans, écuyer de Mg^r d'Halincourt en 1694, capitaine au Régiment de Picardie et au Régiment Lyonnais ; ép. à Lyon le 5 février 1692, Barbe-Charlotte Chappuis de La Fay, bapt. à Lyon le 4 décembre 1667, fille de François, chevalier, sg^r du dit lieu, Conseiller en la Sénéchaussée de Lyon, Échevin de Lyon, et de Claudine Gueston, dont parmi sept enfants nés à Thurins :

1) Jean-Claude, écuyer, bapt. à Lyon le 1er octobre 1694 ;

2) Camille-François, qui suit ;

3) Benoît-Pierre-Joseph, né le 5 août 1696, Chanoine de l'abbaye royale de l'Ile-Barbe, Prébendier de Saint-Pierre de Montmey, à Bellegarde ;

4) Claude, chevalier, né le 3 septembre 1697, capitaine au Régiment Royal d'artillerie, ép. Marie-Francoise Rilliard, du lieu de La Fère, en Picardie ;

VII. Camille-François DES GOUTTES DE LA SALLE, chevalier, sg^r de La Rontalonière, etc., né le 4 septembre 1695, Capitaine au Régiment de Royal-Artillerie ; ép. à Lyon le 22 février 1735 Anne Rat, fille de Lambert, écuyer, secrétaire du Roi, et de Catherine Françoise Garnier, dont un fils mort au berceau et :

VIII. *Benoît-Pierre-Joseph* DES GOUTTES DE LA SALLE, chevalier, sg^r de La Rontalonière, né le 5 septembre 1739, † à La Rontalonière le 3 frimaire an XIII ; Lieutenant au régiment d'artillerie de Strasbourg (1754), Capitaine (1768), chevalier de Saint-Louis, comparant à Lyon en 1789, Juge de paix du canton d'Yzeron ; ép. en 1767 Catherine de Gangnières de Souvigny, bapt. le 17 juin 1745, † 9 février 1780, fille de Pierre-François, chevalier, comte de Souvigny, et de Jeanne-Marie Rivet de Fromentes, dont deux fils et six filles, entre autres :

1) Jacques-Gabriel-Camille, qui suit ;

2) Anne-Pierrette, née le 11 novembre 1768, ép. en 1796 Raymond Ravina, fils de Barthélemy et de Marguerite Perret ;

3) Marie-Louise, née le 9 décembre 1770, † à Lyon le 20 avril 1852 ; ép. en 1798 André-Marie Matagrin, Percepteur des contributions directes, fils de Me Noël, notaire royal à Saint-Laurent-de-Chamousset, Capitaine-châtelain et Lieutenant de Juge du marquisat de Fenoyl, et de Louise-Andrée Guillet ;

4) Jeanne-Catherine, dite Mlle de Priamen, née le 12 mars 1775, † s. a. à Lyon le 2 juillet 1843 ;

5) Marie-Renée, née le 21 août 1778, † à Lyon le 21 avril 1830, ép. le 21 ventôse an IX Pierre-Antoine-Marguerite Chappuis de Laval, baron d'Yzeron, † à Neuville le 7 septembre 1835.

IX. Jacques-Gabriel-Camille DES GOUTTES DE LA SALLE, chevalier, né à Thurins le 4 décembre 1771, † vers 1825, page à la Cour, maire de Thurins (1806), marié à Pierrette-Cosme-Éléonore de Mont-d'Or, née le 19 février 1769 (remariée à Frédéric de Roquelaude) ; fille de Charles-Louis, marquis de Mont-d'Or, député de la Noblesse du Lyonnais, et d'Éléonore de Savary de Brèves.

DESVERNAY

 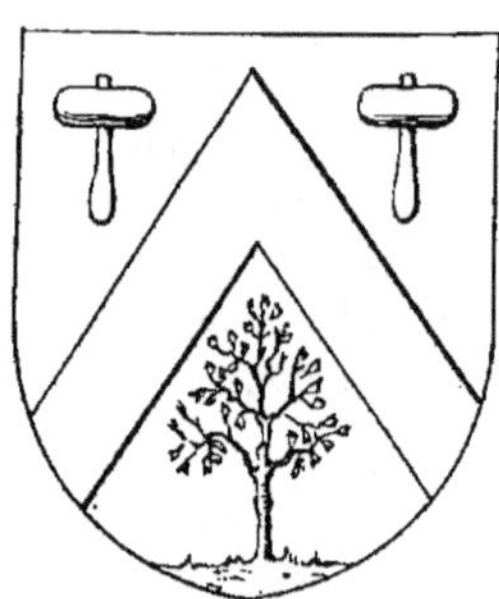

D'argent au verne arraché de sinople
aliàs : *d'azur au chevron d'or accompagné en chef de deux maillets d'argent et en pointe d'un verne terrassé du même.*

ANTOINE DESVERNAY DE MONTGALAND

Les Desvernay, originaires de Tramayes en Mâconnais, sont issus de :

I. François DESVERNAY, né à Tramayes, ép. avant 1639 Jehanne Dallier, dont :

II. Philibert DESVERNAY, bapt. à Tramayes le 24 février 1639 ; ép. à Regny le 7 juin 1670 Benoîte Janot, fille de Pierre et de Jeanne Péricard, dont onze enfants, entre autres :

    1) Jacques, qui suit ;

    2) Léonard Desvernay, né à Regny le 25 octobre 1678, Procureur fiscal, juge et châtelain de Regny ; ép. à Feurs le 23 février 1705 Anne-Fleurie Ponchon, dont dix-huit enfants, qui ont formé plusieurs branches, elles-mêmes subdivisées en divers rameaux. L'une de ces branches fondée par un des fils de Léonard Desvernay, Pierre, époux d'Anne de Berchoux, est représentée de nos jours à Lyon par Félix-François Desvernay, né le 19 avril 1852, administrateur de la Bibliothèque de Lyon ;

    3) Jean Desvernay, qui a fait souche ;

    4) Pierre-François Desvernay, auteur d'une branche subdivisée en plusieurs rameaux.

III. Jacques DESVERNAY, marié : 1° à Marie Presle ; 2° à Marianne Grobert ; il eut seize enfants, dont plusieurs firent souche, parmi eux :

IV. Pierre-François DESVERNAY, écuyer, né le 15 septembre 1717, Rapporteur du point d'honneur au Tribunal de Nos Seigneurs les Maréchaux de France, conseiller-secrétaire du Roi ; ép. à Lyon le 16 septembre 1742 Marianne Villiard, fille de

Benoît, bourgeois de Lyon, et d'Élisabeth Ozanna, dont seize enfants, entre autres :

1) Jacques-Benoît-Marie, écuyer, sg^r du comté de Souvigny, Grézieu, La Verpillière, etc., bapt. le 16 juillet 1748 ; ép. Augustine de Reveton, fille de noble Raphaël-Henri, conseiller auditeur en la Chambre des Comptes de Dauphiné, et de Marie Audra ;

2) René-Jean-Louis, bapt. à Lay le 1er septembre 1750, Docteur en Sorbonne, curé de Villefranche, Député du Clergé aux États Généraux de 1789 ; prit la parole dans la nuit du 4 août 1789, pour renoncer aux privilèges de son Ordre ;

3) Antoine, qui suit ;

4) Élisabeth, bapt. le 14 mai 1745 ; ép. le 13 janvier 1761 noble François Lambert, vice-sénéchal et lieutenant général de Crest en Dauphiné ;

5) Marie-Anne, bapt. le 19 avril 1746 ; ép. le 24 mai 1773 Joseph-Thomas Dupuy de la Grandrive, écuyer ;

6) Anne, bapt. le 19 avril 1747 ; ép. le 22 janvier 1766 noble Guillaume Vulleriat, conseiller du Tiers-état du Bugey, fils du Président en l'élection de Bugey ;

7) Claudine, bapt. le 23 novembre 1752 ; ép. le 17 octobre 1769 Jean-Baptiste Humblot, Échevin de Villefranche, Député du Beaujolais aux États Généraux de 1789 ;

8) Jeanne, née en 1760, † à Perreux le 17 brumaire an V ; ép. le 4 juillet 1779 noble Louis de Montchanin des Paras, Juge châtelain des juridictions de Pradines et Montagny, fils de noble Emmanuel et d'Anne de Morestin ;

9) Dorothée-Claudine, bapt. le 15 juin 1761 ; ép. le 7 janvier 1784 Pierre Dumas, écuyer, fils d'Antoine-Marie, secrétaire du Roi, et de Marie-Anne Thyvend.

V. *Antoine-Marie* DESVERNAY DE MONTGALAND, écuyer, dit des Arbres, sg^r de Grézieu-Souvigny, Villet, Fourchet, Viricel, Montgaland, etc., bapt. le 10 décembre 1751, † le 25 janvier 1828 ; comparant à Lyon en 1789 ; Président du Conseil Général de la Loire, chevalier de la Légion d'Honneur ; ép. à Roanne le 2 septembre 1777 sa cousine Marie-Anne-Éléonore Desvernay, dont trois fils et une fille, entre autres :

VI. Auguste-Benoît DESVERNAY, dit DES ARBRES, bapt. à Roanne le 26 août 1786 ; ép. à Lay le 11 novembre 1809 Louise-Étiennette de Ponthus, fille de Jean-Nicolas, chevalier, conseiller en la Sénéchaussée de Lyon, et de Marie Nesme, dont :

1) Antoine, qui suit ;

2) Louis-Benoît, né à Lyon le 31 mars 1814, † à Lyon le 16 octobre 1877, conseiller général de la Loire ;

3) Jean, né à Lyon le 8 août 1822 ;

4) Marie-Renée-Louise, née à Lyon le 1er mai 1817, † à Lyon le 30 décembre
1888 ; ép. à Lay le 17 avril 1837 Louis-César Guérin, † à Saint-Quentin
(Isère) le 16 décembre 1871.

VII. Antoine-Marie DESVERNAY, né à Lyon le 12 mai 1812, † à Lyon le 16 mars
1875 ; ép. à Villefranche le 23 mars 1840 Louise-Hélène Laurent, † à Nice le
6 février 1883, fille de Nicolas, et de Jeanne-Cécile Humblot, dont :

1) Arnould-Augustin, qui suit ;

2) Arnould-Georges, né à Villefranche le 20 juillet 1843, † à Paris s. a. le
14 juillet 1876 ;

3) Maurice-Nicolas, comte romain, né à Villefranche le 11 août 1849, † à
Chenevoux le 2 juillet 1901 ; ép. à Avignon le 11 avril 1885 Yvonne Franchet d'Esperey, dont :

A) Robert, B) Hélène, C) Colette Desvernay ;

4) Marie-Louise-Victoire, née à Villefranche le 9 mars 1851, religieuse ;

5) Jeanne-Louise-Cécile, née à Lyon le 10 juillet 1854, † s. p. au château de
Sainte-Croix le 7 février 1890 ; ép. à Lay le 11 mai 1874 Jean-Léon Bouthillon, baron de La Serve, officier de cavalerie, né à Romenay (Tournus)
le 20 septembre 1850, fils d'Alfred-François-Louis, baron de La Serve, et
de Marie-Aloyse de La Chapelle.

VIII. Arnould-Augustin DESVERNAY, né à Lyon le 14 septembre 1841, † à La
Verpillière le 4 mars 1887 ; ép. à Saint-Chamond le 16 juillet 1867 Adèle-Marie-
Jeanne Neyrand, fille d'Antoine-Louis et de Nancy Terrasse de Tessonnet, dont :

1) Antoine, qui suit ;

2) Élise-Antoinette-Marie, née à Paris le 29 décembre 1869 ; ép. à Lay en 1892
Hubert Meaudre des Gouttes ;

3) Hélène-Charlotte-Marie, née à Lyon le 24 décembre 1872, religieuse.

IX. Antoine DESVERNAY, chef de sa famille.

Cf. : *Communications* de Mme Hubert Meaudre des Gouttes.

DIAN

D'azur à la montagne d'or, accompagnée au franc canton d'une étoile du même.

Fleury DIAN

Joseph-Michel DIAN

Jean-Fleury DIAN

Cette famille Dian a donné à Lyon au xviiie siècle :

I. Michel Dian, marié à Marie-Françoise Laurès, dont :

II. *Fleury* Dian, écuyer, conseiller secrétaire du Roi, Recteur du Grand Hôtel-Dieu de 1758 à 1761, comparant à Lyon en 1789; ép. à Lyon le 13 juin 1752, Marie-Michelle Flandrin, fille de Jean, et de Jeanne Amyot, dont :

1) Joseph-Michel, qui suit ;
2) *Jean-Fleury* Dian, écuyer, comparant à Lyon en 1789 ;
3) Josephte-Jacqueline-Josephine dite Jeanne Dian, mariée le 8 juillet 1788 à Pierre Roux, écuyer, † 1800, fils de noble Jean-Antoine Roux, Échevin de Lyon, et de Marie Vouty de La Tour.

III. *Joseph-Michel* Dian, écuyer, Recteur de l'Hôtel-Dieu de 1773 à 1776, comparant à Lyon en 1789.

Les Dian possédaient le fief des Essars, dont ils portaient le nom.

DRÉE

De gueules à cinq merlettes d'argent posées en sautoir.

Étienne-Marie, comte de DRÉE

La maison de Drée, ancienne et chevaleresque, originaire de l'Auxois, remonte à Albert de Drée, témoin en 1131 de la fondation de l'abbaye de La Bussière par Garnier de Sombernon. Jean et Guillaume de Drée furent chevaliers croisés en 1190 et depuis lors les Drée se sont distingués dans le militaire ; ils ont donné des chevaliers de Malte, de Saint-Louis et de l'Ordre du Roy ; entrés aux États de Bourgogne dès 1561, les Drée y ont fourni des élus de la noblesse et des députés de cet ordre. Comparants en 1789 à Dijon, Mâcon, Lyon et en Bugey, les Drée ont été maintenus en 1666, 1669, 1698 ; ils ont possédé un grand nombre de fiefs, dont la Farge et Fragny dans les contrées lyonnaises. Le comté de La Bazole en Brionnais fut érigé en marquisat sous le nom de Drée en faveur d'Étienne de Drée, chevalier, par L. P. de mars 1767, enreg. le 1er septembre 1767.

La filiation suivie de la maison de Drée, s'établit depuis Jean de Drée, chevalier, † le 11 juillet 1343, marié à Guillemette de Mussey, et père de Robert et de Guillaume de Drée. Robert de Drée, chevalier, continua la branche aînée des sgrs de Drée, éteinte avec sa petite-fille, après le 20 octobre 1452 ; Guillaume de Drée, chevalier, épousa p. c. du 25 octobre 1421 Jehannette de Salins, fille de Jean, chevalier, et de Jeanne de Domecy ; sa postérité était représentée au VIe degré depuis Jean de Drée, par :

VI. Philibert de Drée, chevalier, sgr de Gissey, etc., ép. : 1° p. c. du pénultième avril 1522 Philiberte Dubois, fille de Guy Dubois, écuyer, sgr de La Sarrée, et de Claude de Chavanes ; 2° Anne de Saulx, dame de Bère, † 1573. Il fut père de :

    1) 1er *lit* : Antoine, qui suit ;

    2) *second lit* : Robert de Drée, chevalier ;

    3) Guillaume de Drée, chevalier, sgr de Gissey, chevalier de l'ordre du Roi,

ép. Antoinette de Rochechouart, née à Cressey le 19 mars 1549, fille de Claude, chevalier, sg^r de Chandenier, dont :

    A) Philippe de Drée, chevalier, baron de Beyre, † insolvable le 9 juillet 1622 ;

    B) Louise, mariée à Jacques de Courcelles, chevalier, baron de Pourlans en Bourgogne.

VII. Antoine DE DRÉE, chevalier, sg^r de La Sarrée, etc., ép. p. c. du 7 novembre 1540, Claire de Vaudrey, fille de Simon, chevalier, sg^r de Mons, et d'Anne de Saulx, dont :

VIII. Guillaume DE DRÉE, chevalier, sg^r de La Sarrée, † le 7 mars 1628, capitaine de cent arquebusiers à cheval du duc d'Alençon (18 avril 1576), Gentilhomme ordinaire de la Chambre du Roi, Lieutenant de la compagnie du maréchal de Retz, ép. p. c. du 14 juin 1579 Claude de Gellans, fille de Denis, chevalier, baron de Thénissey, et de Françoise de Damas, dont entre autres :

    1) Salomon, qui suit ;

    2) Béraude, ép. N... de Saint-Amour, sg^r de Fontcrenne.

IX. Salomon DE DRÉE, chevalier, Élu de la Noblesse du Mâconnais (9 septembre 1626), Commandant la Noblesse du bailliage de Mâcon en 1635 ; ép. p. c. du 24 octobre 1603 Antoinette de Thiard, fille de noble sg^r Éléonore de Thiard, chevalier, capitaine de 50 hommes d'armes des Ordonnances du Roi, Gouverneur de Verdun, et de Marguerite de Busseül, dont entre autres :

    1) René-Emmanuel, religieux de Cluny ;

    2) Edme de Drée, né le 18 décembre 1621, chevalier de Malte (1er juin 1668);

    3) Charles, qui suit ;

    4 et 5) Marie et Barbe, religieuses ;

    6) Catherine, mariée à Jacques de Malain, chevalier ;

    7) Françoise, ép. Marc-Antoine de Digoine, chevalier.

X. Charles DE DRÉE, chevalier, sg^r de Saint-Marcellin, † le 6 novembre 1712, maintenu en 1666, 1669 et le 17 octobre 1698, Triennal de la Noblesse aux États de Bourgogne ; ép. p. c. du 17 décembre 1643 Françoise de Foudras, fille de Christophe, chevalier, sg^r de Contenson, comte de Souternon, et de Marguerite d'Albon, dont entre autres plusieurs filles religieuses et :

    1) René, qui suit ;

    2) Salomon, chevalier, capitaine de cavalerie au régiment de Condé, † au service du Roi ;

3) Gaspard, chevalier, capitaine de cavalerie au régiment de Condé. † au service du Roi ;

4) et 5) Hilaire et Rémond, religieux ;

6) Claude de Drée, chevalier, Page du grand maître de Malte (19 novembre 1671), Enseigne au régiment d'Infanterie de Touraine (1er avril 1683), Lieutenant au même régiment (1684), Capitaine (23 avril 1691), Capitaine au régiment de Chartres (29 novembre 1691), capitaine de grenadiers au dit régiment (16 octobre 1701), † au service.

XI. René DE DRÉE, chevalier, sgr de Saint-Marcellin, etc., né le 14 mars 1646, † noyé le 28 janvier 1708, fit ses preuves pour Malte le 1er juin 1662 ; Élu de la Noblesse, Cornette au régiment de Gassion (3 mars 1672) ; ép. p. c. du 11 juin 1681 Jeanne de Damas, fille de Pierre, chevalier, sgr de Barnay, et d'Anne Gambin, dont entre autres trois filles religieuses et :

1) Étienne, qui suit ;

2) François, enseigne des vaisseaux du Roi, tué au service, en 1711 ;

3) Gilbert, religieux au chapitre noble de Savigny, † 1774 ;

4) Antoine, grand sacristain de Savigny, † novembre 1777 ;

5) Antoine de Drée, chevalier, dit le chevalier de Drée, † à Metz en 1771, Lieutenant colonel du Régiment d'Infanterie de Penthièvre, Lieutenant de Roi à Metz (14 mai 1754), Brigadier d'Infanterie (25 juillet 1762), Commandeur de Saint-Louis (1er avril 1766), Maréchal des Camps et Armées du Roi (3 janvier 1770) ;

6) Antoine, qui a fait la branche de Provence.

XII. Étienne, marquis DE DRÉE, marié p. c. du 18 juillet 1724 à Jeanne de Siry, fille de François, écuyer, sgr de Sérandé, et de Claude Gevallois, dont :

1) Gilbert, qui suit ;

2) Claudine, mariée à Jean-Gaspard, marquis de Saint-Amour ;

3) Gilberte, mariée p. c. du 25 février 1759 à Claude-Marie, marquis de Damas du Rousset ;

5) 6) 7) Hilaire, Charlotte et Bénigne, religieuses.

XIII. Gilbert, marquis DE DRÉE, sgr de Bosdemont, Vareilles, Saint-Laurent, Mussy, Le Bois Sainte-Marie, La Matrouille, etc., né le 22 novembre 1725. Premier enseigne de la Compagnie du Comte de Razilly aux Gardes Françaises (22 juillet 1743), Enseigne de Grenadiers (30 août 1744), Sous-Lieutenant à la Compagnie colonelle des Gardes Françaises (19 février 1745), Chevalier de Saint-Louis (22 juin 1746), Lieutenant aux Gardes Françaises (21 mai 1752), retiré du service pour blessures ; ép. p. c. du 8 juillet 1755 Élisabeth de Lâtre de Neuville, fille de Charles, comte de Lâtre de Neuville, et de Marie Bochart de Champigny, dont entre autres :

1) Étienne, qui suit ;

2) Théodore-Charles-Adrien de Drée, chevalier, né le 24 juin 1761, officier, au service à la Martinique en 1777, † s. a. ;

3) Antoine-Gilbert de Drée, né en 1770, chevalier de Malte de Minorité (11 janvier 1772) ;

4) Aimée-Louise-Albertine-Gilberte de Drée, née le 17 septembre 1762, mariée au comte de Pont.

XIV. *Étienne-Marie* comte, puis marquis DE DRÉE, né à Roanne le 25 février 1760, † à Paris le 9 avril 1848. Capitaine au régiment de Bourbon-Dragons, jouit des honneurs de la Cour et monta dans les Carosses du Roi, Membre de l'Assemblée provinciale du Beaujolais, Comparant à Lyon en 1789, comme sg^r de Maizilly, Saint-Denis de Cabanes ; Commissaire du Roi pour la formation du département de Saône-et-Loire en 1790, membre du Directoire de ce département en 1795, Conseiller général de 1830 à 1837, Député (14 mai 1815) et du 21 août 1828 à 1837 ; minéralogiste connu ; marié : 1° à Charlotte de Clermont-Montoison, dame du marquisat de Valromey en Bugey ; 2° à Mlle de Dolomieu, fille du marquis de Dolomieu et de la marquise, née de Bérenger. Il fut père de :

1) *1er lit :* Gustave, qui suit ;

2) Auguste, comte de Drée, mariée à Mlle du Rozier, dont :

    A) Adine de Drée, mariée : 1° au comte de Meffray ; 2° à Alphonse Morand, comte de Callac.

3) *2° lit :* Déodat, comte de Drée, † 1876, marié à Henriette-Laurence Parigot de Santenay, dont :

    A) Albert, comte de Drée, † 1900, s. a.

    B) Henri, comte de Drée, † 1865, s. a.

4) Adrien, comte de Drée, marié à Mlle de Laurencin, dont :

    A) N. de Drée, mariée à Alexandre de Couffon de Kerdellech ;

    B) N. de Drée, mariée au marquis de La Roche-Fontenilles.

5) Alphonse, comte de Drée, Général de brigade, † 1859 ;

6) Lucile de Drée, mariée au comte Maxime de Monspey ;

7) Zoë de Drée, mariée à Charles de Montcla.

XV. Gustave, comte DE DRÉE, né en 1784, † 1836, officier du premier Empire, marié à Zoë de Beaurepaire, dont :

1) Stephen, marquis de Drée, né en 1828, † 1887, marié à Mlle Totain, dont :

    A) Maurice de Drée, † s. a.

2) Georges, qui suit ;

3) Valentine de Drée, mariée à Armand, comte de Pracomtal ;

4) Camille de Drée, mariée à Germain Prévost, marquis de Sansac de La Vauzelle.

XVI. Georges, marquis DE DRÉE, vivant en 1905, marié à Sarah de Raimbouville, s. p.

BRANCHE DE PROVENCE

XII *bis*. Antoine DE DRÉE, chevalier, dit le baron de Drée, † à Toulon le 27 avril 1775, Garde Marine (30 août 1718), Enseigne de vaisseau (1er octobre 1731), Lieutenant (1er mai 1741), Commandant de la « *Légère* » (8 avril-12 juillet 1747), Capitaine de vaisseau (23 mai 1754), commandant « *La Gracieuse* » (24 mai-14 novembre 1754), Commandant en chef de la marine à Minorque (5 avril à 30 septembre 1758), chevalier de Saint-Louis ; marié à Toulon par acte sous-seing privé du 16 mars 1730 à Lucrèce-Thérèse de Durand, fille de François de Durand et de Magdeleine de Beaussier, dont entre autres :

1) Gilbert, qui suit ;

2) François-Camille-Élisabeth, baron de Drée, né en 1743, Lieutenant de vaisseau, Capitaine des vaisseaux du Roi en 1789, Contre-amiral et Grand Cordon de Saint-Louis ; marié : 1° à l'Ile-de-France p. c. du 25 septembre 1779 et le 5 octobre suivant à Jeanne-Catherine Pourcher de La Serrée, fille de Jacques-Philippe, chevalier, conseiller au Parlement de Bourgogne, conseiller au Conseil supérieur de l'Ile-de-France, et de Marie Pourcher de la Serrée ; 2° à Mlle de Champmartin, dont :

    A) Suzanne de Drée, mariée à M. d'Espérandieu.

3) Marie-Françoise-Suzanne de Drée, née en 1752, † à Cibeins en 1816, mariée le 19 octobre 1780 à Hector de Cholier, comte de Cibeins, né en 1750, † 1815, fils du Président à la Cour des Monnaies de Lyon, et de Jeanne Hesseler de Bagnols.

XIII. Gilbert-Jean-Charles DE DRÉE, chevalier, dit le comte de Drée, officier au régiment de Champagne, né en 1741, † 1781, marié à Gabrielle de Joannis, dont entre autres :

1) Paul, qui suit ;

2) Claire de Drée, mariée au chevalier de Fricon ;

3) Alphonsine de Drée, mariée à Auguste de Jouffret.

XIV. Paul-André-Amédée, comte DE DRÉE, né en 1783, † 1864, marié en 1820,
à Marie-Angélique de Bovis, dont :

1) Stanislas, qui suit ;
2) Charles-Camille de Drée, officier d'infanterie, né en 1823, † à l'ennemi en
Algérie en 1847 ;
3) Louis-Adolphe, comte de Drée, né en 1827, † 1899, marié à Marie-Joséphine Reverdit, fille de Christophe Reverdit, et de Françoise de Villeneuve-
Bargemon, dont entre autres :
    A) Marie-Louis-Paul de Drée, né en 1859, † 1882, marié en 1882 à
    Georgette Robert de Beauregard, s. p. ;
    B) Marie-Stanislas-Guillaume de Drée ;
    C) Marie-Raymond, comte de Drée, né en 1866, marié à Marguerite-
    Marie de Villeneuve-Esclapon, dont :
        a) Bernard de Drée, né à Aix-en-Provence, le 30 août 1892 ;
        b) Guillaume de Drée, né à Aix-en-Provence le 3 juillet 1894.
    D) Louise-Marie-Amélie de Drée, née en 1856, † 1877 ;
    E) Marie-Pauline-Germaine de Drée, née en 1863, mariée au comte
    Augustin de Boisgelin.
4) Marie, née en 1825, mariée à Ernest de Boutiny.

XV. Louis-Jean-Stanislas, comte DE DRÉE, né en 1824, † 1879, officier de marine,
consul de France à Neuchâtel, Monaco et Liège, marié à Marie-Augusta de Viry,
dont :

1) Adolphe, qui suit ;
2) Charlotte de Drée, née en 1853, mariée à Joseph, vicomte de David-Beauregard.

XVI. Adolphe-Louis-Marie-Gilbert, comte DE DRÉE, né en 1836, camérier
secret de cape et d'épée de Sa Sainteté, marié à Élise de Duranti, dont :

1) Stéphen de Drée, né en novembre 1892 ; *qui suit :*
2) Suzanne de Drée, née en avril 1891 ;
3) Pauline de Drée, née en avril 1894.

Cf. : *Chérin : 67 ; Nouveau d'Hozier : 120 ; Carrés d'Hozier : 231 ; Dossiers
bleus : 242 ; Pièces originales : 1028.* Beaune et d'Arbaumont : *La noblesse
aux États de Bourgogne. Notes* du Cᵗᵉ Raymond de Drée.

XVII Stephen, Henri, Timoléon ———, , marquis de DRÉE
marié à Isabelle Rochaïd, dont :

1) Béatrix, religieuse de Notre Dame de Sion, née en Mai 1920
2) Bernard, né en Mars 1925

DU BOST DE CURTIEUX

De sinople à une croix ancrée d'argent, au chef d'argent chargé d'un vol de gueules.

Jacques-Noel-Catherine du Bost de CURTIEUX

Les du Bost ou Dubost de Curtieux étaient anciennement connus en Beaujolais, et reconnaissaient pour auteur :

I. Claude du Bost, sgr de Petitbourg, né en 1553, † à Beaujeu le 15 février 1634, marié à Pernette Garil, dont :

1) Claude, qui suit ;
2) Noble Pierre du Bost, père de Pernette du Bost, mariée à noble Guillaume Mignot, contrôleur au grenier à sel de Belleville en Beaujolais.

II. Claude du Bost, sgr de Petitbourg, né à Beaujeu le 30 juin 1588, † à Beaujeu le 13 août 1661, Contrôleur, Procureur du Roi et Président au grenier à sel de Beaujeu, marié à Beaujeu le 11 janvier 1618, à Jeanne Thibault, † à Beaujeu le 8 juillet 1662, fille d'Antoine, sgr de Pierreux, conseiller au grenier à sel de Beaujeu, Procureur fiscal de Beaujeu, et de Françoise Carrige, dont parmi trois enfants :

III. Antoine du Bost, écuyer, sgr de Petitbourg, né à Beaujeu le 30 juin 1621, † à Beaujeu le 3 janvier 1694, avocat en Parlement, Premier Président en l'élection de Beaujolais, marié le 16 avril 1651 à Françoise Tholomet, † à Villefranche le 10 avril 1682, âgée de 48 ans, fille de Claude Tholomet et de Marie de Phélines, dont onze enfants, parmi lesquels :

1) Claude, qui suit ;
2) Alexandre du Bost, écuyer, bapt. à Villefranche le 4 avril 1660, Procureur fiscal de Beaujeu, marié p. c. du 25 janvier 1696 à Antoinette du Bois, veuve de J.-B. Gérin ;
3) Louis du Bost, écuyer, sgr de Tavannes, † à Lyon le 21 août 1748, âgé de 85 ans, Lieutenant au Régiment Lyonnais, puis à celui de Picardie, ép. 1º p. c. du 20 novembre 1691 Élisabeth de Chapon de La Boutière, fille de

Claude-Antoine de Chapon, écuyer, sg^r de Rizières, et de Marie de Mathieu
sa veuve [alors femme d'Antoine de Montrichard, écuyer, sg^r de la
Brosse] ; 2° Madeleine de Masset de Davayé, ✝ à Lyon le 17 décembre 1756 ;

4) N. du Bost, sg^r de Rochefort, capitaine châtelain de Villeurbanne en 1696 ;

5) Laurent du Bost, écuyer, sieur de Curtieux, bapt. à Villefranche le 30 juin
1668, servit dans le ban Lyonnais (1697), gendarme de la garde ordinaire
du roi (15 septembre 1706), capitaine au Régiment de la Roche-Thulon,
capitaine au Régiment d'Infanterie de la Reine ; ép. à Lyon : 1° p. c. du
20 novembre 1694, Françoise Chavet, veuve de Pierre-Joseph Nicolas, bourgeois de Lyon ; 2° le 29 mai 1713 Marie Collemieux, fille de Jacques, et de
Louise Vergier. Il eut du second lit :

    A) Henry-Jacques du Bost de Coursin, bapt. à Lyon le 12 mai 1714,
maître particulier des Eaux et Forêts à Lyon, commissaire général
aux saisies réelles de la dite ville ; ép. Agnès-Nicole Moreau, dont :

        a) Marie-Charlotte, bapt. à Lyon le 24 février 1741 ;

        b) Marie-Magdeleine-Aimée, bapt. à Lyon le 16 février 1742 ;

6) David du Bost, bapt. à Villefranche le 16 février 1671, capitaine au Régiment de Santerre-Infanterie, ép. p. c. du 30 novembre 1702 Marie-Anne
Nicolas, fille de Pierre-Joseph, et de Françoise Chavet, dont :

    A) Laurent, bapt. à Lyon le 1er février 1712.

7) François, qui a fait la branche de Curtieux ;

8) Jeanne, née à Lyon le 1er mars 1656, mariée à noble Jean Jannin d'Envaux,
fils de Vincent Jannin, écuyer ;

9) Jeanne-Élisabeth du Bost, née à Villefranche le 16 mai 1658, mariée à
Édouard Mabiez, sg^r de Malleval.

IV. Claude DU BOST, écuyer, sg^r de Roteval et de Petitbourg. Garde-marine,
Capitaine au Régiment de Berry-Infanterie (1689), marié les 17 septembre-1er octobre
1698 à Élisabeth Valentin, fille de noble Jean-Baptiste, sg^r de La Motte, conseiller
du Roi, Lieutenant criminel en l'élection de Lyon, et d'Élizabeth Chevalier, dont :

    1) Laurent, qui suit ;

    2) Jeanne-Louise, ép. le 7 décembre 1728 Alexandre-Marie de Noblet, cheva-
lier, marquis d'Anglure.

V. Laurent DU BOST DE TAVANNES, écuyer, sg^r de Petitbourg. Montchanin, etc.,
né le 13 janvier 1703, Lieutenant dans le bataillon de milice du Lyonnais, rendit
aveu le 26 avril 1740 à la chambre des Comptes de Bourgogne pour les seigneuries
de Montchanin, Montaigu, etc. (bailliage de Mâcon).

BRANCHE DE CURTIEUX

IV. François-Xavier du Bost de Curtieux, écuyer, sgr de Curtieux, Premier et ancien Président en l'élection de Beaujolais, maître des requêtes au Parlement de Dombes (13 mars 1730), Conseiller au dit Parlement et maître des Requêtes honoraire (22 juin 1750) ; marié : 1° le 4 septembre 1696 à Marie-Anne de Masset de Davayé, † à Villefranche le 28 juillet 1709, fille d'Henri de Masset, chevalier, sgr de Davayé, Maréchal de bataille des armées du Roi, Élu de la Noblesse du Mâconnais, Alcade aux États de 1694, et de Catherine Michel ; 2° à Lyon le 2 juin 1711 à Françoise du Moutier, veuve de Claude Gondard. Il eut du premier lit, parmi cinq enfants :

> 1) Claude-Marie du Bost de Curtieux, écuyer, bapt. à Villefranche le 24 mars 1697, Président en l'élection de Beaujolais, marié à Lyon le 8 mars 1734 à Marianne Genevey de Pusignan, † à Villefranche le 7 avril 1763, fille de Jean, chevalier, sgr du marquisat de Pusignan, Président Trésorier de France à Lyon, et de Catherine Fischer ;
>
> 2) Noël, bapt. le 20 janvier 1705, chanoine de N.-D. des Marets, à Villefranche ;
>
> 3) Aimé, qui suit.

V. Aymé-Jean-Charles du Bost de Curtieux, écuyer, bapt. le 13 février 1706 ; officier ; ép. à Lyon les 6-11 août 1751, Marie-Anne Sivelle, fille de Jean-Jacques, et de Marguerite du Clair, dont :

> 1) Aimé-Jacques-Marie, écuyer, bapt. à Lyon le 19 mai 1752 ;
>
> 2) Jacques-Noël-Catherine, qui suit ;
>
> 3) Laurent, écuyer, bapt. à Lyon le 23 février 1756, Garde du Corps du Roi, témoin à Sury-le-Comtal du mariage du comte de Damas avec Jeanne Henrys d'Aubigny (26 octobre 1785) ;
>
> 4) Henriette, bapt. à Lyon le 23 septembre 1757.

VI. *Jacques-Noël-Catherine* du Bost de Curtieux, écuyer, bapt. à Lyon le 7 juillet 1754, comparant à Lyon en 1789.

> Cf. : Nouveau d'Hozier, 56. *Généalogie dressée en mars 1759.* Les armoiries y sont réglées comme nous les décrivons ci-dessus ; elles diffèrent de celles indiquées par Steyert, qui sont « *d'azur à trois pals d'or* ».

DU BOURG DE SAINT-POLGUES

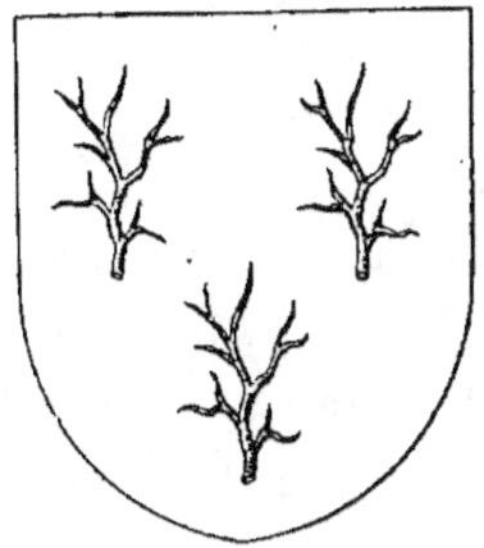

JUST-HENRI, COMTE DU BOURG DE SAINT-POLGUES

La maison du Bourg, citée depuis Baudoin du Bourg, sg^r du Bourg, en Vivarais [lequel, en l'an 1276, avant la fête de saint André, apôtre, fit un accord avec Adhémar, comte de Poitiers], établit sa filiation suivie depuis noble Hugues du Bourg, sg^r du Bourg, en Vivarais, vivant en 1396 et 1398. Son fils Jean, sg^r du Bourg, eut de Guigonne de Lombarde, Emmanuel du Bourg, auteur de la branche des marquis de Bozas, en Vivarais, comtes de Saint-Polgues en Roannais, et Étienne du Bourg, auteur des autres branches de cette maison, célèbre par ses alliances et illustrée par un Chancelier de France.

Étienne du Bourg, sg^r du Bourg et de Montberson, second fils de Jean du Bourg et de Guigonne de Lombarde, fut le père d'Anne du Bourg, père lui-même de :

1° Antoine du Bourg, baron de Saillans et de Saint-Sulpice, Lieutenant civil au Châtelet (12 avril 1526), Maître des Requêtes (28 avril 1532), Président au Parlement de Paris (9 décembre 1532), créé chevalier de la main du Roi, puis Chancelier de France (16 juillet 1536), † 1538, tige des barons de Saillans et Saint-Sulpice éteints au xviie siècle dans la maison d'Estaing ;

2° Étienne du Bourg, sg^r de Ceilhoux, Malauzat, etc., Procureur du Roi au pays d'Auvergne, Contrôleur général des aides et tailles de cette province, maître des requêtes de la Reine, † à Riom le 15 août 1557 ; tige : — a) des sg^{rs} de Malauzat et Blives, éteints au xixe siècle après avoir formé plusieurs sous-rameaux : les sg^{rs} de Ceilloux, éteints aux xviie siècle ; les sg^{rs} de La Mothe, éteints au xviiie, etc. — b) des sg^{rs} de Clermont, en Gascogne, éteints au xviie siècle. — c) des sg^{rs} de Lapeyrouse, en Languedoc, encore représentés de nos jours. — d) des sg^{rs} de Fontanes, éteints peu après.

La branche aînée des marquis de Bozas, fondée par Emmanuel du Bourg (1469), ci-dessus, frère aîné d'Étienne, dont la postérité a été résumée, était représentée au Ve degré depuis Hugues du Bourg, par :

V. Étienne DU BOURG, chevalier, sg^r du château et mandement du Bourg ; il testa le 10 juin 1572 et laissa de Jeanne de Cubières, entre autres :

VI. Jean DU BOURG, chevalier, sg^r du Bourg, Gaujac ; marié le 1er avril 1554 et par contrat post nuptial du 22 février 1570 à Claude de Bellecombe de La Pierre, fille de Théodore, sg^r de Cavillargues, et de Gabrielle de Pradel. Elle testa et mourut en 1603, laissant entre autres :
1) Jean, qui suit ;
2) Claude du Bourg, écuyer, sg^r de Lavaux, homme d'armes de la Compagnie des gendarmes du Connétable de Montmorency.

VII. Jean DU BOURG, chevalier, sg^r du Bourg et de Lavaux. commandant des gendarmes de Montmorency, marié à Louise de Baudon, fille d Étienne, sg^r de Lavaux, et d'Étiennette de Manche, dont :
1) Jean, qui suit ;
2) Hector du Bourg, chevalier, capitaine d'infanterie au régiment de Castellan (31 janvier 1637), blessé au siège de Leucate, capitaine au régiment de Schomberg, Gouverneur de Bains, † s. p. en Italie. Il avait épousé Jeanne d'Abeille.

VIII. Jean DU BOURG, sg^r du Bourg et de Lavaux, et en partie de Bognes et de Peynier, etc., l'un des cent gentilhommes de la maison du Roi (9 janvier 1659), maintenu dans sa noblesse de race (avril 1667). Il testa le 9 juillet 1668 et avait épousé : 1° Catherine de Pertuis, fille de Michel de Pertuis, d'Avignon, et d'Hélène de Ferrier ; 2° Étiennette de Raffelis, fille d'Henri, sg^r de Rognes, etc., et de Julie de Vincens d'Agoult, Il eut du premier lit :
1) Emmanuel, qui suit ;
2) Pierre du Bourg, chevalier, sg^r de Montagut, Lieutenant au Régiment de Champagne (1668), Capitaine au régiment Royal ;
3) Jean du Bourg, chevalier, sg^r de Bresme, marié : 1° à Catherine de Baudon ; 2° à Françoise d'Androns. Il eut du premier lit :
    A) Jean, † jeune, au service ;
    B) Étienne, abbé commendataire de N.-D. de Gimont ;
    C) Gaspard, supérieur des jésuites de Colmar ;
    D) Emmanuel, sg^r de Pontis, etc., capitaine de cavalerie, tué à la Marsaille ;
    E) Françoise, religieuse ;

4) Gaspard du Bourg, † 1705, abbé de Pibrac, en Auvergne (novembre 1681), chanoine-comte de Brioude, sur preuve de seize quartiers de noblesse.

IX. Emmanuel DU BOURG, chevalier, sgr du Bourg, Lavaux, etc., marquis DE BOZAS [L. P. d'érection en marquisat des terres de Bozas, Ampurani, Saint-Félicien, Rochefort (mars 1693), enregistrées à Annonay le 13 novembre 1693], Capitaine au Régiment d'Humières-Cavalerie, Maréchal des logis de la Cavalerie légère (16 mars 1676), Mestre de camp de Cavalerie (23 janvier 1677), Chevalier de N.-D. du Mont-Carmel et de Saint-Lazare (8 mars 1681), Brigadier de Cavalerie (8 février 1686), Maréchal de Camp (25 avril 1691), Chevalier de Saint-Louis (8 mai 1693), Commandant pour le Roi en Languedoc ; marié le 6 octobre 1679 à Marie-Anne de Ginestous de La Tourrette, fille de Joseph, chevalier, sgr de Saint-Vincent, et de Marie d'Espinchal, dame de Bozas, dont entre autres :

X. Emmanuel-Gaspard DU BOURG, chevalier, marquis DE BOZAS, baron de La Roue, sgr de Saint-Félicien, etc. ; marié le 7 juin 1714 à Mathie du Crocq de Saint-Polgues, fille de Jean-Claude du Crocq, comte de Saint-Polgues, et de Françoise de Barnay du Coudray, dont :

1) Just-Henri, qui suit ;
2) Claude du Bourg, chevalier, né à Saint-Polgues le 26 mai 1724, Chevalier de Malte de minorité, † jeune ;
3) Jeanne-Marie du Bourg, mariée à Bernard de Las, comte de Prie ;
4) Charlotte-Bernardine, chanoinesse de Leigneux, en Forez.

XI. *Just-Henri* DU BOURG DE SAINT-POLGUES, chevalier, marquis DE BOZAS, comte de Saint-Polgues, dit le comte du Bourg de Saint-Polgues, né vers 1718, † victime de la Terreur à Feurs en 1793, Député de la Noblesse de Roanne à l'Assemblée provinciale de la généralité de Lyon en 1787, comparant à Lyon en 1789 ; marié le 25 novembre 1736 à Henriette-Françoise de La Roche-Aymon, née le 23 juillet 1720, fille de Nicolas-Louis, marquis de Barmont, sgr de Saint-Avit, etc., et de Jeanne-Marie de La Tour-d'Auvergne, dame de Murat, dont :

1) Emmanuel-Gaspard, qui suit ;
2) Jean, officier de marine ;
3) Hippolyte-Marie-Madeleine, chanoinesse de Leigneux ;
4) Marguerite, chanoinesse de Leigneux ;
5) Marie-Anne du Bourg, chanoinesse de Leigneux, puis mariée à Saint-Polgues, le 3 novembre 1767, à Joseph de Monteynard, chevalier, marquis de Montfrin, sénéchal de Beaucaire et de Nîmes, veuf d'Henriette de Baschi d'Aubaïs, et fils de François, marquis de Montfrin, et de Louise de Louët de Nogaret-Calvisson ;

    6) Marie du Bourg, chanoinesse de Leigneux, mariée à Saint-Polgues le 3 mars 1772 à Charles-François, comte d'Oradour, sg^r de Saint-Gervasy, fils de Charles-Gilbert, et de Marie de Bordon.

XII. Emmanuel-Gaspard DU BOURG DE SAINT-POLGUES, chevalier, marquis DE BOZAS, capitaine au régiment de Coigny-Dragons, † à Lauzanne ; marié à Louise-Marie de Prie, sa cousine germaine, † le 15 juin 1828, fille de Bernard de Las, comte de Prie, et de Jeanne-Marie du Bourg de Saint-Polgues, dont :

    1) Louis, qui suit ;

    2) Rose-Marie du Bourg, mariée à Louis de Berthier, comte de Bizy.

XIII. Louis, marquis DU BOURG DE BOZAS, attaché à la maison militaire du Duc d'Angoulême, marié à Barbe-Pierrette de la Croix-Chevrières de Saint-Vallier, fille de Jean-Baptiste-Paul, capitaine de cavalerie au régiment de Clermont-Tonnerre, chevalier de Saint-Louis, et d'Henriette de la Porte de Riantz, dont :

    1) Charles-Louis, qui suit ;

    2) Antoine du Bourg, † accidentellement à 33 ans ;

    3) Emmanuel du Bourg, † à 14 ans.

    4) Henriette-Marie-Charlotte du Bourg, † le 27 décembre 1858 ; mariée le 13 août 1828 à Alfred-Louis-Albert, marquis de Chamillart de La Suze, † à Vichy le 11 juillet 1839, fils d'Alphonse-Louis, marquis de Chamillart, Pair de France, et d'Henriette de Saint-Pol.

XIV. Charles-Louis, marquis DU BOURG DE BOZAS, né en 1802, † le... . Élève de Saint-Cyr, Sous-lieutenant au 2e cuirassiers de la Garde du Dauphin ; marié à Charlotte-Victoire-Clémence Bajot de Conandre, fils du baron Philippe et d'Adélaïde Frignet, d'où :

    1) Antonin-Charles-Louis, qui suit ;

    2) Marie-Antoinette du Bourg, née à Nevers en 1834, mariée en 1860 à Ulric, comte de Rune, fils d'Ulric, marquis de Rune, et d'Amélie de La Tour-du-Pin-Chambly de la Charce ;

    3) Marguerite-Antonine du Bourg, née à Prye (Nièvre) en 1838 ; mariée à Paris le 30 juin 1859 à Charles-Romain-Louis Le Bœuf, comte d'Osmoy, Député de l'Eure, fils de Charles-Henri, Garde du Corps de Charles X, et de Geneviève de Guiry.

XV. Antonin-Charles-Louis, marquis DU BOURG DE BOZAS, né à Prye le 18 août 1836, marié à Paris le 23 novembre 1864 à Adèle-Louise-Marie Favard, née le 22 avril 1846, fille d'Eugène Favard et d'Adèle-Louise Moreau, dont :

    1) Antoine, qui suit ;

2) Pierre-Marie-Robert, vicomte du Bourg de Bozas, né le 13 avril 1871. Explorateur, † le 25 décembre 1902 à Amadis (Congo belge).

XVI. Antoine, comte DU BOURG DE BOZAS, né le 18 mars 1866, marié le 15 mai 1892 à Marie-Pauline-Marguerite Sipière, fille du baron Sipière, dont :
1) Emmanuel du Bourg de Bozas, né le 16 juin 1893 ;
2) Guy du Bourg de Bozas, né le 30 juin 1894 ;
3) Marie-Thérèse du Bourg de Bozas, née le 17 avril 1900 ;
4) Antoinette du Bourg de Bozas, née le 22 septembre 1903.

Cf. : *Recherches sur la maison du Bourg*, par Henry du Bourg (Toulouse 1881).

DUGAS DE CHASSAGNY

Coupé : *de gueules à deux épées en sautoir d'or, et d'azur à l'arbre aussi d'or.*

JEAN-BAPTISTE DUGAS DE CHASSAGNY

L'ancienne famille Dugas portait primitivement le nom de du Coignet sous lequel elle est citée au xive siècle ; possesseurs du mas Dugas, les du Coignet en retinrent le nom au xvie siècle. Cette famille a été trop nombreuse pour qu'il soit possible d'en rapporter ici la généalogie complète ; d'ailleurs ce travail a été excellemment fait par M. W. Poidebard [*Généalogie de la famille Dugas (1347-1895), Lyon 1895*], et, pour les détails il suffit de s'y reporter.

Cités dès 1347, les du Coignet, possesseurs du mas Dugas, connus ensuite seulement sous le nom de Dugas, établissent leur filiation suivie depuis :

I. Pierre DUGAS, habitant de Valfleury au xvie siècle, marié et père entre autres de :

    1) Jean, qui suit ;

    2) François, qui fit souche ;

    3) Nicolas Dugas, capitaine au régiment de Bourbonnais en 1645, † au service.

II. Jean DUGAS, né à Valfleury, † à la Cocholière (Saint-Christo) le 3 mai 1679, Notaire royal à Saint-Chamond, Greffier des juridictions de Chaignon et Valfleury, etc., sg^r engagiste du Chaignon ; marié à Saint-Chamond le 1er mai 1623 à Louise Gabriel, dont entre autres :

    1) Noble Charles Dugas, écuyer, sieur de Valdurèse, né en 1624, † à Saint-Chamond le 18 février 1702, conseiller du Roi, Lieutenant assesseur criminel de robe courte en la sénéchaussée de Lyon (29 mars 1675), Lieutenant en la juridiction de Saint-Julien-Molin-Molette, châtelain de Fontanès et avocat fiscal à Saint-Chamond. — Sa descendance continua la branche aînée et a donné des officiers, des chevaliers de Saint-Louis, des Trésoriers de

France à Lyon, etc. Alliée aux Philibert de Chamousset, Charrin, Vacheron, Mazenod, Staron de La Rey, Périer du Palais, La Forest-Divonne, etc., cette branche s'est subdivisée en deux rameaux principaux :

A) celui DE LA CATONNIÈRE, honoré du titre de baron, par L. P. du 3 août 1816, et représenté de nos jours au IXᵉ degré depuis Pierre ci-dessus par :

    IX. Charles, baron DUGAS DE LA CATONNIÈRE, né à Montbrison le 2 février 1824, marié à Malijay (Vaucluse) le 23 mai 1859 à Marie-Thérèse-Félicie Légier de Montfort-Malijay, née en 1837, † à Lyon le 22 mai 1888, fille de Jean-Joseph-Oswald, baron de Montfort-Malijay, et de Clotilde de Prunelle, dont quatre enfants, parmi lesquels la comtesse de La Forest-Divonne, et :

    X. Charles-Marie-René DUGAS DE LA CATONNIÈRE, né aux Halles-le-Fenoyl (Rhône) le 7 mai 1860, marié à Bellegarde (Loire) le 14 mai 1891 à Marie-Thérèse-Victoire de Rivérieulx de Chambost, fille de Jean-Claude-Anatole de Rivérieulx, comte de Chambost, et de Marie-Françoise-Hedwige Roches-Ranvier de Bellegarde,

B) le rameau DE VARENNES, détaché de la branche aînée au Vᵉ degré, avec Antoine Dugas, sgʳ de Valdurèze et des Varennes, Trésorier de France à Lyon (12 juillet 1763), et éteint avec sa petite-fille, née en 1789, dont la mère était une Vincent de Soleymieu.

  2) Antoine, qui suit.

III. Antoine DUGAS, succéda aux offices de son père et fut aussi procureur d'office de la ville de Saint-Chamond ; marié le 4 mars 1669 à Catherine Rigaud, fille de Mᵉ Paul Rigaud et de Jeanne Dervieux, dont trois enfants, parmi lesquels :

IV. Charles DUGAS, greffier des traites de la ville de Saint-Chamond (18 août 1709), marié à Saint-Chamond le 24 janvier 1702 à Anne Pitiot, † le 5 juin 1747, à 72 ans, fille de Joseph Pitiot, conseiller du Roi et son Receveur en la juridiction des Douanes de Saint-Chamond, et de Gasparde Martinier, dont parmi cinq enfants :

V. Joseph DUGAS-VIALIS, baptisé le 6 novembre 1705, marié au château d'Écossieu le 20 août 1727, p. c. passé à Lyon le 17, à Catherine Vialis, † 5 décembre 1788, fille de noble Jean-François Vialis, héraut d'armes de France, et de Jeanne Dareste. Elle eut quatorze enfants, parmi lesquels :

  1) Jean-Baptiste, qui suit ;

  2) Jacques Dugas du Vernat, écuyer, sgʳ de la baronnie du Villard, en Velay,

bapt. à Saint-Chamond le 22 décembre 1731, testa à Lyon le 14 décembre 1796, anobli avec son frère aîné par L. P. de 1777, marié à Lyon p. c. du 18 juillet 1773 à Élisabeth Regnault, fille de Camille et de Laurence Crozet; tige des Dugas, barons du Villard, représentés de nos jours au IXᵉ degré par :

> ix.   Camille Dugas, baron du Villard, marié en 1863 à Marie de Fraix de Figon, fille d'Adolphe et d'Eugénie Neyrand, dont treize enfants.

3) Jean-Jacques Dugas-Vialis, né le 2 décembre 1739, † le 5 floréal an XI. Premier consul de la ville de Saint-Chamond (1785-86), marié le 8 janvier 1780 à Laurence Crozet, † à Voyron le 7 novembre 1833, fille de Thomas Crozet et de Marie-Antoinette Cayrel ; tige des Dugas-Vialis, alliés aux Boucherville, Pasquier de Franclieu, Meaudre, Falcon de Longevialle, Bigot de La Touanne, etc., et représentés de nos jours au IXᵉ degré par :

> ix.   Antoine-Élysée Dugas, né le 14 janvier 1843, † le 14 mars 1883, marié le 23 octobre 1866 à Marie-Xavérine Dugas du Villard, fille de Zénon Dugas du Villard et de Marie-Antoinette-Alexandrine de Layvillère, dont :
>
> > a) Marie-Louis-Antoine, né le 15 septembre 1867.
> > b) Marie-Camille-Jacques, né le 5 octobre 1868, marié le 7 novembre 1893 à Élise Dugas du Villard, fille de Camille, baron du Villard, ci-dessus ;
> > c) Marie-Élizabeth-Noemi, née le 13 novembre 1874, mariée le 16 juillet 1896 à Pierre-Marie-Louis-Charles Bigot de La Touanne.

4) Camille Dugas, écuyer, baptisé à Saint-Chamond le 4 août 1742, † le 21 mars 1799, conseiller secrétaire du Roi en la chancellerie du Parlement d'Aix, sgr du Sapt (à Saint-Genest-Malifaux, où se trouvait le fief de Montbel) ; marié : 1° aux Rouardes le 16 juin 1772 à Antoinette-Victoire Crozet, † 14 novembre 1784, fille de Thomas Crozet et d'Antoinette Cayrel ; 2° le 12 septembre 1786 à Jeanne-Madeleine Rey, fille d'Antoine-Régis Rey, et de Madeleine Regnel. Tige des Dugas, dont un membre de l'Institut connu sous le nom de Dugas de Montbel, alliés aux Neyrand, Fructus, Boïssieu, Lecourt d'Hauterive, Ravier du Magny, etc. Ces Dugas étaient représentés de nos jours au IXᵉ degré par :

> ix. Jean-Marie Dugas, né à Saint-Chamond le 2 juin 1846, marié à Saint-Chamond le 17 octobre 1872 à Louise Neyrand, fille d'Antoine et de Nancy Terrasse de Tessonnet, dont sept enfants.

5) Claude-Marie Dugas de la Boissonny, écuyer, conseiller secrétaire du Roi, marié aux Rouardes (Saint-Paul en Jarez) le 24 mai 1774 à Agathe Crozet, fille de Thomas, et d'Antoinette Cayrel. Ils eurent sept enfants, dont trois fils auteurs de trois rameaux :

   A) l'aîné, représenté au IXe degré par :

      IX. Marie-André-Laurent DUGAS DE LA BOISSONNY, chevalier de Pie IX, Zouave Pontifical (1860 à 1864), capitaine des mobiles de la Loire (1870), marié en 1864 à Marie Munet, fille d'Antoine-Élysée Munet et de Justine-Sophie Gautier, dont onze enfants.

   B) le second éteint avec la petite-fille de Claude-Marie, qui prit alliance chez les Boissieu.

   C) le troisième, scindé en deux sous-rameaux, représentés :

      a) le premier par : IX. Camille-Victor-Marie DUGAS, né le 28 mars 1854, † le 7 septembre 1895, s. p. de son mariage du 10 janvier 1887 avec Marie de Champigny.

      b) le second par : VIII. Victor-Marie DUGAS (oncle du précédent), né à Givors le 27 mars 1832, marié le 14 avril 1857 à Davézieux (Ardèche), à Alice Barou de la Lombardière de Canson, fille de Louis de la Lombardière et de Gabrielle de Lamajorie de Soursac, d^t p. alliée aux Descours, le Bault de la Morinière, Lestapis.

VI. *Jean-Baptiste* DUGAS DE CHASSAGNY, écuyer, sg^r de Chassagny, bapt. le 13 septembre 1730, † 1814. Anobli avec son frère Jacques Dugas du Vernat, par L. P. de mars 1777, enregistrées le 3 septembre 1777, rappelant la grande ancienneté, l'origine vraisemblablement noble, les services des Dugas, leur parenté probable avec les Dugas de Thurins, et récompensant les progrès importants réalisés dans l'industrie des rubans par les titulaires. Comparant à Lyon en 1789 ; marié : 1° le 16 novembre 1771 à Marie-Lucrèce Balas, † le 28 septembre 1785, âgée de 44 ans, fille d'Antoine Balas et de Françoise Dervieu ; 2° à Jeanne-Angélique Royer, † s. p. après avoir testé le 21 juin 1796, fille de Jean-Baptiste Royer, écuyer, et d'Angélique de La Lande. Du premier lit naquit :

1) Catherine, bapt. le 20 septembre 1775, † juillet 1836, mariée en 1792 à Antoine-Henri Jordan [de Sury], écuyer, bapt. à Lyon le 10 juillet 1762, † le 3 janvier 1835, fils d'Antoine-Henri, Échevin de Lyon, et de Marie-Madeleine Briasson.

Cf. : W. Poidebard. *Généalogie des Dugas*.

DUGAS DE THURINS

D'azur au sautoir ondé d'or, cantonné de quatre besans du même.

Étienne DUGAS de THURINS

Cette famille Dugas est originaire de Thurins en Lyonnais et issue de :

I. Jehan Dugas, notaire à Thurins et Lyon, receveur du chapitre de Saint-Paul jusqu'en 1561, marié à Antoinette Buyer, dont deux filles mariées dans les familles Chantre et Girardon, et :

II. Pierre Dugas, né à Thurins le 21 novembre 1551, † le 9 novembre 1618; greffier et châtelain de Thurins, choisi pour représenter avec Pierre Scarron et Nicolas de Chaponay le Tiers État du pays de Lyonnais aux États Généraux tenus à Blois le 16 octobre 1588; marié : 1° à Thurins le 9 février 1588 à Jehanne du Champt, † à Thurins le 27 décembre 1594, fille de Me Jehan, châtelain de Thurins; 2° à Vaugneray le 24 janvier 1596 à Aimée Dallier de Bénévent, bapt. à Saint-Symphorien-le-Château le 24 juillet 1577, † le 9 février 1628, fille de Jehan Dallier et d'Hélène Valentin, dame de Bénévent, dont du second lit, parmi neuf enfants :

    1) Louis, qui suit;

    2) Jeanne Dugas, née le 24 juin 1600, mariée le 2 février 1617 à Jehan Drivon, avocat;

    3) Hélène Dugas, née le 5 novembre 1608, mariée à Girard Hanicard, dont une fille mariée à Claude Cachet de Montezan.

III. Noble Louis Dugas, écuyer, sgr DE BOIS-SAINT-JUST (p. acq. du 14 novembre 1645), La Tour du Champt (p. acq. du 18 avril 1636), Savonost, etc., né à Thurins le 9 septembre 1602, † à Lyon le 25 mars 1666. Élu en l'Élection de Lyon, Échévin de Lyon en 1658-59; ép. à Lyon le 1er mai 1632 Jeanne du Pin, † à Lyon le 16 octobre 1678, fille d'Antoine et de Marie Viau [remariée à Jean du Soleil], dont :

    1) Louis, qui suit;

2) Étienne, écuyer, né à Lyon le 11 octobre 1648, Capitaine au Régiment
   Royal (3 septembre 1674), Colonel au service du Cardinal de Furstemberg ;

3) Marie, née à Lyon le 3 août 1645, mariée à Lyon le 3 août 1663, et p. c. du
   23 septembre suivant à Barthélemy Hesseler, écuyer, fils de Georges-Nicolas Hesseler, secrétaire du Roi, et d'Anne Ferrus ;

4) Jeanne, née à Lyon le 13 février 1652, † à Villefranche le 7 mai 1734, mariée
   le 27 janvier 1673 à Louis Deschamps, chevalier, sgʳ de Messimieux, Trésorier de France, fils de noble Louis Deschamps, sgʳ de Talancé, et de dame
   Marie Rollin.

IV. Louis Dugas, chevalier, sgʳ DE Bois-Saint-Just, Thurins, Savonost, etc.,
né le 29 décembre 1639, † le 6 janvier 1728, Échevin de Lyon (1680-81), Prévôt
des Marchands (1696 à 1699), Lieutenant-général de police à Lyon (1ᵉʳ juillet 1700),
Membre de la Chambre de justice, auditeur de Camp de la ville de Lyon ; marié
à Villefranche le 24 juillet 1669 à Claudine Bottu de la Barmondière, † le 5 mars
1724, fille d'Alexandre, écuyer, sgʳ de La Barmondière, et d'Élisabeth Bessié, dont :

1) Laurent, qui suit ;

2) Marie, bapt. à Lyon le 21 avril 1672, † à Lyon le 19 novembre 1713,
   mariée le 30 avril 1695 à Nicolas Bellet, écuyer, sgʳ de Tavernost, Conseiller au Parlement de Dombes puis Premier Président, né 1662, † 1730,
   veuf de Marie Deschamps de Messimieux et fils de Jacques Bellet de
   Tavernost et de Catherine Alexandre.

V. Laurent Dugas, chevalier, sgʳ DE Bois-Saint-Just, Thurins, Savonost, etc., né à
Lyon le 20 septembre 1670, Conseiller en la sénéchaussée et siège présidial de Lyon
(19 juillet 1696), Lieutenant général de police, Auditeur de Camp, Prévôt des Marchands de Lyon (1724-1729), commandant de la Ville de Lyon ; ép. : 1° à Lyon les
15-22 novembre 1698 Marguerite Croppet, baptisée à Lyon le 26 octobre 1682, † à Lyon
le 21 juillet 1701, fille de Justinien Croppet, écuyer, et d'Hélène Cavelat ; 2° p. c.
du 27 avril 1703, Marie-Anne Basset, † à Lyon le 5 décembre 1752, fille de noble
Léonard Basset et de Jacqueline Chuiter. Il fut père entre autres de :

1) 1ᵉʳ *lit:* Pierre, qui suit ;

2) 2ᵉ *lit :* Louis, qui a fait branche ;

3) Louis-Marie Dugas de Souzy, écuyer, bapt. à Lyon le 15 juillet 1705, capitaine au régiment de Picardie ;

4) François Dugas de Quinsonas, chevalier, † le 31 juillet 1768, officier au
   régiment de la Reine ;

5) Claudine, bapt. à Lyon le 30 avril 1706, mariée à Lyon le 30 avril 1726 à
   Philibert Arthaud, écuyer, sgʳ de Bellevue, Conseiller en la Cour des Mon-

naies de Lyon, bapt. à Lyon le 15 septembre 1677, fils d'André Arthaud, sgʳ de Bellevue, Échevin de Lyon et de Marie de Masso.

VI. Pierre DUGAS, chevalier, sgʳ DE THURINS, Savonost, etc., né à Lyon le 11 juillet 1701, † à Thurins le 26 avril 1767, Président en la Cour des Monnaies de Lyon, Auditeur de Camp de la ville de Lyon, Prévôt des Marchands de Lyon (1750-51), Membre de l'Académie de Lyon, célèbre par sa correspondance avec M. de Saint-Fonds ; marié : 1ᵒ le 28 avril 1725 à Marie-Anne Bourgelat, fille de noble Pierre Bourgelat, Échevin de Lyon, et de Geneviève Terrasson. Elle testa à Lyon le 27 mars 1737 ; 2ᵒ le 2 novembre 1739 à Anne de Ponsaimpierre du Perron, fille de Dominique de Ponsaimpierre, écuyer, sgʳ du Perron, Conseiller en la Cour des Monnaies de Lyon, et de Bonne d'Ambournay, dont :

1) *1ᵉʳ lit :* Étienne, qui suit ;

2) Catherine, baptisée à Lyon le 17 décembre 1733 ; mariée à Lyon le 23 mai 1753 à François Morel de Rambion, écuyer, sgʳ de Volcine, conseiller en la Cour des Monnaies de Lyon, né à Paris le 20 mars 1724, † le 20 mai 1778, fils de François Morel, écuyer, Conseiller en la Cour des Monnaies de Lyon, et de Anne Simonnet.

VII. *Étienne* DUGAS, chevalier, sgʳ DE THURINS, Savonost, Quinsonas, La Tour des Champs, Souzy, etc., baptisé à Lyon le 18 octobre 1730, testa le 2 juin 1789, ayant été Président en la Cour des Monnaies, Lieutenant criminel en la sénéchaussée de Lyon, comparant à Lyon en 1789 ; marié à Lyon : 1ᵒ le 24 août 1779 à Marie-Charlotte Chol de Quercy, fille de Claude Chol de Quercy, écuyer, chevalier de Saint-Louis, Prévôt général des Maréchaux de France en Lyonnais, et de Charlotte Dupuy ; 2ᵒ à Lyon le 14 septembre 1784 à Jeanne-Catherine de Cantarelle, fille d'Antoine de Cantarelle de Dommartin, chevalier de Saint-Louis, capitaine au régiment Lyonnais, et d'Anne-Rosalie-Benoîte Cartier, dont du 2ᵉ lit :

1) Bonne-Marie-Antoinette, baptisée à Lyon le 11 février 1786, mariée à Thurins le 23 messidor an X à Jean-Antoine Sauzet de Fabrias, fils de François, conseiller en la Chambre des comptes de Montpellier, et de Marie-Antoinette Bourlier de Saint-Cyr ;

• 2) Anne-Rosalie-Louise, baptisée à Thurins le 4 juillet 1787 ; mariée à Lyon le 13 nivôse an XII à Pamphile Donin de Rosière, chevalier de la Légion d'Honneur, Sous-Préfet sous la Restauration, fils de Louis-Jean-Baptiste Jules-Mériadec Donin de Rosière, capitaine au régiment de Besancon, et de Françoise Basset.

BRANCHE CADETTE

VI. Louis Dugas, chevalier, sg^r de Bois-Saint-Just, Orliénas, Tourvoy, du marquisat DE Villars, etc., capitaine au régiment de Picardie ; il testa le 3 avril 1733 et épousa à Montluel le 5 mars 1737 Marie-Louise-Josèphe Laurent, fille de Jean, capitaine de bourgeoisie de cette ville, et de Marie Perret, dont entre autres :

1) Jean-Louis, qui suit ;
2) Marie-Laurence, bapt. à Lyon le 5 octobre 1740, mariée à Lyon le 10 décembre 1761 à François-Jean-Jacques Grimod-Bénéon, chevalier, baron de Riverie et de Cornillon, sg^r de Saint-Just en Velay, etc., chevalier de Saint-Louis, capitaine au régiment d'Aquitaine, fils de Jean-Étienne Grimod de Bénéon, chevalier, et de Jeanne-Claudine de Beaulieu ;
3) Louise-Claudine, bapt. à Lyon le 25 août 1746 ; ép. à Lyon le 13 août 1765 Claude-François Bollioud de Chanzieu, chevalier, sg^r de Chanzieu, conseiller en la Cour des Monnaies de Lyon, fils de Jean-François, chevalier, conseiller en la Cour des Monnaies de Lyon, et de Marguerite Renaud de Lorette.

VII. Jean-Louis Dugas de Bois-Saint-Just, chevalier, sg^r du marquisat DE Villars, baptisé à Lyon le 3 février 1733, † à Saint-Genis le 13 mai 1820, officier aux Gardes françaises, maire de Saint-Genis-Laval ; marié par contrat du 28 novembre 1769 à Benoîte-Geneviève Maindestre, fille d'Antoine Maindestre, chevalier, sg^r de la Sarra, Trésorier de France à Lyon, et de Simone Tolozan, dont :

1) Claude-Louis-Simon, baptisé à Lyon le 11 janvier 1771, † enfant ;
2) Antoine, qui suit.

VIII. Antoine-Alexandre, marquis Dugas, baptisé à Lyon le 17 octobre 1773, † à Lyon le 12 mai 1866.

Cf. : W. Poidebard : *Généalogie des Dugas publiée dans la Correspondance du Président Dugas et de M. de Saint-Fonds.*

DU LIEU DE CHENEVOUX

Écartelé : aux 1 et 4 d'or au lion d'azur, parti de gueules à 4 pals d'or ; aux 2 et 3 de sable à la fasce d'or accompagnée en chef d'un lion passant et en pointe de 3 roses tigées du même.

Supports : *Deux lions.*

Louis-Marie du LIEU de CHENEVOUX

Cette famille ancienne, venue des Flandres à Lyon, est issue de :

1. Honorable Antoine DULIEU ou DU LIEU, né à Bruges vers 1570, † à Lyon le 29 février 1659, naturalisé par L. P. du 14 février 1626, marié à Lyon le 20 août 1594 à Isabeau de L'Ordre, veuve de Camille Bonajouty, citoyen de Lyon, dont :

    1) François-Antoine du Lieu, écuyer, bapt. à Lyon le 3 décembre 1596, † avant 1656, maître des courriers à Lyon, contrôleur provincial des postes en la généralité de Lyon (10 juin 1630), conseiller secrétaire du Roi, maison et couronne de France, maître d'hôtel ordinaire du Roi, marié, et père de :

        A) Aymé du Lieu, religieux capucin.

    2) Jean-Baptiste, qui suit ;

    3) Charles du Lieu, jésuite ;

    4) Séraphin du Lieu, membre du Tiers-Ordre de Saint-François.

II. Jean-Baptiste DU LIEU, écuyer, sgr de Charnay, bapt. à Lyon le 9 décembre 1600, † le 16 octobre 1670, conseiller secrétaire du Roi (2 novembre 1659), intendant et contrôleur général des Postes en Lyonnais, maître des courriers étrangers (7 juillet 1643), conseiller en la sénéchaussée et siège présidial de Lyon (4 février 1659) ; ép. à Lyon le 19 janvier 1627 Barthélemie Bastier, fille de Noël, bourgeois de Lyon, dont huit enfants, entre autres :

    1) François-Antoine, qui suit ;

    2) Jean-Baptiste du Lieu, écuyer, sgr de Charnay, élu en l'Élection de Lyon, Lieutenant particulier en la sénéchaussée de Lyon et Prévôt des Marchands

de Lyon (1692-93); marié : 1° le 18 février 1659 à Anne de Bourg, † le 16 février 1673, fille de Jean-Baptiste de Bourg, écuyer, sg^r de Trezette, et de Gabrielle Charrier ; 2° avant 1678 à Madeleine du Deffand, fille de Louis, chevalier, sg^r de la Lande, lieutenant général pour le roi au gouvernement d'Orléans. Il fut père entre autres de :

A) *1er lit :* Gabrielle du Lieu, bapt. à Lyon le 2 novembre 1659, † à Marchampt en Beaujolais, le 6 août 1732 ; ép. p. c. du 4 janvier 1675 Joseph-Alexandre de Nagu, chevalier, marquis de Varennes, baron de Belleroche, chevalier d'honneur au Parlement de Bourgogne, Sénéchal de Lyon, Lieutenant général des armées du Roi.

B) *2e lit :* Thomas-Marie du Lieu, écuyer, bapt. à Lyon le 10 juin 1678 ;

C) Charles-Vincent du Lieu, écuyer, sg^r de Genouilly, né en 1679, † à Lyon le 12 octobre 1738, chevalier d'honneur en la Cour des Monnaies de Lyon, membre de l'Académie de Lyon ; ép. p. c. du 21 décembre 1711 Marie-Virginie du Faure, † s. p. ;

D) Louise-Madeleine, religieuse à Auxerre.

3) Blaise du Lieu, écuyer, bapt. à Lyon le 29 mai 1630, † avant 1658, conseiller du Roi, Maître des courriers.

4) Vespasien du Lieu, écuyer, bapt. à Lyon le 11 février 1635, vivant en 1658 ;

5) Isabeau, bapt. à Lyon le 20 mars 1628, † 23 janvier 1678, mariée p. c. du 8 décembre 1646 à noble Thomas de Moulceau, avocat, secrétaire et Procureur général de la Ville de Lyon, fils de noble Jean, secrétaire de la Ville, Échevin de Lyon, et de Marie Rougier ;

6) Marie, bapt. à Lyon le 1er septembre 1636, ép. le 11 avril 1652 Charles-Jacques de Bressac, sg^r de la Vache, conseiller du Roi en ses Conseils d'État et Privé et au Parlement de Dauphiné, fils d'Henry, écuyer, bailli de Valence en Dauphiné, et de Justine de Coustaing.

III. François-Antoine du Lieu, chevalier, sg^r de Chenevoux, Bussières, Néronde, Flachat, etc., † à Chenevoux le 12 septembre 1697, maître des courriers français au bureau des dépêches de Lyon et Dauphiné, conseiller du Roi en ses conseils, Maître ordinaire en la Chambre des Comptes de Paris (9 janvier 1654), Doyen en la dite Chambre, capitaine du château de Néronde (9 août 1672), premier et plus ancien Secrétaire du Roi prenant bourse à la grande Chancellerie de France ; marié à Marthe Cotton, dame de Chenevoux, † à Néronde le 14 février 1707, fille de François Cotton, chevalier, sg^r de Chenevoux, maître d'hôtel ordinaire du Roi, et de Marguerite du Hamel, dont :

1) Jean-Baptiste, qui suivra;

2) François-Claude-Éléonore du Lieu de Chenevoux, chevalier, sgr engagiste de Néronde, etc., Conseiller maître en la Chambre des Comptes de Paris (du 7 décembre 1697 jusqu'en 1705); marié p. c. du 28 octobre 1722 à Marie de Sacconeins de Pravieux, † à Néronde le 19 octobre 1726, fille de Camille, chevalier, sgr de Pravieux, et de Marie Galliat, dont :

   A) Clémence-Jeanne-Marie, née le 19 mai 1724, † le 16 juillet 1752; mariée le 15 septembre 1751 à son cousin germain, François-Claude-Éléonore du Lieu, sgr de Chenevoux.

IV. Jean-Baptiste-Marie DU LIEU, chevalier, sgr DE CHENEVOUX, Bussière, etc., † à Lyon le 24 mai 1743, âgé de 72 ans; ép. p. c. du 14 avril 1708 Marguerite Chappuis de Margnolas, fille de Louis, baron de Thizy, Chevalier d'honneur au présidial de Lyon, et de Jeanne Cachet de Montezan, dont :

V. François-Claude-Éléonore DU LIEU, chevalier, sgr de Chenevoux, Bussière, Pravieux, né à Lyon le 7 février 1709, † 19 juin 1776, capitaine au régiment de Brion (2 mars 1730), à celui de Royal-Pologne-Cavalerie (15 mai 1730 jusqu'en 1744), chevalier de Saint-Louis; ép. p. c. du 15 septembre 1751 sa cousine germaine, Clémence-Jeanne-Marie du Lieu de Chenevoux, née le 19 mai 1724, † le 16 juillet 1752, dont :

VI. *Louis-Marie* DU LIEU DE CHENEVOUX, chevalier, dit le comte de Chenevoux, né le 13 juillet 1752, † 1820, volontaire au régiment du Commissaire général de la Cavalerie (1770), sous-lieutenant (16 avril 1771), sous-lieutenant en pied (11 juin 1772), passé à la Compagnie du Mestre de camp (1er octobre 1774), lieutenant en second (1776); député de la Noblesse de Roanne à l'Assemblée de département en 1787, comparant à Lyon en 1789; marié à l'Aubespin p. c. du 22 janvier 1787 à Hilaire de Sainte-Colombe de l'Aubespin, chanoinesse de Leigneux, née en 1761, † à l'Aubespin le 14 mai 1843, fille de François-Bernard, marquis de l'Aubespin, brigadier des Armées du Roi, et de Marthe Poussard de Fors du Vigean, dont :

   1) Claude, qui suivra ;

   2) Anne-Sylvie-Colombe-Claudine-Alexandrine, née le 18 octobre 1790, † à Fribourg (Suisse) le 25 septembre 1825, mariée à l'Aubespin le 8 novembre 1814 à Philippe d'Odet d'Orsonnens, conseiller d'État, syndic de Fribourg, fils d'Antoine d'Orsonnens, Sénateur, et d'Anne de Gottrau.

VII. Claude-Louis-Marie-Hugues DU LIEU, comte DE CHENEVOUX, né à Lyon le 7 janvier 1788, † 1827, Garde du corps, marié vers 1817 à Rose-Louise-Caroline

Perrin de Précy, fille de Louis, comte de Précy, Lieutenant général des armées du Roi, et cordon rouge, et de Marie de Chavannes, dont :

1) Louis, qui suivra;
2) Diane-Gabrielle, née à Marcigny le 2 mars 1821, mariée à Léon-César, marquis de Vallette, † en 1862, fils de Guillaume, marquis de Vallette, et N. de La Ronde.

VIII. Louis-Marie, comte DU LIEU DE CHENEVOUX, né à Marcigny en mai 1818, † à Charlieu (Loire) le 12 octobre 1871, laissant de Claudine Berry :

1) Philomène du Lieu de l'Aubespin, née à Saint-Étienne le 15 décembre 1843, mariée à Saint-Étienne le 9 octobre 1863 à Charles-Théophile Le Mansois-Duprey, né à Paris le 12 juin 1840.

Cf. *Pièces originales* 1037 ;
Comte de Sainte-Colombe : *Notes historiques sur la maison de Sainte-Colombe.*
Armorial de la Chambre des Comptes de Paris.

DU MAREST DE CHASSAGNY .

D'azur au cygne nageant d'argent sur une rivière du même; au chef du second,
chargé de 3 mouchetures d'hermine de sable.

Louis-Pierre du MAREST de CHASSAGNY

La famille du Marest a tenu rang dans la Noblesse lyonnaise et dans celle de Bresse. Elle a donné à Lyon un premier Échevin, deux trésoriers de France, un conseiller clerc à la Cour des Monnaies, syndic général du Clergé du diocèse de Lyon, plusieurs officiers, un héraut d'armes de France, etc.

La baronnie de Glareins en Bresse, les seigneuries de Choin, Gravier, La Peyrouze, la Vernouze en Bresse, et de Chassagny en Lyonnais, ont été les fiefs de cette famille originaire de Saint-Étienne.

Depuis leur établissement à Lyon, les du Marest sont issus de :

I. Louis du MAREST, vivant à la fin du XVIᵉ siècle, marié à Marguerite de Chazelles, dont entre autres :

   1) Martial, qui suivra ;

   2) Louis, auteur de la branche de Chassagny ;

   3) Antoinette, bapt. à Lyon le 18 avril 1619, ép. Pierre Berthollon, Secrétaire du duc d'Orléans ;

   4) Marie, ép. Pierre Roy.

II. Martial du MAREST, bapt. à Lyon le 11 février 1617, maître affineur et départeur d'or et d'argent en la Monnaie de Lyon ; ép. 1° à Lyon le 21 janvier 1643 Catherine Bruyas ; 2° à Lyon les 13-23 juin 1665 Anne Magdeleine de Vaulx, veuve de Charles de Redon, écuyer, capitaine commandant du château de Pierre Scize à Lyon. Il fut père de treize enfants du premier lit et de trois du second, entre autres :

   1) *1ᵉʳ lit :* Pierre, bapt. le 13 février 1646, maître affineur d'or à Lyon ;

   2) Pierre-Martial, bapt. le 21 mars 1648, avocat en Parlement ;

3) Jean du Marest de la Vernouze, bapt. le 8 avril 1652, mousquetaire du Roi, lieutenant au régiment de Beaujolais ;

4) Louis, qui suivra ;

5) Martial du Marest, né à Lozanne en novembre 1658, vivant en 1730, ép. le 18 septembre 1681 Andrée Chazard, fille de Claude, receveur des décimes pour le Roi au grand prieuré d'Auvergne pour MM. les Chevaliers de Malte dont il était agent et secrétaire à Lyon ;

6) Marguerite, bapt. le 3 octobre 1655, mariée p. c. du 27 novembre 1682 à Charles Michel, écuyer, sg^r du Villars, Prévôt général de Bresse, fils de noble Pierre Michel, conseiller au siège présidial de Bourg en Bresse, et de Florie de la Haye ;

7) Marie, bapt. à Lyon le 10 avril 1662, † à Lyon le 19 mai 1732, mariée à Lyon le 30 avril 1683 à Noble Mathieu Durand, avocat en Parlement, fils de Noble Claude Durand, élu en l'élection de Lyon, et de Catherine Bruyas.

8) 2e lit : Jean, auteur de la branche de la Vernouze ci-dessous.

III. Louis du Marest, écuyer, baron de Glareins, sg^r de Choin, Gravier, la Peyrouse etc... (par acqu. du 17 août 1689) ; bapt. à Lyon le 4 août 1654. héraut d'armes de France au titre de Normandie, gendarme de la Garde du Roi ; ép. à Lyon les 22-27 juillet 1692 Antoinette Gaultier, bapt. à Lyon le 22 mai 1670, fille de Messire Gaspard Gaultier, receveur des deniers communs, dons et octrois de la Ville de Lyon, et de Louise Michon, celle-ci sœur d'Annibal Michon.

[Antoinette Gaultier était sœur de Pernette Gaultier, mariée en 1694 à Alexandre Prost, écuyer, sg^r de Grangeblanche ; de Jeanne, mariée en 1683 à Antoine Bathéon, écuyer, sg^r de Vertrieu : de Marie, mariée en 1688 à Antoine Saladin, chevalier, sg^r du Fresne, et de Pierre Gaultier, écuyer, sg^r de Pusignan, Dortan, etc., marié à Louise de Barcos, dont la fille fut Madame de Fleurieu, et dont le fils épousa Blanche de Riverieulx.]

Louis du Marest fut père de :

1) Louise du Marest, dame baronne de Glareins et autres lieux, mariée en 1720 à Jean-François de Quinson, chevalier, sg^r de Connilieu, Gerlan, etc., lieutenant de Roi de la Ville de Vienne, capitaine de cavalerie aux régiments de Villequier et de la Mothe-Houdancourt, chevalier de Saint-Louis ; fils de Pierre-Joseph de Quinson, chevalier, lieutenant du Roi au Gouvernement de Vienne, capitaine de cavalerie aux régiments de Brest et de Sauzay, et de Marie-Anne de Baronnat, dont :

   A) Jean-François-Louis de Quinson de Glareins, chevalier, sg^r de Glareins etc., Substitut du Procureur général au Parlement de Paris, Procureur général en la Cour des Monnaies de Lyon, marié à Marie-Françoise Rouvière, fille de Lambert, chevalier, Trésorier de France à Lyon.

BRANCHE DE LA VERNOUZE

III. Jean DU MAREST, sg^r de la Vernouze, bapt. à Lyon le 23 novembre 1675, marié à Lyon p. c. du 18 novembre 1702 à Élizabeth Chomey, fille de Marc et de Françoise Ambert, dont entre autres :

    1) Martial, sg^r des Pouvrières, bapt. le 12 avril 1705 ;

    2) Charles, qui suivra.

IV. Charles DU MAREST DE LA VERNOUZE, † à Lyon, âgé de 60 ans, le 7 juin 1765 ; docteur en théologie de la Faculté de Paris, maison et Société de Navarre ; sacristain, curé et chanoine de Saint-Paul de Lyon ; conseiller clerc au Parlement de Dombes (22 avril 1733) et à la Cour des Monnaies de Lyon, vice-gérant de l'officialité primatiale, Vicaire général et Syndic du Clergé du diocèse de Lyon.

BRANCHE DE CHASSAGNY

II. Louis DU MAREST, bapt. à Lyon le 26 mai 1625, † à Lyon le 19 juin 1678 ; ép. p. c. du 21 mai 1651 Léonore Villerme, † à Lyon le 21 septembre 1706, fille de Claude et de Claudine Merlin, dont entre autres :

    1) Louis, qui suivra ;

    2) Claude, bapt. à Lyon le 4 avril 1653, † le 5 septembre 1727, prêtre, aumonier des Dames de la Visitation de Bellecour ;

    3) François, bapt. le 5 octobre 1657, † le 27 août 1731 ; ép. à Lyon le 22 janvier 1689 Claire Mallebay, † à Lyon à 71 ans, le 8 septembre 1735, fille de Léonard et de Françoise Bourgès ;

    4) Marie-Anne, † le 20 juillet 1694, mariée à François Vande, maître tireur d'or (des Vande, sg^{rs} de Limonest et autres lieux).

III. Louis DU MAREST, bapt. à Lyon le 18 mai 1652, † à Lyon le 13 septembre 1721 ; marié à Lyon le 22 janvier 1689 à Madeleine Mallebay, † à Lyon à 70 ans, le 22 février 1728, sœur de Claire Mallebay ci-dessus, dont entre autres :

    1) Louis, qui suit ;

    2) Antoinette du Marest, bapt. à Lyon le 27 novembre 1694, † à Lyon le 10 avril 1759, mariée à Lyon le 3 février 1726 à Noble Ennemond Mogniat

de l'Écluse, sg^r de l'Écluse, Saint-Jean d'Ardière, Dracé, Taponas, Pizey, Reclaine, etc., Échevin de Lyon, bapt. à Lyon le 14 octobre 1681, † à Lyon le 25 décembre 1751, fils d'Antoine et d'Étiennette Carrier.

IV. Illustre Messire Louis DU MAREST, chevalier, sg^r DE CHASSAGNY, bapt. à Lyon le 10 mars 1692, † à Lyon, inhumé en l'église des Célestins le 22 décembre 1756, Conseiller du Roi, Président Trésorier général de France au bureau des Finances de la Généralité de Lyon (15 septembre 1730), Grand Voyer, Juge et Directeur du domaine de S. M. en la dite Généralité; Échevin de Lyon en 1747-48 ; marié à Saint-Paul de Lyon le 20 janvier 1733, par contrat du 17 janvier précédent, à Anne de Jouvencel, née à Lyon le 2 juillet 1714, fille de Noble Pierre de Jouvencel, écuyer, conseiller du Roi, receveur de la Monnaie de Chambéry, premier Échevin de Lyon en 1738, et d'Anne-Magdeleine de Marisy, dont :

1) Louis-Pierre, qui suivra ;
2) Anne-Madeleine-Victoire du Marest de Chassagny, bapt. à Lyon le 21 janvier 1734, † religieuse au couvent de la Visitation de Bellecour ;
3) Marie-Antoinette du Marest de Chassagny, bapt. à Lyon le 5 août 1735 ; reçue au couvent de la Visitation de l'Antiquaille, le 1er décembre 1755 ; elle était en 1790 supérieure dudit couvent ;
4) Angélique-Gabrielle du Marest de Chassagny, bapt. à Lyon le 27 septembre 1736, † avant 1756 ;
5) Marie-Magdeleine du Marest de Chassagny, bapt. à Lyon le 5 mars 1740, † à Lyon le 8 mars 1760 ;
6) Antoinette-Jeanne du Marest de Chassagny, bapt. à Lyon le 25 juin 1741, testa le 3 avril 1762, au moment de prononcer ses vœux au monastère de la Visitation de Sainte-Marie de Bellecour ;
7) Marie-Anne-Olympe du Marest de Chassagny, bapt. à Lyon le 18 avril 1743, † à Lyon et inhumée en l'église des Célestins, le 30 avril 1748 ;
8) Jeanne-Marie-Denyse du Marest de Chassagny, bapt. à Lyon le 25 février 1746, mariée à Lyon le 9 septembre 1767 à Noble Charles-Antoine Perrin de Lépin, Sénateur du souverain Sénat de Savoie, chevalier et auditeur de la Religion et ordre des Saints Maurice et Lazare, né à Chambéry le 22 mars 1727, † le 27 octobre 1792; fils de noble Joseph et de Marie-Françoise Blanc. Elle fut l'aïeule d'Anne-Louise de Perrin de Lépin, mariée à Hippolyte de Rivérieulx, comte de Chambost, † le 3 mai 1873;
9) Anne-Rosalie du Marest de Chassagny, bapt. à Lyon le 31 août 1747;
10) Marie-Angélique du Marest de Chassagny, bapt. à Lyon le 7 septembre 1748, † à Lyon le 3 août 1756;

11) Anne-Louise du Marest de Chassagny, bapt. à Lyon le 7 septembre 1752, mariée à Lyon le 29 juin 1769 à Joseph-Emmanuel Guigues de Revel, chevalier, comte de Revel et de Leschaux, marquis de Thônes, officier au régiment de Savoie, fils d'Alexis Guigues de Revel, comte de Revel, et de Françoise-Emmanuelle de Richard, dont un fils et une fille, tous deux † s. a.

V. *Louis-Pierre* DU MAREST DE CHASSAGNY, chevalier, sgr de Chassagny, bapt. à Lyon le 21 juin 1738, Trésorier de France à Lyon (25 juillet 1757), comparant à Lyon en 1789, marié à Ennemonde Demeyzieu (dite de Migieu), dont :

1) Anne-Félicité-Aurore du Marest de Chassagny, bapt. à Lyon le 7 septembre 1785, mariée à Lyon le 9 août 1808 à Scipion-Jean-François, baron de Drujon, chevalier des Saints Maurice et Lazare, né à Crémieu en Dauphiné le 9 avril 1782, vivant encore en 1818, fils de Georges, baron de Drujon, chevalier des Saints Maurice et Lazare, major des armées sardes, commandant d'armes en Sardaigne, et de Jeanne-Louise de la Tour de Boulieu, dont postérité chez les familles Compagnon de La Servette, Crozet de La Fay, de Fructus, Bouthillon de La Serve, de Baillencourt, de Boutiny, d'Anglejan, de Kergariou, etc.

2) Adèle-Juliette, bapt. à Lyon le 21 septembre 1788, † s. a.

Les du Marest se perpétuèrent également à Saint-Étienne, et y donnèrent :

I. Florent DU MAREST, marié à Philippa Seillon, dont :

1) Benoît du Marest, marié p. c. du 22 février 1650 à Catherine de Chazelles, fille d'Antoine et de Louise de Peysonneaux, dont :

A) François du Marest, aumônier de Madame la duchesse d'Orléans ;

B) Marianne du Marest, mariée à Saint-Étienne le 7 juin 1682 à Jean Courbon, né en 1650, † le 30 août 1725, fils de Barthélemy Courbon, greffier de la juridiction de La Faye, et de Jeanne des Olmes, et veuf de Marguerite Bernou et de Claudine Pourral.

2) Claude du Marest, marié à Isabeau Cordelier, fille de Charles Cordelier, écuyer, sgr de La Grange, conseiller du Roi, élu en les élections de Saint-Chamond et Saint-Étienne, gentilhomme ordinaire servant d'Anne-Marie-Louise de Bourbon, princesse de Dombes, et de Louise Papon, dont :

A) Catherine-Ysabeau du Marest, née à Lyon le 3 juillet 1679, † à Saint-Étienne le 11 octobre 1712, religieuse de la Visitation, dont la notice existe dans *L'Année sainte de la Visitation*.

DU MYRAT

D'argent à l'arbre de sinople terrassé du même, la terrasse chargée d'un lion couché d'or brochant sur le fût, la tête contournée ; au chef de ... chargé de 3 étoiles de ...

Pierre-Emmanuel du MYRAT

Les Dumirat, Dumyrat ou du Myrat seraient par tradition originaires de Pau. On les trouve établis au XVIIᵉ siècle dans le Roannais et le Forez. Le premier dont nous ayons connaissance est mentionné dans les preuves de noblesse de J.-M. du Rosier :

I. **Jean-Martial du Mirat**, sgr de Mons et de Boussat, marié à Anne Darluc, dont :

1) Pierre-Léonard, qui suit ;

2) N..., mariée à Jean-Baptiste Dumond, avocat au Parlement de Bordeaux ;

3) Marie-Jeanne, dite Mˡˡᵉ de Malaurent, née vers 1693, † à Perreux 13 juin 1718, mariée à Roanne p. c. du 26 juin 1708 à noble François Morestin, fils de noble François, conseiller au bailliage de Roanne, et d'Anne Michon.

II. **Pierre-Léonard du Myrat**, écuyer, conseiller du Roi, Procureur général fiscal au bailliage de Roannais, garde des sceaux honoraire en la chancellerie de Clermont-Ferrand, épousa aux Salles, le 16 novembre 1711, Jacqueline Chardon, fille de Claude, bourgeois d'Olmes, et de Jeanne Chalon, dont :

1) Gabriel-Joseph du Myrat, écuyer, sgr de Vertpré, Genouilly, Champlong, etc., marié en 1736 à Louise-Nicole Terray, sœur du Contrôleur général des finances [remariée à Charles de Nompère, chevalier de Champagny], dont :

    A) Charles-François du Myrat, chevalier. sgr de Genouilly, La Motte-Archimbaud, colonel d'Infanterie, major général de l'Ile de France (1771), mestre de camp à la suite des troupes légères de S. M., chevalier de Saint-Louis ; marié à Marie-Françoise Charry des Gouttes, † à Saint-Léger, le 20 novembre 1786, âgée de 36 ans.

    B) Marie-Anne-Éléonore du Myrat de Vertpré, dame de La Salle, mariée :

        1°) à Saint-Léger les 9-11 janvier 1757 à Henri-François du Rosier, chevalier, sg^r de Magneux-le-Gabéon, Estain, Boissailles, fils de François, chevalier, et de Jeanne-Marie de Girard de Grandris; 2°) au dit Saint-Léger, le 14 novembre 1780, à Marie-Claude de Nompère de Montcorbier, chevalier, capitaine au régiment Royal-des-Cravates.

2) Claude du Myrat de Champlong, écuyer, sg^r de Champlong [dont hommage le 5 mars 1787 après le décès de son frère Gabriel-Joseph], officier au régiment Dauphin-Cavalerie, chevalier de Saint-Louis ;

3) Pierre-Emmanuel, qui suit ;

4) Gabriel-Joseph, écuyer, bapt. à Renaison le 21 octobre 1724, chevalier de Saint-Louis.

III. *Pierre-Emmanuel* DU MYRAT DE CRARY, chevalier, sg^r de la baronnie du Côté, de Gibles, du Colombier, Epercieux, etc., rend hommage de la Malinière le 22 décembre 1776 à l'occasion du nouveau règne; comparant à Lyon en 1789 ; marié à Ronno le 14 janvier 1756, à Marie-Charlotte, fille de François de Varennes-Bissuel, écuyer, sg^r de Thizy, Saint-Victor, etc., et de Marie-Anne Guillet de Belvé, dont :

1) Jean, qui suit ;

2) Jean-Mathieu, dit M. de Malinière, bapt. à Remaison le 27 octobre 1760, † s. a. ;

3) N. du Myrat d'Epercieux, officier d'artillerie ; assassiné à la Guadeloupe ;

4) N… du Myrat, mariée à M. de Rochemont.

IV. Jean DU MYRAT DE CRARY, chevalier, officier de cavalerie au régiment de Conti-Dragons, marié à Parigny le 10 janvier 1791 à Victorine-Joséphine Bourlier de Saint-Cyr, bapt. à Lyon le 31 janvier 1769, fille de Léonard, écuyer, sg^r d'Ailly conseiller à la Cour des Monnaies de Lyon, et d'Antoinette Bouvier, dont :

V. Pierre-Émile, dit Emmanuel DU MYRAT, né à Lyon vers 1792, marié à Pradines le 18 février 1813 à Thérèse-Victoire de Brosse, née en 1796, † le 13 janvier 1864, fille de Jean-Marie-François, chev., baron de Chevagny, officier de Dragons au régiment de Chartres, et de Jeanne-Sibylle de Varennes-Bissuel de Saint-Victor, dont :

1) Jeanne-Sibylle-Victorine, née en 1814, † à la Bernarde le 13 juillet 1880, mariée à Saint-Romain-la-Motte le 14 février 1832 à Maxence-Charles-Delphin-Pierre, comte de Grassin, né le 17 décembre 1803, † à la Bernarde le 19 juin 1876, officier au 4e régiment de Chasseurs à cheval, fils de Pierre-Nicole, vicomte de Grassin et de Sens, et de Charlotte-Alexandrine Basset de Haute-Maison ;

2) Octavie, mariée en 1842 à Gabriel-Alfred Henry, baron des Tournelles, né en 1812, † à Crary le 31 octobre 1888, fils de Marie-Vital Henry, baron des Tournelles, et d'Amélie de Regnauld de Parcieu.

DURAND DE CHÂTILLON

*D'argent au chevron de gueules accompagné de deux étoiles d'azur en chef et d'un
cœur de gueules en pointe.*

Simon-Jean-César DURAND de CHÂTILLON
Simon-Antoine DURAND de LA FLACHÈRE

Cette famille a donné :

I. Paul Durand, écuyer, secrétaire du Roi, sgr de Bayère, de la Flachère (par acq.
du 8 septembre 1753), de la baronnie de Châtillon [terre acquise d'Élisabeth Chappuis de la Fay, héritière de son mari Camille Inguimbert de Pramiral], ép. Marie-
Anne Vial, dont :

1) Simon-Jean-César, qui suivra ;
2) *Simon-Antoine* Durand de La Flachère, écuyer, comparant à Lyon en 1789 ;
3) Mlle Durand de Châtillon, † le 9 juillet 1832, mariée à Pierre-Antoine Barou du
   Soleil, chevalier, né le 2 août 1742, procureur du Roi en la sénéchaussée de
   Lyon du 24 octobre 1770 au 26 mars 1789, † s. p.

II. *Simon-Jean-César* Durand de Châtillon, chevalier, sgr et baron de Châtillon,
Bayère, Sandars et Pourrière, né à Lyon le 6 janvier 1744, † le 11 février 1831,
Trésorier de France à Lyon (7 août 1769), comparant à Lyon en 1789, marié à Vertrieu le 28 octobre 1771 à Bonne Bathéon de Vertrieu, bapt. à Lyon le 22 juin 1753,
fille de Barthélemy-Joseph, chevalier, sgr d'Amblagnieu, capitaine de chevau-légers,
gouverneur de Vienne, chev. de Saint-Louis, et de Marie de La Croix-Laval, dont :

1) Le chevalier de Châtillon, tué pendant le siège de Lyon ;
2) Marie-Bonne-Antoinette, née à Lyon le 12 septembre 1773, ép. en 1796
   Pierre-Anne, marquis de Chaponay-Morancé, chevalier de Saint-Louis, né le
   18 janvier 1754, † 1832, fils de Pierre-Élisabeth-Philibert, comte de Chaponay, et de Suzanne Nicolau de Montribloud ;
3) Anne-Antoinette, bapt. à Lyon le 31 août 1776.

DU TREÜL

*D'azur au chevron d'argent accompagné en pointe d'un aigle d'or tenant son aiglon
et fixant un soleil du même mouvant du franc canton.*

Fleurie du TREÜL, veuve de Blaise des FOURS

La veuve de Blaise des Fours, écuyer, seigneur de Grangeblanche, etc., usufruitière des biens immeubles de la succession de son mari, appartenait à une famille ancienne de Saint-Étienne, citée avec une note élogieuse par Pernetti dans ses *Lyonnais dignes de mémoire*, et issue de :

I. Hugues du Treuil ou du Treül, notaire royal à Saint-Étienne, marié à Jeanne Cozon de Bayard, dont :

    1) Jacques, qui suit ;

    2) Benoît, tige de la branche de Lyon ;

    3) Anne du Treuil, ép. p. c. du 17 septembre 1663 Antoine Blachon.

II. Noble Jacques du Treuil, Président en l'Élection de Saint-Étienne, ép. p. c. du 16 décembre 1671 Charlotte Miraud, † à Parigny le 8 décembre 1683, fille de noble Nicolas, Avocat en Parlement, dont :

    1) Jean-Benoît, qui suit ;

    2) François du Treül ;

    3) Jeanne, bapt. à Parigny le 1er novembre 1666, ép. à Parigny le 5 mai 1700 noble Pierre Bonnefond, sgr de Varinay.

III. Noble Jean-Benoît du Treuil, sgr de Rhins, lieutenant civil, criminel et de police à Saint-Étienne ; avocat à la Cour des Monnaies de Lyon, substitut du Procureur du Roi en la maison de ville de Saint-Étienne ; ép. Catherine Carrier, fille de Pierre, sr du Buisson, Procureur du Roi en la maison de ville de Saint-Étienne, et de Catherine Praire, dont :

    1) Jacques, qui suit ;

2) Antoine du Treuil de Rhins, bourgeois de Lyon, ép. à Lyon le 29 avril
  1733 Claudine Rollin, fille de Jean et de Laurence Bayet, dont :
>   A) Jean-Benoit-Barthélemy, bapt. à Lyon le 11 mai 1734 :
>   B) Catherine-Claudine, bapt. à Lyon le 8 février 1738.
3) Anne-Charlotte, bapt. à Lyon le 1er décembre 1718. .

IV. Noble Jacques DU TREÜL DE RHINS, sgr de Rhins, Procureur du Roi en la juridiction des traites foraines; ép. à Saint-Étienne le 7 mai 1744 Marie-Madeleine
Picon, fille de Nicolas-François et de Marie-Madeleine Pellissier, dont :
  1) Noble François du Treuil de Rhins ;
  2) Nicolas-Jacques-François du Treuil de Rhins ;
  3) 4) deux filles.

Cette branche s'est perpétuée à Saint-Étienne et s'est illustrée de nos jours avec
Jules-Léon du Treuil de Rhins, marin et explorateur, né à Saint-Étienne en 1846,
† assassiné au Thibet en 1894.

BRANCHE DE LYON

II. Benoit DU TREÜL, ép. à Lyon le 1er octobre 1676 Marie Marinier, † à Lyon le
14 décembre 1731, âgée de 80 ans, fille de Jacques, bourgeois de Lyon, et de Claudine Olivier, dont :
  1) Noble Jean-Pierre du Treül, Échevin de Lyon en 1731-32, marié à Lyon le
     7 octobre 1728 à Françoise Pradal, fille de Jean et de Marie Joban, dont
     trois filles ;
  2) Antoine, qui suit ;
  3) Sébastien du Treül, né en 1684, † à Dijon le 30 juillet 1754 ; entré à
     l'Oratoire le 16 novembre 1702, prêtre en septembre 1710, prédicateur
     célèbre ;
  4) Fleurie du Treül, ép. Joseph Carefeuïl, du lieu de Marseille ;
  5) Jeanne-Marie, religieuse à Sainte-Élisabeth ;
  6) Marie-Anne, ép. à Lyon le 19 juin 1706 Pierre Colomès, écuyer, conseiller
     du Roi, receveur général des Finances du Languedoc, fils d'un capitoul de
     Toulouse.

III. Noble Antoine DU TREÜL, Trésorier de la Charité en 1737, Échevin de Lyon
en 1741-42, marié p. c. du 26 octobre 1717 à Anne Guillet, fille de noble Claude
Guillet, sgr de Saconay, et de Claire Barry, dont :
  1) Jean-Pierre du Treül, écuyer, né à Lyon le 6 novembre 1723, † s. a. le 4 sep-

tembre 1749, conseiller à la cour des Monnaies de Lyon (19 octobre 1748);
2) Sébastien, qui suit ;
3) Claudine du Treül, mariée à Lyon le 27 janvier 1739 à Claude Ruffier d'Attignat, chevalier, sg^r d'Attignat, Trésorier de France à Lyon (1734), bapt. à
   Lyon le 29 mars 1711, fils de Nicolas et de Jeanne Duport [sœur du Trésorier de France de ce nom]. Elle comparut le 23 mars 1789 à l'Assemblée de
   la Noblesse de Bourg-en-Bresse ;
4) *Fleurie* du Treül, bapt. le 22 novembre 1727, ép. le 5 février 1750 Blaise
   des Fours, écuyer, sg^r de Grangeblanche, Maisonforte, etc., Conseiller à la
   Cour des Monnaies de Lyon (1748) et au Conseil supérieur, fils d'Antoine
   des Fours, écuyer, et de Françoise Imbert ; veuve en 1789, elle comparut à
   l'Assemblée de la Noblesse Lyonnaise ;
5) Marie-Anne du Treül.

IV. Sébastien du Treël, chevalier, bapt. à Lyon le 23 décembre 1724, † le 30 juillet 1761, s. a., Trésorier de France à Lyon (5 septembre 1754).

Cf. : Pernetti ; Michon ; Bonnardet : *Les Lyonnais au collège de Juilly.*

DUVAL

De sable à un valet de menuisier d'or.

Cette famille est originaire de Tarascon où elle fit enregistrer ses armoiries à l'Armorial général de 1696, en la personne de :

I. Jean DUVAL, conseiller du Roi, l'un des assesseurs de la ville et communauté de Tarascon, vivant en 1696, ép. Catherine Sermet, dont :

II. Jean-Baptiste DUVAL, † le 27 juin 1749, à 86 ans environ, bourgeois de Lyon et capitaine du quartier de la Pêcherie, ép. à Lyon p. c. du 21 août 1694 Claudine Thomé, fille de François, bourgeois de Lyon, et d'Anne La Guyole, dont :

1) Jean-Philibert, qui suit ;
2) Anne Duval, mariée le 24 mai 1735 à Noble Jean-Louis Thibaud, avocat en Parlement et ès cours de Lyon, fils de Louis, bourgeois de Lyon, et d'Antoinette Béraud.

III. Jean-Philibert DUVAL, écuyer, † à Lyon le 8 septembre 1783 à 75 ans ; Conseiller de S. A. R. Mgr le prince de Dombes et son Procureur général au Parlement de Dombes (29 janvier 1734), conseiller honoraire (20 août 1753), ép. à Lyon : 1°) le 4 octobre 1741, Marguerite Durand, fille de Georges, bourgeois de Lyon, et de Marguerite Mallet ; 2° le 31 août 1762, Jeanne-Barbe Lambert, fille de noble Jacques, chargé des affaires de Sa Majesté Catholique et son consul à Lyon, ancien Échevin de Lyon, et de Barbe Perfuma, dont :

1) *1er lit :* Étienne-Jean-François Duval, écuyer, né le 28 avril 1744 ;
2) Jeanne-Claudine Duval, née le 2 octobre 1742 ;
3) *2e lit :* Anne-Jean-Jacques Duval, écuyer, né le 20 juillet 1763, comparant à Lyon en 1789.

ESCORCHES DE SAINTE-CROIX

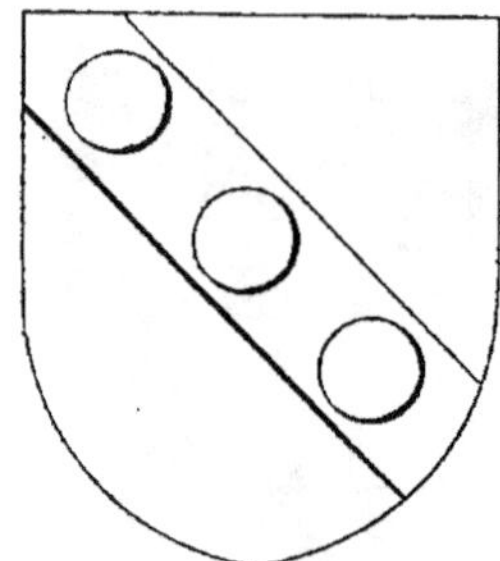

D'argent à la bande d'azur chargée de trois besans d'or

Charles d'ESCORCHES de SAINTE-CROIX

La maison d'Escorches de Sainte-Croix, disait Chérin, « a peu de services et d'alliances connus, mais elle est l'une des plus anciennes de Normandie, et sa noblesse est des plus pures... » Elle est connue depuis Adam d'Escorches vivant en 1220 et établit sa filiation depuis Richard d'Escorches, vivant en 1287. Elle a fourni un grand nombre d'officiers et de chevaliers de Saint-Louis, un enseigne de gardes françaises en 1772, un mousquetaire du Roi, un gentilhomme de la Chambre du duc d'Orléans, etc., et a joui des honneurs de la Cour le 4 décembre 1773, en la personne d'Henry d'Escorches, marquis de Sainte-Croix, chef de sa maison, officier aux Gardes Françaises. Il avait épousé Marie-Victoire Talon, et fut le père de Robert-Jean-Antoine-Omer d'Escorches, né à Aubry (Orne) le 7 juin 1785, † à Versailles le 12 décembre 1860, lieutenant-colonel, député de l'Orne, créé comte de l'Empire français par L. P. du 25 juillet 1811. Ce dernier, de son mariage avec Fanny de Rochemore, ne laissa que deux filles : Angèle, née le 3 mai 1815, mariée à Maximilien de Lancry, marquis de Pronleroy, et Marie-Aglaë, née en 1821. † s. a. en mai 1884.

Cette famille a formé un nombre considérable de branches, alliées aux d'Osmond, Harcourt, Le Veneur, Chaumont-Quitry, etc., établies en Normandie, en Picardie, au Perche, etc. Elle ne se rattache à Lyon que par un rameau issu de :

I. Charles d'Escorches, écuyer, sg^r de La Trinité-sur-Hâvre en Normandie, ép. Catherine Duval, dont :

II. *Charles* d'Escorches de Sainte-Croix, chevalier; entré dans le corps de gardes du Roi en 1739, il y servit jusqu'en 1747 et fit sept campagnes de guerre en Flandre et en Allemagne : lieutenant de la compagnie franche du Régiment Lyonnais, aide-major de la ville de Lyon en 1747, chevalier de Saint-Louis en 1760, faisant fonctions de major depuis 1782, encore en fonctions en 1789 où il était également Inspecteur des Pompes. Il jouissait d'un traitement de 4.150 livres et demanda une pension de retraite par lettre datée de Lyon du 26 août 1791. Comparant à Lyon en 1789, il avait épousé à Lyon p. c. du 1er février 1769 Marie-Marthe de Regnauld, fille de Jean de Regnauld-Maulmont, chevalier, sgr de La Richardie, Maulmont, Belair, etc., Lieutenant de la compagnie franche détachée du Régiment Lyonnais, aux portes de Lyon, Lieutenant des gardes du gouvernement de la dite ville, Aide major de la ville de Lyon, et commissaire aux revues des troupes de passage à Lyon, chevalier de Saint-Louis, etc., et de Pierrette Ruffier [que Jean de Regnauld avait ép. à Lyon le 7 janvier 1744, et qui était fille de Jean Ruffier, écuyer, lieutenant de la compagnie du guet à Lyon, aide-major et commissaire aux revues des troupes de passage par la dite ville, et de Marguerite Vitton].

Jean de Regnauld était fils de Pierre de Regnauld-Maulmont, chevalier, sgr de Belair, la Richardie, Maulmont, etc., en Angoumois, et de Jeanne Boucher, et avait pour frère Pierre de Regnauld de Valambrun, chevalier, sgr de la Grimordie, lieutenant commandant à la compagnie franche du régiment Lyonnais, chevalier de Saint-Louis, qui testa le 5 mai 1777.

Cf. Chérin : 73 ; Archives du Ministère de la Guerre ;

Vte Révérend : *Armorial du 1er Empire*.

FARDEL DE VERREY

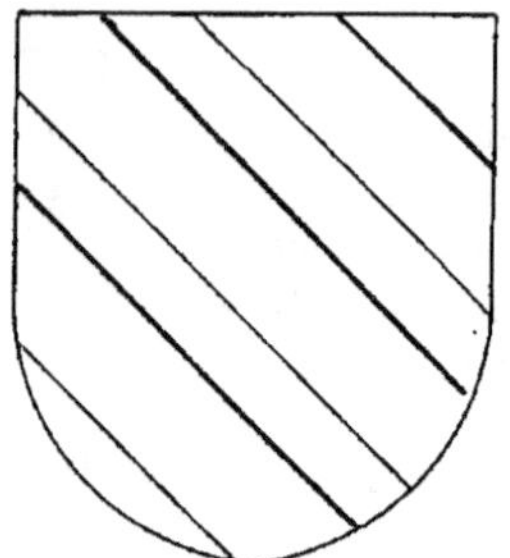

De gueules à trois bandes d'argent.

Félix-Marie FARDEL de VERREY

Ce gentilhomme appartenait à une famille originaire de Dôle issue de :

I. Louis Fardel, écuyer, sg^r de Daix, Verrey-sous-Drée en Bourgogne, secrétaire du Roi, Directeur et trésorier de la Monnaie de Dôle en 1716, ép. Marie-Anne Derey, dont :

II. Bénigne Fardel de Daix, chevalier, sg^r de Verrey-sous-Drée, Daix (dont reprise de fief à la Chambre des Comptes de Bourgogne en 1751), né le 19 juillet 1713, † 1781, conseiller au Parlement de Bourgogne et Président aux requêtes du Palais (29 février 1736); ép. Marie Boillaud de Fussey, fille de François, sg^r de Fussey, et de Louise-Martine de Noinville, dont :

1) Louis, qui suivra ;
2) *Félix-Marie* Fardel de Verrey, chevalier, sg^r de Verrey-sous-Drée, † à Lyon s. p. le 18 février 1841, comparant à Lyon en 1789, officier à l'armée de Condé, chevalier de Saint-Louis, ép. à Lyon le 10 février 1784 Anne-Sibylle-Rosalie de Regnauld de Bellescize, fille de Claude-Espérance, marquis de Bellescize, Prévôt des Marchands de Lyon, et de Marie-Alix Millanois;
3) Joséphine-Marie-Jacqueline Fardel de Verrey, † à Chambéry le 11 novembre 1791, mariée en 1773 à Pierre-Anthelme Passerat de la Chapelle, né le 27 mai 1744, conseiller au Parlement de Bourgogne (16 avril 1777), fils de Pierre-Anthelme Passerat de La Chapelle, Inspecteur des hôpitaux militaires, et de Jeanne Michard.

III. Louis Fardel de Daix, chevalier, sg^r de Daix, né le 10 février 1747, † à Ambournay le 13 janvier 1822, Président aux Requêtes du Palais au Parlement de Dijon (10 avril 1769), comparant en 1789 à l'assemblée de la Noblesse du bailliage de Dijon, marié le 24 octobre 1774 à Jeanne-Chantal Séguin de Lenseul, fille de Claude, conseiller maître en la Chambre des comptes de Dijon, et de Jeanne Gauthier.

Cf. Pièces originales, 1099.
Sauvage des Marches : *Histoire du Parlement de Bourgogne.*

FAY DE SATHONAY

D'azur au lévrier passant d'argent, la tête contournée regardant un soleil d'or en chef.

Antoine FAY, baron de SATHONAY

Les Fay, cités à Lyon dès 1595, devinrent au xviiie siècle sg^{rs} de la baronnie de Sathonay et arrivèrent aux honneurs avec :

I. **Jean-Claude Fay de Sathonay**, écuyer, sg^r baron de Sathonay [terre acquise des Montdor, dont il fit reprise de fief le 18 février 1774], conseiller secrétaire du Roi du Grand Collège (Lettres du 5 mai 1741 enregistrées en 1760 en l'élection de Bresse), recteur du Grand Hôtel-Dieu ; Échevin de Lyon en 1742-43, marié p. c. du 16 novembre 1724 à Anne-Barbe Compain, † à Saint-Martin de Fontaines en Lyonnais le 10 septembre 1770 âgée de 71 ans, veuve de Jean-François Vial, bachelier ès droits, et fille de noble Antoine Compain, baron de Lurcy, sg^r de Vaure, conseiller en l'élection de Lyon, et de Jeanne Garnier, dont entre autres :

1) Antoine, qui suit ;
2) Catherine, ép. à Lyon p. c. du 26 octobre 1742 François de La Coste, chevalier, sg^r d'Ancône, Pracomtal, conseiller au Parlement de Dauphiné, fille de Laurent, chevalier, sg^r des dits lieux, et de Marie Fantin.

II. *Antoine* **Fay de Sathonay**, chevalier, sg^r baron de Sathonay, Albonne, etc., conseiller à la Cour des Monnaies de Lyon (29 mai 1748) ; conseiller du Roi en ses conseils, Prévôt des marchands de Lyon et commandant de la ville de Lyon (1779-84), comparant à Lyon en 1789 pour le fief d'Albonne ; marié à Lyon le 4 septembre 1753 à Élisabeth Rigod, fille de noble Julien, écuyer, Échevin de Lyon, et d'Hélène Rivière, dont :

1) Nicolas, qui suit ;
2) Marie-Jeanne-Claudine-Antoinette, bapt. à Lyon le 28 novembre 1757, ép. à Lyon p. c. du 25 juillet 1775 Jean-Baptiste Bernou, chevalier, baron de Rochetaillée, sg^r de Nantas, Planfoy, L'Estivalière, Tarantaise, la Ricamarie

et autres places, chevau-léger de la Garde du Roi, capitaine de cavalerie, député de la Noblesse du Lyonnais à l'assemblée provinciale de la généralité de Lyon (1787-89) et député de la Noblesse de Saint-Étienne à l'assemblée de département, colonel en second de la Garde nationale de Saint-Étienne, † s. p. en 1789 d'une blessure reçue pendant une émeute à Saint-Étienne, fils de Jacques Bernou, chevalier, baron de Rochetaillée, et de Marie-Benoîte Girard.

3) Anne-Barbe-Catherine-Julienne-Olympe Fay de Sathonay, bapt. à Lyon le 31 décembre 1758, ép. à Lyon le 13 avril 1779 Antoine-Philibert, baron de Chapuys de Montlaville, né à Tournus le 7 avril 1743, créé baron héréditaire avec majorat p. L. P. du 14 avril 1820, fils d'Antoine Chapuys, écuyer, secrétaire du Roi, Garde des sceaux à la chancellerie de la Chambre des Comptes de Dôle (2 mars 1763), confirmé dans sa noblesse en 1770, et de Louise de Fontenay ;

4) Catherine-Aimée-Sabine, bapt. à Lyon le 9 février 1761, ép. à Lyon le 13 avril 1779 Joachim Baland d'Arnas, écuyer, sgr de la vicomté d'Arnas, conseiller en la Sénéchaussée de Lyon en 1772.

III. Nicolas-Marie-Jean-Claude DE FAY, chevalier, baron de SATHONAY, bapt. à Lyon le 9 novembre 1762, † à Lyon, s. a. le 27 août 1812, avocat en Parlement, conseiller au Parlement de Paris, maire de Lyon (25 septembre 1805), chevalier de la Légion d'Honneur.

Cf. : *Communications* du comte Gabriel de Miramon et du baron de Rochetaillée ; Vte A. Révérend : *Titres et pairies de la Restauration* (Chapuys).

FERRARY DE ROMANS

D'azur au lion couronné d'or.

GUILLAUME-CÉSAR, COMTE DE **FERRARY** DE **ROMANS**

La famille Ferrary, citée par Pernetti parmi les principales familles étrangères établies à Lyon, est originaire de Milan. Venus en France au XVIᵉ siècle, les Ferrari acquirent le 4 mars 1718 de Claude de Liobard, les terres de Romans, Saint-André-le-Bouchoux, Gerland, Villette, Saint-Georges, etc. pour 100.000 livres. La filiation authentique remonte à :

I. Jean-François FERRARY, milanais, fixé à Lyon au XVIᵉ siècle, père de :

II. Christophe FERRARY, milanais, bourgeois de Lyon, † avant le 17 juin 1627, marié à Magdeleine Devenet, dont deux fils et trois filles, entre autres :

1) César, qui suit ;
2) Jean-Ambroise, tige des sg^{rs} de Romans ;
3) Jeanne, bapt. à Lyon le 8 avril 1614, ép. p. c. du 17 juin 1627 Joseph Porron, milanais, fils de François et d'Angèle Ferrary.

III. César FERRARY, bapt. à Lyon le 22 juillet 1609, ép. Élisabeth-Françoise Orset, fille de noble Pierre, baron de Corgeron, et de Louise Puys, dont treize garçons et cinq filles, entre autres :

1) Noble Benoît Ferrary, bapt. à Lyon le 14 novembre 1640, avocat au Parlement de Paris, marié à Marie-Edmée du Ryer, † à Lyon, étant veuve, le 22 février 1728, âgée de 73 ans ;
2) Charles, bapt. à Lyon le 4 novembre 1649, sg^r de Vallières, avocat en Parlement, testa le 2 décembre 1695 ;
3) Jean-Thomas, bapt. à Lyon le 9 février 1657, prêtre, chanoine de Trévoux ;
4) Élisabeth, bapt. le 15 octobre 1638, ép. à Lyon le 14 janvier 1659 noble

Barthélemy Laure, fils de noble Claude, Échevin de Lyon, et de Magdeleine Lantillon ;

5) Louise, bapt. à Lyon le 6 novembre 1639, ép. p. c. du 27 juillet 1662 Louis Rousselet de Rouville, écuyer, conseiller, maître des requêtes et Président au Parlement de Dombes (1678), fils de Jean, écuyer, et de Catherine Chappuys ;

6) Catherine, religieuse à Alix, † à Lyon le 30 décembre 1732 âgée de 84 ans ;

7) Fleurie-Madeleine, bapt. à Lyon le 22 octobre 1653, religieuse à Alix (1er août 1667).

BRANCHE DES SEIGNEURS DE ROMANS

III. Jean-Ambroise FERRARY, bapt. à Lyon le 22 août 1610, ép. à Lyon p. c. du 21 janvier 1641 Marguerite Henry, † à Lyon le 6 novembre 1674, fille de Guyot, écuyer, sgr de Jarniost et Précellins, et de Claudine Croppet, dont quatre fils et quatre filles, entre autres :

1) César, qui suit ;

2) Jean-Ambroise, bapt. à Lyon le 24 mai 1645, † à Lyon le 23 décembre 1689 ;

3) Jacques, bapt. à Lyon le 20 octobre 1648, père de Suzanne, mariée à N. Granière, avocat au Conseil en 1722 ;

4) Magdeleine, bapt. à Lyon le 4 décembre 1641, † à Lyon le 30 avril 1697, ép. à Lyon le 7 janvier 1675 François Richy, banquier ;

5) Marianne, bapt. à Lyon le 17 octobre 1647, † à Lyon le 21 février 1725, ép. : 1° p. c. du 26 avril 1683 Paul de Codeville, bourgeois de Lyon ; 2e p. c. du 4 août 1694 noble Jean-Baptiste de Noyelles, conseiller du Roi, Président en l'élection de Lyon, fils de noble Jacques, Président en la dite élection, et de Catherine de Ponsaimpierre.

IV. Noble César FERRARY, écuyer, sgr d'Aigrefoin, bapt. à Lyon le 11 janvier 1643, † à Romans en 1729, receveur provincial général des décimes de la généralité de Lyon et du clergé de ce diocèse, Échevin de Lyon en 1712-13 ; marié à Paris le 20 mars 1677 à Charlotte-Martine de La Charnée, fille de Claude, écuyer, sgr de Molard, et de Louise de Besset, dont trois fils et cinq filles, entre autres :

1) Claude, qui suit ;

2) Charlotte-Françoise, bapt. à Lyon le 22 janvier 1678, ép. à Lyon le 13 octobre 1699 noble Laurent-Félix Mayeuvre, Échevin de Lyon en 1740-41, fils de Louis et d'Anne Bève ;

3) Marie-Antoinette, ondoyée à Lyon le 13 septembre 1679, religieuse Ursuline à Saint-Bonnet-le-Château ;

4) Marguerite-Françoise, ép. à Lyon le 15 novembre 1702 noble François Richy, banquier, fils de noble François et de Marie Méallard ;

5) Élisabeth, bapt. à Lyon le 3 décembre 1688, religieuse aux Annonciades de Vienne.

V. Claude-César DE FERRARY, écuyer, sg^r de Romans, Saint-André-le-Bouchoux, Gerland, Villette, etc., bapt. à Lyon le 20 septembre 1684, Receveur général du clergé du diocèse de Lyon et des décimes de la généralité de Lyon, conseiller du Roi, chevalier d'honneur au siège présidial de Bourg (15 janvier 1722), ép. le 1er juin 1712 Claudine Rivérieulx, née le 2 juin 1689, † le 28 mars 1774, fille d'Étienne, écuyer, secrétaire du Roi, et de Marie Roland, dont cinq garçons et sept filles, entre autres :

1) Étienne-Lambert, qui suivra ;

2) Hugues-César de Ferrary de Villette, écuyer, bapt. à Lyon le 24 juillet 1722, chanoine de Saint-Paul de Lyon ;

3) Marie-Anne, bapt. à Lyon le 24 novembre 1715, ép. à Lyon le 16 août 1735 Pierre-Henry Agniel, chevalier, sg^r de Chênelette, Grandpré, Les Perriers, bapt. à Lyon le 31 octobre 1708, Trésorier de France à Lyon (1732), fils de noble Pierre, Échevin de Lyon, et de Geneviève Chomey.

VI. Étienne-Lambert DE FERRARY, chevalier, comte DE ROMANS (érect. de décembre 1763), bapt. à Lyon le 4 juillet 1714, † à Lyon le 19 octobre 1776, chevalier de Saint-Louis, lieutenant de Roi de Bresse et Bugey (22 octobre 1739), capitaine au régiment Lyonnais, ép. à Lyon le 7 janvier 1750 Marie-Marguerite-Gertrude Charrier de La Roche, † à Lyon le 19 février 1776, à 36 ans, fille de Guillaume, chevalier, baron de La Roche, Président en la Cour des Monnaies de Lyon, et de Françoise-Thérèse Durret de Grigny, dont :

1) Guillaume-César, qui suivra ;

2) Claude-César, né le 14 novembre 1751, chanoine du chapitre noble d'Ainay ;

3) Jean-Baptiste, chevalier, né le 9 novembre 1752, lieutenant au régiment de Bretagne-Infanterie ;

4) Jean-Baptiste, chevalier, né le 9 septembre 1755, page de la comtesse de Provence ;

5) Louis-Fleury, né le 13 septembre 1756, chanoine de Saint-Paul (1770) ;

6) Jacques-Catherin-Hugues-César, chevalier, bapt. le 6 octobre 1757, † à Fontaines-sur-Saône le 5 mars 1842, officier de marine, chevalier de Saint-Louis ;

7) Pierre-Octave, chevalier, né le 13 février 1766, lieutenant des vaisseaux du Roi ;

8) Françoise-Thérèse, née le 15 juillet 1754, ép. à Lyon le 11 août 1772 Antoine-Isidore-Marie de La Roche-Grosbois, chevalier, mousquetaire du Roi, capitaine des chasses de Mg^r le duc d'Orléans, né à Lyon en 1743, fils de Claude-François de La Roche-Poncié, chevalier, conseiller au bailliage de Beaujolais, et de Pierrette Jeury ;

9) Hélène-Marie, née le 15 avril 1759, ép. à Lyon p. c. du 24 mars 1787 Aimé-Bernard, comte de Royer de Saint-Micault, capitaine de dragons au régiment de Montmorin, fils d'Henry-Bernard, marquis de Saint-Micault, et de Catherine de Royer ;

10) Charlotte-Françoise, née le 10 novembre 1760, ép. son cousin germain, Jean-Baptiste Agniel de Chênelette, chevalier, bapt. à Lyon le 23 mars 1739, lieutenant-colonel d'artillerie, chevalier de Saint-Louis, l'un des héros du siège de Lyon ;

11) Marie-Françoise, née le 30 janvier 1762, ép. Jean-Benoît Merlin de Saint-Didier, comte de Louvat, † à Saint-Jean de Moirans (Isère) le 19 janvier 1824, fils de Joseph et de Mlle de Vèze ;

12) Jeanne-Françoise-Gervaise-Protaise, née le 18 mai 1764, † le 6 février 1850, mariée à Lyon le 30 août 1789 à Charles de Jousselin, chef de brigade au corps royal d'artillerie, chevalier de Saint-Louis, veuf de Louise de Schlangot.

VII. *Guillaume-César* DE FERRARY DE ROMANS, chevalier, comte DE ROMANS, sg^r de Bouchoux, Saint-Georges, Villette, Gerland, La Vergne, Malmond, etc., né le 10 décembre 1750, † à Romans le 23 octobre 1836; page de la Dauphine, lieutenant au régiment de Dauphin-Dragons, lieutenant de Roi de Bresse et de Bugey, comparant en 1789, aux assemblées de la noblesse de Lyon et de Bourg-en-Bresse, ép. à Lyon le 20 février 1781 Hyacinthe-Françoise de la Frasse de Seynas, fille de Claude, chevalier, sg^r de Sury-le-Comtal etc., et de Madeleine de Cavasse de Léry, dont entre autres :

1) François-Guillaume-Hippolyte, comte de Romans, né en 1782, † à Romans le 23 mars 1858, maire de Romans ;

2) Claude-Marie-Alexis, bapt. à Lyon le 4 août 1783, † à Romans le 16 avril 1819 ;

3) Charles-Louis, qui suivra ;

4) Pierre-Jules de Ferrary, comte de Romans, marié le 3 juillet 1834 à Hortense-Geneviève-Marianne, princesse de Bauffremont-Listenois, princesse du Saint-Empire, chanoinesse héréditaire de l'ordre de Malte, dame de l'ordre de la

Croix-Étoilée, née à Paris le 18 janvier 1782, † à Milan le 16 mai 1848, veuve du maréchal de camp, Joseph-Augustin de Narbonne-Lara, vicomte de Saint-Girons, et fille de Joseph de Bauffremont, prince de Listenois et du Saint-Empire, vice-amiral de France, et de Louise-Françoise-Bénigne, princesse de Bauffremont et du Saint-Empire ;

5) Hyacinthe-Suzanne-Claudine, bapt. à Lyon le 27 juillet 1785, † à Chambéry le 1er janvier 1879, âgée de 94 ans, mariée à Lyon le 16 frimaire an XIV à Victor Chollet, baron du Bourget, chevalier des Saints Maurice et Lazare, noble syndic de Chambéry, né à Znoim en Moravie, le 25 octobre 1779, † le 29 avril 1866, âgé de 87 ans, fils de François-Victor et de Népomucène Kaduhemitch.

VIII. Charles-Louis DE FERRARY, comte DE ROMANS, bapt. à Lyon le 1er septembre 1789, † à Romans le 23 février 1850, officier de cavalerie, ép. à Saint-Romain de Couzon le 13 avril 1825 sa cousine germaine, Catherine Merlin de Saint-Didier de Louvat, née à Lyon le 5 août 1791, † à Bourg le 20 août 1846, dont :

1) Ernest, qui suit ;
2) Hyacinthe-Victorine, née le 26 décembre 1826, † à Romans le 31 mai 1859;
3) Antoinette-Césarine, religieuse du Cénacle, née le 23 mars 1829.

IX. Ernest-Hippolyte DE FERRARY, comte DE ROMANS, né le 28 mai 1833, † à Romans [Ain] le 13 août 1896; marié le 14 septembre 1859 à Marie-Louise de Bernard de Montessus de Rully, née à Rully le 30 juillet 1841, fille de Jean-Baptiste, comte de Rully, Pair de France, et d'Antoinette de Damoiseau, dont :

1) Charles, qui suivra ;
2) Julie-Alix-Marie, née à Romans le 31 octobre 1863, ép. le 12 novembre 1884 Marie-Louis-Olivier Duport de Rivoire, né à Boürg (Ain) le 8 mai 1855, fils d'Antoine, baron de Rivoire, et de Louise Béthenod ;
3) Charlotte-Marie-Marguerite, née à Romans le 14 mai 1879, mariée le 12 novembre 1902 à Henry Perruchot de La Bussière.

X. Jean-Ernest-Marie-Charles DE FERRARY, comte DE ROMANS, né à Romans le 16 décembre 1861, officier.

FERRUS DE PLANTIGNY

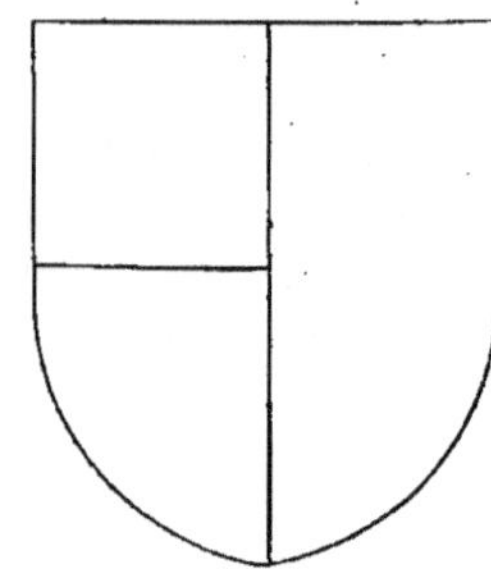

D'azur à une tour d'argent sur un mont d'or, surmontée d'une croisette d'or, accompagnée d'un rameau et d'une palme de même, mouvant de la tour en chevron renversé.
aliàs : d'argent, coupé de sinople ; parti de gueules.

Barthélemy de FERRUS de PLANTIGNY

Citée par Pernetti parmi les principales familles étrangères établies à Lyon, comme originaire de Savoie et Piémont, la famille des Ferrus est issue à Lyon de :

I. Jean FERRUS, marié en secondes noces au XVIe siècle à Antoinette Garnier qui testa le 17 avril 1606, dont entre autres :

1) Barthélemy, qui suit ;

2) Claude, ép. p. c. du 9 novembre 1608 : 1° Marie Buffery ; 2° avant 1615, Benoîte Guichard ; il fut père de seize enfants, parmi lesquels :

    A) Claude, bapt. à Lyon le 28 novembre 1617, qui eut lui-même nombreuse lignée de son mariage du 26 janvier 1663 avec Élisabeth Dupuis ;

    B) Charlotte, bapt. à Lyon le 19 février 1630, mariée p. c. du 16 janvier 1658 à François Le Juge, écuyer et conseiller secrétaire du Roi en 1678 (veuf de Françoise de La Gontière et de Claudine Godin).

II. Noble Barthélemy FERRUS, Échevin de Lyon en 1637-38-39 ; marié à Benoîte Barmond, dont entre autres :

1) Barthélemy, qui suit ;

2) Noble Mathieu Ferrus, bourgeois de Lyon, bapt. à Lyon le 7 avril 1619, † à Lyon le 20 juillet 1676, capitaine pennon du quartier de l'Herberie ; ép. p. c. du 12 janvier 1645 Jeanne Savaron, fille de François, secrétaire du Roi, et de Marie David, dont entre autres :

    A) Marie, bapt. à Lyon le 14 août 1652, † à Lyon le 22 janvier 1719, ép. à Lyon le 26 juillet 1669 Jacques d'Ambournay, écuyer, conseiller du Roi et son lieutenant en l'élection de Lyon ;

3) Anne, bapt. à Lyon le 30 août 1615, † à Lyon le 5 juillet 1697, ép. p. c. du 10 novembre 1633 Georges-Nicolas Hesseler, écuyer, secrétaire du Roi, né à Francfort en Allemagne ;

4) Éléonore, bapt. à Lyon le 20 novembre 1620, ép. p. c. du 7 novembre 1637 noble Claude Navergnon, fils de noble Claude, Échevin de Lyon, et d'Isabeau Viau.

III. Barthélemy FERRUS, écuyer, † à Lyon le 21 décembre 1692, conseiller du Roi, contrôleur des rentes de Moulins, Échevin de Lyon en 1660-61, marié p. c. du 19 février 1639 à Catherine du Soleil, † à Lyon le 25 novembre 1678, fille de Jean et de Marie Viau, dont parmi quinze enfants :

1) Barthélemy, qui suit ;

2) Mathieu, bapt. à Lyon le 2 octobre 1644, † à Lyon le 5 mai 1694, capitaine des arquebusiers de Lyon en 1671-74 ;

3) Louis, bapt. à Lyon le 16 septembre 1647, archiprêtre d'Anse ;

4) Jean-Jacques, bapt. à Lyon le 22 février 1662, † à Lyon le 5 octobre 1716, chanoine honoraire d'Ainay ;

5) Catherine, bapt. à Lyon le 1er mars 1654, † à Lyon le 18 mai 1721 ; ép. à Lyon le 26 mai 1693 Laurent Cardon, écuyer, baron de Sandrans, fils de Jacques, prévôt général de l'ancien gouvernement du Lyonnais, chevalier de Saint-Louis, et de Catherine de Fenoyl ;

6) 7) 8) Anne, Marie et Marie-Thérèse, religieuses.

IV. Barthélemy FERRUS, écuyer, sgr de La Chaud, bapt. à Lyon le 22 janvier 1643, † ayant testé en 1689, conseiller en la sénéchaussée et siège présidial de Lyon (26 janvier 1670), ép. p. c. du 31 août 1671 Jacqueline de Malo du Bousquet, † à Lyon à 65 ans, le 4 mai 1705, fille de Pierre, écuyer, sgr du Bousquet, conseiller et maître d'hôtel ordinaire du Roi, lieutenant de Roi d'Auxonne, et d'Humberte Jannon, dont parmi dix enfants :

1) Barthélemy, qui suit ;

2) Étienne, écuyer, bapt. à Lyon le 25 novembre 1676, capitaine au régiment de Bourgogne ;

3) Pierre, bapt. le 10 novembre 1680, † à Saint-Cyr de Favières le 14 octobre 1741, chanoine du chapitre noble d'Ainay ;

4) Jeanne, bapt. à Lyon le 7 octobre 1673, † à Chazey-sur-Ain, le 9 avril 1712, ép. à Lyon le 18 janvier 1706 Claude-Chrysanthe de Crémeaux, marquis de la Grange, fils de Louis, marquis de La Grange, et de Catherine-Charlotte de Capponi, grand'mère du marquis de Crémeaux, maréchal de camp, † en 1794, victime de la Révolution ;

5) Louise, bapt. à Lyon le 5 septembre 1674, religieuse carmélite.

V. Barthélemy DE FERRUS, chevalier, sgr de Cucurieux, Vendranges, Saint-Cyr de Favières, Le Petit-Neulize, Noailly, Thélis, etc., bapt. à Lyon le 25 mai 1672, † à Lyon le 28 janvier 1751, capitaine au régiment de Picardie et des forces de la ville de Lyon, ép. à Lyon p. c. du 24 septembre 1709 Claudine-Sulpicie Bottu de La Barmondière de Saint-Fonds, bapt. le 3 décembre 1685, † le 5 juillet 1753, fille de Jean Bottu de la Barmondière, écuyer, sgr de Saint-Fonds et de Limas, et de Catherine Donguy de Charlieu, dont entre autres :

1) Barthélemy, qui suivra ;
2) Henri, écuyer, bapt. à Lyon le 20 août 1714, major au régiment de la Dauphine ;
3) François-Étienne, écuyer, bapt. à Lyon le 15 août 1715, commissaire ordonnateur d'artillerie, chevalier de Saint-Louis ;
4) Hugues-Louis, qui a fait la branche des seigneurs de Plantigny ;
5) Joseph-Marie, écuyer, bapt. à Lyon le 13 juillet 1728, lieutenant au régiment de Luxembourg.

VI. Barthélemy DE FERRUS, chevalier, sgr de Cucurieux et de Vendranges, etc., bapt. à Lyon le 17 février 1713, testa en 1780, marié : 1° à Lyon le 11 août 1744 à Élisabeth Giraud de Montbellet, bapt. le 9 février 1722, fille de Georges, écuyer, baron de Montbellet, conseiller en la Cour des Monnaies de Lyon, et de Marie-Françoise Durret de Grigny, dt p. ; 2° à Chanes en Mâconnais, p. c. du 26 janvier 1752, à Marie-Émilie-Lucile de Palerne, bapt. à Lyon le 4 février 1729, † à Lyon le 29 mars 1815, fille de Vincent de Palerne, chevalier, sgr de Chintré et de Saint-Amour, Trésorier de France à Lyon, et de Catherine Clapeyron, dt p. Il laissa entre autres :

1) 1er lit : Claudine-Sulpice de Ferrus, née à Lyon le 14 mai 1747, † le 4 germinal an VI, mariée à Lyon le 22 avril 1768 à Jean-Luc de Pomey, chevalier, sgr de Rochefort, Sauvages et Montchervet, né le 9 janvier 1732, † le 25 ventôse an VIII, capitaine au régiment d'Eu, fils de Jacques, chevalier, sgr de Rochefort, et de Marie-Anne-Charlotte de Villeneufve de Joux.
2) 2e lit : Barthélemy, qui suit.

VII. Barthélemy-Hugues DE FERRUS DE VENDRANGES, chevalier, sgr de Cucurieux et de Vendranges, etc., bapt. à Lyon le 16 septembre 1755, chevau-léger de la Garde du Roi, marié à Chervé (Perreux) le 8 janvier 1782 à Marie de Fournillon de Buttery, née en 1754, fille de Jean-François, chevalier, sgr de Buttery, capitaine au régiment Royal des Vaisseaux-Infanterie, et de Marie Giraud de Montbellet, dont :

1) Marie-Lucile, bapt. à Lyon le 21 juillet 1785, † à Lyon le 20 juin 1832, ép. à Lyon le 27 octobre 1806 son cousin germain Jean-Marie-Victor Dauphin, baron de Verna, député du Rhône, né à Verna le 27 juillet 1775, † en 1841, fils d'Aymard-Joseph, baron de Saint-Romain, † victime de la Révolution, et de Marie de Fournillon de Buttery;

2) Marie-Émilie-Sulpice, bapt. à Lyon le 13 août 1786, ép. à Lyon le 16 août 1809 Hyacinthe-Jean-François de Tircuy de Corcelles, né à Corcelles (Rhône) le 27 juin 1774, fils de François-Joseph et de Geneviève Gayot de Mascrany;

3) Marie-Julie, née à Lyon le 17 novembre 1790, ép. à Lyon le 14 avril 1813 Barthélemy-Jules-Édouard d'Orlier, marquis de Saint-Innocent, né à Vienne (Isère) le 25 avril 1782, fils de Jacques-Guillaume et de Catherine de Montalivet.

BRANCHE DE PLANTIGNY

VI. Hugues-Louis DE FERRUS DE VENDRANGES, chevalier, sgr DE PLANTIGNY et de Montgiraud, bapt. à Lyon le 21 octobre 1717, d'abord novice de la congrégation de l'Oratoire, puis marié à Lyon le 12 février 1760 à Jacqueline-Françoise de Prohenque de Plantigny, fille de Gabriel, chevalier, sgr de Plantigny, et de Magdeleine Saulnier, dont :

1) Barthélemy, qui suivra ;

2) Louis-François de Ferrus, chevalier, bapt. à Lyon le 23 février 1762, † pensionnaire à la Grande Chartreuse;

3) Marie-Émilie-Lucile, bapt. à Lyon le 22 janvier 1763, † à Lyon le 17 mai 1843, ép. le 2 juillet 1789 Jean-Antoine de Boisset des Mailles, secrétaire du Roi, greffier en chef au Parlement de Grenoble, † en 1818.

VII. *Barthélemy* DE FERRUS DE PLANTIGNY, chevalier, bapt. à Lyon le 15 janvier 1761, † victime de la Terreur, fusillé le 21 vendémiaire an II, cadet-gentilhomme au régiment de Guyenne (6 juin 1776), lieutenant au dit régiment (7 juillet 1788), comparant à Lyon en 1789, l'un des principaux chefs de l'armée lyonnaise en 1793, ép. p. c. du 22 avril 1788 Anne-Françoise-Dominique Nicolau de Montribloud, bapt. à Lyon le 18 novembre 1761, fille de Christophe-François, chevalier, comte de Montribloud, et d'Anne-Marie Mayeuvre, petite-fille de Pierre Nicolau, écuyer, trésorier de la ville de Lyon, et de Anne Olivier, dont :

1) Françoise-Louise, bapt. à Lyon le 25 avril 1789, † à Saint-Galmier le 6 novembre 1825, mariée le 17 pluviôse an XIII à Jean-Baptiste Ravel de

Montagny, écuyer, né à Saint-Étienne le 28 décembre 1778, fils de Claude, écuyer, baron de Montagny, et de Marie de Challaye ;

2) Louise-Étiennette-Françoise dite Élisa, bapt. à Lyon le 24 juillet 1790, † à Lyon le 18 décembre 1879, ép. à Lyon le 2 juillet 1811 Jean-Baptiste-Louis-Antoine de Romanet, marquis de Lestrange, né à Saint-Alban (Ardèche) le 12 juillet 1779, fils Louis-Charles-César, ancien officier, et de Anne-Louise de Tournon ;

3) Suzanne-Louise-Sabine, née à Lyon le 25 décembre 1791, † à Plantigny le 21 octobre 1857, mariée à Lyon le 4 août 1823 à Abel-Lambert-Marie Bottu de Limas, chevalier de Saint-Louis, officier au régiment de Saintonge, né à Lyon le 26 septembre 1751 (veuf d'Anne-Marie Michon), fils de François-Marie Bottu de Saint-Fonds, écuyer, sg^r de Limas, et de Catherine-Jeanne de la Font.

A la fin du xviiie siècle, les Ferrus adoptèrent pour armoiries celles ci-dessus décrites en second lieu ; ce sont les armes des Ferrus du Dauphiné, famille connue en Briançonnais dès le xive siècle et dont les Ferrus de Lyon prétendaient être issus.

FISICAT

*D'or au griffon de gueules, tenant un écu d'azur chargé d'une fleur de lys d'or ;
à la bordure semée de France.*

Devise : *Res, non verba.*

Cimier : *Le griffon de l'Écu.*

JEAN-BAPTISTE, BARON DE FISICAT

JEAN-FRANÇOIS DE FISICAT

L'ancienne famille de Fisicat est d'origine étrangère, et au dire d'une enquête
faite au Parlement de Grenoble le 18 janvier 1661 à la requête de Michel de Fisicat, lieutenant-colonel du régiment de Turenne, elle a joui de tout temps d'une grande
considération. Elle aurait peut-être une origine commune avec les Fisicati, patriciens
de Venise, et des mémoires de famille l'établissent à Aoste, près Pont-de-Beauvoisin,
en Dauphiné, depuis Pierre de Furno-Fiscati vivant en 1415. Mais ces mémoires ne
sont appuyés d'aucune preuve et les dates énoncées permettent de critiquer la filiation proposée. Il semble difficile d'établir une généalogie rigoureuse avant le cinquième descendant présumé de ce Pierre de Furno-Fiscati, savoir :

I. Pierre FISICAT, lieutenant de l'abbé de Malgouverne, qualifié noble (certificat du 24 septembre 1776). Marié le 13 septembre 1596 à Marianne Guillet qui
testa le 10 octobre 1638 ; dont trois fils et trois filles, entre autres :

1) Jacques, qui suivra ;

2) Nicolas Fisicat, prieur de Villard, † après le 3 août 1632 ;

3) Michel de Fisicat, chevalier, sg^r de Bellièvre et de Beauregard, né à Aoste le
16 janvier 1618, † à Villefranche en Roussillon le 11 août 1684. Lieutenant
au régiment de Turenne (1638), capitaine (1640), aide de camp de Turenne
(1644), premier capitaine au régiment de Turenne (1644), anobli par L. P.
de février 1655, gentilhomme ordinaire de la chambre du Roi (4 février
1658), lieutenant-colonel du régiment de Turenne (25 juillet 1658) ; distingué

par son courage à la bataille d'Anvers, ce qui lui vaut la concession d'une *bordure de France* dans ses armes (1er novembre 1661); confirmé dans sa noblesse (1664), chevalier de l'Ordre du Roi (26 février 1665), remarqué par sa bravoure à la bataille de Saint-Gothard, à la suite de laquelle il obtint la concession de l'écusson *d'azur à la fleur de lys d'or* (juin 1667); lieutenant-colonel du régiment Dauphin-Infanterie (15 juin 1667), brigadier d'Infanterie (27 mars 1668), gouverneur de Villefranche en Roussillon (27 octobre 1669). Il testa le 15 juillet 1681 en faveur de son neveu Antoine, et est qualifié dans ce testament : Brigadier général d'infanterie des armées du Roi ;

 4) Marie Fisicat, supérieure des Ursulines de Belley.

II. Jacques FISICAT, né en 1601, † 19 mars 1676. Devenu veuf, il se fit prêtre après avoir été marié en 1627 à Antoinette Vignay, † le 1er février 1643, dont deux fils et deux filles, entre autres :

 1) Antoine, qui suit ;

 2) et 3) Honorade et Virginie Fisicat, religieuses.

III. Me Antoine DE FISICAT, sg^r de Bellièvre et Beauregard (par héritage de son oncle), né à Aoste en Viennois le 12 juillet 1628, † le 29 octobre 1709 ; Conseiller du Roi en l'élection de Lyon, secrétaire et greffier en chef du bureau des finances de Lyon, héraut d'armes de France au titre de Lorraine (1er février 1685), marié : 1°) à Saint-Genis-Laval le 4 juillet 1686 à Françoise Tabouret ; 2°) le 18 novembre 1688 à Marguerite de Maréchal de la Pérouse, fille de noble François de Maréchal et de Marguerite des Bois. Il obtint, en septembre 1701, des Lettres Patentes de S. M. lui transmettant en tant que de besoin les privilèges de noblesse et les armoiries concédées à son oncle en 1655 et 1661. Il avait demandé à être déchargé des services du ban en 1694 comme possédant en franc alleu sa maison de Beauregard et laissa entre autres :

 1) Jean-François, qui suivra ;

 2) Gaspard de Fisicat, écuyer, né le 10 mars 1696, † à Lyon s. a. le 2 mars 1771 ; enseigne au régiment d'Enghien-Infanterie (30 juin 1711), capitaine (28 juillet 1711), capitaine de grenadiers, chevalier de Saint-Louis ;

 3) Sibylle-Marguerite, † à Lyon le 21 mars 1764, mariée à Saint-Genis-Laval le 5 novembre 1720 à Georges-Antoine Chesnel, écuyer, sg^r de la Noërie, conseiller en la Cour des Monnaies de Lyon ;

 4) Claudine-Benoîte, bapt. à Lyon le 23 juillet 1698, mariée à Me Valet, avocat au Parlement de Grenoble.

IV. Jean-François DE FISICAT DE BEAUREGARD, écuyer, sg^r de Bellièvre, etc., né le 27 février 1690, † le 27 février 1767, marié le 29 juin 1726 à Catherine Berthet, fille de Jean, maître des Eaux et forêts en Lyonnais, gentilhomme ordinaire de S. A. R. Monsieur, et de Catherine Camet, dont sept enfants, entre autres :

  1) Jean-Baptiste, qui suivra ;

  2) Anne-Marie, née le 24 avril 1731, † ayant testé à Lyon le 12 novembre 1790.

V. *Jean-Baptiste* DE FISICAT, chevalier, sg^r de Bellièvre, Beauregard, baron de Bas et de Rochebaron, seconde baronnie du Forez (acq. du 15 février 1775), dit le baron de Fisicat, né à Lyon le 10 avril 1730, † à Lyon, victime de la Révolution, le 13 décembre 1793. Député de la Noblesse de Montbrison à l'assemblée de 1787, il émit le vœu que les Etats généraux fussent convoqués par bailliages, la moitié des députés pris dans le Clergé, l'autre moitié dans la Noblesse, et le Tiers État en nombre égal aux deux ordres privilégiés (Arch. Nat. B^m 75, p. 83). Comparant à Lyon en 1789 ; ép. à Lyon p. c. du 27 avril 1762 Claude Gonin de Lurieu, fille de Pierre-Thomas, Échevin, et de Claire de Montigny, dont, entre autres :

  1) Jean-François, qui suit ;

  2) Pierre-Thomas de Fisicat, bapt. à Lyon le 4 avril 1764, chanoine du chapitre noble d'Ainay (8 mars 1777), prieur de Saint-Benoît de Cessieux ;

  3) Denis-Rosalie-Barbe, dit le vicomte de Fisicat, né le 19 septembre 1767, † à l'Ile-Saint-Thomas le 16 janvier 1799 ; garde de la Marine, émigré, prenant part à la campagne des Princes (1792), chev. de Saint-Louis (20 février 1798) ; lieut^t de vaisseau (10 mai 1798) ; (Brevets au titre de vicomte).

VI. *Jean-François* DE FISICAT, chevalier, dit le marquis de Fisicat, bapt. à Lyon le 16 avril 1763. Page du duc de Penthièvre (1776), capitaine au régiment de Penthièvre-dragons (31 mai 1783) ; comparant à Lyon en 1789 ; émigré à la Guadeloupe (1790), rentré en 1799, membre du conseil général du Rhône, chevalier de Saint-Louis (21 août 1816), chef d'escadrons (2 octobre 1816) ; (Brevets au titre de marquis) ; marié p. c. du 16 novembre 1789 à Élisabeth-Catherine Pichon de Chazaux de Châteauneuf, fille du commandant de la Guadeloupe, dont :

  1) Denis-Michel-Adolphe, qui suit ;

  2) François-Auguste, chevalier de Fisicat, né le 23 mai 1802, † le 9 février 1826, Élève de Saint-Cyr.

VII. Denis-Michel-Adolphe, comte DE FISICAT, né le 1er août 1797, gendarme de Garde du Roi Louis XVIII (30 novembre 1814), lieut^t de hussards (13 décembre 1815).

Cf : Nouveau d'Hozier, 135 ; Ch^er de Courcelles : *Dictionnaire de la Noblesse.*

FLACHON DE BARREY ET DE LA JOMARIÈRE

D'argent au griffon de gueules.

ÉTIENNE FLACHON DE BARREY
FERDINAND FLACHON DE LA JOMARIÈRE

I. Philippe FLACHON, ép. à Lyon, p. c. du 27 décembre 1707 Antoinette Billioud, fille de François, bourgeois de Lyon, capitaine lieutenant du quartier de Bourg-Neuf et de Jeanne Dombey, dont trois fils et deux filles, entre autres :

II. Noble Pierre FLACHON, sg^r de la Jomarière, bapt. le 7 mars 1710, † à Brignais le 27 juin 1771, Échevin de Lyon en 1760-61, ép. à Lyon le 16 juillet 1736 Jeanne Ballet, † à Lyon le 13 juin 1789, âgée de 75 ans, fille de Jean, et de Marie Chalmas; fut père de six fils et cinq filles, entre autres :

1) Maurice Flachon, chevalier, sg^r de la Jomarière, bapt. à Lyon le 22 avril 1738, † à Lyon le 27 octobre 1777, Trésorier de France à Lyon (5 août 1768);

2) *Ferdinand* Flachon de la Jomarière, écuyer, bapt. à Lyon le 8 avril 1739, comparant à Lyon en 1789, capitaine du génie, chevalier de Saint-Louis;

3) Étienne, qui suit ;

4) Claudine, bapt. à Lyon le 2 janvier 1748, ép. à Brignais le 22 octobre 1766 Pierre de Bouffliers, écuyer, fils de Pierre, chev., et d'Anne de Chaponay ;

5) Claudine, bapt. le 19 décembre 1751, ép. à Lyon p. c. du 6 octobre 1777 Ennemond-Hugues Hélie, maître en la Chambre des comptes de Dauphiné, fils de noble Ennemond Hélie, juge de Grenoble, et de Jeanne Bozonnier.

III. *Étienne* FLACHON DE BARREY de la Jomarière, chevalier, bapt. à Lyon le 12 avril 1740, † victime de la Terreur, condamné le 15 frimaire an II; Trésorier de France à Lyon le 7 décembre 1778 ; comparant à Lyon en 1789, ép. Jeanne-Séraphique Ballet, dont deux fils morts jeunes et Jean-Maurice, né vers 1778.

———————

FLEURANT DE RANCÉ

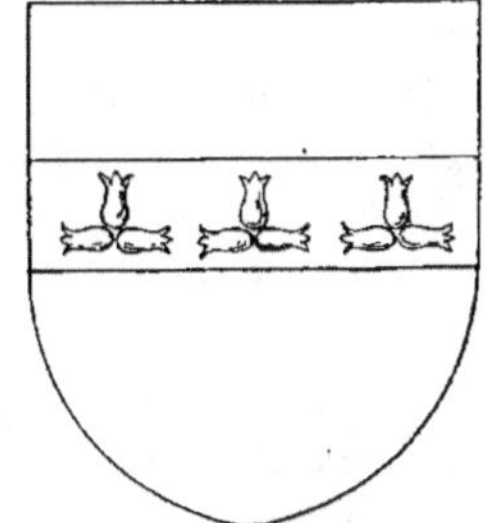

De gueules à la fasce d'argent chargée de trois coquerelles de sinople.

Pierre-Barthélemy FLEURANT de RANCÉ de CORBERY
Jean-François FLEURANT de RANCÉ

La famille Flurant, Flurand ou Fleurant, originaire de Courzieu, à laquelle appartenait, semble-t-il, le célèbre apothicaire immortalisé par Molière, est issue de :

I. Jean FLEURANT, marié à Antoinette Carret, père de :
1) Claude, qui suit ;
2) Jean, auteur d'une branche demeurée sans relief.

II. Noble Claude FLEURANT DE RANCÉ, écuyer, † à Lyon le 13 janvier 1718, contrôleur ordinaire des guerres et bourgeois de Lyon, acquéreur (10 septembre 1699) du fief de Rancé-sur-Genay (Ain) moyennant 27.500 l. et 500 l. d'étrennes, d'Hugues de Pomey, Prévôt des marchands de Lyon; ép. à Virieu en novembre 1682 Madeleine Charrin, fille de Claude, et de Marie Payre, dont :

III. Jean-Baptiste FLEURANT DE RANCÉ, écuyer, né avant 1685, étudiant à Paris, Bachelier en droit de l'Université de Paris (2 avril 1708), conseiller au Parlement de Dombes (23 février 1709), maître des Requêtes au dit Parlement (4 septembre 1724); il fit reprise de fief des rentes nobles de Rancé en Dombes le 21 août 1759 ; ép. à Lyon p. c. du 5 février 1717 Anne Beaucamp de Saint-Germain, fille de Pierre Beaucamp de Saint-Germain, écuyer, conseiller secrétaire du Roi du Grand Collège, et de Jeanne Delaye, dont :
1°) Pierre-Barthélemy, qui suit ;
2°) *Jean-François* Fleurant de Rancé, écuyer, dit M. de La Chartonnière, bapt. à Lyon le 24 avril 1722, † le 19 avril 1791 ; comparant à Lyon en 1789, marié le 3 mai 1743 à Louise-Pierrette Guyenard d'Andelar.

IV. *Pierre-Barthélemy* FLEURANT DE RANCÉ, chevalier, sg^r de Rancé, etc., dit M. DE CORBERY, bapt. à Lyon le 21 décembre 1720, commissaire d'artillerie depuis 1742, comparant à Lyon en 1789 ; marié le 11 février 1756 à Françoise Cartal de Marra, fille de Jean, bourgeois de Pelussin, et de Jeanne Poidebard ; elle apporta à son mari une fortune considérable et mourut à Virieu, âgée de 81 ans, mère d'un fils mort en bas âge et de :

1) Anne-Françoise Fleurant de Rancé, ép. à Lyon à 20 ans, le 7 avril 1777 Louis-Joseph du Peloux de Praron, chevalier, sg^r de Praron en Vivarais, chevau-léger de la Garde du Roi, fils de Jacques-Louis du Peloux, chevalier, sg^r de Praron et autres lieux, et de Suzanne de la Roque. Cette alliance mit les du Peloux en possession de la terre de Rancé qu'ils possèdent encore en partie.

Cf : Pièces originales : 1187 ;

Communications de Mme la Ctesse du Peloux, née de Roche de Lonchamp.

FONTAINE DE BONNERIVE

De sable à une colombe d'argent essorée sur une rivière du même.

ÉTIENNE FONTAINE DE BONNERIVE

Les Fontainé, qui seraient originaires du canton de Vaud, s'établirent ensuite à Bourg-en-Bresse, où l'on trouve :

I. Benoît FONTAINE, † avant le 28 octobre 1731, audiencier au bailliage et siège présidial de Bourg-en-Bresse; ép. Barbe Martin, dont :

II. Étienne FONTAINE, écuyer, conseiller secrétaire du Roi près la Cour des Monnaies de Lyon (30 mai 1767) puis près le Conseil supérieur de Lyon; ép. à Lyon le 28 octobre 1731 Marguerite Maupetit, née le 24 octobre 1716, fille de Dominique, maître fabricant, bourgeois de Lyon, et de Marguerite Billion; dont entre autres :

1) Gaspard Fontaine, écuyer, né le 25 juillet 1732, administrateur des Domaines de Mgr le duc d'Orléans; ép. en 1756 Balthasarde Morel, dont :

    A) Marie-Étiennette-Marguerite Fontaine, ép. le 30 juillet 1782 Antoine-Mathieu Chancey, écuyer.

2) Étienne-Mathieu-Gaspard, qui suit;

3) Étienne, qui a fait la branche de Bonnerive;

4) Jean-Baptiste Fontaine de Lys, écuyer, Garde du corps du Roi en 1777, ép. Catherine Serpolet;

5) Marguerite Fontaine, ép. le 2 mars 1773, Claude-Henri Lepin, ingénieur.

III. Étienne-Mathieu-Gaspard FONTAINE, écuyer, né le 3 février 1734, conseiller en l'Élection de Bresse (24 juin 1757), recteur de la Charité de Lyon de 1774 à 1777, comparant en 1789 avec la Noblesse de Bresse; ép. Jeanne-Marie Balazard, dont :

IV. Georges-Marie-Joseph FONTAINE, écuyer, émigré à la Guadeloupe, ép. 1°) N. Rivière, † à la Guadeloupe en l'an IV; 2°) le 17 mai 1806 Marie-Sophie-Joséphine Gauthier, dont :

V. Jean-Charles-Félix Fontaine, né à Bourg le 18 septembre 1807, † le 8 août 1881 ; ép. le 24 mai 1837 Claudine-Clara-Catherine-Antonia Fontaine de Bonnerive, sa cousine, fille d'Antoine, et de Jeanne-Marie Pavy ; dont :

    1) Georges, qui suit ;

    2) Jeanne-Andrée-Marie, † 1901, religieuse de Saint-Vincent-de- Paul ;

    3) Espérance-Adrienne-Hedwige, ép. Lucien Picard ;

    4) Lydie-Philiberte-Marie, dite Berthe, ép. Maurice Picard ;

    5) Joséphine-Hedwige, religieuse visitandine ; 6) Madeleine.

VI. Georges-Marie-Joseph-Henri Fontaine de Bonnerive, chef de bataillon d'infanterie, chevalier de la Légion d'honneur ; auteur de divers ouvrages couronnés par l'Académie Française « *Officier et soldat* », « *Le Logis* » etc. publiés sous le pseudonyme de Georges de Lys, en souvenir de son arrière-grand-oncle ; père de :

    1) Huberte Fontaine de Bonnerive, ép. en novembre 1904 Xavier Halna du Fretay, lieutenant au 115ᵉ d'Infanterie.

BRANCHE DE BONNERIVE

III. *Étienne* Fontaine de Bonnerive, écuyer, né à Lyon le 18 octobre 1738, † à Lyon, victime de la Terreur, mitraillé aux Brotteaux le 25 décembre 1793 ; grenadier au régiment de Hainaut-Infanterie (27 février 1755), l'un des trente premiers gardes du corps de la compagnie de Villeroy (2 mars 1758), chevalier de Saint-Louis (28 septembre 1783), retraité pour infirmités (23 mai 1784) ; comparant à Lyon en 1789 ; commandant le bataillon des vétérans sous les ordres de Précy pendant le siège de Lyon ; ép. le 31 mai 1777, Marie-Françoise Rolichon, fille de Jean-Baptiste, bourgeois de Lyon ; dont :

    1) Étienne-Catherin-Antoine, qui suit ;

    2) Marie-Anne-Jeanne-Émilie, ép. André Devienne, fils de Pierre et de Benoite Muguet, tige des Devienne, Ravignan, etc.

IV. Étienne-Catherin-Antoine Fontaine de Bonnerive, écuyer, né le 5 mai 1780, officier de la garde nationale (1814-15), chev. du Lys et de la Légion d'Honneur, félicité pour sa conduite à la défense de Lyon contre les alliés ; ép. le 22 avril 1812 Jeanne-Marie dite Jenny Pavy, fille de Claude-Joseph-Marie, Juge au tribunal de commerce de Lyon, député royaliste de Lyon sous la Restauration, dont :

    1) Joséphine-Antoinette-Inès, ép. le 4 février 1836 Charles-Alphonse Carron ;

    2) Claudine-Clara-Catherine-Antonia, ép. le 24 mai 1837 son cousin Jean-Charles-Félix Fontaine, ci-dessus.

FOURGON DE MAISONFORTE

D'azur au chevron d'argent ; au chef du même chargé d'un lion passant de gueules.

Roch-Marie-Vital FOURGON de MAISONFORTE

Cette famille originaire de Verdun, qui a possédé la Maison Forte de Vourles en Lyonnais au XVIIIe siècle, a donné :

I. Antoine FOURGON qui testa le 25 avril 1716 et laissa de son mariage avec Louise de La Loy six fils et trois filles parmi lesquels :

1) Vital, qui suit ;
2) Barthélemy Fourgon, prêtre :
3) Georges-Philippe, marié p. c. du 14 janvier 1736 à Marie Daudé, bapt. à Lyon le 16 février 1713, fille de Fulcrand, et de Jeanne Prenel ;
4) François, bapt. à Lyon le 13 avril 1697, profès de l'ordre de Saint-Antoine ;
5) Georges-Philippe, bapt. à Lyon le 11 octobre 1699, contrôleur ordinaire des guerres, marié p. c. du 27 avril 1743 à Benoite Covet, d^t p.
6) Marie-Jacqueline, mariée, avant 1716, à Jean-Antoine Delaplanche.

II. Vital FOURGON de MAISONFORTE, écuyer, sg^r de la Maison Forte de Vourles, né vers 1681, † à Lyon le 25 décembre 1761, conseiller secrétaire du Roi en la Chancellerie du Parlement de Grenoble ; marié p. c. du 2 février 1715 à Marguerite de Combles, fille d'Oudart de Combles, et de Marie Prenel (Elle était sœur de Françoise de Combles, mariée à David Olivier, Échevin de Lyon, et nièce des dames Soubry et Daudé, nées Prenel). De ce mariage, un fils et sept filles, entre autres :

1) Roch, qui suivra ;
2) Françoise, mariée à Lyon le 23 septembre 1749 à Benoit de Valous, chevalier, sg^r de Tourieux, secrétaire et procureur général de la ville de Lyon, Échevin de Lyon en 1765, bapt. à Lyon le 23 janvier 1714, † en 1797, fils de Hiérome de Valous, écuyer, et de Marguerite Perrichon, d^t p.
3) Marie, bapt. à Lyon le 4 décembre 1734, mariée à Lyon p. c. du 25 mars 1759

à Claude-Maximilien, chevalier, comte de Brosse, baron de Chavannes, et Dun-le-Roy, sgr d'Escrots, etc., chevalier de Saint-Louis, lieutenant-colonel du régiment de Picardie, † à Lyon le 3 juillet 1780, fils de Claude, chevalier, baron de Chavannes, etc., capitaine au régiment de Villequier, chevalier de Saint-Louis, et de Catherine Cottin de la Barre ;

4) Jeanne-Marianne, mariée à Lyon le 22 mars 1768 à Mathieu Henry des Tournelles, écuyer, conseiller secrétaire du Roi à Colmar, tige des barons de Tournelles et de Bellevue ;

5) Marianne, bapt. à Lyon le 15 janvier 1738 [mariée à Pierre Chamboduc de Magnieu, écuyer sgr de La Garde].

III. *Roch-Marie-Vital* FOURGON DE MAISONFORTE, écuyer, sgr de Maisonforte, né en 1733, † victime de la révolution à Lyon le 21 frimaire an II, conseiller à la Cour des monnaies de Lyon (13 avril 1759), conseiller au Conseil supérieur de Lyon (1772), comparant à Lyon en 1789 ; ép. à Lyon, p. c. du 7 septembre 1762 Pierrette-Marie Robin d'Orliénas, bapt. à Lyon le 6 décembre 1745, fille de François, écuyer, secrétaire du Roi, et de Catherine Paradis ; dont un fils mort jeune et trois filles, dont :

1) Catherine, bapt. à Lyon le 23 mai 1768, ép. à Lyon le 28 août 1786 son cousin germain, Jérôme de Valous, écuyer, sgr de la Proty, † 1829, fils de Benoît, sgr de Tourieux, et de Françoise Fourgon de Maisonforte ;

2) Françoise, bapt. à Lyon le 12 décembre 1770, † à Lyon le 22 janvier 1845, ép. à Lyon le 20 juillet 1790 François Boulard de Gatellier, chevalier, né à Lyon le 27 juillet 1759, † à Florence le 11 mars 1827, conseiller au Parlement de Bourgogne (1779), Premier Président du Bureau des Finances de Lyon (1789), fils de Simon-Claude, écuyer, Échevin de Lyon, et de Anne Clérico de Janzé.

FUSELLIER

D'azur à deux fusils à croc en sautoir.

Claude-Pierre FUSELLIER

La famille Fuselier ou Fusellier est issue de :

I. Pierre Fusellier, bourgeois de Lyon, Juge conservateur des Privilèges royaux de Lyon, acquéreur de la maison de La Claire à Vaize, ép. Ludivine Choufouraux, ou Chaufouroux) dont entre autres :

1) Claude-Pierre, qui suit ;

2) Marie-Geneviève, ép. à Lyon p. c. du 4 mai 1737, Pierre Dareste, écuyer, sg^r de Bouvesse, Marcieux, Rosargues, etc., conseiller en la Cour des Monnaies de Lyon de 1723 à 1749, † à Lyon le 24 mars 1755 ; fils d'Antoine, écuyer, et de Marie Baronnat ;

3) Jeanne-Marie, ép. le 10 novembre 1740, David Flachat, écuyer, né le 21 mai 1708, † le 24 juillet 1754, fils de noble Pierre, Échevin de Lyon et père de :

    A) Anne Flachat, mariée à Jacques-Claude-Joseph Thoynet de Bigny, écuyer.

II. *Claude-Pierre* Fusellier, écuyer, conseiller secrétaire du Roi près la Cour des monnaies de Lyon (1748), secrétaire du Roi honoraire (1771), comparant à Lyon en 1789 ; ép. le 23 novembre 1730 Claudine-Gervaise Bruyset, fille d'Étienne Bruyset, écuyer, conseiller secrétaire du Roi, et de Charlotte Pernon, dont :

1) Marie-Rosalie, née à Lyon le 8 février 1762 ;

2) Ludivine, ép. à Lyon le 30 juillet 1778, Albert Capilliata, comte Colleoni.

GABET

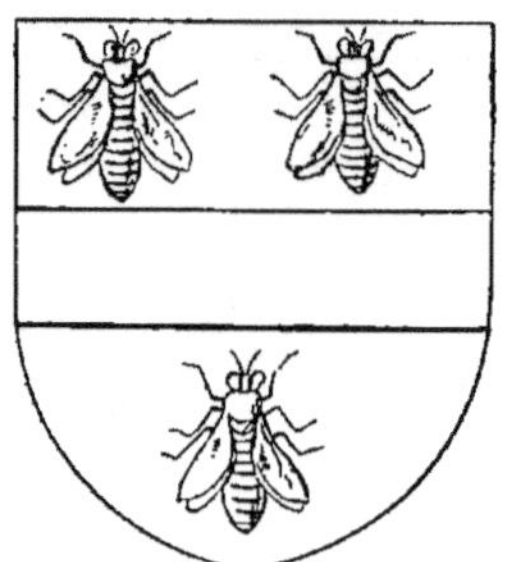

D'azur à la fasce d'argent accompagnée de trois abeilles d'or.

Jean-Claude GABET

Il est difficile de relier entre elles les familles ayant porté le nom de Gabet très répandu dans les Dombes, la Bresse et à Lyon même. Jean-Claude Gabet semble être le premier de sa famille fixé dans cette ville où il n'était pas né ; sa qualité de Directeur de la Monnaie ne lui donnant pas l'entrée aux assemblées de la Noblesse, il jouissait donc antérieurement de la noblesse héréditaire, ainsi que son frère. Tous deux avaient pour auteurs, dont les prénoms sont ignorés :

I. N... Gabet, marié à N... dont :

    1) Jean-Claude, qui suit ;

    2) Jean-Marie-Angélique Gabet, chevalier, avocat du Roi en la sénéchaussée de Dombes (16 janvier 1782), demeurant à Trévoux ; prit part à l'assemblée de la Noblesse de Bresse en 1789 ; ép. à Anse le 26 octobre 1790, Marie Tholomet de Fontanelle, fille de Claude, chevalier, et de Marie-Anne Brigaud ;

    3) Marie-Claudine-Victoire Gabet, marraine par procuration le 1er décembre 1790, au baptême de sa nièce Marie-Angélique-Christine.

II. *Jean-Claude* Gabet, chevalier, né en 1747, † le 31 octobre 182... ; Directeur et Trésorier particulier de la Monnaie de Lyon, comparant à Lyon en 1789. Grâce au dévouement d'un serviteur attaché à la Monnaie, il put s'échapper de Lyon, après le siège, le 27 septembre 1793, et se réfugia en Suisse ; ép. en 178... Françoise-Christine-Nymphe Langton, née à Cadix (Espagne), † à Lyon à 63 ans, le 17 mars 1829, dont huit enfants, entre autres :

    1) Michel Gabet, ép. Sophie N..., † le 10 septembre 18... d'où :

        A) Théobald Gabet, fixé par son mariage à Paris, et laissant :

            a) un fils, † à 27 ans, s. a. ;

            b) N..., religieuse de Saint-Vincent-de-Paul, † le.....

2) Édouard-Théobald Gabet, né à Lyon le 22 avril 1798, † le 24 novembre 18.., s. a.;

3) Louis-Arthur Gabet, né le 3 juin 1801, † à Lyon s. a. le 11 février 1878, garde du corps de Charles X, suivit le Roi dans sa retraite en 1830 et fut pendant cinquante ans secrétaire général du Conseil central de la Propagation de la foi à Lyon;

4) Marie-Angélique-Christine Gabet, née à Lyon le 20 novembre 1790;

5) Mathilde Gabet;

6) Pauline Gabet.

Deux de ces trois sœurs sont mortes sans alliance.

Cf. : Renseignements de source privée, dont une partie seulement a pu être contrôlée sur actes authentiques.

GALLET DE MONDRAGON

D'azur au chevron d'or accompagné de trois étoiles du même ; au chef d'argent chargé
de trois trèfles de sinople.

JEAN-JACQUES DE GALLET, MARQUIS DE MONDRAGON

La famille Gallet qui a fait une fortune rapide et brillante, possédé des terres considérables, et occupé héréditairement la charge de maître d'Hôtel du Roi, est originaire d'Ancone, près de Montélimar, et issue de :

I. Christ Gallet, † vers 1598, père de :

II. Louis GALLET, marié à Catherine Marcel, dont :

III. Jacques GALLET, né vers 1630, fermier des droits seigneuriaux du prince de Monaco, receveur des fermes, douanes et péages sur le Rhône à Ancone et capitaine châtelain d'Ancone ; marié à Montélimar, en 1658, à Catherine Vincent fille de Guillaume, et de Jeanne Reboul, dont :

1) Pierre-Louis, né à Ancone en 1662, † s. p. en 1727, intéressé dans les affaires du Roi, puis sg^r de la Guerche, près Loches en Touraine ;
2) Pierre Gallet, dit de Saint-Prix (terre sise près Ancone), receveur au bureau des tabacs de Saint-Malo (1705), fermier général (1728), maître d'hôtel de la Reine, † à Montélimar, s. p. en 1756 ;
3) Christophe Gallet de Saint-Christophe, gérant du grenier à sel du Teil (Ardèche) en 1689, receveur général des gabelles à Lunel en Languedoc en 1705, † s. p.
4) Jean-Jacques Gallet de Coulange, écuyer, sg^r de Coulange et de Mondragon en partie ; marquis de Gallet et de Mondragon, par brevet de S. M. catholique, avec autorisation de porter le titre en France (1724) ; bapt. à Ancone le 28 décembre 1672, chargé des affaires de S. M. près la Cour de Madrid, secrétaire du Roi (17 août 1722), conseiller d'État, Contrôleur général de la

maison du Roi, lieutenant-général des chasses et plaisirs des capitaineries des Tuileries et châteaux de Boulogne, Madrid et La Muette. Il avait acquis de moitié avec Pierre-Louis Gallet son frère aîné la seigneurie de Mondragon en Vaucluse;

5) Antoine Gallet, dit l'abbé de Coulange [terre sise à Saint-Marcel près Ancone], † à Montélimar en 1762, Chanoine de Montélimar (1720), vicaire général de Saint-Paul-Trois-Châteaux, abbé de la Magdeleine de Chateaudun et d'Aiguebelle;

6) Vincent-Robert, qui suit;

7) Catherine, ép. en 1680 Noël Benay, moulinier en soie à Virieu;

8) 9) Madeleine et Claudine Gallet, † s. a.;

10) Jeanne, ép. Jean Caseneuve, du lieu de Meysse (Ardèche).

IV. Vincent-Robert GALLET, écuyer, né à Ancone le 28 janvier 1675, † 1730; receveur des fermes du Roi à Ancone, capitaine châtelain d'Ancone, secrétaire du Roi (16 avril 1727), ép. le 14 mai 1710 Magdeleine Guille de La Combe, † à Ancone à 81 ans le 10 janvier 1757, fille d'Antoine, receveur des fermes et de Jeanne Maurin, dont :

1) Antoine-Vincent Gallet de Mondragon, né à Ancone en 1712, capitaine de cavalerie au régiment de Grammont (1738) colonel, blessé à mort au siège de Fribourg le 31 octobre 1744 et mort deux jours après;

2) Jean-Jacques, qui suit;

3) Jacques-Louis-Christophe, dit M. de Cannes, officier, puis Avocat général au Parlement de Grenoble;

4) Jeanne-Magdeleine, bapt. à Ancone le 31 mars 1711, † à Avignon le 26 juin 1794, victime de la Révolution; ép. p. c. du 24 juillet et le 2 août 1735, Joseph-Gabriel de Vidaud, chevalier sg^r de la Tour, comte de la Bâtie, baron d'Anthon, Procureur général au Parlement de Dauphiné, fils de Gaspard de Vidaud, chevalier, comte de La Bâtie, Procureur général au Parlement de Dauphiné, et de Catherine-Françoise de Simiane de La Coste.

V. *Jean-Jacques* DE GALLET DE BEAUCHESNE, chevalier, marquis de Gallet et DE MONDRAGON, sg^r de Pluvault en Bourgogne, de Doizieu et du marquisat de Saint-Chamond [p. acq. dès la Vieuville pour 650.000 livres (24 mars 1768)]; né vers 1721, † en émigration vers 1796; officier de marine, maître des requêtes (1744), conseiller d'État, maître d'hôtel ordinaire du Roi, Secrétaire des commandements de Madame la Dauphine, comparant à Lyon en 1789, marié en 1753 à Marie-Jeanne Duval de l'Epinoy, dont entre autres :

1) Augustin-Jean-Marie qui suit ;
2) Antoine, chevalier, comte de Pluvault, conseiller d'État sous la Restauration, † s. p. en 1834 ;
3) Jeanne-Madeleine-Louise, mariée en 1779 à Louis-Charles Lallemant, comte de Nantouillet, † s. p. ;
4) Adélaïde-Madeleine, née en 1761, mariée en 1784 à Pierre de Chertemps, comte de Seuil ; elle fut mère de la duchesse d'Aumont.

VI. **Augustin-Jean-Marie DE GALLET**, marquis DE MONDRAGON, maître d'hôtel ordinaire des rois Louis XVIII et Charles X ; ép. en 1786 Marie-Sophie de Tournon de Mayres, fille d'Hugues-François, baron de Retourtour et de Jeanne-Marie de Souverain de Trelemont, dont :

1) Augustin-Jean-Marie-Joseph dit Auguste, marquis de Mondragon, né en 1787, † à Tours le 1er mars 1860, capitaine de dragons sous le 1er empire, chevalier de Saint-Louis, chambellan et maître d'hôtel des Rois. Louis XVIII et Charles X ; marié en 1819 à Albertine-Zoë de Montaigu, † s. p ;
2) Théodore, qui suit ;
3) Sophie, né en 1800, † le 21 avril 1851, ép. en 1827 François-César, comte de Durat, officier.

VII. **Antoine-Jean-Marie-Théodore DE GALLET**, marquis DE MONDRAGON, † à Tours le 6 novembre 1875, âgé de 81 ans ; marié en 1827 à Denise-Octavie de Savary de Lancosme, † à Tours le 13 juin 1876, âgée de 71 ans, fille de Louis-Charles-Alphonse, marquis de Lancosme, Pair de France, dont :

1) Louise, † 1891 mariée à Léopold Bonnin de la Bonninière, marquis de Beaumont-Villemanzy ;
2) Denise, † 1890, mariée en 1851 à Jacques Bonnin de la Bonninière, comte de Beaumont, frère du précédent ;
3) Henriette, mariée le 1er février 1853 à Martial Arthur, vicomte de La Villarmois, fille du comte de La Villarnois et d'Amélie de Grollier ;
4) Antoinette, mariée le 21 mai 1856 à Didier Achard, comte de Bonvouloir.

Cf. : *Annuaire de la Noblesse* (1877, 1882).
Baron de Coston : *Histoire de Montélimar*.

GANGNIÈRES DE SOUVIGNY

D'azur à trois besans d'or.

Louis-Marie de GANGNIÈRES, comte de SOUVIGNY

Cités en 1698 par l'intendant d'Herbigny parmi les principales familles nobles du Lyonnais, les Gangnières, Gagnières ou Gaignières sont originaires de Jargeau-en-Sologne, au duché d'Orléans et furent anoblis pour services militaires en 1643. Confirmés et maintenus en 1668, les Gangnières avaient obtenu par L. P. de 1656 l'érection en comté sous le nom de Souvigny de la seigneurie de Grézieu-la-Varenne. La filiation suivie des Gangnières s'établit depuis :

I. N. Gangnières, père de :

1) Pierre de Gangnières, chevalier, baron de Balmont, sgr de Beauregard, † à l'Arbresle le 4 juin 1640; commissaire ordinaire de l'artillerie de France; lieutenant au régiment d'Estissac, premier capitaine au régiment de Maugiron (1635), lieutenant-colonel du régiment d'Auvergne, conseiller et maître d'hôtel ordinaire du Roi; ép. à Lyon p. c. du 16 avril 1622 Jacquème Ponchon, † à l'Arbresle le 17 octobre 1685, fille d'Antoine, bourgeois de l'Arbresle et de Françoise Raby; dont deux enfants morts au berceau.

2) François, qui suit.

II. François de Gangnières, bourgeois de Jargeau, † avant 1655; ép. Perrette de Mesnages, dont :

1) Daniel de Gangnières, chevalier, sgr de Frenay, baron de Balmont, capitaine au régiment de Courcelles (1640), conseiller du Roi, et son Maître d'hôtel ordinaire, maréchal des batailles, camps et armées de S. M., son lieutenant au gouvernement de Turin, lieutenant de l'artillerie de France au département de Roussillon, etc., ép. p. c. du 29 mars 1655 Marguerite Vanshore, fille de noble Joachim, banquier et bourgeois de Lyon, et de Marie Mazenod, dont :

> A) Joachim, chevalier, baron de Balmont, bapt. à Lyon le 23 février 1656, † avant 1741 ; premier capitaine aux gardes de S. A. R. de Savoie ; ép. Françoise Hindret, dame de Beaulieu ;
>
> B) François, chevalier, sgr de Frenay, capitaine au régiment de Saluces (1689) ;
>
> C) Jean, chevalier, bapt. à Lyon le 16 octobre 1664 ;
>
> D) Pierre-Joseph, chevalier bapt. à Lyon le 10 mai 1667.

2) Jean, qui suit ;

3) André, écuyer, sgr de La Mothe, major au régiment d'Auvergne ;

4) François, écuyer, sgr de Champfort, capitaine au régiment d'Auvergne ;

5) Pierre, aumônier du Roi, doyen de l'église de Jargeau.

III. Jean DE GANGNIÈRES, chevalier, comte de Souvigny, baron de Grézieu-le-Marché, sgr de Viricelles, La Thivollière, etc., servit à l'âge de 15 ans, passa par tous les grades, à commencer par celui d'enseigne, fut anobli en 1643 pour services militaires, et confirmé en 1665 ; maréchal de bataille (1644), maréchal de camp (1650), chevalier de saint Louis, Lieutenant général des armées du Roi, conseiller d'État, gouverneur de Monaco, premier chambellan de Monsieur, frère du Roi. Il testa à Souvigny le 20 octobre 1672 et avait ép. p. c. du 6 décembre 1662 Madeleine de Vanini, dame de Saint-Laurent, † à Lyon le 21 juillet 1707, fille de Michel, écuyer, sgr de Saint-Laurent et de Saint-Vincent d'Agny, contrôleur général des finances en la généralité de Lyon, et de Marie de Quinson, dame des dits lieux dont :

1) Camille qui suit ;

2) Jean-Louis-Alexandre de Gangnières, chevalier, vicomte de Souvigny et de Chambost, sgr de Chaufour, Piney, etc., bapt. à Lyon le 1er mai 1669, † à Lyon le 3 décembre 1695 ; ép. à Lyon, p. c. du 5 février 1689, Jeanne-Françoise de Laurencin (remariée en 1696 à Jean Montaigne, écuyer, sgr du Coignet), fille de Pierre de Laurencin, chevalier, sgr de Combelande, etc., et de Marguerite Tricaud, dont trois filles bapt. à Lyon ;

3) Anne-Magdeleine de Gangnières, † à Lyon le 27 octobre 1730 à 65 ans, ép. à Lyon, p. c. du 8 juin 1691, noble François du Fournel de Breuil, sgr de Poleymieux, Pesselay, conseiller du Roi et son procureur en la juridiction de la police de la ville de Lyon, Échevin de Lyon en 1704, né à Lyon en 1658, † à Lyon le 3 mars 1748, fils de noble Guillaume, sgr de Pesselay, et de Magdeleine du Fournel.

IV. Jean-Camille DE GANGNIÈRES, chevalier, comte DE SOUVIGNY (dont hommage à S. M. le 8 juin 1682), sgr de Saint-Laurent, Saint-Vincent d'Agny, la Thivolière,

Viricelles, co-sg^r de Mornant et Orliénas, né à Lyon le 28 septembre 1663, † à Lyon le 28 décembre 1735, page de la grande écurie du Roi, premier chambellan de Monsieur, Duc d'Orléans ; ép. p. c. du 14 mars 1689 Maria-Anne Chappuis de la Fay, † à Lyon le 20 janvier 1740, fille de François, écuyer, sg^r de la Fay, Laubépin, Vaudragon, etc., conseiller en la sénéchaussée de Lyon, et de Claudine Gueston de Châteauvieux, dont dix fils et quatre filles, entre autres :

1) Jean-Camille, chevalier, comte de Souvigny, sg^r de Viricelles, etc., né en 1690, † à Grézieu-le-Marché le 4 mai 1736 ; cornette aux dragons de Villeroy ; ép. p. c. du 17 avril 1720 Élizabeth-Renée Berryer, fille de N. Berryer, et de N. Arnolet de la Rochefontaine, dont une fille et :

   A) Camille-Nicolas, chevalier, comte de Souvigny, sg^r de Viricelles, Montverdun, etc., bapt. à Lyon le 27 février 1721 ; capitaine de dragons au régiment de l'Hôpital.

2) Alexandre-Thomas, chevalier, sg^r de Saint-Laurent, bapt. le 7 février 1691, capitaine en premier au régiment des dragons de Beaucourt (1724) ;

3) Pierre-François, qui suit ;

4) Pierre, chevalier, bapt. à Grézieu-le-Marché le 1er mai 1707, † à Saint-Laurent d'Agny le 12 décembre 1781 ; page de Mg^r le duc d'Orléans (mai 1721), lieutenant de dragons au régiment de Beaucourt (30 octobre 1723), capitaine au régiment de Saint-Mesme-Dragons, brigadier des armées du Roi, chevalier de saint Louis ;

5) 6) Anne et Catherine, religieuses ursulines à Saint-Galmier ;

7) Françoise, bapt. le 27 avril 1703, ép. à Lyon le 20 mars 1724 François du Rosier, écuyer, sg^r de Chaix, Magnieu-le-Gabion, Boissailles, Estaing, fils d'Arnould, écuyer, sg^r des dits lieux, et de Marie-Anne Rigaud du Chaffaux ;

8) Catherine-Anne, bapt. à Lyon le 13 avril 1706, † à Cervières le 14 avril 1774 ; ép. : 1° à Lyon, le 13 février 1737, Antoine Carton de Feugerolles, chevalier, sg^r de Feugerolles, Estivaux, etc., fille de Guillaume, chevalier, sg^r des dits lieux, et de Catherine Arthaud ; 2° noble Clément Martin, avocat en Parlement à Thiers.

V. Pierre-François DE GANGNIÈRES, chevalier, comte de SOUVIGNY, sg^r de Saint-Laurent, Saint-Vincent d'Agny, etc., capitaine de dragons au régiment de Vitry ; ép. à Lyon p. c. du 12 février 1737, Marie Rivet de Fromentes, fille de Louis, chevalier, sg^r de Fromentes, Président Trésorier de France à Lyon, et de Catherine d'André de Fromentes, dont quatre fils et quatre filles, entre autres :

1) Louis-Marie, qui suit ;

2) Catherine, bapt. le 17 juin 1745, † le 9 février 1780 ; ép. en 1767 Benoît-Pierre-Joseph des Gouttes de la Salle, chevalier, sg^r de la Rontalonière, chevalier de saint Louis, né le 5 septembre 1739, † le 3 frimaire an XIII, fils de François, chevalier, et d'Anne Rat ;

3) Madeleine-Gabrielle, † ayant testé à Lyon le 17 août 1785, mariée en juillet 1777 à Louis-Antoine de Pestallozi, chevalier, docteur-médecin, agrégé au Collège de Lyon, fils d'Antoine-Joseph, chevalier ;

4) Marie-Renée, ép. p. c. du 20 août 1778 Gaspard d'Arod, chevalier, sg^r de Pierrefilant, fils de Benoît, chevalier, sg^r de Pierrefilant, et de Benoîte Vernay.

VI. *Louis-Marie* DE GANGNIÈRES, chevalier, comte DE SOUVIGNY, sg^r de Saint-Vincent d'Agny, Saint-Laurent, Fromentes, etc., bapt. à Lyon le 20 novembre 1737, † à Lyon le 31 mai 1793 ; comparant à Lyon en 1789 ; ép. à Lyon le 14 juillet 1778 Marie-Anne de Colabeau de Juliénas, fille de Jacques, chevalier, baron de Châtillon-La-Palud, sg^r de Juliénas, Vaux, Saint-Maurice, Crain, Villette, etc., conseiller à la Cour des monnaies de Lyon, et de Françoise Vande de Saint-André, dont :

VII. Jacques-Claude-Gabriel DE GANGNIÈRES, chevalier, comte DE SOUVIGNY, bapt. à Lyon le 5 février 1787, † à Saint-Laurent d'Agny le 17 octobre 1853 ; marié : 1° vers 1812 à Amélie-Benoîte-Pauline Rigod de Terrebasse, bapt. à Lyon le 5 juin 1787, † à Saint-Didier-sur-Chalaronne (Ain) le 21 décembre 1828, fille de Julien-André, chevalier, Premier Président du bureau des Finances de Lyon et de Catherine-Françoise Bourbon du Deaulx ; 2° à Vaise, le 14 mai 1829, à Marie-Marguerite Ravina, née à Vaugneray le 22 juin 1807, fille de Raymond, et de Anne-Pierrette des Gouttes de la Salle. Il fut père de :

1) *1er lit* : André-Marie-Arthur, comte de Souvigny, né à Saint-Laurent d'Agny le 23 avril 1814 ;

2) Théodore, qui suivra ;

3) Charles-Jules, vicomte de Souvigny, né à Saint-Laurent d'Agny le 29 mars 1820, † à Vanant (Ain) le 4 février 1893 ; ép. : 1° à Lyon, le 18 mai 1853, Jeanne-Marie-Caroline Bodin de Veydel, née à Lyon le 17 février 1829, † le 7 avril 1863, fille d'André-Nicolas et d'Adèle Masson-Monges ; 2° à Mogueneins (Ain), le 4 septembre 1866, sa belle-sœur, Blanche Michet de Varine, veuve de Théodore, comte de Souvigny. Il fut père de :

A) *1er lit*, Gilbert-Marie, né à Lyon le 16 mai 1861 ;

B) Jeanne-Marie-Gabrielle, née à Lyon le 18 septembre 1854, mariée le 12 mai 1881 à Jean-Joseph-Auguste de Champs de Salorges, né à

Calais le 23 juillet 1851, fils de François-Marie-Auguste, ingénieur de la marine et d'Éléonore Joséphine de Dormy ;

C) Marie-Angèle, née à Lyon le 29 décembre 1855, † le 16 mars 1884 ; mariée le 12 mai 1881 à Saint-Didier-sur-Chalarone à Gilbert-Marie-Louis de Champs de Salorges, né à Calais le 11 juin 1853, frère de Jean-Joseph-Auguste de Champs ;

D) *2e lit*, Marie-Marguerite, née à Saint-Didier-sur-Chalaronne le 30 mars 1868, mariée à Vanant (près Thoissey) le 10 septembre 1889 à Raoul de Chalvron, fils de Léon, et de N. Berry, fille elle-même d'une La Ferté-Meun.

4) *2e lit*, entre autres : Raimond-Louis-Arthur, né à Lyon le 16 mai 1830, officier † le 8 septembre 1855 à l'attaque de Malakoff ;

5) Théodorine-Pierrette-Amélie, née à Lyon le 21 août 1831 ;

6) Zoé-Émilie, née à Saint-Laurent d'Agny le 11 juin 1834.

VIII. Marie-Camille-Théodore DE GANGNIÈRES, comte DE SOUVIGNY, né à Saint-Laurent d'Agny le 18 juillet 1818, † à Lyon le 1er mars 1863, ép. à Rivonnas (Ain) le 19 mai 1845 Jeanne-Pierrette-Blanche Michet de Varine, née à Rivonnas le 30 août 1824, † à Vanant le 11 mai 1892 (remariée à son beau-frère), fille d'Aimé-Joseph, et de Catherine-Françoise Verdat de La Grange, dont :

1) Hippolyte-Marie, né le 25 janvier 1848 ;

2) Marie-Charles-René, née à Lyon le 18 janvier 1860 ; s. p. ;

3) Marguerite-Aimée-Marie-Pauline, née à Mogueneins le 12 mars 1846, † 23 mars 1853 ;

4) Marie-Caroline-Alix, née le 9 avril 1854, † à Yenne (Savoie) le 27 février 1885 ; ép. à Saint-Didier-sur-Chalaronne, le 18 septembre 1877, Marie Lodoïs, comte de La Forest-Divonne, officier, né le 7 juillet 1847, fils de Guillaume-Alfred, et d'Antoinette-Marie-Hippolyte de Busseul.

Cf. : Chérin ; Dossiers bleus, 300.

GARDELLE

D'azur à une garde d'épée d'or ; au chef d'argent chargé d'un demi-vol d'azur.

Henri GARDELLE
Jean-François GARDELLE

Les Gardelle, originaires de Thiers sont issus de :

I. Mathieu GARDELLE, marchand de Thiers, ép. Madeleine Héraud, dont :

II. Jean GARDELLE, ép. à Lyon le 7 janvier 1721 Louise-Marie Dargent, fille d'Henri, et de Marguerite Gat, dont entre autres :
1) Henri, qui suit ;
2) Madeleine, ép. le 2 février 1749 Joseph Dupheis, fils de Louis, et de Françoise Durand ;
3) Françoise, ép. à Lyon, le 19 février 1754, Maurice-Jacques Pernetty, conseiller des finances du roi de Prusse, co-directeur des fermes à Valence, receveur général des traites à Lyon, fils d'Antoine, de Roanne en Forez et de Marianne Tézenas, et aïeul de Victor Pernetty, † le 29 août 1862, officier d'artillerie, père de Mesdames Carra de Vaux.

III. *Henri* GARDELLE, écuyer, conseiller secrétaire du Roi, contrôleur près la Cour des monnaies de Lyon, membre de la Société d'agriculture de Lyon, comparant à Lyon en 1789. Marié en 1759 à Julie Bressan, fille de X... Bressan et de N. de Riberolles, dont :
1) Jean-François, qui suit ;
2) Louise-Marie, née le 7 janvier 1763, † à Oullins le 8 octobre 1856 ; ép. le 27 janvier 1784 Jean-Baptiste-Louis-Elisabeth Dumont de Sermaize, écuyer, capitaine au régiment du Roi-dragons, chevalier de Saint-Louis, fils de Claude, écuyer, et d'Antoinette Poncet ;

3) Louise-Marie-Magdeleine Gardelle, née le 5 janvier 1764, † le 18 mai 1842, ép. p. c. du 25 novembre 1784 Claude-André Roux, écuyer, né le 7 octobre 1747, † le 5 février 1832, fils de noble Jean-Antoine, Échevin de Lyon, et de Marie Vouty de La Tour.

IV. *Jean-François* GARDELLE, écuyer, né le 7 avril 1761, † s. a. le 29 septembre 1793, tué à l'affaire de la chaussée de Perrache ; conseiller en la sénéchaussée de Lyon, comparant à Lyon en 1789, défenseur de Lyon sous Précy.

GARNIER DE CHAMBROY

D'azur au chevron d'or accompagné de 3 merlettes d'argent.

PIERRE-PHILIPPE-LYON GARNIER DE CHAMBROY

CLAUDE GARNIER

Pierre-Philippe-Lyon GARNIER DE CHAMBROY appartenait à une famille issue de :

I. Claude GARNIER, † avant 1685, ép. Marie Picot, dont trois enfants, entre autres :

II. Michel GARNIER, bapt. à Lyon le 2 février 1655, † avant 1735, bourgeois de Lyon, ép. à Lyon, le 15 mars 1685, Marguerite Chassipol, bapt. à Lyon le 10 mai 1654, † à Lyon le 24 avril 1742, fille de Laurent et de Jeanne Gravier, dont cinq enfants, entre autres :

III. Noble Jean-Baptiste GARNIER, sg^r de Chambroy, docteur ès droits, avocat en Parlement et ès Cours de Lyon, Échevin de Lyon, en 1750-51, ép. p. c. du 2 juillet 1735 Françoise Colombet, dame de Chambroy, fille de Marc-Antoine Colombet, chevalier, sg^r de Chambroy, Trésorier de France à Lyon, et de Jeanne Vérot, dont :

1) Jean-Martial, bapt. à Lyon le 28 avril 1736 ;
2) Laurent, bapt. à Lyon le 1er juillet 1737 ;
3) Jean-Louis, écuyer, bapt. à Lyon le 26 août 1739 ; avocat ;
4) Jean-Emmanuel, dit M. de Rixis, écuyer, bapt. à Lyon le 20 mai 1741 ;
5) Pierre, dit M. de la Cossonière, écuyer, bapt. à Lyon le 15 avril 1743 ;
6) Jean-Martial, bapt. à Lyon le 26 juillet 1747 ;
7) Pierre-Philippe, qui suivra ;
8) François-Marie, bapt. à Lyon le 22 novembre 1752 ;
9) Marie, dite Mlle de la Boissone, bapt. à Lyon le 18 juillet 1738 ; ép. à Lyon, le 23 janvier 1759, Paul Barbier des Landes, écuyer, sg^r de Charly, bapt. à

Lyon le 7 janvier 1731 ; secrétaire du Roi en la Cour des monnaies de Lyon, fils de Jacques et de Marie Vernay ;

10) Gabrielle-Françoise-Victoire, bapt. à Lyon le 31 janvier 1749 ; ép. p. c. du 17 décembre 1785 Claude Ravel de Montagny, écuyer, baron de Montagny, né le 5 juillet 1744, veuf de Marie de Challaye, et fils de Jacques, écuyer, baron de Montagny, conseiller secrétaire du Roi, et de Thècle Jourjon.

IV. *Pierre-Philippe-Lyon* GARNIER DE CHAMBROY, écuyer, bapt. à Lyon le 24 juin 1750, officier de grenadiers royaux, demeurant à Quincieux-en-Lyonnais, comparant à Lyon en 1789, marié à Saint-Didier au Mont-d'Or, le 4 mai 1788, à Claire Berger, fille d'Étienne, et de Jeanne Rast, dont :

1) Mathieu-Paulin Garnier, écuyer, bapt. à Lyon le 28 mai 1789.

Bien que *Claude* GARNIER, chevalier [comparant parmi la Noblesse à l'assemblée générale des Trois-Ordres du Lyonnais en 1789], ne figure pas parmi les enfants connus de l'Échevin noble Jean-Baptiste Garnier, nous pensons qu'il devait néanmoins appartenir à cette famille, car nous ne voyons pas à Lyon d'autre famille de ce nom jouissant, en 1789, de la noblesse acquise et transmissible.

En effet, il semble qu'on doive écarter la famille GARNIER DE LA MONIÈRE qui portait « *de gueules à la fasce d'or, accompagnée de trois étoiles d'argent rangées en chef et d'un croissant du même en pointe* ». Cette famille avait été fondée par noble Pierre GARNIER, † avant 1690, Doyen des Docteurs médecins agrégés aux Collèges de Lyon, marié à Anne de la Monière, dont deux fils, Pierre et Raymond Garnier.

Noble Pierre GARNIER, Docteur-médecin, fut l'aïeul de Léonard GARNIER, Trésorier de France à Lyon (24 avril 1781), marié le 28 janvier 1777 à Catherine-Françoise Faure : les enfants issus de cette union n'avaient pas en 1789 l'âge requis pour comparaître. Ce rameau est cependant le seul parvenu à la noblesse, car si Reymond GARNIER, frère de Pierre, bapt. à Lyon le 3 août 1655, fut qualifié écuyer, ce fut sans doute à cause de ses charges de capitaine au régiment de la Reine et de contrôleur général des gabelles au département de Lyon ; il avait épousé : 1° p. c. du 5 février 1690, Antoinette Chambard ; 2° p. c. du 30 octobre 1720, Marie-Madeleine Guérin, † à Lyon le 29 mai 1726, et eut postérité du premier lit. Or, son fils, Pierre Garnier de Montplaisir, ne porta pas le titre d'écuyer, mais simplement celui de noble que portaient alors les avocats et les médecins sans pour cela faire partie de la Noblesse à laquelle ce second rameau ne paraît jamais avoir été incorporé, et auquel, par suite, on ne saurait rattacher plus qu'au premier, *Claude* GARNIER, chevalier, comparant à Lyon en 1789.

GAY DE LA LEVRETIÈRE

De sinople à une jumelle d'argent accompagnée en pointe d'une rose du même ; au chef cousu d'azur chargé d'un soleil d'or.

Léonard GAY
Léonard GAY de LA LEVRETIÈRE

Établis à Lyon au XVIIe siècle, les Gay sont issus de :

I. Claude-Joseph GAY, bapt. à Lyon le 8 septembre 1655 ; testa à Lyon le 13 octobre 1709, laissant de Jeanne Durrié sa femme, quatre fils, entre autres :
1) Jean qui suit ;
2) Nicolas Gay, † à Savigny le 11 juillet 1719, ép. à Lyon p. c. du 30 avril 1711, Marie Tournus, fille de Justinien, lieutenant et prévôt en la Cour des monnaies de Lyon, et de Gabrielle Cousin, dont postérité.

II. Jean GAY, † avant 1748, ép. à Lyon, p. c. du 14 mars 1711, Marianne Millanois, † à Lyon le 11 avril 1732, fille de Jean-Baptiste, et Sibylle Perret, dont un fils et une fille, entre autres :

III. Noble *Léonard* GAY, recteur de la Charité (1771-73), Échevin de Lyon (1784-85), comparant à Lyon en 1789, ép. Catherine Gilbault, † à Lyon le 9 juin 1767, âgée de 40 ans, fille de Joseph-André, et de Gabrielle Touchon, dont quatre fils et deux filles, entre autres :

IV. *Léonard* GAY DE LA LEVRETIÈRE, bapt. à Lyon le 24 mai 1751, ép. à Lyon p. c. du 17 janvier 1755, Renée Rivail de La Levretière, fille d'Antoine, co-sg[r] de Saint-Andéol-le-Château, Saint-Romain-en-Gier, Saint-Martin-de-Cornas, etc., et de Reine Richard, dont :
1) Léonard, bapt. le 26 novembre 1775, † à Saint-Saturnin le 2 mars 1776.
2) Reine, bapt. à Lyon le 13 juillet 1779.

GAYOT

Étienne-Hyacinthe GAYOT de MASCRANY, comte de CHÂTEAUVIEUX

Cités par Pernetti parmi les principales familles étrangères établies à Lyon, les Gayot, originaires de Florence, ont formé un nombre considérable de branches issues de :

I. Antoine GAYOT, † à Saint-Chamond, avant le 24 janvier 1556, marié à Jeanne Chatellut, dont :

1) Antoine, qui suit ;
2) Catherin Gayot, tige de la branche établie à Montbrison ;
3) Étienne Gayot, marié à Marie Vaguet, et tige d'une branche demeurée sans relief et paraissant éteinte à la fin du XVIIe siècle ;
4) Jean Gayot, tige des branches d'Écossieu, La Claire, La Rajasse, etc. ;
5) 6) Jehanne et Anne Gayot ;
7) Marie, ép. avant 1566, Pierre Ronzy.

II. Antoine GAYOT, † avant 1576, ép. Marie Vaguet dont :

1) Girard, qui suit ;
2) Claude, qui a fait souche.

III. Girard GAYOT, ép. à Bourg-Argental, p. c. du 8 septembre 1576, Catherine Rochette, fille de Jacques, lieutenant général au bailliage de Bourg-Argental, dont :

1) Marcellin, qui suit ;

 2) Pierre Gayot, marié à Charlotte Seigle, dont un fils prêtre et deux filles, l'une mariée chez les David de La Tour, et l'autre, Charlotte Gayot, mariée à Laurent Anisson, sgr d'Hauteroche, Échevin de Lyon en 1670, veuf de Marguerite de Palerne ;

 3) Jacqueline, ép. Pierre Philibert.

IV. Noble Marcellin GAYOT, recteur de l'Hôtel-Dieu de Lyon, ép. p. c. du 1er avril 1614, Antoinette Besset, fille de Léonard, et de Jeanne Chauvin, dont dix enfants, entre autres :

 1) Mathieu Gayot, chevalier, bapt. à Lyon le 2 septembre 1618, prêtre, prieur de Saint-Sorlin et de Serrières, obéancier de Saint-Just, Trésorier de France à Lyon (13 mai 1644) ;

 2) Louis qui suit ;

 3) Jacques Gayot, bapt. à Lyon le 29 mai 1631, conseiller en la sénéchaussée de Lyon, père de Louis, conseiller près la cour des Aides de Paris et de Marie, mariée au marquis du Tremblay ;

 4) Marie, bapt. à Lyon le 1er novembre 1622 ; ép. p. c. du 14 janvier 1642, noble François du Faure, conseiller du Roi, receveur provincial des gabelles et Trésorier général des Ponts et Chaussées du Lyonnais, fils de noble Alexandre, et de Françoise d'Isseret ;

 5) Marie, bapt. à Lyon le 4 novembre 1635, ép. p. c. du 21 avril 1653 Jean Charrier, chevalier, sgr de La Barge, Grézieu-la-Varenne, baron de Sandrans, né en 1619, capitaine au régiment de Lorraine, blessé à Lérida en 1646, Trésorier de France à Lyon (1652), Prévôt des marchands de Lyon (1671-72), fils d'Antoine, chevalier, et de Jeanne Du Gué.

 6) Jeanne, mariée à Jean Carette.

V. Louis GAYOT, chevalier, sgr de La Bussière, Ausserre, etc., bapt. à Lyon le 7 septembre 1626, † à Lyon le 24 novembre 1693, conseiller du Roi en ses conseils, Président au bureau des finances de la généralité de Lyon (8 juin 1654), Président du bureau de la Charité en 1658, Prévôt des marchands de Lyon (1681-82) ; ép. à Lyon le 25 janvier 1655 Marie de Mascrany, † à Lyon le 7 mai 1718, fille de Paul, écuyer, sgr de la Verrière, Prévôt des marchands de Lyon, et d'Anne Pellot ; elle était d'une ancienne famille des Grisons qui a donné à Lyon des Trésoriers de France et des Prévôts des marchands, et fut mère de :

 1) Paul Gayot, écuyer, comte de Châteauvieux, baron de Fromentes, sgr de Beaurepaire, les Feuillées, Villes, Reversures, Thol, etc.; † à Lyon le 12 janvier 1744 à 88 ans, capitaine-major des régiments de Vérac, La Lande, marié le 18 février 1697 à Anne Gueston de Châteauvieux, bapt. à Lyon le 27 août

1650, † à Lyon le 15 juin 1740, fille de Barthélemy Gueston, chevalier, comte de Chateauvieux, sg^r de Fromentes, Beaurepaire, Amareins, la Duchère, Trésorier de France à Lyon, et d'Anne Pellot de Sandars (elle-même fille de Claude Pellot, chevalier, sg^r de Sandars, Port-David, Trésorier de France à Lyon, et Prévôt des marchands de Lyon).

2) Mathieu, qui suit ;

3) Jacques, écuyer, sg^r d'Amareins, bapt. à Lyon le 28 juin 1664, † avant 1726, marié à Jeanne-Rosalie des Gouttes de La Salle, † à Lyon le 19 janvier 1726, dont :

    A) Jacques-François, écuyer, sg^r d'Amareins fixé à Douai en 1744.

VI. Mathieu GAYOT, chevalier, sg^r de la Bussière, Ausserrre, Beaurepaire, Thol, Villes, Reversures, baron de Fromentes, substitué au titre de comte DE CHÂTEAUVIEUX par L. P. d'août 1719, enregistrées en la Chambre des comptes de Bourgogne le 7 décembre 1719; né à Lyon le dernier octobre 1655, † à Lyon le 3 août 1736. Président au bureau de la Charité en 1692, Président au bureau des finances de Lyon (23 juin 1687), commissaire des Tailles et Ponts et Chaussées, subdélégué de l'Intendant; marié à Lyon le 19 avril 1689 à Claudine Perrin, † à Lyon le 23 avril 1715, fille de Marc-Antoine, receveur des deniers communs de la ville de Lyon, et de Marie Raffelins ; dont douze enfants, entre autres :

1) Marc-Antoine Gayot de la Bussière, chevalier, comte de Châteauvieux, sg^r de Fromentes, Beaurepaire, etc. bapt. à Lyon le 7 avril 1691, † à Lyon le 26 avril 1732, marié à Lyon le 16 août 1719 à Bonne-Marguerite Claret de Fleurieu, † à Lyon le 11 janvier 1775, fille de Jacques, Président à la Cour des Monnaies et de Bonne Michon, dont neuf enfants, entre autres :

    A) Jean-Claude-Marc-Antoine, écuyer, comte de Châteauvieux, bapt. à Lyon le 26 octobre 1727 ;

    B) André-Mathieu Gayot de Beaurepaire, écuyer, bapt. à Lyon le 28 octobre 1728 ;

    C) Bonne, bapt. à Lyon le 9 octobre 1720, religieuse de la Visitation.

2) Paul, qui suit ;

3) Jean-Baptiste Gayot de Beaurepaire, chevalier, sg^r de la Bussière, bapt. à Lyon le 1er juillet 1693, major de la Rochelle, chevalier de Saint-Louis, marié le 15 juillet 1737, à Jeanne-Marie Gayot, bapt. à Lyon le 8 mars 1707, fils de Jean-Baptiste Gayot, écuyer, et de Fleurie Marenchon, dont :

    A) Pierre-Joachim Gayot de La Bussière, écuyer, né le 18 mai 1740, page du duc de Penthièvre sur preuves de décembre 1755 où sont énumérés les frères de son père.

4) Laurent Gayot du Crozet, chevalier, bapt. à Lyon le 28 mai 1697, major du régiment des Dragons du Roi ;

5) Marcellin Gayot-Mascrany de Thol, chevalier, sg^r de Bohas-en-Bresse, bapt. le 27 mai 1700 ;

6) Jean-François, qui a fait le rameau de la Bussière ;

7) Jacques Gayot-Mascrany des Hayets, chevalier, sg^r des Hayets etc., né à Lyon le 13 juillet 1706, † à Angoulême le 28 février 1783, capitaine au régiment de Piémont-Infanterie, capitaine chevalier commandant du guet à Lyon après son frère Paul (15 avril 1739), chevalier de Saint-Louis ;

8) Jacques-Guillaume, écuyer, conseiller à la Cour des Aides de Paris.

VII. Paul GAYOT-MASCRANY DE LA BUSSIÈRE, chevalier, sg^r d'Ausserre. La Bussière, etc., bapt. à Lyon le 29 novembre 1692, † à Tarare le 24 février 1750, capitaine du guet de la ville de Lyon, marié à Lyon le 28 juillet 1738 à Jeanne-Marie Rouvière, fille de Lambert Rouvière, chevalier, Trésorier de France à Lyon, et d'Andrée Durand, dont :

VIII. Paul GAYOT-MASCRANY DE LA BUSSIÈRE, chevalier, sg^r de La Bussière, Glareins, etc., bapt. à Lyon le 15 septembre 1743, † à Oullins le 8 vendémiaire an XI, ép. à Lyon, p. c. du 17 février 1765, Marie-Françoise Le Mau de Talancé, bapt. le 17 août 1745, † le 1er décembre 1804, fille de Marin-Pierre, écuyer, sg^r de la Gontière, et de Thérèse des Champs de Talancé, dont :

1) Pierre-Marin Gayot-Mascrany de La Bussière, bapt. à Lyon le 10 février 1766, † à Saint-Marcel (Rhône) le 2 janvier 1822, marié à Tarare le 4 messidor an IV à Marianne Peillon née le 10 novembre 1771, dont :

    A) Jules, né à Tarare le 10 février 1798, † à La Bussière, s. a ;

    B) Michel, né à Tarare, † s. a ;

    C) Jeanne-Mariette, née à Tarare le 27 floréal an V, ép. à Saint-Marcel le 7 février 1826 Charles-Marie Dunand, né à Lyon le 1er germinal an VIII.

2) Jean-François-Louis, qui suit ;

3) Thérèse, née à Lyon le 11 juin 1784, † s. p. à Talancé le 17 mai 1806, mariée le 28 avril 1805 à son cousin germain Louis-Marie Le Mau de Talancé, fils de Louis-Charles, et de Marie Carra de Vaux.

IX. Jean-François-Louis DE GAYOT-MASCRANY DE LA BUSSIÈRE, bapt. à Lyon le 8 novembre 1768, † à Oullins le 28 août 1838, marié à Lyon le 8 février 1809 à Jeanne-Marie-Joséphine d'Assac, née à Lyon le 19 mars 1787, fille de Jean et de N. Galtier, dont :

1) Marine-Marguerite-Amélie de Gayot de Mascrany de La Bussière, née à Oullins le 30 juin 1810, † à Oullins, dernière du nom le 8 septembre 1889.

Rameau de la Bussière

VII. Jean-François Gayot de Mascrany, chevalier, sgʳ d'Ausserre, La Bussière, etc., bapt. à Lyon le 28 décembre 1703, † à Paris le 26 mars 1777, ép. à Lyon le 14 juillet 1744 Anne-Geneviève Agniel de Chênelette, fille de Pierre, Échevin de Lyon, sgʳ de Chênelette, La Vernoüze, et de Geneviève Chomey, dont :

  1) Étienne-Hyacinthe, qui suit ;

  2) Pierre-Bon, chevalier, bapt. à Lyon le 6 janvier 1748, † 1758 ;

  3) Jean-Baptiste, chevalier, bapt. à Lyon le 31 mai 1753 ;

  4) Geneviève-Thérèse, bapt. à Lyon le 19 juillet 1745, ép. à Lyon p. c. du 24 mars 1765 François-Joseph de Tircuy de Corcelles, chevalier, sgʳ de Fleurie, fils d'Alexandre, écuyer, et de Catherine de Giri de Vaux ;

  5) Jeanne-Catherine, bapt. à Lyon le 12 juillet 1750, ép. à Lyon le 7 avril 1766 Jean-Jacques de Brosse, chevalier, sgʳ des Plaines, Saint-Bonnet-les-Bruyères, Saint-Igny, baron de Chevagny, capitaine au corps royal d'artillerie, chevalier de Saint-Louis, bapt. à Lyon le 24 avril 1725, fille de Jacques, et de Jeanne Tessier.

VIII. *Étienne-Hyacinthe* Gayot de Mascrany d'Ausserre, chevalier, comte de Chateauvieux, né à Neuville-sur-Ain, le 4 septembre 1746, † à Lyon, victime de la Terreur le 28 décembre 1793. Il avait comparu aux assemblées de la Noblesse à Lyon et à Bourg-en-Bresse en 1789, fut un des héros du siège de Lyon et avait ép. en juillet 1779 Suzanne Le Viste de Montbrian, fille de Louis, chevalier, sénéchal de Dombes, et de Marie-Benoîte du Plessis de la Brosse.

BRANCHES CADETTES

PREMIÈRE BRANCHE

(Fondée au IIIᵉ degré, par Claude Gayot, fils cadet d'Antoine, et de Marie Vaguel)

III. Claude Gayot, † ayant testé le 5 avril 1637, laissa de Suzanne Rochette :

  1) Jean-Baptiste Gayot, marié p. c. du 20 juin 1625 à Étienne Seguin, dont :

    A) Henry qui continua la lignée, sans relief à Saint-Chamond ;

    B) Claude-François, né le 9 octobre 1633, † à Lyon le 6 décembre 1713, marié à Claudine Faure, tige d'une branche établie à Lyon, où il n'y a guère lieu que de citer le fils de Claude :

> a) Jean-Antoine, écuyer, bapt. à Lyon le 25 avril 1671, banquier, recteur de la Charité ; marié à Lyon le 11 juillet 1713 à Marguerite Chirat, † veuve à Lyon le 6 septembre 1742, âgée de 48 ans, fille de noble Jacques, avocat, et de Marguerite Simonet dont :
>
>> aa) Pierre-Antoine Gayot, né le 5 février 1718, † le 10 mars 1777, chanoine de Saint-Paul, syndic du Chapitre.
>
> C) Pierre Gayot, né à Saint-Chamond le 29 avril 1641, marié en 1667 à Anne Ollier de La Grange, tige d'une branche sans relief divisée en deux rameaux établis à Lyon.
>
> D) Marie, bapt. à Saint-Chamond le 27 février 1627, † veuve le 14 décembre 1664, mariée p. c. du 28 juin 1648 à noble Jean Reboul de Saint-Sauveur, écuyer, sg^r de la Jarechière, héraut d'armes de France au titre de Champagne.

2) Henry Gayot, marié p. c. du 29 janvier 1638 à Fleurie Philibert, et père entre autres, de :

> A) Jean-Baptiste, écuyer, né à Saint-Chamond le 23 juin 1650, conseiller du Roi, élu en l'élection de Saint-Étienne le 15 mai 1681, marié p. c. du 3 septembre 1680 à Lucresse Crupisson, fille de Simon et de Françoise Rolland, dont :
>
>> a) Antoine, qui fit souche à Lyon, par alliance du 26 janvier 1713 avec Louise Thomé ;
>>
>> b) Henry, écuyer, † 1735, gentilhomme de la Grande Vénerie du Roi, marié à Lyon le 25 avril 1713 à Françoise Hacte, dont entre autres :
>>
>>> ba) Simon Gayot, chanoine.

3) Antoine Gayot, marié p. c. du 10 juillet 1644 à Antoinette Seran, de la ville de Saint-Didier en Velay, et père entre autres de :

> A) Jérôme qui continua la lignée à Saint-Chamond, sans relief ;
>
> B) Magdeleine, bapt. à Saint-Chamond le 17 mai 1649, mariée p. c. du 9 août 1676 à Jean-Baptiste de la Font, de Roanne ;
>
> C) Anne, bapt. à à Saint-Chamond, le 22 septembre 1654, mariée p. c. du 6 février 1692 à noble Jean de Chave, sg^r de la Chava ;
>
> D) Claudine, bapt. à Saint-Chamond le 2 novembre 1658, mariée le 16 février 1694 à Jean-Claude de la Roque, écuyer, sg^r de la Tourelle, Lieutenant au régiment de Langalerie, fils de Pierre, écuyer, et de Louise de Saint-Vidal ;
>
> E) Fleurie, mariée p. c. du 3 janvier 1684 à Claude Jeury de l'Estra.

SECONDE BRANCHE
Fixée à Montbrison.

Fondée au 2ᵉ degré par Catherin Gayot, troisième fils d'Antoine, et de Jeanne
Chatellut

II. Catherin GAYOT, marié à Catherine Delaye, dont :

III. Claude GAYOT, marié à Aymarde Roue, dont :

IV. Noble Benoît GAYOT, † avant le 24 novembre 1695, ép. Jeanne de La Place,
dont :

V. Noble Pierre GAYOT, † le 25 juillet 1729, conseiller du Roi, receveur général
aux saisies réelles du pays de Forez, marié à Saint-Germain-Laval le 24 novembre
1695 à Jeanne Arthaud de Viry, † à Montbrison le 7 juillet 1721, fille de noble
Sébastien, secrétaire du prince de Condé, et de Jeanne Mayet, dont entre autres :
   1) Guillaume, qui suit ;
   2) Jeanne, bapt. à Montbrison le 2 décembre 1700, ép. à Montbrison le
      19 février 1737 Claude Mathon, né 1707, fils de Jean-Baptiste, avocat, et
      d'Antoinette de Gré.

VI. Noble Guillaume GAYOT, bapt. à Montbrison le 8 mars 1702, † le 12 septembre
1784, avocat en Parlement, conseiller du Roi, receveur des saisies réelles, etc., marié
à Lyon le 16 février 1740 à Catherine-Claire Dareste, † à Montbrison le 3 décembre
1749, fille de noble Barthélemy, écuyer, et de Claire Guillet, dont :
   1) Jean-Jacques, né le 20 octobre 1740 ;
   2) Louise, bapt. le 1ᵉʳ juin 1746, mariée le 29 janvier 1771 à Claude-Ignace
      Brugière, écuyer, sgʳ de Mons, capitaine au régiment de Penthièvre-Infan-
      terie, chevalier de Saint-Louis.

TROISIÈME BRANCHE
Tige des seigneurs d'Écossieu, La Claire, La Rajasse et Pitaval.

Fondée au 2ᵉ degré par Jean Gayot, quatrième fils d'Antoine, et de Jeanne
Chattelut

II. Jean GAYOT, marié à Anne Mazenod, dont :
   1) Jean, qui suit ;
   2) Pierre, tige du rameau de La Claire ;
   3) Antoine, tige du rameau de La Rajasse et Pitaval.

III. Jean GAYOT, marié à Marguerite Gimel, dont :

IV. Jean-François GAYOT, marié à Marie Masson, † le 11 novembre 1690, dont :
   1) Jean, qui suit ;
   2) Antoine Gayot, sg^r du Deaulx ;
   3) Marie Gayot, † le 8 septembre 1694, ép. p. c. du 5 février 1667, Camille
       Dareste, écuyer, gentilhomme de la Grande Vénerie du Roi, né à Saint-
       Chamond le 19 octobre 1635, † à Lyon le 30 mars 1718, fils d'Antoine, et
       de Jeanne Roland ;
   4) Marthe Gayot, † à Lyon le 1er mai 1694, ép. à Lyon p. c. du, 20 mai 1670
       Laurent Arthaud, † ayant testé le 25 juin 1694, fils de Joseph, et de Cathe-
       rine Pierre.

V. Jean GAYOT, chevalier, sg^r d'Écossieu (Saint-Jean de Toulas), né à N.-D. de
Pontcharra près Saint-Chamond le 10 janvier 1644, † à Lyon le 12 décembre 1723,
Trésorier de France à Lyon (26 juin 1693) ; ép. p. c. du 25 mai 1691 Louise Crop-
pet, bapt. à Lyon le 22 novembre 1650, † à Lyon s. p. le 14 février 1743, fille de
Justinien, sg^r de Varissan, Irigny, et d'Élisabeth du Coing.

Rameau de La Claire.

III. Pierre GAYOT, † à Lyon le 30 octobre 1644, marié 1° à Catherine Smeraldy,
2° à Marie Duperrey, † à Lyon le 13 juillet 1676, dont entre autres :

IV. Noble Benoît GAYOT, sg^r DE LA CLAIRE, † le 29 septembre 1692 ; Échevin de
Lyon en 1685 et 1686, maintenu dans sa noblesse en 1691 ; marié : 1° p. c. du
2 décembre 1656 à Lucresse de Belly, fille de Jean, sg^r de la Dargoire, et de Catherine Rambaud ; 2° le 7 décembre 1661 à Madeleine de Moras, † à Lyon le 24 avril
1702. Il fut père entre autres de :
   1) *1er lit :* Jean-Baptiste Gayot, écuyer, né le 26 juillet 1659, † à Lyon le
       28 octobre 1735, marié le 4 juin 1687 à Fleurie Marenchon, † le 17 octobre
       1725, fille d'Antoine, et de Jacqueline Gayot, dont entre douze enfants :
          A) Jean-Jacques Gayot, écuyer, né le 23 novembre 1690 ;
          B) Jeanne-Marie Gayot, bapt. à Lyon le 8 mars 1707 et mariée le 15 juil-
              let 1737 à son cousin Jean-Baptiste Gayot de Beaurepaire, chevalier,
              sg^r de La Bussière, major de La Rochelle ;
   2) *2e lit :* Barthélemy Gayot, né à Lyon le 17 mars 1665, † le 9 décembre 1730,
       chanoine de Saint-Paul de Lyon, aumônier de la duchesse d'Orléans ;

3) Hiérosme Gayot, écuyer, bapt. à Lyon le 6 juin 1671, capitaine au régiment de Savoie en 1692;

4) Barthélemy Gayot, écuyer, bapt. à Lyon le 9 mai 1674, bénédictin, prieur au Pont-Saint-Esprit;

5) Pierre Gayot, écuyer, bapt. à Lyon le 14 octobre 1675, chanoine de Notre-Dame de Fourvières;

6) Jeanne Gayot, née le 27 septembre 1669, † à Lyon le 6 février 1743, ép. 1° à Lyon p. c. du 31 décembre 1694 Charles-Gabriel Valous, écuyer, veuf de Marie Albanel, fils de noble Gabriel, Échevin de Lyon, et de Catherine Bernard; 2° p. c. du 19 mars 1708, Guillaume du May, chevalier, sg^r de la Duchère, capitaine au régiment Lyonnais, chevalier de Saint-Louis, capitaine des Gardes du duc de Villeroy, commissaire ordinaire des guerres, veuf de Catherine de Sarde, et fils de Charles, maître d'hôtel du roi, commissaire général des guerres, chevalier de Saint-Michel, et de Jeanne Charrier; 3° à Lyon le 18 mai 1722, noble Gaspard Albanel, Échevin de Lyon, veuf de Sibylle Fayard; fils de Jean, et de Blanche du Puis.

Rameau de La Rajasse et Pilaval.

III. Antoine GAYOT, marié à Jeanne Bruyas, dont :

1) Jean, qui suit;

2) Jean-Jacques Gayot, consul et bourgeois de Paris; ép. Anne Niceron, dont :

    A) Robert Gayot, banquier, † à Lyon le 17 septembre 1683; ép. à Lyon le 16 avril 1671 Reine Chomey, fille de Jean-Jacques, et d'Isabeau Clément, dont entre autres :

        a) Anne, bapt. à Lyon le 23 mai 1674, ép. p. c. du 10 février 1691 Joseph du Soleil, chevalier, sg^r de Pierre-Bénite, né à Lyon le 27 novembre 1662, † le 1er mai 1694, Trésorier de France à Lyon (25 juin 1687), fils d'Étienne, écuyer, secrétaire du Roi, et de Marguerite Linon;

        b) Jeanne-Suzanne, bapt. à Lyon le 17 novembre 1681, ép. : 1° p. c. du 15 janvier 1701, noble Pierre Trollier, Échevin de Lyon, fils d'Antoine, et de Marie Servel; 2° à Lyon le 8 avril 1720, noble Laurent Mignot, chevalier, sg^r de La Martizière, fils de Noël, écuyer, sg^r de Bussy, et d'Antoinette Bonnel.

    B) Pierre, banquier à Lyon, marié à Jeanne-Suzanne Simonnet, dont :

a) Catherine, bapt. à Lyon le 13 novembre 1683 ; ép. à Lyon le
5 octobre 1705 Jean Godin, Avocat en parlement.

IV. Jean Gayot des Planches, ép. Claudine Philibert, dont :

V. Noble Jean-Jacques Gayot, écuyer, sgr de La Rajasse, Pitaval, La Fay,
L'Aubespin, Saint-Pierre-de-Pizay, bapt. à Saint-Chamond le 18 mai 1637, † 1684,
conseiller et garde des sceaux en la sénéchaussée de Lyon, Échevin de Lyon en
1683-84 ; ép. à Lyon, p. c. du 12 janvier 1661 Marie de La Roue, fille de noble Aimé,
sgr du Blanc, Pitaval, co-sgr de La Tour-des-Champs, conseiller en l'élection de Lyon,
et de Catherine Dupoix, dont :

    1) Pierre Gayot, écuyer, sgr de La Rajasse, ép. le 30 janvier 1695 Marguerite
      Carrige, † le 10 octobre 1706, fille de noble François, sgr de Bachelonne et
      de Jeanne Claret, dont entre autres :

        A) Pierre Gayot de La Rajasse, écuyer, sgr de Bachelonne, bapt. à Lyon
        le 4 novembre 1702, cadet au régiment de la Marine (1728).

    2) François Gayot, écuyer, sgr de Pitaval, né à La Rajasse le 25 juillet 1673,
      † à Paris le 1er janvier 1743, avocat en Parlement, théologien, rédacteur
      des mémoires du maréchal de Villars ; ép. Anne Curnillon, fille de Pierre, et
      de Claudine Malegendre ;

    3) Jean-Pierre, qui suit.

VI. Jean-Pierre Gayot, écuyer, sgr de Pizay, bapt. à Lyon le 15 mai 1675 ; ép.
p. c. du 15 janvier 1703 Barbe Gervais, dont :

VII. Jean-André Gayot de La Rajasse, Grand Prévôt de la Maréchaussée de
de Bresse, reçu le 23 mars 1730 à l'assemblée des gentilshommes de Bresse ; ép. à
Lyon le 13 juillet 1734, Marie Charreton, fille de Mathieu, prévôt des officiers mon-
nayeurs de la ville de Lyon, et de Barthélemie Rougy, dont :

VIII. Jean-André Gayot de Saint-Éloy, écuyer, capitaine au régiment de La
Sarre en 1768, père de :

IX. Benoît Gayot de Saint-Éloy, écuyer, capitaine de Dragons au régiment du
Roi, reçu aux assemblées de la Noblesse de Bresse.

Cf. : Nouveau d'Hozier : 152 ; Michon ; d'Assac : *Notice sur les Gayot de la
Bussière ; Notes* du Cel de Talancé.

GÉRANDO

D'azur à la bande d'or accompagnée en chef d'un geai et en pointe d'une sphère d'argent

Antoine-Benoit de GÉRANDO

Claude-Antoine de GÉRANDO de CHÂTEAUNEUF

Jeanne-Marguerite de GÉRANDO

Cette famille anciennement citée à Lyon dans la bourgeoisie, où elle a donné des architectes de talent, est issue de :

I. Aymé Degérando, bapt. à Lyon le 19 juin 1647, expert juré à Lyon, ép. Françoise Mesjact, fille de Pierre, citoyen de Lyon, et de Françoise Moussy, dont entre autres :

1) Pierre, qui suit ;

2) Michel Degérando, bapt. à Lyon le 4 février 1671, ép. à Lyon le 23 janvier 1701, Pernette Bozonnet, dont :

    A) Jeanne Degérando, † à Lyon le 23 avril 1774, mariée à Lyon le 11 avril 1723 à Henri Jordan, fils d'Abraham Jordan et d'Antoinette Lyons.

II. Pierre Degérando, aliâs de Gérando, bapt. à Lyon le 24 décembre 1668, entrepreneur de la ville de Lyon, bourgeois de Lyon, ép. le 4 août 1697 Jeanne Lyot, fille d'Antoine, et de Louise Jugues, dont dix enfants, entre autres :

1) Antoine, qui suit ;

2) Marguerite, ép. à Lyon le 12 septembre 1716 Bonaventure Bergé ;

3) Élisabeth, ép. à Lyon le 13 février 1734 François Féraud ;

4) Jeanne-Marguerite, ép. à Lyon le 1er août 1741, François Piron, écuyer, administrateur de la Charité, secrétaire du Roi.

III. Antoine de Gérando, écuyer, sgr de Châteauneuf-en-Bresse [p. acq. du 22 novembre 1760] ; né à Lyon en 1699, † à Lyon le 20 novembre 1785, conseiller secrétaire du Roi, près la chancellerie de la Cour des Monnaies (17 mai 1748 jusqu'en 1771), syndic des secrétaires en 1763 ; fit enregistrer ses lettres de secrétaire du Roi à Bourg-en-Bresse le 26 février 1761 ; ép. : 1° le 6 février 1736 Marie Biclet, née vers 1713, † à Lyon le 9 juin 1743, fille de Benoît, doyen du collège de médecine de Lyon, et de Jeanne Perrichon ; 2° p. c. du 25 avril 1745 Marie Grimod, fille de Claude, et de Marie Michel [de la Tour-des-Champs]. Il eut du premier lit quatre fils et deux filles, entre autres :

1) Antoine-Benoît, qui suit :

2) *Claude-Antoine* de Gérando de Châteauneuf, écuyer, sgr de Châteauneuf, né à Lyon le 27 novembre 1740, † le 5 février 1813, conseiller en la Cour des Monnaies de Lyon (5 mars 1768), conseiller au Conseil supérieur de Lyon (1771) ; comparant à Lyon en 1789, ép. à Lyon le 21 mai 1776 Catherine-Charlotte de La Fond de Pougelon, fille de noble Jérôme de La Fond de La Salle, juge de la prévôté de Beaujeu, et de Marie-Anne Jacquet, dont :

    A) Marie-Louise-Benoite de Gérando, bapt. à Lyon le 22 mars 1780, † le 24 janvier 1841, ép. à Lyon p. c. du 22 février 1804 Dominique Mottet, dit Mottet de Gérando, président de la Chambre de commerce de Lyon, député, fils de François-Dominique Mottet, ancien officier d'infanterie, et de Julie Roche.

3) *Jeanne-Marguerite* de Gérande, † s. a. à Oullins le 4 mars 1814, dame de Chambroy, fief situé à Oullins, pour lequel elle fit aveu et dénombrement en 1786 ; comparante à Lyon en 1789.

IV. *Antoine-Benoît* DE GÉRANDO, écuyer, né à Lyon le 13 février 1737, † à Lyon le 9 avril 1809, recteur de la Charité de 1776 à 1778 ; député des villes et des campagnes du Lyonnais à l'assemblée provinciale de 1787 ; comparant à Lyon en 1789, émigré en juillet 1793, conseiller municipal en 1809 ; ép. à Lyon le 3 septembre 1769 Marie Chancey, fille de Joseph, conseiller du Roi, essayeur général en la monnaie de Lyon, et de Marie Collomb, dont :

1) Antoine, qui suivra ;

2) Joseph-Marie, qui a fait branche ;

3) Antoinette, bapt. à Lyon le 28 juillet 1784, † le 23 décembre 1801.

V. Antoine DE GÉRANDO, écuyer, né à Rome le 22 décembre 1770, † à Paris le 29 mai 1823, Directeur des Contributions indirectes, chevalier de la légion d'honneur, ép. Marie-Anne-Isabelle-Rose Barberi de Breccioldi, née en 1780, † à Versailles le 6 mai 1843, dont :

1) Achille né en 1801, † à Lyon le 24 février 1869, Directeur des Contributions

indirectes, ép. le 15 septembre 1853 Victorine Blaise, † s. p ;

2) Emilien-Joseph-Marie-Antoine, né à Gap le 15 septembre 1809, † à Nice le 28 mars 1885, ép. le 25 juillet 1853 Marie-Anne de Mattios ;

3) Auguste-Benoit, qui suit ;

4) Marie-Anne-Joséphine née le 9 juin 1813, † à Paris s. a. le 17 mai 1890 ;

5) Antonine, née à Melun le 1er décembre 1815, † à Paris s. a. le 14 novembre 1834.

VI. Auguste-Benoit de Gérando, né à Lyon en avril 1819, † à Dresde le 8 décembre 1849, ép. le 14 mai 1840 Emma Teleki de Szek, d'où :

1) Éméric-Attila qui suit ;

2) Antonine de Gérando, née à Paris le 13 février 1844.

VII. Éméric-Attila de Gérando, né à Paris le 10 décembre 1846, † le 13 octobre 1897, ép. à Koloswar en Hongrie, Irène Teleki, dont :

VIII. Félix de Gérando, né à Koloswar le 12 octobre 1888.

BRANCHE CADETTE

V. Joseph-Marie de Gérando, écuyer, bapt. à Lyon le 29 février 1772, † le 10 novembre 1842 ; Baron de l'Empire (L. P. du 17 mars 1811), conseiller d'État, Pair de France (3 octobre 1837), membre de l'Institut, philosophe ; ép. le 31 décembre 1798 Marie-Anne de Rathsamhausen, née en 1770, † le 16 juillet 1824, dont :

1) Gustave, qui suit ;

2) Camille-Charles-Henri de Gérando, né à Paris le 18 août 1810, † à Carlsruhe le 12 novembre 1846, marié à Moscou le 1er mai 1843 à Marie-Élisabeth Wake de nationalité anglaise ; dont une fille, Anne, s. a ;

3) Marie-Françoise, née à Paris le 12 septembre 1801, † le 1er janvier 1803.

VI. Gustave, baron de Gérando, né en 1804, † à Paris le 11 mars 1884, Premier Président de la Cour d'appel de Nancy, marié · 1°) à Stéphanie le Caruyer ; 2°) en 1846 à Marie-Anne-Octavie Morel, † le 17 janvier 1861. Il eut du premier lit :

1) Aldophe de Gérando, né en 1820, † 1842 ;

2) Léon, qui suivra ;

3) Isabelle, ép. Félix de Lacoste, Trésorier payeur général.

VII. Léon, baron de Gérando, † à Angers le 19 octobre 1887, ingénieur des constructions navales, ép. le 9 novembre 1865 Nathalie de Termes, s. p.

Vte Révérend : *Armorial du 1er Empire* ; *Notes* de M. de Lacoste.

GIRARD

D'or au chevron d'azur accompagné en chef de deux lions affrontés de gueules, et en pointe d'un cœur enflammé du même.

aliâs : d'azur au chevron d'or accompagné en chef de deux lions du même, rampants et affrontés et en pointe d'un cœur enflammé aussi d'or.

Jean-Mathieu GIRARD

Anciennement fixés à Lyon, les Girard sont issus de :

I. Eustache Girard, bourgeois de Lyon, bapt. à Lyon le 30 novembre 1621, † ayant testé à Lyon le 30 juin 1681 ; ép. Jeanne Renaud, dont cinq fils et quatre filles, entre autres :

    1) Jean, qui suit ;

    2) Marthe, bapt. le 16 mai 1659 ; ép. à Lyon p. c. du 1er février 1687 Charles Lachasse.

II. Jean Girard, bourgeois de Lyon, bapt. à Lyon le 1er novembre 1660 ; ép. p. c. du 17 février 1691 Marguerite Dervieu, † à Lyon le 9 mars 1741, fille de Jean-Pierre Dervieu, sgr de Goifflieu, et d'Hélène Fayard ; dont deux fils et trois filles, entre autres :

    1) Mathieu, qui suit ;

    2) Marguerite, bapt. à Lyon le 17 avril 1693, † ayant testé à Lyon le 29 juillet 1745 ; ép. à Lyon le 22 octobre 1714, Bernardin Chirat, bapt. à Lyon le 13 octobre 1685, fils de noble Jacques, et de Marguerite Simonet ;

    3) Marthe, bapt. à Lyon le 5 septembre 1695 ; ép. à Lyon le 23 mai 1719, Antoine Bonnard, sgr du Sardon, fils de Guillaume, et de Marguerite Coquerel.

III. Mathieu Girard, chevalier, né à Lyon le 8 mai 1694, Trésorier de France à Lyon (5 décembre 1721), Président au bureau des Finances, commissaire du conseil pour les Ponts et Chaussées, Échevin de Lyon (1734-35) ; ép. à Lyon le 11 juillet 1723 Thérèse Anisson, fille de Jacques, écuyer, sg^r du Perron, Échevin de Lyon, et de Sibylle Perrin ; dont quatre fils et trois filles, entre autres :

1) Jean-Mathieu, qui suit ;
2) François-Antoine, écuyer, bapt. le 10 juillet 1726, capitaine au régiment de Limousin (1745) ;
3) Benoît-Victor, écuyer, bapt. le 30 décembre 1728, prêtre, prieur de Randan, abbé commendataire de l'abbaye royale de Salignac (1749) ;
4) Jacques Girard de Garampon, écuyer, bapt. le 30 mai 1730 ;
5) Thérèse, ép. à Lyon le 24 avril 1738 Michel Hacte, fils d'Alexandre, et de Marie Hemet.

IV. *Jean-Mathieu* GIRARD, écuyer, comparant à Lyon en 1789 ; ép. à Lyon p. c. du 30 août 1753, Marguerite-Bonne-Olympe Claret de Fleurieu, bapt. le 8 avril 1736, fille de Jacques Annibal, chevalier, baron d'Eyrieu, Président en la Cour des Monnaies de Lyon et d'Agathe Gaultier de Pusignan, dont trois filles, entre autres :

1) Thérèse-Annibal-Olympe Girard, bapt. le 12 juillet 1755, † à 90 ans en août 1845 ; ép. à Lyon, p. c. du 18 janvier 1774, Claude-Marie Hue de La Blanche, chevalier, sg^r de La Curée, La Tuile, etc., né le 16 février 1750, † à Roanne le 17 décembre 1816, capitaine au corps Royal d'Artillerie (1765 à 1776), assigné à comparaître avec les gentilshommes lyonnais en 1789 et défaillant à cette assemblée ; sous-préfet de Roanne ; fils de Claude Hue, écuyer, sg^r de La Tour, Bourgneuf, etc., et de Pierrette Duprat de Chassagny.

   Mme de La Blanche eut deux fils ; la descendance de l'aîné, alliée aux Courtin de Neufbourg, Girard de La Vesvre, etc., est éteinte dans les mâles ; celle du second, Xavier-Olympe, alliée aux Montherot (cf. Grimod-Bénéon de Riverie), Monier de La Sizeranne, etc., subsiste avec le dernier représentant de cette ancienne famille, Gaston Hue de La Blanche, né le 28 juillet 1840, ép. le 15 avril 1868 Isaure Perret, fille de Celse, et de Francoise-Honorine Bonneau du Martray.

2) Louise-Laurence Girard, bapt. à Lyon le 4 juin 1757, ép. à Lyon le 4 juin 1777 Jacques-Marie de Punctis de Boën, chevalier, sg^r et gouverneur de la ville de Boën, fils de Louis-François-Marie Punctis de La Tour, écuyer, et de Marie-Josèphe Punctis de La Tour.

Cf. Michon ; Révérend du Mesnil : *Généalogie des Hue de La Blanche.*

GIRAUD

Gironné d'azur, d'argent, et de gueules à quatre besans et quatre étoiles alternées de l'un en l'autre,

Christophe GIRAUD

Originaires de Saint-Symphorien-le-Château, les Giraud, dont un rameau a possédé le marquisat de Varennes (Quincié-en-Beaujolais), remontent à :

I. Jacques Giraud, bapt. à Saint-Symphorien-le-Château, le 16 décembre 1613, † avant 1684 ; ép. à Saint-Symphorien le 12 juin 1647, Jeanne Marthoray, dont entre autres ;

    1) Jean Giraud, bourgeois de Lyon, baptisé à Saint-Symphorien le 24 octobre 1655, † ayant testé le 21 août 1721 ; ép. 1° Marie-Anne Gonon ; 2° Marie Carra. Il eut, entre autres :

        A) Jean-Pierre Giraud, bourgeois de Lyon ;

        B) Jean-Claude Giraud, religieux profès de Saint-Antoine ;

        C) Pierre Giraud de Varennes, écuyer, sg^r de Belleroche et du marquisat de Varennes (p. acq. des Nagu) ; secrétaire du Roi, près la Cour des Monnaies de Lyon (1746) ; ép. à Lyon le 23 juillet 1750 Françoise Nolhac, bapt. à Lyon le 8 octobre 1729, fille de Mathieu, et de Rose Charrin, dont :

            a) Mathieu-Jean-Pierre Giraud de Varennes, écuyer, sg^r marquis de Varennes, Quincié, Marchampt et autres lieux, bapt. à Lyon le 22 avril 1751, vivant en 1789, officier d'Infanterie au régiment Lyonnais, exempt des Cent Gardes-Suisses ordinaires du corps du Roi.

        D) Maurice Giraud, père chartreux ;

        E) Antoinette Giraud, religieuse visitandine à Condrieu.

    2) Étienne Giraud, bapt. le 29 janvier 1662, † ayant testé le 1er février 1716 ;

ép. à Lyon : 1° le 24 janvier 1690 Michelle Berthoud ; 2° le 15 octobre 1698 Élisabeth Fayolle. Il fut père de :

A) *1er lit*, Pierre Giraud, écuyer, † à Lyon âgé de 43 ans le 8 février 1735 ; secrétaire du Roi près la Cour des Monnaies de Lyon ; ép. p. c. du 20 septembre 1733 Marie Delaroche, fille de Léonard, maître imprimeur à Lyon ;

B) Jeanne-Michelle Giraud, religieuse ursuline ;

C) *2e lit*, huit enfants entre autres : Étienne Giraud, ép. à Lyon p. c. du 12 février 1725 Marie-Claire Magdinier, fille d'Antoine, et de Dominique Arthaud, dont :

    a) Françoise-Marie Giraud, ép. le 7 août 1759 noble Jean-Baptiste Lacour, sgr de Montluzin, Échevin de Lyon en 1763, né à Lyon le 9 janvier 1714, † à Lyon le 23 juillet 1793, fils de Jean-Baptiste, et de Madeleine Chapais.

3) Maurice Giraud, bapt. le 13 mai 1663, † à Lyon le 18 mai 1744, conseiller du Roi, contrôleur au grenier à sel de Châtillon-les-Dombes (1er février 1705) ép. Marie de Pomey, bapt. à Lyon le 14 mai 1648, † à Lyon le 4 avril 1714, fille de Jean, et de Charlotte Perrodon, et sœur d'Hugues de Pomey, écuyer, sgr de Rochefort ;

4) Antoine, qui suit ;

5) Suzanne Giraud, ursuline à Saint-Symphorien-le-Château ;

6) Jeanne Giraud, bapt. le 20 novembre 1657, religieuse de l'Annonciade.

II. Antoine GIRAUD, ép. à Lyon p. c. du 20 octobre 1708, Marguerite Caire, fille de Pierre, et de Nicole Berthoud, dont :

1) Christophe Giraud ;

2) Maurice, qui suit.

III. Noble Maurice GIRAUD, écuyer, Échevin de Lyon en 1764-65 ; ép. p. c. du 30 octobre 1746, Catherine Imbert, fille de René, et de Françoise Soubry, dont :

1) Jean-Isaïe, bapt. à Lyon le 1er octobre 1750 ;

2) Maurice, bapt. à Lyon le 25 décembre 1751 ;

3) Pierre-François, bapt. à Lyon le 24 janvier 1753 ;

4) Christophe, qui suit.

IV. *Christophe* GIRAUD, écuyer, dit M. DE GIRAUD, comparant à Lyon en 1789 ; ép. à Lyon le 28 octobre 1784, sa cousine germaine, Françoise-Joachime Imbert, fille de noble Jean-Isaïe Imbert, Échevin de Lyon, et de Marie Reynaud, dont :

1) Jules de Giraud, écuyer, † s. a. ;

2) Constantin de Giraud, écuyer, † s. a. ;

3) Caroline de Giraud, † s. a. vers 1865 ;

4) Françoise-Jacqueline-Alexandrine de Giraud, bapt. à Lyon le 28 mai 1788 ;
ép. en 1811 Michel Preti de Saint-Ambroise, chevalier, colonel et chambellan de S. M. l'Empereur d'Autriche, dont :

> Élisabeth Preti de Saint-Ambroise, ép. Antoine-Adolphe, vicomte de Partouneaux, député du Var, né à Menton le 31 mai 1801, † à Marseille le 2 septembre 1855, fils de Louis, comte de Partouneaux, général de division, Grand-Croix de Saint-Louis, et de Françoise Giangian de Bréa.

Cf. Comte de Partouneaux : *Notes communiquées*.

GIRAUD DE MONTBELLET

De gueules au mors de cheval renversé d'argent, à la bordure dentelée d'or.
Supports : *Deux licornes ou deux lévriers.*
Devise : *Etiam indomitos domat.*

GEORGES-MARIE GIRAUD, BARON DE MONTBELLET
JEAN-BAPTISTE GIRAUD DE SAINT-TRYS

Cette famille originaire de Saint-Bonnet-le-Château est issue de :

1. Georges GIRAUD, marié à Louise Reymond, dont :

II. Georges GIRAUD, † ayant testé le 9 août 1638, ép. Isabeau Cusset, dont six fils et six filles, entre autres :

1) Georges, qui suit ;
2) Jehan, bapt. à Saint-Bonnet le 8 novembre 1628, chanoine de Saint-Nizier ;
3) Noble Jean-Baptiste Giraud, sgr de Saint-Trys et de Montbellet, bapt. à Lyon le 16 octobre 1630, † à Lyon le 30 avril 1704 ; Échevin de Lyon en 1673-74 ; ép. Françoise Reverchon, † à Lyon s. p. le 7 octobre 1690 ;
4) Joseph, bapt. à Lyon le 14 avril 1642, † le 25 décembre 1705, chanoine de Saint-Nizier ;
5) Catherine, bapt. à Lyon le 25 octobre 1635, † le 10 août 1692 ; ép. p. c. du 31 janvier 1652 Barthélemy Violette, bourgeois de Lyon, fils de Pierre, et Marguerite Mazuyer ;
6) Marie, bapt. à Lyon le 24 juillet 1639, † le 13 février 1686 ; ép. le 2 octobre 1661 Pierre Particelly, écuyer, sgr de Chintré et Saint-Amour.

III. Georges GIRAUD, écuyer, bapt. à Lyon le 27 novembre 1622, conseiller secrétaire du Roi (26 février 1657) ; ép. à Lyon p. c. du 22 avril 1645 Anne de Vaissière, dame d'Amareins et de Rilly, fille de Pierre, et d'Anne Le Fébure, dont quatre fils et cinq filles, entre autres :

1) Jean, qui suit :
2) André, écuyer, sg^r d'Amareins, bapt. à Lyon le 4 août 1658, † le 25 mai 1718; ép. à Lyon le 3 avril 1704, Marie-Louise Charlet de la Douze, † à Lyon le 27 janvier 1707, fille de Jean-Baptiste, capitaine au régiment de la Marine, et de Marie Brigault, dont :
    A) Marianne, bapt. à Lyon le 23 septembre 1705, ép. le 28 mai 1727, Pierre Trollier, écuyer, sg^r de Fontcrenne, fils de noble Claude, Échevin de Lyon, et de Marie-Anne Deschamps.
3) Isabeau, bapt. à Lyon le 4 décembre 1651, † à Lyon le 10 novembre 1696, ép. à Lyon p. c. du 20 juillet 1668 Martial Carette, écuyer, sg^r baron de Vaure et Lurcy, conseiller au Parlement de Dombes, fils de Jean Carette et de Jeanne Gayot ;
4) Jeanne-Marianne, bapt. à Lyon le 12 septembre 1654, † à Lyon le 5 février 1723, ép. à Lyon le 16 décembre 1670 André de Mascrany, chevalier, sg^r de Thune, capitaine au régiment d'Orléans, fils d'Alexandre, chevalier, conseiller du Roi en ses conseils, Président Trésorier de France à Lyon, et de Corneille Lumagne.

IV. Jean GIRAUD, écuyer, sg^r de Saint-Oyen, Montbellet, etc., bapt. à Lyon le 29 août 1653, † le 8 avril 1716, Échevin de Lyon en 1694-95, conseiller en la Cour des Monnaies de Lyon (22 mars 1706); ép. à Lyon le 15 février 1686 Jeanne Hesseler, † à Lyon le 3 février 1698, fille de Barthélemy, écuyer, et de Marie Dugas de Bois-Saint-Just, dont trois fils et une fille, entre autres :
1) Georges, qui suit ;
2) Jean Giraud de Saint-Trys, écuyer, sg^r de Chambost, † le 6 avril 1750 ;
3) Jean-Baptiste Giraud de Saint-Oyen de Saint-Trys, écuyer, sg^r de Saint-Aubin, bapt. à Lyon le 28 septembre 1690, † le 1er octobre 1772, admis le 19 avril 1736 aux assemblées de la Noblesse de Bresse.

V. Georges GIRAUD, écuyer, baron DE MONTBELLET, sg^r de Saint-Trys, Saint-Oyen, etc., bapt. à Lyon le 6 janvier 1687, testa en 1750, Conseiller à la Cour des Monnaies de Lyon (30 août 1710); ép. à Lyon le 27 février 1718 Marie-Françoise Durret de Grigny, bapt. à Lyon le 24 janvier 1696, vivant encore en 1769, fille de Jean Durret, chevalier, sg^r de Grigny, Premier Président du bureau des finances de Lyon, et d'Élisabeth Richer, fille de l'Échevin de Lyon, dont cinq garçons et onze filles, entre autres :
1) Jean, qui suit ;
2) Marie, bapt. à Lyon le 19 juillet 1719, ép. à Lyon le 27 novembre 1742, Jean-François de Fournillon, chevalier, sg^r de Buttery et Chervé, capitaine

au régiment Royal-des-Vaisseaux-Infanterie, fils de François, chevalier, et
de Louise Dervieu ;

3) Élisabeth, bapt. le 9 février 1722, ép. à Lyon le 11 août 1744 Barthélemy
de Ferrus, chevalier, sg^r de Cucurieux et de Vendranges, né en 1713 (remarié à Marie-Lucile de Palerne), fils de Barthélemy de Ferrus, chevalier, et de
Claudine-Sulpice Bottu de Saint-Fonds ;

4) Françoise-Lucrèce, bapt. le 20 février 1723, ép. à Lyon le 11 septembre
1746 Henri-Frédéric de la Pimpie, chevalier, sg^r de Granoux et Saint-Léger,
sg^r en partie du canal de Briare, fils de François-Anne, chevalier, et de
Jeanne de Couleur ;

5) Marie-Françoise, bapt. le 7 avril 1724, † le 4 septembre 1761 ;

6) Jeanne-Louise-Gabrielle, bapt. le 19 septembre 1725 ; ép. à Lyon le 15 avril
1749, Pierre Trocu de la Croze d'Argil, chevalier, baron de Saint-Christophe et Faramant, sg^r de la Croze, capitaine au régiment de Navarre,
chevalier de Saint-Louis, fils d'Albert, baron des dits lieux, syndic de la
Noblesse de Bugey et Bresse ;

7) Gabrielle, bapt. le 14 novembre 1727, religieuse ursuline à Lyon ;

8) Gabrielle, bapt. le 7 novembre 1731, ép. le 2 juin 1750, Antoine Bérardier,
écuyer, fils de Joseph, écuyer, sg^r de Grézieu-le-Fromental, et de Marie-
Thérèse des Hayes.

VI. Jean GIRAUD DE SAINT-TRYS, chevalier, baron DE MONTBELLET, bapt. à Lyon
le 10 septembre 1729, chevalier d'honneur à la Chambre des Comptes de Bourgogne
le 3 mai 1749. Il eut besoin de dispense d'âge et fut reçu le 29 décembre 1749 en
suite de lettres de jussion adressée à la Chambre des comptes ; marié à Lyon le
20 mai 1760 à Claudine-Barthélémie Croppet de Varissan, bapt. à Lyon le 22 février
1741, fille de Jean-Baptiste-Louis Croppet de Varissan, chevalier, sg^r d'Irigny,
baron de Bagnols, etc., et de Marie-Anne Hesseler de Bagnols, dont :

1) Georges-Marie, qui suit ;

2) Jean-Baptiste, chevalier, bapt. à Lyon le 1er décembre 1762, † victime de la
Terreur le 14 février 1794 ; capitaine des dragons de Noailles, cavalier de
Précy en 1793 ;

3) *Jean-Baptiste* Giraud de Saint-Trys, chevalier, bapt. à Lyon le 9 novembre
1763, officier, comparant à Lyon en 1789 ; marié à Lyon le 21 frimaire an
VI à Augustine de Reveton, veuve de Benoît Desvernay, écuyer.

VII. *Georges-Marie* GIRAUD DE MONTBELLET, chevalier, baron de Montbellet, bapt.
à Lyon le 30 mars 1761, capitaine de cavalerie, comparant en 1789 à Lyon [pour

les seigneuries d'Alix, Bagnols, etc., et à Mâcon, ép. Marie-Julie-Pauline de Colbert-Chabanais, † en 1855 à l'âge de 85 ans, dont :

1) André, qui suivra;

2) Alexandrine-Anne, née à Paris le 17 février 1788, † à Lyon le 30 décembre 1826, ép. à Lyon le 19 avril 1806 Daniel Bellet de Tavernost, bapt. à Trévoux le 9 août 1778, † à Cruix le 23 novembre 1838 ; fils de François, Avocat général au Parlement de Dombes, et d'Henriette du Plessis de la Brosse;

3) Luce, bapt. à Pommiers le 19 mai 1791, mariée à Jean-Baptiste-Alexandre Aymon de Montépin, né en 1780, † 1862;

4) Hélène-Pauline, née à Ferney-Voltaire, le 13 germinal an VI, ép. à Lyon le 31 août 1814 Anne-François-Léon Bernard de la Vernette-Saint-Maurice, chevalier de Saint-Jean de Jérusalem, né en 1785, † à Besançon le 18 janvier 1864, fils d'Abel-Michel, lieutenant de Roi en Mâconnais, lieutenant des maréchaux de France à Châtillon-sur-Seine, et de Marie-Augustine de Chapuis de Rozières;

5) Adèle de Montbellet, mariée à Jules Aymon de Montépin, Pair de France.

VIII. André GIRAUD DE MONTBELLET, baron DE MONTBELLET, † s. a. à Nice le 11 janvier 1876 à l'âge de 79 ans.

Cf. : *Armorial de la chambre des comptes de Bourgogne.*

GONIN DE LURIEU

De gueules au chevron d'or accompagné en pointe d'une levrette d'argent

Pierre-Thomas GONIN de LURIEU

Le nom de Gonin ou Gonyn est connu en Forez depuis Jehan Gonyn, notable habitant de Saint-Cyprien, témoin et signataire de la transaction passée entre le prieur de Saint-Rambert, Astorg de Callucio et les habitants du dit lieu en 1372.

Établis ensuite à Saint-Rambert et à Montbrison les Gonin qui ont fourni de nombreux capitaines châtelains et autres officiers de judicature, ont formé un grand nombre de branches ; les deux principales étaient issues de :

I. André Gonin, notaire royal et lieutenant de juge de Saint-Rambert en Forez, au milieu du xvie siècle, père de six fils et trois filles, dont :

1) Thomas, qui suit :
2) Claude, capitaine châtelain de Saint-Rambert, ✝ le 4 mai 1655, marié à Françoise Bollioud, fille d'Arnaud, l'un des gardes du Roi, dont neuf enfants ;
3) Antoine, procureur du Roi à La Fouillouse ;
4) Noble Pierre, ✝ à Montbrison le 24 juillet 1653, avocat au bailliage de Forez.

II. Thomas Gonin de Lurieu, né à Saint-Rambert vers 1589, ✝ à Saint-Rambert le 15 septembre 1655, lieutenant de la châtellenie de La Fouillouse, avocat au bailliage de Forez (1638), célèbre par son savoir et son éloquence, ép. : 1° Catherine Dallier ; 2° à Montbrison le 5 février 1645 Marguerite Dubost de La Fuste. Il fut père de six fils et quatre filles, entre autres :

1) *1er lit* : Noble Pierre Gonin de Lurieu, bapt. à Montbrison le 8 mars 1621, ✝ avant 1671, Avocat au bailliage de Forez, juge de Saint-Rambert ; ép. Marie Serralier, dont deux fils et deux filles ;
2) André Gonin, bapt. à Montbrison le 3 décembre 1627, notaire apostolique, ép. Marguerite Carrier de Monthieu, dont au moins huit enfants :

3) Jean-Baptiste, qui suit.

III. Jean-Baptiste GONIN DE LURIEU, sg^r du dit lieu, bapt. à Montbrison le 19 mars 1623, † à Saint-Rambert le 24 janvier 1688, Conseiller du Roi, Avocat en Parlement, Juge grenetier alternatif au grenier à sel de Montbrison, recteur de l'Hôtel-Dieu de Saint-Rambert, ép. à Montbrison le 5 février 1645 Philippe Dubost de la Fuste, † à Saint-Rambert le 16 octobre 1699, dont dix fils et cinq filles, entre autres :

   1) Thomas, qui suit ;
   2) Pierre, qui a fait branche à Lyon ;
   3) Jean-Baptiste, bapt. à Saint-Rambert le 15 août 1663, prêtre et chanoine de Saint-Rambert ;
   4) Anne-Sibylle, bapt. à Montbrison le 19 juillet 1661, supérieure des filles de l'Union de la Charité de Saint-Rambert en 1719 ;
   5) Marguerite, bapt. à Montbrison le 1er juin 1650 [† à Saint-Rambert le 1er avril 1694].

IV. Thomas GONIN DE LURIEU, sg^r d'Essalois, Lurieu, etc., bapt. à Montbrison le 14 mars 1649, Avocat au présidial de Lyon, juge de Saint-Rambert, bienfaiteur de l'Hôtel-Dieu de Saint-Rambert, etc., ép. Marie Tardy, dont :

   1) Jean-Baptiste, qui suit ;
   2) Philippe, mariée à Saint-Just-sur-Loire le 21 mai 1719 à André Valla, juge de l'Hôpital-sous-Rochefort.

V. Jean-Baptiste GONIN DE LURIEU DE LA MERLÉE, écuyer, baptisé à Saint-Rambert le 1er juillet 1692, Avocat en Parlement, conseiller secrétaire du Roi, audiencier en la chancellerie près la Cour des Aides de Montauban (10 août 1756), marié en 1720 à Benoite Chovon, des sg^{rs} de Montarcher, fille de Pierre, et de Benoite Coignet, dont :

   1) Pierre-Benoit, qui suit ;
   2) André-Gabriel Gonin de Lurieu de La Rivoire, écuyer, sg^r de La Merlée [dont hommage en 1767 et 1776], de Collonges [dont hommage en 1767] etc. marié à Villefranche le 14 août 1764, à Marie-Thérèse Le Mau de La Barre, née le 27 décembre 1742, † à La Merlée le 6 septembre 1820, fille de Marin-Pierre Le Mau de La Barre, écuyer, sg^r de La Gontière, et de Thérèse des Champs de Talancé, dont :
      A) Pierre-Benoit-Nicolas Gonin de Lurieu de La Rivoire, officier au régiment du prince de Ligne, prit part au siège de Lyon en 1793, fut arrêté, condamné et fusillé par ordre du tribunal révolutionnaire en 1793, âgé de 25 ans ;

B) Marie-Gabrielle-Marine Gonin de Lurieu de la Rivoire, † inh. à Saint-Just-sur-Loire le 18 août 1767.

3) Pierre Gonin de Lurieu, officier d'infanterie, s. a. ;

4) Jeanne Gonin de Lurieu, mariée le 8 septembre 1761 à Denis-Augustin Sonyer du Lac, † s. p., fils de Jean-François, et de Catherine de Laurençon.

VI. Pierre-Benoît GONIN DE LURIEU, écuyer, sgr de Lurieu, de Montarcher (par héritage de son oncle Chovon de Montarcher), sgr du marquisat du Palais-les-Feurs, [p. acq. des Chabannes en 1763, dont hommage le 4 juin 1763 et le 24 décembre 1776], † à Feurs le 8 janvier 1789, secrétaire du Roi, receveur des tailles en l'élection de Saint-Étienne en 1760, marié à Madeleine-Césarine-Catherine Mogniat des Combes, vivante en 1755, fille de Louis Mogniat, écuyer, sgr des Combes, officier au régiment de Vivarais, et de Jeanne de Hollandre, dont :

1) Jean-Louis, qui suit ;

2) André-François Gonin de Lurieu, écuyer, officier au régiment de Beauce ;

3) Jeanne-Marie-Benoîte Gonin de Lurieu, mariée au Palais-les-Feurs le 11 janvier 1780 à Jean-Louis Mathevon, sgr de Curnieu, capitaine commandant au régiment de Beauce-Infanterie, né à Saint-Étienne le 28 mai 1740, fils de Jean-Baptiste, sgr de Curnieu, élu en l'élection de Saint-Étienne, et de Marie Vincent de Montarcher.

VII. Jean-Louis GONIN DE LURIEU DU PALAIS, écuyer, bapt. à Condrieu le 25 février 1754, capitaine au régiment des Dragons d'Artois, vivant encore en 1810 (ainsi que son frère André) ; marié vers 1786 à Joséphine-Françoise Thoynet de Bigny.

BRANCHE LYONNAISE

IV. Pierre GONIN DE LURIEU, bapt. à Montbrison le 3 mars 1664, † à Lyon le 5 octobre 1735 ; conseiller du Roi, avocat à Lyon, Président au bailliage de Forez (1708) lieutenant général au dit bailliage, juge domanial du comté de Forez jusqu'au 7 décembre 1713, conseil de Mgr de Saint-Georges, archevêque de Lyon ; juge général des terres et du comté de Lyon, etc., marié : 1°) à Lyon le 17 janvier 1700 à Marie Compain, † le 28 août 1711, fille de noble Gaspard, et d'Antoinette Rochette de Prégniac ; 2°) à Lyon le 2 janvier 1714 à Catherine Cherpy, veuve 1° de Jacques Grimod et 2° de Jean Vaginay. Il eut du 1er lit sept fils et une fille entre autres :

1) Odet Gonin de Lurieu, écuyer, bapt. à Lyon le 12 octobre 1704, † 1758, secrétaire du Roi, receveur du tabac à Lyon, administrateur trésorier de la Propagation de la Foi ; ép. à Lyon p. c. du 28 décembre 1733 Claire Guiguet,

[remariée p. c. du 30 avril 1762 à Paul Valentin·d'Eguillon, écuyer], fille de
Vincent, et de Jeanne Bruyas, dont trois fils et quatre filles.

2) Pierre-Thomas, qui suit;

V. *Pierre-Thomas* GONIN DE LURIEU, écuyer, bapt. à Lyon le 21 décembre 1709,
† à Lyon le 9 mars 1791, Avocat ès-cours de Lyon (1734), secrétaire et bâtonnier de
l'ordre, recteur de la Charité de 1750 à 1754, Échevin de Lyon (1758-59), juge général d'Ainay, comparant à Lyon en 1789; marié à Lyon p. c. du 22 avril 1741 à
Claire de Montigny, † le 14 avril 1753, fille de Louis de Montigny, receveur du grenier
à sel de Montluel, et de Claire Perretière, dont deux fils et deux filles, entre autres :

1) Catherine-Claudine Gonin de Lurieu, bapt. le 3 juin 1743, † vers 1820, ép.
   p. c. du 27 avril 1762 Jean-Baptiste de Fisicat, chevalier, baron de Fisicat
   et de Rochebaron, né le 8 avril 1730, fils de Jean-François de Fisicat, chevalier, et de Catherine Berthet de Chazelles.

Cf. : Chérin : 132 ; *Archives de la Loire* : E. supp¹ ; *Notes inédites* de M. Morel
   de Voleine.

GRANIER

*D'azur à une tour d'argent sur une terrasse du même, au chef cousu de gueules,
chargé de trois étoiles d'or.*

Étienne GRANIER

Les Granier, établis au xviiᵉ siècle en Languedoc et en Provence, firent enregistrer leurs armoiries à l'*Armorial général de 1696*, à Montpellier, Beaucaire, Marseille, Aix-en-Provence et Digne. Les armoiries des différents membres de cette famille présentent quelques variantes : on trouve parfois la tour *maçonnée de sable* ou la tour *non terrassée*, et les étoiles du chef *d'argent* ; mais ces différences de détail distinguent les différents membres de cette famille que son négoce essaimait alors dans tout le midi de la France. Bien que nous n'ayons pas trouvé l'enregistrement des armoiries de Pierre Granier, auteur de la branche lyonnaise, nous croyons, en raison de sa ville d'origine, Mèze en Languedoc, située à quelques lieues de Montpellier, pouvoir le rattacher à cette famille si répandue.

I. Pierre Granier, bourgeois de Mèze, ✝ avant 1710, ép. Isabeau Pérouze, dont :

II. Étienne Granier, bourgeois de Mèze, ép. à Lyon p. c. du 4 janvier 1710 Benoîte Pauze, fille de François, et de Françoise Burdin, dont :

III. Pierre Granier, ✝ avant le 18 octobre 1768, ép. Claudine Roustain, dont, entre autres :

IV. Noble *Étienne* Granier, sans doute anobli par une charge de secrétaire du Roi, comparant à Lyon en 1789, ép. à Lyon le 18 octobre 1768 Françoise Thévenet, fille d'Étienne, chevalier, et d'Anne-Marie Giraudin, dont :

1) Gaspard, bapt. à Lyon le 1ᵉʳ janvier 1772 ;
2) Jeanne-Marie, bapt. le 9 novembre 1769 ;
3) Marie-Sophie, bapt. le 7 décembre 1770, ép. à Lyon le 28 mai 1789. Esprit-

Jean Imbert, chevalier, sg^r de Montferrand, bapt. à Lyon le 28 mai 1752, fils de Jean, écuyer, sg^r de Montferrand, et de Jeanne Le Bœuf;

4) Marie-Camille, bapt. le 6 avril 1773;

5) Claudine-Victoire, bapt. le 12 mai 1774, ép. le 3 novembre 1802 Étienne Mayeuvre de Champvieux, jadis chevalier, fils de Dominique, chevalier, sg^r de Champvieux, conseiller à la Cour des Monnaies de Lyon (lequel était veuf de Marie-Jacqueline Rigod de Terrebasse), et de Claudine-Hélène Fayolle ;

6) Anne-Adélaïde, bapt. le 1er mai 1776.

GRASSOT

D'azur à une fasce d'argent accompagnée en chef d'un soleil d'or et en pointe de trois épis de blé du même posés en forme de bouquet mouvant de la pointe de l'écu.

PIERRE-NICOLAS GRASSOT

PIERRE-FRANÇOIS-GABRIEL GRASSOT

Cette famille est issue de :

I. Nicolas GRASSOT, ép. Catherine Blain, dont :

II. *Pierre-Nicolas* Grassot, écuyer, docteur en médecine de l'Université de Pont-à-Mousson, membre de l'Académie royale de chirurgie de Paris, de l'Académie de Lyon 1750, chirurgien du grand Hôtel-Dieu, professeur royal de chirurgie ; anobli par Lettres Patentes du roi Louis XVI, données à Versailles en septembre 1778, comparant à Lyon en septembre 1789 ; ép. le 6 août 1748 Marie-Antoinette-Catherine Dareste [veuve d'Antoine Perret], fille de noble Jean-Jacques, sgr d'Écossieu, et de Pierrette Duport, dont :

    1) Pierre-François-Gabriel, qui suivra :

    2) Anne-Marie-Charlotte, mariée le 5 septembre 1774 à Thomas Charton, chevalier, né à Lyon le 21 août 1747, Trésorier de France à Lyon (28 février 1774), fils de Jean, écuyer, conseiller secrétaire du Roi et de Marie Gras.

III. *Pierre-François-Gabriel* GRASSOT, écuyer, † à Lyon, victime de la Terreur, guillotiné le 16 décembre 1793 ; conseiller en la sénéchaussée de Lyon (9 février 1779), comparant à Lyon en 1789. ép. à Lyon le 22 mars 1791 Geneviève Lemoyne, bapt. à Lyon le 18 novembre 1765, fille de noble Claude, Échevin de Lyon, et de Thérèse-Françoise Tresca.

Cf. : Nouveau d'Hozier, 163 ; Michon.

GRIMOD-BÉNÉON DE RIVERIE

D'azur à la fasce d'argent accompagnée de trois étoiles d'or.

FRANÇOIS-JEAN-JACQUES GRIMOD DE BÉNÉON, BARON DE RIVERIE

Les Grimod, originaires de Givors, ont formé plusieurs branches issues de :

I. Benoît GRIMOD ; testa à Givors le 11 février 1587, laissant six enfants, entre autres :

1) Antoine, qui suit ;

2) Jean, conseiller du Roi, commissaire enquêteur et examinateur en la Sénéchaussée de Lyon (13 avril 1604) ; ép. à Lyon p. c. du 12 avril 1607 Marguerite Bruno, fille de noble Jean-Baptiste, et de Marguerite Gros, dont un fils religieux et une fille ;

3) Pierre, tige du rameau de Grimod ;

4) Fleurie, veuve en 1631 de Jean-Baptiste Gros.

II. Antoine GRIMOD, bourgeois de Givors, y testa le 26 novembre 1644, laissant de sa femme Guillemette Parye :

1) Jean-Baptiste, qui suit ;

2) Antoine, tige de la branche de Riverie ;

3) Pierre, capitaine châtelain de Givors ;

4) Barbe, ép. 1°) p. c. du 16 novembre 1645 Antoine Perrel ; 2°) Benoit Sivelle ;

5) Nicole, ép. 1°) Jean Compagnon de la Chartonnière, procureur d'office à Givors ; 2°) à Givors, le 3 février 1658 François Roux, enquêteur en la sénéchaussée de Lyon ;

6) Étiennette, ép. 1° Jean de Leullion, greffier de Mornant ; 2°) à Saint-Genis-Terrenoire, p. c. du 18 août 1626 César Valous, notaire royal et greffier du bureau des Finances de Lyon, fils de Me Roland Valous, et de Gabrielle Mathevet ;

7) Antoinette, ép. le 6 janvier 1614 Fleury Christophle.

III. Jean-Baptiste Grimod, sg^r de Montgelas, né vers 1601, † à Givors le 12 octobre 1680, notaire royal et greffier de Givors ; ép. 1°) Marie Valous, fille de Roland, ci-dessus ; 2°) Angélique Gallien, fille de Benoit, du lieu de Condrieu, et de Renée Dubaillier. Il fut père de :

1) *1er lit* : Françoise, bapt. à Bans le 28 décembre 1642, ép. p. c. du 27 juin 1671, noble Pierre de La Roue, élu en l'Élection de Lyon, fils de noble Aymé, et de Catherine Dupoix ;

2) *2e lit* : parmi quatre fils et quatre filles, Antoine qui suit ;

3) Benoit, bapt. le 24 octobre 1649, receveur de la douane à Romans, ép. Marie Rivail, dont postérité ;

4) César, bapt. à Bans le 27 juin 1655, † à Roanne le 12 mai 1703 ; receveur des aides, intéressé dans les fermes du Roi à Roanne ; ép. Alexandrine Ritiers, d^t p. fixée à Roanne ;

5) Françoise, bapt. à Bans le 12 mai 1659, ép. le 2 janvier 1693 Louis Guillet, né à Pomey le 2 août 1660, fils de Jean, et de Jeanne Besson.

IV. Noble André Grimod, écuyer, bapt. à Bans le 11 août 1647, Directeur général des Fermes unies de France au grand bureau de la Douane de Lyon, conseiller secrétaire du Roi, du Grand Collège (13 mai 1697), [office supprimé par arrêt du conseil du 18 janvier 1698] ; ép. à Lyon p. c. du 17 avril 1684 Marguerite Le Juge, † à Paris en 1758, âgée de près de cent ans, fille de François, écuyer, secrétaire du Roi, et de Charlotte Ferrus, dont :

1) François-Alexis Grimod de Beauregard, né à Lyon le 2 décembre 1685, † à Paris s. a. en 1755, fermier général ;

2) Gaspard Grimod de La Reynière, écuyer, sg^r de Clichy-la-Garenne, bapt. à Lyon le 22 octobre 1687, † à Paris en 1754, fermier général ; ép. 1° Marie-Jeanne Labbé ; 2°) Marie-Madeleine Mazade, née le 28 mai 1716 (remariée à Paris le 2 mars 1756 à Charles de Masso, chevalier, marquis de La Ferrière, Sénéchal de Lyon), fille de Laurent Mazade, fermier général, et de Thérèse des Queulx. Il fut père de :

A) *1er lit* : Jean-Gaspard Grimod de La Reynière, écuyer, bapt. à Lyon le 12 octobre 1723, † à Paris le 26 décembre 1793, fermier général ; ép. le 1er février 1753 Suzanne-Élisabeth-Françoise de Gérente, † à Paris le 19 mai 1815, fille de Balthazard, marquis d'Orgeval, et d'Élisabeth Rambault de Saint-Maurice, dont :

a) Alexandre-Balthazard-Laurent Grimod de La Reynière, écuyer, né à Paris le 20 novembre 1758, † à Villiers-sur-Orge (Seine-et-Oise) le 25 décembre 1837, Avocat en Parlement, littérateur et

gastronome célèbre ; ép. le 4 septembre 1790, Adélaïde-Thérèse
Feuchère, dont une fille. Adélaïde, bapt. à Lyon le 20 novembre
1790 (*sic*).

B) Marie-Françoise Grimod de La Reynière, bapt. à Lyon le 9 mars
1725, ép. à Paris le 3 avril 1743 Jean-Louis Moreau de Nassigny,
chevalier, sgʳ de Beaumont, né en 1715, † à Fontenay-Saint-Père le
22 mai 1785, maître des requêtes (1740), Président du Grand-Conseil
(1746), Intendant du Poitou (1747), de Franche-Comté (1750), de
Flandre (1754) Intendant des Finances (1756), auteur d'ouvrages
divers sur l'économie politique ; fils de Pierre-Jacques Moreau de
Nassigny, chevalier, sgʳ du dit lieu, Président au Parlement de Paris,
et d'Antoinette d'Amorezan de Pressigny, et petit-fils de Pierre
Moreau, écuyer, Trésorier des Invalides, et d'Hélène Charron (celle-ci
sœur de Marie-Anne Charron, femme de Simon Clapeyron du Buisson). Mᵐᵉ de Beaumont, dont le mari tenait ainsi au-Lyonnais par
sa grand'mère signa, à titre de cousine, le contrat de mariage d'Hélène-
Magdeleine de Jouvencel, fille de Pierre de Jouvencel, chevalier,
conseiller à la Cour des Monnaies de Lyon, et de Marie-Anne-Antoinette de Palerne, avec Jean-Marie Gaudin de Feurs, écuyer, sgʳ et
gouverneur de la dite ville.

C) *2ᵉ lit* : Marie-Françoise Grimod de La Reynière, mariée à Chrétien de
Lamoignon de Malesherbes, chevalier, sgʳ du dit lieu, Premier Prési-
dent de la Cour des Aides de Paris, né le 6 décembre 1721, fils de
Guillaume, chevalier, sgʳ de Malesherbes, Premier Président de la
Cour des Aides, Chancelier de France, et de Marie-Louise d'Aligre ;

D) Marie-Madeleine Grimod de La Reynière, présentée à la Cour le
12 décembre 1762 par la Maréchale de Mirepoix, ép. le 1ᵉʳ décembre
1762 Marc-Antoine, chevalier, comte de Lévis, né à Lugny en Bourgogne le 7 février 1739, † victime de la Terreur le 4 mai 1794, maréchal des camps et armées du Roi (5 décembre 1781), chevalier de
Saint-Louis, Député à l'Assemblée Nationale, fils de Marc-Antoine,
chevalier, marquis de Lévis, sgʳ baron de Lugny, Le Plessis et
autres lieux, et de Françoise de Gelas.

3) Pierre, qui suit ;

4) Philiberte Grimod, née le 16 mai 1690, ép. le 17 octobre 1712 Claude-François du Mas, écuyer, sgʳ de Corbeville près Orsay en Ile-de-France, † à
Paris le 23 décembre 1735, fils de noble Claude, secrétaire du Roi, Trésorier général des Menus Plaisirs de S.-M., et de Françoise Solu.

V. Pierre Grimod-Dufort, chevalier, sg^r d'Orsay, en Ile-de-France, bapt. à Lyon le 4 octobre 1692, † le 25 octobre 1748, Fermier général, Intendant des postes et relais de France ; ép. 1°) p. c. du 11 décembre 1736 Geneviève-Florimonde Savalette, † à 22 ans le 16 février 1742, fille de Charles, sg^r de Magnanville et d'Élisabeth Gilbert de Nozières ; 2°) le 5 février 1745 Geneviève-Élisabeth de Courten, † le 17 novembre 1745, fille de Jean, mestre de camp des armées du Roi ; 3°) le 25 février 1748 Marie-Antoinette-Félicité de Caulaincourt, fille de Louis-Armand, marquis de Caulaincourt, et de Françoise de Béthune-Sully-Orval. Il eut *du 3e lit* :

VI. Pierre-Gaspard-Marie Grimod, chevalier, comte d'Orsay (L. P. août 1770) baron de Rupt en Franche-Comté, comte d'Autrey, souverain de la principauté de Delain, Libre comte immédiat du Saint-Empire (27 juin 1792), né le 14 décembre 1748 ; capitaine de Dragons au régiment de Lorraine ; marié : 1°) à Louise-Albertine-Amélie, princesse de Croÿ et du Saint-Empire, fille de Guillaume-François, prince de Croÿ et du Saint-Empire, marquis de Molembais, et d'Anne de Trazegnies ; 2°) le 22 août 1784 à Marie-Anne-Élisabeth-Josèphe, princesse de Hohenloe-Bartenstein, née le 20 mars 1760, † le 11 juin 1811, issue des maisons de Hohenloe, Hesse, Limbourg, etc., et fille de Louis, prince souverain de Hohenloe-Bartenstein, et d'Alexandrine, comtesse de Limbourg. Il eut des deux lits une nombreuse postérité fixée en Autriche et alliée aux premières maisons. Son fils aîné du premier lit fit souche en France ; ce fut :

VII. Jean-François-Louis-Marie-Albert-Gaspard de Grimod d'Orsay, chevalier, comte d'Orsay, né à Paris le 19 mai 1772, † à Rupt le 26 décembre 1843 ; comte libre du Saint-Empire romain, baron de l'Empire Français (L. P. 11 juillet 1810), donataire en Hanovre, adjudant commandant et lieutenant-général des armées, commandeur de Saint-Louis, etc., ép. en 1792 Éléonore de Franquemont, baronne du Saint-Empire, † en 1833, dont :

  1) Gillion-Gaspard-Alfred, qui suit ;

  2) Anna-Quintina-Albertine-Ida de Grimod d'Orsay, née le 19 juin 1802, † le 2 janvier 1882, mariée le 23 juillet 1818 à Antoine-Agénor-Geneviève-Héraclius, duc de Gramont, lieutenant général des armées du Roi (1824), Menin du Dauphin (1824), chevalier de Saint-Louis, grand officier de la Légion d'honneur, né à Versailles le 15 juin 1789, † à Paris le 4 mars 1855, fils d'Antoine-Louis-Marie, duc de Gramont, capitaine des gardes du corps de la compagnie de Gramont. Pair de France, etc., et de Louise-Gabrielle-Aglaë de Polignac.

VIII. Gillion-Gaspard-Alfred de Grimod, comte d'Orsay et du Saint-Empire, né le 4 février 1801, † à Paris le 4 août 1852, garde du corps, surintendant des Beaux-

Arts, marié en 1827 à Henriette-Anne-Françoise Gardiner, † s. p. (remariée à Lord Spencer Cowper).

Le baron de l'Empire reçut pour armes : *Écartelé : au 1) fascé d'argent et de gueules de huit pièces ; au 2) des barons militaires ; au 3) bandé d'azur et d'or de six pièces, chargé d'une ombre de lion tracée de sable, à la bordure engreslée de gueules ; au 4) parti a) de sable au comble d'or ; b) d'argent à la fasce de gueules. Sur le tout : d'azur à la fasce d'or accompagnée en chef d'un croissant d'argent entre deux étoiles d'or, et en pointe d'un poisson nageant sur une rivière, le tout d'argent.*

Le *sur le tout* de cet écusson est l'ancien écu des Grimod ; il était porté par cette branche, ainsi que par les autres rameaux de cette famille non substitués aux Bénéon de Riverie ; ces derniers portaient les armoiries décrites en tête de cette notice et les avaient transmises au rameau des Grimod comparant à Lyon en 1789.

BRANCHE DE RIVERIE

III. Antoine G**RIMOD**, bourgeois de Lyon, † avant le 22 février 1685 : ép. p. c. du 15 juin 1638 Marguerite Bénéon, † le 6 janvier 1689, fille de Claude-Thomas, et d'Antoinette Lagier ; et sœur de Jean et de François Bénéon, tous deux Échevins de Lyon en 1676-77, et 1681-82. [Ces deux frères étaient devenus successivement co-sg^rs de Saint-Bonnet-les-Oules, Châtelus, Saint-Denis-sur-Coise et de la baronnie de Riverie, p. acqu. du 16 mars 1680, des Bron de La Liègue pour 174.110 livres ; ils instituèrent pour héritier à charge de substitution des noms et armes des Bénéon, leur neveu, Jean-Claude, qui suit]. Antoine Grimod eut sept fils et quatre filles, entre autres :

1) Jean-Claude, qui suit ;
2) Jacques, bapt. à Lyon le 25 octobre 1643, ép. p. c. du 23 décembre 1686 Catherine Cherpy, fille d'Étienne, marchand, et de Jeanne Guinier ;
3) Claude, bapt. à Lyon le 23 février 1652, † à Lyon le 13 avril 1719 ;
4) Madeleine, bapt. à Lyon le 1er mars 1646 ; ép. p. c. du 2 mars 1669 Jean La Garde, maître chirurgien ;
5) Marie, bapt. le 14 août 1648 ; ép. p. c. du 22 avril 1671 Jean Sibert ;
6) Claudine, bapt. à Lyon le 8 août 1649, † à Lyon le 16 décembre 1719.

IV. Jean-Claude G**RIMOD**-B**ÉNÉON** DE R**IVERIE**, écuyer, sg^r de Riverie, Châtelus, Saint-Denis-sur-Coise, Charpenay, etc., bapt. à Lyon le 24 mars 1641, † à Lyon le 24 avril 1713 ; conseiller secrétaire du Roi du grand Collège le 16 mars 1689 ; marié p. c. du 23 février 1685 à Françoise Jacquier, fille de Jacques, écuyer, baron de Cornillon, secrétaire du Roi, et de Catherine de La Farge, dont la mère était Marguerite du Marest. (Françoise Jacquier était sœur de Mmes de Jonage, de Punctis et de Giri de Vaux.) M. de Riverie rendit hommage pour Riverie le 21 août 1688, en donna le dénombrement le 1er septembre 1692, et fut père de quatre fils et de deux filles, dont, entre autres :

1) Jean-François-Étienne, qui suit ;

2) Jean-Jacques Grimod de Bénéon, écuyer, baron de Riverie (dont hommage le 10 juillet 1728 et le 22 mars 1741), sg^r de La Faverge, † s. a. en 1761. Il obtint par L. P. de février 1724 enreg. au Parlement le 11 février 1725 et au Bureau des finances à Lyon le 24 novembre 1727, la nouvelle érection en sa faveur de la baronnie de Riverie ;

3) Marguerite, bapt. le 30 janvier 1687 ; ép. Jean-Baptiste Dilbert, écuyer, conseiller du Roi, receveur des tailles à Saint-Étienne, Prévôt des galères à Marseille, fils de Pierre, receveur des tailles à Saint-Étienne, et de Marie Henri ;

4) Marie-Catherine-Claudine, ép. p. c. du 8 avril 1717 Gaspard de Vincent, chevalier, sg^r de Panette, chevalier d'honneur au Parlement de Dombes, capitaine des chasses de Dombes, fils de François, chevalier d'honneur au dit Parlement, et de Françoise Regnon.

V. Jean-François-Étienne GRIMOD DE BÉNÉON, écuyer, sg^r de Châtelus, baron de Cornillon, † avant 1761 ; capitaine au régiment d'Anjou-Infanterie, maréchal de camp, Brigadier des armées du Roi, blessé à Minden, commandant pour le Roi en Briançonnais, chevalier de Saint-Louis ; ép. Claudine-Jeanne de Beaulieu de Théras, dont six enfants, entre autres deux filles religieuses, et :

VI. *Francois-Jean-Jacques* GRIMOD DE BÉNÉON, chevalier, baron DE RIVERIE (par héritage de son oncle Jean-Jacques) et de Cornillon, sg^r de La Faverge, Saint-Didier Saint-André, Saint-Just-en-Vélay, La Rajasse, etc., né le 18 mars 1738, † à Lyon le 6 avril 1792 ; capitaine au régiment d'Aquitaine, lieutenant des Maréchaux de France, et juge du point d'honneur entre les gentilshommes de la Ville et sénéchaussée de Lyon, chevalier de Saint-Louis, comparant à Lyon en 1789. Il vendit à Cornillon en 1788, après avoir vendu Saint-Just aux Charpin en 1775 et fait hommage de La Faverge le 15 février 1764. Marié à Lyon le 10 décembre 1761 à Marie-Laurence Dugas de Bois Saint-Just, bapt. à Lyon le 5 octobre 1740, fille de Louis Dugas, chevalier, sg^r du marquisat de Villars, et Marie-Louise-Josèphe Laurent, dont :

1) Jacques-Louis-Claude, né le 6 avril 1764, † le 3 septembre 1764 ;

2) Jeanne-Claudine-Françoise-Étiennette Grimod de Bénéon, née le 10 septembre 1762, mariée p. c. du 25 février 1783 à Pierre de Montherot de Bellignieux, écuyer, sg^r de Montferrand, garde du corps du Roi dans la

compagnie écossaise, conseiller au Parlement de Dijon, bapt. à Lyon le 20 novembre 1757, † à Paris le 28 février 1798, fils de Pierre de Montherot, écuyer, sgr de Montferrand, capitaine des gardes du gouvernement de Bourgogne, et de Jeanne-Sibylle-Philippine de La Martine, dont :

> A) Jean-Baptiste-François-Marie de Montherot, marié : 1° à Jeanne-Virginie Guénichot de Nogent; 2°) à Marie-Suzanne-Clémentine de La Martine ;
>
> B) Jeanne-Claudine de Montherot, ép. en 1809 Xavier Hüe de La Blanche.

3) Claudine-Françoise, mariée le 14 août 1792 à Gaspard-Marie du Boys, Président à la Cour royale de Grenoble, né à Grenoble le 20 novembre 1761, † à La Combe de Lancry le 30 mars 1860, fille de noble Gaspard du Boys, avocat consistorial au Parlement de Dauphiné, et de Françoise Belluard.

RAMEAU DE GRIMOD

II. Me Pierre GRIMOD, † avant 1651, capitaine-châtelain de Givors ; ép. Marguerite Jullien, † à Givors le 12 octobre 1679, fille de Jean, greffier de Givors et d'Étiennette Compagnon, dont cinq fils et trois filles, entre autres :

III. Noble M. Me Benoît GRIMOD, † à Givors le 21 novembre 1682, avocat en Parlement, conseiller du Roi, enquêteur commissaire, examinateur en la sénéchaussée et siège présidial de Lyon, capitaine châtelain de Givors ; ép. à Lyon p. c. du 19 juin 1651 Pernette Bailly, † à Lyon le 2 décembre 1713 âgée de 79 ans, dont neuf fils et une fille, entre autres :

1) Claude Grimod, bapt. à Lyon le 18 juin 1658; ép. : 1° à Lyon le 19 mars 1704 Marie Perrin, † le 15 février 1709, fille de noble Antoine Perrin, Échevin de Lyon, et de Marie Lacam; 2° p. c. du 10 mai 1710 Marie Michel, bapt. le 3 mai 1683, fille de Jacques Michel, écuyer. sgr de La Tour des Champs, et de Jeanne de La Roue, dont entre autres :

> A) *du 1er lit* : deux fils et Pierrette, bapt. le 28 janvier 1708, ép. à Lyon p. c. du 31 mars 1731, Roman Lemoyne, bourgeois de Lyon, fils de Claude, et de Marie Chollet ;
>
> B) *du 2e lit :* quatre fils et deux filles, entre autres : Jacques, bapt. à Lyon le 12 octobre 1712 ;
>
> C) Claude, bapt. à Lyon le 30 octobre 1716 ;
>
> D) Jeanne-Marie, bapt. à Lyon le 29 septembre 1715, ép. le 13 juillet 1733 Antoine Vionnet, fils de François, et de Jeanne Laurisse ;

E) Marie, ép. à Lyon, p. c. du 25 avril 1745 Antoine de Gérando, écuyer,
secrétaire du Roi, fils de Pierre, et de Jeanne Lyot.

2) Jean-François, bapt. à Lyon le 24 janvier 1662, capitaine-châtelain de
Givors en 1682, ép. le 21 avril 1696, Marguerite-Françoise Perrin, sœur de
sa belle-sœur, ci-dessus ;

3) Louis Grimod, ✝ le 15 février 1743, agent des changes à Lyon ; ép. p. c. du
23 avril 1706 Benoîte Pallieu, dont postérité.

Cf. : Nouveau d'Hozier 165 ; Dossiers bleus 333 ;
    Vte Révérend : *Armorial du 1er Empire*.

GROLLIER

D'azur à trois besans d'or rangés, abaissés et surmontés de trois étoiles rangées d'argent.

Cimier : *Un groseillier.*

Devise : *Nec arbor, nec herba.*

Pierre-Louis, marquis de GROLLIER

Au premier rang des familles lyonnaises, les Grolier puis Grollier ont donné à Lyon des conseillers de ville, des Échevins, des Prévôts des marchands et se sont également distingués dans l'Église et l'Épée. Une tradition fait venir les Grolier d'Italie, mais les actes authentiques assignent pour auteur à cette famille :

I. Étienne Grolier, marié vers 1370, à Marguerite Travers. du lieu de Saint-Symphorien-le-Châtel, dont :

II. Étienne Grolier (commandant cent chevaux à la bataille de Rozebecque en Flandres sous le roi Charles VI) ; ép. le 4 mars 1400 Violette de Béringue, dont :

    1) Jehan, qui suit ;

    2) Antoine Grolier, tige de la première branche des sg[r] de Casault, éteints au xviie siècle ;

    3) Étienne, cellerier du chapitre noble de Savigny.

III. Discrète personne Jehan Grolier, sg[r] de Belair, † ayant testé à Lyon le 16 octobre 1479 ; Grellier en l'Élection de Lyon. ép. vers 1439 Renaude Fenoÿl, dont huit enfants, entre autres :

    1) Antoine, qui suit :

    2) Estienne Grolier. chevalier. vicomte d'Aguisy, † avant 1526 ; conseiller de ville à Lyon (1495-96 ; 1501-1503) : Trésorier général du Milanais, gentilhomme du duc d'Orléans ; ép. Antoinette Esbaud, dont entre autres :

        A) Noble Jean Grolier, vicomte d'Aguisy, né à Lyon, † à Paris le 22 octobre 1565 ; citoyen de Lyon, secrétaire du Roi, trésorier

général des armées françaises en Milanais, ambassadeur à Rome, etc.
Il fut le Mécène de son temps et se rendit célèbre comme bibliophile
et amateur de médailles. Marié le 11 octobre 1520 à Anne Briçonnet, fille de Nicolas, contrôleur général des Finances de Bretagne,
et de Catherine Poncher : d¹ p.

B) Sibylle Grolier, ép. noble Thomas de Gadagne.

3) André, archidiacre de Vienne en Dauphiné ;

4) Eustache, † mort au service du Roi ;

5) noble Jean Grolier, cellerier du chapitre de Savigny.

IV. Noble homme Antoine GROLIER, sgr de Belair, † à Lyon le 10 avril 1545 ;
garde du sel pour le Roi à Lyon, élu en l'Élection de Lyon, conseiller de ville à
Lyon (1508-09 ; 1514-15) ; ép. vers 1480 Louise de La Fay † à Lyon le
13 novembre 1551, fille de noble Jehan, et de Clémence de Rochefort, dont entre
autres :

1) François, qui suit :

2) Antoine Grolier, † au service ;

3) Jeanne, ép. 1°) Robert Basque ; 2°) Pierre de Vinols ;

4) Clémence, ép. noble homme Mr Me Humbert de Masso, receveur des
tailles en Beaujolais, conseiller de ville à Lyon, fils d'Humbert, et de Claudine Regnauld ;

5) Anne, ép. noble Gaspard du Sou ;

6) Isabeau, ép. noble Pierre de Tonelle (?).

V. Noble homme François GROLIER, sgr du Bois-d'Oingt, Belair, Le Soleil, etc.,
† à Lyon le 31 octobre 1577, conseiller de ville à Lyon (1545-46, 1555-56, 1561-62,
1568-69, 1570-71), conseiller secrétaire du Roi ; ép. vers 1529 Françoise de Grillet,
fille de noble Humbert, et de Philippine de Malyvert, dont huit fils et huit filles,
entre autres :

1) Antoine qui suit ;

2) Imbert, tige des sgrs du Soleil ;

3) Anne, ép. 1°) à Lyon, p. c. du 10 février 1564 noble homme Claude Camus,
fils de Jean, et d'Antoinette de Vinols ; 2°) Maurice du Peyrat, sgr d'Yvours,
chevalier de l'ordre du Roi ;

4) Louise, † le 15 août 1599, ép. noble homme Nicolas de Langes, lieutenant
général civil et criminel à Lyon, Premier Président du Parlement de
Dombes.

VI. Noble homme Antoine GROLIER DE SERVIÈRES, écuyer, baron de Servières,
né vers 1545, † vers 1606, secrétaire du Roi, receveur général des finances du

Dauphiné, général alternatif des finances (1577), conseiller de ville à Lyon (1578), Trésorier de France à Lyon, de 1578 à 1606, ambassadeur à Turin et en Suisse (1581), maître d'hôtel ordinaire du Roi (1587), capitaine des Forces de la ville de Lyon, etc., célèbre par sa fidélité à Henri IV ; marié 1°) p. c. du 9 décembre 1566 à Philiberte Bonyn, fille d'Antoine, sg^r de Servières, et d'Humberte Faure, 2°) p. c. du 14 février 1581, à Marie Camus, fille d'Antoine Camus, chevalier, baron de Riverie et d'Anne Regnauld. Il eut treize enfants, dont plusieurs religieux ou prieurs et :

1) Nicolas, qui suit ;

2) Charles, tige de la seconde branche des sg^{rs} de Casault ;

3) Charles-Henri, tige des sg^{rs} de Belair ;

4) Gaspard, bapt. à Villefranche le 12 octobre 1590, chevalier de Malte (2 septembre 1602), commandeur et baron d'Allois en Auvergne ;

5) Lucrèce, bapt. à Lyon, le 19 octobre 1601, ép. à Lyon, le 25 janvier 1626, Claude-Antoine de Malyvert, chevalier, sg^r de Challes, Conflans, etc.

VII. **Nicolas Grolier**, chevalier, comte DE SERVIÈRES, † en octobre 1689 ; connu par son cabinet d'antiquités et ses connaissances mathématiques ; commandant pour le Roi à Turin, lieutenant-colonel du régiment d'Aiguebonne, sergent-major de bataille, etc., ép. à Lyon, p. c. du 29 juin 1640 Catherine de Fenoÿl, † à Lyon le 14 décembre 1676, fille de Michel-Antoine, écuyer lieutenant des Forces de Lyon, et de Marie Girard ; dont treize enfants entre autres :

1) Charles, qui suit ;

2) Antoine, chevalier, bapt. à Lyon le 15 octobre 1643, officier au régiment Lyonnais ;

3) Imbert, bapt. à Lyon le 8 avril 1652 ; chanoine du chapitre noble d'Ainay ;

4) Gaspard, grand prieur du chapitre noble de Savigny ;

5) Pierre, bapt. le 5 août 1649, chevalier de Malte ;

6) Claude, chanoine du chapitre noble d'Ainay ;

7) Marie, bapt. le 1er décembre 1650, † le 9 septembre 1686, ép. à Lyon le 28 septembre 1670 Antoine Compain, docteur ès droits, fils de Pierre, banquier ès Cour de Rome ;

8) et 9) Catherine et Françoise, religieuses de Saint-Benoît.

VIII. **Charles DE GROLLIER**, chevalier, sg^r et comte DE SERVIÈRES, bapt. à Lyon le 23 juillet 1642, † à Lyon le 23 janvier 1726 ; Trésorier de France à Lyon (7 juin 1675) ; maintenu le 24 mai 1698 par l'intendant d'Herbigny, ép. 1°) p. c. du 23 septembre 1673 Jeanne Le Juge, † le 20 octobre 1679, fille de noble Jacques, et de Dorothée Minet. 2°) Marie de Quinson, fille de Louis, conseiller au Parlement de Metz et

d'Antoinette du Villard ; 3°) p. c. du 26 novembre 1689, Marie-Anne de Rostaing,
fille de Christophe, chevalier, sg^r de Veauchette, et de Marie de Luzy-Pélissac ; il
fut père de :

1) *1er lit :* Charles, chevalier, bapt. à Lyon le 5 août 1674, † s. a. capitaine au
   régiment de Picardie ;
2) Gaspard, qui suit ;
3) Nicolas, prieur commendataire de Pommiers en Forez ;
4) Daniel, bapt. à Lyon le 6 septembre 1678, grand cellerier du chapitre noble
   de Savigny ;
5) Marguerite, bapt. à Lyon le 5 août 1675, ép. à Veauchette en Forez le
   31 août 1698 Pierre d'Aurelles, chevalier, comte de La Garde, fils de Pons,
   et de Louise de Landan.

IX. Gaspard DE GROLLIER, chevalier, comte DE SERVIÈRES, né à Lyon le 1er octobre
1677, † le 26 février 1745 ; Capitaine au régiment de Piémont en 1696, lieutenant-
colonel du régiment de La Roche-Thulon, commissaire-ordonnateur des guerres,
membre de l'Académie de Lyon, directeur de l'Académie des Beaux-Arts etc., ép.
p. c. du 3 juin 1704 Louise de Chevriers, † à Lyon le 30 mars 1744, fille de
Philibert, chevalier, sg^r de La Flachère, et de Jeanne de Maisonseule [celle-ci sœur
de François-Marie, comte de Maisonseule, † s. a. dernier de sa race] dont :

1) Antoine Philibert, qui suivra ;
2) Antoine-Charles Joseph, chevalier, chambellan de l'empereur Charles VII,
   capitaine au régiment Royal des Vaisseaux, chevalier de Malte (12 février
   1726), bailli de l'ordre de Malte, colonel du régiment de Foix, Brigadier des
   armées du Roi ;
3) Jeanne-Charlotte, née le 27 août 1705, religieuse de Sainte-Élisabeth, à
   Lyon.

X. Antoine-Philibert DE GROLLIER, chevalier, marquis de Treffort, marquis de
Pont-d'Ain, comte de Maisonseule, sg^r de Grandpré, Coussiat, Tournans, Cussat,
Juffron, etc., bapt. à Lyon le 8 août 1707, † à Pont-d'Ain le 1er février 1763 ; capi-
taine au régiment Royal-des-Vaisseaux ; ép. à Paris p. c. du 31 mai 1728 Gabrielle-
Claude Colbert de Villacerf, † à Pont-d'Ain le 24 janvier 1763 à 50 ans, fille de
Pierre-Gilbert Colbert, chevalier, marquis de Villacerf, premier maître d'hôtel de la
Reine, et de Geneviève de Sénectere [sœur du Maréchal de France], dont :

1) Pierre-Louis, qui suit ;
2) Antoine-Charles-Joseph, chevalier, bapt. à Pont-d'Ain le 21 octobre 1740 ;

enseigne au régiment de Foix ; Lieutenant-général des armées du Roi, Bailli Grand-croix de l'ordre de Malte ;

3) Henriette-Sylvie, mariée au comte de Boutechoux de Villette.

XI. *Pierre-Louis*, marquis DE GROLLIER et de Treffort, comte de Maisonseule, vicomte du Thil, baron de Lamastre, sgʳ de Desaigne, etc., né à Lyon le 18 décembre 1730, † à Lyon victime de la Terreur le 6 nivôse, an II ; Gouverneur de Pont-d'Ain, capitaine au régiment de Foix, chevalier de Saint-Louis, Député de la Noblesse de la ville de Lyon à l'assemblée provinciale de la généralité de Lyon en 1789, comparant à Lyon en 1789 ; Député de la Noblesse du Bugey aux États-Généraux, ép. en février 1760 Sophie de Fuligny-Damas, chanoinesse de Remiremont, née en 1748, † en 1828, dont :

1) Antoine, qui suit ;

2) Joseph-Eugène, bapt. à Pont-d'Ain le 3 février 1764, chevalier de Malte ;

3) Claudine-Alexandrine, ép. à Pont-d'Ain le 29 octobre 1781 Benoit-Marie-Maurice, marquis de Sales, écuyer du prince de Piémont, fils de Paul-François, comte de Duingt, et de Joséphine de Regard de Disonches.

XII. Antoine-Charles-Eugène, marquis DE GROLLIER, né à Pont-d'Ain le 28 décembre 1765 † en juillet 1810 ; ép. le 26 juin 1797 Bonne-Désirée de Choiseul-Praslin, née le 13 juillet 1775, † à Montgoger (Indre-et-Loire) le 25 novembre 1865, fille de Renaud-Louis, duc de Praslin. Pair de France, et de Guyonne-Marguerite de Durfort, dont :

1) Eugène, qui suit ;

2) Amélie-Geneviève-Sophie, née en 1799 à Tours, le 18 septembre 1886, ép. N. Arthur, comte de Villarmois ;

3) Elma-Geneviève-Marguerite, née à Courbevoie en 1802, † à Lyon le 25 décembre 1827 ; ép. le 11 mars 1824 à Saint-Epain (Indre-et-Loire) Antoine-Hippolyte Bellet de Tavernost, vicomte de Saint-Trivier, né à Lyon le 10 février 1798, † à Lyon le 9 janvier 1867, fils de Louis-Pierre, vicomte de Saint-Trivier, et de Bonne de La Croix-Laval ;

4) Caroline-Louise-Geneviève-Ubaldine, † à Lyon le 5 juillet 1879, mariée à Saint-Epain le 22 octobre 1832 au vicomte de Saint-Trivier, son beau-frère, ci-dessus.

XIII. Eugène-Pierre, marquis DE GROLLIER, né à Saint-Epain en Touraine, le 7 juillet 1807, † à Paris le 10 avril 1877, ép. le 11 septembre 1832 Charlotte de Héricourt, † en novembre 1867, dont :

1) Antoine, qui suit ;

2) Charles-Eugène, comte de Grollier, né à Paris le 7 janvier 1840 ;

3) Jules, vicomte de Grollier, né au Plessis de Roye (Oise), le 23 août 1842,
† à Paris, le 6 octobre 1905, marié à Boussay le 9 février 1870 à Blanche
de Menou, fille de Léonce, marquis de Menou, et de Blanche Hély de Saint-
Saëns, dont :

 A) Marguerite, née le 22 janvier 1871, mariée à Paris le 12 juillet 1892
  à René-Paul Durey, comte de Noinville ;

 B) Alix-Marie, née le 22 janvier 1875, mariée à Paris le 14 juin 1899, à
  Samuel, vicomte du Pontavice.

XIV. Antoine-Gaston, marquis DE GROLLIER, né à Paris le 7 août 1833, marié en
mars 1865 à Marie Le Veneur de Tilière, fille du marquis et de Mlle de Saint-
Soupplet.

BRANCHE DE CASAULT

VII. Charles GROLLIER, chevalier sg^r de Casault, bapt. à Lyon le 2 février 1588,
† à Lyon le 7 mars 1664 ; Prévôt des marchands de Lyon en 1650-51, marié le
6 février 1614 à Marie-Anne Girard, fille d'Antoine, bourgeois de Lyon, et d'Anne
Chervier, dont onze enfants, entre autres :

1) Charles, qui suit ;

2) Antoine Grollier, bapt. à Lyon le 14 juin 1624, † le 7 mars 1646 ; prieur
commendataire de Saint-Irénée à Lyon ;

3) Gaspard, écuyer, bapt. à Lyon le 28 juillet 1626, † à Lyon le 25 octobre 1672,
Procureur général de la ville de Lyon ; marié p. c. du 5 janvier 1665 à
Catherine Rousselet, † à Lyon le 17 juillet 1663, fille de Jean, écuyer, et
de Catherine Chappuys, dont deux fils et :

 A) Virginie, bapt. à Lyon le 19 septembre 1659, mariée à Lyon le
  4 novembre 1677 à noble Jacques-Michel du Sozay, Trésorier de France
  à Grenoble, fils de Jean, et d'Isabeau Marnays.

4) Jean, chevalier, sg^r de Bellescize, enseigne au régiment de Carignan ;
ép. Jeanne d'Espinace, † s. p. ;

5) Marie, ép. le 11 janvier 1648 Louis de Regnauld, écuyer, baron de Glareins
sg^r de Choin, fils de François, et d'Andrée Monery.

VIII. Charles GROLLIER, chevalier, sg^r de Casault, bapt. à Lyon le 7 octobre 1620,
† à Lyon le 2 septembre 1674 ; maréchal de bataille, capitaine de la ville de
Lyon (24 mai 1644), Prévôt des marchands de Lyon, (1673-74) ; marié les 8-12

août 1648 à Virginie de Guillon de La Chaux, † à Lyon le 5 octobre 1671, fille de Maurice, écuyer, Échevin de Lyon, et de Louise de Raverie, dont :

> 1) Marie Grollier, bapt. le 30 juillet 1651 ; ép. p. c. du 7 juillet 1673 Guy-Balthazar Emé, chevalier, marquis de Marcieu et de Boutières, gouverneur de Grenoble, maréchal de camp, fils d'Ennemond Emé de Saint-Julien, chevalier, baron de Marcieu, Président au Parlement de Dauphiné, et de Virginie de Monteynard, baronne de Marcieu, héritière des Guiffrey-Boutières.

BRANCHE DE BELAIR

VII. Charles-Henri Grollier, chevalier, sg^r de Belair, bapt. à Lyon le 16 juillet 1597, † à Lyon le 1er avril 1644 ; conseiller au Parlement de Dombes ; ép. p. c. du 12 février 1632 Éléonore Charrier, fille de Guillaume, Échevin de Lyon, et de Gabrielle du Four, dont entre autres :

> 1) Charles, bapt. à Lyon le 26 février 1635, capitaine de cavalerie, † s. a. ;
> 2) Gaspard, qui suit ;
> 3) Anne, bapt. le 13 mai 1636, ép. p. c. du 19 septembre 1655 Jean de la Garde de Cadenet, écuyer, sg^r du Clairon, gouverneur de la citadelle de Châlon, fils de Claude, et d'Adrienne de la Porte.

VIII. Gaspard Grollier, chevalier, sg^r de Belair, bapt. à Lyon le 25 octobre 1639, † avant 1688, capitaine de cavalerie ; marié à Marie-Élisabeth Baudoin dont :

> 1) Nicolas, qui suit ;
> 2) Marie-Anne-Jeanne, mariée : 1°) p. c. du 2 juin 1688 à Joseph de Montréal, chevalier, Lieutenant de Roi de Bresse ; 2°) p. c. du 23 août 1694 à François-Melchior de Joly, chevalier, baron de Choin, gouverneur de Bourg-en-Bresse, Lieutenant de Roi à Bourg-en-Bresse [famille célèbre par Marie-Émilie Joly de Choin, demoiselle d'honneur de la princesse de Conti et maîtresse du Grand Dauphin] ;
> 3) Geneviève, ép. p. c. du 19 mai 1694, Hugues Guillet, chevalier, Procureur du Roi en l'Élection de Lyon, Trésorier de France à Lyon en 1696 ;
> 4) et 5) Elisabeth et Thérèse, religieuses.

IX. Nicolas Grollier, chevalier, sg^r de Belair, lieutenant de dragons, tué à Steinkerque, s. a.

BRANCHE DU SOLEIL

VI. Imbert Grolier, écuyer, sg^r du Soleil, Septeville, etc., Prévôt des marchands de Lyon en 1602-03, chev. de l'ordre du Roi, capitaine des Forces de Lyon, ép. p. c. du 16 mars 1573 Lucrèce Albizzi, fille de Jean, sg^r d'Yvours, et de Clémence Violle, dont :

1) Nicolas, qui suit ;

2) François, bapt. à Lyon le 22 juin 1577, cornette au régiment de Nérestang ;

3) Marie, bapt. à Lyon le 3 février 1582, † à Lyon le 4 mai 1609, ép. à Lyon le 20 janvier 1598 Mathieu Sève, chevalier, baron de Fléchères, † à Lyon le 10 janvier 1647, Président des Trésoriers de France à Lyon, Échevin de Lyon en 1609, Prévôt des marchands de Lyon en 1630 [remarié à Marguerite Laurencin, † à Lyon le 29 juin 1616, fille de Claude, et de Claire du Puy], fils de Mathieu Sève, conseiller de ville à Lyon ;

4) Claudine, bapt. à Lyon le 15 novembre 1587, ép. p. c. du 5 avril 1606 noble Jean de la Veuhe, chevalier, Trésorier de France à Lyon (1606), fils de Jacques, et de Germaine de Murat ;

5) Anne, ép. à Lyon le 8 février 1603 noble Aimé Baraillon, sg^r de La Combe, né à Lyon le 20 mai 1566, Trésorier de France à Lyon, Prévôt des marchands de Lyon en 1616, fils de noble Jean, et de Marguerite Baronnat ;

6) Clémence, bapt. à Lyon le 2 août 1589, ép. à Lyon Louis Puget, Trésorier de France à Lyon (1612).

VII. Nicolas Grolier, chevalier, sg^r du Soleil, bapt. à Lyon le 29 septembre 1580, † à Lyon le 4 octobre 1651, capitaine de chevau-légers, ép. à Grenoble p. c. du 9 août 1611 Marguerite Armuet, † à Lyon le 19 décembre 1649, fille de Louis, chev., sg^r de Bonrepos, chevalier de l'ordre du Roi, et de Françoise de Saint-Marcel, dont :

VIII. Imbert Grollier, chevalier, sg^r du Soleil, bapt. à Lyon le 19 février 1613, † le 6 février 1684, capitaine de cavalerie, ép. à Grenoble p. c. du 9 octobre 1646 Catherine du Mottet, † à Lyon le 3 décembre 1658, fille de Charles, chevalier, sg^r d'Oulle, Champier, etc., et de Félicie de Briançon, dont :

1) Marguerite, bapt. à Lyon le 26 mars 1652, ép. à Grenoble p. c. du 15 février 1670, Claude de Chevriers, chevalier, comte de Saint-Mauris ;

2) Marie, ép. à Mâcon p. c. du 2 mars 1686, Joseph de Vallin, chevalier, fils de Marc, et de Marie de Copier.

Cf. : Chérin. vol. 100 (*Généalogie de juillet 1757*) ; Michon ; Pernetti.

GUILLET DE CHATELLUS

*De gueules au chevron d'argent, aliàs d'or, accompagné en pointe d'un
lion d'or ; au chef d'or.*

Jacques-Pierre GUILLET de CHATELLUS

Originaire d'Hauterivoire près Saint-Laurent de Chamousset, cette famille a
formé plusieurs branches, dont l'une celle de Châtelus puis Chatellus tire son nom
d'un vieux manoir sis au point culminant du Jarez, vendu en 1513 par le connétable
de Bourbon aux Laurencin, et qui après diverses vicissitudes parvint aux Bénéon et
enfin aux Guillet. L'auteur de ces derniers est :

I. Jean GUILLET, marié vers 1580 à Philippa Cousta, dont :
  1) Annibal, qui suit :
  2) Claude, qui a fait la branche cadette, d'où est sorti le rameau de Châ-
     telus.

II. Annibal GUILLET, ✝ à Saint-Laurent de Chamousset le 30 mars 1657, ép.
Benigne Broy, dont parmi six enfants :
  1) Jean, qui suit ;
  2) Jean Guillet le jeune, ép. Françoise Piedamour, ✝ avant 1694, dont parmi
     cinq enfants :
     A) Hugues Guillet, chevalier, né le 28 janvier 1657, ✝ à Paris en 1738, Pro-
        cureur du Roi en l'Élection de Lyon. Trésorier de France à Lyon (22 juin
        1696), ép. à Lyon p. c. du 19 mai 1694, puis à Paris, par nouveau
        contrat du 31 juillet 1694, Denise-Geneviève Grollier, fille de Gaspard,
        chevalier, sgr de Belair, capitaine-major de cavalerie. et de Marie
        Elisabeth Baudoin, dont :
        a) Philippe-Hugues Guillet de Crécy, abbé commendataire de
           l'abbaye de Sesnières ;

b) Françoise Guillet, ép. à Trévoux le 28 octobre 1717, Guillaume-
   Philippe de Sallmard de Montfort ;
c) N... fille, religieuse à Lyon.

III. Jean GUILLET, sg^r de Belvé. † le 14 janvier 1688. ép. Jeanne Dalier, fille de
Jean, lieutenant de juge de la baronnie de Chamousset, dont entre autres :

IV. Noble Annibal GUILLET, sg^r DE BELVÉ. bapt. à Saint-Laurent de Chamousset
le 4 novembre 1650, † à Lyon le 28 février 1748, Conseiller du Roi, Procureur du
Roi en l'Élection de Lyon (3 mars 1696), Échevin de Lyon en 1708-1709, lettré et
érudit, avocat fameux ; ép. p. c. du 30 octobre 1678, Catherine-Thérèse Veyrat,
fille de Jean, Président en l'Élection de Lyon, et de Catherine Badol, dont sept
enfants, entre autres :
   1). Jean qui suit :
   2). Benoîte, bapt. à Lyon le 5 avril 1696, prieuse des Dames hospitalières de
      Feurs.

V. Jean GUILLET DE BELVÉ, écuyer, sg^r de Belvé. bapt. à Lyon le 17 juin 1684,
† en 1775, ép. à Lyon le 13 janvier 1710 Catherine Gayet, † à Lyon le 1er mai
1745, fille de noble Jacques, lieutenant, assesseur en l'Élection de Lyon, et de Marie
Blandin, dont neuf filles, entre autres :
   1) Marie-Anne, bapt. à Lyon le 22 novembre 1710, ép. p. c. du 8 juillet
      1735 François de Varennes-Bissuel de Thizy, écuyer, sg^r de Ronno, Thizy,
      Pierrefitte, etc., veuf de Marie Duport et fils de Jean, Conseiller au Parle-
      ment de Dombes, et de Charlotte Cornuel ;
   2) Anne-Marie, bapt. le 14 octobre 1714, ép. p. c. du 1er juin 1742, noble
      Jacques Jolyclerc de la Bruyère, avocat en Parlement, Échevin de Lyon en
      1763-64, fils de Christophe, et de Michelle de Montherot ;
   3) Catherine-Thérèse, bapt. le 18 juin 1713, ép. à Roanne le 14 septembre
      1739, noble Jacques Basset, avocat en Parlement à Roanne, fils de Charles,
      maire perpétuel de Roanne, et de Jacqueline Page.

BRANCHE CADETTE

II. Claude GUILLET, ép. à Pomey, p. c. du 6 août 1615 Louise Néel, fille de
Jehan et de Jeanne Radix ; Louise Néel, lui apporta le domaine de « la Guilletière »
qui resta dans cette famille jusqu'à nos jours : elle eut huit enfants, entre autres :
   1) Jean, qui suit :
   2) Claude Guillet. ép. à Saint-Symphorien-le-Châtel le 24 janvier 1657.

Florie Saulnier, fille d'Antoine, et de Françoise Dusurgey, dont entre autres :

A) noble Claude Guillet, sg^r de Saconay, Aveize, La Chapelle, Pitaval, etc., bapt. à Saint-Symphorien le 3 octobre 1657, † le 5 novembre 1740; ép. 1°) à Lyon p. c. du 25 janvier 1687 Claire Barry ; 2°) Elisabeth Loubeyrat, † à Lyon le 12 avril 1729. Il eut du *1er lit :*

    a) Claire, ép. à Lyon le 28 janvier 1710 Barthélemy Dareste, écuyer, fils de Camille, et de Marie Gayot;

    b) Anne, bapt. à Lyon le 22 avril 1699, ép. p. c. du 26 octobre 1717 noble Antoine du Treül, Échevin de Lyon en 1741-42.

III. Jean GUILLET, Procureur d'office de Saconay, † à Pomey le 22 juillet 1708 ; ép. à Lyon le 6 octobre 1658, Jeanne Besson. † en 1713, âgée de 87 ans, dont parmi neuf enfants :

    1) Louis, qui suit :

    2) Jean, tige des sg^{rs} de Châtelus ;

    3) Antoinette, bapt. à Pomey le 29 août 1659, † le 3 juillet 1739. ép. en 1685 Michel Martel, officier des armées du Roi ;

    4) Marie, bapt. à Pomey le 11 janvier 1668, † le 14 mars 1726, ép. Antoine de la Rivière.

IV. Louis GUILLET, né à Pomey le 2 août 1660, ép. le 2 janvier 1693 Françoise Grimod, bapt. à Bans le 12 mai 1659, fille de Jean-Baptiste et d'Angélique Gallien, dont entre autres :

V. Pierre GUILLET, né à Pomey le 17 novembre 1697, † à Pomey le 24 août 1767, ép. à Saint-Symphorien le 19 septembre 1719, Claudine Commarmond, † à Pomey le 6 avril 1754, fille de Jean-François, lieutenant de Saint-Symphorien, dont entre autres :

    1) Antoine, qui suit ;

    2) Jeanne-Françoise, bapt. le 20 septembre 1722, ép. à Pomey le 7 mai 1751, Charles-Joseph Guérin, de Condrieux ; 2° à Pomey le 12 mai 1755 André Ferrand ;

    3) Andrée-Louise, bapt. à Pomey le 20 novembre 1736. ép. à Pomey le 8 février 1763 Noël Matagrin ;

    4) Antoinette bapt. le 30 janvier 1724, † le 4 mars 1789, ép. à Pomey le 3 janvier 1761 Clément Peyre.

VI. Antoine GUILLET, né à Pomey le 30 mars 1735, officier de dragons; il vendit la Guilletière, qui fut rachetée par Noël Matagrin, veuf d'Andrée-Louise Guillet; ép. Élisabeth-Victoire Bourne, dont :

VII. Pierre-Antoine-Philippe, dit Auguste GUILLET, ancien capitaine de cavalerie aux Chasseurs du Var, chevalier de Saint-Louis et de la Légion d'honneur.

Rameau de Châtelus ou Chatellus.

IV. Jean GUILLET, écuyer, sgʳ de Chavannes, Châtelus, Saint-Denis-sur-Coise, etc. (p. acq. du 13 juillet 1715), né à Pomey le 28 mai 1662, † à Saint-Symphorien le 6 juillet 1723, lieutenant en la ville de Saint-Symphorien-le-Château, conseiller secrétaire du Roi, trésorier, receveur et payeur ancien et triennal des gages des officiers de la chancellerie près le Parlement de Pau (4 mars 1723), [charge dont les lettres furent enregistrées à l'intendance à Lyon, le 23 mai 1723, et en l'élection de Saint-Étienne, le 22 novembre 1723]; ép. à Saint-Symphorien le 8 janvier 1688 Marie Alissant, fille de Joseph, et de Marie Duplessis, dont:

1) Louis-Joseph, qui suit;
2) Antoinette, ép. Jean Bourgoin;
3) Jeanne, religieuse ursuline à Saint-Symphorien.

V. Louis-Joseph GUILLET DE CHATELLUS, écuyer, sgʳ de Chavannes, Chatellus (*sic*), Charpenay, Saint-Denis-sur-Coise, né à Saint-Symphorien le 13 octobre 1697, † à Chatellus le 8 mars 1760; conseiller du Roi, garde du Corps, lieutenant des maréchaux de France en Forez; ép. 1°) à Chazelles le 13 novembre 1720 Claudine-Benoîte Commarmond; 2°) le 9 juin 1743 Marie-Anne Bochu du Colombier, † à Chatellus le 6 juillet 1751, fille de noble Jean-François, sgʳ du Mays, capitaine châtelain de La Tour-en-Jarez, et de Catherine-Rose de Chazelles, dont :

1) Jacques-Pierre, qui suit;
2) Jeanne-Marie-Antoinette, bapt. à Montbrison le 20 octobre 1744, ép. à Chatellus le 8 juillet 1762, noble Damien Staron, sgʳ de La Rey et de Saint-Marcel, greffier en chef en l'élection du Forez, fils de noble Claude, et de Marie Odin des Malignières;
3) Marie-Anne, ép. noble Jean-Pierre-Magloire Gaultier, fils de Jean, sgʳ de Senas, et de Marie Fleurdelix.

VI. *Jacques-Pierre* GUILLET DE CHATELLUS, écuyer, sgʳ de Chatellus (dont hommage le 20 février 1777), Chavannes, Saint-Denis, etc., né à Chazelles le 15 août 1747, officier d'infanterie, comparant à Lyon et à Montbrison en 1789; combattant au siège de Lyon, émigré; ép. à Lyon le 2 juillet 1776 Marie Rambaud, fille de noble André, Échevin de Lyon, et de Jeanne-Françoise Guiguet de Vaurion, dont :

1) Jean-Jacques-Claude-Victor Guillet de Chatellus, chevalier, né à Lyon le 1er février 1779, ingénieur; ép.: 1º) à Lyon le 29 avril 1807 Jeanne Bernuzet de Coleymieux; 2º) le 10 février 1811 Marie de Palerne [remariée à Camille de Polallion, vicomte de Glavenas], fille de Philibert de Palerne, écuyer, sgr du Monestier: dont :

A) Camille, née à Lyon le 15 mars 1813, religieuse ursuline.

2) Thomas, qui suit ;

4) Jacques-Pierre-François, écuyer, né le dernier juillet 1782, † s. a.

VII. Marie-Thomas-Charles GUILLET DE CHATELLUS, né à Lyon le 18 mai 1780, † à Lyon le 7 janvier 1826, ép. le 19 novembre 1807 Benoîte-Joséphine du Fournel du Breuil, née le 2 janvier 1790 [remariée en 1835 à Désiré Portanier, comte de La Rochette]; fille de Barthélemy, et d'Élisabelle Barberet, dont :

VIII. Barthélemy-Marie-Ernest GUILLET DE CHATELLUS, comte héréditaire de Chatellus, par bref de S. S. Pie IX du 15 décembre 1863, chevalier de Saint-Grégoire le Grand; né à Lyon le 15 février 1809, † à Nogent (Côte-d'Or) le 26 février 1888; ép. à Lyon le 12 janvier 1835 Jeanne-Andrée-Valentine de Montherot, née le 8 août 1816, † à Nogent le 26 mai 1900, fille de Jean-Baptiste-François-Marie de Montherot [remarié en 1824 à Marie-Suzanne-Clémentine de La Martine, sa cousine, sœur du poëte], et de Jeanne-Virginie Guénichot de Nogent, dont :

1) François, qui suit ;

2) Jeanne-Claudine-Marie, ép. : 1º) le 23 septembre 1857 Henri, comte de Lambilly, lieutenant-colonel d'État major, tué à l'âge de 38 ans le 12 janvier 1871, à Ponthieu près Nantes ; 2º) N... des Grées du Loû ;

3) Marie-Gabrielle-Valentine, ép. le 31 janvier 1863 Roger de Chabenat, comte de Bonneuil, fils de Félix-René, comte de Bonneuil, et de Élisabeth Le Cornu de Balivière.

IX. François-Joseph-Charles GUILLET DE CHATELLUS, comte de Chatellus, né à Lyon le 10 février 1838. ép. à Paris le 11 juin 1865, Marie-Élisabeth de Chabenat de Bonneuil, sœur du comte de Bonneuil, ci-dessus, dont :

1) Pierre-René, vicomte de Chatellus, officier, né le 14 octobre 1869, ép. à Fournes près Lille (Nord) le 23 avril 1895 Élisa-Marie-Geneviève d'Hespel, fille de Christian comte d'Hespel. et de N... Lebon, dont :

A) Christian, né à Beaune le 7 avril 1898;

B) René de Chatellus ;

C) Jacques, né à Beaune le 17 décembre 1905;

D) Antoinette de Chatellus.

2) Jacques, vicomte Jacques de Chatellus, officier, ép. le 26 janvier 1898 à Villers (Meurthe-et-Moselle) Nicole d'Hennezel, fille du comte d'Hennezel et de Mlle de Saint-Germain ;

3) André-Marie-Octave, vicomte André de Chatellus, né en 1879, ép. à Épernay le 14 février 1906, Marie-Adeline-Octavie, dite Rosy Gallice, fille de Charles-Auguste-Henri, et de Rosalie Ouizille ;

4) Marie-Françoise-Jeanne, née le 5 octobre 1867, ép. à Nogent le 8 juillet 1892 Ludovic, vicomte d'Hespel, lieutenant de vaisseau, fils d'Edmond, comte Edmond d'Hespel, et de Louise des Enffans de Ponthois.

Cf. : Chérin ; Michon ; Pernetti ; Annuaire de la Noblesse.

Communications du comte de Chatellus, du baron Dugas de la Catonnière.

GUILLET DE MOIDIÈRE

D'azur à trois têtes de léopard d'or, arrachées et couronnées de trois pointes d'argent.

Laurent-Nicolas-Scipion GUILLET de MOIDIÈRE

D'après les archives du château de Moidière, cette famille Guillet aurait une origine commune avec la famille Guillet de Monthoux en Savoie.

Cette dernière est issue des anciens « Mayors » de Crans, près Nyon, au canton de Vaud, dont la fonction rendit patronymique le nom de Mayor. Noble François Mayor quitta ce nom à la fin du xv⁰ siècle pour prendre celui de sa mère, fille et héritière de noble Jean Guillet, sgʳ d'une maison forte rentée de ce nom. François Guillet laissa de Méraude de Montrichier : Nicolas Guillet, chanoine de Genève, † avant 1529, Jean et Michel Guillet, cités avec leur frère dans un partage du 10 juin 1529, produit en 1781 lors de preuves de Malte ; Jean et Michel Guillet quittèrent la Suisse et achetèrent Monthoux en 1532. Ils en prêtèrent hommage noble le 22 décembre 1541 en se prévalant de leur état de gentilshommes reconnus et confirmés par Charles-Quint en 1529. Michel Guillet, co-sgʳ de Monthoux, fut la souche de cette famille en Savoie ; et cette branche est la seule dont parle M. de Foras dans son *Nobiliaire de Savoie.*

D'après les Archives du château de Moidière, les Guillet de Moidière se rattacheraient aux mêmes auteurs.

Noble François Guillet, ci-dessus, époux de Méraude de Montrichier, aurait en 1488 contracté une autre alliance avec Éléonore d'Affry, de Fribourg : de cette union seraient nés : Louis, Rodolphe et Pierre Guillet, qui figureraient avec leurs frères dans le diplôme de Charles-Quint de 1529 les confirmant dans leur noblesse [Arch. de Moidière]. Les mêmes archives permettent d'établir comme suit la filiation de cette famille :

I. Pierre GUILLET, ép. à La Tour du Pin, en 1523, Jeanne de Torchefelon, dont :

II. Pierre GUILLET, ép. en 1551 Françoise de Grimaud de Mont-Saint-Clair, dont :

III. Nicolas Guillet, ép. le 20 janvier 1584 Anne Charbotel, dont :

IV. Michel Guillet de La Platière, écuyer, † avant 1686, ép. le 6 août 1619 Gasparde Alleman, fille de Pierre Alleman de Laval, dont :

1) Jacques-Joseph, qui suit :
2) Nicolas-Scipion Guillet de La Platière, écuyer, sg^r de Moidière en Dauphiné, capitaine major au régiment d'Infanterie Lyonnais, maréchal de bataille, des camps et armées du Roi, Gouverneur de Pontarlier, confirmé dans sa noblesse en 1668, après avoir reçu des lettres de noblesse en 1654 ;
3) Marguerite, religieuse bénédictine de Saint-André de Saint-Geoire ;

V. Jacques-Joseph Guillet de la Platière, écuyer, sg^r de Toussieu, la Verrière, et du Bouchet, capitaine au régiment de Piémont, Lieutenant-colonel du régiment de Gâtinais en 1696, anobli en juillet 1681, marié à Lyon le 23 juillet 1686 à Sibylle Pichon, sœur de Pierre, maître en la Chambre des Comptes de Paris, et fille de Pierre, bourgeois de Lyon, et de Marie Boys, dont :

1) Jacques-Nicolas Guillet du Bouchet, chevalier, sg^r de La Platière et du Bouchet, capitaine au régiment de Béarn (1734); testa à Lyon le 31 mai 1755 ;
2) Nicolas-Scipion Guillet du Bouchet, chevalier, sg^r de Moidière, Toussieu, Laverrière, bapt. à Lyon le 20 août 1687; ép. à Lyon le 16 avril 1708 Antoinette Anisson, † à Lyon le 26 mai 1710, âgée de 23 ans, fille de Jean, écuyer, sg^r d'Hauteroche, et de Jeanne Rigaud, dont :
    A) Jean-Scipion Guillet de Moidière, chevalier, bapt. à Lyon le 19 mai 1710.
3) Charles Guillet du Bouchet, écuyer, testa à Lyon le 4 septembre 1705, avant d'entrer chez les R. P. Jésuites ;
4) Jacques-Joseph Guillet de la Verrière, écuyer, testa à Lyon le 14 mai 1709, religieux profès augustin de la Croix-Rousse ;
5) Louis, qui suit ;
6) N. mariée avant 1711 à Jean Anisson d'Hauteroche, écuyer, conseiller au Parlement de Paris ;
7) Magdeleine, ép. noble Joseph de Vellein.

VI. Louis Guillet de la Platière, chevalier, baron de Toussieu, sg^r de La Verrière, Moidière, etc., capitaine au régiment d'Enghien, ép. à Lyon le 28 avril 1734 Marie-Benoîte du Sauzey, qui testa le 12 mai 1740, fille de Dominique, chevalier, sg^r de Jarnosse, lieutenant aide-major, au régiment de la Marine, et de Marie Baret de Colette, dont entre autres :

1) Laurent, qui suit ;

2) Marie-Jacqueline, bapt. à Lyon le 23 septembre 1735, ép. Pierre-Joseph-Marie de Lombard, chevalier, sg^r de Montgrillet, chevalier de Saint-Louis.

VII. *Laurent-Nicolas-Scipion* GUILLET DE MOIDIÈRE, chevalier, sg^r du dit lieu, officier au régiment de Picardie, comparant à Lyon en 1789; ép. le 7 janvier 1769 Marie-Agathe-Nicole de Révilliasc, fille d'Alexandre, dont :

 1) Marie-François-Auguste Guillet de Moidière, colonel, marié le 30 germinal an VIII à Fleurie-Paule de Guillon de La Chaux, † s. p., née vers 1783, fille de Jean-Baptiste de Guillon de La Chaux, chevalier, et de Fleurie des Fours :

 2) Laurent-Marie Othon, qui suit ;

 3) Marie-Françoise-Claudine, ép. à Lyon le 8 mars 1791 Claude-Emmanuel de Crémeaux.

VIII. Laurent-Marie-Othon GUILLET DE MOIDIÈRE, dit le comte de Moidière, † dernier mâle de sa race ; ép. 1°) Adèle-Gabrielle de Monts de Savasse ; 2°) Henriette de Murat de Lestang, sœur de son gendre qui suivra. Il eut du premier lit :

IX. Marie-Alexandrine-Françoise-Pauline DE GUILLET DE MOIDIÈRE, née en 1813, † à Moidière le 14 mai 1871, ép. le 6 janvier 1834 Marie-Maurice, marquis de Murat de Lestang, fils de Casimir, marquis de Murat de Lestang, et d'Agathe-Charlotte-Marie, princesse de Broglie et du Saint-Empire, dont :

 1) Édith, qui suit ;

 2) Aglaë de Murat, mariée à Jules Nodler.

X. Marie-Françoise-Aglaë-Édith DE MURAT DE LESTANG, † à Moidière le 10 octobre 1885, mariée le 15 novembre 1859 à Henri-Marie-Armand, vicomte DUGON, né en 1832, † à Moidière le 3 octobre 1889, fils de Nicolas-Louis-Charles, comte Dugon, et de Marie-Antoinette-Armande de Moyria-Châtillon ; dont, entre autres :

XI. Charles-Marie-Armand, vicomte DUGON, héritier de la terre de Moidière et appelé par le testament de son bisaïeul à relever le nom DE MOIDIÈRE, né à Lyon le 5 septembre 1862, marié le 29 avril 1891 à Marie-Jeanne Mareschal de Vezet, dont :

 1) Armand Dugon [de Moidière] ;

 2) Henri Dugon [de Moidière] ;

 3) Élie Dugon de [Moidière] ;

 4) Marie-Josèphe Dugon [de Moidière].

 Cf. : *Généalogie communiquée par* le vicomte Dugon, *dressée sur titres originaux conservés au château de Moidière et remontant à 1488.*
  Comte de Foras : *Nobiliaire et armorial de Savoie.*

GUILLIN D'AVENAS

Armes anciennes :

De gueules à quatre flèches mises en giron d'argent.

Armes modernes :

Écartelé : au 1 et 4 coupé d'argent et de sable, au lion de l'un en l'autre ; aux 2 et 3 de gueules à quatre flèches mises en giron d'argent.

Hugues GUILLIN d'AVENAS
Aimé GUILLIN du MONTEL

La famille Guillin semble originaire de Guillin-sur-Aigueperse en Beaujolais et a possédé dès le xve siècle la terre du Montel (Saint-Bonnet-des-Bruyères) [souvent écrite à tort *le Montel*], comme il ressort des L. P. de septembre 1609 accordées à Denis Guillin, constatant l'ancienneté de cette famille et rappelant sans indiquer leurs alliances : Pierre Guillin, sg[r] du Montel, capitaine de Chevagny-le-Lombard, son fils Antoine (cité en 1453), son petit-fils François (cité à Chevagny en 1522) et son arrière-petit-fils Philibert Guillin, sg[r] du Montel, homme d'armes de la compagnie de M. de Mandelot, gouverneur de Lyon. Tous ces Guillin exerçaient les charges de capitaine châtelain et de notaire royal à Chevagny-le-Lombard, comme leur descendant auquel commence la filiation sur titres.

I. Denis GUILLIN, sg[r] DU MONTEL, capitaine châtelain et notaire royal de Chevagny-le-Lombard ; reçut le 1er juillet 1594 une commission de capitaine de cinquante chevau-légers de nouvelle tournée et obtint en septembre 1609 des L. P. du Roi Henri IV, le reconnaissant « comme de noble et ancienne race », et rappelant ses ancêtres « qui ont toujours vécu noblement » et le réputant noble et anobli surabondamment. Marié le 8 novembre 1603 à Anne de La Porte de Glareins, fille de noble François, et de Marie Gaspard, dont :

II. Noble Étienne GUILLIN, sg[r] DU MONTEL, notaire royal à Chevagny-le-Lombard, héraut d'armes de France, établi à Lyon en 1668, vivant encore en 1674, ép. à Vaux

le 6 janvier 1638 (aliàs 1648) Claudine de Montrichard, fille d'Antoine, chevalier, sg^r
de Montrichard, La Brosse, etc., et de Philiberte Turrin, dont :

    1) Denis, qui suivra ;

    2) Jean-Antoine Guillin du Montel, bapt. à Saint-Bonnet-des-Bruyères le
       9 juillet 1663, prêtre, docteur en théologie, chanoine d'Aigueperse, qualifié
       sg^r d'Aigueperse en partie et des Blancs, dans une reprise de fief du
       2 décembre 1727.

III. Denis-Guichard GUILLIN, sg^r DU MONTEL, Juge de la châtellenie de Chevagny-
le-Lombard, notaire royal à Chevagny, marié à Beaujeu le 25 novembre 1688 à
Élisabeth de Lafont de Pougelon, fille puinée de Hugues de Lafont, sg^r de Pougelon
et de Madeleine Favre des Cloux [fille de N. Favre des Cloux, de Beaujeu, et de Élisabeth Thibault de La Roche, celle-ci sœur de Claude, baron des Prez et d'Emmanuel, marquis de La Roche-Thulon, mestre de camp de Dragons : tous trois enfants
de Philibert Thibault, écuyer, sg^r de Thulon, La Roche, etc., marié le 14 septembre 1621
à Isabeau de Noblet des Prez, fille de Claude de Noblet, baron des Prez, sg^r de La
Tour de Romanèche, et d'Élisabeth de Faverges de Rebé].

De ce mariage naquirent neuf fils et quatre filles, entre autres :

    1) Pierre-Philippe, né en 1690, chanoine doyen d'Aigueperse, curé de Saint-
       Bonnet-des-Bruyères, vivant encore en 1757 ;

    2) Hugues, né en 1692, † au Montel le 13 janvier 1766, Avocat en Parlement
       et ès-cours de Lyon, juge de Chevagny-le-Lombard, assesseur en la maré-
       chaussée générale de Forez, marié en 1717 à Marie-Anne Pirot, sœur de
       Mmes Meaudre et Quarré de Verneuil, dont :

         A) François, avocat, assesseur en la maréchausée générale de Lyonnais,
           Forez et Beaujolais ;

         B) Agathe, mariée vers 1753 à son cousin Antoine Guillin du Montel, sg^r
           de Pougelon.

    3) François-Gabriel, qui suivra :

    4) Antoine, bapt. à Saint-Bonnet-des-Bruyères, le 8 janvier 1702, † à Ouroux le
       8 février 1778, prêtre, curé de Saint-Antoine d'Ouroux (27 octobre 1733-
       8 février 1778) ;

    5) Noble Aimé Guillin du Montel, né au Montel le 13 mars 1703, élu en l'Élec-
       tion de Lyon (1744-1764), doyen des conseillers en l'Élection, avocat ès-cours
       de Lyon, syndic des avocats en 1759 ; Recteur de l'Hôtel-Dieu en 1759,
       Échevin de Lyon en 1761-62 ; marié p. c. du 12 juin 1744 à Marguerite des
       François de l'Olme, fille d'Antoine, sg^r de l'Olme, les Guillots, Fontachar,
       et de Marie-Anne Le Seigle de Gardache, d'où :

A) Jeanne-Claire Guillin du Montel, mariée le 6 février 1769 à François-Pierre-Suzanne Brac de La Perrière, écuyer, Échevin de Lyon en 1775-76, fils de François Brac, sg^r de Montpiney, Échevin de Lyon en 1736-37, et de Catherine Deschamps.

6) Nicolas, bapt. à Saint-Bonnet-des-Bruyères le 2 février 1705, chanoine d'Aigueperse de 1752 à 1764 ;

7) Jean-François, bapt. à Saint-Bonnet-des-Bruyères le 2 décembre 1706, chanoine d'Aigueperse de 1752 à 1770 ;

8) Antoinette, bapt. au Montel le 5 avril 1699, ép. à Saint-Bonnet-des-Bruyères le 2 juin 1716 François de Montrichard, chevalier, sg^r de La Brosse, fils d'Antoine, écuyer, et de Roberte-Philippe de Mathieu d'Essertines.

IV. François-Gabriel GUILLIN DU MONTEL, né au Montel le 25 décembre 1700, Procureur ès Cour des monnaies, sénéchaussée, siège présidial et autres cours de Lyon (1727), marié à Françoise-Marie Perrin, dont :

1) Antoine, qui suit ;

2) Marie-Aimé Guillin du Montel, écuyer, sg^r de Poleymieux (p. acq. des Servant en 1786), né à Lyon le 2 mai 1730, † victime de son dévouement à la famille royale, massacré par la populace le 26 juin 1791, ayant été assiégé au château de Poleymieux et seul à se défendre contre 5.000 individus. Engagé dans la flotte ; commandant des volontaires d'équipage du célèbre corsaire marquis du Roux (1755) ; héros du combat de *La Marie-Désirée* à Alicante ; commandant du *Saint-Luc*, de *l'Alouette* pour la compagnie des Indes (1758), premier lieutenant de la compagnie (1759). Entré au service du Roi, gouverneur du Sénégal et de la Côte d'Afrique jusqu'en 1785, colonel d'Infanterie, chevalier de Saint-Louis. Marié à Adélaïde de Fradet d'Orly [remariée en secondes noces au général russe comte Borosdine, commandant à la Moskowa]. Après avoir déposé une plainte à l'Assemblée nationale le 13 août 1791 au sujet du massacre de son mari, elle émigra avec ses deux filles du premier lit :

A) Aimée-Adélaïde, mariée en 1811 à N... Collard-Dutilleul, payeur-principal du Trésor ;

B) Henriette-Claudine-Prudence, mariée en Russie au Prince Grout-cheski.

3) N. Guillin du Montel, fille, mariée à N. Canard ;

4) N. Guillin du Montel, fille, mariée à N. Régnier ;

5) N. Guillin du Montel, dite Madame Dumontel, religieuse ursuline à Villefranche.

V. Noble Antoine Guillin du Montel, écuyer, sg^r de Pougelon; sg^r du Sauzay et Avenas p. acqu. du 15 août 1778; né à Lyon le 22 juin 1729, † à Pougelon le 17 août 1817; Avocat en Parlement et ès-cours de Lyon (1754), Bâtonnier des avocats, Recteur de l'Hôtel-Dieu (1767-68), Échevin de Lyon (1769-70), Juge général civil, criminel et de police, gruerie, voirie, etc., pour la ville et le comté de Lyon, juge particulier pour vingt-huit paroisses; l'un des chefs du parti royaliste à Lyon, impliqué avec Imbert-Colomès dans le projet formé par Louis XVI de se retirer à Lyon; accusé de complot, arrêté le 4 décembre 1790, transféré à l'Abbaye à Paris; il fut la cause indirecte du massacre de son frère accusé de comploter avec lui, et fut mis en liberté, le 15 septembre 1791; arrêté de nouveau en 1793 et libéré après le 9 thermidor; marié vers 1753 à sa cousine germaine Agathe Guillin du Montel, fille d'Hugues, et de Marie-Anne Pirot, dont, entre autres :

1) Hugues, qui suivra;
2) *Aimé* Guillin du Montel, chevalier, sg^r de Pougelon, né vers 1759, † le 10 juillet 1818, capitaine au régiment d'Austrasie-cavalerie, comparant à Lyon en 1789, émigré; sous-préfet de Nantua; marié en 1803 à Anne-Marie Blanc, † à Pougelon le 2 juillet 1861, fille d'Antoine-André, et de Marguerite Dian, dont :

    A) Gabrielle Guillin de Pougelon, née en mai 1809, † le 22 janvier 1859, mariée le 25 août 1828 à Charles-Dominique du Port, comte de Loriol.

3) Marie-Anne, ép. N. Champion, magistrat, membre du Conseil des Anciens, conseiller à la Cour d'appel de Lyon;
4) N... Guillin de Pougelon, ép. N... Millot, co-sg^r de Vernoux;
5) Émilie, ép. Claude-Désiré de Leschaux, chevalier, officier de dragons, adjoint au maire de Lons-le-Saulnier, né en 1763, † 1831.

VI. *Hugues* Guillin d'Avenas, chevalier, sg^r du Sauzay, Avenas et Fleurie (en partie), né à Lyon le 1er avril 1754, † à Paris le 25 mars 1814; avocat ès-cours de Lyon (1775); comparant à Lyon en 1789, émigré; marié 1°) le 17 juin 1781 à Claire Arnaud-Tison, échappée au sac de Poleymieux, † à Lyon tuée pendant une émeute à la fin de juin 1791, fille de Pierre-Arnaud-Tison, Recteur de la Charité, et de Marie-Philiberte Burnichon; 2°) le 5 fructidor an IV à Louise-Philiberte-Josèphe-Renée-Danièle de Sirvinges, chanoinesse-comtesse du chapitre noble de Saint-Martin-de-Salles en Beaujolais, née à Sévelinges le 16 février 1768, † à Avenas le 4 mai 1844, fille de Robert de Sirvinges, chevalier, sg^r de Sévelinges, etc., et de Jeanne-Philiberte-Françoise Joly de Bévy. Il eut :

1) *1er lit* : Aimé Guillin du Montel, né en 1783, † en émigration à Trèves en mars 1792;

2) *2e lit :* Antoine-Agathe, qui suivra ;
3) Louis-Paul de Guillin d'Avenas, né à Avenas le 3 février 1800, † à Lyon, le
    27 décembre 1869, collectionneur et bibliophile ; marié à Lyon le 31 décem-
    bre 1834 à Adélaïde Mayeux, veuve de N. Rambaud, dont :
    A) Stanislas, né en 1836, † s. a. en 1860 ;
    B) Angèle, née en 1839, † s. a. le 8 décembre 1850.
4) Robert-Marie, tige de la branche cadette ;
5) Aimée, née à Villefranche le 25 janvier 1804, † à Bruxelles, supérieure des
    Dames du Sacré-Cœur.

VII. Antoine-Agathe DE GUILLIN D'AVENAS, né à Avenas le 31 janvier 1798, † à
Charlieu le 20 avril 1837, Élève de Saint-Cyr (1814), garde du corps (1816) : marié
en 1819 à Anne-Pierrette-Angèle Sonnier de Lubac, née en mai 1800, † à Avenas le
2 août 1856, dont :
    1) Henry, qui suit ;
    2) Pierre-Paul né à Avenas le 18 février 1830, † à Avenas, s. a. le 4 mai 1895 ;
    3) Louise-Aimée, née à Avenas, le 5 mars 1824, vivante en 1906, mariée en
        1839 à Numa Faure, médecin à Roanne.

VIII. Henry DE GUILLIN, né à Avenas, † à Lyon : médecin major de 1re classe, officier de la Légion d'Honneur, marié à Faverges en 1861 à Léonie-Suzanne-Aspasie,
Blanc, né en 1838, † à Avenas le 10 septembre 1899, fille du maire de Faverges et
nièce du baron Blanc, sénateur du royaume d'Italie, dont :
    1) Louis de Guillin, copropriétaire du château d'Avenas, fixé à Lyon ;
    2) Paul, qui suit :
    3) Antoine de Guillin, marié à Limas le 24 janvier 1900 à Marie Creyton, fille
        d'Henry Creyton, dont deux enfants :
    4) René de Guillin, marié le 10 janvier 1905 à Heyrieux (Isère) à Émilie Vacher,
        fille de Jules Vacher.

IX. Paul DE GUILLIN, né en 1863, Président du tribunal de Saint-Jean-de-Maurienne, puis de celui de Bourgoin (1906) : marié à Paris le 17 mai 1893 à Marie
Daburon, née en 1868, † à Saint-Jean-de-Maurienne le 2 février 1903, fille d'Henri,
et de N. Derville-Maléchart, dont :
    1) Henry, né à Bonneville en 1895 ;
    2) René-Léon, né à Bonneville en 1902, † à Saint-Jean-de-Maurienne le
        19 mars 1905 ;
    3) Angèle, née à Bonneville le 7 juin 1896 ;
    4) Antoinette, née à Bonneville le 16 juillet 1898 ;

5) Jeanne-Renée-Françoise, née en 1900, † à Saint-Jean-de-Maurienne, le 18 avril 1902.

BRANCHE CADETTE

VII. Robert-Marie DE GUILLIN D'AVENAS, née à Fleurie (Beaujolais) le 17 octobre 1807, †-à Cluny le 27 septembre 1888, marié le 18 avril 1831 à Couchey (Côte-d'Or) à Marie-Esther Vitier de Barjon, née à Dijon le 25 août 1808, † à Cluny le 14 janvier 1894, fille de François, écuyer, sgr de Barjon, et de Julie-Claudine de La Chère, dont :

1) Camille, qui suit ;
2) Louise-Marie-Henriette, née à Couchey, le 1er décembre 1834, s. a. vivante en 1906.

VIII. François-Camille DE GUILLIN D'AVENAS, né à Couchey le 17 mars 1833, élève de Saint-Cyr (1851), chef de bataillon d'Infanterie (1876) retraité (1881) ; marié le 13 avril 1869 à Quincy-le-Vicomte (Côte-d'Or) à Caroline-Georgette-Claire Humbert de Quincy, née le 16 juin 1846, fille de Charles, conseiller général de la Côte-d'Or, et de Victoire-Clara Reggondo du Chatenet. veuve en premières noces d'Anatole Taffin d'Heursel, dont :

1) Robert-Georges-René de Guillin d'Avenas, né à Saint-Germain-en-Laye le 29 août 1872, lieutenant au 89e d'Infanterie ;
2) Henri-Gabriel-Hugues de Guillin d'Avenas, né à Cluny le 12 juillet 1882;
3) Marguerite-Marie de Guillin d'Avenas, née à Paris le 15 octobre 1874, mariée à Dijon le 14 avril 1904 à Charles Lomont, lieutenant de vaisseau, chevalier de la Légion d'honneur.

Cf. : Dossiers bleus. 340. *Notes communiquées* par le lieutenant-colonel de Talancé, et Mlle Marguerite des Garets ; *Généalogie dressée sur titres par* M. Camille d'Avenas.

GUILLON DE LA CHAUX

D'azur au sautoir d'or.
Devise : *Mihi non sum datus.*
Cimier : *Un pélican.*
Supports : *Deux pélicans.*

Jean-Baptiste de GUILLON de LA CHAUX

La famille des Guillon était primitivement établie dans le Velay ; elle a formé deux branches qui ont également prospéré à Paris et à Lyon. Leur filiation est connue depuis :

I. Pierre Guillon, écuyer de la ville d'Aurec au diocèse du Puy en Velay ; ép. p. c. du 20 avril 1515 (aliàs 1525) Marguerite de Chabannes, fille de noble Robert de Chabannes du lieu de Monistrol, diocèse du Puy (acte de mariage d'authenticité douteuse) dont :

1) Jean Guillon, écuyer de la ville d'Aurec, contrôleur ordinaire des guerres, testa à Paris le 12 mars 1558 ;

2) Marcellin Guillon, écuyer, sgʳ de Vaucourbois, le Bourdel, Richebourg (près Meaux), la Fontaine (près Montlhéry), les Essarts (près Milly-en-Gâtinais) et de la grande ferme de Grenelle, né vers 1528, † à Paris le 30 septembre 1608, conseiller du Roi et contrôleur général de l'Artillerie, chevalier de l'Ordre du Roi (9 octobre 1562) ; ép. p. c. du 11 décembre 1575 Geneviève de Fontenay, † avant 1608, fille de Jacques de Fontenay, sgʳ de La Fontaine, conseiller notaire et secrétaire du Roi, et d'Antoinette Guibert, dont :

    A) François de Guillon, écuyer, sgʳ de Richebourg, † à Paris le 15 novembre 1623, conseiller, notaire et secrétaire du Roi, contrôleur général de l'artillerie, ép. Marguerite Roucher, dont :

        a) Claude de Guillon, écuyer, sgʳ de Richebourg et de Malmousse, Maître des requêtes (9 juillet 1619), Intendant d'Orléans, conseiller d'État. Il reçut des lettres d'honneur le 10 février 1663, et mourut le 12 décembre 1666;

> b) Justine de Guillon.

B) Jacques de Guillon, écuyer, sg^r de Vaucourtois, conseiller au Parlement de Paris, ép. Louise Locquet de Lépine, d'où plusieurs enfants bapt. à Paris, à Saint-André-des-Arts, parmi lesquels :

> a) Antoine de Guillon de Richebourg, chevalier de Malte (30 septembre 1637).

C) Pierre de Guillon, écuyer, intendant de la maison de M. le Prince, auteur d'une branche habituée près Sedan.

3) Baptiste Guillon, sg^r de Baulme et de Jussac, commissaire ordinaire de l'artillerie, testa le 16 juillet 1599, marié le 31 mai 1579 à Anne du Rochain, dont :

> A) Marguerite, ép. à Annonay, p. c. du 21 mai 1596 Hector de Fay de Garlande, chevalier, fils de Christophe, et de Guyonne de Saussac : elle testa le 26 novembre 1606, en faveur de son mari.

4) Pierre Guillon, notaire royal à Aurec, † avant 1589, ép. Jeanne Faure dont :

> A) Pierre Guillon, contrôleur en l'élection de Forez, † avant 1589 père de :
>
>> a) Pierre ;
>>
>> b) Marguerite Guillon.
>
> B) Marcellin Guillon, conseiller en la sénéchaussée et siège présidial de Lyon testa le 30 août 1589, † avant le 23 septembre suivant ; ép. à Lyon le 28 avril 1587 Méraude Croppet, bapt. à Lyon le 30 juin 1572, fille de Jean, sg^r d'Irigny, greffier en la sénéchaussée de Lyon et de Marguerite Bullioud [fille de Pierre, Procureur du Roi en la sénéchaussée de Lyon], dont :
>
>> a) Marcellin, né posthume, bapt. à Lyon le 23 septembre 1589.
>
> C) Jean Guillon ;
>
> D) Alix Guillon, ép. Jean Valentin ;
>
> E) Claudine, ép. N... Blache :
>
> F) Anne, ép. noble Anthoine de Montchal.

5) Pierre. qui suivra ;

6) Jeanne, ép. N... de Lavalle, citée dans le testament de son frère Marcellin :

7) Claudine Guillon \
8) Dauphine Guillon } L'une de ces deux sœurs fut mariée à N... Feugère, d'où naquit Benoîte Feugère, mariée p. c. du 28 août 1578 à Philippe de Barral.

II. Pierre GUILLON, † à Lyon le 18 novembre 1615, commissaire ordinaire de l'artillerie et contrôleur ordinaire des guerres dès le 1er février 1557 : ép. : 1° à

Saint-Étienne p. c. du 20 août 1576, Catherine Bollioud, veuve de Jean Fussemagne, fille d'Aymar Bollioud, secrétaire du Roi, et de Catherine Rivollier; 2° à Lyon p. c. du 8 septembre 1589 Isabeau de Tourvéon, † le 14 septembre 1615, fille de Néry de Tourvéon, lieutenant général civil en la sénéchaussée de Lyon et de Catherine de Chaponay. Il fut père, entre autres de :

1) *1er lit* : Maurice, qui suit ;
2) Hélène de Guillon, ép. p. c. du 7 novembre 1599 Daniel Bollioud, contrôleur ordinaire provincial en l'arsenal de Lyon, fils d'Étienne, et de Catherine du Puy ;
3) Gasparde, † à Lyon le 6 juin 1608 ; ép. à Lyon p. c. du 23 juillet 1606 Antoine Corsan, sg^r de la Buissante, receveur des consignations à Lyon ;
4) Anne, ép. à Lyon p. c. du 15 février 1612 Lambert Brocquin, conseiller en la sénéchaussée et siège présidial de Lyon, fils d'Hugues Brocquin, conseiller en ladite sénéchaussée, et de Christine Pinet.

III. Maurice GUILLON, écuyer, † à Lyon le 15 mars 1657, conseiller du Roi en la sénéchaussée et siège présidial de Lyon (1611), Échevin de Lyon (1630-31), Président du bureau de l'Hôtel-Dieu (1634) ; maintenu le 26 janvier 1635 ; ép. à Lyon p. c. du 15 juin 1611, Louise de Raverie, † le 19 août 1671, fille de Jean, chevalier, sg^r de La Chaux et de Vaize, Trésorier de France à Lyon, et d'Hippolyte de Longes, dont :

1) Charles, qui suit ;
2) Pierre de Guillon, écuyer, † à Lyon le 30 juin 1652 ;
3) Marie, † à Lyon le 27 mai 1678, ép. p. c. du 3 février 1638, Pierre Métarre, secrétaire du Roi, † avant 1658, fils de Jean, du lieu de Saint-Étienne, et de Marie Gonod ;
4) Virginie, † à Lyon le 5 octobre 1671, ép. à Lyon le 12 août 1648, Charles Grollier, chevalier, sg^r de Casault, capitaine de la ville de Lyon, fils de Charles, et d'Anne-Marie Girard ;
5) Élisabeth, religieuse au couvent de la Déserte, † après 1658 ;
6) Hélène, religieuse à la Déserte (30 juin 1639), † après 1658 ;
7) Marguerite, religieuse au monastère de l'Antiquaille, † après 1658.

IV. Charles DE GUILLON, écuyer, sg^r DE LA CHAUX et Montezan, † à Lyon le 19 juin 1672 ; maintenu le 13 septembre 1667 par l'intendant Du Gué ; ép. à Lyon le 24 juillet 1656 Marie de Camus, fille de François, écuyer, sg^r de Chavagneux, La Bastie, etc., et de Anne Liotaud. Elle testa à Lyon le 16 octobre 1689, ayant eu :

1) François, qui suit ;
2) Charles, écuyer, bapt. à Lyon le 11 avril 1661, capitaine au régiment de Provence ;

3) Pomponne, écuyer, bapt. à Lyon le 18 octobre 1663, † à Lyon le 30 mars 1725, officier de Marine, chevalier de Saint-Louis ;

4) Marie, bapt. à Lyon le 6 mai 1658, ép. p. c. du 31 août 1686 François-Marie de Grange de Croison, écuyer, fils de Jean, sg^r de Belmont, et d'Élisabeth de Jarcelet ;

5) Anne, bapt. à Lyon le 11 avril 1661, † à Belley le 20 décembre 1739 ; ép. à Lyon le 2 mars 1683 Jacques de Tricaud, écuyer, commissaire extraordinaire de l'Artillerie (1692-97), fils de Jean, Avocat au Parlement de Bourgogne, et de Jeanne d'Oncieu.

V. François DE GUILLON, écuyer, sg^r DE LA CHAUX, bapt. à Lyon le 20 avril 1657, † à Lyon le 13 octobre 1714, Conseiller en la sénéchaussée et siège présidial de Lyon (19 janvier 1685) puis à la Cour des Monnaies de Lyon (22 mars 1706) ; ép. à Lyon le 12 février 1697 Aymée Goulard des Landes, fille de François, chevalier, sg^r de Curraize, Montbellet, etc., gentilhomme de la grande Vénerie du Roi, et d'Élisabeth du Port, d'où :

1) François, écuyer, † à Collioure le 5 septembre 1719, lieutenant au régiment de la Lande ;

2) Jacques-Pomponne, qui suit ;

3) Jean-Marie de Guillon de La Chaux, écuyer, né le 23 mars 1704, officier d'infanterie demeurant à Montbrison ; marié 1°) à Françoise de Billy, 2°) à Moingt le 22 juillet 1750 à Benoîte de Chaintré fille de Jean-François, et de Claudine du Clos ; il fut père de :

    A) 1er *lit* : Nicolas de Guillon de Loëze, écuyer, † à Gorrevod le 5 février 1797, lieutenant au régiment de Bouillon, ép. à Lyon p. c. du 4 février 1782, Jeanne-Antoinette-Julie Clapeyron de Millieu, † à Lyon le 6 nivôse, an VI, fille d'Abel-Antoine, écuyer, sg^r de Millieu, et Claudine-Éléonore Trollier de Messimieux, dont :

        a) Abel-François, né à Lyon le 11 octobre 1790, maire de Gorrevod, ép. à Leyment le 17 avril 1812 Joséphine-Julie Compagnon de la Servette née à Lyon le 19 mars 1794, fille de Jean-François-Marie, député de l'Ain, et de Marie-Louise Flocard de Mépieu, dont :

            aa) Jeanne-Marie, ép. le 17 novembre 1845 Antoine-Paul Bellet, baron de Tavernost, fils de Daniel, et d'Alexandrine Giraud de Montbellet ;

            ab) Élise, ép. Érasme de la Rue du Can, baron de Champchevrier, fils de René, et de Julie de Contades-Gizeux.

B) *2ᵉ lit*: Pierre de Guillon de La Chaux, écuyer, bapt. à Montbrison le 15 novembre 1753, fit ses preuves pour l'École Militaire le 25 octobre 1764 ; capitaine des grenadiers royaux, chevalier de Saint-Louis, capitaine du noble jeu de l'arquebuse de Pont-de-Vaux en 1787.

4) Jean-Baptiste, écuyer, bapt. à Lyon le 2 novembre 1707 ;

5) Marcellin, écuyer, bapt. à Lyon le 1ᵉʳ décembre 1708 ;

6) Élisabeth de Guillon, † après 1728 ;

7) Marie-Aimée de Guillon, bapt. le 30 juillet 1700 testa le 29 février 1772, † avant le 6 mars 1772 ;

8) Philiberte, bapt. le 3 décembre 1702 ;

9) Marguerite-Hippolyte, bapt. le 8 octobre 1706, vivant en 1740.

VI. Jacques-Pomponne DE GUILLON, écuyer, sgʳ DE LA CHAUX, né à Lyon, le 4 juin 1701, † en janvier 1781 ; ép. à Vaugneray, p. c. du 13 juin 1730 Françoise de Valentin d'Eguillon, fille de Jean, écuyer, sgʳ d'Eguillon, et de Françoise Perrin, d'où :

1) Jean-Baptiste, qui suivra ;

2) Jean-Paul, écuyer, bapt. le 19 février 1739, officier, † guillotiné à Lyon le 19 décembre 1793, victime de la Révolution ;

3) Jacques-Hippolyte, écuyer, bapt. le 9 juin 1740, † ap. 1772 ;

4) Jean-François, écuyer, bapt. le 1ᵉʳ décembre 1745, † sur l'échafaud avec ses frères le 19 décembre 1793 ;

5) Élisabeth de Guillon de La Chaux ;

6) Marie de Guillon de la Chaux, vivant en l'an VIII.

VII. *Jean-Baptiste* DE GUILLON, écuyer, sgʳ DE LA CHAUX, bapt. à Lyon le 5 avril 1736, † avec ses deux frères sur l'échafaud révolutionnaire le 19 décembre 1793, comparant à Lyon en 1789 ; ép. le 22 mai 1781 Françoise des Fours, † après 1795, fille de Blaise, écuyer, sgʳ de Grangeblanche, conseiller en la Cour des Monnaies de Lyon, et de Fleurie du Treül, dont :

1) Fleurie-Paule, dite Pauline de Guillon, née vers 1783, mariée le 30 germinal an VIII à Auguste Guillet de Moidière, colonel.

Cf. : Nouveau d'Hozier, 71 ; Dossiers bleus, 340 ; Preuves des Écoles militaires, Tome IX.

GUINIER DE LA BRUYÈRE

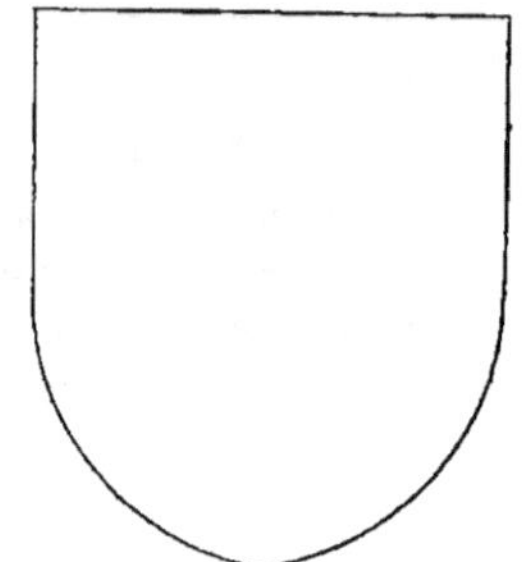

Claude GUINIER de LA BRUYÈRE

Malgré toutes nos recherches, nous n'avons pu trouver aucun renseignement sur *Claude* Guinier de La Bruyère, comparant à Lyon en 1789; ce nom, qui semble étranger à la région lyonnaise (v. cependant généalogie Grimod, p. 514), ne fut pas enregistré à l'armorial général de 1696. Claude Guinier était peut-être de passage à Lyon ou attaché à la personne de Mg⟨r⟩ de Jarente, abbé d'Ainay, puisqu'il habitait au palais abbatial; sa famille avait probablement été anoblie par quelque charge de secrétaire du Roi.

HARENC

D'azur à trois croissants d'or mis en bande.
Cimier : Un lion issant.
Supports : Deux lions.
Devise : Nul bien sans peine.

Louis-Hector-Melchior-Marie, marquis de HARENC de LA CONDAMINE
Pierre-Marie-Anne, marquis de HARENC de LA CONDAMINE, fils

Selon le rapport fait par Chérin en 1785 au sujet des preuves de Cour de cette maison, citée en 1698 par Boulainvilliers (*État de la France*) et d'Herbigny, Intendant de Lyon, comme tenant l'un des premiers rangs de la Noblesse lyonnaise, le nom de cette famille était originairement La Roue. « Elle y a joint ensuite par variation celui de Harenc qui a enfin succédé entièrement au premier. La conformité de son nom, l'identité de son habitation avec une maison de Forez célèbre par sa haute ancienneté, son pouvoir et ses alliances, pourrait faire présumer qu'elle en est issue ; mais cette communauté d'origine n'est appuyée d'aucun titre. » Cette maison de La Roue dont pensaient descendre les La Roue-Harenc, était en effet fort puissante au xiie siècle, et plusieurs maisons en revendiquaient l'ascendance.

Les La Roue-Harenc établissaient leur filiation depuis :

I. Pierre DE LA ROUE, qualifié noble et damoiseau en 1328, dont :

II. Josserand DE LA ROUE, damoiseau qui reçut un aveu en 1333 et est rappelé dans une enquête de 1517. Chérin ne mentionne pas son alliance, prise vers 1340 (*selon la généalogie de Laîné*) avec l'héritière des Harenc, race chevaleresque illustrée aux croisades. Il fut père de :

III. Pierre DE LA ROUE, aliâs ARENC ou HARENC, qui assiste avec Béatrix sa femme, le 4 janvier 1400 au contrat de mariage d'Antoine, son fils. Béatrix était morte avant le 19 décembre 1406 laissant deux filles, et :

1) Antoine, qui suit;

2) Jean Harenc, damoiseau, marié à Alise de Maumer, fille de Guigues Maumer, damoiseau; il semble le même que Jean Arenc qui servit en 1415 à la tête de quinze écuyers de sa compagnie.

IV. Noble Antoine DE LA ROUE, aliâs HARENC, rappelé dans l'enquête de 1517 et réputé noble, ép. p. c. du 4 janvier 1400 Louise Montouer, dont :

V. Noble Aymar HARENC, damoiseau, habitant Saint-Julien-Molin-Molette, mentionné dans l'enquête de 1517; ép. p. c. du 6 janvier 1446 noble Françoise Baille, fille de noble Bertrand Baille, dont :

VI. Noble Aymar HARENC, sg^r DE LA CONDAMINE, demeurant à Saint-Julien-Molin-Molette; inquiété sur le fait de sa noblesse par les habitants qui soutenaient que son père avait été marchand public, il fit faire une enquête en 1517. Les témoins, dont cinq gentilshommes, dirent que sa famille était noble et passait pour être sortie de celle de La Roue, que lui même avait servi comme archer de la compagnie du bailli de Forez, et que son aïeul, Antoine avait été page en Catalogne. Il fut, par suite, maintenu dans sa noblesse par sentence de l'élection de Forez (1er décembre 1517) confirmée par la Cour des Aides (6 juillet 1518). Il testa le 24 février 1523 et avait épousé le 24 novembre 1499 Antoinette de Sallmard, fille de Bertrand, chevalier, sg^r de Ressis, et de Jeanne de Bourbon, dont :

1) Antoine, qui suit;

2) Philippe Harenc, tige de la branche des sg^{rs} de Trocésar, maintenue en 1667.

VII. Noble Antoine HARENC, écuyer, sg^{rs} DE LA CONDAMINE, lieutenant de gens de pied à Narbonne (1543); commis pour faire les montres, contrôles et payements de l'arrière-ban du Lyonnais (3 août 1544), ép. le 5 juillet 1525 Sibylle de Saint-Priest de Saint-Chamond, fille de Jean de Saint-Priest, chevalier, dont :

1) André, qui suit;

2) Antoine, père de Louise, mariée en 1599 à Aimard de Saint-Priest;

3) Louise, mariée à Guillaume de La Tour-Varan;

4) Cécile, mariée à noble Louis de Félin;

5) Jeanne, ép. en 1563 Louis Arod, sg^r de Sénevas, fils de Jacques, et de Claude de Saconay.

VIII. André HARENC, écuyer, sg^r DE LA CONDAMINE, † avant le 3 octobre 1600, l'un des cent gentilshommes de la maison du Roi, commandant de Virieu et Annonay (1574), confirmé dans sa noblesse par jugement du commissaire des tailles (1er mars 1599); ép. Michelle de Fay, fille de Jean, chevalier, sg^r de Malleval, et de Louise de Varey, dont, entre autres :

1) Christophe, qui suit ;
2) Jean Harenc, écuyer, gentilhomme du roi Louis XIII chargé en 1614 d'une mission près de la duchesse de Nevers ;
3) N. chanoine de Saint-Pierre de Vienne.

IX. Christophe Harenc, écuyer, sgr de La Condamine, † ayant testé le 29 juin 1638, commandant en 1616 une compagnie de cent hommes de pied au régiment de Virieu, puis en 1617 au régiment de Champagne ; ép. p. c. du 3 octobre 1600 Anne de Bonlieu, fille de Méraud, et d'Anne de Pelet, dont :

1) Pierre, qui suit ;
2) parmi quatre filles, Gabrielle, mariée à Méraud de Saint-Pol, sgr de Reveux.

X. Pierre de Harenc, chevalier, sgr de La Condamine, la Rivory, Vernas, etc. enseigne au régiment de Féron (1639), écuyer tranchant, page et gentilhomme ordinaire de Louis XIII, maintenu dans sa noblesse en 1641 et 1667 ; ép. p. c. du 11 avril 1641 Claude de Baronnat, fille d'Imbert, sgr de La Mure, et de Renée Dugas de Saint-Gervais, dont, entre autres :

1) Gabriel, qui suivra ;
2) Joseph, qui a fait branche ;
3) Louis, sgr de Poussin ;
4) Antoine, sgr de Saint-Michel ;
5) Françoise, ép. François de Vaure, écuyer, sgr de Bouée.

XI. Gabriel-Henri de Harenc, chevalier, sgr de La Condamine, La Rivory, Saint-Julien-Molin-Molette, etc., servit sous Turenne ; ép. p. c. du 24 novembre 1677, Élisabeth de Laurencin, fille de Claude de Laurencin, chevalier, sgr de Prapin, et d'Élisabeth de Fenoyl, dont :

1) Claude, qui suivra ;
2) Gaspard, lieutenant au régiment de Leuville en 1712, † au service ;
3) Joseph, chevalier de la Condamine, marié en 1716 à Antoinette de Seytres, fille de Jean-François, et d'Antoinette de Ferréol ; dont trois fils religieux et chanoines barons de Saint-Just à Lyon ;
4) Marie, mariée en 1707 à Just Tardy, sgr du Bois.

XII. Claude de Harenc, chevalier, sgr de La Condamine, Vernas, Saint-Julien, etc., marié le 4 avril 1725 à Marguerite de Cognet de Marclop, fille de Claude de Cognet, écuyer, sgr de Marclop, et de Anne de Rochefort, dont :

1) Louis, qui suivra ;
2) Un fils religieux et trois filles, † s. a.

XIII. *Louis-Hector-Melchior* DE HARENC, chevalier, marquis DE HARENC DE LA CONDAMINE, sg[r] de la Condamine, Ampuis, Moulys, Vernas, etc., né le 30 mai 1727, page de la Petite Écurie du Roi, Député de la Noblesse du Département de Saint-Étienne à l'assemblée de département en 1789; comparant à Lyon en 1789; marié p. c. du 12 mai 1757 à Antoinette de Colabeau, fille de Jacques, chevalier, sg[r] de Juliénas et de Vaux, conseiller à la Cour des Monnaies de Lyon, dont :

    1) Pierre, qui suivra;

    2) Jacques, chevalier de Harenc de la Condamine, garde-marine (9 décembre 1778), capitaine de vaisseau, chevalier de Saint-Louis (31 décembre 1814) marié à Françoise de Pannette, chanoinesse d'Alix;

    3) Claude-François de Harenc de la Condamine, chanoine comte du chapitre de Saint-Pierre-de-Vienne.

XIV. *Pierre-Marie Anne* DE HARENC, chevalier, marquis DE HARENC DE LA CONDAMINE, seigneur d'Ampuis, etc., né le 12 janvier 1759, † le 20 mars 1839; page du comte d'Artois (1er octobre 1773), capitaine des cuirassiers du Roi (3 juin 1779) demanda les honneurs de la Cour (octobre 1784), les obtint (23 janvier 1786) et comparut à Lyon en 1789. Marié le 8 avril 1788 à Guillemette-Antoinette Charrier de La Roche, née le 22 juin 1765, † le 16 février 1827, fille de Jean-Baptiste, baron de la Roche, Président à la Cour des Monnaies de Lyon, et de Claudine-Octavie Cholier de Cibeins, dont :

    1) Claude, qui suivra ;

    2) Jeanne-Marie-Françoise-Caroline de Harenc de la Condamine, née le 15 juillet 1803, † à Lyon le 27 juin 1869, dernière du nom, chanoinesse comtesse de Munich.

XV. Claude-Marie-Madeleine-Scholastique, dernier marquis DE HARENC DE LA CONDAMINE, né le 5 août 1801, † à Paris le 29 juin 1866, s. p. de son mariage avec Mlle de Veyny d'Arbouze.

BRANCHE CADETTE

XI. Joseph DE HARENC, écuyer, lieutenant au régiment de Leuville, marié le 13 septembre 1685 à Marie de Bère, fille d'Antoine de Bère et de Claudine Bernier, dont :

XII. Gabriel-Joseph DE HARENC DE LA ROUE, chevalier, né le 11 août 1687, aide de camp du maréchal de Villars ; marié p. c. du 2 janvier 1727 à Jeanne Chappuis de Laval, fille d'André Chappuis, écuyer, sg^r de Laval, La Goutte, etc., cornette à Royal-Piémont, et de Françoise de Mazenod, dont :

1) André, qui suivra ;
2) Marc-Marie de Harenc, chevalier, officier au régiment de Navarre, † en Allemagne au service du Roi ;
3) Jeanne-Marie, mariée le 8 septembre 1752 à Claude de Mayol de Bayard, mousquetaire gris, chevalier de Saint-Louis ;
4) Angélique, mariée à Jean-Baptiste de Mazenod du Cluzel.

XIII. **André-François**, comte DE HARENC, né le 15 janvier 1731 ; page de la Dauphine (1749), mousquetaire, capitaine de dragons, chevalier de Saint-Louis (1753), marié le 30 novembre 1775 à Charlotte-Marie-Anne-Louise de Bon, fille de Guillaume, Premier Président du Conseil souverain de Roussillon, Intendant du Roussillon, et d'Élisabeth-Jeanne-Thérèse de Bernage, fille de Louis-Basile de Bernage, chevalier, sg^r de Saint-Maurice, Conseiller d'État, Prévôt des marchands de Paris, grand-croix de Saint-Louis.

Cf. : Chérin : 103 ; Nouveau d'Hozier : 182 ; Carrés d'Hozier : 331 ; Pièces originales : 1483 ; Laîné : *Archives généalogiques de la noblesse*, t. IV.

HUBERT DE SAINT-DIDIER

D'azur au chevron d'or accompagné de deux roses du même et d'un croissant d'argent.

GUILLAUME-VICTOR HUBERT DE SAINT-DIDIER
ENNEMOND-AUGUSTIN HUBERT DE SAINT-DIDIER, BARON DE RIOTTIERS

Originaires de Paris, les Hubert de Saint-Didier sont issus de :

I. Antoine HUBERT, né à la fin du xvɪᵉ siècle et vivant encore en 1641 ; ép. Marguerite Semelle, dont trois enfants parmi lesquels :

1) Jean-Guillaume, qui suit ;
2) François Hubert, ép. à Lyon p. c. du 9 mai 1641, Marguerite Decan, dont neuf enfants, parmi lesquels :

    A) Barnabé Hubert, bapt. le 23 octobre 1654, ép. Jeanne-Françoise Verdun, dont entre autres :

        a) Jeanne Benoîte Hubert, ép. à Lyon le 21 février 1729 Jean-Antoine Servant, écuyer, secrétaire du Roi, fils de Claude, bourgeois de Lyon, et de Marguerite Henry.

II. Jean-Guillaume HUBERT, † à Lyon le 25 novembre 1684, ép. vers 1640, Marie Couchaud, dont dix enfants, entre autres :

1) François, † en 1695, religieux au monastère de Saint-Antoine en Dauphiné (1ᵉʳ novembre 1662) ;
2) Jean, qui suit ;
3) Antoine, bapt. le 8 mars 1652 ; ép. p. c. du 10 février 1684 Anne Bonnard, d' p.
4) Anne, bapt. le 7 juillet 1647, † le 17 juin 1704 ; ép. p. c. du 13 juin 1670 Geoffroy Moreau ;
5) Louise, † à Lyon, à 80 ans, le 18 février 1733, ép. à Lyon p. c. du 27 décembre 1678 Charles de Bargues ;

6) Marie, bapt. le 22 juillet 1656 } religieuses clarisses au monastère de
7) Lucrèce, bapt. le 8 novembre 1659 } Sainte-Élisabeth.

III. Noble Jean Hubert, sg^r de Saint-Didier, Rochefort, etc., baron de Riottiers (p. acqu. de 1720), né à Lyon le 8 avril 1646, † le 1er juin 1737, Échevin de Lyon en 1705-06, Syndic général du Franc-Lyonnais ; ép. le 12 février 1684 Marguerite Duport, née à Lyon le 4 avril 1664, fille de Claude, et de Jeanne Fournier, dont entre autres :

1) Benoît, qui suivra ;
2) Jeanne, bapt. le 20 avril 1687, ép. p. c. du 6 juillet 1707, Gaspard Rolin de Champclos, écuyer, avocat en Parlement, fils de noble Pierre, sg^r de Champclos, receveur de la douane de Lyon, et de Marguerite Genevey.

IV. Benoît-Victor Hubert de Saint-Didier, chevalier, sg^r de Saint-Didier, Fromentes, Riottiers, La Rigaudière, etc., né à Lyon le 15 septembre 1689 ; Trésorier de France à Lyon (16 juin 1713), Président au bureau des Finances, Syndic général du Franc-Lyonnais, Président du Bureau de la Charité (1734-35) ; ép. le 6 février 1719 Antoinette Anisson, fille de Jacques, Échevin de Lyon, et de Sibylle Perrin, dont :

1) Jean-Baptiste, qui suivra ;
2) Jean-Baptiste-Victor Hubert de Saint-Didier de Rochefort, bapt. le 28 octobre 1722, † 1794, chanoine du chapitre noble d'Ainay, abbé de l'abbaye royale de N.-D. de Belle-Étoile, vicaire général de Mâcon ;
3) Ennemond-Augustin, qui a fait branche ;
4) Jeanne-Marie, bapt. le 25 novembre 1725, religieuse au monastère de Sainte-Marie-des-Chaînes à Lyon.

V. Jean-Baptiste Hubert de Saint-Didier, chevalier, bapt. à Lyon le 24 novembre 1719, † en 1759, Trésorier de France à Lyon (20 février 1743), marié à Lyon, le 11 septembre 1747, à Jeanne-Françoise de Savaron, fille de Guillaume, chevalier, capitaine de cavalerie, et de Sibylle Sabot, dont :

1) Guillaume, qui suivra ;
2) Marguerite, bapt. à Lyon le 21 octobre 1749, ép. à Lyon, p. c. du 1er mai 1767 Charles-Joseph Chossat de Montessuy, chevalier, officier au régiment Lyonnais, fils de Jean-Baptiste, chevalier, sg^r de Montessuy, et de Colette de Garron de Coralin ;
3) Jeanne-Sibylle-Victoire, bapt. le 27 mai 1751, ép. à Lyon p. c. du 10 septembre 1769 Jean-Mathieu de Varennes-Bissuel, chevalier, sg^r de Thizy, Saint-Victor, etc., fils de François, et de Marie-Aimée Guillet de Belvé ;

4) Élisabeth, bapt. à Lyon le 21 septembre 1752, ép. p. c. du 9 février 1771
Joseph-Marie-Emmanuel d'Esgland, chevalier, sgr de Cessiat, Veyriat, capitaine de dragons au régiment de Bauffremont, chevalier de Saint-Louis,
(veuf d'Aimée Sauveur de Cheveru), fils de Pierre Desgland, écuyer, sgr de
Cessiat, conseiller maître en la Chambre des Comptes de Dôle, et de Céline
de Moyria de Châtillon ;

5) Clémence-Louise, bapt. le 22 août 1753, † à Lyon le 27 novembre 1835,
ép. à Lyon le 21 avril 1772 Claude Servant de Poleymieux, chevalier, né à
Lyon le 28 janvier 1741, Trésorier de France en 1764, fils de Jean-Antoine
Servant, écuyer, secrétaire du Roi près le Parlement de Bourgogne, et de
Jeanne Hubert.

VI. *Guillaume-Victor* HUBERT DE SAINT-DIDIER, chevalier, bapt. à Lyon le
14 février 1757, premier capitaine commandant au Régiment des cuirassiers du
Roi, comparant à Lyon en 1789 ; ép. en 1795 Gabrielle de Sauterau, née à Grenoble
le 2 octobre 1771, † à Chasse le 11 septembre 1829, fille de Gabriel, chevalier, sgr
d'Arces, etc., capitaine au régiment de Berry-Cavalerie, et de Marie-Nicole de
Vidaud de La Tour, dont :

VII. Francisque HUBERT DE SAINT-DIDIER, marié à Anne Badin, remariée le
23 mai 1845 à François-Albert-Ferdinand, baron de Ruolz), née à Lyon le 22 janvier
1813, † en 1876, fille d'Étienne Badin et de Madeleine-Antoinette Gros ; dont :
1) Louise-Augustine-Antoinette Hubert de Saint-Didier, née en 1834, † à Boulieu (près Montalieu-Vercieu) le 21 février 1881 ; ép. le 16 juin 1853, Joseph-
Léon de La Croix-Laval, veuf d'Ubaldine Bellet de Saint-Trivier et fils
d'Antoine de la Croix-Laval et de Victorine Donin de Rosière.

BRANCHE CADETTE

V. *Ennemond-Augustin* HUBERT DE SAINT-DIDIER, chevalier, baron DE RIOTTIERS,
sgr de Rochefort, Tanay [p. acqu. du 26 mars 1783], etc..., cornette de la première
compagnie du régiment de cuirassiers (15 mars 1753); capitaine au dit régiment
(15 août 1757), major de cavalerie (24 mars 1769), écuyer servant de Madame, comtesse de Provence (30 mars 1771); chevalier de Saint-Louis, mestre de camp de cavalerie (26 janvier 1773), comparant à Lyon en 1789; ép. à Lyon le 18 mai 1776
Jeanne-Marie Michon, fille de Balthazar, chevalier, sgr de La Tour de Priay, Avocat
du Roi au Bureau des finances, et de Jeanne Valfray de Salornay, dont entre autres :

VI. Balthazar-Augustin Hubert de Saint-Didier, chevalier, dit le baron de Saint-Didier, né à Lyon le 19 février 1779, † à Neuville-sur-Ain le 16 septembre 1863, fit le 28 août 1787 ses preuves devant Chérin, pour le grade de sous-lieutenant ; ép. le 7 août 1813 Claudine-Marie-Étiennette-Hyacinthe Agniel de Chênelette, bapt. à Lyon le 3 mars 1788, fille de Jean-Baptiste, et de Charlotte-Françoise de Ferrary de Romans, dont huit enfants, entre autres :

1) Ennemond, qui suivra ;

2) César-Victor Hubert de Saint-Didier, né le 4 juillet 1823, † à Paris le 19 avril 1893, ép. le 7 juin 1869, Alix-Marie-Clotilde Bodin de Galembert, fille de François-Marie-Henri, vicomte de Galembert, et d'Armande de Belloy, dont : A) Gaëtan Hubert de Saint-Didier ;

3) Jean-Cyrille Hubert de Saint-Didier, né le 28 janvier 1826, † à Pallin (près Bressuire le 30 septembre 1880 ; marié à Édith de Lastic, fille d'Édouard, vicomte de Lastic, et de N.. de Taillefert, dont :

    A) Yvonne, ép. en 1899 le vicomte Henri de Lastic ;

    B) Henriette de Saint-Didier ; C) Odette de Saint-Didier.

4) Charlotte-Victorine, née le 12 juillet 1816, † le 16 juin 1899, mariée à Priay (Ain) le 5 juillet 1836 à Jean-Baptiste-Charles Le Clerc, marquis de La Verpillière, fils d'André, et de Clotilde-Sibylle Guinet de Montverd ;

5) Clémence, née le 6 avril 1829, religieuse de Saint-Vincent-de-Paul.

VII. Ennemond-Jean-Baptiste Hubert, baron de Saint-Didier, né à Lyon le 5 septembre 1814, † le 2 janvier 1892, ép. à Oullins le 3 octobre 1842 Pauline Ferez, née en 1825, fille d'Augustin, maire d'Oullins, et de Catherine Rozet, dont :

1) Fernand, qui suivra ;

2) Marie-Catherine-Béatrice, née à Oullins le 20 juillet 1843, † à Priay le 8 mars 1900, ép. à Oullins le 27 décembre 1863 Charles-Henri-Gaston d'Entraigues, né à Lons-le-Saulnier le 30 septembre 1831, fils de Louis-Philippe-Prosper, conservateur des forêts, et d'Eulalie Pajot de Gevingey ;

3) Berthe Hubert de Saint-Didier ; 4) Isabelle Hubert de Saint-Didier.

VIII. Augustin-Gervais-Fernand Hubert, baron de Saint-Didier, né à Oullins le 9 juillet 1847, colonel de cavalerie, officier de la Lég. d'Honneur ; ép. à Paris le 12 février 1885 Geneviève de Vallée, fille d'Oscar, sénateur, et de Sarah Panckoucke, d'où :

1) Robert-Ennemond-Augustin-Marc, né à Cambrai le 1er janvier 1886 ;

2) Paul-René-Marc-Fernand Hubert de Saint-Didier, né le 10 septembre 1887.

Cf. Chérin : 107 ; Michon.

IMBERT

D'azur au croissant d'argent surmonté d'un soleil d'or.

Jacques IMBERT-COLOMÈS

Esprit-Jean IMBERT, seigneur de MONTFERRAND

Le nom d'Imbert est anciennement cité à Lyon ; au xvɪᵉ siècle Pierre Imbert, citoyen de Lyon, est indiqué comme père de Claude Imbert, † avant 1572, qui laissa postérité d'Antoinette Buisson. Pierre Imbert, prévôt des maréchaux de France en Forez fut en 1603 témoin du mariage de Benoît de Pomey, sgʳ de Rochefort avec Charlotte de Thélis. On n'a pu déterminer comment ces Imbert se rattachaient à la famille lyonnaise, illustrée par le dévouement d'Imbert-Colomès à la monarchie légitime sous la Révolution, et qui portait primitivement : *D'azur au pal d'argent accosté de deux monts du même*, aliàs *d'or au chevron d'azur accompagné de trois monts de sinople*. Ces armoiries furent enregistrées sous cette forme en 1696 ; mais peu après tous les membres lyonnais de la famille Imbert, adoptèrent les armoiries décrites en tête de cette notice et qui devinrent définitives.

La filiation de la branche comparante à Lyon en 1789, s'établit depuis :

I. Jean Imbert, né en 1656, † ayant testé le 10 juillet 1742 ; il fit enregistrer ses armoiries à l'armorial général de 1696 et était, par sa femme, sʳ du domaine de Myons en Dauphiné. Marié le 3 janvier 1682 à Françoise Boucharlat, héritière du domaine de Myons en Dauphiné, fille de Pierre Boucharlat qui portait pour armes : *de gueules à trois maillets d'or*, et de Jeanne Masson, dont :

<ol>
<li>René, qui suivra ;</li>
<li>Messire Pierre Imbert, clerc tonsuré, vivant en 1736 ;</li>
<li>Jean-François, bapt. à Lyon le 14 juillet 1685, † avant 1736 ;</li>
<li>Joseph, tige des sgʳˢ de Montferrand, qui suivront ;</li>
<li>Jeanne, bapt. à Lyon le 15 janvier 1683, ép. à Lyon, p. c. du 10 novembre 1703, François Genéve, fils de Claude, et de Catherine Cathelan, dont :</li>
</ol>

A) Noble Jean-François de Genève, Echevin de Lyon ;

6) Françoise, bapt. à Lyon le 18 juin 1684, † ayant testé le 22 mai 1763; ép.
p. c. du 6 décembre 1723 Noble Blaise Denis, écuyer, Échevin de Lyon en 1733
[veuf de Dimanche de Saint-Bonnet, dont était né en 1695 Benoit Denis,
écuyer, sgʳ de Cuzieu, tige des Denis de Cuzieu] ;

7) Jeanne-Marie, bapt. à Lyon le 30 octobre 1687, religieuse du Verbe
Incarné ;

8) Claudine, bapt. à Lyon le 1ᵉʳ mars en 1690, † en 1770, carmélite ;

9) Françoise, née vers 1698, † à Lyon le 16 juillet 1748, mariée à Lyon le
7 juin 1721 à Antoine des Fours, écuyer, conseiller secrétaire du Roi,
Audiencier en la Cour des Monnaies de Lyon.

II. René IMBERT, né en 1683, héritier de Myons-en-Dauphiné ; marié le 15 janvier
1718, à Françoise Soubry, née à Lyon le 8 février 1696, † à Lyon à l'hôtel Imbert,
rue Sainte-Catherine le 15 juillet 1776, après avoir testé le 16 juin 1774 ; elle fut
inhumée le 16 juillet 1776 à l'église Saint-Pierre et Saint-Saturnin, et était fille de
Noble Jacques Soubry, écuyer, Échevin de Lyon en 1737-1738, et de Catherine Prenel.
[Catherine Prenel était sœur du prieur des Chartreux de Lyon en 1700, de Mesdames
Daudé (v. ce nom) et de Combles. Les portraits de l'Échevin Soubry, de sa femme,
et de sa fille Françoise furent peints par Largillière]. Les enfants de ce mariage
furent :

1) Jean-Isaïe, qui suivra ;

2) Jacques, qui a fait le rameau de Colomès ;

3) Françoise, bapt. à Lyon le 9 décembre 1725, ép. à Lyon le 28 avril 1740
Noble Jean Guérin de La Colonge, sgʳ de La Colonge et de Foncin, dont elle
eut un fils conseiller à la Cour des Monnaies de Lyon (21 mars 1765) ; un
second fils Lieutenant-général au bailliage de Beaujolais, et à ce titre Président des Trois Ordres du Beaujolais en 1789 ; un troisième, dit M. de Foncin,
capitaine au corps royal du génie, chevalier de Saint-Louis ; et une fille,
Mᵐᵉ de Mannevieux (Cf. Bruyset de Mannevieux) ;

4) Catherine, mariée p. c. du 30 octobre 1746 à Noble Maurice Giraud, écuyer,
Échevin de Lyon, de la famille des Giraud, sgʳˢ du marquisat de Varennes ;

5) Marie-Anne, bapt. à Lyon le 31 mai 1727, carmélite ;

6) Françoise, bapt. à Lyon le 29 juin 1728, † à Lyon le 10 mai 1766,
inhumée en l'église des Carmes, mariée à Lyon p. c. du 26 avril 1752 à
Pierre de Jouvencel, chevalier, conseiller à la Cour des Monnaies de Lyon,
né à Lyon le 29 septembre 1717, † à Lyon le 14 janvier 1779, veuf de
Marie-Anne-Antoinette de Palerne, et fils de Pierre de Jouvencel, écuyer,
Échevin de Lyon, et de Anne de Marisy ;

7) Marie, bapt. à Lyon 4 décembre 1730, religieuse du Verbe Incarné.

III. Noble Jean-Isaïe IMBERT, bapt. à Lyon le 5 mai 1724, † à Lyon à l'Hôtel Imbert le 21 avril 1779 ; inhumé le 22 à l'église Saint-Pierre et Saint-Saturnin ; Recteur de la Charité, membre de l'assemblée des notables de la ville de Lyon, Échevin de Lyon en 1778-79, Premier Échevin en 1779 ; il avait été institué héritier universel de son père, et avait épousé p. c. du 14 février 1754 Marie Reynaud, qui fit le 7 août 1779 un testament scellé aux armes des Imbert et était fille de Noble Jean-Joachim Reynaud, Échevin de Lyon, et de Françoise Brunier ; elle fut mère de :

1) Maurice-Isaïe Imbert, écuyer, né le 3 mars 1770, † jeune ;

2) François-René, qui suivra ;

3) Jean-Christophe Imbert, écuyer, bapt. le 8 décembre 1775, parti pour l'Amérique ; sa destinée est ignorée ;

4) Françoise-Joachime, ép. à Lyon le 28 octobre 1784, son cousin germain, Christophe de Giraud, écuyer, fils de Noble Maurice, et de Catherine Imbert ;

5) Marie-Émilie, née le 31 août 1768, † en 1825, ép. à Lyon le 27 mars 1788 Charles-Augustin Saladin de Chauras, écuyer, † en 1826, officier au régiment des grenadiers royaux, chevalier de Saint-Louis, demeurant à Saint-Andéol-en-Vivarais, fils de Pierre Saladin de Chauras, écuyer ; il fut l'aïeul de la vicomtesse de Tardy de Montravel ;

6) Catherine-Henriette, bapt. le 22 octobre 1772, † en 1853, mariée le 21 floréal an IV à Joseph-François-Thélis Vachon, né à Lyon le 14 février 1772, † à Lyon le 1er août 1857, député du Rhône, maire de Lyon et commandeur de la Légion d'honneur, fils d'Étienne, et de Laurence-Charlotte Mathon de Fogères ; d¹ p. ;

7) Catherine-Victoire, bapt. le 18 février 1774, mariée à Laurent-Louis de Serre, fils de Dominique-Venance de Serre, dont un fils, Amédée de Serre, † s. a. ;

8) Léonice-Suzanne-Lyonne, née à Lyon le 7 avril 1778, baptisée le même jour et filleule de la Ville de Lyon ; † à Lyon le 2 janvier 1833, mariée à Lyon le 11 pluviôse an XII à Esprit-Venance-François de Serre, né à Loriol (Drôme) le 10 juin 1767, frère de Laurent-Louis, ci-dessus, et père de deux fils jumeaux, Ferdinand et Jules de Serre ; ce dernier a eu postérité.

IV. François-René, dit Renaud IMBERT, écuyer, né le 25 novembre 1771, héritier universel de son père, chasseur au 14e chasseurs à cheval, † le 7 floréal an II à l'armée des Pyrénées Orientales.

Rameau de Colomès.

III. Noble *Jacques* IMBERT-COLOMÈS, bapt. à Lyon le 3 novembre 1729, † en exil à Bath (comté de Somerset) le 26 septembre 1809 ; Recteur de la Charité en 1768, Juge Conservateur des privilèges royaux de la Ville de Lyon, Homme du Roi en la Conservation, Échevin de Lyon en 1788-89. Premier Échevin et Commandant de la ville de Lyon en 1789, comparant en 1789, à l'assemblée de la Noblesse et commissaire de la Noblesse. Comme commandant de la ville de Lyon, il sut en 1789 réprimer l'émeute et maintenir la fidélité due au Roi ; proscrit par la Terreur, il fut l'un des agents les plus dévoués des princes et le délégué général de S. M. le Roi Louis XVIII en Lyonnais pendant l'émigration ; rayé de la liste des émigrés, il fut élu député royaliste de Lyon au conseil des Cinq-Cents. Proscrit au 18 fructidor, il put échapper à la déportation et reçut à cet effet du Roi, une lettre où S. M. le félicite d'avoir échappé à la persécution et lui souhaite auprès du Czar, un accueil digne de « votre fidélité, de votre courage, de vos travaux, de vos malheurs ». Devenu le chef des royalistes du Centre, et de l'agence d'Augsbourg, Imbert-Colomès vit toute sa correspondance saisie à Augsbourg et imprimée par ordre du gouvernement français. Emprisonné par Bonaparte, Imbert-Colomès fut jeté au Temple ; remis plus tard en liberté, il se retira près du roi Louis XVIII et mourut en exil. Il avait épousé à Lyon le 20 novembre 1764 Catherine-Victoire de Colomès, † à Lyon le 13 décembre 1780, fille de Jean-Pierre, chevalier, et de Catherine Bruyset, petite-fille de Pierre Colomès, écuyer, et de Marie-Anne du Treül, et arrière-petite-fille d'un capitoul de Toulouse. Son mari avait relevé le nom des Colomès et laissa :

1) Antoine-Jacques, né le 1ᵉʳ janvier 1768, † jeune ;

2) Jean-Isaïe, né à Lyon le 17 mars 1777, † s. a ;

3) Marie-Françoise, mariée : 1° à Myons en Dauphiné le 24 juin 1788 à Messire Guillaume Marest de Saint-Pierre, sgʳ de Saint-Pierre-en-Forez et autres lieux, né le 17 mai 1757, fils de Noble Philippe, et de Pierrette Chappuis de La Goutte ; 2° le 19 août 1806 à Henri-René, comte de Montrichard, sgʳ de Marchangy, Page de la Dauphine, né à Charlieu le 21 mai 1756, † à Charolles en 1829, fils de Louis de Montrichard, chevalier, sgʳ de la Brosse, chevalier de Saint-Louis, Élu de la Noblesse du Mâconnais, et de Laurence Donguy de Marchangy ;

4) Catherine-Sophie, bapt. le 12 juin 1769, mariée à Myons, p. c. du 1ᵉʳ octobre 1790 et à Lyon le 15 novembre suivant, à Jean-François-Joseph Labittant, chevalier, conseiller du Roi, Trésorier de France à Grenoble ; bapt. à

Lyon le 22 juin 1749, maintenu dans sa noblesse par Lettres Patentes de Louis XVIII (11 novembre 1815), fils de Jacques-Marie, et de Catherine Benoîte Gesse de Poisieux, dont entre autres :

A) Léonice, née à Lyon le 13 novembre 1803, mariée à Lyon le 27 août 1823 à Charles de Rivérieulx, comte de Chambost, d¹ p.

RAMEAU DES SEIGNEURS DE MONTFERRAND

II. Joseph IMBERT, bapt. à Lyon le 13 juin 1691, † avant 1742, ép. à Lyon le 22 janvier 1721 Françoise de Beaufils, fille de Messire Pierre de Beaufils, conseiller du Roi, contrôleur de la Monnaie de Lyon, et de Magdeleine Beluze, dont :

1) Jean, qui suivra ;
2) Thomas, bapt. à Lyon le 30 mai 1726 ;
3) Françoise, bapt. à Lyon le 15 octobre 1724, ép. à Lyon le 3 mai 1742 Jean-Joseph de Palerne, écuyer, fils de noble Charles, Échevin de Lyon, et de Catherine Ruffier [d'Attignat] ;
4) Marie, bapt. à Lyon le 16 août 1727, ép. à Lyon le 25 novembre 1749 Jean-Pierre Delglat de la Tour du Bost, chevalier, sg^r du marquisat de la Tour du Bost, le Plessis, etc., Président des Trésoriers de France au Bureau des finances de la généralité de Lyon, né à Lyon le 27 février 1726, fils de Jean-Pierre, écuyer, secrétaire du Roi près la chancellerie du Parlement d'Aix.

III. Jean IMBERT, écuyer, sg^r DE MONTFERRAND et autres lieux, conseiller secrétaire du Roi près le Parlement de Grenoble (15 février 1752) ; il testa le 2 décembre 1773 et avait épousé Jeanne Le Bœuf, fille d'Esprit, et de Jeanne Terrasson, dont :

1) Esprit-Jean, qui suivra ;
2) Joseph-Marie, écuyer, bapt. à Lyon le 30 septembre 1757 ;
3) Catherine-Isaïe Imbert ;
4) Anne-Pierrette, bapt. à Lyon le 11 avril 1756, ép. à Lyon, le 7 juillet 1785, Dieudonné Sarton du Jonchay, chevalier, sg^r du Jonchay, Trésorier de France à Lyon (25 septembre 1782), dont une nombreuse postérité ;
5) Fleurie-Josèphe, bapt. à Lyon le 22 mai 1760, ép. à Lyon le 5 juillet 1785, Jean-Louis de Cornac, Président en l'Élection de Quercy, fils de Pierre, Greffier en chef de la Cour des Aides de Montauban, Président en l'Élection de Quercy, et de Jeanne Dufaud ;
6) Jeanne-Marie-Antoinette, bapt. à Lyon le 19 mars 1762, ép. le 26 décembre 1786 Louis-François de Clavière, écuyer, bapt. à Lyon le 18 juillet 1746,

† le 12 décembre 1822, fils de Noble Jean-François, Échevin de Lyon, et de Jeanne-Barbe Revel;

7) Jeanne-Marie Imbert.

IV. *Esprit-Jean* IMBERT, chevalier, sgʳ DE MONTFERRAND, bapt. à Lyon le 28 mai 1752, héritier universel de son père, comparant à Lyon en 1789, ép. à Lyon le 28 mai 1789, Marie-Sophie Granier, fille de noble Étienne, et de Françoise Thévenet, dont :

1) Anne-Sophie Imbert, bapt. à Lyon le 17 mai 1790.

Cf : *Communications* de M. W. Poidebard.

JANIN DE COMBEBLANCHE

Coupé : au 1 parti de sinople à une tête de Janus d'argent, et d'azur à un lion rampant d'or ; au 2 de gueules à un chien d'argent passant sur une terrasse de sable mouvante de la pointe de l'écu ; à la fasce d'or brochant sur le tout.

JEAN, CHEVALIER DE JANIN DE COMBEBLANCHE

Le comparant de 1789 qui fut anobli par L. P. avec règlement d'armoiries, se rattachait peut-être à une famille de même nom, originaire des Dombes, et portant *d'azur au croissant d'argent enflammé d'or*. Mais aucun point de jonction n'est établi entre cette dernière famille et celle du comparant, issue de :

I. André JANIN, marié à Raimonde Bertrand, dont :

II. *Jean* JANIN DE COMBEBLANCHE, écuyer, sgr du dit lieu (La Guillotière) dit le chevalier DE JANIN DE COMBEBLANCHE, né à Carcassone le 11 juin 1731, comparant à Lyon en 1789, chevalier de Saint-Michel, oculiste de S. A. le duc de Modène, membre et prévôt du Collège royal de chirurgie de Lyon, membre des Académies de Lyon, Rome, Turin, Lucques, Dijon, Montpellier, Villefranche, Paris. Anobli par L. P. du 11 novembre 1786, enreg. au greffe du Parlement de Toulouse le 3 août 1787, et à la Chambre des comptes de Montpellier le 28 août 1787 ; reçu chevalier de Saint-Michel, avec dispense de preuves de deux races les 13 juillet-25 décembre 1787. Le chevalier de Janin de Combeblanche écrivit le 18 mai 1789 à Necker, Directeur des Finances, pour se plaindre des fins de non-recevoir opposées par Imbert-Colomès aux réclamations des ouvriers. (Arch. Nat. Bᵐ 76, p. 5). M. de Combeblanche s'était marié et fut père d'une fille qui porta Combeblanche aux Nicod qui en prirent le nom.

Cf. Chérin : 110.

JOLYCLERC DE LA BRUYÈRE ET DE BELVÉ

D'azur au lys tigé d'argent ; au chef cousu de gueules chargé d'un soleil d'or.
Cimier : *un lys.*
Devise : *Ex candore decus.*

JEAN JOLYCLERC DE LA BRUYÈRE
FRANÇOIS-MARIE-MATHIEU-ANTOINE JOLYCLERC DE BELVÉ

Cette famille est originaire de Saint-Jean de Losne où l'on trouve Mᵉ Regnault Jolyclerc, licencié ès lois, bachelier en droit, conseiller du duc de Bourgogne, lieutenant du Chancelier de Bourgogne le 12 novembre 1419. Un Jolyclerc fut un des habitants de Saint-Jean de Losne qui signa la résolution de soutenir le siège mis devant cette ville par les Impériaux, le 2 novembre 1636 ; mais la filiation des Jolyclerc s'établit seulement depuis :

I. Claude JOLYCLERC, † en juin 1694, Échevin de Saint-Jean de Losne en 1650, conseiller du Roi, grenetier au grenier à sel de Saint-Jean de Losne (29 décembre 1686) ; ép. Antoinette Lapre, † en décembre 1722, dont :

1) Christophe, qui suivra ;
2) Marguerite, ép. 1°) Lazare des Granges ; 2°) Noël Thoridenet, vivant en 1723.

II. Claude-Christophe JOLYCLERC, né le 30 octobre 1682, Avocat, maire héréditaire de Saint-Jean de Losne, lieutenant général de police, grénetier au grenier à sel, lieutenant civil au bailliage de Saint-Jean de Losne (29 octobre 1724) ; marié le 16 janvier 1708 à Michelle de Montherot, fille d'Antoine de Montherot, avocat, et de Françoise Charpy, dont :

1) Jacques, qui suit ;
2) François-Marie-Mathieu Jolyclerc de Villette, officier d'infanterie ;
3) François-Marie-Thérèse, prêtre, chanoine de Saint-Paul de Lyon, prieur et sgʳ de Valliourne en Rouergue (1779) ;

4) Françoise, ép. noble Nicolas Bretagne, avocat au Parlement de Bourgogne;

5) N..., ép. Pierre Martonne, élu des États du duché de Bourgogne, maire de Saint-Jean de Losne.

III. Jacques JOLYCLERC, écuyer, sg^r de la Bruyère, né à Saint-Jean de Losne le 3 août 1710, avocat en Parlement et ès cours de Lyon, professeur à l'école de Droit de Lyon, conseiller secrétaire au Parlement de Dombes (17 juillet 1751) ; il demanda en 1756 des lettres de confirmation de son ancienne noblesse et d'anoblissement en tant que de besoin pour lui faciliter de se défaire de sa charge attributive de noblesse ; Échevin de Lyon en 1763-64, substitut du Procureur général au Conseil supérieur de Lyon (1772) ; marié à Lyon les 1er-5 juin 1742 à Anne-Marie Guillet de Belvé, fille de Jean, écuyer, sg^r de Belvé, et de Catherine Gayet, dont entre autres :

1) Jean qui suivra ;

2) François-Marie-Thérèse qui a fait branche ;

3) Nicolas-Marie-Thérèse, jumeau du précédent, bapt. à Lyon le 8 octobre 1746, botaniste connu, ép. le 17 floréal an II, Jeanne-Marie Drivon, dont :

    A) Nicolas, né à Lyon le 12 floréal an III.

4) *François-Marie-Mathieu-Antoine* Jolyclerc de Belvé, écuyer, bapt. à Lyon le 22 octobre 1748, † guillotiné le 17 décembre 1793 ; officier d'infanterie, comparant à Lyon en 1789, commandant la Garde nationale à Saint-Jean de Chamousset, commandant d'une compagnie d'infanterie au siège de Lyon.

IV. *Jean* JOLYCLERC DE LA BRUYÈRE, écuyer, sg^r de La Bruyère, bapt. à Lyon le 10 juin 1744, lieutenant des grenadiers royaux du Lyonnais, comparant à Lyon en 1789 ; marié à Roanne le 18 février 1779 à Louise-Jeanne-Bonne du Bessey de Contenson, fille de Nicolas-Genest, chevalier, sg^r de Contenson et de Louise de Mabiez de Malleval, dont :

V. Jean-Guy JOLYCLERC DE LA BRUYÈRE, né à Saint-Bernard-en-Dombes le 31 octobre 1784, ép. à Lyon le 20 janvier 1808 Anne-Justine Picquet, née à Lyon le 2 septembre 1788, dont :

1) Jean-Baptiste-Paul, né à Lyon, 22 juin 1810 ;

2) Marie-Justine-Mathilde, née à Lyon le 13 décembre 1816, † à Lyon le 20 février 1893, ép. à Lentilly (Rhône) le 12 décembre 1836 Philippe-Laurent Chambaud-Mirabel, né à Valence (Drôme) en 1812.

BRANCHE CADETTE

IV. François-Marie-Thérèse JOLYCLERC DE BELVÉ, bapt. à Lyon le 8 octobre 1746, † à Lyon le 3 juillet 1817, substitut du Procureur impérial ; ép. p. c. du 3 floréal an II, Françoise Crouzier, dont :

V. Joseph JOLYCLERC DE BELVÉ, né le 8 thermidor an IX, † le 16 mai 1825, ép. le 14 novembre 1817, Anne-Louise Ginod, née le 28 fructidor an II, dont :

1) Victor, né à Lyon le 26 avril 1819.
2) Marie-Louise, née le 16 août 1822, † le 7 novembre 1845 ; ép. à Lyon le 9 janvier 1845 Jean-Louis Roux, né à Lyon le 25 avril 1818.

Cf. Chérin : 111 (*Généalogie du 11 novembre 1756*).

JORDAN

De sinople à la fasce dentelée d'or, accompagnée de deux étoiles du même en chef et d'un jars d'argent, becqué et membré d'or en pointe.
Supports : *Deux lions au naturel contournés et lampassés de gueules.*
Cimier : *Un bras armé tenant une épée.*
Devise : *In veritate virtus.*

ANTOINE-HENRI JORDAN, L'AINÉ
ANTOINE-HENRI JORDAN, FILS

Les Jordan, de souche protestante, sont issus de :

I. Lanthelme JORDAN, ministre de la Religion prétendue réformée, qui testa en 1611, laissant :

II. Élie JORDAN, capitaine châtelain des vallées de Valcluson et de Praguella, dont le fils aîné fut :

III. Abraham JORDAN qui fit acte d'abjuration lors de la révocation de l'édit de Nantes (1685) et resta à Veynes en Dauphiné ; marié à Antoinette Lyons (alias Justine Anglès) dont :

    1) Henri, qui suivra ;
    2) Hélène, mariée à Claude Dupuis dont une fille Élisabeth, épousa le 24 août 1741 Jacques Périer, tige des Casimir-Périer.

IV. Henri JORDAN, fit à Lyon une grande fortune et épousa à Lyon le 11 avril 1723 Jeanne Degérando, † à Lyon le 23 avril 1774, fille de Michel Degérando et de Pernette Bozonnet, dont :

    1) Antoine-Henri, qui suit ;
    2) Pierre, qui a fait branche ;
    3) Marie-Anne, bapt. à Lyon le 2 février 1726, religieuse de Sainte-Claire de Salins.

V. Noble *Antoine-Henri* JORDAN, bapt. à Lyon le 4 janvier 1725, † fusillé aux Brotteaux le 31 janvier 1794 ; recteur de la Charité (1757-60), Échevin de Lyon en 1778-1779, recteur de l'Hôtel-Dieu (1783-86), Trésorier de l'Hôtel-Dieu (1787-88), comparant à Lyon en 1789, commissaire de la Noblesse, défenseur de la ville de Lyon en 1793, contribua à cette défense par une souscription de 1700 livres ; ép. à Lyon le 7 janvier 1755 Madeleine Briasson, née en 1734, † en 1813, fille de Claude, Échevin de Lyon, et de Catherine Gineston, dont :

1) Antoine-Henri, qui suivra ;
2) Marie-Jeanne, bapt. à Lyon le 14 avril 1756, † le 12 octobre 1823 ; ép. p. c. du 2 mai 1774 Isaac Coste, écuyer, fils de noble Benoît Coste, Échevin de Lyon, et de Louise-Victoire Tissot ;
3) Catherine, bapt. à Lyon le 13 mai 1758, † le 10 septembre 1821 ; ép. p. c. du 3 août 1777 Dominique Vionnet, bapt. le 4 mars 1746, † le 23 septembre 1782, fils de Pierre, et de Marie-Anne Vouty ;
4) Henriette, bapt. à Lyon le 20 juin 1763, † à Lyon le 29 décembre 1785, ép. à Lyon p. c. du 10 octobre 1785, Alexandre Bergasse, fils d'Henri-Joachim Bergasse et de Benoîte Arnaud.

VI. *Antoine-Henri* JORDAN, écuyer, dit Mᵣ DE SURY, né à Lyon le 10 juillet 1762, † le 3 janvier 1835, comparant à Lyon en 1789 ; marié en 1792 à Catherine Dugas de Chassagny, bapt. le 20 septembre 1775, † en juillet 1836, fille de Jean-Baptiste, écuyer, et de Marie-Lucrèce Balas, dont :

1) Jacques-Henri, qui suivra ;
2) Jean-Baptiste-Camille Jordan de Puyfol, né à Lyon le 23 vendémiaire an VII ; chevalier de l'ordre de Charles III d'Espagne ; officier au 20ᵉ chasseurs ; ép. à Dôle le 31 juillet 1825 Zoé-Polixène Magdelaine, née à Dôle le 5 floréal an IX, dont :
   A) Jean-Baptiste-Camille, né à Dôle le 3 octobre 1826 :
   B) Marie-Eugène Jordan de Puyfol, né à Dôle le 29 octobre 1827, † au château de Courbelimagne (Cantal) le 18 mai 1891, ép. à Raulhac le 18 juin 1850 Isménie de Greils de Massillac, † le 3 avril 1893, fille de Joseph-Bertrand, et de Joséphine Colinet de Lobeau, dont :
      a) Henri, né à Raulhac le 17 mars 1853, ép. à Chevrière (Loire) le 21 juin 1881, Eugénie Neyrand, née à Saint-Chamond le 24 juin 1858, fille d'Élisée, et de Louise Thiollière, s. p. ;
      b) Camille Jordan de Puyfol ;
      c) Hélène Jordan de Puyfol.
   C) Marie, ép. Joseph, comte de Greils de Massillac.

3) Claude-Édouard Jordan de Chassagny, né à Lyon le 10 brumaire an IX, † à Chassagny le 31 mars 1858, ép. le 11 avril 1827 Anastasie Bourbon de Vanant, née le 14 avril 1808, † le 9 mai 1878, fille de Jean-Baptiste-Marie, et de Jeanne-Claudine Rodier, dont entre autres :

    A) Antoine-Alfred Jordan de Chassagny, né à Saint-Laurent d'Agny le 15 juillet 1828, † à Saint-Laurent d'Agny le 9 juin 1903 ; ép. à Saint-Chamond le 9 juillet 1856 Marguerite Chaland, † à Saint-Laurent d'Agny le 15 décembre 1902, fille de Jacques Chaland et de Marguerite Thiollière, dont :

        • a) Édouard, b) Camille, c) Jules, d) Gabriel, e) Charles, f) Édith Jordan de Chassagny.

    B) René Jordan de Chassagny ;

    C) Mathilde, née le 18 juillet 1836, ép. le 17 janvier 1855 François-Alfred Royer de la Bastie, fils d'Étienne-Henry, et de Charlotte-Sophie Marron de Belvey.

4) Julien-Marie, né à Lyon le 26 messidor an IX, † en 1862, prêtre, jésuite ;

5) Louis Jordan, né en 1805, † en 1815 ;

6) Henriette, née à Lyon le 14 décembre 1792, † en 1861, ép. à Lyon p. c. du 28 avril 1811, Alphée Aynard, né à Lyon le 6 février 1778, † en 1865, administrateur des Hôpitaux en 1815, fils de Claude-Joseph, et de Pierrette Renaud ;

7) Jeanne-Angélique, dite Jenny, née à Lyon le 16 ventôse an IV, † en 1873 ; ép. à Lyon p. c. du 20 décembre 1813 Alexandre Magneunin, né à Lyon le 21 mai 1787, fils de Michel, et de Françoise Giraud.

VII. Jacques-Henri JORDAN DE SURY, né à Izieux le 23 août 1794, † à Beauvoir (Nièvre) le 5 mai 1872 ; ép. à Saint-Étienne le 27 février 1821 Anne-Marie Jovin des Hayes, née le 21 fructidor an XI, † le 4 juin 1885, fille de Jean-Aimé, et de Thècle-Victoire Jourjon, dont :

    1) Antoine-Henry, né à Lyon le 2 janvier 1822, † à Lyon s. a. le 4 juillet 1862 ;

    2) Jean-Aimé, qui suivra ;

    3) Marie-Camille, ép. Jacques-Edmond Humann, fils du Pair de France ;

    4) Henriette-Édith, ép. le 30 avril 1853, Henry Dugas, député, né à Givors le 27 avril 1823, fils de Camille-Joseph Dugas de la Boissonny, et de Pauline Malgontier.

VIII. Jean-Aimé JORDAN DE SURY, ép. en 1852 Alice-Madeleine Humann, petite-fille du Pair de France et aussi du comte Guilleminot, Lieutenant Général et Pair de France, dont :

1) Henri, qui suivra ;
2) Thècle-Julie-Marthe, ép. M. de Bichirand ;
3) Marie, née en 1863, † à Feurs le 18 janvier 1891 ; ép. en 1883 Raoul
   d'Assier.

IX. Henri JORDAN DE SURY, ép. en janvier 1886 Antoinette-Anne-Marie de Gouvion-Saint-Cyr, fille de Laurent-François, marquis de Gouvion-Saint-Cyr, et de Marie-Adélaïde Bachasson de Montalivet.

BRANCHE CADETTE

V. Pierre JORDAN, bapt. à Lyon le 6 janvier 1727, † à Lyon le 24 janvier 1791, ép. à Grenoble le 22 octobre 1765 sa cousine Marie-Élisabeth Périer, née le 4 juin 1748, fille de Jacques, et de Marie-Élisabeth Dupuis, dont :

1) Alexandre, qui suivra ;
2) Camille Jordan, né à Lyon le 11 janvier 1771, † à Paris le 19 mai 1821 ;
   l'un des promoteurs de la défense de Lyon contre la Révolution, député aux
   Cinq-Cents (1796) ; proscrit au 18 fructidor an V, député de 1816 à 1821 ;
   illustre orateur ; ép. à Lyon le 4 germinal an XIII, Julie Magneunin, née à
   Lyon le 17 septembre 1785 [remariée à Hippolyte de Mauduit], fille de
   Michel, chevalier, Trésorier de France à Grenoble, et de Françoise Giraud,
   dont :

   A) Joseph-François-Auguste Jordan, né à Lyon le 14 novembre 1807,
      † à Paris le 22 septembre 1815, ingénieur, ép. à Montbrison le
      28 février 1852 Valérie Ardaillon, née à Montbrison le 13 octobre 1826,
      dont :

      a) Alexandrine-Camille Jordan, née à Lyon le 15 janvier 1853, ép.
         à Saint-Étienne le 4 avril 1877, Robert, comte de Boubée,
         avocat, ancien magistrat, né à La Rochefoucauld le 20 septembre
         1844.

   B) Charles Jordan, né à Lyon le 5 octobre 1811, officier de dragons tué
      à Rome en 1850 ;
   C) Marie-Camille-Caroline Jordan, née à Lyon le 12 août 1806, † à
      Gleizé (Rhône) le 22 décembre 1859 ; ép. à Lyon le 2 octobre 1827
      Alphonse Pericaud de Gravillon, officier de la Garde royale, né à
      Lyon le 24 pluviôse an VI, † à Lyon le 31 décembre 1866, fils
      d'Antoine-Pierre, conseiller du Roi, notaire à Lyon, et de Gabrielle
      Valleton de Gravillon.

3) Augustin-Camille Jordan, bapt. le 27 mai 1773, secrétaire d'ambassade à
Rome sous la Restauration, marié à Augustine de Mauduit, dont :
  A) Théodore Jordan, né à Lyon le 18 août 1809 ;
  B) Adrienne Jordan, mariée au baron Despatys, juge à Melun.

4) Antoine-Noël Jordan, bapt. le 26 décembre 1778, † le 2 décembre 1843,
prêtre, † Curé de Saint-Bonaventure à Lyon et chanoine de la Primatiale ;

5) César Jordan, bapt. le 27 octobre 1780, † à Lyon le 4 décembre 1861, marié
à Tarare le 10 février 1813 à Jeanne-Marie-Adèle Caquet d'Avaize, née à
Tarare le 6 août 1792, † à Quincieu (Rhône) le 8 juin 1874, fille de Noble
Claude-Thomas, docteur ès droits, Avocat en Parlement, receveur du grenier à sel, contrôleur des actes, capitaine châtelain et lieutenant de juge
de la ville et baronnie d'Anse, receveur du grenier à sel de Tarare, Juge de
paix du canton de Tarare, et de Claudine Chavanis, dont :
  A) Claude-Thomas-Alexis Jordan, botaniste, membre de l'Académie de
     Lyon, né à Lyon le 29 octobre 1814, † s. a. le 7 février 1897 ;
  B) Antoine-Adolphe Jordan, né le 11 février 1819, † jeune.

VI. Alexandre-Pierre JORDAN, bapt. à Lyon le 4 juin 1768, marié à Die (Drôme)
le 7 pluviôse an VI à Sylvie Gueymard de Roquebeau, née à Die le 13 novembre
1774, fille d'Ennemond, et de Sylvie de Revilliasc, dont :
  1) Joseph-Emmanuel-Camille Jordan, Président au tribunal civil de Lyon,
     marié 1°) à Marie-Victoire Badin, † à Vienne le 9 septembre 1827 ; 2° à
     Romans le 28 janvier 1834 à Nathalie Brenier de Montmorand, née à Saint-
     Marcellin (Isère) en 1810, † à Lyon le 12 mars 1882, fille d'Antoine-Fran-
     çois, Lieutenant Général des armées du Roi, et de Marguerite-Emmanuelle
     Sablière de La Condamine. Il fut père du second lit, de :
       A) Sylvie-Mathilde Jordan, née à Vienne le 25 juin 1835, ép. à Lyon le
          3 décembre 1855 Paul Giraud, magistrat à Lyon, né à Romans le
          9 décembre 1826, fils d'Aristide Giraud et d'Henriette Brenier de
          Montmorand.
  2) Alexandre, qui suit ;
  3) Pauline Jordan, née à Lyon le 12 vendémiaire an XII, ép. à Vienne le
     3 novembre 1825 Joseph-Marie-Philibert Vespre, né à Lyon le 12 mai 1785.

VII. Esprit-Alexandre JORDAN, ingénieur en chef des Ponts et Chaussées, né à
Die le 30 vendémiaire an IX, † à Paris le 5 mai 1888, député du Rhône ; ép. à Lyon
le 9 février 1835 Joséphine Puvis de Chavannes, née à Lyon le 7 décembre 1816,
fille de Marie-Julien-César, et de Marguerite Guyot, dont :
  1) Camille, qui suit ;

2) Marie-Sylvie-Jeanne-Louise-Pauline Jordan, née à Lyon le 13 avril 1836, ép. à Lyon le 26 novembre 1855, Louis-Antoine-Jean-Marie Pinot, né à Bourbon-Lancy le 13 février 1820, fils d'Antoine, et de Marguerite Frapet.

VIII. Marie-Ennemond-Camille JORDAN, né à la Croix-Rousse-les-Lyon le 5 janvier 1838, ingénieur des mines, membre de l'Institut ; ép. à Lyon le 14 mai 1862 Marie-Isabelle Munet, née à Châtillon-sur-Chalaronne (Ain) le 16 juin 1843, dont :

1) Marie-Joseph-Étienne-Camille Jordan, attaché aux Affaires Étrangères, marié le 5 juin 1894 à Marie-Caroline d'Ussel, fille d'Alexandre, marquis d'Ussel, général, et d'Éléonore Martin de Puytison ;

2) Édouard, ép. à Paris en février 1892 N... Dupré-Latour ;

3) Paul Jordan, marié ;

4) Pierre Jordan, officier d'infanterie ;

5) Charles, capitaine d'infanterie de marine ;

6) 7) 8) Louis, Marguerite et Marie Jordan.

Cf. Annuaire de la Noblesse : 1856. *Tableaux généalogiques des familles Aynard et Jordan.*

JOUFFROY D'ABBANS

Fascé de sable et d'or de six pièces, la première chargée de trois croisettes d'argent.

CLAUDE-FRANÇOIS-DOROTHÉE, MARQUIS DE JOUFFROY D'ABBANS

La famille de Jouffroy, franc-comtoise, n'appartient à la Noblesse lyonnaise que par sa comparution en 1789, par suite de la résidence à Écully du marquis de Jouffroy.

D'après Chérin, les Jouffroy, originaires de Luxeuil, auraient été anoblis en septembre 1444, par lettres de Philippe le Bon, duc de Bourgogne, en la personne de Perrin Jouffroy, dont le fils Jean devint évêque et cardinal.

Pâris Jouffroy, sg^r de Gousans, eut de son mariage avec Pierrette Maillardet de La Muyre deux fils Geoffroy et Jacques, auteurs des deux branches principales.

L'aîné Geoffroy Jouffroy, sg^r de Gonsans, vivant en 1460 épousa Hélène de Bigny, et sa descendance a formé trois rameaux :

a) Celui des sg^{rs} de Novillars, créés marquis de Novillars en 1737 et éteints au XVIIIe siècle ;

b) Celui des sg^{rs} de Gonsans, aujourd'hui subsistant et dont le chef Jean, comte de Jouffroy-Gonsans, † le 3 novembre 1905, fils d'Amélie, comte de Jouffroy, et de Valentine de Béhague, avait épousé le 20 octobre 1875 Louise-Marie-Victoire Guigues de Moreton de Chabrillan, fille de Louis-Hippolyte-Pierre, comte de Chabrillan, et de Marie-Séraphine de La Tour du Pin-Montauban.

c) Celui des sg^{rs} d'Uxelles, éteint au début du XIXe siècle.

Jacques Jouffroy, sg^r de Marchans, frère cadet de Geoffroy, ci-dessus, épousa en 1480 Anne de Joux, dame d'Abbans ; il reçut le titre de marquis par L. P. de mars 1707, par l'érection en marquisat des seigneuries d'Abbans, Villers-St-Georges, etc., en faveur de Claude-François de Jouffroy. Les Jouffroy d'Abbans étaient représentés au milieu du XVIIIe siècle par :

I. Claude-Jean-Eugène, marquis DE JOUFFROY D'ABBANS, chevalier de St-Georges, capitaine au régiment de Lorraine, marié en 1750 à Jeanne-Henriette de Pons de Rennepont ; dont :

1) Claude, tige de la branche aînée, subdivisée en deux rameaux, dont l'aîné est représenté par Robert, marquis de Jouffroy d'Abbans, marié le 10 octobre 1889 à Marie Pernot du Breuil ; et le second par Louis, comte de Jouffroy, consul de France marié le 8 mars 1883 à Ida Barollet de Fuligny ;

2) Claude-François-Dorothée qui suit ;

3) Élizabeth-Charlotte ép. le 31 janvier 1788 Pierre, marquis de Selve, sg^r d'Audeville, etc.

II. *Claude-François-Dorothée*, marquis DE JOUFFROY D'ABBANS, résidant à Écully, né à Roche-sur-Rognon (Haute-Marne) en 1751, † à Paris en 1832; Député de la Noblesse de l'Élection de Lyon à l'assemblée de Département, comparant à Lyon en 1789, chevalier de Saint-Georges ; inventeur des bateaux à vapeur ; marié à Mlle de Pingon de Vallier dont :

1) Achille-François-Éléonore de Jouffroy d'Abbans, officier, ingénieur à l'arsenal de Venise, savant mécanicien, né à Écully (Rhône) le 20 janvier 1785, † à Turin le 5 décembre 1859. Marié : 1°) le 4 mars 1824 à Amélie de Gestas † s. p. ; 2°) le 2 novembre 1829 à Antoinette Fenelly de Posson, dont *du second lit* :

A) Louise-Migueline de Jouffroy ;

B) Marie-Camille-Georgine, † jeune ;

C) Marthe-Jeanne-Louise-Catherine ;

D) Michelle, ép. en décembre 1883 Armand Cordier-Billon-Daguerre.

2) Ferdinand, qui suit.

III. Marie-Agathange Ferdinand, comte DE JOUFFROY D'ABBANS, marié à Élisabeth-Eulalie de Prélange dont :

IV. Claude-François, comte DE JOUFFROY D'ABBANS, marié en mars 1873 à Marguerite-Bonne Fromentin, veuve de M. Bonniot de Fleurac.

Cf. : Chérin : 111, Nouveau d'Hozier : 194 ; Carrés d'Hozier : 356 ; Pièces originales : 1589. Annuaire de la noblesse : *passim*.

JOUVENCEL

D'or à deux palmes adossées de sinople mouvant d'un croissant de gueules ;
au chef d'azur chargé d'un soleil d'or accosté de deux étoiles d'argent.
Cimier : Une aigle de sable tenant dans sa patte dextre une palme de sinople.
Supports : Deux aigles de sable.

BLAISE-FRANÇOIS-ALDEGONDE, CHEVALIER DE JOUVENCEL

Citée par Pernetti parmi les principales familles étrangères établies à Lyon, la famille des Jouvencel ou Jouvenceau, alias d'Arvaz [1], est connue en Savoie dès le xvᵉ siècle. Elle a dès cette époque été possessionnée en Maurienne, au comté d'Arves, et a formé deux branches principales, l'une fixée en Auvergne, et la seconde à Lyon.

Les armoiries ci-dessus décrites furent blasonnées en 1668 au plafond de l'Hôtel de Ville de Chambéry ainsi qu'il est rappelé par un acte de notoriété, relatant la filiation des Jouvencel et délivré le 10 janvier 1747 par les syndics de Chambéry à Pierre de Jouvencel, écuyer, ancien Échevin de Lyon. Ces armoiries ont été constamment portées par la branche des Jouvencel établie à Lyon ; toutefois, Pierre de Jouvencel, chevalier, conseiller à la Cour des Monnaies de Lyon portait sur son *ex-libris*, les armoiries écartelées de son aïeule, de sa mère et de ses deux femmes, et sur le tout *de Jouvencel*. On trouve également une quittance du 15 juin 1778 scellée des armoiries de ce conseiller, dont le champ est conforme à la description précitée, mais dont le chef *cousu d'or* porte simplement : *une aigle issante, éployée de sable*. Cette variante, reportant sur l'écu lui-même l'aigle des supports et du cimier, rappelle le sceau [2] de Jean d'Arves, chanoine de Maurienne au xivᵉ siècle, qui représente *une aigle au vol abaissé*. Il y a lieu de noter également que l'Armorial Général de 1696 attribue pour armoiries aux Jouvenceau, barons d'Allagnat, établis

---

1. Ce nom » d'Arvaz » se prononçait anciennement « d'Arves » ; quelques actes portent d'ailleurs cette seconde orthographe, ou en latin « de Arva ».
2. Ce sceau est conservé au Musée de Chambéry.

en Auvergne : « *d'argent au chevron d'azur accompagné de trois aiglettes* alias *alérions, de sable.* »

_La filiation des Jouvencel ou Jouvenceau s'établit depuis :

I. Pierre Jouvencel, alias d'Arvaz, vivant au début du xvɪᵉ siècle, et père de :

II. Pierre Jouvenceau, alias d'Arvaz, reçu citoyen de Chambéry (1580), puis Conseiller de la dite ville ; marié avant 1569 et père de :

1) François, qui suit ;

2) Révérend Messire Nicolas Jouvencel, prêtre et chanoine de la cathédrale de Saint-Jean-de-Maurienne ; administrateur du Collège Lambertin [1] à Saint-Jean-de-Maurienne, et Délégué du Chapitre près le dit Collège. Le chanoine Nicolas Jouvencel signa à titre de témoin le 14 octobre 1647 le testament de noble Pierre du Verney, Vicaire Général de Maurienne.

III. François Jouvenceau, alias d'Arvaz, né en 1569, † ayant testé à Chambéry le 1ᵉʳ avril 1645, étant âgé de 76 ans ; inhumé dans le caveau de sa famille en l'Église des Cordeliers de Chambéry, aujourd'hui Église Métropolitaine. Admis par Lettres du 24 septembre 1619 à jouir des privilèges et immunités des Citoyens de Chambéry ; Conseiller de ville de Chambéry. Marié : 1º) vers 1606 à Jeanne-Anthoine Calliat ; 2º) à Chambéry en 1634 à Antoinette Pétrel [2] de Puisebur, † à Chambéry, inhumée dans l'Église des Cordeliers. Il laissa :

1) 1ᵉʳ *lit* : Claude Jouvenceau, tige des barons d'Allagnat en Auvergne ;

2) Théodore-François, bapt. à Chambéry le 10 avril 1616 ;

3) Jehan-François, bapt. à Chambéry le 5 mai 1619 ;

4) Antoine, bapt. à Chambéry le 16 octobre 1621 ;

5) Gasparde, bapt. à Chambéry le 26 mai 1608 ;

6) Pernette, bapt. à Chambéry le 17 décembre 1609 ;

7) Claudine, bapt. à Chambéry le 11 août 1614 ;

8) Païronne, bapt. à Chambéry le 3 décembre 1623 ;

9) 2ᵉ *lit* : Pierre-Camille Jouvencel, dit d'Arves, bapt. à Chambéry le 2 juillet 1635, filleul de Noble Camille Motte ; servit au régiment de Royal Italien, puis fut conseiller de ville à Chambéry (13 avril 1666), et noble Syndic de Chambéry en 1668, date à laquelle ses armoiries furent blasonnées à l'Hôtel de Ville de Chambéry. Marié à Chambéry le 8 janvier 1661 à Anne Charrost, des comtes de La Chavanne et de Saint-Jeoire, † s. p. ;

1. Ce collège compte parmi ses bienfaiteurs « Révérend Messire Joseph Jovencel », curé de Pontamafrey, qui institua ce collège son légataire universel par testament du 30 janvier 1697.
2. On trouve à la même époque Michelette Pétrel, mariée à Louis de Mareschal de Luciane, chevalier, sgʳ de La Tour de Saint-Martin, La Porte, etc., en Maurienne, † le 15 décembre 1664.

10) Claude, qui a formé la branche établie à Lyon ;

11) Marie-Éléonore Jouvencel, bapt. à Chambéry le 1ᵉʳ juin 1636, † s. p. ; filleule de Pierre-Antoine de Castagnéry d'Argentine, baron de Châteauneuf, Président au Sénat de Savoie, et d'Éléonore Favier [des barons du Noyer]. Elle épousa N... Maréchal, gentilhomme de Savoie.

BRANCHE DES BARONS D'ALLAGNAT

IV. Claude JOUVENCEAU, écuyer, † à Clermont-Ferrand le 24 mars 1687, âgé d'autour 78 ans, ayant testé à Clermont le 17 juillet 1686 ; fixé à Clermont avant 1648, consul de Clermont en 1656 et 1660, receveur des décimes du clergé du diocèse de Clermont, Trésorier de l'Hôtel-Dieu de Clermont (1668-70), Conseiller secrétaire du Roi, Maison, Couronne de France et de Ses Finances (24 septembre 1672), remplacé dans sa charge par suite de décès le 26 mai 1687. Marié à Clermont le 8 février 1648 à Claire Dézirat, dont :

1) Claude Jouvenceau, chevalier, nommé dans le testament de son père ;

2) Pierre Jouvenceau, chevalier, baron d'Allagnat, † en 1691, Conseiller à la Cour des Aides de Clermont-Ferrand (de 1681 à 1691) ;

3) Jean, qui suit ;

4) Antoinette, née à Clermont le 8 juillet 1656, ép. à Clermont le 8 février 1672 Claude Teilhard, chevalier, sgʳ d'Auzelles et de Beauvezeix ;

5) Jeanne, ép. : 1°) à Clermont le 18 décembre 1675 Pierre Taillandier, sgʳ de Solignac, conseiller et lieutenant assesseur en l'Élection de Clermont, † avant le 28 septembre 1702 ; 2°) à Clermont le 28 septembre 1702 Gérard de Champflour, écuyer, conseiller du Roi, Juge magistrat et lieutenant particulier au Présidial de Clermont (1702).

V. Jean JOUVENCEAU D'ALLAGNAT, chevalier, sgʳ baron d'Allagnat, Olby, et de la montagne du Puy-de-Dôme [dont hommage rendu au Roi, par ledit baron d'Allagnat « désarmé, teste nue, sans gans, sans manteau, sans éperons, les genoux en terre et les mains jointes » (27 mai 1716) et dont dénombrement le 27 juillet 1716]. Receveur des décimes du clergé du diocèse de Clermont, conseiller en la Cour des Aides de Clermont-Ferrand (de 1691 à 1724) maintenu dans sa noblesse le 11 mars 1706 et en 1724 ; marié le 27 janvier 1686 à Marie de Cisternes de Vinzelles, fille d'Étienne de Cisternes, chevalier, sgʳ baron de Teix, sgʳ de Vinzelles, Fontfreyde, Nadailhac, Mallesaigne, Bausac et autres lieux, Conseiller du Roi en ses Conseils d'État et Privé, Conseiller en la Chambre des Comptes de Paris, Président en la Cour des Aides de Clermont-Ferrand, et de Françoise de Ribeyre, dont :

1) Antoine-Joseph, qui suit ;
2) Marguerite, ép. Antoine-Joseph Rollet de Lauriat, chevalier, sg^r de Roche-
dagoux, etc., Président Trésorier de France à Riom, fils de Jacques,
chevalier, sg^r de Lauriat, Premier Président du Bureau des Finances de
Riom, et de Pierrette Aymard ; dont postérité, entre autres trois filles :
Mme la Présidente de Cisternes, baronne de Teix ; Mme de Vissaguet de La
Tourette ; et la baronne de Flaghac ;
3) Marie, supérieure des Ursulines de Clermont en 1737 ;
4) Gabrielle-Anne Jouvenceau d'Allagnat.

VI. Antoine-Joseph DE JOUVENCEAU D'ALLAGNAT, chevalier, baron d'Allagnat, sg^r du
Puy-de-Dôme et autres lieux, † en 1740 ; Conseiller à la Cour des Aides de Clermont (de 1724 à 1740) ; marié à Paris, p. c. du 19 août 1719, à Marguerite-Perrette
Seigneur, fille de Bonaventure Seigneur, écuyer, sg^r d'Aranvilliers, Président et
Prévôt vicomtal en l'Élection de Pontoise, et de Claude-Perrette Besnard, dont :
1) Jean-André, qui suit ;
2) Mlle d'Allagnat, mariée avant 1770 à Étienne Aragonnès de Laval, écuyer,
capitaine au régiment du Colonel Général, chev. de Saint-Louis, fils d'Antoine-Joseph, écuyer, baron d'Orcet. et de Sabine des Arcis ; dont postérité ;
3) Marguerite, † s. a. à l'hôtel d'Allagnat, à Clermont, le 12 décembre 1778.

VII. Jean-André DE JOUVENCEAU D'ALLAGNAT, chevalier, baron d'Allagnat, etc.,
comparant en 1789 avec la Noblesse de Clermont et de Riom ; ép. le 24 janvier 1758
Françoise-Perrette de Freydefont, fille d'Antoine, écuyer, Président au Présidial de
Clermont, et de Charlotte-Antoinette-Magdeleine Langlois du Bouchet.

BRANCHE LYONNAISE

IV. Claude JOUVENCEL, alias D'ARVAZ, né à Chambéry le 27 décembre 1637, † à
Nice en 1668 ; filleul de noble Claude Brun, des comtes de Cernex, Maître
Auditeur en la Souveraine Chambre des Comptes de Savoie, et de Marguerite
Garnerin ; Conseiller de ville à Chambéry et Trésorier général de S. A. le
Prince Antoine de Savoie, Lieutenant général et Gouverneur du Comté de Nice.
Marié à Chambéry le 20 janvier 1660 à Jacqueline Sancet, † à Chambéry le ... 168....
issue d'une famille ayant donné deux nobles syndics à Chambéry, et inhumée dans
le caveau de la famille de son mari en l'église des Cordeliers, laissant :
1) Pierre, qui suit ;
2) Antoinette, bapt. à Chambéry le 5 janvier 1661 ;
3) Anne, bapt. à Chambéry le 17 juin 1663, † à Chambéry le 4 février 1724 ;
ép. à Chambéry le 7 février 1682 noble François du Truc.

V. Noble Pierre DE JOUVENCEL, écuyer, acquit un démembrement de la sg^{rie} de Saint-Germain-au-Mont-d'Or en Lyonnais ; né à Chambéry le 21 février 1666, naturalisé français par Lettres royales de 1705, † à Lyon à l'âge de 93 ans le 26 mai 1759, et inhumé en l'église collégiale de Saint-Paul ; conseiller du Roi, Receveur de la Monnaie de Chambéry, Échevin de Lyon en 1737-38. Premier Échevin en 1738 ; marié à Paris p. c. du 4 mai 1712 à Anne-Magdeleine de Marisy, issue d'une ancienne famille de Champagne, née à Paris le 19 juillet 1681, † à Lyon le 11 novembre 1738, inhumée à Saint-Paul, laissant :

1) Pierre, qui suivra ;

2) Anne de Jouvencel, née à Lyon le 2 juillet 1714, † ayant testé à Lyon, le 14 août 1766 ; mariée à Lyon p. c. du 17 janvier 1733 et le 20 janvier suivant à Louis du Marest de Chassagny, chevalier, sg^r de Chassagny, conseiller du Roi, Président Trésorier de France au Bureau des Finances de la généralité de Lyon, Grand voyer, Juge et Directeur du domaine de S. M. en la dite généralité (15 septembre 1730), Premier Échevin de Lyon (1748), né à Lyon le 10 mars 1692, † à Lyon le 22 décembre 1756 : d^t p.

VI. Pierre DE JOUVENCEL, chevalier, héritier de son père à Saint-Germain-au-Mont-d'Or, né à Lyon le 29 septembre 1717, † à Lyon le 14 janvier 1779, inhumé dans l'église des Carmes ; Conseiller à la Cour des Monnaies de Lyon (le 10 avril 1741 jusqu'en 1759) ; marié : 1°) à Paris, p. c. du 8 août 1742, signé par les Princes de la Maison d'Orléans, les ministres, le gouverneur et l'intendant de Lyon, et le 29 août suivant en l'église Saint-Eustache, à Marie-Anne-Antoinette de Palerne de la Magdeleine, née à Paris le 7 avril 1725, † à Lyon le 13 mars 1747 et inhumée dans l'église collégiale de Saint-Paul ; fille de Jean-Joseph de Palerne de la Magdeleine, écuyer, sg^r de la Magdeleine, conseiller secrétaire du Roi du Grand Collège, député de la ville de Lyon, Trésorier général de S. A. S. Mg^r le Duc d'Orléans, et de Madeleine Clapeyron du Buisson ; 2°) à Lyon p. c. du 26 avril 1752 à Marie-Françoise Imbert, bapt. à Lyon le 29 juin 1728, † à Lyon le 10 mai 1766, inhumée à l'église des Carmes, fille de René Imbert et de Françoise de Soubry, celle-ci fille de noble Jacques Soubry, écuyer, Échevin de Lyon. De ces mariages naquirent :

1) *1er lit :* Hélène-Magdeleine de Jouvencel, dame de Feurs, Donzy et Villechenève, bapt. à Lyon le 5 septembre 1743, † à Jouy-en-Josas le 21 octobre 1829 ; comparante en 1789, à l'assemblée de la Noblesse du Forez ; mariée : 1°) à Paris, p. c. du 10 novembre 1762, signé de tous les ministres, à Jean-Marie Gaudin de Feurs, écuyer, sg^r de Jas, et, par sa femme, sg^r de Feurs et Villechenève, baron de Donzy et autres lieux, † en 1770, gouverneur

pour le Roi de la ville et du mandement de Feurs, conseiller de la Marine, Secrétaire général des Postes et Courriers de France, Premier Commis des Affaires Étrangères, fils de Jean-Baptiste, capitaine châtelain de la ville de Boën, et de Jeanne Durand, et frère du Vicaire général de Tournus, conseiller au Conseil supérieur de Corse, membre de l'Académie de Lyon ; 2°) à Claude-Gérard de Sémonin, chevalier sg^r de Bourbevelle et Ranzevelle en Franche-Comté, de la Cour-Roland près Versailles, † en 1793, s. p., ministre de France en Portugal, Directeur du Dépôt des Affaires Étrangères, Conseiller d'État, Administrateur de la Loterie Royale, fils de Jean-Claude de Sémonin, sg^r de Bourbevelle, etc... Référendaire au Parlement de Besançon. Hélène-Magdeleine de Jouvencel laissa du premier lit :

A) Jean-Louis-Vincent, écuyer, baron de Donzy, † avant 1789 ;

B) Claude-Camille-Émile Gaudin de Feurs, écuyer, dit M. de Vérines, né à Versailles le 28 février 1768, inscrit en 1789 sur les listes de la Noblesse du Forez, ministre de France à Constantinople, membre du Tribunat. Marié à Constantinople le 6 novembre 1793 à Marie-Anne, des comtes de Sommaripa, † le 16 novembre 1855 [remariée en avril 1822 à Martin-Michel-Charles Gaudin, duc de Gaëte, ministre des Finances de Napoléon Ier] ; elle eut du premier lit, une fille mariée au marquis de Girardin, dont postérité ;

C) Marie-Jeanne-Hélène, née à Versailles en 1763, † au château de Vatimesnil (Eure) le 20 janvier 1791 ; ép. à Versailles le 25 février 1783, Pierre-Henri Le Febvre de Vatimesnil, chevalier, sg^r et patron de Vatimesnil, Sainte-Marie-des-Champs, l'Isle, La Haumière et autres lieux, né à Rouen le 15 mai 1751, † à Vatimesnil le 15 septembre 1831, conseiller au Parlement de Rouen, comparant en 1789, avec la Noblesse du bailliage de Gisors, Député et Président du Conseil général de l'Eure ; fils de Pierre-Georges de Vatimesnil, chevalier, Maître en la Chambre des Comptes de Normandie et de Marie-Anne-Catherine Charles de Malmain, dont postérité ;

D) Sophie-Laure-Hélène, dite Mlle de Jas, mariée à Christian-François-Joseph de Paulze, écuyer, l'un des Fermiers Généraux de S. M., Procureur du Roi en la Cour de Forez, né le 21 juillet 1755, † le 20 juillet 1793, fils de Jean-Alexis Paulze de Chasteignolles écuyer, Procureur du Roi en la Cour de Forez, l'un des Fermiers généraux de S. M., et de Claudine Thoynet de Bigny [dont la mère était Terray]. Elle laissa :

a) Jacques-Christian Paulze d'Ivoy, écuyer, né à Paris le 6 février

1788, † à Courtiras (près Vendôme) le 9 décembre 1856 ; Préfet de la Vendée, de la Nièvre et du Rhône, Pair de France, marié à Agathe, fille de Jean-François, marquis de La Poype, d' p. ;

b) Jeanne Paulze d'Ivoy, mariée à Vital-Marie-Gabriel de Ramey, comte de Sugny, né le 29 août 1782, † à Génetines (Loire) le 10 janvier 1866, fils de Jean-Marie-Antoine de Ramey de Sugny, chevalier, comte de 'Génetines et de Souternon, et de Marie-Marguerite Berthelon de Brosses ; dont postérité.

2) Anne-Gabrielle de Jouvencel, née à Saint-Germain au Mont-d'Or, le 5 mars 1745, † le 19 mars 1745, inhumée à Saint-Germain au Mont-d'Or ;

3) *2e lit :* Paul-Isaïe de Jouvencel, chevalier, né à Lyon le 23 janvier 1757, officier au régiment de Béniowski, † au service du Roi en 1774 à l'expédition de Madagascar ;

4) Jacques-Ferdinand de Jouvencel, chevalier, né à Lyon le 21 janvier 1760, † à Paris le 3 avril 1826. Élève commissaire de la marine (1er janvier 1779), commissaire des Ports et Arsenaux de Brest (1er avril 1786), commissaire d'Escadre (octobre 1787), émigré (30 novembre 1791) ; officier de la septième compagnie de la Marine pendant la campagne des Princes (1792), commandant d'artillerie à la défense de Maëstricht (1793), faisant partie des gentilshommes envoyés en Suisse pour tenter d'opérer une diversion sur Lyon assiégé (1793), officier au régiment d'Hector (1794-1796), échappé au massacre de Quiberon ; chevalier de Saint-Louis (25 novembre 1796) ; Inspecteur des Chasseurs britanniques (1799 à 1802) ; chevalier du Lys, Commissaire ordonnateur de la Martinique (27 juillet 1814), Commissaire principal de la Marine (8 mars 1817). Marié à Londres (Saint-James) le 17 juillet 1798, et en France le 21 germinal an XII à Louise-Angélique de Beaussier, née à Brest le 13 décembre 1761, † à Quimper le 16 février 1853, fille de Louis de Beaussier de l'Isle, chevalier, chef d'escadre, et de Louise Jouenne de Losrière. Elle était veuve d'Hilarion-Auguste Pâris, comte de Soulanges, chef d'escadre, commandant à Quiberon le régiment d'Hector, tué à Quiberon, et avait joui des honneurs de la Cour ; elle fut mère de :

A) Louise-Jacqueline-Victoire de Jouvencel, née à Londres le 17 janvier 1799, † à Kervenergant le 22 décembre 1870, mariée en 1819 à Corentin de Madézo, officier de marine.

5) Blaise-Françoise-Aldegonde, qui suivra :

6) Catherine, bapt. à Lyon le 25 février 1753, † au berceau ;

7) Catherine-Julie, bapt. à Lyon le 22 mai 1758, † à Lyon le 14 août 1759 ;

8) Marie-Françoise de Jouvencel, née à Lyon le 26 mars 1764, † à Pontoise le

20 mai 1827 ; mariée à Versailles le 12 février 1782 à messire Joseph-César Robert, écuyer, conseiller secrétaire du Roi, Audiencier près le Parlement de Normandie, receveur général des Aydes de Normandie, † à Pontoise le 17 septembre 1835. Un de ses descendants, Roger Law, vicomte de Lauriston, s'est allié en Lyonnais aux Bourlier d'Ailly.

VII. *Blaise-François-Aldegonde*, chevalier DE JOUVENCEL, né à Lyon le 9 septembre 1762, † à Paris le 4 juin 1840 ; filleul de Blaise des Fours, écuyer ; comparant à l'Assemblée de la Noblesse du Lyonnais en 1789, Receveur des domaines à Versailles en 1796, Président de la Société d'agriculture de Seine-et-Oise (1813), Maire de Versailles et Baron de l'Empire (2 décembre 1813), chevalier de La Réunion (7 janvier 1814), de La Légion d'Honneur et du Lys (septembre 1814), de l'Aigle Rouge de Prusse (1815) ; Député de Seine-et-Oise (1821 à 1825 ; 1826 à 1839). Son portrait figure au château de Versailles, en mémoire du courage avec lequel il défendit la ville de Versailles pendant les invasions de 1814 et 1815. Marié à Bièvres-le-Châtel le 9 janvier 1798 à Mélanie Bigot des Jonchères, née à Paris le 10 décembre 1777, † à Paris le 6 janvier 1837, fille de François-Olivier-Paul Bigot des Jonchères, écuyer, sgr de Chevincourt, Chevrigny, Aigrefoin et autres lieux, conseiller secrétaire du Roi du Grand Collège, et de Marie-Thérèse Foisy des Urbains, dont :

1) Paul-Hippolyte de Jouvencel, né à Versailles le 4 novembre 1798, † à Paris le 30 décembre 1861 ; Garde du corps du Roi dans la compagnie de Noailles (1816 à 1827) ; ép. Marie-Catherine-Félicité Floux, dont :

    A) Hippolyte-Félicité-Paul de Jouvencel, † s. p. à Paris, âgé de 80 ans, le 5 avril 1897 ; Député de Seine-et-Marne (1869), colonel d'infanterie à titre auxiliaire (1870), Député de Seine-et-Oise (1885) ; marié à Paris le 18 août 1864 à Lydia d'Harcourt-Boys, † à Paris le 7 février 1905, [veuve en premières noces de Jacob de Letterstedt, consul de Suède au Cap, dont elle avait eu Corinne de Letterstedt, mariée à Jean Loppin, comte de Montmort], fille de Sir W. Harcourt-Boys, et de Lady Sarah Meredyth ;

    B) Pauline-Aimée de Jouvencel, mariée à Paris le 16 décembre 1846 à François-Antonin-Édouard Keller, ingénieur hydrographe de la Marine, né le 30 décembre 1803, † s. p. le 24 avril 1874, oncle d'Émile, comte Keller, député du Haut-Rhin.

2) Ferdinand-Aldegonde, qui suit.

VIII. Ferdinand-Aldegonde DE JOUVENCEL, né à Versailles le 25 juillet 1804, † à Ville-d'Avray le 30 juin 1873 ; élève de l'École Polytechnique (1822), officier d'artillerie, auditeur, Maître des requêtes au Conseil d'État (1831), Député de Paris (1842-48), Membre du Conseil général des Hospices, Conseiller d'État (1848), démissionnaire (2 décembre 1851) ; Conseiller d'État et Président de la Commission provisoire du Conseil d'État (1870), Député de Seine-et-Oise à l'Assemblée Nationale (1871) ; marié à Paris le 21 juin 1838 à Caroline-Pauline Mala, née à Paris le 6 janvier 1820, † à Dhuison (Seine-et-Oise) le 23 novembre 1898, fille d'Antoine Mala et d'Émélie Tripier, fille elle-même du Pair de France de ce nom. Elle laissa :

1) Paul-Henri-Aldegonde-Olivier, qui suit ;

2) Jean-Paulin-Ferdinand de Jouvencel, né à Paris le 15 juillet 1846, officier de cavalerie, marié au château de Launay (Thénioux) (Cher), le 11 janvier 1882 à Alexandrine-Marie-Louise Le Bourgeois, dont :

    A) Louis-Joseph-Ferdinand de Jouvencel, né à Chartres le 11 avril 1883, élève de l'École centrale des Arts et Manufactures ;

    B) Marie-Alexandre-Olivier de Jouvencel, né au château des Arpentis (Indre-et-Loire) le 3 mai 1885 ; élève de l'École centrale ;

    C) Louis-François-Joseph-Hubert, né aux Arpentis le 29 octobre 1894 ;

    D) Marie-Louise-Alexandrine-Solange, née aux Arpentis le 14 sept. 1887.

3) Léon-Aldegonde-Félix de Jouvencel, né le 23 juin 1848 ;

4) Marthe-Françoise-Marie de Jouvencel, née à Paris le 16 novembre 1839, † à Montdidier le 28 février 1893, fille de la Charité de Saint-Vincent de Paul ;

5) Louise-Antoinette-Marie de Jouvencel, née à Paris le 17 octobre 1842, mariée à Paris le 19 avril 1873 à Charles-Fortuné-Léonce, vicomte de Masin, colonel, officier de la Lég. d'hon., né à Paris le 26 janvier 1838, fils d'Auguste-Victor, comte de Masin, lieutenant-colonel des Cuirassiers de Berry, et de Fortunée-Louise-Innocente-Malvina Guigues de Moreton de Chabrillan. [Les Masin se rattachent à Lyon par Théaude de Valpergue, des comtes de Masin, sénéchal et gouverneur de Lyon en 1445, « brave chevalier, renommé dans l'histoire [1] », marié à Louise de Saint-Priest, veuve de Randon de Joyeuse]. La vicomtesse de Masin est mère de :

    A) Jean-Paul-Marie-Augustin de Masin, né à Toulouse le 6 février 1882 ;

    B) Françoise-Ferdinande-Marie-Thérèse de Masin, née à Lille en juin 1874, ép. à Paris le 21 avril 1897 Marie-Joseph-Charles-François de Bouët du Portal, officier de cavalerie ;

    C) Geneviève-Henriette-Mathilde de Masin, née à Lille le 1er novembre 1875, ép. à Paris le 26 juillet 1902 Pierre-Charles-Marie, vicomte de Lesquen du Plessis-Casso, capitaine d'État-Major ;

    D) Madeleine-Françoise-Marie-Joséphine, née à Lille le 16 mai 1877.

---

1. Le Laboureur : *Les Mazures de l'Isle-Barbe.*

IX. Paul-Henri-Aldegonde-Olivier DE JOUVENCEL, né à Garches (Seine-et-Oise) le 16 septembre 1844. Élève de l'École Polytechnique (1863), Auditeur au Conseil d'État (1870), Secrétaire Général de la Préfecture du Loiret (1873), Sous-Préfet de Fontainebleau ; marié à Paris le 3 mars 1870 à Marie-Caroline-Isabelle Bonneau du Martray, fille de Louis-Adrien, officier d'artillerie, et de Marie-Caroline Martin de Chanteloup, et issue des du Crest (dont plusieurs chanoinesses du chapitre d'Alix en Lyonnais), Clugny, Semur (dont plusieurs chanoines comtes de Lyon) etc., dont :

1) Aldegonde-Edmond-Marie-Pierre, qui suit ;

2) Aldegonde-Marie-Henri de Jouvencel, né à Fontainebleau le 9 octobre 1877, Auditeur à la Cour des Comptes (1902) ; marié à Paris le 8 février 1904 à Juliette-Marie-Valentine Le Beuf de Montgermont, née à Paris le 17 mai 1883, fille de Georges-Louis-Claude, comte de Montgermont, Camérier secret de S. S., et d'Alice-Mathilde-Cécilia Vallet de Villeneuve, comtesse de Guibert et du Saint-Empire, [fille elle-même du comte Gaston de Ville-neuve-Guibert et de Valentine Duchâtel], issue en Lyonnais des Bollioud et des Olivier de Sénozan, dont :

    A) Aldegonde-Georges-Marie-Pierre, né à Paris le 23 novembre 1904 ;

    B) Aldegonde-Isabelle-Marie-Valentine, née à Paris le 30 novembre 1905.

3) Aldegonde-Ferdinand-Joseph-Marie-Étienne, né à Paris le 28 février 1889 ;

4) Marie-Mélanie-Béatrix-Françoise de Jouvencel, née à Versailles le 21 juin 1871 ; religieuse de Notre-Dame de la Retraite au Cénacle ;

5) Aldegonde-Jeanne-Louise de Jouvencel, née à Paris le 16 décembre 1872, mariée à Paris le 24 avril 1900 à son cousin Louis-Vital de Ramey, vicomte de Sugny, né à Souternon (Loire) le 3 avril 1868, fils d'Henry, vicomte de Sugny, et d'Isabelle, comtesse de Germiny et du Saint-Empire, dont :

    A) Marie-Francisque-Henri, né à Paris le 10 février 1901 ;

    B) Charles-Pie-Olivier, né à Dhuison (Seine-et-Oise) le 1er août 1904.

6) Aldegonde-Ferdinande-Marie-Thérèse de Jouvencel, née à Orléans le 20 mai 1874, religieuse de l'Assomption.

X. Aldegonde-Edmond-Marie-Pierre DE JOUVENCEL, né à Orléans le 14 février 1876 ; élève de l'École spéciale militaire de Saint-Cyr ; lieutenant au 7e Dragons en 1906.

Cf. : Pièces originales : 1592 *(Généalogie dressée en 1749 par M. de La Cour, généalogiste de la maison d'Orléans)*; Anciens registres paroissiaux ; A. Tardieu : *Histoire de Clermont-Ferrand*; Vte Révérend : *Titres et pairies de la Restauration* : *Annuaire de la Noblesse* : etc.

JULLIEN

*D'azur à la fasce d'or accompagnée en chef de deux étoiles d'argent
et en pointe d'un croissant du même.*

Roch JULLIEN

La famille Julien, puis Jullien, originaire du village de Véranne, au bailliage de
Bourg-Argental, sur les confins du Vivarais et du Forez, est issue de :

I. Étienne Jullien, ✝ ayant testé le 5 septembre 1642, lieutenant et conseiller du
Roi en la justice de Maclas ; ép. Claude Gaillard, dont deux fils et cinq filles, entre
autres :

    1) François, qui suit ;

    2) Anne, mariée à Louis Camyer, de Maleval.

II. François Jullien, écuyer, bapt. le 19 juillet 1629, ✝ ayant testé le 27 septembre 1700 ; Conseiller secrétaire au Parlement des Dombes (19 avril 1677), office
dont il obtint le certificat le 13 septembre 1698, et dont les lettres d'honneur furent
enregistrées le 8 janvier 1699 ; ép. p. c. du 24 août 1656 Marie Chalandar, fille de
Claude Chalandar, Conseiller du Roi, Contrôleur au grenier à sel de Condrieu, lieutenant en la justice de ladite ville, et de Pierrette de Serre, dont, entre autres :

    1) Claude, qui suit ;

    2) Pierre, docteur en théologie, prieur de Vanosc en Vivarais ;

    3) Marie-Joseph-Antoine, tige de la branche de Virieu.

III. Claude-François Jullien, écuyer, sr du Vivier, bapt. à Véranne le 22 juillet
1657, ✝ à Bourg-Argental, le 15 septembre 1727 ; Conseiller du Roi, lieutenant civil
et criminel au bailliage de Bourg-Argental ; ép. p. c. du 10 mai 1693 Marie Legendre,
fille de Bénigne-Philippe, Conseiller du Roi, Fermier général de S. M. en Savoie, et
de Marie de la Marre, dont :

1) Pierre-Claude-François-Bénigne Jullien, conseiller du Roi, Président au bailliage de Bourg-Argental (2 mai 1737);

2) Marc-Antoine Jullien de Chaizeneuve, écuyer, né en 1696, sous-lieutenant au régiment de la Tour-Maubourg, puis prêtre, prieur de Vanosc pendant plus d'un demi-siècle. † en odeur de sainteté :

3) Jean-Marie, qui suit ;

4) Dorothée Jullien, † s. a., octogénaire:

5) Marie-Anne, dite Mlle de Baudrand. † octogénaire;

6) Marguerite-Suzanne, ép. N.., de Salnovère;

7) Anne-Éléonore, ép. N... Papon de l'Étang.

IV. Jean-Marie JULLIEN DU VIVIER, chevalier, né à Bourg-Argental le 24 mars 1709, † en 1791, lieutenant-général civil et criminel au bailliage de Bourg-Argental; ép. à Lyon p. c. du 10 janvier 1740, Catherine Bodin, † ayant testé le 25 octobre 1775, fille de noble Mathieu, lieutenant civil et criminel en l'Élection de Lyon, et de Jeanne-Thérèse Valleton; dont, 19 enfants; six seulement survécurent, savoir :

1) Antoine Jullien du Vivier, chevalier, bapt. le 11 juin 1742, † le 22 février 1810; ép. à Lyon le 15 avril 1783 Jeanne-Thérèse de Clavière, bapt. le 1er septembre 1753, † en 1810, fille de François, Échevin de Lyon en 1752, et de Marie-Louise Gesse de Poisieux, s. p. ;

2) Louis-Bénigne-Philippe Jullien de Chaizeneuve. chevalier, abbé de Loye ;

3) François-Marie Jullien de Chambertiny. chevalier, né à Lyon le 27 août 1755, † à Montpellier en 1803 ; obtint le 4 septembre 1775 son certificat de noblesse pour entrer aux chevau-légers: devint adjudant-général; ép. à Nantes N... de Croix, d'où une fille morte en bas âge le 15 mars 1782:

4) Charles, qui suit ;

5) Magdeleine-Alphonse, ép. à Véranne. p. c. du 10 août 1772, Louis du Peloux de Saint-Romain, chevalier. ancien capitaine d'infanterie. fille de Joseph-Gabriel, chevalier, sg^r de Saint-Romain, La Terrasse, Malploton. etc. ;

6) Marie-Geneviève. † à Lyon, âgée de 16 ans, au couvent de N.-D. des Chaînes, le jour de sa prise d'habit.

V. Charles-Antoine-Philippe JULLIEN DE BELZINE, chevalier, né le 2 juillet 1761, capitaine des vaisseaux du Roi, chevalier de Saint-Louis en 1814; ép. en 1788 à l'Ile de France Dorothée Covet de Rove, dont douze enfants: quatre survécurent :

1) Édouard, qui suit ;

2) Théophile Jullien de Chambertiny, né en 1797. † en 1869, s. a. :

3) Julie, née à l'Ile de France en 1792, † s. a. en 1844:

4) Olympe, née en 1812, mariée au général baron Fririon.

VI. Édouard Jullien de Belzine, né à l'Ile de France en 1795, † en 1856 ; marié et père de trois filles.

BRANCHE DE VIRIEU

III. Marie-Joseph-Antoine Jullien, écuyer, bapt. à Maclas le 26 septembre 1670, † le 27 octobre 1743 ; cadet dans la compagnie du M¹ˢ du Refuge, Gouverneur de Charlemont, dont certificat du 27 juin 1692 ; Receveur des Aides et Octrois de Lyon (1714) ; Contrôleur aux monstres de la Maréchaussée du Lyonnais et de la Lieutenance de robe courte de la Ville de Lyon (1714) ; ép. à Lyon p. c. du 29 janvier 1714 Élizabeth Rougier, † en 1755, fille de Simon, et de Marie Ruby, dont :

IV. Benoît Jullien, écuyer, né à Lyon le 11 août 1718, ép. à Lyon p. c. du 9 septembre 1744 Marie-Anne Dervieu du Villars, fille de Noble François, Président en l'Élection de Lyon, Échevin de Lyon, et de Anne Henry : dont sept enfants, entre autres :

   1) Roch, qui suit ;

   2) Hélène-Marie, bapt. le 15 novembre 1748, ép. en 1772 N... Soubeyran ;

   3) Marie-Anne, bapt. le 23 novembre 1749, † en 1814, ép. Marius-Félix Chabert, † le 2 février 1816. Lieutenant en la Sénéchaussée, et Juge Mage d'Annonay.

V. *Roch* Jullien, écuyer, né à Lyon le 28 janvier 1754, † à Lyon le 19 mars 1818, Chevau-léger de la garde ordinaire du Roi, sur certificat de noblesse du 2 juillet 1774 ; servit dans ce corps jusqu'au licenciement ; comparant à Lyon en 1789 (voir son certificat d'admission ci-dessus, page 124) ; commandant la garde nationale de Pélussin en 1790, Maire de Pélussin ; ép. à Lyon le 4 mai 1779 Marie-Anne-Marguerite Faure, † le 18 février 1830, fille d'Alexandre, Recteur des Hôpitaux de Lyon, et de Pierrette-Jacqueline Vouty, d'où :

   1) Benoît, qui suit ;

   2) Alexandre Jullien du Colombier, écuyer, né à Lyon le 21 juillet 1782, † en 1854 ; Conseiller général de la Loire, Maire de Pélussin ; ép. à Lyon le 9 avril 1820 Claudine-Jeanne de Boissieu, née à Lyon le 3 messidor an IV, fille de Jean-Baptiste, et de Marie-Françoise-Andrée de Valous, dont un fils † au berceau ;

   3) Michel Jullien, écuyer, né à Lyon le 3 août 1786, † le 20 mai 1859 ; Administrateur des Hospices de Lyon ; ép. le 12 octobre 1816 Jeanne-Denise-Françoise-Laure La Sausse, née le 25 brumaire an VII, fille de Pierre, et de Catherine Delorme, dont :

      A) Alfred Jullien, † s. a.

4) Benoît-Henri Jullien, tige d'un rameau cadet ;

5) Jeanne-Marie-Anne, née à Lyon le 16 février 1784, † s. a. le 29 juillet 1867.

VI. Benoît-Marie-Alexandre Jullien, écuyer, né à Lyon le 12 février 1780, † le 11 novembre 1868, Administrateur du Bureau de bienfaisance, Juge au Tribunal de Commerce, Conseiller municipal de Lyon jusqu'à la révolution de 1830; ép. à Lyon le 26 mai 1812 Françoise-Aglaë La Sausse, fille de Pierre, et de Catherine Delorme, dont entre autres :

1) Alexandre, qui suit ;

2) Jean-Marie-Jules Jullien, né en 1825, Membre du Conseil général de l'Ain ; ép. en juillet 1852 Alexandrine Balaÿ, dont entre autres :

    A) Georges Jullien, prêtre de la Compagnie de Jésus ;

    B) Gaston Jullien, officier d'artillerie, marié à N... Beauchamp, dont : a) Étienne Jullien, b) Suzanne.

    C) Michel, † s. a. en décembre 1903, au château de Marcel (Ain) ;

    D) Maurice, élève de l'École Polytechnique, † s. a. ;

    E) Jules Jullien, marié en 1904 à Juliette Baraban ;

    F) Madeleine, religieuse du Cénacle ;

    G) Monique ; H) Anne ; I) Catherine ; J) Marguerite.

3) Michel Jullien, né à Lyon le 24 janvier 1827, Prêtre de la Compagnie de Jésus ;

4) Marie-Anne-Benoîte, née le 10 mars 1830, ép. à Lyon le 27 mai 1850 Joseph Dauphin, baron de Verna, né à Lyon le 30 janvier 1825, † à Verna le 11 mars 1895 [remarié à Louise de Pierre de Bernis], fils de Victor de Verna et de Lucie de Ferrus.

VII. Alexandre-Jean-François-Marie Jullien, né à Lyon le 23 juillet 1823, † à Saint-Clair (près les Roches de Condrieu) le 4 février 1898 ; Maire de [Pélussin (Loire), Conseiller Général de la Loire, Député de la Loire à l'Assemblée Nationale de 1871, Chevalier de la Légion d'Honneur; ép. à Lyon le 18 juin 1849 Hélène Battant de Pommerol, née le 28 juin 1828, † le 1er janvier 1903, d'où :

1) Joseph, qui suit ;

2) Gabriel-Alexandre Jullien, né à Lyon le 30 mai 1854, ép. à Crest (Drôme), le 2 juillet 1877, Claire Borel-Soubéran, née à Crest le 16 octobre 1854, dont :

    A) François Jullien, né le 23 mai 1878, ép. à Lyon le 18 janvier 1904 Isabelle Godinot, fille de Théodore, et d'Anne-Marie Monterrad ;

    B) Louis Jullien, né le 11 octobre 1879, ép. le 15 novembre 1904 Thérèse de Vaulx ;

    C) André, né le 25 octobre 1882, séminariste ;

    D) Emmanuel, né le 23 juillet 1892 ;

    E) Augustine, née à Lyon le le 16 janvier 1881, fille de la Charité de
Saint Vincent de Paul ;

    F) Élisabeth, née le 4 mars 1884, ép. le 1ᵉʳ octobre 1903 Emmanuel
Rambaud, fils de Joseph, et de Denise Berloty ;

    G) H), I), Madeleine, Hélène et Philiberte Jullien.

VIII. Joseph-Benoît JULLIEN, né à Lyon le 31 juillet 1850, ép. à Lyon le 24 avril
1876 Louise Guérin, née le 10 octobre 1854, fille de Louis, et de Marie-Renée-Louise
Desvernay, dont :

    1) Alexandre-Marie-Ferdinand Jullien, né à Lyon le 23 février 1879 ;

    2) Renée Jullien, née à Lyon le 23 avril 1877.

Rameau cadet.

VI. Benoît-Henri JULLIEN, né à Lyon le 5 fructidor an V, † à Lyon le 27 janvier
1871, ép. à Lyon le 4 avril 1826 Alphonsine Aynard, née le 22 germinal an XIII,
† le 11 février 1882, fille de Claude, et de Louise Rossary, dont huit enfants, entre
autres :

    1) Claude, né à Lyon le 25 janvier 1827, † à Nice le 20 juin 1888, ép.
N... Malassis ;

    2) Alexandre, qui suit ;

    3) Francisque Jullien, né le 26 novembre 1838, notaire ; ép. à Lyon le
6 février 1867 Jeanne Ferrouillat, née le 8 mars 1845, dont :

        A) Louis-Maurice, né en 1872, † s. a. le 19 octobre 1894, près de
Reims ; sous-officier de cavalerie ;

        B) Marthe, née à Lyon le 3 mai 1868, ép. à Lyon le 14 janvier 1891
Albert Grellet-Dumazeau, magistrat, né à Riom le 28 juillet 1856.

    4) Louise, née le 18 mai 1828, † le 17 avril 1879, ép. le 5 août 1857 Jacques-
Romain-Marie-Armand Le Pelley du Manoir, né à Toulon le 19 août 1819,
† à Grenoble le 17 janvier 1882, Vice-Président du Tribunal de Grenoble ;

    5) Élisabeth, née le 17 octobre 1834, ép. le 29 août 1864 Eugène Thiollière,
né à Saint-Chamond le 25 juillet 1828 ;

    6) Adèle, née le 11 avril 1841, ép. le 21 septembre 1864 Joseph, comte du
Peloux de Saint-Romain, né à Saint-Didier la Seauve (Haute-Loire) le
19 mai 1837.

VII. Alexandre-Marie-Victor Jullien, né à Lyon le 9 mars 1831, † à Lyon le 30 avril 1901, ép. le 22 avril 1867 Marie Charrin, née le 13 novembre 1844, fille de Louis-Eugène, et de Claudine-Suzanne Breghot du Lut, dont :

    1) Henri, qui suit ;

    2) Suzanne, ép. Louis de Montgolfier ;

    3) Alphonsine Jullien, mariée à Joseph Testenoire ;

    4) Magdeleine Jullien, ép. Edmond Cambusat, officier d'artillerie ;

    5) Émilie Jullien, mariée à N... Duval.

VIII. Henri Jullien, ingénieur, marié à Paris le 7 février 1905 à Gilberte Denavit, née à Lyon le 19 février 1882.

    Cf. : Tableaux généalogiques des familles Aynard et Jordan.
          d'Assier : *Mémorial de Dombes*.

JUSSIEU

D'azur à la tour d'argent, maçonnée de sable.

François-Joseph-Mamert DE JUSSIEU DE MONTLUEL
Nicolas-Mamert DE JUSSIEU DE MONTLUEL-St-MARCELIN

Originaire de Bessenay, la famille de Jussieu, dont un rameau a été illustré par de savants naturalistes, est issue de :

I. Mᵉ Mondon DE JUSSIEU, † avant le 11 avril 1554, greffier de Bessenay ; ép. 1°
N... 2° Antoinette Sardyn. Il eut du premier lit :

II. Mᵉ Nicolas DE JUSSIEU, † avant le 26 novembre 1579, notaire royal de Bessenay ;
ép. Catherine Cléard, dont :

    1) Laurent, qui suit ;

    2) Antoine de Jussieu, auteur de la branche des sgʳˢ de Senevrier, qui portait
       « vairé d'argent et de gueules ; au chef d'azur chargé d'un soleil d'or ».
       Cette branche a donné : Antoine de Jussieu, écuyer, né à Lyon le 6 juillet
       1686, † le 22 avril 1758, secrétaire du Roi, botaniste distingué, membre de
       l'Académie des Sciences ; Bernard de Jussieu, écuyer, bapt. à Lyon le 18 août
       1699, † le 6 novembre 1777, secrétaire du Roi et botaniste ; Joseph de Jussieu,
       bapt. à Lyon le 4 septembre 1705, † 1779, botaniste. Ces trois savants
       étaient frères et avaient pour neveux :

       A) Antoine-Laurent de Jussieu, écuyer, né à Lyon le 12 avril 1748, † à
          Paris le 17 septembre 1836, secrétaire du Roi, célèbre botaniste ;
          père d'Adrien de Jussieu, né à Paris le 23 décembre 1797, † à Paris
          le 29 juillet 1853, professeur au Muséum ;

       B) Bernard-Pierre de Jussieu, marié à Lyon le 25 janvier 1791 à
          Suzanne Saint-Didier, et père : a) de Laurent de Jussieu, né à Vil-
          leurbanne (Rhône) en 1792, † à Passy en 1866, Maître des Requêtes

au Conseil d'État, et Député ; b) de Christophe-Alexis de Jussieu, né en 1802, Préfet.

3) Jeanne de Jussieu, ép. 1°) Antoine Faure, Procureur d'office de Bessenay ; 2°) à Bibost, p. c. du 14 juin 1578. Mermet Bastard.

III. M° Laurent DE JUSSIEU, † avant le 14 juin 1578, notaire royal de Bessenay, greffier de la justice du dit lieu ; ép. Antoinette Farges, dont :
1) Mamert, qui suit ;
2) Pierre de Jussieu, ép. à Lyon p. c. du 5 juin 1617 Catherine Bouillet, dont postérité ;
3) Jacqueline, ép. p. c. du 15 octobre 1601 Barthélemy Vaganay ;
4) Benoîte, ép. Georges Marion, notaire royal de Saint-Bel en Lyonnais.

IV. M° M° Mamert DE JUSSIEU, † à Bessenay le 11 janvier 1673 ; Notaire royal de Bessenay (1619), contrôleur de la maison de la reine Marguerite, conseiller du Roi, Élu en l'Élection de Lyon ; ép. Louise Carcatrison, dont entre autres :

V. M° M° Laurent DE JUSSIEU, † ayant testé à Lyon le 18 juin 1680 ; Élu en l'Élection de Lyon ; ép. Marie Vincent, † ayant testé le 27 juillet 1679, fille de N.... et de Marie Moris, dont, parmi dix enfants :
1) Mamert, qui suit ;
2) Jean, sgr de Marnay, bapt. à Lyon le 27 octobre 1648, † avant 1706, Avocat en Parlement ; ép. p. c. du 22 août 1693 Marie Chaiz, fille de François, et d'Anne de Belly ;
3) André, bapt. à Lyon le 30 septembre 1654, † ayant testé à Lyon le 26 mai 1682, Lieutenant au régiment de Picardie ;
4) Antoine, bapt. à Lyon le 25 septembre 1657, religieux de l'ordre de Saint-Ruf ;
5) Louise, bapt. à Lyon le 28 mars 1640, ép. Fleury-Balthazar Chazel, conseiller en l'Élection de Forez ;
6) Anne, bapt. à Lyon le 24 septembre 1647, † à Lyon le 15 juillet 1726 ; ép. à Lyon le 24 septembre 1689 Pierre Colin, bourgeois de Lyon.

VI. Noble Mamert DE JUSSIEU, sgr de Marnay, bapt. à Lyon le 1er février 1642, † à Lyon le 16 février 1718 ; capitaine de cavalerie au régiment d'Armagnac ; ép. à Lyon le 30 septembre 1695 Marie Tisseur, fille de noble Nicolas Tisseur de Châteaugaillard, dont six enfants, entre autres :
1) Nicolas, qui suit ;
2) Jean, avocat en Parlement ;
3) Marianne, bapt. à Lyon le 3 août 1706, ép. à Lyon le 22 juillet 1721, Claude

Flurant, bapt. à Lyon le 8 janvier 1701, fils de Pierre, et de Marianne Conque ;

4) Marie, religieuse ursuline.

VII. Nicolas DE JUSSIEU, écuyer, sg^r de Marnay, Beynost, Bressolles, du château de la ville et du comté de Montluel (ce fief, p. acq. de Louis-Anne de Bourbon, le 7 janvier 1743); bapt. à Lyon le 20 juin 1702, † en 1777, Conseiller à la Cour des Monnaies de Lyon (3 février 1734), Conseiller honoraire (5 juin 1764); ép. à Lyon p. c. du 3 février 1728, Marie Chol, fille de François, écuyer, contrôleur garde de la Monnaie de Lyon, et de Jeanne Carra, dont treize enfants, entre autres :

1) François-Joseph, qui suivra ;

2) François-Mamert, écuyer, bapt. le 14 octobre 1744, † à Lyon le 2 novembre 1818, s. a. ;

3) Paul-Mamert de Jussieu de Bressoles, chevalier, sg^r de Beynost, la Boësse, Saint-Maurice, etc., † à Lyon le 28 vendémiaire an XII ; major au corps royal du génie, chevalier de Saint-Louis ; ép. à Lyon le 28 juin 1787, Bonne-Blanche Morel d'Epeisses, née le 22 juin 1771, † à Lyon en 1849, fille de François, écuyer, sg^r d'Épeisses, conseiller à la Cour des Monnaies de Lyon, et de Catherine Dugas de Bois-Saint-Just ;

4) Charles-Aimé de Jussieu de Saint-Jullien, chevalier, bapt. à Lyon le 2 mars 1748 ; ép. Adélaïde de Berbis, dont :

    A) Antoinette-Joséphine, née à Neuville-les-Dames (Ain), vers 1795. † à Lyon le 3 avril 1882, ép. Ange-Alexis, comte de La Fléchère.

5) Antoinette-Henriette, bapt. à Lyon le 2 mai 1741, † à Lyon le 11 septembre 1820, religieuse en l'abbaye de Laval ;

6) Antoinette bapt. à Lyon le 26 juin 1743, † le 28 avril 1827; ép. à Lyon le 16 octobre 1770 Jacques-Philippe Janon du Contant, sg^r de la Molette, chevalier de Saint-Louis, major au corps royal d'artillerie, fils de noble Claude, chevalier de Saint-Louis, et de Françoise de Fusselet.

VIII. *François-Joseph-Mamert* DE JUSSIEU DE MONTLUEL, chevalier, sg^r comte de Montluel, Marnay, Beynost, Dagneux, Saint-Barthélemy, etc., bapt. à Lyon le 11 mai 1729, † à Paris en 1797; Conseiller à la Cour des Monnaies de Lyon (26 janvier 1763), Conseiller au Conseil supérieur de Lyon (1772), comparant à Lyon en 1789, commissaire de la Noblesse; ép. : 1° à Caluire près Lyon le 29 juin 1762, p. c. du 26, Marie-Claire Barmont, fille de Charles-François Barmont, bourgeois de Lyon, et de Marie-Suzanne Guérin; 2° à Lyon, p. c. du 19 juillet 1764, Marie-Gabrielle Dujast d'Ambérieu, née en 1738, fille de Dominique. écuyer, sg^r de

Saint-Germain d'Ambérieu, conseiller secrétaire du Roi, et de Marie-Anne Bottu de Saint-Fonds; il eut du premier lit :

IX. *Nicolas-Mamert* DE JUSSIEU DE MONTLUEL, chevalier, sg^r DE SAINT-MARCELIN, né à Lyon le 4 avril 1763, chevalier d'honneur au Bureau des Finances de Lyon (25 septembre 1782) comparant en 1789; ép. : 1°) à Collonges au Mont-d'Or le 7 novembre 1786 Claudine-Charlotte-Louise Archimbaud, fille de Pierre, chevalier, sg^r d'Avrecourt, Cornaton, etc., conseiller en la Cour des Monnaies de Lyon, et d'Anne-Charlot ; 2°) à Lyon le 15 pluviôse an IV, Marie-Geneviève Jouvenne, † le 6 fructidor an XI, fille de Fulcran, et de Marie Michel; il eut du second lit :

X. Justinien-Mamert DE JUSSIEU DE MONTLUEL, né à Lyon le 8 fructidor an X ; ép. à Lyon le 30 août 1825 Marie Giraudon, née à Lyon le 9 messidor an XIII, fille de Julien, et de Jeanne-Marie Pocard, dont :

1) Pierre, né à Lyon le 12 juin 1826 ;
2) Marie-Octavie, née à Lyon le 2 août 1827.

Cf. : Michon.

LACOUR DE MONTLUZIN

D'azur au chevron d'argent accompagné de trois mouchetures d'hermines du même;
au chef d'or chargé de trois étoiles de gueules.

Joseph-Augustin-Madeleine LACOUR

Claude-Antoine LACOUR de MONTLUZIN

La famille des Lacour est originaire de Lorraine où elle était attachée à la Cour des Ducs, ce qui lui a fait donner son surnom de Lacour, son vrai nom étant Perret. La filiation s'établit depuis :

I. Didier Perret, dit Lacour, écuyer de Madame la Duchesse douairière de Lorraine, commandant ses équipages, marié à Magdeleine Huré, dont :

II. Claude-Antoine Lacour, né à Nancy en 1616, † à Lyon le 3 août 1689, ép. à Lyon le 3 février 1671 Jeanne-Cécile Desgranges, fille de Jean, et de Marie Robas, dont :

    1) Claude-Joseph, supérieur du séminaire de Sens, † en mission à Marolles-sur-Seine le 28 juin 1732 ;

    2) Jean-Baptiste, qui suit ;

    3) Louis, né à Vertrieu le 27 juin 1675, † s. a. à Millery le 10 octobre 1749 ;

    4) Augustin, né en 1677, † à Lyon le 3 avril 1756, Prêtre de l'Oratoire.

III. Jean-Baptiste Lacour, né à Vertrieu en 1674, † à Lyon le 20 mai 1759, bourgeois de Lyon (23 septembre 1712), Recteur de la Charité (1718-19), de l'Hôpital-général (1731-32) ; ép. le 7 juin 1712, Madeleine Chapais, † à Lyon le 9 septembre 1779, fille de Pierre, bourgeois de Lyon, et d'Antoinette Combette, dont trois filles mortes jeunes, et :

    1) Jean-Baptiste, qui suit ;

    2) Claude-Antoine, né à Lyon le 18 avril 1716, † le 21 mai 1775 ; prêtre, chevalier de l'Église de Lyon (13 janvier 1748), curé et Premier chanoine d'honneur de Saint-Just (23 février 1750) ;

3) Jean-François, né à Lyon le 24 juin 1719, † jeune, religieux ;

4) Louis-Joseph, né à Lyon le 14 août 1722 ; ép. à Lyon le 22 janvier 1760 Marguerite Masseing, fille de Jacques-Joseph, et de Catherine Duverger ; s. p.

5) Françoise, née à Lyon le 5 février 1715, † à Lyon le 25 décembre 1798 ; ép. le 4 novembre 1743, Jean Ménard :

6) Claudine-Louise, née à Lyon le 20 avril 1718, † à Lyon le 3 mai 1797 ; ép. en 1757, Jean-Christophe Béraud, directeur des Domaines du Roi, fils de Christophe, commissaire aux saisies réelles de Lyon, et de Marianne Mercier.

IV. Noble Jean-Baptiste Lacour, sgr de Montluzin, né à Lyon le 9 janvier 1714, † à Lyon le 23 juillet 1793 ; recteur de la Charité (1761-62 et 1768-69), Trésorier de la Charité (1761-62), Échevin de Lyon (1763-64) ; ép. le 7 août 1759, Françoise-Marie Giraud, fille d'Étienne, et de Marie-Claire Magdinier, dont une fille † jeune, et :

1) Joseph, qui suit ;

2) *Claude-Antoine* Lacour de Montluzin, écuyer, né à Lyon, le 24 octobre 1761, condamné à mort et exécuté à Lyon, le 28 novembre 1793 ; conseiller en la sénéchaussée de Lyon, comparant à Lyon en 1789 ;

3) Jean-Christophe-Lyon, né à Lyon le 3 janvier 1765, † s. a ;

4) Louis-Jean-Baptiste Lacour de La Sibollière, écuyer, né à Lyon le 4 avril 1769 ; ép. le 30 août 1794 Anne-Fleurie Flacheron, née le 27 mars 1776, dont :

    A) François, né à Chasselay le 27 mars 1796, † à Lyon le 16 sept. 1815.

5) Françoise-Émilie, née à Lyon le 21 septembre 1770, † à Lyon le 27 février 1834, ép. 1°) N. Combet ; 2°) Michel-Matieu Sonnerat ;

6) Marie-Louise-Sophie, née à Lyon le 6 septembre 1771, † à Lyon le 27 mars 1844, ép. 1°) Claude Germain ; 2°) Jérôme Rouyer.

V. *Joseph-Augustin-Magdeleine* Lacour, chevalier, né le 2 août 1760, † à Lyon le 17 janvier 1820 ; Avocat en Parlement, Trésorier de France à Lyon (24 février 1783), comparant à Lyon en 1789 ; ép. : 1°) Antoinette Desgouttes ; 2°) le 22 mai 1803 Amélie-Jeanne-Hélène Lambert, fille de Joseph-Henri, écuyer, sgr de Lissieu, et de Marie-Catherine-Françoise Guyot de Chanferrand ; il laissa :

1) *1er lit :* Françoise-Jenny, née à Chasselay le 7 novembre 1795, † à Chasselay le 22 février 1825 ;

2) *2e lit :* Césarine, née à Lyon le 25 avril 1804, † à Chasselay le 5 février 1863 ;

3) Magdeleine-Elfride, née à Lyon le 6 juillet 1806, † le 12 septembre 1867 ;

4) Marie-Sabine, née à Lyon le 6 avril 1809, † à Chasselay le 10 novembre 1868.

Cf. : J. Beyssac : *Généalogie des Lacour* ; Michon.

LA CROIX-LAVAL

D'azur à la croix tréflée d'or, cantonnée de quatre têtes de lion arrachées et affrontées du même.

Jean-Pierre-Philippe-Anne de LA CROIX-LAVAL

Cette famille ancienne, originaire de l'Anjou, dont le nom primitif était Boussin, est venue à Lyon avec :

I. Paul Boussin dit La Croix, † en 1648 ; il se signala par son dévouement et sa conduite héroïque pendant la peste qui désola la ville de Lyon en 1628 ; ép. p. c. du 21 mai 1636, Benoîte Bathéon, bapt. à Lyon le 26 février 1619, fille d'Antoine, et de Bonne Thomassy ; dont :

    1) Léonard, qui suit ;

    2) Marie-Claire, religieuse des Annonciades célestes, † le 19 août 1696.

II. Léonard Boussin dit La Croix, bapt. à Lyon le 5 novembre 1644, † à Lyon le 2 octobre 1702 ; ép. p. c. du 1er avril 1670 Françoise Bergiron, ondoyée à Lyon le 19 octobre 1648, † le 21 janvier 1728, fille de Nicolas, et de Christine des Brosses, dont, entre autres :

    1) Léonard, † à Lyon le 13 mai 1734, âgé de 62 ans, chanoine de l'Église cathédrale du Puy, chapelain du Roi (1699) ; abbé de Saint-Julien de Tours, grand obéancier de Saint-Just de Lyon (le 3 avril 1716) ;

    2) Pierre, bapt. à Lyon le 21 octobre 1674, chanoine régulier de Saint-Antoine-de Viennois ;

    3) Jean, qui suit.

III. Jean La Croix, chevalier, sgr de Laval, Dardilly, Marcy-le-Loup, l'Horme, etc., né à Lyon le 23 juillet 1675, † à Lyon le 29 janvier 1730 ; Trésorier de France à Lyon (26 juillet 1715) ; ép. p. c. du 13 juillet 1702, Marie Pasquier, bapt. à Lyon le 26 mars 1685, † en janvier 1741, fille de Pierre, et de Marie Mollien, dont, entre autres :

1) Jean, qui suit ;

2) Antoine, chevalier, né à Lyon le 6 décembre 1708, † à Paris le 17 mai 1781, Trésorier de France à Lyon (23 mai 1732), Président au bureau de La Charité (1738-41), Prieur de La Ferté-Macé, abbé de Saint-Rambert en Bugey, vicaire général de Lyon, chanoine baron et grand obéancier de Saint-Just (12 janvier 1734), membre de l'Académie de Lyon, fondateur de l'école de dessin de Lyon ;

3) Léonard-Bon, bapt. le 16 mars 1715, officier d'artillerie, † en 1744, tué au siège de Coni ;

4) Marie-Charlotte, bapt. le 7 octobre 1712, ép. p. c. du 16 février 1729 Jean-Marie Aymon de Franquières, écuyer, conseiller en la Cour des Monnaies de Lyon, fils de Laurent, et d'Élisabeth Brandon ;

5) Marie-Anne, bapt. le 19 décembre 1713, ép. le 13 janvier 1732, Pierre-Philippe Bourlier de Parigny, écuyer, sg^r d'Ailly et autres lieux, Trésorier de France à Lyon, né à Lyon le 22 mars 1702, fils de Philippe, Échevin de Lyon, et de Marie-Anne Messier.

IV. Jean DE LA CROIX, écuyer, sg^r DE LAVAL, bapt. le 27 janvier 1705, † en 1771, Conseiller en la Cour des Monnaies de Lyon (26 mars 1727), conseiller honoraire le 12 mars 1749 ; ép. 1°) p. c. du 31 décembre 1728 Marie Meynard, fille de François et de Marie Pelletier ; 2°) p. c. du 3 septembre 1738 et le 9 septembre suivant, Bonne Dervieu de Villieu, † le 13 nivôse an II, fille de Gabriel, écuyer, baron de Villieu et de Loyes, lieutenant général en la Cour des Monnaies de Lyon, et d'Anne Pupil de Myons. Il fut le père entre autres de :

1) 1er lit : Marie, née le 9 octobre 1732, † le 18 septembre 1820, ép. à Lyon le 7 mars 1752, Barthélemy-Joseph Bathéon, chevalier, sg^r de Vertrieu et d'Amblagnieu, capitaine de chevau-légers, gouverneur de Vienne, chevalier de Saint-Louis, † le 18 décembre 1784, fils de Léonard, chevalier, conseiller en la Cour des Monnaies de Lyon, et de Bonne Pupil ;

2) Marie-Gabrielle-Françoise, née à Lyon le 19 mars 1737 ; ép. p. c. du 22 août 1758 Barthélemy Terrasson, chevalier, sg^r de Barolière et de la baronnie de Sénevas, † sur l'échafaud révolutionnaire, fils de Barthélemy, écuyer, conseiller en la Cour des Monnaies de Lyon, et de Louise-Bonaventure Philibert ;

3) 2e lit : Pierre, qui suivra ;

4) Antoine-Barthélemy, né le 21 septembre 1746, † en 1822, abbé de Saint-Rambert, vicaire général, chanoine baron de Saint-Just (1761), Grand obéancier de Saint-Just (1781).

V. *Jean-Pierre-Philippe-Anne* DE LA CROIX-LAVAL, chevalier, sg^r de Laval, Dardilly, Marcy, etc... né à Lyon le 20 août 1744, † victime de la Révolution à Lyon le 24 décembre 1793; chevalier d'honneur en la Cour des Monnaies (2 juin 1769), Procureur syndic des députés de l'Élection de Lyon à l'assemblée de département (1788), comparant en 1789, commissaire de la Noblesse, administrateur de Rhône-et-Loire (1790); ép. à Orliénas p. c. du 8 et le 11 mai 1771, Catherine-Élisabeth Robin d'Orliénas, née le 8 mars 1752, † en février 1831, fille de François, écuyer, secrétaire du Roi, et de Catherine Paradis, dont entre autres :

1) Antoine, qui suivra;
2) Jean, qui a fait rameau;
3) Bonne-Marie, bapt. à Lyon le 22 avril 1772, † à Lyon le 28 août 1827; ép. : 1°) à Lyon, p. c. du 19 juillet 1790 et le 2 août suivant Antoine de Chasseing, chevalier, sg^r de la baronnie de Chasselay, etc., conseiller au Parlement de Paris, † le 18 frimaire an II, victime de la Révolution; 2°) le 19 mai 1797, Louis-Pierre Bellet de Tavernost, vicomte de Saint-Trivier, né en 1760, † en 1851, conseiller au Parlement de Bourgogne, fils de François-Élisabeth, Avocat général au Parlement de Dombes, et de Marie-Judith-Henriette du Plessis de La Brosse.

VI. Jean-Antoine DE LA CROIX-LAVAL, chevalier, né à Lyon le 16 mai 1774, † à Laval le 9 juillet 1840, volontaire aux chasseurs de Précy pendant le siège de Lyon, puis à l'armée de Condé; président des Hôpitaux de Lyon, colonel de la garde nationale : ép. 1°) p. c. du 29 nivôse an VIII, Jeanne-Marie-Élisabeth Piget, née à Tournus le 11 janvier 1783, fille de Pierre, et d'Élisabeth Paradis; 2°) le 9 novembre 1807 Césarine Mogniat de l'Écluse, † à Lyon le 5 novembre 1814, fille de Pierre, et de Suzanne Bellet de Tavernost; 3°) Victorine Donin de Rosière, † à Lyon le 20 avril 1823, fille d'Hippolyte, et de Catherine des Champs de La Villeneuve. Il fut père, entre autres, de :

1) *1er lit* : Azélie de La Croix Laval, née à Tournus le 13 ventôse an IX, † à Lyon le 20 septembre 1832; ép. à Lyon le 2 septembre 1822 Charles-Henry Vire du Liron de Montivers, officier aux Gardes de Monsieur, né à Annonay le 21 messidor an VI, † à Lyon le 15 juin 1830, fils de Simon, et de Rose Légier de Montfort;
2) *3e lit* : Léon, qui suit;
3) Valérie de La Croix-Laval, née à Laval le 30 septembre 1820, † à Causans en mai 1866; mariée en 1844 à Armand de Vincens, marquis de Causans, né à Causans le 9 février 1818, fils de Paul de Vincens, vicomte de Causans, Pair de France, Lieutenant général des armées du Roi, et de Thérèse-Sophie

de Renoyer. Son petit-fils, Henri de Vincens, comte de Causans, né le 15 juillet 1880, a épousé à Paris le 8 juillet 1905 Cécile Le Beuf de Montgermont, issue en Lyonnais des Bollioud, Olivier de Sénozan, etc.

VII. Joseph-Léon DE LA CROIX-LAVAL, né à Lyon le 9 février 1823, marié : 1°) le 12 février 1849 à Ubaldine Bellet de Saint-Trivier, née le 29 novembre 1827, † le 30 août 1851, s. p., fille d'Hippolyte Bellet de Tavernost, vicomte de Saint-Trivier, et d'Elma de Grollier ; 2°) le 16 juin 1853 à Louise Hubert de Saint-Didier, † à Boulieu le 21 février 1881, fille de Francisque, et d'Anna Badin. Il fut père de :

1) 2ᵉ *lit* : Antoine, qui suit ;
2) Thérèse, née à Lyon, le 20 mars 1854, † à la Bretesche le 23 mai 1877 ; ép. le 16 octobre 1875 Calixte, vicomte de Becdelièvre ;
3) Marie, née à Lyon le 29 janvier 1856, religieuse du Cénacle.

VIII. Ferdinand-Antoine DE LA CROIX-LAVAL, né à Lyon le 12 avril 1858, officier de cavalerie, marié le 17 septembre 1885 à Malcy Clary, dont :

1) Jean de La Croix-Laval, né à Laval le 30 juin 1888 ;
2) Armand de La Croix-Laval, né à Troyes le 20 août 1890 ;
3) François de La Croix-Laval, né à Troyes le 3 février 1892 ;
4) Pierre de La Croix-Laval, né à Belfort le 7 février 1901 ;
5) Louise de La Croix-Laval, née à Saumur le 30 juin 1886 ;
6) Marie de La Croix-Laval, née à Paris le 19 mai 1887 ;
7) Béatrix de La Croix-Laval, née à La Grange (Seine-et-Oise), le 8 septembre 1889 ;
8) Thérèse de La Croix-Laval, née à Paris le 21 avril 1896.

RAMEAU CADET

VI Jean DE LA CROIX-LAVAL, chevalier, né à Lyon le 18 mai 1782, † à Orliénas le 25 juillet 1860 ; Maire de Lyon sous la Restauration, député du Rhône, chevalier de la Légion d'honneur ; ép. le 7 novembre 1809 Marie-Louise Mogniat de l'Écluse, † le 7 février 1815, fille de Pierre-Ennemond, et de Suzanne Bellet de Tavernost, dont :

1) Antoine-Louis, qui suit ;
2) Élisabeth-Félicie, née à Lyon le 23 septembre 1810, † à la Duchère le 25 mars 1843, ép. le 19 mai 1831 Gabriel de Riverieulx, comte de Varax, né le 27 octobre 1804, † le 4 juin 1880, fils de Jean, et d'Adélaïde de Murard ;
3) Marie-Benoîte-Valentine, née à Lyon le 3 septembre 1812, † le 7 novembre 1883, ép. p. c. du 27 juin 1833 Alfred des Champs, comte de La Villeneuve,

† à Lyon le 24 mai 1850, fils de Philippe, et de Rosalie Bernard de La Vernette.

VII. Antoine-Louis DE LA CROIX-LAVAL, comte romain, né à Lyon le 23 janvier 1814, † à Orliénas le 25 juin 1876; ép. le 2 juin 1841 sa cousine Amicie Vire du Liron de Montivers, née à Lyon le 5 juillet 1823, † à La Brosse près Trévoux le 25 janvier 1900, fille de Charles, et d'Azélie de La Croix-Laval, dont :

    1) Eugène, né à Lyon le 3 avril 1844, † jeune ;

    2) Marie-Antoine-Rémy, qui suit ;

    3) Jeanne, née à Lyon le 7 septembre 1842 ;

    4) Marie-Antoinette-Azélie, née à Lyon le 4 août 1845, ép. à Lyon, le 4 novembre 1867, Samuel Bellet, baron de Saint-Trivier, né à Lyon le 18 avril 1841, † à La Brosse (Ain), le 13 août 1902, fils d'Hippolyte, vicomte de Saint-Trivier, et d'Elma de Grollier.

VIII. Marie-Antoine-Rémy, comte DE LA CROIX-LAVAL, né à Lyon le 28 novembre 1847, volontaire aux Zouaves Pontificaux, officier aux Mobiles de l'Ain (1870); marié à Paris le 5 juillet 1877 à Cécile de Noailles, fille d'Alfred-Louis-Marie, comte de Noailles, et de Françoise de Beaumont, dont :

    1) Alfred de La Croix Laval, né le 18 juillet 1879, † le... août 1906 ;

    2) Jean de La Croix-Laval, né en 1881, † en février 1883 ;

    3) Maurice de la Croix-Laval, né le 2 janvier 1883 ;

    4) Alexis de La Croix-Laval, né le 25 mars 1885 ;

    5) Madeleine de La Croix-Laval, † à Lyon le 8 décembre 1902, âgée de 16 ans.

Cf. : Michon.

LA FRASSE

D'or au chevron de gueules accompagné d'un lion naissant du même; au chef de gueules chargé de trois étoiles d'or.

CLAUDE DE LA FRASSE DE SURY
GASPARD-LOUIS DE LA FRASSE DE SAINT-ROMAIN

On trouve à Lyon, au xve siècle, des La Frasse, venus du diocèse de Genève; on ne sait s'ils sont la souche des La Frasse subsistant en 1789 et issus de :

I. Barthélemy DE LA FRASSE, né vers 1543, père de :

1) Jacques, qui suit;

2) François, citoyen de Lyon.

II. Jacques DE LA FRASSE, né vers 1573, citoyen de Lyon, ép. Marguerite Solleillas, dont neuf enfants, entre autres :

1) Barthélemy de La Frasse, sg^r de Seynas, ép. p. c. du 3 janvier 1649, Florie Pécoïl, † s. p., sœur du Prévôt des marchands de Lyon et fille de Claude, et de Françoise Carra ;

2) Claude, qui suit;

3) Clémence, bapt. à Lyon le 25 novembre 1604, ép. p. c. du 1er mars 1628, Lambert Gayet, procureur ès-cours de Lyon, fils de Claude, et de Guillemette Ador ;

4) Sibylle, bapt. le 8 octobre 1606, ép. p. c. du 16 janvier 1630 Philippe Chappuys, fils de Philippe, et d'Anne Turin ;

5) Claudine, bapt. le 8 juin 1621, † à Albigny le 17 septembre 1698 ; ép.: 1°) noble François Fiot, médecin de Lyon ; 2°) à Lyon le 10 octobre 1655, Antoine Mégret, bourgeois de Lyon.

III. Claude DE LA FRASSE, écuyer, sg^r de Seynas et du Montellier, bapt. le 3 août 1619, † le 31 décembre 1683, secrétaire du Roi du Grand Collège ; ép. p. c. du 6 janvier 1652, Antoinette Pécoïl, sœur de Florie Pécoïl, dont :

1) Claude, qui suit ;

2) Jacques de La Frasse, chevalier, bapt. à Lyon le 27 juin 1654, † à Lyon
  s. a. le 26 juillet 1692, Trésorier de France à Lyon le 21 juillet 1679.

IV. Claude de La Frasse, chevalier, sg^r de Seynas, Saint-Bonnet-les-Oules, né à
Lyon le 11 août 1653, Trésorier de France à Lyon (18 novembre 1692), Syndic des
Trésoriers de France, Président du bureau de la Charité (1703), ép. à Lyon : 1°) les 26-30
avril 1691 Marie Ravachol, fille de Christophe, Avocat en Parlement et d'Anne du
Faure ; 2°) le 3 mai 1709 Marie-Anne de Belly, † en 1730, veuve de Gaspard Jourdan, baron de Saint-Lager, Trésorier de France à Aix, Procureur général et Conseiller
honoraire à la Cour des monnaies de Lyon, fille de noble Jean-Baptiste de Belly,
sg^r de la Dargoire, Échevin de Lyon, et de Suzanne Violette. Il eut du premier lit
trois filles, dont une religieuse, et :

V. Christophe de La Frasse, chevalier, sg^r de Seynas, Saint-Bonnet-les-Oules
(terre vendue aux Flachat le 3 mars 1736), de Sury-le-Comtal et Saint-Romain-du-
Puy (p. acq. des La Rochefoucauld le 5 juillet 1735), etc. ; bapt. à Lyon le 13 juillet
1692, conseiller en la Cour des monnaies de Lyon (14 mars 1718), conseiller honoraire (26 février 1749), lieutenant général de police à Lyon ; ép. p. c. du 15 février 1721
Françoise Perrichon, fille de Camille, chevalier, Prévôt des marchands de Lyon,
chevalier de l'Ordre du Roi, Secrétaire de la ville de Lyon, et de Suzanne Olivier de
Sénozan, dont :

1) Claude, qui suivra ;

2) Camille-Anne de La Frasse de Sury, chevalier, né le 26 septembre 1723,
  Page de S. A. S. le duc d'Orléans le 7 août 1739 ;

3) *Gaspard-Louis* de La Frasse de Saint-Romain, chevalier, né en 1729, élève
  au collège de Beauvais, capitaine au régiment de Touraine, auditeur de camp
  à Lyon, chevalier de Saint-Louis, comparant à Lyon en 1789 ;

4) Françoise-Gasparde, née en 1727, ép. le 2 décembre 1743 Louis-Charles
  Chappuis, écuyer, sg^r de Margnolas, marquis de Mirebel (par L. P. de 1746),
  fils de Charles-Henry-Alphonse, chevalier, et de Marguerite Fayard.

VI. *Claude* de La Frasse, chevalier, sg^r de Sury-le-Comtal, Seynas, Saint-Romain,
etc., bapt. à Lyon le 5 juin 1722 ; élève au collège de Beauvais, amateur distingué de
beaux-arts, possesseur des œuvres du peintre Horace Le Blanc ; Député de la
Noblesse de Montbrison à l'assemblée de département en 1788, comparant à Lyon en
1789 ; marié à Lyon p. c. du 16 janvier 1749 à Hippolyte-Magdeleine de Cavasse
de Léry, fille de Félix, écuyer, secrétaire du Roi, chevalier de son Ordre, viguier de
Toulon, et de Claire Maurel, dont :

1) Camille-Claudine-Françoise-Hippolyte de La Frasse de Sury, ép. à Lyon le 4 avril 1769 Jean-Claude-Marie de la Coste de Maucune, chevalier, sg^r de Pracomtal, officier au régiment de Champagne, fils de François, conseiller au Parlement de Grenoble, et de Catherine Fay ;

2) Suzanne-Christophe de La Frasse de Seynas, ép. à Lyon p. c. du 13 février 1775 Jacques-Catherin Charrier de Grigny, chevalier, sg^r de Grigny, Lieutenant aux Gardes Françaises, chevalier de Saint-Louis, † en 1815, fils de Guillaume, chevalier, baron de La Roche, Président à la Cour des Monnaies de Lyon, et de Françoise-Thérèse Durret de Grigny ;

3) Hyacinthe-Françoise de La Frasse de Sury, bapt. à Lyon le 15 juin 1762, ép. à Lyon le 20 février 1781 Guillaume-César, comte de Ferrary de Romans, page de la Dauphine, Lieutenant de Roi de Bresse, fils d'Étienne-Lambert, comte de Romans, Lieutenant de Roi de Bresse, et de Marie-Marguerite-Gertrude Charrier de La Roche ;

Cf. : Dossiers bleus : 291 : *Généalogie des La Frasse dressée en 1739 par Guillet de Boisbissey, bibliothécaire du Roi, Généalogiste de Sa Majesté ;* Michon.

LAMBERT DE LISSIEU

*D'argent à deux lambels l'un sur l'autre de ...; au chef de gueules chargé d'une
tour donjonnée de deux pièces de ..., et accostée de deux étoiles de...*
aliâs : *De gueules à deux lambels à quatre pendants d'argent ; au chef d'or, chargé
de deux étoiles d'azur.*
Supports : *Deux lions.*

Joseph-Henri LAMBERT de LISSIEU

Originaires d'Embrun, les Lambert sont issus de :

I. M⁰ Joseph Lambert, † à Embrun en 1753, conseiller du Roi, Juge visiteur des
Gabelles du Lyonnais, père de :

    1) Jacques, qui suit ;
    2) Noble François Lambert, Avocat en Parlement, conseiller du Roi, Juge visi-
teur des Gabelles du Lyonnais (1772) ;
    3) Pierre Lambert, marchand à Lyon ;
    4) Hélène-Marguerite-Gertrude-Jeanne, ép. Joseph Dalbert de Levesy ;
    5) Catherine, ép. Jean Jacquier ;
    6) Marie, ép. Jean Amiet.

II. Noble Jacques Lambert, né à Embrun vers 1697, † à Lyon le 2 mai 1775 ;
noble d'Espagne, chargé des affaires de S. M. Catholique et son consul à Lyon,
Échevin de Lyon (1756-1757) ; ép. Barbe Perfuma, née vers 1704, † à Lyon le
10 juin 1775, dont un fils et neuf filles, entre autres :

    1) Joseph-Henri, qui suit ;
    2) Hélène-Marguerite-Gertrude-Jeanne, ép. à Lyon le 28 janvier 1747 Jean-
Marie Debrye, banquier à Lyon ;
    3) Marie-Madeleine, ép. à Lyon p. c. du 26 janvier 1754 noble Pierre-Jean-
Jérôme Sponton, agent de S. A. R. le Grand duc de Toscane, fils de Joseph-
Marie, et d'Anne-Marie Falès ;

4) Jeanne-Marthe, ép. à Lyon p. c. du 27 août 1762 et le 31 août suivant, Jean-Philibert Duval, écuyer, Procureur général au Parlement de Dombes, conseiller honoraire en la dite Cour, veuf de Marguerite Durand ;

5) Marie-Rose, bapt. le 12 janvier 1742, ép. à Lyon p. c. du 6 janvier 1766, Dominique Deschaux, veuf de Marie-Anne Frangony, fils de Sébastien Deschaux, et de Françoise de Sainte-Hélène.

III. *Joseph-Henri* LAMBERT DE LISSIEU, écuyer, sg^r du dit lieu et Montfort, chargé des affaires de S. M. Catholique et son consul à Lyon, député de la Noblesse de l'Élection de Lyon à l'Assemblée de département (1787-89); comparant à Lyon en 1789; ép. à Lyon p. c. du 8 novembre 1772 Catherine-Françoise-Marie Guyot de Chanferrand, fille de noble Jean-Alexis, Avocat en Parlement, et de Catherine Clérico, dont un fils et cinq filles, entre autres :

1) Jacques Lambert de Lissieu, écuyer, bapt. à Lyon le 7 décembre 1778, vivant à Lyon en 1803 ;

2) Amélie-Jeanne-Hélène, née à Lyon le 25 octobre 1775, † le 6 novembre 1851 ; ép. à Lyon le 22 mai 1803 Joseph-Augustin-Magdeleine Lacour, jadis chevalier, Trésorier de France à Lyon, veuf d'Antoinette Desgouttes, fils de noble Jean-Baptiste, Échevin de Lyon, et de Françoise-Marie Giraud.

LA ROUE

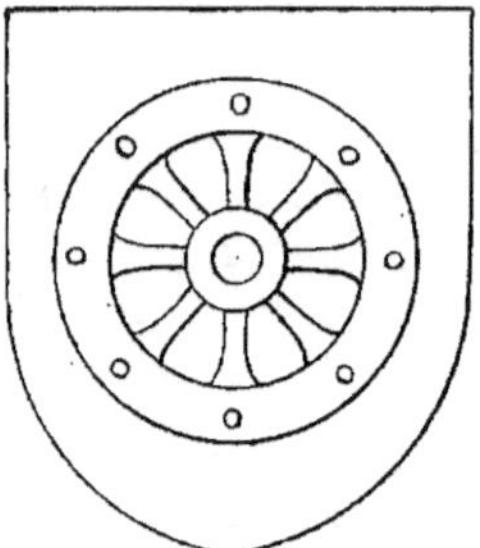

De gueules à la roue d'argent, clouée de gueules.

JEAN-BAPTISTE DE LA ROUE
JEAN-PIERRE DE LA ROUE

Les La Roue, originaires de Saint-Martin-Assalieu près Saint-Chamond, sont issus de :

I. Honnête homme Jean DE LA ROUE, fixé à Lyon vers 1600, ép. Lucrèce Bonaud, dont entre autres :

    1) Aymé, qui suit ;
    2) Alexandre, qui a fait branche.

II. Noble Aymé DE LA ROUE, sg^r du Blanc et Pitaval, co-sg^r de La Tour des Champs, testa le 7 septembre 1650 ; Élu en l'Élection de Lyon ; ép. p. c. du 30 juin 1625 Catherine Dupoix qui testa le 31 mars 1665, fille de Me Jean, contrôleur au grenier à sel de Saint-Symphorien-le-Château, dont, entre autres :

    1) Pierre, qui suit ;
    2) Catherine, ép. p. c. du 5 août 1647 noble Maurice Dallery, lieutenant en la juridiction de Saint-Just, fils de François, greffier en la dite juridiction, et de Françoise Vigier ;
    3) Claudine, ép. p. c. du 4 juin 1652, Pierre de Valentin, écuyer, Prévôt général de Bresse, Bugey et Valromey ;
    4) Marie, ép. p. c. du 12 janvier 1661, noble Jean-Jacques Gayot, écuyer, sg^r de La Rajasse, Pitaval, etc., Conseiller en la sénéchaussée, Garde des sceaux à Lyon, Échevin de Lyon en 1683-84, fils de Jean-Jacques, et de Claudine Philibert ;
    5) Jeanne, religieuse professe de Sainte-Ursule à Saint-Symphorien-le-Château.

III. Noble Pierre DE LA ROUE, sg^r d'Argentière, Saconay, Aveize, La Chapelle, etc. bapt. à Lyon le 4 septembre 1646 ; Élu en l'Élection de Lyon, Échevin de Lyon en 1688-89, ép. p. c. du 27 juin 1671 Françoise Grimod, fille de Jean-Baptiste, et de Marie Valous, dont neuf enfants, entre autres :

1) Jean, qui suit ;

2) Jean-Baptiste, qui a fait rameau ;

3) Marie-Magdeleine, bapt. le 27 septembre 1686, † à Lyon le 6 mars 1770.

IV. Jean DE LA ROUE, écuyer, sgr d'Argentière, bapt. à Lyon le 4 octobre 1678, commissaire ordinaire de l'artillerie de l'Arsenal de Lyon ; ép. 1°) p. c. du 11 janvier 1701, Claudine-Alexandrine Colbenchelay, fille de Didier-Alexandre, bourgeois de Lyon, et de Jeanne Boucharlat ; 2°) Jeanne Duxio, veuve de Louis de Gimel, chevalier ; il eut du premier lit six enfants, entre autres :

1) Alexandre, écuyer, bapt. à Lyon le 8 octobre 1707, chanoine régulier de Sainte-Geneviève ;

2) Laurent, écuyer, bapt. à Lyon le 14 mai 1709 ;

3) Jean-François, écuyer, sgr d'Argentière, bapt. à Lyon le 25 juillet 1710, capitaine au régiment de Royal-Comtois, chevalier de Saint-Louis.

Rameau de La Roue.

IV. Jean-Baptiste DE LA ROUE, écuyer, bapt. à Lyon le 27 février 1685, † avant 1729 ; ép. à Lyon le 1er décembre 1708 Ève-Marie Déodati, veuve d'Étienne Coréal, banquier à Lyon, dont :

1) Jean-Benoît, écuyer, bapt. à Lyon le 24 septembre 1709 ;

2) François, bapt. à Lyon le 11 février 1718 ;

3) Gabrielle de La Roue ;

4) Catherine, bapt. à Lyon le 4 août 1712, ép. à Lyon le 31 mai 1729 Pierre Delafay, notaire royal à Lyon, fils de Me Antoine, et d'Anne Robert.

BRANCHE CADETTE

II. Alexandre DE LA ROUE, bapt. à Lyon le 23 septembre 1614, bourgeois de Lyon, marié à Anne du Fournel (remariée à Lyon, p. c. du 25 novembre 1660 à Jacques de Chambaud de Bavas, écuyer), fille de Jean Dufournel, bourgeois de Tarare ; dont, parmi cinq enfants :

1) Jean-Baptiste, qui suit ;

2) Claude, bapt. le 26 juin 1651, † le 24 janvier 1696, bourgeois de Lyon ;

3) Jeanne, bapt. à Lyon le 7 juillet 1647, † à Lyon le 17 mars 1687, ép. p. c. du 15 juin 1662, Jacques Michel, écuyer, sgr de La Tour des Champs.

Receveur des consignations, fils de noble Bonaventure Michel, Échevin de Lyon en 1622, et de Catherine Bonaud.

III. Noble Jean-Baptiste DE LA ROUE, bapt. à Lyon le 26 mars 1649, Échevin de Lyon en 1700-01 ; sg^r de Chavannes et Triamen par suite de son mariage du 24 juillet 1673, avec Madeleine Lagier, dame des dits lieux, fille de Jean-François, et de Magdeleine Debas ; dont douze enfants, entre autres :

1) François de La Roue, écuyer, sg^r de Chavannes, demeurant à Paris en 1739 ;
2) Claude, qui suit ;
3) Magdeleine, bapt. à Lyon le 9 mars 1675, ép. p. c. du 1er février 1695 Jean-Baptiste Claret, écuyer, officier, bapt. à Lyon le 14 juillet 1665, fils de noble Blaise, Échevin de Lyon, et d'Anne Jobert ;
4) Marie, bapt. le 18 février 1684, ép. p. c. du 15 mars 1704 Hiérôme Vialis, chevalier, sg^r de Trouville, bapt. à Lyon le 14 octobre 1681, † le 20 décembre 1712, Trésorier de France à Lyon (1702), fils de noble Corneille Vialis, sg^r de La Tour, juge des traites foraines, Échevin de Lyon, et de Catherine Rat ;
5) Catherine, bapt. à Lyon le 10 mars 1689, † après avoir testé à Marseille le 16 juillet 1761 ; ép. p. c. du 22 octobre 1708 Vincent Boyer de Trébillane, né en 1690, chevalier de Saint-Louis, lieutenant colonel du régiment de Perche-Infanterie, fils de Claude, bourgeois de Marseille, et d'Anne Boyer ;
6) Marie-Anne, dame de Batailleux et La Lande, bapt. le 20 mai 1692 ; ép. p. c. du 21 janvier 1715 Jacques Badol de Forcieu, chevalier, baron de Rochetaillée, chevalier de Saint-Louis, capitaine au régiment de Boufflers, † s. p. le 25 août 1727, fils d'Hugues, écuyer ordinaire du Roi, et de Marie de Bardonnenche. [En vertu des clauses de l'érection par Louis XIV, de la baronnie de Rochetaillée, cette ancienne baronnie féodale relevée ainsi en faveur des Badol, passa peu après par substitution aux Bernou de Nantas, héritiers des Badol].

IV. Claude DE LA ROUE, écuyer, sg^r de Milly, bapt. à Lyon le 26 janvier 1680, ép. p. c. du 1er février 1709, Pierrette Michel, fille de Bonaventure, écuyer, et de Marguerite Molin, dont cinq enfants, entre autres :

1) Jean-Baptiste, qui suit ;
2) Antoine, écuyer, bapt. à Lyon le 28 février 1716, colonel d'artilerie, chevalier de Saint-Louis ;
3) André, bapt. à Lyon le 10 juin 1721, † à Lyon le 13 février 1783, religieux conventuel de l'ordre de Malte.

V. *Jean-Baptiste* DE LA ROUE, chevalier, bapt. à Lyon le 28 octobre 1709, Conseiller à la Cour des monnaies de Lyon (2 septembre 1733) ; comparant à Lyon en 1789 ; marié p. c. du 13 avril 1747 à Sibylle Richeri, fille de François, noble génois, chevalier, Trésorier de France à Lyon, et de Geneviève Rigaud, dont cinq enfants, entre autres :

1) Jean-Pierre, qui suit ;

2) Anne, † le 18 mai 1822, ép. à Lyon le 28 mars 1780, Pierre-François de Noyel de Paranges, chevalier, capitaine au corps royal d'artillerie, chevalier de Saint-Louis, Inspecteur pour le Roi à Saint-Étienne, bapt. à Lyon le 18 juillet 1734, fils de Jean-François, et de Madeleine Perrin de Vieux-bourg ;

3) Geneviève, bapt. le 1er mars 1748, ép. p. c. du 16 avril 1768 Philibert-Éléonor Barthelot d'Ozenay, chevalier, officier de dragons au régiment de l'Hospital, Lieutenant des maréchaux de France en Mâconnais, † en 1803, fils de François, Élu de la Noblesse du Mâconnais, et de Marie Bernard ;

4) Hélène, dite Mlle de Milly, ép. p. c. du 19 janvier 1773 Étienne Girard de La Vesvre, chef de brigade au régiment des Bombardiers de Besançon, chevalier de Saint-Louis, né en 1730, † en 1785, fils de Guillaume, écuyer, et de Claude Petit.

VI. *Jean-Pierre* DE LA ROUE, chevalier, bapt. à Lyon le 6 janvier 1755, aspirant à l'École d'artillerie de Besançon (1770), ayant rang de sous-lieutenant au Royal-Roussillon-Cavalerie (7 avril 1773), Sous-Lieutenant (9 août 1775), Capitaine aux dragons de Custine (3 juin 1779), à ceux de Montmorency (28 avril 1788), chevalier de Saint-Louis ; comparant à Lyon en 1789, émigré, commandant de la Garde Nationale de Lyon en 1815 ; ép. à Lyon p. c. du 28 janvier 1790 Marie-Étiennette-Aimée Rousset de Saint-Éloy, fille de Marc, chevalier de Saint-Louis, capitaine au régiment de Limousin, etc., et de Jeanne Roustang, dont :

VII. Louis DE LA ROUE, marié en 1834 à Léa de Pradier d'Agrain, † en 1853, dont :

1) Mlle de La Roue, mariée à Jean-Antoine-Étienne Loppin, comte de Montmort, né en 1817, † à Paris le 13 janvier 1895, fils de Gabriel, marquis de Montmort, colonel, chevalier de Saint-Louis, et d'Anne Lhoste de Livry ;

2) Jeanne de La Roue, † en décembre 1902, mariée à Louis-Alexandre-Rostaing, comte de Pracomtal.

Cf. Bonnardet : *Les Lyonnais au collège de Juilly*.

LA SALLE

D'azur à deux fleurets d'argent passés en sautoir, les poignées en bas.

PHILIPPE DE LA SALLE

Le comparant de 1789 était issu de :

I. Claude-Philippe DE LA SALLE, né vers 1669, † à Belley le 23 avril 1724, Contrôleur général des fermes de Savoie à Belley, marié à Marie-Charlotte Benoît, dont, entre autres :

II. Philippe DE LA SALLE, écuyer, né et bapt. à Belley le 2 septembre 1723, † à Lyon le 7 ventôse an XII; dessinateur et fabricant lyonnais, connu pour avoir découvert le moyen de conserver les formes de chaque dessin dans la peinture sur soie. Anobli avec règlement d'armoiries par L. P. d'octobre 1775, datées de Fontainebleau, chevalier de l'Ordre du Roi, comparant à Lyon en 1789 ; marié à Élisabeth Charrier, tante de Nizier Charrier, vivant à Lyon en 1804.

D'après les mémoires généalogiques du duc de La Salle de Rochemaure, Philippe de La Salle se rattacherait aux La Salle d'Auvergne, par Jean de La Salle, capitaine de Lyon sous François Ier, marié à Isabelle de Beaunat, dont le quatrième fils Jean de La Salle se serait fixé à Seyssel. Nous n'avons pu découvrir la justification historique de cette filiation.

Cf. : Chérin, 186.
Notes communiquées par le duc de La Salle de Rochemaure.

LASAUSSE

D'azur à la fasce d'argent chargée de trois canettes de sable, accompagnée en chef de deux étoiles du second, et en pointe d'un croissant aussi d'argent.

Pierre LASAUSSE

Fixés à Lyon au xvıı^e siècle, les Lasausse sont issus de : .

I. Pierre Lasausse, ép. le 9 novembre 1684, Marie Paille, dont, entre autres :
1) Philibert, qui suivra ;
2) Aymé, né le 15 février 1701, ép. Jeanne Mondet, fille de Pierre, agent des changes de la ville de Lyon, et de Jeanne Burdet, d' p.;
3) Pierre, qui a fait branche.

II. Philibert Lasausse, né à Lyon le 11 septembre 1685, ép. à Lyon le 20 octobre 1720 Marie Fourton, fille d'Henry, bourgeois de Lyon, dont :
1) Pierre, qui suit;
2) Claire, ép. le 17 août 1766 noble Jean-Pierre Meyssat, avocat en Parlement, receveur des domaines du Roi, fils de Jean-Pierre, Lieutenant particulier au bailliage du Haut-Vivarais, et de Laurence Pradier.

III. Pierre Lasausse, écuyer, conseiller secrétaire du Roi près le Parlement de Navarre, ép. le 13 février 1748 Barbe Vincent, fille de Mathieu, et de Marie-Madeleine Poursat, dont :
1) Pierre, qui suit;
2) Marie-Magdeleine, née le 28 août 1749, † le 22 février 1815 ; ép. le 12 avril 1768 noble Julien-Ferdinand Géramb, dit le baron de Géramb, † en 1804, fils de noble François-Antoine, résidant à Simering, près Vienne (Autriche), et d'Anne-Thérèse Vernay, dont :
    A) Ferdinand-François, baron de Géramb, né le 14 juillet 1772, officier général en Autriche, † trappiste à Rome le 15 mars 1848.
3) Claire, née le 24 octobre 1751, † le 7 janvier 1789 ; ép. le 22 septembre 1772 Charles-Fleury Châlon, écuyer, secrétaire du Roi près de la Cour des

Aides et Chambre des comptes de Montpellier, fils d'André, et de Marie-Béatrix Bailly ;

4) Madeleine, religieuse carmélite.

IV. *Pierre* Lasausse, écuyer, né le 27 mai 1756, comparant à l'Assemblée de la Noblesse du Lyonnais en 1789, † s. p.

BRANCHE CADETTE

II. Pierre Lasausse, né le 9 août 1706, ép. le 26 juillet 1733, Élisabeth Chalamel, fille de François, et de Fleurie Fontrobert, dont neuf enfants, entre autres :
1) Jean-Baptiste, qui suit ;
2) Fleurie, ép. le 28 février 1764, Jean Poncelet, fils de Jean-Baptiste et d'Élisabeth Soleymard. .

III. Jean-Baptiste Lasausse, né le 22 mars 1740, ép. le 12 janvier 1768 Jeanne-Denise-Françoise Faure, fils de Pierre Faure, de Saint-Paul en Jarez, et de Marguerite Dumont, dont :
1) Pierre, qui suit ;
2) Alexandre-Noël, né le 25 décembre 1774 ;
3) Marguerite, née le 1er novembre 1768, † s. a ;
4) Élisabeth, née le 26 septembre 1771, ép. Charles-François Charpentier, capitaine au premier bataillon de la Charente.

IV. Pierre Lasausse, né le 20 octobre 1769, † à Lyon le 26 janvier 1823, ép. à Paris Catherine Delorme, fille d'Antoine Delorme, né à Lyon, Juge de paix à Paris, et de Jeanne Sonnerat, dont :
1) Jules, qui suit ;
2) Françoise-Aglaë, née à Paris le 8 nivôse an III, ép. le 26 mai 1812 Benoît-Marie-Alexandre Jullien, né le 12 février 1780, † le 11 novembre 1868, fils de Roch Jullien, écuyer, chevau-léger de la garde du Roi, et de Marie-Anne-Marguerite Faure ;
3) Jeanne-Denise-Françoise-Laure, née le 25 brumaire an VII, ép. le 12 octobre 1816, Michel, dit Saint-Michel Jullien, né en 1786, frère du précédent.

V. Jean-Marie-Marguerite-Pierrette-Jules Lasausse, ép. le 16 août 1831, Marie-Albine Guérin, fille d'Hugues-Louis Guérin et d'Antoinette Neyron dont :
1) Marie-Antoinette-Benoîte Lasausse, mariée le 20 février 1857 à Gaston, marquis de Leusse, fils de Joseph-Louis, marquis de Leusse, et de Marie-Étiennette-Sabine Courbon de Montviol.

Cf. : *Armoiries communiquées* par la marquise de Leusse.

LAURENCIN

De sable au chevron d'or accompagné de trois étoiles d'argent.
Devises : *Lux in tenebris; Post tenebras spero lucem.*

JEAN-BAPTISTE-ESPÉRANCE-BLANDINE, COMTE DE LAURENCIN

La maison des Laurencin, célèbre à Lyon, était dès le xve siècle l'une des plus opulentes de cette ville ; elle établit à Lyon sa filiation depuis Eustache Laurencin, marié en 1371 à Yolande Sing, dont le fils Nicolas, épousa, sans doute en secondes noces le 4 août 1420 Anne de Villars, fille de Pierre, citoyen de Lyon. Sa postérité tira son premier lustre des fonctions consulaires que cinq de ses membres occupèrent de 1478 à 1563 ; elle se distingua ensuite dans les hautes charges de l'Église et de l'épée, contracta les plus belles alliances et fut maintenue, en 1659, 1665, 1667, 1668, etc. Admis aux États de Bourgogne, les Laurencin prouvèrent six degrés de noblesse en 1718 ; ils avaient déjà été admis aux dits États en 1650 et 1653.

Une généalogie absolument complète de la maison de Laurencin dépasserait les limites de cet ouvrage. Il suffira d'exposer la filiation générale de cette famille pour que l'on puisse se rendre compte du point d'attache des diverses branches, sur chacune desquelles seront fournis quelques éclaircissements.

Le premier des Laurencin qui ait commencé l'illustration de sa famille est, au quatrième degré depuis Eustache Laurencin vivant en 1371 :

IV. Claude LAURENCIN, dit Pas-d'Asne, maître d'Hôtel d'Anne de France, duchesse de Bourbon, et de Suzanne de Bourbon, sa fille, femme de Charles de Bourbon-Montpensier, dont il acquit Riverie, Châtelus et Fontanès en 1513 ; conseiller de ville à Lyon en 1498, 1499, 1504, 1508, 1509, 1512 et 1513 ; Trésorier de l'ordre de Rhodes, il fit bâtir la commanderie de Saint-Georges à Lyon ; devenu veuf, il se fit prêtre et mourut le 17 décembre 1518 en chantant la messe, à l'autel de Taluyers, avec deux de ses fils tous deux d'église. Il avait épousé p. c. du 11 juin 1480 Sibylle

Bullioud [1], † le 21 juillet 1516, femme de chambre de la reine Anne de Bretagne, et de la reine Claude de France, fille de Guillaume Bullioud, docteur ès droits, juge ordinaire de Lyon, et de Catherine Varinier. Il eut treize enfants parmi lesquels cinq filles alliées aux Bonin, Daulhon de Servières, de Trye, Arod, Barjot et Charpin, et Claude Laurencin, qui suit, auteur des diverses branches de sa maison.

V. Noble homme Claude LAURENCIN, sieur et baron de Riverie, Châtelus, Fontanès, etc., né en octobre 1486, testa à Lyon le 15 juillet 1557; bourgeois de Lyon, Receveur pour le Roi du pays de Lyonnais, conseiller de ville à Lyon en 1518, 1527, 1533; marié le 17 novembre 1514, à Marie Buatier, fille de noble homme Benoît Buatier, contrôleur des droits d'entrée, et de Jacquette Thurin, dont douze enfants, parmi lesquels :

1) Claude Laurencin, baron de Riverie, qui continua la *branche aînée;*

2) René, auteur de la *branche de la Bussière,* dont se sont détachés tous les autres rameaux.

BRANCHE AINÉE

VI. Noble homme Claude LAURENCIN, dit le jeune, baron de Riverie, sgr de Châtelus, Fontanès, etc., conseiller de ville à Lyon, en 1549, 1554, 1558 et 1563; ép. p. c. du 14 avril 1543 Claire Dupuy, fille de noble homme Mr Mc Jehan Dupuy, capitaine châtelain de Saint-Galmier, et de Catherine de Chavannes, dont :

1) Claude Laurencin, au service de la Sérénissime République de Venise, † en captivité à Constantinople avant 1579 ;

2) Bénédict Laurencin, écuyer, bourgeois de Lyon; ép. à Lyon, p. c. du 25 mai 1586 Marie de Tollet, fille de Mc Pierre, médecin ordinaire du Roi, et de Claude de Clérat ; s. p.;

3) Isaac, qui suit ;

4) François, chanoine de Saint-Paul et Saint-Just, prieur de Taluyers;

---

1. BULLIOUD : maison considérable de Lyon, qui portait « *tranché d'argent et d'azur; à trois tourteaux et trois besans mis en orle, de l'un en l'autre* »; cette famille a donné à Lyon des conseillers de ville dès le xve siècle, des prélats, des ambassadeurs, des conseillers aux parlements, etc. Elle s'est perpétuée jusqu'à nos jours et était représentée récemment par Théodule Attalin-Symphorien de Bullioud, né à Orléans le 18 mai 1832, † à Paris le 27 novembre 1903. Ce dernier, déchu de la fortune de ses aïeux, avait embrassé la noble profession de graveur héraldiste, rue du Bac, à Paris, au faubourg Saint-Germain. Il a laissé de son mariage du 19 juin 1855, avec Marie-Léonie Parmentier, quatre enfants dont un fils Léon-Attalin-Symphorien de Bullioud dernier du nom. s. a. en 1906.

5) Louise, ép. à Lyon le 1er juin 1579 noble Nicolas Duxio, sg^r de Vaux, La Salle et Quincieux ;

6) Catherine, ép. p. c. du 10 novembre 1567, noble Claude Guesdon, sg^r de Meyré, secrétaire de Mme Marguerite de France, Duchesse de Savoie.

VII. Isaac DE LAURENCIN, écuyer, sg^r de Taluyers, etc., testa le 16 octobre 1610 ; homme d'armes de la compagnie du duc de Nemours, puis de celle de M. de Mandelot ; ép. p. c. du 23 avril 1598 Louise Gobier, fille de noble Pierre, Élu en l'élection de Lyonnais ; dont neuf enfants, parmi lesquels :

1) Claude, qui suit ;

2) François, chanoine de Saint-Paul, de Lyon, testa le 17 novembre 1633 ;

3) Philippe, chanoine et doyen du chapitre d'Ainay ;

4) Catherine, ép. p. c. du 6 janvier 1631, noble Louis de Rochefort, écuyer, conseiller en la sénéchaussée de Lyon et au présidial de Dombes.

VIII. Claude DE LAURENCIN, chevalier, sg^r de Prapin, Montillet, Taluyers, etc., né le 18 juin 1600, ép. vers 1640 Isabelle de Fenoyl, fille de noble Pierre, écuyer, sg^r de Sérezin, Avocat général au Parlement de Dombes, et de Barthélemie Michel, dont onze enfants, parmi lesquels :

1) Philippe, bapt. le 13 février 1655, religieux profès de l'abbaye de Savigny en 1675 ;

2) Gaspard, qui suit ;

3) Élisabeth, bapt. le 27 avril 1653, ép. p. c. du 24 novembre 1677 Gabriel-Henri de Harenc, chevalier, sg^r de la Condamine.

IX. Gaspard DE LAURENCIN, chevalier, sg^r de Prapin, Bachou, La Magdelaine, bapt. à Lyon le 24 juillet 1656 ; ép. p. c. du 3 février 1686 Marie Dervieu, née en 1666, † en 1737, fille de Pierre, écuyer, sg^r de Montmain, et de Marguerite Bernico, dont neuf enfants entre autres :

1) Antoine, qui suivra ;

2) Gabriel, bapt. à Lyon le 31 mai 1696, chanoine d'Ainay (1er mai 1727) ;

3) Jean-Philippe-Bonaventure, bapt. à Lyon le 22 février 1700, † ayant testé le 12 août 1746, chanoine, baron de Saint-Just ;

4) Anne, bapt. à Lyon le 22 mai 1690, † le 30 octobre 1765 ; ép. à Lyon le 14 mai 1720, Bernardin de la Mure, écuyer, sg^r de Magnieu-Hauterive, bapt. à Montbrison le 27 octobre 1680, † le 15 juin 1739, fils de Jean, écuyer, sg^r du dit lieu, conseiller au bailliage de Montbrison, et de Catherine Boys :

5) Marguerite-Auriane, bapt. le 11 décembre 1692, religieuse à Saint-Pierre de Lyon.

X. Antoine DE LAURENCIN, chevalier, sg^r de Prapin, Taluyers, bapt. à Lyon le 21 septembre 1689, † avant le 12 août 1746, capitaine au Régiment de la Reine-Infanterie ; ép. à Lyon le 8 février 1723, Madeleine du Fournel de Breuil, bapt. à Lyon le 2 juin 1693, † à Lyon le 6 octobre 1755, fille de noble François, sg^r de Pivoley, Échevin de Lyon, et d'Anne de Gangnières de Souvigny, dont :

1) Gilbert-Antoine, bapt. le 9 octobre 1724, † jeune ;
2) Gabrielle-Anne-Catherine, bapt. à Lyon le 9 avril 1726; ép. à Lyon le 9 janvier 1749 François Yon de Jonage, chevalier sg^r de Jonage, Mares, etc., capitaine au régiment de Picardie, chevalier de Saint-Louis, bapt. à Lyon le 11 juillet 1716.

BRANCHE DE LA BUSSIÈRE

VI. Noble homme René LAURENCIN, écuyer, sg^r d'Eschallas. Saint-Romain-en-Gier, baron de La Bussière, etc., bapt. à Lyon le 10 septembre 1536, † le 4 juillet 1583 ; ép. à Lyon p. c. du 1er novembre 1563, Marguerite Palfy (héritière de son frère, noble Philippe, baron de La Bussière, bailli du Mâconnais), fille de noble Jean, sg^r de Néronde, Cleppé, etc., et de Constance Henry, dont neuf enfants, entre autres :

1) Philippe, qui suit ;
2) Jean, prieur de Saint-Irénée, † en 1662 à La Bussière ;
3) Georges, écuyer, sg^r de La Garde et du Vierre ; il obtint des lettres de relief de noblesse le 5 janvier 1600 et fut maintenu par arrêt de la Cour des Aides de Paris du 20 août 1603; marié : 1°) le 3 juin 1597 à Françoise du Vierre; 2°) à Hélie de La Tour, dame de Chassaigne ; 3°) le 4 octobre 1627 à Marguerite de Saint-Julien, fille de noble Benoît, et d'Anne de Champier. Il eut six enfants, dont une fille, Catherine de Laurencin, femme en 1661 de Jehan du Sauzey ;
4) François, prieur de Taluyers ;
5) Toussaint Laurencin, écuyer, † au service ;
6) Marguerite, ép. 1°) Estienne de Foudras, chevalier; 2°) Mathieu de Sève, sg^r de Saint-André ;
7) Marie, ép. Jean de Chardonnay, écuyer, sg^r de Saint-Lager;
8) Constance, ép. p. c. du 2 février 1605 noble François du Terrail, fils de noble Antoine, et d'Antoinette de Damas.

VII. Philippe DE LAURENCIN, écuyer, baron de La Bussière en Mâconnais, ép. :
1°) p. c. du 24 mai 1590, Jeanne de Foudras, fille de noble Jean, chevalier, sg^r de Courcenay, etc., et de Jeanne de Choiseul ; 2° p. c. du 4 décembre 1612 Marthe de Chandieu, † s. p. Il eut du premier lit parmi quatre enfants :

    1) Jean, qui suit ;

    2) Raymond, tige des *Branches d'Avenas, du Péage, Persange*, etc.

VIII. Jean DE LAURENCIN, chevalier, sg^r baron de La Bussière, Chanzé, Cruix, etc., obtint le 7 avril 1659 un arrêt de la Chambre souveraine des francs fiefs le déchargeant des droits de franc fief ; cet arrêt fondé sur des actes plus ou moins bien interprétés est le fondement de plusieurs généalogies erronées des Laurencin. Jean testa le 13 août 1661, et ép. à Lyon, p. c. du 19 avril 1625 Marguerite Mellier, dame de Chanzé, fille de noble Laurent, sg^r de Chanzé, gentilhomme ordinaire de la Chambre du Roi, et de Françoise Lorans, dont :

    1) Charles, chevalier, † au siège d'Arras, tué le 4 octobre 1650 ; cornette au régiment Cardinal ;

    2) Pierre, qui suit ;

    3) François, tige de la *Branche de Chanzé.*

IX. Pierre DE LAURENCIN, chevalier, baron de la Bussière, dit le comte de la Bussière, sg^r de La Garde, Cruix, Arcy, etc., né vers 1627 ; il obtint le 15 mai 1665, des L. P. de confirmation de noblesse, enregistrées le 8 janvier 1666 et vérifiées à la Cour des Aides le 10 juin 1666 ; fut maintenu par l'intendant Du Gué le 1er avril 1667 et par arrêt du conseil le 30 avril 1668, sur production de titres remontant à noble Claude de Laurencin époux de Marie Buatier. Marié p. c. du 19 octobre 1660 à Marianne-Françoise de Rochefort d'Ailly-de-Saint-Point, fille de Claude, comte de Montferrand et de Saint-Point, et d'Anne de Lucinge, dont parmi cinq enfants :

    1) Jean-Alexandre, qui suit ;

    2) Marie-Artémise, ép. p. c. du 21 juin 1693 Jean de Laurencin, chevalier, sg^r du Péage, son oncle à la mode de Bourgogne ;

    3) Marie, † religieuse à Marcigny.

X. Jean-Alexandre DE LAURENCIN, chevalier, baron de la Bussière, dit le baron d'Ormont, colonel au service de l'Empereur, Castellan de Trieste, marié à Marie-Anne de Meleser, dont :

    1) Léopold   ⎱ de Laurencin, fixés en Allemagne *d'après Saint-Allais* (?)
    2) Théodore ⎰

Branche de Chanzé.

IX. François DE LAURENCIN, chevalier, sg^r de Chanzé, maintenu avec son frère Pierre le 1er avril 1667, ép. p. c. du 5 juillet 1681 Claudine d'Espinace, fille de Luc, chevalier, sg^r de La Barre, et de Marguerite Regnauld de Chalotz, dont sept enfants entre autres :

1) Luc, capitaine de cavalerie, marié à Mlle de Remigny, † s. p.;
2) Hugues, qui suivra ;
3) Claude-Gilbert, † en 1756, Lieutenant colonel au régiment de Montboissier, marié à Marie-Françoise de Carondelet, dont :
   A) Urbain de Laurencin.
4) 5) Urbain et Antoine, chanoines du chapitre noble de Savigny, admis sur preuves du 16 février 1700;
6) Marie-Anne, ép. Pierre Couperic, sg^r de Beaulieu, major du régiment de Bresse, à Nantes.

X. Hugues DE LAURENCIN, chevalier, sg^r de Machy, né le 8 septembre 1687, † ayant testé le 16 avril 1758; capitaine au régiment de Senneterre, lieutenant-colonel au régiment de Vatan, Brigadier des armées du Roi, chevalier de Saint-Louis; ép. p. c. du 16 janvier 1739 Marie-Anne de Patin, fille de Jean, écuyer, et de Madeleine du Molard, dont entre autres :

1) Jean, qui suivra ;
2) Urbain-Jérôme, né à Chabeuil le 30 septembre 1744, admis le 10 décembre 1754 à l'École militaire sur preuves remontant à Jean de Laurencin, époux de Marguerite Mellier, dame de Chanzé ;
3) Marguerite, ép. le marquis de Neyrieu-Domarin, officier de marine.

XI. *Jean-Baptiste-Espérance-Blandine*, comte DE LAURENCIN, chevalier, seigneur de Sury-le-Bois, Saint-Cyr, Chanzé, etc., né à Chabeuil le 17 janvier 1733, † à Lyon le 21 janvier 1812, capitaine au régiment de Vexin, chevalier de Saint-Louis, député de la Noblesse du Lyonnais à l'assemblée provinciale, comparant à Lyon en 1789 ; ép. à La Chassagne, p. c. du 17 janvier 1764, Marie-Anne-Julienne d'Assier de La Chassagne, née à Sainte-Hippolyte (Lorraine), fille de François-Aimé, chevalier, baron de La Chassagne, brigadier des armées du Roi, et de Louise de Puget, dont :

1) François-Aimé, qui suivra ;
2) Antoine, reçu le 7 février 1782 chanoine du chapitre noble de Saint-Pierre de Vienne ;

3) Hugues, admis à l'école militaire (1er avril 1782), officier au régiment de
   Saintonge, † en émigration ;
4) Marie-Marguerite-Azélie. chanoinesse comtesse de l'Argentière, ép. Frédéric de Plan, marquis de Sieyes, lieutenant de vaisseau, chevalier de Saint-
   Louis ;
5) Élisa, ép. Auguste, marquis de Joannès, lieutenant de vaisseau, chevalier
   de Saint-Louis.

XII. François-Aimé, comte DE LAURENCIN, né vers 1760, † à La Chassagne
(Rhône) le 7 octobre 1833, page du Roi, chevalier de Saint-Louis, maréchal de
de camp, émigré ; Député du Rhône ; marié vers 1828 à Louise-Nicole-Henriette de
Virieu-Beauvoir, fille d'Alexandre, comte de Virieu, premier gentilhomme de Monsieur, commandeur de Saint-Louis, Lieutenant général des armées du Roi, et de
Claudine de Malateste, dont :
1) Jules-Alexandre, † jeune ;
2) Bonne-Gabrielle de Laurencin, † à La Chassagne le 8 novembre 1894,
   mariée le 16 février 1829 à Anne-Victurnien-René-Roger de Rochechouart, duc
   de Mortemart, Député du Rhône, né à Paris le 10 mars 1804, † le 27 avril
   1893, fils de Victor-Louis-Victurnien, marquis de Mortemart, et d'Éléonore
   de Montmorency, issue en Lyonnais des Olivier de Sénozan. La duchesse de
   Mortemart fut mère de la marquise de La Guiche et de la comtesse de Mérode.

Branches d'Avenas, du Péage, Persange, etc.

VIII. Noble Raymond DE LAURENCIN, chevalier, sg^r du Sauzay, Avenas, Le Péage,
etc., écuyer du Roi, testa le 15 octobre 1661 ; ép. c. du 26 novembre 1620 Jeanne
Croppet, fille de Jacques, écuyer, sg^r du Péage, et de Magdeleine d'Amanzé, dont
parmi huit enfants :
1) Pierre, qui continua la *branche d'Avenas* ;
2) Jean, auteur de la *branche du Péage* ;
3) Antoine, tige de la *branche de Persange*, dont s'est détaché le rameau de
   Laurencin-Beaufort ;
4) Philippe, chanoine d'Ainay, vivant en 1703 ;
5) Françoise, ép. Philippe de la Porte, chevalier, sg^r de Magny ;
6) Élisabeth, ép. le 20 avril 1661 Louis Garbot, écuyer, sg^r de Châtenay ;
7) Jeanne, ép. à Lyon p. c. du 25 février 1657 Antoine de Mont-d'Or, chevalier,
   sg^r de Montragier.

BRANCHE D'AVENAS

IX. Pierre DE LAURENCIN, chevalier, sg^r d'Avenas, Combelande, etc., né vers 1627, maintenu dans sa noblesse par l'intendant Du Gué le 21 avril 1667, ép. p. c. du 7 janvier 1667 Marguerite Tricaud fille d'André, écuyer, sg^r de Bournat, et de Françoise de Vinols, dont :

1) Jean, qui suit ;
2) Jeanne-Françoise, ép. : 1°) p. c. du 5 février 1689 Jean-Louis-Alexandre de Gangnières, chevalier, vicomte de Souvigny, fils de Jean, comte de Souvigny, Lieutenant général des armées du Roi, et de Magdeleine de Vanini-Saint-Laurent ; 2°) le 24 mars 1696 Jean Montaigne, écuyer, sg^r du Coignet, conseiller au Parlement de Dombes, fils de noble Charles Montaigne, sg^r du Coignet, avocat au Présidial, et d'Antoinette Béraud ; [leur fils, marié à Louise Ramey de La Salle, fut la tige des Montaigne, marquis de Poncins, des Boyer de Sugny, Meaudre, etc.].

X. Jean de LAURENCIN, écuyer, sg^r de Bournat, Le Péage, etc., ép. : 1° le 24 mai 1704, Françoise Prost d'Épeisses, fille de Pierre, et d'Anne Dufornel ; 2°) Jeanne de Rochefort, qui, étant veuve, testa le 18 avril 1734, s. p.

BRANCHE DU PÉAGE

IX. Jean DE LAURENCIN, chevalier, sg^r du Péage, né vers 1633, maintenu avec son frère Pierre le 21 avril 1667, marié p. c. du 21 juin 1693 à Marie-Arthémise de Laurencin [de la branche de la Bussière], fut le père, entre autres de :

1) Henry-Oswald, page des Petites Écuries (1713) en qui s'éteignit ce rameau ;
2) Victoire, † le 30 mars 1730, ép. Aymé-Gabriel Michon de Pierreclos, chevalier.

BRANCHE DE PERSANGE

IX. Antoine DE LAURENCIN, chevalier, né le 21 octobre 1637, capitaine au régiment Royal des Vaisseaux et major au régiment de Dauphiné, maintenu avec ses frères le 21 avril 1667 ; ép. p. c. du 4 mars 1684 Françoise de Berton, fille d'Étienne, baron de Beaufort, dont il eut, entre autres, quatre fils :

1) Philippe, comte de Laurencin (avril 1742), baron de Beaufort, † le 4 décembre 1751 ; admis le 14 mai 1718 aux États de Bourgogne ; marié à Simone de Beaurepaire, fille de Gaspard, et d'Anne d'Hénin-Liétard, dont postérité ;

2) Jean-François de Laurencin, chevalier sg^r d'Avenas et du Sauzay, chevalier de Saint-Louis, marié le 5 février 1747 à Hélène de Faultrières, fille de Michel, chevalier, exempt des gardes du corps, mestre de camp, Lieutenant de Roi en Bourgogne, et d'Anne de La Tour et Taxis, dont :

> A) Pierre-Louis de Laurencin, chevalier, sg^r d'Avenas, du Sauzay, né le 16 août 1749, officier au régiment de Normandie, ép. à Lyon le 9 janvier 1774, Claudine de La Font de la Rolle, fille de Laurent, sg^r de Chasselay, et de Françoise Barjot, dont :
>
> > a) Aimée de Laurencin, née à Lyon le 25 juin 1776, entrée à Saint-Cyr le 17 novembre 1784.

3) Pierre-Antoine de Laurencin, chevalier, Lieutenant de Roi à Phalsbourg, marié le 5 avril 1723 à Claudine-Gabrielle Peregaud de Roussel ; il fut l'aïeul de Charles, entré à l'école militaire en 1783, et d'Hélène, entrée à Saint-Cyr le 6 octobre 1787 ;

4) Marc-Antoine de Laurencin, chevalier, bapt. à Beaufort-en-Franche-Comté le 15 novembre 1691 ; il a formé une branche encore représentée de nos jours en cette province et en Algérie, et alliée récemment aux Bellet de Tavernost.

Cf. : Chérin : 118 ; Dossiers bleus, 386 ; Carrés d'Hozier : 376 ; Cabinet d'Hozier : 208 ; Nouveau d'Hozier : 205 ; *Preuves de Saint-Cyr et de l'École militaire. Généalogies inédites* de feu M. O. de Viry. *La généalogie des Laurencin établie par cet auteur sera sans doute un jour intégralement publiée ; notre étude n'en comportait pas tout le développement.*

LE CLERC DE LA VERPILLIÈRE

D'argent au chevron de gueules accompagné de trois annelets de sable.
alias, suivant les Lettres Patentes de 1674, *au chevron brisé.*

JACQUES-CATHERIN LE CLERC DE LA VERPILLIÈRE

Cette famille originaire de Paris est issue de :

I. Claude-Jean LE CLERC, écuyer, sg^r DE FRESNE, Lieutenant de Roi à Laon, puis à La Fère, capitaine de chevau-légers, puis gentilhomme de la maison du Roi ; il reçut le 1er décembre 1674 des Lettres Patentes enregistrées en 1680, le confirmant dans sa noblesse, et l'anoblissant en tant que de besoin comme ayant toujours vécu noblement, et n'ayant jamais épargné ni sa vie, ni ses biens, pour le service du Roi, notamment de 1641 à 1651. Il avait épousé, à Paris, p. c. du 13 décembre 1652, Marie Durandeau, dont :

> 1) Jacques, qui suit ;
> 2) Claude-Jean, écuyer, sg^r de Champigny, † à Lyon le 11 novembre 1750, capitaine au régiment Lyonnais, commandant pour le Roi le château de Pierre-Scize, chevalier de Saint-Louis ; ép. p. c. du 31 août 1726, Françoise Goulard, fille de Pierre, bourgeois de Lyon, et de Marie Degras, dont :
>> A) Jacques-Marie Le Clerc de Champigny, écuyer, né à Lyon le 20 juin 1727, capitaine au régiment de Royal-Piémont ;
>> B) Marie-Claire, née à Lyon le 28 juin 1728.
> 3) Michel, écuyer, sg^r de Fraizière ;
> 4) Charles, écuyer, sg^r de Fresne ;
> 5) Marie-Anne Le Clerc de Fresne.

II. Jacques LE CLERC DE FRESNE, écuyer, sg^r de La Verpillière (p. acq. du 17 mai 1726 de noble Pierre Presle, écuyer, sg^r du dit lieu et l'Écluse, ancien Échevin de Lyon), né vers 1667, † à Lyon le 6 novembre 1747 ; Lieutenant de Roi de la province de

Guyenne, Gouverneur de Fécamp, capitaine des gardes de Mgr le Duc de Villeroy ;
Major de la ville de Lyon, chevalier de Saint-Louis ; ép. Marie-Isabelle de Thosse, née
à Anvers, naturalisée en mars 1728, fille de Pierre de Thosse, et de Christine Arest,
dont :

1) Charles-Jacques, qui suit ;
2) Louis Le Clerc de Fresne, chevalier, né vers 1709, † à Lyon le 21 mars 1769,
   capitaine des grenadiers au régiment Lyonnais, chevalier de Saint-Louis ;
3) Marie-Aline, religieuse au couvent de Sainte-Élisabeth de Lyon.

III. Charles-Jacques LE CLERC DE FRESNE, chevalier, sgr de La Verpillière, et
La Sarra (p. acq. du 25 mars 1769, d'Antoine Maindestre, chevalier), capitaine au
régiment Lyonnais, Lieutenant de Roi de la province de Guyenne, Gouverneur de
Fécamp, Major de la ville de Lyon, chevalier de Saint-Louis, Prévôt des marchands
de Lyon de 1764 à 1771 ; ép. p. c. du 15 novembre 1734 Catherine de Boisse, fille
d'Antoine-Joseph, chevalier, capitaine des forces de la ville de Lyon, et de Suzanne-
Françoise Perrichon, dont la mère était Olivier de Sénozan ; dont :

1) Jacques-Catherin, qui suit ;
2) Camille-Charles Le Clerc de Fresne, chevalier, bapt. à Lyon le 27 février
   1741, † ayant testé à Lyon le 6 juillet 1784. Il fut reçu chanoine du chapitre
   noble d'Ainay le 10 juillet 1753, sur preuves remontant à Claude-Jean, son
   bisaïeul ; il abandonna ensuite son canonicat pour une lieutenance au régiment Lyonnais ; devint colonel du régiment de l'Ile Bourbon, Gouverneur de
   Pondichéry, et chevalier de Saint-Louis.
   Il fut le père de Camille-Pondichéry Le Clerc de Fresne, dont les descendants sont en Bretagne.

IV. *Jacques-Catherin* LE CLERC DE FRESNE DE LA VERPILLIÈRE, chevalier, sgr de La Verpillière, Irigny, Varissan, Montgelas, la Sarra, etc., bapt. à Lyon le 1er novembre 1738,
† en émigration à Hambourg en 1794 ; Lieutenant de Roi de la province de Guyenne,
Major de la ville de Lyon, chevalier de Saint-Louis, comparant à Lyon en 1789 ;
ép. à Lyon, p. c. du 24 janvier 1764, Marie-Gabrielle Croppet d'Irigny, fille de Jean-
Baptiste-Louis, chevalier, sgr d'Irigny, Varissan, baron de Marzé, Bagnols, etc., et de
Marie-Anne Hesseler de Bagnols (fille elle-même du baron de Bagnols, conseiller d'honneur en la Cour des monnaies de Lyon, et de Jeanne-Marguerite Pupil de Myons) ; dont :

1) André-Jean-Baptiste, qui suivra ;
2) Marie-Anne-Charlotte Le Clerc de La Verpillière, dame de la Sarra, bapt. à
   Lyon le 13 octobre 1765, † à Lyon le 11 décembre 1846 ; ép. le 28 décembre
   1784, Jean-Pierre-François Catalan, chevalier, sgr de La Sarra et de
   Longchêne, conseiller du Roi en ses Conseils, Avocat général au Parlement

de Dombes, Lieutenant général en la sénéchaussée de Lyon, Trésorier de France en 1778 et Procureur du Roi au Bureau des Finances ; veuf de Célestine de Trémouïlle, et fils d'Antoine Catalan, écuyer, contrôleur des offices de bouche, Maître d'hôtel de S. M. Catholique, et de Marianne Lecheu.

V. André-Jean-Baptiste-François Le Clerc, chevalier, marquis DE LA VERPILLIÈRE, né à l'Hôtel de Ville de Lyon le 5 mars 1770, conseiller municipal de Lyon de 1804 à 1810, maire de Lagnieu ; chevalier de Saint-Louis au titre de marquis de La Verpillière (1815); marié à Lyon le 5ᵉ jour complémentaire, an III, à Clotilde-Sibylle Guinet de Montverd, fille d'Antoine, chevalier, capitaine au régiment de Cambrésis, et de Marie-Claudine Bruyère, dont entre autres :

1) Gabriel-Barthélemy, né à Lyon le 17 février 1799, † à Lagnieu le 3 juin 1818, lieutenant au 5ᵉ hussards ;

2) Jean-Baptiste-Charles, qui suit ;

3) Pauline-Françoise, née à Lyon le 9 frimaire an X, † le 9 février 1864 ; ép. à Lyon le 4 septembre 1821, Louis-Nicolas-Philibert-Antoine Poncet, chevalier de Maupas, né à Châlon le 15 germinal an IV, officier de cavalerie, fils du baron Antoine-François, maréchal de camp, et de Gabrielle Perruchot.

VI. Charles-Jean-Baptiste Le Clerc, marquis DE LA VERPILLIÈRE, né à Lyon en 1800, † à Lagnieu, le 31 janvier 1866, maire de Lagnieu ; ép. à Priay (Ain), le 5 juillet 1836, Charlotte-Victorine Hubert de Saint-Didier, fille de Balthazar-Augustin, et de Claudine-Marie-Étienne-Hyacinthe Agniel de Chênelette, dont, entre autres :

1) Théodore-Pamphile, qui suit ;

2) Gabriel, né à Lagnieu le 10 novembre 1844, † à Lagnieu le 25 mars 1872, officier d'Infanterie ;

3) Pauline, née à Lagnieu, le 22 janvier 1841, ép. à Lagnieu le 5 septembre 1865 Alphonse-Bruno de Garnier des Garets, Lieutenant-colonel pendant le siège de Belfort, né à Saint-Julien (Rhône), le 11 janvier 1835, fils de Louis-Antoine-Joseph, et de Suzanne-Marie-Gabrielle d'Ewrard de Courtenay.

VII. Théodore-Pamphile Le Clerc, marquis DE LA VERPILLIÈRE, né à Lagnieu le 9 août 1839, officier de cavalerie démissionnaire, ép. à Angoulins (Charente-Inférieure) le 31 août 1871 Jeanne-Julia-Thérèse-Marie-Élisa Monlun, née à La Rochelle le 13 février 1851, fille de Paul, et d'Élisa Seignette, dont :

1) Paul-René, né à Lagnieu le 16 sept. 1872, † à Rambouillet le 11 janvier 1893 ;

2) Charles, né à Lagnieu le 27 décembre 1875 ; ép. à Vescours (Ain), le 10 juillet 1902, Odette-Mathilde Bonthoux-Laville, née à Vescours le 6 décembre 1881, fille de Georges Bonthoux-Laville, et de Charlotte Saulnier.

LE MAU DE TALANCÉ

*D'azur à la fasce d'argent, chargée de deux trèfles de sinople et accompagné en chef
d'un croissant et en pointe d'un coq d'or*

Louis-Charles LE MAU de TALANCÉ

Originaires de Poligny-Choiseul, près Bar-sur-Seine en Champagne, les Le Mau
établissent leur filiation, depuis :

I. Noble Louis LE MAU, † le 19 mars 1659, élu à Bar-sur-Seine ; ép. Claude
Marquot, dont :

II. Noble Pierre LE MAU, sgr de La Jaisse né le 20 mai 1677, † à Paris en 1745,
chevalier de Saint-Lazare, auteur de l'abrégé de la carte générale de France ; marié
à Barbe Grignon, dont :

    1) Pierre, qui suit ;
    2) Claudine, † en 1789, mariée au baron de Straleinheim, comte de Sarbach,
        chambellan de l'Électeur Palatin ;
    3) Louise-Thérèse, mariée au comte de Mesgrigny.

III. Marin-Pierre LE MAU, écuyer, sgr de la Gontière, La Barre ; secrétaire de
l'Intendant de Lyon Poulletier, secrétaire du Roi près le Parlement d'Aix en 1750,
receveur ancien et alternatif des tailles, deniers communs, octrois, etc. de Villefranche en Beaujolais ; ép. à Denicé le 17 août 1738 Thérèse des Champs de Talancé,
fille de Nicolas, Président à Mortier au Parlement de Dombes, et de Thérèse Chaix,
dont :

    1) Nicolas Le Mau de La Barre, écuyer, sgr de La Barre, bapt. le 16 juillet
        1739, † en 1791, tué à Saint-Domingue ; receveur des tailles du Beaujolais,
        marié à Lyon le 15 mai 1765, à Claire-Louise Dareste de Saconay, fille de
        de Camille, Échevin de Lyon, et de Jeanne Ravachol, dont :

        A) Henri Le Mau de La Barre, écuyer, † en 1791, tué à Saint-Domingue :

B) Benoîte-Victoire-Marine, bapt. à Villefranche le 30 mars 1766, mariée à N. Petit de Meurville ;

C) Charlotte-Françoise, bapt. à Lyon le 5 novembre 1772, mariée à N. du Quesnay.

2) Louis-Charles, qui suivra ;

3) Louis-François, écuyer, bapt. le 3 décembre 1743, † le 17 février 1805, abbé prébenditaire du prieuré de Vernoux-en-Vivarais, puis d'Arnas-en-Beaujolais ;

4) Claude, écuyer, bapt. à Villefranche le 22 février 1752, † le 13 octobre 1836, clerc tonsuré ;

5) Marie-Thérèse, née le 27 décembre 1742, † à La Merlée le 6 septembre 1820, ép. à Villefranche le 14 août 1764 André-Gabriel Gonin de Lurieu de La Rivoire, écuyer, sgr de La Merlée, fils de Jean-Baptiste, écuyer, secrétaire du Roi, et de Benoîte Chovon ;

6) Marie-Françoise, bapt. le 17 août 1745, † le 1er décembre 1804, ép. à Lyon p. c. du 17 février 1765, Paul Gayot-Mascrany de La Bussière, chevalier, fils de Paul, sgr d'Ausserre, capitaine du guet de Lyon, et de Marie Rouvière.

IV. *Louis-Charles* LE MAU DE TALANCÉ, écuyer, sgr du dit lieu, bapt. à Villefranche le 10 octobre 1740, † en 1812 ; capitaine au régiment de Bourbonnais (5 octobre 1767), chevalier-capitaine de guet à Lyon (31 décembre 1778), chevalier de Saint-Louis (1783), comparant à Lyon en 1789, combattant au siège de Lyon, échappé au massacre ; héritier du nom de Talancé, par testament du 18 août 1775, de son oncle des Champs de Talancé ; ép. à Denicé le 18 janvier 1772 Marie-Jeanne Carra de Vaux, fille de Jean, écuyer, sgr baron de Vaux, Directeur de la Monnaie à Lyon, et de Marie Regny, dont :

1) Louis, qui suivra ;

2) Thérèse, née en 1776, † en 1807 ; ép. le 5 brumaire an V Éléonor de Garnier des Garets, chevalier, né le 19 septembre 1770, † le 5 février 1855, officier au régiment de Bourbonnais, chevalier de Saint-Louis, fils de Barthélemy, chevalier, et de Antoinette de Guillermin ;

3) Louise-Françoise-Césarine, bapt. à Lyon le 29 mai 1785, † en 1866, ép. N. Durand, sgr du Meix, Barjon, etc., Garde du corps du comte d'Artois, chevalier de Saint-Louis.

V. Louis-Marie LE MAU DE TALANCÉ. écuyer, bapt. à Denicé, le 13 juin 1773, † en 1822, officier à l'armée de Mgr le Prince de Condé ; ép. : 1° le 28 avril 1805 Thérèse Gayot-Mascrany de La Bussière, † le 17 mai 1806, fille de Paul, et de Marie-Françoise Le Mau de Talancé ; 2° le 7 juin 1807 Pauline de Sirvinges, bapt. à Sevelinges le 1er novembre 1771, fille de Robert de Sirvinges, écuyer, Page de Marie Leczinska, et de Jeanne-Marie Joly de Bévy. Il eut du second lit :

1) Louis-Philibert-Marie, qui suit ;

2) Louise-Aimée, née en 1808, † le 22 décembre 1872, ép. en 1832 Félix, comte de Garnier des Garets, né le 18 décembre 1805, † en 1896, fils de Denis-Félicité, comte de Garnier des Garets, et de Jeanne Dareste de Saconay ;

3) Camille, née en 1810, † en 1840, mariée en 1830 à Édouard de Talode du Grail, né en 1814.

VI. Louis-Philibert-Marie Le Mau de Talancé, né à Denicé (Rhône), le 16 mai 1811, † le 19 novembre 1891 ; ép. à Lyon le 16 juin 1845 Marie-Émilie Bottu de Limas, née le 2 mars 1827, fille d'Abel-Laurent-Marie, et de Suzanne-Louise-Sabine de Ferrus de Plantigny, dont :

1) Joseph-Louis-Marie, qui suivra ;

2) Paul-Louis-Marie de Talancé, né à Denicé le 22 juin 1861, ép. : 1°) à Lyon le 18 juin 1889, Jeanne de Tricaud, née le 23 juin 1866, † à Lyon le 22 mars 1892, fille de Gustave, et de Louise de Vergnette de La Motte ; 2°) le 11 juillet 1895, Marguerite de Surville-Lattier, née le 12 mars 1870, dont :

A) 2e lit : Charles de Talancé, né le 14 novembre 1896.

3) Pauline, née le 11 novembre 1856, religieuse de Sacré-Cœur.

VII. Joseph-Louis-Marie Le Mau de Talancé, né le 17 décembre 1848, Lieutenant-colonel du 5e Cuirassiers ; ép. à Lyon le 14 février 1882 Isabelle Allard de Châteauneuf, née à Oullins (Rhône) le 5 août 1861, fille de Jean-Pierre Allard et de Marie-Louise Grand de Châteauneuf, dont :

1) Robert de Talancé, né le 23 janvier 1884 ;

2) Guy de Talancé, né le 15 juin 1885 ;

3) André de Talancé, né le 7 avril 1888 ;

4) Hubert de Talancé, né le 13 décembre 1896 ;

5) Yvonne de Talancé, née le 18 novembre 1882, ép. à Tours le 27 juin 1904, René, baron de Ferrier de Montal, fils du comte de Ferrier de Montal, et de N. de Rouvraye ;

6) Valentine de Talancé, née le 9 juin 1892.

Cf. : *Communications* du Colonel de Talancé.

LEMOYNE

D'azur au chevron d'or, accompagné de deux soleils du même et d'un croissant d'argent.

Claude LEMOYNE

Les Lemoyne, venus de Dijon à Lyon, remontent à :

I. **Claude Lemoyne**, bourgeois de Dijon, né vers 1621, ép. vers 1650 Marguerite Pelletier, dont :

II. **André-Claude Lemoyne**, établi à Lyon et bourgeois de Paris ; ép. à Lyon : 1°) le 28 avril 1687 Marie-Anne Brillon, † à Lyon le 8 janvier 1689, âgée de 26 ans, fille de Pierre, bourgeois de Lyon, et de Marguerite Mégissier ; 2°) le 19 janvier 1690 Marie Chollet, fille de Nicolas, du lieu de La Rochelle, et d'Hélène Garbuzat. Il eut du second lit, entre autres :

1) **Claude**, qui suit ;
2) **Roman-Joseph-Bernard Lemoyne**, bapt. à Lyon le 21 décembre 1698, † à Lyon le 15 mars 1752 ; bourgeois de Lyon et fabricant ; ép. à Lyon p. c. du 31 mars 1731 Pierrette Grimod, fille de Claude, et de Marie Perrin ; dont :

   A) Claude ; B) Marie ; C) Françoise Lemoyne.
3) **Marie-Anne-Catherine**, bapt. le 14 juin 1692, † le 28 octobre 1777 ; ép. à Lyon : 1°) le 19 avril 1712 Jacques Bonjour, fils d'Antoine, et de Rose Pitrat ; 2°) le 8 mai 1725 Jean-Baptiste Vassal, fils de Guillaume, et de Claudine de Madières ;
4) **Marie-Anne-Hélène**, bapt. le 27 avril 1697 ; ép. à Lyon le 6 avril 1723 Mathieu Ferrouillat, fils de Joseph, et d'Angélique Mortier.

III. **Claude Lemoyne**, bapt. à Lyon le 25 septembre 1695, † à Lyon le 15 juillet 1731, fabricant à Lyon ; ép. à Lyon le 26 septembre 1723 Catherine Rat, fille de

Lambert Rat, écuyer, secrétaire du Roi, et de Catherine-Françoise Garnier, dont, entre autres :

IV. Noble *Claude* LEMOYNE, bapt. à Lyon le 9 juillet 1726, † victime de la Terreur sur condamnation du 28 nivôse an II ; Recteur de l'Hôtel-Dieu, syndic de la Chambre de commerce de Lyon, Échevin de Lyon en 1785-86, comparant à Lyon en 1789 ; ép. à Lyon le 12 février 1760 Thérèse-Françoise Tresca, fille d'Alexandre, et de Madeleine Boulay, dont quatre filles, entre autres :

1) Anne-Marie, bapt. à Lyon le 1er décembre 1760, ép. à Lyon le 5 mai 1784, noble Jean-Claude David, Avocat en Parlement, receveur général et particulier du diocèse de Lyon, fils de François-Joseph, bourgeois de Saint-Claude en Franche-Comté, et de Marie-Anne Bouillet ;

2) Geneviève, bapt. à Lyon le 18 novembre 1765, ép. à Lyon le 22 mars 1791 Pierre-François-Gabriel Grassot, écuyer, † à Lyon, guillotiné le 16 décembre 1793, conseiller en la sénéchaussée de Lyon, fils de Pierre-Nicolas, écuyer, et de Catherine Dareste.

LE ROY DU MOLARD

D'azur au chevron d'or accompagné de trois étoiles d'argent

Benoit LE ROY

Jean-Benoit LE ROY du MOLARD

Catherin-Benoit LE ROY de CHAMPFLEURY

Lambert-Pierre LE ROY de JOLIMONT

Originaires de Trévoux, les Le Roy sont issus de :

I. N... Le Roy, père de :

    1) Thomas, qui suit ;

    2) Jehan Le Roy, bourgeois de Trévoux, ép. Claudine Charmon, dont, entre autres :

        A) Antoine Le Roy, bapt. le 13 décembre 1619, † avant 1673 ; praticien à Trévoux, greffier au bailliage de Dombes, secrétaire de la Chambre du Trésor du dit pays ; ép. Marie Butillon, fille de N..., bourgeois de Trévoux, et de Claudine Dufour.

II. Honnête Thomas Le Roy, ép. à Trévoux Guillemette Lespiney, dont, entre autres :

    1) Catherin, qui suit ;

    2) Claudine, bapt. le 13 novembre 1635, † le 17 juillet 1694 ; ép. Me Claude Bruzillet, notaire au bailliage de Dombes ;

    3) Jacqueline, bapt. le 17 décembre 1641 ; ép. Benoît Piarron, maître chirurgien à Villeneuve.

III. Catherin Le Roy, bapt. à Trévoux le 28 mars 1644, † à Trévoux le 24 avril 1680 ; ép. Marie-Ursule Coindat, dont entre autres :

    1) Catherin, qui suit ;

    2) Jacqueline, bapt. le 10 mai 1670, ép. le 7 août 1692 Vincent Blanchery.

IV. M⁰ Catherin LE ROY, né vers 1663, † le 23 avril 1711 ; notaire et procureur au Parlement de Dombes, procureur aux requêtes de Mgʳ le duc du Maine ; ép. Jeanne-Marie Boyat, fille de M⁰ Claude-Joseph, bourgeois de Thoissey, dont entre autres :

1) Jean, qui suit ;
2) Geneviève Le Roy, bapt. le 26 janvier 1705, ép. avant 1749 noble Mathieu Girard, avocat en Parlement et ès-cours de Lyon.

V. Noble Jean LE ROY, sgʳ du Molard (Massieu-en-Dombes), bapt. le 6 mai 1697, † à Caluire le 20 septembre 1776 ; Avocat en Parlement, Conseiller du Roi et son Procureur en l'Élection de Lyon et en la Maîtrise des Eaux et Forêts de la province du Lyonnais, Échevin de Lyon en 1754-55 ; ép. 1°) à Lyon le 26 mai 1729 Claudine Simon, † à Lyon, âgée de 38 ans le 23 septembre 1745, fille de Benoît, bourgeois de Lyon, et d'Élisabeth Perret ; 2°) Marie-Anne Richard, † ayant testé à Lyon le 29 mars 1779. Il laissa, entre autres :

1) *1ᵉʳ lit : Benoît* Le Roy, écuyer, bapt. à Lyon le 23 mai 1737, comparant à Lyon en 1789 ;
2) Jean-Benoît, qui suit ;
3) *2ᵉ lit* : entre autres : Jean Le Roy, écuyer, bapt. à Lyon le 3 juin 1749 ;
4) *Catherin-Benoît* Le Roy de Champfleury, écuyer, bapt. à Lyon le 16 février 1756, comparant à Lyon en 1789 ;
5) *Lambert-Pierre* Le Roy de Jolimont, écuyer, bapt. à Lyon le 20 décembre 1757, clerc du diocèse de Lyon, bachelier de l'Université de Paris, comparant à Lyon en 1789 ;
6) Benoîte-Angélique, bapt. à Lyon le 9 juillet 1753, ép. à Lyon le 19 février 1782 noble Antoine Robin du Verney, sgʳ du Tronchey, Conseiller-correcteur en la Chambre des comptes de Grenoble.

VI. *Jean-Benoît* LE ROY DU MOLARD, écuyer, sgʳ du dit lieu, bapt. à Lyon le 7 août 1744, comparant à Lyon en 1789 ; ép. à Lyon le 3 septembre 1775 Françoise Girard, fille de Jacques, sgʳ engagiste d'Azon en Franche-Comté, et de Benoîte Villiat, dont :

1) Pierre-Michel, écuyer, bapt. à Lyon le 16 juin 1776 ;
2) Marie-Anne, bapt. à Lyon le 27 août 1777.

LEULLION DE THORIGNY

D'azur à l'aigle au vol abaissé d'argent, alias d'or, sur une montagne du même,
fixant un soleil d'or mouvant du franc-canton.
Supports : *Deux lions.*

Louis-Marie de LEULLION de THORIGNY

Cette famille que la tradition fait venir d'Italie est anciennement connue à Lyon,
et issue sur titres de :

I. Antoine de Leullion, Juge et capitaine châtelain de Souzy-L'Argentière,
Procureur d'office de la baronnie d'Yzeron, marié vers 1635 à Florie Berthaud,
dont :

    1) Louis, qui suit;

    2) Jean-Baptiste de Leullion, procureur d'office en la baronnie d'Yzeron, ép. le
        19 octobre 1669, Marguerite Ferlet, d^t p.

II. Louis de Leullion, né vers 1640, † à Lyon le 6 septembre 1693 ; greffier en
chef de la Maréchaussée générale de la Ville de Lyon près le Gouvernement de
Lyonnais ; ép. le 15 février 1670 Claudine Gaillard, † le 6 février 1702, dont huit
enfants, entre autres :

    1) Louis, qui suit ;

    2) Mathieu, bapt. le 1er août 1673, prêtre ;

    3) Antoine, bapt. le 1er août 1673, † à Lyon le 13 novembre 1708, prêtre;

    4) Marianne, bapt. le 5 août 1672, ép. le 5 novembre 1709 Louis Lambert,
        notaire royal à Lyon, fils de Jean, et de Louise de Russy ;

    5) Marie-Hélène, bapt. le 15 avril 1684, ép. à Lyon le 2 février 1717, Pierre
        Buliffon, notaire royal à Chaponay au diocèse de Vienne.

III. Louis de Leullion, bapt. à Lyon le 26 novembre 1675, † le 4 juin 1735 ; procureur ès-cours de Lyon ; ép. à Lyon le 4 juin 1707 Marie Guynand de La Roere.

† le 21 février 1761, fille de N. Guynand, et de Marie de La Roere, dont onze enfants, entre autres :

1) Claude, qui suit ;
2) François, bapt. le 28 mai 1709, licencié ès-droits, ép. à Lyon, p. c. du 23 juillet 1736, Andrée Romieu, fille de Jacques, notaire à Lyon, et de Marie Margaron ;
3) Jeanne-Marie, bapt. le 30 juillet 1710, ép. Bernardin Durand ;
4) Marie, bapt. le 1er juillet 1716, ép. Pierre Fourgeroux, sgr de Malleval, lieutenant particulier en la douane de Lyon à Valence.

IV. Noble Claude DE LEULLION, sgr de Thorigny, La Robardière, etc., bapt. le 11 juin 1708, Avocat ès-cours de Lyon, Maître des Requêtes au Parlement de Dombes (4 juin 1766) ; Procureur du Roi en l'Élection de Lyon ; ép. à Lyon le 22 septembre 1737 Marguerite de Leullion, † à Bessenay, fille de Louis, et de Françoise Remy, dont :

1) Louis-Marie, qui suit ;
2) Joseph-Marie, bapt. le 4 octobre 1743, † à Lyon, s. a. le 9 février 1822, Avocat ès cours de Lyon ;
3) Françoise-Bernardine, bapt. le 18 août 1748, † à Lyon le 15 avril 1827.

V. Noble *Louis-Marie* DE LEULLION DE THORIGNY, écuyer, sgr de Thorigny, bapt. le 21 juillet 1739, † à Bessenay le 10 janvier 1818 ; Lieutenant particulier, assesseur criminel en la sénéchaussée et siège présidial de Lyon (17 avril 1776), faisant fonctions de Lieutenant-général (1778) ; comparant à Lyon en 1789 ; ép. à Lyon le 7 janvier 1766 Élisabeth Bruyas, bapt. à Lyon le 12 avril 1740, fille de Pierre-François Bruyas, sgr de la Chance, avocat ès-cours de Lyon, et d'Élisabeth Paradis, dont, entre autres :

1) Philippe-Marie-Élisabeth de Leullion de Thorigny, écuyer, bapt. à Lyon le 30 juin 1771, marié à Bessenay le 9 pluviôse an IV à Marguerite-Hélène Bonin-Beaupré, née le 16 juin 1776, † à Tournus (Saône-et-Loire), fille de Pierre, et d'Hélène Bravet, dont :

A) Louis-Marie-Élisabeth de Leullion de Thorigny, † s. p. au service en Algérie en 1838 ; sorti de l'École des pages, lieutenant aux Gardes du corps de la compagnie de Luxembourg (1814) ; colonel de cavalerie : ép. Nanine Bocher, sœur de Gabriel Bocher, bibliothécaire des princes d'Orléans ; son contrat de mariage fut signé aux Tuileries le 10 janvier 1828 par le Roi et la famille royale ;

B) Pierre-François-Élisabeth-Tiburce de Leullion de Thorigny, né à Bessenay le 8 thermidor an VI, † au château de Pont (Indre-et-Loire) le

20 janvier 1869 ; Avocat général à Paris, Premier Président de la Cour d'Amiens, Ministre de l'Intérieur, sénateur, commandeur de la Légion d'honneur ; ép. : 1°) Marie-Césarine Rozet ; 2°) en 1843 Marie-Françoise-Zulmée Languillé, † à Pont, le 23 janvier 1869. Il a laissé :

    a) *1er lit* : Alice de Thorigny, † à Lyon en 1903 ; ép. Edgard, comte de Saint-Phalle, † à Montluel en 1904 ;

    b) *2d lit* : Anna-Emma-Marie de Thorigny, née le 9 août 1848, ép. le 21 septembre 1871 Albert Picot, comte de Moras.

2) François-Bernardin-Louis, qui suit ;

3) Marie-Anne de Leullion de Thorigny, née en 1773, † à Lyon en décembre 1865 ; ép. à Bessenay le 23 octobre 1787 François Perret, écuyer, conseiller en la Cour des monnaies de Lyon, fils d'Antoine Perret et de Catherine Dareste.

VI. François-Bernardin-Louis DE LEULLION DE THORIGNY, écuyer, bapt. à Lyon le 10 décembre 1775, † à Bessenay le 11 avril 1845, maire de Bessenay, conseiller général, chevalier de la Légion d'honneur, Député du Rhône ; ép. à Lyon le 4 août 1809 Marie-Étiennette Gazanchon de Chavannes, née à Lyon le 22 décembre 1782, † à Bessenay le 8 avril 1868 ; fille d'Étienne, ancien capitaine de la Grande Fauconnerie de France, et de Madeleine Nesmes, dont :

1) Louis-Marie-Étienne-Marius, qui suit ;

2) Étienne-Frédéric-Séverin de Leullion de Thorigny, né à Lyon le 4 mai 1813, † au château de La Roullière, le 16 juin 1865 ; ép. à Lyon le 30 mars 1846, Marguerite Pupier de Brioude, † à La Roullière, fille de Jean-Baptiste, et Claudine-Antoinette du Bessey de Villechaize, dont :

    A) Louise-Marie-Julie-Antoinette, bapt. le 6 mai 1850, ép. N... Dupré.

VII. Louis-Marie-Étienne-Marius DE LEULLION DE THORIGNY, né le 27 décembre 1810, † à Lyon le 27 octobre 1857 ; officier d'artillerie, chevalier de la Légion d'honneur ; ép. à Chasselay le 10 juillet 1844 Louise-Stéphanie Morand de Jouffrey, née à Lyon le 9 avril 1821, † à Thorigny le 19 janvier 1896, fille d'Aimé-Jean-Jacques, substitut du Procureur du Roi à Lyon, et de Marie de Ponthus, dont :

1) Louis-Séverin-Georges de Leullion de Thorigny, né à Lyon le 23 avril 1845, capitaine des Mobiles du Rhône, lieutenant de la Légion Étrangère ;

2) Anatole-Marie-René, qui suit.

VIII. Anatole-Marie-René DE LEULLION DE THORIGNY, né à Lyon le 24 septembre 1851, Lieutenant d'artillerie en 1870 ; marié à Cogny le 10 octobre 1883 à Louise-

Honoré-Marie Morel de Voleine, née le 21 octobre 1857, † à Thorigny le 9 décembre 1893, fille de Claude-Louis-Bon Morel de Noleine, et de Claire-Louise-Rosalie Mazuyer, dont :

1) Louis-Marie-George de Leullion de Thorigny, né à Saint-Quentin (Isère), le 4 juillet 1886 ;

2) Anne-Marie-Louise de Leullion de Thorigny, née à Lyon le 29 juillet 1884 ;

3) Marie-Élisabeth de Leullion de Thorigny, née à Saint-Quentin (Isère) le 31 août 1887.

Cf : *Communications* du comte de Thorigny.

LE VISTE DE MONTBRIAN

De gueules à la bande d'argent chargée de trois croissants d'azur.
Cimier : *Un vol banneret.*

Louis LE VISTE, comte de MONTBRIAN
Joseph LE VISTE de BRIANDAS
Louis LE VISTE, chevalier de BRIANDAS

Les Le Viste de Montbrian ne doivent pas être confondus avec une ancienne famille consulaire qui dès le xive siècle donna à Lyon des conseillers de ville, s'illustra ensuite dans les Parlements, la Cour des Aides, etc., s'allia aux Varey, Nanterre, Balzac, Chabannes, Briçonnet, Robertet, etc., et s'éteignit au xvie siècle. Les Le Viste de Montbrian, considérables d'ailleurs, et portant des armes analogues à celles de la famille consulaire, mais dont le point de jonction avec celle-ci ne fut jamais établi, sont issus de :

I. Noble Jean LE VISTE, sgr de Briandas, capitaine de Trévoux et Beauregard (30 mars 1592), marié à Gabrielle Philippe, dont :

II. Claude LE VISTE DE BRIANDAS, écuyer, lieutenant particulier au bailliage de Dombes (31 mars 1602) ; ép. à Lyon p. c. du 31 octobre 1603 Marguerite Lorens, fille de noble André, sgr de La Sarra, et de Jeanne Bornicard, dont :

III. Jean LE VISTE DE BRIANDAS, écuyer, sgr de Briandas et de Montdemango, † à Lyon le 16 septembre 1658, conseiller au Parlement de Dombes (10 juillet 1629), capitaine des chasses de la souveraineté de Dombes (20 août 1646), Intendant général de la principauté de Dombes ; ép. : 1° le 23 juin 1629 Léonore Cholier, fille d'Alexandre, Échevin de Lyon, et d'Anne de Serracin ; 2° à Lyon, le 28 mars 1645, Marie Thorel, fille de Gaspard, conseiller en la sénéchaussée de Lyon. Il eut du second lit, trois fils et trois filles, entre autres :

    1) Gaspard, qui suit ;

    2) Jeanne-Françoise, bapt. le 24 juin 1649, ép. p. c. du 14 avril 1684,

Antoine Charrier, chevalier, sg^r de La Barge, baron de Sandrans, fils de Jean, et de Marie Gayot.

IV. Gaspard Le Viste, écuyer, sg^r de Briandas, et de Montdemango, bapt. à Lyon, le 4 mars 1646 ; conseiller de S. A. S. en son Conseil d'État, et son Maître des Requêtes au Parlement de Dombes (25 novembre 1698) ; ép. à Lyon le 7 janvier 1698 Jeanne Cholier, fille de Daniel, écuyer conseiller en la sénéchaussée de Lyon, et de Geneviève Amyot ; dont trois fils et deux filles, entre autres :

1) Daniel, qui suivra ;
2) Joseph, chevalier, bapt. à Trévoux le 11 février 1702, capitaine au régiment de Normandie (1723).

V. Daniel Le Viste, chevalier, bapt. à Lyon le 14 octobre 1698, sg^r de Briandas, Chaleins, Ouroux, La Plagne, Montdemango, Montbrian, toutes terres érigées en comté de Montbrian par le Prince de Dombes, en août 1756. Il fut le 1er juin 1735, chevalier d'honneur près le Parlement de Dombes, Grand Bailli d'épée et commandant pour le Prince dans la Souveraineté de Dombes ; ép. à Trévoux, p. c. du 1er octobre 1724, Marie Bellet de Tavernost, née en 1700, fille de Nicolas, Premier Président au Parlement de Dombes, et de Marie Dugas de Bois-Saint-Just ; dont quatre fils et deux filles, entre autres :

1) Louis, qui suivra ;
2) *Joseph* Le Viste de Briandas, écuyer, né à Trévoux le 8 novembre 1732, † à Lyon le 28 décembre 1793, victime de la Révolution ; lieutenant d'artillerie en second (1er janvier 1757) ; lieutenant en 1er (le 25 mars 1760), capitaine en second (le 15 octobre 1765), capitaine de sapeurs (20 avril 1768), capitaine de bombardiers (24 novembre 1770), chevalier de Saint-Louis (15 décembre 1772), capitaine de canonniers (12 août 1773), retraité (le 8 avril 1779), comparant à Lyon en 1789 ; distingué comme officier du génie au siège de Lyon ;
3) *Louis-Marie-Anne* Le Viste, chevalier de Briandas, né à Trévoux le 16 juin 1738, † avec son frère à Lyon le 28 décembre 1793, victime de la Révolution ; lieutenant au régiment de Champagne-Infanterie (le 16 janvier 1757), capitaine (le 6 novembre 1771), commandant la Compagnie-colonelle (3 juin 1779), chevalier de Saint-Louis (24 juin 1780), retraité (12 avril 1787) ; comparant à Lyon en 1789, distingué au siège de Lyon comme officier du génie,
4) Pierre-Marie, capitaine d'artillerie, † victime de la Révolution à Lyon ;
5) François-Marie, capitaine au régiment de Champagne, † victime de la Révolution à Lyon.

VI. *Louis* LE VISTE DE BRIANDAS, chevalier, comte DE MONTBRIAN, dit M. de Chaleins, du vivant de son père; capitaine au régiment de Boulonnais, chevalier d'honneur
au Parlement de Dombes, Bailli d'Épée de Dombes (10 mai 1757), et Grand Sénéchal de Dombes, etc. Il rendit hommage le 11 août 1778 pour le comté de Montbrian,
comparut à Lyon en 1789, et mourut, comme ses frères, victime de la Révolution le
8 nivôse an II; ép. à Trévoux le 18 janvier 1755 Marie-Benoîte-Pierrette du Plessis de la Brosse, fille de Jérôme du Plessis de la Brosse, Maître des requêtes au
Parlement de Dombes, et d'Anne Bellet de Prosny, dont :

    1) Jacques, qui suivra;
    2) Suzanne, ép. en juillet 1779 Étienne-Hyacinthe Gayot de Mascrany, che-
       valier, comte de Châteauvieux, né à Neuville-sous-Ain le 4 septembre 1746,
       † à Lyon, guillotiné le 28 décembre 1793, fils de Jean-François, et de
       Anne-Geneviève Agniel de Chênelette;
    3) Mme du Villars;
    4) Mme Henri de Viennot de Vaublanc.

VII. Jacques-Marie-Gabriel-Suzanne LE VISTE DE BRIANDAS, comte DE MONTBRIAN,
né à Trévoux le 24 mars 1773, † le 31 janvier 1854 ; ép. à Chasselay le 30 pluviôse
an VIII Sabine Mayeuvre de Champvieux, fille de Dominique, écuyer, Avocat général au Conseil supérieur de Lyon, et de Marie Rigod de Terrebasse ; dont :

    1) Charles, qui suivra ;
    2) Gabrielle, † s. a. à Paris le 1er juin 1874, âgée de 65 ans ;
    3) Suzanne, † s. a. à Champvieux le 28 juin 1883, âgée de 71 ans.

VIII. Charles LE VISTE DE BRIANDAS, comte DE MONTBRIAN, † le 20 septembre
1859 ; ép. Aimée de Garnier des Garets, † le 3 septembre 1891, fille Prosper, comte
des Garets, et de Marie-Laure-Justine Chosson du Colombier.

IX. Vincent-Louis-Marie LE VISTE DE BRIANDAS, comte DE MONTBRIAN, né vers 1855
† à Paris le 22 juillet 1899 ; ép. à Paris le 9 octobre 1893 Pauline-Marie-Ignès de
Biliotti, fille de Raoul, marquis de Biliotti, et de Marie-Victoire-Marthe d'Arbelles.

Cf. Chérin : vol. 210 (*Généalogie dressée le 16 mars 1788*); Dossiers bleus : 676.

LORAS

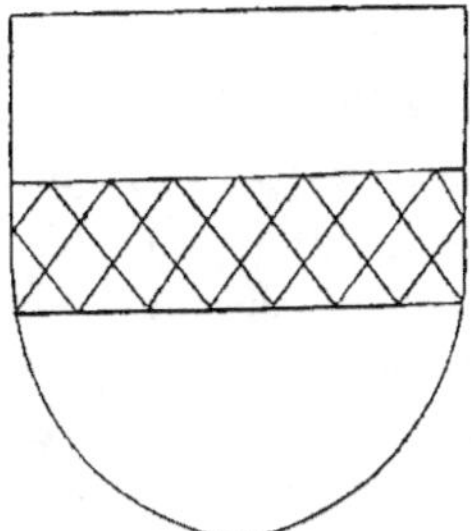

De gueules à la fasce losangée d'or et d'azur.
Supports : *Deux anges.*
Devise : *Un jour l'auras.*

Louis-Catherine, marquis de LORAS

L'antique maison de Loras tire son nom de la terre de Loras en Dauphiné ; elle a possédé les fiefs de Montplaisant, Saint-Marcel, Belaccueil, Pollionay, Beauregard, Chamagnieu, La Merlée, etc. Parmi ses illustrations elle compte Anthelme de Loras, chevalier croisé en 1109 ; Louis, croisé en 1248 ; Louis de Loras, tué à Crécy en 1346 ; Claude et Jean tués à Verneuil (1424) ; Gaspard, combattant à Pavie ; un grand nombre de chevaliers de Malte et de l'ordre du Roi ; des gentilshommes de la Chambre, un député de la Noblesse du Lyonnais aux États Généraux de 1789, etc.

D'après les titres produits à Chérin en 1786, la filiation suivie des Loras s'établit depuis Louis de Loras, chevalier, cité dans une quittance donnée le 25 avril 1369 à Guyonnet, son fils. Son petit-fils Jean de Loras fut père de Claude et d'Antoine de Loras.

Claude continua la lignée des premiers sg^{rs} de Belaccueil, éteinte avec son fils Aymar de Loras, marié à Claude de Virieu, † s. p.

Antoine de Loras, frère de Claude, fut père de :

V. Guigues de Loras, chevalier, sg^r de Loras, ép. à Crémieu par traité du 6 avril 1485 noble Claude Botuti, fille de noble Jean. Il testa le 7 mars 1504, et fut père de :

    1) Gaspard, qui suit ;
    2) Claude, destiné à être chevalier de Malte (7 mars 1504).

VI. Noble Gaspard, sg^r de Loras, ép. p. c. du 19 octobre 1518 Loyse Buffavante de Buffières, fille de noble Jean, sg^r de Buffières. Il testa le 12 décembre 1559, laissant :

    1) Abel, qui suit ;

 2) Jeanne, ép. noble Loys Laure, sg^r de Brotel ;

 3) 4) Huguette et Hélène, religieuses.

VII. Abel DE LORAS, chevalier, sg^r de Montplaisant, Belaccueil, Saint-Marcel, etc., chevalier de l'ordre du Roi, etc. Il testa le 5 novembre 1605, et avait épousé : 1°) Antoinette de Loras, fille de noble Claude de Loras, petite-fille de noble Loys, et arrière-petite-fille de noble Pierre de Loras. Elle était d'une branche dont le point de jonction n'avait pas été fourni à Chérin ; 2°) à Versillieu, p. c. du 2 novembre 1560 Méraulde Rabot, fille de Laurent, conseiller au Parlement de Grenoble, et de Clémence d'Avrilliat [d'Aurillac]. Il eut :

 1) du *1er lit* : Emonde de Loras, ép. Foulques d'Avrilliat, sg^r de Versillieu ;

 2) Claudette, † avant 1605, ép. p. c. du 29 août 1583 Loys de Coignoz, fils de noble Gilles, sg^r de Crapponoz ;

 3) *2e lit* : entre autres : Abel, qui suit.

VIII. Abel DE LORAS, chevalier, sg^r de Chamagnieu, etc., gentilhomme ordinaire de la Chambre du Roi (20 décembre 1625), chevalier de l'Ordre du Roi ; ép. à Lyon, p. c. du 28 avril 1592 Marguerite du Pré, dame de Chamagnieu, fille de noble François, écuyer, sg^r de Chamagnieu, dont :

 1) Arthur, qui suit :

 2) Ennemond de Loras, chevalier, sg^r de Verna, maître d'hôtel ordinaire du Roi, charge dont il prêta serment le 1er décembre 1649 ;

 3) Jeanne, mariée à noble Gaspard Alleman, sg^r de Montmartin ;

 4) Anne-Catherine, mariée à noble Guillaume Armuet, sg^r de Bonrepos.

IX. Arthur DE LORAS, chevalier, sg^r de Chamagnieu, etc., chevalier de l'Ordre du Roi, commissaire des États du Dauphiné, gentilhomme de la Chambre du Roi, testa à Chamagnieu le 28 septembre 1640 ; ép. à Lyon p. c. du 21 octobre 1625 Claire de Villars, fille de Balthazar, chevalier, conseiller d'Etat, Premier Président au Parlement de Dombes, et de Louise de Langes ; dont, entre autres :

 1) François de Loras, chevalier, † s. p. ;

 2) Pierre-Gaspard de Loras, chevalier, sg^r de Montplaisant et Chamagnieu, marié le 24 janvier 1655 à Anne-Marie de La Poype, fille de Melchior, chevalier, sg^r de Saint-Julien, dont :

  A) Louis de Loras, chevalier, sg^r de Montplaisant, né le 4 janvier 1666 ; page de la Grande Écurie du Roi (28 décembre 1682), capitaine au régiment de Guiche, Commandant l'arrière-ban du Dauphiné (16 mai 1696), marié p. c. du 11 avril 1699 à Anne de Rigaud de Serézin, fille d'Antoine, chevalier, baron de Champdieu, et de Rosalie de Laigue ;

B) Melchior de Loras, Doyen de l'Église de Saint-Chef, vicaire général
de Vienne ;

C) Charles de Loras, chanoine sacristain de l'Église de Saint-Chef.

3) Abel de Loras, chevalier, sg^r de Belaccueil, lieutenant colonel du régiment
de Royal-Piémont Cavalerie ;

4) Louis, qui suit ;

5) Louise, ép. p. c. du 25 avril 1649 Octavien de Chaponay, chevalier, baron de
Morancé, fils de Bertrand, et de Virginie Edme de Saint-Julien.

X. Louis DE LORAS, chevalier, sg^r de Chamagnieu, baron de Pollionay, commissaire de la Noblesse du Dauphiné (4 octobre 1661), grand prieur de l'ordre de
Saint-Lazare et de Notre-Dame du Mont-Carmel en Lyonnais (30 octobre 1664)
commandeur de l'Ordre (10 juin 1666) ; ép. 1°) Laurence de Gratel de Gragnieu :
2°) p. c. du 19 avril 1678 Marie David, fille de noble Louis, sg^r de La Tour. Il
laissa :

1) 1er lit : Claude, chevalier, capitaine au régiment de la Chénelaye ;

2) 2e lit : Pierre-Anne, chanoine de Saint-Maurice ;

3) Gaspard, qui suit ;

4) Louis, tige des barons du Saix ;

5) Melchior, lieutenant au régiment de Royal-Vaisseaux ;

6) Louise ; 7) Laurence ; 8) Gabrielle de Loras, religieuses.

XI. Pierre-Gaspard DE LORAS, chevalier, baron de Pollionay, sg^r de Chamagnieu,
La Tour, etc., capitaine de cavalerie au Régiment de Villeroy, chevalier de Saint-
Louis, testa à Lyon le 16 août 1746 ; ép. à La Merlée le 14 octobre 1726, Marguerite
du Palais de la Merlée, fille de Joseph, chevalier, sg^r de la Merlée et de Louise
Cochardel, dont :

1) François-Melchior, chevalier, marquis de Loras, Lieutenant au régiment
Royal-des-Vaisseaux ;

2) Louis-Catherine, qui suivra ;

3) Louise-Hilaire, ép. à Lyon p. c. du 23 avril 1750 Jean-Antoine de Charpin.
chevalier, comte de Génetines, sg^r d'Ogerolles, major au régiment de Condé,
chevalier de Saint-Louis ;

4) Louis-Charlotte, ép. à Lyon les 30 avril-1er mai 1754 Barthélemy-Léonard
Pupil de Myons, chevalier, Premier Président de la Cour des Monnaies de
Lyon (1770), Lieutenant général au|Présidial de Lyon, ✝ à Venise, s. p. en
1807, fils de Barthélemy-Jean-Claude Pupil de Myons, chevalier, sg^r de
Myons, Premier Président de la Cour des Monnaies de Lyon, et de Catherine de Sève de Fléchères.

XII. *Louis-Catherine* DE LORAS, chevalier, marquis de Loras, baron de Pollionay, sg^r de Belaccueil, Montplaisant, etc., né le 24 avril 1725, † à Lyon, victime de la Terreur le 6 décembre 1793; reçu chevalier de justice de l'ordre de Malte (11 janvier 1745), commandeur de l'Ordre; capitaine au régiment de Bretagne, comparant à Lyon en 1789. Il était seigneur des premiers châteaux incendiés en 1789 par la populace en Lyonnais et Dauphiné; ép. à Paris le 12 mars 1767 Adélaïde-Sophie Berthelot de Baye, née le 15 décembre 1749, fille de François, chevalier, baron de Baye, Lieutenant général des armées du Roi, commandeur de Saint-Louis, Grand Bailli de Saint-Dié, et d'Élisabeth Rioult de Cursay; dont :

    1) François-Marie de Loras, chevalier, né à Lyon le 13 août 1768;

    2) Bartélemy-Hippolyte de Loras, chevalier, né à Lyon le 13 décembre 1769;

    3) Louis-Charles, qui suit.

XIII. Louis-Charles DE LORAS, chevalier, marquis de Loras, né à Lyon le 6 février 1771; marié en 1808 à Mlle de Rigaud de Serézin, fille du marquis de Serézin et de Mlle de Menthon, dont :

    1) N..., fils, † jeune;

    2) et 3) deux filles religieuses;

    3) Henriette-Pétronille de Loras, † dernière du nom le 28 juillet 1850; ép. le 6 août 1832 Antoine-Charles-François d'Auberjon, marquis de Murinais.

BRANCHE DU SAIX

XI. Louis DE LORAS DE POLLIONAY, chevalier, baron DU SAIX, capitaine au régiment de Conti, Lieutenant des maréchaux de France en Bresse, Bugey, Gex et Valromey, chevalier de Saint-Louis et de Saint-Lazare; ép. Frédérique de Garnier de Saint-Laurent [remariée à Jean-Antoine de Gruel, sg^r du Martenay], dont :

    1) Louis, qui suit;

    2) Marie-Melchior, chevalier, né à Lyon le 20 décembre 1723;

    3) Louis-Rosalie-François, chevalier, né à Lyon le 25 août 1725; capitaine au régiment Royal des Vaisseaux. Il fit le 29 août 1740 ses preuves pour être reçu chevalier de justice de l'ordre de Malte;

    4) Charles-Abel de Loras, chevalier, né le 30 décembre 1736; capitaine au régiment du Roi-Infanterie (2 février 1760), retraité en 1766; ministre près le Roi de Sardaigne, chevalier de Malte, commandeur de Tortebesse, puis commandeur de Montchamp, et Grand-Croix de l'Ordre de Malte en 1789 (commanderie de Saint-Georges, bailliage de Malte, Langue d'Auvergne), mentionné à ce titre dans l'Almanach de Lyon de 1789;

5) Josèphe-Catherine, ép. 1°) Philibert d'Arestel, chevalier; 2°) p. c. du 17 décembre 1754 François de Guillet, baron de Monthoux, sg^r d'Annemasse, veuf de Catherine de Seyssel, et fils d'Henry, et de Françoise de Compey.

XII. Louis-Claude DE LORAS, chevalier, comte DE LORAS, baron du Saix, etc., chevalier de Saint-Louis, lieutenant des maréchaux de France en Bresse; ép. à Fénoyl, p. c. du 16 mars 1757 Claudine de Gayardon, fille de Laurent-Charles, chevalier, marquis de Fénoyl, sg^r de Tiranges, etc., et de Madeleine Laisné.

Nous n'avons indiqué ici que la filiation qui fut en 1786 établie sur titres par devant Chérin. Les généalogistes indiquent d'autres branches; nous nous en sommes tenus à celle dont la jonction fut rigoureusement établie.

Cf. : Chérin : vol. 123.
Rivoire de La Bâtie : *Armorial du Dauphiné*.

MAINDESTRE DE LA SARRA

D'or au dextrochère au naturel tenant une rose de gueules tigée et feuillée de sinople ; au chef d'azur chargé de trois étoiles d'argent.

Jean-François MAINDESTRE de LA SARRA

Cette famille est originaire d'Orléans où on trouve Catherine Maindestre, veuve le 30 janvier 1629 de Claude Rousse, notaire au Châtelet d'Orléans. Fixés et enrichis à Lyon, les Maindestre établissent leur filiation depuis :

I. Étienne MAINDESTRE, bourgeois d'Orléans, † avant le 13 août 1703, ép. Marie Feurrat, dont, entre autres :

II. Noble Étienne MAINDESTRE, sgr de La Sarra, né vers 1675, † avant le 8 février 1751 ; banquier à Lyon, Échevin de cette ville en 1726-27 ; ép. à Lyon le 13 août 1703, Geneviève de Madières, fille de Pierre, bourgeois de Lyon, et de Jacqueline Le Roy ; dont, parmi douze enfants :

1) Antoine, qui suit ;
2) Pierre Maindestre, écuyer, bapt. à Lyon le 2 août 1718, ép. Marguerite Regnel, †à Lyon le 10 février 1787, âgée de 62 ans, fille de Philippe, banquier à Lyon, et d'Hélène Curiat, dont cinq enfants, entre autres :
   A) Geneviève-Hélène, bapt. à Lyon le 28 juin 1749, † le 23 septembre 1787 ; ép. à Lyon le 20 décembre 1774 Claude Fructus, intéressé dans les affaires du Roi, fils de Jean-Joseph, du lieu d'Avignon, et de Jeanne-Thérèse Michel.
3) Marie-Louise, bapt. à Lyon le 23 octobre 1720 ;
4) Marie-Anne, bapt. à Lyon 26 février 1724, † à Lyon le 1er thermidor an VII ; } religieuses ursulines à Lyon.
5) Étienne-César (fille), bapt. le 30 juin 1725.

III. Antoine MAINDESTRE, chevalier, sgr DE LA SARRA, né à Lyon le 3 mars 1707, † à Lyon le 23 août 1779 ; Trésorier de France à Lyon (8 mai 1747) ; ép. à Lyon p. c.

du 21 avril 1743 Simone Tolozan, fille d'Antoine, écuyer, sg^r de Montfort, secrétaire du Roi, et de Benoîte Gesse de Poisieux, dont huit enfants, entre autres :

1) Jean-François, qui suit ;

2) Pierre-Antoine Maindestre de La Luyère, écuyer, né à Lyon le 24 mai 1747, Prieur de Vion, vicaire général de Châlons encore en fonctions en 1789, chanoine du chapitre noble d'Ainay, sur preuves du 24 août 1765 ;

3) César de Maindestre des Barolles, chevalier, né à Lyon le 12 juin 1749, † à Lyon le 13 janvier 1830, capitaine commandant au régiment de Brie-Infanterie ;

4) Benoîte-Geneviève, née à Lyon le 22 janvier 1744, ép. à Lyon le 28 novembre 1769, Jean-Louis Dugas de Bois-Saint-Just, chevalier, sg^r de Villars, officier aux Gardes-Françaises, né le 3 février 1743, † le 13 mai 1820.

IV. *Jean-François* MAINDESTRE DE LA SARRA, chevalier, né à Lyon le 21 février 1746, † à Lyon, victime de la Révolution le 5 germinal an II ; comparant à Lyon en 1789 ; ép. à Lyon p. c. du 25 avril 1775, Benoîte-Bonaventure de Tolozan, fille de Jean-François, chevalier, Avocat général à la Cour des Monnaies de Lyon, et d'Anne Perrin de Roche, dont :

1) Jean-François, chevalier, bapt. à Lyon le 3 mars 1778, † à Lyon le 5 fructidor an III ;

2) Louis-Simon-Claude, chevalier, † au berceau le 21 avril 1780 ;

3) Antoine-Marcellin, chevalier, bapt. à Lyon le 11 mars 1781, vivant en 1804;

4) Benoîte-Claudine-Sophie, bapt. à Lyon le 13 juin 1783, † à Lyon le 19 octobre 1841 ; ép. à Lyon le 14 pluviôse an XII Joseph-Marie de Longecombe de Thoy, né à Belley en décembre 1767, fils de Joseph, chevalier, et de Suzanne Basset de Montcha ;

5) Césarine-Suzanne, née à Lyon le 10 mars 1786, ép. à Lyon le 5 novembre 1806 Claude-Simon Basset de La Pape, bapt. à Lyon le 12 mars 1780.

Cf. : Carrés d'Hozier : 409 ; Michon.

MALYVERT DE VAUGRIGNEUSE

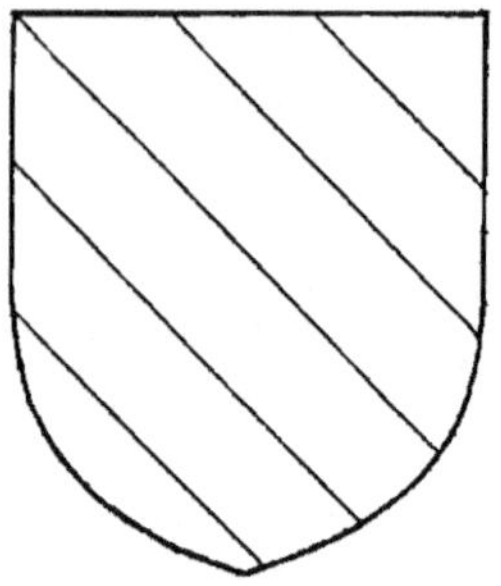

Bandé d'argent et de gueules
Cimier : *Un lion léopardé d'argent.*
Timbre : *Un feu allumé et ombré d'or.*
Devise : *Bon feu à Malyvert.*

JEAN-BAPTISTE-HONORÉ, COMTE DE MALYVERT DE VAUGRIGNEUSE

Ce gentilhomme appartenait à une maison de Bresse maintenue en 1666, 1669 et 1700, qui prit entrée dans la noblesse de Bresse le 17 octobre 1656, et dans celle du Bugey le 25 juin 1730. Elle établit sa filiation depuis :

I. Jacques DE MALYVERT, vivant en 1490, père entre autres de :
1) Aymé, qui suit ;
2) Philiberte, mariée à Philibert de Joly ;
3) Philippine de Malyvert, mariée à Humbert de Grillet, écuyer, sg^r du Vernay, gentilhomme de S. A. de Savoie.

II. Noble Aymé DE MALYVERT, ép. à Avignon, p. c. du 18 janvier 1526, Marie de Belle, fille de noble Poncet de Belle, et de noble dame Françoise Buxe, dont :

III. Philibert DE MALYVERT, écuyer, sg^r de Conflans, Corveysia, Chales, Vaugrigneuse etc. ; marié 1° à Catherine de Grillet, fille d'André, écuyer, sg^r du Bessey, et de Richarde de Montmoret, † s. p. ; 2° le 3 juin 1548 à Claudine de Meyria, fille de Jean, écuyer, sg^r de Rosy, et de Claudine de Morel. Il testa le 6 octobre 1583, laissant :
1) Gaspard, qui suit ;
2) Claude, tige des sg^{rs} de Vaugrigneuse ;
3) Isabeau, ép. le 5 janvier 1572 Gabriel d'Arlos, écuyer ;
4) Philiberte, ép. Annibal de Varax, écuyer, sg^r de Crangeac ;
5) Antoinette, religieuse ;

6) Louise, ép. le 6 février 1577 François Crassus, Sénateur de Savoie à
   Chambéry;

7) Claudine, ép. Claude de La Platière, gentilhomme de Savoie, major de Bourg.

IV. Gaspard DE MALYVERT, écuyer, sg^r de Conflans, Chales, Réous, Corveysia,
etc.; marié 1°) le 8 janvier 1588 à Péronne de Bussy, fille de Jean, chevalier, baron
de Brion, et de Louise de Palmier; 2°) à Marie de Molan, veuve d'Antoine de
Verjon, écuyer, baron de Mornay, et fille de Jean, écuyer, sg^r de La Tour de
Neuville, et d'Aynarde de Maubec, dont:

1) Claude, qui suit;

2) Louise, mariée à François de Tocquet, écuyer, sg^r de Montillet;

3) Marguerite, religieuse;

4) Claudine, mariée à Georges de Thélis-Saint-Romain, écuyer, sg^r de
   L'Espinasse.

V. Claude-Antoine DE MALYVERT, écuyer, sg^r de Conflans, Chales, Corveysia etc.,
Gouverneur de Pont-de-Vaux; maintenu le 23 octobre 1666 et le 4 février 1669;
ép. 1°) le 26 août 1614 Anne de Berbisey, fille de Perpetus, chevalier, sg^r de Ventoux,
Président au Parlement de Bourgogne, et d'Anne des Barres, dame de Charencey;
2°) à Lyon, le 25 janvier 1626, Lucresse Grolier, fille d'Antoine, écuyer, sg^r de
Servières, maître d'Hôtel du Roi, et de Marie Camus; 3°) le 9 janvier 1636 à
Françoise de Poulloux de Saint-Agnin, veuve de Louis de Pingon, écuyer, sg^r de
Prangin, et fille de Louis, écuyer, sg^r de Saint-Agnin, et d'Isabeau de Sérézin.
Il fut père entre autres de:

1) *1er lit*: Claude-François, écuyer, sg^r de Réous;

2) *2e lit*: Marie, religieuse visitandine à Belley;

3) *3e lit*: Hyacinthe, qui suit.

VI. Hyacinthe DE MALYVERT, écuyer, sg^r de Conflans, Saint-Agnin, etc.; maintenu
par l'Intendant de Bourgogne le 22 mars 1700; ép. p. c. du 2 juin 1678 Suzanne de
Briancion, fille de Simon, écuyer, sg^r de Visargent, et de Marie de Beaufort-Saint-
Quentin, dont:

1) François, qui suit;

2) Marie, dame de Conflans, ép. Florimond de Meffray, écuyer, sg^r de Césargues.

VII. François DE MALYVERT, chevalier, sg^r de Monet, Réous, etc., né à Vieu le
17 janvier 1695; capitaine d'infanterie au régiment de Boyé; ép. à Belley, p. c. du
3 janvier 1737, Véronique des Roys, fille de Philibert, chevalier, sg^r de Neyrieu,
Major de Belley, et de Marie Bollioud de Fétan; dont une fille reçue à Saint-Cyr,
sur preuves du 3 mars 1745, et:

VIII. Jacques DE MALYVERT, chevalier, né à Ceysérieux le 30 septembre 1739, ép. à Ceysérieux le 24 avril 1772, Jeanne-Thérèse de Mareste de Montfleury, fille de Noble Claude-François, baron de Montfleury, et de Louise de Clermont, dont :

IX. Jean-François-Magdelain de MALYVERT, chevalier, reçu à l'École militaire, sur preuves du 3 octobre 1784.

BRANCHE DE VAUGRIGNEUSE

IV. Claude DE MALYVERT, écuyer, sg^r de Vaugrigneuse, capitaine de cavalerie en Savoie, et commissaire des guerres à Bourg-en-Bresse ; ép. p. c. du 15 mars 1592, Étiennette Bellet, fille de Claude Bellet, bourgeois de Pont-d'Ain, et de Benoîte Borde ; tous deux testèrent le 23 mars 1636, laissant :

1) Philibert de Malyvert, capucin ;
2) Renaud de Malyvert, Prieur d'Ambronay ;
3) Claude-Antoine, Doyen de Gigny au comté de Bourgogne ;
4) Guillaume, qui suit ;
5) Antoine, religieux à Nantua ;
6) Bertrand de Malyvert, écuyer ; enseigne au régiment de Rébé en 1636, puis à celui d'Enghien, cornette de cavalerie, puis aide-major et Lieutenant-Colonel au régiment de Son Éminence ; ép. le 9 juin 1647 Hiéronyme Druays de Franclieu, veuve du s^r de Barbarel en Dombes, et fille de Claude Druays, écuyer, sg^r de Franclieu, et d'Urbaine d'Oncieux ;
7) Claudine, ép. 1°) Jean du Clos, sg^r de Chanay ; 2°) le 6 janvier 1637 Charles Charbonnier, sg^r de La Tour, Conseiller du Roi, et Président en l'Élection de Bresse ;
8) 9) Gasparde et Marie, religieuses à Ste Claire d'Annecy ;
10) 11) Laurence et Louise, religieuses de l'Annonciade de St Claude ;
12) Estiennette, religieuse ursuline à Crémieu.

V. Guillaume DE MALYVERT, écuyer, sg^r de Vaugrigneuse, enseigne au régiment du Prince Thomas (1624) ; combattant contre les Génois, puis à Suze, à Privas, en Allemagne etc., lieutenant au régiment de Choin, capitaine aux régiments de la Meilleraye et d'Huxelles ; ép. à Attignat, p. c. du 18 novembre 1643, Anne de Rovorée de Montburon, fille de Louis, écuyer, sg^r d'Attignat, et d'Anne de Vachon-Vurey. Il testa le 12 août 1681, et laissa entre autres :

VI. Marc DE MALYVERT DE VAUGRIGNEUSE, écuyer, ép. à Lyon, p. c. du 9 mars 1686, Marie-Élizabeth de Sauzion, fille d'Antoine, chevalier, sg^r de Ronzières, Commandant pour le Roi à Béthune, et de Claudine de Gabiano ; dont entre autres :

VII. Louis-Honoré DE MALYVERT DE VAUGRIGNEUSE, écuyer, sg^r de Pommiers-sous Treffort, La Neillière, etc., Conseiller au Parlement, Cour des Aides et Finances de Dauphiné ; ép. 1°) à Paris, p. c. du 8 novembre 1734, Anne-Adélaïde des Ponty, fille de Jean-Baptiste, chevalier, Gentilhomme ordinaire du Roi, et de Marguerite-Louise Pacquiée ; 2°) le 13 septembre 1774, Catherine-Sabine d'Agoult remariée à César-Esprit de Rigot de Montjoux, fille de César d'Agoult, baron d'Auriac, capitaine au régiment de Gâtinais, Conseiller au Parlement de Grenoble, et de Marie-Catherine de Lovat]. Il eut du premier lit :

VIII. *Jean-Baptiste-Honoré*, comte de MALYVERT DE VAUGRIGNEUSE, né à Grenoble le 30 septembre 1736 ; Page de la Petite Écurie, sur preuves du jeudi 8 juin 1752, capitaine de Dragons dans la Légion de Flandre (1766), chevalier de Saint-Louis, et comparant à Lyon en 1789.

Cf. : Nouveau d'Hozier : 221 ; Guichenon : *Histoire de Bresse et Bugey. Preuves des Pages de la Petite Écurie* : fr. 32116 ; *Preuves de Saint-Cyr : 3 mars 1745 ; Preuves de l'École militaire : 3 octobre 1784* (fr. 33164).

MANIQUET

D'azur à 3 demi-vols d'argent.

François MANIQUET

Cette famille est issue de Pierre Maniquet, notaire de La Bussière en Dauphiné, auteur commun des Maniquet du Fayet et de ceux du Lyonnais, séparés au xve siècle. Ceux du Dauphiné, bien alliés, ont donné des Maîtres d'Hôtel du Roi, chevaliers de Saint-Louis, et ont fait en 1727 leurs preuves pour Saint-Cyr. Éteints en 1763 en France, ils ont projeté un rameau aux colonies, les Maniquet de Pelafort, maintenus en 1773 à la Martinique. La branche lyonnaise, anoblie par une charge de secrétaire du Roi, fut fondée par le petit-fils du notaire Pierre, ci-dessus, Barthélemy Maniquet, marié à Rive-de-Gier, à Claudine Gallo. Son fils fut :

I. Noble homme Jean MANIQUET, ép. à Saint-Chamond Jeanne Mazenod, dont :
1) Zacharie, qui suivra ;
2) Jean Maniquet, vivant à Saint-Julien-Molette, ép. Marie Paret, dont :
    A) Marie, ép. 1°) le 7 juin 1633 Guillaume Chollet ; 2°) le 1er juin 1642 Claude Chavannes.
3) Étienne, prêtre, curé de Saint-Ennemond, archiprêtre de Jarez ;
4) Gabriel, marié à Catherine Rossary. Ils testèrent le 10 septembre 1628 à Saint-Chamond ;
5) Nicolas Maniquet, testa le 6 février 1649 ; ép. à Saint-Chamond, le 19 janvier 1612, Jeanne Dujast, fille de Pierre Dujast, dont entre autres :
    A) Jeanne, ép. à Saint-Chamond p. c. du 2 août 1632 Claude André ;
    B) Claudine, ép. à Saint-Chamond, le 3 janvier 1635, Jean Guillermin.
6) Jeanne, ép. Étienne Paradis ; était veuve le 20 octobre 1628.

II. Zacharie MANIQUET, † en 1634 ; ép. à Saint-Chamond le 7 février 1610 Catherine Gorgeron, † le 13 janvier 1644, fille de Pierre, greffier de la juridiction du Theil, dont entre autres :

1) Étienne, qui suit ;
2) Florys, bapt. à Saint-Chamond le 8 mai 1633 ; ép. p. c. du 12 avril 1655
   Anne Coignet, veuve de Jacques Limosin ;
3) Nicolas, bourgeois de Valfleury, ép. Jeanne Siccard ;
4) N..., mariée à Gaspard Collin, notaire à Saint-Chamond ;
5) Catherine, † après 1642, mariée à Louis Martin ;
6) Françoise, † après 1652, mariée à Claude Boyron.

III. Étienne Maniquet, † après 1672 ; ép. à Saint-Paul-en-Jarez, le 23 avril 1641,
Alexandrine de Lafont, † à Saint-Paul-en-Jarez le 21 juin 1674, fille d'Arthaud de
Lafont, et de Françoise Gaulthier : dont entre autres enfants nés à Saint-Paul-en
Jarez :

1) Étienne, bapt. le 16 janvier 1650, † le 2 octobre 1728 ; religieux Minime
   trois fois provincial de son ordre ;
2) Augustin, qui suit ;
3) Nicolas, bapt. le 12 novembre 1654, † ayant testé le 17 juillet 1685 ; ép. les
   28 juin-18 juillet 1673 Rose Palerne, fille d'Antoine Palerne ;
4) Gilibert, bapt. le 30 novembre 1657, religieux ;
5) Jeanne, bapt. le 5 mai 1645, ép. Grégoire Tixier ;
6) Françoise, bapt. le 9 février 1648 ; ép. à Saint-Paul, le 15 octobre 1669,
   Pierre Jallabert ;
7) Marie, bapt. le 28 septembre 1653, † après 1677, mariée à Jean Palerne,
   fils d'Antoine, et de Jeanne Buffy.

IV. Augustin Maniquet, écuyer, bapt. à Saint-Paul-en-Jarez le 5 mars 1651, † au
dit Saint-Paul le 14 mai 1737 ; conseiller secrétaire du Roi en la Cour des Monnaies
de Lyon (8 mars 1720) ; ép. Claudine Tixier, † à Saint-Paul le 5 décembre 1712,
fille d'Antoine, et d'Alexandrine Quinet, dont entre autres :

1) Étienne, qui suivra ;
2) Joseph-Nicolas Maniquet, bapt. à Saint-Paul le 31 mars 1677, Commissaire
   des vivres des armées de S. M (1710) ; fit une grande fortune dans la
   Compagnie des Indes, et se fixa à Paris où il demeurait en 1720 paroisse
   N.-D. de Bonne-Nouvelle ; habitait Vincelles en 1722 ; ép. à Lyon le
   25 mai 1700 Jeanne Charlet, fille de Claude, et de Françoise Reblet, dont
   entre autres :
   A) Jacqueline-Marie, née en 1704, † à Beaune le 23 décembre 1777 ; ép.
      à Paris, p. c. du 28 février 1720, Nicolas de Comeau, comte de
      Créancey.

3) Nicolas, jumeau de Joseph-Nicolas, prêtre à Saint-Paul en 1726 ;

4) Pierre, qui suivra, après son frère ;

5) Gilibert, marié le 3 novembre 1720 à Jeanne Chana, fille de Jean, et de Benoîte Coquet ;

6) Grégoire Maniquet, écuyer, sg^r de Saint-Père-de-Mont, Flée etc., bapt. le 14 septembre 1686, † à Vincelles ; gendarme du Roi (1709), gentilhomme ordinaire du Roi en 1723 ;

7) Pierre-Augustin, écuyer, bapt. le 15 juin 1694 ; ép. Marguerite Maignier, dont :

> A) Ambroise-Augustin, écuyer, ép. le 22 mai 1753 Marie-Anne Dufieu de La Grange Merlin, dont postérité éteinte chez les Granjon.

8) Françoise, bapt. le 15 septembre 1675, ép. le 15 février 1695 Jean Allones ;

9) Marie-Françoise, bapt. le 1er novembre 1689, ép. le 26 novembre 1709 Pierre de Lafont ;

10) Nicole, bapt. le 27 février 1693 ; ép. le 6 février 1722 Antoine Chorel ;

11) Antoinette, bapt. le 26 janv. 1696 ; ép. le 20 novembre 1724 Antoine Chorel.

V. Étienne Maniquet, écuyer, bapt. à Saint-Paul-en-Jarez le 7 janvier 1673 ; ép. 1°) Madeleine Bonnard, † le 7 octobre 1731 ; 2°) le 27 janvier 1733 Jeanne Degrain ; 3°) Claudine Grange.

> Il eut quinze enfants dont la postérité était à la fin du XIXe siècle représentée à Lyon par M. Marius Maniquet.

BRANCHE CADETTE

V. Pierre Maniquet, écuyer, bapt. à Saint-Paul-en-Jarez le 27 novembre 1678, † le 28 janvier 1731 ; ép. vers 1715 Catherine Copin, † le 4 novembre 1781, dont :

VI. *François* Maniquet, chevalier, comparant à Lyon en 1789, Maire de Saint-Paul-en-Jarez (1792) ; ép. à Lyon p. c. du 30 octobre 1755 Jeanne-Marguerite Vauberet, fille de Jean-Jeanne-Joseph, et d'Élizabeth Filland, dont :

VII. Antoine Maniquet, chevalier, né à Lyon le 25 juin 1764 ; maire de Saint-Paul (1815 à 1826) ; maintenu dans sa noblesse le 14 mai 1818 ; ép. le 11 janvier 1790 Marie-Anne-Gasparde Sève, dont six fils et trois filles, entre autres :

1) François-Louis-Alphonse, né à Saint-Paul-en-Jarez le 26 juin 1802, † le... ép. Marie-Laurence Frachon, † le 5 mai 1892 ;

2) Élisabeth-Virginie, née à Saint-Paul le 27 décembre 1795, ép. le 9 juillet 1824 Alexis-Paul Lisfranc de Saint-Martin.

MARGARON DE SAINT-VÉRANT

D'or au chevron de... accompagné en pointe d'un chardon tigé et feuillé de...

GASPARD-ANTOINE MARGARON DE SAINT-VÉRANT

La filiation de cette famille s'établit depuis :

I. Jean MARGARON, bourgeois de Lyon, marié à Lyon à Andrée Ringuet, dont :
1) Gaspard, qui suit ;
2) Marie, ép. à Lyon le 11 juillet 1689 Mᵉ Jacques Romieu, notaire royal, Greffier de la police de Lyon ;
3) Isabeau, ép. à Lyon le 29 avril 1693 Claude Carteron ;
4) Antoinette, ép. le 2 octobre 1695 André Laurent, maître imprimeur.

II. Gaspard MARGARON, bourgeois de Lyon, ép. à Lyon le 22 janvier 1691 Marie Blanchet, fille du peintre Louis Blanchet, et de Louise Balley, dont :
1) Paul, qui suit ;
2) André, tige de la branche cadette

III. Paul MARGARON, maître fabricant d'étoffes de soie, et bourgeois de Lyon ; ép. le 7 novembre 1719 Claudine-Françoise Christin, dont :

IV. Gaspard MARGARON, maître fabricant d'étoffes de soie, ép. le 28 janvier 1748 Marie Clerc, dont entre autres :

V. André MARGARON, ép. en 1784 Marie-Anne Chartron, dont :

VI. Gaspard-Marguerite MARGARON, ép. en 1810 Marie-Célestine Lacombe, dont :
1) Bathilde Margaron, ép. en 1837 Mʳ Savy ;
2) Henriette Margaron, ép. Mʳ Ponchon de Saint-André.

BRANCHE CADETTE

III. André MARGARON, bourgeois de Lyon, ép. le 25 novembre 1732 Catherine de Nervo, fille de Barthélemy, et de Marguerite Dupuy, dont :

IV. *Gaspard-Antoine* MARGARON, écuyer, sg^r DE SAINT-VÉRANT, † à Lyon victime de la Terreur, fusillé le 29 décembre 1793 ; secrétaire du Roi, secrétaire des Pénitents de la Croix en 1789, Membre de la Société d'agriculture de Lyon, comparant à Lyon en 1789 ; marié à Lyon le 26 avril 1757 à Anne Richeri, fille de François-Philippe Richeri, chevalier, Conseiller du Roi, Trésorier de France à Lyon, et de Geneviève Rigaud, dont :

V. Gaspard-Nicolas MARGARON, écuyer, né à Lyon le 23 août 1762.

Le Général baron Margaron, Baron de l'Empire, né à Lyon le 1er mai 1765, † à Paris le 16 décembre 1824, ne semble pas se rattacher à cette famille.

MARION DE LA TOUR-LAVAL

De gueules au lion d'or, à la fasce brochante de... chargée d'une croix de Lorraine entre deux annelets de sable.

Étienne MARION DE LA TOUR

Cette famille, originaire de Nevers, s'établit à Lyon vers 1650 et s'y perpétua avec :

I. Étienne MARION, bourgeois, né vers 1673 ; ép. à Bourg-en-Bresse, le 24 septembre 1696, Anne-Claudine Gromier, † à Lyon le 21 août 1756, fille de Pierre, du dit lieu de Bourg, dont :

   1) Jean-Louis, qui suit ;

   2) Jeanne-Marie, bapt. à Lyon le 16 mai 1712, ép. à Lyon le 7 février 1730, Antoine Valioud.

II. Jean-Louis MARION, écuyer, sgr de La Tour-Laval, bapt. à Lyon le 2 mars 1714 ; Secrétaire du Roi près le Parlement de Bourgogne (28 juillet 1751), charge dont il eut les lettres de vétérance le 8 mars 1775 ; ép. à Lyon, p. c. du 12 janvier 1740, Marie Denis de Cuzieu, bapt. le 2 décembre 1721, fille de Benoît, écuyer, sgr de Cuzieu et Saint-Unias en Forez, et de Catherine, fille d'Edme Rousseau et de Marie Palerne. [Elle était sœur de Jean-Blaise Denis de Cuzieu, écuyer, marié à Jeanne-Marie Dareste, et de Marguerite-Aimée Denis de Cuzieu, mariée au Marquis de Montmelas, de la maison des Arod]. Il fut père de six fils et six filles, entre autres :

   1) Étienne, qui suit ;

   2) Jean-Louis Marion de La Tour, écuyer, bapt. à Lyon le 29 mars 1747, officier au régiment de Beauvaisis ;

   3) Jean-Joseph Marion de Montereau, écuyer, bapt. à Lyon le 19 janvier 1754, † à Saint-Genis-Laval le 29 juillet 1790, capitaine au régiment de Forez ;

   4) Anne-Claudine, bapt. à Lyon le 8 mai 1744, † à Ucel, près Aubenas, le 24 avril 1804, religieuse ursuline ;

   5) Marie, bapt. à Lyon le 8 août 1743, ép. à Lyon, le 23 janvier 1764, Jean-

François Barjaud, conseiller au Présidial de Mâcon, fils de Pierre, commissaire aux revues des Maréchaux de France, et de Marie-Anne Gourraud ;

6) Jeanne-Marie, bapt. à Lyon le 10 octobre 1745 ; ép. à Lyon le 24 janvier 1765 Mᵣ Mᶜ Henri Deydier, du lieu d'Aubenas, † à Ucel en 1827 ; Avocat en Parlement, fils de Mᵣ Mᶜ Jacques, Avocat en Parlement, et de Marie Mege ;

7) Anne-Victoire, bapt. à Lyon le 19 décembre 1750, ép. à Saint-Genis-Laval, le 11 septembre 1776, Jean-Joseph de Buronne, chevalier, officier de Dragons dans la Légion de Condé, fils de Jean-Charles, chevalier, officier au régiment de Lyonnais, commissaire des guerres, et de Jeanne-Marie d'Hervilly ;

8) Marie-Anne-Christine, bapt. à Lyon le 26 juillet 1758, † à Aubenas en 1833.

III. *Étienne* MARION DE LA TOUR, écuyer, sgʳ de La Tour-Laval, né à Lyon en 1742, † à Lyon, victime de la Terreur, fusillé le 3 février 1794 ; membre de l'Assemblée du Département de Lyonnais (18 septembre 1787), comparant à Lyon en 1789 ; ép. à Lyon le 12 septembre 1780 Françoise Reynaud, fille de Noble Jean-Joachim, Échevin de Lyon, et de Françoise Brunier, et sœur de Marie-Julie Reynaud, mariée à Noble Isaïc Imbert. Il fut père de :

1) Joachime-Fanny Marion de La Tour, † s. a. en 1822, des suites d'une chute qu'elle fit de sa fenêtre sur la place Bellecour.

Cf. : W. Poidebard : *Notes généalogiques.*

MARITZ DE LA BAROLIÈRE

De sable à la croix d'argent

Jean MARITZ de la BAROLIÈRE

Originaires de Hollande, les Maritz vinrent en France pour le service du Roi.

I. *Jean* Maritz de la Barolière, écuyer, sg^r de La Barolière (Limonest, en Lyonnais), La Rigaudière (Saint-Julien-en-Beaujolais) ; né à Burgdorg (Suisse) le 26 juillet 1711, ✝ à Limonest le 12 mai 1790 ; Commissaire des Fontes royales, Chevalier de l'Ordre du Roi (21 juin 1755), Inspecteur général des forges et fontes de l'artillerie de France et d'Espagne, Commissaire de l'Artillerie en Lyonnais, pensionné en 1779 d'une somme de 14.360 livres, comparant à Lyon en 1789 ; marié à Judith Déonna, dont :

1) Charles-Henry, qui suit ;
2) Josèphe-Laurence-Jeanne-Françoise, ép. à Lyon p. c. du 3 octobre 1764 Louis Baudard, écuyer, sg^r de Fontaine, chevalier de Saint-Louis.

II. Charles-Henry Maritz de la Barolière, écuyer, capitaine d'artillerie, Commissaire des Fontes de l'Artillerie de France, ép. à Lyon, le 31 janvier 1769, Françoise Sibylle Millanois, fille de Charles, écuyer, et de Marie-Jeanne Carra, dont :

1) Jeanne-Marie, bapt. à Limonest le 19 avril 1771, ép. Claude-Joseph du Peloux de Saint-Romain, chevalier, sg^r de Malploton, capitaine au régiment de Beauce, né le 10 février 1752.

Cf. : *Catalogue de la Bibliothèque de Lyon.*

MASSO DE LA FERRIÈRE

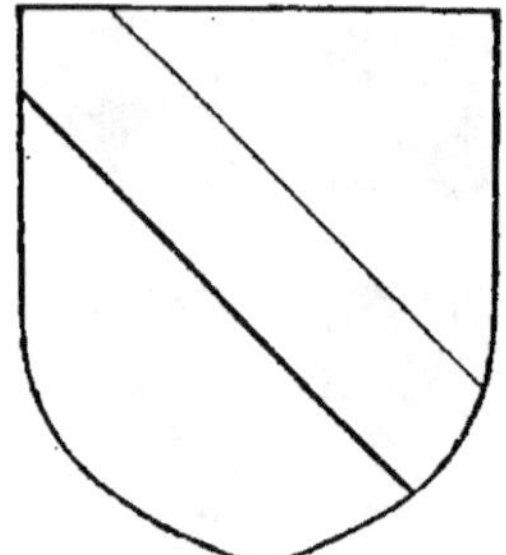

D'azur à la bande d'or

alias : *les mêmes armes brisées d'un lambel d'argent en chef et d'un croissant du même en pointe ;*

alias : *aux 1 et 4 de Masso ; au 2e d'argent à trois fasces de sable, à la bande de gueules brochante ; au 3e d'argent à un arbre de sinople fruité d'or.*

Charles de MASSO, marquis de la FERRIÈRE

Les Masso n'ont, par le fait, pas comparu à Lyon en 1789 ; nous avons exposé plus haut pour quels motifs nous donnions néanmoins la généalogie du dernier Sénéchal de Lyon, Président de droit de la Noblesse lyonnaise.

La famille de Masso, anciennement connue dans la bourgeoisie lyonnaise, est issue de Pierre de Masso, père de Mathieu, notaire à Lyon en 1443, dont le fils :

III. François de Masso, notaire royal, cité en 1482, 1493, 1499, testa en 1500, et laissa d'Alix Escoffier :

IV. Humbert de Masso, cité en 1498 ; ép. Claudine Regnauld, qui testa le 14 avril 1556, fille de Guillaume Regnauld (tige des Regnauld de Bellescize etc.), et de Françoise Faure, dont :

    1) Humbert, qui suit ;

    2) Mathieu, chevalier de Rhodes ;

    3) Jean, protonotaire apostolique, chevalier de l'Église de Lyon, official des excès, quatorzième abbé de Valbenoîte (1556) ; † avant 1572.

V. Noble Homme Mr Me Humbert de Masso, bourgeois de Lyon (1549), † le 1er septembre 1566 ; Recteur de l'Aumône Générale (1537), Conseiller de ville à Lyon (1542, 1548 et 1554), Receveur des tailles du Beaujolais ; capitaine châtelain de Chasselay ; ép. Clémence Grolier, fille d'Antoine, et de Louise de La Fay, dont :

    1) Antoine, qui suit ;

2) Noble Guyot de Masso, dit de La Garde, sg^r de Saint-André-du-Coing et de Limonest, Conseiller de ville à Lyon en 1572, Receveur des deniers communs, dons et octrois de la Ville (1572), Député de Lyon à la Cour, à l'époque de la Saint-Barthélemy, Recteur de l'Aumône Générale en 1584 et 1593, Contrôleur au grenier à sel de Lyon en 1597; marié 1°) à Marie Teste, fille de noble Claude, bourgeois de Lyon, et de Marie de Vinols; 2°) p. c. du 2 février 1595 à Jeanne Buatier, fille de noble Symphorien, sg^r de Montjoly, et de Léonarde Albisse;

3) Noble Jean de Masso, sg^r de Saint-Laurent-de-Vaux, Greffier du Bureau des Finances, receveur du taillon, Député aux États de Blois (1576), Conseiller de Ville à Lyon en 1576-77 et 1582-83; ép. Claudine d'Allières, fille de Noble Pierre, bourgeois de Lyon, et de Isabeau Chevrot, dont cinq enfants, entre autres :

A) Humbert, bapt. le 28 septembre 1573, abbé de Valbenoîte, chevalier de l'Église de Lyon;

B) Isabeau, bapt. le 11 octobre 1574, ép. le 11 juin 1597 Noble Gaspard Allard, Élu en l'Élection de Lyon, fils de Noble Jean, capitaine châtelain de Rive-de-Gier, et de Claudine de Gayand;

C) Marie, bapt. le 20 février 1576; ép. p. c. du 2 septembre 1604 Noble Jean-Baptiste Bernard, sg^r de Sainte-Croix, fils de Noble François, bourgeois de Lyon, et de Claudine de Vassalieu;

D) Claudine, bapt. le 24 mai 1583, ép. p. c. du 4 juin 1605 Noble Guillaume de La Balme, Secrétaire de la Chambre du Roi.

4) Pierre de Masso, † en 1594, Docteur ès droits, aumônier du Roi, chanoine et Prévôt de Saint-Just, Chevalier en l'Église Saint-Jean, official des excès, abbé de Valbenoîte, possesseur d'une bibliothèque dont M. de Valous a publié l'inventaire;

5) Claude de Masso, sg^r de Saint-Laurent et Saint-André, Commissaire du revenu temporel de l'archevêché de Lyon (1579), Lieutenant du capitaine de la Ville (1579 à 1605); garde scel, démissionnaire en 1588; capitaine de deux cents hommes de pied français, chevalier de l'Ordre du Roi, l'un des cent gentilshommes ordinaires de sa maison;

6) Madeleine, ép. le 6 décembre 1565, Antoine Porte, sg^r de Saint-Bernard, Receveur général des Finances.

VI. Antoine DE MASSO, écuyer, sg^r de La Cluzelle, † à Lyon le 19 septembre 1587, Docteur ès-droits, Procureur du Roi au siège de l'Élection de Lyon, visiteur des Gabelles à sel en la dite ville, Lieutenant en la Conservation des privilèges royaux et foires de la Ville de Lyon, Recteur de l'Aumône générale en 1572, Conseiller au Parlement de Dombes (28 janvier 1579) et au Présidial de Lyon (16 octobre 1584), Conseiller de ville à Lyon en 1581, auditeur de camp ; ép. 1°) p. c. du 19 août 1565 Bonne Bullioud, fille de Noble Pierre, Procureur du Roi en la Sénéchaussée, et de Bonne Prunier ; 2°) Andrée de Bourdon, fille de Noble Jean, sg^r de Malleval, et de Deline du Bourg. Il eut entre autres *du second lit :*

1) Nicolas, qui suit ;

2) Humbert-Antoine, bapt. à Lyon le 30 avril 1586, † en 1638, Chanoine et Prévôt de Saint-Just de Lyon, dix-septième abbé de Valbenoîte après son oncle Pierre ;

3) Éléonore, † à Lyon le 14 avril 1643 ; ép. p. c. du 22 août 1593 Jean de Gracy, florentin, secrétaire de Mme la duchesse de Bar ;

4) Marie-Madeleine, ép. p. c. du 15 juin 1597 noble Antoine Dorlin, contrôleur pour le Roi au grenier à sel de la Ville.

VII. Nicolas DE MASSO, écuyer, sg^r de la Vierrie et du Tremblay, † avant le 22 juillet 1654 ; Conseiller en la Sénéchaussée (18 juillet 1608) ; ép. 1°) p. c. du 19 janvier 1611, Françoise des Champs, dame du Tremblay, † à Lyon le 17 décembre 1635, fille et héritière de Thomas des Champs, écuyer, sg^r du Tremblay, surintendant de la douane de Lyon, gentilhomme servant chez le Roi, et de Jeanne Charreton, dame du Tremblay ; 2°) Françoise de Bourg, fille de Noble Laurent, Conseiller au Présidial de Lyon, et de Pernette Panse, et veuve de Noble Jean du Rachais. Il eut :

1) du 1er *lit :* Claude de Masso, écuyer, sg^r du Tremblay (près Sandrans), bapt. à Lyon le 24 mars 1613, † à Chasselay le 10 novembre 1683, capitaine au régiment Lyonnais, aide des camps et armées de Sa Majesté, capitaine de ses chasses en Lyonnais, Maréchal de bataille des armées du Roi ; ép. à Lyon, p. c. du 20 août 1664, Françoise Gueston, bapt. à Lyon le 3 novembre 1615, † à Lyon le 8 janvier 1685, veuve de Noble Guillaume Le Maistre, Échevin de Lyon, et fille de Noble Philippe Gueston, écuyer, baron de Vaux, Secrétaire du Roi, Échevin de Lyon, et de Claudine Compain ;

2) Philibert, qui suivra ;

3) Roger-Benoît de Masso, bapt. le 23 décembre 1619, chanoine et Prévôt de Saint-Just, prieur de Saint-Martin de Cruix (Tours) ;

4) Marie, bapt. le 21 juin 1617, ép. 1°) p. c. du 28 novembre 1642 noble Jacques Thiault, Trésorier de l'Extraordinaire des guerres en Lyonnais ; 2°) p. c. du 6 avril 1647 Noble Pierre des Brosses, sg^r du Vernay, Conseiller du Roi en ses Conseils d'État et Privé, et Maître d'hôtel ordinaire du Roi, Lieute-

nant général de l'Artillerie de France en Lyonnais, Forez et Beaujolais, commandant l'arsenal de Lyon.

VIII. Philibert DE MASSO, chevalier, sg^r du Plantin en Lyonnais et de La Ferrière en Forez, bapt. à Lyon le 10 janvier 1621, † le 5 novembre 1687 ; capitaine au régiment Lyonnais (1648), Maréchal de bataille des armées du Roi, Prévôt des marchands de Lyon en 1675-76 ; ép. à Lyon le 12 juin 1652 Marthe d'Hosthun de Saint-Jean, qui testa à Lyon le 14 octobre 1653, fille de César, écuyer, sg^r de Saint-Jean-en-Royans, et de Marthe du Blanc, dont :

1) Roger, sg^r de Châteaurond ; bapt. à Lyon le 28 janvier 1654, prieur de Saint-Jean-en-Dauphiné et de Cruys ;

2) Pierre, qui suit ;

3) Henry, prêtre, chanoine et chevalier de l'Église collégiale de Saint-Martin de l'Ile-Barbe, prieur de Cruys ;

4) Élizabeth-Benoît, chevalier, né le 20 juillet 1662, † tué devant Valenciennes en 1697, capitaine au régiment Lyonnais ;

5) Marie, bapt. à Lyon le 10 mai 1656, † à Lyon le 1er novembre 1724, ép. à Lyon p. c. du 12 juillet 1675 André Arthaud, écuyer, sg^r de Bellevue, Échevin de Lyon ;

6) Marie-Anne, bapt. à Lyon le 12 mai 1660, ép. à Lyon le 16 janvier 1679, François de Bouvant, chevalier, baron de Châtillon-de-Michaille, fils de Joachim, chevalier, et de Claudine Passerat.

IX. Pierre DE MASSO, chevalier, sg^r de La Ferrière, du Plantin, de Lissieu, baron de Chasselay etc., bapt. à Lyon le 18 septembre 1657, † à Lyon le 8 septembre 1739 ; premier capitaine de cavalerie au régiment de Villeroy, Sénéchal de Lyon, commandant pour le Roi en Lyonnais, Forez et Beaujolais ; ép. à Lyon p. c. du 5 juin 1703, Élisabeth de Chaponay, † à Lyon le 3 mars 1741, fille de Laurent, chevalier, sg^r de Vénissieu, Trésorier de France à Lyon, et de Marie-Anne de Silvecane, dont entre autres :

1) Charles, qui suivra ;

2) Augustin, chevalier de La Ferrière, bapt. à Lyon le 6 décembre 1707, † à Paris le 20 mai 1782, Chevalier de Malte, Brigadier des armées du Roi, Maréchal de camp, capitaine aux Gardes Françaises, Sous-Gouverneur des Enfants de France (mai 1758) ;

3) Renée-Madeleine, bapt. à Lyon le 30 mai 1711, ép. à Lyon le 6 novembre 1729 Pierre-François-Joseph de Giry, écuyer, Baron de Vaux, Marquis de Rochebaron, sg^r de Saint-Cyr, officier d'artillerie, frère de l'abbé de Saint-

Cyr, fils de Jean-François, Baron de Vaux, et d'Antoinette Jacquier de Cornillon.

X. *Charles* DE MASSO DE LA FERRIÈRE, chevalier, Marquis de La Ferrière, Baron de Chasselay, sg^r de Lissieu, du Plantin etc., bapt. à Lyon le 25 juillet 1705, † à Paris sous la Terreur ; Lieutenant réformé au régiment de Villeroy (10 avril 1722), Capitaine (12 janvier 1724), exempt des gardes du Corps de la Compagnie de Villeroy (1er juin 1730), chevalier de Saint-Louis, Mestre de camp de cavalerie (28 mars 1736), Sénéchal du Lyonnais (27 décembre 1739), Aide-Major de sa Compagnie (27 avril 1743), Brigadier des Armées du Roi (1er mai 1745), Maréchal de camp (10 mai 1748) premier Enseigne des Gardes du corps (22 juin 1755), second Lieutenant (8 février 1758), Lieutenant Général des Armées du Roi (17 décembre 1759), Gouverneur en survivance d'Amiens (9 juin 1778), Gouverneur effectif (juin 1782), Président de droit de la Noblesse du Lyonnais en 1789 ; ép. à Paris, p. c. du 29 février et le 2 mars 1756, Marie-Madeleine Mazade, née le 28 mai 1716, veuve de Gaspard Grimod de la Reynière, et fille de Laurent Mazade, fermier général, et de Thérèse des Queux.

Le Marquis de La Ferrière habitait à Paris, rue Grange-Batelière. Le nom de La Ferrière est porté actuellement par les Arthaud de Bellevue, descendants de Marie de Masso de La Ferrière.

Cf. : Nouveau d'Hozier 228. V. de Valous : *Généalogie dressée à la suite de l'Inventaire des Livres d'un abbé de Valbenoîte.*

MATHON DE LA COUR ET DE FOGÈRES

D'argent à trois chevrons d'azur.

Charles-Joseph MATHON de LA COUR

Les Mathon, sg^{rs} de La Cour, Fogères, La Garinière, Sauvain, etc., sont originaires de Bourg Argental et issus de :

I. Jean Mathon, marié à Marguerite Bollioud, fille d'Isaac Bollioud, écuyer, sg^r de La Cour ; dont :

II. Jacques Mathon, écuyer, sg^r de La Cour, substitut du Procureur du Roi au bailliage de Bourg Argental, déclaré exempt de tailles le 5 décembre 1703, contribua à l'arrière ban le 16 juillet 1695, et paya la capitation au rôle des nobles (27 février 1719) ; ép. Marie-Anne Blacheu, dont :

III. Charles-Joseph Mathon, écuyer, sg^r de La Cour, ✝ à Bourg-Argental ; conseiller au Parlement de Dombes (27 novembre 1709), conseiller d'honneur et de vétérance (27 février 1730) ; ép. à Lyon le 30 avril 1711 Claudine Torrent, fille de Pierre, et d'Élisabeth Bouchage, dont :

1) Jacques, qui suivra ;
2) Claude-Joseph Mathon, écuyer, sg^r de Fogères, né le 27 mars 1726, procureur du Roi au bailliage de Bourg-Argental, puis à celui de Saint-Étienne, représentant des villes et des campagnes du département de Saint-Étienne à l'assemblée provinciale de 1788 ; ép. le 29 janvier 1751 Laurence Jeury de Lestrat, fille de Jérôme Jeury de Lestrat et de Laurence Chomet, dont :
   A) Louis Mathon de Fogères, écuyer, né à Bourg-Argental le 8 août 1764, officier sous Louis XVI et père de :
      a) Henri-Napoléon Mathon de Fogères, né à Bourg-Argental le 26 novembre 1806, conseiller général de la Loire et député de Saint-Étienne en 1846, maire de Bourg-Argental, Économiste distingué.

B) Laurence-Charlotte, ép. Étienne Vachon, père du Maire de Lyon.

IV. Jacques MATHON DE LA COUR, écuyer, sgr de La Cour, né à Lyon le 28 octobre 1712, † à Lyon en 1770 ; membre de l'Académie de Lyon, mathématicien distingué, marié à N.. de La Forest, dont :

V. *Charles-Joseph* MATHON DE LA COUR, écuyer, sgr de La Cour, né à Lyon le 6 octobre 1738, † à Lyon, guillotiné le 15 novembre 1793 comme noble et défenseur de Lyon ; membre des Académies de Lyon et de Villefranche, de la Société d'agriculture de Lyon, de la Société patriotique bretonne etc., littérateur et philantrope, comparant à Lyon en 1789, beau-frère du poète Lemierre.

La *branche de Sauvain* était issue de :

I. Jean-Baptiste MATHON, avocat en Parlement, officier chez le Roi, Juge de Sauvain en 1683, vivant en 1711, ép. Antoinette de Gré, dont :
   1) Claude, qui suit ;
   2) Antoine, curé de Lézigneux.

II. Claude MATHON, né en 1707, † en 1759, Échevin de Montbrison, marié à Montbrison le 19 février 1737 à Jeanne Gayot, fille de noble Pierre Gayot, commissaire aux saisies réelles de Forez et de Jeanne Arthaud de Viry, dont :

III. Noble Antoine MATHON, avocat en Parlement, sgr de Sauvain (p. acqu. des Luzy du 2 décembre 1772, pour 14.000 livres) dont hommage le 19 décembre 1772 et le 4 décembre 1776. Il laissa de Françoise Esnard :
   1) Jean-Marie-Victor Mathon de Sauvain ;
   2) Marie-Olympe Mathon de Sauvain ;
   3) Antoinette-Joseph-Pauline Mathon de Sauvain.

Cf. : Chérin, vol. 132 (*Généalogie dressée en mai 1782*).
Notes inédites de L. P. Gras (*Bibl. de la Diana*).

MAYOL DE LUPÉ

D'or à six pommes de pin versées de sinople.

Jacques-Joseph de MAYOL
Fleury-Zéphirin de MAYOL de LUPÉ

La famille de Mayol anciennement connue en Forez[1] est issue sur titres authentiques de Pierre Mayol, que le VIIe volume des insinuations du greffe du siège royal de Bourg-Argental indique comme père de Thomas Mayol, sg^r de Logelière, Procureur du Roi au bailliage du Forez ; ce dernier qui testa le 1er juin 1529 eut postérité de Marie de Montorcier. Le nom de son fils est ignoré, mais un mémoire des consuls de Bourg-Argental du 17 septembre 1669 indique ses petits-fils : Antoine Mayol qui succéda à son aïeul dans la charge de Procureur du Roi au bailliage de Forez, et :

IV. Guillaume Mayol, sg^r de Logelière, Procureur du Roi en la châtellenie et justice royale de Bourg-Argental, capitaine-châtelain des châteaux, baronnies et seigneuries de Lupé et de Montchal, ép. le .... et p. c. de supplément de dot du 5 septembre 1564, Isabeau de Ville, dont :

1) Ozée, qui suit ;
2) (sans doute) Me François Mayol, contrôleur au grenier à sel de Bourg-Argental, ép. Benoîte Perrel, dont :

1. Nous avons eu entre les mains l'original d'une enquête faite le 29 décembre 1660 devant Just de Serre, lieutenant général au bailliage de Vivarais, au lendemain de l'incendie arrivé à Annonay le 25 décembre 1660 dans la maison de noble Guillaume de Mayol, sg^r de Logelière. Ce dernier fit faire cette enquête afin de constater officiellement la perte de titres établissant l'ancienneté de sa famille. Les témoins entendus affirmèrent en effet avoir eu connaissance avant cet incendie de documents établissant la descendance des Mayol du Forez de ceux de Joux en Velay et Vivarais, lesquels, dit cette enquête, étaient issus des Mayol de Saint-Maximin en Provence auxquels appartenait saint Mayol, abbé de Cluny au xe siècle. Cette enquête manque malheureusement de la précision nécessaire pour établir une filiation antérieure au degré auquel nous commençons.

A) Béatrix, ép. p. c. du 27 janvier 1609 Pierre Bollioud, vice gérant au siège de Bourg-Argental, fils d'Étienne, et de Catherine du Puy;

B) Marguerite, ép. à Bourg-Argental le 19 juillet 1615 Mᵉ Pierre Dodin, docteur ès-droits, avocat au bailliage de Vivarais.

3) Sibylle Mayol, ép. Achille Bollioud (père d'Alexandre, sgʳ de Fétan).

V. Noble et discret Mᵉ Ozée MAYOL, sgʳ de Logelière, conseiller du Roi, Juge grenetier au grenier à sel de Bourg-Argental, capitaine châtelain des châteaux, baronnies et seigneuries de Saint-Julien, Lupé, Grais, etc., Syndic de la province du Forez et son Député en 1639; ép. p. c. du 20 décembre 1586 Catherine Chometon, † le 13 juillet 1618, fille d'honorable Jean, sgʳ de Planiol, et d'Anne Fournel, dont:

1) Guillaume, qui suit;

2) Anne, ép. le 22 octobre 1615 noble Gabriel de Vernoux, écuyer, sgʳ du Monestier [remarié à Lyon le 16 mars 1620 à Marie Pécoïl, dᵗ p.];

3) Isabeau, ép. le 4 août 1619 discret Mᵉ Gabriel Valous, prévôt de Saint-Jean de Bonnefond et greffier au siège de Bourg-Argental;

4) Marguerite, ép. le 27 août 1628 Mʳ Mᵉ Louis Blanc, Avocat de la ville de Tournon, fils de discret Mᵉ Claude Blanc et de Suzanne Chavanac.

VI. Noble Mʳ Mᵉ Guillaume DE MAYOL, sgʳ de Logelière, conseiller du Roi, premier et plus ancien conseiller au bailliage du Vivarais, Juge général de la ville d'Annonay, Maître des Requêtes ordinaires de la Reine Anne d'Autriche (1645); encore vivant en 1669; fit faire l'enquête de 1660 (voir note ci-dessus) et obtint en sa faveur le mémoire des consuls de Bourg-Argental de 1669; ép. le 6 juin 1626 Marie Caron, fille de Gilbert Caron, écuyer, et d'Émeraude de Montchal, fille elle-même d'Antoine de Montchal, des anciens barons de Montchal et de Lupé, et d'Anne de Guillon, dont entre autres:

1) Charles de Mayol, conseiller et aumônier ordinaire du Roi, abbé de Saint-Amand de Boisse au diocèse d'Angoulême, etc;

2) Joachim, prieur de Vindelles, au même diocèse;

3) Joseph, qui suit;

4) André-Gabriel de Mayol de Bontemps, cadet volontaire au régiment des Gardes, Lieutenant criminel au bailliage d'Annonay; ép. à Lyon p. c. du 22 décembre 1699 Jeanne Baudin, fille de François, et de Madeleine Vigier, dont:

A) André-Gabriel de Mayol.

VII. Mʳ Mᵉ Joseph DE MAYOL, † le 23 août 1687, conseiller du Roi, Président, Lieutenant général civil et criminel au bailliage de Bourg-Argental (1660); ép. le

1er juillet 1668 Marthe de Cusson d'Estignac, fille d'Hugues-Antoine, écuyer, et de Suzanne de Rochefort, des sg^{rs} de Rochefort en Velay, dont cinq fils et cinq filles, entre autres :

1) Joseph-Charles, bapt. le 16 avril 1670, prêtre, sacristain, chef du chapitre et chanoine de l'église de Saint-Nizier, prieur commendataire de N.-D. de Beaulieu;

2) François, qui suit ;

3) Isabeau, bapt. le 22 janvier 1671, ép. à Bourg-Argental le 19 mars 1700 Mr Me André Clapasson de La Croix, conseiller du Roi, receveur général des domaines et bois de la généralité de Lyon, fils de Noël, et de Catherine Perdrigeon ;

4) Thérèse, ép. à Bourg-Argental le 16 novembre 1700 noble Jean de Colomb, sg^r d'Escotay, officier de S. A. R. Madame, fils d'Antoine, écuyer, conseiller en l'Élection de Saint-Étienne, et de Madeleine Dallier ;

5) Agnès, née en 1687, † en 1744 ; ép. à Lyon le 14 mars 1709 Jean-Claude Blanchet, écuyer, sg^r de Pravieux, Échevin de Lyon.

VIII. François DE MAYOL, chevalier, sg^r de Lupé, Peloux, Bayard, Geloine, Bontemps, etc., bapt. à Bourg-Argental le 9 janvier 1682; Secrétaire du Roi près la Cour des Aides de Clermont-Ferrand (19 avril 1707), Trésorier de France à Lyon (9 septembre 1716), Président au Bureau des Finances, charge dont il reçut des lettres d'honneur le 10 août 1737. Il avait hérité des Montchal le fief de Bontemps et acquis le fief de Lupé en Forez, dont les Montchal, ses ascendants, avaient été seigneurs. Ép. à Lyon le 8 août 1715 Simonne-Marie Pourral, fille de Noël, écuyer, gentilhomme ordinaire de la Grande Vénerie du Roi, et de Marguerite Terrasse [d'Yvours]. Elle était sœur de Mme Beaucamp de Saint-Germain, et fut mère, entre autres, de :

1) Jacques-Joseph, qui suit ;

2) Jean-Claude de Mayol de Bayard, écuyer, mousquetaire gris, chevalier de Saint-Louis ; ép. à Bourg-Argental le 8 septembre 1752 Jeanne-Marie de Harenc, fille de Gabriel-Joseph, chevalier, aide de camp du Maréchal de Villars, et de Jeanne Chappuis de Laval. Il requit en 1766 un certificat de noblesse et testa le 15 mars 1785 en faveur de son neveu Fleury-Zéphirin ;

3) Marthe-Pierrette, ép. à Bourg-Argental le 1er mars 1756 René Barruel, officier de cavalerie, fils de Mre René-Marin Barruel, sg^r de Bavas, etc., et de Suzanne Barruel ;

4) Marie-Marguerite-Françoise, dite Mlle de Bontemps, ép. le 24 août 1756 Alexandre-Balthazar Dupont de La Roque de La Tour, officier de dragons,

fils de Balthazar, écuyer, sg^r d'Ozon, Martesaigne, co-sg^r de La Tour du
Chier, et de Jeanne de Milly ;

5) 6) Marie-Marthe-Madeleine et N..., ursulines à Bourg-Argental.

IX. *Jacques-Joseph* DE MAYOL, chevalier, sg^r DE LUPÉ, † à Lupé le 25 février
1807 ; conseiller en la Cour des Monnaies de Lyon (7 février 1745), comparant à Lyon
en 1789, emprisonné sous la Terreur et mis en liberté au IX thermidor ; ép. à Lyon
le 9 février 1745 Marguerite de Palerne, fille de Vincent de Palerne, chevalier, sg^r
de Chintré et de Saint-Amour, Trésorier de France à Lyon, et de Catherine Clapeyron du Buisson, dont, entre autres :

1) Fleury-Zéphirin, qui suivra ;
2) Marguerite-Simone, dite Mlle de Lupé, ép. à Lyon le 21 mars 1774 Joseph-
François de Valleton, capitaine au régiment de Royal-Vaisseaux, cheva-
lier de Saint-Louis, fils de Louis-André, chevalier, et de Marie de Renouard ;
3) Claudine-Hélène, dite Mlle de Saint-Sabin, ép. à Lyon le 20 avril 1784
Armand-Marie de Jullien de Villeneuve, chevalier, sg^r de Villeneuve, La
Bouchardière etc. (veuf de Marie-Marguerite de La Rochette) et fils de
Claude-Marcellin, chevalier, sg^r de Villeneuve, et de Marguerite de Beget.

X. *Fleury-Zéphirin* DE MAYOL DE LUPÉ, chevalier, sg^r de Lupé, Saint-Sabin, La
Verrière, etc., bapt. à Lyon le 26 août 1756, † à Lyon fusillé le 26 frimaire an II,
victime de la Révolution ; comparant à Lyon en 1789 ; ép. à Lyon le 4 février 1784
Hélène-Charlotte de La Rochette, bapt. à Lyon le 26 février 1755, † à Lyon le
25 mai 1827, fille de Christophe, écuyer, sg^r de La Verrière, Échevin de Lyon, procureur du Roi en la police de cette ville, et de Marie Henry, dont :

1) Jacques-Marie-Joseph-Zéphirin de Mayol de Lupé, dit le comte de Lupé, né
à Lyon le 7 novembre 1784, † s. p. en 1870 ; volontaire (1803) sous-lieutenant de chasseurs à cheval (1809), lieutenant-colonel de cavalerie, officier de
la Légion d'honneur, chevalier de Saint-Louis ;
2) Auguste-Marie-Christophe-Henry, bapt. à Lyon le 14 février 1786, † le 30
septembre 1842, prêtre ;
3) Marie-Eugène-Mathieu, qui suit ;
4) Alexandre, qui a fait branche.

XI. Marie-Eugène-Mathieu DE MAYOL DE LUPÉ, né à Lyon le 9 novembre 1788,
conseiller à la Cour de Grenoble (1819 à 1854) ; ép. à Grenoble le 7 août 1813
Marie-Thérèse-Gabrielle Pasquier, fille de N... et de N... de Berluc-Perussis, dont :

1) Fleury, qui suivra ;
2) Clémentine-Hélène, née à Grenoble le 18 juin 1814, † à La Beaume (Isère)

le 27 décembre 1892; ép. à Grenoble le 14 septembre 1831 Frédéric-Charles
Le Harivel du Rocher ;

3) Marguerite-Augustine-Clémentine, née à Grenoble le 29 mai 1817, ép. le
13 septembre 1838 Adolphe-Casimir-Victor Mounier, Juge au tribunal civil
de Grenoble.

XII. Fleury-Joseph-Anatole DE MAYOL DE LUPÉ, né à Grenoble le 15 juin 1828, ép.
Joséphine Couvat du Terrail, dont :

XIII. Charles-Joseph-Jayme DE MAYOL DE LUPÉ, né à Meylan, le 19 octobre 1856,
ép. à Grenoble Henriette-Victorine Barneboud, dont postérité.

BRANCHE CADETTE

XI. Alexandre-Marie-Joseph DE MAYOL DE LUPÉ, bapt. à Villeurbanne le 11
février 1792, chef d'Escadrons d'artillerie, chevalier de Saint-Louis ; ép. Catherine-
Louise Jauniard, d'une famille du bailliage de Nuits en Bourgogne, dont :

1) Octave-Eugène-Henri de Mayol de Lupé, dit le comte de Lupé, † s. p. âgé
de 58 ans au château de La Vigne, près Bourg-Argental le 11 avril 1893 ;
commandeur de Saint-Grégoire-le-Grand ; ép. à Paris le 19 février 1860
Marie-Antoinette-Valérie de Valleton, fille de Marie-François-Auguste-
Edmond, comte de Valleton, chevalier de Charles III d'Espagne, et de
Mlle Bourgade ;
2) Marie-Eugène-Henri, qui suivra ;
3) Marie-Alexandrine-Olympe, † en 1870, ép. en 1860 Abel, baron d'Allemagne,
fils de Claude, baron d'Allemagne, et d'Ermance de Jullien de Villeneuve.

XII. Marie-Eugène-Henri DE MAYOL DE LUPÉ, comte de Lupé, officier au service
du Roi François II des Deux-Siciles, chef de bataillon au 20e corps en 1870-71,
chevalier de la Légion d'honneur et de François Ier des Deux-Siciles, chef de
l'Action Royaliste en France ; ép. à Naples le 4 septembre 1862 Élisa Caracciolo,
fille du chevalier Antonio Caracciolo, des ducs de Girifalco au royaume de Naples,
dont :

1) Alexandre, qui suivra ;
2) Jean de Mayol de Lupé, religieux bénédictin ;
3) 4) 5) 6) Henriette, Valérie, Thérèse et Marguerite, religieuses ;
7) Germaine, ép. Henri, comte Ceppi di Lecco ;
8) Marie, mariée au vicomte de Logelière.

XIII. Alexandre-Bérenger-Guillaume-Marie-Luigi, vicomte DE MAYOL DE LUPÉ, né à Nuits le 11 octobre 1864, officier de chasseurs à cheval ; ép. à Paris le 3 juillet 1897 Agustina de Echeguren, dont :

    1) Pierre de Mayol de Lupé, né en août 1898, † jeune ;

    2) 3) Deux filles.

Cf. : *Carrés d'Hozier* : 423 (*volume renfermant le mémoire des Consuls de Bourg-Argental en 1669*). Nouveau d'Hozier : 231.

Original communiqué par le comte de Lupé de l'enquête du 29 décembre 1660 faite à Annonay à la requête de noble Guillaume de Mayol.

Annuaire de la Noblesse.

MICHON

Ecartelé : aux 1 et 4 d'azur à la fasce d'or accompagnée de deux molettes d'éperons d'argent en chef et d'une main dextre appaumée du même en pointe ; aux 2 et 3 d'argent au sautoir engrêlé de sinople cantonné de quatre tourteaux de gueules, au chef d'azur chargé d'une tête de lion arrachée d'or, qui est de Bathéon.

Balthazar MICHON

La famille Michon, est issue de ·

I. Dominique MICHON, bapt. à Lyon le 21 février 1607, † avant 1668; ép. p. c. du 28 octobre 1632 Catherine Gindron, fille de Pierre, et de Fleuric Clozet, dont :

1. Annibal, qui suit ;
2. Antoinette, bapt. à Lyon le 17 septembre 1633, ép. Mathieu Colomby ;
3. Louise, bapt. le 30 janvier 1635, ép. à Lyon p. c. du 8 juin 1656 Gaspard Gaultier, écuyer, receveur de la ville de Lyon, fils de Christophe, écuyer, greffier de la juridiction d'Ainay, et d'Ysabeau Martinier ;
4. Léonore, bapt. le 6 mai 1645, ép. François Vande ;
5. Jeanne, ép. le 21 février 1658 Antoine Dalbepierre.

II. Annibal MICHON, bapt. à Lyon le 17 août 1642, † à Lyon le 21 août 1694; receveur de la ville de Lyon; ép. à Lyon p. c. du 14 août 1668 Bonne Bathéon, † à Lyon les 27 novembre 1729, fille de noble Léonard, Échevin de Lyon, et d'Anne des Brosses, dont parmi dix-sept enfants :

1. Léonard, qui suivra ;
2. Balthazar Michon, chevalier, né à Lyon le 23 mai 1678, † à Lyon le 3 août 1747; mousquetaire de la première compagnie du Roi, Trésorier de France à Lyon (26 novembre 1723); Président du Bureau de la Charité en 1736; ép. p. c. du 15 janvier 1715 Geneviève Taillandier, veuve de Jacques Borde, chevalier, Trésorier de France en 1697, dont :

    A) Annibal, membre de l'Académie de Lyon, s. a. en 1757.

3) Jean, avocat, père de François-Annibal vivant en 1722 ;

4) Dominique, bapt. le 8 septembre 1687, chanoine régulier de Saint-Antoine ;

5) Bonne, bapt. à Lyon le 2 novembre 1669, † à Lyon le 24 octobre 1741 ;
mariée le 29 juin 1690 à Jacques Claret de la Tourette, écuyer, sg^r de La
Tourette, conseiller en la sénéchaussée de Lyon, Président en la Cour des
Monnaies de Lyon, Lieutenant général criminel à Lyon, fils de Jean Claret,
écuyer, sg^r de La Tourette, Échevin de Lyon, et Marguerite Vial ;

6) et 7) Bonne et Étiennette, religieuses au couvent des Deux-Amants.

III. Léonard Michox, chevalier, né à Lyon le 26 mars 1675, † à Lyon le 11 février
1746 ; Avocat du Roi au Bureau des finances (3 décembre 1700), Président du Bureau
de La Charité en 1714, Échevin de Lyon en 1721-22 ; ép. p. c. du 10 mai 1707
Marie-Anne Romier, fille de Jacques, et de Jeanne Bathéon, dont, entre autres :

1) Balthazar, qui suivra ;

2) Bonne, bapt. le 5 mars 1713, religieuse de Saint-Benoît.

IV. *Balthazar* Michox, chevalier, sg^r de La Tour de Priay, né à Lyon le 4 juillet
1720, † le 12 ventôse an XII ; Avocat du Roi au Bureau des Finances de Lyon
(16 mai 1746), admis à la Noblesse de Bresse le 12 avril 1787, comme sg^r de La
Tour de Priay, comparant en 1789 à Lyon et à Bourg ; ép. le 24 février 1745 Jeanne
Valfray, fille de Pierre, sg^r de Salornay, Échevin, dont entre autres :

1) Jean-Marie, bapt. à Lyon le 4 novembre 1748 ;

2) Anne-Marie Michon, ép. 1°) le 20 février 1770 François-Roch-Antoine de
Quinson, chevalier, baron de Cerdon et de Poncin, gouverneur de Cerdon,
etc., Conseiller en la Cour des monnaies de Lyon, né à Lyon le 17 janvier
1729, veuf d'Anne-Marie Mogniat de l'Écluse et fils de Gaspard-Roch-Augustin
de Quinson, chevalier, sg^r du Boujard, baron de Cerdon, La Cueille, Poncin,
Saint-Alban, Laissard, Étable, etc., Président des Trésoriers de France à
Lyon, et d'Élisabeth Bollioud des Granges ; 2°) le 3 mars 1790 Abel-Lambert-Marie Bottu de Limas, écuyer, chevalier de Saint-Louis, né le 26 septembre 1751, fils de François Bottu de Saint-Fonds, écuyer, et de Catherine
de La Font.

3) Jeanne-Marie Michon, ép. à Lyon le 18 mai 1776 Ennemond-Augustin-
Hubert de Saint-Didier, chevalier, baron de Riottiers, sg^r de Tanay, etc.,
mestre de camp de cavalerie, chevalier de Saint-Louis, etc., fils de Benoît-
Victor, chevalier, Président des Trésoriers de France à Lyon, et d'Antoinette Anisson.

MICHON DE VOUGY

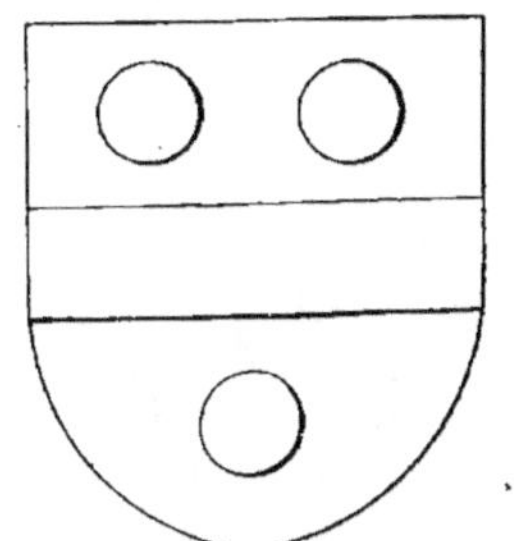

D'azur à une fasce d'or accompagnée de trois besans d'argent.

JEAN-LOUIS MICHON, COMTE DE VOUGY

Les Michon de Vougy, titrés comtes de Vougy par L. P. de 1766 seraient, par tradition, originaires de Paris ; leurs prétentions à ce sujet furent même enregistrées dans un arrêt de maintenue, rendu par le Conseil du Roi le 29 novembre 1745, sur requête présentée par Jean-Marie Michon de La Farge, sgr de Vougy. Par le fait, on trouve authentiquement les Michon à Roanne au xvie siècle, et la postérité de leur auteur a formé un grand nombre de branches. La filiation de cette famille s'établit depuis :

I. Jehan MICHON, fixé à Roanne ; ép. 1°) Catherine Varinard ; 2°) avant 1588, Jehanne Prevost, † s. p. Il eut du premier lit neuf enfants, entre autres :

   1°) François, qui suit ;

   2°) Pierre Michon, ép. Louise Morestin, dont Jean, Claude, Pierre, Louis et Jacques Michon. Ils fondèrent les Michon de La Tourette, Boisvert et Chenavel.

II. François MICHON, † avant 1638 ; ép. p. c. du 23 février 1593 Florence Simon, fille de Charles, bourgeois de Saint-Haon-le-Châtel, et de Jeanne Prevost, dont quatorze enfants, entre autres :

   1) Jean-Baptiste, qui suit, tige des Michon de Pierreclos (ou Pierreclau) qui portaient « *d'azur à trois besans d'argent et un losange d'or, en cœur* » ;

   2) François, tige des Michon de Vougy, qui viendront plus loin ;

   3) Pierre, tige des Michon du Marais, représentés de nos jours à Lyon et au ressort de la baronnie d'Oyé en Brionnais ;

   4) Antoine, tige des Michon de Grandval et Dommartin.

BRANCHE DE PIERRECLOS

III. Jean-Baptiste Michon, bapt. à Roanne le 22 septembre 1598, † à Lyon le 12 mai 1657 ; banquier à Lyon ; ép. à Marcigny, p. c. du 18 février 1636, Pernette Marque, fille de Louis, contrôleur du grenier à sel de Marcigny et Semur-en-Brionnais, et de Suzanne du Puy, dont sept enfants, entre autres :

1) Jean-Baptiste, qui suit ;
2) François, bapt. à Roanne le 5 décembre 1647, frère servant d'armes de l'ordre de Malte (9 septembre 1665) ;
3) Jeanne, bapt. à Roanne le 8 novembre 1637, ép. à Lyon p. c. du 26 juillet 1664, Pierre Lanchenu, sg^r de La Barolière, Trésorier provincial de l'Extraordinaire des Guerres en Lyonnais, Forez, Beaujolais et Dombes.

IV. Jean-Baptiste Michon, sg^r de Pierreclos en Mâconnais, Bussy, Buffières, etc., bapt. à Roanne le 4 décembre 1639, † à Pierreclos en août 1717, Procureur du Roi près le Bureau des Finances de Lyon (5 janvier 1671), charge dont il eut des lettres d'honneur en 1690 ; anobli par L. P. d'octobre 1698 ; ép. p. c. du 4 février 1670 Gabrielle Charrier de La Roche, fille d'Aimé, écuyer, baron de La Roche, Procureur du Roi près le Bureau des Finances de Lyon, et d'Isabeau Rouvière, dont, parmi treize enfants :

1) Antoine-Alexandre Michon, chevalier, sg^r de Pierreclos et de la comté de Berzé, dit le comte de Berzé, bapt. à Lyon le 21 mai 1676, † à Lyon le 19 septembre 1736 ; capitaine de chevau-légers au régiment de Duras ; Trésorier de France à Lyon (9 décembre 1701), charge dont il eut les lettres d'honneur le 2 juin 1730 et le 13 juin 1734 ; ép. Antoinette Brossier de La Roullière, † à Paris, s. p. en avril 1730, fille de Charles, écuyer, sg^r de la baronnie de La Roullière, secrétaire du Roi, et d'Anne Trolfier ;
2) Aymé-Gabriel, qui suit ;
3) Étienne, bapt. à Pierreclos le 6 mai 1678, ép. Françoise Michon de Chenavel, fille de Claude, dont :
   A) Claude-Étienne Michon de Chenavel, chevalier, sg^r de Chenavel, capitaine au régiment de l'Ile-de-France, chevalier de Saint-Louis ; père de :
      a) Marguerite Michon de Chenavel, vivant en 1789.
4) Pétronille, bapt. à Pierreclos le 2 février 1683, ép. à Pierreclos, Jacques Dubois de la Rochette.

V. Aymé-Gabriel Michon, chevalier, sg^r de Pierreclos, Bussy, et la baronnie de
Cenves, dit le baron de Cenves ; bapt. à Pierreclos le 16 mars 1681, † à Lyon en
août 1747, revêtu de sa charge de Trésorier de France à Lyon qu'il occupait depuis
le 12 avril 1730 ; ép. 1°) Marie-Élisabeth-Victoire de Laurencin du Péage, † le 30 mars
1730, fille de Jean, chevalier, sg^r du Péage, Avenas, le Sauzey, et de Marie-Artémise de
Laurencin ; 2°) p. c. du 2 juillet 1733 Antoinette-Sozime Charrier de La Roche, née
le 4 avril 1711, fille de Georges-Antoine, chevalier, baron de La Roche-Julié, Président en la Cour des Monnaies de Lyon, et de Marguerite Ranvier. Il eut du second
lit six enfants, entre autres :

1) Jean-Baptiste, qui suit ;
2) Jacques, chevalier de Pierreclos, bapt. à Lyon le 11 mars 1744 ;
3) Marie-Catherine, bapt. à Lyon le 31 juillet 1736, ép. à Mâcon le 13 octobre
   1777 Joseph-Marie de Moyrod, écuyer, Conseiller au bailliage de Mâcon.

VI. Jean-Baptiste Michon, chevalier, sg^r de Pierreclos, du comté de Berzé, de la
baronnie de Cenves, de Milly, Sologny, Saint-Sorlin, Bourgvillain, Bussy, Buffières
etc., né à Lyon le 20 septembre 1737, officier de cavalerie, maintenu dans sa
noblesse par arrêt du Conseil du 13 juillet 1773, comparant en 1789 avec la
Noblesse du bailliage de Mâcon ; ép. à Saint-Étienne p. c. du 27 avril 1767 Marguerite Bernou de Rochetaillée, fille de Jacques, chevalier, baron de Rochetaillée-en-
Forez, sg^r de Nantas, l'Étivalière etc., et de Marie-Benoîte Girard, dont il eut trois
fils et cinq filles, parmi lesquels fit souche :

VII. Guillaume-Benoît Michon de Pierreclos, chevalier, dit le comte de Pierreclos,
né à Mâcon le 24 janvier 1770 ; il fit en 1785 ses preuves pour les Cadets gentilshommes payant pension. Les titres à l'appui furent remis le 5 mars 1785 par le
baron de Rochetaillée, oncle maternel du postulant, demeurant à Paris à l'Hôtel de
la Dauphine, rue Coq-Héron [1]. M. de Pierreclos épousa Anne-Joséphine Désoteux
de Cormatin, dont :

VIII. Jean-Baptiste Léon Michon de Pierreclos, chevalier, comte de Pierreclos,
né à Cormatin le 1er mars 1813, Substitut du Procureur du Roi à Mâcon ; ép. à
Mâcon le 28 mars 1838 Marie-Joséphine-Alix d'Esgland de Cessiat, née à Mâcon le
9 mars 1814, fille de Joseph-César-Jean-Baptiste-Aimé, chevalier de Saint-Louis,
et de Marie-Cécile de La Martine de Prat, dont :

1) Catherine-Marie-Thérèse-Léontine Michon de Pierreclos, née à Mâcon le
   23 mars 1839 ; ép. 1°) Pierre-Sébastien de Lacretelle ; 2°) à Mâcon le 4 ma

---

1. 6, rue du Coq-Héron, et 19, rue du Louvre, se trouvait en 1730, l'Hôtel de Vougy (Marquis
de Rochegude : Le vieux Paris).

1870 Frédéric de Parseval, né à Demigny (Saône-et-Loire), le 19 juillet 1824, † à Mâcon le 13 mai 1875, capitaine de cavalerie, chef d'escadrons en 1870, veuf de Marie-Augustine-Mathilde de Bourcet, et fils de Camille-Ferdinand-Laurent de Parseval, chef d'escadron, et de Joséphine-Thérèse-Constance de Foudras.

BRANCHE DE VOUGY

III. François MICHON, bapt. le 1er janvier 1606, ép. avant 1635, Claudine Thomas, dont quatre enfants, entre autres :

IV. Adrien-François MICHON DE CHAMARANDE, écuyer, sgr du dit lieu, † en 1718 ; Conseiller du Roi, Maire et Échevin perpétuel de Roanne, anobli par L. P. de 1696, avec règlement d'armoiries du 19 novembre 1698 ; (Lettres enregistrées au Parlement de Paris le 12 décembre 1698, et à la Cour des Aides le 8 janvier 1699). Marié à Roanne le 31 juillet 1657, à Catherine Audras, † à Roanne le 27 août 1689, fille de Charles, écuyer, sgr de La Faye, conseiller du roi en l'élection de Roanne, et de Marie Valence, dont douze enfants, entre autres :

 1) François-Marie Michon de Chamarande, écuyer, bapt. à Roanne le 24 février 1672, enquêteur-examinateur en l'Élection de Roanne ; ép. à Cervière le 5 février 1697, Marie Dubuisson, fille de Claude, Élu en l'Élection de Montbrison, et d'Anne de Guitardis, dont :

  A) Jean-Baptiste-Marie Michon, écuyer, sgr de Chamarande, † s. a. le 26 mars 1753.

 2) Louis, qui suit.

V. Louis MICHON DE LA FARGE, écuyer, sgr de La Farge, Vougy, etc., bapt. à Roanne le 12 novembre 1675, † en juillet 1721 ; ép. p. c. du 2 janvier 1702, Françoise Thévenard de La Farge de Lenclos, dame de Vougy, fille de Jean-Louis Thévenard de La Farge et de Louise de Vaginay (sœur du Prévôt des Marchands, Procureur Général près la Cour des Monnaies de Lyon), dont une fille et :

VI. Jean-Marie MICHON DE LA FARGE, écuyer, sgr de Vougy, Aillan, Chamarande, etc., né à Roanne le 16 octobre 1707, † à Vougy le 4 septembre 1770, écuyer du Roi le 28 mai 1728, capitaine de cuirassiers le 25 mars 1734, Brigadier général des armées du Roi après la bataille d'Ettingen où il fut blessé, chevalier de Saint-Louis ; maintenu par arrêt du Conseil le 29 novembre 1745, arrêt enregistré à la Cour des Aides le 29 mars 1746 ; ép. à Paris p. c. du 25 septembre 1731 Catherine Dauger, † à Vougy le 13 août 1733, fille de Jacques, chevalier, sgr de Villiers, Le Tourneur,

Marimont, maréchal des camps et armées du Roi, et de Marguerite des Fossés de
Watteville. Elle était sœur de Louis-Alexandre Dauger, Brigadier des armées du
Roi, Exempt des Gardes, et nièce du Lieutenant-Général de ce nom. Elle fut mère
d'une fille et de :

VII. *Jean-Louis* MICHON DE VOUGY, chevalier, comte de Vougy, sg^r de Pouilly,
Boisvert, Farges, Montregard, Chamarande, etc., né le 27 juin 1732, † en 1802,
Mestre de camp de cavalerie, chevalier de Saint-Louis, créé comte de Vougy par
L. P. de juillet 1766 (enreg. au Parlement de Paris le 5 août 1767, et à la Chambre
des Comptes le 5 septembre 1767), comparant à Lyon en 1789 ; ép. le 23 mars 1759
Angélique-Julienne de Casaubon, † le 22 décembre 1789, fille de Jean-Maurice,
écuyer, syndic de la Compagnie des Indes, et de Claude Le Pas de Hureaux, dont
cinq fils et cinq filles, entre autres :

1) Jean-Étienne, qui suivra ;
2) Jean-Louis-Rémy, qui a fait branche ;
3) Marie-Jeanne-Eugénie-Élizabeth, ép. le 21 août 1787 Pierre-Louis du Bost
   de Rouvray, chevalier, sg^r de Rouvray et Méoles, capitaine d'artillerie au
   régiment de La Fère, chevalier de Saint-Louis, fils de Louis du Bost d'Her-
   nicourt, chevalier, sg^r de Fossemanant, etc., et de Louise-Françoise de
   Fransure ;
4) Anne-Adélaïde-Victoire, ép. le 15 décembre 1789 Jean-Baptiste-François-
   Théodore du Rosier, chevalier, capitaine de cavalerie au régiment d'Artois,
   premier page de la comtesse d'Artois, fils de Marc-Guillaume, chevalier, et
   de Marie-Benoîte Bernou de Rochetaillée ;
5) Dominique-Louise, bapt. à Roanne le 20 avril 1770, ép. N. comte de La
   Roche-Négly ;
6) Louise-Marguerite-Alexandrine, bapt. à Roanne le 17 mars 1774, ép. le
   comte de Morges ;
7) Angélique-Philippe-Claudine, bapt. à Roanne le 8 avril 1776, ép. à Roanne,
   le 29 vendémiaire an V, Pierre-Claude Puy de La Bastie, né le 13 mars
   1768, fils de Louis-François-Germain Puy de Mussieu, écuyer, sg^r de La
   Bastie, et de Guillemine Préverand de Laubepierre.

VIII. Jean-Étienne MICHON DE VOUGY, chevalier, comte DE VOUGY, né à Roanne le 21
mars 1767, † après 1838, cadet-gentilhomme le 1er mai 1781, capitaine des cuirassiers
du Roi, chevalier de Saint-Louis; Député de la Loire, le 22 août 1815 et le 4 octobre
1816, il fit partie de la majorité de la Chambre introuvable et épousa en 1801 Mar-
guerite-Sophie Anglès, née en 1776, † à Vougy le 3 septembre 1820, fille de Jean-

François, conseiller au Parlement de Grenoble, et de Marianne Bonnins de Vienne, et sœur du célèbre comte Anglès. Il laissa :

1) Jules qui suivra ;

2) Jeanne-Françoise-Élizabeth-Félicie, née à Vougy le 18 prairial an X, † à Montbrison le 4 septembre 1901 ; ép. à Vougy le 1er juin 1829 François-Lucien Souchon du Chevalard, conseiller général de la Loire, né à Montbrison le 2 germinal an VI, † le 20 mai 1878, fils d'Hubert, et Marguerite-Angèle du Rosier, et père entre autres de la marquise de La Jonquière ;

3) Louise-Suzanne-Ernestine, née le 27 novembre 1811, † à Chênelette le 4 septembre 1878; ép. à Vougy le 6 juin 1832, Jacques-César-Hélène-Théodore Agniel, comte de Chênelette, né à Lyon le 23 pluviôse an V, † à Lyon le 23 janvier 1880, fils de Jean-Baptiste, chevalier, Lieutenant-colonel d'artillerie, et de Charlotte-Françoise de Ferrary.

IX. Jules-Émilien Michon de Vougy, comte de Vougy, né le 10 janvier 1809, † en 1885, ép. Néresta Jars, † à Vougy s. p. le 28 novembre 1869, fille de l'électeur du Tiers-État de Lyon en 1789, Député du Rhône et membre de l'Institut.

BRANCHE CADETTE

VIII. Jean-Louis-Rémy Michon de La Farge, chevalier, vicomte de Vougy, sgr de Chamarande, né le 10 juillet 1772, † à Chamarande le 2 mai 1846; Cadet gentilhomme le 9 septembre 1786, Lieutenant au régiment des cuirassiers du Roi ; ép. Françoise-Renée-Joséphine de Montrichard, née à Charlieu le 9 mai 1784, fille d'Henri-René, comte de Montrichard, chevalier, page de la Dauphine, et de Emmanuelle-Marie-Louise de Lombard, dont :

1) Henri Michon, vicomte de Vougy, né vers 1807, † à Chamarande le 20 décembre 1891 ; Directeur général des Télégraphes sous le second Empire, Grand Officier de la Légion d'Honneur, chevalier des saints Maurice et Lazare, etc., ép. Joséphine de Breitenbach, † à Chamarande le 8 avril 1880, à 69 ans, dont :

A) Marie de Vougy, née vers 1849, † à Chamarande le 16 mars 1890, ép. à Paris le 25 juillet 1868 Marie-Joseph-Jean-Aymard, comte de La Tour du Pin-Chambly de La Charce, officier de Chasseurs d'Afrique, commandant de mobiles, officier de la Légion d'honneur, né à Arrancy le 19 octobre 1838, † à Chamarande (Loire) le 2 avril 1903, fils de Humbert, marquis de La Tour du Pin-La Charce, et d'Alexandrine de Maussion.

2) Louis de Vougy, né à Saint-Germain-L'Espinasse. le 7 novembre 1813,
   † à Philippeville le 12 juillet 1842, Lieutenant des tirailleurs algériens ;

3) Théodore, qui suit ;

4) Stéphanie, † religieuse bénédictine ;

5) Louise, née le 30 décembre 1810, † à Lyon le 28 mars 1894 ; ép. à Lyon le
   22 avril 1850 Abel-Étienne Pupil du Sablon, né à Bourg-Argental le 26 mars
   1799, † à Paris le 29 janvier 1866, Conseiller général de la Loire, veuf de
   Julie de Chaussat, et fils de Jean-Baptiste, Garde du Corps de Louis XVI,
   et de Hyacinthe Verloux.

IX. Théodore-Camille-Laurent MICHON DE VOUGY, baron, puis comte DE VOUGY, né
à Saint-Germain-l'Espinasse le 10 juin 1818, chef des Michon de Vougy et dernier
représentant mâle de cette branche ; Préfet sous le second Empire ; officier de la
Légion d'Honneur, etc. ; ép. Brigitte-Anaïs de Keating, veuve de Gand-Amable,
baron Hugon, vice-amiral et Sénateur de l'Empire, dont :

1) Marie-Joséphine-Pulchérie-Christine de Vougy, née à Paris le 27 décembre
   1869 ; ép. à Vougy le 10 juillet 1894 Roger de Valous, fils de Camille, et
   d'Alix Picot La Beaume.

Cf. : Nouveau d'Hozier 237 ; Michon. *Notes communiquées* par le marquis de
   La Jonquière.

MILLANOIS DE LA SALLE ET DE LA THIBAUDIÈRE

D'argent au lion de gueules portant un écusson écartelé : aux 1 et 4 d'or à trois pals de gueules ; aux 2 et 3 d'or à la croix de sable.

Jean MILLANOIS de LA SALLE
Charles-François MILLANOIS de LA THIBAUDIÈRE

Les Millanois établis à Lyon au xviie siècle sont issus de :

I. Louis MILLANOIS, bourgeois de Lyon, † avant le 11 avril 1695, ép. Anne Mathé, dont :

II. Jean-Baptiste MILLANOIS, bourgeois de Lyon, † après le 9 mai 1733 ; ép. à Lyon p. c. du 15 février 1695 Sibylle Perret, † à Lyon, âgée de 80 ans le 13 décembre 1746, fille de Jean et d'Anne de La Roche, dont trois fils et neuf filles, entre autres :

1) Charles, qui suit ;

2) Léonard Millanois, bapt. à Lyon le 30 avril 1706, greffier héréditaire en la maîtrise particulière des Eaux et Forêts de Lyonnais (14 juillet 1742) ; ép. Marie-Marguerite Tissot, fille de Jean-Joseph Tissot, dont trois fils et cinq filles, entre autres :

  A) Noble Joseph-Léonard Millanois, conseiller rapporteur du tribunal de Nos Seigneurs les Maréchaux de France ; ép. 1°) à Lyon le 17 septembre 1771, Marie-Thérèse Roux, fille de François, et de Marie Aguettan ; 2°) à Lyon le 3 novembre 1779 Marie Sicot, fille de Simon, et de Charlotte Barret. Il eut du premier lit :

    a) Claude, bapt. le 29 août 1772 ;

    b) Marguerite, bapt. le 28 décembre 1773 ;

    c) Amélie, bapt. le 30 juin 1777, tous nés à Lyon.

  B) Jean-Jacques Millanois, bapt. à Lyon le 22 novembre 1749, † à Lyon victime de la Révolution le 7 brumaire, an II ; Premier Avocat du Roi en la sénéchaussée de Lyon (15 novembre 1771), député des villes et des campagnes de Lyon à l'Assemblée provinciale de 1787, Député du Tiers-État aux États-Généraux de 1789; revenu à Lyon après la Constituante, il chercha à y entraver le mouvement révolutionnaire, et servit contre la Convention comme lieutenant-colonel d'artillerie;

C) Marie-Alix Millanois, ép. à Lyon le 17 mars 1761 Claude-Espérance de Regnauld-Alleman, chevalier, marquis de Bellescize, mestre de camp de dragons, chevalier de Saint-Louis, etc., fils de Luc, marquis de Regnauld-Alleman, et de Jeanne de Grôlée;

D) Marie-Marguerite Millanois, ép. à Lyon le 24 janvier 1765 Pierre-Isaïe d'Indy, écuyer, sg^r de La Salle, Lieutenant de Dragons au régiment d'Autichamp, fils de Jacques-Isaïe, écuyer, officier au régiment de Toulouse-Infanterie, et de Catherine de Birousse.

3) Thomas, recteur de la Charité en 1741;

4) Marianne, † à Lyon le 11 avril 1732, ép. à Lyon p. c. du 14 mars 1711 Jean Gay, fils de Claude-Joseph, et de Jeanne Durrié;

5) Françoise, ursuline à Saint-Just;

6) Marie, visitandine à Lyon;

7) Marie, ép. à Lyon : 1°) p. c. du 24 avril 1720 Barthélemy Cornet, établi aux comptoirs de Venise, fils de Gabriel, et de Jeanne Pascal; 2°) les 1er-12 février 1724 Jean-François Pitiot, recteur de la Charité, fils de Joseph, et de Jeanne Currelle;

8) Marie-Claudine, ép. à Lyon p. c. du 21 octobre 1741 Guillaume Bouché, fils d'Antoine, bourgeois de Lyon et de Marguerite Dumoulin.

III. Charles MILLANOIS, écuyer, † le 1er janvier 1773; secrétaire du Roi, Directeur de la Monnaie de Lyon (8 février 1757, p. acq. de Jean Carra, écuyer, sg^r baron de Vaux); ép. à Lyon les 10-17 août 1735 Marie-Jeanne Carra, fille de Jean, et de Jeanne Valfray, dont cinq fils et deux filles, entre autres :

1) Jean, qui suit;

2) Pierre Millanois, écuyer, bapt. le 6 février 1741, † le 6 février 1782, chanoine baron de Saint-Just;

3) *Charles-François* Millanois, écuyer, sg^r de La Thibaudière, bapt. à Lyon le 7 mai 1744; comparant à Lyon en 1789; ép. à Lyon : 1°) le 1er novembre 1778 Rose-Françoise de La Roche, veuve de Jacques-Julien Vattard, écuyer, et fille d'Aimé de La Roche, imprimeur du Roi en la principauté de

Dombes; 2°) le 25 novembre 1784 Hugues-Françoise-Marguerite-Sophie de
Regnauld de Bellescize, née à Lyon le 28 janvier 1764, † à Chasselay le
19 janvier 1832, fille de Claude-Espérance, sg^r de La Thibaudière, et de
Marie-Alix Millanois. Il fut père de :

> A) *1er lit* : Marie-Rose, bapt. à Lyon le 19 août 1779, † en 1870, ép. Pierre
> Duport ;
>
> B) *2e lit* : Claude-Espérance, bapt. à Lyon le 2 octobre 1785 ;
>
> C) Jean-Charles, écuyer, bapt. à Lyon le 8 novembre 1791, † le 10 juin
> 1856 ; receveur particulier à Villefranche, receveur de la ville de Lyon
> (1838-1852) ; ép. en 1849 Marie-Anne-Élisabeth de Berlhe ;
>
> D) Alix-Sophie, bapt. à Lyon le 30 décembre 1787, † à Lyon le 30 mars
> 1875 ; ép. le 24 mai 1808 Louis Sauvage de Saint-Marc, né à Belley le
> 30 mars 1776, Inspecteur des douanes, fils de Louis, et de Marie-Jeanne
> Millanois ;
>
> E) Jeanne-Alexandrine, bapt. à Lyon le 17 septembre 1789, † en 1824 ;
> ép. à Lyon, p. c. du 26 août 1809, Louis-François-Auguste Verny, né
> en 1782, † en 1873, fils de Mathieu, et de Félicité Ruelle.

4) Marie-Jeanne, bapt. à Lyon le 21 juillet 1748, ép. à Lyon p. c. du 8 janvier 1765 Louis Sauvage de Saint-Marc, écuyer, directeur de la Ferme générale à Grenoble, fils de Claude, chevalier, conseiller à la Cour des Comptes,
Aides, Domaines et Finances du comté de Bourgogne à Dôle, et de Reine
L'Eschenault ;

5) Françoise-Sibylle, bapt. à Lyon, le 22 novembre 1750 ; ép. à Lyon le
31 janvier 1769 Charles-Henri Maritz, écuyer, capitaine d'artillerie, fils de
Jean, sg^r de La Barolière et La Rigaudière, chevalier de l'Ordre du Roi, et de
Judith Déonna.

IV. *Jean* MILLANOIS DE LA SALLE, écuyer, sg^r de La Salle, Balcine, La Grange,
Lucenas, etc., bapt. à Lyon le 4 octobre 1736 ; Directeur de la Monnaie de Lyon,
comparant à Lyon en 1789 ; ép. à Lyon le 11 février 1772 Jacqueline-Marie de La
Font de La Salle, fille de noble Hiérome, sg^r de La Salle, et de Marie-Anne Jacquet,
dont trois fils, morts jeunes et :

1) Marie-Jeanne, bapt. à Lyon le 27 mars 1773, ép. à Lyon le 30 nivôse an
VII Gabriel-François de la Roche-Négly ;

2) Louise-Élisabeth, bapt. à Lyon le 28 décembre 1778, † le 7 janvier 1858,
ép. à Lantignié le 12 vendémiaire an X Michel de Montgolfier, † le 20 août
1851, fils de Maurice-Augustin, et de Rose Martel ;

3) Rose-Françoise, bapt. à Lyon le 18 novembre 1780; ép. à Lyon p. c. du 22 mai 1802 Jacques-Louis-François Dupré, ancien capitaine de grenadiers, fils de Pierre-Antoine, juriconsulte à Pierremale, et de Suzanne-Émilie Tesses ;

4) Claudine-Marie, bapt. à Lyon le 22 mai 1783, † à Annonay le 14 décembre 1836 ; ép. à Lyon le 9 mai 1804 Joseph-Gabriel du Peloux de Saint-Romain, né à Saint-Romain-la-Chalm (Haute-Loire) le 4 septembre 1774, fils de Louis du Peloux, chevalier [dont le frère Claude ép. Marie-Jeanne Maritz], et de Magdeleine-Alphonse Jullien.

Cf. : *Communications* du comte du Peloux de Saint-Romain.

MOGNIAT DE L'ÉCLUSE ET DE LIERGUES

D'azur au chevron d'or accompagné de deux étoiles du même et d'un croissant d'argent ; au chef du même chargé de trois roses de gueules tigées de sinople.

PIERRE-ENNEMOND-JOACHIM-FRANÇOIS-MARIE-ÉLISABETH MOGNIAT DE L'ÉCLUSE

FRANÇOIS-MARIE-ENNEMOND MOGNIAT DE LIERGUES

La famille Mogniat établie à Lyon dès le XVIᵉ siècle a formé plusieurs branches ; sa filiation rigoureusement établie remonte à Claude Mogniat, citoyen de Lyon, qui testa le 5 septembre 1556, et dont le petit-fils fut :

III. Pierre MOGNIAT, recteur des Hôpitaux de Lyon ; ép. les 16 mai-2 juin 1644 Gabrielle Bigot, fille de Louis, et de Jeanne Fourmy, dont entre autres :

    1) Louis, qui suit ;

    2) Antoine, tige des Mogniat de l'Écluse.

IV. Louis MOGNIAT, bapt. à Saint-Nizier le 9 juillet 1645, vivant encore en 1702 ; héraut d'armes de France, qualifié écuyer en 1697 ; ép. p. c. du 7 novembre 1674, Françoise de La Gontière, fille de Jean, et de Sibylle Le Juge, dont, entre autres :

    1) César Mogniat de Conflans, écuyer, sgr du Four, La Marma, etc., † le 30 août 1740 ; secrétaire du Roi, greffier en chef de La Cour des Monnaies de Lyon, ép. à Lyon le 25 janvier 1707 Madeleine Borde, fille de Pierre, et de Louise Pichon ;

    2) Louis, qui suit ;

    3) Pierre Mogniat de La Roche, écuyer, sous-lieutenant au régiment de Leuville ;

    4) Jean-François, chanoine de Saint-Augustin ;

    5) Camille Mogniat de Tourvéon, capitaine au régiment de Richelieu ;

    6) Françoise, ép. Charles d'Averdoingt, sgr d'Orangy, conseiller de Grande Chambre au Parlement de Paris.

V. Louis Mogniat, écuyer, sg^r des Combes, officier au régiment de Vivarais, conseiller du roi, receveur des fermes à Condrieu, testa le 18 février 1723, et eut de Jeanne de Hollandre quatre filles, entre autres :

1) Madeleine-Césarine-Catherine Mogniat des Combes, ép. Pierre-Benoît Gonin de Lurieu, écuyer, sg^r marquis du Palais-les-Feurs, receveur des tailles à Saint-Étienne, fils de Jean-Baptiste Gonin de Lurieu, secrétaire du Roi, et de Benoîte Chovon ;

2) Jeanne-Louise-Josèphe Mogniat des Combes, ép. p. c. du 20 novembre 1748 Charles Le Juge de Loigny, chevalier, sg^r de Villeprévôt, Beauvillier, etc., gentilhomme de l'Orléanais, fils de Pierre, chevalier, Maître des comptes à Paris, et d'Anne de Beauharnais.

BRANCHE DE L'ÉCLUSE

IV. Antoine Mogniat, bapt. à Lyon le 13 juin 1649, † à Lyon le 18 novembre 1717, ép. à Lyon le 4 septembre 1679, Étiennette Carrier, † à Lyon âgée de quatre-vingt-quinze ans le 1er juillet 1753, fille d'Ennemond, et de Catherine Praire, dont entre autres :

1) Louis, bapt. à Lyon le 19 octobre 1680, chevalier, comte de Saint-Jean de Latran ;

2) Ennemond, qui suit ;

3) Gabrielle, ép. à Lyon le 15 novembre 1714 Joachim Charret, écuyer, receveur à la douane de Lyon, commissaire pour l'artillerie, conseiller-secrétaire du Roi, fils de Pierre, et de Suzanne Rey;

4) Marie-Madeleine, bapt. à Lyon le 30 janvier 1695, ép. à Lyon le 30 mai 1719 Claude Deville, fils d'Étienne, et de Marie Villierme.

V. Noble Ennemond Mogniat, écuyer, sg^r du marquisat de l'Écluse, Saint-Jean-d'Ardière, Dracé, Taponas, Pizay, Reclaine ; né à Lyon le 10 octobre 1681, † à Lyon le 24 décembre 1751 ; Recteur de l'Hôtel-Dieu, Échevin de Lyon en 1738-39, ép. le 3 février 1726, Antoinette du Marest, † le 10 avril 1759, fille de Louis, et de Madeleine Mallebay, dont :

1) François, qui suivra ;

2) Ennemond, tige des sg^{rs} de Liergues ;

3) Louise-Madeleine, bapt. à Lyon le 1er octobre 1732, ép. à Lyon le 13 avril 1753 Jean-Baptiste d'Espinay de Laye, écuyer, sg^r de Laye, Brameloup, Hesbins, Blacé, Champrenard, Marsangues, Sales, etc., né le 2 août 1729, fils de Léonard, écuyer, et d'Élisabeth Peysson ;

4) Anne-Marie, bapt. à Lyon le 20 février 1734, ép. à Lyon le 1er juin 1756, Roch-François-Antoine de Quinson, chevalier, baron de Cerdon et de Poncin, gouverneur de Cerdon, etc.; conseiller à la Cour des monnaies de Lyon; né à Lyon le 17 janvier 1729 (remarié à Anne-Marie Michon) et fils de Gaspard-Roch-Augustin de Quinson, chevalier, et d'Élisabeth Bollioud des Granges.

VI. François-Marie MOGNIAT DE L'ÉCLUSE, écuyer, sgr du marquisat de l'Écluse, bapt. à Lyon le 3 avril 1728, † à Lyon victime de la Révolution le 6 nivôse an II; conseiller à la Cour des Monnaies de Lyon (11 décembre 1748), ép. p. c. du 6 juin 1758 Claudine-Élisabeth de Quinson, † à Lyon âgée de 22 ans, le 1er janvier 1760, fille de Gaspard-Roch-Augustin, et d'Élisabeth Bollioud des Granges, dont :

VII. *Pierre-Ennemond-Joachim-François-Marie-Élisabeth* MOGNIAT DE L'ÉCLUSE, chevalier, créé comte de l'Écluse avec majorat par ordonnance du 16 octobre 1825 et L. P. du 6 août 1826 ; bapt. à Lyon le 13 juin 1759, † le 22 juillet 1834, capitaine de Dragons au régiment de la Reine, comparant à Lyon en 1789 ; marié à Suzanne Bellet de Tavernost, † à L'Écluse le 25 avril 1851, fille de François-Élisabeth, et de Marie-Judith-Henriette du Plessis de La Brosse, dont :

1) Marie-Henriette, née à Lyon le 14 juillet 1785, † le 6 août 1846, ép. à Lyon le 3 vendémiaire an IV Oswald-Henry-Gabriel Henrys, marquis d'Aubigny, né à Sury-le-Comtal le 15 juin 1767, † à Lyon le 5 octobre 1825 ;

2) Louise-Césarine, ép. le 9 novembre 1807 Antoine de La Croix-Laval, né en 1774 (marié trois fois), fils de Pierre, chevalier d'honneur en la Cour des Monnaies, et d'Élisabeth Robin d'Orliénas ;

3) Marie-Louise, † en 1815, ép. le 7 novembre 1809 Jean de La Croix-Laval, frère du précédent, né en 1782, † en 1860, maire de Lyon, député du Rhône.

Rameau des seigneurs de Liergues.

VI. Ennemond-Pierre-Joachim MOGNIAT DE LIERGUES, chevalier, sgr de Liergues, Trésorier de France à Lyon (29 décembre 1755), ép. le 12 avril 1763 Marie-Michelle Testel, † le 16 mai 1830, fille d'Antoine, et d'Antoinette Dian ; dont, entre autres :

VII. *François-Marie-Ennemond* MOGNIAT DE LIERGUES, écuyer, sgr de Liergues, Pouilly-le-Monial, etc., né à Lyon le 22 janvier 1764, † à Lyon s. p. le 19 mai 1831, comparant à Lyon en 1789 ; ép. Élisabeth-Émilie des Rioux de Messimy, née à Trévoux, vers 1776, † à Lyon le 8 mars 1829, fille de Marc, comte de Messimy, Procureur général au Parlement de Dombes, et de Jeanne-Élisabeth Le Mercier.

MONLONG

D'argent au chevron d'azur semé d'étoiles d'argent et accompagné de trois roses au naturel tigées de sinople.

Philippe-Emmanuel MONLONG

Les Monlong, originaires de la paroisse de Jurançon (Hautes-Pyrénées) sont issus de :

I. N. DE MONLONG, originaire de Jurançon, père de :

1) Arnaud, qui suit ;
2) Pierre de Monlong (1634).

II. Arnaud DE MONLONG, cité dans l'acte de baptême de son fils en 1634, fut père de :

III. Pierre DE MONLONG, bapt. à Jurançon le 26 février 1634, bourgeois de Lyon ; marié à Éléonore Maugis, † à Lyon le 14 avril 1717, dont sept enfants, parmi lesquels :

IV. Noble Jean MONLONG, bapt. à Lyon le 15 novembre 1670, † le 5 juin 1752; Trésorier de la Charité en 1729, Échevin de Lyon en 1744-45 ; marié p. c. du 24 juin 1709 à Gabrielle Barnier, † à Lyon le 7 décembre 1763, fille de Sébastien, et d'Anne-Marguerite Villette, dont six enfants, entre autres :

1) Pierre, qui suivra ;
2) Philippe-Emmanuel, qui a fait branche ;
3) Sébastien Monlong, écuyer, bapt. à Lyon le 3 janvier 1715, capitaine au régiment de Bourbon-Infanterie (1748), chevalier de Saint-Louis, chevalier-capitaine du Guet à Lyon (6 mai 1752) ;
4) Françoise, bapt. à Lyon le 14 novembre 1719, † à Lyon le 3 septembre 1742 ; ép. p. c. du 17 janvier 1738 Noble Jean-François de Genève, Échevin de Lyon en 1753, fils de François, et de Jeanne Imbert.

V. Pierre DE MONLONG, écuyer, bapt. à Lyon le 14 août 1712, † à Saint-Martin-de-Fontaines le 31 août 1789 ; Recteur de la Charité de 1751 à 1754, Trésorier de la Charité en 1755-56, Échevin de Lyon en 1760-61, Recteur de l'Hôtel-Dieu de 1767 à 1768 ; ép. le 12 janvier 1743 Anne Rousseau (sœur de Mmes de Cuzieu et de Combles), † à Lyon le 1er décembre 1751, fille d'Edme, et de Marie Palerne, dont huit enfants, entre autres :

1) Marie, ép. p. c. du 18 janvier 1763 Jean Chazette, écuyer, fils de Claude-Joseph, écuyer, secrétaire du Roi ;

2) Marie-Catherine-Madeleine, bapt. à Lyon le 12 décembre 1748, ép. p. c. du 3 avril 1769 Noble Claude Chandon, Avocat du Roi au bailliage de Mâcon, fils d'Hubert et d'Huberte Focard, et tige des Chandon de Briailles ;

3) Gabrielle, bapt. à Lyon le 1er janvier 1745, † le 16 août 1832 ; ép. p. c. du 29 avril 1767 Barthélemy de Veyre de Soras, écuyer, † à Annonay le 22 janvier 1816, Gendarme ordinaire de la Garde du Roi, chevalier de Saint-Louis, Major de la Garde nationale d'Annonay, fils de Claude, écuyer, secrétaire du Roi, et de Jeanne Fournat ;

4) Marguerite, bapt. le 21 novembre 1751, † à Lyon le 10 avril 1814 ; ép. p. c. du 7 janvier 1771 Pierre Valesque, écuyer, receveur des tailles à Lyon, fils de François, Échevin de Lyon, et de Jeanne Allézon.

BRANCHE CADETTE

V. *Philippe-Emmanuel* MONLONG, écuyer, bapt. à Lyon le 19 octobre 1716, Recteur de la Charité de 1757 à 1759, comparant à Lyon en 1789 ; ép. à Lyon le 24 mai 1753 Françoise-Marguerite Rolfe, fille de Philippe-Antoine, et de Marguerite Regnaud, dont :

1) Pierre-Emmanuel, écuyer, bapt. à Lyon le 6 octobre 1755, vivant en l'an VII ;

2) Sébastien Monlong, écuyer, bapt. le 2 juin 1757 ;

3) Jacques-Victor, qui suit ;

4) Joseph-Emmanuel, qui fait branche ;

5) Gabrielle, bapt. à Lyon le 26 octobre 1754, ép. à Lyon le 12 mars 1771 Jean-Louis Arcelin, écuyer, capitaine au régiment de Bourgogne-Infanterie, Gouverneur de la Ville de Cluny, fils de Pierre, et de Fleurie Brulard.

VI. Jacques-Victor MONLONG, écuyer, bapt. à Lyon le 1er janvier 1762, émigré en Suisse et en Wurtemberg ; ép. en Wurtemberg N... Hailer, dont :

VII. Charles-Augustin DE MONLONG, dit HAILER, Administrateur royal des Finances wurtembergeoises ; ép. en 1828 Augusta de Pitzemberg, nièce de Mgr de Keller évêque de Rottenberg ; autorisé par lettres royales à reprendre le nom « *de Monlong* » : père de :

1) Oscar, qui suit ;
2) Guillaume de Monlong, né en 1830, † en 1887, Major à l'armée du Mexique, Secrétaire des commandements de l'Empereur Maximilien ; Gouverneur des fils du Duc de Saxe-Weimar ; ép. Pétronille de Rauwenhof, dont :
   A) Auguste-Guy de Monlong, né en 1873.

VIII. Oscar DE MONLONG, né en 1829, chevalier de Monlong (Diplôme Impérial de 1876), Consul général et Conseiller aulique en Autriche ; ép. Amélie, fille du comte Sgardelli, sgr de Lascut, dont :

1) Edwin de Monlong, né en 1872 ;
2) Oscar-René, né en 1874, élève de l'Académie noble de Marie-Thérèse à Vienne (1892) ;
3) Henry-Agénor de Monlong, né en 1876.

Rameau cadet.

VI. Joseph-Emmanuel MONLONG, écuyer, bapt. à Lyon le 7 juin 1764, Administrateur des Hospices civils de Lyon (1819 à 1824) ; ép. à Lyon le 1er messidor an VI Étiennette-Anne Richard, née à Vaise en 1783, fille de Jean-François, et de Marie-Anne Creppy, dont une fille et :

1) Philippe, qui suit ;
2) François-Emmanuel Monlong, né à Lyon le 21 messidor an VII, † à Lyon le 7 février 1822.

VII. Philippe-Emmanuel MONLONG, né à Lyon le 21 messidor an VII, † après son frère jumeau.

MONT-D'OR

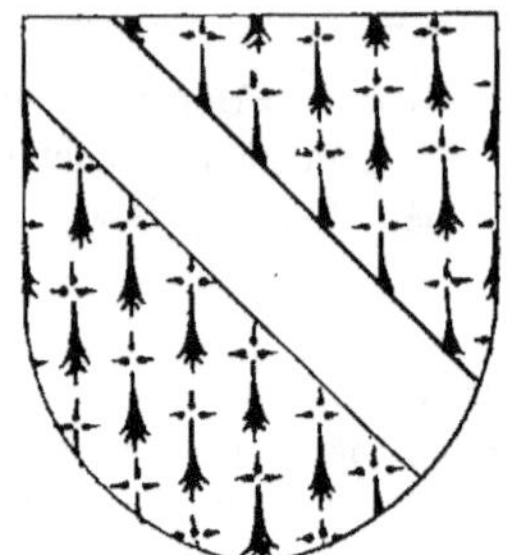

D'hermines à la bande de gueules.
Cimier : *Un bras tenant un cor.*
Supports : *2 griffons.*

CHARLES-LOUIS, MARQUIS DE MONT-D'OR

L'antique famille de Mont-d'Or, dont un des membres fut Président de l'Assemblée de la Noblesse du Lyonnais en 1789, et Député de la Noblesse de sa province aux États-généraux de 1789, est issue de Philippe de Mont-d'Or, chevalier croisé en 1166. Cette famille, entrée au chapitre des Comtes de Lyon prétendait posséder le Cor d'ivoire de Roland, ce qui fut admis par acte du chapitre général de l'Église Saint-Jean de Lyon, le 13 novembre 1769. Maintenus en 1669, cités en 1698 par l'intendant d'Herbigny comme étant au premier rang des familles lyonnaises, les Mont-d'Or établissent leur filiation suivie depuis Guy de Mont-d'Or, vivant au xive siècle, dont la descendance a formé les branches suivantes :

1) Branche aînée, formée par Guillaume de Mont-d'Or, fils aîné de Guy. Elle s'établit à Colonges et s'éteignit avec Guicharde de Mont-d'Or, femme de Pierre de Chavannes ; elle testa le 30 décembre 1445 ;

2) Les sgrs d'Hoirieux, fondés par Guyonnet, fils cadet de Guy de Mont-d'Or ; ils ont formé eux-mêmes, outre la ligne principale, plusieurs rameaux qui suivent ;

3) Les sgrs de Châteauvieux qui seront rapportés, et se sont détachés de la branche d'Hoirieux au XIIe degré, depuis Guy ci-dessus ;

4) Les sgrs de Montragier, qui seront rapportés et seront détachés du tronc d'Hoirieux au XIe degré ;

5) Les sgrs de Chambost, éteints dans la première moitié du xvie siècle, et détachés au VIe degré des sgrs d'Hoirieux, avec Claude de Mont-d'Or, fils cadet d'Antoine de Mont-d'Or, lequel était fils de Philippe de Mont-d'Or ;

6) Les sgrs de Rontalon, éteints au xve siècle, et détachés au IVe degré avec

Jean de Mont-d'Or, frère cadet de Philippe de Mont-d'Or, susnommé, qui continua les sg^{rs} d'Hoirieux. Tous deux étaient fils d'Humbert de Mont-d'Or, fils lui-même de Guyonnet ci-dessus;

7) Une branche formée selon Le Laboureur par Guigues de Mont-d'Or, frère puîné de Guyonnet, et dernier fils de Guy.

BRANCHE D'HOIRIEUX

La branche d'Hoirieux, devenue aînée, était perpétuée au VIIIe degré depuis Guy de Mont-d'Or, par :

VIII. Antoine DE MONT-D'OR, chevalier, sg^r d'Hoirieux, Vaux, Montragier, etc. ; ép. à Forges, p. c. du 6 août 1512,]Barbe de Sarron, † ayant testé le 19 janvier 1530, fille d'Antoine, et d'Ancelise de Chaudieu, dont entre autres :
1) Jean, qui suit ;
2) Françoise, ép. Pierre de Thélis, chevalier, sg^r de Puttey, fils de Louis, et de Marguerite Le Toux ;
3) Étiennette, ép. Étienne de Rancé, chevalier, fils de Jean, sg^r de Gletteins.

IX. Jean DE MONT-D'OR, chevalier, sg^r d'Hoirieux, Vaux, Montragier, etc. ; ép. le 10 juillet 1548 Bonne des Gouttes, fille de Jacques, sg^r de la Salle, dont entre autres :
1) Jean, qui suit;
2) Jacques de Mont-d'Or, capitaine ;
3) Antoinette, mariée à Jean des Chaux ;
4) Marguerite, ép. Claude d'Arcy, sg^r de Mont-Ferréol ;
5) Jacqueline, ép. Antoine des Moulins, fils de Jean, sg^r de la Thuile.

X. Jean DE MONT-D'OR, chevalier, sg^r d'Hoirieux, etc. ; ép. 1°) Catherine de Bleternes; 2°) Antoinette Perret. Il eut :
1) 1er lit : Mathieu, † au service en 1626;
2) 2e lit : Jean, qui suit ;
3) Antoine, tige des sg^{rs} de Montragier;
4) Antoinette, ép. Antoine de Tréméolles, écuyer, sg^r de Vernoilles-en-Forez ;
5) Claudine, ép. le 2 juin 1648 Gaspard du Verdier, sg^r de Mauriac.

XI. Jean DE MONT-D'OR, chevalier, sg^r d'Hoirieux, Saint-Laurent, etc., † à Vaugneray le 23 août 1684, maintenu avec son frère le 21 janvier 1668 par l'intendant Du Gué ; ép. le 22 février 1654 Juste-Diane-Madeleine de Sallmard, fille de Jean,

chevalier, sg^r de Ressis, Lieutenant de la Compagnie d'Ordonnances de Mg^r d'Halincourt, et de Juste de Gramont-Vachères, dont entre autres :

1) Jean, chevalier, sg^r d'Hoirieux, etc., né le 23 septembre 1655, † à Lyon ayant
   testé le 22 mai 1694 ; Lieutenant au régiment de Villeroy-Infanterie (1671) ;

2) Christophe-Louis, qui suivra ;

3) Barthélémy-François, marié en Suisse, dont postérité ;

4) Amédée, né le 21 mai 1667, † à Vaugneray le 20 octobre 1707, officier de
   marine ;

5) Benoît de Mont-d'Or, chevalier, sg^r d'Hoirieux, Saint-Laurent-de-Vaux, né
   le 4 avril 1672, † le 15 janvier 1726 ; Lieutenant au régiment de Picardie ;
   ép. le 25 mai 1713 Catherine de Garnier, dont :

   A) Pétronille, née le 9 janvier 1718, ép. le 18 juillet 1737 Aymar-
      André Chappuis, chevalier, baron d'Yzeron, sg^r de Laval, Saint-
      Laurent, etc., mousquetaire du Roi ; † à Lyon le 25 novembre 1766,
      fils d'André, chevalier, sg^r de Laval, cornette de cavalerie ;

   B) Anne-Françoise, bapt. le 11 janvier 1721, ép. : 1° Jacques de Verdon-
      net ; 2° p. c. du 15 février 1751, Joseph-Gabriel de Borde, chevalier,
      baron du Châtelet, Lieutenant au régiment de Languedoc, fils de
      Joseph-François, écuyer, sg^r du Châtelet, et de Jeanne de Bécerel.

6) Joseph, tige des seigneurs de Châteauvieux ;

7) Gabriel, né le 29 janvier 1676 ;

8) Jeanne-Marie, née le 26 octobre 1663, religieuse à l'Argentière ;

9, 10, 11, 12) Quatre fille religieuses à la Visitation ;

13) Marie-Anne, née le 27 avril 1666, ép. N. Courtin ;

14) Juste, née le 14 janvier 1680, ép. Claude-Antoine des Finances de Fay,
    gentilhomme de Bourgogne ;

15) Claire, née le 28 septembre 1682, † à Vaugneray le 14 mars 1761 ; ép. le
    4 novembre 1720 Pierre Perrin, écuyer, sg^r de Bénévent, ancien capitaine
    au régiment d'Orléans, fils de noble Jacques Perrin, et de Françoise Valen-
    tin de Bénévent.

XII. Christophe-Louis DE MONT-D'OR, chevalier, sg^r de Saint-Laurent, né à Hoirieux
le 16 mars 1657, † à Milan le 25 avril 1703, Cornette au régiment de Bellegarde
(1693), Lieutenant au régiment de Rennepont ; ép. à Lyon le 23 mars 1688 Antoinette Combet de la Mitonnière, dont entre autres :

XIII. Louis-Joseph-François DE MONT-D'OR, chevalier, né le 12 septembre 1699 ;
Page du Grand Prieur de France de l'Ordre de Malte, enseigne au régiment de Ven-

dôme-Infanterie (16 août 1718) ; ép. à Orléans le 19 décembre 1723 Jeanne Roulleau
dont, entre autres :

1) Louis de Mont-d'Or, chevalier, né le 25 septembre 1724, établi à la Guadeloupe et marié en cette colonie, le 9 octobre 1769, à Anne Wachter, fille de
Jean-Jacques, et Lucie Dain, dont :

A) Jeanne-Madeleine, née le 1er juillet 1772.

2) Laurent, qui suit.

XIV. Laurent DE MONT-D'OR, chevalier, né le 25 avril 1727, bachelier en théologie
de la Faculté de Paris, chapelain de la Chapelle du Palais-Royal.

BRANCHE DE CHÂTEAUVIEUX

XII. Joseph DE MONT-D'OR, chevalier, né le 4 avril 1673, † le 19 septembre 1749 ;
ép. à Lyon le 23 juillet 1710, Catherine Burtin, dont :

XIII. Louis-Benoît DE MONT-D'OR, chevalier, baron de Sathonay, sg^r de Cherpieu,
Chatanay, Châteauvieux, etc., né le 11 mai 1711, † à Lyon le 9 décembre 1769 ;
ép. le 23 juin 1736 Éléonore-Gabrielle Michel du Villars, fille de Charles-
Étienne, écuyer, sg^r du Villars, les Blanchers, baron de Sathonay, etc., Prévôt général de la maréchaussée de Bresse, Bugey et Valromey, conseiller secrétaire du Roi
du Grand Collège, dont :

1) Joseph-Ignace, chevalier, né le 28 février 1738, † en 1757, Page de la Grand-
Écurie et Mousquetaire du Roi ;

2) César, né le 29 septembre 1740, vivant en 1789, Prieur de Champdieu, chanoine baron de Saint-Just (1762) ;

3) Charles-Louis, qui suivra ;

4) Charles-Humbert, chevalier, né le 22 novembre 1752, Page du duc de Penthièvre, officier de marine, chevalier de Malte (12 novembre 1773) ;

5) Anne-Charlotte-Ferdinande, née le 18 avril 1739, ép. le 17 janvier 1757
Humbert du Breül de Saconay, chevalier ;

6) Anne-Marie, née le 2 février 1750, reçue sur preuves à Saint-Cyr, puis chanoinesse-comtesse de Neuville.

XIV. *Charles-Louis* DE MONT-D'OR, chevalier, marquis de Mont-d'Or. sg^r de Cherpieu, Châteauvieux, etc., né le 11 novembre 1741, † en 1793 sur l'échafaud révolutionnaire ; Page de la Grande Écurie du Roi, capitaine au régiment provincial de
Lyon (24 mai 1773), chevalier de Saint-Louis, comparant à Lyon en 1789, Président
de l'Assemblée de la Noblesse du Lyonnais aux États-Généraux de 1789 ; Député

de la Noblesse du Lyonnais aux États-Généraux de 1789 ; ép. le 19 avril 1768 Clémence-Éléonore-Marie-Louise de Savary de Brèves, dont :

> 1) Pierre-Louis-César de Mont-d'Or, chevalier, né le 7 août 1770, † avec son père sur l'échafaud révolutionnaire en 1793 ;
>
> 2) Perrette-Cosme-Éléonore-Gabrielle de Mont-d'Or, née le 19 février 1769, mariée : 1°) à Jacques-Gabriel-Camille des Gouttes de La Salle, chevalier, né à Thurins le 4 décembre 1771, † vers 1825, fils de Benoît-Pierre, chevalier, sg^r de La Rontalonière, et de Catherine de Gangnières ; 2°) à Claude Frédéric de Roquelaude, officier de dragons à Vitry-le-François, chevalier de Saint-Louis.

BRANCHE DE MONTRAGIER

XI. Antoine DE MONT-D'OR, chevalier, sg^r de Montragier, maintenu le 21 janvier 1668 par l'intendant Du Gué ; ép. à Lyon, p. c. du 25 février 1657, Jeanne de Laurencin, fille de Raymond, sg^r du Péage, et de Jeanne Croppet, dont :

XII. Raymond DE MONT-D'OR, chevalier, sg^r de Montragier ; ép. p. c. du 1er mai 1692 Françoise de Foudras, fille de Jean-Jacques, chevalier, sg^r de Courcenay, La Poype, etc., dont entre autres :

XIII. Jean-Claude DE MONT-D'OR, chevalier, sg^r de Montragier, marié à Lyon p. c. du 2 décembre 1724 Françoise-Virginie de Regnauld, fille de Jean, chevalier, sg^r de Chassagne, et de Marie-Anne de Tréméolles-La-Barge, dont :

> 1) Gabriel de Mont-d'Or, chevalier, † au service ;
>
> 2) Jean-Joseph, † à Lyon le 30 novembre 1767, chevalier de Malte, Lieutenant au régiment d'Auvergne ;
>
> 3) Marie-Anne, ép. à Châtillon d'Azergues, en 1748, Jean-François-Augustin de Foudras, chevalier, fils de Jacques-François de Foudras-Bouillon, chevalier de Saint-Louis.

Cf. : Chérin, 140 ; Dossiers bleus, 458. Le Laboureur : *Les mazures de l'Ile-Barbe.*

MONTRICHARD

De sable au chevron d'or accompagné en pointe d'un rocher d'argent ; au chef d'or chargé de trois étoiles de gueules.

HENRI-RENÉ, COMTE DE MONTRICHARD

Les Montrichard, anciens en Beaujolais, maintenus dans leur noblesse en 1598, 1640, 1667, sont entrés aux États de Bourgogne en 1769, et remontent leur filiation à :

I. Noble François RICHARD, naturalisé par Charles VIII, en mars 1489, père de :

II. Clément RICHARD, écuyer, bailli de Vaulx, marié le 11 avril 1504 à Louise du Corret, fille de noble Pierre du Corret, dont :

III. Pierre RICHARD, aliàs DE MONTRICHARD, écuyer, bailli de Vaulx, marié le 20 janvier 1533 à Claudine de Nagu. Il testa le 28 septembre 1542 en faveur de son fils qui suit :

IV. Noble Étienne RICHARD, aliàs DE MONTRICHARD, ép. le 18 novembre 1555 Catherine Guippier, dont :
   1) Claude, qui suit ;
   2) Philiberte de Montrichard, † le 3 septembre 1595.

V. Noble Claude RICHARD, aliàs DE MONTRICHARD, écuyer, sgr de Montrichard, maintenu dans sa noblesse le 20 novembre 1598, † ayant testé le 11 août 1611 ; ép. à Coigny p. c. du 14 juin 1583, Antoinette Marsault, fille de Pierre, et d'Anne de La Grange, dont :
   1) Antoine, qui suit ;
   2) André, écuyer, gendarme de la Compagnie du baron de Vaulx ;
   3) Benoite, femme de Me Jean Terrasse ;
   4) Claudine, femme d'Antoine Builleret.

   } maintenus dans leur noblesse le 19 octobre 1640, par Ordonnance des Trésoriers de France à Lyon.

VI. Antoine DE MONTRICHARD, écuyer, sg^r de Montrichard, La Brosse, chevau-léger du duc d'Elbœuf, gendarme dans la compagnie de Mg^r d'Halincourt, maintenu dans sa noblesse le 9 avril 1641 ; ép. à Igny, p. c. du 12 juin 1612, Philiberte Turrin, fille de Jean, sg^r de La Combe, et de Marguerite Jacquet, dont treize enfants, entre autres :

1) Jean-Baptiste, écuyer, † s. p. à Villefranche le 24 mars 1689, reçoit de son frère le 5 juillet 1667 cession de son domaine de Montrichard, paroisse de Vaux en Beaujolais ; ép. à Villefranche le 5 février 1680 Catherine Mazuyer, veuve de noble Claude Millet, Trésorier des Gardes du Corps de S. M ;

2) Antoine, qui suit ;

3) Étiennette, religieuse au couvent de Briennon ;

4) Claudine, ép. p. c. du 6 janvier 1648, Me Étienne Guillin du Montel, notaire royal à Villefranche, fils de Denis Guillin, sg^r du Montel. et d'Anne de La Porte ;

5) Louise, ép. à Lyon p. c. du 28 novembre 1664, noble Benoît Collet ;

6) Marcelline, † à Lyon le 27 mai 1704, ép. p. c. du 26 octobre 1670, Jean de Villeneufve, chevalier, comte de La Bâtie, Baron de Joux-sur-Tarare et de Langes-en-Nivernais, † en 1678, fils de Georges de Villeneufve, chevalier, et de Charlotte de Champier. [Il était veuf : 1° de Marie Thierry de Vaux ; 2° de Marie de Baglion, et 3° de Suzanne Orlandini de Saint-Trivier] ;

7) Antoinette, religieuse au couvent de Salles.

VII. Antoine DE MONTRICHARD, écuyer, sg^r de La Brosse, Montrichard, bapt. à Saint-Igny-de-Vers le 5 février 1634, maintenu dans son ancienne noblesse le 24 septembre 1667, par l'Intendant Du Gué, sur titres remontant à 1530 ; marié : 1° le 23 juillet 1651 à Élisabeth de Durestal, dame de Durestal [deux fois veuve : a) de Vincent du Périeux, écuyer, sg^r de La Cour ; b) de François de La Pimpye, écuyer, sg^r de La Berlière] ; 2° à Saint-Igny p. c. post-nuptial du 8 décembre 1656 à Isabelle-Charlotte de Paulat, fille de Thomas, écuyer, sg^r de La Tour et Colanges, et de Philiberte Rougier ; 3°) avant 1678 à Philiberte de Phélines, veuve de noble Henri Convers, sg^r de Cimpré, Conseiller du Roi, Lieutenant-assesseur criminel au bailliage de Beaujolais ; 4°) à Ourroux le 23 mai 1684, à Françoise de Macet, † à Ourroux le 2 mai 1707, veuve de Claude-Antoine de Chappon, écuyer, sg^r de Rizière. Il fut père entre autres de :

1) 2e *lit* : Thomas, écuyer, sg^r de la Brosse, bapt. le 21 octobre 1656, capitaine de cavalerie, chevalier de Saint-Louis, héritier en 1689 de son oncle Jean-Baptiste de Montrichard ; ép. p. c. du 25 novembre 1695 Marie-Anne-Barbe de Ranty de Bonnel, veuve avant 1719 ;

2) Antoine, qui suit.

VIII. Antoine DE MONTRICHARD, écuyer, sg^r de La Brosse, bapt. à Saint-Igny le 18 octobre 1657, Lieutenant au régiment de Bourgogne-Infanterie, convoqué en 1685 aux États de Bourgogne ; ép. à Saint-Bonnet-des-Vignes, p. c. du 10 février 1684, Philippe-Roberte de Mathieu d'Essertines, † à Saint-Igny-de-Vers le 30 mars 1739, à 91 ans, fille de Hugues, écuyer, sg^r d'Essertines, Chevigny, Champvigy, et de Claude-Charlotte de Rabutin, dont sept enfants, entre autres :

1) François, qui suit ;
2) Thomas-Marie, écuyer, bapt. à Saint-Igny le 17 avril 1693; officier au régiment de Bauffremont ;
3) Nicolas-François, écuyer, dit Mr de la Vendenesse, bapt. le 30 septembre 1696, † le 12 janvier 1735 ;
4) Laurence-Henriette, bapt. le 21 avril 1691 ; mariée à Saint-Igny le 12 septembre 1730 à Jacques Perrin, écuyer, sg^r de Cypierre, conseiller-secrétaire du Roi, Receveur des États du Charolais.

IX. François DE MONTRICHARD, écuyer, sg^r de La Brosse, bapt. à Saint-Igny le 30 mars 1686, † à Saint-Igny le 12 février 1761, Lieutenant au Régiment de Royal-Comtois-Infanterie, ép. : 1° à Chambost le 1er septembre 1711 Marie de Guillermin de Nuzières, fille de François, chevalier, et de Marie d'Ars ; 2° à Saint-Bonnet-les-Bruyères, p. c. du 1er juin 1716 Antoinette Guillin du Montel, née au Montel le 5 avril 1699, fille de Denis-Guichard Guillin, sg^r du Montel, et d'Élisabeth de Lafont de Pougelon, dont six fils et huit filles, entre autres :

1) Louis, qui suivra ;
2) Jean-Henry, chanoine archidiacre de l'église de Mâcon ;
3) Claude-Alexandre-Catherine, bapt à Saint-Igny le 16 décembre 1723, chanoine de Mâcon ;
4) Claude-François-René, bapt. à Saint-Igny le 6 juillet 1730, prêtre de l'ordre de Cluny ;
5) Jeanne-Françoise-Élisabeth, née à Saint-Igny-le-Vers, le 17 novembre 1731, reçue à Saint-Cyr sur preuves du samedi 11 février 1741.

X. Louis-Henry DE MONTRICHARD, chevalier, sg^r de La Brosse, Marchangy, La Barnaudière, etc., né à Saint-Igny-le-Vers, le 24 novembre 1721, † à Charlieu le 22 mars 1770, capitaine au régiment d'Angoumois-Infanterie, chevalier de Saint-Louis, reçu aux États de Bourgogne le 21 novembre 1769, Élu de la Noblesse du Mâconnais; marié à Charlieu les 6-12 septembre 1752, à Laurence-Marie Donguy, fille de Hiérôme-Joseph Donguy, écuyer, sg^r de Marchangy, secrétaire du Roi en la chancellerie du Parlement de Grenoble, etc., et de Renée Thévenard de Marchangy, dont deux fils et deux filles, entre autres :

1) Henry, qui suit ;
2) Françoise-Renée, bapt. à Charlieu le 6 juillet 1753, ép. à Charlieu p. c. du 1er mars 1778, Louis-Robert de Sirvinges, chevalier, sgr de Sevelinges, La Motte-Camp, etc., Page du Roi des Grandes Écuries, né à Charlieu le 1er novembre 1738, † à Charlieu le 21 germinal an II, veuf de Jeanne-Philiberte Joly de Bévy et fils de Camille de Sirvinges, chevalier, et de Renée Tardy.

XI. *Henri-René* DE MONTRICHARD, chevalier, sgr de Marchangy, La Brosse, etc., dit le comte de Montrichard ; né à Charlieu le 21 mai 1756, † à Charolles en 1829 ; reçu Page de la Dauphine sur preuves du 25 avril 1772, comparant à Lyon en 1789 ; officier au régiment de Royal-Étranger-Cavalerie ; puis sous-préfet de Villefranche ; marié : 1°) à Lagnieu-en-Bugey le 6 février 1782, à Emmanuelle-Marie-Louise de Lombard, fille de Pierre-Joseph-Marie, chevalier, sgr de Montgrillet, chevalier de Saint-Louis, et de Marie-Jacqueline Guillet de La Platière ; 2°) le 25 mars 1789, à Jacqueline-Marguerite de Beaurepaire, chanoinesse de Neuville, née le 26 décembre 1767 † à Lyon en 1793, fille de Jean-Baptiste, chevalier, marquis de Beaurepaire, baron de Brandon, chevalier de Saint-Louis, et de Marie-Louise-Catherine de Moyria-Châtillon ; 3°) le 19 août 1806, à Marie-Françoise Imbert-Colomès, veuve de noble Guillaume Marest de Saint-Pierre, et fille de noble Jacques Imbert, Échevin commandant de la ville de Lyon, et de Catherine-Victoire de Colomès. Il fut père du premier lit, de :
1) Joseph de Montrichard, vivant en 1818, † s. a ;
2) Françoise-Renée-Joséphine de Montrichard, née à Charlieu le 9 mai 1784, mariée à Jean-Louis-Rémond Michon, vicomte de Vougy, né le 10 juillet 1772, cadet gentilhomme, fils de Jean-Louis Michon, comte de Vougy, et d'Angélique-Julienne de Casaubon.

Cf. : Preuves de Saint-Cyr (*mss. fr.* 32 130). Nouveau d'Hozier : 246 ; Beaune et d'Arbaumont : *La Noblesse aux États de Bourgogne. Communications* du Comte de Vougy.

MOREL DE VOLEINE

D'azur à trois fleurs de morelles tigées, mouvant d'un croissant et accompagnées en chef de deux étoiles, le tout d'argent.

CLAUDE-LOUIS MOREL DE RAMBION

FRANÇOIS-BON MOREL D'OIZY

La famille Morel, originaire de Chessy-l'abbaye près Château-Thierry, est issue de :

I. Jean-Baptiste MOREL, bapt. à Lyon le 27 novembre 1639, bourgeois de Lyon, Recteur et Trésorier de la Charité en 1695-96, sgr de la maison de Rambion, rue Mercière, en 1693 ; ép. p. c. du 13 janvier 1663 Marie Chrestien, † à Lyon le 9 février 1714, fille de Gabriel, et d'Hélène Mornay, dont onze enfants, entre autres :

1) François, qui suit ;
2) Noble Claude-Antoine Morel, † à Lyon s. a., âgé de 70 ans, le 16 janvier 1754 ; Échevin de Lyon (1732-33) ;
3) Louis Morel, † s. a. après 1754 ;
4) Jean, religieux profès au couvent des récollets de Bellegrive, prieur de Chandieu ;
5) Gabriel, chanoine régulier de l'ordre de Saint-Antoine ;
6) Anne-Marie, bapt. le 28 juillet 1671, religieuse professe à Sainte-Élizabeth de Bellecour ;
7) Antoinette, ép. à Lyon le 1er juin 1700 Antoine Trollier, écuyer, sgr de Messimieux, fils de Claude, écuyer, Échevin de Lyon, et de Françoise Borghèse ;
8) Claudine, bapt. à Lyon le 11 juin 1686, ép. p. c. du 20 octobre 1704 Jean Noël, écuyer, sgr de Chalus, doyen des conseillers au Présidial de Clermont, fils d'Hugues, écuyer, secrétaire du Roi, et de Magdelaine Becquerel.

II. François MOREL, écuyer, né à Lyon en 1680, † en 1763, banquier à Paris, Recteur de la Charité (1711), Conseiller secrétaire du Roi, Maison Couronne de France et de ses Finances (7 décembre 1726); ép. à Paris le 5 septembre 1709 Anne Simonnet, fille de Bernardin, joaillier de la Couronne, et de Claudine d'Ambournay, dont :

1) Jean-Baptiste Morel, écuyer, bapt. à Lyon le 1er juillet 1712, Conseiller à la Cour des Monnaies de Lyon (24 août 1737) ;

2) Antoine, écuyer, bapt. à Lyon le 4 juillet 1713, † à Jujurieux le 4 mars 1786, Receveur à la douane ; marié à Lyon le 18 juin 1750 à Marie Charvet, † à Lyon le 19 mai 1760, fille de François, et de Françoise Guillon, dont postérité éteinte peu après ;

3) Louis Morel du Tour ;

4) François, qui suit ;

5) Hélène, ép. le 28 avril 1731 Claude de Rivérieulx, écuyer, sgr de la baronnie de Chambost, etc., né à Lyon le 8 août 1701, † à Lyon le 19 avril 1790, Échevin, puis Prévôt des Marchands de Lyon de 1776 à 1778 ; fils d'Étienne Rivérieulx, écuyer, secrétaire du Roi, et de Marie Roland de La Place.

III. François MOREL DE RAMBION, écuyer, sgr d'Epeisses (p. acq. de 1758) Voleine ; né à Paris le 20 mars 1724, † le 20 mai 1778, conseiller à la Cour des Monnaies de Lyon (le 16 février 1746); ép. le 23 mai 1753 Catherine Dugas de Bois-Saint-Just, bapt. à Lyon le 17 décembre 1733, fille de Pierre, chevalier, Prévôt des Marchands de Lyon, et de Marie-Anne Bourgelat, dont cinq fils et quatre filles, entre autres :

1) *Claude-Louis* Morel de Rambion, écuyer, sgr d'Epeisses, né le 16 août 1759, † s. a. en 1830; Avocat au Parlement de Dijon (1779), de Paris (1781), comparant à Lyon en 1789, Juge suppléant au Tribunal de Lyon (1800), Membre du conseil municipal de Lyon (1804-1830), Administrateur des Hospices (1806-1812), conseiller à la Cour d'appel (1811) ;

2) *François-Bon* Morel d'Oizy, écuyer, bapt. à Lyon le 14 juin 1761, † s. a. en 1817, comparant à Lyon en 1789 ;

3) Louis-Étienne Morel d'Epeisses, bapt. à Lyon le 18 avril 1762, † le 29 avril 1829, officier d'artillerie (1780 à 1792) ; ép. en 1818 Claire Laplace, † s. p.;

4) François Morel de Lacaradière, écuyer, bapt. à Lyon le 28 avril 1767 ; il avait servi dans les Gardes du Corps jusqu'à la Révolution, † au service le 26 brumaire an V, tué à l'armée d'Italie ;

5) Claude-Hélène, qui suivra ;

6) Bonne-Blanche, née le 22 juillet 1771, † à Lyon en 1849 ; ép. le 18 juin 1787 Paul-Mamert de Jussieu de Bressolles, écuyer, † s. p., fils de Nicolas,

écuyer, sg^r de Montluel, conseiller en la Cour des Monnaies de Lyon, et de Marie Chol.

IV. Claude-Hélène MOREL DE VOLEINE, écuyer, né à Lyon le 3 juillet 1768, † le 15 juin 1828, destiné fort jeune à l'état ecclésiastique, reçu le 22 mars 1781 chanoine du Chapitre noble d'Ainay. Il abandonna ses privilèges avant d'être entré dans les ordres, et après le siège de Lyon s'engagea au 9e régiment de dragons, jusqu'en 1796. Nommé archiviste de Lyon en 1824, il avait épousé en l'an .VI Élizabeth Chalus, fille de Claude, Receveur des Aides à Saint-Symphorien-de-Lay, et de Marie Duret, dont :

1) Claude, qui suit ;
2) Claudine-Marie-Hélène, née à Lyon le 4 floréal an V, † en 1842 ; ép. le 4 mars 1822 Horace-Asghil Gaultier de Coutance, né à Paris le 19 frimaire an II, † en 1833, fils d'Antoine-Marie, chevalier, conseiller à la Chambre des Comptes de Montpellier, et de Marie-Louise-Ludivine Favre.

V. Claude-Louis-Bon MOREL DE VOLEINE, né à Lyon le 11 février 1812, † à Lyon le 22 février 1894 ; ép. le 12 juin 1851 Claire-Louise-Rosalie Mazuyer, née à Issoudun (Indre), le 17 février 1825, † à Lyon le 28 février 1903, fille de Claude-Espérance Mazuyer, et de Delphine-Louise de Lestang de Fins, et petite-fille de Pierre-Estienne Mazuyer, et de Jeanne-Claudine-Félicité de Regnauld de Bellescize, dont entre autres :

1) Claude-Jean-Louis, qui suivra ;
2) Louis-Joseph-Irénée Morel de Voleine, né à Lyon le 12 mars 1856, ép. à Ruffieux (Ardèche) le 6 juillet 1887, Blanche de Lamajorie de Soursac, s. p. née le 7 mars 1860, fille de Fernand, comte de Soursac, et de Gabrielle Vachon de Lestra ;
3) Louise-Honorée-Marie, née à Lyon le 21 octobre 1857, † à Thorigny le 9 décembre 1893 ; ép. à Cogny (Rhône) le 10 octobre 1883, René de Leullion de Thorigny, né à Lyon le 27 septembre 1851, fils de Louis-Marie-Étienne-Marius, et de Louise-Stéphanie Morand de Jouffrey.

VI. Claude-Jean-Louis MOREL DE VOLEINE, né à Lyon le 18 novembre 1852 ; ép. à Lyon le 12 février 1896 Laurence-Caroline-Alice Galand de Longuerue, née à Blois le 23 juillet 1848, veuve du baron Henri de Lestang de Fins, et fille de René-Augustin, et de Caroline-Laurence Venière.

Cf. : *Communications* de M. Morel de Voleine.

MUGUET DE VARANGE

Parti : au 1 de gueules au phénix d'or surmonté d'un soleil du même, mouvant de l'angle dextre ; au 2 coupé d'or et de sable, au lion couronné de l'un en l'autre.

Jacques-Marie MUGUET de MONTGAND

Cette famille, originaire du Beaujolais, est issue de :

I. Claude Muguet, résidant à Saint-Symphorien-de-l'Hay, marié à Madeleine Réjaunier, dont entre autres :

II. Benoît Muguet, qui s'établit à Lyon, et y testa le 26 octobre 1736 ; il avait épousé à Lyon le 7 janvier 1696 Benoîte Saulnier, fille de Pierre, et de Catherine Charrie, dont :

   1) Pierre-Antoine, qui suit ;
   2) Mathieu Muguet, ép. à Lyon Marie-Anne Clavière, bapt. à Lyon le 25 juillet 1714, sœur de l'Échevin de Lyon, François de Clavière, dont postérité ;
   3) Jacques Muguet, marié le 19 mars 1739 à Antoinette Duon, dont postérité.

III. Pierre-Antoine Muguet, bapt. à Lyon le 19 février 1701, † à Lyon le 20 janvier 1766 ; ép. à Lyon 1°) le 28 décembre 1722 Marie Bouvard, fille de François, et de Françoise Bonnet ; 2°) le 25 juillet 1736 Marie Clavière, bapt. à Lyon le 20 août 1711, sœur de Marie-Anne Clavière. Il eut quatorze enfants, entre autres :

   1) Benoît, qui suivra ;
   2) Pierre, bapt. le 28 février 1734, prêtre et chanoine de Sainte-Geneviève ;
   3) *Jacques-Marie* Muguet de Montgand, écuyer, sgr de Montgaland, alias Montgand, Recteur de la Charité en 1775, Échevin de Lyon en 1782-83, comparant à Lyon en 1789 ; ép. le 7 juillet 1767 Marie-Françoise Potot, dont postérité ;
   4) Noble François Muguet, bapt. à Lyon le 24 décembre 1739, Administrateur de l'Hôpital Général (1771), Trésorier en 1773, Échevin de Lyon en 1776-

77, vivant en 1789; ép. à Lyon le 8 juin 1756 Marguerite-Simone Gérin-Rose, dont postérité;

5) François-Marie, bapt. à Lyon le 15 février 1742, prêtre, religieux bénédictin;

6) Benoît Muguet le jeune, bapt. à Lyon le 14 septembre 1744, † aux Indes vers 1784, secrétaire de M. Duchemin, maréchal de camp;

7) Jacques Muguet, chartreux;

8) Benoîte, bapt. à Lyon le 22 juillet 1735, religieuse;

9) Antoinette, mariée le 11 août 1761 à Pierre-Nicolas Carron;

10) Madeleine, née en 1743, † le 24 juin 1826; mariée le 20 novembre 1768 à Jean-Baptiste Maupetit.

IV. Benoît Muguet, écuyer, sgr de La Valette, Champalier, etc., Greffier en chef civil et criminel et garde scel de la Cour des Monnaies de Lyon (12 décembre 1768), conseiller secrétaire du Roi en la Cour des Monnaies de Lyon (31 mai 1769); marié à Lyon le 30 juin 1757 à Marie-Françoise Morel, fille de Pierre et de Marie Clavière, dont:

1) Pierre-Antoine Muguet de Champalier, écuyer, né le 17 juillet 1758, † en 1835; Régisseur général des Poudres de France, Maire d'Issoudun (1824); marié à Sophie Andrieu de Turdine, sœur de Madame de Varange, dont:

   A) Azélie, ép. Victor Callande de Clamecy, né le 3 décembre 1801, † le 14 octobre 1844, fils d'Antoine, baron Callande de Clamecy et de l'Empire, et de Marie Gautier;

   B) Caroline, ép. Eugène Callande de Clamecy, conseiller à la Cour de Bourges (20 décembre 1826), né à Bourges le 5 octobre 1803, † à Bourges le 27 mars 1879, frère du précédent.

2) Pierre-Marie, qui suit;

3) Louis-Balthazar, écuyer, bapt. le 25 septembre 1769.

V. Pierre-Marie Muguet de Varange, écuyer, né à Lyon en 1759, † le 12 décembre 1818, baron de Varange et de l'Empire (L. P. du 2 septembre 1810), Receveur Général des Finances (1810 à 1814), Régent de la Banque de France; ép. à Lyon le 15 août 1791 Marie-Caroline Andrieu de Turdine, fille de Pierre, capitaine de la Garde lyonnaise, dont entre autres:

1) Benoît-Frédéric Muguet, baron de Varange, né à Saint-Étienne le 5 juin 1792, † à Paris le 24 avril 1852, conseiller général de l'Yonne, chevalier de Malte; il fut confirmé dans la transmission des titre et majorat de son père par L. P. du 22 décembre 1820, et du 30 août 1827;

2) Pierre, qui suivra;

3) Sophie-Caroline-Hersilie, née en 1802, † à Paris le 7 mars 1892, mariée :
1°) à Louis-Henri de Roger de Cahuzac, marquis de Caux, ministre plénipotentiaire de France en Hanovre, † en février 1839 ; 2°) le 10 mai 1840 à
François-Edmond Kellermann, duc de Valmy, Député de la Haute-Garonne
(1839-1846), né à Paris le 14 mars 1801, † à Paris le 2 octobre 1868, fils de
François-Etienne, duc de Valmy, Pair de France, et de Thérèse Gnudi ;

4) Albine, née à Paris le 17 novembre 1806, † à Paris le 7 février 1875,
mariée le 6 octobre 1830 à Ange-René-Armand, baron de Mackau, amiral
et Pair de France.

VI. Pierre-Marie-Félix Muguet, baron de Varange, né à Tarare le 25 septembre
1793, † à Paris le 21 janvier 1869, comte romain, receveur général des Finances,
marié en 1822 à Anna-Suzanne-Louise Bert, † à Paris le 10 octobre 1888,
fille de Johan-Cornélius Bert, Gouverneur de la Colonie anglaise d'Essequibo
(Guyane anglaise), et d'Anna-Catharina Boode, dont :

1) Pierre, qui suivra ;

2) Anna-Henriette-Phœbé, née le 27 octobre 1827, † le 9 février 1862 ; mariée
les 8-16 avril 1854 à Arthur-François-Charles Vallet, comte de Villeneuve-
Guibert et du Saint-Empire [1], né le 7 mars 1825, fils d'Armand-Louis-
Septime Vallet, comte de Villeneuve-Guibert et du Saint-Empire, Lieutenant de Hussards dans la Garde royale, et d'Élisabeth-Mathilde de Sain
des Arpentis, dont :

A) Armand, comte de Villeneuve-Guibert, né le 8 novembre 1858, ép. le
28 juillet 1893 Marie-Thérèse de Talleyrand-Périgord, dont postérité ;

B) Apolline, née le 18 mars 1855, ép. le 27 mars 1876 Firmin de Lestapis,
général, né le 1er juin 1842 ;

C) Suzanne, née le 11 septembre 1856, ép. le 8 décembre 1877 Henri
Le Bas, vicomte du Plessis, né le 4 janvier 1853, † le 15 avril 1893.

VII. Pierre-Marie-Félix Christian Muguet, baron de Varange, né le 8 février 1823,
† s. a. le 17 juillet 1843.

Cf. : Lainé : *Archives généalogiques de la Noblesse de France ;* Vicomte Révérend : *Armorial du premier Empire ; Titres et pairies de la Restauration.*
Généalogie des Villeneuve Guibert.

---

1. Le comte de Villeneuve-Guibert tenait lui-même au lyonnais, par son arrière-grand-père,
Pierre-Armand Vallet de La Touche, écuyer, sgr de Villeneuve, etc., conseiller d'État, marié le 9
février 1768 à Madeleine-Suzanne Dupin de Francueil, fille de Louis-Claude, écuyer, sgr de
Francueil, l'Espinière, etc., et de Suzanne Bollioud de Saint-Julien, dont la mère était Olivier de
Sénozan (Cf. : Généalogies Bollioud, Olivier).

MURARD

*D'or à la fasce crénelée de sable ardente de gueules, accompagnée en chef de trois
têtes d'aigle rangées de sable, et en pointe d'une flamme de gueules.*
Devise : *Foris sed magis intus.*
On trouve parfois cet écu accompagné *d'une bordure de gueules ;* ou chargé *d'une
fasce d'azur brétessée,* et non ardente.

Guillaume-Louis de MURARD de SAINT-ROMAIN

Cette maison considérable, originaire de Crest en Dauphiné, maintenue le
20 octobre 1667 et en 1669 par l'Intendant d'Herbigny, avait fondé une des chapelles
de l'Hôtel-Dieu ; elle s'établit à Lyon au XVIᵉ siècle avec :

I. Noble Pons Murard, sgʳ du Buisson, citoyen de la ville de Lyon, né à Crest
en Dauphiné, † avant le 7 mars 1614 ; Conseiller de ville à Lyon en 1574-75, 81-82,
86-87 ; ép. à Lyon p. c. du 19 juin 1561 Françoise Ollier, fille de Mᵉ Claude, et de
Sébastienne Charézieu, dont cinq enfants, entre autres :

1) Jean-Baptiste, qui suit ;
2) Anne, ép. à Lyon p. c. du 27 juillet 1578 Claude Poculot, sgʳ de Sandars,
   bapt. à Lyon le 10 octobre 1548, fils de Mᵉ Maurice, docteur ès-droits, et de
   Sibylle Mornieu ;
3) Marie, ép. 1°) à Lyon p. c. du 29 septembre 1583 Noble Georges Louÿs,
   sgʳ de Rochefort, Puygros, né à Chambéry, conseiller d'État et Général des
   Finances de Savoie ; 2°) Noble Ennemond-Diomède Avegade, gentilhomme
   Piémontais ;
4) Constance, ép. à Lyon p. c. du 9 janvier 1586 Noble Antoine Parie, Receveur pour le Roi en la visitation du sel à Lyon, fils de Clément, et d'Isabeau
   Faure.

II. Noble Jean-Baptiste Murard, écuyer, sgʳ d'Espagnieu (p. acq. du 6 août 1601),
docteur ès-droits, conseiller du Roi, Procureur du Roi en l'Élection de Lyon, Lieu-

tenant du Juge conservateur à Lyon, conseiller au Présidial de Lyon, Échevin
de Lyon en 1616-17, conseiller ordinaire du Prince de Condé ; ép. à Lyon p. c. du
16 août 1597 Jeanne Tissot, fille de Claude, et de Françoise Bourre, dont onze
enfants, entre autres :

1) André, bapt. à Saint-Romain de Couzon le 26 octobre 1598, † ayant testé le
   16 août 1631 ;
2) François, qui suit ;
3) Pons, bapt. à Lyon le 27 juillet 1603, prêtre, docteur en droit canon,
   protonotaire apostolique, chanoine d'Ainay, prieur de Vion dans le Haut-
   Vivarais, aumônier de Mme la duchesse d'Orléans ;
4) Antoine, capucin, † en 1628, victime de son dévouement pendant la peste ;
5) Jean-Baptiste, bapt. à Lyon le 2 février 1610, religieux profès des
   Augustins ;
6) Constance, bapt. à Lyon le 22 novembre 1599, † à Lyon le 21 juillet 1684 ;
   ép. Noble André Gueston, fils de Barthélemy, originaire de Tours, et de
   Philippe Quantin ;
7) Marie, bapt. à Lyon le 22 mai 1613, religieuse au couvent de la Déserte ;
8) Anne, bapt. à Lyon le 4 février 1617, † à Lyon le 16 mai 1667 ; ép.
   Mr Me Pierre Bernard, écuyer, conseiller en la sénéchaussée de Lyon.

III. François DE MURARD, chevalier, sg^r d'Espagnieu, Bellignieu, Montferrand etc.,
bapt. à Lyon le 13 février 1602, † à Lyon le 22 décembre 1680 ; Trésorier de France
à Lyon (7 octobre 1626), charge dont il obtint des lettres de vétérance le 20 septembre
1650 ; ép. à Lyon le 7 novembre 1626 Claudine Gueston, bapt. à Lyon le 25 février
1613, † à Lyon le 30 août 1693, fille d'André, sg^r de Pierre-Bénite, et de Constance
Lantillon, dont seize enfants, entre autres :

1) Hiérôme, qui suivra ;
2) Jean-Baptiste, écuyer, sg^r d'Espagnieu, bapt. à Lyon le 5 novembre 1631,
   † à Lyon le 22 septembre 1705 ; ép. en 1662 Gabrielle Rigollet, dame de
   Beaurepaire, fille de Claude, sg^r de Bièvre, et de Renée de Pince. Devenu
   veuf, il entra dans les ordres, fut abbé de N.-D. de Masdéon, et aumônier
   de la duchesse d'Orléans ;
3) André, bapt. à Lyon le 21 avril 1634, bachelier de Sorbonne, prieur de
   Mornant ;
4) Hugues, tige des sg^rs de Saint-Romain ;
5) André, écuyer, sg^r d'Espagnieu, bapt. à Lyon le 4 septembre 1645, chevalier des ordres de N.-D. du Mont-Carmel et de Saint-Lazare ; ép. à Paris
   p. c. du 24 novembre 1687 Anne Guyon, fille de Pierre Guyon, originaire
   de Lyon, et de Justine Tixérand ;

6) Claude, bapt. à Lyon le 30 octobre 1646, prieur de Bourg-en-Bresse;
7) François, bapt. à Lyon le 20 janvier 1648, † à Mornant le 24 août 1718, prieur de Mornant ;
8) Marguerite, bapt. à Lyon le 11 avril 1633 ; ⎫ religieuses au couvent de la
9) Madeleine, bapt. à Lyon le 24 sept. 1637 ; ⎰   Déserte à Lyon ;
10) Virginie, bapt. à Lyon le 27 décembre 1642, religieuse au couvent de Sainte-Élisabeth à Lyon;
11) Madeleine, bapt. à Lyon le 14 avril 1650, † à Lyon le 7 juillet 1738.

IV. Hiérôme DE MURARD, chevalier, sgr de Montferrand et de Bellignieu (dont hommage le 26 janvier 1652), bapt. à Lyon le 20 août 1630, conseiller au Parlement de Paris (6 juin 1664); ép. Marguerite Baudon, fille de Martin Baudon, conseiller secrétaire du Roi, dont cinq enfants, entre autres :

1) François, qui suivra ;
2) Élisabeth, religieuse au couvent de Sainte-Marie à Lyon ;
3) Laurence, religieuse au couvent de Sainte-Élisabeth de Lyon ;
4) Marthe, ép. Nicolas Le Féron, chevalier, sgr de Louvres, capitaine au régiment de Conti.

V. François DE MURARD, chevalier, sgr de Bellignieu (dont hommage en 1694 et 1699), † en 1730, conseiller au Parlement de Metz, puis à celui de Paris (1693); ép. 1°) en 1704 Hélène du Quesnay, fille de François, sgr du Chateaupair et des Granges, Maître d'hôtel du Roi ; 2°) Marie-Marguerite Boyetet, dont :

1) Alexandre, qui suivra;
2) Bonne-Marie, † à Paris à l'Observatoire le 3 juin 1746; ép. Jean-Dominique Cassini, sgr de Thury, conseiller maître en la Chambre des Comptes de Paris, pensionnaire de l'Académie royale des Sciences, fils de Jacques, sgr de Thury, Maître des Comptes, conseiller d'État, pensionnaire de l'Académie des Sciences.

VI. Alexandre-François DE MURARD, chevalier, sgr de Neuville, baron de Bulloux, bapt. à Paris le 18 octobre 1719, conseiller au Parlement de Paris (1738), Président de la troisième Chambre des Enquêtes au dit Parlement (1758); ép. 1°) Anne-Florence de Brétignières, 2°) Catherine-Marguerite Le Maistre. Il eut du premier lit:

1) Hélène-Françoise de Murard, ép. le 20 septembre 1767 Jacques de Serre de Saint-Roman, écuyer, comte de Frégeville, sgr de Villejuif, conseiller au Parlement de Paris, fils d'Étienne, écuyer, sgr de Saint-Roman, Maître en la Chambre des Comptes de Paris, et de Suzanne le Noir.

BRANCHE DES SEIGNEURS DE SAINT-ROMAIN

IV. Hugues DE MURARD, chevalier, sg^r de Montferrand, bapt. à Lyon le 12 septembe 1640, officier au régiment de Picardie, conseiller au Grand Conseil; ép. : 1°) Madeleine Langlois, † à Lyon le 8 juin 1671 ; 2°) à Lyon le 21 janvier 1680 Élisabeth Croppet de Saint-Romain, bapt. à Lyon le 20 août 1658, fille et héritière de Jean-Baptiste Croppet, chevalier, sg^r de Saint-Romain de Couzon, conseiller d'État, et d'Élisabeth de Serre; il eut une fille du premier lit et douze enfants du second, entre autres :

1) Hierôme, bapt. à Lyon le 30 septembre 1683, † en 1746 avant le 19 novembre, Procureur général et prêtre de l'Oratoire ;

2) Hugues-François, bapt. à Lyon le 23 décembre 1686, † en 1713, enseigne de vaisseau ;

3) Jean-Baptiste, bapt. à Lyon le 30 juillet 1697, † ayant testé le 11 septembre 1772, prieur de Beynost ;

4) Barthélemy, qui suivra ;

5) Jean-François de Murard du Cassot, dit le chevalier de Murard, bapt. à Lyon le 18 mars 1702, officier d'artillerie à Grenoble (juillet 1722), commissaire ordonnateur des guerres en Dauphiné (1735) chevalier de Saint-Louis (22 juin 1749); ép. Marie-Concordia-Adélaïde de Sucy de Saint-Germain, née à Hagueneau en 1715, † s. p., fille de Louis-Adrien, et d'Anne-Henriette-Françoise, baronne de Wangen-Geroltzech ;

6) Marie, née le 29 juin 1684, religieuse au couvent de Saint-Pierre de Lyon, ordre de Saint-Benoît ;

7) Anne, bapt. à Lyon le 2 juin 1694, ép. à Lyon le 28 février 1718 Guillaume-Antoine de Montolivet, écuyer, baron de Gourdans, capitaine au régiment de Picardie, chevalier de Saint-Louis, né à Montluel le 6 avril 1721, fils de Louis, chevalier, et de Marie d'Angevilliers.

V. Barthélemy-Marie DE MURARD, chevalier, sg^r de Saint-Romain de Couzon et Tourvéon, bapt. à Lyon le 8 mai 1700, † à Lyon le 29 mars 1766 ; conseiller à la Cour des Monnaies de Lyon (8 février 1726), conseiller honoraire (le 4 septembre 1748), conseiller au Grand Conseil ; ép. à Lyon le 13 septembre 1729 Rose Ploton, † à Lyon le 7 juillet 1755, fille de noble Claude, conseiller en l'Élection de Saint-Étienne, et de Jeanne Palluat, dont trois enfants, entre autres :

1) Guillaume-Louis, qui suit ;

2) Rose-Jérônime, bapt. à Lyon le 24 juillet 1732, ép. à Lyon p. c. du

1ᵉʳ mai 1753 Jean-Baptiste Bona de Perex, écuyer, Baron de Monfalconnet, conseiller en la Cour des monnaies de Lyon, fils de noble Jean-Baptiste, Échevin de Lyon, et de Françoise-Benoîte Boiron.

VI. *Guillaume-Louis* DE MURARD DE SAINT-ROMAIN, chevalier, sgʳ du dit lieu, etc., bapt. à Lyon le 17 juin 1735, † à Lyon le 7 mars 1792, officier au Régiment de Picardie, comparant à Lyon en 1789; ép. à Mâcon le 11 avril 1769 Marguerite-Jacqueline-Antoinette Aymard de Francheleins, † à Saint-Romain, âgée de 82 ans, le 7 août 1833, fille de Philibert, chevalier, conseiller d'honneur au Parlement de Dombes, et de Jeanne-Camille Jannin d'Envaux, dont cinq enfants, entre autres :

1) Benoît-Rose, qui suivra ;

2) Charles, bapt. à Saint-Romain le 12 décembre 1774, † à 18 ans, chanoine baron de Saint-Just ;

3) Claude-Catherine-Alexandre-François, qui a formé rameau ;

4) Marie-Concordia-Adélaïde-Philiberte, née à Saint-Romain le 2 mars 1771, † à Lyon le 13 avril 1817, ép. le 7 avril 1796 Jean-Jacques de Rivérieulx de Varax de Civrieux, chevalier de Saint-Louis, né le 18 mars 1767, † le 3 mars 1835, fils de Jean-Claude, officier au régiment d'Escars, et de Sabine de Vidaud de la Tour.

VII. Benoît-Rose DE MURARD, chevalier, né à Saint-Romain le 21 octobre 1772, † à Saint-Romain le 4 novembre 1854, député de l'Ain ; ép. en 1797 Claudine-Marguerite Chiquet de Bresse, née à Chalon-sur-Saône, † en juillet 1843, fille de Christophe, sgʳ de Bresse-sur-Grosne, et de Marguerite Morel de Corberon, dont :

1) Antoine-François-Adolphe, comte de Murard, né à Chalon le 16 avril 1801, † à Lyon le 28 mars 1891, ép. à Saint-Alban (Ardèche) le 20 mai 1839 Joséphine de Romanet de Lestrange, née à Annonay le 19 janvier 1818, † à Lyon le 10 juillet 1901, fille d'Antoine, marquis de Lestrange, et de Louise-Étiennette de Ferrus de Plantigny, dont :

    A) Marc de Murard, né le 25 mars 1840, † à Lyon le 31 mars 1857 ;

    B) Jeanne-Marguerite-Blanche-Bertille, née à Saint-Alban-d'Ay le 3 septembre 1842, ép. à Lyon le 16 mai 1863 Louis-Albert, comte de Monteynard, né à Fourqueux (Seine-et-Oise) le 1ᵉʳ décembre 1838, fils d'Henry-Raymond, marquis de Monteynard, et de Marie-Antoinette Le Cornu de Balivière ;

    C) Marie-Louise-Marguerite-Gabrielle, née à Lyon le 31 mars 1860, ép. le 3 janvier 1885 Henri, comte de Chabannes, né à Saint-Léger-en-Morvan le 29 juin 1859, fils de Gaston, comte de Chabannes, et de Blanche de Saint-Phalle.

2) Gustave de Murard, né en 1804, † en 1843, s. a ;

3) Pierre-Alexandre-Victor, qui suivra ;

4) Clady de Murard, † s. a. à 20 ans.

VIII. Pierre-Alexandre-Victor, comte DE MURARD, né à Chalon le 19 mars 1809, † au château d'Aisne-Azé le 2 septembre 1882 ; ép. en 1836 Alix Patissier de La Forestille de Saint-Léger, † à Bresse-sur-Grosne le 18 novembre 1888, fille de Philibert, chevalier de Saint-Louis, et de Marie-Thérèse Jacquet du Chaillou, et petite-fille de Marc-Antoine Pâtissier de La Forestille, et d'Ursule de La Martine (Cf. Bollioud de La Roche p. 219), dont :

1) Pons de Murard, né en mars 1838, † s. a. à Nice le 24 mai 1864, volontaire aux Dragons pontificaux en 1861 ;

2) Marie-Alexandre-Henry, qui suivra ;

3) Marthe, née en 1840, † en mars 1854.

IX. Marie-Alexandre-Henry, comte DE MURARD DE SAINT-ROMAIN, né à Mâcon le 15 avril 1842, ép. à Paris le 3 juillet 1872 Marie-Justine-Antoinette de Pérusse des Cars, née le 3 juillet 1851, fille de François-Joseph de Pérusse, duc des Cars, et d'Élisabeth de Bastard d'Étang, dont :

1) Pons-Antoine-Marie-Pierre, vicomte de Murard, né à Paris le 11 avril 1873, officier de cavalerie, décoré de la Médaille coloniale (mission au Tonkin, campagne de Chine); ép. à Paris le 8 janvier 1904 Emma-Josèphe-Marguerite de Bourbon, née à Paris le 11 mars 1880, fille de Marie-Gabriel-Charles-Guy, comte de Bourbon-Chalus, zouave pontifical, et de Marie-Valentine-Yolande, princesse de Polignac, dont la mère était la dernière des Crillon, dont :

A) Pons-Antoine-Marie-Guy, né à Paris le 6 octobre 1904 ;

B) Marie-Amélie-Yolande, née au Golfe-Juan (Alpes-Maritimes) le 10 avril 1906.

2) Jacques-François-Marie-Guillaume de Murard, né au château de la Roche de Bran (Vienne) le 30 mai 1875, sous-officier de manège à Saumur, décédé à Antibes (Alpes-Maritimes) le 11 mai 1901 ;

3) Marie-Adolphe-Rémy-François, né à Bresse-sur-Grosne le 1er octobre 1877, décédé à Paris le 25 mai 1879 ;

4) François-Joseph-Marie-Louis,) jumeaux, nés à Bresse-sur-Grosne le
5) Marie-Louise-Joséphine-Isabelle,)   30 juillet 1887.

RAMEAU CADET

VII. Claude-Catherine-Alexandre-François DE MURARD, chevalier, né à Saint-Romain le 4 janvier 1778, † à Tourvéon (Collonges) le 5 novembre 1852 ; ép. à Lyon le 3 prairial an XIII Anne-Zoë Terrasse d'Yvours, née à Lyon le 8 août 1780, † à Tourvéon le 2 juin 1840, fille de Jean-Pierre, écuyer; sgr d'Yvours, et de Anne-Pierrette Quatrefages de la Roquette, dont, entre autres :

1) Claude-Anatole, qui suit ;
2) Jeanne-Marguerite-Eugénie, née à Lyon le 29 juillet 1806, † à Grange-neuve (Annonay) le 20 février 1883, ép. : 1°) p. c. du 6 février 1828 Séra-phin-Augustin-Claude, comte de La Baume-Pluvinel, garde du corps du Roi, chevalier de Malte ; 2° à Lyon le 1er juillet 1851 Abel-Jean-Louis de Choin de Montchoisy, né à Moras (Drôme) le 12 septembre 1790, fils de Louis-Antoine, et de Gabrielle de Malon ;
3) Anne-Pierrette-Mélitie, née à Lyon le 29 avril 1808, † au Vergier (Ardèche) le 25 décembre 1890, ép. à Collonges (Rhône) le 19 août 1839 Just-Hippo-lyte, comte de Tournon-Simiane, Page du Grand Maître de Malte, né à Banon (Basses-Alpes) le 1er septembre 1783, fils de Xavier, comte de Tournon, et de Geneviève de Seytre-Caumont.

VIII. Claude-Anatole DE MURARD, né à Lyon le 14 mai 1817, † aux Eaux-Bonnes le 29 juillet 1862, ép. en 1842 Anne-Marie-Victorine de Montluzin de Gerland, né à Ambérieu en janvier 1823, † à Collonges le 29 décembre 1896, fille d'Émile, Garde du corps de Louis XVIII, et de Pauline Buynand des Échelles, dont :

IX. Alexandre-Paul-Maurice DE MURARD, né à Lyon le 31 décembre 1843, † à Collonges le 12 août 1871.

Cf. Pièces originales : 2081 ; Dossiers bleus : 478 ; Nouveau d'Hozier 250.
Bonnardet : *Les Lyonnais au Collège de Juilly*.

NEYRAT

D'azur semé d'étoiles d'argent.

Antoine NEYRAT

Originaires de Clermont-Ferrand, les Neyrat remontent à :

I. Antoine Neyrat, ép. Anne Felu, dont :

II. Jean-Baptiste Neyrat, né vers 1690, † à Lyon le 23 août 1750; ép. à Lyon, où il fit fortune, le 19 septembre 1724 Françoise Roustain, fille d'Esprit, et de Claudine Boyer, dont neuf enfants, entre autres :

1) Antoine, qui suit ;
2) Jean-Louis, bapt. à Lyon le 2 juin 1735, ép. à Lyon le 13 août 1775 Françoise-Emmanuelle Chazette, fille de Claude-Joseph, écuyer, secrétaire du Roi, et de Fleurie Bergé, dont :

    A) Joseph, bapt. à Lyon le 29 août 1776.

3) Antoinette, bapt. à Lyon le 29 janvier 1727, ép. à Lyon p. c. du 6 juin 1748 Benoît Ferriol, écuyer, héraut d'armes de France au titre d'Angoulême, fils de Jean-François, Échevin de Saint-Étienne, et de Marie Jany ;
4) Anne, bapt. à Lyon le 17 novembre 1732, ép. à Lyon le 28 octobre 1766 Claude Petit, fils de Claude, conseiller du Roi, Président en l'Élection de Valence en Dauphiné, et de Marie-Anne de Marville.

III. Noble *Antoine* Neyrat, Recteur de la Charité de 1767 à 1769, Recteur de l'Hôtel-Dieu de 1786 à 1787, Homme du Roi au tribunal de la Conservation, Échevin de Lyon en 1783-84, comparant à Lyon en 1789 ; marié à Lyon : 1°) le 27 janvier 1763 à Jeanne-Françoise de Boissieu, fille de noble Jacques, et d'Antoinette Vialis ; 2°) le 8 mars 1768 à Anne-Marie Servan, fille de Claude, Échevin de Lyon, et de Marie-Françoise Clavière. Il eut du second lit onze enfants, entre autres :

1) Jean, né à Lyon le 28 août 1773, ép. le 15 floréal an II Marie Laroche ou Delaroche, dont :

A) Antoine, né le 7 pluviôse an III :

B) Jean, né le 29 nivôse an IV ;

C) Antoinette, née le 21 fructidor an XIII.

2) Camille, né à Lyon le 15 septembre 1775, ✝ le 25 novembre 1844, curé de Saint-François à Lyon ;

3) Pierre-Adrien, qui suit :

4) Marie-Anne, née le 25 janvier 1786. ✝ le 23 juillet 1846.

IV. Pierre-Adrien NEYRAT, écuyer, né le 12 janvier 1781, ép. Amélie de Colomb, née en 1793, ✝ après 1860, fille de Pierre-François de Colomb d'Hauteville, écuyer, Député à l'Assemblée Législative de 1791, et de Marie-Antoinette Guérin, dont entre autres :

1) Camille Neyrat, né le 23 août 1819, chanoine honoraire de la primatiale de Lyon, ✝ curé de Couzon en Lyonnais ;

2) Stanislas, qui suit :

3) Anne-Louise, née le 8 mars 1821, ép. le 29 octobre 1845 Louis Jaillard, né à Lyon le 1er octobre 1819. fils de Pierre, et de Pierrette-Cornélie Charmy.

V. Albert-Stanislas NEYRAT, né en 1825. vivant et dernier du nom (1905), Prélat de la maison de Sa Sainteté, chanoine de la Primatiale de Lyon, Doyen du chapitre primatial.

Cf. : *Communications* de Mgr Neyrat et de M. R. de Clavière.

NOLHAC

D'azur au vaisseau d'or sur une mer d'argent.

MATHIEU-MARC-ANTOINE DE NOLHAC

Les Nolhac, originaires du Puy-en-Velay, ont une origine commune avec les Nolhac auxquels appartient M. Pierre de Nolhac, le savant conservateur du musée de Versailles (1906). La branche lyonnaise est issue de :

I. François NOLHAC, originaire du Puy, vivant en 1689, ép. Jeanne Jouenne, dont :
    1) Vital, qui suit;
    2) Jean Nolhac ;
    3) Jacques Nolhac, curé de Soucieu.

II. Vital NOLHAC, fixé à Saint-Chamond, ép. Benoîte Malliquel, dont trois filles et :
    1) Jean-Baptiste, bapt. en 1687, † le 31 mai 1782, Recteur de l'Hôpital de Saint-Chamond ;
    2) Mathieu, qui suit.

III. Mathieu NOLHAC, bapt. à Saint-Chamond le 5 mai 1690, † en 1759, maintenu dans les privilèges des bourgeois de Lyon ; ép. à Saint-Chamond, le 22 juillet 1722, Rose Charrin, fille de Marc-Antoine, capitaine major de la milice bourgeoise de Saint-Chamond, et de Jeanne Palerne, dont neuf enfants, entre autres :
    1) Mathieu, qui suivra ;
    2) Jean-Pierre, religieux capucin ;
    3) Jeanne-Marie-Bonne, bapt. à Saint-Chamond le 27 septembre 1724, ép. à Lyon le 1er septembre 1746 Joseph-Antoine Fabre du Vernay, fils de Joseph, et de Marie Bonne Durret ;
    4) Françoise, bapt. à Lyon le 8 octobre 1729, ép. à Lyon le 23 juillet 1750 Pierre Giraud, écuyer, sg^r du marquisat de Varennes, secrétaire du Roi, fils de Jean, et d'Anne Gonon.

IV. Noble *Mathieu Marc-Antoine* DE NOLHAC, écuyer, bapt. à Saint-Chamond le 13 octobre 1723, † en 1797, Recteur de l'Hôtel-Dieu de 1759 à 1764, Échevin de Lyon en 1775-76, comparant à Lyon en 1789, commissaire de la Noblesse ; ép. à Lyon le 10 février 1766 Marie-Magdeleine Biétrix du Villars, fille d'Angely, commissaire général aux transports de l'artillerie de France, et de Anne Pillet, dont six enfants, entre autres :

1) Jean-Baptiste-Marie de Nolhac, écuyer, bapt. à Lyon le 1er juillet 1771, † le 2 août 1848, orientaliste et publiciste ;
2) Pierre, qui suivra ;
3) Antoine-Joseph-Marie de Nolhac, écuyer, bapt. à Lyon le 3 juillet 1780, † s. a. le 13 mai 1859 ;
4) Rose-Marie-Angélique, bapt. à Lyon le 31 octobre 1767, † à Lyon le 24 octobre 1859 ;
5) Jeanne-Marie-Louise, bapt. à Lyon le 22 mai 1773, † à Lyon le 12 septembre 1848.

V. Pierre-Mathieu-Marc-Antoine DE NOLHAC, écuyer, bapt. à Lyon le 24 mai 1776, † en 1854, Commissaire du Roi à la Monnaie de Lyon, adjoint au maire de Lyon (1828) ; ép. à Lyon le 28 frimaire an XII Magdeleine-Zoë Bruyset-Sainte-Marie, née à Lyon le 8 août 1788, † le 28 janvier 1869, fille de Pierre, et de Pierrette Bruyset-Ponthus, dont six enfants, entre autres :

1) Charles-André-Marie-Ennemond, né à Lyon le deuxième jour complémentaire an XIII, † s. p. à Lyon le 26 décembre 1854 ; ép. à Lyon le 10 juin 1833 Gabrielle de Boissieu, née à Lyon le 20 août 1810, † le 11 octobre 1864, fille de Jean-Louis-Marie, et de Zoë Berthaud de Taluyers ;
2) Louis-Marie-Cyrille, qui suivra ;
3) Louis-Antoine-Marie-Théodore, Père Jésuite, né en 1817, † à Clermont le 8 avril 1897 ;
4) Marie-Joséphine-Augustine, née à Lyon le 13 février 1809, ép. à Lyon le 20 février 1830 Claude Margerand, né à Jassans (Ain), le 7 brumaire an VII, magistrat et avocat, veuf d'Élisabeth de Luvigne, et fils de Claude Margerand, et de Françoise Caillat ;
5) Mathilde-Marie-Antoinette de Nolhac, religieuse du Sacré-Cœur.

VI. Louis-Marie-Cyrille DE NOLHAC, né à Lyon le 9 juillet 1812, † à Paris le 12 novembre 1874 ; ép. à Lyon le 22 juin 1842 Jeanne-Marie-Isabelle Turin, née à Lyon le 12 mai 1822, † à Curis le 12 septembre 1859, fille de Jean et d'Élisabeth Chalandon, dont :

1) Marie-Antoine-Maurice, né à Lyon le 17 août 1843, † le 10 novembre 1893, zouave pontifical ;

2) Stanislas, qui suivra ;

3) Rose-Georgette, née à Lyon le 9 novembre 1854, ép. à Lyon le 27 octobre 1876 Noël-Albert Baud de Brives, né au Puy le 8 août 1847, fils d'Ernest-Noël, et de Marie Bravard de la Boisserie.

VII. Marie-Joseph-Stanislas DE NOLHAC, né à Lyon le 12 février 1848, † le... 1905 ; ép. à Lyon le 7 avril 1875 Louise-Françoise Girardon, née à Lyon le 28 avril 1852, fille de Pierre et de Sophie-Mina Blancard.

Cf. : *Communications* de M. de Nolhac.

NOYEL

D'azur à la bande d'argent chargée de trois étoiles de gueules ; au chef d'or.

PIERRE-FRANÇOIS DE NOYEL DE PARANGES

JACQUES-ANDRÉ-MARIE DE NOYEL DE VIEUXBOURG

Les Noyel sont anciens, et tirent leur origine de la paroisse de Chirassimont où leur auteur fut, au xvɪᵉ siècle :

I. Jean NOYEL, marié à Jeanne Michon et père de :

    1) Jehan l'aîné, Procureur au bailliage de Beaujolais ; ép. Marguerite Grange, dont, parmi huit enfants :

        A) Noble François Noyel, bapt. à Villefranche le 2 décembre 1603 ; conseiller du Roi et son Receveur en la ville de Bordeaux (1638).

    2) Jehan, qui suit.

II. Mᵉ Jehan NOYEL le jeune, notaire royal, ép. p. c. du 29 février 1596 Claudine Paras, fille d'Hugues, bourgeois de Perreux, et de Jeanne de Phélines, dont douze enfants, entre autres :

    1) Gilbert, qui suit ;

    2) Jean, tige des sgʳˢ de Belleroche ;

    3) Zacharie, bapt. à Villefranche le 16 octobre 1617, † à Villefranche le 6 juillet 1686 ; filleul de Zacharie Noyel, secrétaire ordinaire de la Chambre du Roi ; il fut bachelier en théologie, premier secrétaire en l'église N.-D. de Villefranche, et curé de Béligny.

III. Gilbert NOYEL, bapt. à Perreux le 25 juin 1597 ; notaire royal, Échevin de Villefranche en 1635 ; ép. Benoite Fabry, † à Villefranche le 24 mars 1686, fille de Michel, receveur général du taillon en la Généralité de Lyon, et de Françoise Mandy, dont quatorze enfants, entre autres :

    1) Jean, bapt. le 23 mai 1635, † à Lyon le 5 juin 1677, prêtre, Lieutenant official au diocèse de Lyon (1674) :

2) Jean-Baptiste, qui suit ;

3) Zacharie, bapt. à Villefranche le 6 février 1643, † le 4 octobre 1707, chanoine de N.-D. des Marets de Villefranche ;

4-5) Marie et Claudine, religieuses au couvent de Sainte-Ursule de Villefranche ;

6) Jeanne, bapt. à Villefranche le 21 septembre 1647 ; ép. p. c. du 15 septembre 1666 Jean-Baptiste de Guignard, sg^r de la Verpillière, fils d'André, sg^r du dit lieu, et de Gabrielle Chaize.

IV. Jean-Baptiste Noyel, écuyer, bapt. à Villefranche le 14 juillet 1638, † à Villefranche le 10 mars 1723 ; Receveur des tailles de l'Élection de Beaujolais (8 décembre 1672), Receveur des deniers, dons et octrois de Villefranche (18 décembre 1695) ; conseiller secrétaire du Roi, Maison et Couronne de France et de ses Finances (21 septembre 1700) ; marié à Villefranche p. c. du 21 mai 1674, à Françoise Cartier, dame de Sermézy, fille de noble André, Avocat en Parlement, et de Claudine Rousset, dont huit enfants, entre autres :

1) Jean-Baptiste, écuyer, né le 16 mars 1677, receveur des tailles du Beaujolais (31 août 1704), receveur des octrois de la ville de Villefranche, secrétaire du roi (14 juillet 1723), conseiller à la Cour des Aides de Paris, ép. : 1°) à Paris p. c. du 31 mai 1703 Marie-Liane Costé, dont deux fils ; 2°) p. c. du 3 mars 1707 Élisabeth Clément, fille de Barthélemy, et de Marie Lumagne ;

2) Jacques-André, écuyer, sg^r de Fontenailles, Montclair, etc., bapt. à Villefranche le 30 novembre 1681, † à Lyon le 10 mai 1744 ; conseiller du Roi, receveur des tailles du Beaujolais, des octrois, deniers communs et patrimoniaux de Villefranche (17 octobre 1706) ; ép. à Lyon les 14-17 février 1716 Claire de Constant, fille de noble Antoine, Échevin de Lyon, et d'Anne Mollien ;

3) Jean-François, qui suit ;

4) Claudine, bapt. à Villefranche le 20 août 1675, religieuse ursuline à Mâcon ;

5) Marie-Benoîte, née le 5 avril 1678, ép. à Villefranche p. c. du 16 février 1702, Jean Courtin, écuyer, sg^r de Neufbourg, receveur des tailles en l'élection de Roanne, fille de Jean, écuyer, sg^r de Riorges, et de Françoise de la Mothe ;

6) Catherine, bapt. à Villefranche le 30 avril 1679, religieuse de la Visitation de Villefranche ;

7) Françoise, bapt. à Villefranche le 30 avril 1679, ursuline à Mâcon ;

8) Marianne, religieuse de la Visitation à Villefranche.

V. Jean-François Noyel, écuyer, sg^r de Sermézy, Paranges, de la comté de Béreins (p. acq. du 3 décembre 1752), etc., bapt. à Villefranche le 5 novembre 1684 ; conseiller au bailliage de Villefranche, conseiller à la Cour des Monnaies

de Lyon et garde des sceaux en la Chancellerie présidiale de Lyon (13 mars 1705),
Échevin de Lyon en 1727-28, Président en la Cour des Monnaies de Lyon
(28 novembre 1737), charge dont il eut des lettres d'honneur, le 27 février 1748 ;
ép. 1°) à Lyon le 20 février 1718 Antoinette Chevalier, † à Lyon le 10 mai 1720,
veuve de Jean-Baptiste Estival, chevalier, conseiller du Roi en ses conseils, Grand
maître des Eaux et Forêts de France au département de Lyon et fille de noble
Damien Chevalier, et d'Anne Crotte ; 2°) à Lyon p. c. du 5 septembre 1721 Madeleine Perrin de Vieuxbourg, fille de Jean, écuyer, sgr de Roche la Molière, et de Marie
du Poizat ; il eut une fille du premier lit, et neuf enfants du second, entre autres :

1) *2e lit* : Jean-Baptiste, qui suit ;

2) Marc-Antoine, bapt. à Lyon le 17 décembre 1731, chanoine du chapitre
   noble d'Ainay (1758) vivant en 1789 ;

3) *Pierre-François* de Noyel de Paranges, écuyer, bapt. à Lyon le 18 juillet
   1734, capitaine au corps royal d'artillerie (14 juillet 1766), chevalier de
   Saint-Louis, Inspecteur des armes pour le Roi à Saint-Étienne ; comparant
   à Lyon en 1789 ; ép. à Lyon les 28 mars-27 avril 1780 Anne de La Roue,
   † le 18 mai 1822, fille de Jean-Baptiste, conseiller à la Cour des Monnaies de
   Lyon, et de Sibylle Richery, dont :

   A) Jean-Baptiste de Noyel de Paranges, bapt. à Lyon le 21 avril 1781,
      † à Lyon le 15 mars 1854 ; ép. à Lyon le 26 mai 1813, Marie-Anne
      Arthaud de Viry, née à Sallèdes (Puy-de-Dôme) le 1er septembre 1791,
      † à Lyon le 28 mai 1868 (veuve en secondes noces de Gabriel de
      Beedelièvre).

4) *Jacques-André-Marie* de Noyel, chevalier, sgr de Vieuxbourg, bapt. à Lyon
   le 24 août 1738, lieutenant d'Infanterie au régiment de Boulonnais (1er octobre 1758), capitaine-commandant au dit régiment (17 juin 1770), aide-major
   (16 avril 1771), lieutenant de MM. les Maréchaux de France, au département
   de Villefranche (20 août 1777), comparant à Lyon en 1789 ; ép. à Lyon
   p. c. du 12 juin 1775 Marie-Françoise de Trivulce, fille d'Antoine-Ptolémée,
   Prince du Saint-Empire, chevalier de la Toison d'or, et de Marie-Archinte,
   princesse de Trivulce, dont :

   A) Marie-François-Marc-Antoine de Noyel, écuyer, bapt. à Lyon le
      16 août 1776, fit ses preuves pour l'École militaire en 1781.

5) Françoise, bapt. à Lyon le 11 juillet 1724, † à Lyon le 19 novembre 1757,
   ép. à Lyon p. c. du 14 avril 1744 Charles Dervieu de Goiffieu, écuyer, sgr
   de Goiffieu, Échevin de Lyon en 1757, né à Lyon le 2 mars 1714, fils de
   Christophe, écuyer, et de Jeanne Ruffier.

VI. Jean-Baptiste DE NOYEL DE BÉREINS, chevalier, comte de Béreins, sg^r de Mons, Sermézy, etc., capitaine au régiment de Picardie, bapt. à Lyon le 5 novembre 1722, † à Lyon, victime de la Révolution, guillotiné le 4 février 1794 ; marié à Lyon les 14-15 mars 1756 à Marguerite-Élisabeth de Rivérieulx de Varax, fille d'Hugues, sg^r du comté de Varax, Prévôt des marchands de Lyon, et de Blanche Albanel, dont six enfants, entre autres :

    1) Marc-Antoine, qui suit ;

    2) Claudine-Hélène, bapt. à Lyon le 30 octobre 1761 ; ép. à Lyon, p. c. du 22 janvier 1780, Jean-Joseph-François de Lescure, chevalier, mousquetaire du Roi, chevalier de Saint-Louis, sg^r de Puysserguier et Cressent, veuf de Marie-Anne Terrasson ; fils de Jean-Joseph, garde du corps pensionnaire de S. M. et de Charlotte Dauphin de Alinghen ;

    3) Hélène-Alexie, bapt. à Lyon le 23 février 1764, ép. le 2 mars 1784, Antoine-Marie-Victor de Villette, chevalier ;

    4) Suzanne, bapt. le 1er mars 1765, † à Lyon le 10 mars 1845, ép. à Lyon le 12 décembre 1789, Antoine-Henri de Trémouille-Sibadiers, Maître en la souveraine Chambre des Comptes de Montpellier, fils de Marc-Antoine, et de Louise-Thérèse de Peyrottes de Soubès.

VII. Marc-Antoine DE NOYEL DE BÉREINS, chevalier, dit le comte DE SERMÉZY, etc., bapt. à Lyon le 20 décembre 1762 ; fit ses preuves pour l'École militaire le 14 août 1781 : officier aux régiments de Noailles-Dragons et de Royal-Dragons ; ép. à Lyon les 11-19 février 1789 Clémence-Sophie d'Andignac, fille de Pierre-Clément, écuyer, intéressé dans les affaires du Roi, Directeur et receveur général des droits royaux et patrimoniaux de Lyon, et de Magdelaine Simonard, dont :

    1) Jean-Baptiste, qui suit ;

    2) Élisabeth-Marguerite, bapt. à Lyon le 16 juillet 1791, mariée à Lyon, le 21 octobre 1809 à Baptiste-Amédée Le Pileur de Brévannes, né à Paris le 11 juillet 1782, † le 3 juillet 1864, [remarié à Mlle Ollivier, fille du Pair de France], fils d'Henri Le Pileur de Brévannes, et d'Anne-Marie Petel de La Villonière.

VIII. Jean-Baptiste, dit Léon DE NOYEL DE BÉREINS, comte DE SERMÉZY, né à Lyon le 2 avril 1790, † à Sermezy le 3 octobre 1863 ; ép. à Lyon le 18 février 1824 Eudoxie des Champs de La Villeneuve, née à Besançon le 24 janvier 1806, † le 6 décembre 1876, fille de Philippe, comte de La Villeneuve, et de Rosalie Bernard de La Vernette, s. p.

BRANCHE DES SEIGNEURS DE BELLEROCHE

III. Jean NOYEL. bourgeois de Lyon, bapt. à Villefranche le 4 mai 1614, testa le 14 juillet 1696; ép. Nicole Margeret, dont :

1) Jean-François de Noyel, écuyer, conseiller du roi, Prévôt des maréchaux de France en Beaujolais (2 mai 1674), † avant 1696 ;

2) Bernard, qui suit :

3) Catherine, veuve en 1696 de M. de Siffrédi, garde des sceaux de Sa Sainteté ;

4) Marthe, veuve en 1696 de Marcel de Vanel, écuyer, sgr de L'Isle le Roy, Lieutenant des Maréchaux de France.

IV. Bernard NOYEL, écuyer, bapt. le 9 décembre 1658, † à Villefranche le 21 octobre 1735 ; contrôleur aux gabelles du Languedoc, Prévôt des Maréchaux de France en la province, pays et bailliage de Beaujolais (30 septembre 1696), garde des sceaux en la Chancellerie près la Cour des Monnaies de Lyon (12 décembre 1720); ép. Spirite Prat, † à Villefranche, âgée de 70 ans, le 5 avril 1747, dont entre autres :

1) Alexis, qui suit :

2) Jeanne-Marie-Françoise, bapt. à Villefranche le 9 septembre 1712, † à Perreux le 28 août 1768; ép. à Villefranche le 6 mai 1733 noble Pierre-François Chastellain, sgr d'Essertines, bapt. à Villefranche le 24 octobre 1697, † à Perreux le 3 septembre 1763, Procureur du Roi au bailliage de Beaujolais, fils de noble Pierre, sgr de La Tour d'Essertines, Élu en l'Élection de Beaujolais, Procureur du Roi et de Mgr le duc d'Orléans, et de Jeanne Vitte.

V. Alexis DE NOYEL, chevalier, sgr DE BELLEROCHE, Bionnay, etc., bapt. à Villefranche le 22 juillet 1703, † à Lyon le 27 mars 1775 ; conseiller du Roi en ses Conseils, conseiller de S. A. S. le duc d'Orléans, Lieutenant particulier et assesseur criminel au bailliage de Beaujolais, Lieutenant de Roi à Villefranche (16 juin 1752), Grand bailli d'épée du Beaujolais ; marié à Villefranche p. c. du 29 janvier 1737 à Marie-Charlotte Deschamps de Talancé, fille de Nicolas, chevalier, Président à mortier au Parlement de Dombes, et de Marie-Thérèse Chaix, et veuve de François Bottu de La Barmondière, chevalier, dont :

1) Spirite-Louise de Noyel, bapt. à Villefranche le 11 décembre 1737;

2) Marie-Spirite-Charlotte de Noyel.

Cf. : Chérin 148; Pièces originales : 2129; Carrés d'Hozier : 471; Nouveau d'Hozier : 255. Bonnardel : *Les Lyonnais au collège de Juilly.*

OLIVIER DE SÉNOZAN

D'or à l'olivier terrassé de sinople.

André-Marie OLIVIER du VIVIER

Les Olivier ou Ollivier, devenus si considérables par leurs richesses et leurs alliances, sont un des exemples les plus frappants de l'accession des honneurs sous l'ancien régime aux représentants de la classe moyenne. Cette famille de souche protestante dont le sang coule dans la plus haute noblesse du royaume est, en effet, issue de :

I. Jean Olivier, originaire de Poussan en Languedoc, marié à Suzanne Gervaise, † le 13 juillet 1694, dont :

1) Pierre qui suivra ;
2) Jean Olivier, † s. p ;
3) Mathieu, qui a fait le rameau du Colombier ;
4) David, tige des comtes de Sénozan, qui suivront.

II. Pierre Olivier, † le 16 août 1703, bourgeois de Poussan, ép. en 1660 Françoise Protton, dont entre autres :

1) David, qui suivra ;
2) Mathieu Olivier, † aux Indes.
3) Étienne Olivier de Montluçon, écuyer, sgr de Vaugien, † s. a. ayant testé à Paris le 19 mars 1751, fermier général (1716-1745), capitoul de Toulouse ;
4) Marguerite, abjura le protestantisme le même jour que son frère David ; mariée à Étienne de Runel, aïeul de la marquise de Franclieu ;
5) Françoise, mariée à N... Jacquet ;
6) Marie, mariée à N... Chouan, † s. p.

III. Noble David Olivier, écuyer, † âgé de 80 ans en 1750, ayant testé le 5 décembre 1747 ; abjura le protestantisme le 5 octobre 1685, s'établit à Lyon, devint banquier en cette ville, puis bourgeois de Lyon. Receveur général des

Finances à Lyon, Échevin de Lyon en 1735-36 ; ép. p. c. du 10 janvier 1711, Françoise de Combles, † ayant testé le 18 mai 1772, fille d'Oudart de Combles et de Marie Prenel [Mme de Combles, sa mère, avait deux sœurs mariées chez les Soubry (Cf. généalogie Imbert) et les Daudé (v. ce nom)]. Elle laissa :

1) Jacques-David, qui suivra ;

2) Jean-Marie Olivier, écuyer, sg^r de Chevrigny, † s. a. en 1771 ; il avait acquis le 17 juillet 1759 les fiefs du Vivier et Montagnieu sis à la Guillotière-lès Lyon ;

3) *André-Marie* Olivier, écuyer, sg^r du Vivier et de Montagnieu (après son frère Jean-Marie). † à Lyon victime de la Terreur, fusillé le 2 décembre 1793 ; comparant à Lyon en 1789 ;

4) Christophe Olivier de Montluçon, écuyer, † en septembre 1812, capitaine de dragons au régiment du Roi ; ép. Nicolase-Dominique de Casaubon, † s. p. le 1er juillet 1823, veuve en 1res noces de François-Frédéric de Varennes, marquis de Bourron ;

5) Marie, bapt. à Lyon le 12 juin 1712, † le 25 décembre 1753 ;

6) Catherine, bapt. à Lyon le 24 mai 1714, religieuse de Sainte Élisabeth, à Lyon ;

7) Charlotte, ép. le 19 juillet 1746 Pierre-François Brossier de Bessenay, chevalier, baron de La Roullière, né le 22 février 1713, fils de Pierre, écuyer, baron de La Roullière, et de Catherine David de Fontcrenne ;

8) Anne-Marie-Jacqueline, bapt. le 9 octobre 1729, † le 10 janvier 1807, ép. p. c. du 21 août 1751, Camille-Alix-Éléonore-Marie d'Albon de Galles, chevalier, prince d'Yvetot, marquis de Saint-Forgeux, comte de Saint-Marcel et de Talaru, vicomte de Varennes, baron d'Avauges, etc., capitaine de cavalerie, né le 11 novembre 1724, † le 18 février 1789, fils de Claude, chevalier, sg^r de Saint-Forgeux etc., et de Julie d'Albon, princesse d'Yvetot.

IV. Jacques-David OLIVIER, écuyer, sg^r de Vaugien, Courcelles, Lapie, etc., † dans son hôtel de la place Louis Le Grand à Paris et inhumé à Saint-Roch le 4 mai 1777 ; receveur général des finances à Lyon ; ép. 1°) N. Vincens ; 2°) en 1741, Anne-Marguerite Lamouroux, dont :

1) Henri-Étienne-David, qui suivra ;

2) François-Marie-David Olivier, écuyer, né le 18 janvier 1743 ;

3) Marie-Charlotte, † à Condom le 15 juin 1797 ; ép. à Paris (Saint-Roch) le 12 janvier 1765 Charles du Pleix, chevalier, baron, puis comte de Cadignan, né le 28 janvier 1738, petit-fils du marquis de Montlezun et colonel des troupes d'Agenois, Major général des troupes de Berry et de l'île de Saint-Domingue ;

4) Marie-Anne-Françoise, mariée le 28 janvier 1766 à Claude-Alexandre, marquis de Toustain d'Escrennes, né le........ 1717, † le.... décembre 1794, Lieutenant général des armées en 1784, veuf de Françoise-Madeleine Midy :

5) Anne-Marguerite, dite Mlle de Vaugien, † à Athis-sur-Orge le 15 avril 1815 ; ép. à Paris le 28 avril 1772 Charles-Hyacinthe du Houx, comte puis marquis de Vioménil, Maréchal de France, Pair de France, Grand Croix de Saint-Louis, chevalier du Saint-Esprit, né à Ruppes (Vosges) le 22 août 1734, † à Paris le 5 mars 1827, fils de François-Joseph-Hyacinthe de Vioménil, et de Marie-Antoinette Gillet de la Vallée ;

6) Anne-Sophie, dite Mlle Olivier, † le 8 fructidor an V ; ép. Jean-Baptiste Hocquart, né en 1741, † le 11 juillet 1794.

V. Henri-Étienne-David OLIVIER, écuyer, né le 18 décembre 1744, vivant en 1777.

Rameau du Colombier.

II. Mathieu OLIVIER, marié à Anne Sicard, dont :

1) Jean, qui suivra :

2) Thiphaine Olivier, ép. à Lyon le 2 août 1699, Guillaume Subra, fils de Jacques, et de Jeanne Cadenac, dont :

    A) Mlle Subra, mariée à Jean-Baptiste Flachat de Saint-Bonnet, chevalier, Prévôt des marchands de Lyon.

3) Françoise Olivier, mariée à Abraham Rieussec, receveur des fermes du Roi à Cette ; (v. ce nom).

III. Jean OLIVIER DU COLOMBIER marié à Marie Eymaud (remariée à Me Jacques Tourrette), père de :

1) Anne-Françoise Olivier du Colombier, mariée p. c. du 24 août 1727 à Pierre Nicolau, chevalier, sg^r de Poussan, Trésorier général de la ville de Lyon, receveur provincial du clergé du Lyonnais, né le 14 septembre 1694, fils d'Étienne Nicolau, écuyer, capitoul de Toulouse, lieutenant de Roi de Poussan, et de Jeanne Gourdon, dont postérité chez les Nicolau-Montribloud, Durieu de Lacarelle, Bathéon de Vertrieu, Chaponay-Morancé, etc.

2) Marie Olivier du Colombier.

BRANCHE DE SÉNOZAN

II. Noble David OLIVIER DE SÉNOZAN, écuyer, baron de La Salle, sg^r de Saint-Martin-le-Parc, Sanssay, Guiry, Vaux, Falavier, Rosny et autres lieux, comte de Sénozan en Mâconnais, terre érigée en sa faveur en comté par L. P. du Roi Louis XIV, délivrées en novembre 1710 : né à Poussan vers 1642, † le 13 mai 1722, âgé de 80 ans, d'abord banquier à Lyon, puis bourgeois de cette ville et Échevin de Lyon en 1697-98 ; ép. p. c. du 1er janvier 1675, Françoise Aréson, fille de Pierre. et de Suzanne Prévost, dont :

1) François, qui suivra ;
2) Suzanne Olivier de Sénozan, † ayant testé le 11 mai 1758 ; ép. à Lyon le 3 septembre 1701 et par contrat post-nuptial du 10 avril 1703, Camille Perrichon, chevalier, né à Lyon le 8 février 1678, † le 7 mai 1768, secrétaire de la ville de Lyon, chevalier de l'Ordre du Roi, conseiller d'État extraordinaire, Prévôt des marchands de Lyon de 1730 à 1739, et y commandant en l'absence de Mg^r le duc de Villeroy. C'était un magnifique seigneur qui fut longtemps l'arbitre de la ville de Lyon ; il était fils de noble Pierre Perrichon, Échevin et secrétaire de la ville de Lyon, et de Marguerite Severt :
3) Françoise Olivier de Sénozan, mariée p. c. du 5 juillet 1707 à Christophe Bollioud des Granges, écuyer, sg^r du dit lieu et de Saint-Julien-Molette, Lieutenant général d'épée au bailliage de Bourg-Argental, né le 3 mai 1674, † le 6 janvier 1736, fils de Pierre Bollioud des Granges, écuyer, conseiller secrétaire du Roi, et d'Élisabeth Bollioud.

III. François OLIVIER DE SÉNOZAN, chevalier, comte de Sénozan, marquis de Rosny et de Falavier, baron de La Salle, sg^r baron de Montagny, Millery, Sourzy, Guiry, Vaux, Le Parc, Saint-Martin etc., né à Lyon le 6 février 1678, † à Paris le 3 juillet 1740 ; chevalier de l'Ordre du Roi ; il en reçut le collier le 17 mai 1708 des mains du maréchal de Villeroy ; Intendant général du Clergé de France (27 mai 1727), charge dont il se démit peu avant sa mort en faveur de son neveu Bollioud de Saint-Julien ; marié les 25-29 juin 1711 à Jeanne de Grolée de Viriville, baronne de Montagny et Malleval, première baronnie du Lyonnais, dame de Millery, Taulignan etc., née en 1693, † le 2 septembre 1775, fille de Joseph-François de Grolée, chevalier, comte de Viriville, baron de Montagny, Millery, Sourzy, sg^r de Taulignan, premier baron du Lyonnais, capitaine des gendarmes du duc de Berry, gouverneur de Montélimar, et de Sabine de La Tour-du-Pin-Gouvernet, dont :

1) François-David Olivier de Sénozan, écuyer, bapt. à Lyon le 23 mars 1712 ;

2) Jean-Antoine, qui suit ;

3) Anne-Sabine Olivier de Sénozan, † le 29 septembre 1741 ; mariée les 4-9 octobre 1730 à Charles-François-Christian de Montmorency-Luxembourg, chevalier, Brigadier des armées du Roi (15 mars 1740), Lieutenant général (1748), Duc héréditaire de Beaumont (1765), prince de Tingry, souverain de Luxe, etc., chevalier du Saint-Esprit, capitaine des Gardes du corps (1764) ; né le 30 novembre 1713, † à Paris le 20 avril 1787 ; [remarié : 2°) le 19 décembre 1752 à Louise-Madeleine de Fay de La Tour Maubourg, née en 1732, † 15 décembre 1754 ; 3°) le 11 février 1765 à Éléonore-Josèphe-Pulchérie des Laurents de Saint-Alexandre, née le 16 mars 1745, † le 9 septembre 1829] ; fils aîné de Christian-Louis de Montmorency, prince de Tingry, Maréchal de France, et de Louise-Madeleine de Harlay. Du premier lit naquit une fille unique :

> A) Louise-Pauline-Françoise de Montmorency-Luxembourg, née le 16 janvier 1734, † le 25 août 1818 et mariée: 1°) le 17 février 1752 à Anne-François, duc de Montmorency, colonel du régiment de Touraine ; 2°) le 14 avril 1764 à Louis-François-Joseph, comte de Montmorency Logny.

IV. Jean-Antoine OLIVIER DE SÉNOZAN, chevalier, comte de Sénozan, marquis de Rosny, sg^r de Magny, etc., né en 1713, † le 30 septembre 1778, conseiller du Roi en ses Conseils, conseiller au Parlement de Paris, commissaire aux Requêtes du Palais (20 juillet 1733), Président en la quatrième Chambre des Enquêtes (6 avril 1737), conseiller d'État : ép. le 17 février 1735 Anne-Marie-Louise-Nicole de Lamoignon, née le 6 juin 1718, † décapitée le 10 mai 1794, fille de Guillaume de Lamoignon de Blancmesnil, chevalier, sg^r de Malesherbes, Président à mortier au Parlement de Paris, Chancelier de France, et de Anne-Élisabeth Roujault de Villemain, dont :

1) Antoine-François Olivier de Sénozan, chevalier, marquis de Sénozan et de Rosny, né à Paris le 3 novembre 1736, † à Paris s. a. et inhumé à Saint-Roch le mercredi 28 mars 1759 ; conseiller du Roi en ses Conseils, Premier Avocat général au Grand Conseil ;

2) Jean-François-Ferdinand, qui suit.

V. Jean-François-Ferdinand OLIVIER DE SÉNOZAN, chevalier, comte de Taulignan, marquis de Viriville et de Falavier, né le 6 février 1737, † à Paris le 26 novembre 1769, mestre de camp de cavalerie, Maréchal général des logis et armées du Roi ; ép. à Dijon le 19 avril 1761 Claude-Louise de Vienne, née en 1742, † le 5 novembre

1769, fille de Louis-Henri, chevalier, comte de Vienne, Mestre de camp de cavalerie, et d'Henriette de Saulx-Tavannes, dont :

1) Madeleine-Henriette-Sabine Olivier de Sénozan, assignée à comparaître avec la Noblesse de Lyon et défaillante ; née en 1763, † décapitée le 26 juillet 1794, victime de la Révolution ; ép. le 2 décembre 1778 à Archambaud-Joseph de Talleyrand, comte et plus tard duc de Talleyrand-Périgord (1817), Maréchal des camps et armées du Roi, né le 1er septembre 1762, † à Saint-Germain le 3 mai 1838, fils de Charles, comte de Talleyrand-Périgord, et d'Alexandrine-Marie-Victoire de Damas d'Antigny.

Cf. : Dossiers bleus : 530 ; Carrés d'Hozier : 472 ; Cabinet d'Hozier : 258 ; Nouveaux d'Hozier : 255 ; Pièces originales : 2144-144.
(Certains de ces documents font à tort descendre les Olivier d'une ancienne famille noble de Jauziers).
Communications du marquis d'Albon.

ORCEL

Écartelé en sautoir d'argent et d'azur, le 1er chargé d'un soleil naissant du chef, le 3e chargé d'une montagne à trois pointes d'azur, et deux besans d'or sur les 2e et 4e quartiers.

Claude ORCEL

Les noms d'Orcel, Orsel et Orset ont été souvent confondus par les meilleurs auteurs, et on a rattaché par erreur à la même famille des personnages de souche différente. A Lyon, en 1789, l'Assemblée de la Noblesse renferma des comparants appartenant à trois familles : les Orcel, les Orsel de Châtillon et les Orset de La Tour.

La famille de Claude Orcel est originaire de Briançon, où elle a plus spécialement suivi pour son nom l'orthographe Orcel, avec un c. Elle est issue de :

I. Claude Orcel, établi à Briançon, marié à Marie Rolland ; [il est à remarquer qu'à la même époque, au même lieu, Jean Orsel (v. Orsel de Châtillon) épouse aussi une Marie Rolland. N'y aurait-il pas là une erreur de prénoms pour l'un ou l'autre de ces personnages qui ne feraient qu'un ? La similitude des armoiries des deux familles peut autoriser cette supposition]. Il fut père de :

II. Joseph Orcel, bourgeois de Lyon, marié à Lyon le 5 novembre 1713 à Marie-Anne Audra, fille de Martin, et de Catherine Blanchard, dont, parmi dix enfants, quatre fils morts en bas âge, et :

    1) Claude, qui suit :

    2) Marie-Madeleine Orcel, bapt. le 22 août 1727, mariée le 7 juin 1746 à Jean-Louis Gérin, dit Rose, fils de Jean et d'Anne Petrot.

III. *Claude* Orcel, écuyer, né à Lyon le 20 décembre 1723, secrétaire du Roi près le Bureau des Finances et Chambre du domaine de Dauphiné, secrétaire du Roi honoraire, comparant à Lyon en 1789 ; ép. à Lyon le 30 janvier 1748 Jeanne Pralard, fille de Pierre, bourgeois de Lyon, et d'Élisabeth Orlande, dont :

1) Jean-Pierre Orcel, bapt. à Lyon le 21 juillet 1760 ;

2) Marie-Madeleine, † vers 1835, mariée à Lyon p. c. du 12 août 1768 à
Jérôme Audras, écuyer, sg^r de Béost, conseiller au Parlement de Dombes, né
à Lyon le 17 janvier 1728, † à Lyon le 19 nivôse an XI ; fils de Jean, Procureur général de S. A. S. au Parlement de Dombes, et de Marie-Gratienne
Bourbon ;

3) Marie-Élisabeth, † à Curraize (Loire) le 27 mai 1779, ép. à Lyon p. c. du
17 juin 1774 Jacques-Claude Goulard de Curraize, écuyer, sg^r de Curraize,
Chalain le Comtal etc., né à Montbrison le 6 avril 1744, fils de Claude-
Aimé, écuyer, sg^r de Curraize, et de Françoise Cabanis.
[Jacques-Claude se remaria le 22 octobre 1782 à Claudine-Marie Chassain
de Marcilly].

4) Marie-Anne Orcel, vivant en 1778.

Cf. : *Communications* du baron Maupetit, et de M. R. de Clavière. Nous devons
à ce dernier la description des armoiries de la famille Orcel.

ORIGNY

D'argent à la croix de sable ancrée et chargée d'un losange du champ.

Adam-Philippe d'ORIGNY-DAMPIERRE

Jean-Charles-Antoine d'ORIGNY

Le nom d'Origny est ancien, et il est difficile de se prononcer sur l'affinité que peuvent avoir entre eux les divers sujets qui l'ont porté. La famille qui a comparu à Lyon en 1789 et que La Chesnaye des Bois rattache sans conteste à une famille d'ancienne noblesse, est originaire de Reims où elle est citée dès le commencement du XVIe siècle. Elle y a rempli des charges municipales et de magistrature annonçant la considération dont elle jouissait, et conservé une tradition d'origine noble sans avoir pu en fournir la preuve. Au XVIIIe siècle, elle s'est distinguée dans les armées et plusieurs d'Origny obtinrent des lettres d'anoblissement portant la clause de confirmation, expression obligeante, mais sans réalité, puisque, prise à la lettre, elle eût imposé aux impétrants la nécessité de faire preuve de noblesse, sans laquelle ces lettres eussent été nulles.

Par le fait, les d'Origny qui ont donné à Reims Claude Dorigny, prêtre, Docteur et doyen de la Faculté de droit, chanoine de Notre-Dame, insigne bienfaiteur de l'Hôpital de Reims, par testament du 10 octobre 1631, sont issus de :

I. Philippe Dorigny le jeune, ép. Henriette Michon, dont :

    1) Jean Dorigny, parrain de son frère ;

    2) Philippe, qui suit :

II. Philippe Dorigny, bapt. à Reims le 23 juin 1634, ✝ en 1686 ; ép. à Reims p. c. du 28 décembre 1653 Marie Ravigneau, fille d'Adam Ravigneau. Elle testa à Reims le 31 août 1716, laissant :

    1) Adam, qui suivra ;

    2) Nicolas Dorigny [qui aurait eu postérité d'après la Chesnaye-des-Bois] ;

    3) Philippe, qui a fait branche ;

4) Marie-Madeleine Dorigny, ép. à Reims Gérard Homo ;

5) Henriette Dorigny, mariée à Raoul Rogier.

III. Adam Dorigny, bapt. à Reims le 20 août 1656, † à Reims le 5 avril 1718 ;
il aurait été secrétaire du Roi d'après un acte du 30 septembre 1717 ; ép. 1°) à Reims
p. c. du 23 janvier 1677 Marie Rogier, fille de Philippe ; 2°) Adriette de Pinteville
de Cernon. Il eut :

1) *premier lit* : Raoul, qui suit ;

2) Philippe Dorigny, † s. a. à Reims le 16 février 1726 ;

3) *second lit* : Pierre-Adam Dorigny, † s. a. le 13 juin 1774, Lieutenant au
régiment de Champagne (30 octobre 1718), capitaine (21 octobre 1721),
capitaine de grenadiers (24 janvier 1744), chevalier de Saint-Louis. Il obtint
de S. M. des L. P. d'avril 1744 qui ne semblent pas avoir été enregistrées et
portant confirmation de noblesse et anoblissement en tant que besoin. Ces
lettres rappelaient ses faits d'armes pendant vingt-sept ans de services,
notamment à Parme, et visaient l'ancienneté de sa famille tenue pour
noble au xv° siècle ;

4) Philippe-Louis, qui a fait le rameau d'Agny.

IV. Raoul Dorigny, né à Reims le 28 septembre 1677, † à Reims le 5 mars 1746,
Avocat en Parlement, Avocat du Roi au bailliage de Vermandois et siège présidial
de Reims (1er mai 1703), conseiller, lieutenant général criminel au même bailliage
(11 mars 1713) ; ép. Marie-Thérèse Bourgongne, dont :

1) Philippe-Louis-Rémy, qui suit ;

2) *Adam-Philippe* d'Origny-Dampierre, écuyer, Directeur général des Domaines
du Roi à Lyon, comparant à Lyon en 1789. Il obtint en octobre 1761 des
L. P (non enregistrées semble-t-il) portant confirmation de noblesse et anoblissement en tant que besoin ; ép. Jeanne Péchin, dont :

   A) *Jean-Charles-Antoine* d'Origny, écuyer, comparant à Lyon en 1789.

3) Claude-Nicole, † à Paris, étant veuve le 25 avril 1770 ; ép. à Reims les
17-26 octobre 1734 son cousin ci-dessous, Henry-Antoine Dorigny, capitaine
de bourgeoisie.

V. Philippe-Louis-Rémy d'Origny, écuyer, dit M. de Courcelles, † s. a. ; lieutenant en second au régiment de Champagne (1er janvier 1734), capitaine (17 mars
1743), chevalier de Saint-Louis (vers 1748), capitaine de grenadiers (4 mars 1757),
commandant de bataillon (23 mars 1762), réformé (1763), lieutenant-colonel d'infanterie ; obtint de S. M. des L. P. d'octobre 1761 (non enregistrées, semble-t-il) de
confirmation de noblesse et d'anoblissement en tant que besoin.

Rameau d'Agny.

IV. Philippe-Louis d'Origny d'Agny, écuyer, obtint de S. M. des L. P. de juin 1755, enregistrées à la Cour des Aides le 3 septembre, portant confirmation de noblesse et anoblissement en tant que besoin. Ces L. P. comme les autres susvisées, mentionnent les prétentions d'ancienne noblesse des Dorigny ; ép. en 1726 Marguerite de Cambray, dont :

1) Jacques-Anne d'Origny d'Agny, lieutenant en second au régiment de Champagne (1er novembre 1734), enseigne (8 mai 1740), lieutenant (21 juillet 1740), capitaine (25 février 1744) ; † après avoir fait les campagnes de la dernière guerre en 1747 :

2) Adam-Claude, qui suit :

3) Nicolas-Pierre d'Origny, dit le chevalier d'Origny, lieutenant au régiment de Champagne (7 août 1756), ayde-major, capitaine (13 janvier 1759), chevalier de Saint-Louis (août 1760), colonel commandant les chasseurs de Turpin, † de ses blessures après un combat victorieux près de Waldeck le 1er avril 1761. Il était âgé de 25 ans. 2 mois, 13 jours.

4) Marie-Anne-Ernestine, ép. Pierre-Louis Bureau, écuyer, sgr de Charmois, Président Trésorier de France à Châlons en 1773 ;

5) Marie-Adélaïde, ép. Nicolas-François de Belchamps, écuyer, vivant à Metz en 1773.

V. Adam-Claude d'Origny, écuyer, sgr d'Agny, Braux, Chaudion etc., Lieutenant au régiment de Champagne (8 octobre 1746), Enseigne (28 mai 1750), Capitaine (1er janvier 1757), chevalier de Saint-Louis, retraité pour maladies en 1766 ; ép. le 21 février 1762 Élisabeth Berle de Maffrécourt, dont deux filles et :

VI. Adam-Louis-Marie d'Origny de Chaudion, écuyer.

BRANCHE CADETTE

III. Philippe Dorigny, bapt. à Reims le 1er janvier 1674, † le 29 août 1729; conseiller Échevin de la ville de Reims, Lieutenant des habitants de la ville de Reims (9 mars 1718); ép. à Reims p. c. du 11 décembre 1704 Anne-Jacqueline Hachette, † le 20 avril 1751, fille d'Antoine Hachette, dont :

IV. Henry-Antoine Dorigny, bapt. à Reims le 2 mars 1710, † à Reims le 6 décembre 1765; conseiller Échevin de Reims, capitaine de bourgeoisie, Major de

la milice bourgeoise ; ép. à Reims les 17-26 octobre 1734 sa cousine Claude-Nicole
Dorigny, † à Paris le 25 avril 1770, fille de Raoul, Lieutenant général Criminel à
Reims, et de Marie-Thérèse Bourgongne, dont :

1) Raoul-Adam Dorigny, sieur de Monthuré, bapt. à Reims le 7 août 1737,
   capitaine de la milice bourgeoise de Reims, présenta requête le 4 février
   1779 au ministre et secrétaire d'État Bertin, à l'effet d'obtenir du Roi des
   lettres d'anoblissement en tant que besoin, comme d'autres de ses parents ;

2) Antoine-Marie-Jean-Baptiste Dorigny, puis d'Origny, écuyer, né à Reims
   le 18 mars 1741, lieutenant au régiment de Saint-Chamond (20 mars 1759) ;
   sous-lieutenant à la nouvelle composition (1763) sous le nom de régiment
   de Dauphiné, lieutenant (24 mars 1769), Commissaire des guerres (1772)
   à Épinal (Lorraine), se joignit en 1779 à la requête de son frère :

Cf. : Chérin : 149 (*généalogie dressée en février 1779*).

ORSEL DE CHATILLON

D'or au soleil d'azur [alias de gueules au soleil d'or] mouvant du canton dextre du chef, accompagné en pointe d'une mer de sinople au mont issant d'argent au flanc senestre de l'écu (L. P. du 17 novembre 1768).

Joseph ORSEL de CHATILLON

La famille Orsel tire son origine certaine de l'Embrunois. Une ancienne tradition voudrait la rattacher aux Orselli, antique famille du marquisat de Saluces qui portait « *d'or à l'ours grimpant de sable* »; mais bien que des recherches aient été effectuées dans ce sens dès le XVIII⁰ siècle, aucune preuve n'est venue appuyer cette manière de voir dont on trouve la trace dans l'ours adopté pour tenant de son écusson par Joseph Orsel, secrétaire du Roi en 1768. Il faut encore noter que les Orsel établis au XVII⁰ siècle au Monestier de Briançon attachaient quelque importance à l'orthographe Orsel avec un s, sans doute en vertu de leur tradition d'origine et pour n'être pas confondus avec la famille Orcel ci-dessus (avec laquelle ils avaient peut-être cependant une commune origine (Cf. p. 728 au sujet du mariage Orcel-Rolland). Divers titres des 29 janvier, 1er et 4 février 1769 témoignent de l'orthographe constante adoptée par cette famille aux XVII⁰ et XVIII⁰ siècles, et acte en fut donné au secrétaire du roi Joseph Orsel, le 6 juin 1773, par le lieutenant général en la sénéchaussée de Lyon.

La filiation suivie des Orsel s'établit depuis :

1. **Jean Orsel**, originaire du Monestier de Briançon, [fils lui-même d'autre Jean, nommé dans les actes de baptême de deux de ses petits-fils], marié vers 1665 à Marie Rolland, dont entre autres :

    1) Claude, qui suit :

    2) Pierre Orsel, religieux profès du couvent des Cordeliers, sous le nom de frère Sauveur :

    3) Marie Orsel, mariée à Joseph Albert :

    4) Jeanne Orsel, ép. au Monestier, le 25 novembre 1710, Jacques Raton.

II. Claude Orsel, né au Monestier de Briançon le 31 octobre 1670, † à Lyon le
9 octobre 1726 ; premier de son nom établi à Lyon : ép. le 9 août 1695 Marguerite
Jordan, bapt. au Monestier de Briançon le 24 janvier 1677, † à Lyon le 16 novembre
1744, fille de Jacques Jordan alias Jourdan, et de Magdeleine Vallier, dont cinq
enfants, parmi lesquels :

1) Jean Orsel, né au Monestier de Briançon le 20 juin 1703, marié 1°) à Lyon
   le 24 novembre 1726 à Marie Dumeynet, fille d'Alexis, et de Marie Servant :
   2°) le 22 novembre 1736 à Élisabeth Périsse, dont postérité : leur descendance s'est fixée en Amérique ;

2) Jacques Orsel, né au Monestier le 20 juin 1706, † le 23 février 1789 : marié
   le 22 mai 1744 à Jeanne Deschamps, dont entre autres :

   A) Jean-Jacques Orsel, né à Lyon le 14 octobre 1742 ;

   B) Antoine Orsel, né à Lyon le 30 septembre 1743, dont postérité repré-
      sentée à Paris de nos jours ;

   C) Joseph Orsel, né à Lyon le 30 août 1744, † s. a. en 1832 ;

   D) André Orsel, né à Lyon le 23 septembre 1747, marié le 9 avril 1782 à
      Antoinette Muguet, fille de noble François, ancien Échevin de Lyon,
      et de Marguerite-Simone Gérin-Rose, dont postérité représentée
      aujourd'hui dans le département de l'Ain :

   E) Jacques Orsel, né à Lyon le 10 décembre 1750, † en 1800, marié le
      28 avril 1783 à Françoise-Sidonie Saint-Pierre, fille de Jean, et de
      Jeanne Barracand, dont :

      a) André-Jean-Jacques Orsel, né le 1er février 1784, † s. p. le
         10 août 1868 ; maire de Tarare et d'Oullins, conseiller général
         du Rhône, marié en 1809 à Pierrette Simonet :

      b) Joannis Orsel, † s. a. en 1846 ;

      c) Pierre-Jean-Jacques Orsel, né le 18 juin 1791, † le 28 août 1858 ;
         marié à Thérèse Turin, née en 1798, † le 20 avril 1857, dont
         six enfants, entre autres : Alphée Orsel (1825, † 1888), marié à
         Marie Giroud, d¹ p., et Henri Orsel, né le 1er août 1839, marié à
         Lucile des Sagets, née le 20 novembre 1841, † le 10 octobre 1898,
         dont huit enfants, connus sous le nom d'*Orsel des Sagets* ;

      d) Victor Orsel, né en 1795, peintre chrétien.

   F) Jeanne Orsel, née à Lyon le 6 août 1745, mariée le 16 février 1769 à
      Louis Félissent ;

   G) Catherine Orsel, née à Lyon le 31 août 1746, mariée le 18 août 1772
      à Claude-François Maurice.

3) Joseph, qui suit :

4) Magdeleine Orsel, née en 1714, † 1772, mariée le 12 novembre 1736 à Charles Colomb.

III. Joseph ORSEL, écuyer, né au Monestier de Briançon le 13 avril 1711, † à Lyon le 20 novembre 1777 : conseiller secrétaire du Roi en la chancellerie près la Cour des Monnaies de Lyon (17 novembre 1768, installé le 19 décembre 1768) ; transféré en la même qualité au Parlement de Nancy (13 août 1776) ; ép. Jeanne-Marie Ferroussat, fille d'Humbert, et de Claudine Castelbon-Calme, dont dix enfants entre autres :

1) Joseph, qui suit ;

2) Marguerite Orsel, née à Lyon en 1741, † le 21 juillet 1791 ; ép. p. c. du 4 avril 1761 Pierre Maupetit, écuyer, conseiller secrétaire du Roi en la chancellerie près la Chambre des Comptes de Montpellier, recteur du Grand Hôtel-Dieu de Lyon (1772-1775), né le 29 octobre 1725, † le 21 janvier 1806, dont entre autres :

    A) François-Marie-Pierre Maupetit, écuyer, né le 5 août 1770, † le 11 mai 1841, héritier de son oncle Orsel de Châtillon, et souche des Maupetit du Bugey ;

    B) Pierre-Honoré-Anne Maupetit, écuyer, né le 21 novembre 1771, † à Alençon s. p. le 13 décembre 1811, général de cavalerie, baron de l'Empire.

3) Marie-Claudine Orsel, née le 6 juin 1742, mariée à Lyon le 1ᵉʳ juin 1762 à noble Louis Reboul, Échevin de Lyon en 1781-82, bapt. à Lyon le 29 juillet 1727, [remarié à Louise-Catherine Gondard].

4) Jeanne-Marie-Magdeleine Orsel, née le 14 mars 1746, ép. le 16 février 1768 François Buynand, écuyer, sgʳ des Échelles et co-sgʳ d'Ambérieu-en-Bugey, conseiller secrétaire du Roi en la chancellerie près le Parlement de Dombes, dont :

    A) Jean-François Buynand des Échelles, marié à Louise Courtin de Neufbourg, dont :

        a) Jeanne-Pauline Buynand des Echelles, mariée : 1°) le 19 août 1820 à Joseph Orsel de Châtillon, écuyer, son grand-oncle ci-après, † le 5 octobre 1820 : 2°) p. c. du 14 janvier 1822 à Joseph-Émile de Montluzin de Gerland, dont une fille mariée chez les Murard.

5) Anne-Marie Orsel, née le 11 mai 1756, mariée le 27 avril 1768 à noble Paul-Émilien Béraud, Avocat en Parlement et ès cours de Lyon, conseiller à la Cour d'appel de Lyon (19 germinal an VIII), membre du Conseil des Cinq-Cents, fils de Jean-Baptiste, bourgeois de Lyon, et de Marie-Anne Perret.

IV. *Joseph* ORSEL DE CHATILLON, écuyer, sg^r de la baronnie de Châtillon-de-Corneille, Montgriffon, La Verdatière et La Tour des Echelles de Jujurieux en Bugey [p. acqu. du 20 décembre 1780 de Marc-Antoine Trollier, chevalier], né à Lyon le 28 mars 1750, ✝ à Lyon s. p. le 5 octobre 1820 ; Avocat au Conseil supérieur de Lyon, conseiller en la sénéchaussée et siège présidial de Lyon (26 février 1772). Il acquit le 2 novembre 1787 de Françoise d'Angeville, veuve de Claude de Montillet, la sg^{rie} du Châtelard-de-Luynes en Bugey, qu'il avait remise à sa mère avec l'arrière-fief de Vieillard, mouvant de la baronnie de Châtillon. Comparant à Lyon en 1789, et, par procuration à Belley ; commandant de la Garde Nationale de la commune de Saint-Jérôme [faisant partie de la baronnie de Châtillon] en 1790 ; officier municipal de Cuires-la-Croix-Rousse en 1793 ; condamné à mort (1793), emprisonné (1794), mis en liberté le 7 juillet 1794 ; chevalier du Lys le 14 octobre 1814 et maire de Jujurieux ; marié 1°) à N. Dujast d'Ambérieu ; 2°) le 19 août 1820 à Jeanne-Pauline Buynand des Echelles, sa petite-nièce [cf. ci-dessus] ; fille de Jean-François-Philippe Buynand des Echelles, écuyer, et de Marie-Louise Courtin de Neufboug.

Cf. : *Dossiers généalogiques communiqués* par le baron Maupetit et M. R. de Clavière.

ORSET DE LA TOUR

De gueules au chef d'argent chargé de trois tours de sable.

Cʟᴀᴜᴅᴇ-Lᴏᴜɪs ORSET ᴅᴇ LA TOUR

La famille Orset, anciennement établie à Hauterive près Saint-Jean-le-Vieux en Bugey, acquit au xviiiᵉ siècle la terre de La Tour, ancien fief érigé en 1554 en faveur des frères Bovet, écuyers, par Étienne-Philibert de Chalant, baron de Varey.

Les Orset de La Tour, que l'on a voulu rattacher à d'autres familles nobles du même nom d'Orset établissaient leur filiation depuis :

I. Charles Oʀsᴇᴛ, bourgeois d'Hauterive, marié à Anne Bergier, dont entre autres :

II. Jean Oʀsᴇᴛ, né à Saint-Jean-le-Vieux le 12 février 1710, † en 1785, capitaine châtelain et juge d'appel des terres de Châtillon de Corneille et dépendances, conseiller du Roi, Substitut du Procureur général près le Parlement de Dombes (16 août 1747), Substitut honoraire (30 janvier 1771) ; ép. : 1°) en 1737 Félicité Bérard, fille de François Bérard, châtelain de la baronnie de La Cueille (près Poncin, en Bugey) ; 2°) le 24 juillet 1777 Françoise Gallien de la Chaux. Il eut du premier lit, entre autres :

III. *Claude-Louis* Oʀsᴇᴛ ᴅᴇ Lᴀ Tᴏᴜʀ, écuyer, sgʳ de La Tour, né à Saint-Jean-le-Vieux le 5 mars 1744, † à Hauterive le 21 décembre 1796, après avoir été emprisonné sous la Terreur et délivré par son geôlier ; avocat en Parlement et ès-cours de Lyon, conseiller en la sénéchaussée et siège présidial de Lyon (12 août 1777) ; notable de Lyon en 1789, comparant à Lyon en 1789 ; marié le 3 avril 1780 à Marie-Anne Daudé, bapt. à Lyon le 20 juin 1758, fille de Jacques Daudé, chevalier, sgʳ du Poussey, Échevin de Lyon, et de Magdeleine-Claire Fabron de Saint-Amand, dont :

    1) Jacques-Victor, qui suit ;

    2) Gabriel Orset de La Tour, écuyer, né à Lyon en 1789, † à Jujurieux (Ain) le 11 août 1834 ; ép. le 29 janvier 1816 Anne Durand, née à Jujurieux le

14 juillet 1797, ✝ à Jujurieux le 18 décembre 1879, fille de Mathieu Durand, et de Marie-Louise Genevay, dont :

A) Marie-Mathieu Orset de La Tour, né à Jujurieux le 10 novembre 1818, ✝ à Grenoble s. p. à l'âge de 82 ans ; ép. Suzanne Maurel de Rochebelle, fille du baron Maurel, conseiller et Président de Chambre à la Cour de Grenoble ;

B) Louise-Victoire Orset de La Tour, née à Jujurieux le 10 avril 1823, ✝ à 18 ans.

IV. Jacques-Victor ORSET DE LA TOUR, écuyer, né à Lyon le 11 juin 1783, ✝ à Bourg (Ain) le 3 mars 1846 ; entrepositaire des tabacs à Bourg, conseiller général de l'Ain, chevalier du Lys (7 avril 1817) ; ép. en 1808 Adèle Levet de Malaval, dont :

1) Augustin, qui suit ;

2) Anne-Eugénie, née en 1810, ✝ s. p. à Champollon le 13 mai 1830 ; ép. p. c. du 18 décembre 1828 Jean-Pierre Dervieu de Varey, ✝ à Lyon en juin 1849, fils de Claude-Jean-Marie, baron de Varey, et de Jeanne Fleurie des Fours.

V. Augustin ORSET DE LA TOUR, né à La Tour d'Hauterive le 21 juin 1816, ✝ le 17 mars 1862 ; juge d'instruction au tribunal civil de Lyon, marié à Gabrielle Tuja d'Anferville, dont :

1) Euphrasie-Marie Orset de La Tour, née le 10 décembre 1856, mariée le 17 avril 1877 à Joseph Blanchon.

Cf. : *Communications* du baron Maupetit.

PALERNE

D'or au paon rouant d'azur, au chef du même chargé de trois étoiles d'argent.

FLEURY-ZACHARIE-SIMON PALERNE DE SAVY

PHILIBERT DE PALERNE DU MONESTIER

Les Palerne sont connus en Forez dès la fin du xve siècle [1], et ont formé un grand nombre de branches, qui toutes portaient un paon dans leurs armes. Ces armoiries furent sculptées au xvie siècle à Lyon en l'église Saint-Nizier dont un Palerne était chanoine ; on les trouve à la même époque timbrées d'un heaume de chevalier sur le manuscrit des poésies de Jean Palerne, ✝ en 1592. La branche aînée des Palerne écartelait : « *aux 1 et 4 d'or au paon rouant d'azur surmonté de trois croisettes de gueules ; aux 2 et 3 palé d'or et de gueules de six pièces* » ; la branche cadette portait les armes indiquées ci-dessus ; enfin un rameau essaimé en Dombes, Dauphiné et Lyonnais, et dont le point de jonction est ignoré portait « *de gueules au paon rouant d'argent ; au chef d'argent chargé de trois molettes de gueules* ».

Les deux branches principales des Palerne sont issues de :

I. Vénérable homme Mathieu PALERNE, de La Fouillouse en Forez, ✝ avant 1493 [2], père entre autres de :

    1) Antoine, qui suit ;

    2) Philibert, Docteur ès droits ;

---

1. Il y eut en Auvergne une famille féodale de Palerne tirant son nom du château de Palerne près des Martres-sur-Morges, dont Gaudemar de Palerne, chevalier, rendit hommage à Marie de Berry, duchesse d'Auvergne en 1415 ; on ignore la destinée de cette famille. D'après les *Dossiers du Cabinet des Titres*, les Palerne de Lyon auraient eu pour auteur le fils naturel de Léonard de Saint-Priest, baron de Saint-Chamond, vivant au xve siècle, « noble Jean de Jarez, bastard de Jarez » qui aurait été dit « de Palerne » (peut-être en raison du nom de sa mère ?). Cette origine est appuyée par des expéditions délivrées au xviiie siècle, d'actes des xve et xvie siècles dont l'authenticité semble sujette à caution, et ne concorde pas avec les minutes notariales et les actes paroissiaux.

2. C'est lui que l'on fait fils du bâtard de Jarez.

3) Pierre Palerne, marié en 1495 et avait des enfants ;

4) Mathieu Palerne, marié en 1495, et avait des enfants.

II. Antoine PALERNE [qui aurait épousé p. c. du 19 mars 1496 Anceline de Salamar, fille de feu noble Humbert de Salamar (??) du lieu de Néronde], dont :

III. Claude PALERNE, † avant 1588, patron et collateur de la prébende des Palerne
fondée sous le vocable de Sainte-Croix en l'église de Saint-Julien, près Saint-
Chamond [1] ; ép. Jeanne Mestrat, dont entre autres :

1) Philibert, qui suit ;

2) Innocent Palerne ; il paraît être celui dont était descendu M. Palerne, receveur général des Fermes du Roi, dont la fille unique, Marie-Anne Palerne,
† à Paris le 7 mai 1710 âgée de 31 ans et 4 mois, inh. à l'abbaye du Jard
près Melun, ép. en 1705 Louis-Claude de Fuzée de Voisenon, chevalier,
comte de Voisenon, gentilhomme ordinaire de la Chambre du Roi, né à
Melun le 3 mai 1673, fils de Claude, gentilhomme ordinaire de la Chambre
du Roi, et de Marie de Mont. Elle fut mère du fameux abbé de Voisenon
qui signa à titre de cousin le contrat de mariage du 8 août 1742 de Marie-
Anne-Antoinette de Palerne avec Pierre de Jouvencel, chevalier, conseiller
à la Cour des Monnaies de Lyon ;

3) Jean, tige de la branche cadette ;

4) Mre Antoine Palerne, prêtre, sociétaire de l'église de Pontcharra de Saint-
Chamond, † ayant testé le 19 mai 1609. Il avait été investi de la prébende
dite des Palerne, fondée sous le vocable de Sainte-Croix en l'église Saint-
Julien-en-Jarez près Saint-Chamond.

IV. Philibert PALERNE, héritier universel de son père, testa le 6 mai 1593, et fut
inhumé dans le tombeau fondé par ses prédécesseurs en la chapelle de Sainte-Barbe
en l'église de Saint-Chamond ; ép. Jeanne Esgallier, veuve d'Étienne Gimel, laquelle
testa le 25 juillet 1609, dont entre autres :

1) Gabriel, qui suit ;

2) Jeanne, ép. p. c. du 20 novembre 1610 Mr Me Gaspard Martinier-Sibert,
docteur ès-droits.

V. Gabriel DE PALERNE, chevalier, sgr du Sardon, † à Lyon le 23 juin 1652 ; patron
et collateur de la prébende dépendant de la maison de l'aîné des Palerne, conseiller
du Roi, maître ordinaire de l'Hôtel de la Reine régente mère du Roi, Président du

---

1. Prébende fondée par noble Jean de Jarez, aliàs de Palerne, dont Claude Palerne était
patron et collateur, comme « plus proche parent et le plus capable de la famille du dit fondateur, son prédécesseur » (Cab. des Titres).

bailliage et siège royal de Bourg-Argental (31 décembre 1638), Trésorier de France à Lyon (10 juillet 1651); ép. 1°) Marie Granjon; 2°) p. c. du 16 mai 1617 Sibylle de Noyers, † ayant testé à Rive-de-Gier le 19 novembre 1650, fille de Jean, et d'Isabeau Pelleron. Il fut père de :

1) *1er lit* : Blaise-Louis de Palerne, écuyer, marquis de Bussy, baron de la Voyvré, conseiller et maître d'Hôtel ordinaire du Roi, demeurant à Paris en 1646, † en Bretagne avant son père ;

2) Françoise de Palerne, ép. à Saint-Chamond p. c. du 18 janvier 1633 Claude Mazenod, fils de Gabriel, et de Sibylle de Noyers ;

3) *2e lit* : Léonard, qui suivra ;

4) Louis-Antoine de Palerne, chevalier, sgr de Sornin et de la Porchère (dont hommage le 15 octobre 1674 et dénombrement le 4 mars 1679), † à Lyon le 20 avril 1680; capitaine au régiment du comte d'Hostel, puis à celui du chevalier d'Austraincourt, Président au bailliage du Bourg-Argental, maintenu le 24 avril 1665 comme « noble et issu de noble race et lignée [1] »; ép. p. c. du 2 juin 1663 Marie Terrasson, fille de Jean, et d'Anne du Rieu ;

5) Claude de Palerne, écuyer, Lieutenant au régiment Lyonnais ; il testa à Lyon le 28 septembre 1652, sur le point de faire voyage en Piémont pour le service du Roi ;

6) Jeanne de Palerne, ép. à Lyon le 16 février 1646 Thomas de Tricaud, écuyer, sgr du Pinay ;

7) Hélène, ép. Noble Jean Colombet, Docteur ès-droits ;

8) Sœur Marie de l'Assomption Palerne, religieuse professe au monastère de Ste Ursule.

VI. Léonard DE PALERNE, chevalier, sgr du Sardon, † à Lyon le 18 octobre 1661, Trésorier de France à Lyon (24 mars 1653); marié à Françoise de Couleur d'Arnas, fille de Philippe, chevalier, vicomte d'Arnas, sgr de la Bardonnière, la Bozonnière, chevalier de l'Ordre du Roi, conseiller en ses Conseils, Président Trésorier de France en la Généralité de Lyon, et de Suzanne Vidaud, dont :

1) Philippe, qui suivra ;

2) Louis-Antoine de Palerne, écuyer, bapt. à Lyon le 10 septembre 1659, † avant 1694 ;

3) Françoise de Palerne, bapt. à Lyon le 30 septembre 1660, † s. a. le 27 décembre 1711.

VII. Philippe DE PALERNE, chevalier, né le 15 avril 1659, maintenu dans sa noblesse par l'intendant de Lyon le 12 mars 1698; lieutenant au régiment des cara-

1. Cabinet des Titres.

biniers de Molac ; ép. à Lyon les 23 février-15 mars 1695 Catherine de Coquerel, † à Lyon le 27 juin 1718, âgée de 60 ans, veuve de Messire Abel d'Herval, conseiller de S. A. R. à Trévoux.

BRANCHE CADETTE

IV. Jehan PALERNE, † à Izieu après le 23 avril 1615 ; ép. à Saint-Chamond 1°) p. c. du 29 juin 1588 Madeleine Gimel, fille d'Étienne et de Jeanne Esgallier ; 2°) p. c. du 26 janvier 1593 Blanche Chastaignon, fille de Mᵉ Jehan, notaire royal, et de Marguerite Faure. Il fut père de :

1) 1ᵉʳ *lit :* Antoine, qui suit ;
2) Jeanne Palerne, religieuse clarisse au Puy-en-Velay ;
3) 2ᵉ *lit :* Jean Palerne, clerc, religieux de Saint-Antoine à Lyon, pourvu le 6 août 1615 par son cousin Gabriel, de la prébende des Palerne ;
4) Jean Palerne le jeune, † s. p. ; ép. p. c. du 19 novembre 1622 Anne Chastaignon ;
5) Philippe, mariée à Mᵉ Mathieu Paquet, procureur d'office de Malleval ;
6) Anne Palerne, légataire de son père en 1615 ;
7) Gabrielle, mariée à Antoine Copin.

V. Antoine PALERNE, † avant 1666 ; ép. 1°) p. c. du 9 avril 1616 Claudine Chastaignon ; 2°) Jeanne Buffy, † ayant testé en 1674, dont :

1) Zacharie, qui suivra ;
2) Antoine Palerne, l'aîné, ép. p. c. du 18 août 1676 Marie Rousset, fille de Claude, notaire royal, et d'Antoinette de Savoie, dont :
   A) Marie, ép. à Saint-Chamond p. c. du 18 avril 1702 Gabriel de Roiraud, chevalier, fils de Jacques, chevalier, sgʳ de Saint-Alban, et de Geneviève Philibert.
3) Jean Palerne, dit l'aîné, établi à Paris et bourgeois de cette ville, où il fit enregistrer ses armoiries en 1696 ;
4) Antoine Palerne, le jeune, ép. à Saint-Chamond Marie Court, dont :
   A) Jérôme Palerne, né vers 1668, † avant 1735 ; ép. à Lyon le 4 mai 1707 Élisabeth Parent, née vers 1681, † à Lyon le 6 janvier 1768, fille d'André, et d'Éléonore Jurdie, dont :
      a) René, bapt. à Lyon le 10 février 1709, receveur du Domaine à la Martinique ;

      b) Jean-Baptiste, bapt. à Lyon le 22 juin 1711 ; ép. p. c. du 4 février
        1742 Marie-Antoinette de La Collonge, fille d'Alexandre, et
        de Marie-Antoinette Porte, dont :
            ba) Jean ; bb) Claude-Aimé ; bc) Dominique ;
            bd) Françoise, ép. à Lyon le 20 août 1769 Jean-Antoine
               Caillat, fils de Barthélemy, et de Marie Raginel ;
      c) Jérôme, bapt. à Lyon le 23 mai 1713 ;
      d) Antoine, Trésorier et Dépositaire général du Pape à Avignon ;
      e) Jacques, novice aux Célestins de Lyon ;
      f) Rose-Thérèse, bapt. à Lyon le 10 mars 1710.

B) Étienne Palerne, gentilhomme chez le Roi, officier de S. M., ép. à
    Lyon p. c. du 18 mai 1735 Catherine Fauvin, dame de Janzé, † à
    Lyon le 8 mai 1744, veuve de Pierre Cizeron ;

C) Jean-Marie Palerne, prêtre, précenteur et chanoine de l'église Saint-
    Jean-Baptiste à Saint-Chamond ;

D) Antoine Palerne ;

E) Françoise, née en 1665, † à Lyon le 6 février 1722 ;

F) Antoinette, religieuse à Saint-Chamond ;

G) Jeanne, ép. Benoît Burlat.

5) Jean Palerne, le jeune, ép. Marie Maniquet, bapt. le 28 septembre 1653,
fille d'Étienne Maniquet et de Alexandrine de Lafont, dont treize enfants,
entre autres :

    A) Dom Gilbert de Palerne, bapt. le 9 août 1684 ;
    B) Dom Nicolas Palerne, bapt. le 30 mars 1687. } Religieux Bénédictins de Saint-Maur, qui collaborèrent à la Gallia Christiana.

    C) Marc-Antoine Palerne, ép. p. c. du 7 février 1724 Andrée van der
    Cabel, qui testa le 4 septembre 1733 [étant remariée à Noble Jean-
    Baptiste Béraud], fille de Louis van der Cabel, d'une famille de peintres
    hollandais, et de Marie Hédoin, dont cinq enfants, entre autres :
      a) Louise, ép. à Lyon le 21 juillet 1744 Mathieu Colaud ;
      b) Marguerite-Antoinette, bapt. à Lyon le 3 février 1728, ép. à
        Lyon le 16 décembre 1748 noble Jean-Henri Benoît, Échevin de
        Lyon.

    D) Jean-François Palerne, écuyer, bapt. le 1er septembre 1690, † avant
    1760, conseiller secrétaire du Roi, audiencier en la Chancellerie de la
    Cour des Monnaies (pourvu le 11 mai 1754 de l'office qu'avait eu

Antoine des Fours, écuyer] ; ép. le 6 janvier 1718 Fleurie Mazenod,
† à Saint-Chamond âgée de 78 ans, le 20 novembre 1759, fille de Jean
Mazenod et de Françoise Servier, dont :

    a) *Philibert* de Palerne, écuyer, sg^r du Monestier, comparant à Lyon
    en 1789 ; ép. 1°) p. c. du 24 avril 1748 Marie-Claudine Anginieur,
    fille d'Antoine, et de Marie Guérin ; 2°) le 17 août 1789 Catherine-
    Jeanne Bouchardier, fille de Jean-Marie, et de Jeanne Chazal,
    dont du second lit :

        aa) Marie de Palerne, née le 7 septembre 1793 ; ép. 1°) le
        10 février 1811 Jean-Jacques-Claude-Victor Guillet de
        Chatellus, ingénieur en chef du Rhône, † le 3 octobre 1815,
        fils de Jacques-Pierre, écuyer, et de Marie Rambaud ; 2°) à
        Saint-Chamond le 14 février 1817 Alexandre-François-
        Camille de Polallion, vicomte de Glavenas, officier de cava-
        lerie, fils de Jacques, lieutenant des maréchaux de France
        au Puy, et de Marguerite de Pasturel de Beaux.

E) Joseph-Marie Palerne, † avant 1760, ép. à Rive-de-Gier le 17 mai
    1718 Marie-Thérèse Craponne, fille de Claude, et de Marie Fleurdelix,
    dont :

    a) Marc-Antoine, prêtre de la congrégation de la mission à Lyon ;
    b) Jeanne-Françoise, religieuse professe de la Visitation de Saint-
    Étienne ;
    c) Fleurie Palerne, † avant le 14 juin 1760.

6) Rose Palerne, ép. p. c. du 28 juin 1673 Nicolas Maniquet, fils d'Estienne,
    et d'Alexandrine de Lafont ;

7) Gabrielle ; 8) Jeanne ; 9) Sibylle ; 10) Blanche Palerne.

VI. Zacarie **Palerne** [1] ; bapt. à Saint-Chamond le 11 décembre 1640, † ayant
testé le 9 juillet 1710 ; ép. à Saint-Chamond : 1°) p. c. du 23 février 1666 et le
4 mars, Jeanne Perret, fille de Jean. et de Madeleine Gayot ; 2°) p. c. du 27 avril
1681 Marguerite Grangier, fille de Jean, et de Marie Désormeaux. Il eut quatorze
enfants, entre autres :

1) *1er lit :* Noble Charles Palerne, bapt. le 16 janvier 1668, Échevin de Lyon
    en 1730-31 ; ép. à Lyon le 4 février 1698 Catherine Ruffier, † à Lyon le
    13 décembre 1751, âgée de 76 ans, fille de Michel, et de Marie Ruffier,
    dont :

1. Qualifié d'écuyer dans l'acte de mariage de son fils, Floris.

A) Zacarie Palerne, né à Lyon le 28 février 1703, † à Lyon le 15 octobre 1706 ;

B) Jean-Joseph de Palerne, écuyer, né à Lyon le 29 août 1712, ép. à Lyon les 3-8 mai 1742 Françoise Imbert qui testa le 18 août 1745, fille de Joseph Imbert, et de Françoise de Beaufils, dont :

    a) Jean-Charles-Blaise de Palerne, écuyer, né à Lyon le 2 janvier 1745 ;

    b) Françoise de Palerne, née à Lyon le 26 mai 1743 ;

    c) Marie-Françoise de Palerne, née à Lyon le 29 mai 1747.

C) Marguerite Palerne, née à Lyon le 3 octobre 1708 ; ép. à Lyon les 19-26 juillet 1725 Pierre de Contes, chevalier, fils de Charles de Contes, et de Marie Jourdan ; acquéreur en 1725 de la charge de Trésorier de France de Nicolas Deschamps, chevalier, sgr de Messimieux ; il ne se fit, ni pourvoir, ni recevoir en sa charge, qu'il revendit en 1730 à Louis du Marest, chevalier, sgr de Chassagny, marié à Anne de Jouvencel.

2) et 3) Geneviève et Thérèse Palerne, religieuses à Annonay ;

4) *second lit :* Floris Palerne, écuyer, gentilhomme de Mgr le duc d'Orléans, ép. à Paris (Saint-Eustache) le 25 septembre 1741 Victoire-Pétronille Paulmier, fille de Jean-Claude Paulmier, Directeur général des cinq grosses fermes du Roi, et de Marie Jamin ;

5) Jean-Joseph, qui suit ;

6) Antoine-Marie Palerne de Sainte-Marie, chevalier, né à Saint-Chamond le 8 avril 1686, † à Lyon le 6 juin 1742, Trésorier de France à Lyon (4 mai 1733), Échevin de Lyon (1739-40) ;

7) Vincent, tige des Palerne de Savy ;

8) Zacarie de Palerne, bapt. le 15 mai 1701, † le 22 mars 1758, licencié en droit de la Faculté de Paris, prêtre, chanoine baron de Saint-Just de Lyon, sgr et prieur commendataire de Moussy-le-Neuf, abbé commendataire de La Case-Dieu, au diocèse d'Auch, ordre des Prémontrés ;

9) et 10) Charles et Jean-Marie Palerne ;

11) Marie Palerne, bapt. le 12 février 1683, † à Lyon le 9 mars 1757 ; ép. le 1er août 1701 Edme Rousseau, † ayant testé le 25 décembre 1729, dont trois filles : Mmes de Cuzieu, de Combles et de Monlong.

VII. Jean-Joseph DE PALERNE DE LA MAGDELEINE, écuyer, sgr de la Magdeleine etc., né à Saint-Chamond le 28 mars 1685, † à Paris le 29 janvier 1765, inhumé dans l'église Saint-Eustache ; conseiller secrétaire du Roi du Grand Collège (27 février 1720), Député de la ville de Lyon (20 août 1723), installé le 10 septembre 1723, démissionnaire le 27 février 1751 ; Trésorier général des maisons, domaines et finances de Mgr le duc d'Orléans ; ép. Madeleine Clapeyron du Buisson [1], fille de Simon, Député de la ville de Lyon, et de Marie-Anne Charron [2] ; elle était née à Lyon le 30 mai 1700 et mourut à Paris le 11 février 1749. « *La supériorité de l'esprit et toutes les vertus du cœur lui donnent une place entre les femmes qui font honneur à leur siècle* » (Pernetti). Elle fut mère de :

1) Simon-Zacharie, qui suivra ;

2) Antoine-Joseph-Marie de Palerne, écuyer, né à Paris le 21 novembre 1729 chanoine de Paris, docteur en Sorbonne, abbé commendataire de la Vernusse, Vicaire général du diocèse d'Orléans et Grand Chantre de la cathédrale de la dite ville ;

3) Marie-Anne-Antoinette de Palerne, née à Paris le 7 avril 1725, † à Lyon le 13 mars 1747 ; elle avait reçu une dot des deniers de Mgr le duc d'Orléans et avait épousé à Paris, p. c. du 8 août 1742, signé par les princes de la maison d'Orléans, les ministres, le Gouverneur et l'Intendant de Lyon, et à Saint-Eustache le 29 août suivant, Pierre de Jouvencel, chevalier, conseiller en la Cour des Monnaies de Lyon, né à Lyon le 29 septembre 1717, † à Lyon le 14 janvier 1779, fils de Pierre de Jouvencel, écuyer, Échevin de Lyon, et d'Anne de Marisy ;

4) Émilie-Hélène de Palerne, née à Paris le 3 juin 1726, † au château de Bouconvilliers (Oise) le 28 novembre 1800 ; mariée à Jean-Baptiste Le Moyne

1. Les Clapeyron ont donné en 1789 Jean-Louis Clapeyron, écuyer, conseiller du Roi en ses Conseils, lieutenant-colonel de cavalerie, chevalier de Saint-Louis, Prévôt général du Lyonnais ; Mme de Palerne était sœur d'Antoine-Simon Clapeyron, protonotaire du Saint-Siège à Paris ; du Trésorier de France subdélégué général de l'Intendant de Lyon ; du chevalier d'honneur en la Cour des Monnaies ; de Catherine Clapeyron, mariée à Vincent de Palerne, chevalier, et de Marie-Anne Clapeyron, mariée en 1734 à Gilbert de Lafond, chevalier, sgr de Curis, baron de Juys, marquis de Miribel, Procureur du Roi au Bureau des finances de Lyon.

2. Marie-Anne Charron avait une sœur mariée à Pierre Moreau, écuyer, secrétaire du Roi du Grand-Collège et Trésorier des Invalides, dont :

1) Pierre-Jacques Moreau, chevalier, sgr de Nassigny, Président au Parlement de Paris (4 décembre 1713) ; marié à Claude-Françoise d'Amorezan de Pressigny, dont entre autres :

   A) Jean-Louis Moreau de Nassigny, chevalier, sgr de Beaumont, Président au Grand Conseil, ép. Marie-Françoise Grimod de La Reynière ;

   B) Mme de Bonnevic de Vervins, mère de la vicomtesse de Rohan-Chabot.

2) Jean Moreau, chevalier, sgr de Séchelles, Intendant des Flandres, Contrôleur général des Finances sous Louis XV, secrétaire d'État, marié à Marie-Anne-Catherine d'Amorezan, et père de :

   A) Mme de Moras, dont le mari (de la famille Peirenc) fut Contrôleur général des Finances ;

   B) Marie-Blanche Moreau de Séchelles, mariée à René Hérault, chevalier, conseiller d'État, lieutenant général de police à Paris, père du colonel de Séchelles, tué à la bataille de Minden.

de Bellisle, chevalier, sg^r de Bellisle, Vernonnet, Hennessis, Villetertre, etc., † à Paris le 16 juin 1791, âgé de 74 ans et 11 mois, Président en la Chambre des Comptes de Normandie, Chancelier du duc d'Orléans, Député de la Noblesse du Vexin aux États Généraux de 1789, dont :

    A) La marquise de Prunelé ;

    B) Geneviève de Bellisle, mariée au comte des Courtils, Grand Bailli d'épée du Beaujolais.

5) Hélène-Olympe de Palerne, † à Noisy-le-Sec le 13 janvier 1807, mariée le 19 mars 1748 à Jacques Vincent Le Couteulx de La Noraye, écuyer, sg^r de la Noraye, chevalier de l'Ordre du Roi, né le 14 février 1716, † le 27 novembre 1765. Elle fut grand' mère de Laurette Le Couteulx du Molay, mariée au duc de Noailles, † en 1838.

VIII. Simon-Zacharie DE PALERNE, chevalier, sg^r de Ladon, Fay, Montgermont, etc., né à Paris le 2 novembre 1723, † à Montgermont (près Melun) le 9 octobre 1786 ; conseiller du Roi en tous ses Conseils, secrétaire de la Chambre et du Cabinet de S. M., capitaine des chasses de Melun etc., marié à Gabrielle le Subtil de Boisemont, † à Montgermont le 9 novembre 1779, fille d'André Le Subtil de Boisemont, écuyer, baron de Longuy, sg^r de Montgermont, et de Charlotte d'Esquiddy, dont :

1) Marie-Joséphine de Palerne, † le 19 février 1830, mariée à Paris le 25 avril 1770 à Jean-Armand-Louis-Alexandre, marquis de Gontaut-Saint-Blancard, Aide-major des Gardes Françaises, puis marquis de Biron, chef de sa maison, Lieutenant général des armées du Roi et Pair de France, né le 6 novembre 1746, † le 15 mai 1826.

Rameau de Savy et Chintré.

VII. Vincent DE PALERNE, chevalier, sg^r de Chintré et de Saint-Amour, né à Saint-Chamond le 9 février 1691, † à Lyon le 9 avril 1764, administrateur de l'hôpital de Lyon, Trésorier de France à Lyon (24 septembre 1742) ; ép. les 25 juillet-1er août 1724 Catherine Clapeyron du Buisson, fille de Simon, et de Marie-Anne Charron, dont :

1) Antoine-Marie Augustin de Palerne de Chintré, chevalier, sg^r de Chintré en Mâconnais et autres lieux, bapt. à Lyon le 29 août 1732, capitaine au régiment d'Orléans, Trésorier de France à Lyon (14 septembre 1764 jusqu'en 1783), comparant en 1789 avec la Noblesse de Mâcon. Ce dernier sg^r de Chintré écrivit à Necker le 3 avril 1789 pour se plaindre que dans les élections de l'ordre du Clergé aux États généraux, toute l'influence ait été laissée

au bas clergé (*Arch. Nat.* B^{rn}, 76) ; marié à Lyon p. c. du 15 janvier 1765
à Louise Bouvier, fille de Jean-Emmanuel, recteur et trésorier de l'hôpital
général, et de Jeanne Chancey ;

2) Fleury-Zacharie-Simon, qui suivra ;
3) Marguerite, née à Lyon le 2 avril 1726, ép. à Lyon le 9 février 1745 Jacques-
    Joseph de Mayol de Lupé, écuyer, fils de François, chevalier, Trésorier de
    France, et de Marie Pourral ;
4) Marie-Émilie-Lucile, bapt. à Lyon le 4 février 1729, † à Lyon le 29 mars
    1815, ép. à Chanes en Mâconnais p. c. du 26 janvier 1752 Barthélemy de
    Ferrus, chevalier, sg^r de Cucurieux et de Vendranges, veuf d'Élisabeth
    Giraud de Montbellet ;
5) 6) 7) Marie-Augustine, Françoise-Victoire et Anne-Marie, toutes † s. a.

VIII. *Fleury-Zacharie-Simon* PALERNE DE SAVY, chevalier, né à Lyon le
6 décembre 1733, † à Bourg-Argental plus que centenaire et dernier mâle de sa
race en 1835 ; Premier Avocat général près la Cour des monnaies de Lyon (11 août
1756), Avocat général du Roi aux Cours de Lyon (1772), Avocat de la Chambre du
Clergé, membre de l'Académie de Lyon, comparant à Lyon en 1789, commissaire
et Syndic de la Noblesse du Lyonnais ; premier maire de Lyon (1790) ; Président du
district de la ville (1792). Mme Roland (*Lettres inédites*, tome II, p. 159) écrivait à
son sujet le 20 août 1790, qu'elle ne doute pas que : « le maire ne soit un traître
fieffé, plein des préjugés du vieux régime, de la morgue des robins, de l'insolence
des gens du Roi, dévôt jésuitique, pleureur et tartuffe. Il n'est bon qu'à favoriser
une contre révolution. » M. de Savy avait épousé à Lyon le 11 juillet 1764 Anne-
Victoire de Rivérieulx de Chambost, née le 25 septembre 1745, fille de Claude,
chevalier, Prévôt des marchands de Lyon, et d'Hélène Morel d'Epeisses, dont :

1) Catherine-Victoire, qui suivra ;
2) Claudine-Françoise de Chantal-Augustine Palerne de Savy, bapt. à Lyon
    le 25 mai 1771, mariée le 9 mai 1794 à Joseph, comte de Neyrieu-Domarin,
    † s. p. au château de Domarin le 28 février 1845, lieutenant au régiment
    de Royal-Picardie-Cavalerie, fils de Jean-Baptiste de Neyrieu, chevalier, sg^r
    de Domarin, et de Marguerite-Anne-Catherine de Laurencin ;
3) Blanche-Marie Palerne de Savy, bapt. à Lyon le 12 juin 1774, † s. a. ;
4) Anne-Marie-Clotilde Palerne de Savy, bapt. à Lyon le 23 octobre 1775,
    † s. a.

IX. Catherine-Victoire PALERNE DE SAVY, bapt. à Lyon le 25 mars 1769 ; ép. à
Lyon le 21 février 1791 Michel-Luc-André Barge de Certeau, ancien Avocat général
à la Chambre des Comptes de Grenoble ; dont, outre deux fils :

X. Jeanne-Marie-Victoire BARGE DE CERTEAU, née à Villeurbanne le 25 décembre 1791, ép. à Lyon le 9 avril 1812 François-Auguste Teyssier, né à Grenoble le 6 janvier 1784, fils de noble Claude-Ennemond, Avocat en Parlement, et de Thérèse-Alphonsine Piat du Vial. Ses enfants, qui suivent, furent autorisés par décret impérial du 1er juin 1864 à relever le nom de PALERNE DE SAVY, à savoir :

    1) Léon, qui suit ;

    2) Jules Teyssier-Palerne de Savy, né à Grenoble, ép. Claire La Croix-Saint-Pierre, ✝ à la Grande Jarrie (Isère) le 28 juin 1887, dont :

        A) Gabriel, B) Marie, C) Augustine, D) Marthe, religieuse carmélite ;

        E) Angèle, ✝ à la Grande Jarrie le 29 décembre 1887.

XI. Augustin-François-Léon TEYSSIER-PALERNE DE SAVY, né à Grenoble le 28 octobre 1815, ✝ le 2 juin 1890, ép. à Lyon le 26 avril 1847 Brigitte Turin, née à Lyon le 26 septembre 1826, fille de Jean, et d'Augustine Chalendon, dont :

    1) Albert, qui suivra ;

    2) Georges Teyssier-Palerne de Savy, né à Grenoble le 29 novembre 1853, ép. à Conflans-Albertville le 11 octobre 1881 Stéphanie de Manuel de Locatel, née le 15 août 1859, fille d'Alfred, et de Léontine Barge de Certeau, dont :

        A) Léon, né à Conflans-Albertville le 14 août 1883 ;

        B) Guy Teyssier-Palerne de Savy ;

        C) Geneviève, née à Saint-Chef le 5 juillet 1887.

    3) Fernand Teyssier-Palerne de Savy, né à Grenoble le 5 novembre 1855 ;

    4) Hugues Teyssier-Palerne de Savy, né à Grenoble le 29 janvier 1861, ép. à Uzès (Gard) le 12 novembre 1889 Jeanne Goirand de la Baume, dont :

        A) Marie-Antoinette, née à Uzès le 3 octobre 1890 ;

        B) Magdeleine, née le 11 octobre 1893.

    5) Marguerite, née le 11 juin 1849, ✝ à Turin le 28 août 1888, religieuse du cénacle.

XII. Albert TEYSSIER-PALERNE DE SAVY, né à Grenoble le 11 décembre 1851, ép. à Aix en Provence le 31 janvier 1883 Marie de Bonnecorse-Benault de Lubières, fille de Gabriel, et de Louise de Gaillard-Longjumeau, dont :

    1) Ennemond, né à Aix le 16 janvier 1888 ;

    2) Marie-Thérèse, née à Saint-Chef (Isère) le 15 mai 1884 ;

    3) Marguerite, née à Saint-Chef le 7 août 1885 ;

    4) Magdeleine, née le 26 mai 1891.

RAMEAUX DES PALERNE NON RATTACHÉS A LA SOUCHE COMMUNE

Parmi les personnages du nom de Palerne dont le rattachement n'est pas opéré,
il faut citer Jean Palerne, né à La Fouillouse en 1557, † à Orléans en 1592 ; secrétaire
du duc d'Anjou puis contrôleur des Trésoriers de France à Orléans ; il a laissé un
recueil de poésies et un récit de *Pérégrinations* bien connu. Il était petit-neveu
de Claude de Tournon, conseiller au Parlement de Dijon, et beau-frère de Gaspard
Chorel, Lieutenant de Roi à Saint-Romain. Deux autres Palerne furent connus au
xviiᵉ siècle par leur esprit et sont cités comme tels par Baudeau de Somaize, dans
son *Grand Dictionnaire des Précieuses* (Paris 1660) ; l'un de ces Palerne composa le
poème de la *Mort de Sylvandre*; leur point d'attache est ignoré.

Il en est de même pour Antoine Palerne, Lieutenant général au bailliage de Forez,
† avant 1572, dont les filles prirent alliance chez les Bollioud et les Seytre, et dont
les fils furent : a) Arnaud Palerne, marié à Louise Allard ; b) Jehan Palerne, capitaine châtelain de Montchal ; c) vénérable messire Pierre Palerne, chanoine et chamarier de l'église collégiale de Saint-Martin de l'Ile Barbe, Procureur général au
siège archiépiscopal de Lyon, chanoine de Saint-Nizier, † après 1572.

Il est enfin une branche considérable de cette famille qu'il a été impossible de
remonter au delà de :

I. Christophe PALERNE, marié à Marguerite Rochette, dont :

    1) Jehan, qui suit ;

    2) Florys Palerne, Greffier en chef de l'audience en la sénéchaussée de Lyon ;

    3) Pierre Palerne.

II. Noble Jehan PALERNE, écuyer, conseiller et secrétaire de S. A. R. au Parlement de Dombes (30 mars 1630), Greffier criminel en la maîtrise des ports, ponts et
passages de Lyon et gouvernement de Lyonnais, et en la sénéchaussée et siège présidial de Lyon. Il testa le 15 octobre 1652, mourut le 18 et fut inhumé le 19 en
l'église de Sainte-Croix. C'est lui qui annonça à Cinq-Mars et de Thou l'arrêt qui
les condamnait, et qui, le même jour (12 septembre 1642) au moment de l'exécution,
monté sur son cheval d'apparat fit, aux deux malheureux, lecture de l'arrêt fatal, au
pied de l'échafaud. Il avait ép. p. c. du 17 février 1609 Catherine Michel, fille de
François Michel, et de Marie Roussin, dont entre autres :

    1) Jean de Palerne, écuyer, bapt. à Lyon le 2 avril 1614, secrétaire et Greffier
       en chef de la Cour des Aides et Finances de Dauphiné et Cour souveraine de
       Bresse (reçu le 7 septembre 1657), maintenu dans sa noblesse, comme fils
       de secrétaire de S. A. R. au Parlement de Dombes par arrêt de la Cour des

Aides du 26 mars 1658 et par ordonnance de l'Intendant de Lyon du 24 septembre 1669 ; demeurant à Vienne en Dauphiné, et marié p. c. du 1ᵉʳ mai 1663 à Marie d'Augery dont neuf enfants entre autres :

    A) André de Palerne, écuyer, capitaine au régiment de Royal-Comtois, ép. à Vienne le 27 juillet 1690 Marie-Thérèse Anisson, fille de Laurent, avocat ès-cours de Vienne, et de Claudine Roullet, dont :

        a) Jean de Palerne, né le 2 juin 1704, demeurant à Vienne en 1730.

    B) Anne, bapt. le 19 septembre 1673, ép. le 8 janvier 1702 Gaspard Marie, fournisseur général des bois pour les vaisseaux du Roi, au port de Toulon.

2) Marcellin, qui suivra ;

3) Noble Claude Palerne, écuyer, conseiller du Roi, bapt. à Lyon le 5 novembre 1617, Greffier criminel en la sénéchaussée de Lyon (1640), Lieutenant criminel de robe courte en la ville, sénéchaussée et siège présidial de Lyon (6 septembre 1640). Il testa le 9 janvier 1653 ;

4) Gaspard Palerne, écuyer, bapt. à Lyon le 28 mars 1621, capitaine au régiment d'Auvergne, Maréchal des camps et armées du Roi ;

5) Bonne, † le 30 septembre 1637, ép. le 13 octobre 1627 Jean Terrasson, secrétaire de la Chambre du Roi qui testa le 13 février 1646 ;

6) Marguerite, bapt. à Lyon le 16 juillet 1612, ép. le 22 avril 1640 Laurent Anisson, sgʳ d'Hauteroche, Échevin de Lyon en 1670, fils de Gilbert, et de Claudine Desvignes.

7) Catherine, † à Lyon le 16 octobre 1673, ép. Laurent Lemmi, courrier ordinaire de Lyon à Rome ;

8) 9) Florie et Louise Palerne.

III. Noble Marcellin Palerne, né le 9 janvier 1617, † à Lyon le 10 janvier 1691, Greffier criminel en la sénéchaussée de Lyon ; ép. p. c. du 22 novembre 1638 Jacqueline Perret, † le 15 avril 1703, dont entre autres :

1) Noble Laurent Palerne, sgʳ de Grandval, bapt. à Lyon le 29 septembre 1641, † à Lyon le 20 juin 1711, Greffier criminel de la sénéchaussée de Lyon, marié à Marie-Anne Pourrat de la Chartonnière ;

2) Claude, qui suivra ;

3) Anne, bapt. à Lyon le 8 janvier 1640, † à Lyon le 13 décembre 1704, ép. à Lyon le 7 octobre 1675 noble Mathieu Le Gras, Greffier de l'official de Lyon, fils de noble Pierre, et de Suzanne Grégoire ;

4) Marie, ép. à Lyon p. c. du 18 janvier 1682 Daniel La Combe, fils de François, et d'Anne Penot ;

5) Marguerite, bapt. à Lyon le 21 novembre 1655, † à Lyon le 26 mars 1721,
   ép. p. c. du 8 mars 1696 Christophe Le Poivre, banquier ès-cours de Rome,
   secrétaire de l'archevêché de Lyon.

IV. Noble Claude PALERNE, bapt. à Lyon le 26 mai 1661, † à Lyon le 9 décembre
1724 ; Greffier en chef civil et criminel de la sénéchaussée et siège présidial de Lyon
et de la juridiction d'Ainay ; ép. à Lyon p. c. du 7 février 1703 Marie-Anne Lestouard,
† à Lyon le 25 septembre 1732, fille de noble Jacques-Philippe Lestouard, et de
Florie Faure, dont :

1) Christophe, né à Lyon le 5 avril 1706 ;
2) François, bapt. à Lyon le 17 mars 1709, religieux minime ;
3) Fleurie-Agnès, bapt. à Lyon le 23 décembre 1703, ép. p. c. du 16 mai 1733
   Alexis Mollet, fils d'Alexis, et d'Antoinette de Misselieux.

Cf. Pièces originales : 2185 ; Dossiers bleus : 508 : Carrés d'Hozier : 479 ;
Mss. fr. : 32587. N. Chorier : *Armorial du Dauphiné*; Michon ; *Poésies* de Jean
Palerne (publiées en 1884) ; Baudeau de Somaize : *Dictionnaire des Précieuses* (Paris
1660) ; *Archives* du château de Vatimesnil et du château de Montgermont etc. etc.

PARADIS

D'azur au monde d'argent cintré de gueules ; au chef d'argent chargé de trois oiseaux de paradis essorés d'or.

Supports : *Deux lévriers.*

Jean PARADIS de BAROLLÈS

Cette famille qui porte les armes de Louis Paradis, sg^r de Chiel, Échevin de Lyon en 1609-10, est issue de :

I. Clément Paradis, ép. vers 1650 Benoîte Gonon, dont :
1) Philippe, qui suit ;
2) Antoine, ép. à Lyon, le 13 janvier 1693 Marie-Anne Charcot, fille de Joseph, et de Georgette Giraud, dont postérité.

II. Philippe Paradis, ép. Jeanne Fournier, † à Lyon le 5 janvier 1697, dont :
1) Jean, qui suit ;
2) Théodore Paradis, ép. à Lyon le 6 août 1742 Jeanne Reverony, † le 29 novembre 1760, fille de François Reverony, et d'Antoinette Charmet.

III. Jean Paradis, bapt. à Lyon le 14 janvier 1680, † à Lyon le 5 septembre 1747, ép. à Lyon le 18 juin 1712 Élisabeth Patron, † à Lyon à 82 ans le 14 mai 1758, fille de Claude, et de Jeanne Fontanier, dont entre autres :
1) Philippe, qui suivra ;
2) *Jean* Paradis de Barollès, écuyer, secrétaire du Roi en la chancellerie près le Conseil supérieur de Lyon, Doyen en la chancellerie ; comparant à Lyon en 1789 ; ép. p. c. du 22 août 1742 Pierrette-Marie Chapuys, fille de Jean Chapuys, bourgeois de Lyon, et de Marie-Claudine Vincent, dont :
    A) Jeanne-Marie-Élisabeth, ép. à Lyon le 12 septembre 1763 Bernard-Benoît de Lippens, fils de noble Nicolas, et de Suzanne Hamelines ;
    B) Marie-Antoinette, † en 1825, ép. à Lyon : 1°) le 3 août 1773 Charles Balley, fils de Jean-Alexandre, et de Jeanne Guilloud ; 2°) le 27 avril 1784

son cousin Benoît-Marie Robin d'Orliénas, écuyer, conseiller à la Cour
des Monnaies de Lyon, fils de François, et de Catherine Paradis ;

C) Benoîte-Élisabeth, née le 21 septembre 1752, † à Tournus le 9 ventôse
an VIII, ép. p. c. du 3 septembre 1773 Pierre Piget, veuf de Catherine
Passe, fils de Pierre Piget, et de Jeanne Gros.

3) Catherine, née en 1714, † le 22 décembre 1782, ép. p. c. du 20 mai 1733
François Robin d'Orliénas, écuyer, secrétaire du Roi, fils de François, et
d'Antoinette Sornin, celle-ci fille d'Antoine Sornin, et de Benoîte Bruyas ;

4) Élisabeth, ép. Pierre-François Bruyas, sg^r de la Chance et de Sénas, bapt.
à Lyon le 27 février 1710, avocat ès-Cours de Lyon.

IV. Philippe Paradis, sg^r du Jonchay, bapt. à Lyon le 16 mars 1713, † à Anse
le 23 janvier 1772 ; Lieutenant général au présidial de Bourg-en-Bresse (p. acqu.
du 5 octobre 1737), Premier Président au dit Présidial (15 février 1740) ; ép. 1°) à
Lyon p. c. du 14 août 1740 Marie de Raymondis, fille d'Antoine, écuyer, sg^r du
Jonchay, et de Marguerite des Champs de Messimieux ; 2°) à Anse le 6 novembre 1748
Jeanne Tholomet de Fontanelle, † à Bourg le 28 avril 1767, fille de Guillaume
Tholomet, chevalier, sg^r de Fontanelle, et d'Élisabeth Paret. Il eut du premier lit :

1) Jean-Marguerite Paradis, bapt. à Bourg le 18 février 1742, † à Lyon,
victime de la Révolution, guillotiné le 28 janvier 1794 ;

2) Jean, qui suit ;

3) Catherine-Élisabeth, bapt. à Bourg le 25 janvier 1747 ; ép. à Anse le 26 mai
1772 Joseph-Horace Penet de Saint-Virbat, chevalier, fils de François Penet
de Monternost, (sic) écuyer, et de Jeanne Geoffray.

V. Jean-Baptiste-Zacharie Paradis de Raymondis, sg^r du Jonchay, né à Bourg
le 8 février 1746, † à Lyon le 4 octobre 1800 ; Lieutenant général et Président au
bailliage de Bourg, savant agronome ; ép. à Lyon le 22 décembre 1772 Marie-Thérèse La Chapelle, bapt. à Lyon le 9 juin 1751, † à Anse le 13 novembre 1777, fille
de Charles-Joseph, Député du commerce, d'une famille titrée en 1817, connue sous
le nom de La Chapelle d'Uxelles, et de Madeleine Blanchet. Il laissa :

VI. Pierre-François Paradis de Raymondis du Jonchay, né à Bourg le 5 septembre 1771, † à Leipzick le 10 mai 1813. Entré au service (4 septembre 1791). fit les
campagnes du Rhin et d'Italie ; sous-lieutenant (19 février 1797) ; lieutenant (31 mai
1804), décoré de la Lég. d'honneur (14 juin 1804), lieutenant en 1er dans les Chasseurs à pied de la Garde impériale (avril 1809), capitaine au 2e régiment des Volti-
geurs de la Garde (1811) ; fit l'expédition de Russie et fut tué à Leipzick

PASSERAT DE SILANS

*D'azur à la fasce d'or chargée d'un lion passant de gueules et accompagnée
en pointe de deux vols d'argent.*
Supports : Deux aigles.

AUGUSTIN DE **PASSERAT**, CHEVALIER DE **SILANS**

Les Passerat, originaires du Bugey, reconnaissent pour auteur Pierre Passerat, châtelain de Châtillon-de-Michaille en 1500. La communauté de nom et la similitude des armoiries permettent de croire que les Passerat de La Chapelle, de Silans et de Saint-Séverin ont la même origine.

Des lettres de noblesse accordées par le duc Emmanuel-Philibert de Savoie, le 18 septembre 1567, à Louis Passerat, sont revendiquées par ces trois familles, dont le point de jonction n'a pu être rigoureusement établi.

Les Passerat de La Chapelle ont donné à Lyon un conseiller à la Cour des Monnaies en 1738, et un rameau de cette famille reçut en janvier 1769 des lettres de noblesse rappelant que plusieurs branches étaient déjà nobles et attribuant à cette famille les armoiries portées par les Passerat de Silans. Plus récemment, les Passerat de la Chapelle qui ont comparu en 1789 aux assemblées de la Noblesse, ont reçu le titre de baron de l'Empire français.

Les Passerat de Saint-Séverin prirent ce nom par alliance avec l'illustre maison des Rovere de St Séverin. Éteints eux-mêmes, les Passerat de Saint-Séverin virent le nom de Saint-Séverin relevé par les marquis Tredicini de Buffalora. Un de leurs descendants, le marquis Tredicini de Saint-Séverin s'est, de nos jours, marié à Lyon à Mlle Michet de Varine.

Quant aux Passerat de Silans, ils sont issus de :

1. Louis PASSERAT, titulaire des lettres de noblesse de 1567, visées ci-dessus, enregistrées le 10 juin 1568. Il obtint du duc de Savoie la permission de construire un colombier et de porter des armes offensives et défensives ; devenu sg^r de Bognes (acqu. de 1605) et du Parc, il testa le 26 mai 1619, laissant :

1) Claude, qui suit ;

2) N. Passerat, † au service de Savoie ;

3) Jeanne Passerat, mariée à Bertrand Grenaud.

II. Claude-Gaspard Passerat, sg^r de Bognes, marié en 1604 à Jeanne de Montillet ; il laissa un fils mort au service et :

III. Claude Passerat, sg^r de Bognes, obtint du roi Louis XIV en 1654 de nouvelles lettres de noblesse après l'annexion du pays de Gex à la France. Il laissa de Nicole Tricaud :

1) Philibert, qui suit ;

2) Jacques Passerat, tué au service de la Savoie ;

3) Joseph Passerat, tué en Hongrie au combat de Saint-Gothard.

IV. Philibert Passerat, écuyer, sg^r baron DE Silans et de Grex (par acqu. de 1662), maintenu dans sa noblesse le 20 mars 1668 par arrêt du Conseil, et le 14 mai 1669 par l'intendant Bouchu ; capitaine des Gardes de la compagnie de Turenne ; ép. à Ceyserieu en 1665 Anne de Mornieu, fille de Melchior, écuyer, sg^r de Prosny, et de Claudine Yon [des sg^{rs} de Jonage], dont :

1) Melchior Passerat de Silans, écuyer, sg^r baron de Silans, Grex, Bognes, dont aveu le 14 décembre 1670 ; Page du Roi Louis XIV, capitaine au régiment de Gévaudan, † s. p. ;

2) Jean-Louis, qui suit ;

3) Marie Passerat de Silans, mariée au comte de Seyssel.

V. Jean-Louis Passerat de Silans, écuyer, sg^r baron de Silans, après son frère ; marié en 1730 à Anne Charron, fille de Louis Charron, Commissaire général de la Marine et des Galères, et de Françoise Morel, dont :

1) Anthelme, qui suit ;

2) *Augustin* de Passerat de Silans, écuyer, dit le chevalier de Silans, sg^r du Parc, Bognes etc., capitaine de vaisseau, chevalier de Saint-Louis, Député de la Noblesse du département de Lyon et Franc-Lyonnais à l'Assemblée de Département ; comparant à Lyon en 1789 ; marié en Bretagne en 1788 à Yvonne-Guillemette-Adélaïde de Botdéru, veuve de Charles-Claude de Montendre, chevalier, capitaine de vaisseau, chevalier de Saint-Louis, tué à l'ennemi, et fille de Jacques-René de Botdéru, lieutenant colonel de dragons, chevalier de Saint-Louis, et de Claude-Agathe du Bois de Bruslé et de Ménéhantou, dont :

A) Olympe de Passerat de Silans, mariée en Dauphiné à Charles-Marie-Arthur du Vivier de Veaunes, fils de Ferdinand-Bruno du Vivier-Solignac, capitaine au régiment de Royal-Vaisseaux, et de Marie-Françoise de Boissac.

VI. Anthelme-Melchior Passerat de Silans, écuyer, sg^r baron de Silans, † en 1811, comparant à Belley en 1789 ; marié en 1769 à Éléonore Montanier de Vens, dont :

VII. Augustin-François Passerat, chevalier, baron de Silans, né à Seyssel le 28 janvier 1770, † en 1852 ; émigré, membre du Corps législatif, Député de l'Ain, conseiller à la Cour des Comptes (1818-1825) ; ép. 1°) en 1800 Eugénie Level de Malaval, petite-fille de Gaspard, Président de la Chambre ardente du Dauphiné ; 2°) N. Carelli de Bassy, fille du comte, Sénateur de Savoie, dont :

1) Auguste, qui suivra ;
2) Charles-Artus Passerat baron de Silans, né en 1809, † en 1879 ; marié en 1838 à Frédérique-Adèle-Cécile de Crousaz-Crétet, née en 1815, fille d'Henri-Frédéric-Louis de Crousaz-Crétet, caissier général de la Banque de France, et de Émilie-Alexandrine Breheret de Courcilly, dont :
   A) Émilie, ép. en 1862 Charles-Paul-Émile Boucher, vicomte de La Rupelle, Substitut du Procureur général à la Cour de Paris, né en 1829.
3) Jeanne-Louise-Victoire de Silans, ép. le 2 juin 1833 Eugène, comte Costa de Beauregard, né à La Motte le 11 décembre 1808, † à Montjex le 16 octobre 1852, fils de Henry-Maurice-Victor, marquis Costa de Beauregard, et de Catherine-Élisabeth de Quinson.

VIII. Auguste-Joseph-Dominique Passerat, baron de Silans, né en 1807, † en 1892 ; marié en 1837 à Zénaïde Donin de Rosière, dont :

1) Hippolyte, qui suivra ;
2) Léonce de Silans, capitaine de vaisseau, marié à Mlle du Port de Loriol, fille d'Anatole du Port, comte de Loriol, et de Marie Chambaud, dont :
   A) Marcel ; B) Humbert ; C) Jacques ; D) Édith ; E) Nicole de Silans.
3) Eugénie, mariée à Jules Sonnier de Lubac, sous-préfet.

IX. Hippolyte Passerat, baron de Silans, officier de cavalerie, marié en 1872 à Marie Quarré de Verneuil, d'où :

1) Jules-Auguste-Paul, ingénieur, † au château de l'Abbaye (Ain) le 30 mars 1903 ;
2) René Passerat de Silans, officier de cavalerie, marié à Nancy le 16 juillet 1902 à Marie Genin ;
3) Raoul Passerat de Silans.

Cf. : Nouveau d'Hozier : 259. Baron de Silans : *Généalogie des Passerat de Silans.*

PERNON

D'azur à une ancre d'argent ; au chef cousu de gueules, chargé d'un soleil d'or.

alias : D'argent au phénix de... sur son immortalité de gueules ; au chef d'azur chargé de deux colombes affrontées d'argent

JACQUES-SIMON DE **PERNON**

ÉTIENNE **PERNON**

CLAUDE-CAMILLE-PIERRE-ÉTIENNE DE **PERNON**

Les armoiries de cette famille étaient celles décrites en premier lieu ; mais le comparant, Jacques-Simon de Pernon, portait les secondes ; on les trouve aussi sur un cachet de Marie Pernon, épouse de Jean-Pierre Chaix, laquelle testa à Lyon le 24 décembre 1777.

Le nom de Pernon est cité à Lyon au xviie siècle avec les Pernon du Fournel qui ont figuré dans l'Élection de Lyon. Au xviiie siècle :

1. Claude PERNON, recteur de la Charité en 1735, acquit une charge de conseiller secrétaire du Roi près la Cour des Monnaies de Lyon (14 janvier 1740). Il avait épousé Clémence-Éléonore Mathelon, dont il eut :

> 1) *Jacques-Simon* de Pernon, écuyer, capitaine de cavalerie au régiment de Saint-Simon, Major, puis Lieutenant-colonel au régiment du Roi-Cavalerie, chevalier de Saint-Louis ; comparant à Lyon en 1789 ; marié à Lyon le 6 septembre 1753 à Benoîte de Nervo, qui testa le 10 janvier 1755, fille de Jean-Joseph de Nervo, écuyer, et d'Antoinette Rique. Jacques de Pernon, étant veuf eut de Marie-Anne Tervère de Marsal un fils, Eugène de Pernon, bapt. le 30 octobre 1761 et légitimé par L. P. d'août 1776 ;

> 2) *Étienne*, qui suit ;

> 3) *Charlotte*, † le 4 juin 1772, mariée à Lyon le 14 février 1733 à Étienne Bruyset, écuyer, conseiller secrétaire du Roi, fils de Jean-Baptiste, et de Gervaise Hodieu ;

4) Françoise, mariée p. c. du 13 mars 1738 à noble François Chassain de Chabet, sgr de Messimieu, conseiller du Roi, Président en l'Élection de Forez, fils de noble Antoine Chassain de Chabet, Président en l'Élection de Montbrison, et de Claudine Sanieu.

II. *Étienne* PERNON, écuyer, comparant à Lyon en 1789, marié à Lyon le 11 février 1750 à Jeanne Aubert, fille d'Étienne Aubert et de Jeanne de Belleville, dont :

III. *Claude-Camille-Pierre-Étienne* DE PERNON, écuyer, né à Lyon le 3 novembre 1753, ✝ à Sainte-Foy-les-Lyon le 14 décembre 1808 ; il entra d'abord au service, puis fonda une importante maison de soieries ; comparant à Lyon en 1789 ; Membre du Tribunat (6 germinal an X), conseiller général du Rhône, chevalier de la Légion d'Honneur (25 prairial an XII), et Adjoint au Maire de Lyon.

Les Pernon ont encore donné :

Louis DE PERNON, écuyer, Trésorier général des troupes de la maison du Roi et de l'Extraordinaire des guerres, nommé Député du commerce de Lyon le 13 mars 1751, installé le 1er avril 1751, ✝ le 25 août 1779. Il avait été désigné par le Contrôleur général des Finances au choix du Consulat, et laissa un fils marié à Mlle de Chamilly. On trouve également à Paris en 1789 un abbé de Pernon, Maître des Requêtes et Administrateur des Quinze-Vingts.

Cf. : Arch. Nat. P. 260. Archives du Conseil du Commerce. W. Poidebard : *Notes généalogiques.*

PHILIBERT DE FONTANÈS

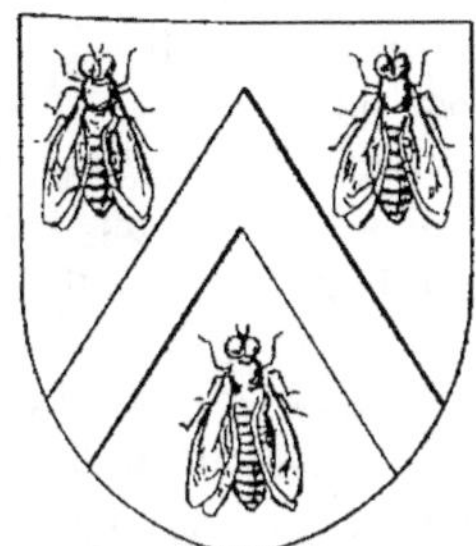

BRANCHE DE FONTANÈS
Armes anciennes
D'azur au chevron d'or accompagné de trois abeilles d'argent.

BRANCHE DE CHAMOUSSET
D'azur au chevron d'or; au chef du même chargé de trois feuilles de figuier de sinople.

Les seigneurs de Fontanès adoptèrent au xviiiᵉ siècle les armoiries de la branche de Chamousset.

Claude PHILIBERT de CLÉRIMBERT

Les Philibert, originaires de Saint-Chamond, ont formé deux branches principales ; l'une, est celle des barons de Chamousset ; la seconde est celle de Fontanès. Tous les Philibert de la branche de Chamousset et La Barolière portaient, à quelques variantes près, les armoiries ci-dessus décrites en second lieu, à l'exception toutefois de Jean Philibert, châtelain de Doizieu qui portait « *d'azur au chevron d'or, accompagné de trois abeilles d'argent* ». Ces dernières armoiries sont également celles portées par Antoine Philibert, auteur des Philibert de Fontanès, qui testa le 28 mars 1680, et dont la descendance adopta avec Jean-François, premier sgr de Fontanès de cette famille les armes de la branche de Chamousset, sans que le point de jonction des deux branches ait été rigoureusement établi. Mais outre les relations de parenté mentionnées par le livre de raison des Fontanès, la communauté très rapprochée d'origine ressort de la similitude des armoiries et de la répétition des mêmes prénoms dans les deux branches.

BRANCHE DE CHAMOUSSET

Cette branche reconnaissait pour auteur :

I. Jean Philibert, † ayant testé le 6 février 1632, père de :

II. Pierre Philibert, † avant 1650 ; ép. Jacqueline Gayot, fille de Girard, et de Catherine Rochette, dont :

1) Gabriel Philibert, banquier à Lyon, sgr de Revolanche, La Barolière (p. acq.
du 22 août 1658), marié à Jeanne Ferriol; dont entre autres :

    A) Melchior Philibert, écuyer, sgr de La Barolière, né à Lyon en 1645,
        ÷ à Charly le 24 juin 1725, l'un des plus fameux banquiers de son
        temps, anobli à son insu par L. P. de 1722. et laissant de Jeanne
        Rondet, entre autres :

        a) Jean-François Philibert, chevalier, sgr de La Barolière, né à
            Lyon le 12 février 1679, ÷ à Lyon le 22 août 1725, Trésorier de
            France à Lyon (24 janvier 1705); ép. à Lyon le 13 janvier 1705
            Catherine Sabot, ÷ à Lyon le 27 juin 1739, fille de Louis,
            écuyer, sgr de Lusan, et de Pierrette Demey, dont parmi neuf
            enfants :

            aa) Melchior, sgr de La Vaure, Garde du Corps de S. M.; ép.
                en 1752 Jeanne Dalivet ;

            ab) Louise-Marguerite, dame de la Barolière ; ép. à Lyon le
                15 février 1724 Barthélemy Terrasson, écuyer. conseiller
                en la Cour des Monnaies de Lyon, fils de Barthélemy,
                Échevin de Lyon, et de Claudine Liotaud ;

        b) Louis Philibert, écuyer, sgr baron de Chamousset, La Fay, etc.,
            bapt. le 2 février 1680, secrétaire du Roi ; ép. le 10 août 1705
            Clémence Vialis, fille de noble Corneille, Échevin de Lyon, dont
            parmi sept enfants :

            ba) Catherine, bapt. le 4 juin 1706; ép. le 10 septembre
                1725 François-Gabriel Chappuys, chevalier, sgr de La
                Fay, La Rajasse etc., capitaine de cavalerie.

        c) Marguerite Philibert, bapt. le 25 mars 1682 ; ép. le 27 avril 1705
            Pierre-François de Trélon, écuyer, chevalier d'honneur à la
            Cour des Monnaies de Lyon, fils de Louis, Syndic de la Noblesse
            de Dombes, et de Catherine Boësse.

        d) Pernette Philibert, bapt. le 9 octobre 1684; ép. à Lyon, le
            17 janvier 1708, Louis Durret, chevalier, sgr d'Estours, bapt.
            à Lyon le 7 mars 1671. capitaine de cavalerie, fils de Pierre,
            écuyer, secrétaire du Roi, et de Jeanne La Grolée.

    B) Jean-François Philibert, chevalier, Trésorier de France à Lyon
        (9 septembre 1676), ÷ en mars 1727 ; ép. le 13 juillet 1680, Pernette
        Rondet, ÷ en janvier 1733.

2) Jean Philibert, capitaine châtelain de Doizieu, ép. Françoise Sicard du
    Soleil, dont postérité :

3)˙ Noble Jean-François Philibert, banquier et bourgeois de Lyon, Échevin de
    Lyon en 1671-72 ; ép. en 1651 Marguerite Desverney, dont entre autres :
    A) André Philibert, chevalier, né à Lyon le 25 octobre 1661, † à Lyon le
       15 décembre 1709, Procureur du Roi au Bureau des Finances de
       Lyon (27 septembre 1690) ; ép. en 1692 Marie Garbuzat, † s. p.
       (remariée à M. de Bonnel, conseiller à la Cour des Monnaies de Lyon).
4) Noble Pierre Philibert, chevalier, † le 13 mars 1676, Avocat du Roi au
    Bureau des Finances de Lyon (10 février 1648) ; ép. Geneviève Rigaud, dont
    parmi douze enfants :
    A) Françoise, bapt. le 8 octobre 1663, ép. le 9 janvier 1691 Jean-Baptiste
       Dugas, écuyer, capitaine de grenadiers, né en 1652, † le 4 mai 1731,
       fils de Charles, écuyer, sgr de Valdurèse, Lieutenant criminel de robe
       courte à Lyon, et de Suzanne Duboys ;
    B) Catherine, ép. le 29 septembre 1692 Charles Dugas, écuyer, sgr de
       Valdurèse, capitaine-châtelain de Saint-Chamond, Lieutenant asses-
       seur criminel de robe courte en la Sénéchaussée de Lyon, [veuf de
       Marguerite Charrin], et frère de Jean-Baptiste, précité.

BRANCHE DE FONTANÈS

I. Antoine PHILIBERT, † ayant testé le 28 mars 1680; originaire de Saint-Chamond
comme Jean Philibert, tige de la branche de Chamousset, ép. Claudine Anthony,
fille de N... et de N... Valous, dont :
    1) François, qui suit ;
    2) et 3) Marie et Catherine Philibert.

II. François PHILIBERT, né en 1653, † en 1744, bourgeois de Lyon : ép. le
14 janvier 1702 Françoise Gandin, fille de Jean, et de Jeanne Chareyzieux, d'où ·

III. Jean-François PHILIBERT, écuyer, sgr de Fontanès, Grandmont, Trocésar
[p. acq. en 1736 des Camus, dont hommage le 17 octobre 1736], les Olmes,
Hurongues, Clérimbert [p. acq. des Chappuis], etc. ; né à Lyon en 1705, † à Fontanès, le 11 juin 1775 ; Secrétaire du Roi ; ép. à Lyon, p. c. du 7 décembre 1731 et
le 7 janvier 1732, Anne-Françoise Farget, fille de Thomas, et de Claudine Quinson,
dont parmi quatorze enfants :
    1) Roch-Claude-François, né à Lyon le 13 novembre 1732, † à Perpignan le
       16 octobre 1762, religieux de l'ordre des Antonins ;
    2) Etienne-François, qui suivra ;

3) *Claude* Philibert de Clérimbert, chevalier, sg^r de Clérimbert, Hurongues, Les Olmes, etc. ; né à Lyon le 14 avril 1748, † à Clérimbert le... octobre 1817; comparant à Lyon en 1789 ; ép. à Lyon le 1er mai 1777 Anne-Catherine Chancey, fille de noble Jean-Mathieu. Échevin de Lyon, et de Marie-Anne Rolfe, d'où :

    A) Claude-Étienne-François Philibert de Clérimbert, chevalier, né à Lyon le 25 mai 1778; ép. à Lyon le 15 juin 1808, Louise-Françoise-Adélaïde Laurens du Colombier, née à Lyon le 19 octobre 1789, fille d'Étienne, avocat, et de Catherine Couhert, dont :

        a) Marie-Louise-Félicité, née à Lyon le 17 février 1813 ; ép. Max, comte de Morges.

4) Jean-François-Paul Philibert de Trocésar, chevalier, sg^r de Trocésar, Poixsol et autres lieux, né à Fontanès le 15 janvier 1751 ; ép. à Lyon le 10 juillet 1787. Antoinette Chancey, † s. p., sœur d'Anne-Catherine, ci-dessus ;

5) Françoise, née à Lyon le 9 mars 1735, † à la Pacaudière en 1813; religieuse au couvent de Notre-Dame d'Annonay ;

6) Jeanne-Charlotte-Claire. née à Lyon le 2 janvier 1738, † à l'abbaye de Tournon le 2 février 1764 ;

7) Benoîte, née à Lyon le 6 mars 1739, † à Saint-Symphorien en 1822; religieuse à l'abbaye de Chazaux :

8) Anne-Barthélemie, dite Mlle de Laurisse, née à Lyon le 7 juin 1740, † à Pomey en février 1814 ; religieuse à l'abbaye de Tournon ;

9) Elisabeth, dite Mlle de Villars, née à Lyon le 2 mai 1742, † le 4 février 1825 ; ép. à Romans le 10 janvier 1786 Gabriel-Marcellin de Chaballet, Lieutenant de Roi à Romans, chevalier de Saint-Louis, fils de Mathieu, et de Marie-Antoinette Bernon ;

10) Marguerite, dit Mlle de Marcillange, née à Fontanès le 10 juillet 1745, † en avril 1826 ; religieuse à l'abbaye de Saint-Just-de-Romans ;

11) Marie-Philiberte, dite Mlle de Marcenod, née à Fontanès le 10 juillet 1745, † en 1829, religieuse à l'abbaye de Saint-Just ;

12) Jeanne-Madeleine, dite Mlle de Grandmont, née à Lyon le 18 octobre 1749, ép. p. c. du 12 juillet 1778, noble Louis Emmanuel Athiaud, né à Roanne le 13 octobre 1721, avocat au bailliage de Roannais, fils de Louis, conseiller au dit bailliage, et de Claudine Greuze.

IV. Étienne-François Philibert de Fontanès, chevalier, sg^r de Fontanès, Grandmont. Trocésar, Couzon, etc., [dont hommage le 10 octobre 1776]; né à Fontanès le 2 août 1746, † à Fontanès le 13 mai 1829 ; comparant en 1789 avec la

Noblesse du bailliage de Montbrison ; arrêté comme noble le 28 brumaire an II ; ép. à Brignais le 7 janvier 1777 Barthélemie-Antoinette Chaland, fille de noble homme Léonard, conseiller de ville à Lyon, et de Françoise Barmond, dont, parmi cinq enfants :

1) Léonard-Antoine-Louis, qui suit ;

2) Antoine Philibert de Fontanès, chevalier, né le 13 juin 1785, ✝ à Paris s. a. le 20 avril 1820 ; élève de l'École polytechnique (1er brumaire an XII) ; fit toutes les campagnes de l'Empire : chevalier de la Légion d'honneur (17 mai 1807), chef d'escadrons de l'artillerie de la Garde Royale (1er mai 1818), chevalier de Saint-Louis (11 mars 1826) ;

3) Marguerite-Claudine-Sophie, née à Lyon le 30 septembre 1777, ✝ à Saint-Chamond le 10 juillet 1810 ; ép. à Saint-Chamond p. c. du 19 mai 1797 Jean-François-Henry Royer de La Bastie.

V. Léonard-Antoine-Louis PHILIBERT DE FONTANÈS, chevalier, né à Lyon le 30 mai 1779, ✝ à Fontanès le 6 juin 1850 ; ép. à Lyon le 15 octobre 1806 Magdeleine-Joséphine Gras de La Beauche, née le 3 mai 1788, ✝ à Fontanès le 9 juin 1883, fille de Benoît-Henri [1], chevalier, Trésorier de France, cavalier de Précy, fusillé à Lyon, et de Magdeleine Palais, dont parmi neuf enfants :

1) Barthélemy-Antoine Philibert de Fontanès, né à Fontanès le 7 août 1809, ✝ s. a. en janvier 1876 ; a fait requête le 27 août 1867 pour obtenir la substitution du nom de Fontanès en faveur de son neveu Gabriel Larderet ;

2) Louis-Antoine-Claude Philibert de Fontanès, né à Fontanès le 18 novembre 1812, ✝ à Lyon le 7 janvier 1855 ; ép. à Lyon le 21 juin 1847 Jeanne-Marie Gourd, née le 1er octobre 1826, [remariée à Lyon le 27 mai 1856 à Archimbaud, comte de Douglas, s. p.], fille d'Isaac-François Gourd, et de Françoise Bussy, dont une fille morte enfant ;

3) Christophe-Anne Philibert de Fontanès, né à Lyon le 2 mars 1823, ✝ s. a. à Roanne le 12 avril 1855, officier de marine ;

4) Madeleine-Stéphanie, née à Lyon le 27 février 1808, ✝ à Meysse (Ardèche) le . . . . . ; ép. le 24 août 1829 Alexandre, baron de Miraval ;

5) Marguerite-Claudine, qui suit.

VI. Marguerite-Claudine, dite Agarithe PHILIBERT DE FONTANÈS, née au château de La Grille le 19 février 1814, ✝ au château de Châtel (Feurs) le 11 novembre 1871 ; ép. le 14 mai 1839 Jean-Pierre Larderet, ✝ à Saint-Étienne le 28 avril 1862, l'un des

---

1. Benoît-Henri Gras de La Beauche, chevalier, était frère de la comtesse de Rochefort ; sa mère était sœur de Jean-Marie Gaudin de Feurs, écuyer, sgr engagiste de Feurs et gouverneur de la dite ville.

plus jeunes et plus brillants soldats de l'armée de Précy, chevalier de la Légion d'honneur, vice-président de la commission des hospices de Saint-Étienne, fils de Gabriel Larderet, issu d'une ancienne famille stéphanoise, et de Jeanne Thomas; dont :

1) Barthélemy-Antoine-Gabriel, qui suit;

2) Léonie, née en novembre 1842, ép. le 23 avril 1866 Victor, marquis Amelot de Chaillou ;

3) Jeanne-Joséphine-Pauline-Élisabeth, née en octobre 1843, ép. le 26 avril 1864 Arthur-Jean-Robert de Garempel, baron de Bressieux, officier de cavalerie, né en 1832, † le 21 août 1889, fils d'Alphonse, et de Léontine de Margaron.

VII. Barthélemy-Antoine-Gabriel LARDERET-PHILIBERT DE FONTANÈS, né à Saint-Étienne le 27 mai 1841 ; substitué par décret impérial du 19 mai 1869, au nom de Philibert de Fontanès ; capitaine des mobiles de la Loire (1870), décoré pour faits de guerre ; ép. le 3 janvier 1873 Jeanne-Marie-Céline Amelot de Chaillou, née en 1843, † en 1890, [veuve de Paul Le Borgne, comte de Boigne, dont elle avait eu Charles, et Hélène, mariée en juillet 1891 à Henry, comte de Bressieux, fils de Pauline Larderet (de Fontanès)], fille de Victor, marquis Amelot de Chaillou, et de Marie-Mathilde Amé de Saint-Didier, dont :

1) Jacques-Victor-Gabriel-Léon, qui suit ;

2) Léonie-Jeanne-Marie-Jacqueline, née à Paris le 11 juillet 1875 ; ép. le 24 juillet 1902 Marie-Léon-Henry, vicomte de Foucauld, fils de Gabriel-Raymond, vicomte de Foucauld, et d'Armandine-Alexandrine-Henriette de Lasteyrie du Saillant du Luc.

VIII. Jacques-Victor-Gabriel-Léon LARDERET-PHILIBERT DE FONTANÈS, né le 27 décembre 1877 ; ép. le 10 mars 1906 Helenitza Kambouroglou, fille de Démétrius, conservateur de la Bibliothèque Nationale d'Athènes, et de Calliope Marato.

Cf. : Pernetti ; Michon. *Livre de raison de la famille Philibert communiqué par M. de Fontanès.*

PIRON

D'argent au chevron de gueules sommé d'une trangle du même chargée de trois étoiles d'or, et accompagné en pointe d'une pie sur un anneau de sable.

ANTOINE PIRON

C'est une charge de secrétaire du Roi qui anoblit la famille Piron en la personne de :

I. **François Piron**, recteur de l'Hôtel-Dieu (1764-67), conseiller secrétaire du Roi; ép. à Lyon le 1er août 1741 Jeanne-Marguerite de Gérando, fille de Pierre de Gérando, architecte, et de Jeanne Lyot, dont :

    1) Pierre Piron, ép. N... Arcis, dont :

        A) Virginie, ép. le 3 septembre 1808 Joseph Olph-Gaillard, né le 18 octobre 1778, † le 14 juin 1834, fils de Louis, et de Marguerite Pont.

    2) Antoine, qui suit.

II. **Antoine Piron**, écuyer, comparant en 1789 à l'assemblée de la Noblesse du Lyonnais, † victime de la Terreur à Lyon en 1793; ép. en 1769 Jeanne Bœuf de Curis, née en 1750, fille d'Honoré Bœuf, Échevin de Lyon en 1773, et de Catherine Terrasse, dont :

    1) Claudine-Adélaïde Piron, née à Lyon le 25 avril 1783, † à Lyon en 1850, ép. le 19 janvier 1801 Jean-Aimé-Ange Regny, écuyer, né à Lyon le 15 septembre 1772, † à Vérone le 19 mai 1835, Trésorier de la ville de Lyon, Président du tribunal de commerce, fils d'Alexis-Antoine Regny, écuyer, receveur et Trésorier de la ville de Lyon, et de Jeanne Clavière.

PONTHUS DE LA BOURDELIÈRE

D'azur à trois fasces ondées d'or ; au chef d'azur soutenu d'or et chargé de trois fleurs de lys du même.

Jean-Nicolas de PONTHUS
Jean-Benoît PONTHUS de LA BOURDELIÈRE

On ignore l'origine des fleurs de lys des Ponthus qui passaient pour être le prix d'un service rendu par un membre de cette famille ancienne, essaimée au xvɪᵉ siècle à Lyon et en Lyonnais, et dont la branche perpétuée jusqu'à nos jours est issue de :

I. Mᵉ Jean Ponthus, notaire royal à Saint-Clément des Places, et capitaine châtelain de Saint-Laurent de Chamousset ; ép. Jeanne Chazault, dont :

II. Jean Ponthus, bapt. à Saint-Clément des Places le 6 février 1607, citoyen de Lyon, notaire royal et capitaine châtelain des Olmes ; ép. 1ᵒ) Claudine Masson ; 2ᵒ) Françoise Grand, † à Lyon le 15 février 1682, fille de Pierre, et de Rose Marcoud, dont entre autres :

1) Mᵉ Jean Ponthus, l'aîné, † avant 1664, capitaine châtelain de Saint-Laurent de Chamousset, ép. Marie Grand, dont entre autres :

    A) Jean Ponthus de Chazot, bapt. à Saint-Clément le 27 mai 1648, capitaine châtelain de Saint-Laurent de Chamousset ; ép. à Lyon le 7 décembre 1673 Geneviève Deschamps, fille d'Antoine, procureur ès-cours de Lyon, et de Madeleine Pourra, dᵗ p :

    B) Hélène, bapt. le 3 février 1650, religieuse visitandine.

2) Jean, qui suit ;

3) Mᵉ Jacques Ponthus, praticien ;

4) Charlotte, bapt. à Saint-Laurent de Chamousset le 4 décembre 1630, ép. Pierre Picte, bourgeois de Cleppé, en Forez.

III. Mᵉ Jean Ponthus, sʳ de La Bourdelière (Saint-Clément des Places), bapt. à Saint-Laurent le 1ᵉʳ avril 1629, † ayant testé à Lyon le 16 juin 1669 ; capitaine châtelain de Saint-Laurent de Chamousset: ép. à Grézieu-la-Varenne p. c. du 16 février 1633 Madeleine Deschamps, fille d'Antoine, et de Madeleine Pourra, dont entre autres:

1) Nicolas, qui suit;
2) Madeleine-Françoise, bapt. à Saint-Clément le 17 juillet 1655, ép. p. c. du 15 décembre 1671 Jean Dallier, greffier de Saint-Laurent de Chamousset;
3) Françoise, bapt. le 8 août 1657, † le 28 mai 1719, ép. à Lyon le 23 septembre 1682 Mathieu Gandin;
4) Charlotte, bapt. à Saint-Laurent le 3 novembre 1661, † au dit lieu le 27 septembre 1731, ép. à Lyon le 13 février 1692 Jean-Baptiste Jacquemeton;
5). Claudine, bapt. à Lyon le 23 mars 1672, † à Brignac (?) le 12 septembre 1719, ép. à Lyon le 8 novembre 1695 Me Jacques Bozonnet;
6) Marie, ép. p. c. du 2 mars 1705 Christophe Frère, écuyer, sgr de Cosne.

IV. Nicolas PONTHUS, sgr de La Bourdelière, bapt. à Lyon le 11 mars 1667, † à Saint-Laurent le 11 novembre 1742; capitaine châtelain de Saint-Laurent-de-Chamousset, Procureur ès-cours de Lyon; ép. Jeanne Quemet, † à Saint-Just le 1er décembre 1748, dont entre autres:

1) Messire Jacques Ponthus, bapt. à Lyon le 16 janvier 1703, † à Saint-Just le 17 juin 1749; chanoine baron de Saint-Just;
2) Jean-Léonard, qui suit.

V. Jean-Léonard PONTHUS DE LA BOURDELIÈRE, écuyer, né à Lyon le 14 juillet 1708, † à Regny le 9 janvier 1789; conseiller du Roi, Trésorier receveur et Payeur ancien et mi-triennal des gages et augmentations de gages des officiers de la Chancellerie établis près la Cour de Parlement de Pau, et de celles des Présidiaux de son ressort (11 octobre 1743), charge dont il eut des lettres d'honneur le 26 novembre 1766; Juge de Regny; ép. à Lyon le 7 octobre 1733 Pierrette Merle, † le 1er février 1783, fille d'Adrien, conseiller du Roi, maire de Regny, et de Jeanne Andrillat de Vareilles, dont entre autres:

1) Jean-Nicolas, qui suit;
2) *Jean-Benoît* Ponthus de La Bourdelière, chevalier, bapt. à Lyon le 10 septembre 1737: avocat ès-Cours de Lyon (1776), comparant à Lyon en 1789.

VI. *Jean-Nicolas* DE PONTHUS, chevalier, bapt. à Lyon le 11 juillet 1736, † à Irigny le 29 vendémiaire an XIII: avocat ès-Cours de Lyon, conseiller en la sénéchaussée et siège présidial de Lyon (16 janvier 1772), Premier syndic des Conseillers (1789), comparant à Lyon en 1789; ép. à Lyon le 3 mai 1774 Marie Nesme, fille de Frédéric, et de Catherine Nesme, dont entre autres:

1) Thomas, maire de Regny en 1816 ;
2) Benoît, qui suit ;
3) Louise-Étiennette, née à Regny le 7 mai 1790, ép. à Lay le 11 novembre 1809 Auguste-Benoît Desvernay des Arbres ;
4) Marie, née à Regny le 29 ventôse an III, † à Chasselay le 8 septembre 1870 ; ép. à Lyon le 25 mars 1816 Aimé-Jean-Jacques Morand de Jouffrey, né à Lyon le 16 septembre 1787, Procureur général à Douai et à Grenoble, fils d'Antoine, chevalier, Procureur du Roi au Bureau des Finances, puis chevalier de l'Empire, et de Madeleine Guilloud.

VII. Benoit DE PONTHUS, chevalier, né à Lyon le 27 janvier 1786, † à Regny le 1er mai 1845 ; maire de Regny ; ép. à Lay, le 6 octobre 1813, Marguerite-Julie-Joséphine de Berchoux, † à Regny le 1er juillet 1844, fille de Claude-Marie de Berchoux, et d'Agathe-Louise Rostain, dont entre autres :
1) Augustin, qui suit ;
2) Marie-Claudine-Albine, née à Regny le 28 octobre 1816 ; ép. à Regny le 14 janvier 1835 François-Élisabeth-Henry Verchère, né à Roanne le 27 avril 1810, fils de Jean-Louis, et de Gilberte Jars.

VIII. Augustin DE PONTHUS, né à Regny le 20 septembre 1822, † en 1863 ; ép. à Lyon le 24 septembre 1851 Emma-Antoinette Mestrallet, née à Lyon le 5 février 1834, remariée à Lyon le 12 mars 1866 à Armand-Ferdinand-Calixte, comte de Pina ; fille de François-Joseph Mestrallet, et de Jeanne Tissot, dont :
1) Jules-Gustave, qui suit ;
2) Joséphine, née à Lyon en 1853, ép. Marcel de Baillehache.

IX. Jules-Gustave DE PONTHUS, né à Lyon le 19 mars 1856, officier ; ép. à Aix-en-Provence le 27 janvier 1891 Suzanne de Giraud d'Agay, fille de Gabriel, et de Marie-Thérèse Guieu, dont :
1) Nicole de Ponthus, née à Aix le 5 décembre 1891 ;
2) Phanette de Ponthus, née en 1894.

Cf. : Nouveau d'Hozier : 271.
Généalogie dressée sur titres et communiquée par M. de Ponthus.

POSUEL DE VERNEAUX

D'argent au chevron de gueules ; au chef du même chargé d'un lion passant d'or.
Supports : *Deux lions.*

Pierre POSUEL de VERNEAUX

Cette famille, originaire de l'Arbresle-en-Lyonnais, est issue de :

I. Jehan Posuel, † avant le 10 octobre 1587, laissant :
   1) Jacques, qui suit ;
   2) Antoine Posuel, qui fit souche.

II. Me Jacques Posuel, vivant en 1587, ép. Jeanne Sivelle, fille de Jean, et de Sibylle Paufy, dont sept enfants, entre autres :
   1) Pierre, qui suit ;
   2) Mre Hiérôme, prêtre, chanoine de l'église Saint-Paul-de-Lyon, † avant 1645 ;
   3) Me François Posuel, contrôleur au Grenier à sel de Lyon (1639), secrétaire de M. le Marquis de la Baume, Sénéchal de Lyon ; ép. p. c. du 13 juin 1650 Anne Thaninge, veuve de Claude Peyvert, dont :
      A) Marie, bapt. à Lyon le 25 mars 1651 ; ép. p. c. du 8 novembre 1669 Nicolas Périer, contrôleur en la douane de Lyon ;
      B) N... mariée à Jean Mellier.
   4) Louise Posuel, ép. N. Bernigy ;
   5) Jeanne, ép. à Lyon p. c. du 10 août 1642 Me Marc Rogier :
   6) Marie, bapt. à Lyon le 6 juillet 1623, † à Lyon le 6 février 1702 ; ép. à Lyon p. c. du 25 mai 1650 Claude Charreton, l'un des Gardes pour le Roi en la maîtrise des ports, ponts et passages de la ville de Lyon.

III. Me Pierre Posuel, bapt. à Lyon le 26 juillet 1602, † avant 1679 ; ép. p. c. du 26 août 1639 Françoise Feret, fille de Jean, et de Marie Mazenod, dont :
   1) Jean, qui suit ;

2) R. P. Jacques Posuel, bapt. à Lyon le 11 mars 1643, religieux profès de
l'ordre de Saint-Antoine ;

3) Hiérosme Posuel, bapt. à Lyon le 14 mai 1644, † avant 1722, fixé à Toulouse,
où il épousa Marie Colomier, dont postérité ;

4) Marie Posuel ;   ) religieuses de Sainte-

5) Catherine, bapt. à Lyon le 19 septembre 1745 .   ) Ursule.

IV. Noble Jean Posuel, bapt. à Lyon le 5 juin 1640, associé des Anisson,
Échevin de Lyon en 1709-10 ; ép. p. c. du 14 octobre 1679 Marie Anisson, née en
1653, † à Lyon le 29 janvier 1718, fille de noble Laurent Anisson, sieur d'Hauteroche, Échevin de Lyon, et de Marguerite de Palerne, dont cinq enfants, entre
autres :

1) Claude, qui suit ;

2) Mre Claude Posuel, bapt. à Lyon le 21 octobre 1684, agrégé à la Congrégation
de l'Oratoire.

V. Claude Posuel, écuyer, bapt. à Lyon le 30 août 1680, ép. à Lyon p. c. du
25 mai 1709 Anne de Prévidé-Massara, † à Lyon âgée de 77 ans, le 7 février 1765,
fille de Vincent, et de Marie-Anne de La Forest, dont cinq enfants, entre autres :

1) Pierre, qui suit ;

2) Louise-Jacqueline, bapt. à Lyon le 30 décembre 1723, † à Lyon le
30 décembre 1742 ; ép. à Lyon p. c. du 22 septembre 1742 Jean-Philibert
Peysson, écuyer, conseiller à la Cour des Monnaies de Lyon, fils de Lambert, écuyer, sgr de Bacot, Saint-Christophe-la-Montagne etc. , et de
Dorothée Duport.

VI. Pierre Posuel, chevalier, sgr DE VERNEAUX, bapt. à Lyon le 26 janvier 1713,
† à Paris le 24 janvier 1777 ; conseiller en la Cour des Monnaies de Lyon (20 décembre
1734 , puis conseiller du Roi en ses Conseils, Président en la Cour des Monnaies
de Lyon (6 décembre 1752) ; ép. les 8-11 janvier 1735 Marguerite Croppet d'Irigny,
dame de Verneaux, bapt. à Lyon le 9 mars 1714, fille de Pierre, chevalier, sgr de
Verneaux, Irigny etc., capitaine au régiment Dauphin, et de Claudine David de
Fontcrenne, dont :

1) Pierre, qui suit ;

2) Anne-Odette, bapt. à Lyon le 30 septembre 1737, ép. à Lyon p. c. du 25
avril 1758 Rodolphe Quatrefages de La Roquette, écuyer, sgr de Limonest
et de Saint-André-du-Coing, conseiller à la Cour des Monnaies de Lyon, fils
de Pierre, écuyer, sgr de La Roquette, secrétaire du Roi, et d'Anne Mermier.

VII. *Pierre* Posuel DE VERNEAUX, chevalier, sgr de Verneaux, [dont hommage
au Roi le 23 février 1781], Lucenay, etc.. bapt. à Lyon le 19 octobre 1735, † à

Lyon victime de la Terreur le 3 pluviôse an II ; comparant en 1789 ; ép. à Lyon p. c.
du 24 août 1762 Françoise Boissière, fille d'Antoine-Didier, capitaine au régiment
Lyonnais, et de Marie Clerc (sœur d'André Clerc, écuyer, Lieutenant du guet à
Lyon), dont cinq enfants, entre autres :

1) Pierre-Marie, qui suit ;
2) Jean-Baptiste-Louis, chevalier, bapt. à Lyon le 13 février 1767, † le 3 frimaire an VIII, aspirant garde marine à Brest en 1782 ; ép. le 26 pluviôse an
   VI Jeanne Audras de Béost, fille de Jérôme, écuyer, baron de Béost,
   conseiller au Parlement de Dombes, et de Marie-Magdeleine Orsel, dont un
   fils † en bas âge ;
3) Jean, chevalier, né à Lyon le 15 novembre 1768, reçu sous-lieutenant sur
   preuves de noblesse faites le 26 septembre 1783, commandant du bataillon
   du Rhône pendant le siège de Lyon, condamné à mort par le tribunal révolutionnaire le 6 frimaire an II ;
4) Marie-Claudine-Émilie, ép. Pierre-Philippe Bourlier d'Ailly, chevalier, sg^r
   d'Ailly, bapt. à Lyon le 8 avril 1763, † en novembre 1793, victime de la
   Révolution, fils de Léonard, chevalier, sg^r de Parigny, conseiller à la Cour
   des Monnaies de Lyon, et d'Antoinette Bouvier.

VIII. Pierre-Marie POSUEL DE VERNEAUX, chevalier, né à Lyon le 23 janvier 1765,
† le 21 août 1840 ; capitaine au régiment de Berry-Cavalerie, Garde constitutionnel
du Roi Louis XVI, secrétaire d'Ambassade de France à Vienne, puis chef de cabinet du duc de Cadore (affaires Étrangères) ; chevalier de Saint-Louis ; créé baron de
Verneaux (L. P. 11 septembre 1820), puis vicomte de Verneaux, avec majorat
(L. P. 5 octobre 1820) ; ép. à Paris p. c. du 9 mai 1790 Suzanne-Judith de Lavabre,
† à Paris le 27 janvier 1835, dont :

1) N... de Verneaux, tué sous les murs de Paris en 1814 :
2) Pierre-Amédée-Adolphe, qui suit :
3) Pierre-Amédée, Garde du corps de Louis XVIII, né à Lucenay (Rhône), le
   11 vendémiaire an VI, † à Paris le 7 juillet 1819 ;
4-5) Deux filles, † s. a.

IX. Pierre-Amédée-Adolphe POSUEL, vicomte DE VERNEAUX, né à Lucenay le 2
octobre 1797, † à Vaugrigneuse (S.-et-O.) le 3 octobre 1871, capitaine aux Cuirassiers de la Garde Royale, démissionnaire en 1827, chevalier de la légion d'honneur,
médaillé de Sainte-Hélène ; ép. à Paris le 19 mai 1823 Claudine-Mélanie Bignon,
née en 1804, † à Paris le 27 septembre 1863, fille d'Armand-Jérôme Bignon, et de
Mélanie Terray, dont :

1) Pierre-Paul, qui suit ;

2) Marie-Mélanie-Isaure, née à Paris le 18 mai 1824, † au château d'Henouville (Oise), le 8 décembre 1874 ; ép. à Paris en avril 1841 Léopold Roslin, baron d'Ivry, † en 1883, fils du baron d'Ivry, et d'Honorine Perrin de Cypierre, et père de :

> A) le baron d'Ivry ; B) la comtesse de La Cour-Balleroy ; C) la duchesse de Fezensac.

3) Marie-Suzanne-Armande, née à Paris le 25 décembre 1826, † à Paris le 7 janvier 1892 ; ép. à Paris le 29 mai 1845 Louis-Marie-Gabriel Ladislas de Briançon-Vachon, marquis de Belmont, chambellan de Napoléon III, chevalier de Malte, né à Amiens (Somme) le 11 frimaire an XIII, † à Quévillon (S.-Inférieure), le 11 juillet 1857, fils de César, marquis de Belmont, et de Henriette de Choiseul.

X. Pierre-Paul Posuel, vicomte de Verneaux, né à Paris le 31 janvier 1836, † à Saint-Germain-en-Laye le 18 janvier 1895, Auditeur au Conseil d'État ; ép. à Paris : 1°) le 2 août 1866 Marie-Amélie-Louise Gaultier de Rigny, née à Paris le 7 février 1836, † le 5 juillet 1868, veuve du comte Henri de Béarn, fille d'Henri, Amiral de Rigny, et d'Adèle-Narcisse de Fontaine ; 2°) le 9 janvier 1872 Marie de Candolle, née en 1840, fille de Bertrand, marquis de Candolle, et de Ghislaine, baronne de Draek, dont :

1) Pierre, qui suit ;
2) Mélanie de Verneaux, née à Paris le 5 juin 1873 ;
3) Élisabeth de Verneaux, née à Paris le 12 octobre 1876.

XI. Pierre-Marie-Ghislain Posuel, vicomte de Verneaux, né à Paris le 20 juillet 1874.

Cf. : Chérin : 161 (*Généalogie dressée le 1er juin 1782*).
Vte A. Révérend : *Titres et Pairies de la Restauration.*
Communications du vicomte de Verneaux.

PRÉVIDÉ-MASSARA

Parti : *d'azur à une masse d'armes d'or, et d'argent à une aigle de sable.*
Supports : *Deux lions.*

Pierre de PRÉVIDÉ-MASSARA

Les Prévidé, cités par Pernetti parmi les principales familles d'origine étrangère établies à Lyon, sont issus de :

I. Bernardin Massara, ✝ avant 1658, habitant Vigevano, au duché de Milan, ép. Élisabeth Negrone dont :

1) Pierre-Paul, né vers 1637, ✝ à Lyon le 15 juin 1692 ;
2) Vincent, qui suit.

II. Vincent Massara, né à Vigevano en Milanais. Il portait le prénom de Vincent avec, pour patron, Saint-Vincent de Prévidé (en Italie) ; il retint de là le nom de Prévidé, fut naturalisé en novembre 1675 et devint banquier et juge des traites foraines à Lyon ; il ép. p. c. du 27 août 1688 Marie-Anne de la Forest, fille de Laurent, banquier, et de Magdeleine Bruyas, dont :

1) Pierre-Paul, qui suit ;
2) Anne, bapt. à Lyon le 17 juin 1689, ✝ à Lyon le 7 février 1765, ép. à Lyon p. c. du 25 mai 1709 Claude Posuel, écuyer, fils de noble Jean, Échevin, et de Marie Anisson.

III. Pierre-Paul-Bernardin de Prévidé-Massara, chevalier, né à Lyon le 7 juillet 1690, ✝ à Lyon le 29 septembre 1747 ; avocat en Parlement, Trésorier de France à Lyon (30 décembre 1720), Échevin de Lyon en 1745-46 ; ép. à Lyon p. c. du 1er février 1725 Élisabeth Corrompt, fille de Jean, Greffier de la Douane, et de Marie Catherine Naulot, dont six enfants entre autres :

1) Pierre, qui suit ;
2) Marie-Anne de Prévidé-Massara, bapt. à Lyon le 7 juin 1728, ép. à Lyon p. c. du 9 janvier 1748 Jacques Guiguet de Vaurion, chevalier, né à Lyon

le 23 mars 1713, Trésorier de France en 1747, fils de Vincent, et de Jeanne Bruyas.

IV. *Pierre* DE PRÉVIDÉ-MASSARA, chevalier, né à Lyon le 18 juin 1729, Trésorier de France à Lyon (26 avril 1748), Président au Bureau des finances, comparant à Lyon en 1789 ; ép. à Lyon p. c. du 25 septembre 1759 Anne-Claudine Mermier, fille de Jean, Receveur général de la ferme des octrois, et d'Élisabeth François, dont :

1) Jeanne-Élisabeth, bapt. à Lyon le 1ᵉʳ septembre 1761, religieuse professe à la visitation de Sainte-Marie (21 décembre 1785) ;

2) Élisabeth, ép. à Lentilly le 7 novembre 1786 Benoît-François Guiguet de Vaurion, écuyer, bapt. à Lyon le 2 octobre 1750, capitaine commandant au corps royal de l'artillerie de marine, chevalier de Saint-Louis ; fils de Jacques Guiguet, chevalier, sgʳ de Vaurion, Trésorier de France, et de Marie-Anne de Prévidé-Massara ;

3) Anne-Pierrette-Victoire, bapt. à Lyon le 9 avril 1765, † à Lyon le 7 février 1827, ép. à Lyon François de Forcrand, né à Groissiat (Ain), fils de Claude-Louis, et de Rose-Andréa Duvoirli.

Cf. Michon.

QUATREFAGES DE LA ROQUETTE

D'azur au chevron d'or accompagné en pointe d'un lion du même ; au chef de... chargé de trois étoiles de...

Supports : *Deux aigles.*

Jean-Rodolphe QUATREFAGES de LA ROQUETTE

La famille Quatrefages est originaire des Cévennes et a formé plusieurs rameaux. On trouve au XVIIe siècle, Pierre Quatrefages, de la religion réformée, docteur en droit, député de Bréau aux négociations de la paix d'Alais en 1629. Les deux branches principales de cette famille sont celle de Bréau et celle de La Roquette.

BRANCHE DE BRÉAU

Elle a pour auteur :

I. Charles QUATREFAGES, sg^r de Bréau, marié à Marie Liron, dont :

II. Jean-François DE QUATREFAGES, † en 1756, sous-lieutenant au régiment de Bassigny (22 juillet 1737), enseigne (1737), lieutenant (1738), blessé à la campagne de Corse, capitaine le 1er août 1747, retiré à Valleraugues ; marié à Louise Carle, fille de François Carle, ancien capitaine au régiment d'Auvergne, et de Françoise Caulet, dont :

1) François-Charles, sg^r de Bréau, marié à Catherine-Marianne de Saint-Gla de Lescure, dont :

    A) Pauline, ép. à N... Veret, de famille suisse.

    B) Athénaïs, ép. à N..., Béranger de Caladon.

2) Jean-Louis-Armand, dit Carle, cadet au régiment de Bourgogne (1779), lieutenant (20 août 1780), adjudant-major (1er mars 1791), ép. N... Brousson, † s. p. :

3) Jean-François, qui suit :

4) Suzanne-Marie, mariée à Jean-Louis Foucher ;

5) Françoise-Jeanne-Rose, ép. Jean-Abel Sers de La Bastide ;

6) Sophie-Constance, ép. Pierre Peyre.

III. Jean-François DE QUATREFAGES, né le 22 septembre 1767, † à Paris le 1er mars 1858, entré au service de la Hollande, cadet au régiment de Saxe-Gotha (23 août 1784), lieutenant (1787), démissionnaire au moment de la Révolution, lieutenant au 9e bataillon de l'Isère, capitaine (19 germinal an II), en congé illimité (20 germinal an IV), retiré à Valleraugues, puis à Paris, membre correspondant de l'Institut ; marié : 1°) à N... Chabal ; 2°) à Louise-Marguerite-Henriette-Camille de Cabanes, dont du second lit :

1) Armand, qui suit ;

2) Zénaïde, mariée à Jules Peyre.

IV. Jean-Louis-Armand DE QUATREFAGES DE BRÉAU, né à Berthezène (Gard) le 10 février 1810, † à Paris le 12 janvier 1892, naturaliste célèbre, professeur de zoologie à la faculté des sciences de Toulouse, docteur ès-sciences, collaborateur de la Revue des Deux Mondes, membre de l'Académie des Sciences (1852), professeur d'anatomie et d'ethnologie au Muséum (1855), auteur de nombreux ouvrages scientifiques ; marié à N..., † à Paris en 1906, dont :

V. Louis DE QUATREFAGES DE BRÉAU, marié à N... Sabatier.

BRANCHE DE LA ROQUETTE

Cette branche a donné Henri Quatrefages de La Roquette, né au Vigan (Gard) le 25 juin 1731, † au Vigan le 8 avril 1824 ; élu le 30 mars 1789 député du Tiers-État aux États-Généraux par la sénéchaussée de Nîmes et de Beaucaire. Il prêta le serment du Jeu de Paume et fit partie de la majorité de l'assemblée Constituante. Maire du Vigan en 1791, il fut conseiller d'arrondissement du Vigan après la Révolution.

Un rameau des La Roquette s'établit en Forez et Lyonnais avec Louis Quatrefages de La Roquette, directeur des Fermes de Roanne en 1746, dont le frère fut :

I. Pierre QUATREFAGES DE LA ROQUETTE, écuyer, sgr de La Roquette et de Changy, conseiller secrétaire du Roi en 1741, ép. Anne Mermier, dont :

1) Rodolphe, qui suit ;

2) Élisabeth, ép. à Lyon le 24 mai 1746 Pierre Valfray, écuyer, fils de noble Pierre, sgr de La Tour de Salornay, Échevin de Lyon, et d'Anne-Marie Besseville ;

3) Françoise-Élisabeth, ép. à Lyon le 1er mai 1753 François-Augustin Petitot ;

écuyer, conseiller en la Cour des monnaies de Lyon, fils de Simon, secrétaire du gouvernement de Lyon, et de Catherine Blanchet.

II. Rodolphe QUATREFAGES DE LA ROQUETTE, écuyer, sg^r de Limonest et de Saint-André du Coing, conseiller en la Cour des monnaies de Lyon (1754) : ép. à Lyon p. c. du 25 avril 1758 Anne-Odette Posuel de Verneaux, fille de Pierre Posuel, chevalier, sg^r de Verneaux, conseiller du Roi en ses Conseils, Président de la Cour des monnaies de Lyon, et de Marguerite Croppet d'Irigny, dame de Verneaux, dont :

1) Jean-Rodolphe, qui suit ;

2) Anne-Pierrette, née le 19 septembre 1759, ép. à Lyon le 5 mai 1778 Jean-Pierre Terrasse d'Yvours, chevalier, sg^r d'Yvours, ✝ en 1794, victime de la Révolution, fils de Pierre Terrasse, chevalier, sg^r d'Yvours, Trésorier de France à Lyon, et de Marguerite Birouste ;

3) Marie-Anne, dite Mlle de La Roquette de Saint-André, bapt. à Lyon le 24 novembre 1760, mariée à Lyon le 18 janvier 1780 à Étienne-Marc-Antoine-Mathieu Charrin, chevalier, fils d'Antoine Charrin, écuyer, et d'Antoinette Delaval, dont :

    A) Pierrette-Justine de Charrin, mariée à Lyon le 10 avril 1809 à Gabriel Hervier, né à Saint-Chamond le 15 mars 1775, maintenu dans sa noblesse le 20 janvier 1820 : il a relevé le nom de Charrin.

III. *Jean-Rodolphe* QUATREFAGES DE LA ROQUETTE, chevalier, sg^r de Limonest, Saint-André du Coing, co-sg^r de Saint-Didier au Mont-d'Or, etc., né à Lyon le 14 mars 1763, Premier Président du Bureau des finances de la généralité de Lyon (19 août 1785) ; comparant à Lyon en 1789 pour les seigneuries de Limonest et Saint-André du Coing.

Cf. : *La France protestante* ; Michon.

RAMBAUD DE LA SABLIÈRE

D'azur à l'aigle éployée d'or ; au chef d'argent chargée de trois étoiles de sable.

ANDRÉ RAMBAUD
JACQUES-CLAUDE RAMBAUD DE LA VERNOUZE
THOMAS RAMBAUD DE MONTCLOS
PIERRE-THOMAS RAMBAUD
LOUIS RAMBAUD DE LA SABLIÈRE

Cette famille qu'il ne faut pas confondre avec les Rambaud de Champrenard également lyonnais, est originaire de La Grave en Dauphiné et issue de :

I. Vincent RAMBAUD, † avant 1679, ép. à La Grave Marguerite Martin, dont :

II. Paul RAMBAUD, établi à Lyon. ép. à La Grave le 15 juin 1679 Cécile Liotaud, fille de Pierre, du dit lieu, dont six enfants, entre autres :

III. Pierre-Paul RAMBAUD, ép. à Lyon p. c. du 25 mai 1712 Claudine Dejame, † à Lyon le 5 novembre 1758, veuve d'Aimé Deschamps, fille de Charles Dejame, et de Jeanne Villery, dont six enfants, entre autres :

    1) Noble *André* Rambaud, bapt. à Lyon le 31 juillet 1715, Recteur de l'Hôtel-Dieu de 1756 à 1759, Trésorier de 1762 à 1763, Échevin de Lyon en 1768-69, comparant à Lyon en 1789 ; ép. p. c. du 20 février 1748 Jeanne-Françoise Guiguet de Vaurion, fille de Vincent, et de Jeanne Bruyas, dont :

        A) *Jacques-Claude* Rambaud de La Vernouze, écuyer, bapt. à Lyon le 22 février 1749, † à Lyon le 26 juillet 1826 ; lieutenant particulier en la sénéchaussée et siège présidial de Lyon, recteur de l'Hôtel-Dieu de 1783 à 1786, comparant à Lyon en 1789 ; il fit le 13 juillet 1785 reprise de la seigneurie de la Vernouze, et fut admis en 1789 à l'assemblée générale de la Noblesse de Bresse. Marié : 1°) à Lyon le 18 avril 1780 à Marie-Blanche-Françoise Agniel de La Vernouze, † le 25 septembre 1784, fille de Jean-Baptiste Agniel, écuyer, sgr de la Vernouze, con-

seiller en la Cour des Monnaies et au Conseil supérieur de Lyon, et de
Catherine Cizeron ; 2°) p. c. du 31 mai 1786 à Marie-Anne-Jeanne de
Valous, bapt. à Lyon le 21 décembre 1761, fille de Benoît, écuyer,
sg^r de Tourieux, Procureur général de la ville de Lyon, et de Françoise
Fourgon de Maisonforte. Il fut père de :

    a) *du premier lit :* Anne-Victoire-Sophie Rambaud de la Vernouze,
        née à Lyon le 28 janvier 1781, † à Lyon le 12 avril 1823, mariée
        à Lyon le 27 nivôse an XI à Jean-Louis-Marcellin Légier de
        Montfort, né à Sorgues (Vaucluse) le 25 octobre 1773, fils d'Anré,
        et de Thérèse Rigouard :

    b) Marie-Joséphine, † à Lyon le 20 décembre 1820, mariée à Lyon
        le 25 juillet 1813 à Jean-Marie Chamboduc de Saint-Pulgent,
        fils de Pierre-Jean-Marie, écuyer, et de Louise Salles ;

    c) *du second lit :* Jeanne-Françoise, née à Lyon le 16 juillet 1787,
        ép. à Lyon le 27 janvier 1807 Agricol-Louis-Isidore Bertet de
        Roussas, chevalier de Saint-Louis, né à Avignon le 30 août
        1769, fils de Nicolas, et de Marguerite-Françoise de Bermond :

    d) Françoise-Marie, née à Lyon le 6 mars 1789, ép. à Lyon le
        10 novembre 1812 Antoine-Alexis-Jules-César Bélin de La Réal,
        né à Tournon (Ardèche) le 15 avril 1787, fils de Jean-Antoine,
        et d'Ursule-Jeanne-Henriette Reinaud.

  B) *Thomas* Rambaud de Monclos, écuyer, né le 25 avril 1750, † le 10
    février 1825 ; garde du corps du Roi, de la Cie de Luxembourg ; cheva-
    lier de Saint-Louis, comparant à Lyon en 1789 ; marié à Lyon le
    7 prairial an III à Jeanne-Marie-Olympe Mermier, fille de Nicolas-Anne,
    et de Marie-Louise-Françoise Basset.

  C) Marie, bapt. à Lyon le 23 juin 1753 ; ép. à Lyon le 2 juillet 1776 Jacques-
    Pierre Guillet de Chavannes, chevalier, sg^r de Chatellus, Saint-Denis-
    sur-Coise, Charpenay, etc., officier d'infanterie, etc., fils de Louis
    Joseph Guillet de Chatellus, écuyer, Lieutenant des maréchaux de
    France en Forez, et de Marie-Anne Bochu du Colombier.

2) Pierre Thomas, qui suit :

3) *Louis* Rambaud de La Sablière, écuyer, bapt. à Lyon le 23 novembre 1718,
    secrétaire du Roi près la Cour des Monnaies de Lyon, recteur de la Charité
    en 1761, comparant à Lyon en 1789 ; ép. à Lyon le 31 mai 1746 Marie-
    Caroline Revel.

IV. Pierre-Thomas RAMBAUD, écuyer, bapt. à Lyon le 29 juin 1716, conseiller de
la ville de Lyon, Recteur de l'Hôtel-Dieu de 1760 à 1761, Trésorier de 1766 à 1767,

anobli par Lettres Patentes données à Versailles en mai 1777, enregistrées au Parlement et à la Chambre des Comptes; ép. à Lyon le 7 janvier 1751 Marie Briasson, fille de noble Claude-Charles, Échevin de Lyon, et de Catherine Gineston, dont :

1) Charles-Claude Rambaud, écuyer, né à Lyon le 25 janvier 1753, † à Lyon le 16 novembre 1825 ; marié à Lyon le 12 juillet 1785 à Marguerite-Victoire Brosse, fille d'André Brosse, et de Antoinette Cotton, dont :

    A) Louis Rambaud dit M. Rambaud-Brosse, né à Lyon le 15 thermidor an VII, marié à Alphonsine-Alexina Dufournel ;

    B) Maria, née à Lyon le 9 prairial an VI, † le 15 mars 1876, ép. le 19 juillet 1817 Barthélemy-Hippolyte de Boisset, né à Lyon le 2 juin 1793, fils de Jean-Antoine de Boisset des Mailles, ancien Greffier en chef aux Parlement, Cour des Aides et Finances de Dauphiné, secrétaire du Roi, et de Marie-Émilie-Lucile de Ferrus de Plantigny.

2) Pierre-Thomas, qui suit ;

3) Madeleine, née le 2 mars 1760 ; ép. à Lyon le 9 avril 1777 Jean-Baptiste Daudé, chevalier, sg^r du Poussey, bapt. à Lyon le 22 mai 1742, fils de l'échevin Jacques, et de Claire Fabron de Saint-Amand.

V. *Pierre-Thomas* RAMBAUD, écuyer, né à Lyon, le 14 mars 1754, † à Lyon le 20 février 1845 ; Premier Avocat du Roi en la sénéchaussée de Lyon (7 janvier 1783), comparant à Lyon en 1789 et commissaire de la Noblesse ; Député du Rhône au Conseil des Cinq-Cents, Procureur général à la Cour Impériale de Lyon (1811), Baron Rambaud et de l'Empire (L. P. du 21 septembre 1808 et 25 mars 1813) avec majorat au titre de baron de La Sablière établi sur un hôtel de la rue Saint-Dominique à Lyon. Confirmé dans le titre de baron, avec règlement d'armoiries « *d'azur à l'épervier essorant d'or, posé en bande* », par L. P. du 10 mars 1815 et du 26 mars 1829 portant l'établissement du majorat sur le château de Minardière près Roanne ; Président honoraire à la Cour royale de Lyon ; Maire de Lyon (1818 à 1826). Ép. p. c. du 10 avril 1789 Marguerite Favre qui testa à Lyon le 10 avril 1813, fille de Claude, et de Françoise Durand, dont :

VI. Charles, baron RAMBAUD, né à Lyon le 17 décembre 1790, † le 3 février 1869 ; conseiller à la Cour de Lyon (1821 à 1859) ; marié le 22 janvier 1820 à Marie-Thérèse-Emma Passerat de La Chapelle, † le 15 avril 1865, fille de Gabriel-Claude-Honoré Passerat de la Chapelle et de Clarisse Daudé dont :

1) Louis-Charles, qui suit ;

2) Sophie, née à Lyon le 21 janvier 1821, † à Nice le 27 mars 1884 ; ép. à Lyon le 22 avril 1842 Gaspard Crocquet de Beligny, né à Paris le 12 vendémiaire an XIV, † à Évian le 4 juin 1886, fils de Nicolas, chevalier de Saint-Louis,

Lieutenant au régiment de Viennois, et de Louise-Éléonore Trollier de Fétan ;

3) Marie-Honorine, née à Lyon le 27 février 1823 ; ép. à Lyon le 2 février 1846 Antoine Ponchon de Saint-André, fils de François, chevalier de l'ordre de l'Éperon, et de Jeanne-Éléonore Morand de Jouffrey ;

4) Gabrielle-Victoire, née à Lyon le 2 février 1825, † le 31 mars 1879, religieuse de Saint-Vincent-de-Paul ;

5) Marie, religieuse dominicaine.

VII. Louis-Charles, baron RAMBAUD, † à Maisontiers (Deux-Sèvres) le 1ᵉʳ janvier 1899 ; ép. à Paris Marie-Amélie-Édith Morin, née à Saint-Loup (Deux-Sèvres) le 23 février 1848, † à Maisontiers le 28 novembre 1891, fille de François-René, et de Léonie O'Riordan, dont :

1) Magdeleine, née à Paris le 8 octobre 1877, † à Fontainebleau le 10 avril 1898 ; ép. à Maisontiers le 4 février 1893 Ferdinand-Émile-Armand de Wissock, officier d'artillerie, né à Charleroi (Belgique) le 21 février 1869, fils d'Alfred, comte de Wissock, et de Marguerite Bourdon ;

2) Marguerite, née à Paris le 11 janvier 1883 ; ép. à Paris le 16 avril 1902, son beau-frère de Wissock, veuf de sa sœur Magdeleine.

Cf. : Nouveau d'Hozier : 279. Vicomte Révérend : *Armorial du premier Empire* ; *Titres de la Restauration.*

RANVIER DE BELLEGARDE

D'azur au croissant d'argent surmonté d'une étoile d'or.
Devise : *C'il que Dieu garde*
Est de belle garde

FRANÇOIS-PHILIPPE-ÉLÉAZARD RANVIER DE LA LIÈGUE

Les Ranvier, originaires d'Auvergne, ont donné Gilbert-Estienne Ranvier, écuyer, sg^r du Blada et des Brandons, conseiller secrétaire du Roi et lieutenant particulier en la sénéchaussée d'Auvergne et au Présidial de Riom, marié le 16 octobre 1702 dans la chapelle de la comtesse de Montrond à Jeanne-Catherine d'Escotay, fille de Jacques d'Escotay, et de Catherine Chirat. Il faut signaler aussi les Ranvier de Tours qui portaient des armes analogues, et cousinaient, comme ceux de Lyon, avec les Albanel de Lyon originaires d'Auvergne. Les Ranvier de Tours portaient : « *de sable au croissant d'argent ; au chef cousu d'azur chargé d'une étoile d'or* », et ont donné Bertrand Ranvier, Échevin perpétuel de Tours en 1720, parent et parrain de Bertrand Albanel, né en 1675 (l'un des quatorze enfants de Jean Albanel, et de Blanche du Puis).

La branche lyonnaise se perpétua avec :

I. N. RANVIER, père de :

  1) Antoine, qui suit :

  2) Annet Ranvier, né vers 1612, † à Lyon le 4 août 1683, banquier et bourgeois de Lyon ;

  3) N. Ranvier, marié et père de :

    A) Mr Me Annet Ranvier, conseiller en l'Élection de Brioude, légataire de son oncle Annet en 1683, et père de :

      a) Joseph Ranvier.

    B) Suzanne, ép. Claude de Reyrolles ;

    C) Marguerite, ép. Claude Chardon, s^r de Varennes.

  4) Marguerite, ép. N... Lusny.

II. Antoine RANVIER, † avant le 15 novembre 1681 ; bourgeois d'Ardes en Auvergne, ép. Suzanne Spinoux, dont :

III. Noble Annet RANVIER, écuyer, né vers 1640, † à Lyon le 9 juin 1721 ; Échevin de Lyon en 1694-95, ép. à Lyon p. c. du 15 novembre 1681 Catherine Rigioly, fille de noble François, et de Marie Pichon, dont neuf enfants entre autres :

1) Annet, qui suit ;

2) Marie-Marguerite, ép. p. c. du 12 janvier 1704 Georges-Antoine Charrier, chevalier, baron de La Roche-Julié, etc., Président en la Cour des Monnaies de Lyon, fils d'Eustache, et de Catherine Badol de Rochetaillée ;

3) Marie-Éléonore, bapt. le 13 octobre 1682, religieuse à Sainte-Marie des Chaînes à Lyon ;

4) Cécile-Thérèse, religieuse au même couvent ;

5) Catherine-Élisabeth, bapt. à Lyon le 15 juin 1686, religieuse à l'abbaye de la Déserte.

IV. Annet RANVIER, écuyer, sgr de Bellegarde, La Liègue, Maringes, Saint-André, etc., bapt. à Lyon le 30 mai 1702, † à Lyon le 2 avril 1773 ; conseiller à la Cour des Monnaies de Lyon (17 novembre 1723), ép. les 11-19 février 1726 Jeanne-Françoise d'Aubarède, dame de Bellegarde, Maringes, Saint-André et La Liègue, † le 19 novembre 1782, fille de Jean d'Aubarède, écuyer, conseiller en la sénéchaussée de Lyon, et de Jeanne de Vinols, dame de Bellegarde, dont :

1) Jean-Marie Ranvier de Bellegarde, écuyer, sgr de Bellegarde, Maringes, Saint-André, La Liègue, etc., bapt. à Lyon le 13 avril 1730, † à Lyon s. a. victime de la Terreur le 24 janvier 1794 ; Conseiller à la Cour des Monnaies de Lyon (13 janvier 1764), Conseiller au Conseil supérieur de Lyon (1772), Député de la Noblesse de Montbrison à l'assemblée provinciale de 1787 ;

2) François, qui suit ;

3) Marie-Catherine, née à Lyon le 16 mai 1728, † à Fontaines-sur-Saône le 30 janvier 1812 ; ép. : 1°) à Lyon le 8 janvier 1765 François Estival, chevalier, commandant d'Infanterie, chevalier de Saint-Louis, né en 1718, † à Lyon le 25 février 1774, fils de Joseph, et de Marie-Anne Damassin de Fontenille ; 2°) à Lyon la Guillotière, le 9 janvier 1775 Étienne Letellier, écuyer, sgr de La Motte, près La Guillotière à Lyon, fils de Philippe, officier au régiment de Chalmazel, et d'Antoinette Despaulty.

V. *François-Philippe-Éléazard-Éléonor* RANVIER DE LA LIÈGUE, chevalier, bapt. à Lyon le 12 janvier 1733, † à Lyon, victime de la Révolution, guillotiné le 10 janvier 1794 ; premier lieutenant des Gardes d'honneur de Monsieur, comte de Provence, capitaine des chasses de l'apanage de Monsieur, etc., comparant à Lyon en 1789; marié à Lyon le 18 septembre 1759 (p. c. du 14) à Anne Pautrier, † à Saint-Domingue le 10 mai 1777, fille de noble Antoine, Échevin de Lyon, et de Claudine Crozet, dont :

VI. Anne-Marie-Marguerite Ranvier de La Liègue, héritière de sa maison, ép. à Lyon les 26-28 août 1786 noble Jean-Baptiste-Marie Roches, licencié en droit de l'Université de Valence (21 décembre 1775), avocat en Parlement et ès-cours de Lyon (17 février 1776), juge au tribunal de Lyon (14 novembre 1790-24 novembre 1792), † âgé de 42 ans, victime de la Terreur le 11 novembre 1793, fils de Pierre Roches, originaire d'Yssingeaux, et de Catherine Ferrière, dont :

1) Amédée-François-Philibert-Éléazard-Éléonor Roches, né le 24 juin 1787, † jeune ;

2) Jean, qui suit ;

3) James-Philippe-Madeleine Roches de La Liègue, père de :

    A) Ludovic Roches de La Liègue, † le 26 juillet 1880, religieux de l'ordre des Prémontrés à Saint-Michel de Frigolet.

VII. Jean-Marie-Marguerite-Adolphe Roches-Ranvier de Bellegarde, né le 12 juin 1789, † à Bellegarde le 17 septembre 1869; licencié en droit de la faculté de Grenoble le 26 décembre 1810, juge au tribunal civil de Villefranche (1816), autorisé à changer son nom de Roches en celui de Ranvier de Bellegarde, par ordonnance royale du 25 mars 1818, juge au tribunal civil de Lyon (1823 à 1857); ép. à Lyon le 8 janvier 1827 Marie-Jeanne-Bathilde Berger du Sablon, née à Lyon le 20 octobre 1807, † à Bellegarde le 18 mars 1860, fille de Marie-Romain Berger du Sablon [1], et de Marie-Amélie Couppier, dont :

1) Marie-Françoise-Hedwige Roches-Ranvier de Bellegarde, née à Lyon le 5 décembre 1827, † à Bellegarde le 3 mars 1903, mariée à Lyon le 8 mai 1851 à Jean-Claude-Anatole de Rivérieulx, comte de Chambost, né à Lyon le 24 janvier 1826, † à Lyon le 29 août 1894, fils de Charles de Rivérieulx, comte de Chambost, et de Léonice Labitant.

La terre de Bellegarde entrée dans la maison de Vinols en 1680 appartient toujours à ses descendants, aujourd'hui les Dareste de Saconay.

Cf. : Pièces originales 2434. *Communications* de M. Dareste de Saconay.
A. Vachez : *Les vieux châteaux du Forez : Bellegarde et La Liègue.*

1. Voir la note ci-contre p. 787.

NOTE COMPLÉMENTAIRE SUR LA FAMILLE BERGER DU SABLON

Depuis l'impression de la généalogie de cette famille (voir p. 188-189), nous avons reçu quelques renseignements complémentaires que nous devons à l'obligeance de M. Dareste de Saconay. Il y a lieu de compléter chaque degré comme suit :

I. Camille Berger, écuyer, était fils de N. Berger, et de dlle Esparron de Montigny. Claudine Couppier était fille de noble Bonaventure, et de Marie Archimbaud. Leur fils aîné *Jean-François* mourut à Lyon s. a. en novembre 1838.

II. *Marie-Romain* Berger du Sablon, écuyer, né à Lyon le 18 avril 1755, † à Claveyson le 23 août 1823, ép. vers 1790 Marie-Amélie Couppier, sa cousine germaine, † le 3 mai 1834, fille de Pierre, écuyer, sgr de Claveyson et Viry, et de Marie-Catherine Rolland.

    3) Leur fille Marie-Régis-Albine, † à Blaisy (Saint-Mard-de-Vaux) le 3 mai 1839, ép. le 14 juillet 1824 Claude-Marie Cantin (et non Courtin) de Blaisy, juge à Chalon-sur-Saône, fils de Claude, Avocat en Parlement, et de Reine-Claudine-Charlotte Sauvage de Saint-Marc ;

    4) Marie-Françoise-Joséphine, † à Claveisolles le 8 janvier 1864, fondatrice de la congrégation de l'Enfant-Jésus.

III. Marie-François-Camille Berger du Sablon, né à Lyon, † à Claveisolles le 24 mars 1876 ; créé comte héréditaire (Bref de S. S. le Pape Pie IX du 12 décembre 1854) ; ép. à Montrouan (Gibles en Charolais) le 29 septembre 1835 Eudoxie Malard de Sermaize, née à Dijon en 1814, † à Lyon le 12 mars 1852, fille d'Alexandre-Auguste, et de Zéphirine Bouquet.

    2) Joséphine-Marie-Augustine, née à Claveisolles le 9 juin 1837 ;

    3) Marie-Zéphirine-Henriette-Isabelle, née à Lyon le 23 février 1839 ; ép. le 29 septembre 1863 Fortuné-Charles-Léopold, vicomte de Ruty, fils de Charles-Étienne-François, comte, pair de France, et de Lucine-Charlotte Lecoq ;

    4) Marie-Joséphine-Sidonie, née à Claveisolles le 2 septembre 1844 ; ép. le 27 avril 1870 Antoine-Marie-Gabriel de Ponnat, fils d'Antoine-Joseph, baron de Ponnat, et de Claudine Voirel de Terzé.

IV. Marie-Régis-Zéphirin-Emmanuel Berger du Sablon, né à Lyon le 12 juillet 1836 ; ép. : 1°) à Tharoiseau près Avallon le 6 février 1861 Ferdinande-Léontine Destutt d'Assay, née à Tharoiseau en janvier 1836, † à Chatenay (Arcy-sur-Cure) le 5 avril 1866, fille de Henry, comte d'Assay, et d'Augustine de Tulle de Villefranche ; 2°) à Lyon le 19 mars 1868 Virginie de Jessé, née à Lyon le 19 janvier 1839.

    1) Marie-Camille-Henry, né à Tharoiseau le 1er décembre 1862 ;.

    3) Marie-Antoinette, née à Tharoiseau le 7 décembre 1861 ;

    4) Charles-Édouard, né à Lyon le 3 juin 1871.

RAST

Écartelé de gueules et de sable à trois roses d'argent, 2 et 1.
alias : de gueules à trois quintefeuilles d'argent.

MATHIEU RAST
CLAUDE-HENRI RAST

La famille Rast est originaire du Vivarais, et issue de :

I. Jean RAST, ép. Isabeau Coulet. [Il était frère de N. Rast, capitaine sous Louis XIII], dont :

1) Jean, qui suit ;
2) Jean-Marie Rast, religieux augustin, docteur en Sorbonne, deux fois prieur du grand couvent de Paris, vivant en 1694 :
3) N... Rast, capitaine de grenadiers au régiment de Gaston et major de Sedan ;
4) Jean-Baptiste Rast, † en 1704, capitaine au régiment d'Anjou, réformé le 29 mars 1662, capitaine au régiment d'Orléans (1667), capitaine d'une compagnie de nouvelle levée au régiment d'Orléans (26 août 1671), major de Dinan (29 juillet 1692), major de Furnes (1er janvier 1700), chevalier de Saint-Louis.

II. Jean RAST, † le 15 février 1696 ; avocat, lieutenant général en la justice du comté de La Voulte, ép. à La Voulte le 14 juillet 1654 Isabeau Masson, dont :

1) Fabien Rast, avocat, lieutenant de juge et juge général du comté de La Voulte, ép. Jeanne Roche, dont entre autres :
   A) Antoine Rast, capitaine au régiment d'infanterie de Mornac, ép. Catherine Le Pêcheur ;
   B) Agatange Rast, religieux augustin.
2) Jean-Gilbert Rast, né en août 1666, religieux augustin ;
3) Jacques, qui suit ;
4) Jean-Baptiste Rast, né à La Voulte le 18 janvier 1678, † s. p. au château de

Joux le 8 décembre 1754 ; engagé dans les mousquetaires, capitaine d'infanterie au régiment Royal (1er septembre 1696), inspecteur d'infanterie (1705),
sergent-major au régiment d'infanterie de Chamilly (3 février 1706) puis au
régiment de Mornac, lieutenant-colonel du régiment de Mornac (31 juillet
1707), réformé (13 février 1714), chevalier de Saint-Louis (17 mai 1714),
commandant de la milice à La Rochelle (1er mars 1719) puis en Champagne
(1er mars 1727), lieutenant de Roi de Pontarlier et Joux (6 septembre 1732);
ép. à Joinville le 4 juillet 1736 Suzanne de Boutteville, veuve de François
Leroy de La Bousselière ;

5) Magdeleine, † avant 1696, mariée à Martial Roche.

III. Jacques RAST, né à La Voulte le 19 juin 1669, procureur fiscal du comté de
La Voulte, ép. à La Voulte le 7 novembre 1691 Marie-Anne de Perret, fille de Jean
de Perret, et de Fleurie Maury, dont entre autres :

1) Antoine Rast, né le 30 septembre 1696, † lieutenant à l'âge de 17 ans, à la
suite des blessures reçues au siège de Barcelone en 1714 ;

2) Jean-Jacques, qui suit ;

3) Noble *Mathieu* Rast, né à La Voulte le 25 décembre 1701, Recteur de la
Charité en 1761, Échevin de Lyon en 1776-77, comparant à Lyon en 1789 ;
ép. Simone Simon, dont il eut sept enfants, entre autres :

   A) Jacques-Joseph Rast, né le 17 novembre 1736, chanoine de Saint-Paul
   de Lyon (1785), † le 17 février 1816 ;

   B) *Claude-Henri* Rast, écuyer, comparant à Lyon en 1789 ;

   C) N... Rast, mariée à N... Berger.
   Le dernier héritier mâle des Rast issus de l'Échevin de Lyon est mort
   au xixe siècle, ne laissant qu'une fille mariée à M. Dolbeau.

4) Anne-Marie Rast, née à La Voulte le 25 février 1694, mariée le 20 août
1725 à Antoine Valentin.

IV. Jean-Jacques RAST DE MAUPAS, né à La Voulte le 29 août 1698, † à La Voulte
le 5 juin 1773 ; docteur en médecine de la Faculté de Montpellier, Agrégé au Collège de médecine de Lyon, Médecin de l'Hôpital de la Charité, médecin de la Ville
de Lyon, Juge commissaire de la Chambre de santé, bourgeois de Lyon ; ép. à La
Voulte le 26 octobre 1722 Claudine Demeure, fille de Jean, et de Louise Muget,
dont entre autres :

1) Jean-Jacques Rast, né à La Voulte le 29 octobre 1723, † le 26 novembre
1800 ; Garde du Corps de Louis XV dans la compagnie de Villeroy, qualifié
en 1768 écuyer, capitaine de cavalerie, gendarme de la garde ordinaire du
Roi, puis chevalier de Saint-Louis et Juge général du comté de La Voulte ;

ép. : 1°) p. c. du 8 octobre 1768 Philippe de Blot, † le 9 mai 1794, fille de Jean-Baptiste, receveur des gabelles à Beauchastel en Vivarais et de Françoise Blandin ; 2°) le 7 avril 1796 Claudine Muriau ;

2) Jean-Louis Rast-Maupas, né à La Voulte le 26 novembre 1731, † à Lyon le 27 mars 1821 ; l'un des organisateurs de la Condition des Soies ; proscrit après le siège de Lyon ; directeur des pépinières départementales ; marié : 1°) le 15 septembre 1759 à Claudine de Lamoureux, † le 22 mai 1770, fille de Charles, et de Marie Jay ; 2°) en 1788 à Jeanne Boucharlat. Il eut, entre autres :

    A) *1er lit* : Claudine-Charlotte, née à Lyon le 12 décembre 1762, † au Grand-Lucé (Sarthe) le 17 décembre 1849 ; mariée le 24 novembre 1787 à Jean-Mathieu-Félix Rast, son oncle qui suivra ;

    B) *2e lit* : Frédéric Rast, né à Lyon en 1789, † à Paris en 1820, marié à Lyon à Anne Lambert dont deux filles.

3) Jean-Baptiste-Antoine Rast, né à La Voulte le 28 décembre 1732, † à Albigny (Rhône) en 1810 ; docteur en médecine de l'Université de Montpellier (1753), agrégé (1755), puis doyen au collège de médecine de Lyon, membre de l'Académie de Lyon, Directeur de la Société d'agriculture de Lyon, député du Tiers État de l'Élection de Lyon à l'assemblée de Département (1787-89) ; marié : 1°) en mai 1778 à N. Biétrix ; 2°) à N.. Dupont. Il fut père de :

    A) N. Rast, ép. N... Lombard, avocat à Saint-Symphorien en Dauphiné.

4) Jean-Mathieu-Félix, qui suit ;

5) Marie-Antoinette, née à Lyon le 22 mars 1738, † s. p. à Tournon le 29 septembre 1821 ; ép. le 15 mars 1760 Alexis de Belin de La Réal, chevalier, sgr et gouverneur du Pouzin, en Vivarais.

V. Jean-Mathieu-Félix RAST-DESARMANDS, né à Lyon le 20 novembre 1744, † au Fretay (Sarthe) en 1832 ; receveur des Aides (1770), Directeur des Aides au Mans (1er janvier 1784), chev. de la Lég. d'hon. (28 septembre 1810), Secrétaire général de la préfecture du Mans ; ép. à Lyon le 24 novembre 1787 sa nièce ci-dessus Claudine-Charlotte Rast-Maupas, † en 1849, dont entre autres :

1) Pauline-Charlotte, née au Mans le 10 décembre 1792, † s. a. au Grand-Lucé le 5 avril 1849 ;

2) Françoise-Charlotte, née au Mans le 21 avril 1799, † à Pontvallain le 4 juin 1870 ; ép. le 9 octobre 1826 Louis-Jean Graffin, notaire au Grand Lucé.

Cf. *Généalogie des Rast* par R. Graffin.

RAVEL DE MONTAGNY

D'azur au senestrochère mouvant du flanc dextre, tenant trois épis d'or ; au chef cousu de gueules, chargé d'un soleil d'or.

Claude RAVEL de MONTAGNY

Notable à Saint-Étienne, cette famille qui y fit une grande fortune est issue de Gabriel Ravel, demeurant à Saint-Didier en Vélay, dont le petit-fils fut :

III. Jacques RAVEL, demeurant à Saint-Didier-en-Velay, ép. p. c. du 2 janvier 1682, Catherine Mollin, fille de Pierre, et d'Anne Didier, dont :

IV. Claude RAVEL, demeurant au même lieu, ép. p. c. du 23 janvier 1715, Marie Bonnand, fille de François, et de Claudine Bouchardon, dont entre autres :

V. Jacques RAVEL, écuyer, sg⟨r⟩ de Montravel, bapt. à Saint-Didier le 31 janvier 1716, † le 9 octobre 1776, Échevin de Saint-Étienne, receveur des consignations et commissaire aux saisies réelles du bailliage de Vienne, Secrétaire du Roi à Lyon ; ép. p. c. du 20 août 1737, Claudine-Thècle Jourjon, née en 1719, † en 1772, fille de Simon, et d'Anne Martin, dont :

1) Claude, qui suit ;
2) Jean-Baptiste Ravel-La Terrasse, écuyer, sg⟨r⟩ de Montravel, né le 13 février 1747 ;
3) Marguerite, née en 1740, ép. p. c. du 17 novembre 1758 Jean-François Thiollière de l'Isle, écuyer, secrétaire du Roi, fils de Jean Claude Thiollière, Échevin de Saint-Étienne, et de Jeanne Gourgouillat ;
4) Louise, ép. p. c. du 30 avril 1762 Antoine Salichon, demeurant à Lisbonne, fils de Denis, et d'Élisabeth Chambovet ;
5) Marianne, née le 13 juin 1748, ép. p. c. du 9 octobre 1767 Eustache Neyrand, † en 1812, secrétaire du Roi à Saint-Chamond, fils d'Eustache, et de Marianne Jolivet ;

6) Agathe, née le 8 février 1750, ép. p. c. du 9 octobre 1767 Antoine Neyrand,
   † en 1830, secrétaire du Roi, frère du précédent ;

7) Anne, née le 22 janvier 1751, ép. p. c. du 1er janvier 1769 Pierre-Guillaume
   Royet, fils de Pierre, Échevin de Saint-Étienne, et de Jeanne Peyret.

VI. *Claude* RAVEL DE MONTAGNY, écuyer, sgr de Malval, baron de Montagny,
Millery, Sourzy, première baronnie du Lyonnais, sgr de Frontigny, Combelande,
Epeisses et La Tour de Genetières, etc. (p. acq. du 3 mai 1776 des Olivier de
Sénozan) ; né le 5 juillet 1744, comparant à Lyon en 1789 ; ép. : 1°) à Montbrison les 7-
8 septembre 1777 Marie de Challaye, fille de Pierre, écuyer, conseiller au Parlement
de Dombes, et de Nicole Chappuis ; 2°) p. c. du 17 décembre 1785 Gabrielle-
Françoise-Victoire Garnier de Chambroy, fille de Jean-Baptiste, et de Françoise
Colombet. Il fut père de :

1) *1er lit* : Jean-Baptiste, qui suit ;

2) Pierre-Camille, né à Saint-Étienne le 26 février 1781, † à Lyon le 29
   messidor an XI ;

3) Nicole-Hortense, née à Saint-Étienne le 26 février 1783, † en 1869 ; ép. le
   29 floréal an IX Jean-Baptiste Courtin de Neufbourg, † en 1847, fils de
   Nicolas-Marie-Joseph, et d'Agnès-Reine Pocquelin de Clairville ;

4) *2e lit* : Auguste, tige de la branche de Malval.

VII. Jean-Baptiste RAVEL DE MONTAGNY, écuyer, né à Saint-Étienne le 28 décembre
1778, marié le 6 janvier 1805 à Françoise-Louise de Ferrus de Plantigny, bapt. à
Lyon le 25 avril 1789, † à Saint-Galmier le 6 novembre 1825, fille de Barthélemy,
chevalier, et d'Anne Nicolau de Montribloud, dont :

1) Claude, né à Lyon le 8 avril 1806, ép. le 8 juillet 1834 Félicie-Jules Burlon,
   fille de Pierre, et de Sophie Avignon, dont :

   A) Anne-Françoise, née à Saint-Donat le 23 décembre 1838, ép. en
      1866 Jules-Vincent Chausselles, fils d'André, et de Célestine Paultre.

2) Stéphane, né le 25 août 1808, ép. le 15 février 1844 Hortense-Victoire
   Burlon, sœur de Félicie, dont :

   A) Alice, née le 14 janvier 1845, ép. le 25 février 1865 Marie-Alphonse
      Le Gras de Vaubercey, fils d'Antoine, et de Catherine Rivoire.

3) Henry Ravel de Montagny, né le 12 août 1818, marié le 14 juin 1854 à
   Anne-Philiberte de Moréal, s. p.

4) Jeanne-Sabine, née le 10 février 1812, † en 1881, mariée à Jean-Louis
   Jassoud.

BRANCHE DE MALVAL

VII. Nicolas-Auguste Ravel de Malval, né à Saint-Héand le 17 juillet 1792, † à Malval le 28 juillet 1880, conseiller général de la Loire ; ép. p. c. du 20 février 1813 Claire-Joséphine Baboin de La Barolière, fille de Romain, et de Marguerite Sauzet, dont :

1) Alphonse, mort à Lyon le 15 février 1826 ;
2) Édouard, qui suit ;
3) Hortense, religieuse du Sacré-Cœur ;
4) Pauline, † à Lyon le 2 avril 1870, ép. p. c. du 30 avril 1835 Hippolyte de Pomey de Rochefort, né le 10 octobre 1810, fils de Jean, et de Jeanne-Marguerite-Eugénie de Musy.

VIII. Édouard Ravel de Malval, ép. Eugénie-Charlotte Bodin, dont :

1) Maurice, qui suivra ;
2) Julien Ravel de Malval ;
3) Auguste, marié à N. N., et père de :
    A) Julien Ravel de Malval.
4) Amélie, † en 1896, ép. en 1867 Alfred de Fages de Chaulnes ;
5) Jeanne, mariée en 1884 à Jules Vraine.

IX. Maurice Ravel de Malval, officier, marié à Marie-Thérèse de Polaillon [ou Polallion] de Glavenas, dont :

1) Henri Ravel de Malval ;
2 et 3) Marguerite et Marie-Louise Ravel de Malval.

RAVIER DU MAGNY

Coupé : au 1 d'argent à une aigle essorée de sable sur un roc de sinople sénestré d'un mont de trois copeaux de sinople, et regardant un soleil d'or mouvant du chef ; au 2 de gueules à trois étoiles rangées d'argent et accompagnées en pointe d'une rose d'or.

AMBROISE-JEAN-MARIE RAVIER DU MAGNY

Cette famille, originée de Sarry-en-Brionnais, est issue de :

I. Michel RAVIER, né vers 1670, † le 16 février 1723, marié à Anzy-le-Duc le 8 février 1695 à Jeanne Terry, dont douze enfants, parmi lesquels :

    1) Benoît, qui suit ;

    2) Pierre Ravier, bapt. à Sarry le 16 mai 1713, ép. au Breuil près La Palisse, le 10 janvier 1747, Claudine Caquet, fille de Mᵉ Blaise, notaire royal, Procureur d'office au bailliage du Breuil, et de Suzanne Terret.

II. Benoît RAVIER, né à Sarry le 18 mai 1696, † avant 1770 ; ép. p. c. du 29 janvier 1718 Catherine Beauchamps, dont parmi quatorze enfants :

    1) Philibert, qui suivra ;

    2) Noble *Ambroise-Jean-Marie* Ravier du Magny, bapt. à Sarry le 17 août 1735, † à Lyon en décembre 1808 ; avocat en Parlement (1758), Bâtonnier de l'ordre, Recteur de la Charité (1781-84), Échevin de Lyon (1787-88), muni du certificat d'échevinage (13 janvier 1789), comparant à Lyon en 1789, Président du Tribunal de la Conservation, Juge au Tribunal d'appel ; ép. p. c. du 16 février 1770 Madeleine Montgirod, fille de noble Grégoire, avocat en Parlement, et de Jeanne Borel, dont, parmi six enfants :

        A) Marie-Joséphine, bapt. à Lyon le 19 février 1773 ép. N. Rué des Sagets ;

        B) Marie-Élisabeth-Josèphe, née à Lyon le 26 octobre 1775, ép. à Lyon le 29 fructidor an IX Barthélemy Servant, né à Langeac le 17 août 1766, fils de Guillaume, et de Françoise Duris-Laroche de Grangeac.

III. Philibert Ravier du Magny, bapt. à Sarry le 4 août 1725, † le 21 août 1787 ; ép. à Digoin le 25 octobre 1757 Anne Guéraud, † le 26 septembre 1791, dont parmi quatorze enfants :

1) Philibert, qui suit ;

2) Gilbert Ravier du Magny, bapt. à Sarry le 7 août 1765, lieutenant dans l'armée de Précy, † victime de la Révolution aux Brotteaux en 1793 ;

3) Jacques Ravier du Magny, né à Sarry le 26 décembre 1767, † en août 1835 ; combattant dans l'armée de Précy, officier à l'armée d'Italie, Président de Chambre à la Cour Royale de Lyon, Président du Tribunal Civil de Lyon, démissionnaire par refus du serment en 1830 ; ép. le 11 pluviôse an V Antoinette Tavernier, fille de Jean-Louis, Échevin de Lyon, et de Marie Dupré de Bouillau, dont :

    A) Céleste, née à Lyon le 3 frimaire an VI, ép. à Lyon le 30 décembre 1813 Jean-Marie-Benoît Ravier du Magny, son cousin ci-dessous, † le 10 novembre 1883 ;

    B) Émilie, née à Sainte-Foy-lès-Lyon le 27 fructidor an VIII, † à Lyon le 24 mars 1880, ép. à Lyon le 7 février 1820 Antoine Frapet, né à Issy-l'Évêque (S.-et-Loire) le 13 novembre 1790.

IV. Philibert Ravier du Magny, né le 4 juin 1764, † en août 1843 ; ép. à la Motte-Saint-Jean près Digoin le 27 novembre 1787 Louise-Anne Gay, fille de Claude Gay, ancien officier, et de Catherine Guéraud, dont :

1) Jean-Marie-Benoît, qui suivra ;

2) François-Frédéric Ravier du Magny, né à Sarry le 5 juillet 1796, † à Bastia (Corse) le 30 juin 1850 ; ép. Claudine Geoffroy, dont postérité représentée à Lyon ;

3) Sophie, mariée le 30 pluviôse an VI à François-Edmond Perret de La Vallée.

V. Jean-Marie-Benoît Ravier du Magny, né à Sarry le 23 janvier 1791, † le 10 novembre 1883, conseiller à la Cour Royale de Lyon, démissionnaire par refus de serment en 1830 ; marié à sa cousine Céleste Ravier du Magny, ci-dessus, fille de Jacques, dont :

1) Philibert, qui suit ;

2) Louise, née à Sainte-Foy-lès-Lyon le 2 septembre 1821, † à Sainte-Foy le 21 avril 1891 ; ép. à Sarry le 26 octobre 1844 Félix de Bouchaud, Directeur des forges et aciéries de Terrenoire, né à Roussillon (Isère), le 29 novembre 1808, fils de Jean-Pierre-François, chevalier de Saint-Louis, et de Marie-Catherine Reynaud ;

3) Sophie Ravier du Magny.

VI. Philibert-Antoine-Émile Ravier du Magny, né à Sainte-Foy-lès-Lyon le 17 octobre 1819, † à Lyon le 27 février 1895 ; Vice-Président du Tribunal civil de Lyon, mis à la retraite par application de la réforme de la magistrature en 1883 ; marié : 1°) à Perreux le 30 mai 1854 à Marie-Élisabeth Merle du Bourg, née à Lyon le 5 mars 1826, fille de Mathieu, conseiller à la Cour de Lyon, et de Zoë Guérin ; 2°) à Mornant près Montbrison, le 12 novembre 1860 à Marie-Anne Le Conte, d'une famille noble du Forez, fille d'Hubert le Conte, et de Jeanne Périer dont, du second lit :

    1) Marie-Louis-Pierre, qui suit ;
    2) Madeleine Ravier du Magny.

VII. Marie-Pierre-Louis Ravier du Magny, né à Montbrison le 16 juillet 1868, avocat à la Cour d'appel, Professeur à la Faculté catholique de Lyon ; marié à Saint-Chamond le 18 juillet 1894 à Anne Dugas, fille d'Ivan Dugas [de Montbel], et de Louise Neyrand.

    Cf. : *Notes communiquées* par M. Ravier du Magny.

REBOUL

D'azur au chevron d'or accompagné en pointe d'une écrevisse du même.

Louis REBOUL

Originaires de Langeac en Auvergne, les Reboul portent les armes des Reboul de Fontfreyde, famille noble d'Auvergne. La famille lyonnaise est issue de :

I. Vidal REBOUL, du lieu de Langeac, ép. Jeanne Martinon, dont entre autres :
  1) Basile, qui suit ;
  2) Françoise Reboul, ép. le s^r Marin ; 3) N.., Reboul, ép. le s^r de la Routière ;
  4) N... Reboul, ép. le s^r Chochat.

II. Basile REBOUL, né à Langeac vers 1654, † à Lyon le 24 septembre 1714 ; ép. à Lyon p. c. du 22 novembre 1692 Antoinette Fayard, bapt. à Lyon le 24 août 1656, fille de Jean-Baptiste, enquêteur à Lyon, et de Marguerite de Bellevaux, dont :
  1) Joseph-Basile, qui suit ;
  2) Jeanne, ép. à Lyon le 18 avril 1720 Jean Certe, bourgeois, fils de Jean, et de Madeleine Desverneys.

III. Joseph-Basile REBOUL, né vers 1697, † à Lyon le 14 mai 1740, bourgeois de Lyon ; ép. à Lyon le 22 janvier 1721 Louise-Marie Debère, † à Lyon le 25 décembre 1759, fille d'Antoine, bourgeois de Lyon, et de Jeanne Cerize, dont entre autres :

IV. Noble *Louis* REBOUL, bapt. à Lyon le 29 juillet 1727, Recteur de l'Hôtel-Dieu (1768-71), Échevin de Lyon (1781-82), comparant en 1789 ; ép. à Lyon : 1°) p. c. du 29 mai 1762 Claudine Orsel ; 2°) le 7 février 1764 Louise-Catherine Gondard, † à Lyon le 23 juillet 1775, fille de Jean-Louis, et Élisabeth Jonquet, dont :
  1) Louis-Jean-Claude Reboul, bapt. à Lyon le 6 janvier 1765 :
  2) Jean Reboul, bapt. le 25 mars 1771.

REGNAULD DE PARCIEU ET DE BELLESCIZE

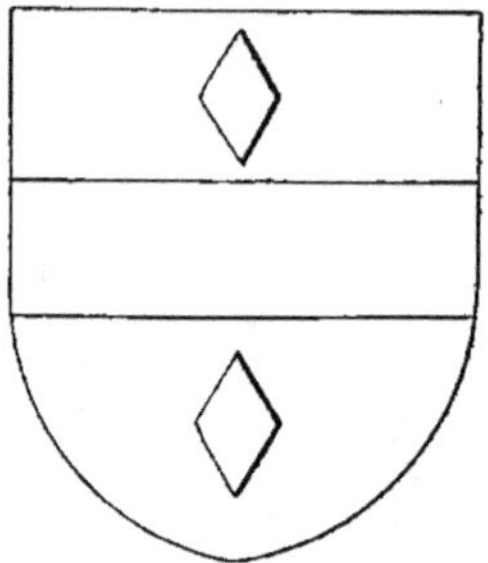

De gueules à la fasce d'argent accompagnée de deux losanges d'or.
La branche *de Glareins* portait cet écu *placé sur une aigle de sable chargeant elle-même le champ d'un écusson d'or.*
Devises : *Non mutor ; Ardens et œquum.*
Cimier : *Un cœur traversé d'un serpent.*
Supports : *Deux lions.*

JEAN-ANTOINE DE **REGNAULD** DE **PARCIEU**
ANTOINE-BONNE, MARQUIS DE **REGNAULD**
CLAUDE-ESPÉRANCE, MARQUIS DE **REGNAULD-ALLEMAN**

La maison Regnauld, l'une des plus considérables de Lyon, est issue à la fin du XVe siècle de :

I. Guillaume REGNAULD, † à Lyon le 9 avril 1511 ; ép. : 1°) Jehanne Macet ; 2°) Françoise Faure, † à Lyon le 5 mai 1514. Il eut huit enfants :

  1) Noble Pierre Regnauld, sg^r de Saint-Trivier (Brignais), † avant 1556 ; bourgeois de Lyon, conseiller de ville de Lyon (1533-36) ; marié à Claude de Vinolz, † avant le 23 juin 1550, sœur de noble Antoine, conseiller du Roi et son Élu en Lyonnais ; dont :

    A) Antoine Regnauld, sg^r de Champagneu, † avant le 19 avril 1574 ; conseiller de ville à Lyon en 1566-67 ; ép. à Lyon p. c. du 24 septembre 1550 Jehanne Duperet, fille de noble Jean, et de Catherine du Piochet, dont :

      a) François Regnauld, écuyer, sg^r de Champagneu, Villette, † à Lyon le 14 septembre 1619 ; conseiller au Parlement de Dombes (18 février 1618) ; ép. à Lyon p. c. du 15 décembre 1697 Catherine de La Rochette, dont :

        aa) Louis de Regnauld, écuyer, sg^r de Villette, bapt. à Lyon

le 12 mai 1601, † s. p.; officier; ép. à Paris p. c. du
23 mars 1642 Marguerite de Vernelles.

   b) Anne Regnauld, ép. à Lyon : 1°) p. c. du 19 avril 1574 noble
Jehan Bonnet ; 2°) p. c. du 29 octobre 1603 Mᵉ Jehan Pierrefort.

  B) Andrée Regnauld, ép. p. c. du 30 juin 1550 noble César Gros, sgʳ de
Saint-Joyre.

2) Claude, qui suit ;

3) François Regnauld, tige des branches fixées en Savoie, qui sont celles :
   A) des Regnauld de Chaloz et Bissy, éteints au xıxᵉ siècle ;
   B) des Regnauld de Lannoy, dits de Bissy, encore subsistants.

4) Catherine, veuve avant 1507 de Jehan de La Veühe ; remariée à noble Jean
Thomassin, secrétaire du Roi ;

5) Claudine, mariée à Mʳ Mᵉ Humbert de Masso ;

6) Philiberte, ép. : 1°) p. c. du 2 septembre 1498 Humbert Mornay ; 2°) Jacques
Berthelon ;

7) Madeleine, ép. p. c. du 31 décembre 1510 Guillaume Bollet ;

8) Anne, ép. : 1°) François Martin ; 2°) Pierre Greffet.

II. Noble homme Claude REGNAULD, conseiller de ville à Lyon (1519 ; 1524-25 ;
1527-29 ; 1530 ; 1543-44). Ep. : 1°) Françoise de La Fay ; 2°) p. c. du 30 juillet 1524
Antoinette Bullioud, fille d'Amédée, et de Marie de Thumery. Il eut au moins dix
enfants, entre autres :

1) Honorable homme Guillaume Regnauld, † avant le 31 mai 1575 ; conseiller
de ville à Lyon (1549 et 1566) ; ép. avant 1546 Jehanne Juncta, fille de
Jacques, et de Catherine Paffy, dont :
   A) Jean-Baptiste Regnauld, † le 15 novembre 1596 ; conseiller de ville à
Lyon en 1592-93 ; ép. p. c. du 6 janvier 1583 Hélène Bartholy [rema-
riée à son cousin Nicolas de Regnauld] ;
   B) Antoinette Regnauld, ép. p. c. du 31 mai 1575 Antoine Regnaut,
chevalier, sgʳ de Montmort, Président Trésorier de France à Caen.

2) Noble Geoffroy Regnauld, commandeur de La Tourrette ;

3) Jacques, qui suit ;

4) Jean-Baptiste, prieur de Notre-Dame la Grande à Gap ;

5) Pernette, ép. Antoine Le Coq, conseiller au Parlement de Paris ;

6) Anne, ép. p. c. du 16 mai 1566 noble Antoine Camus, chevalier, baron de
Riverie et Feugerolles, Trésorier de France à Lyon, fils de Jehan, secrétaire
du Roi, et d'Antoinette de Vinolz ;

7) Isabeau, ép. noble Jean Scarron, conseiller de ville à Lyon en 1546.

III. Noble homme Jacques Regnauld, sgr de Vaudemar, Saint-Guillaume, etc.
conseiller de ville à Lyon (1561-62), visiteur et contrôleur général des gabelles,
(23 juillet 1566) ; marié p. c. du 11 octobre 1551 à Jeanne Pérouse, fille de Guillaume, sgr de Saint-Guillaume, dont :
1) Claude, qui suit ;
2) Nicolas, tige des sgrs de Bellescize ;
3) Lydie de Regnauld, ép. noble Richard de Serracin, sgr de Prizy, conseiller
de ville (1587-88), fils de Pierre, et de Philiberte Gruel.

IV. Noble Claude de Regnauld, sgr de Vaudemar, conseiller du Roi, Élu en
l'Élection de Lyonnais (14 novembre 1587), Échevin de Lyon (1600-01), capitaine de
la ville de Lyon ; marié p. c. du 23 août 1592 à Éléonore de Bussillet, † à Lyon le
29 août 1601, fille de Louis, écuyer, sr de la Rivière, conseiller au Présidial de Lyon,
et de Marie Dubois, dont :

V. Noble Nicolas de Regnauld, écuyer, bapt. à Lyon le 21 mai 1593, † avant
1636, conseiller-secrétaire du Roi, maison et couronne de France (17 février 1621) ;
marié : 1°) p. c. du 14 juillet 1618 à Claudine Girard ; 2°) p. c. du 6 avril 1623 à
Marguerite Bernoud [remariée à noble Thomas Rougier, écuyer, sr du Buisson],
fille de Jacques, Greffier en l'Élection de Lyon. Il eut :
1) 1er lit : Claude Regnauld, bapt. à Lyon le 18 mai 1620 ;
2) Marie Regnauld, bapt. à Lyon le 11 novembre 1621, † avant 1636 ;
3) 2e lit : Claude de Regnauld-Valentin, écuyer, bapt. à Lyon le 27 novembre
1625, marié à Lyon le 26 mai 1648 à Françoise du Four [remariée à Noble
Pierre Penet, conseiller de S. A. R. de Dombes], fille de Gapard Dufour, conseiller et Procureur de S. A. R. au Parlement de Dombes, et de Marguerite
Lorans, dont six enfants parmi lesquels :
A) François, sgr de La Sarra, marié à Madeleine Langlois.
4) Claude-François, qui suit ;
5) François de Regnauld, écuyer, bapt. à Lyon le 22 décembre 1627, † à Lyon
le 25 octobre 1689, marié à Marie-Anne Baptallin.

VI. Claude-François de Regnauld, chevalier, sgr du Buisson, né à Lyon en 1626,
† le 25 octobre 1689 ; mathématicien célèbre, maintenu dans sa noblesse par l'intendant
Du Gué le 1er juin 1667, sur preuves produites le 12 mars précédent et remontant à
son trisaïeul ; marié p. c. du 22 juin 1680 à Jeanne Molin, fille d'Antoine, conseiller
du Roi, assesseur et premier élu en l'Élection de Saint-Étienne, et de Philippe
Rivoire, dont :

VII. Antoine-François DE REGNAULD, chevalier, sg' de Parcieu, Massieu, Myons, etc., né le 17 janvier 1682, † le 15 septembre 1766 ; conseiller en la Cour des Monnaies de Lyon (12 avril 1706), Doyen des conseillers, membre de l'Académie des Sciences et Belles-Lettres de Lyon, etc. ; marié le 9 décembre 1710 à Françoise Chappuys de La Fay, † à Lyon le 17 mars 1780, fille de Jean, écuyer, sg' de La Fay, l'Aubépin etc., conseiller en la Cour des Monnaies de Lyon, et de Catherine Bailly, dont :

VIII. *Jean-Antoine* DE REGNAULD, chevalier, sg' marquis de Parcieu, Massieu, Myons, etc., bapt. à Lyon le 16 novembre 1711, † le 28 mars 1804 ; conseiller à la Cour des Monnaies de Lyon, député de la Noblesse de la ville de Lyon et Franc-Lyonnais à l'Assemblée de Département, membre de l'Académie de Lyon, comparant à Lyon et à Trévoux en 1789 ; marié à Lyon p. c. du 25 novembre 1744 à Bonne de Ponsaimpierre du Peron, fille de Dominique, chevalier, conseiller à la Cour des Monnaies de Lyon, et de Bonne d'Ambournay dont, parmi six enfants :

1) Antoine-Bonne, qui suit ;
2) Antonine-Catherine-Bonne, bapt. à Lyon le 31 janvier 1752, ép. à Lyon p. c. du 10 septembre 1771 Louis-Humbert de Gratet, chevalier, comte du Bouchage, conseiller au Parlement de Grenoble, fils de Claude-François, chevalier d'honneur au dit Parlement, et de Françoise Bailly ;
3) Dominique-Françoise, bapt. le 2 mars 1754, † le 25 février 1820 ; ép. à Lyon le 30 mai 1774 Adrien d'Allois, chevalier, comte d'Herculais, maréchal de camp, fils de François-André, M{is} d'Herculais, et de Charlotte de Vaulserre.

IX. *Antoine-Bonne* DE REGNAULD, chevalier, marquis DE REGNAULD DE PARCIEU, sg' de Pomay, etc., bapt. à Lyon le 28 septembre 1745, † à Lyon victime de la Révolution le 6 ventôse an III ; conseiller d'Ambassade à Vienne, comparant à Lyon en 1789 ; ép. p. c. du 19 avril 1779 Marie-Claudine-Gabrielle de La Bletonnière, fille de François, chevalier, baron d'Igé, etc., officier au régiment d'Orléans, et de Madeleine Chappuys de La Fay, dont :

1) Alphonse-François-Bon, qui suit ;
2) Adélaïde-Marie-Antoinette, bapt. le 2 août 1785, ép. à Lyon le 27 mai 1807 Pierre-Jean-Marie d'Espinay de Laye, colonel, chevalier de Saint-Louis, né à Lyon le 22 novembre 1766, † à Paris le 30 novembre 1835, fils de Jean-Baptiste, et de Louise-Madeleine Mogniat de l'Écluse ;
3) Amélie-Joséphine-Pierrette, bapt. le 11 août 1789, ép. à Lyon le 24 juin 1811 Vital Henry, baron des Tournelles, né à Lyon le 11 juin 1770, fils de Mathieu, écuyer, et de Jeanne-Marianne Fourgon de Maisonforte ;

4) Zoë, mariée au marquis de Morangié.

X. Alphonse-François-Bon, marquis DE REGNAULD DE PARCIEU, bapt. à Lyon le 6 septembre 1783, chevalier de justice des S. S. Maurice et Lazare ; ép. p. c. du 22 février 1813 Louise-Nathalie-Madeleine Le Mulier de Bressey, fille de Jean, chevalier sg^r de Bressey, conseiller au Parlement de Bourgogne, Député de la Noblesse de Bourgogne aux États Généraux, et de Claudine Coujard de la Verchère, dont :

    1) Louis-Charles-Bon-Théobald, qui suit ;

    2) Claudine-Armande-Blanche, née à Dijon le 10 janvier 1814, † à Chambéry le 15 octobre 1883 ; ép. à Lyon le 1er octobre 1833 Victor-Hyacinthe-Camille Chollet, baron du Bourget, né à Chambéry le 27 octobre 1806, gentilhomme de la Chambre du Roi de Sardaigne, fils de Victor, baron du Bourget, et de Hyacinthe-Suzanne-Claudine de Ferrary de Romans ;

    3) Adrienne-Charlotte-Mathilde, née à Dijon le 17 mai 1818, † à Lyon le 20 septembre 1905 ; ép. à Lyon le 12 janvier 1844 Henry de Pelletier, marquis de La Garde, né à Saint-Didier (Vaucluse), le 17 juin 1814, fils d'Antoine, Mis de La Garde, et d'Aglaë de Ribeyrols d'Antremaux.

XI. Louis-Charles-Bon-Théobald, marquis DE REGNAULD DE PARCIEU, né en 1819, ép. à Nice le 14 août 1844 Jeanne-Sarah Lock, née à l'île de Wight en 1818, † en février 1904, dont :

    1) Françoise-Madeleine-Anna, née à Florence (Italie) le 6 novembre 1845, mariée à Lyon le 3 février 1869 à Henri, comte de Chateaubriand, né à Saint-Servan (Ille-et-Vilaine) le 11 mai 1835, fils de Frédéric, comte de Chateaubriand, et de Thérèse de Gastaldi.

BRANCHE DE BELLESCIZE

IV. Noble Nicolas DE REGNAULD, sg^r d'Oullins, Vaudemar etc., † en 1614, conseiller au Présidial de Lyon (20 juin 1586), au Parlement de Dombes (16 décembre 1597) ; ép. p. c. du 25 novembre 1597 Hélène Bartholy (veuve de noble Jean-Baptiste Regnauld), fille de Raphaël, gentilhomme florentin, et de Jeanne Altoniti, dont entre autres :

    1) François, qui suit ;

    2) Lucrèce, bapt. le 24 novembre 1599, ép. Louis de Rochefort, écuyer, conseiller en la sénéchaussée de Lyon et au Parlement de Dombes, fils de Louis, conseiller en la dite sénéchaussée ;

    3) Marie, bapt. le 5 mai 1602, ép. p. c. du 18 février 1621 noble Pierre Ratton, assesseur du Prévôt des Maréchaux de France à Lyon, conseiller

en la sénéchaussée, Echevin de Lyon en 1641-42, fils de Zacharie, et de François Le Court.

V. Noble François DE REGNAULD, écuyer, sg^r d'Oullins, bapt. à Lyon le 18 juillet 1603, conseiller en la sénéchaussée de Lyon (9 novembre 1623) ; ép. : 1°) p. c. du 20 novembre 1624 Andrée Monery, fille de noble Jean, et de Marie Bernard ; 2°) p. c. du 11 août 1633, Marguerite Alleman, † à Lyon le 23 janvier 1697, fille de Gaspard, sg^r de Montmartin, et de Jeanne de Loras. Il eut entre autres :

1) *1er lit*, parmi quatre enfants : Louis de Regnauld, écuyer, sg^r de Glareins, baron de Choin, etc., bapt. à Lyon le 3 février 1627, secrétaire de la ville de Lyon, comparant en 1651, à l'assemblée de la noblesse du Lyonnais pour la nomination de syndics de l'ordre, et le 15 décembre 1664 aux assemblées de la noblesse de Bresse ; syndic de la noblesse de Bresse en 1677, maintenu par l'intendant Du Gué le 1er janvier 1667 ; ép. p. c. du 11 janvier 1648 Marie Grolier, fille de Charles, sg^r de Casault, et d'Anne Girard, dont :

    A) Marie de Regnauld de Choin, bapt. à Lyon le 13 octobre 1648 ; ép. Camille Loubat-Carles, chevalier, Trésorier de France à Lyon en 1673, fils de Barthélemy, chevalier, Président Trésorier de France à Lyon, et de Sibylle Heyrard.

2) Jean-Baptiste de Regnauld, écuyer, sg^r de la Chassagne, bapt. à Lyon le 8 février 1626, † à Lyon le 18 mars 1700; ép. : 1°) à Lyon p. c. du 20 janvier 1656, Françoise Vincent, fille de noble François, conseiller en la sénéchaussée de Lyon ; 2°) p. c. du 6 janvier 1694, Marie-Anne de Tréméolles La Barge, † à Lyon le 24 avril 1734, fille de Gabriel-Pierre, juge de Saint-Héand, dont :

    A) Pierre-Gabriel, chanoine d'Ainay, bapt. à Lyon le 7 septembre 1695 ;

    B) Françoise-Virginie, bapt. le 13 septembre 1697, ép. le 3 décembre 1724 Claude de Mont-d'Or, chevalier, sg^r de Montragier.

3) *du second lit*, parmi six enfants, Gaspard, qui suit ;

4) Pierre, écuyer, bapt. le 25 mai 1637, † en 1673, tué au siège de Maëstricht ; enseigne au régiment de Navarre (20 avril 1658), major au régiment de Sault (11 août 1664), capitaine au régiment de Sault (16 octobre 1665), Gouverneur de Chanaz (11 janvier 1672), Ingénieur ordinaire du Roi (24 avril 1673) ;

5) 6) Marie et Claire, religieuses.

VI. Gaspard DE REGNAULD-ALLEMAN, chevalier, sg^r de Bellescize (Chasselay), La Thibaudière, Charlieu, etc., né à Lyon le 29 novembre 1634, † à Lyon le 17 avril 1710 ; capitaine au régiment du Roi, commandant à celui d'Auvergne, Gouverneur

de Lavours, maintenu dans sa noblesse le 12 mai 1667 par l'intendant Du Gué ;
ép. p. c. du 25 juin 1670 Jeanne d'Espinace, dame de Bellescize, veuve de Jean
Grolier, écuyer, fille de Jean-Baptiste d'Espinace, et de Catherine Thomé, et sœur
de Luc d'Espinace, écuyer, gentilhomme ordinaire de la maison du Roi. Il fut père
de six enfants, parmi lesquels deux filles religieuses, et :

1) Luc, qui suit ;
2) François, écuyer, né à Lyon le 10 mai 1679, † à Saint-Chef en Dauphiné en
   avril 1761 ; Page de la Grande Écurie, sur preuves du 10 novembre 1699,
   Mousquetaire du Roi dans la première compagnie, capitaine au régiment du
   Roi (1710), Gouverneur de Chanaz et Lavours.

VII. Luc DE REGNAULD, chevalier, dit le marquis de Regnauld-Alleman, sgr de
Bellescize, la Thibaudière, bapt. à Lyon le 25 juillet 1671, † à Chasselay en Lyonnais le 28 août 1738 ; Aide de Camp général des armées de France et d'Espagne
(1er février 1704), conseiller intime de la Reine douairière de Pologne (1er janvier
1710), créé marquis héréditaire par la dite Reine, Gentilhomme d'honneur de sa
chambre et capitaine de ses gardes ; ép. à Vienne p. c. du 17 février 1724 Jeanne
de Grolée, fille de Joseph, chevalier, sgr de La Forcatière, et d'Anne de Garnier de
Saint-Laurent, dont six enfants, entre autres :

1) Claude-Espérance, qui suit ;
2) Hugues-François, chevalier, né le 6 mai 1732, † à Paris le 26 novembre
   1796 ; prêtre, chanoine du chapitre noble de Saint-Chef (1765), Évêque de
   Saint-Brieuc (1777), emprisonné en 1792 pour refus de serment ;
3) Lucrèce, bapt. à Lyon le 27 décembre 1724, † s. a. à Lyon le 8 nivôse
   an XIV ;
4) Anne-Françoise-Gabrielle, bapt. le 14 juin 1727, ép. le 10 mai 1768 noble
   André Bonnardel.

VIII. *Claude-Espérance* DE REGNAULD-ALLEMAN, chevalier, marquis DE BELLESCIZE,
sgr du dit lieu, La Thibaudière, etc., né à Lyon le 6 août 1728, † à Chasselay le
29 novembre 1796 ; cornette de Dragons (1743), lieutenant (1745), capitaine au
régiment de Caraman (1749), mestre de camp de dragons, Lieutenant des maréchaux
de France, chevalier de Saint-Louis, commandant de Pierre-Scize, Prévôt des marchands de Lyon (1772-75), comparant à Lyon en 1789 et commissaire de la noblesse ;
ép. à Lyon p. c. du 14 mars 1761 Marie-Alix Millanois, fille de Léonard, et de Marguerite Tissot, dont parmi sept enfants :

1) Jean-Charles-Bruno, chevalier, né le 6 octobre 1762 ; reçu sur preuves à
   l'École militaire et aux Cadets gentilshommes le 8 décembre 1777, lieutenant de cavalerie (6 octobre 1778), attaché au régiment de La Rochefou-

cauld-Dragons (7 février 1780) ; émigré ; ép. à Coblentz, Armande Bayard de
Troussebois, fille de Jacques, Maréchal de Camp, et de Victoire Bigeard de
Saint-Maurice ;

2) Jean-Laurent-Félix-Antoine-Honoré-Lyon, qui suit ;

3) Marguerite-Hugues-Françoise-Sophie, née à Lyon le 28 janvier 1764, † à
Chasselay le 19 janvier 1832 ; mariée à Lyon le 25 novembre 1784 à Charles-
François Millanois, écuyer, sg^r de La Thibaudière, né le 7 mai 1744, † le
1er janvier 1794, victime de la Terreur, fils de Charles, écuyer, sg^r de Saint-
Martin, etc., et de Marie-Jeanne Carra ;

4) Anne-Sibylle-Rosalie, ép. à Lyon le 10 février 1784, Félix-Marie Fardel de
Verrey, chevalier, officier à l'armée de Condé, fils de Bénigne, Président au
Parlement de Bourgogne, et de Marie Boillaud de Fussey ;

5) Jeanne-Claudine-Félicité, bapt. à Lyon le 22 août 1768, ép. à Lyon le 6 pluviôse an III Pierre-Estienne Mazuyer, né en 1751, † en 1823, père entre
autres de :

    A) Claude-Espérance Mazuyer, né en 1795, † en 1870, marié à Delphine-
    Louise de Lestang de Fins, dont la fille :

        a) Claire-Louise-Rosalie Mazuyer, née en 1825, † en 1903, ép.
        Claude-Louis-Bon Morel de Voleine, né en 1812, † en 1894.

IX. Jean-Laurent-Félix-Antoine-Honoré-Lyon DE REGNAULD, chevalier, marquis
DE BELLESCIZE, bapt. à Lyon le 7 mars 1773, † à Bonce (Isère) le 29 août 1840 ;
filleul de la ville de Lyon, chanoine du chapitre noble de Saint-Pierre de Vienne,
officier à l'armée de Condé, Député de l'Isère (1815), chevalier de Saint-Louis au
titre de marquis (30 avril 1817) ; ép. le 3 novembre 1803 Hélène de Vavre, née à
Bonce le 4 octobre 1787, † le 5 janvier 1864, fille de Jean-Baptiste de Vavre de
Bonce, page de la petite écurie de S.M., et d'Avoye de Revol, dont :

1) Jean-Gustave qui suit ;

2) Pierre-Léopold, c^{te} de Bellescize, off. de cavalerie, né à Lyon le 20 septembre
1806, † à Lyon le 26 octobre 1874 ; ép. à Lyon le 18 juillet 1842 Ernestine
Ribet de Monthieux, née le 3 septembre 1822, † le 23 mai 1874, dont :

    A) Raoul-Adolphe, comte de Bellescize, né à Lyon le 18 octobre 1846,
    capitaine de mobiles en 1871, ép. à Lyon le 24 juin 1889 Marianne
    Büding, née à Cassel le 31 octobre 1865, dont :

        a) Elisabeth de Bellescize.

    B) Louis-Fernand, vic^{te} de Bellescize, marié à Valentine Pignatel, dont :

        a) Georges de Bellescize, né en 1883 ;

        b) Jean de Bellescize, né en 1886 ;

        c) André de Bellescize, né en 1896 ;

         d) Paul de Bellescize, né en 1896 ;

         e) Marguerite, née à Saint-Didier au Mont-d'Or le 7 avril 1878 ; ép.
au Chastellard (Ain) le 4 juin 1901 Fernand Bastard ;

         f) Suzanne, née à Saint-Didier au Mont-d'Or le 23 octobre 1879 ;
ép. au Chastellard le 30 août 1898 André-Jean Hachette ;

         g) Odette, née à Lyon le 8 décembre 1898.

    C) Léon-Gonzague de Bellescize, né à Lyon le 17 juin 1865, ingénieur,
ép. en 1905 Virginia Mactier ;

    D) Hélène-Suzanne, née le 17 octobre 1844, † le 31 mars 1874 ;

    E) Marie, née à Lyon le 11 juin 1861, † à Charnay (Rhône) le 19 mars
1897 ; ép. à Lyon le 26 février 1881 Joseph Chavanis, né à Charnay
le 28 janvier 1860.

  3) Adolphe-Isaïe, chevalier de Bellescize, né à Lyon le 5 octobre 1808, † à
Romorantin le 30 juin 1884 ; ép. à Lyon le 24 novembre 1833 Léontine
Vallois, née le 5 février 1812, † s. p. le 31 décembre 1887.

    X. Jean-Gustave DE REGNAULD, marquis DE BELLESCIZE, né le 15 août 1805, † au
château de Bonce le 17 juin 1875; ép. à Lyon le 15 novembre 1828 Louise-Caroline
Sauvage de Sauvemont, née à Chalon-sur-Saône le 28 septembre 1808, † à Bonce le
14 avril 1892, fille de Louis-Marie, et de Jeanne de Leyssin, dont :

    1) Joseph-Ernest, qui suit ;

    2) Mathilde, née le 4 novembre 1830, † s. a. le 23 mars 1888.

    XI. Joseph-Ernest DE REGNAULD, marquis de BELLESCIZE, né à Lyon le 1er nov. 1829 ;
ép. à Lyon le 12 mai 1859 Caroline-Jeanne La Combe, née à Lyon le 23 octobre
1839, † le 23 novembre 1863, fille d'Antoine-Henri, et de Félicie Bohrer, dont :

    1) Henri-Pierre, comte de Bellescize, né à Lyon le 16 juin 1860 ; ép. à Lyon
le 30 janvier 1884 Paule Audras de Béost, née le 18 octobre 1864, fille de
Jean-Marie-Albert, baron de Béost, et d'Athénaïs de La Teyssonière, dont :

        A) Henri, né à Lyon, le 26 décembre 1884, enseigne de vaisseau (1904) ;

        B) René de Bellescize, né le 7 avril 1887 ;

        C) Hugues de Bellescize, † jeune.

    2) Jean-Étienne, né à Lyon le 12 septembre 1861, † à Bonce le 26 mai 1874 ;

    3) Jeanne, née à Lyon le 16 novembre 1863 ; ép. à Bonce le 27 août 1885
Georges, comte de Salmon de Loiray, officier de cavalerie, fils d'Ernest,
comte de Loiray, et de Cécile de Mailhet-Vachères.

Cf. : Nouveau d'Hozier 281.

REGNAULT

D'or à une fasce componnée de gueules et d'argent, accompagnée en chef d'un oiseau
de paradis d'azur, et en pointe d'un losange de gueules.
alias : d'argent à la fasce d'azur chargée de trois pals d'argent, accompagnée en chef
d'un paon passant au naturel et en pointe d'un losange de gueules.

Camille-Claude-Antoine REGNAULT

Cette famille Regnaud, puis Regnault, établie à Lyon au xviie siècle, y fit enregistrer ses armes en 1696 sous le nom de Regnaud (*Armorial Général*), Lyon, p. 349, François Regnaud). Établie ensuite à Saint-Chamond, elle s'y est alliée aux Montellier, Buronne, Thiollière, Grangier, etc. Le comparant de 1789 était issu de :

I. Michel Regnault, ép. Anne Pélissier, dont :

II. Camille Regnault, écuyer, † avant 1787, secrétaire du Roi ; ép. : 1°) Laurence Crozet ; 2°) le 31 janvier 1779 Pierrette Carmagnac. Il eut du premier lit :

1) Camille, qui suit ;
2) Noble Thomas Regnault, écuyer, avocat en Parlement ;
3) Jean-Louis Regnault, écuyer, ép. le 21 février 1785 Marie-Madeleine Grégoire du Colombier, d'une famille dauphinoise ;
4) Élisabeth, ép. à Lyon le 20 juillet 1773 Jacques Dugas du Vernat, écuyer, baron du Villard, bapt. à Saint-Chamond le 22 décembre 1731 ;
5) Sans doute N..., ép. noble Pierre-Antoine Fromage, Avocat en Parlement, Juge général civil et criminel de Saint-Étienne, qualifié en 1773 de beau-frère d'Élisabeth Regnault.

III. *Camille-Claude-Antoine* Regnault, écuyer, comparant à Lyon en 1789 ; ép. à Lyon le 17 septembre 1787 Claudine Regnault, fille de Claude-Antoine, et de Jeanne-Marie Charpin.

REGNY

De gueules au lion d'or ; au chef d'azur soutenu d'or, chargé d'une couronne fermée du même.

ALEXIS-ANTOINE REGNY

La famille Regny qui a comparu à Lyon semble différer de celle à laquelle appartenaient Jean Regny, conseiller du Roi, Contrôleur des guerres, Recteur de l'Hôtel-Dieu à Lyon de 1749 à 1752, et Claude Regny, conseiller secrétaire du Roi en la chancellerie de la Cour des monnaies de Lyon en 1737, garde des sceaux en la Cour des monnaies, dont la fille Marie épousa Jean Carra de Vaux, écuyer, baron de Vaux et de Saint-Cyr, directeur de la Monnaie de Lyon.

La famille comparante en 1789 est issue de :

I. Pierre REGNY, † à Lyon avant 1702, marié à Marie Pinet, dont :

II. François REGNY, directeur du bureau de la poste de France à Gênes, marié à Lyon le 6 janvier 1702 à Éléonore Aurey, fille de Pierre, et de Michelle Reymond, dont cinq enfants, entre autres :

III. Aimé REGNY, bapt. à Lyon le 15 février 1709, † à Lyon le 23 août 1776, fit une grande fortune à Gênes et acquit en 1771 une charge de conseiller secrétaire du Roi en la chancellerie du Parlement de Bourgogne ; ép. à Lyon le 23 août 1746 Marie-Anne Moyroud, † avant 1771, fille de François, et de Jeanne-Marie Gérin-Rose, dont :

    1) Alexis, qui suit ;
    2) Marie-Anne, ép. à Lyon le 15 janvier 1771, Angèle-Élisabeth Duverney, chevalier, bapt. à Lyon le 16 juin 1740, † sur l'échafaud révolutionnaire le 13 décembre 1793, Trésorier de France à Lyon de 1765 à 1791, fils de Mathieu, et de Marie Pillet.

IV. *Alexis-Antoine* REGNY, écuyer, né à Gênes en 1749 † à Lyon le 17 septembre 1816 ; Recteur de l'Hôtel-Dieu de 1779-82, Trésorier et Receveur de la ville de Lyon,

(29 décembre 1784), conseiller rapporteur du point d'honneur, comparant à Lyon en 1789 ; confirmé dans sa noblesse par ordonnance royale du 31 janvier 1815 ; ép. à Lyon le 28 novembre 1771 Jeanne Clavière, née le 27 juillet 1751, ✝ le 28 février 1781, fille de Jean-François, Échevin de Lyon, et de Jeanne-Barbe Revel, dont :

1) Jean-Aimé, qui suivra ;

2) Alexis-François-Chérémond Regny, écuyer, né à Lyon le 7 janvier 1774, ép. Marie-Catherine-Léontine-Antoinette-Denise Castellini, dont quatre enfants entre autres :

    A) Balthazard-Élisée de Regny, né à Lyon le 30 nivôse an IX.

3) Arthémond, qui sera rapporté après son frère aîné ;

4) Alban Regny, écuyer, né en 1781, marié à Marseille à Maléna Bernadac, dont :

    A) Léon de Regny, ✝ s. p.

    B) Adèle de Regny, ✝ s. p.

    C) Anne-Mathilde de Regny, mariée à Jean-Joseph Pastré, banquier à Marseille.

5) Marie-Pauline-Cléonice, née à Lyon le 29 mars 1775, ✝ à Paris en mars 1835, ép. à Lyon, le 22 vendémiaire an X, Nicolas-François Reynaud, né à Thionville le 9 juin 1768, ✝ à Paris en 1826, Administrateur général des vivres de l'armée française en Portugal ; dont naquirent les trois frères Reynaud célèbres savants Saints-Simoniens ;

6) Jeanne-Marie-Louise, née à Lyon le 22 mars 1778, ép. à Lyon le 28 messidor an VI Jean-François-Marie de l'Horme de l'Isle, né en 1776, ✝ le 23 février 1819 à la Martinique ;

7) Félicité, née à Lyon le 29 octobre 1779, ✝ le 11 février 1835, ép. à Lyon le 14 octobre 1801 Joseph-Barthélemy-Claude de Monicault, chevalier de Monicault (L. P. du 20 avril 1826), né à Valence le 5 novembre 1767, ✝ en 1824, inspecteur général des postes en Italie, directeur des postes à Lyon (1810), fils de Jean-Louis-Claude de Monicault, et de Françoise-Thérèse Laugier ;

8) Amélie, jumelle (d'Alban Regny), née en 1781, ✝ à Paris en 1769 s. a.

V. Jean-Aimé-Ange REGNY, écuyer, né à Lyon le 15 septembre 1772, ✝ à Vérone le 19 mai 1835 ; Trésorier de la ville de Lyon, Président du tribunal de commerce, membre de l'Académie de Lyon ; ép. le 29 nivôse an IX Claudine-Adélaïde Piron, née à Lyon le 25 avril 1783, ✝ à Lyon en 1850, fille d'Antoine, écuyer, et de Jeanne Bœuf de Curis, dont :

1) Antoine, né à Lyon le 19 septembre 1802, ✝ à Lyon, s. a., le 8 avril 1843 ;

2) Georges-Mathieu, né à la Croix-Rousse le 13 août 1807, † à Lyon, s. a., le 19 avril 1845 ; caissier de la Banque à Lyon ;

3) Paul, qui suit ;

4) Jeanne-Françoise-Anne, dite Anaïs, née à Lyon le 22 fructidor an XIII, † à l'Arbresle le 25 avril 1877 ; ép. le 24 mars 1825 Pierre-Fleury Landar, † à l'Arbresle le 1er avril 1849.

VI. Gabriel-Paul-Maurice DE REGNY, né à Lyon le 1er janvier 1809, † à Paris en 1867 ; ép. en 1835 à Alexandrie (Égypte) Théodotie Avierino, dont sept enfants entre autres :

1) Gabriel, qui suit ;

2) Georges de Regny, né à Lyon le 30 août 1845, † à Orgeval en 1893 ; ép. à Paris N... Hava, dont :

   A) Paul de Regny, en 1877.

   B) Madeleine de Regny, mariée à X. Miot.

3) Anaïs, née à Alexandrie le 19 novembre 1838 ; ép. Richard Colucci, consul du Roi de Naples à Constantinople ;

4) Mathilde, née à Alexandrie le 27 octobre 1839 ; ép. Jean Colucci ;

5) Jeanne, née à Lyon le 13 décembre 1847, ép. à Paris en 1873 Paul Saint-Jean, artiste peintre, né à Lyon, † à Paris en septembre 1875, fils de Simon Saint-Jean, célèbre peintre de fleurs, et d'Amélie Belmont.

VII. Gabriel-Eugène DE REGNY, dit REGNY-BEY, né au Caire le 18 décembre 1840, † à Jette Saint-Pierre près Bruxelles le 28 mai 1903 ; membre de l'Institut égyptien, banquier à Bruxelles, ép. Jeanne L'Écluse, dont :

1) Aimé de Regny, né au Caire en 1875, † s. a ;

2) Alexis, qui suit ;

3) Georges de Regny ;

4) Henri de Regny ;

5) Gabriel de Regny, † en 1901 ;

6) Marie, née à Bruxelles en 1877, † en 1893 ;

7) Jeanne, née à Bruxelles en 1878, mariée en 1901 à Bruxelles à Paul Maus.

VIII. Alexis DE REGNY, chef de sa famille.

BRANCHE CADETTE

V. Arthémond-Jean-François REGNY, écuyer, bapt. à Lyon le 7 janvier 1774, † à Athènes le 15 juillet 1841 ; Intendant général des finances du royaume de Grèce sous le roi Othon ; ép. en 1798 Marie-Catherine Castellini, fille de Balthazar Castellini, et N. Ancinoni, dont entre autres :

1) Alphée, qui suit ;

2) Léon de Regny, né en 1802, † s. p. en 1876, Inspecteur des Télégraphes, marié à N... ;

3) Eugène de Regny, né à Gênes en 1804, † à Juilly le 7 décembre 1883 ; prêtre (1833), administrateur du collège de Juilly, aumônier des dames de Saint-Louis ;

4) Ida, née en 1808, † le 1er mai 1844 ; ép. en 1830 Victor-Émile Descharmes, né en 1794, † le 10 mai 1864, capitaine commandant le 1er lanciers (1838), chevalier de la Légion d'Honneur, fils de Toussaint Descharmes, sgr de Marnay.

VI. Alphée DE REGNY, né à Gênes le 26 octobre 1799, † le 6 janvier 1881, peintre distingué ; ép. le 19 novembre 1840 Marie de Budé, née le 12 août 1808, † le 8 févier 1897, fille du comte Henri de Budé, et d'Amélie de Lullin de Châteauvieux, dont entre autres :

1) Henry de Regny, né le 19 avril 1843, † le 18 septembre 1872.

2) Marie de Regny, née le 20 septembre 1844.

Cf. : *Généalogie communiquée* par M. R. de Clavière. Vte Révérend : *Titres, Anoblissements et Pairies de la Restauration.*

REVERONY

De gueules à un joug d'or, mis en fasce ; au chef cousu d'azur chargé d'un soleil issant d'or.

alias (règlement d'armoiries du 16 mars 1816) : « *Coupé, au 1 de gueules à deux fleurs de lys épanouies d'argent, surmontées d'une étoile à huit pointes du même ; au 2, palé de gueules et d'argent de huit pièces, à la bordure de sinople* ».

Antoine REVERONY
Pierre-Joseph REVERONY du CLAUZET

Les Reverony, cités par Pernetti parmi les principales familles étrangères établies à Lyon, sont originaires d'Italie, séjournèrent ensuite à Avignon, et contribuèrent grandement au développement à Lyon de l'industrie des étoffes de soie. La filiation remonte à :

I. Jehan REVERONY, veloutier à Avignon, père de :

II. Alexandre REVERONY, ép. 1°) à Lyon le 29 janvier 1576 Claudia Dalphin ; 2°) N... Jodain ; il fut père de :

III. François REVERONY, ép. le 25 janvier 1629 Jeanne Duboys, dont :

IV. Jacques-Joseph REVERONY, né le 25 septembre 1630, bourgeois de Lyon ; ép. le 24 septembre 1656 Antoinette Jay, dont dix enfants, entre autres :
    1) Joseph, qui suit ;
    2) Jacques Reverony, né le 20 septembre 1662 ;
    3) Claude Reverony, né le 10 janvier 1668, religieux augustin.

V. Noble Joseph REVERONY, né en 1661, testa à Lyon le 19 avril 1726 ; Échevin de Lyon en 1723-24 ; ép. à Lyon p. c. du 27 août 1689 Marie-Anne Nayron, fille d'Antoine, et de Claudine Guinot, dont dix-huit enfants, entre autres :
    1) Joseph, qui suit ;

2) Mre Jacques Reverony, né le 12 février 1699, † en 1727, prêtre ;

3) François Reverony, écuyer, † le 26 janvier 1773 ;

4) Claude Reverony, écuyer, sg^r de Cherpieux et Chatenay, lieutenant au régiment de Limousin ;

5) Jean-Mathieu Reverony, écuyer, † le 14 juin 1727 ;

6) Marguerite, ép. le 29 juin 1726 Benoist Roger, fils de Barthélemy, bourgeois de Loyes en Bresse, et de Claudine Chaland ;

7) Antoinette, née en 1707, religieuse ;

8) Marie, née le 13 mai 1710, † le 6 août 1746 ; ép. en 1734 Noble Nicolas Magalon, fils de Noble Charles, conseiller du Roi, Trésorier général des Ponts et Chaussées en Dauphiné ;

9) Marie-Anne, née le 9 août 1711, † le 7 août 1739 ; ép. le 1er décembre 1731 Claude-François du Bost, chevalier, sg^r de Boisvert, fils de Louis, chevalier, et de Marguerite Tissier.

VI. Joseph REVERONY, écuyer, né le 26 décembre 1692, héritier universel de son père (19 avril 1726) ; ép. le 23 août 1719 Marie Torrent, fille de Pierre, et d'Élisabeth Bouchage, dont :

1) Antoine Reverony, écuyer, né le 18 décembre 1721, † le 1er avril 1790, ép. le 9 juin 1766 Françoise-Louise Perrodon ;

2) Jacques-Joseph, qui suit.

VII. Jacques-Joseph REVERONY, écuyer, né à Lyon, le 26 novembre 1723, Lieutenant particulier en la sénéchaussée de Lyon, obtint le 19 mars 1783 un certificat du Lieutenant particulier en la sénéchaussée Rambaud, constatant qu'il fut toujours convoqué, et assista aux assemblées de la Noblesse du Lyonnais comme petit-fils d'Échevin. Marié à Lyon : 1°) p. c. du 11 janvier 1749 avec Marie-Anne Duverney, fille de Jean-Baptiste, bourgeois de Lyon, et de Claudine Reverony ; 2°) p. c. du 19 janvier 1765 à Jeanne-Marie-Antoinette Imberton, fille de Paul, bourgeois de Saint-Esprit, et de Marie-Rose Reinaud. Il fut père de :

1) 1er lit : Antoine, qui suit ;

2) Pierre-Joseph, qui a fait branche ;

3) 2e lit : Paul, qui a formé un autre rameau ;

4) Jacques-Antoine de Reverony, écuyer, né à Lyon le 5 mai 1767, † à Paris le 12 mars 1829 ; baron de Reverony-Saint-Cyr et de l'Empire (L. P. du 30 octobre 1810), confirmé (L. P. royales 16 mars 1816) ; colonel, chevalier de Saint-Louis ; ép. le 5 mai 1792 Marguerite-Marie Poivre, † à Paris le 9 mai 1814, fille d'un gouverneur de l'Ile-de-France, dont :

> A) Anastasie-Françoise-Julienne, mariée à Alexandre-Pierre, comte de Launay.
> 5) François Reverony, écuyer, né à Lyon le 13 août 1769 ;
> 6) Jacques Reverony, écuyer, né à Lyon le 12 décembre 1771, † à Lyon victime de la Terreur, fusillé le 4 décembre 1793 ;
> 7) Camille-Joseph Reverony, écuyer, né à Lyon le 13 février 1774.

VIII. *Antoine* REVERONY, écuyer, né à Lyon le 15 mai 1752, † à Lyon le 17 juillet 1824, comparant à Lyon en 1789 ; Directeur de la Condition des soies de Lyon (17 prairial an XIII) ; ép. à La Favorite près Saint-Just p. c. du 5 juillet 1788 Andrée Vial, fille de Simon, chevalier, Président au Bureau des Finances de Lyon, dont :

> 1) Joseph-Marie, né en 1795, † en 1865 ; chevalier de la Légion d'Honneur ;
> 2) Sigismond, qui suit ;
> 3) Claudine-Léonice, ép. le 4 février 1822 Jean-Baptiste Ferrouillat.

IX. Sigismond REVERONY, né à Fontaines-sur-Saône le 12 août 1795, † à Lyon le 15 octobre 1865 ; ép. le 22 mai 1834 Louise Adolay, dont :

> 1) Sophie Reverony, fille unique, née le 22 mai 1835, ép. en 1856 Augustin Faidy, originaire de Thiers en Auvergne, dont postérité connue sous le nom de Faidy-Reverony.

BRANCHE CADETTE

VIII. *Pierre-Joseph* REVERONY DU CLAUZET, écuyer, né à Lyon le 13 novembre 1754, † à Caen en 1824 ; comparant à Lyon en 1789, fixé à Caen sous la Terreur ; ép. d^lle Charton de Moncontour, dont :

> 1) Joseph-Félix, qui suit ;
> 2) Amélie, † à Caen le 9 septembre 1869, ép. le général Colin.

IX. Joseph-Félix DE REVERONY, né le 22 mars 1797, ép. le 9 décembre 1825 Marie-Valérie Le Forestier de Vendeuvre, née à Caen en 1817, † le 27 juillet 1879, fille d'Augustin Le Forestier, comte de Vendeuvre, et d'Aimée Wicardel de Vitray, dont :

> 1) Maurice de Reverony, né le 9 septembre 1836, † le 10 octobre 1891, vicaire général de Bayeux, chevalier de la Légion d'Honneur ;
> 2) Henry, qui suit ;
> 3) Anatole de Reverony, né à Caen le 11 mars 1843, † à Verdun le 13 septembre 1899, colonel de cavalerie (11 juillet 1889), officier de la Légion d'honneur, général de brigade (24 décembre 1893).

X. Henry DE REVERONY, né en 1841, † le 26 avril 1883, percepteur; marié à
Mlle de Montaigut, dont :

1) Charlotte, née le 1er juillet 1872, ép. le 6 mai 1896 Auguste Thibault ;
2) Amélie, ép. le 7 juin 1899 René de Vanssay ;
3) Henriette de Reverony.

RAMEAU DE REVERONY

VIII. Paul DE REVERONY DE SAINT-FÉLIX, écuyer, né à Lyon le 13 mars 1766,
secrétaire intime et privé de S. A. R. Mg^r le Prince Henry de Prusse, receveur des
Finances en Catalogne; ép. à Lyon p. c. du 25 octobre 1791 Marie Chirat, bapt.
à Lyon le 13 octobre 1769, fille de Mathieu, et de Jeanne-Marie Tournachon, dont :

1) Henri, dit le baron de Reverony, marié à Mlle de Lowenhaupt, dont :
     A) Christine, ép. en Suède, le baron Rosika.
2) Édouard, né à Lyon le 12 septembre 1797 ;
3) Alphonse, né le 16 mai 1799, † en 1869 ; ép. en 1830 à Saint-Quentin (Aisne)
     Zoë Livorel, dont :
     A) Jules de Reverony, né le 20 février 1832, † le 30 novembre 1883, ép. le
          9 novembre 1857 Zoë Hue-Duquesnay, † en septembre 1906, dont :
          a) Camille, né le 28 octobre 1860, † le 22 décembre 1904 ;
          b) Jeanne, née en 1875, ép. à Paris le 20 avril 1892 Jehan-Henri-
               Guillaume, comte de Chérisey, officier de cavalerie, fils de Louis,
               et de Julie-Thérèse de Romeuf.
4) Alfred-François, qui suit ;
5) Sarah, † à Saint-Quentin, le 25 septembre 1896 ; ép. Camille Hue-
     Duquesnay.

IX. François-Alfred DE REVERONY, né à Paris le 14 messidor an IX, † le 6 novembre
1847, officier de la Légion d'Honneur; marié à Souzy le 22 février 1830 à Pauline-
Pierrette Chirat de Souzy, née à Souzy en 1800, fille de Jean-Pierre-Antoine,
écuyer, Lieutenant particulier à Lyon, et de Jeanne-Charlotte Chirat, dont :

1) Marie-Antonia-Caroline de Reverony, née à Souzy le 19 septembre 1831,
     † à Souzy le 20 février 1858 ; mariée à Saint-Laurent de Chamoussel p. c. du
     8 juillet 1851 à Charles-Antoine-Aimé Chirat du Vernay, né à Lyon le
     5 messidor an VIII, † à Souzy le 21 décembre 1880.

Cf. : Chérin : 171. *Notes communiquées* par M. Faidy-Reverony. Vte Révérend :
Armorial du Premier Empire; *Titres et Pairies de la Restauration.*

RICHARD DU COLOMBIER

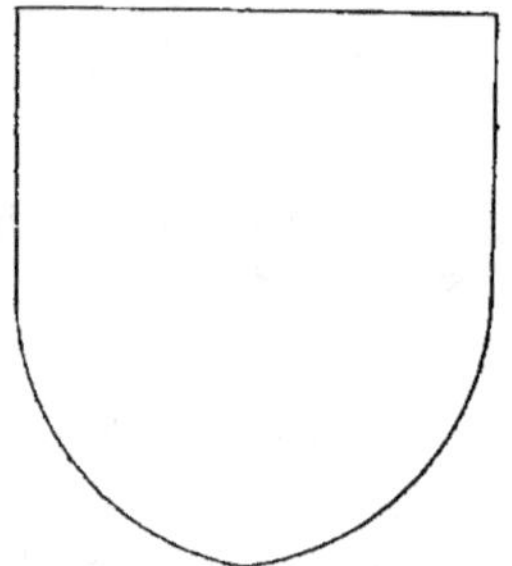

Jean-Jacques RICHARD du COLOMBIER

Cette famille, dont nous n'avons pu déterminer les armoiries, est issue de :

I. N. Richard, père de :
1) Antoine, qui suit ;
2) Marie, ép. avant 1639 Guillaume Rousselet.

II. Noble Antoine Richard, écuyer, sgr du Colombier et de la Pradelle, maître d'hôtel de Mgr l'archevêque de Lyon, gentilhomme ordinaire de la Chambre du Roi ; ép. à Lyon p. c. du 8 janvier 1639 Jeanne de Rodillas qui testa à Lyon le 30 juillet 1672, fille de noble François, sgr du Colombier, l'un des cent gentilshommes de la Chambre du Roi, et de Magdeleine de la Garde, dont huit enfants, entre autres :
1) Claude-Charles, né le 12 août 1642, religieux chartreux ;
2) Gaspard Richard, écuyer, sgr du Colombier, bapt. à Lyon le 18 octobre 1644, capitaine d'une compagnie de cent hommes d'armes au régiment de Royal-Roussillon ; ép. à Lyon p. c. du 28 avril 1671 Sibylle-Marie Papon qui testa à Lyon le 8 septembre 1699, fille de François, écuyer, sgr de Goutelas, Marcou etc., et de Catherine Girard, dont :
   A) Jacques, né à Francheville le 1er mai 1672, bapt. à Lyon le 9 février 1678.
3) Guillaume, qui suit ;
4) Marguerite, religieuse au couvent du Verbe-Incarné (17 décembre 1668) ;
5) Bonne, religieuse au couvent de Sainte-Marie à Lyon ;
6) Catherine, bapt. à Lyon le 17 novembre 1648 ; ép. à Lyon le 8 novembre 1679 Jean de Saint-Priest, chevalier, fils de Gabriel, sgr des Essarts et de Beauplan.

III. Guillaume RICHARD, sg^r DU COLOMBIER, bapt. à Lyon le 9 septembre 1654,
† à Lyon le 14 décembre 1725 ; capitaine-châtelain et lieutenant de juge de la juridiction de Francheville ; ép. : 1°) Catherine Trossière, † à Francheville le 27 juillet
1703 ; 2°) à Lyon le 11 janvier 1706 Claudine Giraudet, fille de Benoit, et de Marguerite Dupont. Il eut du premier lit.

IV. Jean-Jacques RICHARD, sg^r DU COLOMBIER, né à Lyon le 23 janvier 1697, testa
le 9 mars 1742 ; officier de la milice de Lyon ; ép. Madeleine Blanc, † à Saint-
Germain-sur-l'Arbresle le 5 avril 1768, dont :

   1) Jean-Jacques, qui suit :
   2) Claudine-Élisabeth Richard du Colombier.

V. *Jean-Jacques* RICHARD DU COLOMBIER, écuyer, bapt. à Lyon le 9 mai 1727,
capitaine de milice au bataillon de Tarare en 1761, chevalier de Saint-Louis, comparant à Lyon en 1789 ; ép. : 1°) Ennemonde Cognet ; 2°) à Lyon le 18 floréal an IV Jeanne-
Marie de Valous, fille de Benoit, écuyer, sg^r de Tourieux, et de Françoise Fourgon
de Maisonforte, dont :

   1) Françoise-Marie Richard du Colombier, née à Lyon le 3 prairial an V,
       † à Lyon le 18 avril 1863 ; ép. à Lyon le 25 mai 1818 Jean-Claude-Balthazar
       de Chantelauze, né à Montbrison le 10 novembre 1787, † à Pierrelatte le
       11 août 1869, Avocat général du Roi à la Cour Royale de Lyon, ministre de
       la Justice sous la Restauration, fils de Claude-Balthazar, Juge suppléant à
       Montbrison, et d'Antoinette Reynaud.

RIEUSSEC

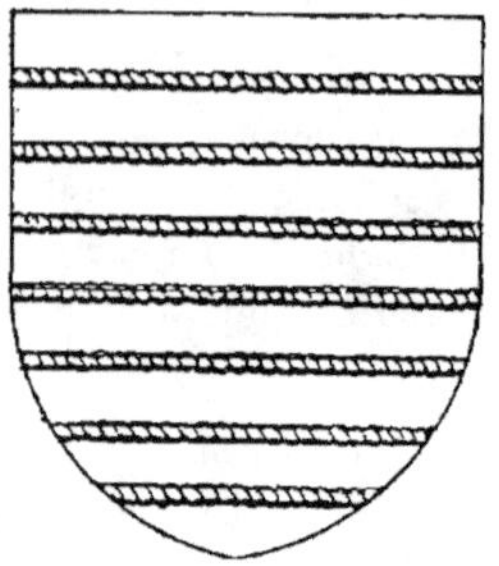

D'azur à sept burelles cordées d'or.

Pierre-François RIEUSSEC

La famille Rieussec est issue de :

I. Abraham RIEUSSEC, receveur des fermes du Roi à Cette ; marié à Françoise Olivier [du Colombier], fille de Mathieu et d'Anne Sicard, dont :

II. Noble Jean-François RIEUSSEC, Échevin de Lyon en 1752-53 ; ép. le 30 janvier 1737 Marie-Françoise-Paule Charret, † à Lyon le 26 septembre 1785, fille de Joachim, écuyer, sg^r de Grangeblanche, contrôleur d'artillerie à Lyon, secrétaire du Roi, et de Gabrielle Mogniat, dont dix enfants entre autres :

1) Pierre, qui suivra ;
2) Joseph-François Rieussec du Noyer, écuyer, baptisé à Lyon le 7 décembre 1748, officier d'artillerie ;
3) François-Pierre, bapt. à Lyon le 22 novembre 1754, chanoine de Luçon, Prieur de Bellenoire en Poitou, chanoine honoraire de Fourvières (1780), vivant en 1789 ;
4) Christophe-Françoise-Louise-Madeleine, bapt. à Lyon le 6 décembre 1752, religieuse visitandine (2 avril 1777).

III. *Pierre-François* RIEUSSEC, écuyer, bapt. à Lyon le 23 novembre 1738, † à Lyon le 20 juillet 1826 ; avocat en Parlement (1765), Conseiller de ville et notable (1789), Recteur de la Charité (1789), comparant à Lyon en 1789, Président du district de la campagne en 1790, membre de la Société d'Agriculture de Lyon, Député du Rhône au Corps législatif (2 fructidor an XII et 2 avril 1810), Vice-président du Corps législatif, Conseiller à la Cour impériale de Lyon (2 avril 1811), Conseiller honoraire (25 octobre 1815) ; ép. à Lyon le 14 février 1776 Anne-Thérèse-Françoise-Sophie de Vaulx de Croze, fille de Mr Me Joseph, Avocat général au Parlement de Grenoble, et de Louise-Madeleine Charret, dont :

1) Justinien-François-Paul, qui suit ;
2) Louis-Étienne-Antonin Rieussec, écuyer, officier d'artillerie de marine, né à Lyon le 6 juillet 1778 ; ép. Sabine-Marguerite-Pierrette-Bathilde de Vaulx, dont trois enfants entre autres :

    A) Marie-Marguerite-Pierrette-Bathilde, née à Lyon le 18 avril 1819, † le 10 mars 1898 ; ép. : 1°) à Lyon Antoine-Victor Mante, né à Lyon le 6 mars 1810, fils de Christophe, et de Marie Montgolfier ; 2°) le 30 avril 1866 Louis-Marie-Alfred Bon, né à Beletterans (Jura) le 9 décembre 1819, receveur particulier des finances à Villefranche :

    B) Anne-Françoise-Élisa, née à Lyon le 13 février 1823, † à Tassin le 1er septembre 1875 ; ép. à Lyon le 11 janvier 1843 François-Justinien-Eugène Rieussec, son cousin ci-dessous.

IV. Justinien-François-Paul RIEUSSEC, écuyer, né le 4 décembre 1776, † à Tassin le 30 octobre 1848 ; Substitut du Procureur général à la Cour Royale (1818), Avocat général (1820), Président à la Cour Royale de Lyon (1840) ; ép. à Saint-Symphorien-d'Ancelles, le 21 octobre 1813, Marie-Françoise Benon, née à Mâcon le 27 décembre 1790, † le 9 décembre 1825, dont trois enfants, entre autres :

V. François-Justinien-Eugène RIEUSSEC, né à Lyon le 24 janvier 1815, † le 26 janvier 1906 ; Président de Chambre à la Cour de Lyon, marié à Lyon le 11 janvier 1843 à sa cousine germaine Anne-Françoise-Élisa Rieussec ci-dessus, dont :

1) Pierre-François, né à Lyon le 16 décembre 1843, † le ... ;
2) Louis-Pierre-Ennemond, né à Lyon le 20 avril 1846, † le ... ;
3) Louis-Victor-Adolphe, qui suit.

VI. Louis-Victor-Adolphe RIEUSSEC, docteur en droit, substitut à Villefranche, né le 11 janvier 1848 ; ép. à Saint-Étienne vers 1877 Charlotte Revel, † à Villefranche le 19 mars 1891 âgée de 38 ans, dont :

1) Eugène, né en 1878, † à Valence le 17 août 1899, brigadier-fourrier 1er Hussards ;
2) Georges Rieussec, né le 16 mars 1880, licencié en droit ;
3) Louis ; 4) Jacques ; 5) Marguerite ; 6) Valentine ; 7) Anne Rieussec.

Cf : *Communications* de M. Rieussec.

RIGOD DE TERREBASSE

De gueules à la bande d'or chargée d'un cœur enflammé d'argent et transpercé en contrebande d'une épée du même, garnie d'or ; au chef d'argent chargé de trois étoiles d'azur.

alias : de gueules à la bande d'argent, chargée d'un cœur de gueules enflammé d'or et percé d'une épée en contrebande d'argent, garnie d'or ; au chef d'argent (?) chargé de trois étoiles d'or.

Julien-André RIGOD de TERREBASSE
Nicolas-Jacques RIGOD de SAINT-ROMAIN

Les Rigod sont issus de :

I. Me Anthelme Rigod, conseiller du Roi et notaire à Serrières en Bugey, † avant le 19 janvier 1723, marié à Françoise Desvignes. dont :

    1) Julien, qui suit ;

    2) Nicolas Rigod, vivant en 1723 ;

    3) Joseph Rigod, ép. Philiberte Mayaud, dt p. ;

    4) Gabriel Rigod, ép. à Lyon le 30 avril 1728, Marguerite Nesme, fille de Pierre, bourgeois de Lyon, dont parmi cinq enfants :

        A) Françoise, ép. à Lyon le 1er août 1747 François Basset, écuyer, fils de Jean-Baptiste, écuyer, et de Françoise Mazuyer.

II. Noble Julien Rigod, écuyer, né à Serrières en Bugey vers 1684, † à Lyon le 13 septembre 1767 ; Bourgeois de Lyon, maître tireur d'or à Lyon, Échevin de Lyon en 1747-48 ; ép. à Lyon le 31 janvier 1723 Hélène-Louise Rivière, † à Lyon le 31 janvier 1753, fille d'Antoine, bourgeois de Lyon, et de Catherine Sonnerat, dont :

    1) Aimé-Julien, qui suit ;

    2) Marie, bapt. à Lyon le 6 janvier 1729, ép. p. c. du 11 juin 1747 Barthélemy-Denis Dervieu de Villieu, chevalier, baron de Loyes, Lieutenant Général d'épée en la sénéchaussée de Lyon, chevalier d'honneur à la Cour des Monnaies, fils de Gabriel, chevalier, baron de Villieu, et d'Anne Pupil de Myons.

3) Élisabeth, ép. à Lyon p. c. du 4 septembre 1753 Antoine Fay, chevalier, baron de Sathonay, Conseiller en la Cour des Monnaies et Prévôt des Marchands de Lyon, fils de Jean-Claude, écuyer, secrétaire du Roi, Échevin de Lyon, et d'Anne-Barbe Compain.

III. Aimé-Julien RIGOD, chevalier, sg^r DE TERREBASSE en Dauphiné, né à Lyon le 27 septembre 1726, † à Lyon, victime de la Terreur, fusillé le 17 décembre 1793 : Trésorier de France à Lyon (24 mai 1748), Président au Bureau des finances de la Généralité de Lyon, Commissaire du Conseil de S. M. pour le département des Ponts et chaussées de Lyon ; ép. à Lyon p. c. du 19 janvier 1754 Benoite Roulet, fille de Jacques, écuyer, secrétaire du Roi près le Parlement de Flandre, et d'Andrée Reboul, dont :

1) Julien-André qui suit :
2) *Nicolas-Jacques* Rigod de Saint-Romain, chev., bapt. à Lyon le 12 février 1758, Lieut^t de cavalerie en 1789, comparant à Lyon en 1789, vivant en 1824 ;
3) Marie-Jacqueline, bapt. à Lyon le 25 octobre 1755 ; ép. à Lyon p. c. du 3 janvier 1774 Dominique Mayeuvre, chevalier, sg^r de Champvieux, né à Lyon en 1743, † le 9 janvier 1812, Conseiller à la Cour des Monnaies de Lyon (15 avril 1769), au Conseil supérieur de Lyon (1771), Avocat Général (1774), Président du district (1791), Procureur général syndic du Rhône, Député aux Cinq Cents, membre de l'Académie de Lyon :
4) Marie ; 5) Élisabeth-Marie Rigod de Terrebasse.

IV. *Julien-André* RIGOD DE TERREBASSE, chevalier, sg^r de Terrebasse, né à Lyon le 14 septembre 1754, Premier Président du Bureau des Finances de la Généralité de Lyon, du 27 février 1782 jusqu'en 1785, comparant à Lyon en 1789 ; ép. à Lyon le 4 juillet 1786 Catherine-Françoise Bourbon du Deaulx, fille de Jean-Baptiste, écuyer, sg^r du Deaulx, le Rozay, etc., et de Catherine Gesse de Poisieux, dont :

1) Amélie-Benoîte-Pauline Rigod de Terrebasse, bapt. à Lyon le 5 juin 1787, † à Saint-Didier-sur-Chalaronne (Ain), le 21 décembre 1828 ; mariée vers 1812 à Jacques-Claude-Gabriel de Gangnières, comte de Souvigny, fils de Louis-Marie, chevalier, comte de Souvigny, et de Marie-Anne de Colabeau de Saint-Maurice ;
2) Marie-Julienne-Henriette, bapt. à Lyon le 4 juin 1789, † à Lyon le 16 mars 1824 ; ép. son cousin Jacques Bourbon de Vanant, † en 1859, capitaine au Régiment de Normandie, chevalier de Saint-Louis, fils de Claude-André écuyer, et de Jeanne-Françoise Soubry ;
3) Marie-Clémentine, bapt. à Lyon le 14 février 1791.

RIVERIE

D'azur au chevron d'or, chargé de trois coquilles de gueules et accompagné de trois étoiles d'or.

Tenants : *Deux sauvages.*

JEAN-FRANÇOIS-BARTHÉLEMY DE RIVERIE DE SAINT-JEAN
BARTHÉLEMY-ANTOINE DE RIVERIE

Cette maison de Riverie ne doit pas être confondue avec une famille chevaleresque du même nom qui possédait la seigneurie de Riverie aux XIe et XIIe siècles, et se retira ensuite à Saint-Symphorien-le-Château. De pieuses donations, ainsi récompensées par la perpétuité du nom de leurs auteurs, nous ont transmis les noms des plus anciens personnages de cette race dont le dernier représentant connu, Bonnet de Riverie, vivait en 1412. Les armes de cette maison étaient : « *D'azur à trois étoiles à six rais d'or, à la bordure du même* ».

Quant à la maison de Riverie qui nous occupe, son origine n'est pas absolument fixée.

Selon les titres conservés par cette famille et dont l'authenticité semble sujette à caution, elle tirerait son origine de l'ancienne famille Girard, de Saint-Symphorien-le-Château, qui portait : « *D'azur à la bande d'argent, à la bordure d'or chargée de quatorze tourteaux de gueules* ». Cette famille se serait perpétuée comme il suit :

I. Barthélemy GIRARD, possédant Clérimbert (selon un acte de 1309), père de :

   1) Jean, qui suit ;

   2) Pierre Girard, évêque du Puy et de Tusculum, Cardinal; † à Avignon en 1415; il fonda quatre prébendes de chapelains, dans l'église de Saint-Symphorien-le-Château.

II. Jean GIRARD, héritier principal de sa maison, épousa Marguerite de Tholon, fille de Florimond de Tholon, châtelain de Saint-Symphorien. Il vivait encore en 1403, ayant testé en 1393, et laissant :

   1) Pierre, marié à Antoinette de la Liègue, vivant en 1476 ;

2) Jacques, qui suit ;

3) Marguerite Girard, ép. Jean Brun.

III. Jacques GIRARD, sg^r DE CLÉRIMBERT, reçut également des terres situées à Riverie, ce qui lui fournit l'occasion de prendre le nom de Riverie (enquête de 1551). [Selon certains auteurs, il aurait pris ce nom comme héritier de la maison chevaleresque de Riverie, à la suite d'une alliance entre les Girard et les derniers Riverie]. Il fut père de :

IV. Jacques ou Jacquemet GIRARD DE RIVERIE, marié à Catherine Beydo, dont entre autres :

1) Étienne, qui suit ;

2) Jacques, prêtre, pourvu de l'une des prébendes de chapelain fondées par le cardinal, son grand-oncle.

V. Étienne GIRARD DE RIVERIE eut la terre de Clérimbert par échange avec ses frères Pierre et Guy ; il vivait notamment en 1470 et 1473, fut fait prisonnier à Clérimbert en 1464, pendant la guerre du *Bien Public*, paya une forte rançon pour recouvrer sa liberté et testa en 1506, laissant :

1) Jean, qui suit :

2) Guy Girard de Riverie ;

3) Jacques, secrétaire du Roi et Conseiller au Parlement de Toulouse.

VI. Jean GIRARD DE RIVERIE acheta en 1539 du sg^r de Chevrières sa part de justice de Saint-Symphorien-le-Château, Pomey et Coise ; ép. : 1°) en 1492, Antoinette Fabry, fille de Jean, notaire de Saint-Symphorien, et de Jeanne Brun ; 2°) Sibylle Jacquet ; il testa en 1547, laissant :

1) Jean, auquel nous reprendrons la filiation ;

2) Aymé, prieur de Quinty ;

3) Martin, prébendier de la prébende fondée par le cardinal Girard ;

4) Huguette, ép. à Lyon p. c. du 21 août 1536 Me Jean Compère, notaire royal et citoyen de Lyon.

Telle est la filiation originelle des Riverie d'après Guichenon et une enquête faite en 1551 à la suite de L. P. de 1550.

Cette filiation n'est pas d'accord avec une autre thèse qui incrimine cette enquête, où auraient comparu des témoins bienveillants, et conteste formellement la communauté d'origine, dans les mâles des Girard et des Riverie. Cette seconde thèse, appuyée, semble-t-il, sur titres authentiques, échappés à une destruction par incendie, mentionnée par l'enquête de 1551, établit pour les Riverie une filiation distincte, dont les degrés peuvent d'ailleurs être rapprochés de la généalogie précédente. Dans ce cas, les Riverie seraient issus de :

I. Jacques Riverie, [le IV précédent], bourgeois de Saint-Symphorien qui testa en 1439, laissant :

II. Étienne Riverie (le V précédent), qualifié de « mercator » à Saint-Symphorien-le-Château dans un accord du 4 janvier 1497 où il paraît comme héritier de son frère Jacques ; il fut père de :

III. Jean Riverie (le VI précédent), notaire, acquéreur de Coise en 1539, du seigneur de Chevrières, et d'une partie de Saint-Symphorien en 1545. Il laissa d'Antoinette Fabry, fille de Jean, et de Jeanne Brun, Jean de Riverie auquel nous reprendrons la filiation.

Dans cette opinion, exposée par M. W. Poidebard, les Riverie, distincts des Girard, en dépit des lettres de 1550 ne se rattacheraient à cette famille que par leur aïeule, Marguerite Girard, mariée à Jean Brun, notaire à Saint-Symphorien au xve siècle, dont ils descendaient par Antoinette Fabry.

Quoi qu'il en soit, il est certain que pendant longtemps les Riverie ont gardé le nom de Girard en le faisant suivre de celui de Riverie ; ainsi firent constamment les membres de la branche de Clérimbert, mais non les autres.

Nous reprendrons la filiation à Jean de Riverie auquel aboutissent les deux généalogies, et qui obtint le 28 novembre 1550 pour récompenser ses services militaires, des lettres de réhabilitation, confirmant, ainsi qu'une enquête postérieure de 1551, l'origine Girard ; mais, même en admettant cette origine, il faut voir en fait, dans ces lettres de 1550, de simples lettres d'anoblissement.

I. Jean Girard de Riverie, écuyer, sg^r de Clérimbert, notaire et greffier de Saint-Symphorien-le-Châtel, bénéficiaire des L. P. de 1550 ; testa le 22 octobre 1559 ; ép. Clémence Bastier, dont :

    1) Jacques, qui suit ;
    2) Jean, tige de la branche de la Rivière ;
    3) Sibylle, † en 1563, ép. noble Julien de Gontal, écuyer, sg^r de Saint-Martin-La-Plaine ;
    4) Pernette, ép. en 1574 Aymé Giroud, sg^r d'Hurongues, bourgeois de Saint-Symphorien.

II. Jacques ou Jacob Girard de Riverie, écuyer, sg^r de Clérimbert, appelé le *capitaine Clérimbert*, commanda souvent les troupes catholiques pendant les guerres religieuses de 1568 à 1577, devint sg^r de Clérimbert par suite d'un partage avec son frère Jean du 3 juin 1577; il mourut la même année (26 juin 1577) au siège du château d'Allières en Dauphiné où il commandait les troupes royales; ép. le 14 mai 1571 Françoise Gros, [remariée à Aymar de Fétan], fille de noble Jean, et de Catherine de Vingles, dont :

III. Christophe GIRARD DE RIVERIE, écuyer, sgr de Clérimbert, né en 1576, † le 17 mars 1649, suivit la carrière des armes et ép. p. c. du 29 novembre 1600 Florie Pécollet, † le 5 février 1649, veuve d'Étienne Vernay et fille de Jean Pécollet, dont :

1) Charles, capitaine au régiment de Rébé, bapt. à Saint-Symphorien-le-Château le 25 novembre 1601, † tué d'un coup de canon en Catalogne;

2) Christophe, qui suit;

3) Jeanne, bapt. le 26 septembre 1604, ép. le 8 juin 1652 François de Chevriers, sgr de Paranges:

4) Olive, bapt. le 22 août 1608, † ayant testé à Ambérieu le 26 avril 1682; ép. à Saint-Symphorien p. c. du 9 février 1656 Antoine de Rubat, écuyer, sgr de la Thuillière-en-Bugey, fils de François, écuyer, sgr du dit lieu, et d'Alexandrine de Livron, dame des Clefs.

IV. Christophe GIRARD DE RIVERIE, chevalier, sgr de Clérimbert et des Ormes, bapt. à Saint-Symphorien le 28 décembre 1611, † le 1er août 1689; capitaine au régiment Lyonnais, maintenu en 1668; ép. p. c. du 21 février 1644 Françoise de La Balme, † le 2 janvier 1661, fille de noble Guillaume, écuyer, sgr de Mares, et de Gasparde Chalhel, dont onze enfants, entre autres :

1) Christophe, écuyer, bapt. à Saint-Symphorien le 21 mai 1645, † au service en Flandre le 5 août 1677; capitaine au régiment Lyonnais;

2) Louis, né le 12 décembre 1649, † le 3 décembre 1674, lieutenant au régiment de Picardie;

3) Humbert, qui suit;

4) Marie, bapt. le 12 mai 1653, ép. le 21 septembre 1679 Antoine Boys, écuyer, sgr de Merlieu, [remarié à Claire Imbert], conseiller du Roi au bailliage de Montbrison et Saint-Étienne, fils de Justin, écuyer, secrétaire du Roi, et de Magdeleine Bayle.

V. Hubert GIRARD DE RIVERIE, chevalier, sgr de Clérimbert, les Ormes, Hurongues, Chavas, Coise, Pomey, Saint-Symphorien, etc., né le 5 novembre 1655; ép. p. c. du 4 juin 1698 Françoise de Gayardon de Grésolles, fille de Raymond, écuyer, sgr de Grésolles, capitaine aide-major au régiment Lyonnais, et de Marguerite Chappuis, dont, entre autres :

1) Antoine-Joseph, qui suit;

2) Hubert-Jean-Pierre, bapt. le 14 novembre 1706, † en 1763, prieur de Bellegarde en 1743, chanoine du chapitre noble d'Ainay ;

3) Marguerite Girard de Riverie, bapt. le 8 mars 1703, ép. à Lyon p. c. du 3 juin 1722, Laurent de Rostaing, chevalier, né le 6 juin 1689, fils d'Agathange de Rostaing de Champferrier, et de Marie Fyot de Mimeure.

VI. Antoine-Joseph Girard de Riverie, chevalier, sgr de Clérimbert, etc., dont hommage le 17 avril 1736, bapt. à Saint-Symphorien le 28 mars 1702, vivant encore en 1763 ; mais dès le 8 juillet 1738, il avait vendu Clérimbert à Barthélemy Chappuis. Antonin-Joseph Girard de Riverie épousa le 20 février 1746 Marie-Pierrette de La Roche, fille de Jean-Baptiste de La Roche, écuyer, avocat du Roi au bailliage de Beaujolais, et de Catherine Garil.

BRANCHE DE LA RIVIÈRE

II. Jean Girard de Riverie, écuyer, sgr de la Rivière, † à Saint-Symphorien le 3 octobre 1594 ; ép. p. c. du 23 février 1572 Florie de La Rivière, fille d'Hector, écuyer, sgr du dit lieu, et de Catherine de Boisvert. Florie de La Rivière testa en faveur de son mari, à la charge de remettre son hérédité à l'un de leurs enfants mâles qui serait tenu de prendre le nom et les armes de La Rivière. De ce mariage naquirent :

1) Philippe, qui suit ;

2) Guillaume, tige des sgrs de Saint-Jean, La Mouchonière, etc ;

3) Jean, chartreux, qui fit profession à Sainte-Croix-en-Jarez en 1597 ;

4) Pierre, sgr de Boisvert ;

5) Théaude, prieur de La Chaise-Dieu ;

6) Christophe, grand prieur de Savigny ;

7) Laurent, prieur de Saint-Étienne de Moreton ;

8) Isabeau, mariée à N... de La Garde.

III. Philippe de Riverie, écuyer, sgr de La Rivière et La Colonge, ép. le 10 février 1603 Jeanne de Pontevès, fille de Jean, sgr de Pélussieu et Pierrelatte, capitaine d'une compagnie de deux cents hommes de pied, et de Renée de Chazeron, dont :

IV. Barthélemy de Riverie, écuyer, sgr de La Rivière, La Colonge, cosgr de Thorigny, etc., capitaine des gardes du maréchal de Villeroy, testa le 20 octobre 1679 ; ép. p. c. du 19 janvier 1640 Florie Coignat de La Vaure, fille de noble Pierre-Sibert Coignat, sgr de La Franchise, et de Marguerite Chareyzieu, dame de La Vaure. Madame de Riverie testa le 6 novembre 1679, ayant eu, entre autres :

1) Camille, qui suit ;

2) Christophe de Riverie, écuyer, major du régiment Lyonnais, commissaire et inspecteur des troupes ; marié p. c. du 20 janvier 1706 à Anne-Diane Arod de Lay, bapt. à Lyon le 29 juillet 1678, fille de François Arod, écuyer, sgᵉʳ de Lay, et d'Anne de Riverie de La Mouchonière, dont il eut :

> A) Marie-Polixène de Riverie, née à Condrieu le 15 août 1708. Elle testa à Feugerolles le 20 août 1737 et avait épousé le 22 avril 1722 Louis-Hector de Charpin, chevalier, sgʳ de Feugerolles, comte de Souzy, † à Feugerolles le 3 juin 1744.

3) Marguerite,)
4) Françoise,   } religieuses au monastère de Joursey.
5) Marie,   )

V. Camille DE RIVERIE, chevalier, sgʳ et marquis de La Rivière (L. P. de marquisat de juin 1719, par érection des terres de La Rivière, la Forêt, Villette, etc.), sgʳ de Donzy, La Farge, Villechenêve, La Colonge, Thorigny, etc.; il rendit hommage pour les terres de La Rivière et Villechenêve les 13 mai 1691, 9 août 1696 et 7 mai 1720. Il fut capitaine au régiment Lyonnais, commandant à Lyon le fort Saint-Jean et le bastion Saint-Clair, et avait épousé le 27 mars 1662 Marie-Marguerite de Musy, fille de Barthélemy, chevalier, sgʳ de La Farge et de Marguerite de Lor-du-Coing, dont :

1) Pierre de Riverie, chevalier, marquis de La Rivière, sgʳ de Villechenêve, baron de Donzy, etc., Lieutenant au régiment de Royal-Vaisseaux, † avant son frère cadet ; marié en 1727 à Lucrèce Cholier de Cibeins, née le 28 juillet 1708, † ayant testé le 11 novembre 1756, fille de Pierre, comte de Cibeins, et de Marie-Anne Baronnat.

2) Camille, qui suit.

VI. Camille DE RIVERIE, chevalier, sgʳ marquis de La Rivière après la mort de son frère aîné, sgʳ de Villechenêve, baron de Donzy, † s. p. le 25 octobre 1777, capitaine commandant des forts Saint-Jean et Saint-Clair à Lyon ; il avait testé le 10 mars 1758 en faveur des Riverie Saint-Jean, puis en faveur des Charpin qui héritèrent du marquisat de La Rivière. Il avait épousé le 16 septembre 1733 Marie-Josèphe Puy du Perrier de Merlieu, fille de Pierre, écuyer, sgʳ de Merlieu, Président au bailliage de Forez, et de Marie-Antoinette Punctis de La Tour ; † s. p.

BRANCHE DE LA MOUCHONIÈRE ET SAINT-JEAN

III. Guillaume DE RIVERIE, chevalier, ✝ le 25 février 1625, co-sg^r de Saint-Symphorien-le-Château, de Pomey et de Coise, sg^r de la Mouchonière et Saint-Jean de Toulas [par échange du 6 avril 1619 avec les chanoines comtes de Lyon auxquels il céda la terre de Coise et ses droits de justice à Saint-Symphorien] ; ép. le 17 septembre 1606 Anne Manuel de La Fay, fille de noble Bertrand, chevalier de l'Ordre du Roi, et de Françoise de Gérinet, dont entre autres :

1) Bertrand, qui suit ;
2) Philippe, Grand prieur de la Chaise-Dieu ;
3) Guillaume, bapt. le 20 septembre 1612, ✝ le 7 octobre 1666, prieur de la Platière à Lyon ;
4) Marc, vicaire général de l'ordre de Saint-Ruf, prieur de Léoncel, de l'ordre de Citeaux (1632), Grand prieur de N.-D. de La Platière en 1660.

IV. Bertrand DE RIVERIE, chevalier, sg^r de Saint-Jean-de-Toulas, La Mouchonière, Echalas, Saint-Romain-en-Gier, etc., conseiller et maitre d'hôtel ordinaire du Roi, vivant en 1655 ; ép. p. c. du 6 février 1632 Anne Camus, fille de François, chevalier, sg^r de Chavannes, gentilhomme ordinaire de Mgr le Prince de Condé, et de Marie Pollalion, dont :

1) Pomponne, qui suit ;
2) Anne de Riverie, mariée : 1°) le 5 janvier 1662 à Étienne de Villars, écuyer, sg^r de La Garde, Caseneuve, La Bussière, etc., fils de Pierre de Villars, écuyer, et de Claudine de Bourg ; 2°) à Jean de Chambaud, écuyer, sg^r de Bavas, fils de Louis, et de Martine de Ginestous ; 3°) p. c. du 24 juin 1677 à François Arod de Lay, chevalier, sg^r de Lay, capitaine au régiment Lyonnais, fils de Claude, chevalier, sg^r de Lay, Echalas, et de Geneviève de Rochefort La Valette ;
3) Guillaume, prieur de la Platière en 1681.

V. Pomponne DE RIVERIE, chevalier, sg^r de Saint-Jean-de-Toulas, La Mouchonière, Echalas et Saint-Romain-en-Gier, ✝ le 25 septembre 1719, Maître d'Hôtel du Roi ; ép. en 1671 Polixène de Revol, fille de Guillaume, écuyer, et de Françoise de Micha, dont :

1) Guillaume, qui suit ;
2) et 3) François et Marc, chanoines comtes de Saint-Pierre de Vienne ;
4) Philippe de Riverie, prieur de La Platière ;
5) Pomponne, prieur de Meuvillin, chanoine de Saint-Ruf.

VI. Guillaume DE RIVERIE, chevalier, sg^r de Saint-Jean-de-Toulas, la Mouchonière, etc., † à Gordes en Provence en 1722 ; capitaine au régiment de Forez,
chevalier de Saint-Louis ; ép. à Lyon le 1er octobre 1714 Françoise d'Aveynes, † en
1736, fille de Barthélemy, écuyer, sg^r de Chavannes, et d'Anne Pécoil, dont :

1) Jean-François-Barthélemy, qui suit ;
2) Anne-Françoise de Riverie, ép. p. c. du 8 février 1738 Louis de Monts de
    Savasse, chevalier, sg^r d'Armaneins en Dauphiné, fils de Scipion, chevalier,
    sg^r de Savasse, et d'Anne de Blanc de Blanville.

VII. *Jean-François-Barthélemy* DE RIVERIE DE SAINT-JEAN, chevalier, sg^r de Saint-
Jean-de-Toulas, Echalas, Saint-Romain-en-Gier, La Mouchonière etc., né en 1719,
député de la Noblesse de Saint-Étienne à l'Assemblée de département de Saint-
Étienne de 1787 à 1789, comparant à Lyon en 1789 ; ép. p. c. du 30 janvier 1744
Madeleine Bourdin de Vernon, veuve de Michel Dervieux, conseiller du Roi, Élu en
l'Élection de Saint-Étienne, et fille de Pomponne de Vernon, bourgeois de Lyon, et
d'Antoinette Pipon, dont, entre autres :

1) Barthélemy, qui suit ;
2) Pomponne-François de Riverie de Saint-Jean, chevalier, né en 1745,
    † guillotiné sous la Terreur le 3 janvier 1794 ; chanoine du chapitre noble
    d'Ainay, Syndic du chapitre en 1789, Député du Clergé de l'Élection de
    Lyon à l'Assemblée de département (1787-89) ;
3) Camille de Riverie de la Mouchonière, chevalier, né en 1749, † guillotiné
    sous la Terreur le 26 décembre 1793, chanoine du chapitre noble d'Ainay
    depuis 1778.
4) Charlotte de Riverie, née en 1747, mariée à Lyon le 20 février 1781 à
    Pierre-Suzanne Deschamps, écuyer, né à Lyon le 22 février 1745, Député
    de la Noblesse du Lyonnais aux États Généraux.

VIII. *Barthélemy-Antoine* DE RIVERIE, chevalier, capitaine commandant les grenadiers d'Anjou, chevalier de Saint-Louis, comparant à Lyon en 1789, † s. p. vers
1820, dernier du nom.

Cf. : *Généalogie de la famille de Riverie, communiquée par* M. A. Vachez,
*et dressée par lui d'après les Mss. de Guichenon (Bibliothèque de la Faculté de
médecine de Montpellier) et les archives du château de Feugerolles.* W. Poidebard :
Notes historiques et généalogiques. Carrés d'Hozier : 542.

RIVÉRIEULX DE VARAX ET DE CHAMBOST

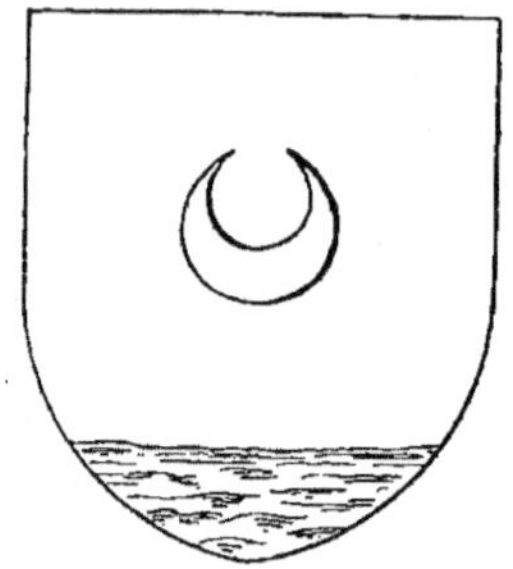

D'azur à une rivière agitée d'argent en pointe surmontée d'un croissant du même.
Supports : *Deux aigles.*

JEAN-CLAUDE DE RIVÉRIEULX DE VARAX
ANTOINE-CLAUDE DE RIVÉRIEULX
DOMINIQUE-CLAUDE DE RIVÉRIEULX DE CHAMBOST

Les Rivérieulx, originaires du Bourbonnais, se sont distingués dans les dignités civiles et militaires. Leur généalogie détaillée a été établie avec une savante érudition par le vicomte Paul de Varax, et il convient de se reporter à ses travaux pour connaître le détail des services rendus à la monarchie par cette famille qui a formé trois branches, dont l'une se fixa en Bretagne, et les deux autres, celles de Varax et de Chambost en Lyonnais.

Les Rivérieulx remontent leur filiation à :

I. Benoît RIVÉRIEULX, vivant à la fin du XVIᵉ siècle à Jaligny en Bourbonnais, ép. Nicole Béraud, dont entre autres :

II. Antoine RIVÉRIEULX, né avant 1622, † âgé de plus de soixante ans le 19 mars 1682 ; Recteur des Hôpitaux de Lyon ; ép. à Lyon p. c. du 18 janvier 1653 Claudine Berton, † à Lyon le 22 novembre 1695, fille de Jean, et de Philiberte Fèvre, dont parmi quinze enfants :

1) Marc-Antoine, tige de la branche fixée en Bretagne ;
2) Étienne, qui suit ;
3) Hugues Rivérieulx de La Sablière, bapt. à Lyon le 22 octobre 1663, † en 1705 à la guerre d'Espagne, capitaine d'infanterie ;
4) Charles, sgʳ de La Ferrandière, bapt. à Lyon le 11 mars 1669, conseiller en la sénéchaussée de Lyon (31 décembre 1698), puis en la Cour des Monnaies de Lyon (22 mars 1706) ;
5) Claude, bapt. à Lyon le 2 février 1672, † à Arnay-le-Duc le 18 décembre

1742 ; cap. d'infanterie au régiment de Rouen ; ép à Arnay-le-Duc le 30 août 1724 Anne Ponnelle, fille de Mᵉ Pierre, et d'Anne Raudot, dont :

A) Pierre, dit M. d'Albuzy, lieutenant au régiment d'Escars, † en 1757 des blessures reçues à Rosbach ;

B) Bernard, dit M. de Jarlay, né à Arnay-le-Duc le 15 septembre 1726, † à Sursée près Lucerne (Suisse) le 31 octobre 1794 ; colonel (4 juillet 1784), chevalier de Saint-Louis (1788), maréchal de camp (1791), émigré ; ép. Antoinette Trollier de Fétan, fille de Jean-Baptiste, et d'Anne Albanel.

6) Jean, né à Lyon le 5 juillet 1674, capitaine au régiment de Vendôme (1696) ;

7) Pernette, bapt. à Lyon le 25 juillet 1670 ; ép. à Lyon : 1°) le 21 avril 1692 Jean-Baptiste Perrin, † à Lyon le 7 décembre 1694, fils de Charles, et de Sibylle Pichon ; 2°) le 5 mars 1696 noble Hugues Jannon, Échevin de Lyon en 1718-19, fils de noble François, conseiller au présidial, et de Françoise Blauf ;

8) Claudine, ondoyée à Lyon le 14 mai 1673 ; ép. à Lyon : 1°) le 24 janvier 1693, Annet Albanel, fils de Jean, et de Blanche du Puis ; 2°) le 12 novembre 1696, Nicolas Foy, chevalier, sgʳ de Saint-Maurice, comte palatin, Président en la Cour des Monnaies, etc., fils de Nicolas, écuyer, commissaire des Monnaies pour S. M. en Lyonnais, et de Marie Guillebert.

III. Étienne RIVÉRIEULX, écuyer, sgʳ de Marcilly, Civrieux, Lozanne, et du comté de Varax, né à Lyon le 19 juillet 1656, † à Lyon le 28 septembre 1731 ; conseiller secrétaire du Roi du Grand Collège (12 avril 1719) ; marié les 23-27 mars 1683 à Marie Roland de la Place, † en 1752, fille de noble Antoine Roland, sgʳ de la Place, Échevin de Lyon, et de Claudine de Ponsaimpierre, dont entre autres :

1) Hugues, qui suit ;

2) Claude, auteur de la branche de Chambost :

3) Claudine, née à Lyon le 2 juin 1689, † à Lyon le 28 mars 1774, ép. à Lyon le 1ᵉʳ juin 1712 Claude-César de Ferrary, écuyer, sgʳ de Romans, chevalier d'honneur au présidial de Bourg, fils de César, écuyer, Échevin de Lyon, et de Martine de la Charnée.

IV. Hugues DE RIVÉRIEULX DE VARAX, chevalier, sgʳ du comté de Varax, de Marcilly et autres lieux, né à Lyon le 10 janvier 1698, † à Lyon le 28 décembre 1758 ; conseiller en la Cour des Monnaies de Lyon (31 janvier 1722), Président en la Cour des Monnaies, Lieutenant général civil et criminel en la sénéchaussée (1740), Prévôt des Marchands de Lyon de 1745-49 ; marié à Lyon le 13 juin 1725 à

Blanche Albanel, dame de la Duchère, née à Lyon le 28 février 1708, fille de Gaspard Albanel, écuyer, Échevin de Lyon, et de Sibylle Fayard, dont entre autres :

1) François-Claude de Rivérieulx de Gage, chevalier, né à Lyon le 31 octobre 1731, † à Lyon victime de la Révolution, le 15 frimaire an II ; lieutenant en second au régiment de Lyonnais (4 octobre 1745), enseigne (27 mai 1746), lieutenant (29 janvier 1755), capitaine (7 février 1757), chevalier de Saint-Louis et retraité (1763) après la campagne de Hanovre ;

2) Jean-Claude, qui suit ;

3) Claude-César, chevalier, † âgé de 68 ans à Lyon, le 6 février 1809, comparant en Forez en 1789 ; marié à Lyon le 25 novembre 1783 à Marie-Charlotte-Adélaïde de Constant, fille de Pierre de Constant, chevalier, Lieutenant de Roi à Neuville, chevalier de Saint-Louis, et de Marie-Anne-Louise-Éléonore de Béhague, dont entre autres :

    A) Anne, née à Montbrison le 7 décembre 1785, † à Lyon le 13 mai 1856 ; ép. à Lyon le 30 juin 1809 Michel de Reynold de Chauvancy, né à Laiz (Ain) le 8 août 1768, fils de Louis-Philibert, et de Marie-Françoise Germain ;

    B) Reine, née à Montbrison le 22 septembre 1789, ép. à Lyon le 10 juin 1810 Jean-François de Borsat de la Pérouse, né à Bourg le 12 avril 1764, fils de Jacob, et de Marie-Claudine Tardy.

4) Blanche-Anne-Marie, née le 19 mai 1726, † à Lyon le 12 novembre 1749 ; ép. à Lyon le 1er septembre 1744 Artus-Pierre-Timoléon Gaultier de Mézia, écuyer, sgr du marquisat de Pusignan, officier d'infanterie, contrôleur des guerres des gendarmes de la Garde du Roi, † vers 1784, fils de Pierre, écuyer, sgr du marquisat de Pusignan, secrétaire du Roi, Échevin de Lyon, et de Marie-Louise de Barcos ;

5) Marguerite-Élisabeth, née le 31 juillet 1736, ép. à Lyon le 15 mars 1756 Jean-Baptiste de Noyel de Béreins, chevalier comte de Béreins, capitaine au régiment de Picardie, † à 72 ans à Lyon le 4 février 1794, victime de la Révolution, fils de Jean-François de Noyel, chevalier, sgr du comté de Béreins, Président en la Cour des Monnaies de Lyon, et de Madeleine Perrin de Vieuxbourg ;

6) Hélène, mariée à Lyon le 16 juin 1761 à Joseph, comte de Revol, chevalier de Saint-Louis, major du régiment Dauphin-Infanterie, fils de Louis, vicomte de Revol, et d'Avoye de Micoud.

V. *Jean-Claude* DE RIVÉRIEULX DE VARAX DE CIVRIEUX, chevalier, sgr du comté de Varax, Marcilly et autres lieux, né à Lyon le 30 octobre 1731, † à Lyon, victime de la Révolution, le 16 nivôse an II ; cornette de Chevau-légers (1er août 1743), officier au régiment d'Escars-Cavalerie, combattant à Rosbach ; comparant à Lyon en 1789 pour les seigneuries de Lozanne et Civrieux d'Azergues ; ép. à Lyon p. c. du 11 juillet 1763 Marie-Marthe-Sabine de Vidaud de La Tour de Montbives, née le 30 juillet 1741, † en 1789, fille de Joseph-Gabriel de Vidaud de la Tour, conseiller du Roi en ses Conseils, Procureur général au Parlement de Grenoble, comte de la Bâtie, baron d'Anthon etc., et de Jeanne-Madeleine de Gallet de Mondragon, dont entre autres :

1) Jean-Jacques, qui suit ;

2) Hugues-César, chevalier, né à Lyon le 28 juillet 1770, † à Lyon, victime de la Révolution le 16 nivôse an II, officier au régiment de Rouergue-Infanterie ;

3) François-Marie, chevalier, fusillé après le siège de Lyon, à l'âge de 17 ans ;

4) Blanche, née à Lyon le 26 octobre 1764, † à la Sidoine, près Trévoux, le 17 février 1843 ; ép. à Marcilly le 19 avril 1789 Jean-Louis de Guichard, chevalier, conseiller au Parlement de Dombes, † en 1809, veuf d'Anne-Marie Chiral, et fils de François, Président à Mortier au Parlement de Dombes, et de Marie-Anne Bertrand de Montgay ;

5) Hélène, née en 1774, † à Paris le 4 février 1842 ; ép. p. c. du 4 nivôse an V Claude de Tircuy de Corcelles, † le 22 juin 1843, commandant de la Garde nationale à Lyon, Député du Rhône (1819), de la Seine (1828), fils de François-Joseph, et de Geneviève Gayot de Mascrany.

VI. Jean-Jacques DE RIVÉRIEULX DE VARAX DE CIVRIEUX, comte de Varax, né à Lyon le 18 mars 1767, † à la Duchère le 3 mars 1835 ; reçu à l'École militaire sur preuves devant Chérin (11 septembre 1784), sous-lieutenant au régiment de Rouergue (28 juin 1785), émigré ; adjoint au maire de Lyon, M. d'Albon ; chevalier de Saint-Louis (12 mai 1814), Maire de Vaise (21 mai 1814) ; ép. le 7 avril 1796 Marie-Concordia-Adélaïde-Philiberte de Murard, née le 2 mars 1771, † le 13 avril 1817, fille de Guillaume-Louis, chevalier, officier au régiment de Picardie, et d'Antoinette Aymard de Francheleins, dont entre autres :

1) Gabriel, qui suit ;

2) Louis, né le 6 novembre 1807, † en janvier 1866 ; officier des États Sardes ; ép. en 1836 Nathalie Lantin de Montcoy, † en mai 1877, fille d'Antoine, baron de Montcoy, et de Rosalie de Beuverand de la Loyère, dont :

A) André de Rivérieulx, né à Châlon le 14 septembre 1838, † à Lyon le 14 mai 1867 ; ép. à Lyon le 7 octobre 1865 Luglienne de Jouenne d'Esgrigny, née à Lille le 17 septembre 1845, fille de François-Luglien de Jouenne d'Esgrigny, et d'Eugénie Aronio de Romblay ; s. p.

B) Bernard, né en décembre 1841, prêtre missionnaire.

3) Marguerite-Claudine, née le 6 mars 1797, † en janvier 1850, supérieure des Dames du Sacré-Cœur de Toulouse ;

4) Zoë, née en 1811, † à Saint-Marcellin en septembre 1846 ; ép. à la Duchère le 7 mai 1832 Félix, comte de Mazenod, † à Paris en juin 1877, fils de Michel de Mazenod, et d'Adèle Courbon de Saint-Genest.

VII. Gabriel DE RIVÉRIEULX, comte DE VARAX, né le 27 octobre 1804, † à la Duchère le 4 juin 1880 ; ép. le 19 mai 1831 Élisabeth-Félicie de La Croix-Laval, née à Lyon le 23 septembre 1810, † à la Duchère le 25 mars 1843, fille de Jean de La Croix-Laval, maire de Lyon, et de Marie-Louise Mogniat de l'Écluse, dont entre autres :

1) Emmanuel, qui suit ;

2) Amédée de Varax, né à la Duchère le 6 juin 1836, † en août 1904 ; ép. à Fareins le 27 septembre 1860 Marthe Bouchet, † à Vals en août 1866, fille d'Albert Bouchet, et de Félicie Montellier, dont :

    A) Félicie, née à Lyon le 29 novembre 1863, ép. à Messimy le 10 juillet 1890 Gaspard Richard, comte de Soultrait, officier, né à Lyon le 4 juin 1855, fils de Georges, comte de Soultrait, et de Désirée Le Jeans.

3) Jules de Varax, né à la Duchère le 28 avril 1838, † en octobre 1901 ; ép. à Boyer le 28 avril 1863 Suzanne Aubel, dont entre autres :

    A) Henri, né à Pymont le 26 janvier 1869 ;

    B) Jacques, né à Pymont le 5 mai 1870, ép. en décembre 1902 Gilberte Peillon ;

    C) Étienne, né à Pymont le 12 avril 1872, marié en août 1905 Marie-Antoinette d'Avout.

4) Paul de Varax, né à la Duchère le 25 juin 1840 ; ép. à Lyon le 21 avril 1866 Adèle de Pomey de Rochefort, née à Lyon le 6 avril 1844, † à Rochefort le 2 septembre 1876, fille d'Hippolyte de Pomey de Rochefort, et de Pauline Ravel de Malval, dont entre autres :

    A) Gabriel de Varax, né aux Côteaux le 4 juillet 1870, marié le 23 juillet 1901 à Jehanne de Rehès de Sampigny, † le 7 décembre 1905, dont :

        a) Yvonne, née le 2 septembre 1903 ;

        b) et c) Solange et Germaine nées le 8 août 1905.

    B) Hugues de Varax de Pomey substitué à ce nom par testament), né à Rochefort le 23 juillet 1873 ;

    C) Jeanne, né aux Côteaux le 5 novembre 1871, mariée à Rochefort le 19 avril 1894 à Louis Rochette de Lempdes ;

D) Agarithe, née à Rochefort le 3 septembre 1875.

5) Régis de Varax, né à la Duchère le 9 février 1843, ép. à Chambilly le 26 juin 1867 Marguerite de Pomey de Rochefort, sœur d'Adèle ci-dessus, dont, parmi treize enfants :

    A) Joseph, né à Lyon le 19 juillet 1868, ép. à Besançon le 26 mai 1896 Hélène Ruffier d'Épenoux, fille de Maurice, dont :

        a) Régis ; b) Maurice de Varax.

    B) Louis, né aux Côteaux le 29 novembre 1873, ép. en juin 1900 Mathilde de Mazenod, dont :

        a) Guy ; b) Colette ; c) Thérèse de Varax.

    C) Pierre, né aux Côteaux le 12 décembre 1875, ép. en janvier 1904 Germaine Jourda de Vaux, dont :

        a) René de Varax.

    D) Pauline, née à Rochefort le 12 septembre 1871, ép. en décembre 1897 Hubert le Conte ;

    E) Suzanne, née à Montcoy le 3 août 1878, ép. en février 1904 Georges de Fournoux-la-Chaze.

VIII. Emmanuel DE RIVÉRIEULX, comte DE VARAX, né à la Duchère le 10 août 1834, ép. à Lyon le 4 juillet 1860 Ludovie de Jerphanion, née à Lyon le 27 septembre 1838, fille de Jules, baron de Jerphanion, et de Gabrielle-Louise de Cholier de Cibeins, dont entre autres :

1) Henri de Rivérieulx de Varax, né à Lyon le 29 mars 1861, officier de dragons, marié à Marseille le 23 février 1893 à Misel Houitte de La Chesnais, fille d'Edmond Houitte de La Chesnais, et de Misel Bonnardel, dont :

    A) Emmanuel de Varax ; B) Louis de Varax.

2) Jean de Rivérieulx de Varax, né à la Fay le 7 octobre 1868, lieutenant de Dragons ; ép. à Paris le 20 mai 1897 Marie-Agnès de Virieu, fille du colonel marquis de Virieu-Beauvoir, dont :

    A) Raoul ; B) Henri ; C) Christian ; D) Bernard ; E) Marguerite de Varax.

BRANCHE DE CHAMBOST

IV. Claude DE RIVÉRIEULX DE CHAMBOST, écuyer, sgr de la baronnie de Chambost, né à Lyon le 8 août 1701, † à Lyon le 19 avril 1790 ; secrétaire du Roi, Échevin de Lyon (1739-40), Prévôt des marchands de Lyon (1776-78) ; ép. le 28 avril 1731 Hélène Morel, fille de François Morel, conseiller secrétaire du Roi, et d'Anne Simonnet, dont :

1) *Antoine-Claude* de Rivérieulx de la Ferrandière, chevalier, comparant à Lyon en 1789, † victime de la Révolution à Lyon en 1794 ; ép. à Lyon le 20 octobre 1779 Claudine Bertholon, fille de Pierre, écuyer, contrôleur des véneries de France, s. p. ;

2) Dominique-Claude, qui suit ;

3) Blanche, née le 16 octobre 1737, ép. p. c. du 7 septembre 1768 Henry Arthaud de Bellevue, chevalier, sgʳ de Rontalon, etc., né à Lyon le 15 février 1735, † à Lyon le 28 février 1826, fils de Philibert Arthaud, écuyer, sgʳ de Bellevue, conseiller à la Cour des Monnaies de Lyon, et de Claudine Dugas de Bois-Saint-Just ;

4) Marie, ép. p. c. du 17 janvier 1758 Dominique Vouty de la Tour, écuyer, sgʳ de la Tour de la Belle Allemande, Vescours, etc., † à l'âge de 68 ans, victime de la Révolution le 23 frimaire an II, fils de Claude-André Vouty, écuyer, secrétaire du Roi, et de Catherine Michel, dame de la Tour ;

5) Anne-Victoire, née à Lyon le 25 septembre 1745, ép. à Lyon le 11 juillet 1764 Fleury-Zacharie-Simon Palerne de Savy, chevalier, Avocat général à la Cour des Monnaies de Lyon, maire de Lyon en 1790, Président du district de Lyon en 1791, bapt. à Lyon le 6 décembre 1733, † à Bourg-Argental, dernier de sa race, en 1835, fils de Vincent, chevalier, sgʳ de Chintré et de Saint-Amour, et de Catherine Clapeyron du Buisson.

V. *Dominique-Claude* DE RIVÉRIEULX DE CHAMBOST, chevalier, né le 5 septembre 1735, mousquetaire du Roi, comparant à Lyon en 1789 ; ép. à Lyon le 5 octobre 1767 Marie-Anne Perrin, † le 24 novembre 1776, fille d'Antoine, conseiller du Roi, essayeur en la Monnaie, et de Marguerite du Soleil, dont entre autres :

1) Claude-Marie, qui suit ;

2) Claudine-Antoinette, née à Lyon le 25 avril 1770, † à Ambérieu le 3 janvier 1850 ; ép. à Lyon le 5 mai 1789 Claude-Louis Bollioud de Chanzieu, chevalier, bapt. à Lyon le 29 juin 1766, officier de dragons au régiment de la Reine, tué à la tête de la cavalerie lyonnaise pendant le siège de Lyon, fils de Claude-François, chevalier, conseiller à la Cour des monnaies de Lyon, et de Claudine-Louise Dugas de Bois-Saint-Just.

VI. Claude-Marie DE RIVÉRIEULX, chevalier, comte DE CHAMBOST, né à Lyon le 10 janvier 1769, † le 13 février 1827 ; garde du corps du Roi dans la compagnie de Villeroy, sous-lieutenant aux dragons de la Reine (28 avril 1788), émigré ; agrégé à la 2ᵉ compagnie des gardes du corps du Roi (1792) avec laquelle il fit la campagne des Princes ; chevalier de Saint-Louis (1814), colonel de la garde nationale à cheval de Lyon (1815), député du Rhône (1820-22), Président des hospices de Lyon (1819-

1824), créé comte, de la bouche même du roi Charles X ; ép. le 16 octobre 1790 Thérèse Gesse de Poisieux, fille de Georges-Antoine, écuyer, sgr de Poisieux, etc., conseiller d'honneur en la Cour des Monnaies, lieutenant général en la sénéchaussée de Lyon, et de Marie Testel, dont :

1) Charles, qui suivra ;

2) Hippolyte, auteur d'un rameau qui suivra ;

3) Christine, née à Aix-en-Savoie le 5 septembre 1791, † à Rochetaillée en Lyonnais le 12 juillet 1872 ; ép. : 1°) le 8 mai 1812 François-Jean-Marie de Meaux, officier d'artillerie, né à Montbrison le 6 janvier 1770, † à Montbrison le 30 novembre 1812, fils de Durand-Antoine, sgr de Saint-Just, Urfé, etc., lieutenant général au bailliage de Forez, et de Marie Baillard de Saint-Méras ; 2°) le 27 mai 1822 David Daudé du Poussey, chevalier, fils de Jean-Baptiste Daudé, chevalier, sgr du Poussey, et de Madeleine Rambaud ;

4) Émilie, née à Sursée (Suisse) le 6 octobre 1793, † le 4 février 1873, ép. à Lyon le 20 août 1812 Edme Bachey-Deslandes, né à Beaune le 14 juin 1786, fils de Jean-Joseph, Président du tribunal de Beaune, et de Marie-Caroline Pelleterat de Borde ;

5) Marie-Élise, née à Lyon le 15 juillet 1797, ép. à Lyon le 19 avril 1820 Charles-Brice-Hubert Languet de Civry, né à Maligny (Côte-d'Or) le 3 octobre 1791, fils de Charles-Philippe, et de Marie-Louise de Balay ;

6) Hélène, née le 15 août 1802, ép. Jean-Pierre-Frédéric-Julien Coignet des Gouttes ;

7) Henriette-Sabine, née à Lyon le 18 novembre 1803, † le 13 février 1887 : ép. : 1°) à Lyon le 7 février 1824 Louis-Charles, baron de Brosse, fils de Jean-François-Marie, baron de Brosse, officier à Chartres-Dragons, et de Jeanne-Sibylle de Varennes-Bissuel ; 2°) à Théodore du Rozier, député la Loire, † en 1855 ;

8) Ludivine, née le 25 décembre 1805, † à Tournus le 7 avril 1855, ép. Alceste, baron de Chapuys-Montlaville, né à Tournus le 19 septembre 1800, préfet, fils d'Antoine-César-Valérien, et de Jeanne-Marie-Antoinette de Lippens ;

9) Caroline, née le 11 novembre 1807, † le 12 janvier 1877, ép. Gabriel-Barthélemy Penet, comte de Monterno.

VII. Charles DE RIVÉRIEULX, comte DE CHAMBOST, né à Sursée (Suisse) le 17 septembre 1795, † à Poisieux le 9 décembre 1876 ; Garde du Corps du Roi Charles X dans la compagnie de Gramont ; marié à Lyon le 27 août 1823 à Léonice Labitant, née à Lyon le 22 brumaire an XIII, fille de Jean-François Labitant, chevalier, Trésorier général de France, et de Catherine-Sophie Imbert-Colomès, dont :

1) Claude-Antide, né à Lyon le 25 juin 1824, † jeune ;

2) Anatole, qui suit ;

3) Hippolyte, né à Lyon le 1er septembre 1830 ;

4) Marie, née à Lyon le 3 juin 1828, † à Poisieux le 3 juillet 1879 ;

5) Marie-David-Colombe, né à Lyon le 31 décembre 1832, † jeune.

VIII. Anatole DE RIVÉRIEULX, comte DE CHAMBOST, né à Lyon le 24 janvier 1826, † à Lyon le 29 août 1894 ; ép. à Lyon le 8 mai 1851 Hedwige Roches Ranvier de Bellegarde, née à Lyon le 5 décembre 1827, † à Bellegarde le 3 mars 1903, fille d'Adolphe-Jean-Marie-Marguerite Roches-Ranvier de Bellegarde, juge au tribunal civil de Lyon, et de Marie-Jeanne-Bathilde Berger du Sablon, dont ;

1) Marie-Charlotte-Bathilde. ép. à Lyon le 26 juin 1877, Henri-Johans de Limoge-Dareste de Saconay, né à Lyon le 4 juin 1851, fille de Léon-Jean-Marie, et d'Anne-Zoé-Suzanne de Luzy de Pélissac ;

2) Blanche, née à Lyon le 2 mai 1854, ép. le 18 août 1881 Raymond, vicomte de Lescure, fils de Jean-Gabriel Ernest, comte de Lescure, et de Noémi de Jessé-Levas ;

3) Marguerite, née à Lyon le 22 juin 1858, † le 30 janvier 1874 ;

4) Marie-Thérèse-Victoire, née à Lyon le 27 octobre 1863, ép. à Bellegarde le 14 mai 1891 Charles-Marie-René, baron Dugas de La Catonnière, fils de Charles, et de Félicie Légier de Montfort-Malijay ;

5) Marthe, née le 2 mai 1866.

Rameau de Chambost

VII. Hippolyte DE RIVÉRIEULX, comte DE CHAMBOST, né le 25 avril 1801, † le 3 mai 1873 ; officier de la garde du Roi d'Espagne. Député au parlement Sarde, chevalier des saints Maurice et Lazare ; marié : 1°) à Chambéry à Anne-Louise de Perrin de Lépin, née le 1er juillet 1806, fille de Louis-Bonaventure de Perrin, comte de Lépin, chevalier des saints Maurice et Lazare, aide-major général d'infanterie de S. M. le Roi de Sardaigne, et de Rose-Jeanne-Françoise Sancet ; [le comte de Lépin avait pour mère Denise du Marest de Chassagny, fille de Louis du Marest, chevalier, sgr de Chassagny en Lyonnais, et d'Anne de Jouvencel] ; 2°) à Gilberte-Isidore-Betty Plomchamp de Cluses, † à 66 ans le 18 décembre 1870. Il a laissé :

1) 1er *lit* : Tancrède, qui suivra ;

2) 2e *lit* : Louis, vicomte de Chambost, né à Saint-Jean de la Porte (Savoie) le 20 septembre 1849, ép. le 21 mai 1866 sa cousine germaine Marie Penet de Monterno, née à Thoissey le 14 mars 1845, fille du comte de Monterno et de Caroline de Rivérieulx, dont :

A) Gabriel, né le 12 juin 1867, † à Salins le 8 juillet 1884 ;

B) Alexandre, † jeune ;

C) Hubert, né le 24 juillet 1876 ;

D) Georges, né le 2 juillet 1886 ;

E) Marie-Louise, née le 16 juillet 1870, ép. le 8 janvier 1893 René Durand de Gevigney, fils d'Albert, et de Marie Courlet de Boulot.

3) Marie, ép. Édouard de la Barge, vicomte de Certeau, fils d'Auguste, et de Françoise-Marie Pinet.

VIII. Tancrède DE RIVÉRIEULX DE CHAMBOST, comte DE LÉPIN, né en 1827, † en 1901 ; ép. le 26 avril 1853 Édith Favier du Noyer, née le 2 août 1835, † à Montreux le 23 février 1876, fille de Charles-Albert-Marie-Yves, baron du Noyer, et de Camille-Césarine Basset de La Pape, dont :

1) Albert, qui suivra ;

2) Roger, né à Bassens le 25 janvier 1867 ;

3) Henri, né à Bassens le 4 septembre 1871, ép. le 16 février 1897 Marie de Planta de Wildenberg, dont :

    A) Amédée de Chambost, né en 1900 ;

    B) Édith de Chambost, née à Montélimar le 2 janvier 1898 ;

    C) Élisabeth de Chambost, née en 1899 ;

    D) Geneviève de Chambost, née en 1902.

4) Jeanne, née à Bassens (Savoie) le 12 juin 1854, ép. le 27 décembre 1882 Auguste, baron Angleys, né le 23 mars 1843, fils de Jean-Marie, baron Angleys, et de Louise-Hyacinthe Avet, d'une famille comtale de Savoie ;

5) Camille, née à Bassens le 8 juin 1857, religieuse du Sacré-Cœur ;

6) Marie, née à Bassens le 24 mai 1858, † à Bassens le 17 août 1882 ;

7) Inès, née à Bassens le 24 mars 1861, fille de la Charité.

IX. Albert DE RIVÉRIEULX DE CHAMBOST, comte DE LÉPIN, né à Bassens le 21 mai 1863 ; ép. : 1°) le 21 novembre 1891 Marie-Marguerite-Laure de Menthon d'Aviernoz, née le 3 février 1865, † le 16 mars 1897, fille de Louis-François-Adrien-Bernard, comte de Menthon d'Aviernoz, officier de la brigade de Savoie, et d'Alice de Luvigne ; 2°) en 1904, Valentine de Brosse, fille d'Hippolyte-Claude, baron de Brosse, et de Marie Roux de La Plagne. Il a eu du 1er lit :

1) Louis de Rivérieulx de Chambost de Lépin né le 7 mars 1897.

Cf. Vicomte Paul de Varax : *Les Rivérieulx.*

ROBIN D'ORLIÉNAS

*D'azur au chevron d'or accompagné de trois étoiles du même ;
au chef cousu de gueules.*

Benoît-Marie ROBIN d'ORLIÉNAS

Cette famille, originaire du Dauphiné, établie à Lyon vers 1700, est issue de :

I. Antoine Robin, greffier à Saint-Marcellin en Dauphiné, marié à Antoinette Brondel, dont :

II. François Robin, né vers 1686, † à Lyon le 12 avril 1730 ; ép. à Lyon le 14 septembre 1711 Antoinette Sornin (veuve de Joseph Catton), bapt. à Lyon le 24 septembre 1678, † à Lyon le 16 août 1746, fille d'Antoine Sornin, et de Benoîte Bruyas, dont entre autres :

    1) François, qui suit ;

    2) Maria, baptisée à Lyon le 12 décembre 1719 ; ép. à Lyon p. c. du 27 décembre 1739 Pierre Berthaud de la Vaure, écuyer, conseiller en la Cour des Monnaies de Lyon, fils de Claude, écuyer, sgr de La Vaure, voyer de la ville de Lyon, secrétaire du Roi, et de Jeanne Ferley.

III. François Robin, écuyer, sgr d'Orliénas, bapt. à Lyon le 18 avril 1712, vivant encore en 1778, secrétaire du Roi ; ép. à Lyon p. c. du 20 mai 1733 Catherine Paradis, née en 1714, † à Lyon le 22 décembre 1782, fille de Jean, et d'Élisabeth Patron, dont entre autres :

    1) Benoît-Marie, qui suivra ;

    2) Élisabeth, bapt. à Lyon le 14 mai 1737, religieuse à la Visitation de Bellecour, vivante en 1778 ;

    3) Pierrette-Marie, bapt. à Lyon le 6 décembre 1745 ; ép. à Lyon p. c. du 7 septembre 1762 Roch-Marie-Vital Fourgon de Maisonforte, écuyer, sgr de Maisonforte, conseiller à la Cour des Monnaies de Lyon, né en 1732, † victime de la Révolution, fils de Vital Fourgon de Maisonforte, écuyer, secrétaire du Roi, et de Marguerite de Combles ;

4) Catherine-Élisabeth, née le 8 mars 1752, † en février 1831 ; ép. p. c. du 8 mai 1771 Jean-Pierre-Philippe-Anne de La Croix-Laval, chevalier, chevalier d'honneur en la Cour des Monnaies de Lyon, né en 1744, † victime de la Révolution à Lyon, le 24 décembre 1793, fils de Jean, chevalier, conseiller à la Cour des Monnaies de Lyon, et de Bonne Dervieu de Villieu.

IV. *Benoit-Marie* ROBIN D'ORLIÉNAS, écuyer, sg^r d'Orliénas, né à Lyon le 28 juin 1743, † le 10 mars 1830 ; Conseiller à la Cour des Monnaies de Lyon (22 mai 1766), puis au Conseil supérieur de Lyon (1772), comparant à Lyon en 1789 ; ép : 1°) p. c. du 9 janvier 1769 Marie-Honorée Verdun, † s. p., fille de Justinien, et de Nicole Le Gras ; 2°) le 27 avril 1784, sa cousine Marie-Antoinette Paradis, † s. p. en 1825 (veuve de Charles Balley), fille de Jean, écuyer, secrétaire du Roi, et de Pierrette-Marie Chapuys.

ROCHE DE LONCHAMP

D'azur au chevron d'or accompagné de trois rocs d'échiquier du même.

Louis-Gabriel de ROCHE de LONCHAMP

Cités dès le XVᵉ siècle, dans l'échevinage de Villefranche, les Deroche ou mieux de Roche, remontent leur filiation à :

I. Bernard Deroche, † le 6 février 1555, marié à Françoise Treille, dont parmi cinq enfants :

II. Ponthus Deroche, marié à Louise Croppet, dont parmi cinq enfants :

III. Philippe Deroche, bapt. à Villefranche le 7 juillet 1581, † avant 1642, marié à Anastasie Cachet, fille d'honorable Claude, bourgeois de Villefranche, et d'Humberte de Pierrevives, dont dix enfants, parmi lesquels :

IV. Christophe Deroche, bapt. à Villefranche le 3 juin 1612, † le 13 août 1689, Échevin de Villefranche ; ép. vers 1641 Anne Bourbon, † à Villefranche le 3 mai 1699, fille de Claude, et de Pierrette Johannard, dont parmi quinze enfants :

V. Jean Deroche, bapt. à Villefranche le 31 janvier 1651, † à Villefranche le 30 janvier 1695 ; ép. à Villefranche p. c. du 24 août 1684 Benoîte de Meaulx, fille de Jacques, Échevin de Villefranche, et de Marie Brocard, dont dix enfants, parmi lesquels :

VI. Gabriel de Roche de Lonchamp, écuyer, bapt. à Villefranche le 20 mai 1692, conseiller en la Chambre, Cour des Comptes, Aydes et Domaines et Finances du comté de Bourgogne (Dôle) (3 juin 1741) ; il obtint des lettres d'honneur de cet office le 22 juin 1763 ; ép. p. c. du 4 juillet 1716 Françoise Pâtissier de Ruyère, fille de Philippe, bourgeois de Villefranche, et de Claudine Fabry, dont dix enfants, parmi lesquels :

1) Jean-Jacques-André, qui suit ;

2) Pierre de Roche de Fontanieu, écuyer, bapt. le 26 juin 1725, † en 1796, Major au régiment de Quercy, chevalier de Saint-Louis ; il prit part aux guerres d'Amérique et fut Gouverneur de Roanne.

VII. Jean-Jacques-André DE ROCHE DE LONCHAMP, écuyer, bapt. le 15 décembre 1720, † le 18 mars 1759, Lieutenant particulier, civil et criminel au bailliage de Beaujolais à Villefranche en 1749, Premier recteur électif de l'Hôpital général de Villefranche ; ép. en l'église de la Platière le 12 décembre 1752 Françoise Pocquillon-Carret de Sanville, fille de Pierre, et de Denise Mallet, dont parmi cinq enfants :

1) Louis-Gabriel, qui suit ;
2) Marie-Marguerite, bapt. à Villefranche le 23 mai 1756 ; ép. à Arnas le 12 août 1775 Gabriel de Leguat, écuyer, fils d'Antoine-Marie, écuyer, et de Marie-Françoise Carret.

VIII. *Louis-Gabriel* DE ROCHE DE LONCHAMP, chevalier, bapt. à Villefranche le 27 novembre 1753, † en 1815, Lieutenant au régiment d'Auvergne, chevalier de Saint-Louis, comparant à Lyon en 1789, signataire du procès-verbal de la dernière séance. [Il avait comparu également en Beaujolais en son nom et comme fondé de procuration de Charles-Philibert Bernard de La Vernette, sg^r de Germolles. Le 20 mars 1789, il fit lecture d'un mémoire contenant l'éloge le plus vrai des vertus, qualités et vues patriotiques de S. A. S. Mg^r le Duc d'Orléans ; « et fut désigné dans la même séance pour se rendre à Lyon afin de porter les vœux de l'assemblée de la Noblesse du Beaujolais à l'ordre de la Noblesse assemblé à Lyon] ». Marié à Lyon le 11 janvier 1783 à Julie Roux de Saint-Céran, fille de Léonard, secrétaire du Roi, et de Julienne Deschamps, dont trois enfants, entre autres :

1) Thomas-Jacques-Pierre (dit Adolphe) de Roche de Lonchamp, né à Villefranche le 6 juillet 1785, † à Gleizé en novembre 1845 ; Garde du Corps du Comte d'Artois ; ép. à Lyon le 4 février 1829, Abelle-Anne-Michelle Puy du Roseil, née à Rive-de-Gier le 20 juillet 1810, † à Lyon le 16 mai 1894, fille de Jules-Simon-Ferdinand, et d'Anne-Diane de Charpin Feugerolles, dont :

A) Gabriel, † âgé de trois ans.

2) Léonard, qui suit.

IX. Léonard (dit Léon) DE ROCHE DE LONCHAMP, né à Villefranche le 29 août 1787, † à Gleizé le 22 décembre 1868 ; conseiller à la Cour Royale de Lyon à l'âge de 28 ans, Président d'assises à Lyon, Montbrison, Bourg, etc., démissionnaire par refus de serment en 1830 ; ép. à Lyon le 1er mai 1819 Célanire-Antoinette-Catherine Bedos, née à Lyon 16 brumaire an VI, † en 1886, fille de Jean, commissaire à l'Hôtel des Monnaies de Lyon, et de Céleste Dolley, dont :

1) Charles-Jules-Gabriel, qui suit ;

2) Marie-Isabelle, née à Lyon le 30 juillet 1829, † le 17 mai 1900, ép. à Bruailles (Saône-et-Loire), le 18 février 1857, Laurent-Antoine-Léon de Garnier, comte des Garets, capitaine de cuirassiers, né le 25 mars 1825, † en 1900, fils de Louis-Antoine-Joseph des Garets, et de Marie-Amélie Liautey de Colombe ;

3) Marie-Céleste-Valentine, née à Lyon le 6 septembre 1835 ; ép. à Gleizé le 2 août 1859, Louis-Balthazar-Philibert-Marie-Auguste, comte du Peloux de Praron, né à Lyon le 20 septembre 1831, † en 1902, fils d'Auguste, comte du Peloux, conseiller à la Cour de Lyon ;

4) Anne, ép. à Lyon le 30 janvier 1867 Marie-Louis-René-Oswald-Ferdinand de Chazotte de Clavière, né le 16 février 1838, † en 1900 ; Zouave pontifical, fils de Jean-Louis-René, et d'Alize Plantin de Villeperdrix ;

5) Marie, mariée au vicomte Jourda de Vaux de Foletier, capitaine de frégate, † en 1878, fils d'Antoine-Fidèle-François, chevalier de Saint-Louis, et de Gabrielle de Charbonnel de Jussac.

X. Charles-Jules-Gabriel DE ROCHE DE LONCHAMP, né le 4 août 1826, † le 28 janvier 1899, Capitaine des mobiles du Rhône et Défenseur de Belfort en 1870 ; ép. le 20 janvier 1875 Marie-Louise-Zobie-Olympe de Monspey, née à Saint-Christophe-en-Brionnais le 25 août 1842, fille de Louis-Ferdinand-Adolphe-Henri, marquis de Monspey, et de Louise-Alexandrine de Busseuil, et petite-fille du marquis de Monspey et de Louise Charrier de La Roche, dont :

1) Gabriel, qui suit :

2) Marie-Louis-Émile-Ferdinand, né le 2 février 1878, marié le 27 mai 1903 à Marie-Jeanne-Berthe-Marguerite-Ghislaine van Imschoot, née le 27 novembre 1883 ;

3) Marie-Isabelle-Octavie, née le 8 avril 1879, mariée en 1900 au vicomte Henry d'Hennezel ;

4) Marie-Louise-Joséphine, née le 17 décembre 1881 ; mariée le 27 juin 1903 à Henri Guérin de Rajat.

XI. Marie-Joseph-Gabriel DE ROCHE DE LONCHAMP, né le 6 août 1876.

Cf. *Notes communiquées par* Madame de Lonchamp, née Monspey. *Mémoires de Louvet, publiés dans l'Histoire du Beaujolais,* par MM. Léon Galle et Georges Guigue.

ROCOFFORT

*D'azur au château à deux tours girouettées d'argent sur un mont de huit pointes d'or
alias : « d'azur à un lion d'or rampant contre une montagne d'argent et à l'étoile
du même posée au second canton du chef. »* (Armorial Général de 1696).

François ROCOFFORT

Jean-Gabriel ROCOFFORT

Jean-Marie-Alexandre ROCOFFORT de VINIÈRES

Les Rocoffort d'origine provençale se sont établis à Lyon au commencement du
XVIIe siècle et leur filiation se poursuit depuis :

I. Pierre ROCOFFORT, du lieu de Brenolles en Provence, père de :

II. Marc-Antoine ROCOFFORT, ép. vers 1672 Barthélemye La Vollée, dont parmi
huit enfants :

1) Aymé, qui suit ;
2) Antoine, qui a fait branche ;
3) Jacqueline, religieuse à l'abbaye de Chazaux ;
4) Catherine, religieuse de l'Annonciade à Lyon.

III. Aymé ROCOFFORT, ép. à Lyon les 5-29 janvier 1702 Claudine Sornin, bapt. à
Lyon le 11 mars 1680, † à Lyon le 11 juillet 1713, fille d'Antoine Sornin, et de
Benoîte Bruyas, dont :

1) Jean-Baptiste, bapt. à Lyon le 21 juillet 1705 ; ép. à Lyon : 1°) les
   22-25 juillet 1730 Marie Alex, fille de Jean-Baptiste, bourgeois, l'un des
   mandeurs de la ville de Lyon, et de Marie-Françoise Bruyère ; 2°) le
   18 septembre 1744 Antoinette Charlet, fille de Jean-Claude, et de Jeanne
   Cusset. Il eut du second lit :

   A) Antoinette Rocoffort, bapt. à Lyon le 4 novembre 1742.

2) Étienne Rocoffort, ép. à Lyon le 17 janvier 1736, Marie Alex [sœur de sa

belle-sœur, et remariée le 15 nov. 1762 à Jean Chabert] dont postérité qui semble éteinte au xviiie siècle :

3) Claudine, mariée à Lyon le 29 juin 1730 à Jean-Mathieu Riocreux.

BRANCHE CADETTE

III. Antoine Rocoffort testa à Lyon le 10 septembre 1727 ; ép. à Lyon p. c. du 23 février 1724 Claudine Sibert, fille de Jean, maître tireur d'or, et de Françoise Carrand, dont :

1) François, qui suit ;

2) Antoine, tige d'un rameau puîné ;

3) Françoise Rocoffort, née vers 1727, † le 15 avril 1780, mariée à Lyon le 24 septembre 1748 à Jean-Marie Pascal, agent de change.

IV. Noble *François* Rocoffort, † à Lyon le 4 mars 1810, Recteur de la Charité en 1763, Échevin de Lyon en 1786-87 ; comparant à Lyon en 1789 ; ép. à Avignon p. c. du 26 septembre 1750 Catherine Giroud, fille d'Alexandre, et de Marie Lacroix, dont :

1) Jean-Gabriel, qui suivra ;

2) Antoine-Claude Rocoffort de Saint-Sauveur, bapt. à Lyon le 13 mai 1754, † s. p. en 1833 à Trois Fontaines ;

3) *Jean-Marie-Alexandre* Rocoffort de Vinières, écuyer, † s. p. en 1841 à Saint-Romain de Popey, correcteur ordinaire à la Chambre des Comptes de Paris avant 1789, comparant à Lyon en 1789 ;

4) Claudine, bapt. à Lyon le 24 août 1751 ; ép. Alexis Laplace, du Pont-Saint-Esprit (Gard).

V. *Jean-Gabriel* Rocoffort, écuyer, né à Lyon le 21 février 1753, † à Poissy (S.-et O.) le 19 décembre 1835, comparant à Lyon en 1789, commandant un des bataillons de la défense de Lyon contre la Convention (1793) ; ép. en 1786 Sophie Delarouvière, fille de François, et de Marie-Étiennette Galland, dont une fille et :

1) Alphonse, bapt. à Lyon le 20 juin 1787, engagé dans la Garde Impériale, † en 1812 au passage de la Bérézina :

2) Jean-Augustin, qui suit.

VI. Jean-Augustin Rocoffort, né à Lyon le 10 avril 1792, † en 1873 ; ép. à Poissy le 20 août 1828 Louise-Rose-Henriette de Belloy, fille de François-Rose, marquis de Belloy, chevalier de Saint-Louis, et de Marie-Louise Forget, et petite-nièce du Cardinal de Belloy, archevêque de Paris ; dont :

1) Benjamin, † à Alger en 1857 ;

2) Alphonse-François-Bonaventure, qui suivra ;

3) Marie-Émile-Alexandre, né en 1839, † en 1901 ; ép. à Paris le 12 juillet 1870 Agathe-Alexandrine-Adona Richard de Soultrait, veuve d'Adolphe Brac de La Perrière (descendant de François Brac, écuyer, Échevin de Lyon en 1737) et fille de Samuel-Gaspard Richard de Soultrait et de Hyacynthe Outrequin de Saint-Léger.

VII. Alphonse-François-Bonaventure Rocoffort, né à Poissy (S.-et-O.) le 5 avril 1834, † à Menthon le 19 décembre 1886 ; Zouave Pontifical, capitaine des mobiles de l'Ain, etc. ; ép. à Lyon le 29 août 1859 Charlotte Yéméniz, née à Lyon le 3 juin 1834, fille de Nicolas, consul de Turquie, et d'Adélaïde Robichon, dont :

1) Henri Rocoffort, né en 1869, † en 1879.

2) Louis, qui suit ;

3) Jeanne, née en 1871, † à Montgrillet (Ain) le 23 mai 1891 ;

4) Marie-Louise Rocoffort, née en 1872 ; ép. le 28 juin 1898 Henri Penet, vicomte de Monterno, fils de Charles, et de Clémentine de Boutiny ;

5) et 6) Adélaïde et Renée Rocoffort.

VIII. Louis Rocoffort, né en 1884.

Rameau puîné

IV. Antoine Rocoffort, bapt. à Lyon le 30 novembre 1727 ; ép. à Lyon p. c. du 30 janvier 1759, Jeanne-Marie Pitiot, fille de Jean-François, et de Marie Millanois, dont entre autres :

1) Jean-Marie-Joseph, qui suit ;

2) Jean-François Rocoffort de Saint-Sauveur, officier au régiment de Berry-Cavalerie ;

3) Jean-Antoine fixé à Marseille en 1802 ;

4) Charles-Nizier, bapt. à Lyon le 6 octobre 1766, fixé à Marseille ;

5) François-Agathe, † avant 1813 ; ép. Octavie Cantarelle de Dommartin, † à Lyon le 9 mai 1830 âgée de 73 ans, veuve en premières noces de Jean-Jacques Delaval ;

6) Joachim, bapt. le 28 décembre 1767 ; ép. Antoinette Delaval, dont :

    A) Louise, † à Montbrison le 27 février 1817, âgée de 42 ans ; ép. Christophe Jalabert.

7) Marie-Catherine, ép. p. c. du 4 août 1781 Thomas-Philibert Riboud, chevalier, conseiller du Roi et Son Procureur au bailliage de Bourg, membre du Corps législatif, fils de noble Jean Riboud des Avenières, conseiller en l'Élection de Bresse, et de Pierrette Périer ;

8) Marie-Charlotte, bapt. à Lyon le 26 février 1765 ; ép. à Lyon le 20 février 1783 Benoît Gaillard, conseiller du Roi au bailliage de Bourg, fils de noble Joseph-Marie, receveur des consignations de Bresse, et de Charlotte Périer.

9) Marguerite-Clotilde, ép. p. c. du 28 décembre 1798 Edme Saunier.

V. Jean-Marie-Joseph Rocoffort, né à Lyon le 21 décembre 1762 ; ép. à Lyon Marie Favel, dont un fils et une fille.

Cf. : *Communications* de Madame Rocoffort, née Yéméniz.

ROSTAING

De gueules au lion d'or.
Cimier : *Un lion issant au naturel.*
François-Marie, comte de ROSTAING

Cette famille de Rostaing ne doit pas être confondue avec une autre famille du même nom, maintenue dans sa noblesse en Lyonnais et citée en 1698 par l'Intendant d'Herbigny parmi les familles les plus importantes de la Noblesse lyonnaise. Ces Rostaing portaient *d'azur à une roue d'or surmontée d'une fasce en divise haussée du même.* Ils comptent un grand nombre d'illustrations, parmi lesquelles un grand maître général réformateur des Eaux et Forêts de France (1563), un chevalier du Saint-Esprit, un maréchal de camp, grand bailli d'Épée du Forez en 1789, etc.

La famille qui a comparu à Lyon en 1789 est également d'ancienne noblesse ; elle est originaire du Vivarais et s'est fixée en Dauphiné ; seul un de ses rameaux est venu se fixer à Lyon au xviii⁰ siècle. La filiation suivie est établie depuis Pierre de Rostaing, père de Pons vivant en 1308, dont descendait au X⁰ degré :

X. Louis de Rostaing, chevalier, sgr de Champferrier ; maintenu dans sa noblesse le 10 août 1667 par l'Intendant Du Gué ; marié : 1°) le 17 avril 1616 à Suzanne Patin, fille de Jean Patin et de Louise Reymond ; 2°) le 1er février 1639 à Marguerite de Fayn ; il laissa :

1) *1er lit :* Jean de Rostaing, chevalier, tige de la branche aînée des seigneurs de Champferrier encore représentée au xix⁰ siècle ; cette branche fit ses preuves devant Chérin pour le corps de la marine royale le 3 décembre 1783 ;

2) Agathange, qui suit.

XI. Agathange de Rostaing, chevalier, né le 3 septembre 1643, marié à Marie Fyot de Mineure, dont :

1) Laurent. qui suit ;
2) N... mariée à N. d'Ambournay.

XII. Laurent DE ROSTAING, chevalier, bapt. le 6 juin 1689 ; ép. à Lyon p. c. du 3 juin 1722 Marguerite Girard de Riverie, bapt. le 8 mars 1703, fille d'Hubert Girard de Riverie, chevalier, sg^r de Clérimbert, Hurongues, les Ormes, et de Françoise de Gayardon de Grésolles, dont :

1) François, qui suit ;
2) Jean-Hubert-Marie de Rostaing. chanoine du Chapitre noble d'Ainay vivant en 1759 ;
3) Antoinette, mariée en 1746 au marquis de Boursiat, originaire de Franche-Comté ;
4) Marie-Antoinette-Jacqueline-Catherine-Étiennette ;
5) Jeanne-Marie-Hélène-Alphonse ;
6) Marie-Marguerite-Antoinette-Juste-Josèphe.

chanoinesses de Leignieu-en-Forez, en 1759.

XIII. *François-Marie*, comte DE ROSTAING, major du régiment de Bourbon-Infanterie. Lieutenant-colonel et chevalier de Saint-Louis, comparant à Lyon en 1789.

Cf. : Chérin, 178 ; Dossiers bleus : 583.

ROUSSET

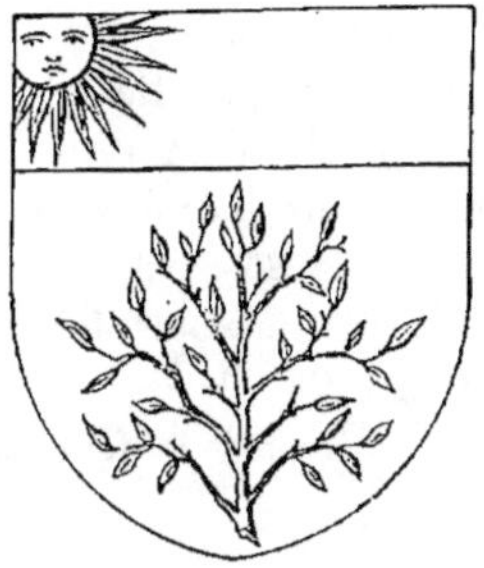

*D'azur à une branche d'arbre d'or ; au chef cousu de gueules chargé d'un soleil d'or,
mouvant du canton dextre.*

Claude-François ROUSSET

Antoine-Marie ROUSSET

Les Rousset sont issus de :

I. Mᵉ Guillaume Rousset, notaire royal de Vernaison, lieutenant de Charly, ép.
Émeraude Meylian, dont :

II. Mᵉ Étienne Rousset, † avant 1689, procureur ès-cours de Lyon, ép. à Condrieu
p. c. du 23 février 1645 Fleurie Chol, fille de Mᵉ Antoine, capitaine châtelain de
Rive-de-Gier, et de Sibylle de Noyers, dont sept enfants, entre autres :

  1) Gaspard, qui suit ;

  2) Marie, bapt. à Lyon le 25 novembre 1646, ép. à Lyon le 6 avril 1668
Mᵉ Jean Dumont, procureur au Parlement de Dombes, fils d'Humbert, et de
Claudine Tixier ;

  3) Christine, bapt. le 20 décembre 1659, ép. à Lyon le 28 février 1688 noble
Claude Riche, fils d'Antoine, et de Catherine Agalo.

III. Mᵉ Gaspard-Marie Rousset, bapt. à Lyon le 4 novembre 1658, † à Lyon le
22 décembre 1751, procureur ès-cours de Lyon ; ép. à Lyon, p. c. du 22 janvier
1689 Élisabeth Fuzeaud, fille de Mᵉ Laurent, procureur au Parlement de Dombes,
et de Françoise Blanchet, dont huit enfants, entre autres :

  1) Claude-François, qui suit ;

  2) Noble Joseph-Marie Rousset, bapt. à Lyon le 22 avril 1715, † à Lyon le
30 août 1788, Échevin de Lyon en 1768-69, ép. à Lyon le 1ᵉʳ février 1746
Claudine Morin, fille de Vincent, et de Claudine Fournier, dont :

    A) *Claude-François* Rousset, écuyer bapt. à Lyon le 29 avril 1753, com-
parant à Lyon en 1789 ;

B) *Antoine-Marie* Rousset, écuyer, né à Lyon le 5 août 1760, comparant à Lyon en 1789 ; ép. à Besançon en novembre 1789 Anne-Françoise Agniel, fille de Jean, et d'Anne Garand, dont :

    a) Claudine-Jeanne-Isaure, née le 17 octobre 1790.

C) Élisabeth, bapt. à Lyon le 26 avril 1751, ép. le 11 juin 1771 François-Antoine Bousquet, fils de noble Joseph, avocat au Parlement de Provence ;

D) Catherine-Victoire, ép. à Lyon le 1ᵉʳ février 1780 Jean-Charles Agniel, de Besançon.

IV. Claude-François Rousset, bapt. à Lyon le 8 septembre 1693, † ayant testé à Lyon le 30 septembre 1768 ; ép. à Lyon le 4 février 1727 Catherine Barmond, dont :

1) Claude, qui suit ;

2) Marie-Barthélemye, ép. p. c. du 16 avril 1746 Claude Pitra, fils de Jean-Baptiste, maître tireur d'or, et de Louise Federy.

V. Claude Rousset, capitaine pennon à Lyon, et l'un des directeurs de la Chambre de commerce de Lyon ; ép. à Lyon le 7 septembre 1756 Marie Pitra, sœur de Claude ci-dessus, dont :

1) Camille Rousset ;

2) Joseph-Marie-Catherin-Hippolyte, né à Lyon le 23 mai 1768 ;

3) Claude-Jean-François, maire de Marcy-sur-Anse, ép. le 21 prairial an VI Ennemonde-Françoise Decroix, veuve de Pierre-Joseph Thévenet, écuyer, fille de noble Henri-Claude Decroix, Échevin de Lyon, et d'Antoinette Nalet.

ROUSSET DE SAINT-ELOY

*Écartelé : aux 1 et 4 d'azur à l'aigle d'or; aux 2 et 3 d'azur à la croix partie
de gueules et d'argent.*

Marc ROUSSET de SAINT-ÉLOY

Cette famille originaire de Semur-en-Brionnais est issue de :

I. **François Rousset**, originaire de Semur, † avant 1670, ép. Anne Molle, dont :

II. **Gilbert Rousset**, † avant 1729, banquier et bourgeois de Lyon; ép. : 1°)
Françoise Bourgeois, veuve de Léonard Mallebay et fille de N. Bourgeois et de
Magdeleine de Lespinasse ; 2°) à Lyon le 4 septembre 1707 Françoise Grata, fille de
Jean, bourgeois de Lyon, et de Gratienne Bonnard, dont:

    1) *1er lit :* Jean Rousset de Rumeyères, bapt. à Lyon le 22 janvier 1673, capi-
taine au régiment de Limousin, capitaine de la ville de Lyon et des forces
d'icelle, chevalier de Saint-Louis ;

    2) *2e lit :* Gilbert, qui suit ;

    3) Jean-Marie, † le 2 avril 1785, religieux augustin à Lyon, provincial de son
ordre.

III. **Gilbert Rousset de Saint-Éloy**, écuyer, sgr de Terrebasse, Saint-Éloy, Ville-
sous-Anjoux, Saint-Romain, etc., né à Lyon le 21 novembre 1708, † à Lyon le 3 août
1767; Trésorier de France à Lyon (1er juillet 1729), Commissaire-député du Conseil
pour le département du taillon et pour les Ponts et Chaussées, Échevin de Lyon en
1741-42 ; ép. p. c. du 16 août 1729, Jeanne Dervieu de Villieu, fille de Gabriel
écuyer, sgr de Saint-Éloy et autres lieux, et d'Anne Pupil de Myons, dont :

    1) Marc, qui suit;

    2) Rodolphe-Bon, écuyer, lieutenant au régiment d'Aquitaine ;

    3) Jean-Jacques Rousset de Saint-Éloy, chanoine de Saint-Nizier de Lyon,
reçu en 1757;

    4) Marie-Françoise-Barthélemie, ép. à Lyon le 20 février 1754 Antoine Bérar-
dier de La Chazotte de Grézieu, chevalier, sgr de Grézieu-le-Fromental, La

Serre. etc., fils de Pierre-Joseph, écuyer, sg^r de la Chazotte, et de Thérèse Deshayes.

IV. *Marc* Rousset de Saint-Éloy, écuyer, sg^r de Saint-Éloy de Grézieu, né à Lyon le 13 juillet 1731, capitaine au régiment de Limousin (1er décembre 1747), chevalier de Saint-Louis (14 février 1763), capitaine de la Ville de Lyon et des forces d'icelle (16 février 1766), comparant à Lyon en 1789; ép. à Marseille p. ^{c.} du 14 juillet 1766 Jeanne Roustang, fille d'Étienne, sg^r de Saint-Loup, et de Jeanne-Marie Mayel, dont :

    1) Madeleine-Sophie, bapt. à Lyon le 4 juin 1767, ép. à Lyon le 22 juin 1788 Henri-Joseph, baron de Jessé, capitaine au régiment de Picardie, Député de la Noblesse du Languedoc aux États-Généraux, né à Béziers en 1746, † à Paris, à la Conciergerie le 6 février 1794, fils d'Antoine-Joseph, baron de Levas, et de Charlotte Nizeaux ;

    2) Marie-Étiennette-Aimée, bapt. à Lyon le 2 février 1769, ép. p. c. du 28 janvier 1790 Jean-Pierre de La Roue, écuyer, chevalier de Saint-Louis, capitaine de dragons au régiment de Custine, fils de Jean-Baptiste de La Roue, écuyer, conseiller à la Cour des monnaies de Lyon, et de Sibylle Richeri.

Cf. : Michon. Niepce : *Lyon militaire*.

ROUX

D'argent au chevron d'azur accompagné de trois roses de gueules.

Jean-Antoine ROUX
Claude-André-ROUX
Pierre ROUX
Pierre-Marie-Antoine ROUX

Les Roux, originaires du Bourg-d'Oisans, puis établis à Chomérac dans le Haut-Vivarais et enfin à Lyon, sont issus de :

I. Jean Roux, établi à Chomérac, ép. Alexandrine Chambaud, dont :

1) Jean-Antoine, qui suit :

2) Charles Roux, né à Chomérac vers 1714, abjura la religion prétendue réformée à Lyon le 3 septembre 1745;

3) Charles-Alexandre, ép. à Lyon le 22 mai 1753 Ginette Maupetit, fille d'Honoré, et d'Élisabeth Romieu, dont cinq enfants.

II. Noble *Jean-Antoine* Roux, né à Chomérac en 1710, † à Lyon le 9 septembre 1789, fixé à Lyon vers 1740, Échevin de Lyon en 1769-70, comparant à Lyon en 1789; ép. p. c. du 24 décembre 1745 Marie Vouty, bapt. le 1ᵉʳ août 1724, † le 13 juillet 1790, fille de Claude-André, écuyer, secrétaire du Roi, et de Catherine Michel de La Tour, dont neuf enfants, entre autres :

1) Claude-André, qui suit ;

2) *Pierre* Roux, écuyer, bapt. à Lyon le 4 juillet 1751, † en 1800, comparant à Lyon en 1789; ép. à Lyon le 8 juillet 1788 Josephte-Jacqueline dite Jeanne Dian, † âgée de 78 ans le 18 octobre 1844, fille de Fleury Dian, écuyer, sgʳ des Essars et de Tours, secrétaire du Roi, et de Marie-Michelle Flandrin, dont :

    A) Fleury, bapt. à Lyon le 21 août 1790, † s. a. âgé de 59 ans le 19 avril 1852 :

B) Charles-Victor Roux, né à Saint-Germain au Mont-d'Or le 28 ventôse an III, † le 7 février 1872 ; ép. à Lyon le 6 mars 1845 Julie Dunand, dont :

    a) Victorine, née à Lyon le 3 mars 1833, † le 10 janvier 1904 ; ép. à Lyon le 12 décembre 1849 son cousin issu de germains Louis Roux, fils de Barthélemy-Joseph dit Émile Roux-Gardelle et de Marguerite Roux-Dian, ci-dessous.

C) Marguerite Roux-Dian, née posthume, le 3 nivôse an IX, † le 20 mars 1877, ép. le 16 février 1822 son cousin germain Barthélemy-Joseph dit Émile Roux-Gardelle, fils de Claude-André Roux et de Louise-Marie-Magdeleine Gardelle.

3) Alexandre Roux, écuyer, bapt. le 21 août 1754, marié, et père d'un fils † s. a. et d'une fille mariée à Nancy au docteur Richard ;

4) *Pierre-Marie-Antoine* Roux, écuyer, bapt. le 2 mars 1761, comparant à Lyon en 1789, † s. a ;

5) Alexandrine-Catherine Roux, bapt. à Lyon le 27 octobre 1746, mariée p. c. du 22 janvier 1768 à Étienne Vachon, † s. p., fils de François Vachon et de Françoise Balley ;

6) Catherine, bapt. le 22 août 1749, ép. p. c. du 15 mai 1770 noble Charles-François Vincent, avocat en Parlement, demeurant à Baix-en-Vivarais, fils de noble Charles Vincent, et de Madeleine Barthélemy.

III. *Claude-André* Roux, écuyer, né à Lyon le 7 octobre 1747, † le 5 février 1832 ; recteur de la Charité, comparant à Lyon en 1789 ; ép. p. c. du 25 novembre 1784 Louise-Marie-Magdeleine Gardelle, † le 18 mai 1842, fille d'Henri, écuyer, secrétaire du Roi, et de Julie Bressan, dont :

1) Henry, qui suit ;

2) Jean-André, dit Roux-Gardelle, né le 2 août 1789, † s. a. le 7 septembre 1881 ;

3) Barthélemy-Joseph, auteur de la branche cadette ;

4) Pierre-Alexandre, né à Rillieux (Ain), † s. a. le 2 mai 1837 ;

5) Marie-Antoinette, bapt. à Lyon le 25 novembre 1786, † en 1858, mariée à Victor-Amédée Nalet.

IV. Henry Roux, écuyer, bapt. à Lyon le 4 novembre 1785, † le 4 novembre 1869 ; ép. le 8 décembre 1813 Marie-Benoîte, dite Bénédicte Frèrejean, née le 2 septembre 1798, † le 2 mai 1838, fille de Louis, et d'Aimée Grange, dont :

1) Henry, qui suit ;

2) Georges, né le 2 avril 1821, † s. a. le 7 mai 1843 ;

3) Louis, né le 9 mai 1828, † s. a. le 22 juillet 1844 ;

4) Bénédicte, ép. son cousin germain, Victor Frèrejean.

V. Claude-Aymé-Henry ROUX DE BÉZIEUX (addition du nom « *de Bézieux* » autorisée en 1885), né à Lyon le 9 novembre 1815, † à Lyon le 30 novembre 1886 ; ép. : 1°) à Saint-Étienne le 7 mai 1851 Antoinette Jacquemont, née à Saint-Étienne le 22 mai 1830, † s. p. le 2 février 1851, fille de Camille, et d'Amélie Thiollière ; 2°) le 25 août 1856 Blanche-Augustine-Lucie de Bézieux, née à Cognin-Malleval (Isère) le 1er septembre 1835, fille d'Auguste-Pierre de Bézieux et de Blanche Tanon, dont :

1) Henry, qui suit ;

2) André-Joseph-Irénée Roux de Bézieux, né à Lyon le 13 septembre 1861, ép. à Bonne-sur-Menoge, le 24 avril 1895, Jeanne Bouvier d'Yvoire, née le 28 décembre 1869, fille de Jean-Philibert Bouvier, baron d'Yvoire, et de Marie-Berthe de Saür, d'où :

    A) Georges-Marie-Dominique, né le 18 janvier 1900 ;

    B) François-Marie-Régis, né le 30 janvier 1904 ;

    C) Yvonne-Jeanne-Marie, née le 13 janvier 1898 ;

    D) Jeanne-Marie-Bénédicte Roux de Bézieux, née le 21 février 1902.

3) Jeanne-Augustine-Bénédicte, née à Lyon le 25 février 1860 ; ép. à Lyon le 23 janvier 1883 Auguste de Pavin de Lafarge, né à Vivier (Ardèche) le 10 juillet 1855, fils de Léon de Lafarge et d'Hélène de Rivoles ;

4) Marie-Aymée-Jeanne-Françoise-Augustine-Marguerite, née le 24 avril 1872, † s. a. à Madrid le 7 mai 1890.

VI. Alphonse-Émile-Henry ROUX DE BÉZIEUX, né à Lyon le 13 octobre 1858, ép. à Lyon le 22 septembre 1885 Marie-Marguerite-Louise Gautier, née à Oullins le 21 juin 1865, fille de Louis Gautier et de Marie-Louise de Neuvesel, d'où :

1) Henri-Louis-Marie-Alphonse, né le 10 octobre 1886, † le 25 octobre 1888 ;

2) Jean-Antoine-Marie-Melchior, né le 19 janvier 1890 ;

3) Henry-Marie-Joseph, né le 23 janvier 1892 ;

4) André-Louis-Marie-Joseph, né le 18 décembre 1897 ;

5) Jacques-Marie-Victor, né le 22 février 1901 ;

6) Paule-Anne-Marie-Albane, née le 3 mai 1888, † le 5 janvier 1889 ;

7) Marguerite-Marie-Agnès-Eugénie, née le 21 janvier 1891 ;

8) Marie-Germaine-Louise, né le 14 février 1893 ;

9) Élisabeth-Marie-Blanche, née le 3 juillet 1894 ;

10) Jeanne-Françoise-Marie, née le 27 septembre 1895.

BRANCHE CADETTE

IV. Barthélemy-Joseph, dit Émile Roux, né le 16 avril 1791, † le 5 avril 1852; ép. le 16 février 1822 sa cousine germaine Marguerite Roux, née le 3 nivôse an IX, † le 20 mars 1877, fille de Pierre Roux, écuyer, et de Josephte-Jacqueline-Jeanne Dian, dont :

1) Michel, né le 1er novembre 1825, † à Lyon le 21 avril 1857; marié le 7 mars 1850 à Jeanne Denavit, née le 27 juin 1831, † avant 1857;

2) Louis Roux, né à Lyon le 19 avril 1827, † à Nandax le 20 octobre 1859, ép. le 12 décembre 1849 sa cousine Victorine Roux, née le 3 mars 1833, † s. p. le 10 janvier 1904, fille de Charles-Victor Roux et de Julie Dunand;

3) Victor Roux, maire de Nandax (Loire), né le 14 mai 1832, s. a. ;

4) André-Joseph, qui suit.

V. André-Joseph Roux, né à Lyon le 7 août 1834, sous-préfet et secrétaire général de la Loire ; ép. à Saint-Étienne le 27 mars 1876 Fernande Rolland, née à Thionville le 26 novembre 1851, † à Saint-Étienne le 25 mai 1892, fille du général Charles-Élie Rolland et de Françoise-Hélène Vesco, d'où :

1) Jean-Antoine, né à Saint-Étienne le 13 octobre 1879, officier de marine ;

2) Louis Roux, né le 8 juillet 1885 ;

3) Marguerite, née le 22 avril 1882, ép. à Néronde le 3 avril 1902 Joseph Lacroix, officier de cavalerie ;

4) Marie Roux, née le 26 avril 1884 ;

5) Edwige Roux, née le 24 mai 1892.

ROUX DE CRUZOL

Coupé, d'azur à deux annelets d'argent, et de....

Léonard ROUX de CRUZOL
Thomas-André ROUX de CRUZOL

Cette famille connue sous le nom de Roux de Saint-Céran a possédé à la fin du XVIII° siècle le fief de Cruzol (paroisse de Lentilly) et en a retenu le nom. Elle est issue de :

I. André ROUX, marié à Catherine Rondet, dont :

II. *Léonard* ROUX DE SAINT-CÉRAN, écuyer, sgᵣ DE CRUZOL, † victime de la Terreur, fusillé le 13 décembre 1793 ; secrétaire du Roi près la Cour des Monnaies de Lyon, Recteur de la Charité en 1762, membre de l'Académie de Lyon, comparant à Lyon en 1789 ; ép. à Lyon Julienne Deschamps, fille de Thomas, Échevin de Lyon, dont :

1) Thomas-André, qui suit ;
2) André-Valery, né le 10 juillet 1765, † le 15 avril 1771 ;
3) Victoire-Julie Roux de Saint-Céran, mariée à Lyon le 11 janvier 1783 à Louis-Gabriel de Roche de Lonchamp, chevalier, lieutenant au régiment d'Auvergne, fils de Jean-Jacques-André, écuyer, et de Françoise Poquillon-Carret de Sanville.

III. *Thomas-André* ROUX DE CRUZOL, écuyer, né le 22 mars 1761, comparant à Lyon en 1789.

ROYER DE LA BASTIE

Coupé, bandé de gueules et d'argent, et d'azur à trois étoiles d'or posées 2 et 1.

JEAN-HENRI-JOSEPH ROYER

Cette famille, qui portait anciennement « *d'azur à la roue d'argent, clouée de gueules; au chef d'or, chargé d'un lion issant de gueules* », adopta après son alliance avec les Mazenod de la Bastie les armoiries de cette famille [1]. Les Royer sont issus de :

I. Henry-Joseph ROYER, procureur fiscal de la ville de Saint-Chamond, marié à Marguerite Charpeney, dont :

1) Jean-Baptiste, qui suit ;

2) Pierre-Augustin Royer, prêtre, chanoine de l'Église collégiale de Saint-Jean-Baptiste de Saint-Chamond ;

3) Joseph-Marie, ép. le 22 septembre 1736 Anne-Marie Charpeney ;

4) Anne Royer, ép. : 1°) Jacques Prévost, notaire royal; 2°) le 14 avril 1732 Jean-François Clapeyron, fils de Jean-Joseph, et de Jacqueline Philibert.

II. Jean-Baptiste ROYER, écuyer, notaire royal réservé, procureur fiscal et procureur d'office des ville et marquisat de Saint-Chamond, juge général de Saint-Chamond, secrétaire du Roi près la Cour des monnaies de Lyon, subdélégué de l'Intendant; ép. le 26 février 1732 Angélique de la Lande, fille d'Adrien, bourgeois de Lyon, secrétaire des dépêches de la Cour au bureau général des postes à Lyon, et de Jeanne Clapeyron, dont, entre autres :

1) Jean-Henry-Joseph, qui suit ;

2) Jeanne-Angélique, bapt. à Saint-Chamond le 3 mai 1735, † ayant testé le 21 juin 1796 ; ép. Jean-Baptiste Dugas de Chassagny, écuyer, sgr de Chassagny, veuf de Lucrèce Balas, né le 13 septembre 1730, † en 1814 fils de Joseph Dugas et de Catherine Vialis ;

1. La branche des Mazenod fixée à Lyon portait une variante des armoiries ci-dessus : « *D'azur à trois molettes d'or ; au chef cousu de gueules, chargé de trois bandes d'argent.* »

3) Françoise-Marie, ép. le 3 février 1767, Jérôme Ferriol, bachelier en droit, notaire royal, fils de Paul, châtelain de La Valla, et de Françoise Randon ;

4) Anne, bapt. le 2 mai 1738, ép. Jean-François Rossary, conseiller rapporteur du Point d'Honneur.

III. *Jean-Henry-Joseph* ROYER, écuyer, bapt. le 22 septembre 1736, † le 4 mars 1819; avocat en Parlement, juge général de la ville et marquisat de Saint-Chamond, subdélégué de l'Intendant à Saint-Chamond, comparant à Lyon en 1789; ép. le 18 février 1767 Marie-Catherine-Victoire de Mazenod de La Bastie, † le 2 novembre 1821, fille de Jean-François, chevalier, sg^r de La Bastie, et de Pierrette-Charlotte Dugas de La Catonnière, dont :

1) Jean-François-Henry, qui suit ;

2) Henriette-Pierrette-Charlotte, † le 9 janvier 1832, ép. à Saint-Chamond, p. c. du 23 avril 1787, Marc-Jean Faure, chevalier, Trésorier de France à Lyon en 1783, né à Lyon le 12 septembre 1762, † à Saint-Clair le 9 décembre 1840, fils d'Alexandre, et de Pierrette-Jacquême Vouty.

IV. Jean-François-Henry ROYER DE LA BASTIE, écuyer, né en 1768, † le 30 novembre 1849; ép. à Saint-Chamond, p. c. du 19 mai 1797, Marguerite-Claudine-Sophie Philibert de Fontanès, † le 10 juillet 1810, fille d'Étienne-François, écuyer, et de Barthélemie-Antoinette Chaland, d'où :

1) Étienne-Henry, qui suit ;

2) Sophie Royer de La Bastie, † le 13 juillet 1819 ;

3) Léonie Royer de La Bastie, † le 6 septembre 1828 ;

4) Joanne Royer de La Bastie, † le 23 novembre 1828.

V. Étienne-Henry ROYER DE LA BASTIE, né en 1799, † le 20 mars 1863, ép. : 1°) en 1826, Charlotte-Sophie de Marron de Belvey, née en 1806, † le 17 avril 1850, fille de François-Catherin de Marron, baron de Belvey, et d'Anne-Constance de La Teyssonnière ; 2°) Marie de Reiset, † s. p. Il eut du premier lit :

1) François-Barthélemy-Alfred, qui suit ;

2) Anne-François-Léon Royer de La Bastie, né le 5 juin 1834, † le 28 octobre 1901; ép. : 1°) le 7 septembre 1863 Antoinette-Mathilde Thiollière, † à Bourg, âgée de 25 ans, le 15 mai 1868, fille d'Henri, et de Mlle Magnin ; 2°) Marie Girard, veuve de Louis Thiollière. Il eut du premier lit :

 A) Anatole Royer de La Bastie, né en 1866 ; ép. le 28 mai 1892 Marguerite Germain de Montauzan, née à Lyon le 7 décembre 1869, fille de Saturnin, et d'Adélaïde Girard, dont :

                a) Léon, né le 25 avril 1896 ;
                b) Jean, né le 17 août 1897 ;
                c) Raymond, né le 13 février 1900 ;
                d) René, né le 11 février 1902 ;
                e) Guy, né le 19 janvier 1905 ;
                f) Simone, née le 23 avril 1893 ;
                g) Fabienne, née le 12 août 1894.
       B) Alice, née en 1864, ép. le 6 mars 1886 Edme-Claude-Marie-Paul de la
           Poix de Fréminville, né le 18 octobre 1859, fils de Claude-Léon-
           Laurent, et de Marie-Adélaïde-Henriette de Valence de Minardière.
    3) Anatole Royer de La Bastie, né en 1838, † le 10 avril 1866, prêtre de
        l'Oratoire ;
    4) Henriette-Philippine, née le 3 novembre 1827, ép. le 25 novembre 1847,
        Gabriel, vicomte du Peloux de Saint-Romain, † le 6 mars 1900 ;
    5) Charlotte-Sophie, née en 1842, † le 13 septembre 1863, religieuse ursuline.

VI. François-Barthélemy-Alfred Royer de La-Bastie, né le 23 mars 1830, † le
25 décembre 1901 ; ép. le 17 janvier 1855 Marguerite-Mathilde Jordan de Chassagny, née le 18 juillet 1836, fille de Claude-Édouard, et de Marguerite-Anastasie
Bourbon de Vanant, dont :
    1) Jules-Henry, né le 17 janvier 1856 ;
    2) Jacques-Edgard, qui suit ;
    3) Louis-Joseph, né le 20 octobre 1874, † le 15 mars 1898 ;
    4) Marie-Marguerite-Marthe, née le 16 septembre 1860 ;
    5) Marie-Antoinette-Hedwige, née le 8 décembre 1862 ; ép. le 9 janvier 1907
        Charles Trubner, fils de Carl, et de Marianne Watkin ;
    6) Marie-Marguerite-Sophie, née le 6 avril 1866, † le 21 mai 1871 ;
    7) Henriette-Marie-Thérèse, née le 25 juin 1870 ;
    8) Marie-Antoinette-Hélène, née le 15 juin 1877.

VII. Jacques Edgard Royer de La Bastie, ép. le 7 avril 1904, Caroline du
Peloux de Saint-Romain, fille de Louis, et de Mlle Cambuzat, dont :
    1) Marguerite-Marie-Josèphe, née le 1er février 1906.

    Cf. : W. Poidebard : *Généalogie des Dugas.*

RUOLZ

D'azur à 3 fusées rangées d'or.
Parfois écartelé : *aux 1 et 4 de Ruolz, aux 2 et 3 de gueules au chef d'or chargé*
de trois molettes d'azur (qui est de Montchal).
Le rameau de Fontenay contre-écartelait : *aux 1 et 4 de Montchal, aux 2 et 3 d'argent*
à deux lions léopardés de sable passants l'un sur l'autre, armés, lampassés et
couronnés de gueules, qui est de Fontenay ; *sur le tout de Ruolz.*
Cimier : *Un lévrier issant d'or.*
Supports : *Deux lévriers au naturel, assis, accolés de gueules.*
Devise : *Toujours prest.*

François-Catherine-Jean-Pierre, marquis de RUOLZ
François-Marie-Ignace, chevalier de RUOLZ

Les Ruolz, maintenus en 1668 par jugement de M. de Besons, à Montpellier,
remontent à :

I. Honorable Mᵉ Jehan de Ruolz, † avant le 19 septembre 1590, notaire royal de
La Combe de Brossein (Saint-Apollinard) ; ép. Marie Chevallier, dont :

   1) Mathieu, qui suit ;
   2) Mᵉ André de Ruolz, ép. à Bourg-Argental, p. c. du 19 septembre 1590
      Isabeau Combe, veuve de François Gillier, dont :

      A) Suzanne, ép. André Perdrigeon.

II. Honnête homme Mathieu de Ruolz, ép. à Annonay, p. c. du 8 décembre 1593
Suzanne Cornier, fille de Zacharie et de Catherine Boyron, dont :

   1) Pierre, qui suit ;
   2) Balthazar, † au service du Roi à Uzès.

III. Noble Pierre de Ruolz, écuyer, sgʳ de Brossein, maître d'Hôtel ordinaire du
Roi (6 août 1646) ; reçut des lettres de noblesse en juillet 1659 ; ép. à Serrières

p. c. du 13 juillet 1623 Marie de Montchal, fille de noble Antoine, et d'Anne de Guillon, dont :

1) Jean-Pierre, qui suit ;
2) Charles, aumônier du Roi, abbé commendataire de Saint-Sauveur-le-Vicomte ;
3) Anne-Marie de Ruolz.

IV. Jean-Pierre DE RUOLZ, écuyer, sg^r du Verger et des Trois-Fourneaux, capitaine commandant au régiment de Ferron, vice-bailli d'Annonay, maintenu à Montpellier le 7 septembre 1668, en vertu des lettres de noblesse de son père ; ép. à Lyon le 31 octobre 1657 Marguerite Perdrigeon, fille de Jean, sg^r des Trois-Fourneaux, procureur ès Cours de Lyon, et de Marie Rochette, dont entre autres :

1) Jean-Joseph de Ruolz, chapelain de l'ordre de Malte (19 janvier 1674) ;
2) Charles, écuyer, sg^r de La Rousselière, bapt. à Lyon le 29 mars 1660, † en 1668 à l'armée du Rhin ; lieutenant au régiment du Maine ;
3) Louis-Félix de Ruolz, jésuite ;
4) Jean-Pierre-Marie, qui suit.

V. Jean-Pierre-Marie DE RUOLZ, chevalier, sg^r des Trois-Fourneaux, né à Lyon le 19 avril 1670, † en 1726 ; assesseur de la maréchaussée générale du Lyonnais, conseiller à la Cour des Monnaies de Lyon (22 mars 1706), substitué aux Montchal dont il descendait par son père ; ép. à Lyon les 23-27 avril 1700 Jeanne-Marie Sabot de Pizey, fille de François Sabot de Pizey, Échevin de Lyon, et de Jeanne Bernoud, dont huit enfants, entre autres :

1) Jean-François, qui suivra ;
2) Louis-Félix, bapt. le 25 juin 1703, chanoine de Saint-Augustin ;
3) Pierre-Marie, bapt. le 1er août 1704, chanoine de Saint-Augustin ; } tous deux noyés dans l'Ain le 10 juillet 1756.
4) Charles-Joseph, qui a fait branche ; }
5) Marie-Catherine, bapt. le 11 novembre 1705, supérieure des Ursulines ;
6) Catherine-Victoire, bapt. le 11 août 1712, ép. p. c. du 26 septembre 1735 François Chassain de Chabet, écuyer, sg^r de Marcilly-sur-Lignon, fils de Noël, écuyer, secrétaire du Roi, et de Madeleine Pichon.

VI. Jean-François DE RUOLZ, chevalier, bapt. à Lyon le 17 avril 1701, † le 25 août 1758, capitaine des grenadiers de Ponthieu, chevalier de Saint-Louis ; ép. 1°) à Lyon le 6 février 1747, Marie-Anne Charlier de l'Espine, originaire de Lille ; 2°) Jeanne-Marguerite Laporte. Il eut du premier lit une fille, s. a., et :

VII. François-Xavier DE RUOLZ, chevalier, bapt. à Sainte-Foy-les-Lyon le 10 août 1747, † s. a. le 15 février 1822 ; Lieutenant des vaisseaux du Roi, après avoir fait pour l'école militaire le 24 février 1755, ses preuves remontant à Pierre de Ruolz son bisaïeul ; chevalier de Saint-Louis et de Saint-Lazare.

BRANCHE CADETTE

VI. Charles-Joseph DE RUOLZ-MONTCHAL, chevalier, sgr de Francheville, Le Châtelard, etc., bapt. le 14 novembre 1708, † noyé dans l'Ain, le 10 juillet 1756. avec son frère et sa femme ; conseiller à la Cour des Monnaies de Lyon (20 juin 1736) ; ép. à Lyon p. c. du 28 septembre 1741, Catherine Rivet de Fromentes, fille de Louis Rivet, chevalier, Trésorier de France à Lyon, et de Catherine d'André de Fromentes, dont entre autres :

1) François-Catherine-Jean-Pierre, qui suivra :
2) *François-Marie-Ignace*, chevalier de Ruolz. bapt. à Lyon le 1er février 1756. lieutenant de vaisseau, chevalier de Saint-Louis et de Saint-Lazare. comparant à Lyon en 1789.

VII. *François-Catherine-Jean-Pierre* DE RUOLZ, chevalier, dit le marquis DE RUOLZ. sgr de Francheville, Le Chatelard, Chaponost, etc., bapt. à Francheville le 14 octobre 1750, † à Lyon le 2 février 1833 ; chevalier d'honneur à la Cour des Monnaies, lieutenant général d'épée à la Sénéchaussée de Lyon, membre de l'Académie de Lyon, comparant à Lyon en 1789 pour les seigneuries de Chaponost et Francheville ; ép. à Nîmes p. c. du 13 mars 1778 Louise de Rochemore. † à Lyon le 5 février 1825, fille d'Alexandre-Henri-Pierre. marquis de Rochemore-Saint-Cosme, et de Charlotte-Louise des Ours de Mandajors, dont :

1) François-Xavier-Marie qui suivra :
2) Philippe-Joseph, qui a fait le rameau de *Ruolz-Fontenay*.

VIII. François-Xavier-Marie DE RUOLZ, chevalier, marquis DE RUOLZ-MONTCHAL, né le 28 février 1779, † en 1846 ; Page de Monsieur. sur preuves du 15 septembre 1787 ; ép. à La Croix-Rousse-lès-Lyon le 29 avril 1801 Camille-Sophie Bataille de Mandelot, née à Saint-Pierre-de Givry (Saône-et-Loire) le 20 septembre 1784. fille de Charles-Claude, et de Marie-Humberte du Breuil, dont :

1) Charles-Marie, qui suivra ;
2) Léopold-Marie-Philippe, comte de Ruolz-Montchal, né à Francheville le 26 pluviôse an XIII, † à Lyon le 16 mai 1879 ; ép. le 29 janvier 1829 Blanche-Marie-Louise Dauphin de Goursac, †à Lyon le 16 mars 1901, fille

d'Alexandre, chevalier de Goursac, et d'Aurore Mathei de Valfons de la Calmette, dont un fils mort jeune et :

    A) Pierre-Camille-Octave, vicomte de Ruolz, puis marquis de Ruolz-Montchal après extinction des aînés du nom ; né à Lyon le 7 octobre 1830, † à Francheville le 30 juillet 1884 : ép. le 14 avril 1858 Béatrix de Labeau de Bérard de Maclas, fille d'Henri-Jules, marquis de Maclas, et d'Emma du Solier, dont une fille morte jeune et :

        a) Pierre-Léopold-Marie, marquis de Ruolz-Montchal, né à Lyon le 5 février 1859, † à Lyon s. a. le 31 octobre 1886.

3) Louis-Joseph-Camille, vicomte de Ruolz-Montchal, né à Francheville le 7 janvier 1807 ; ép. à Saint-Privat-du-Dragon (Haute-Loire) le 7 avril 1834 Marie-Madeleine-Charlotte de Macheco, née au dit lieu le 20 septembre 1812, fille du général comte de Macheco, chevalier de Malte, et d'Antoinette Bataille de Mandelot, dont :

    A) Charles-Marie-Léon-Jean-Pierre, né en 1843, † à Saint-Gilles-de-Vic (Vendée) le 12 mai 1896 ; ép. le 16 février 1876 Marie Paoli, de la Martinique :

    B) Louise-Henriette-Camille, née à Lyon le 5 janvier 1835, † à Trévoux le 9 juin 1895, chanoinesse de Munich ;

    C) Claudine-Françoise-Marie-Isabelle, ép. Gustave, comte de Saint-Phalle, fils du marquis de Saint-Phalle et d'Alexandrine de Boisdenemetz ;

    D) Andrée-Sophie-Emma, née en 1840 ; ép. en 1862 Bruno-Ludovic de Chaumeils de la Coste, fils de Louis de Chaumeils et de Louise de Solilhac.

4) François-Albert-Henri-Ferdinand, baron de Ruolz-Montchal, né à Francheville le 3 septembre 1810, † à Lyon le 12 mars 1875, capitaine du génie ; ép. à Lyon le 23 mai 1845 Anna Badin, née à Lyon le 22 janvier 1813, † le 2 janvier 1876, veuve de Francisque Hubert de Saint-Didier, fille d'Étienne-Augustin Badin et de Madeleine-Antoinette Gros, dont :

    A) Marie-Antoinette-Camille, née à Lyon le 8 avril 1846, ép. à Lyon le 12 décembre 1866 Louis-Marie-Hilaire Bernigaud de Chardonnet, né à Besançon le 1er mai 1839, inventeur de la soie végétale de son nom, fils de François-Marie-Gustave, et de Marie-Louise-Christine Pautenet de Verreux.

5) Marie-Philiberte-Sophie-Aimée, née à Francheville le 24 août 1803, chanoinesse de Sainte-Anne de Munich.

IX. Charles-Marie-Alfred, marquis DE RUOLZ-MONTCHAL, né vers 1802, † an château d'Alleret le 30 septembre 1879, officier d'état-major; marié en 1828 à Ida de Macheco, sœur de la vicomtesse de Ruolz, dont :

1) Amicie-Catherine-Agathe-Léonie, † au château de Chirat [(Voussac) Allier le 9 novembre 1888 ; ép. en 1849 Léonce, baron de Bonnefoy, fils d'Alfred, baron de Bonnefoy, et d'Ernestine de Montanier.

Rameau de Ruolz-Fontenay.

VIII. Philippe-Joseph DE RUOLZ, chevalier, dit le comte DE RUOLZ, bapt. à Lyon le 13 juin 1781, † le 26 février 1855 ; fit ses preuves devant Chérin le 17 juin 1788 : chevalier de Malte de minorité le 7 septembre 1789 ; ép. le 8 mai 1807 Madeleine de Fontenay, fille d'Henri, marquis de Fontenay, Page du Roi, maire de Tours, et de Madeleine Girollet, dont :

IX. Henri-Catherine-Camille, comte DE RUOLZ-FONTENAY, né à Paris en 1808, † à Neuilly-sur-Seine en 1887; musicien et savant, célèbre inventeur de la dorure et argenture par la pile voltaïque, Inspecteur général des chemins de fer, officier de la Légion d'Honneur, etc. ; ép. le 11 février 1843 Anne-Barbe Paradis, † à Paris le 9 mai 1885 à 68 ans, fille de François Paradis et de Catherine Virion.

Cf : Nouveau d'Hozier : 296. Preuves pour l'École militaire (1755). *Jugements de M. de Besons (généralité de Montpellier)*, publiés par le marquis d'Aubais : *Pièces fugitives.*

SABOT DE PIZEY

D'azur au pélican avec sa piété d'argent dans un nid d'or sur un tertre de sinople.

Jean-Baptiste SABOT de PIZEY

Considérables à Lyon, les Sabot sont issus de :

I. Benoît Sabot, marié en 1582 à Isabelle Cluzel, dont :

II. Pierre Sabot, † en 1647 ; ép. en 1604 Louise Pichon, dont :
    1) Benoît, ép. à Saint-Didier-la-Séauve Antoinette Verdalle (Verdelly ?) ;
    2) Jean, qui suit ;
    3) Louise, ép. à Sainte-Sigolène p. c. du 5 avril 1619 Claude Bernard.
    4) Sigolène, ép. les 1er-9 avril 1623 Mathieu Berthollat.

III. Jean Sabot, écuyer, † le 18 mai 1690, Recteur de l'Hôtel-Dieu (1658), secrétaire du Roi du Grand Collège (6 mars 1681), secrétaire garde du rôle des offices de France ; ép. en 1643 Sibylle Boys, † avant le 5 mars 1679, fille de Louis, Élu en l'Élection de Forez, et de Louise Colabaud, dont sept enfants, entre autres :
    1) Louis, qui suit ;
    2) François, tige des sg^{rs} de Pizey ;
    3) Marie, bapt. à Lyon le 6 mai 1648, ép. p. c. du 1er novembre 1663 noble Antoine Prompsal, Élu en l'Élection de Romans ;
    4) Sibylle-Catherine, bapt. à Lyon le 18 mai 1649, ép. à Lyon le 21 novembre 1669 Claude Dessartines, bourgeois de Lyon.

IV. Louis Sabot, écuyer, sg^r de Lusan, bapt. à Lyon le 17 novembre 1646, † à Lyon le 9 octobre 1709 ; conseiller en la sénéchaussée, puis à la Cour des Monnaies de Lyon (22 mars 1706) ; ép. p. c. du 6 décembre 1677 Pierrette Demey, fille de Jean, bourgeois de Lyon, et de Jeanne Cazan, dont neuf enfants, entre autres :
    1) Jean, qui suit ;
    2) François, écuyer, sg^r de La Gardette, bapt. à Lyon le 27 février 1688, conseiller à la Cour des Monnaies de Lyon ;

3) Catherine, bapt. à Lyon le 24 janvier 1686, † à Lyon le 27 juin 1739; ép.
à Lyon les 8-13 janvier 1705 Jean-François Philibert, chevalier, sg^r de La
Barolière, né à Lyon le 12 février 1679, † à Lyon le 22 août 1725. Trésorier
de France à Lyon, fils de Melchior Philibert, et de Jeanne Rondet :

4) Marie-Catherine. bapt. à Lyon le 14 mars 1691. religieuse à l'abbaye de
Chazaux ;

5) Marie-Anne, ép. p. c. du 11 septembre 1713 Claude Cachet, chevalier,
comte de Garnerans, conseiller en la Cour des Monnaies de Lyon, fils de
Benoît, Président au Parlement de Dombes. Prévôt des marchands de Lyon,
et de Marguerite Dassier.

6) Jeanne-Sibylle, bapt. à Lyon le 18 juin 1700, ép. à Lyon p. c. du 18 février
1724 Guillaume Savaron, écuyer, né à Lyon le 20 août 1685. capitaine de
cavalerie au régiment de La Ferronnays. fils de Jean-Baptiste, écuyer, et de
Claudine Raffelin.

V. Jean SABOT DE LUSAN, écuyer. sg^r de Lusan, Plainville, Séréville, etc..
bapt. à Lyon le 20 février 1679, † à Plainville en novembre 1719 ; conseiller au
Parlement de Paris (le 25 avril 1703), substitut du Procureur général au dit Parlement, Président du Grand Conseil (23 juin 1708); ép. à Paris p. c. du 25 février
1707 Françoise Baudran, fille de Nicolas, écuyer. sg^r de Grèves, secrétaire du Roi
du Grand Collège, et de Marie Truchot, dont postérité † jeune.

BRANCHE DE PIZEY

IV. Noble François SABOT DE PIZEY, écuyer, sg^r de Pizey ou Pizay (Saint-Jean
d'Ardière), né à Lyon le 1er août 1654, † à Lyon le 30 mai 1715, Échevin de Lyon
en 1701-02 : ép. le 5 mars 1679 Jeanne Bernoud, † à Francheville le 10 juillet 1748,
fille de Jean, et de Nicole Cany, dont dix enfants, entre autres :

1) Louis, bapt. à Lyon le 27 août 1682, prêtre :

2) François, qui suit :

3) Jean-Baptiste, bapt. à Lyon le 14 avril 1687. † ayant testé à Lyon le
25 avril 1746, prêtre ;

4) Jean-Louis, bapt. le 27 septembre 1690, jésuite, dit le P. du Châtelard.
hydrographe de S. M., professeur à l'Académie de marine :

5) Louis, bapt. le 2 mars 1695, père chartreux ;

6) Jeanne-Marie, née à Lyon le 19 mai 1680, † à Francheville le 25 novembre
1763, ép. à Lyon le 27 avril 1700 Jean-Pierre-Marie de Ruolz, chevalier,
sg^r des Trois-Fourneaux ;

7) Marie-Catherine, bapt. à Lyon le 12 janvier 1700, † le 22 septembre 1750,
ép. à Lyon p. c. du 10 mai 1738 Louis Borde, écuyer, fils de Jacques, chevalier. Trésorier de France à Lyon, et de Geneviève Taillandier.

V. François SABOT DE SUGNY, chevalier, sg^r du dit lieu, Pizey, Pivoley, Tanay, Saint-Ennemond, etc., né à Lyon le 5 février 1684, † à Lyon le 20 avril 1770, conseiller à la Cour des Monnaies de Lyon (27 mars 1715), conseiller d'honneur (11 juin 1745); ép. à Lyon les 8-11 juillet 1719 Antoinette Hugalis, fille de Jean, enseigne des arquebusiers de Lyon, et d'Élisabeth Violette, dont six enfants, entre autres :

    1) Jean-Baptiste, qui suit;

    2) Pierre-Jacques-Marie, bapt. à Lyon le 12 octobre 1723, prêtre, chanoine régulier de l'ordre de Saint-Antoine, réuni à celui de Malte ;

    3) Jeanne-Marie, bapt. à Lyon le 23 décembre 1724, religieuse professe à la Visitation de Sainte-Marie des Chaînes ;

    4) Marie-Catherine, née à Lyon le 27 octobre 1728, † à Gleizé le 27 décembre 1760 ; ép. à Lyon le 28 août 1747 Louis-François Bottu de La Barmondière, chevalier, sg^r de Montgré, fils de François, chevalier, et de Marie-Charlotte Deschamps de Talancé.

VI. *Jean-Baptiste* SABOT DE PIZEY, chevalier, sg^r du dit lieu, Sugny, Pivoley, Saint-Ennemond, etc., bapt. à Lyon le 3 septembre 1721, † à Saint-Jean d'Ardière (Rhône) le 3 novembre 1810; conseiller à la Cour des Monnaies de Lyon (17 mars 1745), Président en la dite Cour (24 mars 1759), lieutenant particulier, assesseur criminel en la sénéchaussée de Lyon, Président honoraire à la Cour des Monnaies, Président au Conseil supérieur de Lyon (1772), comparant à Lyon en 1789. Ép. : 1°) à Lyon le 28 août 1747 Thérèse Bottu de La Barmondière, sœur de Louis-François, ci-dessus ; 2°) à Saint-Didier-la Séauve le 10 novembre 1755 Marguerite Delorme; 3°) à Lyon le 26 pluviôse an IX Jeanne-Marie Combier, née à Emeringes (Rhône) le 9 avril 1764, fille de Claude, et de Philiberte Pechard. Il eut :

    1) 1er *lit :* Charles-François, bapt. à Lyon le 4 septembre 1748, † à Lyon le 20 octobre 1749 ;

    2) Antoine-Louis, chevalier, bapt. à Lyon le 23 août 1750, † le..., s. a. ;

    3) *du 2^d lit :* Jacques-Antoine, qui suit.

VII. Jacques-Antoine SABOT [DE PIZEY], né le 10 novembre 1756, † le 22 juin 1831; ép. le 1er septembre 1788 Françoise Maugier, dont :

VIII. Pierre SABOT [DE PIZEY], né le 4 avril 1789, † le 5 juin 1860; ép. le 17 juillet 1821 Antoinette Gerphanion.

Cf. : *Pièces originales:* 2600 : *Dossiers bleus :* 593 ; *Carrés d'Hozier :* 564.

SACONAY

De sable à trois étoiles d'argent ; au chef du même chargé d'un lion issant de gueules.

François, comte de SACONAY

La maison de Saconay, originaire du pays de Gex est de noblesse chevaleresque ; elle tenait au moyen âge le premier rang parmi les familles du Genevois, et au XVIIe siècle, l'une de ses branches établie en Lyonnais et Beaujolais, était citée par l'intendant d'Herbigny parmi les principales familles nobles de la province.

Les Saconay ont donné des chevaliers et des grands prieurs de Malte, un lieutenant général des armées et de nombreux officiers. Ils ont fourni à l'église dix-huit chanoines comtes de Lyon, parmi lesquels : François de Saconay, reçu en 1385, † en 1427, camérier du pape et archevêque de Narbonne ; Henry de Saconay, reçu le 13 juin 1396, † inhumé à Lyon le 29 juin 1444, Député aux États Généraux d'Orléans ; et Gabriel de Saconay, † en 1580, reçu le 4 février 1527, précenteur le 21 octobre 1546, archidiacre le 12 août 1572 et doyen du chapitre le 27 septembre 1574. Ce dernier célèbre par son ardeur à défendre la foi catholique, et par ses écrits en faveur des droits de l'Église, était fils de Pierre de Saconay, et de Françoise de Talaru de Chalmalzel, dont la mère Marguerite Rolin descendait du fameux chancelier de Bourgogne.

Gabriel de Saconay avait pour frère, Aymé de Saconay [1], chevalier, co-sg[r] avec son frère Gabriel de la maison forte de la Carrodière, près Saint-Symphorien-le-Château, p. acqu. du 20 mai 1558. Aymé de Saconay, † en mai 1572, capitaine des gardes du corps de Charles IX, chevalier de l'Ordre du Roi (12 novembre 1569), ép. en 1552 Anne de Séveret, veuve de Gilbert le Mastin, chevalier, sg[r] de La Merlée, et

---

1. Nous n'avons pu déterminer avec assez de certitude à quel rameau appartenaient Gabriel et Aymé de Saconay. Les preuves des comtes de Lyon (Bib. Nat. fr. 2602) diffèrent sur ce point des mss. de Guichenon (t. XVI, n° 327) déposés à la Bibliothèque de la Faculté de Médecine de Montpellier. Par suite de ces divergences que les archives du château de Saconay n'ont pu éclaircir, nous ne rapporterons, dans la généalogie de cette famille, que les branches dont la filiation est établie avec certitude.

fille de Balthazar de Séveret, chevalier, sg^r de Chaussaing, et de Péronnelle de Bonnay, dont il eut : a) Gabriel, comte de Lyon ; b) Théaude ; c) Huguette, ép. Claude de Villette, chevalier ; d) Giliberte, prieure du couvent de Saint-Pierre à Lyon : e) Anne, ép. François de Serrières, chevalier, sg^r de Palerne ; f) Jeanne, ép. Pierre de Sarron, chevalier, sg^r des Forges, fils d'André, et d'Antoinette de Saint-Priest.

Ce fut Aymé de Saconay, qui d'accord avec Gabriel, son frère, donna le nom de Saconay au fief de la Carrodière, et s'occupa d'embellir et de restaurer le château, que Jeanne de Saconay porta aux Sarron. Cette ancienne demeure devint au xviiie siècle l'apanage d'une branche des Dareste qui le possède encore aujourd'hui. Ce fief de Saconay ne doit pas être confondu avec la terre de Saconnex ou Saconay, au pays de Gex, berceau de la famille de Saconay et qui appartint à d'autres branches.

La filiation suivie des Saconay remonte à Pierre de Saconay, chevalier, vivant en 1242, marié à Françoise de Talaru, dont l'arrière-petit-fils fut :

IV. Pierre de Saconay, chevalier, sg^r de Saconay (au pays de Gex), ép. Andrée de Bellegarde, fille de Pierre de Bellegarde, dont sept fils cités dans un partage de 1472, savoir :

> 1) Guillaume tige de la branche des sg^{rs} de Saconnex, dont s'est détaché la branche de Bursinel, fixée en Suisse ;
>
> 2) Henry, tigé de la branche d'Aysery ;
>
> 3) Jean, sg^r de Vesancy ;
>
> 4) Théobald, protonotaire apostolique, procureur fiscal de l'évêché de Genève ;
>
> 5) François de Saconay, † en 1527, chanoine comte de Lyon, maître de chœur en 1497, sacristain (31 juillet 1503), custode (14 août 1503) ;
>
> 6) Jacob de Saconay, chanoine comte de Lyon ;
>
> 7) Petremand de Saconay, chanoine comte de Lyon.

BRANCHE DES SEIGNEURS DE SACONNEX

V. Guillaume de Saconay, chevalier, sg^r de Saconay (Saconnex), La Bastie d'Ardelles, etc., marié à Marie d'Estrées, dont :

> 1) Aymé, qui suit :
>
> 2) François de Saconay, chevalier, sg^r de Bursinel, Prigny, etc., vivant en 1511, marié à Louise de Prés, fille de Barthélemy de Prés, sg^r de Corcelles au pays de Vaud. Il fut le père d'André de Saconay, tige des sg^{rs} de Bursinel qui ont donné des officiers fameux, et de Louis de Saconay, tige des sg^{rs} de Prigny. Ces branches sont demeurées en Suisse.
>
> 3) Aymon de Saconay, archiprêtre de Genève.

VI. Aymé DE SACONAY, chevalier, sgr de Saconay (Saconnex), Agny, Albeterre,
etc., marié : 1°) à Jacquemette du Nant ; 2°) à Antoinette du Breül, fille de Claude,
chevalier, sgr de l'Isle et Chenavel en Bugey, et de Jeanne de Malain. Il eut du
1er lit :

1) Marin, qui suit ;
2) Martial de Saconay, chanoine comte de Lyon en 1545.

VII. Marin DE SACONAY, chevalier, sgr de Saconay, (Saconnex), Agny, Albeterre, etc. ; marié 1°) à Giraude de Chastillon de Michaille, fille de Richard, chevalier, et de Claudine de Menthon ; 2°) à Anne du Breül, sœur d'Antoinette, ci-dessus.
Il eut du premier lit :

1) Étienne, qui suit ;
2) Jacques de Saconay, chanoine comte de Lyon en 1596.

VIII. Étienne DE SACONAY, chevalier, sgr de Saconay (Saconnex), Agny, Albeterre, substitué aux nom et armes des Roussillon ; marié à Marie de Saconay, fille de
Jean, chevalier, sgr d'Aysery, et d'Aymée des Clefs, et petite-fille de Jeanne de
Roussillon. Il était mort le 19 février 1602, et sa veuve fit à cette date reprise du fief
de Saconay (Saconnex), comme tutrice de ses enfants, savoir :

1) Jacquemin de Saconay, chevalier ;
2) Denys, qui suit ;
3) François de Saconay, chevalier, † en 1660, sgr mensionnaire de la baronnie
d'Anse, de Sainte-Foy, Vaugneray, etc., chanoine comte de Lyon
(10 novembre 1609), Prévôt de l'Église Saint-Jean, Chamarier le 18 mars
1630.

IX. Noble et puissant Denys DE SACONAY, chevalier, sgr de Saconay (Saconnex),
Agny, Saint-Jean d'Agny, Albeterre, etc., co-sgr d'Archan et de La Poype, vivant
en 1650 : ép. p. c. dotal du 30 décembre 1626 Gasparde de Beaumont-Carra, née
à Chambéry, fille de noble Paul de Beaumont-Carra, et d'Antoinette-Charlotte
Dyvone, dont :

1) François, chevalier, Enseigne Colonelle du régiment d'Halincourt, † au service en Piémont ;
2) Paul, chevalier, dit M. de Chastillon, sgr de Saconay (Saconnex), dont
reprise de fief le 20 avril 1674 : était encore écolier en 1640 ;
3) Gaspard, qui suit ;
4) Jacques de Saconay, chevalier, écolier en 1640.

X. Gaspard DE SACONAY, chevalier, sg^r de Saint-Jean d'Agny, co-sg^r d'Archan et La Poype, sg^r de Bacot et Saint-Christophe en Beaujolais, † en juin 1694, convoqué au ban de 1694, en réclama dispense comme ayant trois fils au service ; marié : 1°) à N... de Sallmard ; 2°) à Bacot (Saint-Christophe), le 17 avril 1660, à Angèle de Sarron, dame de Bacot et Saint-Christophe, fille d'Antoine de Sarron, chevalier, sg^r de Saint-Christophe, Bacot, etc.. et de Magdeleine de Ligier-Testenoire-Bacot. Il eut du second lit :

1) Camille, qui suit ;

2) Camille de Saconay, dit le jeune, chevalier, sg^r de Vaurion, Montplaisir, Saint-Christophe, etc., † s. p. avant le 13 août 1720, ayant testé à Paris le 28 avril 1720, en faveur de son frère aîné ; lieutenant au régiment de Picardie en 1694, capitaine au dit régiment ; il vendit le 6 novembre 1719 la terre de Saint-Christophe-la-Montagne à Jean André, écuyer, conseiller secrétaire du Roi. Ép. à Lyon p. c. du 1er février 1700 Claudine Minguet, veuve en premières noces d'Henry Veret, bourgeois de Lyon ;

3) Gabriel de Saconay, chevalier, né et ondoyé à Brindas le 3 avril 1665, bapt. à Beaujeu le 8 mars 1666 ; lieutenant au régiment de Varennes en 1694.

XI. Camille DE SACONAY, chevalier, comte de Bacot et de Vaurion, sg^r de Montplaisir, etc., dit le comte de Saconay, † avant le 25 septembre 1721 ; capitaine de cavalerie au régiment de Varennes en 1694, Major du régiment de cavalerie de Rennepont (1700). Ép. Pauline de Séjournant, qui figure comme veuve le 25 septembre 1721 à une bénédiction de cloches à Brindas. Ils eurent vraisemblablement pour fils :

? XII. *François*, comte DE SACONAY, sg^r de Buxeuil, dernier du nom, comparant à Lyon en 1789. Le 17 juillet 1789, il prit part à Lyon à une réunion des Trois-Ordres, présidée par Imbert-Colomès, où il proclama l'amour de la Noblesse pour la Nation et pour le Roi. Ép. en Poitou Charlotte-Thérèse de La Roche-Céry, † s. p. le 4 août 1766, inh. le 5 août à Saint-Genis-Laval.

BRANCHE D'AYSERY

V. Henry DE SACONAY, chevalier, sg^r d'Aysery, Truat, Prat, Roux en Genevois, etc. ; marié à Jeanette Le Moyne, fille du sg^r de Buringes, dont entre autres ;

VI. Pierre DE SACONAY, chevalier, sg^r d'Aysery, etc. ; marié à Jeanne de Roussillon, fille de Philibert de Roussillon, écuyer, et de Claudine de Montous, dont :

1) Amblarad de Saconay, chevalier, sg^r d'Aysery, † s. a. ;

2) Jean, qui suit.

VII. Noble Jean DE SACONAY, chevalier, sg^r d'Aysery, Truat, Prat, Roux, etc. ; marié à Aymée des Clefs, fille d'Humbert des Clefs, écuyer, sg^r du Val des Clefs, Maître-d'Hôtel du Duc de Bourgogne, et de Catherine de Poypon, dont :

1) Denys, qui suit ;

2) Pierre de Saconay, chevalier, † en 1610, chevalier puis Grand-Croix de l'Ordre de Malte, Grand-Prieur d'Auvergne, etc.;

3) Noble François de Saconay, chevalier, co-sg^r d'Aysery ; marié p. c. du 15 octobre 1568 à Catherine de Machard, fille de Louis de Machard, écuyer, sg^r de Chassey en Faucigny. [Elle était veuve d'Amblard de Lucinge, et sœur de Charles, sg^r de Chillaz] ;

4) Louis de Saconay, chevalier, † le 21 juin 1611, chanoine comte de Lyon (24 décembre 1572), Maître du Chœur (15 novembre 1577), Chantre (24 août 1600), Chamarier de l'Église de Lyon (23 décembre 1604);

5) Marie de Saconay, mariée à son cousin Étienne de Saconay, chevalier, sg^r d'Albeterre, fils de Marin, chevalier, et de Géraude de Chastillon de Michaille.

VIII. Denys DE SACONAY, chevalier, sg^r d'Aysery, Truat, Prat, Roux-en-Gene-vois, etc.; marié à Charlotte de Chissey, fille de Jean, chevalier, sg^r de Pollinge-en-Genevois, et de Jeanne de Cornillon, dont :

IX. Claude-François DE SACONAY, chevalier, sg^r d'Aysery, etc., marié à Péronne de Regard, fille du sg^r de Morgenay, dont :

1) Anne-Marie-Péronne de Saconay, marié le 14 septembre 1625 à François de Clermont-Montfalcon, chevalier, baron de Mont-Saint-Jean, Lieutenant-général de la Cavalerie de Savoie, Conseiller d'État, chevalier de l'Annon-ciade, fils de Jean-Claude, chevalier, et d'Anne de Montfalcon. Héritier des biens de cette branche, il prit le titre de comte de Saconay et détint au xviie siècle les titres de cette maison avec une rigueur qui, au dire de Guichenon, empêcha d'en établir avec précision la généalogie.

Cf. : *Dossiers bleus : 593. Carrés d'Hozier : 564. Pièces originales 2602. Preuves des comtes de Lyon* (Bib. Nat. fr. 2602). Marquis d'Aubaïs : *Pièces fugitives pour servir à l'Histoire de France.* (Preuves des chanoines comtes de Lyon : il confond parfois Saconay et Sacconcins). Guichenon : *Histoire de Bresse et Bugey ; Mss. déposés à la Bibliothèque de la Faculté de Médecine de Montpellier (t. XVI, n° 327).* Pernetti : Armoriaux de l'Ain ; Niepce : *Lyon militaire.*

SAHUC DE PLANHOL

D'or à trois sureaux de sinople plantés sur une terrasse du même, mouvante de la pointe de l'écu, et surmontés d'un cœur de gueules enflammé du même, soutenu par un vol aussi de sinople.

JACQUES-MICHEL SAHUC DE PLANHOL

Les armoiries que nous avons attribuées au comparant de 1789 sont celles réglées par L. P. du 28 juillet 1775 en faveur du frère de Jacques-Michel Sahuc de Planhol, Jean-François Régis Sahuc, établi à Cadix, et anobli par les dites Lettres Patentes. On trouve d'ailleurs un grand nombre de variantes à ces armoiries. Certains cachets portent : « *d'or à trois branches de sureaux de sinople posées en pal ; à la fasce d'argent brochante chargée de trois étoiles de gueules* ».

Il faut également rapprocher ces armoiries de celles portées par Louis-Michel-Antoine Sahuc, membre du Tribunat, baron de l'Empire (L. P. du 24 juin 1808), Général de Division (3 janvier 1806), chevalier de Saint-Louis et Député du Rhône; il était né le 9 septembre 1755 et mourut le 24 octobre 1813. Ses armoiries étaient : *Parti : d'argent à trois palmes de sinople posées en pal et mal ordonnées, et d'azur à un sabre d'or posé en pal.*

La famille Sahuc est originaire du Velay, et fort nombreuse; elle semble aujourd'hui éteinte dans toutes ses branches et n'appartient à Lyon que par :

I. *Jacques-Michel* SAHUC DE PLANHOL, chevalier, sgr de Planhol, Ribeyres, Soufflet, Passac, La Mouillade, La Tour, Jarnieux etc., en Velay et en Lyonnais ; né au Puy-en-Velay le 23 juillet 1721, † à Lyon le 22 décembre 1794; Directeur des Assurances Maritimes, Président Trésorier de France à Grenoble, comparant à Lyon en 1789; ép. p. c. du 3 juillet 1747 Marie-Anne Vaguet, bapt. le 30 octobre 1730, † en 1797. fille de Mathieu Vaguet et de Magdeleine Roze, dont :

    1) Joseph Michel Sahuc de Planhol, né le 22 septembre 1765, mort jeune ;

    2) Jeanne-Marie, ép. p. c. du 31 juillet 1769 François Chaix de Loche. chevalier. Trésorier de France à Grenoble ;

3) Madeleine Sahuc de Rioux ;

4) Marianne Sahuc de Planhol ;

5) Gabrielle, † à Lyon le 9 mars 1832 ; ép. le 3 avril 1774 Claude-Joseph Jacob, conseiller en la sénéchaussée de Lyon ;

6) Charlotte, née le 23 septembre 1756, † le 23 décembre 1830 ; ép. le 10 février 1779 Gabriel de Clavière, écuyer, sg^r de Jarnieux, conseiller en la sénéchaussée de Lyon, né à Lyon le 12 novembre 1747, † le 21 février 1824, fils de François, Échevin de Lyon, et de Marie-Louise Gesse de Poisieux ;

7) Anne-Victoire Sahuc de Planhol, née le 23 avril 1761.

Cf. : Nouveau d'Hozier, 297.

Communications de M. R. de Clavière.

Vte Révérend : *Armorial du Premier empire*.

SAIN DE MANNEVIEUX ET DE VAUXONNE

D'azur au chevron d'argent surmonté d'un croissant renversé du même, accompagné en pointe de trois étoiles rangées d'argent.

PIERRE-JACQUES SAIN DE LA COUZ

Cette famille, anciennement connue, est issue de :

I. Claude SAIN, né au Bois d'Oingt, marié vers 1685 à Thérèse Brossette [sœur du fameux ami de Boileau, Claude Brossette, Échevin de Lyon], dont entre autres:

    1) Antoine, qui suit ;

    2) Claude, tige d'une branche demeurée au Bois d'Oingt, alliée aux familles de Costard, Simonet, Berruyer, d'Arod de Pierrefilant, etc.

II. Noble Antoine SAIN, Docteur en médecine de la Faculté de Montpellier, agrégé au Collège des médecins de Lyon; ép. à Lyon p. c. du 7 juin 1721 Marie Chorel, d'où :

    1) Claude, né vers 1722, † le 1er juin 1782; marié à Lyon le 2 août 1744 à Catherine Bruyset, fille de Louis, et d'Andrée Lions, dt. p. ;

    2) Paul, qui suit;

    3) André, ép. à Lyon le 4 avril 1750 Marie-Gasparde Giraud, fille de Claude, procureur ès-cours de Lyon.

III. Paul SAIN, écuyer, sgr de La Couz, Chalay, Saillans, la Bertinière, [p. acq. du 22 août 1761]. sgr de la baronnie de Sénevas, Saint-Romain-en-Jarez, Chaignon, Valfleury [p. acq. des Trollier du 11 septembre 1768]; bapt. à Lyon le 3 septembre 1723, † à Lyon le 13 avril 1776 ; secrétaire du Roi près le Parlement de Bourgogne (21 avril 1762) ; il échangea le 19 février 1771 contre des maisons de Lyon appartenant aux Terrasson, la baronnie de Sénevas et les fiefs de Saint-Romain, Chaignon, Valfleury etc., évalués 200.000 livres; marié à Lyon le 9 janvier 1753 à Jeanne-Marie Bruyset, † le 12 septembre 1785, fille de Louis Bruyset et d'Andrée Lions, dont :

1) André, qui suivra ;

2) *Pierre-Jacques* Sain de La Couz, puis Sain de Mannevieux, écuyer, né à Lyon
le 24 juillet 1759, † le 7 avril 1824 ; comparant à Lyon en 1789, autorisé par ordonnance royale du 11 octobre 1818 à relever le nom de Mannevieux ; ép. à Salaize (Isère) le 21 mai 1792, Françoise Bruyset de Mannevieux, bapt. à Lyon le 19 avril 1766, fille de Louis-Claude, chevalier, sg^r
de Mannevieux, Trésorier de France à Lyon, et de Jeanne-Françoise-Thérèse Guérin de la Colonge, dont la mère était Françoise Imbert ; il laissa :

    A) Paul-Émile Sain de Mannevieux, né à Lyon le 14 mars 1793, † le
    8 juillet 1851 ; capitaine d'artillerie ; marié : 1° à Louise-Adèle-Charlotte
    Dulong de Rosnay ; 2°) à Lyon le 15 juin 1846 à Adélaïde de Parseval,
    née à Demigny le 30 octobre 1825, † s. p. à Mâcon le 19 mars 1885,
    fille de Ferdinand-Laurent, et de Constance de Foudras. Il a laissé
    quatre enfants du premier lit.

3) Andrée-Claudine Sain de la Couz, mariée à N. Gauthier de Murnand,
officier d'artillerie.

IV. André-Paul SAIN-ROUSSET DE VAUXONNE, né à Lyon le 28 juin 1757, † à Vaux
le 18 décembre 1837 ; maire de Lyon ; baron de Vauxonne et de l'Empire
(3 mai 1810) avec constitution de majorat (2 octobre 1813) ; titres et majorats
annulés par ordonnance du 21 décembre 1836 ; ép. à Lyon le 4 floréal an IV Antoi-
nette-Marie-Pierrette Rousset, fille de Jean-Marie, et de Madeleine Peillon, dont :

1) Albin-Fortuné-Pierre-Paul Sain-Rousset, baron de Vauxonne, né à Lyon le
23 floréal an VI, † le 22 février 1851 ; capitaine du génie ; ép. à Lyon le
5 avril 1832 Agathe Fournier, née le 26 germinal an XI, † à Lancié le
4 juillet 1868, dont :
    A) Marie-Antoinette, née à Lyon le 30 mars 1840.

2) René-Louis-Jules-Jean-Marie, qui suivra ;

3) Émile-Jean-André-Léopold Sain-Rousset de Vauxonne, né le 11 vendémiaire
an XI, † le 25 mars 1863 ; conseiller à la Cour de Lyon (1838), Président
de la commission municipale de Lyon et du Conseil général du Rhône ;
marié le 10 septembre 1833 à Désirée-Amélie-Stéphanie Fournier, sœur
d'Agathe Fournier, ci-dessus, dont :
    A) Albane, née à Lyon le 1er août 1834, religieuse de la Visitation de
    Fourvières ;
    B) Marie-Claudine-Anaïs, née le 2 mai 1838, ép. le 3 mars 1857 Marie-
    Adrien-Constantin-Edmond de Piellat, juge au tribunal de Lyon ;
    né à la Croix-Rousse le 27 février 1825, † à Rome :

C) Gabrielle, née à Pommiers (Rhône) le 22 juin 1839, ép. à Vaux (Rhône) le 27 janvier 1860 Arthur Péricaud de Gravillon, né à Lyon le 18 juillet 1828, † à Ecully le 7 février 1899.

4) Jules-Jean-Pierre-Auguste Sain de Vauxonne.

V. René-Louis-Jules-Jean-Marie SAIN-ROUSSET, baron DE VAUXONNE, né le 28 vendémiaire an IX, autorisé à reprendre le titre de baron par décret du 17 mai 1862, Page de l'Empereur, juge au Tribunal civil de Lyon ; ép. à Lyon le 10 septembre 1835 Marie-Antoinette-Gabrielle-Henriette Achard-James, née à Sion (Gers) le 20 novembre 1813, † à Lyon le 14 février 1885, dont :

1) Albin-Henri, qui suit ;

2) Henri, zouave pontifical, né en 1844, † à Gravelotte (18 août 1870) ;

3) Marie-Pauline-Alphonsine, née le 22 juin 1836, † s. a. en 1904 ;

4) Marie-Émilie, née le 26 avril 1845, ép. le 27 mai 1867 Joseph-Pierre-Louis de Bouchaud de Bussy, né à Vienne (Isère) le 31 mars 1837, fils de Pierre-Joseph-Jules, et de Jeanne-Louise Avid de Prunelle ;

5) Henriette, † à Causans (Vaucluse) le 29 juin 1886, ép. à Lyon le 1er mai 1878 Régis de Vincens, comte de Causans, né à Lyon en 1853, † à Lyon le 20 avril 1888, fils d'Armand, marquis de Causans, et de Valérie de La Croix-Laval ;

6) Albane de Vauxonne, religieuse.

VI. Albin-Henri SAIN-ROUSSET, baron DE VAUXONNE, né à Lyon le 13 juillet 1841, † le 26 février 1895, père de :

1) Jean, qui suit ;

2 et 3) Jeanne et Alphonsine de Vauxonne.

VII. Jean SAIN-ROUSSET, baron DE VAUXONNE.

Cf. : Vte Révérend : *Armorial du 1er Empire.*

Chérin : 193 (*Généalogie des Terrasson de Sénevas*).

SAINTE-COLOMBE

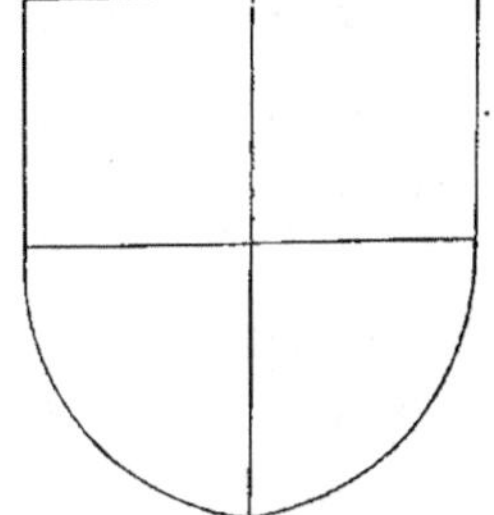

Écartelé d'argent et d'azur.
alias, *Écartelé : aux 1 et 4, contre écartelé d'argent et d'azur ; aux 2 et 3 d'argent
à trois bandes de gueules* qui est de Semur.
Supports : *Deux lévriers.*
Cimier : *Une Colombe.*
Cri : *Chersala.*
Devises : Ἄνευ χολῆς (*Sans fiel*) et « *Spes mea Deus* ».
JEAN-LOUIS-ÉLÉONORE, COMTE DE SAINTE-COLOMBE

Cette famille chevaleresque dont l'historique détaillé dépasse les limites de
cette étude, a donné cinq chanoines comtes de Lyon, et formé plusieurs branches
issues de Guy de Sainte-Colombe, vivant en 1331, dont la descendance a été
maintenue dans sa noblesse d'extraction en 1667.

Guy de Sainte-Colombe (1331) eut pour fils aîné Girard, dont le petit-fils Josserand
forma la *branche aînée* perpétuée par les anciens seigneurs de Saint-Priest-La-Roche,
Bonnefont, Boisvert, etc., où l'on compte Jean, maître d'hôtel de Mme Anne de France,
duchesse de Bourbonnais et d'Auvergne ; Claude gentilhomme de la Chambre du
Duc d'Orléans, depuis Charles IX, etc.; branche éteinte au xvie siècle.

La *seconde branche*, issue également de Josserand de Sainte-Colombe, par son
second fils Antoine, sg^r de Sainte-Colombe, La Boërie, etc., marié à Catherine de
Lorgue, se perpétua en ligne directe par les Sainte-Colombe-Nanton éteints au
xviiie siècle et dont suivra la notice.

Elle détacha la *troisième branche* dite du Poyet, fondée au xvie siècle par François
de Sainte-Colombe, chevalier, sg^r du Poyet, etc., fils cadet d'Étienne de Sainte-
Colombe-La Boërie et d'Huguette de Nagu, et marié le 7 décembre 1578 à Anne de
Ronchevol, dame du Poyet.

La *quatrième branche*, des sg^rs de Piney, L'Aubespin avait été antérieurement
détachée de la seconde, par Antoine de Sainte-Colombe, sg^r de Piney, fils cadet

d'Antoine de Sainte-Colombe et de Catherine de Lorgue, et marié à Rose de Rochefort-La Valette.

Enfin une *cinquième branche* dite du Thil, formée au second degré, par Guichard, fils cadet de Guy, s'éteignit au xvie siècle.

BRANCHE DES SAINTE-COLOMBE-NANTON
devenue l'aînée au xvie siècle.

Cette branche était représentée au viie degré depuis Guy de Sainte-Colombe, par :

VII. Étienne DE SAINTE-COLOMBE, chevalier, sg^r de Sainte-Colombe, La Boërie, etc. †en 1568, compagnon d'armes d'Odet de Foix à l'expédition de Rome ; ép. le 27 octobre 1529 Huguette de Nagu, fille d'Hugues de Nagu, chevalier, sg^r de Varennes, Laye, etc. échanson de Louis XII, et de Françoise de Saint-Romain, dont :
1) Philibert, qui suit ;
2) François, tige de la branche du Poyet ;
3) Claudine, ép. Hippolyte de Varennes, sg^r de Rappetour, fils de Pierre, et de Jeanne de Rougemont ;
4) Magdeleine, mariée à son cousin François de Sainte-Colombe, chevalier, sg^r de Saint-Priest, fils de Charles, sg^r de Saint-Priest, et d'Antoinette de La Forest ;
5) Catherine, religieuse.

VIII. Philibert DE SAINTE-COLOMBE, chevalier, sg^r de Sainte-Colombe, La Boërie, etc. † le 12 août 1574 ; ép. le 12 décembre 1571 Claudine de Nanton, fille de François, chevalier, et de Jeanne de Marcilly-Cypierre, dont :

IX. Renaud DE SAINTE-COLOMBE, chevalier, sg^r de Sainte-Colombe, Pizey, etc., †à Pizey le 29 octobre 1633 ; guidon de la compagnie des gens d'armes de Guillaume de Saulx-Tavannes ; marié le 17 février 1598 à Claude d'Albon, fille de Bertrand, sg^r de Saint-Forgeux, etc., chevalier de l'Ordre du Roi, gentilhomme ordinaire de sa chambre, et d'Antoinette de Galles, dont entre autres, quatre filles religieuses et :
1) Claude de Sainte-Colombe, chevalier, cornette de la compagnie de chevau-légers du comte de Soissons, † à la suite d'un duel ;
2) Renaud, chevalier de Saint-Jean de Jérusalem, commandeur de Montferrand ;
3) François, chanoine comte de Lyon (1668) ;
4) Rolin, religieux de Savigny, prieur de Courzieu, † en avril 1671 ;
5) Claude, enseigne d'une compagnie de gens de pied, † au service à Montcalieri ;

6) Guillaume, qui suit ;

7) Claudine, ép. François de Menthon, chevalier, fils de François, et de Marguerite de Châteauvieux ;

8) Hilaire, ép. Pierre de Montjouvent, chevalier, fils de Claude, et d'Antoinette d'Arcis.

X. Guillaume DE SAINTE-COLOMBE-NANTON, chevalier, sgr de Sainte-Colombe. Pizey, etc. ; ép. le 3 septembre 1656 Diane de Vaurion, fille d'Antoine, chevalier. et de Benoîte de Rébé, dont entre autres, trois religieuses et :

1) Antoine, comte et sacristain de l'église de Lyon, prieur de Tarare ;

2) Claude, qui suit :

3) Isabeau, ép. p. c. du 14 août 1691 Charles d'Yzerand de La Grange, chevalier, comte du Molard, Montaclard, etc.

XI. Claude DE SAINTE-COLOMBE-NANTON, chevalier, sgr comte de Sainte-Colombe, Pizey, etc. ; ép. p. c. du 12 décembre 1700 Anne-Maximilienne de Douhet de Boudes, † s. p., fille de François, chevalier, sgr de Boudes, etc., Mestre de camp, et d'Isabeau de Beaufort-Canillac.

BRANCHE DU POYET

VIII. François DE SAINTE-COLOMBE, chevalier, sgr du Poyet, Saint-Priest-La Roche, La Goyetière, Saint-Pierre, etc., marié le 7 décembre 1578 à Minerve-Anne de Ronchevol, dame du Poyet, co-dame de Saint-Pierre-La-Noaille, fille de Jacques, chevalier, et de Denise de Tenarre, dont entre autres :

1) Claude de Sainte-Colombe, jésuite ;

2) Guy-Georges, qui suit ;

3) Claude, capitaine de gens à pied ;

4) Nanciade, ép. Gabriel de Bougnes, chevalier, baron de La Tour du Bost, fils de Guyot, et de Louise de Messey ;

5) Claudine, mariée : 1°) à Pierre de Faujard, sgr de Grandvaux ; 2°) à Jacques de Gayardon, comte de Grésolles ;

6) Philiberte, religieuse.

IX. Guy-Georges DE SAINTE-COLOMBE, chevalier, sgr du Poyet, etc., † en 1636, capitaine de cent hommes au régiment de Lesdiguières (1625) ; ép. le 16 septembre 1614 Laurence de Chevriers, fille de Philibert. et de Marguerite de Cornon-Seyturier, dont entre autres :

1) Charles-Emmanuel, officier, † au service en Alsace ;

2) Philibert-Alexandre, qui suit ;
3) Claude, abbé de Savigny ;
4) Jean-Léonor, chevalier de Malte, Commandeur des Eschelles (1676) ;
5) Isabelle, religieuse.

X. Philibert-Alexandre DE SAINTE-COLOMBE-RONCHEVOL, chevalier, sg^r du Poyet, baron de Saint-Priest, né en 1625, maintenu en 1667, officier ; ép. le 29 avril 1658 Gabrielle-Charlotte de La Magdeleine-Ragny, fille de Jacques, comte de La Magdeleine, Lieutenant général des armées, et d'Elisabeth de Wissey, dont entre autres :
1) Jean-Marie, qui suit ;
2) Jacques, né en 1673, † en 1741 : chevalier de Malte (1691), officier au régiment de La Châtre ;
3) Marie-Anne, mariée le 11 décembre 1681 à Pierre de Montjouvent, chevalier, sg^r de Maisonforte, etc. ;
4) Claudine, religieuse à Neuville.

XI. Jean-Marie DE SAINTE-COLOMBE, chevalier, comte DU POYET, sg^r de Saint-Priest-La Roche, né le 3 février 1667, † le 24 janvier 1708 ; chevalier de Malte, officier de dragons ; ép. le 24 août 1690 Marie-Sibylle de Naturel, fille de Jacques, sg^r de Valeline, et de Jeanne de Saint-Amour de Genost, dont trois filles religieuses et :
1) Jean-Éléonore, qui suit ;
2) Jacques, né le 17 septembre 1702, chevalier de Malte en 1713, page du Grand Maître de Malte en 1714, lieutenant au régiment de Toulouse en 1724, Commandeur de Chantoin de Villefranche en 1744.

XII. Jean-Éléonore DE SAINTE-COLOMBE DE RONCHEVOL, chevalier, comte DU POYET et de Sainte-Colombe, sg^r de la Goyetière, né en 1697, † à Saint-Priest-la-Roche, le 16 juin 1762, après testament du 6 juin 1747 ; page du comte de Toulouse ; ép. à Montgré le 12 mars 1723 Marie-Anne Bottu de la Barmondière, dite Mlle de Noally, † le 26 juillet 1734, fille de François, chevalier, sg^r de la Barmondière, Arcisse, Montgré, etc., Procureur général au bailliage de Beaujolais, et de Marie-Anne Hesseler de Bagnols, dont :
1) Jean de Sainte-Colombe, chevalier, † à 14 ans en 1740 :
2) Jean-Louis, qui suivra ;
3) François-Sibylle, novice, † jeune ;
4) Marie-Jacqueline, religieuse à l'abbaye Saint-Pierre à Lyon en 1742 ;
5) Marie-Anne-Jacqueline, dite Mlle de Saint-Priest, représentée en 1789 à l'assemblée de la Noblesse du Forez.

XIII. *Jean-Louis-Éléonore* DE SAINTE-COLOMBE DE RONCHEVOL, chevalier, sgʳ du Poyet, comte de Sainte-Colombe, né le 6 février 1733, † à Lyon, victime de la Révolution le 6 janvier 1793; comparant à Lyon en 1789; ép. le 12 avril 1767 Louise-Pétronille de Guillermin, née le 20 mai 1745, † à Versailles le 21 février 1815, fille de Jean-Baptiste, chevalier, sgʳ des Combes, etc.. et de Claudine Bouthier de Rochefort, dont :

1) Jean-Baptiste de Sainte-Colombe, chevalier, né le 9 février 1770, † s. p. à Lyon ayant testé le 12 juin 1816; page de la Petite Écurie le 1ᵉʳ avril 1784; ép. Gabrielle de Luzy de Couzan, fille de Louis, marquis de Couzan, premier baron du Forez, et de Mˡˡᵉ de Rochemore ;

2) Guillaume, né le 4 octobre 1772, † en 1820, Commandeur de Malte:

3) Pierre-Antoine, qui suit :

4) Pierrette-Marie-Colombe, née le 9 septembre 1771, chanoinesse du chapitre noble d'Alix ; ép. Jean-Baptiste d'Allard, officier à Chartres-Dragons ; né en 1769 † le 17 novembre 1848 ; fils de Jean-Jacques, sgʳ de La Pierre, capitaine d'infanterie, et de Benoite Courtin de Rilly.

XIV. Pierre-Antoine DE SAINTE-COLOMBE DE SAINT-PRIEST, comte de Sainte-Colombe, né le 26 mars 1780, † à Lyon le 18 avril 1854 ; chevalier de Malte le 7 décembre 1785 ; marié le 15 prairial an XI à Louise de Guillermin, née le 29 octobre 1782, † à Charlieu le 11 décembre 1835, fille de Guillaume-Alexandre, baron de Saint-Romain, Garde du Corps, chevalier de Saint-Louis, et de Pétronille de Blancheton de La Rochepot, dont :

1) Louis, qui suit ;

2) Pétronille-Colombe-Alexandrine, née le 29 mars 1804, † le 11 juillet 1858, mariée à Charles, comte de Pons, fils de Louis, comte de Pons, et de N... de Foudras :

3) Jeanne-Théodule, née le 21 août 1814, † en 1785, religieuse visitandine.

XV. Louis-Gabriel-Jean-Baptiste DE SAINTE-COLOMBE-RONCHEVOL et de Saint-Priest, comte de Sainte-Colombe et du Poyet, marquis de L'Aubespin, né le 7 juin 1818, † aux Rappes le 13 juin 1882 ; ép. le 7 juin 1846 Hilaire-Gabrielle-Éléonore d'Odet d'Orsonnens, † aux Rappes le 15 mai 1855, fille de Philippe, syndic de la ville de Fribourg, Conseiller d'État en Suisse, et de Sylvie du Lieu de Chenevoux, fille elle-même de Louis-Marie, comte de Chenevoux, et d'Hilaire de Sainte-Colombe de l'Aubespin, héritière de cette branche de sa maison. Il eut :

1) Rodolphe, qui suit :

2) Sylvie-Colombe. née à Fribourg le 2 avril 1848, † à Pau le 1ᵉʳ juin 1879, religieuse :

3) Blanche-Antoinette, née à Fribourg le 4 octobre 1850, † à Toulouse, le 22 juin 1879, religieuse.

XVI. Rodolphe-Paul-Philippe DE SAINTE-COLOMBE-SAINT-PRIEST ET RONCHEVOL, comte de Sainte-Colombe et du Poyet, marquis de L'Aubespin, Camérier secret de Cape et d'Épée de Sa Sainteté, seul représentant de sa maison, né aux Rappes le 4 décembre 1854.

BRANCHE DE L'AUBESPIN

Elle se perpétuait au viiie degré depuis Guy de Sainte-Colombe avec :

VIII. Jacques DE SAINTE-COLOMBE, chevalier, sg^r de Piney, Villette, Bellegarde, La Garde d'Ampuis, etc., gentilhomme de la chambre du Roi ; ép. en 1570 Claudine de Semur, fille de Girard de Semur, chevalier, sg^r de l'Aubespin, et de Gilberte de Busseul. Par cette alliance, les Sainte-Colombe héritèrent de la terre de l'Aubespin, et relevèrent avec le nom de ce fief les armes de la famille de Semur, l'une des plus puissantes parmi celles des barons féodaux du moyen-âge, illustrée par un grand nombre de comtes de Lyon et par Saint Hugues de Semur, abbé de Cluny au xie siècle, dont la sœur, Hélie de Semur, épousa Robert de France, duc de Bourgogne. Jacques de Sainte-Colombe, laissa :

    1) Rolin, qui suit ;
    2) Hilaire, religieux de Savigny ;
    3) Antoine, sg^r de Thorigny, vaillant guerrier, † au siège de Saint-Antonin ;
    4) Charles de Sainte-Colombe, jésuite ;
    5) Magdeleine, mariée à Guillaume de Montchanin.

IX. Rolin DE SAINTE-COLOMBE, chevalier, sg^r de L'Aubespin, Thorigny, Croysel, etc., ép. Marguerite Bourgeois, dont entre autres :

    1) François, qui suit ;
    2) Palamède, sg^r de Thorigny, guerrier † des suites de ses blessures ; marié à N... de La Bastie-sur-Cerdon, † s. p. ;
    3) Hilaire, sg^r de Croysel, † s. a. ;
    4) Guillaume, grand cellerier et chamarier de l'abbaye de Savigny ;
    5) Jacob, religieux de Savigny, doyen de Thélan ;
    6) Marguerite, religieuse à Marcigny.

X. François de SAINTE-COLOMBE, chevalier, comte DE L'AUBESPIN, sg^r de Thorigny, etc., lieutenant-colonel du régiment d'Harcourt-Cavalerie ; marié : 1°) à Suzanne d'Albon, fille de Pierre, chevalier, sg^r de Saint-Forgeux, Avauges, chevalier de l'Ordre, et de Marthe de Sassenage ; 2°) à Henriette de La Guiche, fille de Philibert comte de Sivignon, et de Delle de Rie ; il eut entre autres :

1) *1er lit* : Jacques, destiné à l'ordre de Malte, † à Malte à 21 ans ;
2) *2e lit* : Claude, qui suit ;
3) Ferdinand-François, Prieur commendataire de N.-D. de Val-le-Duc ;
4) Hector, né à L'Aubespin le 2 avril 1663 ; † le 2 octobre 1736 ; chevalier de Malte, commandant des Galères sur le Pô et le Lac de Garde pour le Roi de France (1702 à 1706), Commandeur des Feuillées, Grand Maréchal de l'Ordre de Malte, membre de l'Académie des Belles-Lettres de Marseille.
5) Antoinette, religieuse à Marcigny.

XI. Claude-Delle DE SAINTE-COLOMBE, chevalier, baron DE L'AUBESPIN et de Sarry, etc., bapt. le 29 juillet 1657 ; ép. p. c. du 26 août 1680 Marie Favre, fille de Jules-César, chevalier, conseiller du Roi en ses Conseils, Président au Parlement de Metz, abbé de Gimont, prieur de Marcigny, et de Marguerite de Chanlecy, dont :

1) François, qui suit ;
2) Charles, capitaine au régiment d'Anjou, tué au service en Piémont ;
3) Henriette, mariée p. c. du 12 juin 1707 à Guillaume d'Angeville, vicomte de Lompnes, fils de Nazaire-Joseph, chevalier, vicomte de Lompnes, lieutenant-colonel au régiment de Thoney, et de Catherine de Beaumont-Carra.

XII. François DE SAINTE-COLOMBE, chevalier, marquis DE L'AUBESPIN, † à Roanne assassiné en mai 1724 ; capitaine de cavalerie au régiment du duc de Maine ; ép. p. c. du 17 novembre 1715 Diane d'Yzerand, † le 28 octobre 1750, fille de Charles, chevalier comte du Molard-Montaclard, etc., et de Claudine-Élisabeth de Sainte-Colombe, dont entre autres :

1) François-Benoît, qui suit ;
2) Claude-Marie, chevalier, né le 3 juillet 1719, capitaine de grenadiers au régiment de Bretagne-Infanterie, chevalier de Malte en 1722, profès en 1761, commandeur de l'Ordre, chevalier de Saint-Louis ;
3) Claude-Marie, chevalier, comte de Montaclard, † à Belfort le 25 février 1771, capitaine de cavalerie au régiment des Salles, puis à celui de Royal-Lorraine, chevalier de Saint-Louis ;
4) Claude-Marie, chevalier, comte de Sarry, capitaine d'infanterie ;
5) Marie-Anne-Nicole, ép. Charles-Gabriel Guigues de Moreton, chevalier, comte de Chabrillan, sgr du Meix, du Port de Serrières, etc., † en 1764 ainsi que sa femme.

XIII. François-Benoît DE SAINTE-COLOMBE, chevalier, marquis DE L'AUBESPIN, comte de Sarry. né le 13 juillet 1718, † à Saint-Just-La-Pendue le 30 octobre 1784; exempt des Gardes du Corps de la compagnie de Luxembourg, Brigadier des armées du Roi ; ép. Marthe Poussart de Fors du Vigean, † à Roanne à 38 ans le 9 mars 1772, dont :

1) Hugues-Marie-Louis, qui suit ;
2) Marianne-Amélie-Benoîte-Colombe, chanoinesse de Baume-les-Dames en Franche-Comté ; ép. à Bussière, p. c. du 24 novembre 1789 Claude-Vital. comte de Brosse, sgr d'Escrots, Malleval, etc., fils de Claude. chevalier. mestre de Camp, et de Marie Fourgon de Maisonforte;
3) Diane-Éléonore, chanoinesse de Baume-les-Dames ; ép. Tobie-Marie-Joseph de Monténach, né en 1761 à Fribourg (Suisse). colonel des Suisses au service du Roi, fils de François-Frédéric, conseiller d'État. bailli de Wuippens, et de Marguerite de Gottrau:
4) Hilaire-Marguerite-Joachime. né en 1761, † le 14 mai 1843, chanoinesse de Leignieu ; ép. à L'Aubespin, p. c. du 22 janvier 1787, Louis-Marie, comte du Lieu de Chenevoux, officier de cavalerie. né le 13 juillet 1752, fils de Claude-François-Éléonore. chevalier. comte de Chenevoux, et de Clémence du Lieu de Chenevoux.

XIV. Hugues-Marie-Louis DE SAINTE-COLOMBE, chevalier, marquis DE L'AUBESPIN, baron de Sarry, sgr de Saint-Didier, Saint-Just-La-Pendue. etc., † à Lyon, âgé de 24 ans, le 25 juillet 1789, officier au régiment du Roi.

Cf. : Pièces originales : 2747; Dossiers bleus : 505; Carrés d'Hozier : 197; Cabinet d'Hozier : 101. *Généalogies de la maison de Sainte-Colombe dressées par* Le Laboureur, le comte de Sainte-Colombe, et le vicomte P. de Varax.

SARRON

D'or au griffon de gueules.
Supports : *Deux Licornes.*

CLAUDE, MARQUIS DE SARRON

L'antique maison de Sarron, d'origine chevaleresque, fut représentée aux croisades par Geoffroy de Sarron qui suivit en Terre Sainte en 1147 Amédée III, comte de Savoie. Sa descendance a donné les sg^rs de Marcoux et Rochefort, et les sg^rs des Forges. Seuls les titres de ces derniers furent produits à Chérin en 1786 pour les preuves de cour des Sarron. Ces titres remontent à Antoine de Sarron, époux de Catherine de Civrieux, et tige des seigneurs des Forges et Civrieux, marquis de Sarron, qui se perpétuèrent par des alliances avec les Du Bost, Chandieu, Mont-d'Or, Sallmard, Guerrier, Grolée, donnèrent plusieurs chanoines comtes de Lyon, et étaient représentés au Ve degré, depuis Antoine de Sarron, par :

V. André DE SARRON, écuyer, sg^r des Forges, Espiney, etc., ép. : 1°) le 18 septembre 1535 Claude d'Amanzé, fille de François, chevalier, sg^r de Chauffailles, et de Catherine de Semur ; 2°) le 7 mars 1551 Antoinette de Saint-Priest, fille de Pierre, baron de Jarez-Saint-Priest, sg^r baron de Saint-Étienne, et de Benoîte de Geyssan ; dont entre autres du second lit :

VI. Pierre DE SARRON, écuyer, sg^r des Forges, etc., ép. à Amplepuis, le 11 octobre 1592 Jeanne de Saconay, fille d'Aymé, chevalier, sg^r de Saconay, chevalier de l'Ordre du Roi, et d'Anne de Séveret, dont entre autres :

1) Jean, qui suit ;
2) Antoine de Sarron, chevalier, sg^r de Bacot, Saint-Christophe-la Montagne, né en 1599 ; ép. p. c. du 17 juillet 1624 Madeleine de Ligier-Testenoire (remariée à Saladin de Fontettes), fille de Jean de Ligier-Testenoire, écuyer, sg^r de Bacot, gentilhomme ordinaire de la chambre du roi, et de Gabrielle de Sallmard-Ressis, dont :

    A) Antoine, écuyer vivant en 1657 ;

    B) Claudine, ép. p. c. du 4 mai 1648 Gaspard du Bost, sg^r de Molins, Viry, fils de François, chevalier, et de Madeleine de Sainte-Colombe ;

    C) Angèle, ép. à Bacot le 17 avril 1660 Gaspard de Saconay, chevalier, sg^r de Saint-Jean-d'Agny. Bacot, Saint-Christophe, † en juin 1694 (veuf de N. de Sallmard). fils de Denys de Saconay, chevalier, sg^r d'Agny, et Gasparde de Beaumont-Carra..

    3) François, né en 1607, père de Thomas de Sarron-Saconay, chevalier, sg^r de de Saint-Priest, vivant en 1647.

VII. Jean DE SARRON. écuyer, sg^r des Forges, etc., † le 18 janvier 1643 ; gentilhomme ordinaire de la chambre du Roi, chevalier de l'Ordre du Roi, capitaine de cent chevau-légers de S. M., enseigne dans la compagnie de Mg^r d'Halincourt, gouverneur de Lyon ; ép. : 1°) à Maubourg, le 26 février 1629 Anne de Fay, veuve de François de Tournon, chevalier, fille d'Hector de Fay, chevalier, baron de La Tour-Maubourg, et de Marguerite de la Roche de Chamblas ; 2°) Isabeau de Rebé, fille d'Étienne, et de Françoise de Chabeu. Il laissa :

    1) 1er *lit* : François, chanoine, comte de Lyon, † à Lyon le 16 décembre 1643 ;

    2) Louis, qui suit ;

    3) Georges, chevalier, sg^r de Civrieux, † en 1654, capitaine au régiment Lyonnais ;

    4) Jacques de Sarron, écuyer.

VIII. Louis DE SARRON, chevalier, baron des Forges, sg^r de Saconay, Vaudragon, etc., † le 19 février 1674 ; ép. à Lyon les 8-11 avril 1655 Hélène de Rougemont, † aux Forges le 1er janvier 1697, fille de Hugues, chevalier, baron de Chanday, et d'Isabeau d'Albon, dont entre autres :

    1) Jacques-Hugues, chanoine comte de Lyon vivant en 1715 ;

    2) Claude, qui suit ;

    3) François-Marie, né le 10 décembre 1665, chevalier de Malte (10 mai 1684) ;

    4) Emmanuel, capitaine au régiment de Maulevrier, chevalier de Saint-Louis, marié à Lyon le 26 septembre 1701 à Marie de La Fage, fille de Louis-Philibert, et de Catherine de Vaurion ;

    5) François, chamarier de l'Église et comte de Lyon (1705) ;

    6) Martienne, † à Lyon le 9 avril 1714 ; religieuse de Marcigny.

IX. Claude DE SARRON, chevalier, marquis des Forges, etc., † en mai 1731, capitaine de carabiniers, chevalier de Saint-Louis, commandant la compagnie franche du régiment Lyonnais, etc. ; ép. à Lyon les 19-24 janvier 1696 Marie-

Geneviève du Puys, fille de Claude, écuyer, sg^r de Saint-Just d'Auray, commissaire
des guerres, et de Pierrette Michon, dont neuf enfants, entre autres :

1) Jacques-Hugues, qui suit ;
2) Jean-Paulin, bapt. à Lyon le 15 avril 1707, † à Lyon le 8 novembre 1736.
   Prieur de Tarare, vicaire général de Lyon ;
3) Gabrielle, bapt. aux Fourneaux le 12 avril 1699, religieuse au monastère
   Sainte-Élisabeth.

X. Jacques-Hugues DE SARRON, chevalier, sg^r de Civrieux, marquis de Sarron, né
en 1700, † aux Forges le 26 février 1786 ; lieutenant au régiment de Dauphin-
Étranger-Cavalerie ; ép. à Mâcon le 4 juin 1728 Marie du Bois de Pise, fille
d'Antoine-Gabriel, chevalier, sg^r de Choiseau, Grand bailli d'épée du Mâconnais,
capitaine de Mâcon, et de Marie de Pise ; dont :

XI. *Claude* DE SARRON, chevalier, marquis de Sarron, sg^r des Forges, Saint-Just
d'Auray, Vareilles, Valenciennes, Belair, Longeval, etc., né le 22 juillet 1729, † à
Lyon victime de la Révolution, guillotiné le 20 janvier 1794 ; officier de cavalerie,
lieutenant des maréchaux de France à Montbrison (26 juin 1772) ; chevalier de
Saint-Louis (31 mars 1785), récompensé ainsi de 27 ans et 6 mois de service dont
six campagnes ; notable de Lyon et conseiller de ville en 1789, comparant à Lyon en
1789 pour la seigneurie de Civrieux ; il avait fait le dénombrement de ses fonds au
duc d'Orléans, sg^r et comte du Beaujolais le 9 juillet 1768, et ses preuves de Cour
devant Chérin en juillet 1786. Ép. à Lyon le 8 juin 1762 Françoise Pupil de Myons,
née en 1741, † Lyon en 1820. fille de Barthélemy-Jean-Claude, chevalier, sg^r de
Myons, etc., Premier Président de la Cour des Monnaies, lieutenant général en la
sénéchaussée de Lyon, et de Marguerite de Sève de Fléchères, dont entre autres :

XII. Étienne-Horace-Gabriel DE SARRON, chevalier, marquis de Sarron, né à Lyon
le 27 novembre 1770, † le 5 février 1814, ép. à Lyon le 18 mai 1807 Marie-Virginie
Marest de Saint-Pierre, fille de Michel, et de Victoire Bruyset de Mannevieux, dont :

1) Michelle-Françoise-Cornélie de Sarron, née à Lyon le 17 novembre 1810,
   † à Fléchères le 11 novembre 1854, dernière de sa race, mariée en 1827 à
   Dominique-César Arthaud, vicomte de La Ferrière, né à Lyon le 20 avril
   1804, † à Cannes le 2 avril 1881, chambellan de Napoléon III, fils de Claude,
   comte de La Ferrière, et de Marguerite de La Salle.

Cf. Chérin : vol. 187.

SAVARON

D'azur à la croix patée d'or accompagnée de trois soleils du même.
alias : *d'azur à la croisette pommetée d'argent accompagnée de trois soleils d'or.*
Devise : *Una rosa.*

Jean-Pierre-Guillaume de SAVARON
François-Gabriel de SAVARON

Cette famille, originaire de Clermont-Ferrand, illustrée par le docte Jean Savaron, Président au Présidial de Clermont (1604), est connue en Auvergne dès le début du XVe siècle. avec :

I. Robert Savaron, vivant en 1440 : marié à Catherine de Sainte-Alyre, dont :
  1) Guillaume, qui suit ;
  2) Jean, chanoine de Saint-Pierre de Clermont :
  3) Marguerite. ép. noble Michel Vialart, sgr d'Orète.

II. Guillaume Savaron, sr de Villars, consul de Clermont (1494). député de Clermont aux États de Tours, au mariage du Dauphin (1483) et au mariage de Charles VIII ; ép. Antonia Pescherier, d'une famille consulaire de Clermont, dont :
  1) Hugues, qui suit ;
  2) Antoinette, ép. Gervais de la Grillière, bourgeois de Montferrand ;
  3) Jacquette, ép. François de Hidon, sgr d'Ayat.

III. Hugues Savaron, sgr de Villars, consul de Clermont (1511), Élu en l'Élection de Combraille ; fit bâtir en 1513 l'hôtel Savaron à Clermont, encore subsistant de nos jours ; ép. Françoise Terisse, dame de la Mothe, dont :
  1) Antoine, tige des sgrs de Villars, et de Sarcenat :
  2) François, tige de la branche lyonnaise ;
  3) Anne, ép. Jean Boudet, bourgeois de Clermont ;
  4) Françoise, ép. Pierre Coustave.

BRANCHES DES SEIGNEURS DE VILLARS ET DE SARCENAT [1]

IV. Antoine Savaron, sg^r de Villars, † le 10 février 1575, licencié ès droits, conseiller à la Cour des Aides de Montferrand, plusieurs fois député par la ville de Clermont près de Charles IX et Henri III; ép. vers 1560 Jeanne d'Albiat, fille de François, Procureur Général à la Cour des Aides de Montferrand, et de Claude Sapel, dont entre autres :

1) François, qui suit ;
2) Jean, tige des sg^{rs} de Sarcenat ;
3) Jacques, sg^r de La Mothe, servit sous Lesdiguières ; ép. Jeanne Coëffier [des marquis d'Effiat et de Cinq-Mars], dont postérité éteinte.

V. François Savaron, sg^r de Villars, Échevin de Clermont (1605 et 1616), lieutenant général en la sénéchaussée de Clermont (1622), Président au présidial (1629) ; ép. le 23 décembre 1590 Jacquette de la Grillière, † avant 1640, fille de François, et de Philiberte Mereton. dont parmi dix enfants :

1) Guillaume, qui suit ;
2) Blaise, † le 26 mars 1655, président au présidial de Clermont.

VI. Guillaume Savaron, sg^r de Villars, né en 1617, † le 22 août 1653 ; ép. en 1649 Éléonore Teilhard, † le 30 octobre 1689, fille de Jean, chevalier, sg^r d'Auzelles, Trésorier de France, dont :

1) Jean, sg^r de Villars, né le 21 juillet 1653, † s. a. le 12 janvier 1674 :
2) Magdeleine, née le 24 novembre 1650, † le 8 septembre 1672 : ép. le 27 juin 1671 Pierre Blauf ;
3) Philiberte, dame de Villars, née le 22 janvier 1652 ; ép. le 28 avril 1670 Amable Montorcier, conseiller au présidial de Clermont.

Rameau de Sarcenat

V. Jean Savaron, né à Clermont en 1567, † le 29 novembre 1622 ; conseiller au présidial de Clermont, garde des sceaux en la Cour des Aides de Montferrand (1598), Président du Présidial et lieutenant général en la sénéchaussée de Clermont (1604), conseiller du Roi en ses conseils d'État et privé, maître des Requêtes de la Reine, député de la province d'Auvergne aux États Généraux de 1614. Honoré de l'amitié d'Henri IV, le président Savaron s'est illustré par son éloquence et sa prodigieuse

1. Pour les détails relatifs à cette branche, voir l'*Histoire de Clermont*, par A. Tardieu.

érudition et a laissé un grand nombre d'ouvrages remarquables. Marié le 23 décembre 1590 à Françoise de La Grillière [sœur de Jacquette, femme de François Savaron, sgr de Villars], dont, entre autres :

1) Robert, qui suit ;

2) Jacquette, bapt. à Montferrand le 24 octobre 1601, † le 10 avril 1667, ép. p. c. du 12 janvier 1620 noble Blaise-Pascal, Président en la Cour des Aides de Clermont-Ferrand [oncle de l'illustre Pascal], fils de Martin Pascal, chevalier, Trésorier de France à Riom en 1586 ;

3) Philiberte, ép. p. c. du 27 avril 1641 Blaise Tailhandier, Substitut du Procureur Général à la Cour des Aides de Clermont (1633), fils de Pierre, receveur général des décimes, et de Marguerite Pascal.

VI. Robert SAVARON, sgr de Sarcenat, † le 10 mars 1653, Élu en l'Élection de Clermont ; ép. le 20 octobre 1634 Marguerite Bouchard, fille de noble Annet, sgr de Murol, et de Benoîte Laville, dont entre autres :

1) François, qui suit ;

2) Antoine, né en 1640, † en 1705. chanoine de Clermont.

VII. François SAVARON, sgr de Sarcenat, né à Clermont le 14 novembre 1637, † le 21 février 1699 ; Élu en l'Élection de Clermont ; ép. : 1°) le 20 septembre 1664 Marguerite Pascal ; 2°) le 19 février 1678 Michelle de Champflour, fille de Jean, sgr de Fleury, lieutenant particulier au présidial de Clermont, dont parmi huit enfants :

VIII. Jean SAVARON, sgr de Sarcenat, né à Clermont le 6 novembre 1679, † le 15 décembre 1749 ; ép. le 20 janvier 1737 Françoise Montorcier, fille de Jean, sgr de Villars, conseiller au présidial de Clermont, dont la mère était la dernière des Savaron de Villars, dont :

1) Jean, sgr de Sarcenat, ép. Catherine Champandure, dont une fille unique mariée à François de Guérin, officier à l'armée de Condé ;

2) Claude Savaron, né le 29 février 1740, † le 24 décembre 1790, officier au régiment de Lauzun, chevalier de Saint-Louis ; ép. le 20 mars 1776 Catherine Assolent, fille de Michel, procureur au bailliage de Pont-du-Château, dont :

A) Marie-Henriette, née le 6 janvier 1783, † le 17 avril 1859, dernière des Savaron d'Auvergne ; ép. le 10 février 1799 Philippe Bresson.

BRANCHE LYONNAISE

IV. François SAVARON, sg^r de Varvasse, élu en l'élection de Clermont, receveur des tailles à Clermont, Échevin de Clermont (1555, 1556, 1568); il put, par son ascendant, arrêter le massacre de la Saint-Barthélemy à Clermont; ép. Gabrielle du Peschier, fille de Jean, consul de Clermont, dont :

1) Jean, sg^r de Varvasse, receveur pour le Roi de la Haute-Auvergne (1567) ;

2) Pierre, secrétaire de la chambre du Roi (1606) ;

3) Hugues, fixé à Lyon en 1571 ;

4) Antoine, qui suit ;

5) Alix, ép. le 8 janvier 1584, noble Joseph Crespat, sg^r de Durtol, fils de Claude, et de Jeanne de Veyny ;

6) Françoise, ép. en 1591 noble Anthoine, sg^r de Bienassis, élu en l'élection de Clermont.

V. Antoine SAVARON, Échevin de Clermont en 1615 ; ép. : 1°) Diane Augier ; 2°) le 2 août 1596 Suzanne Sachapt, dont parmi sept enfants :

1) François, qui suit ;

2) Jean, né en 1603, secrétaire de la chambre du Roi, ép. Constance Chervin ;

3) Antoine, né en 1604, ép. à Paris Renée d'Albiat, dont deux fils ;

4) Isabeau, ép. en 1615 Me Étienne Emery, procureur à Clermont.

VI. Noble François SAVARON, né à Clermont le 15 février 1599, † à Lyon le 28 mars 1673 ; conseiller secrétaire du Roi, maison et couronne de France (1657), Échevin de Lyon en 1665-66 ; ép. à Lyon le 18 février 1624 Marie David, † à Lyon, âgée de 69 ans, le 12 juillet 1677, fille de Gaspard David, et de Pernette Bonin, dont :

1) Jean, qui suit ;

2) Ennemond, écuyer, sg^r de Senevrier, Combelande etc., [p. acq. en 1668 de Gaspard d'Albon], né vers 1628, † à Lyon le 22 janvier 1708, conseiller en la sénéchaussée de Lyon, puis en la Cour des Monnaies de cette ville ;

3) Théodore, chevalier, bapt. à Lyon le 21 juillet 1630, † s. a. à Lyon le 2 octobre 1675, Trésorier de France à Lyon (7 septembre 1657) ;

4) Pernette, bapt. à Lyon le 21 avril 1625, † le 20 novembre 1679, ép. à Lyon le 14 avril 1644 André Brichet ;

5) Jeanne, bapt. à Lyon le 31 juillet 1626, † à Millery le 9 septembre 1687 ; ép. à Lyon p. c. du 12 janvier 1645, noble Mathieu Ferrus, fils de noble Barthélemy, Échevin de Lyon, et de Benoîte Barmond (alias Balmond) ;

6) Andrée, bapt. à Lyon le 18 octobre 1644.

VII. Jean SAVARON, écuyer, né à Lyon le 31 mars 1637, † à Lyon le 5 février 1701 ; ép. à Lyon p. c. du 14 avril 1674 Claudine Raffelin, † à Lyon le 21 novembre 1718, fille de Louis, recteur de l'Hôtel-Dieu de Lyon, et de Jeanne Rochette, dont cinq fils et quatre filles, entre autres :

    1) Jean-François, bapt. à Lyon le 9 septembre 1676, † en 1748 ; prêtre, chanoine du chapitre noble d'Ainay ;

    2) Jean-Baptiste, écuyer, sg^r de Senevrier, Combelande, etc., † ayant testé à Lyon le 22 mars 1717 ;

    3) Guillaume, qui suit ;

    4) Marie, bapt. à Lyon le 14 septembre 1682, † à Lyon le 15 mai 1748 ; ép. à Lyon p. c. du 23 janvier 1717 François-Gaspard Camus, chevalier, sg^r de Chavagnieu, La Bâtie, etc., capitaine au régiment Lyonnais, fils de Pomponne, écuyer, sg^r des dits lieux, et de Charlotte Pécoïl ;

    5) Françoise, bapt. à Lyon le 19 janvier 1683, religieuse professe au monastère de Sainte-Élisabeth de Bellecour.

VIII. Guillaume SAVARON, écuyer, bapt. à Lyon le 20 août 1685, † ayant testé à Lyon le 2 mars 1729 ; capitaine de cavalerie au régiment de La Ferronnays ; ép. à Lyon p. c. du 18 février 1724 Marie-Sibylle Sabot, bapt. à Lyon le 18 juin 1700, fille de Louis, écuyer, sg^r de Lusan, et de Pierrette Demey, dont :

    1) Jean-Pierre-Guillaume, qui suit ;

    2) Gaspard-Guillaume, chevalier, bapt. à Lyon le 11 septembre 1727, † s. a. le 12 juillet 1786 ; entré au service à l'âge de treize ans, capitaine d'artillerie au régiment d'Auxonne, lieutenant colonel en 1759, major général pendant la campagne de Hanovre, chevalier de Saint-Louis ;

    3) Claude-Marie, chevalier, bapt. à Lyon le 14 avril 1729, † à Lyon le 23 septembre 1784 ; prêtre, chanoine du chapitre noble d'Ainay ;

    4) Mathieu-Marie, chevalier, bapt. à Lyon le 30 mars 1731, † jeune ;

    5) Jean-François, chevalier, bapt. à Lyon le 6 juin 1733, chanoine du chapitre noble d'Ainay ;

    6) Jeanne-Françoise, née en 1726, † en 1798 ; ép. à Lyon le 11 septembre 1747 Jean-Baptiste Hubert de Saint-Didier, chevalier, Trésorier de France à Lyon, fils de Benoît-Victor, chevalier, Président au Bureau des finances, et d'Antoinette Anisson ;

    7) Jeanne-Louise-Marie, bapt. à Lyon le 11 juillet 1737, † à Lyon le 21 novembre 1806 ; dernière abbesse de l'abbaye royale de Chazaux (par brevet signé de S. M. à Versailles le 14 avril 1776).

IX. *Jean-Pierre-Guillaume* DE SAVARON, chevalier, baron de Chamousset, sg^r de
La Fay, Vaudragon, La Rajasse, Saint-Laurent de Chamousset, etc., bapt. à Lyon
le 28 novembre 1724, † à Lyon, victime de la Révolution, passé par les armes devant
son hôtel le 15 brumaire an II ; page d'honneur de S. M. le roi Louis XV (1740),
comparant à Lyon en 1789, l'un des organisateurs de la défense de Lyon contre la
Terreur, commandant général des vétérans, l'un des plus intrépides et des plus
courageux, parmi les défenseurs de la cité. Ép. à Lyon p. c. du 21 juillet 1750
Clémence-Philippine Chappuys de La Fay, † ayant testé à Hauterivoire le 7 août
1777, fille de François-Gabriel, écuyer, sg^r baron de Chamousset, La Fay, La
Rajasse, Laubespin, Vaudragon, Saint-Pierre, etc., capitaine de cavalerie au régiment de La Ferronnays, et de Catherine Philibert de Chamousset, dont :

1) Guillaume-Catherin, chevalier, bapt. à Lyon le 2 mai 1751, † à Paris s. a.
le 1er décembre 1788, sous-lieutenant au régiment de Dauphin-Cavalerie
(15 octobre 1767), lieutenant en second aux Chevau-Légers (1776), avec
rang de capitaine (3 juin 1779), capitaine de remplacement (1er mai 1785),
capitaine commandant (3 mai 1788) ;

2) François-Gabriel, qui suit ;

3) Jean-François, dit M. de Vaudragon, chevalier, bapt. à Lyon le 29 août
1753, † à Arras le 28 octobre 1781 ; entré au service à quinze ans, reçu à
l'école militaire de Douai (15 octobre 1769), envoyé à l'école d'artillerie de
Besançon (15 août 1771), sous-lieutenant (1773), lieutenant au régiment de
Vexin-Infanterie (6 juin 1776).

X. *François-Gabriel* DE SAVARON, chevalier, baron de Chamousset, bapt. à Lyon
le 30 avril 1752, † à la Fay, dernier de sa race, le 16 juillet 1840 ; sous-lieutenant au
régiment de Poitou (1770), lieutenant en premier (1779), capitaine commandant
(1783); comparant à Lyon en 1789 ; chevalier de Saint-Louis (18 décembre 1791),
lieutenant-colonel ; colonel des volontaires à cheval pendant le siège de Lyon,
échappé aux massacres édictés par la Terreur; administrateur des hospices civils de
Lyon (1804-1809), Président du conseil général du Rhône, maréchal des camps et
armées du Roi, inspecteur général des gardes nationales du Rhône (1817); ép. à
Lyon le 10 mars 1790 Claudine-Marie-Louise Jaccoud, née le 3 novembre 1759, fille
de François, secrétaire du Roi, et de Marie-Louise Vaguet, dont :

1) Françoise-Louise, bapt. à Lyon le 7 février 1791, † à Lyon, dernière des
Savaron, le 6 août 1862 ; ép. à Lyon le 6 novembre 1810 Jean-Hector-
Antoine de Cholier, comte de Cibeins, capitaine au régiment d'Angoulême,
chevalier de Saint-Louis, fils de Laurent-Gabriel-Hector, comte de Cibeins,
et de Marie-Françoise-Suzanne de Drée ;

2) Françoise-Gabrielle, née le 30 décembre 1792, ✝ à Lyon le 14 janvier 1858;
ép. à Lyon le 10 juin 1822 Jean-Marie-Charles de Varennes-Bissuel de Saint-
Victor, jadis chevalier, bapt. à Charlieu le 14 novembre 1778, ✝ à Lyon le
26 décembre 1861, fils de Jean-Mathieu, chevalier, sg^r de Saint-Victor,
Thizy, Marnant, Combres, Ronno, etc., ancien officier aux dragons d'Auti-
champs, et de Victoire Hubert de Saint-Didier.

Cf. : Pièces originales : 2648 : Michon ; Bonnardet: *Les Lyonnais au collège de
Juilly ;* Pernetti ; A. Tardieu : *Histoire de Clermont-Ferrand* ; *Communications* du
baron de Jerphanion et de M. de Saint-Victor.

SERVAN

D'azur à la bande d'argent accompagnée en chef de trois étoiles et en pointe d'un chevreuil du même.

Jean-Marie SERVAN
Gabriel-Claude SERVAN
Paul SERVAN
Gabriel SERVAN

Les Servan sont issus de :

I. Joseph Servan marié à Antoinette Martin, dont :

II. Noble Claude Servan, né en 1710, † à Lyon le 6 février 1787, Échevin de Lyon en 1764-65 ; ép. à Lyon les 21-24 septembre 1743 Marie-Françoise Clavière, bapt. à Lyon le 19 novembre 1722, fille de François, et d'Antoinette Pataille, dont seize enfants, entre autres :

1) *Jean-Marie* Servan, écuyer, né à Lyon le 26 août 1746, comparant à Lyon en 1789 ;

2) *Gabriel-Claude* Servan, écuyer, né le 21 août 1747, † victime de la Terreur, guillotiné le 15 décembre 1793 ; comparant à Lyon en 1789 ;

3) *Gabriel* Servan, écuyer, né le 8 novembre 1754, † à Lyon, victime de la Terreur, fusillé le 31 janvier 1794 ; comparant à Lyon en 1789.

4) *Paul* Servan, écuyer, né le 11 septembre 1757, comparant à Lyon en 1789 ;

5) Alexandre, qui suit ;

6) Anne-Marie, née le 24 décembre 1748, ép. le 8 mars 1768 noble Antoine Neyrat, Échevin de Lyon en 1783-84 ;

7) Marie-Françoise, née le 2 mai 1750, ép. le 26 septembre 1780 Jean-Paul Maurin ;

8) Marie-Anne, née le 19 avril 1760, ép. le 3 messidor an III Gaspard Fels ;

9) Louise-Catherine, religieuse à la Visitation de Bellecour à Lyon :

10) Elisabeth-Julie, née le 10 janvier 1765, † le 26 décembre 1832, ép. le 22 pluviôse an X Claude Guiot ;

11) Sophie, née le 12 juin 1771, mariée le 30 pluviôse an VIII à Élie-Bernard Marion.

III. Alexandre Servan, écuyer, né le 11 avril 1766 ; ép. le 25 messidor an IV Élisabeth Félissent, dont six enfants entre autres :

1) Ennemond-Alphée, né le 9 fructidor an XI, † en 1887 ; ép. : 1°) le 26 août 1846 Césarine-Marguerite Moncel : 2°) le 1er septembre 1852 Jeanne-Marie-Benoîte-Clara Panthe ; il eut :

A) *1er lit :* Jeanne-Marie-Élisabeth Servan, née en juin 1847.

2) Florentin, qui suit.

IV. Florentin Servan, né le 16 mars 1811, ép. le 10 mai 1843 Félicité-Louise Félissent, dont :

1) Ennemond-Élisée Servan, né le 26 janvier 1846 ;

2) Léon, qui suit ;

3) Louise-Jeanne, née le 10 septembre 1847, ép. le 19 avril 1867 Sébastien-Louis Durand ;

4) Amélie-Victorine, née le 26 mai 1851, ép. le 17 janvier 1874 François-Jean-Antoine Richard.

V. Léon Servan, né le 19 août 1849. ép. le 17 avril 1877 Marie-Louise-Jeanne Richard, dont :

1) Albert Servan. né le 14 novembre 1878 ;

2) Henri Servan, né le 9 mars 1880 ;

3) Florentin Servan, né le 6 décembre 1883.

4) Aimé Servan, né le 6 juillet 1887 ;

5) Édith Servan, née le 3 septembre 1891 ;

6) Paule Servan, née le 10 mai 1894 ;

7) Marie-Antoinette Servan, née le 26 décembre 1897.

Cf. : *Généalogie communiquée* par M. R. de Clavière.

SERVANT DE POLEYMIEUX

D'azur au cerf passant d'argent sur un tertre de sinople regardant un vent au franc canton.

Jean-Antoine SERVANT
Claude SERVANT de POLEYMIEUX

I. Anthoine Servant, ép. en 1639 Anthoinette de Lesty ou Lestic, d'où :

II. Claude Servant, né en 1646, † en 1701 ; bourgeois de Lyon, ép. Marguerite Henry, née en 1647, † en 1732, dont :

1) Claude, né en 1684, administrateur des hospices de Lyon ;
2) Jean, Docteur en Sorbonne, chanoine de Saint-Nizier ;
3) Thomas, né en 1686, † en 1748, ép. en 1718 Marthe Jourdan ;
4) Jean-Antoine, qui suit.

III. Jean-Antoine Servant, écuyer, né en 1690, † en 1771, secrétaire du Roi près le Parlement de Bourgogne ; ép. à Lyon le 21 février 1729 Jeanne-Benoîte Hubert, fille de Barnabé, et de Jeanne-Françoise Verdun, dont entres autres :

1) *Jean-Antoine* Servant, écuyer, recteur de la Charité (1767-70), comparant à Lyon en 1789 ; ép. Marie-Catherine Briasson, fille de l'Échevin de Lyon ;
2) Claude, qui suit ;
4) Marguerite, ép. le 9 mai 1754 François Rey du Mouchet, chevalier, Trésorier de France en Dauphiné, fils d'Alexandre Rey ;
5) Anne, ép. p. c. du 24 janvier 1758, Joseph-Antide de Chasseing, écuyer.

IV. *Claude* Servant de Poleymieux, chevalier, né à Lyon le 28 janvier 1744, † en 1816, s. p. ; Trésorier de France à Lyon (3 décembre 1764), commissaire du Conseil pour les Tailles et Ponts et chaussées, comparant à Lyon en 1789 ; ép. à Lyon le 21 avril 1772, Clémence-Louise Hubert de Saint-Didier, fille de Jean-Baptiste, chevalier, Trésorier de France, et de Jeanne-Françoise de Savaron.

SIRVINGES

*D'azur au chevron d'or accompagné de trois étoiles d'argent ; au chef cousu de
gueules chargé de deux croissants d'argent.*

Louis-Robert de SIRVINGES

L'ancienne maison des Sirvinges, sg^r de Sévelinges, qu'il ne faut pas confondre
avec une famille de Sévelinges, établie aujourd'hui au château de ce nom, est originaire du Beaujolais et sans doute venue du village de Chervinges (sur Limas). Sa
généalogie remonte à Benoît de Sirvinges, frère d'Antoine, curé de Cours
et de Saint-Bonnet de Cray, vivant en 1554. D'autres Sirvinges sont cités anté-
rieurement, au xve siècle, dans des charges de judicature ; d'autres aux xvie et xvii^e
siècles, munis de charges analogues, avec les noms de Sirvinges et Sévelinges,
indifféremment employés pour les mêmes personnes : mais on n'a pu établir
rigoureusement le point de jonction de tous ceux de ce nom. La ligne principale
est issue de :

I. Benoît de Sirvinges, greffier de la ville de Charlieu, † avant le 10 mai 1585 ;
il est connu par un acte de donation en faveur de son frère le 10 décembre 1554 ; il
testa le 21 août 1570 avec codicille du 28 novembre 1571 ; ép. : 1°) avant 1540
Louise Massé ; 2°) Françoise Tremblay : il eut :

    1) *du 1er lit :* Jean qui suit ;

    2) *du 2e lit :* entre autres, Jacques, qui a fait souche éteinte au second
       degré.

II. Jehan de Sirvinges, écuyer, sg^r de Sirvinges près Thizy, de Sévelinges,
docteur ès-droits, avocat au Parlement de Paris, donataire de son père le 6 mars
1560 ; acquit Sévelinges, du duc de Nevers en 1576, en donna le dénombrement le
25 novembre 1577, fit établir deux foires annuelles à Sévelinges (18 août 1578) ;
ép. p. c. du 31 décembre 1564 Geneviève Allanguyn, dont :

    1) Jehan, qui suit ;

2) Barbe, mariée le 20 juin 1595 à noble homme Pierre du Gua, sieur de Sillery et Bionnière.

III. Jehan DE SIRVINGES, écuyer, sgr de Sirvinges et Sévelinges, avocat au Parlement de Paris ; marié les 10-11 septembre 1595 à Valentine Fraguier, † à Charlieu. victime de son dévouement pendant une épidémie de peste, fille d'Étienne Fraguier, avocat au Parlement de Paris et de Jacqueline Joly [de Fleury], dont entre autres :

1) Robert, qui suit ;
2) Charles, écuyer, sgr de Malestroit, Beaulieu, Fleurie, premier capitaine au régiment d'Uxelles, † assassiné à Charlieu en 1655 ; marié le 6 février 1645 à Philiberte de Beaulieu, dame du dit lieu, veuve de Michel de Lazariel de Lafayolle, sgr de Lafont, dont :
    A) Anne-Élisabeth, ép. à Beaulieu le 5 octobre 1664 Laurent de Foudras, chevalier, colonel du régiment Lyonnais.
3) François de Sirvinges, écuyer, sgr de La Charmée, né à Sévelinges le 16 mars 1620, capitaine au régiment Lyonnais ; ép. le 16 juin 1654 Jeanne Doyen, fille de François, écuyer, sgr de Maumont, La Charmée, Lieutenant-colonel du régiment de Touraine, et de Françoise de Saint-Léger. Sa veuve fit les preuves de noblesse des Sirvinges, et fut mère entre autres de :
    A) Jean de Sirvinges, écuyer, sgr de Maumont, capitaine au régiment Lyonnais, marié le 11 août 1681, avec dispense du pape à sa cousine germaine ci-dessous, Lucrèce de Sirvinges, née en 1646, [veuve de Claude d'Amanzé], dont entre autres :
        a) Robert de Sirvinges, né à La Motte-Camp le 23 octobre 1681, légitimé et baptisé le même jour, prêtre, docteur en théologie, Prieur de Saint-Jean-des-Vignes à Chalon-sur-Saône, de 1725 à 1740, sgr de La Charmée en 1741, vivant encore en 1755.
4) Jeanne, née à Sévelinges le 15 juin 1614, reçue au couvent des Carmélites de Lyon le 5 novembre 1625 ;
5) Jacqueline, mariée le 8 novembre 1627 à Benoît Mabiez, conseiller du Roi, Élu en l'élection de Beaujolais ;
6) Anne, reçue au monastère de Sainte-Ursule de Lyon le 7 janvier 1631.

IV. Robert DE SIRVINGES, écuyer, sgr de Sévelinges, né vers 1611, capitaine d'une compagnie de cent hommes de guerre à pied français (24 octobre 1635), maintenu dans sa noblesse par arrêt du conseil du 27 août 1641, et par l'intendant de Lyon Du Gué le 26 mai 1667 ; ép. à Avringe près Mâcon, p. c. du 16 février 1639, Marguerite de Foudras de Courcenay. fille d'Antoine, chevalier, sgr de Courçenay, Mardore, La Chapelle. capitaine de cent hommes d'armes, et de N... de Fougeard d'Avaize, dont entre autres :

    1) Jean-Jacques, qui suit :

    2) Camille, né le 27 mai 1653, bapt. à Roanne le 17 avril 1660. filleul de Camille de Neufville de Villeroy, archevêque de Lyon ; prêtre et docteur en théologie ;

    3) Lucrèce-Philiberte, née en 1646, mariée : 1°) p. c. du 17 août 1677 à Claude d'Amanzé-Chauffailles, chevalier, fils d'Antoine d'Amanzé et de Françoise de Damas-Venant ; 2°) à la Motte-Camp le 11 août 1681 à son cousin germain ci-dessus, Jean de Sirvinges, chevalier, sgr de La Motte-Camp :

    4) Isabeau, née à Sévelinges le 23 octobre 1649, clarisse à Decize (1672) :

    5). Catherine-Françoise, née le 24 décembre 1651, clarisse à Decize (27 septembre 1672), abbesse (1733);

    6) Isabelle-Charlotte, née le 20 juin 1657. clarisse à Decize ;

    7) Valentine, née le 20 juillet 1658, ép. à Briennon le 11 octobre 1709, noble Jacquet de Lestrange, écuyer, sgr des Combes et de La Fouillouse.

V. Jean-Jacques DE SIRVINGES, chevalier, sgr de Sirvinges, Sévelinges, Maumont, etc., né à Sévelinges en 1641, † avant 1681, ayant testé le 4 juillet 1677; capitaine au régiment de la Marine; ép. p. c. du 3 février 1673 Étiennette-Françoise Brenot de La Barre, fille de Claude, écuyer, sr de Montcoulon, et de Marie du Puy [nièce de Charles du Puy, sgr de Champveau, gentilhomme ordinaire de M. le Prince. de la famille des Du Puy de Saint-Martin et de Semur], dont :

    1) Robert, qui suit ;

    2) Claude-Joseph, chevalier, sgr de Malestroit, né le 10 août 1675, était en Amérique en 1718 :

    3) Camille de Sirvinges, prêtre en 1737.

VI. Robert DE SIRVINGES, chevalier, sgr de Sirvinges, Sévelinges, Génelard, etc., né le 20 août 1674, admis aux États de Bourgogne comme sgr de Génelard, Élu de la Noblesse du Charolais aux dits États (17 mai 1724), sur preuves remontant à Jean de Sirvinges, son bisaïeul; reconnu par les commissaires des États pour « bon gentilhomme, non noble simplement, mais de la qualité requise pour entrer dans la dite Chambre[1] » ; ép. à Montcenis le 4 avril 1708, Marie de Ganay, fille d'Étienne de Ganay, chevalier, sgr de Génelard, Bellefonds, Montaguillon, etc., maréchal des Logis de la Noblesse du Charolais, et de Jacqueline Bérnard de Montessus. dame de Bellefonds, dont :

---

1. « Être de sang noble, ou de famille anoblie depuis plus de soixante ans; n'avoir pas d'emploi de robe ; posséder fief en la province » (délib. des États, 1712).

VII. Camille DE SIRVINGES, chevalier, sg^r de Sévelinges, la Motte-Camp, Le Liesme, etc., né à Sévelinges le 27 novembre 1710, † à Charlieu le 6 décembre 1776. Il fit hommage pour les terres et seigneuries susmentionnées le 8 avril 1739, et ép. les 14-18 novembre 1737 Marie-Renée Tardy, fille de Louis Tardy, écuyer, sg^r de Rhins, Président en l'Élection de Roanne, et de Françoise Béraud [Les Tardy qui rendirent de grands services aux Bourbons reçurent à la Restauration le titre de marquis, en la personne de Marc-Louis, marquis de Tardy, marié à Suzanne-Marie-Adèle de Ramey de Sugny, dont une fille unique, la comtesse de Rainneville. † à Rhins, près Roanne]. Camille de Sirvinges laissa entre autres :

1) Louis-Robert, qui suit ;

2) Robert-Jacques, chevalier, né à Charlieu le 10 février 1740, † à Charlieu le 4 février 1823 ; officier au régiment de Forez-Infanterie ;

3) Benoît-Claude, chevalier, né le 9 avril 1744, officier à l'armée de Condé, amnistié le 2 prairial an XI pour fait d'émigration. Pendant l'émigration, après le licenciement de l'armée de Condé, il avait été professeur de français dans une grande famille de Pologne et en avait rapporté à l'église Saint-Philibert de Charlieu une statue de la Vierge en argent massif qui est portée aux jours de procession par les tisserands de Charlieu ;

4) Marie-Étiennette, née le 18 mai 1743, ép. Alexandre de Guillermin, chev., sg^r de Mars ;

5) Claudine-Marie, née le 17 juillet 1750, † à Charlieu s. a. le 7 septembre 1826.

VIII. *Louis-Robert* DE SIRVINGES, chevalier, sg^r de Sévelinges, La Motte-Camp, Le Liesme, etc., né à Perreux le 4 septembre 1738, bapt. à Charlieu le 1er novembre 1738, † à Sévelinges le 10 avril 1803 ; page du Roi des Grandes Écuries (octobre 1752, certif. de d'Hozier), lieutenant au régiment des Cuirassiers du Roi, chevalier de Saint-Louis, comparant à Lyon en 1789 ; marié : 1°) au château de La Berchère, près Nuits (Côte-d'Or) en 1765 à Jeanne-Philiberte Joly de Bévy, née à Dijon en mai 1743, † à Charlieu, le 27 avril 1777, fille d'Antoine-Joseph Joly de Bévy, chevalier, sg^r de de La Berchère, etc., Président en la Chambre des Comptes de Bourgogne et de Marie Portail, [mariée en premières noces de Guy de Migieu, sg^r de Savigny-sous-Beaune] ; 2°) par contrat du 1er mars 1778 à Françoise-Renée de Montrichard, fille de Louis-Henri de Montrichard, chevalier, sg^r de La Brosse, Marchangy, La Barnaudière, etc., capitaine d'infanterie, chevalier de Saint-Louis, Élu de la Noblesse du Mâconnais, et de Marie-Laurence Donguy. Il eut :

1) *1er lit* : Louise-Philiberte-Josèphe-Renée-Danielle, née à Charlieu le 16 février 1768, † au château d'Avenas le 4 mai 1841 ; ép. à Sévelinges le

5 fructidor an IV Hugues Guillin d'Avenas. fils d'Antoine Guillin du Montel, sg^r de Pougelon, Avenas, Le Sauzay, et d'Agathe Guillin du Montel ;

2) Benoîte-Marie-Aimée-Claudine-Sophie, née à Charlieu le 16 avril 1768, † le 19 novembre 1867 à Bussy (Rhône); mariée le 13 septembre 1808 à Éléonor de Garnier des Garets, chevalier de Saint-Louis, † à Bussy en 1855, [veuf en premières noces de Thérèse Le Mau de Talancé, sœur de son beau-frère] ;

3) Pauline-Catherine-Mathurine-Guillermine-Claudine. née à Sévelinges, le 1er novembre 1771, † à Talancé le 23 mars 1823 ; chanoinesse comtesse du chapitre noble de Salles, comme ses trois sœurs ; mariée le 7 juin 1807 à Louis-Marie Le Mau de Talancé, bapt. à Denicé le 13 juin 1773, † à Talancé en 1822, fils de Louis-Charles Le Mau de Talancé et de Marie Carra de Vaux ;

4) Henriette-Camille-Marie-Julie, née à Charlieu le 16 avril 1777, chanoinesse comtesse de Salles, † à Salles en mars 1806 ;

5) 2e lit : Marie-Laurence, née à Charlieu le 3 janvier 1779, † s. a. au château de Chamarande (Loire) le 21 octobre 1844.

Cf. : *Communications* du colonel de Talancé et de Mlle des Garets.

STEINMAN

D'azur au lion d'or tenant un guerrier armé d'argent.

JOSEPH-HENRY STEINMAN

I. Jean STEINMAN, de la ville de Saint-Gall (Suisse), ép. Élisabeth Mayer, dont :

II. Jean-Henry STEINMAN, né à Saint-Gall ; calviniste, il abjura la religion protestante à Lyon, paroisse Sainte-Croix, le 9 février 1726 ; ép. le 26 février 1726 Jeanne-Marie Meunier, fille de Pierre, et de Marie Gelas, dont parmi douze enfants :

1) Noble *Joseph-Henri* Steinman, né à Lyon le 4 décembre 1726, † à Lyon le 22 août 1798, Recteur de la Charité de 1776 à 1780, Juge conservateur en 1783, conseiller de ville en 1785, Échevin de Lyon en 1788-1789. C'est à lui que fut délivré le 12 janvier 1790 le dernier certificat devant lui permettre de jouir des privilèges de la noblesse ; comparant à Lyon en 1789 : ép. : 1°) Jacquème Sacquin, fille de Pierre, bourgeois de Lyon, et de Louise David ; 2°) Agathe Guiffray. Il eut du premier lit :

   A) Louise-Henriette, ép. à Lyon le 18 juillet 1780 Jean-Louis Bœuf de Curis, chevalier, sg^r de Curis, Trésorier de France, né à Lyon le 14 octobre 1757, † victime de la Terreur, guillotiné à Lyon le 28 décembre 1793, fils d'Honoré Bœuf, écuyer, Échevin de Lyon et de Catherine Terrasse [de Tessonnet].

2) Alexandre, qui suit.

III. Alexandre STEINMAN, né à Lyon le 11 mars 1736, ép. en 1759 Antoinette Guyot de Pravieux, dont :

IV. Henri STEINMAN, ép. Jeanne Platet, † centenaire le 27 juin 1833, dont :

1) Élisabeth-Michelle Steinman, née en 1797, † le 28 mai 1881, ép. François-Antoine Germain, né à Lacenas en 1791, † le 6 novembre 1829.

TERRASSE D'YVOURS

D'azur à la bande d'argent accompagnée en chef d'un lion d'or ; au chef de gueules chargé de trois étoiles d'or.

JEAN-PIERRE TERRASSE D'YVOURS

RAYMOND-MARIE-AUGUSTIN TERRASSE, CHEVALIER D'YVOURS

Les Terrasse d'Yvours, qui ne doivent pas être confondus avec les Terrasse de Tessonnet, sont originaires de Saint-Chamond et issus de :

I. Étienne TERRASSE, marié à Antoinette Chastaignon, dont :

II. Floris TERRASSE, né à Saint-Chamond le 4 février 1621, † le 15 janvier 1695 ; ép. Simone Perrin, † à Saint-Chamond le 20 août 1711. dont :

    1) Jacques, qui suit ;

    2) Julien, aumônier du duc de Bourgogne ;

    3) Marguerite, née à Saint-Chamond vers 1660, † à Yvours le 4 septembre 1720 ; ép. Noël Pourral, écuyer, gentilhomme de la Grande Vénerie du Roi ;

    4) Antoinette, ép. à Saint-Chamond le 4 février 1688 Jean-Marie Montgirod, fils de Jean, et de Rose Palerne.

III. Jacques TERRASSE, chevalier, sg^r d'Yvours, La Blancherie, etc., né à Saint-Chamond le 14 mars 1665, † à Lyon le 5 avril 1736 ; Recteur de la Charité (1702), commissaire aux revues et logements des gens de guerre à Saint-Chamond, Trésorier de France à Lyon (22 avril 1705), syndic et Président des Trésoriers de France, Président du Bureau de la Charité (1723), Échevin de Lyon (1726-27). Il avait reçu du Roi des L. P. du 17 mai 1713 lui accordant les dispenses d'un degré de service pour justification de la noblesse de ses descendants, et reçut des lettres d'honneur de sa charge de Trésorier de France le 18 juin 1732. Ép. à Lyon p. c. du 25 février 1702 Marguerite Trollier, qui testa le 13 octobre 1756, fille de Claude, écuyer. Échevin de Lyon, et de Marie-Anne Des Champs de Messimieux, dont :

1) Pierre, qui suivra ;

2) Jean-Marie, visiteur général de l'ordre de Saint-Augustin ;

3) Antoine, chanoine régulier de l'ordre de Saint-Augustin ;

4) Fleury, prêtre, légataire de son père en 1730 ;

5) François, écuyer, sg^r de Lavieu, testa à Lyon le 31 janvier 1741 ;

6) Antoinette, religieuse au monastère de Saint-Benoît de Lyon ;

7) Claudine, † à Lyon le 2 octobre 1749, ép. à Lyon le 29 avril 1728 Antoine de Cotton, écuyer, fils de Jean, écuyer, conseiller en la sénéchaussée de Lyon, assesseur en la maréchaussée du Lyonnais, et de Marie Desrioux.

IV. Pierre TERRASSE, chevalier, sg^r D'YVOURS, La Blancherie, [dont hommage au Roi le 19 mars 1742], du Péage etc.; né à Lyon le 13 mai 1703, Trésorier de France à Lyon (16 juillet 1732), Président des Trésoriers de France ; ép. : 1°) à Paris en janvier 1736 Claudine-Renée Le Roy de Féteville, † à Lyon le 25 janvier 1737, fille de noble Louis, quartenier de la ville de Paris. dont un fils † au berceau; 2°) les 20-23 janvier 1742 Marguerite Birouste, fille de Dominique, écuyer, Échevin de Lyon, et de Marguerite Quinson, dont sept enfants, entre autres :

1) Jean-Pierre, qui suivra ;

2) Jean-Marie, écuyer, né en 1746, † victime de la Révolution le 6 frimaire an II ;

3) *Raymond-Marie-Augustin*, chevalier d'Yvours, né à Lyon le 24 septembre 1750; Lieutenant des maréchaux de France; fit ses preuves devant Chérin le 21 août 1770 pour les chevau-légers ; comparant à Lyon en 1789 ;

4) Louise-Sophie, bapt. à Lyon le 13 novembre 1751, ép. à Lyon le 19 février 1774 Pierre-Jean-Baptiste de Malordy, capitaine d'artillerie, fils de Daniel, sg^r de Pomerols près d'Agde. capitaine d'infanterie, et de Marie de Caussant.

V. *Jean-Pierre* TERRASSE D'YVOURS. chevalier, sg^r d'Yvours, bapt. à Lyon le 11 juillet 1746, † le 6 frimaire an II, victime de la Révolution ; comparant à Lyon en 1789 ; ép. à Lyon le 5 mai 1778 Anne-Pierrette Quatrefages de La Roquette, née en 1759, fille de Rodolphe, écuyer, sg^r de Limonest, et d'Anne Posuel de Verneaux, dont :

1) Rodolphe, écuyer, bapt. le 21 août 1782 ;

2) Anne-Zoë, née à Lyon le 8 août 1780, † à Tourvéon le 2 juin 1840 ; ép. à Lyon le 3 prairial an XIII Alexandre de Murard, chevalier, né à Saint-Romain le 4 janvier 1778, fils de Guillaume, chevalier, sg^r de Saint-Romain, et d'Antoinette Aymard de Francheleins ;·

3) Marguerite. baptisée à Lyon le 2 août 1784.

Cf. : Chérin 193 : Michon.

TERRASSON

D'azur à trois croissants d'argent adossés, entrelacés, accostés de trois étoiles d'or 2 et 1.

Jean TERRASSON
Jean-François TERRASSON

Les armoiries qui figurent en tête de cette notice appartiennent à une famille qui a donné des avocats fameux, des savants, des prêtres de l'Oratoire, un membre de l'Académie française, deux Échevins de Lyon, un chancelier des Dombes, etc. Cette famille est issue de Philibert Terrasson, châtelain de Châtelus au xvᵉ siècle, et remonte sa filiation à Mᵉ Claude Terrasson, lieutenant de Châtelus, † avant 1521, dont le petit-fils fut l'auteur de deux branches perpétuées jusqu'au xviiiᵉ siècle.

Il semble probable que les Terrasson comparants à Lyon en 1789 fussent un rameau détaché de cette souche. Néanmoins les documents font défaut pour fixer, même approximativement le point de jonction ; on n'attribuera donc aux comparants de 1789 les armoiries ci-dessus, que sous toutes réserves. L'auteur de ce rameau est :

I. Pierre TERRASSON, bourgeois de Lyon, marié à Lyon le 24 septembre 1634 à Lucrèce Certe, dont entre autres :

1) Vincent, qui suit ;
2) Sauveur, maître batteur d'or et d'argent (1692) ;
3) Catherine, bapt. à Lyon le 24 mai 1643, ép. p. c. du 28 juin 1692 Jean Trouillet.

II. Vincent TERRASSON, né vers 1636, † à Lyon le 22 juillet 1708 ; maître batteur d'or et d'argent à Lyon ; ép. : 1º) p. c. du 6 novembre 1659 Marie Gravoix, fille de Georges, commis de la Douane de Lyon, et de Marguerite Masson ; 2º) à Lyon le 9 septembre 1674 Marie-Anne Chicaud, fille d'Abel et de Marguerite Bonnard. Il eut :

1) 1ᵉʳ *lit* : Pierre, qui suit ;
2) 2ᵉ *lit :* Antoine, batteur d'or ; ép. à Lyon le 27 août 1711 Jeanne Gat.

III. Pierre Terrasson, bapt. à Lyon le 1er août 1660, maître tireur d'or et d'argent ; ép. à Lyon : 1°) le 3 juin 1688 Claudine de Cotton, fille de Hiérôme, et de Françoise Fischer ; 2°) le 26 janvier 1705 Antoinette Combette, fille de Jean, et de Marguerite Gayet ; 3°) le 7 janvier 1711 Marie Ferley, fille de Gaspard, et de Jeanne Severt. Il eut entre autres :

1) *du second lit :* Jean, qui suit :

2) Marie-Anne, bapt. à Lyon le 19 mars 1707 ; ép. à Lyon le 13 février 1727 Étienne Muret ;

3) Marguerite, bapt. à Lyon le 3 juillet 1708, † à Lyon le 28 février 1780 ; ép. à Lyon : 1°) le 25 avril 1730 Pierre Delabat ; 2°) le 10 janvier 1746 Jean-Pierre Giraud ;

4) Jeanne, bapt. le 3 septembre 1710 ; ép. à Lyon le 27 janvier 1734 Joseph Roger, fils de Pierre, bourgeois de Montserre-de-la-Voulte en Vivarais, et de Marie-Anne Debouat ;

5) Catherine, ép. : 1°) Vital Folcher ; 2°) à Lyon le 9 novembre 1744 noble Pierre Garnier de Montplaisir, avocat ès-cours de Lyon, fils de Raymond, écuyer, capitaine au régiment de la Reine-Infanterie, et d'Antoinette Chambard.

IV. *Jean* Terrasson, écuyer, bapt. le 19 juillet 1709, Recteur de la Charité (1756-59), conseiller secrétaire du Roi (8 août 1763), comparant à Lyon en 1789, Vice-Doyen d'âge et Président d'âge de l'Assemblée de la Noblesse ; signataire à la dernière séance du 4 avril 1789 [où il est porté comme ancien Échevin, ce qui est une erreur manifeste. Jean Terrasson, Échevin de Lyon en 1720 étant mort cette même année 1720] ; marié à Lyon le 31 janvier 1748 à Marguerite Delotz, † à Lyon le 3 février 1784, fille d'Antoine, et de Suzanne Deyrols, dont douze enfants, entre autres :

1) Barthélemy Terrasson, écuyer, bapt. le 9 février 1749 ;

2) *Jean-François*, écuyer, bapt. à Lyon le 12 décembre 1750, comparant à Lyon en 1789 ;

3) Marie-Anne, bapt. le 24 octobre 1751, ép. à Lyon le 23 mai 1776 Jean-François-Joseph de Lescure, sgr de Puisserguier, mousquetaire du Roi pensionnaire de S. M., [remarié le 22 janvier 1780 à Claudine-Hélène de Noyel de Béreins], fils de Jean-Joseph, Garde du Roi, et de Louise-Charlotte Dauphin de Alinghen ;

4) Marie-Anne-Victoire, bapt. à Lyon le 8 août 1761, ép. à Lyon le 7 avril 1779 Antoine Fuzeaud, écuyer, Garde du Corps du Roi, fils de Jean, écuyer, ancien conseiller au Parlement de Dombes, et de Marie-Gabrielle Aubret.

TERRASSON DE SÉNEVAS

D'azur au chevron d'argent accompagné en pointe d'un soleil d'or.

BARTHÉLÉMY TERRASSON DE LA BAROLIÈRE
GABRIEL-LOUIS TERRASSON DE SÉNEVAS

Les Terrasson de Sénevas, qui ont vraisemblablement une origine commune avec les familles précédentes, sont issus de :

I. Georges TERRASSON, né vers 1590, ép. avant 1624 Denyse Cornier, dont, entre autres :

II. Georges TERRASSON, bapt. à Lyon le 8 août 1628, † le 13 novembre 1672 ; ép. à Lyon p. c. du 6 février 1653 Benoîte Gonin, † le 11 mars 1711, fille de Claude, et de Jacquême Genevey, dont parmi douze enfants :

    1) Barthélemy, qui suit ;
    2) Jean-Baptiste, bapt. à Lyon le 22 décembre 1667, † à Lyon le 23 avril 1690, prêtre, chanoine de Belleville ;
    3) Antoine, bapt. à Lyon le 6 mai 1670, Lieutenant des chasses de S. M. (1727) ;
    4) Jacquême, bapt. à Lyon le 19 août 1654, religieuse à Charolles.

III. Noble Barthélemy TERRASSON, écuyer, bapt. à Lyon le 15 décembre 1663, † à Lyon le 7 février 1744 ; Juge conservateur à Lyon, Échevin de Lyon (1728-29) ; ép. à Lyon le 9 février 1692 Claudine Liotaud, fille de Jean, et de Marie-Isabeau Tisseur, dont :

    1) Barthélemy, qui suit ;
    2) Marie-Élisabeth, bapt. à Lyon le 12 octobre 1695, religieuse professe au couvent du Verbe Incarné.

IV. Barthélemy TERRASSON, écuyer, sgr de La Barolière, né le 11 octobre 1694, † le 11 avril 1759 ; Conseiller à la Cour des Monnaies de Lyon le 7 avril 1723 ; ép. à Lyon le 15 février 1724 Louise-Marguerite Philibert, héritière de la Barolière, fille de Jean-François. chevalier, Trésorier de France, et de Catherine Sabot de Lusan, dont :

1) Barthélemy, qui suivra :
2) Claude-Louis, bapt. le 19 juillet 1728, † jeune :
3) Catherine-Antoinette, bapt. à Lyon le 6 avril 1726, † s. a. ;
4) Anne-Marie. bapt. le 5 juillet 1727, religieuse au Verbe Incarné.

V. *Barthélemy* TERRASSON DE LA BAROLIÈRE, chevalier, sgr de la Barolière, la Révolanche ; acquit de Paul Sain. écuyer, par échange du 19 février 1771, les seigneuries et baronnies de Sénevas, Saint-Romain-en-Jarez, Chaignon, Valfleury, etc., [dont hommage le 5 juillet 1773 et le 24 décembre 1777]; né à Lyon le 6 mai 1725, † victime de la Révolution, fusillé à Feurs le 25 décembre 1793; Directeur de l'Académie de Lyon, Député de la Noblesse du département de Saint-Étienne à l'Assemblée de département (1787), comparant à Lyon en 1789; ép. p. c. du 22 août 1758 Marie-Gabrielle-Françoise de La Croix-Laval, née le 19 mars 1737, fille de Jean, écuyer, conseiller à la Cour des Monnaies de Lyon, et de Marie Meynard, dont :

1) Gabriel, qui suit :
2) 3) 4) Trois filles mortes sans alliance.

VI. *Gabriel-Louis* TERRASSON DE SÉNEVAS, chevalier, baron de Sénevas, né à Lyon le 5 mai 1761, † à Paris le 9 mai 1824 ; officier d'infanterie au régiment de Royal-Poitou (1778), puis à Royal-Picardie (1786), comparant à Lyon en 1789; baron de l'Empire (19 juin 1813) : ép. le 23 messidor an III Alexandrine Dodun de Kéroman, † à Montpellier le 31 mars 1861, fille de Claude-Denis, jadis sgr de Neuvy et de Kéroman, et de Louise-Marie-Julie Bourgeois. dont :

1) Édouard, qui suivra;
2) Ida, ép. Adolphe Bergeron-Danguy, receveur général des Finances :
3) Phœdore, née en 1803, † à Montpellier le 29 septembre 1877 ; ép. le 18 juin 1825 Louis-Antoine-Léopold de Julien. marquis de Pégueirolles, chevalier de Malte de minorité en 1790. Brigadier des armées du Roi. fils de Louis-Antoine, comte de Pégueirolles, et d'Eulalie de Paulo.

VII. Édouard-Hippolyte TERRASSON, baron DE SÉNEVAS, né à Paris le 10 octobre 1799, † à Vernon (Eure) le 9 janvier 1883 ; ép. à Paris le 29 avril 1823 Marie-Julie Holker, † à Vernon le 22 mai 1885. fille de Jean-Jacques-Louis, et d'Adélaïde Cabeuil. dont :

1) Raoul, qui suivra;
2) Marie, née à Paris le 18 mars 1824, † en 1832.

VIII. Raoul Terrasson, baron de Sénevas, né à Paris le 6 mars 1827, † à Paris le 25 septembre 1872 ; ép. au château du Champ-de-Bataille (Eure), le 10 avril 1855, Berthe-Adélaïde Quesné, fille de Victor, et d'Athanasie Prieur, dont :

    1) Bruno-Marie, qui suivra ;

    2) Marthe-Marie-Antoinette, née au Champ-de-Bataille, le 24 octobre 1859, ép. le 31 mars 1880 Bruno-Marie-Pierre, baron de Vélard, fils de Georges, vicomte de Vélard, et de Marie de Montbel.

IX. Bruno-Marie Terrasson, baron de Sénevas, né à Paris le 16 novembre 1861, ép. à Boulogne-sur-Mer le 3 décembre 1888 Marie-Élise Carmier, fille d'Émile, et d'Élise Adam, dont :

    1) Émile-Marie-Barthélemy-Raoul de Sénevas, né à Boulogne-sur-Mer le 1er janvier 1891 ;

    2) Étienne-André-Marie de Sénevas, né à Paris le 16 février 1894 ;

    3) Marie-Élise-Isabelle de Sénevas, née à Paris le 30 juin 1889.

Cf. : Chérin, 193. *Annuaire de la Noblesse.* Vte Révérend : *Armorial du premier Empire ; Titres et pairies de la Restauration.*

TERRAY

D'azur à la fasce d'argent chargée de cinq mouchetures d'hermines de sable, et accompagnée de trois croix tréflées d'or, 2 et 1 ; au chef aussi d'or chargé d'un lion issant de gueules.

Antoine-Jean TERRAY de ROZIÈRES

Comme il est dit dans le procès-verbal ci-dessus (cf. p. 85), l'intendant de Lyon, Antoine Terray de Rozières, ne voulut pas siéger parmi les rangs de la Noblesse pour ne pas influencer en sa qualité de représentant de l'administration royale, les membres de son ordre, dans leurs délibérations. Mais cet intendant de Lyon ayant été régulièrement convoqué, son absence ayant un motif relaté dans le procès-verbal, nous croyons devoir comme pour le Sénéchal du Lyonnais, lui consacrer une notice.

Sa famille doit surtout 'sa célébrité au fameux abbé Terray, abbé commendataire de Molesmes et Contrôleur général des finances de Louis XV.

Originaires de Boën en Forez où ils sont mentionnés, dès 1369, avec Antoine Terray, les Terray établissent leur filiation depuis :

I. Jean Terray, sʳ d'Essolas, bourgeois de Boën, marié à Jeanne Boulardin, et sans doute père de :

    1) Jean, qui suit ;

    2) Anne, mariée avant 1662 à noble Jean Merlin, avocat.

II. Jean Terray, juge de Boën et de la baronnie de Couzan, ép. à Montbrison le 28 avril 1661 Jeanne Caze, fille de noble Louis, conseiller du Roi, contrôleur des domaines et comté de Forez, et de Françoise Berthaud, dont :

    1) Antoine, qui suit ;

    2) François Terray, écuyer, sgʳ de Rozières, † à Paris âgé de 88 ans le 28 décembre 1753, conseiller et médecin ordinaire du Roi, Inspecteur général des armées et hôpitaux de S. M., conseiller secrétaire du Roi du Grand col-

lège (12 février 1711), premier médecin consultant de S. M. en 1718, conseiller d'État :

3) Pierre Terray, abbé de Belleville.

III. Antoine TERRAY, écuyer, seigneur de Mâtel, né à Montbrison le 24 août 1662, † à Roanne le 18 juin 1727 : avocat du Roi au bailliage de Roannais (1692-1714), Directeur général des gabelles (1715), conseiller secrétaire du Roi du Grand collège (septembre 1718) ; ép. : 1°) vers 1693 Jeanne Nappard, † à Beaune le 4 juillet 1699 ; 2°) le 8 juin 1705 Marie-Anne Dumas de Mâtel, fille de Claude Dumas, écuyer, sgr de Mâtel, capitaine de chevau légers, lieutenant-colonel du régiment de fusiliers de S. A. S. le prince Gabriel de Savoie, et de Jeanne Grimaud de Mâtel (dont la mère Antoinette Chézard de Mâtel était nièce de la Révérende mère Jeanne Chézard de Mâtel, fondatrice de l'ordre du Verbe Incarné, † en odeur de sainteté) ; il eut entre autres :

1) *1er lit* : deux fils et une fille :

2) *2e lit* : parmi dix enfants : François, né à Roanne le 30 juin 1707, † à Roanne le 5 mars 1731, avocat :

3) Pierre, qui suivra :

4) Joseph-Marie Terray, dit M. de Mâtel, chevalier, né à Boën le 9 décembre 1715, † à Paris le 22 février 1778 ; conseiller clerc au Parlement de Paris (1736), abbé commendataire de Molesmes (1764), Contrôleur général des Finances (1769), ministre et secrétaire d'État, greffier des Ordres du Roi (23 juillet 1770) ;

5) Louise-Nicole, bapt. à Roanne le 18 août 1709, ép. : 1°) en 1736 Gabriel-Joseph du Myrat de Vertpré, écuyer, sgr de Vertpré, Genouilly, etc., fils de Pierre-Léonard du Myrat, écuyer, garde des sceaux à Clermont, et de Jacqueline Chardon ; 2°) le 8 octobre 1765 Charles de Nompère, chevalier, sgr de Champagny, Pierrefitte, etc., dit le chevalier de Champagny, veuf de Geneviève du Bost de Boisvert, capitaine au régiment d'Artois, lieutenant-colonel, fils de Jean-Baptiste de Nompère, écuyer, sgr de Champagny, capitaine au régiment de Bigorre, et de Claudine Mathieu de Bachelard ;

6) Marie-Christine, née le 14 septembre 1711 ; ép. à Montbrison le 27 mai 1727 Étienne Thoynet de Bigny, écuyer, sgr de Rozières, conseiller et Procureur du Roi au bailliage de Forez, sénéchaussée de Roanne et en la maréchaussée générale de Lyon, conseiller à la Cour des Aides de Paris : dont postérité représentée de nos jours, entre autres chez les Becdelièvre, Gémier des Perichons, Paulze d'Ivoy de la Poype, Ramey de Sugny, Gramont-Cade-

rousse, Brossin de Méré, Bérard de Chazelles, Chabrol, Clérel de Tocqueville, Bernou de Rochetaillée, Chateaubriand, Durfort, Anthenaise, Broglie, etc.

IV. Pierre TERRAY DE ROZIÈRES, écuyer, sgr de Rozières, Saint-Germain, Changy, etc., né à Roanne le 14 avril 1713, † le 19 juillet 1780 ; conseiller au Parlement de Paris, maître des Requêtes, Procureur général à la Cour des Aydes (1749), Intendant de la Généralité de Lyon ; ép. Renée-Félicité Le Nain, née le 31 août 1726, fille de Jean, Intendant du Languedoc, conseiller d'État, et de Tècle-Félicité Bidal d'Asfeld, dont :

1) Antoine-Jean, qui suit ;
2) Pauline Terray, mariée à Étienne-Ferdinand-Michel Le Peletier des Forts, chevalier, † en 1795, fils de Michel Le Peletier, chevalier, comte de Saint-Fargeau, Président à mortier au Parlement de Paris, conseiller d'État, et de Louise-Adélaïde Randon, d' p. chez les Lévis-Gaudiez et Tardieu de Maleissye ;
3) Françoise-Marie, mariée le 17 mars 1760 à Vital-Auguste Grégoire, comte de Nozières, sgr de Saint-Sauveur, brigadier des armées du Roi (1762), fils de Jean Grégoire, sgr de Saint-Sauveur, et de Lucrèce Françoise Chapelain, dame d'Issenges.

V. *Antoine-Jean* TERRAY DE ROZIÈRES, chevalier, sgr de Rozières, Changy, Saint-Bonnet-des-Cars, Saint-Riran, Béclaudière, etc., † décapité à Paris le 29 avril 1794, victime de la Révolution ; Maître des Requêtes, Intendant des finances, conseiller du Roi en ses Conseils, Intendant de Lyon en 1789 et, comme tel, moralement empêché de voter en 1789 avec la Noblesse lyonnaise ; ép. le 11 février 1771 Marie-Nicole Perreney de Grosbois, † décapitée avec son mari, fille de Jean-Nicolas, chevalier, sgr de Grosbois, Premier Président au Parlement de Besançon, et d'Anne-Philippote-Louise Fyot de Mimeure, dont :

1) Claude-Hippolyte, qui suivra ;
2) Mélanie, ép. Armand-Jérôme Bignon, chevalier, né à Paris le 10 mars 1769, † le 18 août 1847, fils de Jérôme-Frédéric Bignon, chevalier, sgr de la Beauffe et de Rozel, bibliothécaire du Roi, conseiller au Parlement, et de Bernardine, dame de Rozel, et petit-fils de l'académicien, Président au Grand Conseil ;
3) Aglaé, née en 1788, † à Paris le 11 août 1867, ép. le 14 mai 1807 François-Eugène-Gabriel duc d'Harcourt, gentilhomme ordinaire de la chambre du Roi, ambassadeur de France, Pair de France, né à Jouy-en-Josas le 22 août 1786, † à Paris le 2 mai 1865, fils de Marie-François, duc d'Harcourt, Pair de France, et de Jacqueline Le Veneur de Tilières, dont postérité chez les Harcourt, Ursel, Potier de Courcy, Argenson, La Tour-du-Pin, etc.

VI. Claude-Hippolyte TERRAY, chevalier, né en 1774, † le 11 août 1849, marié : 1°)
en janvier 1800 à Cécile-Louise Morel de Vindé, née à Paris le 18 décembre 1782,
fille de Charles-Gilbert, vicomte de Vindé, conseiller au Parlement de Paris, Pair
de France, et de Marie-Renée-Élisabeth Choppin d'Arnouville ; 2°) à Marie-Léontine
d'Ainval de Brache ; 3°) à Adèle de Maistre. Il a eu :

1) *1er lit* : Charles-Louis, qui suivra :
2) Claudine-Béatrix, née le 2 novembre 1799, † à Belbeuf près Rouen le
   29 décembre 1846, ép. le 14 mai 1821 Antoine-Louis-Pierre Godard,
   marquis de Belbeuf, Pair de France, sénateur en 1852, † en 1872 ;
3) Élisabeth-Irénée née en 1804, † à Paris le 27 mai 1863 ; ép. le 4 mai 1825
   Adolphe-François-René-Antoine des Monstiers-Mérinville, vicomte de Mérin-
   ville, officier, né à Genève le 31 décembre 1790, † à Thoiry le 7 juillet 1867,
   fils de Louis-Augustin, marquis des Monstiers-Mérinville, Pair de France,
   et de Marie-Jeanne de La Briffe, d' p. chez les Vogüé et Talhouët-Roy ;
4) Claudine-Renée-Christine, † en 1872, ép. le 4 mai 1825 Louis-Pharamond
   Pandin, comte de Narcillac, fils de Charles, baron de Narcillac, et d'Antoinette Mélanie de La Briffe, d' p. chez les Narcillac, La Briffe, Langle, des
   Monstiers-Mérinville, Florian, etc.:
5) *2me lit* : Claude, qui a fait branche ;
6) Ernestine, née en 1811, † à Nantes le 16 mai 1891, mariée en 1833 à
   Rogatien-Louis-Olivier, comte de Sesmaisons, député de Nantes, né à Paris
   le 24 février 1807, † le 14 février 1874, fils de Rogatien, comte de Sesmaisons, maréchal de camp, et d'Alphonsine de Savary de Lancosme, d' p.
   chez les Sesmaisons, Villoutreys, Waziers, Huchet de Quénétain, etc.

VII. Charles-Louis TERRAY, vicomte TERRAY DE MOREL-VINDÉ, né en 1803, † à
Paris le 15 février 1866 ; héritier de la pairie et du titre de son aïeul maternel, le
vicomte de Morel-Vindé, par ordonnance royale du 1er mars 1819 ; préfet, conseiller
à la Cour Royale de Paris ; ép. le 3 novembre 1839 Louise-Henriette-Wilhelmine
Rouen des Mallets, † à Paris, le 7 février 1893, à l'âge de 78 ans, fille d'Alexandre-
Jean-Louis, baron Rouen des Mallets, Intendant des provinces illyriennes, dont :

1) Marie-Claudine-Laure-Denise, née en 1842, † à Paris le 17 avril 1887, ép.
   le 16 avril 1861 Charles-Gaspard Pandin, comte de Narcillac, son cousin
   germain, fils du comte de Narcillac, et de Claudine Terray, d' p. chez les
   Costa de Beauregard ;
2) Jeanne-Marie-Anne, née en 1846, † à Taverny le 23 juin 1880, ép. le 2 mars
   1867 Guy-Élisabeth-Antoine-Armand-Thibault de Rohan-Chabot, comte de
   Chabot, fils de Louis-Charles-Philippe-Henri-Gérard, comte de Rohan-Chabot, et de Caroline-Sidonie de Biencourt.

BRANCHE CADETTE

VII. Claude-Maurice-Emmanuel, comte TERRAY, né en 1803, † à Paris le 7 mai 1873 ; ép. le 11 avril 1842 Gabrielle-Élisabeth-Aglaë-Robertine Puget de Barbantane, fille de Marc-Auguste-Hyacinthe Puget de Barbantane et de Roxane Gaigneron de Marolles, dont :

    1) Claude-Hippolyte-Marie-Pierre, qui suit :

    2) Marie-Robertine, ép. en 1867 Maxime Roussel, vicomte de Courcy, d' p. chez les Courcy, Villoutreys, etc.

VIII. Claude-Hippolyte-Marie-Pierre, comte TERRAY, officier, membre du conseil général des Bouches-du-Rhône ; ép. en 1878 Anne-Marie-Camille-Antoinette d'Andlau, dont :

    1) Marie-Emmanuel-Camille Terray, né en 1879, marié à Paris le 17 octobre 1905 à Marie-Mercédès des Michels, fille de Jules-Alexis, baron des Michels, et de Jeanne-Emma de Las Cases :

    2) Marie Terray.

Cf. : *Histoire des grands officiers de la Couronne, Annuaire de la Noblesse.* Bonnardet : *Les Lyonnais au collège de Juilly.* etc.

THÉVENET

D'azur à la fasce d'argent surmontée d'un soleil d'or accompagné de deux étoiles d'argent.

PIERRE-JOSEPH THÉVENET

Les Thévenet cités à Lyon dès le début du XVIIe siècle sont issus de :

I. Jean-Claude THÉVENET, écuyer, secrétaire du Roi ; ép. Claudine Guichet, dont :

    1) Pierre, né en 1702, ✝ à Marcy-sur-Anse le 18 mai 1712 ;

    2) Étienne, qui suit :

II. Étienne THÉVENET, chevalier, ép. Anne-Marie Giraudin, dont :

    1) Pierre-Joseph, qui suit :

    2) Claude-Joseph, écuyer, chantre et chanoine de Saint-Nizier (1768), Vicaire Général de l'Archevêché de Lyon, Promoteur général de l'Officialité métropolitaine et Juge de la Chambre du Clergé (1784) ;

    3) Marie-Charlotte, ép. à Lyon le 17 février 1757 Jacques Roux, fils de Thomas, bourgeois de Belins-en-Château (Dauphiné), et de Béatrix Levet ;

    4) Françoise, ép. le 18 octobre 1768, Étienne Granier, écuyer, fils de Pierre, et de Claudine Roustain.

III. *Pierre-Joseph* THÉVENET, chevalier, officier de la milice bourgeoise, comparant à Lyon en 1789, ép. le 5 juillet 1787 Ennemonde-Françoise Decroix, fille de noble Henry, Échevin de Lyon, et d'Antoinette Nalet.

THOLOMET DE FONTANELLE

Burelé d'argent et d'azur de huit pièces, au lion d'argent tenant de sa dextre une croix d'argent.

Claude THOLOMET de FONTANELLE

Les Tholomet, connus à Villefranche au xvie siècle, ont formé plusieurs rameaux ; celui qui a comparu à Lyon en 1789, s'est poursuivi par :

I. Honnête Jean Tholomet, bourgeois de Villefranche, ép. Fleurie Vulpian, dont au moins :

1) Claude, qui suit ;
2) Honorable Gaspard Tholomet, ép. : 1°) à Villefranche p. c. du 14 janvier 1628 Philiberte Bailly, fille de Jean, et de Claudine Baille ; 2°) Françoise Chappuys ; dont postérité des deux lits.

II. Noble Claude Tholomet, sg[r] de Fontanelle et La Roze, né vers 1595, † à Lyon le 23 février 1669 ; Échevin de Villefranche, Conseiller Secrétaire de S. A. R. au Parlement de Dombes (18 janvier 1655) [charge acquise de Claude de Palerne, écuyer], Conseiller au Parlement de Dombes (8 janvier 1659), admis le 15 juillet 1662 à l'assemblée de la Noblesse de Bresse. Ép. : 1°) à Villefranche p. c. du 3 juillet 1626 Marie de Phélines, fille de Me Benoît, Procureur du Roi au Grenier à sel de Villefranche, et de Catherine Gonnet ; 2°) Marie Gaudet. Il laissa entre autres :

1) 1er lit : Pierre, bapt. le 4 mars 1636 ;
2) Françoise, bapt. le 24 novembre 1634, † à Villefranche le 10 avril 1682 ; ép. le 16 avril 1651 M[r] Me Antoine du Bost, sg[r] de Petit-Bourg, Premier et plus ancien Président en l'Élection de Beaujolais ;
3) 2e lit : Alexandre, qui suit ;
4) Fleurie, † le 2 mars 1713, ép. noble Étienne Turrin, sg[l] de Belair et La Sablonnière, secrétaire de S. A. R. au Parlement de Dombes, Président au grenier à sel de Villefranche.

III. Noble Alexandre Tholomet, chevalier, sg^r de Fontanelle, bapt. le 13 novembre 1645 ; Conseiller au Parlement de Dombes (11 septembre 1669) ; ép. : 1°) à Lyon le 2 janvier 1668 Barthélemie Chappuys, fille de Mathieu, écuyer, baron de Corgenon, et de Madeleine Gueston ; 2°) p. c. du 7 mai 1672 Marie Croppet, fille de noble Justinien, écuyer, sg^r de Varissan, Irigny, Échevin de Lyon, et d'Ysabeau du Coing. Elle était veuve en 1684 et renouvela le 11 mars 1684 l'hommage prêté par son mari en 1672 pour le fief et rente noble de Fontanelle (Anse). Elle testa le 7 mai 1694, laissant :

IV. Laurent-Justinien Tholomet de Fontanelle, chevalier, sg^r de Fontanelle, conseiller au Parlement de Dombes (22 juin 1695) ; ép. à Lyon le 24 mai 1699 Françoise Puylata, [dont sans doute] :

?V. Guillaume Tholomet de Fontanelle, chevalier, sg^r du dit lieu, [dont reprise de fief à Anse le 22 novembre 1740] ; né vers 1700, † entre 1769 et 1772 ; ép. vers 1730 Élisabeth Paret, † à Anse le 3 avril 1772, fille de Jean, conseiller secrétaire au Parlement de Dombes, dont :

1) Thomas, † à Anse le 25 juin 1734, âgé de 18 mois ;
2) sans doute, Claude, qui suit ;
3) Jeanne, † à Bourg le 28 avril 1767 ; ép. à Anse le 6 novembre 1748 Philippe Paradis, sg^r du Jonchay, Premier Président au Présidial de Bourg, Lieutenant général au bailliage de Bresse, fils de Jean, et d'Élisabeth Patron ;
4) Louise, ép. à Anse le 10 janvier 1769 Pierre-Laurent-Marie de Veyle, écuyer, capitaine au régiment de Tarare, résident à Thoissey, fils de Laurent, et de Geneviève Bolo.

?VI. *Claude* Tholomet de Fontanelle, chevalier, sg^r du dit lieu, présent en 1784 à l'assemblée de la Noblesse de Dombes et comparant en 1789 aux assemblées de la Noblesse de Dombes et de Lyon ; marié à Marie-Anne Brigaud, dont :

1) Marie Tholomet de Fontanelle, ép. à Anse le 26 octobre 1790 Jean-Marie-Angélique Gabet, chevalier, Avocat du Roi en la Sénéchaussée de Dombes, demeurant à Trévoux.

Cf. : Archives du Rhône, série E : Anse.

TOLOZAN DE MONTFORT

D'azur à trois étoiles d'or rangées en chef et au croissant d'argent en pointe ;
alias : *d'or à trois étoiles d'azur rangées en chef et au croissant de gueules en pointe.*

Louis TOLOZAN de MONTFORT

Une famille Tholozan ou Tolozan, d'ancienne noblesse, est citée dès le XIIIe siècle au marquisat de Suze ; elle donna au moyen âge des capitaines marquis de Césane et des chevaliers de Saint-Jean de Jérusalem, etc. Cette noble race s'éteignit au XVe siècle. Cependant un arrêt de la Chambre des Comptes de Grenoble du 9 août 1780 admit l'authenticité de la descendance de la maison féodale de Césane en faveur de deux familles du même nom de Tolozan, qui, parvenues aux honneurs au XVIIIe siècle, obtinrent ainsi la reconnaissance d'une seule et noble origine. L'intègre Chérin appuyant son opinion de l'arrêt précité, et au vu de nombre d'expéditions certifiées par la Chambre des Comptes, mais dont l'authenticité semble au moins douteuse, dressa la généalogie des Tolozan, en donnant leur filiation suivie depuis Noble Jean Tholozan, dit le vieux, de Césane, compris au nombre des nobles à Briançon dans une procédure du 28 mai 1339, et rappelé dans une procuration donnée par ses petits-enfants le 7 février 1458. La descendance suivie de ce noble Jean Tholozan se serait maintenue noblement jusqu'au Ve degré, représenté par noble sg^r Jean Tholozan, † à Briançon le 11 mars 1579, marié à Cécile Strois, puis à Anne Agnès, et père de deux fils avec lesquels aurait commencé la dérogeance, savoir :

1) *1er lit :* Guillaume, auteur, d'après cette généalogie, de la branche lyonnaise ;
2) *2e lit :* Louis, tige des Tholozan, fixés à Châteauroux perpétués très obscurément jusqu'au Xe degré, et représentés alors par : Honoré THOLOZAN, écuyer, conseiller secrétaire du Roi en la chancellerie du Parlement d'Alsace, Directeur général des vivres des Armées, sg^r de La Tour-de-Saint-Crépin en Embrunois (p. acqu. du 28 septembre 1781) dont hommage le 3 mai 1782. Ce fut lui qui obtint l'arrêt de la Chambre des Comptes du 9 août 1780, lui donnant acte de la présentation des actes et titres prouvant sa filiation,

et affirmant sa descendance en ligne directe de Noble Jean Tholozan, de Césane, dit le Vieux. Il obtint le 10 octobre 1782 un certificat reconnaissant son ancienne noblesse, prit le titre de marquis en souvenir des marquis féodaux de Césane, et fonda ainsi les nouveaux marquis de Tholozan, éteints de nos jours chez les Chastenet de Puységur, et par eux chez les Baillardel, barons de Lareinty, qui en exécution du testament d'Ernest-René, marquis de Tholozan, page de Charles X, † le 3 mars 1890, ont relevé les armes [1], le titre et le nom de Tholozan (addition du nom de Tholozan autorisée par décret du 14 décembre 1891).

Les Tolozan de Lyon, qui firent une fortune si rapide et si brillante au xviiie siècle et ont laissé leur nom à une place de la ville de Lyon, seraient issus, selon la généalogie de Chérin, de :

I. Guillaume Tolozan [frère de Louis ci-dessus, tige des marquis de Tholozan, et issu au VIe degré de Noble Jean Tholozan, le Vieux], légataire de son père le 4 juin 1576 ; il donna quittance le 4 mai 1596, et est rappelé au contrat de mariage de son fils, qui suit.

II. Jacques Tolozan, cité parmi les marchands d'Embrun, marié le 18 février 1619 à Marguerite Pechier. Il testa le 16 janvier 1659, laissant entre autres :

III. Étienne Tolozan, marchand bourgeois d'Embrun, capitaine de milice le 6 mai 1706, testa le 16 novembre 1714 ; marié le 27 juin 1685 à Marie-Anne Masclary, dont :

    1) Antoine, qui suit ;
    2) Marie-Anne, ép. à Lyon le 25 août 1722 Louis Chambon de Montgrosl, fils de Noble Henry-Melchior, avocat en Parlement, et de Louise de Serre ;
    3) Marguerite, ép. : 1°) Jean Petre, chirurgien d'Embrun, † avant 1722 ; 2°) à Lyon le 25 juin 1724 Jérémie Girard, bourgeois de Lyon, fils de Pierre, et de Marie Ruyssel.

IV. Antoine Tolozan, bapt. le 23 novembre 1687, † à Lyon le 19 décembre 1754 ; banquier à Lyon, puis écuyer, sg^r de Montfort, conseiller secrétaire du Roi en la chancellerie près la Cour des Monnaies de Lyon (28 mai 1735) ; marié le 1er février 1719 à Benoite Gesse, bapt. à Lyon le 8 octobre 1693, fille de Louis Gesse, et de Simone Berthel, dont sept fils et deux filles, entre autres :

---

1. « *D'azur à la sirène d'argent couronnée d'or, posée de front, la queue fourchue, et tenant les deux queues dont les nageoires sont d'or.* » (Armoiries des anciens Tholozan, marquis féodaux de Césane.)

1) Jean-François Tolozan, écuyer, bapt. à Lyon le 1er août 1722, † à Lyon en
1802 ; Maître des Requêtes, Rapporteur du point d'honneur au tribunal des
Maréchaux de France, Avocat général à la Cour des Monnaies de Lyon
(9 mars 1746), Avocat de S. M. en la juridiction de la Douane de Lyon ;
Intendant du Commerce (1766), Membre de l'Académie de Lyon ; ép. le
24 mai 1751 Marie-Anne Perrin déVieuxbourg, fille d'Alexis-Bonaventure,
écuyer, sgr de Roche, et de Suzanne Adamoli, dont :

    A) Louis, écuyer bapt. le 2 janvier 1755 ;

    B) Suzanne, bapt. à Lyon le 29 février 1752 ;

    C) Benoîte-Bonaventure, bapt. à Lyon le 26 mars 1753, ép. à Lyon le
       27 avril 1775 son cousin Jean-François Maindestre de La Sarra,
       chevalier, né à Lyon le 21 février 1746, † à Lyon en 1793, victime de
       la Terreur, fils d'Antoine, Trésorier de France, et de Simone Tolozan.

2) Louis, qui suit ;

3) Claude Tolozan d'Amaranthe, écuyer, bapt. à Lyon le 15 juillet 1728, † en
1798 ; conseiller rapporteur au tribunal des Maréchaux de France ; introducteur des ambassadeurs sous Louis XVI ;

4) Simone, bapt. à Lyon le 12 août 1721, † à Lyon le 24 novembre 1813 ; ép. à
Lyon p. c. du 21 avril 1743 Antoine Maindestre, chevalier, sgr de La Sarra, Trésorier de France en 1747, fils d'Étienne, écuyer, et de Geneviève de Madières.

V. *Louis* TOLOZAN DE MONTFORT, chevalier, sgr de Montfort, bapt. à Lyon le
30 juin 1726, † le 1er décembre 1811 ; Recteur de La Charité en 1763, Receveur des
deniers communs, dons et octrois de la ville de Lyon (1776-83), Prévôt des Marchands
de Lyon (1783-89), Commandant de la ville de Lyon, Membre de l'Académie de Lyon
(1785), comparant à Lyon en 1789 ; ép. à Lyon le 31 mai 1757 Marie-Anne Audras,
fille de noble Laurent, Échevin de Lyon en 1770, et de Pierrette Ferlat, dont :

   1) Benoîte-Marie, bapt. à Lyon le 10 août 1758, ép. vers 1780 Léon-Edme-
     François Le Gendre, comte d'Onsembray, † victime de la Terreur ;

   2) Pierrette-Marie, bapt. à Lyon le 25 octobre 1759, ép. en 1780 Agricola Merle,
     marquis d'Ambert, colonel d'infanterie ;

   3) Jeanne-Sophie, née à Lyon le 16 juin 1762, † à Lyon le 12 décembre 1807 ;
     ép. à Lyon le 19 fructidor an XII Anne-Joseph, vicomte de Mauroy, né à
     Paris le 14 juin 1750, officier des Gardes de l'un des Princes frères de
     Louis XVI, fils de Denis, et de Geneviève Lamoureux de la Gavellière.

Cf. : Chérin : *vol. 195 (dossier 3855).* Annuaire de la Noblesse.

TORRENT

*D'azur à un torrent d'argent roulant entre deux montagnes du même (alias d'or),
surmonté d'un soleil d'or.*

Antoine TORRENT

La famille Torrent, originaire d'Auvergne, est issue de :

I. Antoine Torrent, notaire à Moissat (Puy-de-Dôme), † avant 1599, et père,
entre autres fils, de :

II. Gilbert Torrent, établi à Thiers, † le 30 décembre 1635 ; ép. : 1°) le 30 janvier
1600 Madeleine Estournel ; 2°) le 24 juillet 1615 Gilberte Chouvet ; il eut du premier
lit cinq enfants, dont un seul fit souche, savoir :

III. Gilbert Torrent, né à Thiers, établi à Lyon en 1626, testa à Lyon le 24 octobre
1679 ; ép. le 10 mars 1630 Élisabeth Menestrier, fille de Jean, et d'Anne Villemot,
dont dix enfants, entre autres :
1) Pierre, qui suit ;
2) Antoine, auteur de la branche de Thiers ;
3) Gilbert Torrent, né le 4 juin 1650, † le 14 avril 1714 ; commissaire receveur
   aux saisies réelles de la Conservation de Lyon, Greffier de Sainte-Foy ;
   marié à Françoise Montégut.

IV. Pierre Torrent, né le 27 mars 1637, † après avoir testé le 15 mai 1711 ;
ép. le 17 juin 1685 Élisabeth Bouchage, veuve de Charles Duvigneau. Elle testa le
7 janvier 1719, laissant entre autres :
1) Noble Antoine Torrent, né le 6 août 1687, † s. p. après 1757 ; Échevin de
   Lyon en 1735-1736 ;
2) Pierre, qui suit ;
3) Jean-Antoine Torrent, religieux de Sainte-Geneviève :

4) Claudine. ép. à Lyon le 30 avril 1711 Charles-Joseph Mathon, écuyer, sgr de La Cour, conseiller au Parlement de Dombes ;

5) Marie, ép. à Lyon le 23 août 1719 Joseph Reverony, écuyer, fils de Joseph, Échevin de Lyon, et de Marianne Nayron.

V. Pierre TORRENT, né le 26 avril 1691, † avant 1757 ; marié le 21 janvier 1716 à Marguerite Paris, dont entre autres :

1) Antoine, qui suit ;

2) Antoine-Pierre Torrent, né le 10 janvier 1727, † le 27 août 1759 ; ép. sa cousine Antoinette-Jeanne-Marie Torrent, remariée ensuite à Guillaume Bodiment, et fille de Guillaume Torrent et de Gilberte Dupic.

VI. Noble Antoine TORRENT, né le 27 juin 1718, Échevin de Lyon en 1774-75 ; ép. le 11 juin 1747 Marie Morin, dont douze enfants, entre autres :

1) Joseph-Marie, qui suit ;

2) *Antoine* Torrent, écuyer, né le 29 janvier 1759, † à Saint-Rémy (Puy-de-Dôme) le 6 janvier 1823 ; ép. le 10 août 1790 Gilberte Bodiment, fille de Guillaume Bodiment et d'Antoinette-Jeanne-Marie Torrent, dont deux fils et deux filles décédés sans alliance ;

3) Catherine Torrent, mariée à Jean-Joseph Mante.

VII. Joseph-Marie TORRENT, né le 17 mars 1757, † à Thiers le 31 mars 1828 ; ép. le 27 juillet 1786 Gilberte Bodiment, l'aînée, sœur de Gilberte ci-dessus, dont six enfants, entre autres :

1) Antoine-Claude-Joseph Torrent, né le 15 juillet 1793, † le 9 novembre 1867, s. a ;

2) Antoine-Gilbert, qui suit ;

3) Marie-Guillelmine Torrent, † s. a. le 26 février 1863.

VIII. Antoine-Gilbert, dit Victor TORRENT, né le 25 septembre 1794, † à Courpière le 23 avril 1880 ; ép. le 19 décembre 1836 Anne Bellain, † à Courpière le 17 mars 1893, dont :

1) Geneviève-Augustine-Antoinette-Joséphine Torrent, née à Courpière le 16 septembre 1837, mariée le 3 août 1857 à Louis-Frédéric Benoît, † au Golfe-Juan le 11 avril 1899.

BRANCHE DE THIERS

IV. Antoine TORRENT, né à Lyon le 19 février 1645, † à Thiers le 19 mars 1717 ; ép. le 29 avril 1684 Marie-Geneviève Barge, fille d'Annet, et de Michelle Garnier, dont onze enfants, entre autres :

1) Philippe-Auguste Torrent, diacre, chanoine à Thiers ;
2) Pierre Torrent, religieux bernardin ;
3) Guillaume, qui suit :
4) Marie-Michelle, ép. Claude Chassain de La Place, châtelain de Cervières ;
5) Françoise, ép. noble Gabriel Mignot, sg^r de Mondière ;
6) Clauda, née à Thiers le 25 janvier 1689, † après 1765 ; ép. le 11 août 1707 Gabriel-Marie Mallet de Vandègre, chevalier, sg^r de Bulhon, La Forest, la Goutte, La Boutresse, etc., fils de Charles-Gaspard Mallet de Vandègre, et de Marie-Françoise de Muzy ;
7) Philippa-Marie Torrent, religieuse bernardine.

V. Guillaume-Genès TORRENT, né le 10 juin 1693, † le 30 août 1776, ép. Gilberte Dupic, dont :

1) Joseph-Antoine Torrent de Puyrenard, né le 12 décembre 1720, † le 16 août 1783, vivant à Thiers, marié s. p. à Françoise Poyet ;
2) Anne Torrent, religieuse ursuline ;
3) Gilberte, ép. à Thiers Guillaume Marry ;
4) Antoinette-Jeanne-Marie, née le 11 février 1737, † le 2 mars 1813 ; ép. : 1°) son cousin Antoine-Pierre Torrent, de la branche de Lyon ; 2°) le 17 juin 1765 Guillaume Bodiment, dont deux filles mariées à leurs parents Torrent, de Lyon, ci-dessus.

Une famille du même nom de Torrent fut, en 1789, convoquée à l'Assemblée de la Noblesse de Riom ; elle avait possédé les fiefs de Chiliaguet, Estival, Brignon, etc. et avait peut-être une origine commune lointaine avec les Torrent, de Moissat et de Thiers.

Cf. : Pièces originales : 2854. Archives de la Loire (Cervière). Bouillet : *Nobiliaire d'Auvergne*.

TROLLIER DE MESSIMIEUX

D'argent au lion rampant de gueules, à une fasce d'or brochante.

Jean-Jacques-François TROLLIER de FÉTAN
Louis TROLLIER de CHAZELLES
Esprit-Étienne-François TROLLIER de FONTCRENNE
Antoine-Pierre TROLLIER de SAINT-ROMAIN

La famille Trollier a formé plusieurs branches distinguées entre elles par leurs noms de fiefs et issues de :

I. Benoît Trollier, demeurant à la paroisse du Bouchage en Dauphiné, marié : 1°) à Dominique Bataillon ; 2°) à Suzanne Pellisson. Il laissa :

1) *1er lit* : Pierre Trollier, bourgeois de Lyon, † à Lyon le 24 mars 1665 ; ép. à Lyon p. c. du 26 mars 1656 Marguerite Bremand, † à Lyon le 14 septembre 1663, fille de Jean, de Saint-Jean-d'Auray-en-Beaujolais, et de Philiberte Chancel, dont :.

    A) Claude, bapt. à Lyon le 13 janvier 1657 ;

    B) Anne, ép. p. c. du 16 juillet 1667 Charles Brossier, fils de Jean, originaire de Tours, et de Pernette du Chesne ;

    C) Marguerite, bapt. à Lyon le 21 mars 1655, ép. le 13 novembre 1671 Me Michel Masse, Docteur ès-droits, Avocat au Parlement de Dauphiné, fils d'André, et d'Isabeau Arguel :

    D) Jeanne, † ayant testé à Lyon le 10 février 1712; ép. p. c. du 26 février 1672 noble Vincent Defore, sgr de la Bénaudière, bourgeois de Lyon, fils de Gabriel, et d'Isabeau Charvin.

2) *2e lit* : Claude, qui suit ;

3) Antoine, qui a fait la branche des seigneurs de Sénevas.

II. Noble Claude Trollier, né au Bouchage vers 1629, † à Lyon le 16 juillet 1694 ; banquier à Lyon, puis Échevin en 1681-1682 ; ép. : 1°) Françoise Borghèse, fille d'Antoine, écuyer, Premier Avocat du Roi au Bureau des Finances de Lyon, et de Jeanne Dufour; 2°) à Lyon, p. c. du 11 juin 1675, Marie-Anne Deschamps, † âgée de 85 ans en mars 1732, fille de Noble Louis Deschamps, sgr de Talancé, conseiller du Roi, Lieutenant civil et criminel en l'Élection de Beaujolais, et de Marie Rolin. Il fut père entre autres de :

1) *1er lit* : Antoine, qui suit :

2) *2e lit* : Pierre, tige des seigneurs de Fontcrenne ;

3) Catherine-Claudine, bapt. à Lyon le 22 février 1677, ép. à Lyon p. c. du 19 janvier 1696 François Merle, héraut d'armes de France au titre d'Anjou ;

4) Marguerite, bapt. à Lyon le 25 juillet 1685, † ayant testé le 13 octobre 1756 ; ép. à Lyon p. c. du 25 février 1702 Jacques Terrasse, chevalier, sgr d'Yvours, La Blancherie, Président Trésorier de France à Lyon, fils de Floris Terrasse et de Simone Perrin.

III. Antoine TROLLIER, écuyer, sgr de Messimieux-les-Anse, bapt. à Lyon le 7 août 1672, † à Lyon le 14 octobre 1727 ; ép. à Lyon p. c. du 24 mai 1700 Antoinette Morel, † à Anse le 19 juillet 1758, fille de Jean-Baptiste, et de Marie Chrestien, dont :

1) Jean-Baptiste, qui suit ;

2) Marie, bapt. à Lyon le 1er novembre 1704, ép. à Lyon p. c. du 30 avril 1723 Antoine Trollier de Poncier, écuyer, conseiller à la Cour des Monnaies de Lyon, fils de noble Claude, Échevin de Lyon, et de Étiennette Delaye.

IV. Jean-Baptiste TROLLIER DE MESSIMIEUX, écuyer, sgr de Fétan, Messimieux, Saint-Étienne, Chazelles, Beaumont, Fourquevaux, etc., bapt. à Lyon le 17 mars 1701, Conseiller à la Cour des Monnaies de Lyon (30 août 1723), conseiller honoraire (1er septembre 1753) ; ép. p. c. du 16 octobre 1728 Anne Albanel, bapt. à Lyon le 31 août 1709, † à Anse le 16 novembre 1780, fille de Noble Gaspard, Échevin de Lyon, et de Sibylle Fayard, dont :

1) Jean-Jacques-François, qui suit ;

2) *Louis* Trollier de Chazelles, écuyer, † à Lyon le 23 pluviôse an II, victimé de la Révolution ; capitaine d'infanterie au régiment de Boulonnais, chevalier de Saint-Louis, comparant à Lyon en 1789 ;

3) Anne, bapt. à Lyon le 4 septembre 1730, religieuse ;

4) Antoinette, ép. à Lyon le 8 février 1775 Bernard Rivérieulx de Jarlay, maréchal des camps et armées du Roi, chevalier de Saint-Louis, né en 1726, † s. p. en 1794, fils de Claude, et d'Anne Ponnelle ;

5) Claudine-Antoinette-Éléonore, bapt. à Lyon le 19 novembre 1737, † à Lyon le 10 décembre 1823 ; ép. à Lyon p. c. du 15 janvier 1760 Abel-

Antoine Clapeyron de Millieu, écuyer, né à Vienne, † victime de la Révolution à Lyon le 29 nivôse an II âgé de 59 ans, fils d'Abel, écuyer, sgr de Millieu, Conseiller au Parlement de Dombes, et d'Anne Bouvier.

V. *Jean-Jacques-François* TROLLIER DE MESSIMIEUX, dit M. DE FÉTAN, chevalier, sgr de Fétan, Messimieux, Fourquevaux etc., né vers 1730, † à Paris le 5 décembre 1814 ; Conseiller à la Cour des Monnaies de Lyon (25 janvier 1753), Député de la Noblesse du département de la ville de Lyon et du Franc Lyonnais à l'Assemblée de Département ; comparant à Lyon en 1789 ; condamné à mort le 6 nivôse an II, non exécuté ; ép. à Lyon le 31 janvier 1764 Marie-Suzanne-Louise Chappuis de Margnolas, † à Paris le 13 mai 1835, fille de Louis-Charles Chappuis de Margnolas, chevalier, marquis de Mirebel. et de Françoise-Gasparde de La Frasse de Seynas, dont :

1) Alphonse, qui suit :
2) Anne-Louise-Éléonore, née à Lyon le 11 mai 1767, ép. : 1º) à Lyon le 13 février 1787 Jean-Baptiste Bona de Perex, chevalier, conseiller maître en la Chambre des Comptes de Bourgogne (1778), † victime de la Révolution, fils de Jean-Baptiste, écuyer, baron de Monfalconnet, conseiller à la Cour des Monnaies de Lyon, et de Rose-Hiéronyme de Murard ; 2º) à Paris le 15 septembre 1797 Gaspard-Nicolas Crocquet de Beligny, chevalier de Saint-Louis, ancien officier au régiment de Viennois, † à Lyon à 84 ans le 29 avril 1847, fils de Nicolas, membre du Conseil souverain de l'île de la Dominique, et de Catherine La Verge de La Feuillée.

VI. Alphonse-Jean-Marie-François TROLLIER DE MESSIMIEUX, écuyer, né en décembre 1764, † à Paris le 29 mars 1837, marié à N... Dufresnoy, dont:

1) Alexandre, qui suit ;
2) Marie-Sophie, † à Paris âgée de 81 ans le 10 novembre 1882, mariée à Auguste de Lorme, capitaine en premier aux Cent Suisses avec rang de colonel, † à 47 ans le 26 mars 1838.

VII. Alexandre TROLLIER DE MESSIMIEUX, marié à Louise du Costain. fille d'un ancien officier, et de N... du Faur de Pibrac, † s. p.

BRANCHE DE FONTCRENNE

III. Pierre TROLLIER, écuyer, sgr du Sardon (acq. du 25 mai 1723), dont hommage le 21 juillet 1727), de Fontcrenne (acq. du 20 août 1724) ; bapt. à Lyon le 20 juillet 1684, † à Paris en avril 1761 ; ép. à Lyon les 7-28 mai 1727 Marie-Anne Giraud d'Amareins, bapt. à Lyon le 23 septembre 1705, fille d'André, écuyer, et de Louise Charlet de la Douze, dont trois enfants. entre autres :

IV. *Esprit-Étienne-François* TROLLIER DE FONTCRENNE, chevalier, sg^r du Sardon, Laye, etc., né à Paris, rue de Tournon, le 28 mai 1735, bapt. à Saint-Sulpice, † ayant testé à Lyon le 9 septembre 1790, maintenu dans sa noblesse par sentence de l'Élection du Beaujolais le 28 septembre 1764 ; comparant à Lyon en 1789 ; ép. à Lyon p. c. du 24 novembre 1763 Marie Bruyères, fille de Noble François-Marie Bruyères, juge conservateur et Échevin de Lyon, et de Claudine Pitra, dont :

1) François, qui suit ;
2) Sibylle-Pauline, née à Lyon vers 1770, ép. à Lyon le 4 germinal an IV Barthélemy-Marie Bona de Perex, Lieutenant colonel de dragons, chevalier de Saint-Louis, fils de Jean-Baptiste, écuyer, baron de Monfalconnet, Conseiller à la Cour des Monnaies de Lyon, et de Rose-Hieronyme de Murard ;
3) Claudine-Félicité, ép. à Lyon le 16 février 1790 Jacques-François de Boubée, chevalier, sg^r de La Bâtie, chef d'escadron au régiment des chasseurs à cheval de Franche-Comté, fils d'Henri de Boubée, chevalier, officier de cavalerie, et d'Anne Lemercier.

V. François-Marie TROLLIER DE FONTCRENNE, chevalier, né à Lyon le 20 septembre 1764, fit devant Chérin le 20 août 1784 ses preuves pour le grade de sous-lieutenant.

BRANCHE DE SENEVAS ET SAINT-ROMAIN

II. Antoine TROLLIER, bourgeois de Lyon, † avant 1695, marié à Marie Servel, dont dix enfants, entre autres :

1) Pierre, qui suit ;
2) Noble Claude Trollier, bapt. à Lyon le 28 octobre 1663, † à Lyon le 8 mai 1720 ; banquier à Lyon, puis Échevin de Lyon en 1713-1714 ; ép. p. c. du 24 décembre 1695 Étiennette Delaye, † à Lyon le 8 décembre 1719, fille de Jean-Baptiste, bourgeois de Lyon, et de Julienne Merle, dont entre autres :
   A) Antoine Trollier, écuyer, sg^r de Poncier (p. acq. du 20 août 1724), bapt. à Lyon le 31 janvier 1700, conseiller à la Cour des Monnaies de Lyon ; ép. à Lyon : 1°) p. c. du 30 avril 1723 Marie Trollier de Messimieux, fille d'Antoine, et d'Antoinette Morel ; 2°) p. c. du 10 janvier 1731 Magdeleine Millière, fille de Jacques, écuyer, secrétaire du Roi, et de Magdeleine Giraud ; il eut entre autres :
      a) b) *du 1er lit* : Antoine-Jean et Marianne :
      c) *du 2e lit* : Jean-Baptiste, écuyer ;
      d) Jacques, sous-diacre à Saint-Sulpice en 1760 ;
      e) f) g) Marie-Magdeleine, Marie-Louise et Jeanne.

B) Marianne, bapt. le 28 décembre 1703, ép. p. c. du 10 juillet 1723 Jean-Baptiste Millière, écuyer, sg^r de La Terrière, Regnié, Cercié, frère de Magdeleine Millière, ci-dessus.

3) Marguerite-Thérèse, bapt. à Lyon le 8 novembre 1660, † à Lyon le 16 avril 1734 ; ép. : 1°) p. c. du 17 janvier 1682 Pierre de La Font, banquier à Lyon, fils d'Émilien, et de Catherine Periette ; 2°) N. Tissot, bourgeois de Lyon :

4) Marie, bapt. à Lyon le 9 novembre 1664, ép. Louis Viricelles ;

5) Anne, bapt. à Lyon le 3 février 1668, ép. p. c. du 21 novembre 1693 François Adamoli, fils de Bernard, banquier à Varèze-en-Milanais, et d'Anne Grisse ;

6) Suzanne, bapt. à Lyon le 11 juin 1673, † à Lyon le 20 mai 1748, ép. p. c. du 13 février 1700 noble Abraham Goy, Échevin de Lyon en 1722-23, Avocat en Parlement, fils de Charles, et de Marie Billion.

III. Noble Pierre TROLLIER, écuyer, bapt. à Lyon le 27 octobre 1658, † à Lyon le 13 juillet 1714 ; Échevin de Lyon en 1707-1708 ; marié à Lyon les 15-23 janvier 1701 à Jeanne-Suzanne Gayot, bapt. à Lyon le 17 novembre 1681, [remariée à Lyon le 8 avril 1720 à Laurent Mignot, chevalier, sg^r de la Martizière, fils de Noël, écuyer, sg^r de Bussy, et d'Antoinette Bonnel], fille de Robert Gayot et de Reine Chomey, dont :

1) Marc-Antoine, qui suit ;

2) Anne Trollier, bapt. à Lyon le 31 mars 1702, † en 1776 ; ép. à Lyon le 18 août 1720 Claude-Chrysanthe de Moyria, chevalier, comte de Châtillon de Corneille, sg^r de Montgriffon, Jujurieux, etc., fils de Chrysanthe, chevalier, et d'Elisabeth Jannon ;

3) Marie-Anne, bapt. à Lyon le 27 février 1707, religieuse visitandine.

IV. Marc-Antoine TROLLIER DE SÉNEVAS, chevalier, sg^r de Sénevas, Chaignon, Saint-Romain-en-Jarez, Valfleury Châtillon, la Tour de Jujurieux, Montgriffon, Chalay, La Couz, etc. (par acq. du 2 février 1736 de Léonard-Armand, marquis de Pracomtal) ; bapt. à Lyon le 10 octobre 1703, Trésorier de France à Lyon (30 janvier 1728), Président du Bureau des Finances ; ép. à Lyon p. c. du 7 juin 1729 Lucie Perrin de Vieuxbourg, fille de Jean, Échevin de Lyon, et de Marie du Poizat, dont :

V. *Antoine-Pierre* TROLLIER DE SAINT-ROMAIN, chevalier, bapt. à Lyon le 14 février 1736, capitaine d'infanterie au régiment de Bourbonnais ; comparant à Lyon en 1789.

Cf. : Chérin : 199. *Généalogie dressée le 20 août 1784* ; *Pièces originales : 2886* ; Michon.

VACHERON

D'azur au lion passant d'or ; au chef du même charhé de trois flammes de gueules.

Alexandre-Paul de VACHERON

Les Vacheron, anciennement connus, remontent à :

I. Étienne VACHERON, chevaucheur ordinaire de l'écurie du Roi, au bourg de Saint-Symphorien-de-Lay, testa à Lay le 18 juin 1606, élisant sépulture en l'église au tombeau de ses aïeux ; ép. Bénigne Olifant, dont cinq enfants, entre autres :

    1) Jean, qui suit ;

    2) Claude, prêtre du diocèse de Lyon.

II. Noble Jean VACHERON, † à Lyon le 10 janvier 1679, Échevin de Lyon en 1665-1666 ; ép. Madeleine de La Roue, dont quinze enfants, entre autres :

    1) Benoît, qui suit ;

    2) Pierre, bapt. le 25 juillet 1637, prêtre ;

    3) Jacques, bapt. à Lyon le 28 février 1650, légataire de la prébende fondée à l'église de Sainte-Colombe-en-Beaujolais.

    4) Jean-Baptiste, bapt. à Lyon le 14 novembre 1651, jésuite ;

III. Benoît VACHERON, écuyer, sg^r de Mollières, bapt. à Lyon le 5 février 1634, † avant 1701 ; ép. à Lyon p. c. du 5 février 1659 Clémence Berthon, bapt. à Lyon le 8 novembre 1637, † à Saint-Laurent-d'Oingt le 19 octobre 1720, fille de Corneille, bourgeois de Lyon, et de Clémence Faure, dont, parmi cinq enfants :

    1) Jean, qui suit ;

    2) Jean-François, bapt. à Lyon le 14 mai 1684, chevalier de l'Église de Lyon, chanoine d'Ainay ;

    3) Marguerite, bapt. à Lyon le 10 janvier 1667, ép. à Lyon p. c. du 24 avril 1684 Pierre-François de La Pesse, écuyer, sg^r de Sainte-Marcelle en Savoie, fils d'Annet, écuyer, maître auditeur en la souveraine Chambre des Comptes de Savoie, et de Françoise de Genvillé.

IV. Jean VACHERON, écuyer, sg^r de Mollières, né à Lyon le 9 avril 1659, † à Saint-Laurent-de Theizé le 3 août 1728 ; Trésorier de France à Lyon (7 juillet 1687) : ép. à Lyon : 1°) le 31 janvier 1688 Madeleine Faure, † à Saint-Georges le 27 février 1720, fille de Pierre, écuyer, Maréchal des logis des Gardes du Corps de Monsieur frère du Roi ; 2°) le 16 juin 1721 Marianne Mabiez de Malleval, fille d'Édouard, écuyer, sg^r de Malleval, et d'Élisabeth du Bost. Il laissa :

 1) *1er lit* : Claudine, bapt. à Lyon le 27 mai 1694, ép. à Lyon p. c. du 27 novembre 1718 Charles Dugas de La Catonnière, écuyer, né à Lyon le 4 octobre 1683, † à Wissembourg le 6 septembre 1734 ; Lieutenant de cavalerie au régiment de Saint-Christot (1704), puis à celui de Beaujeu (1710), enfin à celui de Senoncourt ; chevalier de Saint-Louis en 1734 ; fils de Charles Dugas, écuyer, sg^r de Valdurèse, Lieutenant criminel à Lyon, et de Marguerite Charrin ;

 2) *2e lit* : Nicolas, qui suit.

V. Nicolas DE VACHERON, écuyer, sg^r de Mollières, bapt. à Lyon le 22 septembre 1722, † avant 1787 ; ép. aux Sauvages, près Tarare, le 8 août 1747 Élie Talebard, fille d'Augustin, notaire royal, et de Jeanne Demogier, dont parmi sept enfants :

 1) Antoine-Jean-Alexandre-Paul, écuyer, bapt. à Saint-Laurent-d'Oingt le 9 août 1748 ;

 2) Jacques de Vacheron, écuyer ;

 3) Alexandre-Paul, qui suit ;

 4) Marie-Anne, bapt. le 3 mai 1753, ép. Aymé-Thomas-Marie Romany.

VI. *Alexandre-Paul* DE VACHERON, écuyer, demeurant à Saint-Laurent-d'Oingt en Lyonnais, bapt. au dit lieu le 2 janvier 1752, comparant à Lyon en 1789 ; ép. à Lyon p. c. du 13 novembre 1787 Marie-Catherine Auger, fille d'Aubin-Jean, visiteur à la douane de Lyon, et de Marie-Fleurie Cibiat, dont :

 1) Jean-Marie de Vacheron, écuyer, bapt. à Lyon le 20 août 1788, ép. à Vienne (Isère) Anne Lambert, dont :

  A) Anne-Marie-Félicie de Vacheron, ép. aux Roches de Condrieu Jean Madinier.

 2) Marie-Jacqueline, qui suit ;

 3) Marie-Victoire-Félicité, bapt. à Lyon le 5 mars 1791.

VII. Marie-Jacqueline DE VACHERON, bapt. à Lyon le 11 novembre 1789 ; ép. à Lyon le 24 mai 1821 Jean-Baptiste Jacquier, né à Doizieu le 12 janvier 1760, veuf de Jeanne-Marie Perra, fils de Jean-Claude, et de Jeanne-Marie Beaufrère, dont :

VIII. Aimé-Denis-Marie JACQUIER DE VACHERON, né à Lyon le 21 juillet 1826, ép. à Lyon le 13 janvier 1851 Marie-Antoinette Tricaud, née à Saint-Vérand (Rhône) le 24 août 1825, fille de Casimir-Thomas, et de Pierrette-Élie Romany, dont :

1) Jean-Paul, né à Saint-Vérand le 20 avril 1862, ép. à Roanne le 28 janvier 1890 Hortense Déchelette ;

2) Jules, né à Saint-Vérand le 19 octobre 1856 ;

3) Paul, né à Saint-Vérand le 25 décembre 1857 ;

4) Henry, † à Lyon le 18 avril 1891, âgé de 25 ans ;

5) Émilie, née en 1855, † à la Garde. le 1er mars 1899, ép. André de Maniquet ;

6) Marie-Anne-Pauline, née à Saint-Vérand le 8 juin 1855.

Cf. : Michon.

VALENCE DE MINARDIÈRE

D'azur à la fasce d'or accompagnée de six trèfles du même, trois en chef et trois en pointe.

François-Claude de VALENCE de MINARDIÈRE

Claude Valence, écuyer, sg^r de Mignardière, bailli d'épée du duché de Roannais, conseiller du Roi, Président en l'Élection de Roanne, fit enregistrer à l'Armorial Général, le 30 septembre 1697 ses armes, telles qu'elles sont ci-dessus décrites. A la même époque, son frère, Camille de Valence, chevalier, sg^r de Fontenille, premier capitaine au régiment de Saintonge, portait: *d'azur, à la fasce d'or, accompagnée de six trèfles du même, posés 2 et 1 en chef et 2 et 1 en pointe.* Une seconde variante : *d'azur à la fasce d'or, accompagnée de cinq trèfles du même, posés 3 en chef et 2 en pointe,* est signalée par d'Hozier dans la description des armes de Jeanne-Gabrielle de Valence, femme de François de Bonlieu-Duclos, sg^r du Clos.

On voit par ce qui précède que les deux formes « Valence » et « de Valence » sont indifféremment employées dans les documents concernant cette famille. Supprimée dans les actes de la période révolutionnaire, la particule a été rétablie par jugement du Tribunal de Roanne du 19 juin 1860 devant les deux noms Valence et Minardière.

Cette famille, ancienne en Forez, a fait ses preuves pour les Chevau-Légers le 26 mai 1780. Les titres produits à cette époque la font remonter à :

I. Jacques Valence, écuyer, sg^r du Montis, cité avec sa femme Jehanne de Chavannes, dans le contrat de mariage de leur fils, qui suit :

II. Noble homme Jehan Valence, écuyer, sg^r du Montis, ép. à Paris p. c. du 9 avril 1461 Jehanne Chassebras, fille de noble homme Jacques Chassebras, sg^r du Bréau, et d'Angélique du Plessis, dont :

III. Noble homme Jacques Valence, écuyer, demeurant à Charlieu, testa à Lyon le 18 février 1530, laissant entre autres:

IV. Noble homme Anthoine VALENCE, écuyer, † avant le 7 juillet 1565. marié à
Ysabeau Faihon, dont entre autres :
   1) Didier, qui suit :
   2) Anthoine Valence, marié à Marguerite Nobile, dont les sg^{rs} de Vertpré et la
      Bernarde, éteints avec Jeanne de Valence, † à la Balme en Dauphiné le
      27 octobre 1713. mariée à François de Bonlieu du Clos, conseiller audi-
      teur en la Chambre des Comptes de Grenoble.

V. Noble Didier VALENCE, juge et châtelain du marquisat de Boisy, Roanne, La
Motte-Saint-Romain (1er mai 1575) : ép. Catherine Lynard, † le 16 mars 1611,
dont :

VI. Noble Louis VALENCE, † le 4 février 1632, juge et châtelain du Duché de
Roannais (13 janvier 1598), Lieutenant général civil, criminel et domanial du bailliage de Roannais, Procureur du Roi ancien et alternatif au Grenier à sel de Roanne,
Bailli du bailliage et Duché de Roannais (1er janvier 1628) ; rappelé dans une ins-
cription de 1599 érigée à Roanne à la suite d'une peste terrible ; marié le
18 novembre 1606 à Catherine Dumas, fille de Jehan, tenant la poste de Roanne
pour le Roi, et de Philiberte de La Mure, dont :
   1° Claude, qui suit :
   2) Jean Valence, écuyer, sieur de Fontenille, † à Lyon le 4 juillet 1658 ; servit
      en Italie pendant la guerre de Trente Ans au régiment de Saint-Forgeux
      (1635) ; enseigne d'une compagnie de gens de pied au régiment de Maugiron
      (1637), lieutenant, puis capitaine au régiment d'Auvergne, enfin Aide-
      Major du Gouvernement de Béthune (9 mars 1653) :
   3) Catherine Valence, religieuse à Saint-Étienne ;
   4) Jeanne-Marie, ép. Louis Virney. conseiller du Roi et son Procureur au
      Grenier à sel de Roanne.

VII. Claude VALENCE, écuyer, sg^r de Mignardière (p. acqu. du 5 avril 1658 pour
38.000 livres), testa à Roanne le 21 septembre 1683 ; Bailli et Lieutenant général du
bailliage et duché de Roannais (1er septembre 1632). Il obtint le 22 décembre 1678
des lettres de réhabilitation de noblesse, et le 9 mars 1680 un arrêt de la Cour des
Aides de Paris, enregistré le 5 avril 1680 en l'Élection de Roanne, le déclarant de
noble race. Ces lettres et arrêt furent rendus sur requête de l'exposant fondé sur la
noblesse immémoriale et la vie noble de ses ascendants qui, depuis Didier Valence,
avaient été à tort imposés aux tailles à Roanne. Claude Valence avait épousé à
Roanne p. c. du 30 avril 1645 Madeleine de Montchanin, dont entre autres :
   1) Claude. qui suit :

2) Camille de Valence, chevalier, sg^r de Fontenille, né en 1655, † le 5 avril 1699; premier capitaine au régiment de Saintonge ;

3) Jeanne-Marie, ép. Pierre Michon, écuyer, sg^r de Chancé ;

4) et 5) Philiberte et Claudine Valence, religieuses ursulines à Roanne.

VIII. Claude VALENCE, écuyer, sg^r DE MIGNARDIÈRE et Fontenille, né à Roanne le 24 juillet 1654, † le 24 décembre 1725; Président en l'Élection de Roanne, Bailli d'épée du duché de Roannais (15 mars 1689), conseiller secrétaire du Roi, (24 mai 1715) ; ép. à Roanne p. c. du 13 mai 1680, Marie-Anne-Jacqueline Voiret, fille de Jean, Président en l'Élection de Roanne, et de Marguerite Populle, dont :

1) Claude, qui suit :

2) Claude-Marie, écuyer, avocat en Parlement, légataire de la charge de Président en l'Élection de Roanne (30 novembre 1725); ép. le 26 février 1726 Madeleine Rimotz ;

3) Camille, né à Roanne le 25 octobre 1684, † à Minardière le 15 décembre 1752, prêtre et bachelier de Sorbonne ;

4) Anne, ép. le 29 mai 1708 Jean-Baptiste de Sévelinges ;

5) Geneviève, † le 14 avril 1762, mariée à Simon Perroton de Chatelus, colonel de la milice bourgeoise de Roanne ;

6) 7) 8) Philiberte, Marianne et Pierrette Valence, religieuses.

IX. Claude VALENCE DE MINARDIÈRE, écuyer, sg^r de Minardière et Fontenille, né le 16 août 1681, † le 8 mars 1757; capitaine au régiment de Chalmazel (3 septembre 1702), major d'infanterie (23 août 1712), capitaine réformé à la suite du régiment Royal des Vaisseaux (31 décembre 1714). Grand bailly du Roannais (13 mars 1723), office vacant par la démission de son père ; ép. le 30 septembre 1725 Jeanne Buron de La Verpillière, fille d'Antoine, sg^r de La Verpillière, et de Jeanne Grumel de Montgaland, dont, entre autres :

1) Antoine, qui suit ;

2) Claude Valence de Montilier, dit le chevalier de Minardière, né le 23 janvier 1728, † le 31 décembre 1793; capitaine commandant au corps royal d'artillerie, régiment de Besançon, chevalier de Saint-Louis (1762), comparant en 1789 avec la Noblesse du Forez ;

3) Joseph-Aimé, né le 4 juin 1734, † le 18 juin 1772, prêtre, chanoine de Sully-sur-Loire au diocèse d'Orléans.

X. Antoine DE VALENCE DE MINARDIÈRE, chevalier, sg^r de Minardière, Chancé, Montoux, La Palud et autres lieux, né le 7 septembre 1726, † le 5 juillet 1770 ; cornette des cuirassiers du Roi le 1er avril 1743, lieutenant dans la compagnie de Marbeuf (12 août 1746), Bailly d'épée du Roannois, après son père; ép. à Lyon p. c. du 3 février 1762 Marie-Spirite-Claudine Marchant de Champrenard, fille de Claude-Esprit, sg^r de Montoux, La Palud et autres lieux, et de Jeanne-Marie Rolin de Montoux, dont :

1) François-Claude, qui suit ;

2) Catherine, née le 6 février 1763, ép. le 22 octobre 1782 Denis du Rozier de Magnieu, chevalier, sg^r de Magnieu-le-Gabion et autres lieux, cosg^r des châtellenies de Montbrison, Marcilly et Chastelneuf, ancien officier au régiment des Gardes Françaises ;

3) Marguerite, née le 12 juin 1765, ép. le 7 octobre 1783 Denis Gémier des Périchons, écuyer, capitaine de dragons au régiment de S. A. Mg^r le duc de Penthièvre.

XI. *François-Claude* DE VALENCE DE MINARDIÈRE, chevalier, sg^r de Minardière, Montoux, La Palud, la Forêt-Chancé et autres lieux, né le 9 mai 1764, † à Lyon le 16 octobre 1829; chevau-léger de la Garde ordinaire du Roy (26 mai 1780); comparant en 1789 à Lyon et à Montbrison; enfermé dans les prisons de Roanne (1793), comme ci-devant noble et gendre d'émigré, délivré au 9 thermidor; ép. à Vendenesse-en-Charolais p. c. du 31 janvier 1785 Adélaïde-Marguerite-Pauline du Crest de Villaines, † le 25 juin 1804, fille de Michel, chevalier, comte du Crest, sg^r de Villaines, Chigy, l'Aubespin, Rabutin, Ciergues, Saint-André-le-Désert, officier au régiment des Gardes Françaises, chevalier de Saint-Louis, et petite-fille, par sa mère Louise-Jeanne-Guyonne Ogier d'Ivry, de Jean Ogier, chevalier, sg^r d'Hénonville, Berville, Ivry-le-Temple, Cressonsac, Président au Parlement de Paris, Surintendant de la maison de Madame la Dauphine, ambassadeur de France en Danemark et Conseiller d'État. Il laissa parmi huit enfants :

1) Charles-Guy, né à Roanne le 11 février 1793, ép. le 29 février 1813 Marie-Antoinette-Adélaïde Aynard, † sans enfants le 22 avril 1822;

2) Charles-Lin-Félix, qui suit ;

3) Cécile, née à Minardière le 26 septembre 1778, ép. le 23 août 1808 Charles-Agricol-Nestor, comte de la Teysonnière, fils de Charles-Claude, chevalier, comte de la Teyssonnière, mestre de camp de cavalerie, aide major de la gendarmerie de France, chevalier de Saint-Louis et des ordres royaux et hospitaliers de Saint-Lazare et de N.-D. du Mont-Carmel, et de Marie-Claudine-Constance Marron de Belvey ;

4) Louise-Aimée-Aglaé, née le 11 septembre 1797, mariée le 23 juin 1817 à Jacques Sarton du Jonchay, † le 10 mars 1847.

XII. Charles-Lin-Félix DE VALENCE DE MINARDIÈRE, né à Roanne le 14 janvier 1799, † à La Tour-Bandin le 4 septembre 1871, ép. : 1°) le 5 février 1823, Laure-

Anne-Constance Dauphin de Verna, † le 11 janvier 1829, fille de François-Marie-Gabriel, baron de Verna, et de Marie-Rose-Denise-Françoise de Digoine du Palais ; 2°) le 17 février 1830 Marie-Françoise-Constance de La Teyssonnière, sa nièce, † le 8 mai 1840 ; 3°) le 8 février 1843 Joséphine-Suzanne-Félicie de Montluzin, † le 29 mars 1878, fille de Jean-Baptiste, et d'Hélène Trocu de Malix-Meyrieux. Il laissa entre autres :

    1) 1er *lit* : Marie-François-Alfred, qui suit ;

    2) Marie-Charles-Paul, né le 14 août 1827, † le 6 décembre 1855, officier d'infanterie ;

    3) *2e lit* : Marie-Isidore, auteur de la branche cadette ;

    4) Charles-Ernest, auteur de la branche puînée ;

    5) Marie-Jacques, né le 17 octobre 1834, prêtre du diocèse d'Autun ;

    6) Marie-Adélaïde-Henriette, née le 2 septembre 1838, † le 30 décembre 1868 ; ép. le 2 septembre 1857 Claude-Léon-Lambert de La Poix de Fréminville ;

    7) *3e lit* : Marie-Victor, auteur de la branche de Marbot.

XIII. Marie-François-Alfred DE VALENCE DE MINARDIÈRE, né le 6 août 1825, † le 22 février 1904 ; ép. : 1°) le 18 février 1852 Marie-Anne Rogniat, † le 31 mars 1854, fille du baron Rogniat et de N. Maupetit ; 2°) le 14 juillet 1859 Marie-Aglaé Sarton du Jonchay, sa cousine, † le 31 janvier 1872. Il a laissé :

    1) 1er *lit* : Marie-Laure-Octavie, née le 8 décembre 1852, religieuse de N.-D. à Namur ;

    2) *2e lit* : entre autres : Marie-Joseph-Guy, qui suit ;

    3) Marie-Auguste-Paul, né à Bourbon-Lancy le 9 février 1862, ép. le 10 février 1898 Marie-Alice-Gabrielle Berthin ;

    4) Marie-François-Jean, né le 8 février 1867, ép. le 12 août 1897 Anne des Bouillons.

XIV. Marie-Joseph-Guy DE VALENCE DE MINARDIÈRE, né le 14 novembre 1860, ép. le 25 janvier 1882, Marie-Gustavie-Suzanne de Valence, sa cousine.

BRANCHE CADETTE

XIII. Marie-Isidore DE VALENCE DE MINARDIÈRE, né au château de la Tour-Bandin le 1er juin 1831, † au château de la Chambre en Forez le..... 1901 ; sous-préfet de Château-Chinon, révoqué par le gouvernement du 4 septembre ; ép. : 1°) le 17 juillet 1860, Marie-Thérèse de Robillard, † sans enfants le 28 mai 1862 ; 2°) le 30 juin 1863 Hortense-Jacqueline Burignot de Varenne, fille de Jacques-Étienne-René, comte de Varenne, officier supérieur de cavalerie, et de Julie de Martiny, et

petite-fille de Jacques-Philibert Burignot de Varenne, député de la Noblesse du
Bailliage de Châlon aux États Généraux de 1789. De ce mariage sont nés :

    1) Marie-Joseph-Claude-André, qui suit ;

    2) Marie-Joseph-François-Fernand, né au château de la Chambre, le 28 décem-
bre 1876 ;

    3) Stéphanie-Marie-Madeleine, née en 1871, ép. Marie-Joseph-Antoine de
Bryé ;

    4) Marie-Marguerite-Françoise, née le 2 mars 1875, ép. en août 1904 Raoul
Richer-Delaveau.

XIV. Marie-Joseph-Claude-André DE VALENCE DE MINARDIÈRE, né le 25 février
1869, ép. le 18 août 1896 Gabrielle-Marie-Victoire Aguillon, fille du comte Aguillon, ancien officier de marine.

BRANCHE PUINÉE

XIII. Charles-Ernest DE VALENCE DE MINARDIÈRE, né à Bourg le 23 septembre
1832, † au château de Presles le 19 janvier 1891 ; ingénieur civil des Mines ; ép.
le 19 septembre 1859 Eugénie-Ghislaine-Nathalie de Frasneau de Gommégnies, fille
de Philippe-Gustave-Ghislain de Frasneau, comte de Gommégnies, Chambellan du
Roi Guillaume III des Pays-Bas, et de Joséphine de Mercy-Argenteau, et petite-fille
de François-Joseph-Marie d'Argenteau, comte de Mercy-Argenteau, d'Orchain et de
Dongelberg, Prince du Saint-Empire, et de Thérèse-Henriette, princesse Paar, dont
douze enfants, entre autres :

    1) Félix-Marie-Joseph, qui suit ;

    2) Marie-Alfred-Félix, né le 30 juin 1874, ép. le 7 juin 1898 Louise Philpin de
Piépape, fille de Léonce-Marie-Gabriel, général de brigade, et de Marie-
Lucie-Georges de Lemud ;

    3) Marie-Constance, née le 22 juillet 1860, religieuse de N.-D. du Cénacle à
Bruxelles ;

    4) Marie-Gustavie-Suzanne, née le 10 avril 1863, ép. le 25 janvier 1882 Marie-
Joseph-Guy de Valence de Minardière, son cousin ;

    5) Marie-Aglaé-Jeanne, née le 4 juillet 1864, † religieuse ursuline ;

    6) Marie-Denise-Marthe, née le 6 mai 1867, ép. le 9 juillet 1891 Jean-Joseph-
Xavier Pasquier, baron de Franclieu ;

    7) Françoise-Marie-Thérèse, née le 16 août 1869, ép. le 4 mai 1893 Victor de
Verchère ;

    8) Marie-Louise-Nathalie-Cécile, née le 6 juin 1873, ép. le 22 août 1895 Marie-
Joseph-Valentin Souville, capitaine de cavalerie ;

9) Marie-Françoise-Adèle, née le 5 décembre 1875, † religieuse oblate du Sacré-Cœur ;

10) Marie-Suzanne-Henriette, née le 24 avril 1878, ép. en 1901 Augustin de Finance de Clairbois, fils de Gabriel de Finance de Clairbois, et de N... de Trochereau.

XIV. Félix-Marie-Joseph DE VALENCE DE MINARDIÈRE, né le 24 août 1861, ép. en 1891 Thérèse Quarré de Verneuil, fille de Jean-François-Alexandre, et d'Amélie du Pont de Ligonnès, et petite-fille du comte du Pont de Ligonnès, et de Sophie de La Martine.

BRANCHE DE MARBOT

XIII. Marie-Victor DE VALENCE DE MINARDIÈRE, né au château de la Tour-Bandin, le 27 décembre 1843, marié le 5 avril 1869 à Marie-Angélique-Apolline de Marbot, † à Paris le 4 mai 1897, dans l'incendie du Bazar de la Charité, fille d'Adolphe-Charles-Alfred, baron de Marbot, maître des Requêtes au Conseil d'État, et de Louise-Léonie Jard-Panvillier, et petite-fille de Jean-Baptiste-Antoine-Marcellin, baron de Marbot, Lieutenant-général, Pair de France, Aide de Camp du Prince Royal, Grand Officier de la Légion d'Honneur et de l'Ordre de Léopold de Belgique, Grand Croix de la Couronne de Chêne de Hollande, chevalier de Saint-Louis. De ce mariage :

1) Marie-Félix-Alfred-François de Valence, baron de Marbot, né à la Tour-Bandin le 31 octobre 1870, Lieutenant au 2e dragons, autorisé par décret rendu en Conseil d'État le 1er avril 1893 à relever le nom de Marbot, éteint à la mort du baron Joseph de Marbot, son cousin ; ép. le 19 novembre 1899 Geneviève-Félicie Fabre-Roustand de Navacelle, fille de Maurice, et d'Alice Sauvage ;

2) Marie-Félix-Charles-Olivier, né à la Tour-Bandin le 22 juillet 1872, ingénieur agronome, ép. le 16 juin 1898 Marie-Thérèse Suremain de Saiserey, fille de Maurice Suremain de Saiserey, Inspecteur des Forêts, et de Marie Perrin de Daron [1] ;

3) Marie-Joseph-Louis, né à Paris le 4 mai 1875, lieutenant au 10e chasseurs, ép. à Jarnioux (Rhône) le 18 septembre 1906 Gabrielle de La Chapelle,

---

1. Les Perrin de Daron sont, comme les Perrin de Cypierre qui ont acquis une situation si considérable, et les Perrin du Lac, encore représentés de nos jours, un rameau de la famille, originaire du Brionnais, à laquelle appartenait le brave général Perrin de Précy, chef de l'insurrection lyonnaise en 1793.

fille de François-Léonel, baron de La Chapelle d'Uxelles, et de Marie-Brigitte-Yvonne de Joybert ;

4) Marie-Louis-Jacques-Bernard, ingénieur agronome, né à la Tour-Bandin le 25 août 1876, ép. en 1902 Marie-Élisabeth Marsault de Parsay, fille d'Edgard Marsault de Parsay, et de Marie-Charlotte de Fouquet ;

5) Pierre-Marie-Hilaire, né le 14 janvier 1883 au château de Bonneuil (Deux-Sèvres), élève à l'École spéciale militaire de Saint-Cyr :

6) Marguerite-Marie-Antoinette, née à la Tour-Bandin le 12 octobre 1877, ✝ à Paris le 14 mai 1897, victime de l'incendie du Bazar de la Charité ;

7) Marie-Jacqueline-Yvonne-Marguerite, née à la Tour-Bandin le 23 août 1880, ✝ à Paris le 5 mai 1897, victime de l'incendie du Bazar de la Charité.

Cf. : Pièces originales : 2915 ; Cabinet d'Hozier : 326.

Généalogie dressée sur les titres authentiques des archives de la famille de Valence, et conforme aux Preuves des Chevau-légers du 26 mai 1780.

VALESQUE

*D'argent au torrent d'azur coulant dans une vallée de sinople fermée d'une tour de
sable ; au chef d'azur chargé de trois étoiles d'or.*

François VALESQUE

Pierre VALESQUE

Cette famille est originaire de Poussan (diocèse de Montpellier), d'où sont également sortis les Olivier de Sénozan et les Nicolau de Montribloud. La filiation est
établie depuis :

I. Pierre Valesque, vivant à Poussan en 1645 et père de :

II. Étienne Valesque, né à Poussan vers 1620, † à Poussan le 31 mars 1670 ;
viguier de Poussan ; marié à Suzanne Sévène, † le 12 septembre 1678, dont, parmi
six enfants :

    1) François, qui suit ;

    2) Guillaume, né le 9 juin 1655, volontaire au service du Roi, tué par une
        bombe au siège de Fribourg en mars 1678 ;

    3) Madeleine, née à Poussan le 28 août 1645, † le 25 février 1706 ; ép. le 2 juin
        1669 Guillaume Nicolau, tige des Nicolau de Montribloud.

III. François Valesque, né à Poussan le 29 avril 1647, † le 13 avril 1690 ; viguier
de Poussan (1676), Consul (1680) ; ép. p. c. du 11 avril 1669 et le 4 juin suivant Marie
Ricôme, † le 4 août 1690, dont, parmi dix enfants :

    1) Pierre, qui suit ;

    2) Jean Valesque, né le 5 octobre 1686, † en décembre 1751, marié à N... Gal-
        loy, d'où :

        A) N... Valesque, ép. à Poussan N... Bernadon, bourgeois.

IV. Pierre Valesque, né à Poussan le 16 octobre 1671, † à Poussan le 24 août
1748 ; viguier de Poussan (1er janvier 1700) ; marié p. c. du 5 novembre 1693 et le

16 février 1694 à Françoise Bastian, bapt. le 7 mars 1671, † le 27 février 1758, dont cinq enfants, parmi lesquels :

    1) Pierre, né le 9 septembre 1700, † à Lyon le 9 mars 1770 ; receveur des tailles en l'Élection de Lyon, s. a ;

    2) François, qui suit ;

    3) N... Valesque, religieuse bernardine.

V. Noble François VALESQUE, né à Poussan le 21 février 1706, † à Couzon le 8 mars 1791 ; Recteur de l'Hôtel-Dieu en 1756-59, Trésorier (1760-61), membre de la Chambre de Commerce de Lyon (1759-62), Échevin de Lyon (1762-63) ; ép. à Lyon les 19-22 juillet 1732 Jeanne Allézon, fille d'Étienne, Juge Conservateur à Lyon, et de Marie Roustain, d'où :

    1) *François* Valesque, écuyer, né à Lyon le 14 juillet 1734, † à Couzon le 15 septembre 1816 ; receveur des tailles à Lyon pour les années paires, trésorier du séminaire Saint-Charles, comparant à Lyon en 1789 ; ép. à Lyon le 12 mai 1766 Antoinette Chazette, née le 31 juillet 1742, † le 9 juillet 1822, dont, parmi neuf enfants :

        A) Pierre, écuyer, né en 1767, † s. a. tué dans les rangs de l'armée de Précy à l'affaire de la chaussée Perrache le 29 septembre 1793 ;

        B) Claude-Joseph, écuyer, né en 1768, fusillé aux Brotteaux en novembre 1793 ;

        C) Marie, née en 1769, † le 23 août 1815 ; ép. le 5 mai 1789 N... Olagnon de Montgenas ;

        D) Charlotte-Caroline, née le 9 août 1776, † le 20 mars 1857, ép. N... Vachier de Montjoly ;

        E) Françoise-Fanny, née le 13 décembre 1778, † le 15 février 1869, ép. Henri Durand, juge au tribunal civil de Lyon ;

        F) Julie, née le 24 avril 1781, † s. a. à Couzon le 17 janvier 1877.

    2) Pierre, qui suit ;

    3) Gabriel Valesque, écuyer, né le 2 décembre 1737, † à Couzon le 19 janvier 1819, docteur de Sorbonne (1763), Vicaire général de Coutances ;

    4) Étienne Valesque, écuyer, né le 7 décembre 1738, † s. a. en juin 1796 ;

    5) Pierre Valesque, écuyer, né le 1er janvier 1740, † s. a. le 13 juin 1782.

VI. *Pierre* VALESQUE, écuyer, né à Lyon le 5 janvier 1737, † à Lyon sur l'échafaud révolutionnaire le 31 janvier 1794 ; conseiller du Roi, Receveur des tailles pour les années impaires, directeur des économats du diocèse de Lyon, comparant à Lyon en 1789 ; ép. p. c. du 7 janvier 1771 Marguerite de Monlong, fille de noble Pierre, Échevin de Lyon, et d'Anne Rousseau, dont, parmi cinq enfants :

1) Gaspard, qui suit ;
2) Marie-Angélique, née le 11 octobre 1771, † le 27 janvier 1837, ép. le
5 septembre 1786 Anne-Jean-Charles Journel, écuyer, fils de Nicolas, écuyer,
secrétaire du Roi, inspecteur des Fermes à Lyon, et d'Anne-Dauphine Cabanon.

VII. Gaspard VALESQUE, écuyer, né le 8 avril 1778, † s. a. en 1849.

Cf. : *Généalogie dressée d'après le livre de raison des Valesque.*

VALOUS

De gueules à l'hermine d'argent colletée d'un mantelet de Bretagne ; au chef cousu
d'azur chargé de trois étoiles d'or.
Devise : *Malo mori quam foedari.*

Benoît de VALOUS
Jérôme de VALOUS de LA PROTY

Les Valous, anciennement connus à Saint-Jean de Bonnefonds reconnaissaient leur parenté avec une famille du même nom, maintenue en 1671, par arrêt du Conseil, rendu en faveur de Jean de Valous, écuyer, commissaire d'artillerie et sergent général des batailles, dont l'arrière-petit-fils François-César de Valous, écuyer, chevalier de Saint-Louis, capitaine au régiment d'Auvergne, fut présent à la dernière assemblée de la Noblesse de Bourgogne. Les Valous de Lyon remontaient à :

I. Jean Valous, notaire royal à Saint-Jean-de-Bonnefonds, † en 1560. père de :

II. Gabriel Valous, † avant le 13 mai 1620, notaire royal, prévôt et receveur des châtellenies du Fay et Saint-Jean-de-Bonnefonds, ép. Marie Thévenet, dont :
    1) Gabriel, qui suit ;
    2) Noble Christophe Valous, avocat en Parlement, vivant en 1621.

III. Gabriel Valous, † à Lyon le 16 mai 1651, prévôt et receveur particulier du Fay et de Saint-Jean-de-Bonnefonds (16 février 1620), greffier en chef du siège royal de Bourg-Argental ; ép. à Bourg-Argental, le 4 août 1619, Isabeau Mayol, fille de Me Ozée Mayol, juge grenetier au grenier à sel de Bourg-Argental, et de Catherine Chometon, dont, entre autres :
    1) Gabriel, qui suit ;
    2) Mre Christophe Valous, bapt. à Lyon le 10 mars 1624, curé de Bourg-Argental ;
    3) Noble Mathieu Valous, bapt. à Bourg-Argental le 1er janvier 1627. †

s. p. à Lyon le 19 mars 1709, avocat en Parlement, recteur de l'Hôtel-Dieu en 1687 ;

4) Marie, ép. à Lyon le 17 janvier 1649 noble Claude-Horace Puylata, avocat en Parlement.

IV. Noble Gabriel VALOUS, † à Lyon le 23 juillet 1709, juge général du comté de Lyon, savant jurisconsulte, Échevin de Lyon en 1687-88 ; ép. à Lyon le 25 juillet 1656, Catherine Bernard, † à Lyon, âgée de 71 ans, le 7 septembre 1710, fille de Pierre, écuyer, conseiller, lieutenant particulier en la sénéchaussée de Lyon, et d'Anne Murard, dont quinze enfants, entre autres :

1) Jérôme, qui suit ;

2) Charles-Gabriel, écuyer, bapt. à Lyon le 30 décembre 1663, † à Lyon le 25 septembre 1698 ; marié : 1°) à Lyon p. c. du 16 janvier 1688 à Marie Albanel, fille de Jean, et de Blanche du Puis ; 2°) p. c. du 31 décembre 1694 et le 7 janvier 1695 à Jeanne Gayot, bapt. à Lyon le 27 septembre 1669, † à Lyon le 6 février 1743, fille de noble Benoît Gayot, sg^r de La Claire, Échevin de Lyon, et de Madeleine de Moras, s. p. ;

3) Anne, née le 1er novembre 1659, ép. à Lyon les 31 janvier-3 février 1680 noble Hiérôme Duxio, sg^r de La Proty, Élu en l'Élection de Lyon, fils de noble Mathieu, conseiller du Roi, Élu en l'Élection de Lyon, et de Marguerite Caire ;

4) Geneviève, née le 14 septembre 1671, † à Lyon le 5 mai 1608 ; ép. à Lyon le 30 juin 1696 noble Jacques de La Font, sg^r de Pougelon, fils d'Hugues, et de Marguerite Faure ;

5) Benoîte, bapt. à Lyon le 2 mai 1676, † à Lyon le 13 septembre 1703, ép. à Lyon le 10 février 1699 noble Guillaume de Billy, avocat en Parlement, Élu en l'Élection de Lyon, fils de noble Jacques, prévôt et receveur du comté de Lyon, et de Louise de Fontaines.

V. Jérôme VALOUS, écuyer, né à Lyon le 21 septembre 1677, † à Lyon le 4 juillet 1752 ; capitaine pennon du quartier du Change ; ép. à Lyon p. c. du 24 septembre 1702 Marguerite Perrichon, bapt. à Lyon le 11 novembre 1682, † à Lyon le 1er décembre 1746, fille de noble Pierre, secrétaire de la ville et Échevin de Lyon, et de Marguerite Severt, dont neuf enfants, entre autres :

1) Benoît, qui suit ;

2) Claude, bapt. à Lyon le 1er mai 1720 ; chanoine baron de Saint-Just de Lyon ;

3) Marguerite, bapt. à Lyon le 25 juillet 1703, ép. les 29-31 juillet 1730 Louis-

Augustin-Antoine Jannin d'Enveaux, écuyer, officier au régiment de Bassigny-Infanterie, fils de noble Jean, et de Jeanne du Bost;

4) Suzanne, bapt. à Lyon le 28 mai 1707, † à Lyon le 16 février 1784, ép. à Lyon p. c. du 15 mai 1734 Antoine Chaslus, bourgeois de Lyon.

VI. *Benoît* DE VALOUS, chevalier, sg^r de Tourieux, Chambas, bapt. à Lyon le 23 janvier 1714, † en 1797; avocat ès-cours de Lyon (1735), Recteur de la Charité (1762-64), Échevin de Lyon (1765-66), juge de la baronnie de Savigny, secrétaire et Procureur général de la ville de Lyon (1767-90), comparant à Lyon en 1789; ép. à Lyon le 23 septembre 1749 Françoise Fourgon de Maisonforte, fille de Vital, écuyer, secrétaire du Roi, et de Marguerite de Combles, dont, entre autres :

1) Jérôme, qui suivra;

2) Vital, bapt. à Lyon le 28 août 1751, † en 1814; chanoine, baron de Saint-Just (1769), syndic du chapitre (1789);

3) Camille-Marie, chevalier, bapt. à Lyon le 26 décembre 1764, † à Lyon le 10 mars 1840; garde de la marine (1779), lieutenant de vaisseau (1786), chevalier de Saint-Louis, capitaine de vaisseau honoraire en 1814;

4) Anne-Roch, bapt. à Lyon le 23 novembre 1754, † le 11 mai 1834; ép. à Lyon p. c. du 20 avril 1773 Jean-Jacques de Boissieu, chevalier, Trésorier de France à Lyon, né à Lyon le 29 novembre 1736, † le 15 mars 1810, fils de noble Louis-Jacques, et d'Antoinette Vialis;

5) Louise-Françoise-Andrée, bapt. à Lyon le 8 décembre 1758, ép. à Lyon p.c. du 18 juin 1782, Jean-Baptiste-Louis de Boissieu, sg^r du Tiret, frère du précédent;

6) Marie-Anne-Jeanne, bapt. à Lyon le 21 décembre 1761, ép. p. c. du 31 mai 1786 Jacques-Claude Rambaud, écuyer, sg^r de la Vernouze, lieutenant particulier en la sénéchaussée de Lyon, né le 22 février 1749, † le 26 juillet 1826, fils d'André, Échevin de Lyon, et de Jeanne Guiguet de Vaurion;

7) Jeanne-Marie, bapt. à Lyon le 9 octobre 1763, ép. le 18 floréal an IV Jean-Jacques Richard du Colombier, écuyer, chevalier de Saint-Louis.

VII. *Jérôme* DE VALOUS, chevalier, sg^r de LA PROTY, bapt. à Lyon le 22 août 1750, † à Lyon le 11 août 1829; avocat ès cours de Lyon (1772), député du Tiers-État des villes et des campagnes à l'assemblée provinciale de Lyon, comparant à Lyon en 1789; ép. à Lyon le 28 août 1786 sa cousine germaine Catherine Fourgon de Maisonforte, bapt. à Lyon le 23 mai 1768, fille de Roch-Marie-Vital, écuyer, conseiller en la Cour des Monnaies de Lyon, et de Marie-Pierrette Robin d'Orliénas, dont :

1) Benoît, qui suivra;

2) Vital, bapt. à Lyon le 3 octobre 1789, gendarme rouge de la maison du

Roi (1814), lieutenant, puis capitaine d'infanterie de marine (1816) ; marié en 1833 à Stéphanie Garnier de Miraval, † à Lyon le 16 février 1882, s. p.;

3) Gabriel de Valous, † en 1840.

VIII. Benoît-Marie DE VALOUS DE BEL-AIR, chevalier, bapt. à Lyon le 23 janvier 1788, † le 21 mars 1854 ; ép. à Collonges le 2 mars 1819 Louise-Hélène Rusand, née à Lyon le 25 janvier 1803, fille de Placide Rusand de Montgand et Marie-Anne Bonin-Beaupré, dont :

1) Camille, qui suivra ;

2) Jean-Vital de Valous né à Fleurieu-sur-l'Arbresle le 2 mars 1823, † à Lyon le 17 décembre 1883 ; bibliothécaire adjoint du Palais des Arts à Lyon, auteur d'ouvrages très recherchés sur les origines des familles lyonnaises ; ép. le 8 février 1862 Jeanne-Marie-Laure Roche-Lacombe, née à Yssingeaux en 1821, † s. p. à Couzon (Rhône) le 26 juin 1887, fille de Joseph-Casimir, et de Marie-Françoise Meley ;

3) Catherine-Placidie, née à Lyon le 16 avril 1824, ép. le 7 juin 1846 Marie-Ambroise-Ernest de La Chenal, comte d'Outrechaise.

IX. Camille-Marie DE VALOUS, né à Fleurieu-sur-l'Arbresle le 26 juillet 1822, † à Lyon le 24 novembre 1895 ; ép. : 1°) à Saint-Chamond le 6 février 1855, Marie-Louise Prénat, † à Lyon, âgée de 24 ans le 21 mars 1856 ; 2°) le 25 janvier 1858, Alix Picot-La Beaume, née à La Tour-du-Pin (Isère) le 24 mars 1830, fille de Jean-Baptiste-Constance, et de Claire Brochand d'Auferville. Il a laissé :

1) 1er lit : Antoinette-Placidie, née en 1856, ép. Raoul, comte d'Allard ;

2) 2e lit : Benoît-Marie-Henry, officier d'infanterie, né à Lyon, le 25 décembre 1859, † à Dolomieu le 15 juillet 1896 ; ép. en 1889 Pauline Chavane, dont :
A) Anne ; B) Marguerite ; C) Louise de Valous.

3) Paul-Marie-Constance, qui suit ;

4) Marie-Octave-Roger de Valous, né à La Tour-du-Pin le 1er juillet 1864 ; officier; ép. à Vougy le 10 juillet 1894 Marie-Joséphine-Pulchérie-Christine Michon de Vougy, née à Paris le 27 décembre 1869, fille de Théodore-Camille-Laurent Michon, comte de Vougy, et de Brigitte-Anaïs de Keating ;

5) Marguerite de Valous, sœur jumelle du précédent.

X. Paul-Marie-Constance DE VALOUS, né à Lyon le 5 octobre 1861, ép. en 1890 Marthe Lugné de Poë, dont :

1) Guy de Valous ;

2) Camille de Valous.

VAUBERET

*D'argent au chevron de gueules accompagné de trois trèfles de sinople ; au chef de
gueules chargé de trois épées d'argent en pal garnies d'or.*

JACQUES-FRANÇOIS VAUBERET-JACQUIER

I. Julien VAUBERET. † avant 1669, ép. Florie Breas, dont, entre autres :
    1) Jean-Baptiste, qui suit ;
    2) Jeanne, née vers 1626, † à Lyon le 25 août 1703 ; ép. Christophe de La Roue.

II. Jean-Baptiste VAUBERET, né à Saint-Chamond vers 1639, † à Lyon le 27 mai
1685, bourgeois de Lyon : ép. Antoinette Jacquier, fille de Me Jean, notaire royal,
procureur d'office de Valbenoite, et d'Agathe Mathevon, dont, parmi quatorze enfants :
    1) Jean-Joseph, qui suit ;
    2) Marguerite, ép. N... Lefranc, de Toulouse ;
    3) Jeanne-Marie, ép. Jean-Baptiste Chappuis ;
    4) Jeanne, ép. N. Riocreux, de Toulouse.

III. Jean-Joseph VAUBERET-JACQUIER, bapt. à Lyon le 2 octobre 1682, † avant 1758 ;
ép. à Lyon le 25 novembre 1725 Élisabeth Filland, fille de Pierre, procureur au
Châtelet d'Orléans, et de Françoise Thué, dont douze enfants, entre autres :
    1) Jacques-François, qui suit ;
    2) Jeanne-Marguerite. ép. à Lyon p. c. du 30 octobre 1755 François Maniquet,
        chevalier, fils de Pierre. écuyer, et de Catherine Copin.

IV. Noble *Jacques-François* VAUBERET-JACQUIER, bapt. à Lyon le 28 septembre 1726,
condamné à mort par le tribunal révolutionnaire le 4 nivôse an II : Échevin de Lyon
en 1786-87 ; comparant à Lyon en 1789 ; ép. à Lyon le 28 février 1753 Marie-
Ennemonde Linossier. fille d'Antoine, et de Marguerite Granjean, dont :
    1) Jacques-Antoine, écuyer, bapt. à Lyon le 5 novembre 1757. vivant en 1787 ;
    2) André, écuyer, vivant en 1787.

VIAL

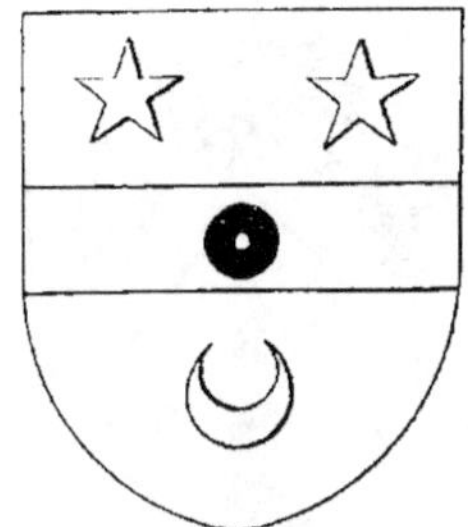

D'azur à la fasce d'or chargée d'un œil de faucon de sable, accompagnée en chef de deux étoiles, et en pointe d'un croissant, le tout d'argent.

Joseph VIAL

Le nom de Vial était très répandu à Lyon aux xvii⁰ et xviii⁰ siècles; la famille comparante en 1789, était issue de :

I. Antoine VIAL, originaire du Péage de Pesançon, ép. Marguerite Messier, dont parmi quatre enfants :

II. Jacques VIAL, demeurant au dit lieu, ép. : 1°) Jeanne Damberton; 2°) au Péage, le 9 juin 1665, Françoise Granjon. Il eut une fille du premier lit, et du second lit, trois enfants, entre autres :

III. Pierre VIAL, bapt. au Péage le 13 janvier 1668, ✝ au dit lieu le 24 juin 1719 : ép. à Romans le 13 octobre 1699 Justine Giraud, fille d'André, et de Françoise Orouse, dont neuf enfants, entre autres :

    1) Jacques-André, qui suit :

    2) Noble *Joseph* Vial, bapt. au Péage le 24 septembre 1710, Échevin de Lyon en 1780-81 ; comparant à Lyon en 1789 ; ép. à Lyon p. c. du 7 janvier 1757 Françoise Guiguet, veuve d'Hugues Doyat, et fille de Vincent, et de Jeanne Bruyas :

    3) Pierre Vial, bapt. au Péage le 14 avril 1713, ép. au Péage le 22 janvier 1748 Marguerite-Louise Tabaret, fille de Jean, bourgeois du Péage, et de Justine Dailhon, dont postérité.

IV. Jacques-André VIAL, bapt. au Péage le 9 mars 1703, ép. à Romans vers 1724 Marie Alland, fille d'Alexis, et de Madeleine Delaye, dont douze enfants, parmi lesquels :

V. André VIAL, bapt. le 26 octobre 1740, ép. Anne Doyon, dont postérité.

VINCENT DE MARGNOLAS

*D'azur au chevron d'or accompagné en chef d'un soleil et de deux raisins du même,
et en pointe d'une tour couronnée d'argent.*

Claude-Aimé VINCENT de MARGNOLAS
Pierre VINCENT de SAINT-BONNET

Les Vincent, sg^{rs} de Margnolas, Saint-Bonnet, Soleymieu etc., originaires du Dauphiné, s'établirent ensuite à Saint-Étienne. Ils sont issus de :

I. Marin VINCENT, ép. Françoise Brenier, † en 1672, dont :

    1) Jean, qui suit ;

    2) Jean-Baptiste, marié à Saint-Étienne le 3 mai 1661 à Anne Barallon, dont :

        A) Marie Vincent, mariée le 24 février 1686 à Marcellin de La Rochette, écuyer, sg^r de Villemont ;

    3) Étienne, marié à Catherine Jardin, dont une fille bapt. le 8 juillet 1671 ;

    4) Jacques Vincent, marié à Gabrielle Desarnaux, dont quatre fils bapt. à Saint-Étienne de 1671 à 1680.

II. Jean VINCENT, ép. Magdeleine Barban, dont :

III. Pierre VINCENT, né vers 1636, † le 6 janvier 1689, après avoir fait une fortune immense à Saint-Étienne ; ép. : 1°) Claudine Bérardier, fille de François, Échevin de Saint-Étienne, et de Françoise Rossilhol ; 2°) le 8 novembre 1671 Antoinette de Chazelles, née en 1649, fille de Jean de Chazelles, et de Louise Murat, dont :

    1) 1er *lit* : Jean-Baptiste, qui suit ;

    2) Rose, ép. le 2 décembre 1684 noble Jacques Caze, avocat en Parlement et au bailliage de Forez, fils de noble Étienne Caze, conseiller au Présidial de Montbrison, et de Jacqueline de Jas ;

    3) 2e *lit* : Claude, né vers 1676, † le 12 février 1755, Échevin de Saint-Étienne ;

    4) François, marié à Saint-Étienne le 24 janvier 1702 à Marie Praire, remariée le 19 septembre 1712 à Jean-Claude Jacquier des Gaux, cornette au régiment d'Alsace.

IV. Jean-Baptiste VINCENT, conseiller du Roi, receveur des consignations de l'Élection de Saint-Étienne ; marié à Jeanne Tamisier, fille de Pierre, bourgeois de Saint-Galmier, et de Lucrèce Mauvernay, dont parmi huit enfants :

    1) Claude, ép. Catherine Rousset, dont :

        A) Jacques, né le 24 février 1735 ;

        B) Marie, née en 1732, † à Saint-Étienne le 7 janvier 1819 ; ép. p. c. du 29 janvier 1749 Claude-Jean-François Courbon des Gaux, écuyer, co-sg^r des terres et baronnies de la Faye, Marlhes et Saint-Genest, † le 23 janvier 1752, fils de Jean-Louis, écuyer, sg^r des Gaux, secrétaire du Roi, et d'Agathe Bérardier ;

    2) Claude-Aimé Vincent, né en 1687, † s. a. le 3 novembre 1747 ; Échevin de Saint-Étienne ;

    3) Antoine, qui suit ;

    4) Marguerite, née vers 1705, † le 3 juillet 1786 ; ép. Pierre Bonnand ;

    5) Ursule, mariée à Pierre Fauvin.

V. Antoine VINCENT, écuyer, sg^r DE SOLEYMIEU, Échevin de Saint-Étienne, né vers 1695, † le 17 septembre 1769 ; conseiller secrétaire du Roi à Colmar (12 avril 1761) ; il développa beaucoup la maison fondée par son aïeul, et épousa le 23 novembre 1734 Jeanne Praire, † en 1761, fille d'Ennemond Praire, Échévin de Saint-Étienne, et de Marie-Françoise Terrenoire, dont parmi dix enfants :

    1) Claude-Aymé, qui suit ;

    2) Antoine, tige des Vincent de Soleymieu et Vaugelas ;

    3) Pierre, tige des sg^rs de Saint-Bonnet ;

    4) Claude-Gaspard, dit l'abbé de Laisne, né en 1738, Licencié de théologie, Vicaire général du diocèse de Mâcon ;

    5) Catherine, née le 17 novembre 1736, ép. p. c. du 13 février 1759 Claude de Palluat-Besset, écuyer, conseiller Procureur du Roi en l'Élection de Saint-Étienne, fils de Jean, écuyer, Procureur du Roi en la dite Élection, et de Marguerite Bernou de Nantas ;

    6) Marie, dite Mlle de La Bérardière, née en 1744, ép. le 31 juillet 1767 Jacques Neyron, écuyer, sg^r de Roche, Lieutenant de maire de Saint-Étienne, conseiller secrétaire du Roi, fils de Marcellin Neyron et de Marie-Anne Thiollière ;

    7) Jeanne-Marguerite, dite Mlle de La Sablière, née en 1749, † à Saint-Cyr-les-Vignes le 30 août 1822 ; mariée à Jean-Hector de Montaigne, chevalier, sg^r de Poncins, la Salle, le Cognet, etc., dit le marquis de Poncins, officier aux Gardes françaises, fils de Jean-Pierre de Montaigne, écuyer, sg^r du Cognet, La Salle, etc., et de Louise Ramey de La Salle.

VI. *Claude-Aimé* VINCENT DE MARGNOLAS, écuyer, sg^r de Margnolas, Tramois, La Masse, etc., né à Saint-Étienne le 6 octobre 1735, † à Lyon, victime de la Terreur, fusillé le 18 décembre 1793 ; conseiller secrétaire du Roi à Colmar (1769), comparant à Lyon en 1789 ; marié à Lyon le 6 décembre 1773 à Marie-Sabine-Victoire Mayeuvre, fille de Dominique Mayeuvre, écuyer, et de Claude-Hélène Fayolle, dont :

VII. Étienne VINCENT DE MARGNOLAS, né à Lyon le 6 novembre 1781, † à Paris le 8 octobre 1809 ; émigré en Angleterre ; Auditeur au Conseil d'État (11 février 1806), chevalier de la Légion d'Honneur (1807), chevalier de l'Empire (5 octobre 1808), Intendant de Posen, chargé de la police du 3e arrondissement de l'Empire d'Italie, Préfet du Pô (1808), Conseiller d'État (février 1809) ; ép. en 1808 Marie-Caroline Perrone di San Martino, née le 27 janvier 1788, † le 20 juin 1855, fille de Charles-Louis, comte di San-Martino, général major de cavalerie de l'armée sarde ; elle fut créée comtesse de l'Empire par L. P. du 16 décembre 1810, avec transmission à son fils [Celui-ci mourut jeune, et sa fortune considérable revint en partie à sa mère qui se remaria au marquis de la Tour Maubourg, Pair de France]. Elle fut mère de :

VIII. Étienne-Aimé VINCENT DE MARGNOLAS, né le 12 octobre 1809, comte de l'Empire (16 décembre 1810), † jeune, s. a.

BRANCHE DE SOLEYMIEU ET VAUGELAS

VI. Antoine DE VINCENT DE SOLEYMIEU, écuyer, né à Saint-Étienne le 9 mai 1738, † à Lyon, victime de la Terreur le 29 ventôse an III, après avoir défendu cette ville contre la Convention ; ép. à Saint-Étienne le 22 mai 1764 Antoinette Neyron, fille de Marcellin Neyron, Échevin de Saint-Étienne, et de Marie-Anne Thiollière, dont, parmi sept enfants :

1) Claude-Gaspard, qui suit ;
2) Antoinette-Catherine, bapt. le 12 avril 1768, ép. en 1786 Antoine-Marie-Charles Dugas des Varennes, chevalier, né le 27 juin 1755, Gendarme de la Garde du Roi à la date du 16 mai 1772, sous-lieutenant au régiment provincial de Nantes en 1775, sous-lieutenant des Grenadiers Royaux en 1778, démissionnaire en 1784, Trésorier de France à Lyon (26 mars 1783), combattant au siège de Lyon (1793), Député de la Loire (1814), fils d'Antoine Dugas, chevalier, sg^r de Valdurèze et des Varennes, Trésorier de France à Lyon, et de Marie-Jacqueline Ravachol ;
3) Jeanne-Sabine, née en 1773, † au château de l'Estivalière le 8 avril 1855 ; mariée le 18 octobre 1791 à Jean-François Bernou de Nantas, chevalier,

dit le chevalier de Rochetaillée, puis baron de Rochetaillée, né en 1746, † en 1827, Chevau-léger de S. M. (1760), fils de Jacques Bernou de la Bernary, chevalier, sg^r de Nantas, baron de Rochetaillée etc., et de Marie-Benoîte Girard (celle-ci fille de Pierre-François Girard, écuyer, sg^r de Roche, conseiller secrétaire du Roi), dont :

A) Claude-Gaspard-Camille-Jean-Marie-Antoine Bernou, baron de Rochetaillée, né à Lyon en 1803, † s. a. à L'Estivalière le 19 janvier 1857 ;

B) Charles-Antoine-Henri Bernou, baron de Rochetaillée, né le 28 janvier 1806, † en son château de Nantas le 24 janvier 1887 ; marié en 1838 à Marie-Thérèse-Eugénie de Ramey de Sugny, née en 1819, † à Cannes le 28 janvier 1891, fille de Vital de Ramey, comte de Sugny, et de Jeanne Paulze d'Ivoy. [Cf. généalogies Jouvencel, p. 580, et Terray, p. 916].

VII. Claude-Gaspard VINCENT DE SOLEYMIEU, dit M. DE VAUGELAS, né à Saint-Étienne le 5 août 1774, Adjoint au maire de Lyon (1814-1818), Conseiller municipal de Lyon (1822-1826) ; ép. à Saint-Étienne le 14 messidor an XIII Marie-Sabine-Victoire-Françoise Neyron de Roche, née le 10 janvier 1780, fille de Jacques Neyron de Roche, écuyer, conseiller secrétaire du Roi, et de Marie Vincent de Soleymieu, dont :

1) Claude-Aimé, qui suit ;

2) Antoinette-Marie-Charlotte, née à Lyon le 19 juin 1807, † le 29 janvier 1895 ; ép. à Lyon le 27 avril 1829 Joseph-Marie-Léon Fleurdelix, né à Rive-de-Gier le 22 frimaire an VIII ;

3) Marie-Caroline-Béatrix, née à Lyon le 30 novembre 1811, ép. à Lyon le 21 mai 1832 Adrien-Marie Devienne, né le 15 pluviôse an X, † à Chaponost (Rhône) le 9 juillet 1883, Premier Président de la Cour de Cassation, Grand officier de la Légion d'Honneur, fils d'André Devienne, adjoint au maire de Lyon, et de Marie-Aimée-Jeanne-Émilie Fontaine.

VIII. Claude-Aimé VINCENT DE VAUGELAS, né le 21 mai 1808, † à Gênes le 7 avril 1879 ; ép. à la Croix-Rousse-les-Lyon le 28 janvier 1839 Marie Puvis de Chavannes, † à Launay en Charolais le 18 septembre 1877, fille de Marie-Julien-César, ingénieur des Mines, et de Marguerite Guyot, dont :

1) Jean-Louis, qui suivra ;

2) Édouard-Antoine-Francisque Vincent de Vaugelas, né le 23 février 1844, secrétaire d'ambassade, chevalier de la Légion d'Honneur, décoré de la médaille militaire ; marié à Madeleine Chapelle de Jumilhac [sœur de la

baronne Bourlier d'Ailly], fille de Pierre-Ferdinand Chapelle, comte de Jumilhac, et de Marie-Caroline Le Peletier de Rosanbo, dont :

    A) Armand, B) Antoine, C) René, D) Odette, E) Marie.

3) Victor-Joseph-Émile, né le 9 décembre 1851, † à Paris le 1er février 1873, officier de cavalerie ;

4) Marie-Claudine-Marguerite, née à Lyon le 8 octobre 1839, mariée à Lyon le 22 janvier 1862 à Maxence, baron de Le Febvre, né à Nancy le 7 mai 1825, fils de Laurent-Léon, receveur général des Finances du Rhône, et de Mélanie Le Febvre.

IX. Jean-Louis Vincent de Vaugelas, né à Lyon le 11 décembre 1841, marié à Lyon le 10 juin 1869 à Alice Rater née le 17 mai 1848, fille d'Antoine-Alphonse Rater, Député de la Loire, et de Claudine-Françoise-Eugénie Caquet d'Avaize, dont :

1) Édouard, qui suit ;

2) Georges, marié à Blois le 29 octobre 1900 à Marthe Le Febvre de Villequetout ;

3) Émile Vincent de Vaugelas ;

4) Marthe, née à Lyon le 21 novembre 1871, ép. à Lyon le 1er avril 1891 Marie-Charles-Henry Monroë, né à Lyon le 20 juin 1857, fils de Nicolas-Donald, et de Marie-Angèle Meaudre ;

5) Valentine, née à Sainte-Foy (S.-et-Loire) le 16 septembre 1874, ép. à Lyon le 13 mai 1899 Jean-Charles de la Morlière de la Sauverie, né le 12 juin 1869 à Fontaine-la-Guyon (Eure-et-Loir), fils de Gaston, et de Marie-Thérèse Ollivier de Fontaine ;

6) Marguerite, née à Lyon le 23 juin 1880, ép. à Lyon le 25 juin 1900 Élisée Legendre, officier de cavalerie, né à Lyon le 2 avril 1868, fils de Charles-Antoine, et de Marie Anginieur.

X. Édouard Vincent de Vaugelas, né à Saint-Symphorien-d'Ancelles (S.-et-Loire) le 18 juin 1870, ép. à Lyon le 21 janvier 1895 Marthe Bouchet, née à Lyon le 29 février 1872, fille de Pierre, ancien zouave Pontifical, et de Berthe Durand, dont :

1) Jean, né à Beauregard (Ain) le 13 septembre 1896.

BRANCHE DE SAINT-BONNET

VI. *Pierre* Vincent de Saint-Bonnet, écuyer, sgr de Saint-Bonnet-les-Oules, bapt. à Saint-Étienne le 27 juillet 1740, comparant à Lyon en 1789 ; marié à Rochetaillée en Lyonnais le 24 novembre 1772 à Françoise Daudé du Poussey, dite Mlle du Poussey, fille de Jacques, chevalier, Échevin de Lyon, et de Madeleine-Claire Fabron de Saint-Amand, dont entre autres :

1) Jacques, écuyer, né à Saint-Étienne le 22 octobre 1773, † s. a. à Lyon le
   20 mai 1856 ; sergent aux grenadiers de Précy, archiviste du Rhône et
   bibliophile ;
2) David, qui suit ;
3) Gabriel, écuyer, bapt. à Lyon le 11 février 1788, † s. a à Lyon le
   10 décembre 1846, Premier Avocat général à la Cour de Lyon ;
4) Jacques-Octave, qui a fait rameau ;
5) Marie-Émilie-Madeleine-Claire, bapt. à Saint-Étienne le 11 juin 1777 ;
   ép. à Lyon le 4 avril 1807 Pierre-Antoine-Louis Neyron des Granges, né à
   Saint-Étienne le 13 juin 1777, fils de Jacques, écuyer, sgʳ de Roche, et de
   Marie Vincent de Soleymieu.

VII. David VINCENT DE SAINT-BONNET, agent de change à Lyon, marié à Jeanne-
Catherine-Zélie Bertholon de Montferrand, fille de Denis, et de Françoise-Marie
Passerat de la Chapelle, dont :
1) Marie-François-Denis, dit Gustave, qui suit ;
2) Françoise-Marie-Thérèse-Wilhelmine, née à Lyon le 14 août 1821 ;
3) Françoise-Virginie, née à Lyon le 10 août 1828, † à Paris le 1ᵉʳ mars 1901,
   ép. Antoine Thomson, vicomte d'Abbadie, né en Irlande en 1810, membre
   de l'Institut.

VIII Marie-François-Denis, dit Gustave VINCENT DE SAINT-BONNET, né à Lyon le
20 septembre 1823, † à Pollet (Ain) le 5 février 1897 ; ép. à Lyon le 19 octobre 1857
Alphonsine-Élisabeth Meaudre de Sugny, née à Lyon le 20 janvier 1835, fille
d'Annet-Jérôme-Camille Meaudre de Sugny, écuyer, officier de cavalerie, et de
Louise-Antoinette-Azélie Bœuf de Curis, dont :
1) Louis-Octave, né à Lyon en 1861, † le 1ᵉʳ décembre 1880 ;
2) Jeanne-Camille-Berthe, née à Lyon le 29 novembre 1858, ép. à Saint-Maurice
   de-Gourdans (Ain) le 28 septembre 1880 Jean-Baptiste-Raymond de Veyssière, né à Ecully le 3 juillet 1853 ;
3) Louise-Virginie Vincent de Saint-Bonnet ;
4) Jeanne, † à Pollet le 24 novembre 1903 ;
5) Catherine-Isabelle-Marie-Antoinette, née à Saint-Maurice le 14 octobre 1866,
   ép. Gabriel Canat de Chizy, ingénieur.

Rameau de Saint-Bonnet.

VII. Jacques-Octave VINCENT DE SAINT-BONNET, né en 1796, † à Saint-Bonnet-les-
Oules le 21 septembre 1842 ; avocat à la Cour Royale de Lyon, Bâtonnier de l'ordre ;

ép. Antoinette Neyron de Saint-Julien, fille de Claude-Aymé, et d'Antoinette-Julie Jovin, dont :

    1) Marie-Jacques-Henri, qui suit ;

    2) Marie-Françoise, née le 22 mars 1831, ép. Maurice, vicomte Exelmans, Vice-Amiral, fils du Maréchal de France.

VIII. Marie-Jacques-Henri VINCENT DE SAINT-BONNET, né à Lyon le 12 février 1833, officier aux Cuirassiers de la Garde Impériale ; ép. à Lyon le 18 mai 1863 Marie-Albine-Alphonsine Meaudre des Gouttes, née à Lyon le 20 janvier 1840, fille de Jean-Pierre-Benoit-Marie Meaudre des Gouttes et de Marie-Élisabeth Guérin, dont :

    1) Jacques-Octave-Marie, né à Lyon le 4 mai 1864, ép. Anne-Marie Poidebard ;

    2) Édouard-Félix-Marie, né à Lyon le 2 février 1867, † avant 1902 ;

    3) Gustave-Marie, né à Saint-Bonnet-les-Oules le 29 juillet 1869 ;

    4) Pierre Vincent de Saint-Bonnet ;

    5) Marguerite-Victorine-Adrienne, née à Lyon le 11 février 1868 ;

    6) Marthe, née en 1875, † à Nice le 16 avril 1902, ép. Raymond Douvreleur ;

    7) Élisabeth Vincent de Saint-Bonnet ;

    8) Marie, mariée à Henri Bourceret.

Cf : *Généalogie communiquée* par M. Armand de Vaugelas, *d'après les notes manuscrites* de MM. de La Tour-Varan et Hippolyte Sauzéa, *et les archives de Saint-Étienne et de Lyon*.

VOUTY DE LA TOUR

D'azur au chevron d'or chargé d'une étoile de gueules, accompagné en pointe d'un tournesol d'argent, et en chef d'un soleil d'or mouvant du franc canton.

Antoine-Dominique VOUTY DE LA TOUR

Les Vouty sont issus de:

I. **Claude-André Vouty**, ép. Marguerite Bonnard, dont entre autres :
1) Georges, qui suit;
2) Marie, ép. p. c. du 4 octobre 1684 Philibert Micoud, fils de Claude, et de Catherine Hadot.

II. **Georges Vouty**, bapt. à Lyon le 8 août 1655, † ayant testé le 25 juin 1710 : ép. p. c. du 6 avril 1680 Anne Billon, fille de Jean, bourgeois de Lyon, et de Claudine Colbenchelay, dont neuf enfants, entre autres :
1) Dominique Vouty, prêtre en 1710;
2) Philippe, bapt. à Lyon le 6 octobre 1687, diacre de la Congrégation de Saint-Lazare en 1710;
3) Georges, bapt. à Lyon le 12 avril 1691, novice à l'abbaye de Saint-Antoine (1710);
4) Claude-André, qui suit :
5) Claudine Vouty;   ) religieuses au couvent de
6) Marguerite, bapt. à Lyon le 5 octobre 1684 ; \ l'Antiquaille en 1710.

III. **Claudre-André Vouty**, écuyer, sgr de La Tour, bapt. à Lyon le 3 octobre 1693, † le 11 août 1756, revêtu de sa charge de conseiller secrétaire du Roi près la Cour des Monnaies de Lyon (charge acq. le 28 décembre 1738); ép. p. c. du 13 mai 1717 Catherine Michel, dame de La Tour des Champs, bapt. à Lyon le 7 décembre 1696, † le 6 septembre 1788, fille de Jean-Baptiste, écuyer, sgr de La Tour des Champs et du Deaulx, Échevin de Lyon, et de Catherine Dareste, dont parmi douze enfants :

1) Antoine-Dominique, qui suit ;

2) Catherine, bapt. à Lyon le 5 août 1718, ép. à Lyon p. c. du 2 novembre 1735 Thomas Bley, fils de Jean, et de Magdeleine Baussan ;

3) Marie-Anne-Marguerite, bapt. à Lyon le 20 juillet 1719 ; ép. à Lyon le 17 avril 1736 Pierre Vionnet, † en 1746, fils de François, et de Jeanne Laurisse ;

4) Marie, bapt. à Lyon le 1er août 1724, † à Lyon le 13 juillet 1790 ; ép. p. c. du 24 décembre 1745 noble Jean-Antoine Roux, Échevin de Lyon, fils de Jean, et d'Alexandrine Chambaud :

5) Pierrette-Jacquème, bapt. le 24 décembre 1726, ép. p. c. du 11 janvier 1753 Alexandre Faure, né à Saint-Paul-en-Jarez, recteur de la Charité, père du Trésorier de France, et fils de Pierre, et de Denise Gauthier.

IV. *Antoine-Dominique* VOUTY DE LA TOUR, écuyer, sgr de La Tour de la Belle Allemande, Vescours, Montalibert, Montsimon, Chavannes, etc.; bapt. à Lyon le 22 octobre 1725, † à Lyon, victime de la Révolution, le 13 décembre 1793 ; comparant en 1789 aux assemblées de la Noblesse à Lyon et en Bresse ; ép. p. c. du 17 janvier 1758 Marie de Rivérieulx de Chambost, fille de Claude, écuyer, Prévôt des Marchands de Lyon, et d'Hélène Morel, dont :

V. Claude-Antoine VOUTY DE LA TOUR, écuyer, baron de La Tour et de l'Empire (L. P. du 9 mars 1810), né à Lyon le 8 novembre 1761, † à Paris le 4 mars 1826 ; conseiller au Parlement de Dijon (1783), Président du Tribunal d'Appel en 1800, Premier Président de la Cour d'Appel de Lyon (1811), Député du Rhône à la Chambre des Cent-Jours, élu par le Grand Collège le 12 mai 1815. Il laissa trois fils morts jeunes, une fille religieuse, l'autre sans alliance, et :

1) Flavie-Pierrette-Aspasie Vouty de La Tour, † en 1885, mariée : 1°) à Modeste Fortis ; 2°) à Joseph-Marie Gros.

Cf. : Vte A. Révérend : *Armorial du 1er Empire.*

YON DE JONAGE

D'azur à la montagne d'argent chargée de trois pensées au naturel posées 2 et 1 ;
à la bordure engrêlée d'or.

Cet écusson se trouve également *sans bordure.*

François YON, chevalier de JONAGE
César-Antoine YON de JONAGE

L'ancienne famille Yon est originaire de Paris, où elle est citée dès le xvᵉ siècle, comme il est prouvé par un livre de raison constamment tenu à jour depuis le xvııᵉ siècle ; elle a donné à la ville de Paris, en 1646, un échevin, Geoffroy Yon, dont le portrait armorié, avec des armoiries différentes de celles de la branche de Jonage, est conservé par cette branche.

Une autre famille du nom d'Yon était établie près de Caen, et portait des armoiries différentes de celles des branches de Paris et de Lyon ; aucun point de jonction ne fut jamais établi. Le secrétaire du Roi, François Yon, estimait dans une note manuscrite conservée de nos jours, que sa famille était venue à Paris au xivᵉ siècle, chassée d'Irlande : cette assertion sans preuves fut confirmée cependant dans une lettre adressée par le P. Menestrier à Louis Yon, commissaire des guerres, cousin de François Yon, secrétaire du Roi. Quoi qu'il en soit de cette origine, la branche lyonnaise établit sa filiation depuis :

I. **Claude Yon**, bourgeois de Paris, au xvıᵉ siècle, marié vers 1580, à Marguerite-Barbe Béguin, dont :

    1) Claude, qui suit ;

    2) Noble Jehan Yon, Échevin de Lyon en 1629-30, ép. à Lyon le 17 juin 1610 Catherine Doucette, fille de Julien Doucette, bourgeois de Lyon, dont :

        A) Claude Yon, né le 23 août 1611, ✝ s. a. à Marseille, inhumé à Lyon ;

        B) Philippe Yon, né le 25 janvier 1612 ;

C) Jules Yon, né le 21 octobre 1613 ;

D) JehanYon, né le 11 septembre 1617 ;

E) Claude Yon, né le 23 août 1626 ;

F) Pierre Yon, né le 25 avril 1628 ;

G) Claudine, née le 19 juillet 1615, ép. le 29 novembre 1633 Melchior de Mornieu, écuyer, sgr de Prosny, fils de Gaspard de Mornieu, sgr de Vaux, Chessy, Galand, Gramond, conseiller en la sénéchaussée de Lyon, et de Catherine Scarron ;

H) Françoise Yon, née le 20 juin 1617 ;

I) Marie Yon, né le 21 février 1621.

II. Claude Yon, né à Paris vers 1585, ép. Martine Barbier, dont :

1) Claude Yon, dit l'aîné, né à Paris, † s. a. à Lyon en 1689, inhumé aux Chartreux dans le tombeau de son oncle l'Échevin. Il est le premier auteur du livre de raison des Yon :

2) Claude, qui suit ;

3) Jacques Yon, ép. Catherine Cavelier, dont :

    A) Louis Yon, ép. à Paris Martine-Marguerite Dumon, sa cousine, dont :
        a) Antoine Yon, consul aux Échelles du Levant ;
        b) Louis Yon, commissaire des guerres, † s. a. ;
        c) Louise Yon, mariée à Antoine Yon, ci-dessous.
    B) Anne Yon, mariée : 1°) à N... Forme ; 2°) à N. Fenel.

4) Antoine Yon, marié : 1°) à Marie-Thérèse de Larcuelle ; 2°) à Geneviève Beudeau. Il fut père de :

    A) Noël Yon, père lui-même de :
        a) Antoine Yon, marié à Louise Yon, ci-dessus, s. p.
    B) Antoine-Maurice Yon, marié à Denise-Angélique Ferrusse, † s. p.

5) Denyse Yon, mariée à Maurice Blouin ;

6) Martine Yon, mariée à Pierre Marchand.

III. Claude Yon, dit le jeune, né à Paris, † le 16 décembre 1635 ; ép. Anne Le Juge [remariée à noble Gaspard Genevay, ancien Échevin de Lyon]. Elle était sœur du fermier général François Le Juge et mère de :

IV. François Yon, écuyer, sgr de Jonage, Mares, etc. né en 1654, † en 1739 ; conseiller secrétaire du Roi, Maison, Couronne de France et de Ses Finances (15 décembre 1687), Échevin de Lyon en 1709-10 ; secrétaire du Roi honoraire (1720). Il portait les armes de son grand-oncle l'Échevin, sans bordure engrêlée, acquit en 1696 des Simiane le fief du vieux château et la seigneurie de Jonage, rendit hommage pour

la seigneurie de Jonage le 11 décembre 1696, acquit la seigneurie de Mares et y cons-
truisit le château de Jonage. Marié le 5 juillet 1684 à Marie Jacquier, née le 15
septembre 1662, † le 10 juillet 1700, fille de Jacques, écuyer, baron de Cornillon
et de Saint-Just-en-Velay, secrétaire du Roi, et de Catherine de La Farge, dont la
mère était née du Marest. Il fut père de :

1) Jacques-Claude, qui suit ;
2) Claude Yon de Mares, écuyer, né le 27 novembre 1687, † à Mâcon le 30
   janvier 1720, capitaine au régiment de Vexin-Infanterie ;
3) Gaspard Yon de Vesne, écuyer, né le 3 avril 1689, † au siège de Prague,
   tué le 22 août 1742 ; major au régiment du Roy-Infanterie, Brigadier des
   armées du Roi, chevalier de Saint-Louis ; reçut 1000 livres de gratification
   en 1720 ; ép. le 18 avril 1722 Anatolie de Callière, née le 15 décembre 1678,
   veuve du chevalier de Rix, capitaine de grenadiers tué au siège de
   Béthune ;
4) Jean-François Yon, né le 1er août 1690, † le 15 novembre 1693 ;
5) François-Alexis Yon, né le 23 juillet 1691, † à Lyon le 23 février 1694 ;
6) Jean Yon du Roulay, écuyer, né le 10 juillet 1692, † le 8 août 1712, lieutenant au régiment de Lyonnais-Infanterie ;
7) Thomas Yon de la Bathie, écuyer, né le 2 septembre 1696, † le 27 avril 1773 ;
   lieutenant au régiment de Picardie, puis novice et chanoine régulier de
   l'abbaye de Saint-Antoine-en-Dauphiné ;
8) Antoinette, née le 19 mars 1685, † le 4 janvier 1716, religieuse de la Visitation de Sainte-Marie à Saint-Étienne ;
9) N... Yon, née le 6 octobre 1693, † le 22 novembre 1693 ;
10) Marie-Claire, née le 11 août 1695, † le 23 juillet 1767, religieuse de la
    visitation de Sainte-Marie à Saint-Étienne ;
11) Jeanne-Marie, née le 8 février 1698, † le 26 avril 1771, ép. à Lyon p. c. du
    7 mars et le 8 avril 1724 Claude-Melchior-Balthazar de Riccé, chevalier,
    sgr de Loyse, comte de Bérin, † le 28 mars 1726, fils de Charles, chevalier,
    cornette au régiment de cavalerie de Quinson, et de Marie de Baret ;
12) Catherine Yon, née le 6 avril 1699, † le 4 novembre 1709.

V. Jacques-Claude YON DE JONAGE, écuyer, sgr de Jonage et de Mares, né le
16 mars 1686, † à Lyon le 15 mars 1775 ; conseiller à la Cour des Monnaies de Lyon
(15 mai 1715) puis au Conseil supérieur de Lyon (5 mars 1771) ; marié le 16 septembre 1715 à Marguerite Arthaud de Bellevue, née le 19 septembre 1693, † le 1er
janvier 1772, fille de Jacques, écuyer, sgr de Saint-Marc, et d'Élisabeth Dode, dont :

1) François, qui suit ;

2) Jacques Yon du Crozat, écuyer, né le 23 août 1717, † à Paris le 20 octobre 1735, chanoine du chapitre noble d'Ainay ;

3) Louis-Hector-Melchior-Marie Yon de Jonage, écuyer, né le 2 avril 1722, † le 18 janvier 1797, chanoine du chapitre noble d'Ainay (1755) ;

4) Thomas-Charles Yon de Jonage, écuyer, né le 10 janvier 1723, † le 10 novembre 1744, élève des Jésuites à Paris ;

5) *César-Antoine* Yon de Jonage, écuyer, né le 11 janvier 1724, † à Lyon le 14 ventôse an VIII, lieutenant-colonel au corps royal d'artillerie, chevalier de Saint-Louis, en 1762, comparant à Lyon en 1789 ;

6) Jean-Baptiste, écuyer, né le 29 juin 1725, † à Jonage le 4 mars 1727 ;

7) Gaspard-Louis, écuyer, né le 29 novembre 1730, † le 5 septembre 1731 ;

8) Jeanne-Louise, née le 16 octobre 1718, † le 8 août 1719 ;

9) Anne-Marie, née le 27 mars 1720, † le 28 septembre 1721 ;

10) Françoise, née le 23 mai 1721, † le 17 février 1794 ;

11) Antoinette, née le 2 juin 1729, † à Jonage le 25 septembre 1730 ;

12) Marie-Andrée-Joséphine, née le 18 mars 1728, † le 8 avril 1797, élève de la Visitation de Crémieu, carmélite.

VI. *François* YON DE JONAGE, chevalier, sgr de Jonage, Mares et Champagneux, dit le chevalier de Jonage [cette qualification aurait dû s'appliquer, semble-t-il, à son frère cadet César-Antoine] ; né le 11 juillet 1716, † le 26 décembre 1792 ; capitaine au régiment de Picardie-Infanterie en 1744, chevalier de Saint-Louis, comparant à Lyon en 1789 pour le fief de Champagneux ; ép. à Lyon le 9 janvier 1749 Gabrielle-Anne-Catherine de Laurencin-Prapin, bapt. à Lyon le 9 avril 1726, fille d'Antoine de Laurencin-Prapin, chevalier, capitaine au régiment de la Reine-Infanterie, et de Madeleine du Fournel, dont :

1) Jean-Philippe-Bonaventure, qui suit ;

2) Jacqueline-Madeleine, née à Lyon le 11 novembre 1749, † le 24 avril 1750.

VII. Jean-Philippe-Bonaventure YON DE JONAGE, chevalier, comte de Jonage, né le 13 septembre 1751, † le 30 mai 1820 ; ép. : 1°) le 19 mai 1788, Élisabeth de Gaiffier ; 2°) le 18 janvier 1792 Louise-Rose-Marie-Sylvie Doria, née à Montpellier le 22 août 1767. † à la Durandière le 4 octobre 1833, fille de Jean-Henri Doria, noble génois, et de Louise-Françoise-Charlotte de Montcalm-Gozon, [fille elle-même de Louis-Joseph, marquis de Montcalm, Lieutenant général des armées du Roi, gouverneur du Canada, etc., et d'Anne-Angélique-Louise Talon du Boulay, dont la mère était Molé]. Il fut père de :

1) 1er *lit :* Césarine-Antoinette, née le 29 août 1789, † le 12 août 1813 ;

2) 2me *lit :* Marc-César-Antoine, qui suit ;

3) Marie-Gabriel-Louis-Jean-Pierre-Dieudonné, né le 15 septembre 1799. † 1800 ;

4) André-Joseph-Théophile, né à Lyon le 26 septembre 1802, † le 27 juillet 1804 ;

5) Jean-Espérance-Blandine, né le 26 août 1806, † à Bourg le 3 février 1880 ;

VIII. Marc-César-Antoine YON, comte DE JONAGE, né à Lyon le 24 avril 1798, † à la Durandière, le 20 septembre 1865 ; garde du corps du Roi, député au Corps législatif, Président du conseil général de l'Ain ; ép. à Vertrieu le 11 septembre 1826 Élisa Bathéon de Vertrieu, née le 25 octobre 1802, † à Saint-Sorlin le 17 décembre 1839, fille de Léonard-Louis Bathéon de Vertrieu, gouverneur de Vienne, et de Thérèse Rebierre de Naillac. Elle était sœur de la baronne de La Roullière et fut mère de :

1) André-Stéphane, qui suit ;

2) Henri Yon de Jonage, † en bas âge le 10 septembre 1829.

IX. André-Stéphane YON, comte DE JONAGE, né à Lyon le 30 novembre 1827, † le 13 août 1888, membre du conseil général de l'Ain ; ép. le 18 mai 1850 Alexandrine-Louise-Marie Le Beuf de Montgermont, née le 9 juin 1830, † à Paris le 14 mai 1865, fille du Sénateur de l'Empire, dont :

1) Marc-Louis-César Yon de Jonage, né le 29 avril 1859, † le 20 juin 1864 ;

2) Élisabeth Yon de Jonage, née le 18 juin 1853, † le 4 avril 1854 :

3) Claudine-Marie-Louise, qui suit.

X. Claudine-Marie-Louise YON DE JONAGE, née à Paris le 16 janvier 1856, ép. à Saint-Sorlin (Ain) le 11 avril 1874 Amédée-Paul-Marie-Louis, vicomte Calvet-Rogniat, né à Paris le 8 avril 1850, fils de Pierre-Ferdinand-Hercule, comte Calvet-Rogniat, député de l'Aveyron. Il a été autorisé par décret du 12 juillet 1892 à relever par *substitution* le nom de Jonage et à s'appeler à l'avenir Yon de Jonage. Le comte de Jonage est père de :

1) Louis-Marie Yon, vicomte de Jonage, né à Chamagnieu (Isère) le 25 juin 1875 ; ép. au château de Montsymond (Vescours, Ain) le 6 décembre 1906 Yvonne-Claude-Anna Bonthoux-Laville, née en avril 1886, fille de Georges Bonthoux-Laville, et de Charlotte Saulnier, et sœur de la comtesse de La Verpillière ;

2) Marcel-Ferdinand Yon de Jonage, né à Chamagnieu (Isère) ;

3) Marie-Élisabeth-Henriette Yon de Jonage, née à Chamagnieu (Isère) le 13 mai 1882 ; ép. à Chamagnieu le 24 août 1903 Raymond-Louis de Rochier, comte de La Baume-du-Puy-Montbrun-Rochefort, né en 1874, officier de cavalerie, fils du marquis de La Baume du Puy-Montbrun, et de Mlle de Brachet de Floressac. dont :

A) Élisabeth-Marie-Claudine de La Baume-du-Puy-Montbrun, née à Vienne (Isère) le 19 avril 1906.

Cf. : *Généalogie dressée* par le comte de Jonage *d'après le livre de raison de la famille Yon. les anciennes archives de Jonage et les actes officiels.* Chérin : 171, (*Généalogie de Riccé*); Pièces originales : 3056, Carrés d'Hozier : 646; Cabinet d'Hozier. 339; Nouveau d'Hozier, 337.

TABLE ALPHABÉTIQUE

DES

NOMS DE FAMILLE

CLASSÉS SUIVANT L'ORDRE PATRONYMIQUE

Les noms commençant par **Du** ou **Des** se trouvent à la lettre **D** ; ceux commençant par l', **L**, de **L'**, la, **La**, de **La**, le ou **Le** ont été placés à la lettre **L**. Les noms **en caractères gras** sont ceux des familles dont la généalogie est contenue dans cet ouvrage. Les chiffres **en caractères gras** indiquent les pages extrêmes de chaque généalogie.

A

D'Abadie, 299.
D'Abbadie, 959.
D'Abeille, 412.
Abric, 374.
Accard, 360.
Achard, 294.
Achard de Bonvouloir, 470.
De Ackei de Scey, 286.
Acton, 129 ; 37, 53, 72, 90.
Adam, 914.
Adamoli, 199, 925, 933.
Adine du Crozet, 203.
Adolay, 814.
Ador, 601.
D'Affaux, 130-132 ; 34, 49, 65, 72.
D'Affry, 532.
Agalo, 851.
Agnès, 923.
Agniel, 852.
Agniel de Chênelette, 243, 258,
325, 447, 448, 485, 555, 624,
638, 678, 780, 781.
D'Agoult, 299, 649.
Aguettan, 680.
Aguillon, 942.
Ailloud, 348.
D'Ainval, 918.
D'Aix, 296.
Alabe, 214.
Albanel, 133-135 ; 29, 53, 72,
288, 341, 489, 720, 784, 831,
832, 930, 949.
Albert, 734.
D'Albert, 233.
D'Albiat, 893, 895.
Albizzi, 158, 278, 525, 659.
D'Albon, 42, 49, 78, 298, 403,
723, 833, 882, 886, 890, 895.
Alcanon, 145.
Aldibald, 133.
D'Alès, 184.
Alex, 845.
Alexandre, 180, 321, 421.
D'Aligre, 512.
Alissant, 529.
Alland, 953.
Allanguyn, 902.
D'Allard, 885, 951.
Allard de Châteauneuf, 627.
Allard du Sardon, 157, 289,
659, 751.
D'Allemagne, 669.
Alleman de Laval, 533.
Alleman de Montmartin, 640,
803.
Alléon, 197, 325, 348.
D'Allez, 337.
Allézon, 312, 688, 946.
D'Allières, 659.
D'Allois, 155, 801.
Allones, 652.
D'Allonville de Louville, 153.

Allouès de la Fayette, 217.
Altoniti, 802.
D'Alverny, 369.
D'Amanzé, 42, 49, 78, 619, 889, 903, 904.
Ambert, 430.
D'Ambournay, 422, 450, 700, 801, 850.
Amé de Saint-Didier, 349, 766.
Amelot de Chaillou, 766.
Amiet, 604.
D'Amorezan de Pressigny, 512, 747.
Amyot, 180, 320, 401, 637.
Ancioni, 810.
D'Andert, 376.
D'Audiguac, 720.
D'Andlau, 919.
André, 650, 874.
D'André de Fromentes, 473, 865.
Andrieu de Turdine, 703.
Andrillat de Vareilles, 769.
Androl, 220.
D'Androns, 412.
D'Angeville, 737, 887.
D'Angevilliers, 708.
Anginieur, 45, 86, 339, 745, 958.
D'Anglebernier, 271.
D'Anglejan, 432.
Anglès, 566, 677, 678.
Angleys, 839.
Anisson du Perron, 265, 328, 482, 495, 533, 553, 672, 752, 772, 775, 896.
Anselmet des Brunaux, 298.
D'Anthenaise, 917.
Anthoine de Bienassis, 895.
Anthony, 763.
D'Apchier, 344.
D'Apchon, 176.
Apoil, 230.
Aragonnès d'Orcet, 577.
D'Arbaud de Jonques, 140.
D'Arbelles, 638.
Arcelin, 688.
Archambaud, 155.

Archimbaud, 787.
Archimbaud d'Avrecourt, 593.
D'Arcis, 883.
D'Arcy d'Ailly, 224, 396, 691.
Ardaillon, 569.
Aréson, 221, 725.
Arest, 623.
D'Arestel, 643.
D'Argières, 296.
Arguel, 929.
Arlault d'Affonville, 183.
D'Arloz, 646.
D'Armes, 330.
Armuet de Bonrepos, 525, 640.
D'Arnal, 136-137 ; 30, 53, 72, 98.
Arnal-Denis de Kedern de Trobriand, 384.
Arnaud, 134, 186, 567.
Arnaud-Tison, 538.
Arnolet de La Rochefontaine, 473.
Arod de Montmelas, 213, 274, 298, 474, 548, 614, 655, 827, 828, 878.
Aronio de Romblay, 834.
D'Arrertez de La Tour, 297.
D'Ars, 697.
Arthaud, 279, 473, 488, 497.
Arthaud de La Ferrière, 138-141 ; 32, 49, 65, 72, 299, 421, 422, 661, 662, 836, 891, 965.
Arthaud de Viry, 138, 207, 364, 487, 664, 719.
Arthur de La Villarmois, 470, 522.
De Arva, 574.
D'Arvaz, v. Jouvencel.
D'Arves, 574.
D'Assac, 484.
D'Assas, 374.
Asselin, 284.
D'Assier de La Chassagne, 142-143 ; 9, 32, 49, 56, 65, 72, 88, 98, 618, 869.
D'Assier de Valenches, 142, 258, 569.
Assolent, 894.

Athiaud, 764.
Athiaud de Montchanin, 391.
D'Athose, 144-146 : 56, 70, 72, 82.
D'Aubarède, 162, 785.
Aubel, 834.
D'Auberjon, 242, 642.
Aubert, 390, 760.
Aubert du Bayet, 277.
Aubret, 911.
D'Aubusson, 238.
Audoin de la Blanchardière, 170.
Audouard de Montviol, 351.
Audra, 399, 728.
Audras, 925.
Audras de Béost, 334, 350, 729, 773, 806.
Audras de La Faye, 676.
Auger, 935.
D'Augery, 300, 752.
Augier, 179, 895.
Aulas, 190.
Aumaistre de Saint-Marcel, 152.
D'Aumale, 271.
D'Aumont, 470.
D'Aurelles, 521.
Aurey, 808.
D'Aurier du Fayt, 349.
D'Auriol, 147-148 ; 30, 53, 72.
Austrein, 157.
Avegade, 705.
D'Averdoingt, 684.
Avet, 839.
D'Aveynes, 829.
Avid de Prunelle, 880.
Avierino, 810.
Avignon, 792.
D'Avoul, 834.
D'Avrilliat, 640.
Aymard, 577.
Aymard de Francheleins, 219, 709, 833, 909.
Aymon de Franquières, 597.
Aymon de Montépin, 502.
Aynard, 266, 368, 568, 588, 940.
D'Azémar, 357.

B

Baboin de La Barolière, 793.
Bachasson de Montalivet, 569.
Bachey-Deslandes, 837.
Bachoud, 190, 390.
Baconnière de Salverte, 328.
Badin, 554, 570, 599, 866.
Badol, 527.
Badol de Rochetaillée, 307.
  308, 608, 785.
De Baffin, 280.
De Baglion, 149-153; 34, 49,
  65, 72, 281, 370, 696.
Baguelin de la Dufferie, 149.
Baillard de Saint-Méras, 837.
Baillardel de Lareinty, 924.
Baille, 548, 921.
De Baillehache, 770.
De Baillencourt, 432.
Bailly, 145, 275, 516, 612, 801,
  921.
Bajot de Conandre, 414.
Baland d'Arnas, 154-156; 30,
  53, 73, 98, 191, 253, 444.
Balas, 419, 567, 860.
Balaÿ, 587.
De Balay, 837.
Balazard, 461.
Ballet, 458.
Ballex, 365.
Balley, 190, 653, 754, 841, 856.
Balme, 290.
Balme de Sainte-Julie, 135.
De Balmes, 215.
Balmond, 895.
De Balzac, 271, 636.
De Bancalis, 211.
Baptallin, 800.
De Bar, 356.
Baraban, 587.
Baradère, 166.
Baragnon, 374.
De Baraillon, 157-159; 30, 53,
  66, 73, 91, 98, 280, 281, 290,
  525.
Barallon, 954.
Barancy, 177.

Barban, 954.
De Barbarel, 648.
Barberet, 530.
Barberi de Breccioldi, 492.
Barberis, 369.
Barbier, 212, 964.
Barbier des Landes, 160-161;
  37, 49, 53, 73, 258, 478, 479.
Barbier de La Serre, 262.
De Barcos, 327, 429, 832.
Barde, 172.
De Bardonnenche, 307, 608.
De Barentin, 3.
Baret, 172.
De Baret, 965.
Baret de Colette, 533.
Barge, 927.
Barge de Certeau, 749, 750,
  839.
De Bargues, 249, 552.
Barjaud, 656.
Barjon, 354.
Barjot de La Combe, 268, 292,
  394, 614, 621.
Barme, 304.
Barmond, 450, 765, 852, 895.
Barmont, 592.
De Barnay du Coudray, 413.
Barneboud, 669.
Barnier, 687.
Barollet de Fuligny, 573.
Baronnat et de Baronnat, 157,
  281, 296, 321, 370, 429, 465,
  525, 549, 827.
Barou de la Lombardière, 213,
  419.
Barou du Soleil, etc., 2, 12,
  435.
Baroud, 316.
Barracand, 735.
Barrachin, 329.
De Barral, 140, 154, 542.
Barret, 680.
Barries, 342.
Barrochet, 378.
Barruel, 667.

De Barruel de Saint-Pons, 184,
  329.
Barry, 437, 528.
De Barsillon de Mouvans, 307.
Barthélemy, 856.
De Barthélemy, 166.
Barthelot d'Ozenay, 219, 609.
Bartholy, 799, 802.
De Baschi d'Aubaïs, 413.
Basque, 519.
Basset, 218, 781, 820.
**Basset de Châteaubourg, 162-
  166**; 2, 15, 16, 18, 19, 23, 24,
  27, 28, 37, 54, 66, 68, 73, 88,
  93, 98, 114, 119, 121, 123,
  139, 242, 282, 328, 421, 422,
  527, 645, 839.
Basset de Haute-Maison, 434.
**Basset de La Marelle, 167-
  168**; 37, 54, 73, 98.
Basset de Montcha, 645.
Bastard, 591, 806.
De Bastard, 710.
Bastian, 946.
Bastier, 424, 824.
Bastier de Bez, 375.
Bataille de Mandelot, 865, 866.
Bataillon, 929.
Bathéon de Vertrieu, 134, 256,
  263, 283, 327, 429, 435, 596,
  597, 671, 672, 724, 967.
Bation, 160.
Battant de Pommerol, 587.
Baud de Brives, 716.
Baudard de Fontaine, 169-171;
  37, 54, 65, 73, 657.
Bauderon de Senecey, 193.
Baudesson de La Forest, 269.
Baudin, 666.
Baudoin, 524, 526.
Baudon, 707.
De Baudon, 412.
Baudran de Grèves, 869.
Baudrand, 319.
Baudry, 171.
De Bauffremont, 238, 448, 449.

De Baugy, 360.
Baulot, 272.
Baussan, 962.
Bautru de Nogent, 238.
Bay de Curis, 152, 162.
Bayard, 300.
Bayard de Troussebois, 805.
Bayet, 437.
Bayle, 825.
De Bayle, 290.
Bayon de Libertat, 263, 264.
Béatrix, 294.
Beaucamp de Saint-Germain, 172-173 ; 37, 54, 73, 459, 667.
Beauchamp, 587.
Beauchamps, 794.
De Beaudrand, 203.
De Beauffort, 299.
De Beaufils, 381, 560, 746.
De Beaufort-Canillac, 883.
De Beaufort-Saint-Quentin, 647.
Beaufrère, 935.
De Beauharnais, 685.
Beaulaton, 356.
De Beaulieu, 423, 515, 903.
De Beaumont, 600.
De Beaumont-Carra, 873, 887, 890.
De Beaumotte, 271.
De Beaunat, 610.
De Beaurepaire, 405, 620, 698.
De Beaussier, 406, 580.
De Beauvau, 238.
De Beauvoir-Grimoard-du Roure, 153, 238.
De Beaux de Plavier, 211.
Beccaria-Incisa, 263.
De Becdelièvre, 356, 599, 719, 916.
De Bécerel, 227, 692.
Béchameil de Nointel, 153.
De Beck, 174-177 ; 30, 49, 69, 73.
Becquerel, 699.
Bedos, 843.
De Béget, 668.
Béguin, 963.
De Béhague, 341, 572, 832.

De Belchamps, 732.
Bélin de La Réal, 781, 790.
Bellain, 927.
De Belle, 646.
De Bellecombe, 412.
De Bellegarde, 872.
Bellet, 226, 648.
Bellet de Saint-Trivier et de Tavernost, 178-185 ; 32, 49, 65, 67, 73, 221, 253, 311, 321, 421, 502, 522, 544, 554, 598, 599, 600, 621, 637, 638, 686.
De Bellevaux, 797.
De Belleville, 760.
De Belleyme, 273.
De Bellidentis, 343, 344.
De Bellièvre, 150, 151.
De Belloy, 555, 846.
Belluard, 516.
Belly, 368.
De Belly, 488, 501, 602.
Belmont, 810.
Beluze, 560.
De Bely, 226.
Benay, 469.
Bénéon de Riverie, 514, 526.
Benoît (divers), 610, 927.
Benoit, 186-187 ; 37, 54, 73, 202, 744.
Benon, 819.
Béranger de Caladon, 777.
Bérard, 738.
Bérard de Chazelles, 917.
De Bérard de Goutefrey, 389.
Bérardier, 348, 501, 954, 955.
Bérardier de Grézieu, 853, 854.
Béraud, 216, 217, 338, 439, 595, 620, 736, 744, 840, 905.
Béraud de Resseins, 42, 49, 78, 224, 307.
De Berbis, 592.
De Berbisey, 647.
De Berchoux, 398, 770.
De Bère, 550.
De Bérenger, 405.
Bergasse, 114, 115, 119, 567.
Bergé, 312, 491, 712.
Berger, 257, 325, 479, 789.

Berger du Sablon, 188-189 ; 787 ; 37, 54, 73, 386, 786, 838.
Bergeron-Danguy, 913.
Bergier, 738.
Bergiron, 256, 596.
De Béringue, 518.
Berle de Maffrécourt, 732.
De Berlhe, 682.
Berlié, 316.
Berlioz, 228.
Berloly, 346, 588.
De Berluc-Pérussis, 668.
De Bermond, 781.
Bernadac, 809.
Bernadon, 945.
De Bernage, 551.
Bernard, 134, 242, 245, 256, 315, 489, 706, 803, 868, 949.
Bernard de La Vernette, 219, 333, 502, 600, 609, 720, 843.
Bernard de Montessus de Rully, 209, 449, 904.
Bernard de Sainte-Croix, 659.
Bernard de Sennecey, 331.
Bernat, 10.
Bernico, 387, 615.
Bernier, 550.
Bernigaud de Chardonnet et de Grange, 277, 866.
Bernigy, 771.
Bernon, 764.
De Bernon, 349.
Bernou de Rochetaillée, 157, 291, 308, 347, 349, 432, 443, 444, 608, 675, 677, 917, 955, 956, 957.
Bernoud, 800, 864, 869.
Bernuzet de Coleymieux, 530.
Berny, 157.
Berruyer, 256, 878.
Berry, 427, 475.
Berryer, 473.
Bert, 704.
Bertel de Roussas, 781.
Berthaud, 632, 915.
Berthaud de Taluyers, 190-191 ; 31, 54, 73, 98, 155, 208, 242, 715, 840.
Berthauld, 256.

Berthelon, 799.
Berthelon de Brosses, 131, 580.
Berthelot, 235.
Berthelot de Baye, 642.
Berthet (*familles diverses*), 192-194 ; 53, 54. 70, 73, 382, 457, 506, 924.
Berthier, 345, 389.
De Berthier-Bizy. 414.
Berthin, 941.
Berthollat, 868.
Berthollon, 428.
Bertholon, 195 ; 2, 37, 54. 73, 370, 836.
Bertholon de Montferrand, 959.
Berthon, 934.
Berthon de La Gardière, 228.
Berthoud, 497.
Bertin du Villars, 234. 262.
Bertinier, 317.
Berton, 133, 830.
De Berton de Beaufort, 620.
Bertot, 169.
Bertrand, 191, 266, 562.
Bertrand de Chabron, 292.
De Bertrand de La Chartronnière, 296.
Bertrand de Montgay, 833.
Bertrier de Cernex. 226.
Besnard, 577.
De Besse de la Richardie. 291.
Besset et de Besset. 257, 304, 446, 482.
Besseville, 778.
Bessié, 232, 421.
Besson, 511, 528.
Besson des Blains, 191. 321, 338.
De Bessuéjouls, 152.
De Bétencourt, 249.
Béthenod, 45, 86, 449.
De Béthune, 183, 238. 513.
De Betz, 259.
Beudeau, 964.
De Beuverand de La Loyère. 833.
Bève, 446.
Beydo. 823.

De Bézieux, 857.
De Bichirand, 569.
Biclet, 492.
Bidal d'Asfeld, 917.
De Biencourt, 283, 918.
Biétrix du Villars, 196-197 ; 49, 54, 70, 71, 73, 98, 267, 715, 790.
Bigeard de Saint-Maurice, 805.
Bignon, 773, 917.
De Bigny, 572.
Bigot, 684.
Bigot des Jonchères, 581.
Bigot de La Touanne, 448.
De Biliotti, 638.
Billard de Saint-Laumer, 183.
De Billie, 147.
Billiet, 211.
Billion, 461, 933.
Billioud, 458.
Billon, 961.
De Billy, 216, 544. 949.
De Biron, 238.
De Birousse, 681.
Birouste, 779, 909.
Bissuel de Saint-Victor, voir de Varennes-Bissuel.
De Bizemont, 260.
Blache, 512.
Blacheu, 663.
Blachon, 268, 269. 347, 436.
Blain, 369, 509.
Blaise, 493.
Blanc (*divers*), 187, 431, 538. 539, 666, 817.
De Blanc de Blanville. 829.
Blancard, 716.
Blanchard (*divers*). 170. 179. 317, 728.
Blanchery, 630.
Blanchet, 653, 755, 851.
Blanchet de La Chambre, 301.
Blanchet de Pravieux et de La Sablière, 198-201 ; 31, 49. 54, 73, 98, 282, 667. 779.
De Blanchelon, 885.
Blancheville, 335.
Blanchon, 739.
Blandin, 527. 790.

Blaudin de Thé, 236.
Blauf, 321, 831, 893.
De Blécourt, 270.
De Bléternes, 691.
Bley, 962.
Blompoil, 313.
Blondat, 367.
Blondel, 178.
Blot, 790.
Blouin, 964.
Bochart de Champigny, 405.
Bocher, 633.
Bochu du Colombier, 529, 781.
Bodiment, 927, 928.
Bodin, 333, 585, 793.
Bod'n de Galembert, 555.
Bodin de Veydel, 474.
Bœuf de Curis, 202-203 ; 37, 49, 54, 73, 88, 92, 94, 98, 113, 186, 339, 392, 767, 809, 907, 959.
Bohier, 303, 305.
Bohrer de Kreuznach, 263, 806.
Boileau, 878.
Boillaud de Fussey, 442, 805.
Boiron, 223, 709.
Boironnet, 152.
De Bois-Boissel, 89.
De Boisdenemetz, 866.
De Boisgelin, 323, 407.
De Boissac. 757.
De Boisse (*jadis Boësse*), 204-206 ; 31, 49, 54, 73, 82, 88, 92, 95, 113, 115, 159, 280, 328, 623, 762.
De Boisset, 334, 453, 782.
Boisset de Ségur, 109.
Boissière, 253, 773.
De Boissieu, 207-211 ; 37, 54, 73, 191. 242, 418. 419, 586, 712, 715, 950.
De Boisvert, 826.
De Boléas, 227.
Bollet, 799.
Bollioud, 212-222 ; 10, 37, 49, 54, 73, 88, 93, 98, 181, 182, 209, 242, 304, 364, 423, 503, 513, 583, 599, 647, 663, 666.

672, 686. 704, 710, 725, 751.
836.
Bolo, 922.
De Bomhelles, 971.
Bomble, 223.
De Bombourg. 374.
Bomby, 346.
Bon, 819.
De Bon. 551.
Bona de Perex, 223-224 ; 35,
54, 73, 385, 709, 931, 932.
Bonajouty, 424.
Bonamy [de Villemereuil], 367.
Bonaud, 130, 215, 606, 608.
Bonin, 614, 895.
Bonin-Beaupré, 633, 951.
Bonjour, 628.
De Bonlieu, 301, 549, 937. 938.
Bonnamond, 117.
Bonnand, 791, 955.
Bonnard, 130, 342, 494. 552,
652, 853, 910, 961.
Bonnardel, 804, 835.
De Bonnay, 320, 872.
Bonneau du Martray, 495, 583.
De Bonnecorse de Benaud de
Lubières, 750.
Bonnefond de Varinay. 436.
Bonnefoy, 390.
De Bonnefoy, 877.
Bonnel et de Bonnel, 233, 489.
763, 933.
Bonnelli de Castro, 368.
Bonnet. 218, 266, 702, 799.
De Bonneton, 279.
De Bonneval, 238.
De Bonnevie de Vervins, 747.
Bonnin de la Bonninière de
Beaumont, 470.
Bonniot de Fleurac, 573.
Bonthoux-Laville. 624, 967.
Bonyn de Servières, 520.
Boode, 704.
Borde, 251, 671, 684, 869.
De Borde, 290.
De Borde du Châtelet, 225-229;
37, 54, 73, 648, 692.
De Bordes, 338.
Bordeaux de Lurcy, 168.

De Bordon, 414.
Borel, 794.
Borel-Soubéran, 587.
Borel de Varissan, 49.
Borghèse, 699, 929.
Borne, 134.
Bornicard, 636.
Borosdine, 537.
De Borsat de La Pérouse, 832.
De Bory, 230 ; 54, 70, 73.
Boscary, 12.
Bosset, 137.
De Botdéru, 757.
Bottu de Saint-Fonds. 231-236;
30, 35, 49, 54, 69, 70, 73, 98,
163, 181, 371, 421, 452, 454,
501, 593, 627, 672, 721. 870,
884.
Botuti, 639.
De Boubée, 569, 932.
Bouchage, 663. 813, 926.
Bouchard, 320, 894.
Bouchard d'Aubeterre, 344.
Bouchardier, 745.
Bouchardon, 791.
Boucharlat, 393, 556, 607, 790.
De Bouchaud, 795, 880.
Bouché, 681.
Boucher, 441.
Boucher de La Rupelle. 758.
De Boucherville, 418.
Bouchet, 834, 958.
Boudel, 273, 892.
De Bouët du Portal, 582.
De Boufflers, 458.
De Boufflers, 237-240 : 32. 49,
65, 73.
De Bougnes, 883.
Bougrier, 169.
Bouilhat de Laleuf, 222.
Bouillet, 591, 629.
Bouillet de Boiron, 146.
Boula de Marcuil, 166.
Boulard de Gatellier, 241-243 ;
37, 49, 54, 73, 98, 165. 189,
208, 282, 336. 464.
Boulardin, 915.
Boulay, 629.
Bouquet, 787.

De Bourbon, 238, 526, 548, 710.
Bourbon du Deaulx, 244-248 ;
29, 31, 37, 49, 54, 55, 66, 73,
98, 474, 568. 729. 821, 842,
862.
Bourbon de Limas, v. Bourbon
du Deaulx.
Bourceret, 960.
De Bourcet, 676.
De Bourdeille, 238.
Bourdereau du Plessis de la
Brosse, 180, 181. 182. 485,
502, 598, 638, 686.
Bourdin de Vernon, 391, 829.
Bourdon, 783.
De Bourdon, 660.
De Bourg, 660, 828.
Bourg de la Faverge. 249-250:
37, 55, 73.
De Bourg de Trézette, 306, 425.
Bourgade, 669.
Bourgelat, 422, 700.
Bourgeois, 853, 886, 913.
Bourgeois de Boynes. 197.
Bourgès, 430.
Bourgeys, 287.
Bourgongne, 731, 733.
Bourgoin, 529.
Bourlier d'Ailly, 251-254 ; 34.
55, 65, 73, 98, 155, 184, 258,
354, 422, 434, 581, 597, 773,
958.
De Bournat de Vinzelles. 355,
356.
Bourne, 528.
Bourre, 706.
De Bourrelier-Malplas. 371.
De Boursiat. 850.
Bousquet, 147, 852.
Boussard d'Hauteroche, 367.
Boussard de La Chapelle. 182.
De Bousset, 307.
Boussin, dit La Croix, 596.
De Boutechoux de Villette, 522.
Bouteiller, 246.
Bouthier de Rochefort, 885.
Bouthillon de la Serve, 400, 432.
De Boutiny, 299, 407, 432, 847.
Bouton du Guerrier. 272.

Bouttard, 130.
De Boutteville, 789.
De Bouvant ou Bouvent, 227, 661.
Bouvard, 342, 702.
Bouvard de Charpieux, 196.
Bouvier, 155, 250, 253, 434, 749, 773, 931.
Bouvier d'Yvoire, 857.
Bovet de La Tour, 738.
De Bovet de la Bretonnière, 343.
De Bovis, 407.
Boyat, 251, 631.
Boyer (*divers*), 49, 348, 372, 712.
Boyer du Montcel, 351.
Boyer de Sugny, 163, 203, 620.
Boyer de Trébillane, 608.
Boyetet, 707.
Boyron, 651, 863.
Boys, 533, 615, 825, 868.
Boys d'Hautussac de Pravieux, 199.
Bozonnet, 491, 566, 769.
Bozonnier, 458.
Brac de La Perrière, 203, 391, 537, 847.
De Brachet, 968.
De Bracorens, 165.
Branche, 203.
Brandon, 597.
Bravard de la Boisserie, 716.
Bravet, 633.
Breas, 952.
Breghot du Lut, 589.
Breheret de Courcilly, 758.
De Breitenbach, 678.
Bremand, 261, 929.
Brenier, 954.
Brenier de Montmorand, 570.
Brenod, 256.
Brenot de La Barre, 904.
De Bressac, 425.
Bressan, 476, 856.
Bresson, 894.
Bretagne, 564.
De Brétignières, 707.
De Briançon, 525, 647, 774.
Briasson, 68, 346, 375, 419, 567, 782, 901.

Brichet, 895.
Briçonnet, 519, 636.
Brigaud, 466, 922.
Brigault, 500.
De Brilhac, 271.
Brillon, 628.
Brintet, 335.
Broaillier, 172.
Brocard, 842.
Brochand d'Auferville, 951.
Brocquin, 543.
De Broglie, 534, 917.
Bron de La Liègue, 514.
Brondel, 840.
Brosse, 782.
De Brosse. 255-260; 31, 42, 50, 55, 73, 77, 98, 142, 161, 305, 367, 434, 464, 485, 596, 671, 837, 839, 888.
De Brosses, 253.
Brossette, 50, 79, 878.
Brossier de La Roullière. 261-264; 31, 37, 50, 55, 73, 99, 674, 723, 929, 967.
De Brossin de Méré, 917.
De Brou ou de Broux, 145, 293.
Brousson, 777.
Broy, 526.
Broyer, 249.
Brugière de Barante, 284, 487.
Brulard, 688.
Brûlart de Sillery, 308.
De Brullemail, 329.
Brun (*divers*), 136, 226, 823, 824.
Brun de Cernex, 577.
De Brunel de Bonneville, 339.
Brunet, 147, 335.
Brunet-Denon, 330.
Brunet de Presles, 184.
Brunier, 558, 656.
Bruno, 510.
Bruyas, 86, 428, 429, 489, 506, 633, 755, 775, 776, 780, 840, 845, 953.
Bruyère, 624, 845.
Bruyères, 224, 932.
Bruyset de Mannevieux, 265-267; 35, 50, 55, 73, 208, 465,

557, 559, 715, 759, 878, 879, 891.
Bruzillet, 630.
De Brye, 942.
Buatier, 614, 617, 659.
Buaton, 318.
Buchet, 256, 335.
De Bucourt, 271.
Bucquet, 251.
De Budé, 811.
Budes de Guébriant, 129.
Büding, 805.
Buffavante de Buffières, 639.
Buffery, 450.
Buffy, 651, 743.
Builleret, 695.
De Buisseret, 292.
Buisson, 175, 556.
Buliffon, 632.
De Bullion, 219.
De Bullioud, voir p. 614 une note généalogique sur cette famille; 296, 542, 614, 660, 799.
Bully, 345.
Burdet, 611.
Burdin, 507.
Bureau de Charmois, 732.
Bureau de la Rivière. 270.
Burignot, 318.
Burignot de Varenne, 941, 942.
Burlat, 265, 364, 744.
Burlon, 792.
Burnichon, 538.
Burnichon, 538.
Buron de La Verpillière, 939.
De Buronne, 656, 807.
Burtin de La Rivière, 268-269; 35, 50, 55, 73, 98, 693.
De Busseuil, 844.
De Busseül, 403, 475, 886.
De Bussière, 175.
De Bussillet, 800.
Bussy, 765.
De Bussy, 225, 647.
Butillon, 630.
Buxe, 646.
Buynand des Échelles, 267, 711, 736, 737.
Buyer, 420.

C

De Cabanes, 778.
Cabanis, 729.
Cabanon, 947.
Cabeuil, 913.
Cachet, 245, 842.
Cachet de Montezau, 142, 261, 288, 420, 426, 869.
Cadenac, 724.
De Cadolle, 329.
Caillat, 315, 715, 744.
Caillier, 250.
Caire, 497, 949.
Caissoty, 336.
Callande de Clamecy, 703.
Calliat, 575.
De Callière, 965.
De Callucio, 503.
Calmelet, 286.
Calvet-Rogniat, 967.
De Calvit, 135.
Cambefort de Monceau, 188.
De Cambray, 732.
Cambusat, 589.
Cambuzat, 862.
Camet, 193, 457.
De Camp, 382.
De Campremy, 273.
Camus de Riverie, 157, 281, 306, 519, 520, 543, 647, 763, 799, 828, 896.
Camyer, 338, 386, 584.
Canard, 537.
De Candolle, 361, 774.
Canat de Chizy, 959.
De Cantarelle, 422.
Cantarelle de Hommartin, 847.
De Canteleu, 270.
Cantin de Blaisy, 188, 787.
Cany, 869.
Capblat, 374.
Capdeville, 50.
Capilliata-Colleoni, 465.
De Cappo, 271.
De Capponi de Feugerolles, 297, 451.

Caquet d'Avaize, 570, 794, 958.
Caracciolo, 669.
De Carbonnier de Marzac, 329.
Carcatrison, 591.
Cardon de Sandrans, 179, 451.
Carefeuïl, 437.
Carelli de Bassy, 758.
Carette, 482, 500.
Carle, 777.
Carlet, 148, 262.
Carmagnac, 807.
Carmandaul, 133.
Carmier, 914.
De Carnazet, 270-274 ; 37, 55, 73, 98.
De Carnoisin, 272.
Caron, 195, 666.
De Carondelet, 618.
Carra, 325, 496, 502, 601.
Carra de Vaux, 275-277 ; 30, 50, 55, 65, 73, 476, 484, 626, 657, 684, 805, 808, 906.
Carrand, 846.
Carré, 199.
Carrelet de Loisy, 209.
Carret, 459, 843.
Carrier, 431, 436, 685.
Carrier de Monthieu, 503.
Carrige, 408.
Carrige de Vareilles, 326, 490.
Carron, 388, 462, 703.
Cartal de Marra, 460.
Carteron, 653.
Cartier, 272, 422.
Cartier de Sermézy, 340, 718.
Carton de Feugerolles, 473.
De Casaubon, 677, 698, 723.
Caseneuve, 469.
Casimir-Périer, 566.
De Cassagne de Miramon, 156.
Cassini, 707.
De Castagnéry de Châteauneuf, 263, 576.
Castelbon-Calme, 736.
De Castellas, 10, 41, 115, 118.

Castellini, 809, 810.
De Castries, 1.
Catalan de La Sarra, 42, 50, 78, 623, 624.
Cathelan, 556.
Catton, 840.
Cauchy, 183, 200.
De Caulaincourt, 513.
Caulet, 777.
De Caumont-La-Force, 238.
Causet-Desmarest, 199.
De Caussant, 909.
Cavaignac, 148.
De Cavasse de Léry, 309, 418, 602.
Cavelat, 421.
Cavelier, 904.
Cayrel, 418, 419.
Cazan, 868.
Caze, 915, 954.
Caze de La Roche-Cardon, 42, 50, 78.
Cazin d'Honincthun, 235.
Cellard du Sordet, 243, 334, 336.
Ceppi di Lecco, 669.
Cerize, 797.
Certe, 797, 910.
Chabal, 778.
De Chaballet, 764.
De Chabannes, 161, 213, 386, 505, 541, 636, 709.
Chabenat de Bonneuil, 530.
Chabert, 386, 586, 846.
De Chabeu, 890.
De Chabrol, 917.
Chaffin, 268.
De Chaintré, 544.
Chaix, 233, 625, 721, 759.
Chaix de Loche, 876.
Chaiz, 591.
Chaize, 718.
Chaize de La Coste, 246, 332.
Chalamel, 612.
Chaland, 568, 765, 813, 861.
Chalandon, 715.

Chalandar, 584.
De Chalant, 738.
De Chalençon, 218.
Chalendon, 750.
Chalhel, 825.
De Challaye, 454, 479, 792.
Chalmas, 458.
De Chalo, 288.
Châlon, 433, 611, 612.
Chalus, 701.
De Chalus, 355.
Chalut, 173.
De Chalvron, 475.
Chambard, 479, 911.
Chambaud, 758, 855, 962.
De Chambaud de Bavas, 607, 828.
Chambaud-Mirabel, 564.
Chambeyron, 350.
De Chamblas, 300.
Chamboduc de Saint-Pulgent, 350, 375, 464, 781.
Chambon, 268.
Chambon de Montgrosl, 924.
Chambovet, 791.
De Chambray, 292.
De Chamillart de La Suze, 414.
De Chamilly, 760.
Champagny, 207.
De Champagny, 42, 51, 79.
Champandure, 894.
De Champelays, 129.
De Champflour, 576, 894.
De Champgirault, 271.
De Champier, 616, 696.
De Champigny, 419.
Champion, 538.
De Champmartin, 406.
De Champs de Saint-Léger, 385, 474, 475.
Chana, 214, 652.
Chancel, 929.
Chancey, 253, 461, 492, 749, 764.
De Chandieu, 617, 691, 889.
Chandon de Briailles, 688.
De Changy, 176.
De Chanlecy, 887.
Chansselle, 792.

De Chantelauze, 817.
De Chantelot, 255.
Chantre, 420.
De Chany, v. Du Chéry.
Chapais, 497, 594.
Chapard, 257, 343.
Chapat, 317.
Chapelain d'Issenges, 917.
Chapelle, 337.
Chapelle de Jumilhac, 254, 957, 958.
De Chapon, 408, 409.
De Chaponay, 278-285 ; 29, 50, 55, 65, 73, 85, 152, 158, 159, 166, 200, 205, 306, 370, 420, 435, 458, 543, 641, 661, 724.
Chappe de Brion, 286 ; 37, 55, 73, 98.
Chappet de Vangel, 369.
De Chappon, 696.
Chappuis, 231, 320, 792, 952.
Chappuis de Maubou, 287-293 ; 42, 50, 53, 55, 67, 70, 73, 77, 98, 224, 267, 339, 397, 426, 530, 551, 559, 602, 667, 692, 763, 825, 826, 931.
Chappuys, 446, 523, 601, 921.
Chappuys de Corgenon, 922.
Chappuys de La Fay, 343, 396, 435, 473, 762, 801, 897.
Chapuis de Rozières, 502.
Chapuys, 185, 754, 844.
De Chapuys-Montlaville, 444, 837.
De Charbonnel, 844.
Charbonnier de La Tour, 648.
De Charbotel, 533.
Charcot, 754.
Charcot de Franclieu, 294 ; 34, 35, 50, 55, 65, 73, 98.
Chardon, 433, 916.
Chardon de Varennes, 784.
De Chardonnay, 131, 255, 616.
Charézieu ou Chareyzieux, 705, 763, 826.
Charles de Malmain, 579.
Charlet, 651, 845.
Charlet de la Douze, 500, 931.
Charlier de L'Espine, 864.

Charlot, 593.
Charmeil, 368.
Charmet, 754.
Charmon, 630.
Charmy, 713.
Charnetz, 225.
Charpeney, 860.
Charpentier, 612.
Charpin, 807.
De Charpin, 295-302 ; 30, 55, 73, 85, 95, 98, 515, 614, 641, 827, 843.
Charpy, 563.
Charret, 685, 818.
Charreton, 490, 660, 771.
Charrey, 346.
Charrie, 702.
Charrier, 202, 392, 610.
Charrier de La Roche, 303-310 ; 10, 12, 30, 50, 55, 73, 115, 151, 204, 213, 214, 257, 261, 322, 425, 447, 482, 489, 524, 550, 603, 637, 674, 675, 785, 844.
Charrin et de Charrin, 173, 252, 354, 381, 417, 459, 496, 589, 714, 763, 779, 935.
Charron, 512, 747, 748, 757.
Charrost de la Chavanne, 575.
Charry des Gouttes, 433.
Charton, 186, 509.
Charton de Moncontour, 814.
Chartron, 653.
Charvet, 367, 700.
Charvin, 929.
Chassain, 163, 289.
Chassain de Chabet et de Marcilly, 729, 760, 864.
Chassain de La Place, 928.
Chassaing, 311.
Chassebras, 937.
De Chasseing, 311 ; 29, 50, 65, 73, 182, 598, 901.
Chaslus, 950.
Chassipol, 478.
Chastaignon, 743, 908.
Chastellain d'Essertines, 334, 721.

De Chastenet de Puységur, 171, 373, 924.

De Chastillon, 281.

De Chastillon de Michaille, 873, 875.

De Chateaubriand, 802, 917.

De Châteauvieux. 38, 67.

De Châteauvieux, 883.

Chatellut, 481, 487

De Châtelus, 172.

De Chaulvet de la Valsonnière, 396.

De Chaumeils, 866.

De Chaumont-Quitry, 154, 440.

De Chaussat, 679.

Chausse, 387.

Chauvin, 482.

Chauvou, 291.

De Chavagnac, 297.

Chavanac, 666.

Chavand, 186.

Chavane, 951.

De Chavanes, 402.

Chavanis, 570, 806.

Chavanne, 379.

Chavannes, 650.

De Chavannes, 427, 614, 690, 937.

De Chave, 486.

Chavet, 409.

Chazal, 745.

Chazard, 429.

Chazault, 768.

Chazel, 591.

Chazelle, 314.

De Chazelles, 50, 79.

De Chazelles [à Saint-Étienne]. 347, 428, 432, 529, 954.

De Chazeron, 826.

Chazette, 312 ; 10, 37, 55, 73, 98, 688, 712, 946.

De Chazotte de Clavière, 844.

De Chazotte [de Montfaucon], 346.

Chenavard, 168.

De Chérisey, 815.

Chercot, 266.

Charpy, 505, 514.

De Chertemps de Seuil, 470.

Chervier, 523.

Chervin, 895

Chesnard, 259.

Chesnard de Laye, 233, 384.

Chesnel de La Noërie, 456.

De Cheux de Saint-Hilaire, 140.

Cheval de Fontenay, 370, 371, 444.

Chevalier, 409, 719.

Chevallier, 863.

De Chevilly, 356.

De Chevreuse, 270.

Chevrier, 335.

De Chevriers de Saint-Mauris, 175, 521, 525, 825, 883.

Chevrot, 659.

Chevrottier, 378.

Chézard de Mâtel, 916.

Chicaud, 910.

De Chièze, 284.

Chiquet de Bresse, 709.

Chiron, 180.

Chirat, 313-316 ; 2, 30, 37, 55, 73, 88, 113, 114, 486, 494, 784, 815, 833.

De Chissey, 875.

Chochat, 797.

Choignard, 317 ; 37, 55, 73.

Choillet de Lessinet, 335.

De Choin de Montchoisy, 711.

De Choiseul, 183, 222, 357, 522, 617, 774.

Choisity, 130.

Chol de Quercy, 422, 592, 701, 851.

De Cholier de Cibeins, 318-324 ; 29, 50, 55, 65, 73, 88, 180, 181, 309, 353, 384, 406, 550, 636, 637, 827, 835, 897.

Chollet, 516, 628, 650.

Chollet du Bourget, 449, 802.

Chomet, 663.

Chometon, 666, 948.

Chometton, 338.

Chomey, 325, 430, 447, 485, 489, 933.

Choppin d'Arnouville, 918.

Chorel, 265, 652, 751, 878.

Chossat de Montessuy, 553.

Chosson du Colombier, 638.

Chouan, 722.

Choufouraux ou Chaufouraux ou Choufouroux, 267, 370, 465.

Chouvet, 926.

Chovet de la Chance, 329, 339.

Chovon de Montarcher, 504, 505, 626, 685.

Chrestien, 699, 930.

Christin, 197, 653.

Christophle, 510.

Chuiter, 162, 421.

Cibiat, 935.

Cirlot, 383.

De Cisternes de Vinzelles, 576, 577.

De Civrieux, 889.

Cizeron, 325 ; 50, 55, 70, 71, 73, 98, 241, 336, 365, 744, 781.

Clapasson de La Croix, 667.

Clapeyron, 1, 19, 188, 206, 329, 452, 512, 544, 578, 668, 747, 748, 836, 860, 931.

Claret de Fleurieu, 326-331 ; 30, 31, 50, 55, 56, 73, 85, 88, 94, 98, 113, 164, 206, 242, 288, 429, 483, 490, 495, 608, 672.

Clary, 599.

Claron de Villedemont, 212.

Clavel, 50.

De Clavel, 244.

De Clavière, 332-336 ; 30, 37, 49, 50, 56, 73, 98, 350, 376, 560, 561, 585, 702, 703, 712, 767, 809, 877, 899.

Cléart, 590.

Clément, 176, 489, 718.

Clepier de Jons, 151.

De Clérat, 614.

Clerc, 653, 773.

Clérel de Tocqueville, 917.

Clerico de Janzé, 336 ; 37, 50, 56, 73, 98, 165, 241, 365, 464, 605.

De Clermont, 648.

De Clermont, v. de Regard.

De Clermont de Gessan, 343.

De Clermont-Montfalcon, 875.
De Clermont-Montoison, 405.
De Clermont de Saint-Cassin, 281.
De Clermont-Tonnerre, 283, 299.
De Clinchamps, 273.
Clot, 138.
De Cloux, 185.
Clozet, 671.
De Clugny, 94, 293, 583.
Cluzel, 868.
Cochardel, 641.
De Codeville, 446.
Coëffier d'Effiat, 303, 893.
Cognet, 817.
Cognet de La Roue, 292.
De Cognet de Marclop, 549.
Coignat de La Vaure, 826.
Coignet, 504, 651.
De Coignoz, 640.
Coillet, 342.
Coindat, 630.
Coindre, 268.
De Colabaud ou Colabeau de Juliénas, 46, 79, 206, 310, 322, 474, 550, 821, 868.
Colaud, 744.
Colbenchelay, 607, 961.
De Colbert, 184, 238, 264, 330, 502, 521.
Colin, 591, 814.
Colinet de Lobeau, 567.
Collard-Dutilleul, 537.
Collemieux, 409.
Collet, 696.
Colliet, 342.
Collin, 651.
Collomb, 492.
Colomb, 332, 736.
De Colomb d'Hauteville etc., 337-339; 37, 56, 73, 86, 294, 346, 348, 667, 713.
Colombet, 160, 308, 478, 742, 792.
Colomby, 671.
De Colomès, 266, 437, 559, 698.

Colomier, 772.
Colucci, 810.
Combe, 863.
Combet, 595.
Combet de la Mitonnière, 692.
Combette 594, 911.
Combier, 870.
De Combles, 220, 260, 262, 263, 374, 463, 557, 688, 723, 746, 840, 950.
De Comeau de Créancey, 651.
Commarmond, 163, 316, 528, 529.
De Comminges. 238.
De Communes, 158.
Compagnon de La Servette, 130, 184, 197, 383, 432, 510, 516, 544.
Compain, 303, 413, 505, 520, 660, 821.
Compère, 823.
De Compey, 643.
Condamine, 148.
Conque, 592.
Conrard, 229.
De Constant 340-341; 35, 37, 56, 73, 98, 391, 718, 832.
Constantin, 135, 228.
De Contades, 544.
De Contes, 746.
Convers, 318, 696.
De Copier, 525.
Copin, 652, 743, 952.
Copin de Bouet, 205, 280.
Coppin de Miribel, 330.
Coquerel, 494.
De Coquerel, 743.
Coquet, 652.
Corbière, 272.
Cordelier de La Grange, 432.
Cordier-Billon-Daguerre, 573.
De Cordon, 6, 7, 9.
Coréal, 607.
De Cornac, 560.
Cornaton, 282.
Cornet, 681.
Cornier, 863, 912.
De Cornillon, 875.
De Cornon, 883.

Cornuel, 527.
Corompt, 275, 775.
Corsan, 247, 543.
De Corteille de Vaurenard, 342-344; 35, 56, 73, 98.
De Cossé-Brissac, 238, 283.
Costa de Beauregard, 209, 242, 384, 385, 758, 918.
De Costard, 878.
Coste, 345-346; 35, 37, 56, 73, 98, 339, 567.
Costé, 718.
Cote, 386.
Cottier, 363.
Cottin de La Barre, 260, 464.
Cotton, 782.
De Cotton, 235, 287, 288, 425, 909, 911.
Couchaud, 552.
Couderc, 115.
Coudreau, 169.
De Couffon de Kerdellech, 405.
Couhert, 764.
Coujard de La Verchère, 802.
Coullard-Desco, 351.
Coulet, 788.
De Couleur, 138, 501, 742.
Coulon, 176.
Couperie de Beaulieu, 618.
Couppier, 155, 188, 189, 266, 786, 787.
Courbon de Saint-Genest, 347-351; 35, 56, 73, 334, 339, 432, 612, 834, 955.
De Courcelles, 403.
Courlet de Boulot, 837.
De Couronnel, 183.
De Courson, 355.
Court, 743.
De Court (ou le Court) de la Garde et de Pluvy, 352-354; 33, 50, 65, 73, 252.
De Courtallier, 283.
De Courtaurel, 355-357; 56, 73, 98.
De Courten, 513.
Courtillat, 168.
Courtin, 692.
Courtin de Neufbourg, 42, 50,

78, 289, 495, 718, 736, 737, 792, 885.
Courtois, 135.
Courtot de Cissey, 378.
Cousin, 480.
Cousta, 526.
De Coustaing, 425.
Coustave, 892.
Couturier, 266.
Couvat du Terrail, 669.
Covet, 463.
Covet de Rove, 585.
De Covet de Saint-Bernard, 358-362; 32, 50, 65, 73.
Coyron, 244.
Cozon, 346.
Cozon de Bayard, 436.
Cozon du Cluzel, 217.
Craponne, 745.
Crassus, 647.

De Crémeaux de La Grange, 451, 534.
Creppy, 689.
Crespat de Durtol, 895.
Crespin de Billy, 276.
Crespin du Gast, 150.
Creyton, 539.
De Crillon, 238, 710.
Cristin, 226.
Crocquet de Beligny, 782, 931.
Croisier, 356.
De Croix, 585.
Croizat, 378.
Croppet de Verneaux, 163, 178, 352, 389, 421, 446, 488, 501, 542, 619, 623, 694, 708, 772, 779, 842, 922.
Crotte, 719.
Crottier des Marets, 213, 220.
De Crousaz-Crétet, 758.

Crouzier, 565.
De Croÿ, 513.
Crozat du Châtel, 238, 239.
Crozet, 418, 419, 186, 807.
Crozet de La Fay, 432.
Crozet de Montgon, 42, 50, 78.
Crupisson, 486.
De Crussol, 142.
De Cuhières, 412.
Cugnet de Grandval, 196.
Curiat, 644.
Curnillon, 490,
Currelle, 681.
Curtillat, 216.
Cusset, 131, 192, 343, 382, 499, 845.
De Cusson d'Estignac, 198, 667.
Cuzin, 251.

D

Daburon, 539.
Dailhon, 953.
Dain, 693.
Dalbepierre, 671.
Dalbert de Levesy, 604.
Dalier, 527.
Dalivet, 762.
Dallery, 606.
Dallier, 218, 221, 337, 339, 398, 420, 503, 667, 769.
Dalphin, 812.
De Damas, 238, 240, 296, 323, 353, 403, 404, 410, 616, 727, 904.
Damassin de Fontenille, 785.
Damberton 953.
Damette, 216.
De Damoiseau, 449.
De Dampierre, 166, 299.
Dareste de Saconay, 363-371; 35, 56, 73, 98, 132, 246, 259, 281, 336, 417, 465, 487, 488, 509, 528, 625, 627, 629, 634, 655, 786, 838, 872, 961.

Dargent, 476.
Darluc, 433.
Dassier, v. d'Assier.
Daudé, 372-376; 35, 56, 73, 98, 463, 557, 723, 738, 782, 837, 958.
Daudieu, 290.
Dauger, 676, 677.
Daugier, 247.
Daulhon de Serviéres, 614.
Dauphin de Alinghen, 720, 911.
Dauphin de Goursac, 865, 866.
Dauphin de Verna, 284, 322, 453, 587, 941.
David, 450, 629, 895, 907.
David de Fonterenne, 261, 723, 772.
David de La Tour, 482, 641.
De David-Beauregard, 407.
Davy, 273.
Déan de Luigné, 209.
Debas, 608.
Debère, 797.
Debouat, 911.

Debrye, 378, 604.
Decan, 552.
Déchelette, 936.
Dechizelle, 173.
Decret, 256.
Decroix, 377-378; 37, 56, 73, 98, 852, 920.
Defore, 929.
Degrain, 652.
Degraix, 379; 2, 37, 56, 73.
Degras, 622.
Dejame, 780.
Delabat, 911.
Delafay, 607.
Delaplanche, 463.
Delaroche, 497, 712.
Delaroére, 160.
Delarouvière, 846.
Delaval, 770, 847.
Delavigne, 277.
Delaye, 172, 459, 487, 930, 932, 953.
Delglat de La Tour du Bost, 380-381; 35, 56, 73, 98, 560.

Delolle, 9.
Delorichon, 205.
Delorme, 232, 586, 612, 870.
Delotz, 911.
Demasière, 347.
Demeure, 789.
Demey, 762, 868, 896.
Demeyzieu, 432.
Demogier, 935.
Denantes d'Avignonnet, 284.
Denavit, 589, 858.
Denis de Cuzieu, 132, 370, 557, 655, 688, 746.
Denuzière, 265.
Denys d'Allemance, 349.
Déodati, 607.
Déonna, 170, 657, 682.
Derey, 442.
Deroche, v. de Roche.
Derue, 116.
Dervieu, 419, 501.
Dervieu de Varey, 382-386; 33, 37, 50, 57, 65, 73, 98, 192, 224, 314, 323, 393, 394, 494, 586, 719, 739.
Dervieu de Villieu, 387-389; 29, 37, 50, 57, 73, 597, 615, 820, 841, 853.
Dervieux, 335, 417, 829.
Derville-Maléchart, 539.
Des Arcis, 577.
Desarnaux, 954.
Des Barres, 647.
Desbocs, 195.
Des Bois, 456.
Des Bouillons, 941.
Des Brosses, voir de Brosse.
Des Brosses du Vernay, 660.
Deschamps [dép. de la noblesse], 390-391; 12, 29, 40, 50, 57, 73, 82, 83, 84, 85, 88, 90, 91, 92, 93, 94, 95, 96, 98, 113, 115, 116, 341, 537, 829.
Deschamps [famille du comparant Jacques], 392; 29, 57, 73, 202, 843, 859.
Deschamps (divers) 342, 343, 735, 768, 769, 780.

Des Champs de La Villeneuve, 598, 599, 600, 720.
Des Champs de Mallerée, 357.
Deschamps de Messimieux, 162, 181, 233, 276, 365, 392, 421, 484, 500, 504, 625, 626, 721, 746, 755, 870, 909, 930.
Des Champs du Tremblay, 660.
Descharmes, 811.
Deschaux, 605, 691.
Des Clefs, 873, 875.
Des Combes, 304.
Descours, 419.
Des Courtils, 748.
Des Enffans de Ponthois, 531.
Desestre, 200.
Des Finances, 692.
Desforests, 191.
Des Fossés de Watteville, 677.
Des Fours de Maisonforte, 393-394; 29, 50, 57, 65, 73, 98, 224, 384, 436, 438, 534, 545, 557, 581, 739, 745.
Des François de l'Olme, 383, 536.
Des Galis de Bras, 359, 361.
Desgouttes, 595, 605.
Des Gouttes de La Salle, 395-397; 32, 50, 65, 73, 293, 354, 474, 483, 691, 694.
Des Granges, 563, 594.
Des Grées du Loû, 530.
Deshayes, 854.
Des Hayes, 291, 501.
Des Henrys, 276.
Deslacs d'Arcembal, 328.
Des Laurents, 726.
Desmars-Lévêque de Bretteville, 173.
Desmé de Chavigny, 142.
Des Michels, 919.
Des Monstiers-Mérinville, 918.
Des Moulines, 220.
Des Moulins, 691.
Des Mures, 382.
Desolme ou Des Olmes, 347, 432.
Désormeaux, 745.

Des Ormes, 221.
Désoteux de Cormatin, 675.
Des Ours de Mandajors, 865.
Despaulty, 785.
Despatys, 570.
Desplaces de Charmasse, 331.
Desplasses d'Ausserre, 176.
Des Ponty, 649.
Desportes, 50.
Des Queulx, 511, 662.
Desrioux, 909.
Des Rioux de Messimy, 686.
Des Roys, 214, 276, 647.
Des Roys des Chandelys, 300.
Des Sagets, 735.
Dessartines, 130, 868.
Destutt d'Assay, 189, 243, 787.
Desvernay, 398-400; 35, 50, 65, 73, 501, 588, 770.
Desverney, 763.
Desverneys, 797.
Desvignes et Des Vignes, 219, 256, 752, 820.
Devenet, 445.
Devers, 249.
Devienne, 462, 957.
Deville, 50, 370, 685.
Dextre, 232.
Deydier, 656.
Deyrieu de La Barre, 195, 314.
Deyrols, 911.
Dézirat, 576.
Dian, 401; 37, 57, 73, 98, 538, 686, 855, 858.
Didier, 791.
De Digoine, 42, 50, 78, 366, 403, 941.
Diharce, 148.
Dilbert, 515.
Dizier, 313.
Dode, 139, 965.
Dodin, 666.
Dodun de Kéroman, 913.
Dolbeau, 789.
De Dolomieu, 405.
Dolley, 843.
Dombey, 458.
De Domecy, 402.

Domène, 289.
Donguy de Malfara, 234, 247, 452, 559, 697, 905.
Donin de Rosière, 164, 183, 334, 350, 422, 554, 598, 758.
Donjon de Saint-Martin, 183.
Donzel, 338.
Dorel, 356.
Doria, 966.
Dorlin, 660.
De Dormy, 475.
Dornin d'Eybens, 279.
Dortans, 342.
Doucette, 963.
De Douglas, 227, 765.
De Douhet, 883.
Douvreleur, 960.
Doyat, 953.
Doyen de Maumont, 903.
Doyon, 184, 329, 953.
De Dræck, 774.
De Drée, 402-407; 29, 50, 65, 73, 323, 897.
De Dreuille, 161.
Drevet, 338.
Drivon, 420, 564.
Dru, 199, 377.
Druays de Franclieu, 648.
De Drujon, 432.
Dryer de La Forte, 331.
Dubaillier, 511.
Du Besset, 289.
Du Bessey de Contenson, 202, 333, 564, 634.
Du Blanc, 661.
Du Bocs, 287.
Dubois, 800.
Du Bois, 408.
Du Bois de Bruslé, 757.
Dubois de Courval, 283.
Du Bois de La Rochette, 674.
Du Bois de La Sarrée, 402.
Du Bois de Pise, 891.
Du Bost, 889, 890.
Du Bost de Boisvert, 813.
Du Bost de Curtieux, 408-410; 37, 57, 74, 921, 935, 950.
Dubost de La Fuste, 503, 504.
Du Bost de Rouvray, 677.

Du Bourg [*divers*], 185, 660.
Du Bourg de Saint-Polgues, 411-415; 34, 50, 65, 67, 74.
Duboys, 130, 763.
Du Boys, 516, 812.
Du Breuil, 865.
Du Breöl, 226, 873.
Du Breöl de Saconay, 693.
Dubuisson, 676.
Du Buysson, 337.
Duc, 245.
Ducaruge, 184.
Du Chambon, 264.
Du Champt, 420.
Duchâtel, 583.
Du Chéry de Parentignat, 300.
Du Chesne, 929.
Du Chier, 219.
Du Chol, 214.
Du Clair, 410.
Du Clos, 544, 648.
Ducloux, 232.
Du Cloz, 226.
Du Coignet, 416.
Du Coignet des Gouttes, 258, 837.
Du Coing, 293, 488, 922.
Du Colombier, 351.
Du Corret, 695.
Du Costain, 931.
Du Crest, 177, 226, 583, 940.
Du Crocq de Saint-Polgues, 413.
Du Crozet, 268.
Ducruys, 342.
Du Deffand, 425.
Dufaud, 560.
Du Faur de Pibrac, 931.
Du Faure, 425, 482, 602.
Du Faure de Satillieu, 177.
Dufieu de La Grange-Merlin, 652.
Dufornel, 620.
Dufour, 630, 930.
Du Four, 305, 524, 800.
Dufournel et Du Fournel, 247, 387, 472, 530, 607, 616, 782, 966.
Du Fraisne, 226.
Du Fresne, 276.

Dufresnoy, 931.
Dugad-Mouton, 160.
Dugas de Chassagny, etc., 416-419; 37, 45, 50, 57, 74, 86, 209, 210, 247, 567, 568, 763, 796, 807, 838, 860, 861, 935, 956.
Dugas de Thurins et de Bois-Saint-Just, 420-423; 32, 50, 69, 74, 139, 162, 163, 181, 215, 221, 232, 500, 515, 592, 637, 643, 700, 830.
Dugâs de Saint-Gervais, 549.
Dugat, 357.
Dugon, 534.
Du Gour, 225.
Du Goût de Cazaux, 166.
Du Gua, 903.
Du Gué, 151, 214, 280, 304, 306, 482.
Du Hamel, 425.
Du Houx de Vioménil, 724.
Dujast d'Ambérieu, 234, 341, 371, 592, 593, 650, 737.
Du Lesty (ou Lestic), 901.
Du Lieu de Chenevoux, 424-427; 33, 57, 74, 159, 288, 885, 888.
Dulong de Rosnay, 879.
Du Marest de Chassagny, 428-432; 37, 57, 74, 98, 347, 514, 515, 578, 685, 746, 838, 965.
Dumas, 267, 399, 938.
Du Mas de Corbeville, 512.
Dumas de Mâtel, 915.
Du May, 134, 306, 489.
Du Meix, 295.
Dumeynet, 313, 735.
Du Molard, 618.
Dumon, 964.
Dumond, 433.
Dumont, 252, 256, 257, 612, 851.
Dumont de Sermaize, 476.
Dumontel, 252.
Du Mottet, 525.
Dumoulin, 681.
Du Moutier, 410.

Du Myrat, 433-434 ; 34, 50, 69, 74, 253, 258, 916.
Dunand, 484, 856, 858.
Du Nant, 873.
Du Noyer, 272.
Duon, 702.
Duon de Roche, 177.
Du Palais, 300, 302, 641.
Du Peloux, 227, 297, 366, 460, 585, 588, 657, 683, 844, 862.
Duperet, 798.
Du Périeux, 696.
Duperrey, 488.
Du Peschier, 895,
Du Peyrat, 519.
Dupheïs, 476.
Dupic, 927, 928,
Du Pin, 232, 420.
Dupin de Francueil, 221, 222, 704.
Du Piochet, 798.
Du Plat de Monticourt, 284.
Du Pleix de Cadignan, 723.
Duplessis, 529.
Du Plessis, 937.
Du Plessis de La Brosse, v. Bourdereau ;
Dupoix, 490, 511, 606.
Du Poizat, 719, 933.
Dupont, 187, 381, 790, 817.
Dupont de La Roque de La Tour, 667, 668.
Du Pont de Ligonnès, 943.
Du Pontavice, 523.
Duport, 369, 438, 509, 527, 533, 682, 772.
Du Port, 544.
Du Port de Loriol, 538, 758.
Duport de Rivoire, 449.
Du Portroux, 284.
Duprat de Chassagny, 495.
Dupré, 634, 683.
Du Pré, 213, 218.
Dupré de Bouillan, 795.

Du Pré de Chamagnieu, 640.
Dupré-Latour, 571.
Dupuis, 9, 450, 566, 569.
Dupuis d'Eclène, 42, 50, 78.
Du Puis de La Sarra, 133, 489, 784, 831, 949.
Dupuy, 344, 422, 654.
Dupuy de La Grandrive, 399.
Du Puy-Montbrun, 343.
Dupuy de Saint-Vincent, 376.
Du Puy de Semur, 145, 146, 194, 218, 525, 543, 614, 666, 674, 904.
Du Puys de Saint-Just, 891.
Du Quesnay, 626, 707.
Du Rachais, 660.
Durand, 114, 115, 147, 219, 269, 273, 429, 439, 476, 484, 579, 605, 633, 738, 739, 782, 900, 946, 958.
De Durand, 323, 406.
Durand de Châtillon, 435 ; 35, 37, 50, 57, 74, 283.
Durand de Fontmagne, 329.
Durand de Gevigney, 839.
Durand du Meix, 626.
Durandeau, 622.
De Duranti, 407.
De Durat, 470.
De Durestal, 696.
Duret, 701.
Durey de Noinville, 523.
De Durfort, 238, 381, 522, 917.
Du Rieu, 742.
Durieu de Lacarelle, 724.
Duris-Laroche de Grangeac, 794.
Du Rochain, 542.
Du Rozier, 291, 308, 405, 433, 473, 677, 837, 940.
Durret, 290, 714.
Durret de Grigny, 308, 322, 447, 452, 500, 603, 762.
Durrié, 480, 681.

Du Ryer, 445.
Du Saix, 175.
Du Sauzey, 52, 79, 245, 533, 616.
Du Soleil, 251, 340, 391, 420, 451, 489, 836.
Du Solier, 866.
Du Sou, 519.
Du Soulier, 140, 299.
Du Sozay, 523.
Dusurgey, 50, 528.
Du Terrail, 214, 616.
Dutour, 190.
Du Tour de Salvert-Bellenave, 385.
Du Tour-Vuillard, 387, 388.
Du Tremblay, 482.
Du Treül ou Du Treuil, 436-438; 29, 65, 74, 266, 269, 384, 393, 528, 545.
Du Treyve, 247.
Du Truc, 577.
Duval, 479 ; 37, 57, 74, 605.
Duval (divers), 148, 325, 440, 589.
Duval de l'Épinoy, 469.
Du Verdier, 287, 691.
Duverger, 595.
Duvergier, 145.
Duvernay, 9.
Du Vernay, 174, 175, 196.
Duverney, 808, 813.
Du Verney, 575.
Du Vierre, 616.
Duvigneau, 926.
Du Villard, 521.
Du Villars, 638.
Du Vivier-Solignac, 757.
Duvoirli, 776.
Duvon, 133.
Dux, 216.
Duxio, 167, 607, 615, 949.
Dyvone, 873.

E

De Echeguren, 670.
Emé [ou Edme] de Marcieu et de Saint-Julien, 152, 158, 279, 306, 524, 641.
Émery, 895.
Emmery de Grozyeulx, 142.
D'Entraigues, 555.
Esbaud, 518.
D'Eschalard de La Mark, 274.
Escoffier, 658.
D'Escorches de Sainte-Croix, 440-441; 37, 57, 74.
Escot, 383.
D'Escolay, 784.

Esgallier, 741, 743.
D'Esgland de Cessiat, 554, 675.
Esparron de Montigny, 787.
D'Espérandieu, 406.
D'Espinace, 523, 618, 804.
D'Espinay, 232.
D'Espinay de Laye, 388, 685, 801.
Esnard, 664.
D'Espinchal, 443.
D'Esquiddy, 748.
Essartier, 266.
D'Estaing, 411.

D'Estampes, 323, 330.
Estienne, 223.
Estival, 193, 268, 719, 785.
Estournel, 926.
D'Estoré, 272.
D'Estrées, 872.
Étesse, 368.
Évesque, 137.
D'Ewrard de Courtenay, 284, 624.
Exelmans, 960.
Expilly, 279.
Eymaud, 724.

F

Fabre-Roustand de Navacelle, 943.
Fabre du Vernay, 344, 714.
Fabron de Saint-Amand, 375, 738, 782, 958.
Fabry, 187, 717, 823, 824, 842.
Fabry de Marzé, 220.
Fabry des Plaines, 269.
Fachon, 231.
De Fages de Chaulnes, 793.
Faidy, 814.
Faidy-Reverony, 814.
Faihon, 938.
De Falaise, 204.
Falcou de Longevialle, 344, 418.
Falconet, 247.
Falès, 604.
Fantin, 443.
De Farconnet, 334.
Fardel de Verrey, 442; 37, 57, 74, 98, 805.
Farges, 591.
Farget, 763.
De Faucon, 381.
De Faujard, 883.
De Faultrières, 621.

Faure, 195, 259, 311, 314, 318, 319, 338, 479, 485, 520, 539, 542, 586, 591, 612, 658, 705, 743, 753, 798, 861, 934, 935, 949, 962.
Faure de Marnas, 337.
Faure de Montaland, 84, 379.
Fauvin, 336, 744, 955.
Favard, 414.
Favel, 848.
De Faventines, 373.
De Faverges de Rébé, 536.
Favier du Noyer, 165, 259, 576, 839.
Favre, 269, 701, 782, 887.
Favre d'Annecy-le-Vieux, 340.
Favre des Cloux, 536.
De Fay de La Tour-Maubourg, 300, 542, 548, 726, 890, 956.
Fay de Sathonay, 443-444; 30, 50, 57, 74, 90, 155, 603, 821.
Fayard des Avenières, 133, 134, 206, 221, 245, 288, 327, 328, 382, 489, 494, 602, 797, 832, 930.
Faye d'Espeisses, 151.
De Fayn, 849.

Fayolle, 497, 508, 956.
Febure, 313.
Federy, 852.
De Félin, 548.
Felisseut, 735, 900.
Fels, 899.
Felu, 712.
Fenel, 964.
Fénelly de Posson, 573.
De Fenoÿl, 387, 451, 518, 520, 549, 615.
Féraud, 321, 370, 491.
Feret, 771.
Ferelle, 177.
Ferez, 555.
Ferlat, 925.
Ferlet, 632.
Ferley, 190, 392, 840, 911.
Ferrand, 117, 528.
De Ferrary de Romans, 445-449; 37, 57, 74, 88, 93, 98, 309, 555, 603, 678, 802, 831.
De Ferréol, 549.
Ferri-Pisani, 276.
De Ferrier, 412.
De Ferrier de Montal, 627.

Ferrière, 786.
Ferriol, 249, 712, 762, 861.
Ferrouillat, 588, 628, 814.
Ferroussal, 736.
De Ferrus, 450-454; 37, 57, 74, 234, 235, 284, 424, 501, 511, 587, 627, 709, 749, 782, 792, 895.
Ferrusse, 964.
De Fétan, 825.
Feuchère, 512.
Feugère, 542.
Feuilly, 464.
Feurrat, 644.
Fèvre, 830.
Filland, 652, 952.
De Finance de Clairbois, 277, 943.
Fiot, 232, 601.
Fischer, 410, 911.
De Fisicat, 455-457; 34, 35, 50, 57, 74, 98, 493, 506.
De Fitz-James, 238, 240.
Flachat, 115, 246, 465, 602.
Flachat de Saint-Bonnet, 724.
De Flachat, 175, 348.
Flachéron, 595.
Flachier, 179.
Flachon de Barrey, 458; 37, 50, 57, 74, 98.
De Flaghac, v. Le Normand de Flaghac.
Flandrin, 401, 855.
Flandrin de Chantemerle, 50.
Fléchet, 2, 28, 114, 119.
Fleurant de Rancé, 459-460; 39, 50, 58, 70, 74, 173, 366.
Fleurdelix, 23, 529, 745, 957.
De Fleury, 304.
Flocard de Mépieu, 196, 197, 544.
Flotard, 137.
Floux, 581.
Flurant, 592.
Focard, 688.
Foillet, 311, 326.
Foisy des Urbains, 581.

De Foix, 238.
De Folliard, 252.
Fontaine, 957.
Fontaine de Bazouge, 170.
Fontaine de Bonnerive, 461-462; 37, 58, 74, 98.
De Fontaine, 774.
De Fontaines, 949.
Fontanier, 754.
De Fontenay, 209, 541, 863, 867.
De Fontenay, v. Cheval de Fontenay.
De Fontettes, 889.
Fontrobert, 612.
De Forbin, 359, 360.
De Forcrand, 386, 776.
De Foresta, 358.
Forget, 846.
Forme, 964.
De Forlias, 359.
Fortis, 962.
De Forton, 329.
Fossorier, 318.
De Foucauld, 766.
De Foucault, 277.
Foucher, 778.
De Foudras, 42, 50, 78, 371, 403, 616, 617, 676, 694, 879, 885, 903, 904.
De Fougeard d'Avaize, 904.
De Fouquet, 944.
Fourgeroux de Malleval, 42, 50, 76, 633.
Fourgon de Maisonforte, 463-464; 37, 50, 58, 74, 98, 208, 242, 260, 374, 375, 781, 801, 817, 840, 888, 950.
Fourmy, 684.
Fournat, 688.
Fournel, 666.
Fournier, 186, 553, 754, 851, 879.
De Fournier de Montagnac, 297.
Fournigault, 273.
De Fournillon de Buttery, 174, 284, 452, 453, 500, 501.

De Fournoux-la-Chaze, 835.
Fourton, 611.
Foy de Saint-Maurice, 133, 831.
Frachon, 652.
Fradet de Bellecombe, 357.
De Fradet d'Orly, 537.
De Fraguier, 903.
Fraisse, 9.
De Fraix de Figon, 210, 418.
De Fraix du Vernet, 292.
De France (maison royale), 886.
Franchet, 346.
Franchet d'Esperey, 400.
François, 320, 776.
Frangony, 605.
De Franquemont, 513.
De Fransure, 677.
Frapet, 571, 795.
De Frasans, 168.
De Frasneau de Gommégnies, 942.
Frenay, 353.
Frère, 320, 360.
Frère de Cosne, 769.
Frèrejean, 141, 856, 857.
Fréteau de Pény, 209.
De Freydefont, 577.
De Fricon, 183, 406.
Frignet, 414.
Fririon, 585.
De Froidefond de Florian, 918.
De Froissard-Brossia, 329.
Fromage, 807.
Fromentin, 573.
Fromentin de Saint-Charles, 331.
De Fructus, 418, 432, 644.
Fulchiron, 10, 191, 208.
De Fuligny-Damas, 522.
Fusellier, 465; 35, 58, 74, 98, 267, 370.
De Fusselet, 592.
Fussemagne, 213, 543.
Fuzeaud, 851, 911.
De Fuzée de Voisenon, 741.
Fyot de Mimeure, 826, 849, 917.

G

Gabet, 466-467; 35, 58, 74, 922.
De Gabiano, 648.
Gaboury, 307.
Gabriel, 416.
De Gadagne, 519.
De Gaiffier, 966.
Gaigneron de Marolles, 919.
Gailhard, 184.
Gaillard, 141, 368, 584, 632, 848.
Gaillard de Dananche, 291, 292.
Gaillard de La Vernée, 369.
De Gaillard-Longjumeau, 750.
De Gain, 42, 50, 76.
Galand de Longuerue, 701.
De Galard de Béarn, 774.
Galland, 846.
Galland de Chavannes, 193, 320.
De Galles, 882.
De Gallet de Mondragon, 468-470 ; 31, 50, 69, 74, 833.
Galliat, 426.
Gallice, 531.
Gallien, 511, 528.
Gallien de la Chaux, 738.
Gallo, 650.
Galloy, 945.
Galoys, 158.
Galtier, 484.
De Galway, 329.
Gambin de La Garde, 320, 353, 404.
De Ganay, 904.
Gandin, 763, 769.
Gandy, 199.
De Gangnières de Souvigny, 471-475 ; 32, 51, 58, 65, 74, 293, 322, 397, 616, 620, 694, 821.
Garand, 852.
Garat, 269.
Garbot de Châtenay, 619.
Garbuzet, 628, 763.
Gardelle, 476-477 ; 38, 58, 74, 276, 856.

Gardiner, 513.
De Garempel de Bressieux, 766.
Garil, 408, 826.
Garin, 266.
Garin du Buisson, 42, 51, 78.
Garnerin, 577.
Garnier, 9, 397, 443, 450, 629, 927.
De Garnier, 227, 293, 692.
Garnier de Chambroy, 478-479 ; 30, 35, 58, 69, 74, 98, 160, 792.
Garnier de Falletans, 331.
De Garnier des Garets, 276, 366, 624, 626, 627, 638, 844, 906.
Garnier de La Monière, 479, 911.
Garnier de Miraval, 951.
De Garnier de Saint-Laurent, 642, 804.
Garon de Chatenay, 155.
Garreau, 175.
De Garron de La Bévière, 371, 553.
Gaspard, 244, 256, 535.
De Gastaldi, 802.
Gat, 476, 910.
De Gaucourt, 171.
Gaudet, 921.
Gaudin, 314, 346.
Gaudin de Feurs, 512, 578, 579, 765.
Gaudin de Gaëte, 579.
Gaulne, 145, 290.
Gaulthier, 651.
Gaultier de Coutance, 701.
Gaultier de Pusignan, 164, 220, 282, 327, 420, 495, 671, 832.
Gaultier de Rigny, 774.
Gaultier de Senas, 529.
Gautheron, 144.
Gauthier, 442, 461, 962.
Gauthier de La Tournelle, 381.
Gauthier de Murnaud, 879.

Gautier, 419, 703, 857.
Gavault, 276, 367.
Gay, 795.
Gay de La Levretière, 480 ; 31, 35, 58, 74, 95, 98, 681.
De Gayand, 319, 659.
De Gayardon de Fenoyl, 42, 51, 78, 284, 287, 381, 643, 825, 850, 883.
Gayet, 194, 246, 527, 564, 601, 911.
De Gayot-Mascrany, etc., 484-490; 31, 42, 51, 58, 67, 74, 77, 134, 257, 258, 304, 314, 327, 340, 364, 389, 453, 500, 528, 606, 626, 637, 638, 664, 745, 761, 833, 933, 949.
Gazanchon de Chavannes, 51, 634.
Gelas, 907.
De Gelas-Lautrec, 175, 176, 512.
De Gellans, 403.
Gémier des Périchons, 916, 940.
Genest de Launay, 180.
Genevay, 241, 739, 964.
De Genève, 392, 556, 557, 687.
Genevey, 553, 912.
Genevey de Pusignan, 440.
Genthon, 341.
De Genville, 934.
Geoffray, 251, 755.
Geoffroy, 795.
Georgette du Buisson de La Boulaye, 141.
De Géramb, 611.
De Gérando, 491-493; 33, 38, 58, 65, 74, 92, 98, 202, 517, 566, 767.
De Gerbaix de Sonnaz, 263.
Gerbaud, 176,
De Gérente, 511.
Gérin, 408.
Gérin, dit Rose, 317, 703, 728, 735, 808.
De Gérinet, 828.

Germain, 595, 832, 907.
Germain de Montauzan, 861.
De Germiny, 583.
Gerphanion, 870.
Gerson, 317.
Gervais, 490.
Gervais de Saint-Laurent, 51, 79.
Gervaise, 722.
Gesse de Poisieux [aujourd'hui Poisieu], 246, 258, 332, 376, 560, 585, 645, 821, 837, 877, 924.
De Gestas, 573.
Gevallois, 404.
De Geyssan, 889.
Giangian de Bréa, 498.
Gibert, 144, 314.
Gigault de Crisenoy, 283.
Gilbault, 480.
Gilbert de Nozières, 513.
Gilfaut, 293.
Gillet, 178.
Gillet de La Vallée, 724.
Gillet de Valbreuze, 185, 349.
Gillier, 863.
Gimel, 204, 488, 741, 743.
De Gimel, 607.
Gindron, 671.
Gineston, 567, 782.
De Ginestous, 374, 413, 828.
Ginet, 144.
De Ginistel de la Garde, 349.
Ginod, 565.
Girard, 494-495 ; 36, 58, 74, 314, 328, 382.
Girard (famille du Cardinal), 822, 823, 824.
Girard (divers), 368, 444, 520, 523, 543, 631, 675, 800, 803, 816, 861, 924.
Girard d'Azon, 631.
Girard de Charbonnières du Rozet, 141.
De Girard de Grandris, 434.
Girard de La Vesvre, 495, 609.
Girard de Riverie, v. Riverie.
Girard de Roche-la-Molière, 291, 957.

De Girard de Vaugirard, 291.
De Girardin, 579.
Girardon, 420, 716.
Giraud, 496-498 ; 36, 58, 74, 557, 558, 595, 605, 714.
Giraud (divers), 163, 289, 353, 568, 569, 570, 754, 878, 911, 932, 953.
De Giraud d'Agay, 770.
De Giraud de Lachau, 323.
Giraud de Montbellet, 499-502 ; 36, 38, 51, 58, 74, 98, 184, 284, 333, 452, 544, 749, 931.
Giraud de Varennes, v. Giraud.
Giraudet, 817.
Giraudin, 377, 507, 920.
Giraudon, 593.
Girerd, 9, 115.
De Giri, 338, 485, 515, 661, 662.
De Girin, 167.
Girinet, 216.
Girollet, 867.
Giroud, 326, 735, 846.
De Giroud, 353, 824.
Gnudi, 704.
Gobier, 615.
Godard de Belbeuf, 918.
Godard [de Craponne], 51.
Godefroy, 248.
De Godefroy de la Lande, 366.
Godin, 450, 490.
Godinot, 587.
Goirand de La Baume, 750.
Gondain, 382.
Gondard, 410, 736, 797.
Gondret, 386.
Gonin, 321, 912.
Gonin de Lurieu, 503-506 ; 38, 48, 58, 74, 98, 124, 457, 626, 685.
Gonod, 543.
Gonon, 496, 714, 754.
Gonnelle, 350.
Gonnet, 176, 178, 924.
De Gontal, 824.
De Gontaut-Biron, 237-240 ; 65, 748.
Gonyn, 290.
Gorgeron, 650.

De Gottrau, 426, 888.
Goudard, 9, 12, 115, 121.
De Gouffier, 239, 271.
Goujet-Duval, 377.
Goujon, 320.
Goulard, 622.
De Goulard de Curraize, 301, 544, 729.
Goupil de Beauval, 330.
De Gourcy-Mainville, 10.
Gourd, 705.
Gourdon, 724.
De Gourdon, 238.
Gourgouillat, 791.
Gourraud, 656.
Goutelle, 148, 262, 316.
De Gouvion-Saint-Cyr, 569.
Goy, 933.
De Gracy, 660.
De Graffard, 273.
Graffin 790.
Grail, 349.
Graillet de Beins, 243.
De Gramont (famille ducale), 237, 238, 513.
De Gramont-Caderousse, 916.
De Gramont-Vachères, 692.
Grand, 768.
Grand de Châteauneuf, 627.
Grange, 338, 652, 717.
De Grange de Croison, 544.
Grangé, 856.
Granger, 319.
Grangier, 86, 745, 807.
Granier, 507-508 ; 35, 58, 74, 561, 920.
Granière, 446.
Granjean, 952.
Granjon, 340, 652, 742, 953.
Gras, 509.
Gras de la Beauche, 765.
De Grasse, 359.
De Grassin 434.
Grassot, 509 ; 36, 38, 58, 74, 98, 134, 369, 629.
Grata, 388, 853.
De Gratel de Gragnieu, 641.
De Gratet du Bouchage, 801.
Gravier, 256, 478.

Gravoix, 910.

Gray, 319.

De Gré, 487, 664.

Greffet, 799.

Grégaine, 146.

Grégoire, 752.

Grégoire du Colombier, 807.

Grégoire de Saint-Sauveur, 917.

De Greils de Massillac, 567.

Grel, 210.

Grellet-Dumazeau, 588.

De Grenaud, 226, 227, 757.

Greppoi, 9, 203, 339.

Greuze, 764.

De Gribald, 319.

De Grignan, 307.

Grignon, 625.

De Grillet, 519, 646.

Grimal, 179.

Grimaldi, 226.

Grimaud, 198.

De Grimaud, 532.

Grimaud de Màtel, 916.

Grimod-Bénéon de Riverie et Grimod de La Reynière, 510-517; 39, 51, 53, 58, 74, 85, 250, 423, 492, 495, 505, 528, 607, 628, 662, 747.

De Grimoult, 301.

Grisard, 255.

Grisse, 933.

Grobert, 398.

De Grolée, 385, 681, 725, 804. 889.

De Grollier, 518-525; 31, 48, 58, 74, 84, 85, 124, 158, 182, 183, 281, 306, 470, 526, 543, 599, 600, 647, 658, 803, 804.

Gromier, 655.

Gros, 218, 510, 554, 755, 825. 866, 962.

Gros de Saint-Joyre, 799.

Groutcheski, 537.

Grozelier, 308.

Grubis de l'Isle, 351.

Gruel, 800.

De Gruel du Martenay, 642.

Grumel de Montgaland, 939.

Gubian, 163.

Guénichot de Nogent. 165, 516, 530.

Guéraud, 795.

Guérin, 86, 234, 245, 339, 346, 400, 479, 528, 588, 592, 612, 713, 745, 796, 960.

De Guérin, 894.

Guérin de Guérin, 42, 51, 79.

Guérin de La Colonge, 267, 557, 879.

Guerrier de Jons, 150, 151, 279, 889.

Guesdon de Meyré, 615.

Gueston de Châteauvieux, 343, 396, 473, 482, 483, 660, 706. 922.

Gueynard de Roquebeau, 570.

Guibert, 150, 327, 541.

De Guibert, v. Vallet de Villeneuve.

Guichard, 268, 316, 450.

De Guichard, 833.

Guichet, 920.

Guieu, 770.

Guiffray, 907.

De Guiffrey-Boutières, 524.

Guignard de Saint-Priest, 299, 718.

Guigou de Montplaisir, 51.

Guigues de Moreton de Chabrillan, 279, 572, 582, 887.

Guigues de Revel, 432.

Guiguet, 505.

Guiguet de Vaurion, 529, 775, 776, 780, 950, 953.

Guilhot, 198.

Guillard, 249.

Guillaud, 231.

Guillaume de Romanans, 248.

Guille de La Combe, 469.

Guillebert, 831.

Guilleminot, 568.

Guillermin, 650.

De Guillermin, 42, 51, 79, 626, 697, 885, 905.

Guillet, 168, 223, 455.

Guillet de Chatellus, 526-531; 34, 51, 58, 65, 74, 98, 364, 393, 397, 434, 437, 487, 511, 524, 553, 564, 745, 781.

Guillet de Moidière, 532-534; 53, 58, 70, 74, 545, 698.

Guillet de Monthoux, 532, 643.

Guillin d'Avenas, 535-540; 33, 34, 42, 59, 74, 77, 98, 696, 697, 906.

Guillon, 700.

De Guillon de la Chaux, 541-545; 38, 59, 74, 184, 213, 217, 219, 393, 524, 534, 666, 864.

Guilloud [de Courbeville], 51, 203, 256, 754, 770.

Guinet de Montverd, 555, 624.

Guinier, 514.

Guinier de La Bruyère, 546; 59, 70, 71, 74, 98.

Guinot, 812.

Guiot, 900.

Guippier, 695.

De Guiry, 414.

De Guitardis, 676.

Guyenard d'Andelar, 459.

Guynand de La Roere, 632, 633.

Guyon, 706.

Guyot, 570, 957.

Guyot de Chanferrand, 336. 595, 603.

Guyot de Pravieux, 167, 907.

H

Hachette, 732, 806.
Hacte, 486, 495.
Hadot, 961.
Hailer, 688.
Hall, 277.
Halna du Fretay, 462.
Hamelines, 754.
Hanicard ou Hannicart, 288, 420.
D'Harcourt, 42, 51, 79, 238, 240, 440, 917.
D'Harcourt-Boys, 584.
De Harenc, 547-551 ; 30, 31, 36, 59, 67, 74, 85, 293, 309, 310, 615, 667.
De Harlay, 726.
Harscouet de Saint-George, 201.
Hava, 810.
Hébrais, 216.
D'Hébrard, 238.
Hédoin, 744.
Hélie, 458.
Hélie de Saint-Saëns, 523.
Hémar, 276.
Hemet, 495.
D'Hénin-Liétard, 620.
D'Hennezel, 531.

Henri, 515.
Henry, 383, 552, 586, 616, 668, 901.
Henry de Beaulieu, 289.
Henry de Bellevue et des Tournelles, 259, 434, 464, 801.
Henry de Jarniost, 446.
Henry de La Salle, 150, 151.
Henrys d'Aubigny, 330, 410, 686.
Héraud, 476.
Hérault de Séchelles, 747.
Hériartre, 349.
De Héricourt, 522.
Hérisson, 146.
Hersart de La Villemarqué, 201.
D'Herval, 743.
Hervier, 779.
D'Hervilly, 656.
D'Hespel, 530, 531.
De Hesse, 513.
Hesseler de Bagnols, 179, 232, 322, 389, 406, 421, 451, 500, 501, 623, 884.
Heyrard, 803.
De Hidon, 892.
Hindret de Beaulieu, 472.

Hocquart, 724.
Hodieu, 267, 759.
De Hohenloe, 513.
Holcker, 913.
De Hollandre, 505, 685.
Homo, 731.
De Horn, 222.
D'Hoston, 139, 281, 661.
Honille de La Chesnais, 835.
Huberlin, 313.
Hubert de Saint-Didier, 552-555 ; 36, 51, 59, 74, 90, 98, 183, 258, 311, 599, 624, 672, 866, 896, 898, 901.
Huchet de Quénétain, 918.
Hue de La Blanche, 42, 51, 79, 495, 516.
Hue-Duquesnay, 815.
Huet, 230.
Hugalis, 233, 870.
Hugon, 679.
Hugol, 286.
Humann, 568.
Humbert de Quincy, 540.
Humblot, 399, 400,
Hurault de Vibraye, 238.
Huré, 594.
Huvino, 131.

I

Imbert-Colomès, 556-561 ; xi, 2, 33, 38, 59, 65, 74, 88, 98, 113, 266, 267, 335, 374, 381, 393, 438, 497, 507, 508, 562,

578, 656, 687, 698, 723, 746, 825, 837, 874, 879.
Imberton, 315, 813.
D'Indy, 681.

Inguimbert de Pramiral, 435.
Isnard du Deaulx, 195, 370.
D'Isseret, 482.

J

Jaccoud, 224, 323, 897.
Jacob, 877.
Jacobé, 205.
Jacquelot de Villette, 264.
Jacquemeton, 769.
Jacquemont, 857.

Jacquet, 190, 255, 256, 492, 682, 696, 722, 823.
Jacquet du Chaillou, 710.
Jacquette, 207, 301.
Jacquier, 604, 952.

Jacquier de Cornillon, 139, 514, 662, 965.
Jacquier des Gaux, 954.
Jacquier de Vacheron, 935, 936.
Jaglard, 133.

Jaillard, 713.
Jailly, 290.
Jallabert, 651, 847.
Jamin, 746.
Janin de Combeblanche, 562 ; 38, 59, 74.
Jannin d'Envaux, 409, 709, 950.
Jannon, 321, 451, 831, 933.
Janon du Contant, 592.
Janot, 398.
Janselme, 367.
Jantet, 269.
Jany, 712.
De Jarcelet, 544.
Jard-Panvillier, 943.
Jardet, 198.
Jardin, 954.
Jars, 9, 51, 678, 770.
De Jas, 954.
Jassoud, 792.
Jauniard, 669.
Jay, 790, 812.
Jean, 313.
Jenreaux, 294.
De Jerphanion, 323, 835.
De Jessé-Levas, 189, 242, 787, 838, 854.
Jesson, 287.
Jeury, 448.
Jeury de l'Estrat, 486, 663.
De Joannès, 619.
Joannin, 378.
De Joannis, 406.
Joban, 437.

Jobert, 193, 326, 608.
Jodain, 812.
Johannard, 245, 812.
Johanyn, 320.
Jolivet, 791.
Jolly, 178.
Joly, 165.
De Joly, 646.
Joly de Bévy, 538, 627, 698, 905.
Joly de Choin, 524.
Joly de Fleury, 903.
Jolyclerc de Belvé, 563-565 ; 31, 36, 59, 74, 98, 527.
Jonquet, 797.
De Jons, 295.
Jordan, 566-571 ; 35, 36, 48, 59, 68, 74, 88, 113, 124, 142, 247, 339, 346, 419, 491, 735, 832.
Jossaud, 390.
Josserand, 173.
Jouenne, 714.
De Jouenne d'Esgrigny, 833, 834.
Jouenne de Losrière, 580.
De Jouffret, 406.
Jouffroy, 182.
De Jouffroy, 572-573 ; 9, 31, 59, 74, 92, 203.
Jourda de Vaux, 835, 844.
Jourdan, 186, 345, 368, 746, 901.
Jourdan de Saint-Lager, 131, 290, 602.
Jourjon, 479, 568, 791.

Journel, 947.
Jourran, 327.
De Jousselin, 448.
Jouve, 250, 385.
Jouvence, 272.
Jouvenceau d'Allagnat, v. Jouvencel.
Jouvenceau, alias d'Arvas, v. Jouvencel.
De Jouvencel, 574-583 ; 59, 70, 71, 74, 99, 254, 431, 512, 557, 741, 746, 747, 838, 957.
Jouvenne, 593.
De Jouvenot, 373.
De Joux, 320, 572.
Jovin, 960.
Jovin des Hayes, 568.
De Joybert, 944.
De Joyeuse, 582.
Jugues, 491.
De Julien de Pégueyrolles, 184, 943.
Jullien, 584-589 ; 38, 59, 74, 99, 124, 210, 333, 383, 386, 516, 612, 683.
De Jullien de Villeneuve, 668, 669.
Juncta, 799.
Junot d'Abrantès, 140.
Jurdic, 743.
De Jussieu, 590-593 ; 37, 42, 51, 56, 74, 79, 82, 88, 94, 99, 113, 234, 700, 701.
Justet, 332.

K

Kaduhemitch, 449.
Kambouroglou, 766.
De Keating, 679, 951.

Keller, 581.
De Keller, 689.
Kellermann de Valmy, 704.

De Kergariou, 432.
De Kerret, 200.

L

De La Balme, 659, 825.
De La Barge de Certeau, v. Barge de Certeau.

De La Bastie-sur-Cerdon, 886.
De La Baume, v. de Rochier.
De La Baume-Pluvinel, 711.

Labbé, 245, 511.
De Labeau de Bérard de Maclas, 866.

De La Bessée, 318.
Labitant, 559, 560, 786, 837.
De La Bletonnière, 801.
De La Bonne, 147.
De Laborange, 287.
De La Borie, 338.
De La Bourdonnaye, 201.
De La Boyne, 42.
De La Briffe, 918.
Lacam, 516.
De La Chaize, 345.
De La Chapelle, 12, 94, 400.
De la Chapelle, v. Passerat.
De La Chapelle d'Uxelles, 274, 333, 755, 943, 944.
De La Charnée, 446, 831.
Lachasse, 494.
De La Chenal d'Outrechaise, 951.
De La Chère, 540.
De La Collonge, 744.
Lacombe, 653.
La Combe, 752, 806.
De La Corne, 355.
De Lacoste, 493.
De La Coste, 443, 603.
De La Cour de Balleroy, 774.
Lacour de Montluzin, 594-595; 38, 59, 74, 99, 497.
De Lucretelle, 675.
Lacroix, 846, 858.
De La Croix de Chevrières de Saint-Vallier, 414.
De La Croix-Laval, 596-600; 9, 31, 48, 51, 59, 74, 82, 88, 94, 99, 113, 124, 182, 183, 252, 311, 388, 435, 522, 554, 686, 834, 841, 880, 913.
La Croix-Saint-Pierre, 750.
De La Croze, 147.
De La Fage, 890.
De La Farge, 514, 965.
De La Fay, 519, 658, 799.
De La Faye, 338.
De La Fayette, 347.
De La Fayolle, 338.

De La Ferronnays, 240.
De La Ferté-Meun, 475.
De La Ferté-Senectère, 375.
De La Fléchère, 592.
De La Font [1], 486, 933.
De Lafont de Curis, 206, 651, 652, 744, 745, 747.
De La Font d'Eaubonne, 235, 454, 672.
De Lafont de La Barolière, 42, 51, 79.
De La Font de La Rolle, 257, 621.
De La Font de La Salle et Pougelon, 259, 391, 492, 536, 682, 697, 949.
De La Forest, 269, 664, 772, 775, 882.
De La Forest-Divonne, 376, 417, 475.
De La Forge, 300.
De La Frasse, 601-603; 38, 58, 74, 98, 288, 309, 448, 931.
La Garde, 514.
De La Garde, 211, 524, 816, 826.
Lagier, 40, 326, 514.
Lagier de Chavannes, 608.
De la Gontière, 450, 684.
Lagoutte, 386.
De La Goutte, 300, 385.
De La Grange, 695.
De La Grange-Courdon de Floirac, 200.
De La Grillière, 892, 893, 894.
La Grolée, 762.
De La Guiche, 143, 299, 619, 887.
La Guiolle ou La Guyole, 269, 314, 439.
De La Haye, 429.
De L'Aigle, 171.
De Laigue, 394, 640.
Lainé, 229.
Laisné, 643.
De La Jonquière, 678.

De La Lande, 419, 860.
De La Liègue, 822.
La Live (famille des La Live d'Epinay), 221, 327, 333, 382.
De La Loy, 375, 463.
Lallemant de Nantouillet, 470.
De La Magdeleine, 884.
De Lamajorie, 419, 701.
La Marche, 312.
De La Marre, 584.
De La Martine, 219, 340, 379, 516, 530, 675, 710, 943.
Lambert, 351, 399, 632, 790, 935.
Lambert de Lissieu, 604-605; 9, 38, 51, 59, 74, 99, 439, 595.
De Lambilly, 530.
De Lamoignon de Malesherbes, 512, 726.
De La Monière, 479.
De La Morlière de la Sauverie, 958.
De La Mothe, 718.
De La Motte, 146, 194.
De Lamoureux, 790.
Lamoureux de la Gavellière, 925.
Lamouroux, 723.
De La Mure, 176, 289, 341, 615, 938.
Lanchenu de La Barolière, 674.
De Lancry de Pronleroy, 440.
De Laudan, 521.
Laudar, 186, 810.
Landry, 314.
De Langes, 279, 519, 640.
De Langle, 918.
Langlois, 708, 800.
Langlois du Bouchet, 577 [2].
Langton, 466.
Languet de Civry, 837.
Languillé, 634.
De La Neuforche, 159.
De Lannion, 272.

1. Pour tous ces Lafont, on trouve les orthographes. Lafond, La Fond, Lafont et La Font.
2. Famille normande, des Langlois de Motteville, illustrée par Mme de Motteville, dame d'honneur d'Anne d'Autriche.

Lantillon. 116. 706.
Lantin de Montcoy. 833.
De La Panouse. 238.
De La Pesse. 934.
De La Pimpie. 301. 696.
Laplace. 846.
La Place. 700.
De La Place. 487.
De La Planche. 338.
De La Platière. 647.
De La Poëze. 141.
De La Poix de Fréminville. 117. 862. 941.
Laporte. 861.
De La Porte. 174. 524. 535, 696.
De La Porte de Magny. 619.
De La Porte de Riantz. 414.
De La Poype. 580. 610.
De La Praye. 152. 256.
Lapre. 563.
De Larcuelle. 964.
Larderet, 765. 766.
Larderet-Philibert de Fontanès, 766.
Large. 346.
De La Rivière. 129. 528. 826.
De La Rivoire, 301.
De La Roche. 139. 680, 681.
De La Roche-Aymon. 413.
De La Roche-Céry. 874.
De La Roche de Chamblas. 890.
De La Roche-Fontenilles, 405.
De La Rochefoucauld, 42, 51. 76, 238, 602.
De La Roche-Négly, 677, 682.
De La Roche-Nully, 329. 330. 331. 418. 826.
De La Rochette. 213, 668, 798. 954.
De La Roere. 633.
De La Ronde, 427.
De La Roque. 42. 51. 79. 160. 486.
De La Rossière. 225.
De La Roue, v. Harene.
De La Roue, 606-609 : 38. 59. 60. 74. 99. 179. 180. 246. 318.

326. 340, 364, 490, 511. 516. 719. 854. 935. 952.
De La Roullière. v. Brossier.
La Rousselle. 133.
De La Routière, 797.
Laroze. 140.
De La Rue de Champchevrier. 544.
De Las-Cases. 919.
De Las de Prie, 413. 414.
De La Salle, 610 : 38. 60. 74. 99.
De La Salle, 139. 356. 610. 891.
La Sausse. 611-612 : 38. 60. 74. 586, 587.
De Lascaris. 238.
De La Selle. 200.
De Lasteyrie. 766.
De Lastic. 555.
De La Taille. 301.
De La Teyssonnière, 213. 806. 861. 940. 941.
De La Tour. 279. 616.
De La Tour d'Auvergne, 413.
De La Tour de Boulieu. 432.
De La Tour-du-Pin, 222. 313. 414. 572. 678, 725. 917.
De La Tour et Taxis. 621.
De La Tour-Varan. 548.
De La Tour de Vaudragon. 300.
De Lâtre de Neuville. 405.
Laugier. 809.
De Launay. 814.
De Launay de Gironville. 260.
Laure, 416.
Laure de Brotel. 610.
De Laurencin 613-621 : 33, 51. 65. 74. 113. 185. 296. 308. 344. 387. 405. 472. 525. 526. 549. 675. 694. 719. 966.
De Laurençon. 505.
Laurens du Colombier. 764.
Laurens de La Buissonnerie. 51.
Laurent. 215. 400. 423. 515, 653.
Laurés, 401.
Laurisse. 214. 321. 516. 962.
De Lauzières-Thémines, 238.

De Lavabre, 773.
De La Valette. 238.
De Lavalle. 512.
La Verge de La Feuillée. 931.
De La Verpillière, v. Le Clerc.
De La Veühe. 288, 525, 799.
De La Vieuville, 270.
Laville 894.
La Vollée. 815.
Law de Lauriston. 254, 581.
Layer. 345.
De Lazariel, 903.
Le Bas du Plessis. 349, 704.
Le Bault de La Morinière. 419.
Le Beuf de Montgermont, 583. 599. 967.
Le Blanc. 168.
Le Blanc d'Altovity. 359, 361.
Le Bœuf, 335. 508. 560.
Le Bœuf d'Osmoy. 414.
Lebon. 530.
Le Bon. 213.
Le Borgne de Boigne, 766.
Le Bouf. 373.
Le Bourgeois, 582.
Le Caruyer, 493.
Le Caruyer de Beauvais. 236. 331.
Le Chapellier de La Varenne. 209.
Lecheu. 624.
Le Clerc. 173.
Le Clerc de La Verpillière. 622-624 : 35, 51. 56. 74. 88. 206. 555.
Le Clerc de Saint-Denis, 388.
L'Écluse. 810.
Le Comte. 131.
Le Conte. 796, 835.
Lecoq. 787.
Le Cornu de Balivière. 530. 709.
Le Court. 803.
Lecourt d'Hauterive, 418.
Le Couteulx de la Noraye. 748.
Le Febure, 499.
Lefebvre, 169.
Le Febvre et Le Febvre de Villequetout, 958.

Le Febvre de Vatimesnil, 579.
Le Féron de Louvres, 707.
Le Feuvre de La Falluère, 200.
Le Fèvre, 216, 301.
Le Forestier de Vendeuvre, 814.
Lefranc, 952.
Legay, 353.
Legendre, 958.
Le Gendre, 146, 584.
Le Gendre d'Onsembray, 925.
Légier de Montfort, 417, 598, 781, 838.
Le Gogal de Tolgoüet, 348.
Le Gouz de Saint-Seine, 322.
Le Gras, 752, 841.
Le Gras de Vaubercey, 792.
De Leguat, 843.
Le Harivel du Rocher, 669.
Le Jeans, 834.
Le Juge, 450, 511, 520, 684, 685, 964.
Le Lièvre de La Grange, 277.
Le Long, 300.
Lemaistre, 279.
Le Maistre, 660, 707.
Le Mansois-Duprey, 427.
Le Marchand des Mines, 370.
Le Mareschal, 272.
Le Mastin de la Merlée, 871.
Le Mau de Talancé 625-627; 36, 60, 74, 99, 235, 275, 365, 484, 504, 906.
Lémercier, 932.
Le Mercier 686.
Lemierre, 664.
Lemmi, 752.
Lemontey, 93.
Le More, 348.
Lemoyne, 516.
Le Moyne 628-629; 60, 70, 74, 509.
Le Moyne de Bellisle, 747, 748.
Le Moyne de Buringes, 874.
Lempereur, 266.
De Lemps, 295.
De Lemud, 942.
Le Mulier de Bressey, 802.
Le Nain, 917.

Le Noir, 797.
Le Normand de Flaghac, 577.
Le Pas de Hureaux, 677.
Le Pêcheur, 788.
Le Peletier de Rosanbo, 254, 917, 958.
Le Pelley du Manoir, 588.
Lepic, 140.
Le Pileur de Brévannes, 720.
Lepin, 461.
Le Poivre, 753.
Lequier, 393.
Le Rebours, 243.
Le Roy, 644.
Le Roy de Féteville, 909.
Le Roy de La Bousselière, 789.
Le Roy du Molard, 630-634; 30, 38, 51, 63, 70, 74, 99.
Lescalier, 325.
De L'Escalopier, 307.
L'Eschenault, 682.
De Lescheraine, 165.
De Lescure, 720, 838, 911.
Le Seigle de Gardache, 383, 536.
De L'Espinasse, 853.
Lespiney, 630.
De Lesquen, 582.
De Lessart, 14, 44, 230.
De Lestang de Fins, 701, 805.
De Lestapis, 419, 704.
Lestouard, 753.
De Lestrange, 904.
Le Subtil de Boisemont 239, 748.
Le Tellier de la Motte, 785.
Léthenot 187.
Le Toux, 691.
De Letterstedt, 581.
De Leullion de Thorigny, 632-635; 32, 51, 60, 74, 99, 510, 701.
De Leusse, 351, 612.
Le Vassor, 272.
Le Veneur de Tilière, 440, 523, 917.
Levert, 367.
L'Evesque de Cerisières, 373.
Levet, 920.

Levet de Malaval, 384, 739, 758.
De Lévis, 381, 512, 917.
Le Viste, 636.
Le Viste de Montbrian, 636-638; 32, 34, 36, 60, 65, 67, 74, 88, 93, 99, 180, 181, 305, 320, 321, 485.
De Leyssin, 806.
L'Hôpital, 381.
De L'Horme de Lisle, 809.
Lhoste de Livry, 609.
Liautey de Colombe, 844.
De Ligier-Testenoire, 874, 889.
Le Ligne, 238, 240.
De Limbourg, 513.
De Limoge, 259, 366, 838.
De Limoge-Dareste de Saconay, v. de Limoge et Dareste.
Limosin, 651.
Linet (ou Livet), 178.
Linet, v. Lynet.
Linon, 489.
Linossier, 952.
Lions, 265, 878.
Lions, v. Lyons.
Liotaud, 305, 543, 762, 780, 912.
De Lippens, 754, 837.
Liron, 777.
Lisfranc de Saint-Martin, 652.
De L'Isle-Marivaut, 272.
Livorel, 815.
De Livron, 825.
Lock, 802.
Locquet de Lépine, 542.
De Logelière, 669.
Lombard, 235, 272, 378, 790.
De Lombard, 678, 698.
De Lombard de Montgrillet, 534.
De Lombarde, 411.
Lomont, 540.
De Longecombe, 323, 384, 645.
De Longes 543.
Loppin de Montmort, 581, 609.
De Lor du Coing, 827.

De Loras, 639-643; 34, 35, 51, 60, 65, 74, 82, 85, 88, 93, 95, 113, 115, 152, 281, 302, 803.
De L'Ordre, 424.
Lorens et Lorans, 320, 617, 636, 800.
De Lorgue, 881, 882.
De Lorme, 2, 931.
De L'Orme, 178, 185.
De Losme, 293.
Loubat-Carles, 803.
Loubeyrat, 528.
Loubière, 192, 382.

Louët de Nogaret-Calvisson, 297, 413.
Louis, 363.
Louis XV (S. M. le Roi), 222.
Louÿs de Rochefort, 705.
De Lovat, 649.
De Lowenhaupt, 815.
De Loya de la Creta, 254.
De Lucinge, 205, 617, 875.
Lucquet, 384.
Lucy, 140.
Lugné de Poë, 951.
Lumagne, 500, 718.

De Lunel, 273.
De Lur-Saluces, 283.
Lusny, 784.
De Luvigne, 715, 839.
De Luzy-Pélissac, 337, 338, 366, 521, 838, 885.
Lynard, 938.
Lynet, 353.
De Lyobard, 286, 445.
De Lyon de Pavi, 377.
Lyons, 491, 566.
Lyot, 491, 517, 767.

M

Mabiez de Malleval, 409, 564, 903, 935.
Macabéo, 338.
Macet, 798.
De Macet (v. aussi Masset), 696.
De Machard de Chillaz, 875.
De Macheco, 866, 867.
De Mackau, 704.
Mac-Ker, 209.
Mactier, 806.
De Madézo, 580.
De Madières, 308, 628, 644, 925.
Madinier, 935.
Magalon, 813.
Magdelaine, 567.
Magdinier, 497, 593.
Magne, 374.
Magneunin, 568, 569.
Magnin, 346, 861.
Maignier, 652.
De Mailliet-Vachères, 806.
Maillardet de La Muyre, 572.
De Mailly-Nesle, 323, 324.
Maindestre de la Sarra, 644-645; 31, 60, 74, 99, 165, 423, 925.
De Maisonseule, 521.
De Maistre, 918.
Mala, 582.
De Malain, 403, 873.
Malard de Sermaize, 189, 787.

De Malartic, 200.
Malassis, 588.
De Malateste, 619.
De Malbois de Caussonnel, 374.
Malgontier, 568.
Malegendre, 490.
Mallebay, 430, 685, 853.
Mallet, 390, 429, 843.
Mallet de Vandègre, 928.
Mallière, 135.
Malliquet, 714.
Mallogé, 335.
De Malines, 320.
De Malo, 234, 451.
De Malon, 711.
De Malordy, 909.
Malthorey, 352.
De Malyvert, 646-649; 38, 51, 60, 74, 85, 226, 519, 520.
De Malzat, 357.
De Manche, 412.
Mandy, 717.
Maniquet, 650-652; 31, 60, 75, 99, 744, 745, 936, 952.
Manuel de La Fay, 828.
De Manuel de Locatel, 750.
Mans, 810.
Mante, 819, 927.
Marato, 766.
De Marbeuf, 51, 76, 381.
De Marbot, 943.

Marca, 249.
Marcel, 468.
Marchand, 318, 964.
Marchand d'Epinay, 276.
Marchant de Champrenard, 940.
De Marcilly-Cypierre, 882.
Marcoud, 768.
Marduel, 51.
Maréchal, 576.
Maréchal de La Pérouse, 194, 456.
Marenchon, 483, 488.
De Mareschal de Luciane, 575.
Mareschal de Vezet, 534.
Marest de Saint-Pierre, 42, 51, 79, 140, 267, 293, 339, 559, 891.
De Mareste de Montfleury, 648.
Margaron de Saint-Vérant, 653-654; 38, 51, 60, 74, 99, 633.
De Margaron, 766.
Margerand, 715.
Margeret, 721.
Marie, 752.
Marietton, 342.
Marin, 797.
Marinel, 365.
Marinier, 339, 437.
Marion, 591, 900.

Marion de La Tour, 655-656; 9, 36, 51, 60, 74, 99.
De Marisy, 431, 557, 578, 747.
Maritz de La Barolière, 657; 42, 65, 70, 72, 75, 77, 170, 682, 683.
Marnays, 523.
Marque, 674.
Marquot, 625.
Marron de Belvey, 568, 861, 940.
Marry, 928.
Marsault, 695.
Marsault de Parsay, 944.
Marsenast, 395.
Martel, 528, 682.
De Martel, 255.
De Martène, 329.
De Martens, 185.
Marthoray, 496.
Martin, 172, 332, 461, 473, 651, 780, 791, 799, 899.
Martin de Chanteloup, 583.
Martin de Puylison, 571.
Martinier, 347, 417, 671, 741.
Martinon, 797.
De Martiny, 941.
Martonne, 564.
De Marville, 712.
De Marzé, 255.
Masclary, 924.
De Mascrany, 306, 482, 500.
De Masin, 582.
Massara, 775.
Masse, 177, 929.
Massé, 902.
Masseing, 595.
De Masset de Davayé, 409, 410.
Massin, 390.
De Masso de La Ferrière, 658-662 ; 2, 15, 21, 78, 79, 84, 125, 138, 139, 281, 422, 511, 519, 799.
Masson, 171, 364, 488, 556, 768, 788, 910.
Masson-Monges, 474.
Matagrin, 397, 528.
Mathé, 680.
Mathei de Valfons, 866.

Mathelon, 267, 759.
Mathevet, 244, 510.
Mathevon de Curnieu, 339, 505, 952.
De Mathey, 247.
Mathieu, 259.
De Mathieu, 409, 537, 697.
Mathieu de Bachelard, 916.
Mathon de La Cour, 663-664 ; 36, 60, 75, 99, 213, 217, 487, 558, 927.
Matillon, 176.
De Mattios, 493.
De Maubec, 647.
Maublanc de Chizeuil, 243.
De Maudhuit, 189.
De Mauduit, 569, 570.
Maugas, 368.
Maugas de La Sidoine, 319, 320.
Maugier, 870.
Maugis, 687.
De Maumer, 548.
De Maupas, 184.
Maupetit, 401, 703, 736, 855, 944.
Maurel, 602.
Maurel de Rochebelle, 739.
Maurice, 735.
Maurier de Pradon, 166, 198, 200, 282.
Maurin, 218, 345, 469, 899.
De Mauroy, 925.
Maury, 789.
De Maussion, 678.
Mauvernay, 367, 955.
De Maux, 205.
Mayaud, 820.
Mayel, 854.
Mayer, 136, 907.
Mayet, 115, 487.
Mayeuvre de Champvieux, 42, 51, 79, 446, 453, 508, 638, 821, 956.
Mayeux, 539.
Maynier, 286.
De Mayol, 665-670; 33, 38, 51, 60, 65, 75, 99, 198, 213, 217,

219, 220, 304, 339, 551, 749, 948.
Mayor, 532.
Mazade, 511, 662.
De Mazenod, 42, 51, 79, 86, 293, 334, 347, 349, 417, 471, 487, 551, 650, 742, 745, 771, 834, 835, 860, 861.
De Mazery de La Faverge, 213, 249.
Mazille de Fouquerolles, 163.
Mazuyer, 204, 304, 499, 635, 696, 701, 805, 820.
Méallard, 447.
De Méallet de Fargues, 156.
Meaudre, 185, 203, 207, 400, 418, 536, 620, 958, 959, 960.
De Meaux, 376, 837, 842.
De Meffray, 405, 647.
Mège, 656.
Mégissier, 628.
Mégret, 304, 601.
De Meleser, 647.
Mellier, 771.
Mellier de Chanzé, 617, 618.
Meley, 951.
Ménard, 377, 595.
De Ménard, 372.
Ménestrier, 926.
De Mengin de Fondragon, 349.
De Menou, 523.
De Menthon, 259, 642, 839, 873, 883.
Mercier, 595.
De Mercy-Argenteau, 942.
Meredyth, 581.
Mereton, 893.
Merle, 252, 257, 769, 930, 932.
Merle d'Ambert, 925.
Merle du Bourg, 796.
Merle de Charbonneaux, 217.
Merlin, 430, 915.
Merlin de Saint-Didier de Louvat, 448, 449.
Mermet, 215.
Mermier, 164, 772, 776, 778, 781.
De Mérode, 299, 619.
Merveilleux du Vignaux, 277.

De Mesgrigny, 625.
Mesjact, 491.
Mesnager, 273.
De Mesnages, 471.
Mesnard de Conichard, 253.
De Messey, 883.
Messier, 252, 354, 597, 953.
Mestrallet, 770.
Mestrat, 741.
Métarre, 543.
Métrier, 173.
Meunier, 907.
Meylian, 851.
Meynard, 597, 913.
De Meyria, 646.
Meyssat, 611.
Meysset, 206.
De Mézanges, 274.
Micaud, 214.
De Micha, 828.
Michard, 442.
Michaud, 130.
Michel, 312, 342, 388, 410, 593, 615, 644, 751.
Michel de La Tour, 246, 364, 492, 516, 607, 608, 836, 855, 961.
Michel du Villars, 429, 693.
Michel de Varine, 474, 475, 756.
Michon, 717, 730, 891.
Michon, 671-672; 38, 51, 60, 75, 235, 327, 429, 454, 483, 554, 686.
Michon de Pierreclos et de Vougy, 673-679; 34, 65, 75, 145, 176, 243, 261, 307, 308, 433, 620, 698, 939, 951.
Michoud, 211.
Micoud, 961.
De Micoud, 42, 51, 79, 832.
Midy, 724.
De Miette, 226.
De Migieu, 228, 432, 905.
Mignot de la Martizière, 131, 233, 408, 489, 933.
Mignot de Mondière, 928.
Millanois de La Salle, 680-683; 12, 36, 38, 51, 60, 75, 93, 95, 99, 115, 118, 121, 155, 275, 442, 480, 657, 804, 805, 847.
Millet, 696.
Millière, 932, 933.
Millieu, 218, 354.
Millot de Vernoux, 538.
Millotet, 326.
De Milly, 668.
Minard, 303.
Minard de Pautreville, 378.
Minet, 520.
Minet de La Gardette, 306.
Minguet, 874.
Miot, 810.
Miraud, 436.
De Miraval, 765.
De Misselieux, 753.
Mivière, 219.
Mizault, 320.
Mogniat de l'Écluse, 683-686 ; 36, 38, 51, 60, 61, 75, 99, 182, 330, 388, 430, 431, 505, 598, 599, 672, 801, 818, 834.
De Moisson, 355.
De Molan, 647.
Molé, 966.
Molen de la Vernède, 171.
Molin, 608, 800.
Molle, 853.
Mollerat, 371.
Mollet, 753.
Mollien, 340, 596, 718.
Mollin, 791.
Moncel, 900.
Mondard, 245.
Mondet, 611.
Monduel de Crucilieux, 196.
Monery, 523, 803.
De Monfoy de Bertrix, 331.
De Mongirod, 386.
Monier de La Sizeranne, 495.
Monin, 218.
De Monicault, 809.
De Monlong, 687-689 ; 38, 61, 75, 99, 312, 746, 946.
Monlun, 624,
Monnier, 294.
Monod, 147, 152.
Monroë, 958.
De Monspey, 310, 329, 405, 844.
De Mont, 741.
Montagnon, 51.
De Montaigne de Poncins, 283, 472, 620, 955.
De Montaigu, 470.
De Montaigut, 815.
De Montalivet, 453.
De Montanier, 867.
Montanier de Belmont, 228, 758.
De Montandraux, 357.
De Montbel, 914.
De Montbellet, 396.
De Montcalm, 966.
De Montchal, 542, 666, 667, 863, 864.
De Montchanin, 886, 938.
De Montchanin des Paras, 399.
De Montcla, 405.
De Mont-d'Or, 690-694 ; 37, 51, 53, 75, 77, 82, 83, 84, 85, 86, 88, 89, 90, 91, 92, 93, 94, 95, 96, 97, 98, 113, 115, 116, 118, 119, 120, 121, 122, 123, 125, 227, 257, 268, 293, 296, 396, 397, 619, 803, 889.
Montégu, 390.
Montégut, 926.
Montellier, 807, 834.
De Montenach, 888.
De Montendre, 757.
Monterrad, 587.
De Montesquieu, 356.
De Montesquiou-Fezensac, 774.
Montessuy, 312.
De Monteynard, 280, 413, 524, 709.
De Montigny, 457, 506.
De Montfalcon, 165, 875.
De Montferrand, 243.
De Montgeffon de Meximieux, 152.
Montgirod, 794, 908.
De Montgolfier, 589, 682, 819.
De Montgomery, 183.
De Montherot, 210, 219, 314,

379, 495, 515, 516, 527, 530, 563.

De Monthiers, 272.

De Montigny, 506.

De Montillet, 145, 232, 293, 386, 737, 757.

De Montjouvent, 883, 884.

De Montlaur, 385.

De Montléart, 260.

De Montlezun, 723.

De Montluzin de Gerland, 711, 736, 941.

De Montmorency, 183, 238, 239, 619, 726.

De Montmoret, 646.

De Montolivet, 708.

Montorcier, 893, 894.

De Montorcier, 665.

Montouer, 548.

De Montous, 874.

De Montozon, 284.

De Montréal, 524.

De Montreynaud, 195.

De Montrichard, 695-698; 33, 51, 61, 72, 75, 151, 409, 536, 537, 559, 678, 905.

De Montrichier, 532.

De Monts de Savasse, 534, 829.

Morand de Callac, 405.

Morand de Jouffrey, 203, 634, 701, 770, 783.

De Morangié, 802.

De Moras, 134, 488, 949.

De Moréal, 792.

Moreau, 311, 409, 414, 552.

Moreau [famille du Maréchal], 283.

Moreau de Nassigny, 512, 747.

Morel, 178, 195, 319, 461, 493, 703, 757.

Morel de Corberon, 709.

De Morel, 646.

Morel de Vindé, 918.

Morel de Voleine, 699-701; 32, 33, 61, 65, 75, 99, 134, 139, 422, 592, 635, 749, 805, 835, 930, 932, 962.

Morestin, 673.

De Morestin, 399, 433.

De Moreton de Chabrillan, v. Guigues de Moreton de Chabrillan.

De Morges, 677, 764.

Morin, 783. 851, 927.

Moris, 591.

Mornay. 699, 799.

De Mornay, 270.

Mornieu, 705.

De Mornieu, 757, 964.

Mortier, 628.

Mortomard de Boisse, 148.

Mosnier, 337, 358, 359, 360.

Motand, 10.

Motte, 575.

Mottet de Gérando, 492.

Mottin, 292.

De Moulceau, 159, 425.

Moullard de Vilmarest de Torcy, 229.

Mounier, 669.

Moussy, 491,

De Moyria, 176, 227, 286, 323, 384, 534, 554, 698, 933.

De Moyrod, 675.

Moyroud, 312, 808.

Muget, 789.

Muguet de Varange, 702-704; 38, 61, 75, 99, 332, 462, 735.

De Mun, 209, 238.

Munet, 334, 419, 571.

De Murard, 705-711; 38, 51, 61, 75, 223, 599, 736, 833, 909, 931, 932, 949.

Murat, 954.

De Murat, 254, 288, 525, 334.

Muret, 911.

Muriau, 790.

Mury, 369.

De Mussey, 402.

De Musy, 321, 793, 827.

De Muzy, 928.

Myèvre, 10.

N

De Nagu, 425, 695, 881, 882.

Nalet, 377, 852, 856, 920.

De Nanterre, 636.

De Nanton, 882.

Nappard, 916.

Nardoin, 218.

De Naturel, 233, 884.

De Naucelles, 271.

Naulot, 275, 775.

Navergnon, 451.

Nayron, 812, 927.

Necker, 2, 86, 95, 562.

Néel, 527.

Negrone, 775.

De Nervo, 42, 51, 79, 294, 654, 759.

Nesme, 117, 399, 769, 820.

Nesmes, 634.

De Nettancourt, 255, 299.

De Neufville de Villeroy, 1, 237, 904.

De Neuvesel, 857.

Neyrand, 42, 45, 46, 51, 76, 77, 86, 231, 400, 418, 567, 791, 792, 796.

Neyrat, 712-713; 38, 61, 75, 99, 208, 312, 339, 899.

Neyret, 353.

De Neyrieu-Domarin, 618, 749,

Neyron, 191, 612.

Neyron de Roche [aujourd'hui de Saint-Julien], 955, 956, 957, 959, 960.

Niceron, 489.

Nicod, 562.

Nicolas, 247, 305, 351, 409.

Nicolau de Montribloud, 235,

282, 333, 362, 435, 453, 724, 792, 945.
Nizeaux, 854.
De Noailles, 238, 600, 748.
De Noblet, 42, 51, 79, 192, 354, 409, 536.
Nodler, 534.
Noël de Chalus, 699.
De Noinville, 442.

De Nolhac, 714-716; 36, 38, 61, 68, 75, 88, 99, 113, 197, 208, 267, 344, 496.
Nompère de Champagny, 51, 79, 433, 434, 910.
Nourrisson, 204,
Nouvel, 194.
De Nove, 271.

De Noyel de Sermézy, 717-721; 36, 38, 51, 61, 75, 93, 99, 233, 340, 385, 386, 609, 832, 911.
De Noyelles, 446.
De Noyers, 742, 851.
Nugo, 320.
Nugues, 135.
Nyon, 273.

O

D'Ococh, 271.
O'Connor, 299.
Odoard du Hazey, 323.
Odde de Triors, 291, 292.
D'Odet d'Orsonnens, 426, 885.
Odin des Malignières, 529.
Ogier d'Ivry, 940.
Olagnier, 160.
Olagnon de Montgenas, 946.
Olifant, 934.
Olivier, 327, 437.
Olivier de Sénozan, 722-727; 36, 42, 52, 61, 75, 77, 78, 99, 181, 205, 209, 221, 262, 282, 298, 374, 385, 453, 463, 583,

599, 602, 619, 623, 704, 792, 818, 945.
Ollier, 705.
Ollier de La Grange, 486.
Ollivier, 173, 720.
Ollivier de Fontaine, 958.
Olph-Gaillard, 767.
Olry, 368.
D'Oncieu, 544, 648.
D'Oradour, 414.
Orceau, 170.
Orcel, 728-729; 36, 61, 75, 734,
D'Orelle, 287.
D'Origny, 730-733; 31, 61, 75.
O'Riordan, 783.
Orlande, 728.

Orlandini, 151, 696.
D'Orlier de Saint-Innocent, 453.
D'Ornesan, 239.
Orouse, 953.
Orsel de Châtillon, 734-737; 31, 61, 75, 99, 267, 728, 773, 797.
Orselli, 734.
Orset de Corgenon, 445.
Orset de La Tour, 738-739; 36, 61, 75, 375, 384, 728.
D'Osmond, 440.
D'Ossaris, 179.
Ouizille, 531.
Outrequin de Saint-Léger, 847.
Ozanna, 399.

P

Paar, 942.
Pacoret de Saint-Bon, 389.
Pacot, 227.
Pacquiée, 649.
Paffy de La Bussière, 616, 799, 922.
Page, 527.
Pagès, 368.
Paille, 611.
Paisselier, 52.
Pajot de Gevingey, 555.
Palais, 367, 765.
De Palerne, 740-753; 36, 38, 52, 61, 75, 86, 88, 94, 99, 113, 125, 187, 212, 216, 238, 239, 240, 253, 364, 370, 452, 482,

501, 512, 530, 557, 560, 578, 651, 655, 668, 688, 714, 772, 836, 908, 921.
Palluat de Besset, 708, 955.
Pallieu, 517.
Pallustre de Chambonneau, 173.
Palmier, 225, 278.
De Palmier, 647.
Palgard-Lépinois, 377.
Panckoucke, 555.
Pandin de Narcillac, 918.
De Pannette, 550.
Panse, 660.
Panthe, 900.

Panthot, 131, 245.
Paoli, 866.
Paon de Villiers, 200.
Papon, 291, 432.
Papon de Goutelas, 296, 816.
Papon de L'Étang, 585.
Paquet, 354, 743.
Paradis, 550, 867.
Paradis de Chiel, 754.
Paradis de Raymondis, 754-755; 31, 61, 75, 99, 464, 598, 633, 840, 841, 922.
Paras, 717.
Paravoisin, 390.
Parchas-Villeneuve, 353.

Parent, 135, 743.
De Parentignat, v. du Chéry.
Paret, 362, 650, 755, 922.
Pariat, 186.
Parie, 705.
Parigot de Santenay, 405.
Paris, 927.
Pâris de Soulanges, 580.
Parmentier, 614.
De Parseval, 676, 879.
De Parthenay, 129.
Particelle, 360.
Particelly, 499.
De Partouneaux, 498.
Parye, 510.
Pascal, 254, 681, 846.
Pascal (famille du célèbre Blaise Pascal) 894.
Pasquin, 252, 388, 596, 668.
Pasquier de Franclieu, 418, 722, 942.
Passard, 353.
Passe, 755.
Passerat de Silans, *et autres branches*, 756-758; 10, 38, 61, 75, 99, 191, 210, 214, 226, 333, 376, 442, 661, 782, 959.
Pastour de Castebelle, 190.
Pastré, 809.
Pasturel, 290, 291.
De Pasturel de Beaux, 745.
Pataille, 332, 899.
Patin, 849.
De Patin, 143, 618.
Pâtissier, 198.
Pâtissier de la Forestille, 219, 710.
Pâtissier de Ruyère, 842.
Patron, 754, 840, 922.
Paufy, 771.
Paulat, 212.
De Paulat, 696.
De Paulo, 913.
Paulmier, 746.
Paultre, 792.
Paulze d'Ivoy, 579, 580, 916, 957.
Pause, 251.
Pautenet de Verreux, 866.

Pautrier, 186, 202, 786.
De Pautrier, 386.
Pauze, 507.
Pavée, 273.
De Pavin de Lafarge, 857.
Pavy, 462.
Payelle, 215.
Payre, 459.
Péchard, 870.
De Péchery, 259.
Pechier, 924.
Péchin, 731.
Pécoïl, 204, 280, 601, 666, 829, 896.
Pécollet, 825.
Peillon, 484, 834, 879.
Peirenc de Moras, 747.
De Pelet, 549.
Pélissier, 807.
Pelleron, 742.
Pelleterat de Borde, 837.
Pelletier, 314, 597, 628.
Pelletier de la Garde, 802.
Pellissier, 437.
Pellisson, 929.
Pellot de Sandars, 175, 482, 483.
Penet de Monterno, 177, 755, 837, 838, 847.
Penot, 752.
De Penhoët, 235.
De Percy, 150.
Perdrigeon, 364, 667, 863, 864.
Peregaud de Roussel, 621.
Perfuma, 439, 604.
Péricard, 398.
Péricaud de Gravillon, 569, 880.
Périer, 566, 569, 771, 848.
Périer du Palais, 283, 417, 796.
Periette, 933.
De Pérignon, 148.
Périgny, 164, 328.
Périsse, 735.
Perisse-Duluc, 10, 115.
Pernet, 363.
Pernetty, 276, 476.
Pernon, 759-760; 30, 38, 61, 67, 75, 99, 267, 465.

Pernot du Breuil, 573.
Péronnet, 162.
Pérouze, 507, 800.
Perra, 935.
Perrachon, 179, 213.
Perrel, 138, 216, 220, 510, 665.
Perreney de Grosbois, 917.
Perret, 178, 275, 311, 369, 382, 397, 423, 480, 509, 631, 634, 680, 691, 736, 745, 752.
De Perret, 789.
Perret, dit Lacour, 594.
Perret de La Vallée, 495, 795.
Perrette, 261.
Perretière, 506.
Perrichon, 205, 223, 288, 463, 492, 602, 623, 725, 949.
Perrier, 197.
Perrin (*divers*), 9, 215, 327, 369, 483, 495, 516, 517, 537, 553, 628, 831, 836, 908, 930.
Perrin de Bénévent, 52, 79, 257, 545, 692.
Perrin de Chénerilles, 164.
Perrin de Lépin, 431, 838.
Perrin de Cypierre, de Darou, du Lac et de Précy, 427, 697, 774, 943.
Perrin de Roche, 645.
Perrin de Vieuxbourg, 199, 386, 609, 719, 832, 925, 933.
Perrodon, 497, 813.
Perrolier, 311, 369.
Perrone di San-Martino, 956.
Perroton de Chatelus, 939.
Perroy, 144.
Perruchot, 624.
Perruchot de La Bussière, 449.
De Persy, 151, 281.
De Perthuis, 166, 299.
De Pertuis, 412.
De Pérusse des Cars, 240, 710.
Pescherier, 892.
Pesneau, 169.
Pessonneau, 367.
De Pestallozi, 474.
Petel de Villonière, 720.
Petit, 179, 235, 368, 609, 712.
Petit de Meurville, 626.

Petitot, 198, 778, 779.
Petre, 924.
Pétrel, 575.
Petrot, 728.
Peurelle, 163.
Peyre, 528, 778.
Peyreny, 353.
Peyret, 350, 592.
De Peyrottes, 720.
Peyroux de Saint-Alban, 348.
Peysson de Bacot, 246, 685, 772.
De Peysonneaux, 432.
Peyvert, 771.
De Phélines, 245, 408, 696, 717, 921.
Phelipon, 177.
Philibert de Chamousset et de Fontanès, 761-766; 38, 52, 61, 75, 99, 340, 417, 482, 486, 490, 597, 606, 743, 860, 861, 869, 897, 912.
Philippe, 636.
Philpin de Piépape, 942.
Pianelly de La Valette, 309, 322.
Piarron, 374, 630.
Piat du Vial, 750.
Picard, 462.
Picheret, 172.
Pichon, 533, 684, 785, 831, 864, 868.
Pichon de Châteauneuf, 457.
Picon, 437.
Picot, 478.
Picot-La Beaume, 679, 951.
Picot de Moras, 634.
Picou, 307.
Picquet, 221, 301, 564.
Picte, 768.
Piedamour, 526.
Piegay, 354, 390.
De Piellat, 879.
Pierre, 488.
De Pierre de Bernis, 140, 141, 356, 587.
Pierrefort, 799.
De Pierrevives, 842.
Piget, 598, 755.

Pignatel, 805.
Pignol, 197.
De Pignon de Fontenailles, 296.
Pillchotte, 179, 314.
Pillet, 196, 197, 378, 379, 715, 808.
De Pina, 770.
De Pince, 706.
Pinet, 543, 808, 839.
Pinet de Maupas, 264.
De Pingon de Vallier, 573, 647.
Pinol, 571.
De Pins, 238.
De Pinteville, 731.
Pipon, 829.
Piron, 767; 53, 61, 70, 71, 75, 99, 202, 491, 809.
Pirot, 536, 538.
De Pise, 891.
Pitiot, 155, 191, 253, 417, 681, 847.
Pitra, 378, 852, 932.
Pitral, 628.
De Pitzemberg, 689.
De Plan de Sieyes, 619.
De Planta de Wildenberg, 839.
Planteau du Marousseau, 350.
Plantin de Villeperdrix, 844.
Platel, 907.
Platre, 358.
Plomchamp de Cluses, 838.
Ploton, 223, 708.
Plougoulin, 368.
Plouvier, 279.
Pocard, 593.
Pochon, 292.
Pocquelin de Clairville, 792.
Pocquillon-Carret de Sanville, 843, 859.
Poculot de Sandars, 705.
Poidebard, 460, 960.
Poivre, 813.
De Polignac, 513, 710.
De Pollalion ou Polaillon, et parfois Polallion de Glavenas, 306, 530, 745, 793, 828.
Pollet, 198.
De Pomey, 235, 452, 459, 497, 556, 793, 834, 835.

Poncelet, 612.
Poncet, 476.
Poncet de Maupas, 624.
De Ponceton, 318.
Poncher, 519.
Ponchon, 345, 398, 471.
Ponchon de Saint-André, 653, 783.
De Ponnat, 186, 787.
Ponnelle, 831, 930.
De Pons, 156, 329, 573, 885.
De Ponsaimpierre, 422, 446, 801, 831.
Pont, 767.
De Pont, 405.
De Pontevès, 826.
De Ponthus, 768-770; 31, 36, 62, 75, 99, 399, 634.
Populle, 939.
Porron, 445.
Portail, 905.
Portanier de La Rochette, 530.
Porte, 744.
Porte de Saint-Bernard, 659.
Posuel de Verneaux, 771-774; 30, 52, 66, 75, 253, 265, 775, 779, 909.
Potier de Courcy, 917.
Potot, 369, 702.
Pouchot, 277.
Poujol, 383, 394.
De Poulloux de Saint-Agnin, 647.
Pourcher de La Serrée, 406.
Pourra, 768, 769.
Pourral, 173, 347, 432, 667, 749, 908.
Pourrat de la Chartonnière, 752.
Pourroy de l'Auberivière de Quinsonas, 280.
Poursat, 611.
Poussard de Fors du Vigean, 260, 426, 888.
Poyet, 928.
De Poypon, 875.
De Pracomtal, 400, 609, 933.
Pradal, 437.
De Pradel, 412.

Pradier, 206, 611.
De Pradier d'Agrain, 609.
Praire, 49, 86, 339, 375, 436, 685, 954, 955.
Pralard, 728.
Prat, 233, 721.
De Preissac-Esclignac, 238.
De Prélange, 573.
Prénat, 185, 346, 954.
Prenel, 220, 262, 374, 463, 557, 723.
De Prés, 872.
Presle de La Verpillière, 622.
Preti de Saint-Ambroise, 498.
Préverand de Laubepierre, 677.
De Prévidé-Massara, 775-776 ; 38, 62, 75, 772.

Prévost, 673, 725, 860.
Prévost de Sansac, 406.
Prieur, 914.
De Prohengues ou Prohenques de Plantigny, 453.
Prompsal, 868.
Prost, 286.
Prost d'Epeisses, 620.
Prost de Grangeblanche, 369, 429.
Protton, 722.
Prouvensal de Saint-Hilaire, 385.
Prud'homme de La Croix, 337.
De Prunelé, 209, 271, 748.
De Prunelle, 417.

Prunier, 151, 660.
De Puget, 143, 158, 618.
Puget de Barbantane, 919.
De Pujol, 262.
De Pullignieu, 148.
De Punctis, 354, 495, 515, 827.
Pupier de Brioude, 634.
Pupil de Myons, 141, 218, 322, 388, 597, 623, 641, 679, 820, 853, 891.
De Pures, 360.
Puvis de Chavannes, 141, 350, 570, 957.
Puy du Roseil, 52, 79, 184, 253, 298, 677, 827, 843.
Puylata, 922, 949.
Puys, 445.

Q

Quantin, 706.
Quairé du Plessis et de Verneuil, 292, 381, 536, 758, 943.
Quatrefages de La Roquette, 777-783 ; 32, 52, 69, 75, 711, 772, 909.
Quemet, 769.
Quesné, 914.
Quinet, 651.

De Quini de Malmont, 193.
De Quinson, 131, 179, 182, 209, 221, 235, 241, 242, 248, 365, 383, 429, 472, 520, 672, 686, 758, 763, 909.

R

Rabot, 640.
De Rabutin, 697.
Raby, 471.
Radix, 527.
De Raffélis de Saint-Sauveur, 240, 412.
Raffelin et Raffelins, 483, 869, 896.
Raffin, 256.
Raginel, 744.
De Raimbouville, 406.
De Rainneville, 905.
Rambaud, 488, 539, 588.
Rambaud de Champrenard, 780.
Rambaud de La Sablière, 780-783 ; 2, 23, 28, 31, 36, 38, 62,

75, 88, 92, 99, 113, 114, 117, 119, 375, 376, 529, 745, 837, 950.
Rambault de Saint-Maurice, 511.
De Hamey de Sugny, 163, 302, 580, 583, 620, 905, 916, 955, 957.
Ramponnet, 234.
Ramussat, 172.
De Rancé de Chavannes, 175, 176, 691.
De Rancher, 235.
Randon, 861, 917.
Rantonnet, 168.
De Ranty de Bonnel, 696.
Ranvier de Bellegarde, 784-

787 ; 12, 38, 62, 75, 308, 366, 417, 675, 838.
De Raousset-Saumabre, 274.
Rapoux, 250.
Rast, 788-790 ; 9, 38, 62, 75, 81, 99, 479.
Rat, 159, 235, 397, 474, 608, 628, 629.
Rater, 228, 958.
De Rathsamhausen, 493.
Raton, 176, 734.
Ratton, 802.
Raudot 831.
De Rauwenhof, 689.
Ravachol, 336, 365, 602, 625, 956.
Ravel de Montagny, 791-793 ;

35, 68. 69, 75, 351, 453, 454, 479, 834.
De Raverie, 360, 524, 543.
Ravier, 117.
Ravier du Magny, 794-796 : 38, 62, 75, 88, 418.
De Ravignan, 462.
Ravigneau, 730.
Ravina, 397, 474.
De Ravinel, 274.
Razcy, 363.
Ray, 204, 392.
Raymond, 138.
De Raymondis, 755.
De Rébé, 883, 890.
Rebierre de Nailhac, 263, 967.
Reblet, 651.
Reboul, 797 ; 38, 62, 75, 246, 468, 736, 821.
Reboul de Fontfreyde, 797.
Reboul de Saint-Sauveur, 486.
De Redon, 428.
De Refregé, 136.
De Regard de Clermont de Vars, 262, 263, 522, 875.
Reggondo de Châtenet, 540.
De Régis, 229.
Regnaud, 317, 688.
Regnaud, v. Reynaud.
Regnaud, v. Regnault.
De Regnauld de Bissy, de Chaloz et de Lannoy, v. Regnauld de Parcieu.
De Regnauld de Parcieu et de Bellescize, 798-806 ; 10, 37, 38, 48, 52, 62, 70, 75, 84, 85, 87, 88, 93, 94, 99, 113, 124, 176, 320, 434, 442, 519, 520, 523, 618, 658, 681, 682, 694, 701.
De Regnauld-Maulmont, 441.
Regnault, 807 ; 31, 62, 75, 418.
Regnaut de Montmort, 799.
Regnel, 418, 644.
Regnier, 10, 537.
Regnon, 515.
De Regny, 808-811 : 38, 62, 75, 626, 767.
Regny (autre famille, 275, 808.
De Rehès de Sampigny, 834.

Reinaud, 781, 813.
De Reisel, 861.
Réjaunier, 702.
De Remigny, 618.
Remy, 633.
Renaud, 138, 214, 382, 494, 568.
Renaud d'Avesnes des Méloizes, 277.
Renaud de Lorette, 423.
Renou, 368.
De Renouard, 668.
De Renoyer, 599.
Revel, 335, 561, 781, 809, 819.
De Revel, 263.
Reverchon, 499.
Reverdit, 407.
De Reverony, 812-815 ; 38, 62, 75, 315, 316, 754, 927.
De Reveton, 399, 501.
De Revilliasc, 534, 570.
Revol, 338.
De Revol, 274, 805, 828, 832.
Rey, 41, 418, 685.
Rey du Mouchet, 901.
De Reydellet, 389.
Reymond, 289, 290, 499, 808, 849.
Reynaud [famille de l'Échevin Jean-Joachim ; parfois Regnaud], 497, 558, 656.
Reynaud, 809, 817.
De Reynaud, 795.
De Reynaud de Lascours, 283.
De Reynaud de Saint-Pal, (même famille que les Regnauld-Maulmont), 291.
De Reynold de Chauvancy, 832.
De Reyrolles, 784.
De Ribérolles, 476.
Ribet de Monthieux, 805.
De Ribeyre, 576.
De Ribeyrols, 802.
Riboud des Avenières, 848.
Riboud d'Epeisses, 42, 52, 77.
De Riccé, 965.
Richard, 241, 307, 480, 634, 689, 856, 900.
De Richard, 432.

Richard du Colombier, 816-817 : 38, 52, 62, 75, 99, 950.
Richard de Soultrait, 140, 834, 847.
Riche, 851.
Riche de Prony, 42, 52, 79.
Richer, 290, 308, 500.
Richer-Delaveau, 942.
Richeri, 609, 654, 719, 854.
Richy, 446, 447.
Ricôme, 945.
De Rie, 887.
Rieussec, 818-819 ; 31, 62, 75, 91, 99, 724.
Rigaud, 179, 251, 417, 533, 609, 654, 763.
Rigaud du Chaffaux, 473.
De Rigaud de Sérézin, 640, 642.
Rigioly, 308, 785.
Rigod de Terrebasse, 820-821 : 38, 62, 75, 155, 246, 247, 388, 443, 474, 508, 638.
Rigollet de Bièvre, 706.
De Rigot de Montjoux, 649.
Rigouard, 781.
Rilliard, 397.
Rimotz, 939.
Ringuet, 653.
Riocreux, 846, 952.
Rioult de Cursay, 642.
Ripardi, 231.
Ripaud, 174.
Rique, 759.
Riquet, 318.
Ritiers, 511.
Rivail de La Levretière, 480, 511.
De Riverie (éteints au xv⁵ s.), 822, 823.
De Riverie, 822-829 ; 9, 33, 38, 62, 63, 68, 72, 75, 91, 99, 298, 321, 394, 850.
De Rivérieulx, 830-839 : 38, 52, 62, 75, 98, 99, 133, 134, 139, 195, 215, 258, 259, 309, 334, 341, 366, 368, 376, 417, 429, 431, 447, 560, 599, 700, 709, 720, 749, 786, 930, 962.
Riverson, 387.

Rivet de Fromentes, 397, 473, 865.
Rivière, 388, 443, 461, 820.
Rivoire, 792, 800.
De Rivoles, 857.
Rivollier, 213, 543.
De Rix, 965.
Robas, 594.
Robert (orig. de Lorraine), 581.
Robert, 344, 375, 383, 390, 607.
Robert de Beauregard, 407.
Robert du Gardier, 346.
Robert de Lignerac de Caylus, 277.
Robertet, 636.
Robichon, 847.
De Robillard, 941.
Robin, 164.
De Robin de Barbentane, 381.
Robin d'Orliénas, 840-841 ; 36, 52, 63, 75, 155, 182, 190, 242, 311, 464, 598, 686, 755, 950.
Robin du Verney, 631.
Roch, 235.
Roche, 377, 492, 788, 789.
De Roche de Lonchamp, 842-844 ; 57, 70, 71, 75, 98, 245, 859.
De Rochechouart de Mortemart, 143, 238, 403, 619.
Roche-Desmarais, 154.
Roche-Lacombe, 951.
De Rochefort (*divers*), 519, 549, 620.
De Rochefort (*conseillers en la sénéchaussée de Lyon*), 615, 802.
De Rochefort (*en Velay*), 667.
De Rochefort d'Ailly, 308, 617.
De Rochefort-Beauvoir et La Valette [1], 176, 296, 765, 828, 882.
De Rochefort-La-Caille, 42, 79.
De Rochefort de Vaudragon, 300.
De Rochemont, 434.

De Rochemore, 440, 865, 885.
Roches-Ranvier de Bellegarde, 189, 417, 786, 838.
Rochette, 248, 388, 481, 485, 751, 761, 864, 896.
Rochette de Lempdes, 834.
Rochette de Prégniac, 505.
De Rochier de La Baume du Puy-Montbrun, 967, 968.
Rocoffort, 845-848 ; 36, 38, 63, 67, 75, 99.
De Rocquigny, 229.
Rodier, 247, 568.
De Rodillas, 816.
Rogeat de Massonas, 173.
Roger, 813, 911.
De Roger de Cahuzac de Caux, 704.
Rogier, 734, 774.
De Rogier, 254.
Rogniat, 941.
De Rohan-Chabot, 238, 747, 918.
Rohault, 275.
De Roiraud, 743.
Roland, 363, 488.
Roland de la Dueric etc., 42, 52, 79, 134, 293, 447, 700, 831.
Rolfe, 369, 688, 764.
Rolichon, 462.
Rolin (le chancelier), 381, 871.
Rolin, 930.
Rolin de Champclos, 292, 553.
Rolin de Montoux, 940.
Rolland, 486, 728, 734, 787, 858.
Rollet de Lauriat, 577.
Rollin, 421, 437.
De Romanet, 286.
De Romanet de Lestrange, 454, 709.
Romany, 935, 936.
De Romeuf, 845.
Romier, 672.
Romieu, 633, 653, 855.
De Ronchevol, 881, 883.
De Ronchivol, 320.
Rondet, 762, 859, 869.

Ronjon, 379.
De Ronnignac, 304.
Ronzy, 481.
De Roquefeuil, 356.
De Roquelaude, 397, 694.
De Roquelaure, 395.
Rose, 146.
Rosika, 815.
Röslin d'Ivry, 774.
Rosnet, 268.
Rossary, 588, 650, 861.
De Rosset de Bully, 396.
Rossilhol, 954.
Rostain, 770.
De Rostaing, 296, 521, 849.
De Rostaing-Champferrier, 849-850 ; 38, 63, 75, 84, 85, 99, 343, 826.
Roüane, 142.
Roucher, 541.
Roue, 487.
Rouen des Mallets, 918.
De Rougemont, 882, 890.
Rougier, 158, 181, 383, 425, 586, 696, 800.
Rougy, 490.
Rouillé, 171.
Rouillé du Coudray, 323.
Roujault de Villemain, 726.
Roujon, 351.
Roulet, 246, 821.
Roulleau, 693.
Roullet, 752.
Roult, 373.
De Rouquet, 372.
Rousse, 644.
Rousseau, 265, 312, 370, 655, 688, 746, 946.
Roussel, 348.
Roussel de Courcy, 919.
Roussel de Grigny, 150.
Rousselet, 523, 816.
Rousselet de Rouville, 446.
Rousset, 146, 718, 743, 879, 955.
Rousset, 851-852 ; 38, 63, 75, 99, 378.

1. Antique famille du Forez représentée de nos jours par le colonel comte Pons de Rochefort.

Rousset de Saint-Eloy, 853-854 : 38, 63, 75, 388, 609.
De Roussillon, 873, 874.
Roussin, 754.
De Roussy, 373.
Roustain, 208, 312, 307, 712, 920, 946.
Roustang, 609, 854.
Rouvière, 205, 307, 430, 484, 626, 674.
De Rouvraye, 627.
Roux, 510, 565, 680, 920.
De Roux, 360.
Roux (de Bézieux), 855-858 ; 31, 38, 63, 75, 401, 477, 962.
Roux de Cruzol, 859 : 32, 52, 63, 75, 843.

Roux de La Plagne, 191, 259, 367, 839.
Rouyer, 595.
De Rovere de Saint-Séverin, 756.
De Rovorée, 648.
Roy, 428.
Royer, 218.
Royer de La Bastie, 860-862 : 38, 63, 75, 86, 419, 568, 765.
Royer de Loche, 369.
De Royer de Saint-Micault, 448.
Royet, 792.
Roze, 876.
De Rozel, 917.
Rozet, 555, 634.
De Rozières, 168.

Rubat, 226.
De Rubat, 825.
Ruby, 586.
Rué des Sagets, 794.
Ruelle, 682.
Ruffier, 250, 385, 444, 719, 745.
Ruffier d'Attignat, 438, 560.
Ruffier d'Epenoux, 835.
De Rune, 414.
De Runel, 722.
De Ruolz, 863-867 ; 9, 32, 37, 52, 63, 75, 82, 85, 99, 554, 869.
Rusand de Montgand, 951.
De Russy, 632.
De Ruty, 189, 787.
Ruyssel, 396, 924.
Rym de Bellem, 238.

S

Sabatier de La Chadenède, 140.
Sabatin, 52.
Sablière de La Condamine, 570.
Sabot de Pizey, 868-870 ; 42, 52, 63, 70, 72, 75, 77, 233, 553, 762, 864, 896, 913.
De Sabran, 237.
Sachat, 895.
De Sacconeins, 426.
De Saconay, 871-875 : 63, 70, 71, 75, 88, 548, 889, 890.
Sacquin, 203, 907.
Sagéran, 223.
Sahuc de Planhol, 876-877 ; 38, 63, 75, 333.
Saillard, 187.
De Sain des Arpentis, 704.
Sain de Mannevieux et de Vauxonne, 878-880 : 37, 63, 75, 265, 267, 913.
De Saint-Amour, 403, 404, 884.
De Saint-Bonnet, 220, 557.
Saint-Didier, 590.
De Saint-Didier (voir Amé).

De Saint-Didier (voir Hubert).
De Saint-Georges-Saint-André, 42, 52, 79, 176.
De Saint-Germain, 373, 531.
De Saint-Gla de Lescure, 777.
Saint-Jean, 810.
De Saint-Julien, 130, 616.
De Saint-Léger, 903.
De Saint-Marcel, 525.
De Saint-Martin, 203.
De Saint-Maurice, 371.
De Saint-Ouën, 328.
De Saint-Paul, 52, 79.
De Saint-Phalle, 634, 709, 866.
Saint-Pierre, 735.
De Saint-Pol, 183, 414, 549.
De Saint-Priest, 142, 174, 177, 548, 582, 740, 816, 872, 889.
De Saint-Romain, 174, 262, 882.
De Saint-Soupplet, 523.
De Saint-Vidal, 186.
De Sainte-Alyre, 892.
De Sainte-Colombe, 881-888 : 33, 52, 65, 75, 233, 260, 426, 890.

De Sainte-Hélène, 605.
Saladin de Chauras, 558.
Saladin du Fresne, etc., 220, 290, 429.
De Salamar, 741.
De Sales, 522.
Salichon, 791.
De Salins, 402.
Salles, 781.
De Sallmard, 255, 268, 376, 527, 548, 691, 692, 874, 889, 890.
De Salmon de Loiray, 806.
De Salnovère, 585.
Salomon de La Chapelle, 209.
Sancet, 577, 838.
De Sanhard de Sasselange, 349.
Sanial-Dubay, 266.
Sanieu, 760.
Sanson de Sansal, 328.
Sapel, 893.
Sarcey, 345.
Sardyn, 590.
De Sarron, 889-891 ; 30, 48, 52, 63, 66, 75, 124, 140, 144, 180, 267, 396, 691, 872, 874.

Sarton du Jonchay, 42, 52, 79, 330, 560, 940, 941.
De Sassenage, 887.
Saulieu de Sainte-Colombe, 154.
Saulnier, 332, 453, 528, 624, 702, 967.
De Sault, 197.
De Saulx, 402, 403.
De Saulx-Tavannes, 727.
Saunier, 848.
De Saür, 857.
De Saussac, 542.
De Sautereau, 554.
Sauvage, 943.
Sauvage de Saint-Marc, 682, 787, 806.
Sauvan d'Aramon, 284.
Sauvé, 171.
Sauveur de Cheveru, 554.
Sauzet, 793.
De Sauzet de Fabrias, 252, 422.
De Sauziou, 648.
Savalette, 513.
De Savaron, 892-898 ; 30, 38, 52, 63, 69, 75, 99, 323, 450, 553, 869, 901.
De Savary de Brèves, 397, 470, 694, 918.
De Savoie, 743.
Savy, 653.
De Saxe, 221, 222.
Scarron, 279, 395, 420, 799, 964.
De Scépeaux, 1.
De Schlangot, 448.
Schneider, 284.
Scott de Martinville, 292.
Sébauld, 377.
Séguin, 485.
Séguin de Leuseul, 442.
De Séguins-Pazzis d'Aubignan, 330.
Seigle, 482.
Seignette, 624.
Seigneur d'Aranvilliers, 577.
Seillon, 432.
De Séjournant, 874.

De Selve, 573.
Semelle, 552.
De Sémonin, 579.
De Semur, 583, 881, 887, 889.
De Sénectère, 521.
De Senneville, 309.
Séran, 486.
De Sérézin, 647.
De Sermaize, v. Malard de Sermaize,
Sermet, 439.
Serpolet, 461.
De Serracin, 320, 636, 800.
Serralier, 503.
Serre, 180, 306.
De Serre, 584, 708, 924.
De Serre [orig. de Loriol (Drôme)], 558.
De Serre d'Arlande, 220,
De Serre de Saint-Roman, 707.
De Serre du Vivier, 287, 322.
De Serrières, 872.
Sers de La Bastide, 778.
Servan, 899-900 ; 10, 38, 39, 64, 75, 99, 332, 712.
Servant, 266, 735, 794.
Servant de Poleymieux, 901 ; 29, 30, 39, 64, 65, 68, 75, 99, 311, 552, 554.
De Servats, 359.
Servel, 489, 932.
Servier, 745.
De Servières, 355.
Servonnet, 290.
De Sesmaisons, 918.
Sève, 652.
De Sève, 141, 215, 280, 525, 616, 644, 891.
De Sévelinges, 180, 902, 939.
Sévène, 945.
De Séveret, 871, 872, 889.
Severt, 190, 725, 911, 949.
Sevestre, 340.
De Seyssel, 643, 757.
Seytre, 217, 519, 751.
De Seytre-Caumont, 711.
De Seytres, 549.
Seyturier, 175.
Sgardelli, 689.

Sibert, 514, 846.
Sicard, 724, 762, 818.
Siccard, 651.
Sicot, 680.
De Siffrédy, 189, 721.
Silva, 168.
De Silvecane, 205, 280, 661.
De Silvestre, 142.
De Simiane, 469, 964.
Simon, 241, 631, 673, 789.
Simonard, 180, 342, 720.
Simonelly, 289.
Simonet, 227, 314, 486, 494, 735, 878.
Simonnet, 422, 489, 700, 835.
Sing, 613.
Sipière, 415.
Siran, 365.
De Sirvinges. 902-906 ; 34, 52, 69, 76, 235, 538, 627, 698.
De Siry, 404.
Sivelle, 410, 510, 771.
Smeraldy, 488.
Soisson, 268, 269.
Soleymard, 612.
De Solignac, 238.
De Solilhac, 866.
Solleillas, 601.
Sollières, 338.
Solu, 512.
Soly, 144.
De Sommaripa, 579.
Sonnerat, 595, 612, 820.
Sonnier de Lubac, 539, 758.
Sonyer du Lac, 505.
Sornin, 190, 755, 840, 845.
Soubeyran, 586.
Soubry [de La Brosse], 52, 79, 246, 374, 463, 497, 557, 578, 723, 821.
Souchon du Chevalard, 678.
Sourd, 382.
De Soussay, 274.
De Souverain, 470.
Souville, 942.
De Souzy, 42, 52, 79.
Spencer-Cowper, 513.
Spinoux, 785.
Sponton, 604.

Staron de La Rey. 417, 529.
Steinman, 907 ; 2. 64. 70. 76. 99, 203.
De Straleinheim. 625.
Stroïs. 923.

Subra, 724.
Subrin [d'Ecossieu], 52.
De Sucy de Saint-Germain. 708.
Sudan. 335.

Suremain de Saiserey, 943.
De Surville, 627.
De Suynes. 175.
De Suze. 271.
Swanowiez. 357.

T

Tabard, 345.
Tabaret, 953.
Tabouret, 456.
Taffin d'Heursel, 540.
Taffu de Saint-Firmin, 333.
Taillandier, 671, 869.
Taillandier, *ou mieux* Tailhandier de Solignat. 576. 894.
De Taillefert. 555.
De Talaru, 295, 871. 872.
Talebard, 935.
De Talhouët, 918.
De Talleyrand-Périgord. 77. 238, 704. 727.
De Talode du Grail. 627.
Talon, 440.
Talon du Boulay. 966.
Tamisier, 955.
Tanon, 857.
Tapié de Celeyran, 374.
Tardieu de Maleissye. 917.
Tardy, 347. 504, 832.
Tardy (marquis de). 698. 905.
Tardy du Bois, 217, 219, 220, 349.
Tardy de Montbel. 338.
Tardy de Montravel. 558.
Taveault. 169.
Tavernier, 795.
Teilhard *ou mieux* Teillard d'Auzelles. 576. 893.
Teleki de Szek. 493.
De Tenarre, 883.
Teporier. 318.
Terisse de La Mothe. 892.
De Termes. 493.
Terrasse. 695.
Terrasse de Tessonnet, 202, 392. 400. 418. 767. 907, 908.

Terrasse d'Yvours, 908-909 ; 32, 39, 64; 76, 99, 173. 667, 711. 779, 930.
Terrasson, 910-911 ; 31, 32, 40, 64, 76, 81, 82, 100, 422. 560, 720, 742, 752.
Terrasson de Sénevas, 912-914 ; 37. 39, 64. 76. 597, 762. 878.
Terray, 915-919 ; 1. 24, 25, 42. 47, 52, 77, 79, 80. 85. 125. 433, 579, 773. 957.
Terrenoire, 955.
Terret. 794.
Terry, 794.
Tervère de Marsal, 759.
Tesses, 683.
Tessier, 257. 485.
Teste, 659.
Testel, 686, 837.
Testenoire. 589.
Teyssier, 750.
Teyssier-Palerne de Savy. 750.
Teyssonier, 365.
Tézenas, 476.
Thaninge. 771.
De Thélis. 556. 647. 691.
Thévenard de La Farge. 676. 697.
Thévenet, 920 ; 37. 64. 76. 100. 119, 377. 507. 561. 852. 948.
Thévenon. 185.
De Thiard. 403.
Thiault, 660.
Thibaud. 380. 439.
Thibaudet, 117.
Thibault, 815.
Thibault Dubois. 170. 171.

Thibault de La Roche-Thulon etc., 179, 192. 408, 536.
Thibon. 166.
De Thiennes, 272.
Thierry de Vaux, 154. 696.
Thiollaz, 265.
Thiollière, 209. 348. 567, 568. 588, 791. 807, 857. 861, 955. 956.
Thiroux de Gervillier, 385.
De Thoisy, 140.
Tholomet de Fontanelle, 921-922 : 37. 58. 76, 247. 408. 466. 755.
De Tholon. 822.
De Tholozan, v. Tolozan.
Tholly. 172.
Thomas, 256. 348. 676. 766.
Thomassin. 799.
Thomassy. 596.
De Thomassy, 374.
Thomé, 179, 180, 268. 269. 388. 439. 486.
Thonnelier, 148.
Thorel, 305. 636.
Thorel de Campigneulles. 44.
Thoridenet, 563.
De Thosse. 206. 623.
Thoynet de Bigny. 290. 291. 465. 505. 579. 916.
Thué, 952.
De Thumery. 799.
Thurin, 614.
De Thy de Milly. 131. 256.
Thyollat. 374.
Thyvend, 399.
Tirard, 196.
De Tireuy de Corcelles ou

Corcelle), 180, 274, 368, 389, 453, 485, 833.
Tisseur, 591, 912.
Tissier, 813.
Tissot, 345, 567, 680, 706, 770, 804, 933.
Tixérand, 706.
Tixier, 138, 651, 851.
De Tocquet de Meximieux, 322, 647.
De Tollet, 614.
Tolozan de Montfort, 923-925; 2, 5, 6, 25, 26, 27, 64, 70, 71, 76, 92, 165, 423, 645.
De Tonelle, 512.
De Torchefelon, 532.
Torrent, 926-928; 31, 64, 76, 100, 663, 813.
Totain, 405.
Toublanc, 310.
Toucan, 146.
Touchon, 480.
Toupet, 160.
Tournachon, 314, 315, 335, 815.

De Tournon, 454, 470, 711, 751, 890.
Tournus, 480.
Tourrette, 724.
De Tourvéon, 543.
De Toustain, 724.
De Toytot, 236.
Travers, 518.
De Trazegnies, 513.
Tredecini de Saint-Séverin, 756.
Treille, 842.
De Trélon, 204, 762.
Tremblay, 902.
De Tréméolles, 691, 694, 803.
De Trémouille, 624, 720.
Treneau, 242.
Tresca, 509, 629.
Tricaud, 251, 472, 620, 757, 936.
De Tricaud, 544, 627, 742.
Tripier, 582.
De Trivulce, 719.
De Trochereau, 943.

rocu de la Croze d'Argil, 504.
Trocu de Malix-Meyrieux, 941.
Trollier de Messimieux, 929-933; 10, 34, 39, 42, 52, 64, 70, 76, 77, 100, 134, 199, 223, 224, 261, 288, 354, 385, 489, 500, 544, 674, 699, 737, 783, 834, 878, 908.
Trossière, 817.
Trouillet, 115, 910.
Trousseau, 200.
Trubner, 862.
De Truchi de Varennes, 283.
Truchot, 869.
Trumel, 266.
De Trye, 614.
Tuja d'Anferville, 739.
De Tulle de Villefranche, 787.
De Turenne, 238.
Turban de Longes, 371.
Turgis, 306.
Turin, 601, 715, 735, 750.
Turquet, 244.
Turrin, 536, 696, 921.

U

Uchard, 256.
D'Ursel, 209, 917.

D'Ussé, 169.
d'Ussel, 571.

V

Vacher, 539.
De Vacheron, 934-936; 39, 64, 76, 417.
Vachier de Montjoly, 946.
Vachon, 856.
Vachon de Lestra, 558, 664, 701.
De Vachon-Vurey, 648.
Vaganay, 591.
Vaginay, 505, 676.
Vaguet, 333, 481, 485, 876, 897.
De Vaissière, 499.
De Volaville, 297.

De Valence, 937-944; 33, 52, 69, 76, 176, 676, 862.
Valenson, 337.
De Valentienne, 396.
Valentin, 542, 789.
Valentin de Bénévent, 158, 420, 692.
De Valentin d'Eguilton, 393, 506, 545, 606.
Valentin de La Motte, 409.
Valentin de Vénissières, 395.
De Valentinay, 169.
Valesque, 945-947; 39, 64, 76, 312, 688.

Valet, 456.
Valfray, 275, 681.
Valfray de Salornay, 235, 554, 672, 778.
Valioud, 655.
Valla, 504.
Vallée, 229.
De Vallée, 555.
Vallet de Villeneuve-Guibert, 222, 583, 704.
Valleton, 387, 585.
De Valleton, 668, 669.
Valleton de Gravillon, 569.
De Vallette, 427.

Vallier, 735.
Vallin, 166.
De Vallin, 525.
Vallois, 806.
De Valous, 948-951 ; 12, 39, 52, 64, 76, 90, 92, 100, 134, 191, 208, 210, 463, 464, 489, 510, 511, 586, 607, 666, 679, 763. 781, 817.
De Valpergue de Masin, 582.
Vande de Saint-André, 206, 214, 321, 322, 430, 474, 671.
Van der Kabel, 147, 187, 744.
De Vanel, 721.
Vanelle, 195.
De Vanini de Saint-Laurent, 472, 620.
Vanshore, 471.
De Vanssay, 815.
Varachat, 245.
De Varax, 646.
Varenard de Billy, 188, 386.
De Varennes-Bissuel de Saint-Victor, 161, 253, 258, 330, 434, 527, 553, 837, 898.
De Varennes de Bourron, 299, 723.
De Varennes-Rappetour, 882.
De Varey, 548, 636.
Varinard, 673.
Vassal, 628.
De Vassal, 238.
De Vassalieu, 659.
Vasse de Rocquemout, 367.
De Vassinhac d'Imécourt, 330.
Vattard, 681.
Vauberet-Jacquier, 952 : 39, 64, 76, 100, 652.
De Vaucelles, 129.
De Vaudrey, 403.
De Vaulserre, 801.
De Vaulx, 428, 587, 818, 819.
De Vaure, 549.
De Vaurion, 175, 178, 883, 890.
De Vaux, 300.
De Vavre de Bonce, 805.
Vedeau, 294.
De Vélard, 914.
De Vellein, 533.

Venière, 701.
Verchère, 145, 770.
De Verchère, 942.
Verdalle, 868.
De Verdan, 319.
Verdat de La Grange, 475.
Verdat de Sure, 266, 267.
Verdery, 147.
De Verdonnet, 227, 692.
Verdun, 552, 841, 901.
Veret, 777, 874.
Vergier, 409.
De Vergnette de La Motte, 243, 627.
De Verjon, 647.
Verloux, 679.
De Vermeil, 225, 226.
Vernay, 160, 194, 474, 479, 611, 825.
Verne, 206, 290.
De Vernelles, 799.
De Verney, 296.
De Vernoux, 337, 354, 666.
Verny, 682.
Vérot, 478.
Verrier, 169.
De Verthamy, 298.
Vesco, 858.
Vespre, 570.
De Veyle, 922.
De Veyle de Romans, 335.
De Veyny, 300, 550, 895.
Veyrat, 527.
De Veyre de Soras, 688.
De Veyssière, 959.
De Veyzia, 225.
De Vèze, 448.
Vial, 953 ; 39, 64, 76, 100.
Vial, 197, 326, 435, 443, 672, 814.
Vialart d'Orète, 892.
Vialis, 159, 207, 280, 364, 417, 608, 712, 762, 860, 950.
Viallier, 319.
Viau, 251, 420, 451.
Vibert, 157.
Vicard, 185.
De Vichy, 42, 79.
Vicon, 214.

De Vidaud, 138, 469, 554, 709, 742, 833.
Vieillard, 200.
De Viennay, 329.
De Vienne, 726, 727.
Viennot de Vaublanc, 638.
Vigier, 606, 666.
Vignaud, 357.
Vignay, 456.
De Vignet de Vendeuil, 334.
De Vignol, 130.
De Vilages, 359.
De Villars, 375.
De Villars (famille du Maréchal), 218, 279, 281, 297, 319, 613, 640, 828.
De Villars-Roubiac, 374.
De Villas, 137.
De Ville, 213, 665.
De Villedeuil, 2, 24, 25, 26, 44, 71, 85, 95.
De Villèle, xi.
De Villemandy, 388.
Villemot 926.
De Villeneuve, 359.
De Villeneuve-Bargemon, etc., 253, 407.
De Villeneuve-Guibert (v. Vallet).
De Villeneuve de Joux, 151, 452, 696.
De Villereau, 272.
Villerme, 430.
Villery, 780.
Villierme, 685.
Villette, 357, 687.
De Villette, 227, 720, 872.
Villiard, 398, 399.
Villiat, 631.
De Villoutreys, 918, 919.
Vincens, 723.
De Vincens d'Agoult, 412.
De Vincens de Causans, 598, 599, 880.
Vincent, 275, 468, 591, 611, 754, 803, 856.
Vincent de Montarcher, 505.
De Vincent de Panette, 515.
Vincent de Soleymieu, etc.,

954-960 ; 31, 64, 76, 91, 254, 348, 375, 417.
De Vingles, 825.
De Vinols ou Vinolz, 287, 289, 290, 519, 620, 659, 785, 786, 798, 799.
Violette, 499, 602, 870.
Violle, 525.
Vionnet, 516, 567, 962.
Vire du Liron de Montivers, 183, 598, 600.
Viricelles, 933.
De Viricu, 155, 619, 639, 835.
Virion, 867.
Virney, 938.

De Viry, 407.
Visade, 325.
De Vissaguet, 161, 258, 577.
Vitier de Barjon, 540.
Vitte, 721.
Vitton, 441.
Vocanson, 377.
De Vogüé, 220, 918.
Voirel, 939.
Voiret de Terzé, 787.
Voron, 263.
Voulay, 178.
Vouty de La Tour, **961-962** ; 29, 52, 66, 76, 401, 477, 567, 586, 836, 855, 861.

De Voyer d'Argenson, 283, 917.
Voyret, 245.
Vraine, 773.
Vulpian, 921.
Vulleriat, 399.
Wachter, 693.
Wake, 493.
Watkin, 862.
De Wangen-Gerottzech, 708.
De Waziers, 918.
Wicardel de Vitray, 814.
De Wissey, 884.
De Wissock, 783.

Y

Yéméniz, 847.
Yon de Jonage, **963-968** ; 39, 64, 76, 139, 203, 515, 616, 757.
D'Yzerand, 883, 887.

ADDENDA

Liste des Assignations, *page 52.*

A la liste des assignations connues à ce jour, il convient d'ajouter celle, en date du 22 février 1789, décernée à Paul-Dominique [*alias* Jean-Dominique] Terrasson, écuyer, sg^r de La Chal, assigné en son château, sis en la paroisse de Saint-Romain-en-Jarez. [*Communication de M. Raoul de Clavière*]. Jean-Dominique Terrasson de La Chal, né à Saint-Chamond, † à Lyon âgé de 60 ans, victime de la Terreur, avait été secrétaire du Roi en la Chancellerie établie près le Parlement de Besançon. Il ne comparut d'ailleurs pas avec la Noblesse lyonnaise, et il ne lui fut pas donné acte de son défaut de comparution. Cette famille Terrasson, des sg^{rs} de La Chal et Valfleury, portait des armoiries différentes de celles des autres familles Terrasson (cf. p. 910 et 912), et son point de jonction avec ces dernières est ignoré.

Boissieu, *page 208, degré V, et page 210, degré V.*

Jean-Jacques de Boissieu, et son frère Jean-Baptiste-Louis de Boissieu, obtinrent le 5 juillet 1787, de la Chambre des Comptes de Dijon, un arrêt, dans lequel les L. P. de 1784, accordées à Jean-Jacques de Boissieu, étaient passées sous silence, et par lequel les deux frères étaient maintenus dans leur noblesse, sur preuves remontant à 1608. La Chambre des Comptes sembla admettre ainsi le caractère héréditaire des privilèges de noblesse dont jouissait en 1608, à titre personnel, Jean Boissieu, par suite de ses hautes fonctions.

Borde du Châtelet. Les travaux de Laîné et de Guichenon indiquent comme nom primitif de cette famille celui de Grosjean. Claude Grosjean de Borde (le III de notre généalogie) aurait reçu en 1562 des lettres de noblesse du duc de Savoie.

Brosse, *page 257, degré IV, art. 1) A.*

Selon Dufaÿ, « *Biographie de l'Ain ; Galerie militaire* », M. de Brosse de La Barge, Gouverneur de l'Ile-Bourbon, rentré en France en 1789 pour les États-Généraux, † victime de la Terreur en février 1794, eut pour fils :

  1) Louis-César, dit le marquis de Brosse de La Barge, né à l'Ile-Bourbon le 26 décembre 1776, † à Ceyzériat près Bourg le 12 septembre 1867 ; émigré ; combattant à l'armée de Mg^r le Prince de Condé, chevalier de Saint-Louis, Garde du corps du Roi, etc. ; marié à Mlle Palluat de Jalamonde, veuve du général Louis-Charles Bonnard. M. de Brosse adopta les deux fils que sa femme avait eus de son premier mariage, et qui portèrent ainsi légalement le nom de Brosse, savoir :

A) Ambroise-Constant Bonnard de Brosse de La Barge, né à Mâcon en 1795, † à Bourg-en-Bresse en 1861 ; Garde du Corps du Roi ;

B) Nicolas-Léopold Bonnard de Brosse de La Barge, dit le marquis de Brosse de La Barge, né à Bourg en 1799, † en 1873 ; colonel de cuirassiers. Il a laissé postérité.

Clavière, *page 335, degré II, ajouter :*

3) Jeanne, née le 27 juillet 1751, † le 28 février 1781 ; ép. à Lyon le 28 novembre 1771 Alexis-Antoine Regny, écuyer, né à Gênes en 1749, † à Lyon le 17 septembre 1816 ; Trésorier de la ville de Lyon.

Constant. Cette famille a vraisemblablement une origine commune avec celle des Constant de Rebecque, illustrée par Benjamin Constant, et qui, originaire du Barrois comme la famille lyonnaise, porte également un sautoir dans ses armoiries.

Delglat de La Tour du Bost, *page 381.*

4) La marquise de Beauregard mourut à Paris le 30 novembre 1854.

III. 1) La baronne de Marbeuf mourut le 20 avril 1815. M. de Marbeuf avait, selon ses états de service, été blessé à la première bataille de Krasnoï le 14 août 1812. La tradition rapporte qu'il mourut assassiné dans sa tente.
(Communications de la comtesse Roger de Barbentane).

Deschamps, *page 392, degré I, ajouter :*

1) Jacques, qui suit ;

2) Julienne, ép. à Lyon Léonard Roux de Saint-Céran, écuyer, sg^r de Cruzol, † victime de la Terreur le 13 décembre 1793, Secrétaire du Roi près la Cour des Monnaies de Lyon ; fils d'André Roux, et de Catherine Rondet.

Des Fours de Maisonforte, *page 394.*

7) Brice-Alexis Barjot de La Combe, chevalier, était fils de Brice Barjot, écuyer, sg^r de La Combe et Florette, Lieutenant Général au bailliage de Mâcon, pensionnaire de S. M., et d'Avoye Cochet de Saint-Vallier.

Imbert, *page 560.*

II. 2) Thomas, mourut mineur en 1742 ;

3) Françoise, épouse de Jean-Joseph de Palerne, mourut en 1746 ;

4) Marie, épouse de Jean-Pierre Delglat de La Tour du Bost, mourut en 1752.

III. Jean IMBERT, écuyer, mourut le 24 décembre 1773.
(Mémoire judiciaire de 1775, communiqué par la comtesse R. de Barbentane).

Palerne.

Page 746, B, a) et *c)* : les titulaires de ces articles moururent jeunes.

b) Françoise vivait encore en 1775, et était alors, aux termes d'un mémoire judiciaire, épouse séparée de biens du sieur Jean-François Vincent. *(Communication de la comtesse R. de Barbentane).*

Page 747, note 2, art. 1) B).

Marie-Jeanne-Olympe de Bonnevie, † à Paris le 27 septembre 1757, fille de Joseph-Charles de Bonnevie, marquis de Vervins, et de Marie Moreau de Nassigny, épousa : 1°) Louis-Anne, vicomte de Rohan-Chabot ; 2°) le 21 avril 1755 Marie-François-Henri de Franquetot, duc de Coigny, né à Paris le 28 mars 1737, † à Paris le 18 mai 1821 ; Pair et Maréchal de France, chevalier commandeur de l'Ordre du Saint-Esprit, Député de la Noblesse du bailliage de Caen aux États-Généraux de 1789 ; dont postérité.

Passerat de Silans.

On consultera avec profit pour le détail des diverses branches des Passerat une généalogie paraissant fort documentée, publiée par M. E. Révérend du Mesnil dans son ouvrage sur « *La Valbonne* » [Lyon, 1876, lib. Brun, in-8 de 213 p.]. Quelques erreurs se sont assurément glissées dans ce travail qui n'occupe pas moins de 35 pages du volume [p. 171 à 207] : mais le point de jonction des diverses branches fait l'objet d'une étude de grand intérêt et semble établi par des déductions d'une vraisemblance bien voisine sans doute de la certitude.

Royer de La Bastie.

Cette famille, dont les armoiries ont subi plusieurs modifications, avant et depuis son alliance avec les Mazenod de La Bastie, porte également : « *Coupé, de gueules à trois bandes d'argent, et d'azur à trois étoiles d'or, 2 et 1.* »

ERRATA

Quel qu'ait été le soin de l'éditeur et le nôtre, il n'a pas été possible, au milieu d'un si grand nombre de noms et de dates, de ne pas commettre quelques erreurs ou quelques confusions. Nous avons relevé les suivantes, dont l'énumération n'est, sans doute, malheureusement pas limitative.

Page 2	Ligne 5	au lieu de	*Tolosan*	lire	*Tolozan*
» 53	» 8	»	*cinq*	»	*quatre*
» 53	» 9	contrairement à ce qui est dit, la famille Grimod figure bien sur la liste sommaire publiée hâtivement au moment même de la réunion des trois Ordres ; mais elle est portée au nom de Riverie (baronnie de cette famille) au lieu de l'être au nom patronymique.			
» 99		au lieu de	*Marion de Tour*	lire	*Marion de la Tour*
» 123	titre courant	»	Nouvelle assemblée des trois Ordres à Lyon	»	Projet d'une nouvelle réunion de la Noblesse
» 138	dernière ligne	»	*12 mai 1660*	»	*10 mai 1656*
» 185	ligne 4	»	*IX*	»	*X*
» 186	dernière ligne	»	*9*	»	*6*
» 188	degré II, 3)	»	*Courtin*	»	*Cantin*
» 257	degré IV, 1) seconde ligne	supprimer la date de décès, 11 décembre 1743, provenant d'une erreur de copie sur l'acte.			
» 267	ligne 4	au lieu de	*an XIII*	lire	*an XII*
» 276	ligne 1	»	*1743*	»	*1740*
» 300	degré III, 3) A)	»	*de Chany*	»	*du Chéry*
	(les deux formes se trouvent d'ailleurs sur les anciens textes).				
» 332	degré 1, 5) 2ᵉ ligne au lieu de		*1740*	lire	*1710*
» 465	degré II, 3ᵉ ligne	»	*1730*	»	*1750*
» 480	degré IV, 2ᵉ ligne	»	*1755*	»	*1775*
» 522	degré XII, 2) 2ᵉ ligne	»	*de Villarmois*	»	*de La Villarmois*
» 576	degré IV, 3ᵉ ligne	»	Consul de Clermont en 1656 et 1660,	»	Consul de Clermont en 1656, Échevin en 1660.
» 580	5)	»	*Françoise*	»	*François*
» 635	ligne 2	»	NOLÉINE	»	VOLÉINE

Page 704   degré VII   au lieu de   VARANCE   lire   VARANGE
» 716   2) 2ᵉ ligne   »   Baud de Brives   »   Beaud de Brive
» 792   degré VII, 1) A) seconde ligne   »   *Chausselles*   »   *Chansselle*
» 880   6)   à supprimer.
» 894   2) ligne 2   au lieu de   Blaise-Pascal   »   Blaise Pascal
» 898   2) ligne 6   »   Antichamps   »   Autichamp
» 961   III) ligne 1   »   Claudre   »   Claude
» 966   alterner les titulaires des nᵒˢ 11 et 12.
» 971   rectifier à son rang, comme ci-dessus, l'orthographe des Beaud de Brive.

TABLE DES MATIÈRES

Avant-Propos v

Index des principales abréviations XIII

Première Partie: *Étude Historique* 1

CHAPITRE I.   Études préalables à la Convocation de l'Assemblée de la Noblesse de la Sénéchaussée de Lyon 4

CHAPITRE II.   Difficultés d'interprétation soulevées à Lyon par le Règlement Royal du 24 janvier 1789 14

CHAPITRE III.   Convocation de l'Assemblée de la Noblesse 19

CHAPITRE IV.   Assemblée générale des Trois Ordres de la Sénéchaussée de Lyon .   28

CHAPITRE V.   L'Assemblée de la Noblesse de la Sénéchaussée de Lyon.
   § I.   Composition de la Chambre de la Noblesse. Familles assignées; familles comparantes; familles non représentées 44
   § II.   Compte rendu des Séances de l'Ordre de la Noblesse et Cahiers de l'Ordre 80
      a) Procès-Verbal des Séances 81
      b) Cahiers de l'Ordre de la Noblesse 100

CHAPITRE VI.   Nouvelle Assemblée des Trois Ordres à Lyon 114

CHAPITRE VII.   Projet d'une nouvelle réunion de la Noblesse 120

Certificat d'admission aux Assemblées de la Noblesse 124

Seconde Partie. *Étude Généalogique* 125

Généalogies des familles comparantes à l'Assemblée de la Noblesse 129

Table alphabétique des noms des familles citées dans cet ouvrage 969

Addenda 1010

Errata 1013

MACON, PROTAT FRÈRES, IMPRIMEURS.

BIBLIOTHEQUE NATIONALE DE FRANCE
3 7502 0424 7755 8